2017 年度国家社科基金项目"宋代话本与文言小说共生关系研究"

（项目编号：17BZW098）最终成果，结项荣获优秀等级雅俗际会：
宋代话本与文言小说共生关系研究

李建军 著

中华书局

图书在版编目(CIP)数据

雅俗际会:宋代话本与文言小说共生关系研究/李建军著. —
北京:中华书局,2020.12
ISBN 978-7-101-14986-9

Ⅰ.雅…　Ⅱ.李…　Ⅲ.文言小说-小说研究-中国-宋代
Ⅳ.I207.41

中国版本图书馆 CIP 数据核字(2020)第 261995 号

书　　名	雅俗际会:宋代话本与文言小说共生关系研究	
著　　者	李建军	
责任编辑	陈　乔	
出版发行	中华书局	
	(北京市丰台区太平桥西里 38 号　100073)	
	http://www.zhbc.com.cn	
	E-mail:zhbc@zhbc.com.cn	
印　　刷	北京瑞古冠中印刷厂	
版　　次	2020 年 12 月北京第 1 版	
	2020 年 12 月北京第 1 次印刷	
规　　格	开本/710×1000 毫米　1/16	
	印张 46½　插页 2　字数 720 千字	
国际书号	ISBN 978-7-101-14986-9	
定　　价	198.00 元	

目　录

绪　论　视角的选择与框架的确定 ……………………………… 1

一、研究视角的选择 …………………………………………… 1

（一）雅文化与俗文化的互动 ……………………………… 4

（二）大传统与小传统的对举 ……………………………… 8

（三）主文化与亚文化的关联 ……………………………… 13

二、小说概念的厘清 …………………………………………… 15

（一）从小道之说到诸子之末 ……………………………… 15

（二）从诸子之末到史书之余 ……………………………… 18

（三）从说话伎艺到说话文本 ……………………………… 21

（四）从说话文本到通俗文体 ……………………………… 23

三、叙事术语的梳理 …………………………………………… 24

（一）中西语境中的"叙事"概念 ………………………… 24

（二）文人叙事与民间叙事的分野 ………………………… 28

（三）士人叙事与市民叙事的界分 ………………………… 32

四、共生理论的借用 …………………………………………… 35

（一）共生的狭义与广义 …………………………………… 35

（二）社科领域借用重释 …………………………………… 36

（三）共生理论分析框架 …………………………………… 38

第一章　共生语境：市民文化与士人文化的双向互动 ……… 42

第一节　唐宋转型下的文化雅俗变迁 ……………………… 42

一、唐宋社会与文化范型的变革 …………………………… 42

二、士人阶层与雅俗格局的改变 …………………………… 52

三、士人文学与文言小说的嬗变 …………………………… 54

第二节　市民文化与士人文化的共生 ……………………… 60

一、坊郭户单列与市民阶层兴起 …………………………… 60

二、市民文化与士人文化的异同 …………………………… 64

　　三、市民文学对士人文学的采借 ……………………………………… 65

　　四、士人文学对市民文学的借鉴 ……………………………………… 69

第二章　共生脉络：志怪传奇与话本小说的起伏消长 ………………… 73

　第一节　北宋前期：志怪传奇的低迷与话本小说的伏脉 ………… 74

　　一、志怪："好奇尚怪""借以劝戒" …………………………………… 74

　　二、传奇："荟萃稗史""篇末垂诫" …………………………………… 76

　第二节　北宋中后期：志怪传奇的繁盛与话本小说的初兴 ……… 78

　　一、北宋中期志怪传奇：由实入虚 …………………………………… 79

　　二、北宋后期志怪传奇：由雅入俗 …………………………………… 82

　　三、北宋中后期话本小说：粗朴简略 ………………………………… 86

　第三节　南宋前中期：志怪传奇的俗化与话本小说的演进 ……… 87

　　一、南宋前期志怪传奇：叙写市井 …………………………………… 88

　　二、南宋中期志怪传奇：聚焦细民 …………………………………… 91

　　三、南宋前中期话本小说：满怀风月 ………………………………… 95

　第四节　南宋后期：志怪传奇的衰落与话本小说的兴隆 ………… 97

　　一、南宋后期志怪传奇：话本气息 …………………………………… 98

　　二、南宋后期话本小说：敷演有方 ………………………………… 100

第三章　共生单元：志怪传奇与士人叙事机理（上） ……………… 103

　第一节　两宋书目中"小说"观的嬗革与初熟 ………………… 103

　　一、先宋小说观：小道之说与野史传说 ………………………… 104

　　　（一）小道之说："小道可观"与"致远恐泥" ……………… 104

　　　（二）野史传说："不经之说"与"史部外乘" ……………… 105

　　二、《太平广记》：小说价值与载事特质的新认知 ……………… 108

　　　（一）小说价值："得圣人之道"与"非学者所急" ………… 109

　　　（二）载事特质："专记异事"与"多谈神怪" ……………… 111

　　三、《崇文总目》与《新唐志》：志怪小说"出史入稗" ……… 115

　　　（一）《崇文总目》：志怪传奇进入小说 …………………… 115

　　　（二）《新唐志》：志怪杂事成为小说主体 ………………… 119

　　　（三）小说特质：载事传"闻"与述异传"奇" …………… 121

　　四、《晁志》与《陈录》：迁退谱录诗话与肃清小说畛域 …… 124

　　　（一）《郡斋读书志》：谱录之作退出小说 ………………… 125

（二）《遂初堂书目》：诗话之作退出小说 …………………… 126

（三）《直斋书录解题》：杂说笔记逐渐迁退 ………………… 127

五、《续编阙书目》与《通志·艺文略》：小说观的徘徊 ……… 129

（一）《续编阙书目》：官方小说观的徘徊 …………………… 129

（二）《通志·艺文略》：史家小说观的进退 ………………… 130

六、结语：宋人"小说"观的嬗革与初熟 …………………………… 132

第二节　宋人"稗说"观的演进趋向与学术价值 ………………… 133

一、淑世之用："助名教"与"广见闻" ……………………………… 135

（一）劝惩功用："助名教"与"资治体" …………………… 136

（二）广闻功用："补史阙"与"探物理" …………………… 140

二、资暇之趣："本游戏"与"佐谈助" ……………………………… 141

（一）稗说尚趣："游戏笔端"与"资助谈柄" ……………… 141

（二）心理动因："齐谐志怪"与"好奇尚异" ……………… 144

三、虚实之性："传信传疑"与"言不必信" ………………………… 146

（一）传闻或虚："传信传疑"与"真诞难辨" ……………… 146

（二）稗说多虚："言不必信"与"勿以辞害意" …………… 148

四、学术价值：从功能性文体论到娱乐性文体论 ……………… 151

第三节　宋人"传奇"观的指称变迁与类型意识 ………………… 153

一、洞察述异传记的小说本质 ……………………………………… 155

（一）传记名称上的区分 ……………………………………… 155

（二）书目著录上的甄别 ……………………………………… 156

（三）文集编纂中的取舍 ……………………………………… 158

二、揭橥述异传记的艺术特质 ……………………………………… 159

三、"传奇"从说唱类型到小说文体 ……………………………… 162

第四章　共生单元：志怪传奇与士人叙事机理（下）……………… 165

第一节　叙事主题的伦理化与文本的道学气 …………………… 165

一、"宋好劝惩"与"说部尚理" …………………………………… 165

（一）以"果报"行"劝惩" …………………………………… 165

（二）以"义理"节"情欲" …………………………………… 169

（三）以"妇节"敦"士节" …………………………………… 172

（四）以"义士"励"世风" …………………………………… 176

二、"篇有垂诫"与"增其严冷" …………………………………… 178

（一）篇末议论，多为垂诫 ……………………………………… 178

（二）垂诫严冷，积习如是 ……………………………………… 183

第二节　叙事观念的纪实化与文本的史传气 ………………… 188

一、观念的纪实化："宋人所记乃多有近实" ………………… 188

（一）杂事小说："切实近正"与"补史之阙" ………………… 188

（二）志怪小说："记所闻见"与"不失荒诞" ………………… 198

二、文本的史传气："补正史之亡，裨掌故之阙" …………… 201

（一）记闻而注来源 ……………………………………………… 201

（二）幻设而加掩饰 ……………………………………………… 204

第三节　叙事手法的平直化与文本的简澹气 ………………… 206

一、手法的平直化："飞动之致，渺不可期" ………………… 206

（一）表现：平实平淡与直叙直露 …………………………… 206

（二）原因：史笔撰稗与摭实而泥 …………………………… 210

二、文本的简澹气："奇丽不足而朴雅有余" ………………… 212

（一）表现："枯涩简淡"与"别有风味" …………………… 212

（二）原因：文道关系认知与审美趣尚 …………………… 215

第四节　叙事趣味的世俗化与文本的市井气 ………………… 219

一、市井商人的世俗形象 ……………………………………… 221

（一）农商皆本：商人社会地位的提高 …………………… 221

（二）亦弹亦赞：宋稗中的商人形象 …………………… 223

二、仙凡女子的世俗油彩 ……………………………………… 226

（一）世俗女性开通的婚恋态度 …………………………… 226

（二）仙鬼女子大胆的追爱心曲 …………………………… 228

三、市井士人的世俗气息 ……………………………………… 230

（一）钻穴逾墙与负心婚变 …………………………………… 230

（二）骗财骗色与卸磨杀驴 …………………………………… 231

第五章　共生单元：话本小说与市井叙事机理（上） ………… 234

第一节　从俳优杂说到唐宋说话 ……………………………… 234

一、"说一个好话"：从俳优杂说到说话艺术的初成 ……… 234

（一）先秦到六朝的俳优杂说 …………………………………… 234

（二）隋代侯白与"说话"艺术的初成 …………………… 236

二、"光阴听话移"：唐代说话艺术的发展 …………………… 238

（一）"斋筵听说话"：说话初现职业化和商品化 238

（二）相邻又相异：说话与俗讲、转变的交互渗透 ………… 241

三、"有说者纵横"：宋代说话艺术的繁荣 …………………… 244

（一）昼夜骈阗：宋代民间伎艺的繁盛 ………………… 245

（二）舌耕之旺：宋代说话艺术的鼎盛 ………………… 248

第二节　"各有门庭"：宋代说话的家数体制 …………………… 253

一、北宋说话家数：讲史与小说 …………………… 253

（一）北宋的讲史与小说 ………………… 253

（二）说诨话的非叙事性 ………………… 254

二、南宋说话四家：小说、说铁骑儿、说经、讲史 …………… 256

（一）南宋说话家数的来龙去脉 ………………… 256

（二）银字儿与铁骑儿的"说话"属性 ………………… 260

（三）合生与商谜的非叙事性 ………………… 262

第六章　共生单元：话本小说与市井叙事机理（下）………… 265

第一节　从说话伎艺到话本小说 …………………… 265

一、"话本"概念的多种阐释：底本、录本等 …………… 265

（一）学界对"话本"的多种阐释 ………………… 265

（二）"话本"应释为"故事文本" ………………… 269

二、文本化的肇始：脚本式准话本 …………………… 271

（一）唐五代说唱脚本形态的启示 ………………… 272

（二）宋代脚本式准话本的判定 ………………… 277

三、文本化的演进：录本式话本 …………………… 279

（一）唐五代说唱录本形态的启示 ………………… 279

（二）宋代录本式话本的甄别判定 ………………… 286

四、文本化的嬗变：拟本式话本 …………………… 298

第二节　现存宋代话本分类考述 …………………… 304

一、现存宋代讲史话本考述 …………………… 304

（一）讲史源流与平话涵义 ………………… 304

（二）《梁公九谏》：改编词文，删韵存散 ………… 307

（三）《五代史平话》：改编史书，兼采传说 …………………… 309

（四）《宣和遗事》：掇拾故书，文体参差 …………………… 311

二、现存宋代小说话本考述 …………………………………… 317

（一）小说特质："顷刻间提破"与"顷刻间捏合" ………… 317

（二）时代推勘：宋代小说话本与准话本 ………………… 319

（三）小说分类：题材主导与故事主角 …………………… 325

三、现存宋代说经话本考述 …………………………………… 328

（一）宋代说经：从寺庙到瓦肆 …………………………… 328

（二）说经话本：《大唐三藏取经诗话》 ………………… 329

（三）说参请话本：《东坡问答录》 ……………………… 335

（四）说诨经话本：《五戒禅师私红莲记》 ……………… 338

第七章　共生基础：士人与市井叙事的异质互补 …………… 340

第一节　叙事话语（用何叙事）：浅俗文言与市井白话 …… 340

一、文与白：简辞婉语与繁文直言 ………………………… 341

（一）"崔护觅水"中的文、白异趣 ……………………… 341

（二）"吴生遇鬼"中的简、繁异辙 ……………………… 343

（三）"意娘索命"中的含、露异势 ……………………… 344

二、士人小说语体的由雅趋俗 ……………………………… 345

（一）叙事语言的浅白化 ………………………………… 346

（二）人物语言的口语化 ………………………………… 347

（三）文言语体的浅俗化 ………………………………… 349

三、市井小说语体的文白夹杂 ……………………………… 350

（一）市井叙事中的文言语体 …………………………… 350

（二）文言运用中的捉襟见肘 …………………………… 351

第二节　叙事行为（如何叙事）：精致叙事与质朴叙事 …… 353

一、谋篇布局与叙事技法：精粗之异 ……………………… 353

（一）"盗冢复生"个案：士人与市井叙事的巧与朴 …… 354

（二）"西山群鬼"个案：士人与市井叙事的精与粗 …… 357

（三）"猴精劫妻"个案：士人与市井叙事的细与疏 …… 360

二、程式运用与故事捏合：疏密之别 ……………………… 361

（一）程式套语：民间与文人叙事的重要分野 ………… 361

（二）嫁接捏合：民间质朴叙事的惯用手法 …………………… 369

三、巧以成书与以物串事：文白之分 ……………………… 371

　（一）巧以成书：人生感悟与惊奇心理 ……………… 371

　（二）以物串事：叙事纽带的选择运用 ……………… 373

第三节　叙事旨趣（为谁叙事）：士人志趣与细民俗趣 ……… 376

一、价值取向：士人黄粱梦与细民发迹梦 ………………… 376

　（一）入世出世：士人的登第梦与黄粱梦 ……………… 376

　（二）发迹变泰：细民的发迹梦与富贵梦 ……………… 379

二、伦理意识：教重于乐与乐先于教 ……………………… 386

三、旨味追求：士人雅韵与市井俗趣 ……………………… 388

　（一）传奇性：士人与市井叙事的异同 ……………… 389

　（二）戏剧性：士人与市井叙事的差别 ……………… 392

　（三）谐谑性：士人与市井叙事的区隔 ……………… 395

第四节　人物形象（形塑何人）：士人理想与市井印象 ……… 399

一、情女形象对比：生死以之与成人之美 ………………… 399

二、浪女形象对比：点到为止与津津乐道 ………………… 402

三、贞女形象对比：节义追求与生存智慧 ………………… 404

四、仙女形象对比：审美理想与情爱期待 ………………… 406

五、娼女形象对比：风雅义妓与世故俗娼 ………………… 408

　（一）幸与祸：历史上真实的李师师 ………………… 408

　（二）雅与义：士人小说中的李师师 ………………… 411

　（三）俗与黠：民间小说中的李师师 ………………… 416

　（四）雅与俗：士人与市井形塑的分野 ……………… 421

第八章　共生机制：士人与市井叙事的互动方式 ………… 424

第一节　士人叙事对市井叙事手法的借鉴 ………………… 424

一、"独白式"心理描写手法的借鉴 ……………………… 424

　（一）先宋"呈现式叙事"语境下的心理描写 ………… 424

　（二）宋代"讲述式叙事"影响下的心理描写 ………… 426

二、"葫芦格"故事结构方式的借鉴 ……………………… 435

　（一）入话正话前后相承的"葫芦格"技法 …………… 435

　（二）宋代文言小说对话本结构方式的借鉴 ………… 436

第二节　市井叙事对士人叙事营养的汲取 …………………… 437

一、"传""记"名篇方式的借用 ……………………………… 438

二、士人叙事文本的借鉴和改编 …………………………… 439

三、"图个好听"与"道学心肠" …………………………… 440

四、文备众体与采借精英文学 ……………………………… 445

第三节　市井叙事与士人叙事的回环转化

　　　——以李娃故事为例 …………………………… 447

一、市井叙事化为士人叙事:从《一枝花话》到《李娃传》 …… 447

（一）《李娃传》的"近情耸听,缠绵可观" …………………… 447

（二）《李娃传》与《一枝花话》的密切关联 ………………… 449

二、士人叙事复化为市井叙事:从《李娃传》到《郑元和记》 …… 452

（一）李郑名氏的出现与情节的微调 ……………………… 452

（二）《郑元和记》的改编与转雅成俗 …………………… 454

三、市井叙事再化为士人叙事:从《郑元和记》到《李亚仙记》 … 460

（一）《李亚仙记》的拟话本性质 ………………………… 460

（二）《李亚仙记》的化俗为雅 …………………………… 463

第九章　共生形态:士人与市井叙事的互动征迹 ………………… 468

第一节　《青琐高议》中的世俗化传奇 …………………… 468

一、里巷俗书:《青琐》的成书与流传 ……………………… 468

二、七言标目:《青琐》与市井说话 ………………………… 470

三、祅诡媱佚:审美趣味的世俗化 ………………………… 473

四、多乖雅驯:价值观念的世俗化 ………………………… 481

五、辞意鄙浅:艺术手法的世俗化 ………………………… 484

六、雅体俗情:世俗化传奇的特质 ………………………… 487

第二节　《云斋广录》中的准世俗化传奇 …………………… 491

一、"以资谈谑":《云斋》的成书与流传 …………………… 492

二、"纯乎诲淫":《云斋》的艳异化趋向 …………………… 495

三、"无所稽考":《云斋》的世俗化叙事 …………………… 498

（一）伏笔悬念之法 ……………………………………… 498

（二）犯中求避之法 ……………………………………… 500

（三）内心独白之法 ……………………………………… 502

四、准世俗化传奇:雅俗融汇新形态 ………………………… 503

第三节　《绿窗新话》中的种本式类编 ……………………… 507

一、风月类编:《绿窗》的成书与性质 ……………………… 507

(一)版本源流:传抄本与整理本 ………………………… 507

(二)成书过程:初编本与重编本 ………………………… 511

(三)文本性质:种本式风月类编 ………………………… 518

二、情色倾向:《绿窗》的选录与改编 ……………………… 522

(一)篇章选择的风月偏好 ………………………………… 522

(二)文本节录的情色趋势 ………………………………… 527

(三)文字改编的市井趣味 ………………………………… 529

三、"引倬底倬"之所须:《绿窗》与说话 ………………… 532

第四节　《醉翁谈录》中的话本化传奇 ……………………… 537

一、坊刻俗书:《醉翁谈录》的成书与性质 ………………… 537

(一)成书于南宋后期 ……………………………………… 537

(二)重编于宋元之际 ……………………………………… 541

(三)杂俎式风月类编 ……………………………………… 543

二、舌耕叙引:说话伎艺的纲领提挈 ……………………… 545

(一)"小说引子"的内在结构 …………………………… 545

(二)通用致语与专用致语的融合 ………………………… 546

三、转雅成俗:辞章化传奇的改编 ………………………… 548

(一)"删繁就简"与"删骈存散" ……………………… 549

(二)"改雅为俗"与"化静为动" ……………………… 551

(三)"增饰语句"与"增添字号" ……………………… 552

四、话本雏形:话本化传奇的特质 ………………………… 554

(一)浓郁的市民情趣 ……………………………………… 560

(二)鲜活的市人形象 ……………………………………… 562

(三)生动的人物对话 ……………………………………… 564

(四)普泛的心理描写 ……………………………………… 565

(五)俚俗的市井言语 ……………………………………… 567

(六)无话本标志之准话本 ………………………………… 569

第五节　《蓝桥记》《燕子楼》等传奇式话本 …………………… 570

　　一、传奇式文本与话本化体制 …………………………………… 571

　　二、话本化传奇到传奇式话本 …………………………………… 575

第十章　共生影响：士人、市民叙事互动与文学雅俗嬗变 …… 579

　第一节　小说聚焦："人物"到"故事"、"意蕴"到"趣味" …… 579

　　一、杂传体传奇与人物价值 ……………………………………… 579

　　二、杂记体传奇与故事价值 ……………………………………… 583

　　三、从聚焦人物到聚焦故事 ……………………………………… 585

　第二节　叙事观念："淑世"到"资暇"、"慕史"到"幻化" … 592

　　一、"游戏笔端"与娱乐功用的彰显 …………………………… 592

　　　（一）话本小说的"快心"功能 ………………………………… 592

　　　（二）文言小说的"赏心"倾向 ………………………………… 595

　　二、"言不必信"与虚实关系的新见 …………………………… 598

　　　（一）先宋"质明有信"的稗说观 ……………………………… 598

　　　（二）宋代"言不必信"的虚实观 ……………………………… 605

　第三节　雅俗格局："雅化"到"俗化"、"中古"到"近世" … 607

　　一、"小说史上的一大变迁"与迈向近世 ……………………… 607

　　二、市民文学的壮大与叙事文学的勃兴 ……………………… 610

　　三、雅俗际会与大、小传统的格局嬗变 ……………………… 611

结　论　文白共生与雅俗际会 ………………………………… 616

　　一、文白共生的叙事语境 ………………………………………… 616

　　二、文白共生的双向机制 ………………………………………… 617

　　　（一）文言小说对说话伎艺的借鉴 …………………………… 618

　　　（二）说话伎艺对文言小说的倚傍 …………………………… 618

　　三、文白共生的典型形态 ………………………………………… 619

　　四、文白共生的演进脉络 ………………………………………… 620

　　五、文白共生的文学史价值 …………………………………… 621

　　　（一）小说聚焦："人物"到"故事"、"意蕴"到"趣味" ……… 621

　　　（二）叙事观念："淑世"到"资暇"、"慕史"到"幻化" …… 622

　　　（三）雅俗格局："雅化"到"俗化"、"中古"到"近世" ……… 622

附录一：宋代小说的人物塑形与叙事伦理 ……………………… 625
　（一）人物塑形与叙事伦理的内在联结 …………………… 629
　（二）宋代小说的士人形象与叙事伦理 …………………… 633
　（三）宋代小说的女性形象与叙事伦理 …………………… 637
　（四）人物塑形与宋小说叙事伦理特色 …………………… 643
附录二：宋代小说研究百年述评 ……………………………… 649
　上篇：宋代文言小说研究世纪回眸 …………………………… 649
　　一、文献整理与研究 ……………………………………… 650
　　　（一）书目考证与叙录 ………………………………… 650
　　　（二）文本整理与汇集 ………………………………… 651
　　　（三）小说选编与注析 ………………………………… 653
　　二、分体分类研究 ………………………………………… 653
　　　（一）传奇小说研究 …………………………………… 654
　　　（二）笔记小说研究 …………………………………… 657
　　三、作家作品研究 ………………………………………… 659
　　　（一）《丽情集》《青琐高议》《云斋广录》等重要选集研究 ……… 659
　　　（二）洪迈《夷坚志》研究 …………………………… 659
　　四、文化和叙事研究 ……………………………………… 661
　　　（一）文化研究 ………………………………………… 661
　　　（二）叙事研究 ………………………………………… 663
　　五、特质和价值研究 ……………………………………… 664
　　　（一）特质研究 ………………………………………… 664
　　　（二）价值研究 ………………………………………… 666
　中篇：宋代话本小说研究百年述略 …………………………… 667
　　一、文献整理与研究 ……………………………………… 669
　　　（一）篇目考证与叙录 ………………………………… 669
　　　（二）文本整理与汇集 ………………………………… 671
　　　（三）话本选编与注析 ………………………………… 672
　　二、话本渊源研究 ………………………………………… 672
　　　（一）话本与"说话""转变""变文"关系研究 ……… 672
　　　（二）宋代"说话"研究 ……………………………… 673

　　　　（三）话本性质研究 ……………………………………… 674

　　三、话本文体研究 ……………………………………………… 675

　　　　（一）话本的文体特性研究 ……………………………… 675

　　　　（二）话本的艺术特征研究 ……………………………… 676

　　四、话本叙事研究 ……………………………………………… 677

　　　　（一）话本的叙事模式研究 ……………………………… 677

　　　　（二）话本的叙事策略研究 ……………………………… 677

　　　　（三）话本的时空叙事研究 ……………………………… 678

　　五、文化蕴涵研究 ……………………………………………… 679

　　　　（一）话本的市民色彩和世俗特质研究 ………………… 679

　　　　（二）话本中的人物形象研究 …………………………… 680

　　六、话本价值研究 ……………………………………………… 681

　　　　（一）宋话本在中国小说史上的价值研究 ……………… 681

　　　　（二）宋话本对后世叙事文学影响研究 ………………… 682

下篇：宋代小说整体研究百年印迹 …………………………………… 683

　　一、宋代小说理论研究 ………………………………………… 683

　　　　（一）宋人小说本体观研究 ……………………………… 684

　　　　（二）宋人小说功用观研究 ……………………………… 685

　　　　（三）宋人小说类型观研究 ……………………………… 686

　　　　（四）宋人小说艺术观研究 ……………………………… 686

　　　　（五）宋人小说学贡献研究 ……………………………… 687

　　二、宋代小说专题研究 ………………………………………… 688

　　　　（一）商贸、婚恋、发迹等专门题材研究 ……………… 688

　　　　（二）宋代小说与讲唱、戏曲关系研究 ………………… 689

　　　　（三）宋代小说的文化研究 ……………………………… 690

　　　　（四）宋代小说的整体价值研究 ………………………… 690

　　三、文白雅俗关系研究 ………………………………………… 691

　　　　（一）文白互动的征迹研究 ……………………………… 691

　　　　（二）雅俗嬗变的趋势研究 ……………………………… 693

　　　　（三）走向世俗的原因探究 ……………………………… 694

　　　　（四）文白互动、雅俗嬗变的影响研究 ………………… 695

参考文献 …………………………………………………… 697

后　记 …………………………………………………… 728

绪论　视角的选择与框架的确定

宋代是市民阶层形成与市民文化崛起的时代，是高雅文艺俗化与世俗文艺昌盛的时代，是抒情文学新变与叙事文学渐盛的时代，在中国文化发展史、文艺嬗变史、文学演进史上举足轻重。宋代小说是市民娱心消遣的经典门类，也是士人淑世资暇的重要文类，可谓观察文学内部雅俗关系的理想视角。进而言之，宋代话本与文言小说既二水分流又局部交汇，既互相倚傍又彼此消长，在中国叙事文学史上形成独特景观，并影响到文学的雅俗格局，具有文化互动的典型意义和重要的学术价值。研究宋代话本与文言小说共生关系，需要将其置于雅文化与俗文化、大传统与小传统、主文化与亚文化的格局进行考量，需要厘清相应小说概念，需要梳理相关叙事术语，需要借用重释共生理论。

一、研究视角的选择

文化是一个歧义繁杂、言人人殊的"大词"，本文也要用此概念，故而在此略作梳理和界定。"文化"一词，据现存文献首见于西汉刘向《说苑·指武》："圣人之治天下也，先文德而后武力。凡武之兴，为不服也，文化不改，然后加诛。"①其中的"文化"联系上下文，其意为"以文化之"②，即以"文德"教化之，显然是个动词性短语。《汉语大词典》释为"文治教化"，大致准确，因为该项释义也可从动词角度理解为"以文治之"、"以教化之"。"文化"后来又由动词性短语演化为名词，较早者如《文选》所收晋代文人束晳《补亡诗·由仪》云："文化内辑，武功外悠。"李善注云："辑，和也。言以文化辑和于内，用武德加于外远也。"③此处的"文化"已与"武功"相对，变成了名词，

---

① 刘向撰、向宗鲁校证《说苑校证》，北京：中华书局，1987年版，第380页。
② 《周易·贲卦·彖辞》："刚柔交错，天文也。文明以止，人文也。观乎'天文'，以察时变；观乎'人文'，以化成天下。"（《周易正义》，李学勤主编标点本，北京：北京大学出版社，1999年版，第105页）其中"观乎'人文'，以化成天下"已开始有"以文（人文）化（化成天下）"之意。
③ 萧统编、李善注《文选》，上海：上海古籍出版社，1986年版，第909页。

指文之治、教之化。

　　近代以来，学人用"文化"一词去翻译英文"culture"，于是"文化"又衍生出新的义项。英文"culture"由拉丁语"cultura"转化而来，原意为对土地的耕耘和对植物的栽培，以后引申为对人身体和精神两方面的培养。到了中世纪，"cultura"已大致包含从物质生产活动到精神生产活动的广泛涵义。当近代学人用"文化"去翻译英文"culture"时[①]，"文化"就发展出物质和精神生产活动及成果的新义项。现当代中国学界对"文化"的定义，大都基于该义项。《汉语大词典》"文化"条云："人们在社会历史实践过程中所创造的物质财富和精神财富的总和。特指精神财富，如教育、科学、文艺等。"[②]《不列颠百科全书》国际中文版"文化"条云："人类知识、信仰和行为的整体。在这一定义上，文化包括语言、思想、信仰、风俗习惯、禁忌、法规、制度、工具、技术、艺术品、礼仪、仪式及其他有关成分。"[③]《中国大百科全书》"文化"条云："人类在社会实践过程中所获得的能力和创造的成果……广义的文化总括人类物质生产和精神生产的能力、物质的和精神的全部产品。狭义的文化指精神生产能力和精神产品，包括一切社会意识形式。"[④]笔者赞同《中国大百科全书》对"文化"的广义、狭义之分，并在本书写作中采用狭义。[⑤]

　　一个社会的文化是多种成分的融合体，虽然融合后会形成整体的风貌，但不同的文化成分仍然会葆有各自的形态，呈现不同的特征。中国古代社会大致有贵族阶层和四民阶层，相应形成形态各异的文化。"贵族"一词，《三国志》即已出现，该书《魏书·陈思王植传》引曹植上疏云："华宗贵族，藩王之中，必有应斯举者。"[⑥]此处"贵族"指皇室子弟。后来"贵族"泛

---

①最先可能是日本学人用汉语词汇"文化"去翻译"culture"（英语、法语）、"kultur"（德语），发展出"文化"之新义项，后来又由中国学人将此词的新用法引回国内。参见崔新京摘译《人的哲学》一书相关内容而成的《关于文化概念的词源学考察》，《日本研究》1988年第2期。

②罗竹风主编《汉语大词典》，上海：汉语大词典出版社，1994年版，第6卷，第1515页。

③《不列颠百科全书》（国际中文版），北京：中国大百科全书出版社，1999年版，第5卷，第55页。

④《中国大百科全书》（第二版），北京：中国大百科全书出版社，2009年版，第23册，第281～282页。

⑤西方学界，文化人类学创始人、英国著名人类学家泰勒在《原始文化》中对文化的定义被认为是经典性的："文化，或文明，就其广泛的民族学意义来说，是包括全部的知识、信仰、艺术、道德、法律、风俗以及作为社会成员的人所掌握和接受的任何其他的才能和习惯的复合体。"（连树声译，上海：上海文艺出版社，1992年版，第1页）此定义与《中国大百科全书》所释"文化"的狭义基本一致。

⑥陈寿《三国志·魏书·陈思王植传》，北京：中华书局，1959年版，第573页。

指统治者中享有政治、经济特权的阶层，主要是皇室宗族子弟和功臣，亦包括显贵的世家大族；该阶层的文化可称为贵族文化。

四民阶层指士、农、工、商，《春秋穀梁传·成公元年》云："古者有四民：有士民，有商民，有农民，有工民。"范宁注"士民"云"学习道艺者"，注"农民"云"播殖耕稼者"，注"商民"云"通四方之货者"，注"工民"云"巧心劳手以成器物者"。① 又，《汉书·食货志上》云："士农工商，四民有业。学以居位曰士，辟土殖谷曰农，作巧成器曰工，通财鬻货曰商。"②其中的"士"最先指西周和春秋时的低级贵族阶层，地位次于大夫，如《礼记·王制》云："王者之制禄爵：公、侯、伯、子、男，凡五等。诸侯之上大夫卿、下大夫、上士、中士、下士，凡五等。"③又如《国语·周语上》云："诸侯春秋受职于王，以临其民。大夫、士日恪位著，以儆其官。庶人、工、商各守其业，以共其上。"④春秋战国之际，"士"凭借知识才能，聚徒讲学，著书立说，游说君王，参与变革，一时成风，"士"遂成为中国知识阶层的统称。该阶层的文化可以称为士人文化⑤或者士林文化。⑥"农"本义为"耕种"，《说文解字》云"农，耕人也"⑦，《汉语大字典》云"金文从田、辰会意，辰乃耕器。字或从艸、从林，示田之所在必有草木也"。⑧《左传·襄公九年》"其庶人力于农穑"，杜预注云"种曰农，收曰穑"，⑨可见其中"农"字即用"耕种"之义。"农"又由"耕种"衍生出"耕种之人"即农人之义项，《尚书·盘庚》"若农服田力穑，乃亦有秋"，⑩其中"农"字即指农人。"农人"、"农民"这样的词语出现较早，《诗

①杨士勋《春秋穀梁传注疏》，北京：北京大学出版社，1999 年版，第 211 页。
②班固《汉书·食货志上》，北京：中华书局，1962 年版，第 1117～1118 页。
③孔颖达《礼记正义》，北京：北京大学出版社，1999 年版，第 330 页。
④徐元诰《国语集解》，北京：中华书局，2002 年版，第 33 页。
⑤"士人"一词最早见于《史记·佞幸列传》："孝文时中宠臣，士人则邓通，宦者则赵同、北宫伯子。"（司马迁《史记》，北京：中华书局，1959 年版，第 3192 页）其中的邓通已官至上大夫，可见此处"士人"泛指士大夫、儒生。因此"士人"与广义的"士"涵义大致相同，皆指士大夫、儒生为代表的中国知识阶层。
⑥"士林"一词最早见于东汉陈琳《为袁绍檄州郡文》："自是士林愤痛，民怨弥重，一夫奋臂，举州同声。"（陈寿《三国志》裴松之注引《魏氏春秋》，第 197～198 页）《三国志·吴书·鲁肃传》亦云："乘轻车，从吏卒，交游士林。"（陈寿《三国志》，第 1270 页）皆泛指文人士大夫阶层，故"士林"也可用来指文人士大夫为主的中国知识阶层。
⑦许慎撰、段玉裁注《说文解字注》，许惟贤整理本，南京：凤凰出版社，2007 年版，第 189 页。
⑧《汉语大字典》（第二版），武汉、成都：崇文书局、四川辞书出版社，2010 年版，第 3846 页。
⑨孔颖达《春秋左传正义》，北京：北京大学出版社，1999 年版，第 872 页。
⑩孔颖达《尚书正义》，北京：北京大学出版社，1999 年版，第 229 页。

经·小雅·甫田》"我取其陈,食我农人"①即已出现"农人",《春秋穀梁传·成公元年》云"古者有四民"即已出现"农民"。② 因农人、农民阶层主要居住在乡村,该阶层的文化可以称为乡民文化③或者乡村文化。④ 古之四民中,"工民"和"商民",或"作巧成器",或"通财鬻货",有较强的关联性,主要居住在城邑和市镇,以"市民"⑤为主,该阶层的文化可以称为市民文化或者市井文化。⑥ 总之,贵族和士农工商是中国古代社会的主要阶层,与之相应,贵族文化、士人文化(士林文化)、乡民文化(乡村文化)、市民文化(市井文化)则是中国古代文化最基本的分层分类。

贵族文化、士人文化与乡民文化、市民文化在文化品格上有雅文化与俗文化之别,在文化传承上有大传统与小传统之分,在文化地位上有主文化与亚文化之异。雅文化与俗文化、大传统与小传统、主文化与亚文化的研究视角可以适用于士人文化(文言小说)与市民文化(话本小说)的关系探讨。

(一)雅文化与俗文化的互动

贵族文化、士人文化与乡民文化、市民文化在文化品格上有雅文化与俗文化之别。⑦ "雅"本义为一种鸟,即"鸦",《说文解字》云:"雅,楚乌也。一名鸒,一名卑居,秦谓之雅。从隹,牙声。"段玉裁注云:"楚乌,鸟属。其

---

① 孔颖达《毛诗正义》,北京:北京大学出版社,1999 年版,第 832 页。

② 杨士勋《春秋穀梁传注疏》,第 211 页。

③ "乡民"一词最早出现于《周礼·夏官·大司马》"简稽乡民以用邦国"(贾公彦《周礼注疏》,北京:北京大学出版社,1999 年版,第 760 页),指周代六乡之民,泛指民众。后来该词专指乡下人即农民,《后汉书·循吏传·孟尝》"(尝)以病自上,被征当还,吏民攀车请之。尝既不得进,乃载乡民船夜遁去"(范晔《后汉书》,北京:中华书局,1965 年版,第 2473 页),其中的"乡民"即指乡下农民。

④ "乡村"一词较早出现于谢灵运诗《石室山》"乡村绝闻见,樵苏限风霄"(《谢灵运集》,李运富编注本,长沙:岳麓书社,1999 年版,第 49 页),指乡下村庄。

⑤ "市民"一词最早出现于东汉荀悦《申鉴·时事》"皇民敦,秦民弊,时也;山民朴,市民玩,处也"(荀悦《申鉴》,影印文渊阁四库全书本,台北:台湾商务印书馆,1986 年版,第 696 册,第 442 页),指城市居民。

⑥ "市井"一词最先指古代城邑中集中买卖货物的场所,如《管子·小匡》"处商必就市井"(梁翔凤撰《管子校注》,北京:中华书局,2004 年版,第 400 页),又如《史记·平准书》"山川园池市井租税之人,自天子以至于封君汤沐邑,皆各为私奉养焉"(司马迁《史记》,第 1418 页)。后来泛指城邑、城市、集镇,如《后汉书·循吏传·刘宠》"山民愿朴,乃有白首不入市井者"(范晔《后汉书》,第 2478 页)。所谓市井文化即指以市民为主的城市通俗文化。

⑦ 本文论雅俗源流,参考了孙克强《雅俗之辨》(北京:华文出版社,1997 年版),樊美筠《中国古代文化的雅俗之争及其启示》(《学术月刊》1997 年第 5 期)。

名楚乌,非荆楚之楚也。"①《汉语大字典》云:"此字常借为'雅'正义,后世遂别构'鸦'字。"②章太炎先生《国学概论》进一步指出:

> "雅"在《说文》就是"鸦","鸦"和"乌"音本相近,古人读这两字也相同的,所以我们也可以说"雅"即"乌"。《史记·李斯传·谏逐客书》、《汉书·杨恽传·报孙会宗书》均有"击缶而歌乌乌"之句,人们又都说"乌乌"秦音也,秦本周地,乌乌为秦声,也可以说乌乌为周声。又商有颂无雅,可见雅始于周。从这两方面看来,"雅"就是"乌乌"的秦声,后人因为他所歌咏的都是庙堂大事,因此说"雅"者正也。③

可见"雅"即"鸦",而"鸦"与"乌"音近,"乌乌"为秦地(原为西周王畿之地)之声,故称秦声(周声)为"雅","雅"于是从"鸟"衍生出新的义项,即说话之声与此鸟声相近的秦地之音。因为秦地原为西周王畿之地,其音遂成为有别于地方语音的王畿之音、正统之音——正音。于是"雅"又衍生出正统、高尚、美好等义项。

另外,还有一种解释认为"雅"通"夏",梁启超《释"四诗"名义》云:

> "雅"与"夏"字相通,《荀子·荣辱》篇:"越人安越,楚人安楚,君子安雅。"《儒效》篇则云:"居楚而楚,居越而越,居夏而夏。"可见"安雅"之雅即夏字。荀氏《申鉴》,左氏《三都赋》皆云"音有楚夏",说的是音有楚音、夏音之别,然则风雅之"雅",其本字当作"夏"无疑。《说文》"夏,中国之人也",雅音即夏音,犹言中原正声云尔。④

梁先生的解释也颇为有理。其实,上述关于"雅"之词源的两种解释("雅"即"鸦"、"雅"通"夏"),都说明"雅"乃指称王畿之地、文化先进之地相应事物的语词。

"俗"之本义当为习俗、风俗,《说文解字》云:"俗,习也。"段玉裁注云:

> 习者,数飞也。引伸之,凡相效谓之习。《周礼·大宰》:"礼俗以驭其民。"注云:"礼俗,昏姻丧纪旧所行也。"《大司徒》:"以俗教安。"

①许慎撰、段玉裁注《说文解字注》,第251页。
②《汉语大字典》(第二版),第4405页。
③章太炎《国学概论》,上海:上海古籍出版社,1997年版,第59页。
④梁启超《释"四诗"名义》,《梁启超全集》,北京:北京出版社,1999年版,第8册,第4387页。

注："俗谓土地所生习也。"《曲礼》："入国而问俗。"注："俗谓常所行与
所恶也。"《汉·地理志》曰："凡民函五常之性，其刚柔缓急，音声不同，
系水土之风气，故谓之风；好恶取舍，动静无常，随君上之情欲，谓
之俗。"①

《尚书·君陈》云"败常乱俗"②，《周易·渐卦·象传》云"山上有木，渐，君
子以居贤德善俗"③；《史记·乐书》云"移风易俗，天下皆宁"，张守节《正
义》释其中的"风"、"俗"云："上行谓之风，下习谓之俗。"④上述例证中的
"俗"皆指习俗、风俗。

　　"俗"又从习俗、风俗衍生出世俗之义，如《庄子·天地篇》"明白入素，
无为复朴，体性抱神，以游世俗之间者"⑤，又如屈原《离骚》"謇吾法夫前修
兮，非世俗之所服"⑥，再如《颜氏家训·教子》"俗谚曰：'教妇初来，教儿婴
孩。'诚哉斯语"⑦，其中的"俗"皆指世俗。值得注意的是，刘熙《释名·释
言语》云："俗，欲也，俗人所欲也。"⑧该义与世俗之义相通。

　　"俗"又从世俗衍生出庸俗之义，如《荀子·儒效》云"有俗人者，有俗儒
者……不学问，无正义，以富利为隆，是俗人者也……其衣冠行伪已同于世
俗矣，然而不知恶者……是俗儒者也"⑨，《吕氏春秋·孟冬纪·异宝》云
"其主俗主也，不足与举"⑩，其中"俗人"、"俗儒"、"俗主"之"俗"皆指庸俗。
总之，"俗"从"习俗、风俗"衍生出"世俗"，再衍生出"庸俗"，这三个涵义乃
是"俗"的核心义项。

　　谭帆先生《"俗文学"辨》认为"俗"有"风俗"之"俗"、"世俗"之"俗"、"雅
俗"之"俗"、"通俗"之"俗"四种涵义，实际上"通俗"之"俗"可涵盖于"世俗"
之"俗"，"雅俗"之"俗"即"庸俗"之"俗"，谭先生"释俗"之论可以看作对
"俗"之核心义项的拓展。谭先生对"俗"还有进一步的阐发：

————————

①许慎撰、段玉裁注《说文解字注》，第659～660页。
②孔颖达《尚书正义》，第492页。
③孔颖达《周易正义》，第217页。
④司马迁《史记》，第1211～1213页。
⑤郭庆藩《庄子集释》，北京：中华书局，1961年版，第438页。
⑥洪兴祖《楚辞补注》，北京：中华书局，1983年版，第13页。
⑦王利器《颜氏家训集解》（增补本），北京：中华书局，1993年版，第8页。
⑧刘熙《释名》，《丛书集成初编》本，上海：商务印书馆，1939年版，第1151册，第57页。
⑨王先谦《荀子集解》，北京：中华书局，1988年版，第138～139页。
⑩陈奇猷《吕氏春秋新校释》，上海：上海古籍出版社，2002年版，第558页。

大体而言，"风俗"之"俗"指称特定的风尚习俗，而风尚习俗又以民间性与下层性为主流；"世俗"之"俗"在道德、情趣和追求上划出了一个独特的人群，这一人群是以现实追求和俗世享受为特色的；"雅俗"之"俗"主要从审美和文艺的角度立论，指在思想情感、表现内容、风格语体方面与"雅"相对举的、趋于下层性的文艺和审美的一脉线索，并在价值评判上作了限定；而"通俗"之"俗"既承"雅俗"之"俗"，又由"世俗"之"俗"演化而来，然更注重下层百姓之内涵。总之，"俗"在古代文献中大体都以下层性为依归，体现了浓重的俗世内涵；同时，古代以"俗"为宗旨的书籍是"自上而下"有意为之的，是有明确创作意图的书面性文字。①

谭先生之论，非常精当，其中"下层性"和"俗世内涵"点出了"俗"之精髓。

雅俗对举以别高下，先秦已有萌芽。《论语·阳货》："子曰：'恶紫之夺朱也，恶郑声之乱雅乐也。'"何晏引孔安国之说曰："朱，正色。紫，间色之好者。恶其邪好而夺正色。"又引包咸之说曰："郑声，淫声之哀者。恶其乱雅乐。"②可见孔子恶"紫之夺朱"，实则是恶"邪之夺正"，恶"郑之乱雅"，实则是恶"淫之乱正"，孔子捍卫的是"正"。此句中"雅"、"郑"对举，可谓后世文艺批评中雅俗观之萌芽。《荀子·儒效》云："有俗人者，有俗儒者，有雅儒者，有大儒者……故人主用俗人则万乘之国亡，用俗儒则万乘之国存，用雅儒则千乘之国安，用大儒则百里之地久，而后三年，天下为一，诸侯为臣，用万乘之国则举错而定，一朝而伯。"③荀子将儒者分成了"俗儒""雅儒"和"大儒"三个层级，治国之才依次递进，这里已有"俗""雅""大"的对举，雅俗的高下之别已非常显豁。

汉代雅俗对举以别高下，应已成为常态，如王充《论衡·四讳》云："夫田婴俗父，而田文雅子也。婴信忌不实义，文信命不辟讳，雅俗异材，举措殊操，故婴名暗而不明，文声驰而不灭。"④王充认为田婴、田文父子，父亲轻信传言乃是"俗父"，儿子见识过人乃是"雅子"，父子二人"雅俗异材"，有

---

① 谭帆《"俗文学"辨——兼谈 20 世纪中国俗文学研究的逻辑进程》，《中国雅俗文学思想论集》，北京：中华书局，2006 年版，第 8～9 页。
② 邢昺《论语注疏》，北京：北京大学出版社，1999 年版，第 240 页。
③ 王先谦《荀子集解》，第 138～141 页。
④ 黄晖《论衡校释》，北京：中华书局，1990 年版，第 978 页。

高下之别。又如刘熙《释名叙》云："熙以为自古造化，制器立象，有物以来，迄于近代，或典礼所制，或出自民庶，名号雅俗，各方多殊。"①其中"名号雅俗"云云，指事物名号有雅有俗，其实也是雅俗对举。

魏晋南北朝时期品评人物、辨别雅俗已成风尚，雅俗对举以品人、评文、鉴乐已成文人习惯。如《世说新语·品藻》刘孝标注引《八王故事》云："胡毋辅之少有雅俗鉴识。"又如该书《赏誉》刘孝标注引《晋阳秋》云："济有人伦鉴识，其雅俗是非，少有优润。"②特别值得注意的是，刘勰《文心雕龙》正式将雅俗作为对立范畴引入文学领域，奠定了后世文艺批评雅俗观的基石。《文心雕龙·定势篇》云"雅俗异势"，《通变篇》云"斟酌乎质文之间，而櫽括乎雅俗之际，可与言通变矣"③，都强调了文学创作和批评中的雅俗之辨。

南北朝之后，雅俗具体内涵随时运之交移而屡有变迁，雅俗之辨一直是文人立身为文的首要功夫，如朱熹《答巩仲至书》云作诗"须先识得古今体制、雅俗向背"④。

中国文化史上的雅俗对举，"雅"一般代表着"正""古""清""逸"等较高层面的文化追求，"俗"一般代表着"奇""今""浊""陋"等较低层面的文化品位，因此贵雅贱俗、崇雅黜俗是文化史的主流，但特定时期也存在以俗为雅、贵俗尚俗的支流。另外，每个时代的雅俗内涵不尽相同，雅俗边际也就游移不定，正如王国维先生所云："雅俗古今之分，不过时代之差，其间固无界限也。"⑤其实王先生所云"其间固无界限"应理解为雅俗之间没有清晰的界线，但实际上两者还是有大体的界分。简言之，文化史上的雅俗之分，确定之界恐无，大体之界仍有。一般而言，贵族文化、士人文化因其较高的文化品格对应于雅文化，而乡民文化和市民文化则因其较低的文化品位而对应于俗文化。

（二）大传统与小传统的对举

贵族文化、士人文化与乡民文化、市民文化在文化品格上有雅文化与

---

① 刘熙《释名》，《丛书集成初编》本，第1151册，第1页。

② 余嘉锡《世说新语笺疏》，北京：中华书局，2007年版，第607、509页。

③ 刘勰撰、范文澜注《文心雕龙注》，北京：人民文学出版社，1962年版，第530、520页。

④ 朱熹《晦庵先生朱文公文集》卷六四，《朱子全书》，上海、合肥，上海古籍出版社、安徽教育出版社，2002年版，第23册，第3095～3096页。

⑤ 王国维《尔雅草木虫鱼鸟兽释例》，《王国维遗书》第6册，上海古籍书店1983年影印版。

俗文化之别,在文化传承上则有大传统与小传统之分。大传统(great tra-
dition)与小传统(little tradition)之说,源于美国人类学家罗伯特·芮德菲
尔德(Robert Redfield)1956 年在芝加哥大学出版社出版的《农民社会与文
化——人类学对文明的一种诠释》(*Peasant Society and Culture——An
Anthropological Approach to Civilization*)。① 芮德菲尔德在书中提出
"在某一种文明里面,总会存在着两个传统":

> 　　其一是一个由为数很少的一些善于思考的人们创造出的一种大
> 传统,其二是一个由为数很大的、但基本上是不会思考的人们创造出
> 的一种小传统。大传统是在学堂或庙堂之内培育出来的,而小传统则
> 是自发地萌发出来的,然后它就在它诞生的那些乡村社区的无知的群
> 众的生活里摸爬滚打挣扎着持续下去。②

芮德菲尔德认为这两种传统是有所不同的:

> 　　跟随着低层次的文化走的人们和跟随着高层次文化走的人们是
> 有着相同的高低标准和是非标准的。如果把两种传统分别看成是一
> 种基本价值观,或看成是一种普世价值的话,我们就会意识到它们俩
> 彼此是很相似的,但显然又是有所不同的。③

同时,芮德菲尔德认为这两种传统相互依赖、相互影响:

> 　　这两种传统——即大传统和小传统——是相互依赖的;这两者长
> 期来都是相互影响的,而且今后一直会是如此……不少伟大的史诗作
> 品的题材都是源之于平民百姓一代传一代的逸事传闻的精华部分;而
> 且一首史诗写完之后也往往会回流到平民百姓中间去,让后者对它再
> 加工和重新融入到种种的地方文化中去……孔夫子的那一套经典并
> 非是他独自一人在那里冥思苦想出来的。但话说回来,平民百姓……
> 对孔夫子写出的经典的内容的理解……在过去是,今后仍然是,只会
> 按照他们自己的方式去理解,而不会是按照……孔丘所希望的方式去
> 理解的。我们可以把大传统和小传统看成是两条思想与行动之河流;

---

① (美)罗伯特·芮德菲尔德《农民社会与文化——人类学对文明的一种诠释》,王莹译,北京:中国
　社会科学出版社,2013 年版。
② (美)罗伯特·芮德菲尔德《农民社会与文化——人类学对文明的一种诠释》,王莹译,第 95 页。
③ (美)罗伯特·芮德菲尔德《农民社会与文化——人类学对文明的一种诠释》,王莹译,第 116 页。

它们俩虽各有各的河道，但彼此却常常相互溢进和溢出对方的河道。①芮德菲尔德还认为这两种传统双向互动、互为表里：

> 一个大传统所包含的全部知识性的内容都实际上是脱胎于小传统的。一个大传统一旦发展成熟之后倒变成了一个典范了；于是这么一个典范便被当局拿出来推广，让所有跟随着小传统走的人们都来向这个典范学习。其实大传统和小传统是彼此互为表里的，各自是对方的一个侧面……
>
> 应该把小传统和大传统之间的双向的互动理解成为两个具有互补性影响的发生过程。②

芮德菲尔德的大、小传统之说作为文化人类学的分析工具，很快被借鉴到中国学界，并运用于文化研究领域。台湾李亦园先生是较早运用大、小传统之说解读华夏文化的中国学人，他在 1993 年香港举行的"文化中国"研讨会上发表《从民间文化看文化中国》，提出中国的"大传统"与"小传统"有"共通的文化准则"，③并在 1995 年发表《传统中国宇宙观与现代企业行为》，进一步阐发此观点，认为：

> 儒家的经典哲学与一般老百姓的行为之间，实际上存在着一层共通的文化意念，那就是中国人的宇宙观及其最基本的运作原则。由于此一共通的文化法则的存在，所以才能使中国的"大传统"与"小传统"两层文化之间即使有不同的看法，却仍表现出许多相同的行为……
>
> 中国文化中的宇宙观及其最基本的运作法则是对和谐与均衡的追求，也就是经典中所说"致中和"的原意。为达到最高均衡与和谐的境界，则是要在三个层面上共同获得各自的均衡与和谐……1. 自然系统（天）的和谐（时间的和谐、空间的和谐）；2. 个体系统（人）的和谐（内在

---

① （美）罗伯特·芮德菲尔德《农民社会与文化——人类学对文明的一种诠释》，王莹译，第 96～97 页。
② （美）罗伯特·芮德菲尔德《农民社会与文化——人类学对文明的一种诠释》，王莹译，第 116、123 页。
③ 李亦园《从民间文化看文化中国》，《李亦园自选集》，上海：上海教育出版社，2002 年版，第 225～240 页。

的和谐、外在的和谐);3.人际关系(社会)的和谐(人间的和谐、超自然界的和谐)。①

如果说李先生更多关注中国文化大、小传统的共通性,余英时先生则更多关注两种传统的互动性。余先生 1987 年出版专著《士与中国文化》,其中《汉代循吏与文化传播》一文,运用"大、小传统"理论,分析了汉代循吏在大、小传统互动中发挥的作用,阐发了汉代大传统对当时小传统的影响,并总结出一些关于中国文化大、小传统关系的普泛性观点:

> 欧洲的大传统和一般人民比较隔阂,成为一种"封闭的传统"(closed tradition)……一般地说,大传统和小传统之间一方面固然相互独立,另一方面也不断地相互交流。所以大传统中的伟大思想或优美诗歌往往起于民间;而大传统既形成之后也通过种种管道再回到民间,并且在意义上发生种种始料所不及的改变。但理论上虽然如此,在实际的历史经验中这两个传统的关系却不免会因每一个文化之不同而大有程度上的差异。和其他源远流长的文化相较,我们可以肯定地说:中国大、小传统之间的交流似乎更为畅通……
>
> 汉代大、小传统之间的交流尤其活泼畅遂,文人学士对两种传统的文献都同样加以重视……汉代以后,中国大、小传统逐渐趋向分隔,但儒家关于两个传统的关系的看法则没有发生根本的改变。②

葛兆光先生认为中国文化的大、小传统与有自己的特殊内涵:

> "大传统"并不专指儒道等经典文化,"小传统"也并不专指乡村社会的民间文化,前者也不一定只是在学校与寺庙中传授,而后者也并不一定只是在乡村生活中传播与承袭。"大传统"在我们这里是一个时代最高水准的思想与文化,其代表是一批知识精英,但它们未必是社会的"上层",也未必能够成为"正统",除非他们的知识与权力进行过交融或交易,而形成制约一般思想的意识形态;而"小传统"的人员构成也并不仅仅包括一般百姓,还包括那些身份等级很高而文化等级很低的皇帝、官员、贵族以及他们的亲属,他们并不以文字来直接表述

---

① 李亦园《传统中国宇宙观与现代企业行为》,载乔健、潘乃谷主编《中国人的观念与行为》,天津:天津人民出版社,1995 年版,第 18~19 页。
② 余英时《士与中国文化》,上海:上海人民出版社,1987 年版,第 132~138 页。

他们的思想，而只是在行为中表现他们潜在的观念，他们并不以思想或文化活动为职业，因而不大有那种思想与文化的焦虑，更注重实际社会和生活的具体问题。①

上海师范大学吾淳先生则对大、小传统的划分标准进行了新的阐发：

> 就语词来说，以精英与大众来定义"大传统"与"小传统"并非科学。事实上，国家或政府层面的某种价值导向未必就一定是大传统，也并非所谓精英层面的思想就一定是大传统；民间或民俗层面的某种观念或价值取向也未必就一定是小传统；并且国家层面的文化传统与地方层面的文化传统未必就是对立的，它们完全可能是一致的或统一的，而且在许多情况下，精英与大众也并无二致。确定"大传统"与"小传统"只有一条标准，也是唯一的标准，这就是应从主流与非主流的角度来理解。②

还有学者从大、小传统与人性的关系、与社会秩序的关系，对两种传统的主导倾向进行新的阐发，认为：

> "大传统"是由学者、思想家、宗教家反省深思所产生的精英文化……主要指在某一社会中占据着主导地位的价值系统……"小传统"指一般社会大众（特别是乡民或俗民），和作为自然人的社会上层的士绅、知识分子身上的违背大传统的人性本能的思想及其外化，即在其社会中非主导地位的形形色色的各种价值系统……大传统主要维护人性中的普遍利益追求，而小传统既维护人性中的普遍利益追求，又维护人性中的个性利益追求。人的七情六欲，乃至自私、贪欲、懒惰、妒嫉等本性可能在其中彰显。而这些"恶"性，与大传统中的儒家道德自律，法家的律令，道家贵无等要旨存在着固有矛盾。③

综上所述，笔者认为，就中国文化而言，大传统是主要维护人性中的普遍利益追求、着眼于社会秩序建构，并占据主导地位、发挥主流影响的价值系统，小传统则是维护人性中的多元利益追求、着眼于世俗生活，居于从属

---

① 葛兆光《中国思想史》（第一卷），上海：复旦大学出版社，1997 年版，第 220 页。
② 吾淳《重新审视芮德菲尔德的"大传统"与"小传统"理论》，《上海师范大学学报》（哲社版）2017 年第 1 期。
③ 翁频《近二十年国内外大、小传统学说研究述论》，《漳州师范学院学报》（哲社版）2009 年第 4 期。

地位、发挥非主流影响的价值系统。按照这种理解,士人文化更多蕴涵大传统的因子,而贵族文化、市民文化、乡民文化则更多体现小传统的特色。大、小传统的分析框架可以适用于士人文化与市民文化的关系探讨。

(三)主文化与亚文化的关联

贵族文化、士人文化与乡民文化、市民文化在文化地位上有主文化与亚文化之异。马克思和恩格斯在《德意志意识形态》中指出:

> 统治阶级的思想在每一个时代都是占统治地位的思想。这就是说,一个阶级是社会上占统治地位的物质力量,同时也是社会上占统治地位的精神力量。支配着物质生产资料的阶级,同时也支配着精神生产的资料,因此,那些没有精神生产资料的人的思想,一般地是受统治阶级支配的。占统治地位的思想不过是占统治地位的物质关系在观念上的表现,不过是表现为思想的占统治地位的物质关系。[①]

马克思和恩格斯将某个民族某个时代中的思想文化区分为"占统治地位的精神力量"和"受统治阶级支配的"的思想文化两种层次。后来列宁发展了马克思、恩格斯的观点,在《关于民族问题的批评意见》中提出了"两种民族文化说":

> 每个民族文化,都有一些民主主义的和社会主义的即使是不发达的文化成分,因为每个民族都有被剥削劳动群众,他们的生活条件必然会产生民主主义的和社会主义的意识形态。但是每个民族也都有资产阶级的文化(大多数还是黑帮的和教权派的),而且这不仅表现为一些"成分",而表现为占统治地位的文化……
> 每一个现代民族中,都有两个民族。每一种民族文化中,都有两种民族文化。[②]

马克思、恩格斯关于思想文化两种层次的论断、列宁的"两种民族文化说",实际上就是根据地位、影响对民族思想文化的二分,这对后来社会学家将文化二分为"主文化"和"亚文化"有"导夫先路"之功。

[①] 马克思、恩格斯《德意志意识形态》,《马克思恩格斯全集》(第二版),北京:人民出版社,2002 年版,第 3 卷,第 52 页。
[②] 列宁《关于民族问题的批评意见》,《列宁全集》第 24 卷,北京:人民出版社,1990 年第 2 版,第125~134 页。

亚文化(subculture,也译作"次文化"、"副文化")最早由美国芝加哥学派使用于 1940 年代,指称边缘群体、弱势群体等对主导文化和权力的反抗所形成的文化。陶东风、胡疆锋先生主编《亚文化读本》认为:

> 在文化研究的视野中,亚文化是通过风格化的和另类的符号对主导文化进行挑战从而建立认同的附属性文化。亚文化有三个主要特点:其一,亚文化具有"抵抗性"。"某些社会群体"遭遇到了某种特殊处境,与更广泛的文化(主导文化和父辈文化)发生了"具体矛盾",呈现出异端、越轨的倾向;其二,亚文化具有"风格化"特征。亚文化的"抵抗"采取的不是激烈和极端的方式,而是较为温和的"协商",主要体现在审美领域、休闲、消费等领域,是"富有意味和不拘一格的";其三,亚文化具有"边缘性"。与"更广泛的文化"相比,亚文化的主体多处在边缘、弱势以及"地下"等"特殊地位"。①

可见"亚文化"是社会学领域和当代文化研究领域的学术话语,后来学者借此话语用于更为广泛的、贯通古今的文化研究领域,并形成"主文化"(又称"核心文化"、"主体文化")与"亚文化"("次文化"、"副文化")的文化二分框架。所谓"主文化","即一种文化中占主导地位的文化成分,它是核心文化价值或文化核心在社会文化中的层面体现……核心文化形成一种文化的主导生活方式,并体现出该文化的本质特征,它对环境的动态适应程度,通常是解释该文化系统兴衰变迁的主要依据;同时,它控制调度各亚文化成分的强弱程度,也是观察该文化系统运行状态的重要参照"。所谓"亚文化",指"群体文化(尤指民族文化)中与主文化具有价值歧异并居于从属地位的各种文化成分……一般说来,群体文化的各种亚文化都是其主体文化的必要补充,在主文化功能不及、甚或起副作用的场合中扮演着丰富生活、转换心理、协调冲突、反抗传统、弥补欠缺等功能角色。既有与主文化相对立的一面,又有与主文化相统一的一面。亚文化可能是群内萌生的新文化成分,或比较陈旧的传统文化成分,也可能是来自群外的异文化成分。亚文化体现出群体文化的多元性,一种文化所具有的亚文化成分越多、与主

---

①陶东风、胡疆锋主编《亚文化读本·前言》,北京:北京大学出版社,2011 年版,第 3 页。

文化的关系越融洽,则该文化就越有活力,发展前途越大"。① "亚文化"体系中,与主文化极端矛盾的亚文化,学界又称为"反文化"(counterculture或 contraculture)。② 主文化、亚文化或者主文化、亚文化、反文化的分析框架,现已广泛运用于文化研究领域。③ 按照这个分析框架,士人文化应属主文化,乡民文化、市民文化则属亚文化,主文化、亚文化的分析框架可以适用于士人文化与市民文化的关系探讨。

二、小说概念的厘清

(一)从小道之说到诸子之末

"小说"一词,据现存文献首见于《庄子·外物》,该篇云:

> 夫揭竿累,趣灌渎,守鲵鲋,其于得大鱼难矣,饰小说以干县令,其于大达亦远矣。

成玄英疏云:

> 累,细绳也。鲵鲋,小鱼也。担揭细小之竿绳,趋走溉灌之沟渎,适得鲵鲋,难获大鱼也。干,求也。县,高也。夫修饰小行,矜持言说,以求高名令(问)〔闻〕者,必不能大通于至道。④

此处"小说"与"大达"相对,陈鼓应将其分别译为"浅识小语"和"明达大智",⑤甚确。鲁迅也指出《庄子》此处所云"小说"乃"琐屑之言,非道术所在,与后来所谓小说者固不同"⑥。可见,"小说"本义指未臻于大道的浅薄琐屑之言论,亦即小道之说。

"小说"的这一最初内涵,在《荀子·正名》篇也可找到佐证。该篇有云:"故知者论道而已矣,小家珍说之所愿皆衰矣。"关于"知者",学界多认

①冯天瑜主编《中国文化辞典》"核心文化"、"亚文化"词条,武汉:武汉大学出版社,2001年版,第5页。

②"反文化"(counterculture 或 contraculture),是由研究美国1960年代青年运动的学者提出来的,见 Yinger, J. Milton"Contraculture and Subculture",*American Sociological Review*25, 1960.后来该术语也被学界借用于更为广泛的、贯通古今的文化研究领域。

③如高丙中《主文化、亚文化、反文化与中国文化的变迁》,《社会学研究》1997年第1期。

④郭庆藩《庄子集释》,第925~927页。

⑤陈鼓应《庄子今注今译》,北京:中华书局,1983年版,第708页。

⑥鲁迅《中国小说史略》,上海:上海古籍出版社,1998年版,第1页。

为即"智者"。关于"小家珍说"，刘师培曰："珍，疑作'紾'。《孟子》赵注云：'紾，戾也。'又与'轸'同，《方言》：'轸，戾也。'则'紾说'即僻违、乖戾之说。"钟泰曰："珍者，异也。珍说，异说也。"①刘氏、钟氏之说皆通。此处"小家珍说"作为"知者论道"的对立面出现，乃是荀子对宋子、墨子之类学说的蔑称，指与智者论道之言相对应的僻违、乖戾之异说。《荀子·正名》之"小家珍说"与《庄子·外物》之"小说"内涵大致相同，都是诸子论争中贬损对方为小道之说的鄙称。

　　《庄子·外物》和《荀子·正名》确定了"小说"乃"小道之说"的义界，两汉之际的桓谭《新论》则进一步对"小说"（"小道之说"）的特点和价值进行了阐发。该书云："若其小说家合丛残小语，近取譬论，以作短书，治身理家，有可观之辞。"②这段话有至少有三个要点。第一、所谓"丛残小语""以作短书"，既指小道之说在内容上丛杂、形式上短小，又隐含着对"小道之说"的价值评判。这可以从东汉初年王充《论衡》对"丛残""短书"的批驳得到佐证。《论衡·书解》："古今作书者非一，各穿凿失经之实，违传人（之）质，故谓之丛残。"《论衡·骨相》："在经传者，较著可信。若夫短书俗记，竹帛胤文，非儒者所见，众多非一。"《论衡·谢短》又云："二尺四寸，圣人文语，朝夕讲习，义类所及，故可务知。汉事未载于经，名为尺籍短书，比于小道，其能知，非儒者之贵也。"③书中将失经之实、违传之质称为"丛残"，将"非儒者所见""非儒者之贵"的小道之说称为"短书"。王充《论衡》与桓谭《新论》时代相去不远，王充对"丛残""短书"的理解应该代表了那个时代儒者的主流观点。桓谭《新论》指出小说家"合丛残小语"、"以作短书"正是儒者对儒家之外"失经之实、违传之质"的学派（"小说家"）带有贬义的陈述。第二、所谓"近取譬论"，指"小说"（小道之说）借用外物譬喻来形象说理，这点出了"小说"（小道之说）形象说理的特点。第三、所谓"治身理家，有可观之辞"，是桓谭在判定"小说"为"合丛残小语""以作短书"的"小道之说"的前提下，对其价值的一种有限肯定。所谓"有可观之辞"，应该也是继承了《论语》"小道可观"的思想。《论语·子张》云："子夏曰：'虽小道，必有可观

---

①王天海《荀子校释》，上海：上海古籍出版社，2005年版，第925～927页。
②《文选》卷三一《江文通杂体诗三十首》之《李都尉从军》李善注引桓谭《新论》，上海：上海古籍出版社，1986年版，第1453页。
③黄晖《论衡校释》，第1157、112、557～558页。

者焉,致远恐泥,是以君子不为也。'"①可谓整体贬抑("致远恐泥""君子不
为")的情况下肯定其局部价值("小道""可观")。桓谭《新论》与《论语·子
张》的论述,虽有先抑后扬与先扬后抑之别,但在大抑小扬的主旨方面是一
脉相承的。

　　班固《汉书·艺文志》对"小说"("小道之说")的起源和价值做了非常
经典的阐发,并将其作为一个学派附于子部之末。② 该书云:

> 　　小说家者流,盖出于稗官。街谈巷语,道听途说者之所造也。孔
> 子曰:"虽小道,必有可观者焉,致远恐泥,是以君子弗为也。"然亦弗灭
> 也。闾里小知者之所及,亦使缀而不忘。如或一言可采,此亦刍荛狂
> 夫之议也。③

引文首先探讨了"小说"("小说家")的起源,认为是"出于稗官,街谈巷语,
道听途说者之所造",这里实际上包含着"小说"出身卑微、可信度低的价值
判断。引文接着引用《论语》并加以发挥,肯定了"小说"虽然作为"小道"亦
有"可观"之处,亦有"如或一言可采,此亦刍荛狂夫之议"的价值。班固明
确将"小说"与"小道"相联结,继承了先贤对"小说"的性质判定(说"小道"
的说理之作);同时,班固阐发"小说"的价值,也继承了先贤对"小说"大抑
小扬的价值判断。正因为这样的性质判定,所以"小说"被置于诸子略(即
后来的"子部"主干);也正因为这样的价值判断,所以"小说"被置于末尾。
"小说"被归于"诸子略",表明其与"入道见志"④的诸子著作性质相似或相
近,主要为论说性文字⑤,但又因其浅薄、悠缪⑥,故而只能殿后。"小说"被
置于"诸子略"末尾,其原因还可从《汉书·艺文志·诸子略序》找到线索。
该序云:"诸子十家,其可观者九家而已……今异家者各推所长,穷知究虑,

---

①邢昺《论语注疏》,李学勤主编标点本,北京:北京大学出版社,1999 年版,第 256 页。

②班固《汉书·艺文志》基本上是继承刘歆《七略》,故而该篇论断实际上体现了西汉后期的思想
　主张。

③班固《汉书》,第 1745 页。

④《文心雕龙·诸子》云:"诸子者,入道见志之书。"刘勰撰、范文澜注《文心雕龙注》,第 307 页。

⑤《汉志》著录小说十五家,近于史而带有一定叙事性的有《青史子》《周考》《臣寿周纪》《百家》共 4
　种,类乎子而以论说性为主的有《伊尹说》《鬻子说》《师旷》《务成子》《宋子》《天乙》《黄帝说》共 7
　种,另有方士之书《封禅方说》《待诏臣饶心术》《待诏臣安成未央术》《虞初周说》共 4 种,这些方
　士之书也是以论说为主。如此一来,《汉志》15 种小说中有 11 种为论说性著述。

⑥鲁迅《中国小说史略》评价《汉志》所录"小说"云:"诸书大抵或托古人,或记古事,托人者似子而
　浅薄,记事者近史而悠缪者也。"第 2～3 页。

以明其指，虽有蔽短，合其要归，亦六经之支与流裔……若能修六艺之术，而观此九家之言，舍短取长，则可以通万方之略矣。"①该序认为诸子十家中可观者有九家（儒家、道家、阴阳家、法家、名家、墨家、纵横家、杂家、农家），特地将小说家排除在外。后面的论述中又认定除了小说家之外的其它九家"亦六经之支与流裔"，并肯定了九家之言的价值。该序清晰地呈现出"小说"（"小说家"）的地位，虽然"可观"，但毕竟是"小道"，不能与谈论"大道"的诸子九家分庭抗礼。

《汉书·艺文志》对"小说"明确提出的"小道可观"价值判断，以及由此而来的将"小说"（"小说家"）附于诸子之末的目录安排，对后世产生了深远影响。就"小道可观"价值判断而言，魏晋南北朝时期，"小说"一词仍有"小道"之义项，如曹魏时期徐干《中论·务本第十五》："夫详于小事而察于近物者，谓耳听乎丝竹歌谣之和，目视乎雕琢采色之章，口给乎辩慧切对之辞，心通乎短言小说之文，手习乎射御书数之巧，体骛乎俯仰折旋之容。"②直到隋唐时期，"小说"一词也仍然有"小道"义项之用例，如白居易《策林·黜子书》："臣闻：仲尼没而微言绝，七十子丧而大义乖。大义乖，则小说兴；微言绝，则异端起。于是乎歧分派别，而百氏之书作焉……斯所谓排小说而扶大义，斥异端而阐微言，辨惑向方，化人成俗之要也。"③而"小道可观"的论断，更是被后世屡屡征引。④就"小说"附于诸子之末的目录安排而言，后世正统的史志书目、官方藏书目录、私家藏书目录以及其它目录类著述莫不奉为圭臬，鲜有例外。

（二）从诸子之末到史书之余

"小说"一词在南朝梁武帝时期，在原有"小道之说"的内涵之外，又衍生出"野史传说"的义项，这是从殷芸编辑《小说》发轫的。⑤刘知几《史通·杂说中》云："刘敬昇《异苑》称晋武库失火，汉高祖斩蛇剑穿屋而飞，其

---

① 班固《汉书·艺文志·诸子略序》，第 1746 页。
② 徐干《中论》，《丛书集成初编》本，上海：商务印书馆，1939 年版，第 530 册，第 28 页。
③ 白居易《策林·黜子书》，《白居易集》，北京：中华书局，1979 年版，第 1361～1362 页。
④ 如宋代曾慥在《类说序》中云"小道可观，圣人之训也"（曾慥《类说》，北京图书馆古籍珍本丛刊本，北京：书目文献出版社，1988 年版，第 1 页），又如明代小说家有以"可观道人"名其别号者。
⑤ 其实，《汉志》著录小说十五家中已有《青史子》、《周考》、《臣寿周纪》、《百家》共 4 家"近史而悠缪"（鲁迅语），可谓野史传说。这应该是后世"小说"发展出"野史传说"新义项的源头之一。

言不经。致梁武帝令殷芸编诸《小说》。"①姚振宗《隋书·经籍志考证》称："案此殆是梁武作《通史》时事,凡此不经之说为《通史》所不取者,皆令殷芸别集为《小说》,是此《小说》因《通史》而作,犹《通史》之外乘也。"②殷芸奉梁武帝之命,将《通史》所不取的"不经之说"汇编成书,取名"小说"。

"小说"本义是"小道之说",是论说"小道"的说理性文字,而殷芸所编素材大部分应该是正史(《通史》)所不取的野史传说等叙述性文字,性质本来不同,那么殷芸为何要"张冠李戴"呢?可能两者有共同性,《汉志》云"小说"乃"街谈巷语,道听途说者之所造"的"小道之说",这与"不经之说"的野史传说,虽有说理性文字与叙述性文字的区别,但在"非正统""非主流""不经"这一点上若合符契,故而殷芸大胆借用"小说"一词以名其书,从而赋予"小说"一词以新的内涵,使该词衍生出新的义项。

借用"小说"一词指称正史之外的野史、传说,殷芸开创的这个先例得到了唐人的积极响应。李延寿《北史》卷一〇〇《序传》云:"然北朝自魏以还,南朝从宋以降,运行迭变,时俗污隆,代有载笔,人多好事,考之篇目,史牒不少,互陈闻见,同异甚多。而小说短书,易为湮落,脱或残灭,求勘无所。"③其中的"小说短书"当指北魏、刘宋以降"互陈见闻"的杂史、杂传之书。刘知几《史通·杂述》云:"是知偏记小说,自成一家。而能与正史参行,其所由来尚矣。爰及近古,斯道渐烦。史氏流别,殊途并骛。"④将"偏记小说"列入史氏之流,且与"正史"相对,可见刘氏视"偏记小说"为正史之外的史书类著述。刘𫗧《隋唐嘉话自序》云:"余自髫𫄧之年,便多闻往说,不足备之大典,故系之小说之末。"⑤此处"小说"显然指"不足备之大典(正史)"的野史传说。从上述例证可知,到唐代以"小说"之名指称正史之外的野史传说已成风习。

从魏晋南北朝到隋唐时期,人们逐渐将有别于正史的野史传说视为"小说",应该与这段时期史书的迅猛发展、"正""野"分流以及史学理论的孕育成熟息息相关。汉末以降,私家撰述蜂起,史籍大量涌现,正如《隋

① 刘知几撰、浦起龙释《史通通释》,上海:上海古籍出版社,1978年版,第480页。
② 姚振宗《隋书经籍志考证》卷三二,《续修四库全书》本,上海:上海古籍出版社,2002年版,第915册,第499页。
③ 李延寿《北史》,北京:中华书局,1974年版,第3344～3345页。
④ 刘知几撰、浦起龙释《史通通释》,第273页。
⑤ 刘𫗧《隋唐嘉话》,北京:中华书局,1979年版,第1页。

书·经籍志》"杂史"类"小序"所云："灵、献之世，天下大乱，史官失其常守。博达之士，愍其废绝，各记闻见，以备遗亡。是后群才景慕，作者甚众。"①这些史籍良莠不齐，杂史杂传、野史传说错出其间。史学家和学者面对这些纷繁庞杂的史籍，开始进行甄别和清理。他们以"实录""劝惩""雅正"等正统的著史之道为准绳，对杂史杂传、野史传说中的穿凿、讹滥、怪诞进行了批评。如刘勰《文心雕龙·史传》批评某些杂史杂传云："盖文疑则阙，贵信史也。然俗皆爱奇，莫顾实理。传闻而欲伟其事，录远而欲详其迹，于是弃同即异，穿凿傍说，旧史所无，我书则传，此讹滥之本源，而述远之巨蠹也。"②又如《隋书·经籍志》"杂史"类"小序"批评杂史云："自后汉已来，学者多钞撮旧史，自为一书，或起自人皇，或断之近代，亦各其志，而体制不经。又有委巷之说，迂怪妄诞，真虚莫测。"③这些批评实际上是将杂史杂传、野史传说与传统正史进行了"正""野"分流。唐代史学发达，刘知几《史通》的问世标志着史学理论的发展成熟。该书《杂述》篇对有别于正史的偏记小说（一曰偏纪，二曰小录，三曰逸事，四曰琐言，五曰郡书，六曰家史，七曰别传，八曰杂记，九曰地理书，十曰都邑簿）条分缕析，既批评了其中的"琐碎""丛残""鄙朴""真伪不别，是非相乱"，又部分肯定了这些史籍的参考价值。④ 以刘知几为代表的史学家将杂史杂传、野史传说视为"偏记小说"，带有批评之意，这是在清理门户，但对"小说"而言，却因被借用来鄙称野史传说而得以厕身史书之末。

宋代学者继承了唐人将野史传说视为"小说"的作法，并通过史志目录安排将其定型。司马光撰《资治通鉴》，坦言"遍阅旧史，旁采小说"⑤，甚而认为"实录、正史未必皆可据，杂史、小说未必皆无凭"⑥，将小说视为对正史的补充。陆游《老学庵笔记》云："《隋唐嘉话》云：'崔日知恨不居八座。及为太常卿，于厅事后起一楼，正与尚书省相望，时号"崔公望省楼"。'又小说载：御史久次不得为郎者，道过南宫，辄回首望之，俗号'拗项桥'。如此

---

① 魏征等《隋书·经籍志》，北京：中华书局，1973年版，第962页。
② 刘勰撰、范文澜注《文心雕龙注》，第287页。
③ 魏征等《隋书·经籍志》，第962页。
④ 刘知几撰、浦起龙释《史通通释》，第273～281页。
⑤ 司马光《资治通鉴进书表》，《资治通鉴》卷末附录，北京：中华书局，1956年版，第9607页。
⑥ 司马光《答范梦得书》，《全宋文》，上海、合肥，上海辞书出版社、安徽教育出版社，2006年版，第56册，第80页。

之类,犹是谤语。"①其中的"小说"也是指有别于正史的野史笔记。宋人所编史志目录中,欧阳修等人所编《新唐书·艺文志》颇可注意。该志将前志归属于杂史杂传的荒诞不经的野史、传说、笔记等大量文章书籍改隶小说类,同时该志小说类也著录了《诫子拾遗》《家范》《猗狂子》等"小道之说"性质的杂书,可见宋人认为"小说"既应包括野史传说,也应包括"小道之说"。只是这两类的比重是前者愈多而蔚为大国、后者渐少而变为附庸。《新唐书·艺文志》"小说类"的目录安排被后世史家和学者继承,"至此,'小说'指'正史之外的野史、传说'成为中国传统文言小说观的主体和主流"②,同时,"将'小说'视为有别于正史的野史、传说直接促成了中国古代小说'史之余'观念的形成和发展,故'补史'是中国古代小说一个重要的价值功能,也是促成中国古代小说发展繁荣的一个重要因素"③。如明代笑花主人《今古奇观序》直截了当地指出:"小说者,正史之余也。"④

(三)从说话伎艺到说话文本

"小说"除了"小道之说"、"野史传说"的义项,还曾作为民间"说话"伎艺名称而出现于史籍之中。现在发现较早的记载是《三国志·魏书》卷二一《王粲传》裴松之注引《魏略》云:"太祖遣淳诣植。植初得淳甚喜,延入坐,不先与谈。时天暑热,植因呼常从取水自澡讫,傅粉。遂科头拍袒,胡舞五椎锻,跳丸击剑,诵俳优小说数千言讫,谓淳曰:'邯郸生何如耶?'"⑤相关的记载还有《三国志·魏书》卷二一《王粲传》裴松之注引《吴质别传》云:"酒酣,质欲尽欢。时上将军曹真性肥,中领将军朱铄性瘦,质召优,使说肥瘦。"⑥《隋书》卷五八《陆爽传》附"侯白传"云:"好学有捷才,性滑稽,尤辩俊。举秀才,为儒林郎。通侻不恃威仪,好为诽谐杂说,人多爱狎之,所在之处,观者如市。"⑦第一条引文云"诵俳优小说",第二条引文云"召优使说肥瘦",第三条引文云"好为诽谐杂说",这里的"说"几乎都与"俳优"

---

① 陆游《老学庵笔记》,北京:中华书局,1979年版,第52页。
② 谭帆等著《中国古代小说文体文法术语考释》之《"小说"考》,上海:上海古籍出版社,2013年版,第10页。
③ 谭帆等著《中国古代小说文体文法术语考释》之《"小说"考》,第13页。
④ 笑花主人《今古奇观序》,抱瓮老人辑《今古奇观》卷首,上海图书馆藏明刻本。
⑤ 陈寿《三国志》,第603页。
⑥ 陈寿《三国志》,第609页。
⑦ 魏征等《隋书》,第1421页。

"优"相关，可见此"说"并非普通的言说，而是专业人员（"俳优""优"）表演的口头伎艺，这种伎艺应该以讲说为主要形式。这种"说"或名为"杂说"，或名为"小说"，但实质可能一致。

到了唐代，作为一种伎艺的"说"更加发达，进一步发展为职业化的表演形式。同时，此"说"又衍化出"民间小说""市人小说"的新形式。《唐会要》卷四载："（元和十年）五月，韦绶罢侍读，绶好谐戏，兼通人间小说。"[1]段成式《酉阳杂俎》续集卷四《贬误篇》载："予太和末，因弟生日观杂戏。有市人小说呼扁鹊作褊鹊，字上声，予令座客任道昇字正之。市人言二十年前尝于上都斋会设此，有一秀才甚赏某呼扁字与褊同声，云世人皆误。"[2]前条引文云"绶好谐戏，兼通人间小说"，后条引文云"观杂戏，有市人小说"，可见此处"民间小说""市人小说"是与谐戏、杂戏并列的一种伎艺形式。

从魏晋时期的"俳优小说"到唐代的"人间小说""市人小说"，"小说"都是"说话"伎艺的重要名称。而到了宋代，"小说"更是明确成为"说话"伎艺的重要门类专称。宋代"说话"有"四家数"之分，其中"小说"是四家之一。灌圃耐得翁《都城纪胜》"瓦舍众伎"条云："说话有四家：一者小说，谓之银字儿，如烟粉、灵怪、传奇，说公案，皆是朴刀杆棒，及发迹变泰之事……最畏小说人，盖小说者能以一朝一代故事，顷刻间提破。"[3]其中"烟粉、灵怪、传奇，说公案，皆是朴刀杆棒及发迹变泰之事"云云，点出了"小说"不同于其它三家的题材内容；而"最畏小说人"云云，可见"小说"在四家之中的实力和影响。

"小说"作为宋代"说话"伎艺的重要门类，本来是一种伎艺名称。当"小说"家讲说的文本被整理出版时，这些文本往往被冠以"小说"之名。如元刻本《新编红白蜘蛛小说》末尾题"新编红白蜘蛛小说"，就是将用"小说"伎艺讲说"红白蜘蛛"而形成的文本名为"小说"。又如《清平山堂话本》（《六十家小说》），其中的宋元旧篇卷末常有"小说……终"的篇末题记，也是将"小说"家讲说的文本名为"小说"。如此一来，"小说"就从伎艺名称变

---

[1] 王溥《唐会要》，北京：中华书局，1955 年版，第 47 页。
[2] 段成式《酉阳杂俎》，北京：中华书局，1981 年版，第 240 页。
[3] 灌圃耐得翁《都城纪胜》，见孟元老等著《东京梦华录》（外四种），上海：古典文学出版社，1956 年版，第 98 页。

成了该伎艺形成的文本。

（四）从说话文本到通俗文体

明清时期，在小说话本、讲史话本等话本基础上发展而来的白话通俗小说迅猛发展。人们开始用"小说"来指称这一类作品，如天都外臣在《水浒传叙》中专以"小说"指称《水浒传》等白话通俗小说："小说之兴，始于宋仁宗。于时天下小康，边鄙未动。人主垂衣之暇，命教坊乐部，纂取野记，按以歌词，与秘戏优工，相杂而奏。是后盛行，遍于朝野，盖虽不经，亦太平乐事，含哺击壤之遗也。其书无虑数百十家，而《水浒》称为行中第一。"①此时，"小说"已有文体的意义。后来，"小说"的指称又从白话通俗小说泛化至包括白话、文言在内的所有通俗小说。清罗浮居士《蜃楼志序》对"小说"的界定可谓典型："小说者何，别乎大言言之也。一言乎小，则凡天经地义，治国化民，与夫汉儒之羽翼经传，宋儒之正心诚意，概勿讲焉。一言乎说，则凡迁、固之瑰玮博丽，子云、相如之异曲同工，与夫艳富、辨裁、清婉之殊科，宗经、原道、辨骚之异制，概勿道焉。其事为家人父子日用饮食往来酬酢之细故，是以谓之小，其辞为一方一隅男女琐碎之闲谈，是以谓之说。然则，最浅易，最明白者，乃小说正宗也。"②

当然，明清时期，随着人们用"小说"之名来指称通俗小说，"小说"最终也确立了"虚构的有关人物故事的特殊文体"这一内涵。③ 近代以来，"小说"的外延进一步泛化，从通俗小说延展为包括弹词宝卷、杂剧传奇等在内的多种通俗叙事文学文体，于是"小说"变成了通俗叙事文体的统称。④

综上所述，"小说"本义为"小道之说"，《汉书·艺文志》"诸子略"将"小说家"列为诸子之末，良有以也。萧梁之时殷芸借用"小说"一词指称正史之外的野史传说，后世史家和学者承袭之，于是"小说"又衍生出"野史传说"的新义项。《新唐书·艺文志》将前志归属于杂史杂传的野史传说改隶小说类，"至此，'小说'指'正史之外的野史、传说'成为中国传统文言小说

---

①天都外臣《水浒传叙》，丁锡根《中国历代小说序跋集》，北京：人民文学出版社，1996 年版，第1462 页。
②罗浮居士《蜃楼志序》，丁锡根《中国历代小说序跋集》，第 1201 页。
③详参谭帆等著《中国古代小说文体文法术语考释》之《"小说"考》第四部分，第 18～21 页。
④详参谭帆等著《中国古代小说文体文法术语考释》之《"小说"考》第五部分，第 21～23 页。

观的主体和主流",“小说"的主体涵义从"诸子之末"变成了"史书之余"。另外,自曹魏始,“小说"还曾作为民间"说话"伎艺名称而出现于史籍之中,到宋代又成为"说话"伎艺的一个重要门类的专称,后来又用来指称该伎艺形成的文本。明清时期"小说"又变成了通俗叙事文体的统称,并确立了"虚构的有关人物故事的特殊文体"的内涵。

"小说"由诸子之末("小道之说")到史书之余("野史传说")再到通俗叙事文体("虚构的有关人物故事的特殊文体"),有历时性的演进轨迹。但同时,上述义项又共存于"小说"名下。"小说"有如此多的义项,那么这些义项的共通性在哪里呢?谭帆先生指出:“中国小说糅合'子'、'史',又衍为'通俗'一系,其中维系之逻辑不在于'虚构',也非全然在'叙事',而在于中国小说贯穿始终的'非正统性'和'非主流性'。"①可谓一语中的。

三、叙事术语的梳理

(一)中西语境中的"叙事"概念

"叙事"一词,在中国古文献中常作"序事",因为古文字中"叙"“序"相通。"序"的本义为堂屋的东西墙,《仪礼·士冠礼》"主人玄端爵韠,立于阼阶下,直东序,西面",郑玄注:“堂东西墙谓之序。"②后来引申为位次、次序、顺序③,《左传·昭公二十九年》"卿大夫以序守之",杜预注:“序,位次也。"④再引申为依次序排列,《礼记·祭义》"卿、大夫序从",郑玄注:“序,以次第从也。"⑤"叙"的本义为次序、次第,《尚书·洪范》"五者来备,各以其叙,庶草蕃庑",孔传:“言五者备至,各以次序,则众草蕃滋庑丰也。"⑥后来引申为排列次序、按照次序,《周礼·天官·司书》"以周知入出百物,以叙其财,受其币,使入于职币",郑玄注:“叙,犹比次也。"⑦

"序事"("叙事")一词在《周礼》中即已出现,指安排事项,使有条理。

---

① 谭帆等著《中国古代小说文体文法术语考释》之《术语的解读:小说史研究的特殊理路》,第 6 页。
② 贾公彦《仪礼注疏》,北京:北京大学出版社,1999 年版,第 29 页。
③ 杨义《中国叙事学》认为:“墙是用来隔开空间,或者说是用来分割空间单元位置和次序的,而由'序'变成'叙'的过程中,空间的分割转换为时间的分割和顺序安排了。"北京:人民出版社,2009 年版,第 11 页。
④ 孔颖达《春秋左传正义》,第 1513 页。
⑤ 孔颖达《礼记正义》,第 1321 页。
⑥ 孔颖达《尚书正义》,第 319 页。
⑦ 贾公彦《周礼注疏》,第 166 页。

《周礼·春官·乐师》:"乐师掌国学之政,以教国子小舞……凡乐,掌其序事,治其乐政。"郑玄注:"序事,次序用乐之事者。"贾公彦疏:"云'掌其叙事'者,谓陈列乐器及作之次第,皆序之,使不错缪。"①贾公彦已将《周礼》和郑玄注中的"序事"改为"叙事",并点出了"序""用乐之事"既有"陈列乐器"(空间次序)的考量,还有"作之次第"(时间顺序)的考量。贾氏之疏阐发的"叙事",已包含将某事进行时空排序的意味。

"叙事"之"安排事项,使有条理"义项,后来逐渐引申为"叙述史事,使有条理",于是该词进入史学领域,指称排列史实、依序书史之功夫。《三国志·魏书》记载王肃称扬司马迁之史才曰:"司马迁记事,不虚美,不隐恶。刘向、扬雄服其善叙事,有良史之才,谓之实录。"②《宋书·王韶之传》称扬王韶之"善叙事,辞论可观,为后代佳史"。③《梁书·裴子野传》记载:"及齐永明末,沈约所撰《宋书》既行,子野更删撰为《宋略》二十卷。其叙事评论多善,约见而叹曰:'吾弗逮也。'"④上述三例中的"叙事"皆指撰述史书、排列史实的史家功夫。第二例将"叙事"和"辞论"并举,第三例将"叙事"与"评论"并列,都透露出"叙事"是与"辞论""评论"相对的一种史家功夫。后来,唐代史学家刘知几的《史通》专门设有《叙事》篇,讨论史家叙事的源流、分类和要津。

到《文心雕龙》的时代,"叙事"又从"叙述史事,使有条理"泛化指"叙述诸事,使有条理",于是该词又从史学领域延展至文史领域。刘勰《文心雕龙·诔碑》云:"自后汉以来,碑碣云起。才锋所断,莫高蔡邕……其叙事也该而要,其缀采也雅而泽。"⑤《文心雕龙·哀吊》云:"建安哀辞,惟伟长差善,《行女》一篇,时有恻恒。及潘岳继作,实踵其美。观其虑善辞变,情洞悲苦,叙事如传。"⑥上述两例中的"叙事"已用来指称碑碣、哀辞这些文体中次序诸事的功夫和方式。至此,叙事已不限于指称史家叙事,已经泛化成为一种普适的文章表达方式,并与评论、抒情等方式并列。

到了宋代,"叙事"又从文章表达方式衍化指以叙述为主的文体大类名

---

①贾公彦《周礼注疏》,第 596~599 页。

②陈寿《三国志》,第 418 页。

③沈约《宋书》,北京:中华书局,1974 年版,第 1625 页。

④姚思廉《梁书》北京,中华书局,1973 年版,第 442~443 页。

⑤刘勰撰、范文澜注《文心雕龙注》,第 214 页。

⑥刘勰撰、范文澜注《文心雕龙注》,第 240 页。

称。南宋中后期，真德秀编选《文章正宗》二十卷，"分辞命、议论、叙事、诗歌四类，录《左传》《国语》以下至于唐末之作"①。该书卷首的《纲目》对"叙事"做了这样的阐发：

> 按叙事起于古史官，其体有二：有纪一代之始终者，《书》之《尧典》《舜典》与《春秋》之经是也，后世"本纪"似之；有纪一事之始终者，《禹贡》《武成》《金縢》《顾命》是也，后世志记之属似之。又有纪一人之始终者，则先秦盖未之有，而昉于汉司马氏，后之碑志、事状之属似之。今于《书》之诸篇与史之纪传皆不复录，独取《左氏》《史》《汉》叙事之尤可喜者，与后世记序传志之典则简严者，以为作文之式。②

真德秀认为，叙事之体包括纪一代之始终者如本纪，纪一事之始终者如志、记，纪一人之始终者如传、碑志、事状，另外，他还提到了序，并在该书"叙事"部分收录了《张中丞传后序》《愚溪诗序》等诗文序，还收录了《赠张童子序》《送李愿归盘谷序》等赠序。可见，真德秀所理解的叙事之体包含了本纪、志、记、传、碑志、事状、序等多种以叙事为主的文体，是与辞命、议论相并列的文体大类。真德秀《文章正宗》的文体大类划分，基本上得到了后世的认可，"叙事"成为一种文体大类逐渐成为学界的共识。明代王维桢云："文章之体有二，序事议论，各不相淆，盖人人能言矣。然此乃宋人创为之，宋真德秀读古人之文，自列所见，歧为二途。"③点出真德秀明确将文章之体歧为序事、议论二途的功绩。

当然，后世学人在承继真德秀分类法的同时，也在不断扩展叙事体的外延。比真德秀略后的刘克庄又将某些叙事为主的乐府诗归入叙事体，其《后村诗话》云："《焦仲卿妻诗》，六朝人所作也。《木兰诗》，唐人所作也。乐府惟此二篇作叙事体，有始有卒，虽辞多质俚，然有古意。"④使得叙事体的外延得以扩大。元明清时代，小说戏曲异军突起，这些文体的叙事属性更为明显，也得到了学人的确认和阐发，使得叙事体的外延进一步扩大。明代后期著名文士李开先《词谑·时调》云："崔后渠、熊南沙、唐荆川、王尊

---

①《四库全书总目》卷一八七《文章正宗提要》语，《钦定四库全书总目》，北京：中华书局，1997 年版，第 2619 页。

②真德秀《文章正宗》，《文渊阁四库全书》本，第 1355 册，第 6 页。

③王维桢《槐野先生存笥稿》卷二三《驳乔三石论文书》，《续修四库全书》本，第 1344 册，第 248 页。

④刘克庄《后村诗话》，《文渊阁四库全书》本，第 1481 册，第 305 页。

岩、陈后冈谓:《水浒传》委曲详尽,血脉贯通,《史记》而下,便是此书。且古来更无有一事而二十册者。倘以奸盗诈伪病之,不知序事之法、史学之妙者也。"①李开先显然认同崔后渠、熊南沙等人对《水浒传》"委曲详尽,血脉贯通""序事之法,史学之妙"的赞誉。而这些文士的赞誉都是从《水浒传》"序事"(叙事)艺术的角度着眼的,可见小说的叙事属性已经得到文人的高度关注。纪晓岚《阅微草堂笔记》云:"小说既述见闻,即属叙事,不比戏场关目,随意装点。"②也点出了小说的叙事属性。戏曲方面,明末清初大文人李渔的戏曲理论关注"事",确立了以叙事为中心的戏曲文学观,③更是将叙事置于戏曲的中心位置。

　　总之,"叙事"("序事")从"安排事项,使有条理"到"叙述史事,使有条理"再到"叙述诸事,使有条理",有一个逐步引申和泛化的过程。后来在宋代又由文章表达方式衍化成以叙述为主的文体大类名称,并在元明清不断扩展外延,成为最有影响的文类之一。在中国语境中,"叙事"从表达方式变成文类名称,其中最被学人关注的还是叙述事物、使有条理的形式法则。这与西方谈论叙事分外关注叙事话语和叙述行为有异曲同工之妙。

　　中国语境中的"叙事"概念,大约相当于西方语境中的"narrative"。该词源于拉丁文"narrare",意为"进行叙述"。随着西方叙事学的兴起和发展,西方学者对"narrative"的辨析越来越精细,其中法国学者热拉尔·热奈特的阐发尤具代表性。热拉尔·热奈特在《叙事的界限》中认为,在最一般的意义上,"narrative"(叙事)指"用语言,尤其是书面语言表现一件或一系列真实或虚构的事件"④。他后来又在《叙事话语》中区分出该术语的三层涵义:一是指"承担叙述一个或一系列事件的叙述陈述,口头或书面的话语";二是指"真实或虚构的、作为话语对象的接连发生的事件,以及事件之间连贯、反衬、重复等等不同的关系";三是指"仍然是一个事件,但不是人们讲述的事件,而是某人讲述某事(从叙述行为本身考虑)的事件"。热奈特分别用 recit(叙事)、histoire(故事)、narration(叙述)这三个词来表示其

①李开先撰、周明鹃疏证《词谑疏证》,南昌:江西教育出版社,2008年版,第55页。
②纪昀《阅微草堂笔记》,《续修四库全书》本,第1269册,第329页。
③详参黄春燕《李渔戏曲叙事观念研究》,北京:人民文学出版社,2014年版。
④〔法〕热拉尔·热奈特《叙事的界限》,王文融译,张寅德编选《叙述学研究》,北京:中国社会科学出版社,1989年版,第279页。

不同涵义,并指出,"把'能指',陈述,话语或叙述文本称作本义的'叙事'","把'所指'或叙述内容称作'故事'","把生产性叙述行为,以及推而广之,把该行为所处的或真或假的总情境称作'叙述'"。热奈特还论及上述三种涵义的关系,他说:"故事和叙述只通过叙事存在。但反之亦然,叙事、叙述话语之所以成为叙事、叙述话语,是因为它讲述故事,不然就没有叙述性,还因为有人把它讲了出来,不然它本身就不是话语。从叙述性讲,叙事赖以生存的是与它讲述的故事之间的关系;从话语讲,它靠与讲出它来的叙述之间的关系维系生命。"[①]热奈特在《新叙事话语》中进一步对三种涵义进行了区别,认为 recit(叙事)指"讲述这些事件的口头或书面话语",histoire(故事)指"被讲述的全部事件",narration(叙述)指"产生该话语的或真或假的行为,即讲述行为"。[②] 概而言之,热奈特将叙事分为叙事话语、故事和叙事行为三个层面,分别解决"用何叙事"、"所叙何事"和"如何叙事"三个维度的问题。热奈特和其他的西方叙事学研究者一样,尤其关注叙事话语和叙事行为,这与中国学者格外关注叙事的形式法则有共通之处。

(二)文人叙事与民间叙事的分野

　　叙事活动是人类社会中人与人之间交往、沟通的一种基本行为,存在于社会生活的各个维度、各个层面。从叙事活动满足人类需求的层级着眼,我们可以将其分为日常叙事和艺术叙事。日常叙事主要针对日常物质生活需求,"为日常生活所需、所应用的叙事","主要是一种具有实用意义的行为方式,目的在于人际交往";艺术叙事"是进入精神层次、为满足人的精神需求和消费而发生的叙事活动",艺术叙事"既是行为方式,又是一种精神生产,除了用于当下的精神交流,还要形成艺术产品,与更广泛甚至跨越不同历史时代的人群去交流","与日常叙事的全民性特征不同,艺术叙事的阶级性或阶层性,要明显突出得多"。[③] 学术界讨论的叙事,基本上是指艺术叙事。本文所论及的叙事,也是着眼于艺术叙事。

　　从叙事活动所借助的媒介着眼,我们可以将其分为口传叙事和书写叙

①〔法〕热拉尔·热奈特《叙事话语·新叙事话语》,王文融译本,北京:中国社会科学出版社,1990年版,第6~9页。
②〔法〕热拉尔·热奈特《叙事话语·新叙事话语》,王文融译本,第198页。
③董乃斌、程蔷《民间叙事论纲》(上),《湛江海洋大学学报》2003年2期。

事。口传叙事是人类借助口耳相传，并辅以表情、姿态和形体动作等手段而进行的叙事活动，既有日常叙事活动，也有艺术叙事活动，可以创造出史诗、神话、故事、传说、歌谣、曲艺、戏剧等文艺作品。口传叙事是人类叙事活动的原初形态，也是薪火相传、绵延不绝的叙事形态，在日常叙事领域居于主导地位，在艺术叙事领域可能也拥有半壁江山。书写叙事是文字产生后借助书写而进行的叙事活动，是口传叙事之后更为精微的一种叙事形态。在古代社会的艺术叙事领域，普通民众的文艺创造主要依赖口传叙事，而文人阶层的文艺创造则多半诉诸书写叙事。同时，两种叙事形态可以并行不悖，并存在相互影响、相互转化的现象，呈现出互动共生的局面。

　　就中国古代社会的艺术叙事而言，从叙事活动的审美属性着眼，并综合考察叙事主体、内容、话语、方法、受众等方面情况，我们可以将其分为文人叙事和民间叙事。我们先来梳理一下学界相关论述。2000 年，程蔷先生在《民间叙事模式与古代戏剧》中作了这样的分类：

　　　　从叙事的主体来看，叙事可分为民间叙事和文人叙事两大类。民间叙事的叙述者是广大民众，基本上用口耳相传的方式进行传播；文人叙事的叙述者是各类知识分子，其传播方式主要是书面的、文字的传播。所谓民间叙事，一是指民众的日常叙事，一是指民众的艺术叙事。民众在日常生活中，出于生存需要、安全需要，个人在群体中，出于交往的需要，都离不了叙事这一行为方式。而民众的艺术叙事，则形成民间传承的种种精神产品，神话、传说、故事、叙事诗、谚语、民间小戏等等……所谓文人叙事，则包括官方叙事和私人的艺术叙事。官方叙事代表统治的话语权，在中国长期的封建社会里，像官修国史、某些官方行政文书等，即属此类。私人的艺术叙事，是指文人创作的各种体裁叙事类文学艺术作品。①

程先生从叙事主体着眼将叙事分为民间叙事和文人叙事两类，认为民间叙事的叙述者是广大民众，而文人叙事的叙述者是各类知识分子，又指出文人叙事包括官方叙事和私人的艺术叙事。2003 年，董乃斌、程蔷先生《民间叙事论纲》的叙事分类又略有不同，该篇云：

①程蔷《民间叙事模式与古代戏剧》，《文学遗产》2000 年第 5 期。

> 民间叙事……最基本的概念应是"叙事"，"民间"则是从叙事主体角度对这个概念的限定，除了民间叙事，当然还有与之相对的种种非民间叙事（如文人叙事、官方叙事等等）……民间叙事与文化人的叙事，与统治者所主持、掌握的官方叙事之差异，是有目共睹的，也是众所周知。我们所说的民间叙事、文人叙事和官方叙事，都不是他们的日常叙事，而是专指他们的艺术叙事；我们已经注意到并将揭示出它们之间的种种差异。但我们也要指出，它们并非完全绝缘、毫无关系，而是恰恰相反，它们之间存在着非常微妙而复杂的关系。①

实际上是从叙事主体着眼将叙事分为民间叙事、文人叙事和官方叙事三类。

比较上述两种说法，笔者更倾向于程蔷先生的文人、民间两分法。因为所谓的官方叙事，肯定也是由文人来完成的，官方叙事其实只是文人叙事中的一个亚类。另外，针对程先生将叙事两分为文人、民间的依据，王丽娟博士提出了修正意见，其《论文人叙事与民间叙事——以"连环计"故事为例》指出：

> 文人叙事与民间叙事中的"文人"和"民间"不是指实际的叙事主体和接受主体，而是指虚拟的叙事主体和接受主体。也就是说，文人作家可以采用民间叙事，民间艺人也可以采用文人叙事；普通民众可以接受文人叙事文本，文人也可以接受民间叙事文本。作为虚拟的主体，其突出的是文化上的功能和意义。这组概念，更多地应理解为偏正短语，即为文人传统（方式）的叙事和民间传统（方式）的叙事，而不是主谓短语，即为文人在进行叙事和民众在进行叙事。②

王博士指出文人叙事与民间叙事中的"文人"和"民间"是虚拟的叙事主体和接受主体，突出的是文化上的功能和意义，颇有见地。王博士的文章还从所叙之事（视角、视域、趣味）和如何叙事（结构、程式、修辞、语言）两大方面、七大维度提出了文人叙事和民间叙事的区分标准，也是颇为在理。

笔者大致认可王博士关于文人叙事与民间叙事的区分标准，但认为还可进一步完善。王博士指出文人叙事与民间叙事中的"文人"和"民间"是

---

① 董乃斌、程蔷《民间叙事论纲》（上），《湛江海洋大学学报》2003 年第 2 期。
② 王丽娟《论文人叙事与民间叙事——以"连环计"故事为例》，《文学遗产》2004 年第 4 期。

虚拟的叙事主体和接受主体,笔者认为"虚拟"一词不是特别准确,最好换成"泛化"一词。通观文学史,文人叙事文本的叙事主体和接受主体,还是以文人为主,故而不存在"虚拟"一说,但又不局限于文人,因为少数民间艺人也可创作和接受文人意味的叙事文本,此处的"文人"是泛化的文人,是指具有文人意味的叙事者和接受者(包括文人和少数民间艺人)。同理,民间叙事文本的叙事主体和接受主体,还是以普通民众为主,故而也不存在"虚拟"一说,但又不局限于普通民众,因为少数文人也可创作和接受民间意味的叙事文本,此处的"民间"是泛化的民间,是指具有民间意味的叙事者和接受者(包括普通民众和少数文人)。如此一来,笔者认为可以从叙事主体(何人叙事)、叙事内容(叙述何事)、叙事话语(用何叙事)、叙事行为(如何叙事)、文本受众(为谁叙事)五个维度,综合考察叙事文本(包括口传文本和书面文本),然后判断其审美属性是文人意味的还是民间意味的,最终确定其是文人叙事还是民间叙事。

概而言之,从叙事活动的审美属性着眼区分出的文人叙事与民间叙事之别,其实质是文人意味的叙事和民间意味的叙事之别。一般而言,就中国古代社会而论,文人叙事文本的叙事主体大多是文人,内容上相对雅正,话语上主要是书写叙事且多用文言,方法上讲究技巧和创新,受众也以文人为主;民间叙事文本的叙事主体大多是普通民众,内容上相对俚俗,话语上主要是使用白话口传叙事,方法上趋于程式化,受众也以普通民众为主。

就叙事文本而言,因为民间叙事多采用口传叙事的方式,其文本流传至今者大多已经过了文人记录、加工、整理甚至篡改的过程,文本中民间叙事的质素已经稀释甚而改头换面,这时我们只能依据文本主要的审美属性判定其是文人叙事还是民间叙事。比如宋元话本,本来是民间叙事文本,但经过书会才人的记录加工、历代文人的整理完善,其审美属性也可能发生变异。如《清平山堂话本》中的《柳耆卿诗酒玩江楼记》,保留了较多的民间意识和俚俗趣味,可谓民间叙事文本。但该故事到了《古今小说》,被深度加工改编成《众名姬春风吊柳七》,风味大变,其主要的审美属性已是文人叙事。

值得注意的是,文人叙事与民间叙事之间并非壁垒森严,两者其实是相互渗透、相互转化、互动共生的。比如三国故事演变中,《三国志平话》和《三分事略》是典型的民间叙事文本,后来经过文人加工、整理、创造而成的

《三国演义》已是文人叙事文本，但还保留了若干民间叙事的质素，如人物形象的脸谱化、部分情节的程式化。《三国演义》问世之后，又有民间说唱艺人依据此书敷演成新的平话，于是又形成新的民间叙事文本，而该文本中肯定还保留着若干文人叙事的质素。

还需注意的是，文人叙事与民间叙事的部分主体存在交叉重合的现象，这集中地体现在下层文人身上。中国古代的下层文人大多是未登第、未入仕的落魄文人，他们往往既有传统文人的追求和抱负，又深谙下层民众的心理和趣味，故而其创作或加工整理的叙事文本往往可雅可俗、雅俗混杂。比如宋代布衣文人秦醇，其创作的《谭意歌》刻画有情有义、自尊自立的义妓形象，透露出强烈的文人意识，可谓文人叙事；而其创作的《骊山记》《温泉记》《赵飞燕别传》写宫闱艳情，部分叙事低俗鄙陋，又散发出较浓的民间趣味，可谓民间叙事。

（三）士人叙事与市民叙事的界分

上文已述，中国古代社会的艺术叙事，大致可以分为文人叙事和民间叙事，而文人叙事和民间叙事的内部还可以细分。中国古代的文人，按照其社会地位和思想旨趣，大致可以分为正统文人和边缘文人，其中正统文人大多有一定的社会地位，在思想旨趣上认同"大传统"，并参与"大传统"的建构与传承，这些正统文人的主体是士人，其叙事大致可以称为士人叙事。边缘文人往往是某个时代游离于"大传统"之外的下层文人和特立独行的文人，宋元时代的书会才人就属于那个时代最典型的边缘文人，可以说，宋元时代边缘文人的叙事集中体现为书会才人的叙事（简称为"才人叙事"），而这种叙事其实与民间叙事中的市民叙事声气相通，算不得标准的文人叙事了。

宋元时代的民间叙事，按照其叙事主体和审美属性，大致可以分为市民叙事与乡民叙事。其中市民叙事是市井艺人等为迎合、满足市井细民审美需求而进行的、经过文人一定程度加工的、具有一定商品属性的叙事，是融合了文人叙事部分属性的民间叙事；乡民叙事则是乡村民众自娱自乐式的叙事，是比较纯粹的民间叙事。

就宋元小说而言，文言小说绝大部分属于文人叙事中的士人叙事，正如李剑国先生所云："文言小说基本属于由正统文人创作的士人文学，突出反映着士人意识和士人生活，与文人诗文具有相同的文学渊源以及相通的

文化精神与艺术精神。"①话本小说绝大部分则既有民间叙事中市民叙事
之特质,又有文人叙事中才人叙事之意味,可谓文人叙事与民间叙事的融
合体。此处有必要对话本小说的口传者(市井艺人)和编写者(书会才人为
主)进行专门讨论。

　　据胡士莹先生的文献爬梳,两宋说话人中事迹略可考见者如张山人、
王与之、内侍纲、李绾、张本、史惠英、陆妙静、王六大夫、王防御、丘机山、秋
山等,大都是卖艺为生的市井艺人,有的因伎艺精良而成为御前供奉,得了
"大夫""防御"的头衔。胡先生还指出:"南宋临安的说话人如许贡士、张解
元、刘进士、戴书生等,或许他们都是读书人,因科场失利或对这种伎艺有
爱好,参加到说话人的队伍中来的。也许由于他们伎艺的精熟,能够编撰
话本,因而获得这些称号。贡生、进士、解元等,本系当时社会上对一般士
子的敬称,他们不一定都出身科举。"②此论甚当。可见两宋说话人或为职
业艺人,或为不第举子,都是市井中人。

　　宋元话本小说的口传者为市井中人,编写者则可能多为书会中人。
"书会"最初可能是家塾、舍馆之类蒙童教育的民间组织③。南宋王十朋
《梅溪后集》卷一七《悼亡》诗,自注云:"予一日忽言穷,令人曰:'君今胜作
书会时矣,不必言穷。'予悦其言,盖死之前数日矣。"④这是现存文献中较
早出现"书会"一词。联系王十朋生平经历,此处其妻所言"书会"可能指王
十朋所办教育蒙童的家塾、舍馆之类组织。灌圃耐得翁《都城纪胜·三教
外地》云:"都城内外,自有文武两学,宗学、京学、县学之外,其余乡校、家
塾、舍馆、书会,每一里巷须一二所。弦诵之声,往往相闻。遇大比之岁,间
有登第补中舍选者。"⑤此处将"书会"与"乡校""家塾""舍馆"并列,可知其
为学塾之类童蒙教育组织。

　　最迟南宋时期,部分书会变成了为说唱艺人及戏剧演员编写话本与脚
本的行会组织。南宋戏文《张协状元》第一出《满庭芳》云:"《状元张叶传》,

①李剑国《文言小说的理论研究与基础研究——关于文言小说研究的几点看法》,《文学遗产》1998
　年第2期。
②胡士莹《话本小说概论》,北京:中华书局,1980年版,第57页。
③详参吴戈《书会才人考辨》(《上海师范大学学报》1988年第4期)、郭振勤《宋元书会考辨》(《河南
　大学学报》1991年第5期)。
④王十朋《梅溪集》,《文渊阁四库全书》本,第1151册,第484页。
⑤灌圃耐得翁《都城纪胜》,见孟元老等著《东京梦华录》(外四种),第101页。

前回曾演，汝辈搬成。这番书会，要夺魁名。占断东瓯盛事，诸宫调唱出来因。"第二出《烛影摇红》云："真个梨园院体，论诙谐除师怎比？九山书会，近目翻腾，别是风味。"①两段唱词中的"书会""九山书会"显然指为戏剧演员提供脚本服务的行会组织。宋末元初周密《武林旧事》卷六"诸色伎艺人"条记载："书会：李霜涯（作赚绝伦）、李大官人（谭词）、叶庚、周竹窗、平江周二郎（猢狲）、贾廿二郎。"②《齐东野语》卷二〇"隐语"条载："若今书会所谓谜者，尤无谓也。"③这两处中的"书会"已是为赚词、谭词、猢狲、隐语（谜）等多种说唱伎艺提供脚本服务的行会组织了。部分书会从蒙童教育组织演变成为说唱、戏剧等伎艺提供脚本服务的行会组织，原因可能是书会中人在说唱、戏剧等伎艺风靡于世的背景下谋生的需要。书会中人，或称书会先生，或称才人。所谓"才人"，"是对名公而言；名公是指'居要路'，'高才重名'的'公卿显宦'。而才人则是指'门第卑微，职位不振'，接近市民阶层的文人"④。书会演变过程透露出书会先生前身原是私塾先生，而私塾先生绝大多数为落第举子和下层文人，于此可见书会先生的草根文人属性。

现存的宋元话本，多数应该经过书会先生的加工，不少文本都留下了他们的印迹。如《简帖和尚》末尾处云："当日推出这和尚来，一个书会先生看见，就法场上做了一只曲儿，唤做《南乡子》：怎见一僧人，犯滥铺模受典刑。案款已成，招状了遭刑，棒杀髡囚示万民。沿路众人听，尤念高王现世音。护法喜神，齐合掌低声，果谓金刚不坏身。"⑤又如《杨温拦路虎传》有云："才人有诗说得好：求人须求大丈夫，济人须济急时无。渴时一点如甘露，醉后添杯不若无。"⑥上述两例中的"书会先生""才人"所写诗词，非常俚俗，正透露出下层文人迎合市民情趣的做派。

总之，宋元话本的口传环节是典型的市民叙事，编写环节虽然经过书会先生之类下层文人的加工润饰，不可避免地带有一些文人叙事的情趣和印痕，但主导性的还是市民情趣，因此宋元话本的主体还是应归入市民叙

①钟南扬《永乐大典三种戏文校注》，北京：中华书局，1979年版，第2、13页。

②周密《武林旧事》，见孟元老等著《东京梦华录》（外四种），第454页。

③周密《齐东野语》，北京：中华书局，1983年版，第379～380页。

④胡士莹《话本小说概论》，第70页。

⑤《清平山堂话本》，石昌渝点校本，南京：江苏古籍出版社，1990年版，第24页。

⑥《清平山堂话本》，石昌渝点校本，第206页。

事。缘此,就叙事层面而论,宋代文言小说与话本小说之关系,统言之可谓文人叙事与民间叙事之互动,细言之则应言士人叙事与市民叙事之共生。

四、共生理论的借用

(一)共生的狭义与广义

共生(Symbiosis)本是一个生物学术语,[1]最早由德国真菌学家德贝里(Anton de Bary,1831~1888)于1879年提出,指不同生物密切地生活在一起(living together)。1884年,德贝里分析了生物界的多种共生方式,提出了共生与非共生的区别,共生与寄生的区别,将寄生排除在共生之外。[2]如果说德贝里1879年提出的"共生"概念是广义,那么1884年的论断则是狭义。狭义的共生概念强调不同生物密切生活在一起的互利性,而广义的共生概念则涵盖密切生活在一起的生物体之间的多种利害关系。

狭义的共生(即互利共生)是生物界的一种普遍现象。《微生物学词典》认为共生是"两种生物共居在一起,相互分工合作、相依为命,甚至达到难分难解、合二为一的极其紧密的一种相互关系",并以微生物为中心描述了生物体之间互利共生的多种形式:

> 1.微生物之间的共生:最典型的例子是菌藻共生或菌菌共生而形成的地衣,前者是子囊菌等真菌与绿藻共生,后者是真菌与蓝细菌的共生。其中的绿藻或蓝细菌进行自养的光合作用,为真菌提供有机养料,而真菌则进行异养生活,以其产生的有机酸分解岩石,从而为藻类或蓝细菌提供矿质元素。2.微生物与植物间的共生:①根瘤菌与植物间的共生。包括常见的多种根瘤菌与豆科植物间的共生……②菌根菌与植物。在自然界中的大部分植物都长有菌根,它具有改善植物营养、调节植物代谢和增强植物抗病能力等功能……3.微生物与动物间的共生:①微生物与昆虫的共生……②瘤胃微生物与反刍动物的

①本文关于共生概念源流及其在社科领域应用的梳理,参考了洪黎民《共生概念发展的历史、现状及展望》(《中国微生态学杂志》1996年第8卷第4期)和杨玲丽《共生理论在社会科学领域的应用》(《社会科学论坛》2010年第16期)。

②参见A. E. Douglas,*Symbiotic Interactions*,1994,Oxford University Press,P1—11;V. Abmadjian,*Symbiosis:an introduction to biological association*,1986,University Press of New England,P1—10.

共生。①

《汉语大词典》"共生"词条云："两种不同的生物生活在一起，相依生存，对彼此都有利，这种生活方式叫做共生。例如白蚁肠内的鞭毛虫帮助白蚁消化木材纤维，白蚁给鞭毛虫提供养料，如果分离，二者都不能独立生存。"②可见其采纳的是狭义共生概念。

广义的共生在生物界更是无处不在、无时不在，且有多种类型，《生物学词典》"共生"词条指出：

> 一般是指不同种的生物生活在一起的现象（living together）。但是，在这里通常只指那些在行为与生理上相互之间稳定地保持着密切联系的现象。因此对仅在同一场所栖息的，则不包括在共生的概念中。共生是指个体间的关系，但也有的认为应包括诸如昆虫与虫媒植物或蚂蚁与蚜虫等群体间的关系……根据共生者的生活上的意义、必然性、相互关系的持续性，以及共生者在空间位置上的关系等，可把共生分为多种类型。最普通的分法就是以生活上相互间的利害关系为准则，区分为互利共生、单利共生和寄生三类……③

《中国大百科全书》"共生"词条云："两种不同生物个体之间任何形式的共同生活。包括互惠共生、共栖和寄生现象。因此，共生既包括有利的联合，也包括有害的联合。共生的个体称为共生体。人们有时把共生与互惠共生二词看作相同，因而导致混乱。从广义上说，生活在一起的任何两个物种种群间的联合，不论一个物种对另一物种有利、有害或毫无影响，都是共生关系。"④可见其采纳的是广义共生概念。

（二）社科领域借用重释

共生理论所揭示的"密切地生活在一起"的生物体之间的复杂利害关系，也同样适用于分析人类社会中人与人之间、组织与组织之间的类似现象，故而共生理论自 20 世纪中叶以来就被广泛借鉴到社会科学的多个领域。

---

① 周德庆、徐士菊编著《微生物学词典》，天津：天津科学技术出版社，2005 年版，第 249～250 页。
② 《汉语大词典》，第 2 卷，第 84 页。
③ 〔日〕山田常雄等编、鄂永昌等译《生物学词典》，北京：科学出版社，1997 年版，第 294 页。
④ 《中国大百科全书》，第 7 册，第 573 页。

　　哲学和文化学领域,日本建筑师黑川纪章 1987 年出版《共生思想》一书,尝试将共生思想应用到建筑领域[①];日本哲学家花崎皋平 1993 年出版《主体性与共生的哲学》,探讨在社会层面构建"共生的道德""共生的哲学"的可能性[②];日本学者尾关周二 1995 年出版《共生的理想》,认为"共生"事物以异质性为前提而建立起"相互生存"的关系[③];日本岩波书店 1998 年推出八卷本《新哲学讲义》,其中第六卷即为川本隆史编撰的《共生》;[④]韩国学者李承律 2005 年出版《共生时代——东北亚区域发展新路线图》,[⑤]提出要用"共生"代替企业乃至国家间的"零和竞争"。中国学者也在积极构建有本国特色的共生理论体系和分析框架。李禹阶先生 1996 年发表《中国文化的共生精神》,[⑥]探讨了中国文明起源与"共生"精神、中世纪"共生"文化的表现、"共生"文化的特点、"共生"文化与中国社会文化传统的延续等论题,视野宏阔;袁纯清先生 1998 年出版《共生理论——兼论小型经济》,"运用了数理分析,进行了哲学抽象,从而建立了共生理论作为一门社会科学所必须的概念工具体系、基本逻辑框架和基本分析方法"。[⑦]　吴飞驰先生 2000 年发表《关于共生理念的思考》,阐明了共生理念的基本内涵、基本特征、理论价值与实践意义;[⑧]李思强先生 2004 年出版《共生构建说论纲》,将"共生"泛化指事物之间或单元之间形成的一种和谐统一、相互促进、共生共荣的命运关系,并系统阐发了共生构建说的语境、内涵、特征、原理和价值。[⑨]

　　经济学和管理学领域,共生理论被借鉴到工业方面,产生了工业共生理论(Industrial Symbiosis),促成了工业生态学(Industrial Ecology)的兴起;又被借鉴到商业方面,将消费者、企业、环境看成互动的共生系统,促成

①〔日〕黑川纪章 1987 年出版《共生思想》,以后陆续出版过多个修订版,最新的中译本名《新共生思想》(北京:中国建筑工业出版社,2009 年版),乃是根据第 5 版进行翻译的。

②〔日〕花崎皋平《主体性与共生的哲学》,日本筑摩书房,1993 年版。

③〔日〕尾关周二《共生的理想:现代交往与共生、共同的理想》,北京:中央编译出版社,1996 年版。

④〔日〕川本隆史《共生》,《新哲学讲义》第 6 卷,日本岩波书店,1998 年版。

⑤〔韩〕李承律《共生时代——东北亚区域发展新路线图》,北京:世界知识出版社,2005 年版。

⑥李禹阶《中国文化的共生精神》,《重庆师院学报》(哲社版)1996 年第 1、2 期。

⑦萧灼基《共生理论——兼论小型经济》序言,见袁纯清《共生理论——兼论小型经济》卷首,北京:经济科学出版社,1998 年版。

⑧吴飞驰《关于共生理念的思考》,《哲学动态》2000 年第 6 期。

⑨李思强《共生构建说论纲》,北京:中国社会科学出版社,2004 年版。

了商业生态学(the Ecology of Commerce)的兴起;又被借鉴到企业管理方面,催生了一种全新管理范式,即"企业生态管理",强调企业在商业系统中的"共生"和"共同进化"。

社会学领域,胡守钧先生于 21 世纪初,先后出版《走向共生》《社会共生论》等著作,倡导告别斗争哲学,实现人类和谐共生,构建了社会学领域的共生理论分析框架。①

文学领域,史建先生于 1988 年发表的《共生·多元·传统——对后现代主义文艺思潮的思考》,是我国较早运用"共生"术语分析文艺思潮的论文,②王宁先生于 1993 年出版的《多元共生的时代:二十世纪西方文学比较研究》则是我国较早运用"共生"术语探讨文学现象的专著。1990 年代以降,文学研究中,大量出现"多元共生""多性共生""互动共生(共生互动)""互补共生(共生互补)""并立共生""对立共生""共生精神""共生效应""共生圈"等术语,"共生"成为了研究者探讨文类之间、文体之间、流派之间、思潮之间、文史之间等事物关系的常用术语。

(三)共生理论分析框架

值得注意的是,自从 20 世纪中叶共生理论被借鉴到社科领域以来,不少学者都力图建构比较系统的共生理论分析框架,如日本学者黑川纪章《共生思想》、中国学者李思强《共生构建说论纲》、胡守钧《社会共生论》、袁纯清《共生理论——兼论小型经济》(下简称《共生理论》)等。比较而言,袁先生构建的分析框架更为周全、缜密一些,可以借鉴到文学研究领域。具体到本文,可以借鉴用来分析宋人话本与文言小说的关系。本文即以袁先生《共生理论》为主,兼采诸家学说,形成自己的共生理论分析框架,具体情况见下表:

相应术语	"共生理论"分析框架	宋人话本与文言小说 共生关系分析框架
共生关系	广义共生概念:"不同种的生物生活在一起的现象。"(《生物学词典》);"共生是指共生单元之间	宋人话本主要是市民文学作品,文言小说主要是士人文学作品,两者在语言、志趣、风格等方面差异很大,属于不同种类的小

①胡守钧《走向共生》,上海:上海文化出版社,2002 年版;《社会共生论》,上海:复旦大学出版社,2006 年版。
②史建《共生·多元·传统——对后现代主义文艺思潮的思考》,《文艺研究》1988 年第 5 期。

相应术语	"共生理论"分析框架	宋人话本与文言小说共生关系分析框架
共生关系	在一定的共生环境中按某种共生模式形成的关系。"(《共生理论》)	说,但又相互依托、渗透,"密切地生活在一起",属于共生关系。 从叙事的层面分析,话本与文言小说虽同为叙事文学作品,但两者在用何叙事、如何叙事、为谁叙事、形塑何人等方面是异质的,又是可以互补的,这就构成了两者共生的基础。
共生单元	共生单元是指构成共生体或共生关系的基本能量生产和交换单位,它是形成共生体的基本物质条件。在不同的共生体中共生单元的性质和特征是不同的,在不同层次的共生分析中共生单元的性质和特征也是不同的……在家庭共生体中,每一个家庭成员都是共生单元,而在一个社区共生体中,家庭就成为共生单元。(《共生理论》)	宋人话本与文言小说共生关系中,有两个共生单元,一是宋人话本,一是宋人文言小说,两者是独立的单元,但又密切联系。
共生环境	共生单元以外的所有因素的总和构成共生环境……按影响的方式不同,可分为直接环境和间接环境;按影响的程度不同,可分为主要环境和次要环境。(《共生理论》)	宋代社会及文化的近世化转型以及与之相随的市民文化与士人文化的双向互动,是话本与文言小说共生的时代语境。
共生模式	共生模式,也可以称共生关系,是指共生单元相互作用的方式或相互结合的形式,它既反映共生单元之间作用的方式,也反映作用的强度……共生关系多种多样,共生程度也千差万别。从行为方式上说,存在寄生关系、偏利共生关系和互惠共生关系,从组织程度上说有点共生、间歇共生、连续共生和一体化共生等多种情形……同时,共生关系不是固定不变的,它随共生单元的性质的变化及后述共生环境的变化	就共生行为模式而言,宋人话本与文言小说之共生属于互惠共生,话本从文言小说获得素材、汲取养分,不断壮大自身;而文言小说亦从话本借鉴技法、采借故事,使自身更具小说性。 就共生组织模式而言,宋人话本与文言小说之共生属于连续共生,即话本与文言小说之间已经形成了多个兼具两者特征的小说文体新形态,但两者尚未达到一体化共生程度,两者仍有自己的独立性。

相应术语	"共生理论"分析框架	宋人话本与文言小说 共生关系分析框架
共生模式	而变化，寄生关系可以演变为偏利共生甚至互惠共生关系，而点共生也可以演变为间歇共生、连续共生直至一体化共生关系……共生模式分两种，反映共生组织程度的模式称为共生组织模式，反映共生行为方式的模式称为共生行为模式。(《共生理论》)	
共生界面	共生界面是指共生单元之间的接触方式和机制的总和，或者说共生单元之间物质、信息和能量传导的媒介、通道或载体，它是共生关系形成和发展的基础。(《共生理论》)	宋代话本与文言小说互动中形成的世俗化传奇、准世俗化传奇、种本式类编、话本化传奇、传奇式话本等小说新形态，就是两者的共生界面，这种因共生而产生的新形态可以称为共生形态。
共生机制	共生机制是指共生单元之间相互作用的动态方式。在任何一种共生关系中，共生机制都包括三个方面，即由环境作用形成的环境诱导机制，由共生单元的相互作用形成的共生动力机制以及由共生单元之间的性质差异、空间距离和共生界面的介质性质所形成共生阻尼机制。(《共生理论》)	宋人话本与文言小说的共生机制即互动方式，既包括在说话和话本影响下，文言小说情趣的世俗化、语体的浅俗化和技法的话本化，又包括在文言小说影响下，话本对"传""记"名篇方式的借用、对文人叙事文本的借鉴和改编，以及伦理化倾向影响下的"道学心肠"、文备众体之法的采借等。
共生脉络	共生脉络是共生单元之间共生关系的历时性进程（笔者引申）。	宋代话本与文言小说的共生关系，从北宋前期开始萌芽，到北宋中后期持续推进，再到南宋前中期不断深入，最后到南宋后期达到鼎盛，贯穿两宋时期。
共生影响	共生影响是共生单元之间共生关系，对共生单元自身及利益相关者所产生的影响（笔者引申）。	宋代话本与文言小说的互动共生，促成了话本的兴起和发展，增强了文言小说的世俗性和娱乐性，推动了叙事文学中历史叙事的淡化与文学叙事的凸显，引起了文化史上雅俗格局的变迁。

根据上述共生理论分析框架，结合叙事文学研究的学术范式，本书章节结构如下：首先分析宋代话本与文言小说共生的时代语境，即第一章"共

生语境：市民文化与士人文化的双向互动"；其次梳理宋代话本与文言小说共生的演进脉络，即第二章"共生脉络：志怪传奇与话本小说的起伏消长"；再次分析共生单元即话本、文言小说（以志怪传奇为主）各自的叙事机理，即第三、四章"志怪传奇与士人叙事机理"，第五、六章"话本小说与市井叙事机理"；然后挖掘宋代话本与文言小说共生的内在基础，即第七章"共生基础：士人与市井叙事的异质互补"；然后阐发宋代话本与文言小说共生的路径机制，即第八章"共生机制：士人与市井叙事的互动方式"；然后探讨宋代话本与文言小说共生所产生的小说新形态，即第九章"共生形态：士人与市井叙事的互动征迹"；最后诠释宋代话本与文言小说共生对小说史、叙事文学史、文化史雅俗格局的影响，即第十章"共生影响：士人、市民叙事互动与文学雅俗嬗变"。

　　总之，以共生理论的分析框架为骨架，以叙事文学的研究范式为血肉，以雅俗际会的文化视野为魂魄，分析宋代话本与文言小说二水分流又局部交汇之态势与动因，并以此为基点追寻近世士人文学与市民文学、高雅文化与世俗文化双向互动的社会原因、逻辑关联，揭示近世雅俗文化互渗融合的内在理路。

第一章　共生语境：市民文化
与士人文化的双向互动

第一节　唐宋转型下的文化雅俗变迁

宋代话本与文言小说共生关系的形成,时代语境是宋代整个文化领域的雅俗互渗,而这种雅俗互渗又与唐宋变革导致的文化转型息息相关。

一、唐宋社会与文化范型的变革

唐宋之际是中国历史的变革时期。[①] 宋代以降,多位学人已敏锐觉察到这种变革。南宋初年郑樵《通志·氏族略·氏族序》称:"自隋、唐而上,官有簿状,家有谱系,官之选举必由于簿状,家之婚姻必由于谱系……自五季以来,取士不问家世,婚姻不问阀阅。"[②]南宋末年文天祥云:"自魏晋以来至唐最尚门阀,故以谱牒为重,近世此事寝废。"[③]两人都意识到了唐宋之际门阀的兴衰变迁。明朝人陈邦瞻从中国历史发展的大势论析唐宋之变,其《宋史纪事本末·序》云:

> 宇宙风气,其变之大者有三:鸿荒一变而为唐虞,以至于周,七国为极;再变而为汉,以至于唐,五季为极;宋其三变,而吾未睹其极也……今国家之制,民间之俗,官司之所行,儒者之所守,有一不与宋

---

① 本文讨论唐宋变革,参考了李华瑞主编《"唐宋变革"论的由来与发展》(天津:天津古籍出版社,2010年版)、张广达《内藤湖南的唐宋变革说及其影响》(《唐研究》第十一卷,北京大学出版社2005年版)、张其凡《关于"唐宋变革期"学说的介绍和思考》(《暨南学报》2001年第1期)、罗祎楠《模式及其变迁——史学史视野中的唐宋变革问题》(《中国文化研究》2003年夏之卷)、柳立言《何谓"唐宋变革"?》(《中华文史论丛》总第八十一辑)等论文和专著。
② 郑樵《通志二十略》,北京:中华书局,1995年版,第1页。
③ 文天祥《文山集》卷一四《跋吴氏族谱》,《文渊阁四库全书》本,第1184册,第616页。

近者乎？非慕宋而乐趋之，而势固然已。①

陈氏分析了中国历史的三次"变之大者"，指出"宋其三变"，又指出明代的国家制度、民间习俗等皆承袭宋代，正是看到了赵宋与前朝的巨大转折和对后世的深刻影响。民国初年，傅斯年先生在谈及唐宋两代的历史关联时指出："就统绪相承以为言，则唐宋为一贯，就风气异同以立论，则唐宋有殊别，然唐宋之间，既有相接不能相隔之势，斯惟有取而合之。"②傅氏也已经看到唐宋既有连续，又有断裂。钱穆先生 1942 年出版《中国文化史导论》，将中国文化演进划分为三个时期，"先秦以上可说是第一期，秦汉、隋唐是第二期，以下宋、元、明、清四代，是第三期"，并指出第三期"可说是中国的近代史"。③ 后来，钱先生进一步在《理学与艺术》一文中阐发宋代在中国历史发展中的转折地位：

> 论中国古今社会之变，最要在宋代。宋以前，大体可称为古代中国。宋以后，乃为后代中国。秦前，乃封建贵族社会。东汉以下，士族门第兴起。魏晋南北朝讫于隋唐，皆属门第社会，可称为是古代变相的贵族社会。宋以下，始是纯粹的平民社会。除却蒙古满洲异族入主，为特权阶级外。其升入政治上层者，皆由白衣秀才平地拔起，更无古代封建贵族及门第传统之遗存。故就宋代而言之，政治经济，社会人生，较之前代，莫不有变。④

再后来，钱先生又在《宋明理学概述》中概括道："中国历史，应该以战国到秦为一大变，战国结束了古代，秦汉开创了中世。应该以唐末五代至宋为又一大变，唐末五代结束了中世，宋开创了近代。"⑤柳诒徵先生 1948 年出版《中国文化史》，第十六章题为"唐宋间社会之变迁"，认为"自唐室中晚以降，为吾国中世纪变化最大之时期。前此犹多古风，后则别成一种社

---

① 冯琦原编、陈邦瞻增辑《宋史纪事本末》卷首所附陈邦瞻序，《文渊阁四库全书》本，第 353 册，第 2～3 页。
② 傅斯年《中国历史分期之研究》，原载《北京大学日刊》(1918 年 4 月 17 日～23 日)，今收于《傅斯年史学论著》，上海：上海书店出版社，2014 年版，第 45 页。
③ 钱穆《中国文化史导论》(修订本)，北京：商务印书馆，1994 年版，第 175 页。
④ 钱穆《理学与艺术》，《宋史研究集》第七辑，台北：台湾书局，1974 年版，第 2 页。
⑤ 钱穆《宋明理学概述》，《钱宾四先生全集》第九册，台北：台湾联经出版事业公司，1998 年版，第 1 页。

会"。① 陈寅恪先生 1954 年发表《论韩愈》,指出:"唐代之史可分前后两期,前期结束南北朝相承之旧局面,后期开启赵宋以降之新局面,关于政治社会经济者如此,关于文化学术者亦莫不如此。"② 胡如雷先生 1960 年发表《唐宋时期中国封建社会的巨大变革》,指出:"主户、客户之名虽然由来已久,但只有到北宋建立以后,随着主客户制度的确立,佃农才开始构成了法律上独立的农民范畴……主客户制度的建立标志着物质资料生产者地位的变化,而对这种生产者地位变化的考察,正是我们划分历史时期的主要依据之一。"③漆侠先生 1987 年出版《宋代经济史》,在该书代绪论《关于中国封建经济制度发展的阶段问题》中将中国封建时代划分为三个时期:"一、战国秦汉时期(公元前476～公元184年):封建制度确立、封建依附化关系发展阶段";"二、魏晋隋唐时期(公元184～884年):庄园农奴制阶段";"三、宋元明清时期(公元884～1840年):封建租佃制占主导地位阶段"。将唐、宋置于不同的发展阶段,并认为唐宋变革"是从唐代农奴制向宋代封建租佃制转化的全局性的重大问题"。④ 上述论断,从门阀兴衰、政制民俗、风气异同、阶层变迁、文化学术、土地制度、经济关系等多个方面,论及唐宋之际确有大的变革。

　　唐宋变革,不仅引起中国学人的关注,也在国际史学界引起热议。日本中国学京都学派创始人内藤湖南先生在 20 世纪初提出"宋代近世说"⑤,认为中国历史可划分为"上古(至后汉中叶)"、"中世(中古,从五胡十六国至唐中叶)"和"近世"(前期:宋元;后期:明清),中国中世和近世的大转变出现在唐宋之际。⑥ 其《概括的唐宋时代观》指出:"唐和宋在文化的性质上有显著差异:唐代是中世的结束,而宋代则是近世的开始,其间包含了唐

① 柳治徵《中国文化史》,上海:上海古籍出版社,2001 年版,第 549 页。

② 陈寅恪《论韩愈》,《历史研究》1954 年第 2 期。

③ 胡如雷《唐宋时期中国封建社会的巨大变革》,《史学月刊》1960 年第 5 期。

④ 漆侠《宋代经济史》,上海:上海人民出版社,1987 年版。后来漆先生又有《唐宋之际社会经济关系的变革及其对文化思想领域所产生的影响》(《中国经济史研究》2000 年第 1 期),专门从社会经济关系层面探讨唐宋变革,并论析其对文化思想领域的影响。

⑤ 李华瑞《"唐宋变革"论的由来与发展》:"过去一般以为内藤湖南是在《概括的唐宋时代观》首次提出唐宋变革论;实际上根据内藤的长子内藤干吉的考证,内藤湖南的'唐宋变革'和'宋代近世说'最早形诸文字是在 1909 年,见于内藤 1909 年讲授中国近世史的讲义的绪言:'近世史应从什么时代开始,当说是宋代以后。'其后在 1914 年出版的《支那论》、1920 年讲授《中国近世史》的讲义、1922 年发表《概括的唐宋时代观》逐步系统阐述了他的'宋代近世说'。"李华瑞主编《"唐宋变革"论的由来与发展》,天津:天津古籍出版社,2010 年版,第 10～11 页。

⑥ 详参内藤湖南《中国史通论》(上),夏应元选编并监译,北京:社会科学文献出版社,2004 年版。

末至五代一段过渡期。"该文认为唐宋之异即中世与近世之异,包括:1. 贵族政治的衰落和君主独裁政治的兴起,"从政治上来说,在于贵族政治的式微和君主独裁的出现……贵族失势的结果使君主的地位和人民较为接近,任何人要担任高职,亦不能靠世家的特权,而是由天子的权力来决定和任命";2. 君主地位的变迁,"君主在中世虽然居于代表贵族的位置,但到了近世,贵族没落,君主再不是贵族团体的私有物,他直接面对全体臣民,是他们的公有物";3. 君主权力的确立,"宋代恰好处在唐和明清之间,宰相尚不至像明清一样没有权力,不过即使得到权力,达于极盛,一旦失去了天子在后面支持,亦同样会变为匹夫一名……宋以后的地方官,不管地位如何良好,只要君主一纸命令,职位便简单的交替";4. 人民地位的变化,"贵族时代,人民在整体贵族眼中视若奴隶。隋唐时代开始,人民从贵族手中得到解放,由国家直辖……具体的说,唐代的租庸调制,意味着人民向政府纳地租、服力役和提供生产成果。唐代中叶开始,这个制度自然崩坏,改为两税制,人民从束缚在土地上的制度中得到自由解放。他们可以用钱代实物去纳地租,不再受到土地束缚,从而开始摆脱奴隶佃农地位。到了宋代,经过王安石的新法,人民拥有土地所有权的意义更加确实";5. 官吏录用法的变化,"君主和人民中间等级的官吏亦改为选举……官吏从君主独裁时代的配给庶民方式,变为容许机会均等";6. 朋党性质的变化,"唐代朋党以贵族为主,专事权力斗争;宋代朋党则明显地反映了当时政治上的不同主义";7. 经济上的变化,"唐宋处在实物经济结束期和货币经济开始期两者交替之际";8. 文化性质上的变化,"到了唐代中叶,开始有人怀疑旧有注疏,要建立一家之言……到了宋代,这个倾向极度发达,学者自称从遗经发现千古不传的遗义,全部用本身的见解去作新的解释,成为一时风尚……文章由重形式改为重自由表达……文学曾经属于贵族,自此一变成为庶民之物……音乐的变化亦同样……宋代以后,随着杂剧的流行,模仿事物一类的通俗艺术较盛,动作较为复杂,品味较古代的音乐下降,变得单纯以低级的平民趣味为依归"。①

---

① 内藤湖南《概括的唐宋时代观》,发表于《历史与地理》第九卷第五号(1922 年),中译本见刘俊文主编、黄约瑟译《日本学者研究中国史论著选译》第一卷《通论》,北京:中华书局,1992 年版,第10~18 页。其实,此文乃是内藤湖南将自己著作《中国近世史》第一章"近世史的意义",单独抽出,改换题目而来。

内藤湖南的"宋代近世说"①，被宫崎市定等后继者发扬光大，被概括为"唐宋变革论"，②还被进一步发展为"东洋文艺复兴说"。宫崎市定 1950 年发表《东洋的近世》，指出：

> 欧洲的近世史是指文艺复兴以后……把这个时期的社会状态和宋、元、明、清比较，共同称为近世，我不以为是失诸比例……我主张把工业革命以后的欧洲作为最近世史，文艺复兴阶段则作为近世史，以资区别……

> 东洋的文艺复兴比西洋的文艺复兴早三个世纪……我们实在应该承认交通有绝大作用，进而想象东洋的文艺复兴给予西洋文艺复兴的种种影响……在文艺复兴方面东洋比西洋先进之处，但在革命（revolution）方面不能不承认西洋比东洋先进。想来东洋在宋代以后，困扰了千多年，依然未能从文艺复兴再进一步，反而西洋进入文艺复兴四、五世纪后，便很快的跳跃至新的最近世阶段。个中原因，是西洋文艺复兴本身内在的发展性比东洋的优越所致。但不应忽视的是，西洋文艺复兴本身就有东洋的影响，而在日后更进一步的发展中亦与

---

① 关于内藤湖南"宋代近世说"的现实用意，钱婉约教授指出："无论是宋代近世说还是文化中心移动说，都说明内藤学术的社会关注程度和现实干预感相当强烈……进一步说，内藤湖南从事中国学研究的出发点及终极目标，始终在于对日本民族及日本文化之命运和前途的深切关怀，这是牵动他情感至深处的毕生理想。研究中国，喜爱中国文化，但这一切都是为了日本！因此，我们最终看到，这样一个理解并喜爱中国文化的人，却终于在日本国权扩张主义的时代思潮中，走上了在本质上背叛中国文化的道路……'宋代近世说'貌似一个赞美中国文化光辉灿烂、发达领先的历史理论，但它却是内藤湖南现实的中国观'国际共管说'的思想依据，是与一个明显具有殖民色彩的对华设想联系在一起。"钱教授还指出，内藤湖南通过"宋代近世说"向读者说明"中国文化在进入近代以后已是高度发达的文化"，"但是正是这个'早熟'的、高度发达的辉煌文明，导致了当前衰老的、政治、经济困难重重，亟待寻求出路的现实中国，对此内藤提出了所谓'国际共管'的理论"。（钱婉约《从汉学到中国学——近代日本的中国研究》，北京：中华书局，2007 年版，第 171、239~240 页）

② 李庆《关于内藤湖南的"唐宋变革论"》（《学术月刊》2006 年第 10 期）："在这一阶段（指 1945 年以前，引者注）内藤自己并没有直接归纳出'唐宋变革论'这个专门的术语。这一提法，实际是后来的研究者归纳的。也就是说，虽然内藤的时代分期说、他的一些论说中包含有'唐宋变革论'的内容，但是，这一专门的学术术语并不是他亲自提出的……池田诚发表了《关于唐宋变革的再检讨》（载《日本史研究》24，1954 年），这或是当时比较早归纳出'唐宋变革'这一术语的论文。柳立言《何谓"唐宋变革"？》（《中华文史论丛》总第 81 辑）："把这个时代观发扬光大，并正式接受'唐宋变革'之名作为京都学派的一个主要学说的，当推内藤的弟子宫崎市定（1901~1995）。"

东洋有不绝的交通连系。①

内藤和宫崎（京都学派）的"宋代近世说"，遭到了前田直典和周藤吉之（东京学派）的严厉批评，前田和周藤认为，唐代并非是"中世"的终结而是"古代"的终结，宋代并非是"近世"的开端而是"中世"的开端。针对论敌的批评，宫崎市定在1980年代发表《从部曲到佃户》一文，着重从社会经济方面对唐宋变革作了系统梳理，以支撑其"宋代近世开端说"。宫崎在文中指出：从唐到宋，最重要的社会变迁之一是贱民的解放。在唐代，贱民指奴婢与部曲，奴婢即奴隶，部曲在奴婢与自由民之间，如西欧中世的农奴。在唐末五代的动乱中，部曲获得解放，上升为佃户，或曰"佃人"。从部曲到佃户的变化，反映出唐宋间的社会发生了极大的变迁。宋代以后，佃户完全变为自由人，他们与地主的关系是平等的，尤其是在订立租田契约之际，完全具有选择权。因此，宋代以后，新的劳动形态出现，庄园闭锁经济已告消失。② 经过论战，京都学派与东京学派在下列几点上基本达成了共识：第一，唐宋之际，确实发生了极大的社会变迁；第二，唐宋间社会的最显著变化，是门阀贵族的没落和科举出身的官僚的兴起；第三，大土地的耕作形态，由部曲制演变为佃户制。

　　京都学派的"宋代近世说"和"唐宋变革论"，1960年代之后，逐渐引起西方学界的关注和回应。1969年，美国宋史专家刘子健和Peter J. Golas刊出他们合编的一本宋史英文论文选编——《宋代中国的变化》，导言中写道："历史学家在日本汉学家的激发之下，开始把宋代看作中国史上的真正具有型塑作用的时期之一，是社会、经济、政治、思维各个方面都有广泛发展的时期，这些发展大大有助于形成直到20世纪的中国的面貌。"③1974年，刘子健出版《中国转向内在》，认为："南宋初期发生了重要的转型。这一转型不仅使南宋呈现出与北宋迥然不同的面貌，而且塑造了此后若干世纪中国的形象。现代历史学家常常忽略两宋的差异，而更重视唐宋之际

---

① 宫崎市定《东洋的近世》，《宫崎市定全集》第二卷，日本岩波书店1992年版。中译本见《日本学者研究中国史论著选译》第一卷《通论》，北京：中华书局，1992年版，第153～241页。

② 宫崎市定《从部曲到佃户》，《宫崎市定全集》第十一卷，日本岩波书店1992年版。中译本见《日本学者研究中国史论著选译》第五卷《五代宋元》，北京：中华书局，1993年版，第1～71页。

③ James T. C. Liu and Peter J. Golas eds., *Change in Sung China*, Lexington, Mass.：D. C. Heath and Co., 1969, pp. 4－8.

的巨大分野,即古代中国和晚近中国的分野。"①同时,他还指出:"不应当将宋代中国称为'近代初期',因为近代后期并没有接踵而至,甚至直到近代西方来临之时也没有出现。宋代是中国演进道路上官僚社会最发达、最先进的模式,其中的某些成就在表面上类似欧洲人后来所谓的近代,仅此而已。"②1982 年,郝若贝(Robert M. Hartwell)发表《750～1550 年中国的人口、政治、社会转型》,认为:"在 750～1550 年间,中国的人口、政治、社会面貌发生了绝大变化;在这一时段的前五百年内,亦即晚唐五代和北宋时期,人口和农业的变动显著,乃至被有的学者形容为一次经济上的革命……从中唐到晚明,在构成中华帝国社会的各地区和人类生活的各方面,历史发展以不同的方向、不同的速度进行着……这些变化之间的累积性影响和连续的相互作用导致了社会几乎所有方面的根本性变化,也塑造了随后晚期中华帝国的特质。"③

　　1992 年,包弼德(Peter Bol)出版《斯文:唐宋思想的转型》④,认为:由唐到宋,实际上是从垄断知识和真理、熟悉外在仪节、依赖血缘系统获得合法性地位的贵族社会,转向了依赖学习和努力、重视内在修养和精神、强调平民主义的士绅社会。该书指出:"作为一个描述社会成分的术语,'士'在唐代的多数时间里可以被译为'世家大族',在北宋可以译为'文官家族',在南宋时期可以译为'地方精英'。"⑤2000 年,包弼德《唐宋转型的反思:以思想的变化为主》指出:唐宋转型,在社会史方面,并不是"平民"的兴起,而是"士"即地方精英的壮大和延续;在经济史方面,也不能忽略国家制度介入经济和国际贸易;在政治史方面,近来关于官僚制、法律制度和对外关系的研究,没有提供任何佐证来证明唐宋转型是独裁统治的结果,但皇帝更加孤立也是事实,实际上,权力经常被宰相所掌握;在思想史和文化史方面,一是从唐代基于"历史"的文化观转向宋代基于"心念"的文化观;二是从相信皇帝和朝廷应该对社会和文化拥有最终的权威,转向相信个人一定

①刘子健《中国转向内在》,赵冬梅译,南京:江苏人民出版社,2002 年版,第 4 页。
②刘子健《中国转向内在·序言》,赵冬梅译,第 2 页。
③Robert M. Hartwell,"Demographic,Political,and Social Transformations of China,750－1550", *Harvard Journal of Asiatic Studies*,42.2,1982,pp.365－442.
④*This Culture of Ours:Intellectual Transition in Tang and Sung China*. Stanford University Press, 1992. 中文本由刘宁译出,南京:江苏人民出版社,2001 年版。
⑤包弼德《斯文:唐宋思想的转型》,刘宁译,第 37 页。

要学会自己做主；三是在文学和哲学中，人们越来越有兴趣去理解万事万物是如何成为一个彼此协调和统一的体制的一部分。①

京都学派的"宋代近世说"和"唐宋变革论"，同样引起了中国学者的关注和回应。相较而言，港台学者对此"论""说"的认可度更高一些。1970年代，毕业于日本京都大学的邱添生，在台湾的《大陆杂志》《幼狮月刊》《师大历史学报》等刊物上连续发表文章，介绍与发挥京都学派关于"唐宋变革论"的学说。1972年，台湾学者傅乐成先生发表《唐型文化与宋型文化》，从中国民族本位文化建立的角度，论证了唐宋文化的最大不同点。傅先生在书中指出：

> 大体说来，唐代文化以接受外来文化为主，其文化精神及动态是复杂而进取的。唐代后期的儒学复兴运动，只是始开风习，在当时并没有多大作用。到宋，各派思想主流如佛、道、儒诸家，已趋融合，渐成一统之局，遂有民族本位文化的理学的产生，其文化精神及动态亦转趋单纯与收敛。南宋时，道统的思想既立，民族本位文化益形强固，其排拒外来文化的成见，也日益加深。宋代对外交通，甚为发达，但其各项学术，都不脱中国本位文化的范围；对外来文化的吸收，几达停滞状态。这是中国本位文化建立后的最显著的现象，也是宋型文化与唐型文化最大的不同点。②

傅先生所论，"尽管在内容的界定上不无可商榷之处"，但是"从类型上来探究唐宋文化各自特质的命题，甚为精警"。③ 傅先生"唐型文化"和"宋型文化"概念的提出，在唐宋文化研究界影响很大，王水照先生主编的《宋代文学通论》和不少研究宋代文学与文化的文章都使用了"宋型文化"这一概念，④

① 包弼德《唐宋转型的反思——以思想的变化为主》，《中国学术》2000 年第 3 期。
② 傅乐成《唐型文化与宋型文化》，原载《国立编译馆馆刊》第 1 卷第 4 期，1972 年 12 月。后收入其《汉唐史论集》，台北：台湾联经出版事业公司，1977 年版，第 380 页。
③ 王水照主编《宋代文学通论》中的绪论"宋型文化与宋代文学"，开封：河南大学出版社，1997 年版，第 2 页。
④ 如西南民族大学田耕宇的《宋代右文抑武政策对宋型文化形成的影响》，《西南民族大学学报》（人文社科版），2005 年第 2 期。又如宁波大学许伯卿的《论宋代思想文化转型下的"雅"、"俗"矛盾及其变奏》，《宁波大学学报》（人文科学版），2005 年第 6 期。另外，周裕锴老师在《宋代诗学通论》的引言中指出："事实上文化既是一种空间的存在，也是一种时间的存在。就中（转下页注）

郭英德先生甚至进一步提出了"宋型文学"的概念。^① 1994年，香港学者赵雨乐出版专著《唐宋变革期之军政制度》，该书着重从官僚机构与等级制度方面考察了唐宋之际的变革。^② 2006年，台湾学者柳立言发表《何谓"唐宋变革"?》，指出：

> 当"唐宋变革"的时代观由内藤湖南和宫崎市定提出时，它有着特定的含意。"变革"不是指一般的改变，而是指根本或革命性的改变，可说是一种脱胎换骨。"唐宋变革"不是单指唐和宋两代发生了一些转变，而是指中国历史从中古变为近世这个根本或革命性的转变，它把唐宋断裂为两个性质不同的时代，唐是中古之末，宋是近世之始；不能从中古脱胎换骨变为近世的，都不算唐宋变革。"唐宋变革期"不是指整个唐宋两代，而是指中国历史从中古变为近世这个变革所经历的过渡期或转型期，始于8世纪的中唐，终于10世纪的宋初，它一方面结束了一个旧的文化形态，另方面开启了一个新的文化形态……谈唐宋变革而不理会其中的史观（中古文化形态—近世文化形态），已是夺其魂魄，再不针对其中的史实（根本或革命性的巨变），简直是尸骨无全，徒具空名。^③

柳先生之论，是对京都学派"唐宋变革论"相当深刻和贴切的理解。

国内学者直到1990年代，对"宋代近世说"和"唐宋变革论"一直保持高度的审慎态度。如胡如雷先生既不取京都学派的"宋代近世开端说"，也不取东京学派的"宋代中世开端说"，他认为，唐宋间的巨变只是封建社会前期与后期的转化，并不是社会形态的改变。^④ 又如王曾瑜先生认为："自秦汉至明清，社会也有不少变动，例如自唐迄宋，日本学者称之为唐宋变革

（接上页注）国古代而言，两个相邻的朝代唐和宋之间实际上表现出相当大的文化差异，以至于有学者提出'唐型文化'和'宋型文化'的概念。诗歌理论既与文化相关，那么在'唐型文化'和'宋型文化'背景下产生的诗学，其理论趣尚必然不同。换言之，当我们从事比较诗学研究的时候，不仅要考虑到空间轴上东西文化的异质，而且应注意到时间轴上唐宋文化的异型。"（成都：巴蜀书社，1997年版，第1页）周老师所言，实际上也包含着对"唐型文化"与"宋型文化"这一对概念的认可。

① 郭英德《光风霁月：宋型文学的审美风貌》，《求索》2003年第3期。
② 赵雨乐《唐宋变革期之军政制度》，台北：台湾文史哲出版社，1994年版。
③ 柳立言《何谓"唐宋变革"?》，《中华文史论丛》总第81辑。
④ 胡如雷《中国封建社会形态研究》，上海：三联书店，1979年版。

期……然而若与春秋、战国时期相比，则至多只能算是一个小变革期。"①
漆侠先生说："最先提出唐宋之际社会变革的是日本内藤湖南先生的宋代
近世说……欧洲诸国自产业革命后社会面貌发生了显著的变化，从而自中
世纪走上近代，有了'近世说'。如果同欧洲近代情况进行比较研究，宋代
与之差距甚大，很难具有近世的含义。"故而认为"这个时期的变革是中国
封建经济制度内部的推移演化"。②

　　本世纪以来，国内学者对"宋代近世说""唐宋变革论"的讨论非常热
烈，主流看法应是"扬弃与继承"。③ 李华瑞先生认为："日本学界的'唐宋
变革'论从假说到形成理论体系的模式，无疑对认识中国唐宋以后历史
发展脉络具有方法论的意义，但必须强调它只是一种理论，或是一种观
察视角，或是一种方法，或者是一家之言，并不具有普世或'四海之内皆
准'的意义，也就是说'唐宋变革'论仅仅预设和解释了中国历史发展道
路的一种走向，并不能说这就是中国历史发展的实际走向。它与实际走
向有多大层面的吻合，还需要经过多方面的检验。"④张广达先生认为：
"在异说纷呈的今天，更需要借鉴内藤的经验，博采众说，做出独断……
内藤说的启发和近年海外研究模式的连续提出，将有助于我们对中国的
内在精神的演变和趋向做出进一步深入的研究。"⑤葛兆光先生指出："关
于内藤的分期方法，现在有一些批评意见指出，他是按照西方近代的模
式来观看中国历史的，所以也属于后设的理论假说，这种意见有一定道
理，但问题是，至今也还没有新的、有历史资料作为依据的假说提出来取
代它。"⑥

---

①王曾瑜《宋朝阶级结构》，石家庄：河北教育出版社，1996 年版，第 1 页。

②漆侠《唐宋之际社会经济关系的变革及其对文化思想领域所产生的影响》，《中国经济史研究》
　2000 年第 1 期。

③该提法是李华瑞先生《"唐宋变革"论的由来与发展》文章结语部分的标题，清晰地表明了李先生
　对"唐宋变革论"的态度，李先生作为宋史研究会副会长，资深宋史专家，其观点具有一定的代
　表性。

④李华瑞《"唐宋变革"论的由来与发展》，见其主编的论文集《"唐宋变革"论的由来与发展》，第
　36 页。

⑤张广达《内藤湖南的唐宋变革论及其影响》，《唐研究》第 11 卷，北京：北京大学出版社，2005
　年版。

⑥葛兆光《"唐宋"抑或"宋明"——文化史和思想史研究视域变化的意义》文中注释，《历史研究》
　2004 年第 1 期，第 21 页。

综上所述，笔者认为，古今中外的众多学者都意识到唐宋之际确有大的社会变革，京都学派的"宋代近世说"和"唐宋变革论"，正是在此背景下对此话题自成体系的论说，有其内在的合理性，但该"论""说"之产生有特殊的时代语境和现实用意，故而又有很大的局限性。"扬弃与继承"才是对该"论""说"的理性做法，"论""说"背后的政治考量应当摒弃，援西套中的对照比附也应扬弃，而其对唐宋变革的深入阐发、对"中古""近世"①的划分还是可以借鉴的。笔者曾在《宋代春秋学与宋型文化》中论及唐宋变革，认为唐宋之变足以导致文化范型的转换，即从唐型文化转型为宋型文化，而宋型文化是具有民族本位文化倾向和庶族（相对于唐前的士族）文化色彩的文化范型，是肇始于中唐、定型于南宋、绵延于元明、衰歇于清代的文化范型，简言之，唐宋变革造成的文化范型转换深刻影响了宋代以降的中国。②

二、士人阶层与雅俗格局的改变

唐宋变革导致文化转型，我们可从"主文化"的创造者和"大传统"的承担者即士人阶层变迁的视角，得到清晰认知。包弼德认为唐宋之际"士的身份随时代而变化"："在 7 世纪，士是家世显赫的高门大族所左右的精英群体；在 10 和 11 世纪，士是官僚；最后，在南宋，士是为数更多而家世却不太显赫的地方精英家族，这些家族输送了官僚和科举考试的应试者。"③此论可谓真知灼见。唐代士人群体，大多门第高贵，宋代士人群体，则大多是家世并不显赫的庶族子弟乃至平民布衣通过科举入仕而形成的。宋代非常重视科举考试，即使在激烈的宋金战争、宋蒙战争期间，科考照常进行。宋代登科人数是历朝最多的，据龚延明先生的研究，"从宋初建隆元年（960）至南宋咸淳十年（1274）三百余年间，两宋共举行了 118 榜常

---

① 葛兆光《宋学漫谈》："内藤的'近世'（Kinsei）概念，背后是欧洲以民族国家形成为标志，结束了中世纪（medieval）的'近代'（Modern Are），又有日本自己的历史标尺，还有对现实中国的政治思考，那么在中国史中用这个概念去分期是否妥当？譬如，我们要问一下，宋代中国有没有发生类似欧洲民族国家成熟这样的转型？如果一定要用'近世'来理解中国史，那么，到底是在一般意义上来使用呢，还是作为特例处理？"（《宋学研究集刊》第一辑，浙江大学出版社 2008 年版，第 4 页）笔者认为，借鉴内藤对中国史"中古""近世"的划分，而不将其与西方简单比附，则此划分还是有合理性的。

② 李建军《宋代〈春秋〉学与宋型文化》，北京：中国社会科学出版社，2008 年版，第 18～31 页。

③ 包弼德《斯文：唐宋思想的转型》，第 4 页。

科考试,文、武两科正奏名进士及诸科登科人数达10多万人,是唐、五代10188名登科总人数的近10倍、明代24624人的近4倍、清代26849人的近3.8倍"。① 同时,由于宋代科举取士不问门第,如宋太祖曾说:"向者登科名级,多为势家所取,致塞孤寒之路,甚无谓也。今朕躬亲临试,以可否进退,尽革畴昔之弊矣。"② 又在唐代基础上增设封弥、糊名、誊录等制度,尽可能地保障公平竞争,于是大量平民子弟登第入仕。美国学者柯睿格(E. A. Kracke)研究发现:"从南宋绍兴十八年(1148)和宝祐四年(1256)的两次考试中发现,57.3%的中举者出身平民,没有先世为官的记载。这个数字甚至高于北宋,尽管科举出身者在整个官僚队伍中所占比例不断受到侵蚀已成一种趋势,但出身寒族的人数似乎一直在增加。"③孙国栋先生研究发现:"(唐宋之际)由科举而飞黄腾达的显要官员人数有稳定增长的趋势,到11世纪,有近40%的显要官员是科举出身的寒素之士。"④陈义彦先生研究发现,在《宋史》有传的北宋166年间的1533人中,以布衣入仕者占55.12%,比例甚高;北宋一至三品官员中来自布衣者约占53.67%,且自宋初逐渐上升,至北宋末已达64.44%。⑤ 李弘祺先生研究后认为,陈义彦的数据"并不十分可靠",他经过重新统计,发现"北宋时期传于《宋史》者仍有32.5%出生于非官僚家庭","出身平民的显要官员占有很大的比例";⑥并指出"宋代是传统中国由门第贵族社会解体之后到明清士绅社会形成之前的一个过渡时期。考试制度和解额的分配所造成布衣入仕的局面应当对宋代社会有影响——促进了新的士绅阶层的兴起"。⑦

大量平民子弟入仕为官,跻身士绅阶层,逐渐改变士人文化的整体面貌和雅俗格局,使得宋代的士人文化较之唐代更具平民色彩和雅俗贯通之

①龚延明、祖慧《宋登科记考》卷前所附《宋代科举概述》,南京:江苏教育出版社,2005年版,第1页。
②李焘《续资治通鉴长编》卷一六,开宝八年二月戊辰条,北京:中华书局,1995年版,第336页。
③柯睿格《帝国时代中国的家庭与功名》,《哈佛亚洲学报》第10卷,第103~123页,1947年。
④孙国栋《唐宋之际社会门第之消融——唐宋之际社会转变研究之一》,《新亚学报》第4卷第1期,1959年。后收入孙国栋《唐宋史论丛》,香港:商务印书馆,2000年版,第211~308页。
⑤陈义彦《从布衣入仕情形分析北宋布衣阶层的社会流动》,《思与言》第9卷第4期,1971年11月。
⑥李弘祺《宋代官学教育与科举》,台北:台湾联经出版事业公司,1994年版,第240~241页。
⑦李弘祺《宋代教育散论》,台北:台湾东升出版事业有限公司,1980年版,第7页。

习。朱自清先生《论雅俗共赏》云:

> 唐朝的安史之乱可以说是我们社会变迁的一条分水岭。在这之后,门第迅速地垮了台,社会的等级不像先前那样固定了,"士"和"民"这两个等级的分界不像先前的严格和清楚了,彼此的分子在流通着,上下着。而上去的比下来的多,士人流落民间的究竟少,老百姓加入士流的却渐渐多起来……这种进展经过唐末跟五代的长期的变乱加了速度,到宋朝又加上印刷术的发达,学校多起来了,士人也多起来了……这些士人多数是来自民间的新的分子,他们多少保留着民间的生活方式和生活态度。他们一面学习和享受那些雅的,一面却还不能摆脱或蜕变那些俗的。人既然很多,大家是这样,也就不觉其寒碜;不但不觉其寒碜,还要重新估定价值,至少也得调整那旧来的标准与尺度。"雅俗共赏"似乎就是新提出的尺度或标准。①

朱先生从安史之乱后"民"跻身为"士"的视角,探析唐宋之际雅俗格局的变迁,非常精准。

三、士人文学与文言小说的嬗变

宋代士人文化的平民色彩和雅俗贯通之习,在文学领域有非常鲜明的体现。从整体倾向而言,宋代士人文学追求平淡清雅,如梅尧臣云"作诗无古今,唯造平澹难",②又如黄庭坚云"平淡而山高水深",③再如张表臣云为诗"以平夷恬澹为上,怪险蹶趋为下",④再如苏轼云"大凡为文,当使气象峥嵘,五色绚烂,渐老渐熟,乃造平澹"。⑤ 宋代士人的这种审美追求与六朝人的绮丽雕琢、唐朝人的绚烂磅礴大异其趣,那么为何会造成这种审美转向呢? 时代风云的变迁、思想旨趣的转移、士人心态的调整可能都是重

---

① 朱自清《论雅俗共赏》,北京:北京出版社,2005年版,第1~2页。
② 梅尧臣《宛陵集》卷四六《读邵不疑学士诗卷杜挺之忽来因出示之且伏高致辄书一时之语以奉呈》,《文渊阁四库全书》本,第1099册,第338页。
③ 黄庭坚《山谷集》卷一九《与王观复书二》,《文渊阁四库全书》本,第1113册,第184页。
④ 张表臣《珊瑚钩诗话》卷一,《丛书集成初编》本,第2550册,第6页。
⑤ 周紫芝《竹坡诗话》引苏轼语,《丛书集成初编》本,第2558册,第22页。

要原因,[①]而另一个重要原因则可能是其平民气质的士人主体对绮丽华美的疏离。徐复观云：

> 门第观念,由中唐后,经五代的丧乱流离,已扫除殆尽;所以宋代士人,多出身平民,也以平民的身份自甘。平民的气质,自然是素朴平淡的气质。欧阳修一面推服杨亿诗文华赡之美,但依然要力加荡涤,以走向素朴平淡的路,遂为一代所崇尚,因为这才是适合于平民的气质。[②]

宋代士人主体的平民来源决定了其平民气质,这种平民气质又影响其素朴平淡的审美旨趣和雅俗判断。六朝和隋唐士人崇尚的绮丽华美之"雅"风,到了宋代士人则不以为然,甚而讥之为"俗"气。如唐代讲究辞藻、文风华美的传奇文体,到了宋代被士人讥刺。陈师道《后山居士诗话》所记,尹洙就曾讥刺范仲淹"用对语说时景"的《岳阳楼记》为"《传奇》体尔"。[③]

宋代士人主体的平民气质影响其对文学的雅俗判断,不仅在于扭转绮丽华美之文风为平淡清雅,将时代的审美旨趣从士族文人爱好的"秾雅"转为庶族文人亲近的"淡雅",也在于敢在诗文中大量使用俗字俚语、白话语词,引俗入雅,甚而以俗为雅。苏轼认为："街谈市语,皆可入诗,但要人镕化耳。"[④]苏轼写诗大量使用俗字俚语,如《发广州》"三杯软饱后,一枕黑甜余"之"软饱""黑甜",苏轼自注云"浙人谓饮酒为软饱""俗谓睡为黑甜";[⑤]又如《除夜大雪留潍州》"助尔歌饭瓮"之"饭瓮",乃用山东民谣"霜淞打雾

---

①汪涌豪《中国文学批评范畴及体系》第四章第三节"作为宋元人心境折射的平淡范畴"有详细分析,其中言及时代变迁、思想变动、心态变化最为精辟,其云："中唐以后,随着封建社会从整体上走向衰微和败落,人们的心态开始发生一系列深刻的变化。这里要进一步提出,随着与之相伴随的儒家思想对人实际控制力的减弱,一种与主潮思想相疏离的自由精神却在潜滋暗长。儒家思想的竭力求得自振,表现在二程和朱熹的道学、理学建设上。而自由思想蓬勃不可掩抑,则在老庄学说风行,禅宗义理与心学繁兴诸方面得到了更充分的展示。当然,因同处一个时代,两者在某些地方有相互沟通之处。但就实际情形而言,禅宗和心学,特别是老庄哲学的影响力,在文人来说似乎是更深刻和本质的。"(上海：复旦大学出版社,2007年版,第147~148页)
②徐复观《宋诗特征试论》,见《中国文学论集续编》,北京：九州出版社,2014年版,第57页。
③陈师道《后山居士诗话》,《丛书集成初编》本,第2547册,第7页。
④周紫芝《竹坡诗话》引苏轼语,丛书集成初编本,第2558册,第34页。
⑤《苏轼诗集》卷三八,王文诰辑注本,北京：中华书局,1982年版,第2067页。

淞，贫儿备饭瓮"；①再如《被酒独行遍至子云威徽先觉四黎之舍三首》之一"半醒半醉问诸黎，竹刺藤梢步步迷。但寻牛矢觅归路，家在牛栏西复西"②之"牛矢"。上述例证中的"软饱""黑甜""饭瓮"，特别是"牛矢"，原本都是俗语，宋代以前之士人不敢用于诗文之中，但苏轼巧妙引入诗中，化俗为雅，别有风味。诗评家朱弁《风月堂诗话》记某客评苏诗云："世间故实小说，有可以入诗者，有不可以入诗者，惟东坡全不拣择，入手便用。如街谈巷说，鄙俚之言，一经坡手，似神仙点瓦砾为黄金，自有妙处。"③诗文中大量使用俗字俚语、白话语词，苏轼不是个案，宋代士人广被此风，如黄庭坚的"我家白发问乌鹊，他家红妆占蛛丝"，④曾几的"绿阴不减来时路，添得黄鹂四五声"⑤，诗句中的口语俗词俯拾即是。胡适曾说："由唐诗变到宋词，无甚玄妙，只是作诗更近于作文！更近于说话。"⑥其中"更近于说话"点出了宋代诗词与口语的亲密关系，折射出宋代士人不以口语为俗的雅俗新判断。而反观唐代诗人，则大多不敢以俗字口语入诗。邵博《邵氏闻见后录》云：

> 刘梦得作《九日诗》，欲用"糕"字，以五经中无之，辍不复为。宋子京以为不然。故子京《九日食糕》有咏云："飙馆轻霜拂曙袍，糗餈花饮斗分曹。刘郎不敢题糕字，虚负诗中一世豪。"遂为古本绝唱。⑦

唐代士人刘禹锡（字梦得）不敢在律诗中使用俗语"糕"，遭到宋代士人宋祁（字子京）的讥讽，于此可见唐宋两代士人对待俗语截然不同的态度——唐代士人的"拒"与宋代士人的"引"，其实这背后折射出唐宋两代士人不同的雅俗观，即唐代士人的忌俗避俗与宋代士人的以俗为雅。另外，顺带一提的是，宋代士人不仅在诗文中大量使用白话语词甚而白话句式，也在儒佛语录、史学著述等文本中掺进大量白话，甚而某些著述或者某些部分全用

---

① 杨慎《升庵诗话》卷一〇"梅溪注东坡诗"条，丁福保《历代诗话续编》本，北京：中华书局，1983 年版，第 832 页。
② 《苏轼诗集》卷四二，王文诰辑注本，第 2322～2323 页。
③ 朱弁《风月堂诗话》卷上，《文渊阁四库全书》本，第 1479 册，第 21 页。
④ 黄庭坚撰、任渊注《黄庭坚诗集注》之《山谷诗集注》卷九《考试局与孙元忠博士竹间对窗夜闻元忠诵书声调悲壮戏作竹枝歌三章和之》之一，北京：中华书局，2003 年版，第 319 页。
⑤ 曾几《茶山集》卷八《三衢道中》，《文渊阁四库全书》本，第 1136 册，第 542 页。
⑥ 胡适《四十自述》之《逼上梁山：文学革命的开始》，北京：中国画报出版社，2016 年版，第 97 页。
⑦ 邵博《邵氏闻见后录》卷一九，北京：中华书局，1983 年版，第 148 页。

白话，并丝毫不以之为俗。与此同时，已有部分先知先觉者觉察到文字应与口语大致同步，如陈骙《文则》云"古人之文，用古人之言也"，认为今人著文不应强学古文之言，"既而强学焉，搜摘古语，撰叙今事，殆如昔人所谓大家婢学夫人，举止羞涩，终不似真也"，①实际上已暗含今人之文应与今人之语相一致的论说，这为当时的白话口语进入各种文本起到了支撑作用。②

宋代士人主体的平民来源催生了士人文学的平民趣味，进一步影响了士人对某些文类、文体价值与属性的重新判断，这比较典型地体现在宋人对文言小说的态度上。宋人眼中，稗官小说有"资治体，助名教，供谈笑，广见闻"③之功用，其中"资治体，助名教"可谓淑世之用，"供谈笑，广见闻"可谓消遣之趣。淑世之用与消遣之趣相携而行，但宋人似乎更为重视消遣之趣。宋人的这种小说观，将小说的娱乐消遣性放在了突出位置，在小说原属"史余"的史部文类和"子末"的子部文类基础上，逐渐发展出小说的集部文类属性，即一定的文学性（此处指娱乐消遣性）。

宋代士人突出稗官小说的娱乐消遣性，逐渐将稗官小说的主体变成了"记述杂事的趣味作品"，朱自清先生对此有精辟见解：

> 比语录体稍稍晚些，还出现了一种宋朝叫做"笔记"的东西。这种作品记述有趣味的杂事，范围很宽，一方面发表作者自己的意见，所谓议论，也就是批评，这些批评往往也很有趣味。作者写这种书，只当作对客闲谈，并非一本正经，虽然以文言为主，可是很接近说话。这也是给大家看的，看了可以当作"谈助"，增加趣味。宋朝的笔记最发达，当时盛行、流传下来的也很多。目录家将这种笔记归在"小说"项下，近代书店汇印这些笔记，更直题为"笔记小说"；中国古代所谓"小说"，原是指记述杂事的趣味作品而言的。④

在趣味的助推下，宋人写作笔记小说的热情高涨，数量巨大。民国年间上海进步书局编辑的《笔记小说大观》共收录历代笔记小说 220 种，其中晋代

①陈骙《文则》卷上，《丛书集成初编》本，第 2632 册，第 3 页。
②关于宋代白话成为书面语并不断扩大在书面语中的比例，详参孟昭连《宋代文白消长与小说语体之变》（《中国社会科学》2011 年第 3 期），徐时仪《汉语白话史》第四章第二节"五代宋金的白话"，北京：北京大学出版社，2015 年第 2 版，第 158～194 页。
③曾慥《类说》卷前自序，北京图书馆古籍珍本丛刊本，北京：书目文献出版社，1988 年版，第 1 页。
④朱自清《论雅俗共赏》，第 3～4 页。

作品1种，唐代作品8种，宋代作品69种，金元作品11种，明代作品21种，清代作品110种。宋代作品数量仅次于清代，占到总数的31％，远超前之晋、唐，后之金元和明代，于此可见宋人笔记小说的繁盛。

宋代士人不仅热衷于写作稗官小说，也热衷于阅读和将其作为"谈助"。王安石尝自谓"某自百家诸子之书，至于《难经》《素问》《本草》诸小说无所不读，农夫女工无所不问"，①吴聿《观林诗话》云苏轼"喜录鬼语，便是人道不到处"，②蔡正孙《诗林广记》记刘克庄之语，言黄庭坚"搜猎奇书，穿穴异闻"。③ 或"诸小说无所不读"，或"喜录鬼语"，或"穿穴异闻"，都道出了宋代士人涉猎稗官小说的浓厚兴趣。宋代士人涉猎稗官小说，一个重要原因即是"供谈笑""佐谈助""广见闻"。宋祁撰《笔记》，《郡斋读书志》著录并提要云："皆故事异闻、嘉言奥语，可为谈助。"④孔平仲撰《续世说》，秦果序云："此书载言行美恶，区以别之，学者博古考类，择善而从，去古人何必有间，不但资谈说而已。"⑤认为该书在"资谈说"基础上还有区别美恶之用，隐含着"资谈说"乃是稗说之基础功用的意蕴。其中"可为谈助""资谈说而已"云云，都道出了宋代士人涉猎稗官小说的娱乐消遣用意。

宋代士人还在诗文中大量引用稗官小说之典实，如陆游曾云"不识狐书那是博""不读狐书真僻学"，⑥其写诗作文常用包括稗官小说在内的古奥稀罕之书（"狐书"）的典故以逞才炫博，钱锺书《管锥编》云：

> 姜特立《梅山续稿》卷七《茧庵》、卷一一《放翁示雷字诗》皆附陆氏来书，陆《寄题茧庵》七古后有自注两条发明诗中典故，其一即引《太平广记》，《剑南诗稿》中削去，夫来历须注，又见其书（指《太平广记》，引者注）堪为撦华炫博之资焉。⑦

宋代士人中不仅陆游化用《太平广记》中的典故入诗，刘克庄亦有此举，钱锺书《管锥编》云：

①王安石《临川文集》卷七三《答曾子固书》，《文渊阁四库全书》本，第1105册，第612页。

②吴聿《观林诗话》，《丛书集成初编》本，第2558册，第11页。

③蔡正孙《诗林广记》后集卷五，《文渊阁四库全书》本，第1482册，第159页。

④晁公武撰、孙猛校证《郡斋读书志校证》卷一三，上海：上海古籍出版社，1990年版，第574页。

⑤孔平仲《续世说》，《丛书集成初编》本，第2788册，第1页。

⑥陆游撰、钱仲联校注《剑南诗稿校注》卷七一《闲中偶咏》之一、卷六七《林间书意》之二，上海：上海古籍出版社，1985年版，第3954、3756页。

⑦钱锺书《管锥编》第二册"太平广记"条，北京：中华书局，1986年版，第640～641页。

《王维》(出《卢氏杂说》)王屿好与人作碑志,有送润笔,误扣王维门,维曰:"大作家在那边!"按刘克庄《后村大全集》卷二四《答杨浩》:"自惭吾非三长史,谁误君寻五作家?"自注:"王缙多为人作志铭,或送润笔达维处,维笑曰:'五作家在那边!'"……误忆屿为缙,小眚无伤;以"大"为"五",了无理致,大类杜撰以求"三长史"对仗,不免英雄欺人。①

宋代士人撰四六也化用稗官小说之典实,陆游《老学庵笔记》记:

杨文公云:"岂期游岱之魂,遂协生桑之梦。"世以其年四十八,故称其用"生桑之梦"为切当,不知"游岱之魂"出《河东记》韦齐休事,亦全句也。②

杨文公即宋初大文豪杨亿,陆游精确地指出其所撰四六中"游岱之魂"之典出自稗官小说《河东记》。

宋代以前,稗官小说作为"史余""子末",趣味性并不强,地位也不高,与文学的关系也不密切,但宋代文人以远迈前代的热情来写作和阅读,并将其作为典故化入典雅的诗文之中,于是稗官小说在宋代被视为"文之余事",逐渐发展出集部文类属性,即一定的文学性(此处指娱乐消遣性),也可以说稗官小说逐渐被引入文学的园囿。虽然与诗文相比,稗官小说难称雅致,但其已渐入文学的园囿,并与正宗雅文学的诗文有了越来越多的交集,可以说稗官小说到了宋代,已从"史""子"衍化出了"文"的特性(宋人视之为"文之余事")并逐渐徘徊在雅文学的门口了。其至有学者认为:"有宋一代,小说虽然没有挤入雅文学圈而成为雅文学的一员,但它已渗透进雅文学中了。因为文人以前所未有的热情和规模写作、阅读、谈论和引用文言小说,从而小说事实上已被默许进入了雅文学的'沙龙',只不过宋时文坛尚没有勇气给小说冠以雅文学的正名。"③依笔者之见,还是将宋代稗官小说视为徘徊在雅文学门口的文类更为妥帖。

宋代稗官小说徘徊在雅文学门口,其语体虽然是雅文学所用之文言,但较之诗文,稗官小说的这种文言语体更多地吸纳了白话语词,只能算是

---

① 钱锺书《管锥编》第二册"三长史"条,第744页。
② 陆游《老学庵笔记》卷一〇,北京:中华书局,1979年版,第125页。
③ 凌郁之《走向世俗——宋代文言小说的变迁》,北京:中华书局,2007年版,第107页。

一种浅俗文言。而这种语体的变化,也可以从唐宋转型导致语体由雅趋俗的背景去找到解释。总之,唐宋转型是理解宋代雅俗观念变迁的一把钥匙,也是诠释宋代小说演化的一种理路。

第二节　市民文化与士人文化的共生

士人文化与市民文化虽然有大传统与小传统、雅文化与俗文化之差异,但由于唐宋之际社会变革、阶层变动、观念变迁导致雅俗边界变化,两者在宋代的双向互动非常明显,一方面市民文化既影响士人文化,又从士人文化汲取养分,另一方面士人文化既辐射市民文化,又从市民文化取精用弘。宋代士人文化与市民文化的雅俗际会,正是话本与文言小说互动共生的时代动因。

一、坊郭户单列与市民阶层兴起

宋代开国之后,太祖、太宗、真宗都比较重视民众的休养生息,经济得到了较快的发展,其中工商业的发展尤为迅速。到了仁宗时期,工商业出现繁荣景象。宋史专家陈振先生从经济制度层面对此分析道:"北宋中叶,由于乡村租佃制关系契约化程度的提高,以及租佃制关系迅速推向经济发达的东南地区,使得雇佣劳动合法化,不仅城镇的民营工商业大量雇用店员或工人,而且城市的官营手工业工场与作坊也雇用不少工人,尤其是雇用技术水平高的手工业工人。同时由于农村的富余劳动力转向城镇商业及手工业,又相应增加了城镇的消费人群,因而又增加了对农副产品及手工业产品的需求。京城开封商业的繁荣,正是北宋中后期城镇商业发展的典型代表。"[①]

宋代工商业的繁荣,商品经济的发达,放在中国传统社会的历史进程中会看得更加清晰。宋史专家葛金芳先生认为:"与汉唐相比,宋代经济最引人注目的特点,就是商品经济成分在传统社会母胎中的急速成长。晚唐以降,特别是入宋以后,随着农业生产的发展,粮食剩余率的提高,煤铁革命的出现,手工业生产的扩大,以及运输工具(如漕船、海船)的进步和交通

---

①陈振《宋史》,上海:上海人民出版社,2003年版,第301~302页。

条件(如汴河和沿海海运)的改善,商品经济继战国秦汉之后迎来了它的第二个高涨时期。"葛先生进一步认为:"两宋时期在商品经济急速发展的基础上,原始工业化进程已经启动……宋代手工业进入了一个新的发展时期,一个为近代工业的发生准备条件的时期,为资本主义生产方式的降临提供历史前提的时期,我们称之为前近代化时期。"①

宋代商品经济的发达,促成了城市的繁荣。北宋都城开封,已经成为一个"八荒争凑,万国咸通"②的大都会。开封的盛况,在孟元老《东京梦华录》中可见一斑。该书记载皇城东南角外的十字街"最是铺席要闹"处,"东去乃潘楼街,街南曰'鹰店',只下贩鹰鹊客,余皆真珠、疋帛、香药铺席。南通一巷,谓之'界身',并是金银、彩帛交易之所,屋宇雄壮,门面广阔,望之森然,每一交易,动即千万,骇人闻见"。③ 南宋都城临安也是繁盛的大都会,城内"万物所聚,诸行百市",城外"南西东北各数十里,人烟生聚,民物阜蕃,市井坊陌,铺席骈盛"。④ 临安的盛况,在耐得翁《都城纪胜》中栩栩如生。该书载:"自五间楼北,至官巷南御街,两行多是上户金银钞引交易铺,仅百余家,门列金银及见钱……自融和坊北至市南坊,谓之珠子市头,如遇买卖,动以万数。间有府第富室质库十数处,皆不以贯万收质。其他如名家彩帛铺堆上细疋段,而锦绮缣素,皆诸处所无者。又如厢王家绒线铺,今于御街开张,数铺亦不下万计。"⑤于此可见临安的繁荣昌盛。北宋开封和南宋临安的繁荣,正是其时各地大小城市兴盛的一个折射,宋代城市的活力与繁荣远迈前代。

宋代工商业的发达和城市经济的繁荣,我们还可从原有的城市建置格局"坊市制"的崩坏得到印证。宋代之前的城市,"坊"(生活区)和"市"(商业区)分隔开来,坊内不设店,市内不住家,市门朝开夕闭,交易聚散有时。到唐末五代,随着工商业的发展和城市经济的繁荣,"坊"与"市"的界限已经趋于模糊,按时启闭坊门、市门以维持治安的制度,也随之逐渐破坏。到

①葛金芳《宋代经济:从传统向现代转变的首次启动》,《中国经济史研究》2005年第1期。
②孟元老《东京梦华录》自序语,孟元老等著《东京梦华录》(外四种),上海:古典文学出版社,1956年版,第1页。
③孟元老《东京梦华录》卷二"东角楼街巷"条,孟元老等著《东京梦华录》(外四种),第14页。
④吴自牧《梦粱录》卷一三"团行"条、卷一九"塌房"条,孟元老等著《东京梦华录》(外四种),第239、299页。
⑤耐得翁《都城纪胜》"铺席"条,孟元老等著《东京梦华录》(外四种),第100页。

了北宋中叶仁宗朝，坊市制彻底遭到破坏。有学者已经指出："据宋敏求从熙宁三年（1070）前后开始撰写的《春明退朝录》所载：'二纪以来，不闻街鼓之声。''街鼓'声是坊市制的象征，既已不闻街鼓之声，说明'坊'制已完全破坏，其时当在仁宗皇祐（1049～1054）年间或以前。其他城市的坊市制，最晚应在仁宗末年（1063）以前，也已先后遭到破坏。"①"坊市制"的彻底破坏，是宋代城市经济发展的必然结果，同时又反过来促成了城市工商业的进一步发展，因为城市居民和工商业者的活动，不再受坊市分隔的地域限制和昼启夜闭的时间限制了。我们从《东京梦华录》《梦粱录》等都市笔记都可以管窥到，宋代开封、临安街道中坊巷皆可"市"、昼夜皆可"市"的自由与繁盛。②

　　宋代工商业的发达和城市经济的繁荣，吸引了大批人口涌入城市。宋代农业的生产关系以租佃制为主，农民有迁徙自由。宋仁宗天圣五年（1027），朝廷曾经下诏："江、淮、两浙、荆湖、福建、广南州军……自今后客户起移，更不取主人凭由，须每田收田毕日，商量去住，各取稳便，即不得非时衷私起移。如是主人非理拦占，许经县论详。"③朝廷以诏令形式保障农民在"收田毕日"后的"起移"自由。有了"起移"自由的农民有不少转而从事商业、手工业和服务业，并涌入城市。宋仁宗嘉祐二年（1057），朝廷下诏："诏京东西、陕西、河北、河东、淮南六路转运使检察州县，毋得举户鬻产徙京师以避徭役，其分遣族人徙他处者，仍留旧籍等第，即贫下户听之。"④于此可见乡村居民向城市迁移已成常态，以致朝廷不得不采取措施来稍加控制。有学者统计，太宗太平兴国年间（976～983）开封府主客户合计十七万八千余户，至徽宗崇宁年间（1102～1106）合计二十六万余户，东京城市

---

①陈振《宋史》，第304页。
②孟元老《东京梦华录》卷三"马行街北诸医铺"条："（东京）夜市北州桥又盛百倍，车马阗拥，不可驻足，都人谓之'裹头'。"（孟元老等著《东京梦华录》[外四种]，第18页）该卷"马行街铺席"条："夜市直至三更尽，才五更又复开张。如要闹去处，通晓不绝……冬月虽大风雪阴雨，亦有夜市。"（孟元老等著《东京梦华录》[外四种]，第21页）吴自牧《梦粱录》卷一三"夜市"条："杭城大街，买卖昼夜不绝，夜交三四鼓，游人始稀；五鼓钟鸣，卖早市者又开店矣。"（孟元老等著《东京梦华录》[外四种]，第242页）
③徐松《宋会要辑稿》食货一"农田杂录"，刘琳等点校本，上海：上海古籍出版社，2014年版，第5954页。
④李焘《续资治通鉴长编》卷一一六"仁宗景祐二年正月"条，北京：中华书局，1985年版，第2719页。

总人口达一百四十万左右，是当时世界上人口最多的大都市。①

　　较之唐代，两宋时期城市人口规模的扩大有目共睹。有学者研究发现："商品经济的发展使由唐入宋都市面貌发生了很大变化，人口结构改变、数量增加是显著特征之一……与唐长安城相比，北宋东京城人口结构变化主要是从事工商业、服务业人口所占比例增加，其次是外来人口、流动人口数量大大增加。"②包伟民先生《意象与现实：宋代城市等级刍议》认为，宋人意象中城市规模的差序格局形成了都城百万家、路治十万家、州军与重要县城万家以及一般县城数千家这样几个等级分明的序列，而从这种城市人口规模类型化概念的形成，我们可以觉察到宋人意象中，城市规模确乎比前代扩大了，这或许在一定程度上就是唐宋间城市发展的客观现实在人们观念中的反映。③两宋时期，城市人口占总人口的比重是比较高的，赵冈先生测算"南宋时期城市人口比重达到了22％"，④斯波义信先生测算"南宋鼎盛时期城市化率或许达到了30％"。⑤

　　宋代城市人口的大量增加，导致了户籍制度的变革。宋真宗"天禧三年（1019）十二月，命都官员外郎苗积与知河南府薛田，同均定本府坊郭居民等。从户部尚书冯拯之请也"，⑥这是关于坊郭户最早的文献记载之一。欧阳修在庆历四年（1044）的札子中提及，"往时因为臣僚起请，将天下州县城郭人户，分为十等差科"，⑦说明城镇"坊郭户"十等户籍制（即"坊郭户""十等差科"）在此之前已在州、县城内建立。这些文献说明，最迟真宗后期，宋人已为城镇居民创设了独立的城镇户籍制度，即"坊郭户"户籍制，以与乡村居民的"乡村户"相区别，并单独划分为十个户等，以适应城乡分治的新形势，这在中国古代史上是前所未有的创举。谢桃坊先生认为："坊郭户的单独列籍定等是中国历史上市民阶层兴起的标志。"谢先生进一步认

①吴涛《北宋都城东京》，郑州：河南人民出版社，1984年版，第35～37页。
②宁欣《由唐入宋都市人口结构及外来、流动人口数量变化浅论——从〈北里志〉和〈东京梦华录〉谈起》，《中国文化研究》2002年夏之卷。
③包伟民《意象与现实：宋代城市等级刍议》，《史学月刊》2010年第1期。
④赵冈《从宏观角度看中国的城市史》，《历史研究》1993年第1期。
⑤斯波义信《宋代江南经济史研究》，方键、何忠礼译本，南京：江苏人民出版社，2001年版，第329页。
⑥徐松《宋会要辑稿》食货一二"户口杂录"，刘琳等点校本，第6230页。
⑦欧阳修《欧阳修全集》卷一一六《乞免浮客及下等人户差科札子》，北京：中华书局，2001年版，第1771页。

为："当然这绝不是意味着坊郭户完全等同于市民阶层……坊郭户所包含的社会利益群体是十分复杂的。市民阶层的基本组成部分不是旧的封建生产关系中的农民、地主、统治者及其附庸，而是代表新的商品生产关系与交换关系的手工业者、商人和工匠。坊郭户中的地主、没落官僚贵族、士人、低级军官、吏员，以及城市的统治阶级附庸，都不应属于市民阶层的；只有手工业者、商贩、租赁主、工匠、苦力、自由职业者、贫民等构成坊郭户中的大多数，他们组成了一个庞杂的市民阶层。市民阶层在城市经济活动与社会生活中发挥了巨大作用，处于城市劳动的中心地位，成为城市文化的创造者。"①

二、市民文化与士人文化的异同

宋代商品经济和城市的发展，催生了市民阶层的兴起。而市民阶层的兴起，又促成了以瓦市伎艺为代表的市民文化的勃兴。笔者在绪论中曾经提到，贵族和士农工商是中国古代社会的主要阶层，与之相应，贵族文化、士人文化（士林文化）、乡民文化（乡村文化）、市民文化（市井文化）则是中国古代文化最基本的分层分类。宋代以前，严格意义上的市民阶层尚未形成，因此市民文化尚处于萌芽阶段；入宋以来，随着市民作为一个阶层登上历史舞台，随着11世纪中叶各大城市相继出现集中的商业性的市民娱乐场所——瓦市，市民文化开始勃兴。

那么，市民文化具有哪些特征呢？将其与士人文化进行对照可以看得更加清楚。从主文化与亚文化的价值观视角来看，士人文化绝大多数时候都是中国传统社会的主文化，在宋代也不例外，而市民文化与士人文化相较，则处于亚文化的地位。宋代以瓦市伎艺为代表的市民文化在价值观上，既有与士人文化相一致之处，如都信奉君君臣臣父父子子这一套纲常伦理，但又有疏离之处，如市民对传统礼教中管束男女的清规戒律，往往大不以为然甚而多有抗议；同时市民对昏君贼臣、苛政劣法的批评和抗议比士人更猛烈、更彻底；另外市民还往往信奉狭义的平等、公正，甚至走入极端，这与士人的相对理性、客观显然不同。简言之，在价值观上，士人文化的主流性、主导性与市民文化的从属性、复杂性形成鲜明对照，有主文化与

---

① 谢桃坊《中国市民文学史》，成都：四川人民出版社，2015年版，第8、13页。

亚文化之分。

从大传统与小传统的利己利群性视角来看，士人文化主要维护人性中的普遍利益追求、着眼于社会公共秩序建构，属于大传统，而市民文化则维护人性中的多元利益追求、着眼于世俗生活，属于小传统。宋代士人文化的利群性和教化性非常突出，如范仲淹《岳阳楼记》"先天下之忧而忧、后天下之乐而乐"的天下情怀，如乐史《绿珠传》《杨太真外传》"窒祸源""惩祸阶"的篇末垂诫。与之相较，宋代市民文化的娱乐化、商品化趋势则非常明显，瓦市伎艺堪称典型。《东京梦华录》卷五"京瓦伎艺"条记载了汴京瓦肆中小唱、嘌唱、杂剧、傀儡戏、杂手伎、球杖踢弄、讲史、小说、散乐、舞旋、小儿相扑、掉刀、蛮牌、影戏、弄虫蚁、诸宫调、商谜、合生、说诨话、杂班、弄神鬼、叫果子等二十余种市井伎艺，可分杂耍类、戏剧类、歌舞类和说唱类，这些瓦市伎艺的初衷就是娱乐观众收取报酬。从现存的宋代诸宫调、话本、戏文等文本来看，里面也有一些劝善惩恶、因果报应等教化内容，但其主要作用仍在于娱乐、消遣，可以说绝大多数宋代瓦市伎艺文本是"乐"重于"教"、"乐"先于"教"甚至有"乐"无"教"。简言之，从利己利群性视角来看，宋代士人文化的利群性、教化性与市民文化的自利性、娱乐性形成对照，有大传统与小传统之异。

从雅文化与俗文化的艺术性视角来看，宋代士人文化追求自出机杼的独特创造和素朴淡远的艺术境界，属于雅文化。与之相较，宋代市民文化则由于作者和受众的审美心理、文化水平之影响以及商品化之牵引，呈现出批量生产的程式化、类型化和曲意迎合的感官化、浅俗化趋势，如宋话本中"三怪"故事（《西湖三塔记》《洛阳三怪记》《定山三怪》）的陈陈相因和浅陋俚俗，这样的文化显然应属俗文化。简言之，从艺术性视角来看，宋代士人文化的个性化、高雅化与市民文化的模式化、浅俗化形成鲜明对照，有雅文化与俗文化之别。

三、市民文学对士人文学的采借

士人文化与市民文化虽然有主文化与亚文化、大传统与小传统、雅文化与俗文化之差异，但两者在宋代的双向互动非常明显，一方面市民文化既影响士人文化，又从士人文化汲取养分，另一方面士人文化既辐射市民文化，又从市民文化取精用弘。此处先讨论前者，即市民文化对士人文化的借鉴,这最典型地体现在市民文学对士人文学的采借上。

这里有必要先对"市民文学""士人文学"等概念进行梳理。袁行霈先生《中国文学概论》"既着眼于题材内容,又兼顾文学产生发育的环境土壤,以及作者和欣赏者",将中国文学分成四类,即宫廷文学、士林文学、市井文学和乡村文学。袁先生认为,宫廷文学是以帝王的宫廷为中心,聚集一批文学家,并由他们创作的主要是描写宫廷生活、歌功颂德、点缀升平的文学;士林文学则是中国古代士人文学创作的主要部分,而那些成为皇帝文学侍从之臣、文学弄臣的士人所创作的部分应归入宫廷文学,那些士人面向市井写作的通俗文学作品则应归入市井文学;市井文学指在市井细民中流传的,供他们欣赏娱乐的文学;乡村文学则是广大的乡村和占人口绝大多数从事农业劳动的农奴、农民的文学。①笔者非常赞同袁先生纲举目张的形态分类和内涵概括。其实,袁先生所谓的士林文学、市井文学和乡村文学,也可称作士人文学、市民文学和乡民文学(或民间文学)。具体到宋代文学,宫廷文学可忽略不计,主要的文学类型就是士人文学、市民文学和乡民文学(或民间文学)这三种。

谭帆先生《"俗文学"辨——兼谈 20 世纪中国俗文学研究的逻辑进程》采取文学类型三分法,即雅文学、俗文学、民间文学,并认为郑振铎先生等学者将民间文学阑入俗文学范畴的做法,使"民间文学""俗文学"学科性质含混不清,谭先生对俗文学进行了重新界定,认为:

> 1.俗文学是一种文学现象,在"价值功能"、"表现内容"、"审美趣味"和"传播接受"等方面基本趋于一致,介于"雅文学"与"民间文学"之间。故"俗文学"是一个"文类"概念。2.俗文学是指以受众为本位的文人加工、整理或创作的文学作品,是"书面文学"。3.俗文学以道德教化、宗教布道、知识普及和娱乐消遣为最基本的价值功能。4.俗文学是一种在表现内容、艺术形式和审美趣味上追求世俗化的文学作品。5.俗文学具有传播普及化的特性,具有一定的商业消费性。②

①袁行霈《中国文学概论》,北京:北京大学出版社,2010 年版,第 51~78 页。
②谭帆《"俗文学"辨——兼谈 20 世纪中国俗文学研究的逻辑进程》,原载《文学评论》2007 年第 1
　期,后有增改,收入其论文集《中国雅俗文学思想论集》,北京:中华书局,2006 年版。此处引自论
　文集,第 19 页。

笔者赞同谭先生的三分法。其实，谭先生所谓"雅文学""俗文学"亦可称为"高雅文学""通俗文学"，前者（"雅文学"）包括宫廷文学和士林文学，后者（"俗文学"）则大致等同于市民文学，因此谭先生的分法与袁先生的分法有异曲同工之处。

俄罗斯汉学家李福清先生也采取文学类型三分法，他认为：

> 中世纪的大多数国家都存在着三种不同类型的文学：一是民间口头创作；二是所谓"高雅"文学，一般用有文化有学问的人才懂的语言书写（俄罗斯的教会斯拉夫语，西欧及东欧天主教国家的拉丁语，远东的中国文言，日本、朝鲜、越南所称的"汉文"，近东的阿拉伯语等等）；三是以接近日常口语的语言写成的作品，从语言和人物描绘的特点来看，这种文学处于民间文学和高雅文学之间的中间位置（市民文学：中国的平话，通俗画书、通俗剧、话本）。[1]

李先生所谓"中世纪的大多数国家"，按照其意是包括宋代中国的。他所谓的"民间口头创作"即乡民文学（或民间文学），"'高雅'文学"即士人文学，而处于民间文学和高雅文学之间的中间位置的即市民文学。李先生的判断和阐发是准确的，宋代的文学格局大致是士人文学、市民文学和民间文学的三分天下，其中市民文学处于雅的士人文学与俗的民间文学的中间位置，其语体则"接近日常口语"。

关于中国市民文学的雅俗归类，谢桃坊先生的观点堪称典型，他认为："市民社会是在封建社会后期城市商品经济发展到一定阶段而出现的，相应地随即产生了为市民阶层所喜爱的和表达市民思想意识的都市通俗文学，即市民文学。中国市民社会是在北宋特定的历史条件下形成的，随之也产生了中国市民文学。"[2]谢先生将市民文学定位为都市通俗文学，此观点得到了学界的认可。[3]

---

[1] 李福清《三国演义与民间文学传统》，尹锡康、田大畏译本，上海：上海古籍出版社，1997 年版，第 196 页。

[2] 谢桃坊《中国市民文学史》，第 1 页。

[3] 孙丹《通俗文学论稿》："市民文学有广义、狭义之分。前者包括说唱、戏曲的商业演出活动和说唱、戏曲文本甚至更为广泛的通俗文学文本，后者专指前者的脚本及文学文本，本文认为后者所及是通俗文学的内容之一。因此本文认为，狭义的市民文学和通俗文学是同义的……从文本研究这个意义上讲，市民文学与通俗文学的内容是同一的，重合的。谢桃坊在其专著《中国市民文学史》中也是持这一观点。"中国人民大学 2001 年博士论文，第 18～19 页。

综上所述,笔者认为,中国古代的文学类型按照文本的雅俗属性,可分为高雅文学、通俗文学、民间文学,其中民间文学是真正的浅俗文学,而通俗文学则是介于雅俗之间的文学;按照作者和受众的身份性质,可分为宫廷文学、士人文学、市民文学和乡民文学。这两种分法又是相通的,宫廷文学、士人文学相当于高雅文学,市民文学大致相当于通俗文学,乡民文学相当于民间文学。两种分法图示如下:

中国古代文学类型划分			
分类标准	相应类型		
作者和受众的身份性质	宫廷文学	士人文学(亦称士林文学)	市民文学(亦称市井文学)	乡民文学(亦称乡村文学)
文本的雅俗属性	高雅文学(真正脱俗的文学)		通俗文学(介于雅俗之间的文学)	民间文学(真正浅俗的文学)

市民文学是都市通俗文学,又是介于雅俗之间的文学,连接着乡民文学与士人文学,吮吸着这两种文学的营养。此处讨论宋代市民文学对士人文学的采借,这种采借比较集中地体现在说话伎艺、话本小说对士人著述、文言小说的吸纳上。罗烨《醉翁谈录》夸赞小说艺人"幼习《太平广记》,长攻历代史书","《夷坚志》无有不览,《琇莹集》所载皆通。动哨、中哨,莫非《东山笑林》;引倬、底倬,须还《绿窗新话》"[①],点出了小说艺人对《太平广记》等文言小说集的凭借。据孙楷第、谭正璧、胡士莹等学者的考证,可知现存宋元话本小说的本事大多出自这些文言小说集。[②]《醉翁谈录》还夸赞讲史艺人"乃见典坟道蕴,经籍旨深。试将便眼之流传,略为从头而敷演。得其兴废,谨按史书;夸此功名,总依故事",[③]可见讲史艺人对史书的凭借。现存宋元讲史话本如《五代史平话》《宣和遗事》等对《资治通鉴》《续宋编年资治通鉴》等史籍的敷演发挥甚至照搬照抄,非常明显。《醉翁谈录》中提及的"试将便眼之流传,略为从头而敷演","以上古隐奥之文章,为今日分明之议论",可见他们将书写叙事("便眼之流传")转为口传叙事

①罗烨《醉翁谈录》,上海:古典文学出版社,1957 年版,第 3 页。
②参见孙楷第《小说旁证》卷一至四,北京:人民文学出版社,2000 年版,第 1~218 页;谭正璧《三言二拍资料》"三言"部分,上海:上海古籍出版社,1980 年版,第 1~569 页;胡士莹《话本小说概论》第七章至第九章,北京:中华书局,1980 年版,第 195~304 页。
③罗烨《醉翁谈录》,第 2~3 页。

（"从头而敷演"）的功夫，以及将高深文本（"隐奥之文章"）转为通俗话语（"分明之议论"）的能耐。这里面都体现出说话艺人、书会才人对士人著述、文言小说的素材依赖。值得一提的是，说话艺人、书会才人在搬取士人文学文本时，既有删改增衍、捏合改动以迎合市民情趣，也不自觉地接受士人志趣的影响。如宋代士人小说（文言小说）好发议论，常有篇末垂诫，说话艺人、书会才人在改编时也受此影响。皇都风月主人《绿窗新话》是为说话艺人提供参考的种本式风月类编，共选录节引 154 篇文言小说，其中 27 篇的篇末有评语，这些评语大多堂堂正正，可谓篇末垂诫，如《韩妓与诸生淫杂》摘录《江南野录》中韩熙载乐妓与诸生淫杂之事，文末评语曰："人之所以异于禽兽者，人道立焉耳。为韩门之妓客，果与禽兽何异哉？"[①]

四、士人文学对市民文学的借鉴

宋代士人文学与市民文学有雅俗之别，但两者又有双向融通。其中一个重要原因，可能在于宋代士人受到"真俗二谛说"之影响，在雅俗观上呈现出以俗为雅、雅俗贯通之通达。王水照先生主编《宋代文学通论·文体篇》第二章"雅俗之辨"有精辟分析：

> 以俗见雅乃至融贯泯同雅俗的思想，在宋人中是有代表性的，都受到佛教思想的普遍影响，尤与大乘中观学派的"真俗二谛说"颇有相通之处……"俗谛"又称"世谛"、"世俗谛"；"真谛"又称"胜义谛"、"第一义谛"……此二谛虽有高下之分，但均是缺一不可的"真理"。龙树《中论》云："第一义（谛）皆因言说（方得显示）；言说是世俗（谛）。是故若不依世俗，第一义则不可说。"即强调"真谛"必依赖于"俗谛"而显示，要从"俗"中求"真"。隋僧吉藏《二谛义》卷上云："真俗义，何者？俗非真则不俗，真非俗则不真。非真则不俗，俗不碍真；非俗则不真，真不碍俗。俗不碍真，俗以为真义；真不碍俗，真以为俗义也。"这就把真俗二谛彼此依存、互为前提条件的关系发挥得更为淋漓尽致……这种思想观念和思维方式深深地为宋代士人所习染。苏轼在两处评论陶渊明、柳宗元的诗歌时说："诗须要有为而作，当以故为新，以俗为雅。"……苏轼提出诗歌"以俗为雅"的口号并不是孤立的，在他之前的

① 皇都风月主人《绿窗新话》，周楞伽笺注本，上海：上海古籍出版社，1991 年版，第 196 页。

梅尧臣和之后的黄庭坚,均有此说。①

王先生进一步指出,"除诗歌外,宋代雅文学中的词和文,也有贯通雅俗的现象","甚至在诗词文的雅文学与小说戏曲的俗文学之间,也发生打破文体畛域进而贯通融汇的现象"。王先生最后还论及宋代古体小说(即文言小说)和近体小说(即话本小说)的雅俗关系:

> 小说、戏曲相对于诗、词、文而言,属于俗文学,但其内部也可有雅俗之分。宋代小说中的古体小说和近体小说,均以叙事为基本构成,但在语言上,一则文言,一则白话;在传播手段上,一则书面,一则依赖于说书等艺术行为,其间就有雅俗的不同……宋代的"说话"固然吸取文言小说的滋养……另一方面,其时的文言小说也或明或暗地接受白话小说的影响,例如为说话人所"无有不览"的洪迈《夷坚志》,其人物、故事之兼取市井,语言之并采俚俗,就是向"说话"所作的艺术倾斜。雅俗互摄互融的趋势,有利于文学对异质因子的吸收融合,促进宋代文学多元综合这一特征的形成。②

王先生对宋代文学贯通雅俗原因的分析,对宋代诗、词、文、小说雅俗互摄互融趋势的阐发,高屋建瓴,令人信服。还有学者从宋人审美态度世俗化的角度论析文学的雅俗贯通:

> 宋儒弘扬了韩愈把儒家思想与日用人伦相结合的传统,更加重视内心道德的修养。所以,宋代的士大夫多采取和光同尘、与俗俯仰的生活态度……随之而来的是,宋人的审美态度也世俗化了。他们认为,审美活动中的雅俗之辨,关键在于主体是否具有高雅的品质和情趣,而不在于审美客体是高雅还是凡俗之物.苏轼说:"凡物皆有可观,苟有可观,皆有可乐,非必怪奇玮丽者也。"(《超然台记》)黄庭坚说:"若以法眼观,无俗不真。"(《题意可诗后》)便是这种新的审美情趣的体现……审美情趣的转变,促成了宋代文学从严于雅俗之辨转向以俗为雅。③

----

① 王水照主编《宋代文学通论》,开封:河南大学出版社,1997年版,第55～57页。
② 王水照主编《宋代文学通论》,第60～61页。
③ 袁行需主编《中国文学史》第五编《宋代文学·绪论》,北京:高等教育出版社,2003年版,第11页。

此种分析,亦颇在理。

真俗二谛相依存的思维方式,审美态度世俗化的观念嬗变,还有宋代士人主体的平民气质等因素综合在一起,导致了宋代文学中雅与俗的双向融通。这种融通,当然也会体现在士人文学与市民文学、文言小说与话本小说的互动上。上文已经讨论话本小说对文言小说的吸纳,此处略为分析一下文言小说对说话伎艺和话本小说的借鉴。

学界已注意到《夷坚志》等志怪小说"人物、故事之兼取市井,语言之并采俚俗"所呈现的"向'说话'所作的艺术倾斜",①更注意到《青琐高议》《云斋广录》等传奇小说集在说话艺术影响下的世俗化倾向。对此倾向,鲁迅先生较早进行了阐发,其《中国小说史略》云:

> 说话既盛行,则当时若干著作,自亦蒙话本之影响。北宋时,刘斧秀才杂辑古今稗说为《青琐高议》及《青琐摭遗》,文辞虽拙俗,然尚非话本,而文题之下,已各系以七言,如《流红记》(红叶题诗娶韩氏)、《赵飞燕外传》(别传叙飞燕本末)、《韩魏公》(不罪碎盏烧须人)、《王榭》(风涛飘入乌衣国)等,皆一题一解,甚类元人剧本结末之"题目"与"正名",因疑汴京说话标题,体裁或亦如是,习俗浸润,乃及文章。②

鲁迅甚至将《青琐高议》及《青琐摭遗》称之为"拟话本"。1994 年,石昌渝《中国小说源流论》论及宋代话本与文言小说的互动,涉及宋传奇的俗化,认为:"所谓传奇小说的俗化,即意指传奇小说从士大夫圈子里走出来,成为下层士人写给一般人民欣赏的文学样式。宋代传奇小说观念意识明显下移,这就是俗化的开端。"③同年,吴志达《中国文言小说史》指出,北宋中期至南宋中期是形成宋传奇特色的时期,其显著特征是雅俗融合,审美心理由士大夫之雅趋向市民之俗;语言上受话本的影响;题材上描述市民日常生活的题材更多了;传奇小说的文体规范也发生了变化。④ 1997 年,萧相恺《宋元小说史》分析了"市人小说"(即话本小说)与文言传奇的互动关系,认为"市人小说"继承发扬了文言传奇中故事、人物及场景交待描绘详

①王水照主编《宋代文学通论》,第 61 页。
②鲁迅《中国小说史略》,上海:上海古籍出版社,1998 年版,第 79 页。
③石昌渝《中国小说源流论》,北京:三联书店,2015 年新版,第 194 页。
④吴志达《中国文言小说史》,济南:齐鲁书社,1994 年版,第 595 页。

尽细腻之艺术特色，而宋元传奇作家又反过来从新兴市人小说汲取营养使得传奇出现了市人小说化倾向。[1] 之后，凌郁之《走向世俗——宋代文言小说的变迁》、李军钧《传奇小说文体研究》、纪德君《宋元话本与文言小说的双向互动》[2]等论著都论及宋代文言小说在说话艺术影响下的俗化趋势。

宋代文言小说在说话艺术影响下的俗化，也可以说是士人文学在市民文学勃兴后，主动借鉴后者而进行的调整，刘斧的《青琐高议》堪称典型。刘斧是沉沦下僚的士子，其所编撰《青琐高议》既可以让资政殿大学士发出"予爱其文"的感叹，并得到"子之文，自可以动于高目，何必待予而后为光价"[3]的好评，也可以成为闾阎庶人"最喜观"之书，[4]可谓雅俗共赏。实际上，该书正是作为士人的刘斧为"快世俗之耳目"而借鉴说话艺术的技法、趣味、语体而编撰的世俗化传奇集。另外，李献民《云斋广录》亦可作如是观。总之，宋代士人文学对市民文学的借鉴、文言小说对话本小说的吸纳，正如市民文学对士人文学的采借、话本小说对文言小说的凭借一样，都是非常显明的趋势，这些共同构成宋代话本与文言小说的互动共生场景。

---

①萧相恺《宋元小说史·卷头语》，杭州：浙江古籍出版社，1997年版，第1页。
②凌郁之《走向世俗——宋代文言小说的变迁》（北京：中华书局，2007年版），李军钧《传奇小说文体研究》（武汉：华中科技大学出版社，2007年版），纪德君《宋元话本与文言小说的双向互动》（《文艺研究》2017年第6期））。
③刘斧《青琐高议》卷首孙副枢《青琐高议序》，上海：上海古籍出版社，1983年版，第6页。
④洪迈《夷坚三志己》卷二《程喜真非人》载："新淦人王生，虽为闾阎庶人，而稍知书。最喜观《灵怪集》、《青琐高议》、《神异志》等书。"北京：中华书局，1981年版，第1315页。

第二章　共生脉络:志怪传奇与
话本小说的起伏消长

　　宋代的志怪传奇,根据李剑国先生的研究,有两百余种。李先生《宋代志怪传奇叙录》叙录宋代单篇传奇文和志怪传奇小说集,其中小说集以志怪传奇为主兼有杂事者亦收录,而一般主记杂事的笔记则概不收录。该书共叙录宋代志怪传奇 203 种,按类别分,其中单篇传奇文 85 种,志怪传奇小说集 118 种,从存佚看,其中存世者 58 种,亡佚者 145 种(包括有佚文可节存者 50 种和全佚者 95 种)。①

　　宋代的话本小说,陈桂声《话本叙录》叙录有 160 余种,其中存世者 47 种。石昌渝《中国古代小说总目》著录宋代白话小说 100 余种,其中存世者 30 余种。笔者参酌相关的小说目录著述,吸纳胡士莹、程毅中等先生的研究结果,认为《梁公九谏》等 3 种讲史话本,《碾玉观音》等 35 种小说话本,《取经诗话》等 2 种说经话本,这 40 种话本的主体部分应该成书于宋代。②

　　志怪传奇与话本小说在宋代小说的历时性版图上,存在着起伏消长的复杂态势,呈现出互动共生的独特脉络。通过分析上述的文本,我们大致可以描画出这种脉络,揭示出这种态势。宋代志怪传奇与话本小说的起伏消长与互动共生,大致可以分为四个时期,即独立期、接触期、交互期和消长期。独立期大致在北宋前期,即太祖、太宗、真宗三朝;接触期大致在北宋中后期,即仁宗、英宗、神宗、哲宗、徽宗、钦宗六朝;交互期大致在南宋前中期,即高宗、孝宗、光宗、宁宗四朝;消长期大致在南宋后期,即理宗、度宗、恭宗、端宗、赵昺五朝。

---

①李剑国《宋代志怪传奇叙录》(天津:南开大学出版社,1997 年版),本文探讨宋代志怪传奇,单篇传奇和小说集的选定,基本上以该书为准。
②详参第六章第二节"现存宋代话本分类考述"。

第一节　北宋前期：志怪传奇的低迷与话本小说的伏脉

北宋前期（太祖、太宗、真宗三朝）的志怪传奇有 30 种，其中小说集 23 种，单篇传奇文 7 篇。这些小说集大都是摭拾故国旧闻，间或也记宋初见闻，大多述异志怪，而意在劝戒。除张齐贤《洛阳搢绅旧闻记》外，大多记事简约，粗陈梗概，小说意味较淡，艺术成就不高。单篇传奇如乐史《绿珠传》《杨太真外传》皆"荟萃稗史成文"，缺乏熔铸，又好"篇末垂诫"、卒章显志，显示出宋代文人小说较强的伦理意味。北宋前期的"说话"未见史料记载，也未见此期的话本流传，应该还处于蛰伏期。因此，北宋前期的志怪传奇和话本小说都是低谷，还处于各自独立发展的时期。

一、志怪："好奇尚怪""借以劝戒"

北宋前期的志怪传奇小说集中，金翊撰《纂异记》、曹衍撰《湖湘神仙显异》和《湖湘灵怪实录》、秦再思撰《洛中纪异》、耿焕撰《野人闲话》和《牧竖闲谈》、无名氏撰《续野人闲话》、吴淑撰《秘阁闲谈》和《异僧记》、无名氏编《豪异秘纂》、夏侯六珏撰《奇应录》、曹希达撰《孝感义闻录》、刘振编《通籍录异》、无名氏编《搜神总记》、无名氏编《穷神记》、无名氏撰《贯怪图》、无名氏撰《异鱼图》、张君房撰《乘异记》、陈彭年撰《志异》共 19 种已佚，吴淑撰《江淮异人录》、陈纂撰《葆光录》、黄休复撰《茅亭客话》、张齐贤撰《洛阳搢绅旧闻记》共 4 种尚存，其中前三种都是志怪小说集。下面先来分析这三种存世的志怪小说集。

1. 吴淑《江淮异人录》　　吴淑（947～1002），字正仪，润州丹阳（今属江苏）人，有《江淮异人传》（或作《江淮异人录》）二卷、《秘阁闲谈》五卷、《异僧记》一卷等小说著述，第一种尚存，后两种已佚。《江淮异人传》今有《四库全书》本、《知不足斋丛书》本等，前者为四库馆臣从《永乐大典》辑出者①，难为善本②，后者则更为接近原书。据《知不足斋丛书》本，该书有《司

---

①《四库全书总目·江淮异人录提要》："其书久无传本，今从《永乐大典》中掇拾编次，适得二十五人之数，首尾全备，仍为完书。谨依《宋志》仍分为上下二卷，以复其旧焉。"北京：中华书局，1997年版，第 1882 页。

②与《知不足斋丛书》本相较，四库本多《唐宁王》《花姑》二传（实际上这两篇并非《江淮异人录》篇目，四库馆臣从《永乐大典》辑入时误采），又缺《虔州少年》《瞿童》二传。

马郊》等二十五篇,记载了道流侠客术士异人之流二十五位,除瞿童为中唐人外,其余二十四人均为杨吴、南唐之人,但都是江淮人,故名《江淮异人录》。该书二十五篇中,除《瞿童》为采录前人篇章外,其余二十四篇均为自录见闻。该书的内容及特点,《四库提要》言之甚明:

> 是编所纪,多道流、侠客、术士之事……徐铉尝积二十年之力成《稽神录》一书,淑为铉婿,殆耳濡目染,挹其流波,故亦喜语怪欤?铉书说鬼,率诞漫不经,淑书所记,则《周礼》所谓"怪民",《史记》所谓"方士",前史往往载之,尚为事之所有。其中如"耿先生"之类,马令、陆游二《南唐书》皆采取之,则亦未尽凿空也。①

该书大多叙事简约,粗陈梗概,鲜有铺张。

2.陈纂《葆光录》　　陈纂,生卒年不详,号袭明子,北宋初年许州(今河南许昌)人。《葆光录》三卷,《直斋书录解题》小说家类著录:"陈纂撰,自号袭明子。所载多吴越事,当是国初人。"②今有《顾氏文房小说》本,前有序云:"龙明子所纂《葆光录》,无年月,无前后,见闻奇异事,即旋书之。因而成编,分为三卷。"③该书共八十九条,一事一条,记叙吴越间的异闻奇谈,间有名人遗闻轶事,但大多为神仙鬼怪之事,好言因果报应。该书记事简澹,有六朝志怪遗风。

3.黄休复《茅亭客话》　　黄休复,字归本(一作端本),生卒年不详,北宋初年蜀(今四川)人。所撰《茅亭客话》十卷,今有《津逮秘书》本、《学津讨原》本、《四库全书》本等,各本内容相同,皆为八十九条,每条各有标目。关于该书主要内容及撰述宗旨,石京于元祐八年为该书所作后序云:"《茅亭客话》虽多纪西蜀之事,然其间圣朝龙兴之兆,天人报应之理,合若符契,验如影响。至于高贤雅士,逸夫野人,稀阔之事,升沉之迹,皆采摭当时之实,可以为后世钦慕儆戒者,昭昭然足使览者益夫耳闻目见之广,识乎迁善远罪之方。则是集之作也,岂徒好奇尚怪,事词藻之靡丽,以资世俗谈噱之柄

---

① 《四库全书总目·江淮异人录提要》,第1881~1882页。
② 陈振孙《直斋书录解题》卷一一,上海:上海古籍出版社,1987年版,第339页。
③ 陈纂《葆光录》,《丛书集成初编》本(据《顾氏文房小说》本排印),上海:商务印书馆,1940年版,第2718册,第1页。

而已哉？盖亦有旨意矣。"①《郡斋读书志》有云："茅亭，其所居也。暇日，宾客话言及虚无变化、谣俗卜筮，虽异端而合道，旨属惩劝者，皆录之。"②该书劝诫之意甚显而小说之味偏淡，石京后序称其非"好奇尚怪，事词藻之靡丽"，《四库提要》称其"虽多及神怪，而往往借以劝戒。在小说之中，最为近理"，③正好都揭示了这一点。

二、传奇："荟萃稗史""篇末垂诫"

北宋前期的单篇传奇有7篇，其中荆伯珍《神告传》、乐史《李白外传》和《唐滕王外传》、曾致尧《绿珠传》4篇已佚，乐史《绿珠传》和《杨太真外传》、无名氏《魏大谏见异录》3篇尚存。另外，张齐贤《洛阳搢绅旧闻记》可谓传奇小说集。下面分析这些存世的单篇传奇和传奇集。

1. 乐史《绿珠传》　　乐史(930～1007)，字子正，抚州宜黄（今属江西）人，有《绿珠传》《杨太真外传》《李白外传》《唐滕王外传》等小说著述，其中前两者尚存，后两者已佚。《绿珠传》，今有《说郛》本（卷三八）、《琳琅秘室丛书》本等。该传记述绿珠事迹，杂采诸书，旁征博引，但缺乏熔铸，"显得堆垛琐碎，文气不畅，拼凑之迹甚重"。④该传有较浓的劝诫意味，传末议论道："盖一婢子，不知书而能感主恩，愤不顾身，其志烈懔懔，诚足使后人仰慕歌咏也。至有享厚禄，盗高位，亡仁义之行，怀反覆之情，暮四朝三，唯利是务，节操反不若一妇人，岂不愧哉！今为此传，非徒述美丽，窒祸源，且欲惩戒辜恩背义之类也。"⑤称扬绿珠的节操，又根据"冶容诲淫"之古训批评石崇自招杀身之祸，还以"天假之报怨"之果报对孙秀等辜恩背义之类提出儆告。

2. 乐史《杨太真外传》　　今有《说郛》本（卷三八）、《顾氏文房小说》本等，其中后者版本更佳。该传记叙杨玉环从入宫封为贵妃到身死马嵬而杨

①黄休复《茅亭客话》卷末附石京后序，《宋元笔记小说大观》本，上海：上海古籍出版社，2001年版，第461页。

②晁公武撰、孙猛校证《郡斋读书志校证》卷一三，上海：上海古籍出版社，1990年版，第590页。

③《四库全书总目》卷一四二，第1882页。

④李剑国《宋代志怪传奇叙录》，第22页。

⑤乐史《绿珠传》，台湾《丛书集成新编》本（影印《琳琅秘室丛书》本），台北：新文丰出版公司，1986年版，第83册，第199页。

门全家也几被戮尽的历史故事，"荟萃稗史成文"，"又参以舆地志语"①，内容丰赡，但与《绿珠传》一样，也是缺乏熔铸。该传取古鉴今之意甚明，传末议论道："夫礼者，定尊卑，理家国。君不君，何以享国？父不父，何以正家？有一于此，未或不亡。唐明皇之一误，贻天下之羞，所以禄山叛乱，指罪三人。今为外传，非徒拾杨妃之故事，且惩祸阶而已。"②清晰地点出了作者撮拾杨妃故事以"惩祸阶"的作传宗旨。鲁迅先生在《中国小说史略》中评论《绿珠》《太真》二传"篇末垂诫，亦如唐人，而增其严冷"③，其中"严冷"一词非常精辟，道出了宋人小说道德评判之严苛和叙事态度之冷峻，乐史《绿珠》《太真》二传堪称典型。

3. 无名氏《魏大谏见异录》　　该传未见著录，宋代江少虞《皇朝类苑》卷六九载《魏大谏》一篇，篇末注明出处为《魏大谏见异录》。该文叙述魏大谏（即北宋初年的魏廷式）平生所见十余种异事，可能据魏廷式自叙或者相关传闻写出。其中有数种异事叙述婉曲，颇有传奇意绪。

4. 张齐贤《洛阳搢绅旧闻记》　　张齐贤（943－1014），字师亮，曹州（今山东曹县）人，徙居洛阳。所撰《洛阳搢绅旧闻记》五卷，今有《四库全书》本、《知不足斋丛书》本等，其中后者版本更佳。该书的写作缘由及撰述体例，其自序已言明：

> 余未应举前，十数年中，多与洛城搢绅耆老善，为余说及唐梁已还，五代间事。往往褒贬陈迹，理甚明白，使人终日听之忘倦。退而记之，旋失其本。数十年来无暇著述，今眼昏足重，率多忘失。迩来营邱，事有条贯，足病累月，终朝宴坐，无所用心。追思曩昔搢绅所说，及余亲所见闻，得二十余事，因编次之，分为五卷。撮旧老之所说，必稽事实；约前史之类例，动求劝诫。乡曲小辨，略而不书；与正史差异者，并存而录之：则别传、外传比也。斯皆搢绅所谈，因命之曰《洛阳搢绅旧闻记》。庶可传信，览之无惑焉。④

该书乃作者"追思曩昔搢绅所说及余亲所见闻"而作，但不同于一般的琐闻

---

① 鲁迅《中国小说史略》语，上海：上海古籍出版社，1998 年版，第 66～67 页。
② 乐史《杨太真外传》，台湾《丛书集成新编》本（影印《顾氏文房小说》本），第 81 册，第 495 页。
③ 鲁迅《中国小说史略》，第 67 页。
④ 张齐贤《洛阳搢绅旧闻记》卷首自序，《丛书集成初编》本（据《知不足斋丛书》本排印），上海：商务印书馆，1939 年版，第 2844 册，第 1 页。

杂记，而是以人物传记为主，力求"别传、外传比也"。该书的撰述方法可谓史笔之法，正如作者所云"摭旧老之所说，必稽事实"，"乡曲小辨，略而不书；与正史差异者，并存而录之"，"约前史之类例"。该书的撰述宗旨可谓典型的"补史阙"（"冀有补于太史氏"①，"虑史氏之阙，书之以示来者"②），为求"传信"，篇末多交待闻见缘由。与"补史阙"相关联，该书的另一宗旨是"裨教化"，正如作者所云"动求劝诫"，为达此目的，作者常于篇末画龙点睛，褒善贬恶。虽然该书基本遵循史笔之法，有些记载可补正史之阙，但其毕竟是外传别传之属，传闻性较强，还算不上严谨的史部著述，故而《四库全书》将其归入小说类。《四库提要》指出该书"多据传说之词"，并指出某些记载"殆出传闻之讹，殊不可信"，还指出"如衡阳周令妻报应，洛阳染工见冤鬼，焦生见亡妻诸条，俱不免涉于语怪"，③实际上已经点出了该书的小说特质。该书用笔精细，善于铺陈，富于文采，颇有传奇意绪，李剑国先生视其为传奇小说集，《中国小说通史》称扬该书是"唐末以来第一部优秀的小说集，传奇创作终于从长期衰败中露出再度复兴的转机"。④

关于北宋前期的"说话"，笔者尚未见到相关史料，故而只能做一些推测。郎瑛《七修类稿》云："小说起宋仁宗。"⑤学界多以为然。"小说"能在仁宗之时兴旺起来，应该在此之前已有积淀和传衍，因此北宋前期应该已有承袭唐五代俗讲、转变、说话等民间伎艺的艺人和演艺活动，只是可能蛰伏于民间，影响不大，尚未引起文人的关注而被记载。与此关联，北宋前期的话本也未见流传，故而北宋前期只能说是"说话"和"话本"的伏脉期。

第二节　北宋中后期：志怪传奇的繁盛与话本小说的初兴

北宋中后期的志怪传奇有百余种，存世者也有近 30 种，其中志怪小说集 2 种（上官融《友会谈丛》和张师正《括异志》），单篇传奇 25 种，杂俎小说

①张齐贤《洛阳搢绅旧闻记》卷三《向中令徙义》文末之语，第 25 页。
②张齐贤《洛阳搢绅旧闻记》卷四《安中令大度》文末之语，第 34 页。
③《四库全书总目》卷一四〇《洛阳搢绅旧闻记提要》，第 1846 页。
④李剑国、陈洪主编《中国小说通史》唐宋元卷，北京：高等教育出版社，2007 年版，第 723 页。
⑤郎瑛《七修类稿》卷二二"小说"条，《续修四库全书》本，上海：上海古籍出版社，2002 年版，第 1123 册，第 155 页。

集 2 种(刘斧《青琐高议》和李献民《云斋广录》),呈现出繁盛景象。志怪小说集多述神怪报应等奇闻异事,文末常赘议论以示劝戒,整体风格与北宋前期基本同轨。而单篇传奇则彰显出由实入虚、由雅入俗的时代特色,刘斧《青琐高议》和李献民《云斋广录》两书中的杂传记和传奇则有更明显的虚构和世俗特色,并与市井话本暗通款曲,同时,已经亡佚的张君房所编传奇杂事小说集《丽情集》可能亦与"说话"有某种关联,因此可以说北宋中后期传奇已经呈现出世俗化的趋势,而其中某些作品还呈现出初步话本化的苗头。

北宋中期"说话"开始兴起并日臻昌盛,但北宋流传下来的话本却寥寥。存世者或如《合同文字记》粗朴简略,或如《钱舍人题诗燕子楼》乃是在文言传奇基础上略加改编而成,呈现出话本初兴时期文本的青涩样态和对文言小说的嫁接现象。

北宋中后期传奇的世俗化和某些作品的初步话本化,显示出士人叙事向市井叙事的移动,而话本小说对文言小说的嫁接,又显示出市井叙事对士人叙事的借用,因此本期可谓士人与市井叙事的接触期。

一、北宋中期志怪传奇:由实入虚

北宋中期(即仁宗、英宗两朝)的志怪传奇有 30 种,按类别分,其中单篇传奇 17 种,志怪传奇小说集 13 种。从存佚看,钱易撰《洞微志》和《杀生显戒》,苏舜卿撰《爱爱歌序》,张君房撰《搢绅脞说前后集》,张君房编《儆戒会最》《科名定分录》《丽情集》,聂田撰《祖异志》,张亢撰《郎君神传》,胡微之撰《王子乔芙蓉城传》,无名氏撰《女仙传》,萧氏撰《孝猿传》,勾台符撰《岷山异事》,夏噩撰《王魁传》,陈道光撰《蔡筝娘记》,吕夏卿撰《淮阴节妇传》,詹玠撰《唐宋遗史》,无名氏撰《蜀异志》,文彦博编《至孝通神集》,王山撰《笔奁录》共 20 种已佚,钱易撰《桑维翰》《越娘记》《乌衣传》,上官融撰《友会谈丛》,丘濬撰《孙氏记》,无名氏撰《书仙传》,王拱辰撰《张佛子传》,张实撰《流红记》,庞觉撰《希夷先生传》,杜默撰《用城记》共 10 种尚存。下面重点分析存世者,对已佚但有较大影响者如张君房编《丽情集》亦作分析。

1. 张君房《丽情集》　　张君房(965?—1045?),字尹方,安州安陆(今属湖北)人,有《乘异记》《搢绅脞说前后集》《儆戒会最》《科名定分录》

《丽情集》等小说著述,均佚。其中《丽情集》对后世的影响最大,学界对该书的辑佚也在不断推进。宋代曾慥《类说》卷二九节存该书 24 篇,宋代朱胜非《绀珠集》卷一一节存该书 12 篇,其中 3 篇为《类说》节本所无。合两书的《丽情集》节本,可得 27 篇。在此基础上,程毅中《〈丽情集〉考》[①]、李剑国《宋代志怪传奇叙录》又考证出 15 篇,凌郁之《走向世俗——宋代文言小说的变迁》再考证出 2 篇,合计 44 篇。《丽情集》乃是"编古今情感事"[②]的小说选集,主要选入叙写人间风月情爱的小说故事,同时也选入相关题材的诗歌及其序文,以唐人撰述为主体,也有少量宋代作品。张君房选录唐宋丽情故事和诗文之际,对某些作品可能有增删润色,体现出一种为追求小说趣味而敷演捏合的方家眼光。《丽情集》与"说话"可能有某种关联,某些文本中已出现借鉴"说话"艺术的痕迹。

2.钱易《桑维翰》《越娘记》《乌衣传》　　钱易(968~1026),字希白,杭州人,有《洞微志》《杀生显戒》《桑维翰》《越娘记》《乌衣传》等小说著述,其中前两者已佚,后三者尚存。《桑维翰》《越娘记》《乌衣传》三篇均为传奇,均见存于刘斧《青琐高议》。《桑维翰》记后唐权臣桑维翰冤杀曾戏谑自己的同场秀才羌岵而遭报死去之事,刻画了一位奸诈、褊狭的权臣形象。篇末刘斧议曰:"桑公居丞相之贵,不能大其量,以畴昔言语之怨,致人于必死之地,竟召其冤报,不亦宜乎!"[③]点出了主旨。《越娘记》写乱世的人鬼遇合,《乌衣传》写海外的人仙奇遇,皆为传奇佳作。

3.上官融《友会谈丛》　　上官融(995~1043),字仲川,华阳(今四川成都)人,所撰《友会谈丛》三卷,今有《十万卷楼丛书》本等。关于该书的撰述缘由,其自序云:"余读古今小说,泊志怪之书多矣,常有跋纂述之意。自幼随侍南北,及长旅进科场,每接缙绅先生、首闾名辈,剧谈正论之暇,开樽抵掌之余,或引所闻,辄形纪录,并谐辞俚语,非由臆说,亦综缉之,颇盈编简……《谷梁》曰:'信以传信,疑以传疑。'子夏曰:'虽小道必有可观者。'博练精识者,幸体兹而恕焉……诚怪语之乱伦,匪精神之可补。聊贻同志,敢冀开颜。"[④]该书共三十条,一条一事,多述神怪报应等奇事异事,亦有名人

---

①程毅中《〈丽情集〉考》,《文史》第十一辑,北京:中华书局,1981 年版,第 207~226 页。
②晁公武《郡斋读书志》语,《郡斋读书志校证》卷一三,第 597 页。
③刘斧《青琐高议》后集卷六,上海:上海古籍出版社,1983 年版,第 165 页。
④上官融《友会谈丛》,《续修四库全书》本,第 1260 册,第 56 页。

风雅、市井风俗等逸事杂事,陆心源《刊友会谈丛叙》云该书"多涉怪异,持论颇不轨于正",又云该书"近征实事"①,各有所指,信矣。该书善于刻画,笔力遒劲,然文末多赘议论以见劝惩,又有蛇足之嫌,可谓瑕瑜互见。

4.丘濬《孙氏记》　丘濬,字道源,自号迂愚叟,生卒年不详,仁宗时歙州(今属安徽)人,所撰《孙氏记》,见存于刘斧《青琐高议》。该文精心刻画了孙氏节义自持的丰满形象,篇末刘斧评议道:"妇人女子有节义,皆可记也。如孙氏,近世亦稀有也。为妇则壁立不可乱,俾夫能改过立世,终为命妇也,宜矣。"②堪称点睛。

5.无名氏《书仙传》　该文见存于《青琐高议》,以女书家曹文姬为原型,以仙女吴彩鸾的故事为骨架,又嫁接李贺升天写白玉楼记的故事,附会捏合,融为一文,但叙述过于史传化,人物形象亦略显苍白,难为佳作。

6.王拱辰《张佛子传》　王拱辰(1012~1085),字君贶,开封咸平(今河南通许)人,所撰《张佛子传》见存于《古今事文类聚》别集卷三二"阴报门"。该文记张佛子行德而积"阴功",家人得获善报之事,平铺直叙,文味寡淡。

7.张实《流红记》　张实,字子京,生卒年不详,北宋中叶魏陵人,所撰《流红记》见存于《青琐高议》。该文敷演唐人所撰红叶题诗故事,添枝加叶,使故事情节更加丰富,人物形象更为丰满,可谓宋人增删润饰唐人故事别开生面的一篇佳作。

8.庞觉《希夷先生传》　庞觉,字从道,生卒年不详,滑州(今属河南)人,所撰《希夷先生传》见存于《青琐高议》。该文记叙宋初著名道士陈抟逸事,史传写法,小说意味颇淡。

9.杜默《用城记》　杜默(1019~1087?),字师雄,濮州(今属山东)人,所撰《用城记》见存于《青琐高议》。该文记叙高僧圆清住提韦州用城村院,因不诵经文、不事斋戒为村民所鄙、邻僧所嘲,后显异能折服众人之事,生动曲折,颇有意味。

上述 10 种存世的北宋中期志怪传奇中,志怪小说集 1 种(上官融《友会谈丛》),单篇传奇 9 种。这些传奇中,《越娘记》《乌衣传》《流红记》《孙氏

---

① 上官融《友会谈丛》卷首附陆心源《刊友会谈丛叙》,《续修四库全书》本,第 1260 册,第 55 页。
② 刘斧《青琐高议》前集卷七,第 74 页。

记》《书仙传》或写人鬼遇合，或写人仙奇遇，或写人间情缘，或写节义女，或写女书家，皆为爱情题材、女性题材，叙事时多能虚实结合，有些作品还有明显的虚构成分。《用城记》《希夷先生传》《张佛子传》《桑维翰》或写名僧，或写高道，或写善男，或写权臣，所传之人亦凡亦奇，所叙之事亦实亦虚。这些作品大多挣脱了北宋前期传奇荟萃稗史、胶柱鼓瑟的桎梏，克服了过于质实、流于平直的弊端，开始走上由"实"入"虚"的艺术大道。

二、北宋后期志怪传奇：由雅入俗

　　北宋后期（即神宗、哲宗、徽宗、钦宗四朝）的志怪传奇有73种，按类别分，其中单篇传奇34种，志怪传奇小说集39种。从存佚看，沈括撰《清夜录》，无名氏撰《玄宗遗录》，无名氏编《群书古鉴》，苏辙撰《梦仙记》，岑象求编《吉凶影响录》，刘攽撰《三异记》，廖子孟《黄靖国再生传》，王纲撰《猩猩传》，周明寂编《劝善录》《劝善录拾遗》，吕南公撰《测幽记》，朱定国撰《幽明杂警》，无名氏撰《戴花道人传》，李象先编《禁杀录》，刘斧编撰《翰府名谈》和《青琐摭遗》，张师正撰《志怪集》，王古撰《劝善录》，舒亶撰《天官院记》，邵德升撰《唐宋科名分定录》，归虚子撰《说异集》，黄裳撰《燕华仙传》，宋汴撰《采异记》，章炳文撰《搜神秘览》，穆度撰《异梦记》，无名氏撰《屠牛阴报录》，无名氏撰《续树萱录》，尹国均编《古今前定录》，无名氏撰《鸳鸯灯传》，无名氏撰《北窗记异》，无名氏撰《剡玉小说》，无名氏撰《贤异录》，王蕃撰《褒善录》，无名氏撰《玉华记》，梁嗣真撰《荆山杂编》，令狐皞如编《历代神异感应录》，僧惠汾撰《异事记》，董家亨撰《录异戒》，杨牧撰《近异录》，无名氏撰《心应录》，姚氏撰《姚氏纪异》，无名氏撰《劝善录》，无名氏撰《异龙图》，无名氏撰《数术记》，无名氏撰《广物志》，无名氏撰《大禹治水玄奥录》，无名氏撰《灵惠治水记》，无名氏撰《虎僧传》，无名氏撰《则天外传》，岷山叟撰《杨贵妃遗事》，无名氏撰《异闻录》，无名氏撰《阴戒录》，无名氏撰《因果录》，无名氏撰《恶戒》共54种已佚；崔公度撰《金华神记》《陈明远再生传》，柳师尹撰《王幼玉记》，陆元光撰《回仙录》，沈辽撰《任社娘传》，清虚子撰《甘棠遗事》，秦观撰《录龙井辩才事》，秦醇撰《骊山记》《温泉记》《赵飞燕别传》《谭意歌》，无名氏撰《张浩》，无名氏撰《苏小卿》，黄庭坚撰《李氏女》和《尼法悟》，刘斧编撰《青琐高议》，张师正撰《括异志》，李献民撰《云斋广录》，吴可撰《张文规传》共19种尚存。下面分析存世者。

　　1.崔公度《金华神记》和《陈明远再生传》　　崔公度(？—1097),字伯易,号曲辕子,高邮(今属江苏)人,撰有小说《金华神记》和《陈明远再生传》,均存于南宋张邦基《墨庄漫录》卷一○。《金华神记》叙汴人吴生遇合金华女神事,细节描写生动,然而情节安排不够细密,前面言及之事后面没有着落,恐非佳作。《陈明远再生传》叙陈明远忽得疾濒死,三日复苏后自述入冥见闻,叙述周详生动,在入冥再生类小说中可谓典型。

　　2.柳师尹《王幼玉记》　　柳师尹,生卒年不详,安利军卫县(今河南淇县东)人,所撰《王幼玉记》,现存于《青琐高议》。该文叙书生柳富与青楼女子王幼玉的爱情悲剧,叙事平直,艺术成就上逊于唐人同类作品。文末议曰:"今之娼,去就狗利,其他不能动其心,求潇女、霍生事,未尝闻也。今幼玉爱柳郎,一何厚耶？有情者观之,莫不怆然。"[①]点出了故事的讽喻旨趣。

　　3.陆元光《回仙录》　　陆元光,字明远,一字蒙老,生卒年不详,北宋中后期湖州长兴(今属浙江)人,所撰《回仙录》现存于《诗话总龟》后集卷三九。该文叙吴兴沈东老闻见回道人灵异之事,叙述比较细致。

　　4.沈辽《任社娘传》　　沈辽(1032～1085),字睿达,钱塘(今浙江杭州)人,所撰《任社娘传》现存于《沈氏三先生文集》之《云巢编》卷八。该文叙吴越名妓任社娘聪颖机警,智陷敌国使臣于窘境的故事,写得饶有情趣。

　　5.清虚子《甘棠遗事》　　清虚子,姓名不详,北宋中后期陕州人,所撰《甘棠遗事》现存于《青琐高议》。该文刻画了甘棠义娼温琬"善翰墨,颇通孟轲书,尤长于诗笔,有节操廉耻,而不以娼自待"的丰满形象。文前有序云:"大凡为传记称道人之善者,苟文胜于事实,则不惟似近乡愿,后之读者亦不信,反所以为其人累也。乃今直取温生数事,次第列之,非敢加焉。"[②]点出了作者据事直书的作传之法。

　　6.秦观《录龙井辩才事》　　秦观(1049～1100),字太虚,后改字少游,高邮(今属江苏)人,所撰《录龙井辩才事》现存于其文集《淮海后集》卷六。文叙龙井辩才法师作法,令一位纠缠人间男子的女妖悔过之事,得于传闻,叙事平直。

　　7.秦醇《骊山记》《温泉记》《赵飞燕别传》《谭意歌》　　秦醇,字子复,

---

①刘斧《青琐高议》前集卷一○,第99页。
②刘斧《青琐高议》后集卷七,第166页。

生卒年不详,北宋中后期亳州谯县(今安徽亳县)人,所撰《骊山记》《温泉记》《赵飞燕别传》《谭意歌》四篇传奇,均存于《青琐高议》。《骊山记》叙北宋名士张俞与友人游骊山,遇田翁,田翁为俞细话唐明皇与杨贵妃的往事以及杨贵妃与安禄山的私情;《温泉记》叙张俞被冥吏召去,艳遇太真仙妃;《赵飞燕别传》叙赵氏姊妹与汉成帝遇合的香艳故事。三篇传奇均可谓宫闱艳情小说。《谭意歌》叙写妓女谭意歌与文人张正宇之间的离合姻缘,刻画了一位有情有义、自尊自立的义妓形象。

8. 无名氏《张浩》　　作者不详,文存于《青琐高议》。叙才子张浩与佳人李氏一见钟情、历尽波折终成眷属的爱情故事,刻画了一位大胆追求爱情、勇于抗争的慧女形象,具有浓郁的市井气息。

9. 无名氏《苏小卿》　　作者不详,文存于《永乐大典》卷二四〇五引《醉翁谈录·烟花奇遇》,今本罗烨《醉翁谈录》无此篇,亦无"烟花奇遇"一门。文叙"妖娆""俨雅"的佳人苏小卿与才子双渐相知相恋却无奈分离最终破镜重圆的爱情故事,刻画了一位百折不挠追求爱情的女性形象,在后世被演绎成话本、诸宫调、唱赚等多种文艺形式,具有非常广泛的影响。

10. 黄庭坚《李氏女》和《尼法悟》　　黄庭坚(1045～1105),字鲁直,号山谷道人,洪州分宁(今江西修水)人,所撰《李氏女》和《尼法悟》未收于黄氏文集,而存于王明清《投辖录》。《李氏女》叙赵郡李氏女梦见神女引其皈依佛法之事,叙事简淡。《尼法悟》叙清源陈氏女一日忽入冥至阴曹地府,幸得老僧指引方得解脱,事后决意断发出家。两篇小说均为宣扬佛教因果报应之作,叙事平直,小说味较淡。

11. 刘斧《青琐高议》　　刘斧,生平不详,当为北宋仁宗至哲宗年间人,编撰有《青琐高议》前后集十八卷、《翰府名谈》二十五卷、《青琐撷遗》二十卷等杂俎型小说集。其中后两种已佚,《青琐高议》现有南宋重编增补本二十七卷(前集十卷、后集十卷、别集七卷)。该书从编撰形式上看,既有作者自己的创作,也有他人小说的编选,还有前人故事的杂纂。从作品类型上看,该书总共142篇中有50篇左右的杂传记(传奇小说),余则为文字较短的志怪小说、逸闻杂事。从审美旨趣上看,该书有明显的世俗化倾向,《郡斋读书志》称其"辞意颇鄙浅"①,《四库提要》称其为"里巷俗书",又云

---

① 晁公武撰、孙猛校证《郡斋读书志校证》卷一三,第597页。

其"多乖雅驯"①,都点出了该书远"雅"近"俗"之特质。该书与"说话"关系密切,书中所录传奇与小说家说话存在很大的一致性和共通性,充溢着话本的精神气质,可谓北宋中后期士人与市井叙事互动的一个典型。

12. 张师正《括异志》　　张师正(1017~?),字不疑,邢州龙冈(今河北邢台)人,撰有《括异志》十卷、《后志》十卷、《志怪集》五卷等志怪小说集,还撰有杂事小说集《倦游杂录》八卷,其中《括异志》十卷尚存,今有《四部丛刊续编》本等,余则皆佚。晁公武《郡斋读书志》著录《括异志》云:"师正擢甲科,得太常博士。后游宦四十年,不得志,于是推变怪之理,参见闻之异,得二百五十篇。"②其中二百五十篇乃合前、后志二十卷而计之,今存前志只有一百三十三篇。该书记五代末至北宋间君臣士吏的奇闻异事,篇末多交代出处,以示征信。某些篇章之末还有作者评语,以示惩劝。该书叙事简略,小说意味较强之篇章不多。

13. 李献民《云斋广录》　　李献民,字彦文,生平不详,宋徽宗时廪延(今属河南延津)人。③《郡斋读书志》小说类著录《云斋广录》十卷,叙云:"右皇朝政和中李献民撰。分九门,记一时奇丽杂事,鄙陋无所稽考之言为多。"④今存金代刻本,只有"士林清话""诗话录""灵怪新说""丽情新说""奇异新说""神仙新说"六门,共八卷,另附后集一卷,合为九卷。该本可能为南宋时人在《云斋广录》残本(原书十卷仅存八卷)基础上增益(后集)而成。该书也是杂俎型小说集,总共55篇中有杂事小说12篇,诗话28条,传奇13篇,传奇配歌2首。李献民自序云:"尝接士大夫绪余之论,得清新奇异之事颇多。今编而成集,用广其传,以资谈谑。览者无诮焉。"⑤点出了该书的创作缘由("以资谈谑")和主体内容("清新奇异之事")。该书所收传奇有非常明显的市井化趣味,《四库提要》云该书"所载皆一时艳异杂

---

①《四库全书总目》卷一四四《青琐高议提要》,第1908页。

②晁公武撰、孙猛校证《郡斋读书志校证》卷一三,第556页。

③赵维国《〈云斋广录〉作者李献民考略》(《文献》2009年第2期)根据宋人王庭珪《卢溪文集》中所载与李献民有关的三首诗歌,初步推测:"建炎及绍兴初年,很多北方人逃避战乱,流落江淮间。李献民大概也是这个时候来到吉州,与王庭珪相识,遂成为好友……在绍兴年间,李献民曾经远赴湖南衡州,是迁居还是游历,难以考辨……当李献民奔赴衡州时,王庭珪不仅把向丰之介绍给李献民,同时也写诗句候向丰之。"

④晁公武撰、孙猛校证《郡斋读书志校证》卷一三,第597页。

⑤李献民《云斋广录》,北京:中华书局,1997年版,第1页。

事,文既冗沓,语尤猥亵",“纯乎海淫而已”,①应该主要就是指这部分作品。该书所收传奇与话本小说有非常深厚的渊源关系,可谓北宋中后期士人与市井叙事互动的又一典型。

14.吴可《张文规传》　　吴可,生平不详,北宋哲宗时临川(今江西抚州)人,所撰《张文规传》现存于洪迈《夷坚乙志》。该文叙英州司理参军张文规被冥吏召入冥府对证英州勘狱事,因司法平正仁慈而增寿,宣扬佛家善有善报之旨。叙事曲折,描写细腻,有较浓的小说味。

北宋后期存世的19种志怪传奇中,除1种志怪小说集即张师正《括异志》的时代特色不明显外,其余的都涂抹上了一层或浓或淡的世俗油彩。本期单篇传奇有16种,其中爱情题材和女性题材有6篇,《王幼玉记》《谭意歌》《张浩》《苏小卿》皆叙才子佳人的爱情故事,《任社娘传》《甘棠遗事》则刻画了名妓、义娼的丰满形象;历史题材有3篇,即秦醇创作的《骊山记》《温泉记》和《赵飞燕外传》,皆为宫闱艳情小说。这9篇作品浸透着浓郁的世俗趣味。神仙、僧道题材有3篇,即《回仙录》《金华神记》《录龙井辩才事》,或叙高道、或叙女仙、或叙法师,皆突出他们的特异之处;入冥和报应题材有4篇,即《陈明远再生传》《李氏女》《尼法悟》《张文规传》,皆叙善恶果报之事。这7篇作品有着明显的民间信仰特色。上述16篇传奇,或浸透世俗趣味,或显露民间信仰特色,都呈现出由“雅”入“俗”的趋势。北宋后期存世的志怪传奇中,还有2种杂俎型小说集,即刘斧《青琐高议》和李献民《云斋广录》,前书有50篇左右的杂传记,后书有13篇传奇,这些作品与市井话本声气相通,有着更为明显的世俗化趋势。

三、北宋中后期话本小说:粗朴简略

北宋仁宗时期,工商业迅速发展,城市出现繁荣景象,市民阶层不断壮大。市民阶层旺盛的文化娱乐需求极大地刺激了瓦肆伎艺的蓬勃发展,说话伎艺在此背景下应运而起,成为瓦肆勾栏中的红火伎艺。孟元老《东京梦华录》卷五“京瓦伎艺”条记载汴京瓦肆中比较有名的70余位艺人,其中包括说话艺人13人(讲史艺人7人,小说艺人6人),约占艺人总数的六分之一,可见说话在瓦肆中的昌盛。

---

① 《四库全书总目》卷一四四《云斋广录提要》,第1909页。

北宋中后期说话伎艺中，讲史盛于小说，但两者流传下来的话本都不多，讲史话本仅有《梁公九谏》，小说话本大致有《小夫人金钱赠年少》《合同文字记》《钱舍人题诗燕子楼》等寥寥数种。

《梁公九谏》改编自民间词文《梁公九谏词》，应该成书于仁宗宝元元年（1038）之后，但可能在北宋时已基本定型。《小夫人金钱赠年少》又作《张主管志诚脱奇祸》，收录于《警世通言》。明代晁瑮《宝文堂书目》有《小金钱记》，清初钱曾《也是园书目》卷一〇"宋人词话类"著录《小金钱》，可能就是该篇。学者多认为该篇乃宋元旧本，程毅中《宋元小说家话本集》认为"本篇生活习俗、语言风格近于宋元说话，似出旧本"，[1]胡士莹《话本小说概论》指出："篇中描写东京元宵节端门放灯的情况，与宋陈元靓《岁时广记》卷十及《宣和遗事》亨集所记相符，说话人或曾亲睹汴京繁华之盛，所以对汴京的风物，说得真切如此。"[2]更推测该篇可能为"曾亲睹汴京繁华之盛"的艺人所说。《合同文字记》，明代晁瑮《宝文堂书目》著录，清代钱曾《述古堂书目》抄本列于"宋人词话"，现收录于《清平山堂话本》。胡士莹《话本小说概论》指出："包公故事，宋代民间流传很多，此当为最早的包公断案之一……文字风格，又极朴陋幼稚，情节的安排也很简略粗疏，可断为早期的宋人话本。"[3]《钱舍人题诗燕子楼》，收录于《警世通言》。胡士莹《话本小说概论》云："话本叙钱希白事，当为宋代说话人所增饰。"[4]定此篇为宋人话本。程毅中《宋元小说家话本集》云："此篇以文言叙事，多用赋体，嫁名于钱易梦中见鬼，疑出于钱易自撰小说，或尚传承自宋人旧本，可借以觇话本之梗概。"[5]该篇乃是将一篇成熟的文言传奇略加改编而成的话本，其前身即文言传奇可能在北宋时已经定型。

第三节　南宋前中期：志怪传奇的俗化与话本小说的演进

南宋前中期的志怪传奇有 50 余种，存世者有 14 种，其中单篇传奇 6

---

①程毅中《宋元小说家话本集》，济南：齐鲁书社，2000 年版，第 725 页。
②胡士莹《话本小说概论》，北京：中华书局，1980 年版，第 204 页。
③胡士莹《话本小说概论》，第 210 页。
④胡士莹《话本小说概论》，第 224 页。
⑤程毅中《宋元小说家话本集》，第 810～811 页。

篇,志怪小说集 7 种,杂俎小说集 1 种(《绿窗新话》)。单篇传奇多写仙道奇事或入冥见闻,成就不大。志怪小说集中,王明清《投辖录》、洪迈《夷坚志》、郭彖《睽车志》等较有成就,所收故事虽大部分简率平直,但亦有少数篇章用传奇法以志怪,叙写市井奇闻,有一定的艺术造诣。《绿窗新话》与"说话"关系密切,书中的许多篇章甚至不妨视为"话本式传奇"。本期有些佚书也特别值得一提,廉布《清尊录》十三条佚文中有四条都可谓传奇小说,无名氏《摭青杂说》的五篇佚文也都有传奇意韵,而且这些作品主要聚焦市井细民,可谓散发着话本意味的世俗传奇。

南宋说话昌盛,流传下来的话本亦较多,可能成书于南宋前中期的大致有《碾玉观音》《错斩崔宁》等数种。较之北宋话本的粗朴简略,本期的话本小说丰赡有味,艺术水准有较大提高。

南宋前中期志怪传奇的优秀之作大多聚焦市井细民,洋溢市井趣味,部分作品如传奇《大桶张氏》与话本《闹樊楼多情周胜仙》有同题异体、意趣相通之妙,本期传奇的世俗化与话本化非常明显,呈现出士人叙事向市井叙事的加速移动。与此同时,《绿窗新话》的编纂,又显示出为"说话"准备素材的书会才人对士人小说的移植和化用,又可谓市井叙事对士人叙事的大规模借鉴。士人叙事向市井叙事的加速移动和市井叙事对士人叙事的大规模借鉴,相辅相成,说明本期士人与市井叙事的互动已经达到了新的高度。

一、南宋前期志怪传奇:叙写市井

南宋前期(即高宗朝)的志怪传奇有 26 种,按类别分,其中单篇传奇 15 种,志怪传奇小说集 11 种。从存佚看,无名氏撰《陕西于仙姑传》、无名氏撰《花月新闻》、孔恼撰《宣靖妖化录》、何志撰《何志入冥记》、刘望之撰《毛烈传》、廉布撰《清尊录》、无名氏撰《李氏还魂录》、王铚撰《续清夜录》、郑总撰《罗浮仙人传》、陈世材撰《乱汉道人记》、余嗣撰《出神记》、王日休撰《劝戒录》、卞洪撰《劝戒录》、魏良臣撰《黄法师醮记》、赵彦成撰《飞猴传》、苕川子撰《苕川子所记三事》、关煮孙撰《解三娘记》、秦绛撰《黄十翁入冥记》、宋氏撰《灵应集》共 19 种已佚,耿延禧撰《林灵素传》、赵鼎撰《林灵蘁传》、王禹锡撰《海陵三仙传》、晁公遡撰《高俊入冥记》、王明清撰《投辖录》、马纯撰《陶朱新录》、皇都风月主人编《绿窗新话》共 7 种尚存。下面重点分析存世者,对已佚但有较大影响者如廉布《清尊录》亦作分析。

1. 耿延禧《林灵素传》　　耿延禧(？～1136),开封人,所撰《林灵素传》载于赵与时《宾退录》。文叙宋徽宗时道士林灵素治宫禁之怪、行叶静能致太真之术、纵言佛教害道合与改正之事、祈雨治水之事、葬后神异之事等生平事迹,平铺直叙,枯淡寡味。

2. 赵鼎《林灵蘁传》　　赵鼎(1085～1147),字元镇,解州闻喜(今属山西)人,所撰《林灵蘁传》载于《历世真仙体道通鉴》。该传乃是对耿延禧《林灵素传》的通俗化和丰富化,正如赵鼎在文末附记所云:"本传始以翰林学士耿延禧作,华饰文章,引证故事,旨趣渊深,非博学士夫,莫能晓识。仆今将事实作常言,切欲奉道士俗咸知先生之仙迹。"①该传叙事周详,虽有张皇揄扬林灵素之意,但亦暗寓政治讽喻,与纯粹自神其教的仙道传还是有异。

3. 王禹锡《海陵三仙传》　　王禹锡,南宋高宗时泰州海陵(今江苏泰州)人,所撰《海陵三仙传》载于《古今说海》说渊部别传家。文叙两宋之际海陵道士徐神翁、周处士、唐先生三人的奇闻异事,叙事委曲,然不过记录传闻,与"作意好奇"自是两途。

4. 晁公遡《高俊入冥记》　　晁公遡,字子西,晁公武之弟,南宋前期澶州清丰人,所撰《高俊入冥记》载于洪迈《夷坚甲志》。该文简叙夔州戍兵高俊入冥见闻,宣扬因果报应,正如作者所云"岂非所谓地狱者,一方各有之,时托人以传,用为世戒欤",②主旨和艺术皆无足观。

5. 廉布《清尊录》　　廉布,字宣仲,南北宋之际楚州山阳(今江苏淮安)人,所撰杂俎小说集《清尊录》已佚,《说郛》卷一一收录有十条,末有华石山人跋云"凡七十三则"。③ 除《说郛》本收录的十条外,李剑国先生又检得三条。从这十三条佚文来看,大部分记神怪异闻可归于志怪小说,其中有四篇(《兴元民》《狄氏》《王生》《大桶张氏》)叙新异奇特的人间故事可归入传奇。这四篇传奇皆取材于市民阶层,有着浓郁的市井气息,虽用文言却有明显的话本小说意味。

6. 王明清《投辖录》　　王明清(1127～?),字仲言,颍州汝阴(今安徽

---

① 赵鼎《林灵蘁传》,李剑国辑校《宋代传奇集》,北京:中华书局,2001年版,第453页。
② 晁公遡《高俊入冥记》,李剑国辑校《宋代传奇集》,第504页。
③ 陶宗仪《说郛》卷一一,北京:中国书店,1986年版,第11页。

阜阳)人,有杂事小说集《挥麈录》和《玉照新志》、志怪传奇小说集《投辖录》等小说著述。《投辖录》一卷,今有《四库全书》本、上海商务印书馆《宋人小说》本(据丁丙原藏璜川吴氏抄本校排),其中前者无自序,且缺四事,而后者完备,版本更佳。该书有四十九条,每条有标目,各记一事。该书命名之由,自序已言明:"间有以新奇事相告语者,思欲识之,以续前闻……因念晤言一室,亲友话情,夜漏既深,互谈所规,皆侧耳耸听,使妇辈敛足,稚子不敢左顾,童仆言变于外,则坐客忻忻,怡怡忘倦,神跃色扬,不待投辖,自然肯留,故命以为名。"①该书所记皆奇闻异事,题材涉及僧尼仙道、神鬼怪魅,其中仙道术士最多,另外还有如《章丞相》《赵诜之》等并不涉及神怪的人间奇事。该书常在故事之末注出传闻来源,以示征信,《四库提要》云该书"大都掇拾丛碎,随笔登载,不能及《挥麈录》之援据赅洽,有资考证。然故家文献,所言多信而有征,在小说家中,犹为不失之荒诞者",②可见作者还是继承了传统志怪小说记录传闻的基本态度。该书的特异之处在于,记录传闻之时,常常进行自觉的艺术加工。该书有一半左右的条目都超越了粗陈梗概的志怪旧法,绘事后素,叙事曲折,文辞清丽,颇有传奇韵味和市井趣味。

7.马纯《陶朱新录》　　马纯,字子约,南北宋之交单州成武(今属山东)人,所撰志怪杂事小说集《陶朱新录》一卷,今有《四库全书》本、《墨海金壶》本、《珠丛别录》本等版本,均为八十二条。据李剑国先生的研究,今本并非足本,还可从《清波杂志》《永乐大典》辑得本书佚文十二条。③关于该书的撰写缘由,自序已言明:"建炎初避地南渡,既而宦游不偶,以非材弃,遂侨寄陶朱山下。藜羹不糁,晏然自得。虽不足以语遁世无闷之道,其山泽之癯乎!因搜今昔见闻,衰缀成帙,目曰《陶朱新录》。凡讥讪诽谩,悉不录焉。"④该书以志怪为主,故《四库全书》将其著录于子部小说家类"异闻之属",并提要云:"所载皆宋时杂事,大抵涉于怪异者十之七八,亦洪迈《夷坚志》之流。"⑤检视该书,现存九十四条中记神仙道人、梦应妖异、鬼神精

---

①王明清《投辖录》,《宋元笔记小说大观》本,上海:上海古籍出版社,2001年版,第3857页。

②《四库全书总目》卷一四一《投辖录提要》,第1860页。

③李剑国《宋代志怪传奇叙录》,第264页。

④马纯《陶朱新录》,台湾《丛书集成新编》本(影印《珠丛别录》本),第86册,第755页。

⑤《四库全书总目》卷一四二《陶朱新录提要》,第1883页。

魅等异物异事者近七十条,余则为记琐碎杂事,《四库提要》所言不虚。该书除个别条目外,记事大多简率质朴。

8.皇都风月主人《绿窗新话》　　皇都风月主人,姓名失考,生平不详,可能为杭州人。《绿窗新话》二卷,今有周楞伽根据吴兴刘氏嘉业堂所藏抄本整理而成的笺注本。该书共一百五十四篇,大多系节引汉魏六朝小说、唐宋传奇笔记、诗话词话、史传文集而成,大约编于南宋高宗朝。该书所载故事绝大部分是有关女性和男女情缘的,上卷多为恋爱故事,既有人仙姻缘,也有人间情缘,下卷则既有义夫节妇、烈女贞姬、才子佳人的事迹,也有嘲戏滑稽、黠慧巧辩、音乐歌舞等传说,篇章之间大致以类相从。该书可能是书会才人节录众书为说话艺人提供参考的简本式底本,也不排除原书为笔记性质之类书,后被书会才人改编成简本式底本,并为每篇配上七言标题。该书在精神实质和文本形式上都与民间说话息息相关,其中的传奇更不妨称为话本式传奇。该书可谓士人叙事与市井叙事互动共生的一个标本。

南宋前期存世的志怪传奇中,单篇传奇如耿延禧《林灵素传》、赵鼎《林灵蘁传》、王禹锡《海陵三仙传》、晁公遡《高俊入冥记》,叙写仙人道士或入冥见闻,无足观矣,志怪小说集即马纯《陶朱新录》亦乏善可陈。可观者当属王明清《投辖录》,该书虽为志怪小说集,却有近半篇目用传奇法以志怪,用细腻笔触叙写市井奇闻,有传奇意蕴和市井色彩。与之仿佛,廉布《清尊录》十三条佚文中有四条也可算作叙写市井的传奇之作。另外,皇都风月主人所编《绿窗新话》聚焦女性题材和男女情缘,亦有很浓的市井气息。因此,本期志怪传奇的亮点和特点可谓“叙写市井”。

二、南宋中期志怪传奇:聚焦细民

南宋中期(即孝宗、光宗、宁宗朝)的志怪传奇有 25 种,按类别分,其中单篇传奇 8 种,志怪传奇小说集 17 种。从存佚看,郭端友撰《感梦记》、薛季宣撰《志过》、蒋宝《冥司报应》、曹勋《宣政杂录》、陆维则撰《海神灵应录》、钟将之撰《义娟传》、王质撰《夷坚别志》、李泳撰《兰泽野语》、无名氏撰《闻善录》、吴良史撰《时轩居士笔记》、无名氏撰《摛青杂说》、欧阳邦基编《劝戒别录》、武允蹈撰《稗说》、刘名世撰《梦兆录》、郑超撰《郑超入冥记》、裴端夫撰《绯绿衣人传》、李孟传撰《记异录》、王辅《峡山神异记》共 18 种已佚,李昌龄编《乐善录》、宋氏(委心子)编《分门古今类事》、李石编《续博物志》、郭彖撰《睽车志》、洪迈撰《夷坚志》、岳珂《义骽传》、陈鹄《曾亨仲传》共7种尚存。下面重点分析存世者,对已佚但有较大影响者如无名氏《摭青杂说》亦作分析。

1. 李昌龄《乐善录》   李昌龄,字伯崇,宋孝宗时眉州眉山(今四川眉山)人,所编《乐善录》十卷,今有上海涵芬楼《续古逸丛书》影印南宋绍定刻本。关于该书的编撰缘由,何荣孙序已言明:"陇西李伯崇,迎曦先生之曾孙,天资乐善。得《南中劝戒录》,伏而读之,深有契于其心,遂博览载籍,旁搜异闻,凡有补于名教者,增而广之,分为十卷,名之曰《乐善录》。亟镂板印行,使家家藏此书,以广天下乐善之风,此伯崇胸怀本趣也。"①该书编纂古今故事,意在劝善惩恶,故常在篇末赘以议论揭示主旨。胡晋臣跋云"李伯崇所编《乐善录》,佛氏所谓因果之说尽于此矣",汪统跋云"各汇分其事,深有益于世教",②《四库提要》云"大旨皆谈罪福因果。所记宋事为多,亦间及汉以来事",③都点出了该书之旨。该书重在劝惩,而对故事本身则不甚措意,故从小说的角度看佳作寥寥。

2. 宋氏(委心子)《分门古今类事》   宋氏,阙名,自号委心子,南宋高宗、孝宗时眉州青神(今属四川)人。所编《分门古今类事》二十卷,今有《四库全书》本和《十万卷楼丛书》本,后者书名多"新编"二字,又在正文前多委心子自序一篇。两者分门分卷及条目皆同,唯条目之末注引书出处多有差异,两者版本互有优劣。关于该书编纂缘由,委心子自序云:"夫兴衰,运也;穷达,时也;生死,命也。委心子穷天任运,修己俟时,谓命有定数,不可以智求……乃以其意作《古今类事》二十卷……兴衰穷达死生六者,天之所赋也;智愚善恶此四者,人之所为也。天定可以胜人,人定亦能胜天……命已前定,有为善而增者,有为恶而削者,庶几善人君子当正心修身,乐天知命,不以人废天,不以天废人,此《古今类事》之本意也。"④该书采摭群书中有关"命有定数"的言语和故事,分为帝王运兆、异兆、梦兆、相兆、卜兆、凿兆、祥兆、婚兆、墓兆、杂志、为善而增、为恶而削共十二门,各门之下又分若

---

① 李昌龄《乐善录》卷首附何荣孙序,《续修四库全书》本,第1266册,第281页。
② 李昌龄《乐善录》卷首附胡晋臣跋、卷末附汪统跋,《续修四库全书》本,第1266册,第282、371页。
③《四库全书总目》卷一二四《乐善录提要》,第1650页。
④ 委心子《分门古今类事》,《丛书集成初编》本(据《十万卷楼丛书》本排印),第2720册,第1页。

干条目,均以四字标目,各条目之末又常赘议论。该书被《四库全书》归入小说家类"异闻之属",并提要云:"虽采摭丛琐,不无涉于诞幻,而警发世俗,意颇切至。盖亦《前定录》《乐善录》之类。"①

3. 李石《续博物志》 李石(1116? ～1181),字知几,资州盘石(今四川资中)人。所编《续博物志》十卷,现有《古今逸史》《稗海》《格致丛书》《四库全书》《秘书二十一种》《百子全书》等丛书本,其中《古今逸史》本较早亦较佳。该书乃西晋张华《博物志》的续书,被《四库全书》归入小说家类"琐语之属",并提要云:"其书以补张华所未备。惟华书首'地理',此首'天象',体例小异。其余虽不分门目,然大致略同。故自序谓:'次第仿华说,一事续一事。'"②该书乃地理博物性质的类书,其中多志怪之说,从小说艺术角度看,鲜有佳作。

4. 郭彖《睽车志》 郭彖,字次象,南宋高宗、孝宗时和州历阳(今安徽和县)人。所撰志怪小说集《睽车志》六卷,今有《稗海》《古今说海》《四库全书》等丛书本,其中《稗海》本较善。关于该书命名之由,《直斋书录解题》已有揭示:"取《睽》上六(引者按,当作'上九')'载鬼一车'之语。"③即取自《周易》睽卦上九爻辞。该书被《四库全书》归入小说家类"异闻之属",并提要云:"是书皆纪鬼怪神异之事,为当时耳目所闻者……书中所载,多建炎、绍兴、乾道、淳熙间事,而汴京旧闻,亦间为录入。各条之末,悉分注某人所说,盖用《杜阳杂编》之例。其大旨亦主于阐明因果,以资劝戒。特摭拾既广,亦往往缘饰附会,有乖事实。"④该书大部分故事简率平直,但亦间有如卷四之马绚娘、卷五之李通判女等故事生动有味。

5. 洪迈《夷坚志》 洪迈(1123～1202),字景卢,饶州鄱阳(今江西波阳)人。洪迈历时六十年完成的 420 卷《夷坚志》,是中国小说史上卷数和规模仅次于《太平广记》的巨著。该书分为甲志、乙志、丙志、丁志、戊志、己志、庚志、辛志、壬志、癸志,支甲、支乙、支景、支丁、支戊、支己、支庚、支辛、支壬、支癸,三志甲、三志乙、三志景、三志丁、三志戊、三志已、三志庚、三志辛、三志壬、三志癸,四志甲、四志乙,共三十二编。现存甲志、乙志、丙志、

---

① 《四库全书总目》卷一四二《分门古今类事提要》,第 1883 页。
② 《四库全书总目》卷一四二《续博物志提要》,第 1887 页。
③ 陈振孙《直斋书录解题》卷一一,第 336～337 页。
④ 《四库全书总目》卷一四二《睽车志提要》,第 1883～1884 页。

丁志、支甲、支乙、支景、支丁、支戊、支庚、支癸、三志已、三志辛、三志壬共十四编 180 卷，另外历代学者又辑得佚文三百余条，补编为 27 卷，①两者相加略近原书卷数之半。该书被《四库全书》归入小说家类"异闻之属"，并提要云："是书所记，皆神怪之说。故以《列子》'夷坚'事为名。考《列子》谓'大禹行而见之，伯益知而名之，夷坚闻而志之'，正谓珍禽异兽，如《山海经》之类。迈杂录仙鬼诸事，而名取于斯，非其本义。"②该书是典型的志怪小说集，但因为作者追求"表表有据依"与"志异审实"，故而大多数篇章仅仅是对传闻的忠实记录，而缺乏艺术加工，小说意味寡淡，少数记录市井奇闻异事的篇章，叙事委婉，描摹细腻，小说意味较浓。

　　6. 岳珂《义骝传》　　岳珂（1183～?），字肃之，相州汤阴（今属河南）人，所撰《义骝传》，收于其杂事小说集《桯史》。文叙病骝遇主与报恩诸事，文末引用孔子"骥不称其力，称其德也"之语，称扬此骝"不苟受以为正，报施以为仁，巽以用其权，而决以致其功，又卒不失其义以死"③的高义。该文以马喻人，颇有"大旨主于寓褒刺、明是非、借物论以明时事"④的深意寄寓。

　　7. 陈鹄《曾亨仲传》　　陈鹄，字西塘，南宋中期南阳人，所撰《曾亨仲传》收于其杂事小说集《耆旧续闻》。文叙作者友人曾亨仲与神明崔府君之女无为子相识相知的故事，叙事较为生动，有可读性。

　　8. 无名氏《摭青杂说》　　张宗祥校明抄本《说郛》卷三七录入《摭青杂说》五篇（《阴兵》《守节》《盐商厚德》《茶肆还金》《夫妻复旧约》），注二十四卷，题宋□□□。据李剑国先生的考证，该书应成书于南宋中叶，作者阙疑待考，并非有些学者判定的皇明清或者王明清。⑤《阴兵》叙张巡等四烈士化为神将，率领天兵帮助宋军打败金兵之事。《守节》叙南宋初年乱世夫妻范希周与吕监女之间始聚、次离、终合的破镜重圆故事。《夫妻复旧约》也是夫妻离散重聚的故事类型，渗透着二女共事一夫的市民情趣。《盐商厚德》叙泰州盐商项四郎救起徐氏女子后拒卖、义嫁之事，《茶肆还金》叙茶肆

---

①洪迈《夷坚志》，北京：中华书局，1981 年版。
②《四库全书总目》卷一四二《夷坚支志提要》，第 1884 页。
③岳珂《桯史》卷五《义骝传》，北京：中华书局，1981 年版，第 61 页。
④《四库全书总目》卷一四一《桯史提要》语，第 1864 页。
⑤李剑国《宋代志怪传奇叙录》，第 329～331 页。

主人拾金不昧之事,两篇都称扬了下层商贾的高义之举。上述五篇都是优秀的传奇小说,叙事婉转细腻,语言通俗浅近,有很浓的市井气息,与同期的话本小说趣味相投。

南宋中期存世的志怪传奇中,李昌龄编《乐善录》、委心子编《分门古今类事》、李石编《续博物志》,或谈罪福因果,或阐命有定数,或叙地理博物,都是采摭群书而成的类书,因其中多志怪之说而勉强可称为志怪小说集,然佳作寥寥。真正的志怪小说集是洪迈《夷坚志》和郭彖《睽车志》,两书大部分故事都简率平直,但也有少数叙写市井奇闻异事的篇章有较浓的小说味。本期存世的单篇传奇如岳珂《义騟传》、陈鹄《曾亨仲传》,整体上仍属中平之作。真正能代表本期传奇创作水平和特色的是无名氏《摭青杂说》的五篇佚文,这五篇中有四篇都是聚焦市井细民,或写乱世夫妻的悲欢离合,或写商人店主的仁心义举,都是散发着话本意味的世俗化传奇。

三、南宋前中期话本小说:满怀风月

宋室南渡之后,临安接替了汴京,重新演绎着都市的繁荣。瓦肆勾栏依旧热闹,伎艺表演依旧红火,说话伎艺更加昌盛,而且已有四家数(小说、说铁骑儿、说经、讲史)之分,其中"小说"最受欢迎。南宋说话的昌盛,带来了话本编纂的兴盛。现存的宋话本,绝大多数都是小说话本,绝大多数都编成于南宋,其中有些话本还可以大致判定其主体部分应形成于南宋前中期。

主体内容可能成书于南宋前中期的现存话本,大致有《碾玉观音》《闹樊楼多情周胜仙》《西湖三塔记》《洛阳三怪记》《错斩崔宁》《三现身包龙图断冤》《计押番金鳗产祸》《苏长公章台柳传》等。

《碾玉观音》,《警世通言》卷八作《崔待诏生死冤家》,题下注:"宋人小说,题作《碾玉观音》。"[①]胡士莹《话本小说概论》指出:"话本上卷开头引了许多当时名家的诗词来作'入话',显示出宋人话本的特色……本篇中咸安郡王府中豢养着工匠、绣娘,正反映了宋代社会的现实情况。本篇无疑是宋人话本。"[②]

---

①冯梦龙《警世通言》,上海:上海古籍出版社,1992 年版,第 59 页。

②胡士莹《话本小说概论》,第 200 页。

　　《闹樊楼多情周胜仙》，《醒世恒言》收录。故事可能是根据洪迈《夷坚庚志》之《鄂州南市女》、廉布《清尊录》之《大桶张氏》、王明清《投辖录》之《玉条脱》等文言小说改编而成。胡士莹《话本小说概论》指出："篇中叙述北宋汴京的街坊、风俗生活，皆一一如目睹，绝不是后人所能写得这样真切的……这篇话本可以断为宋人手笔。"①

　　《西湖三塔记》，《清平山堂话本》收录，《也是园书目》列入"宋人词话"类。胡士莹《话本小说概论》指出："篇中有'都城圣迹，西湖绝景'云云。称杭州为'都城'，显为南宋人对临安的称呼……从对岳飞的称谓看来，自是南宋人口气。而文字风格，古拙简朴，当为宋人话本。"②

　　《洛阳三怪记》，《清平山堂话本》收录。胡士莹《话本小说概论》指出："把杭州称做临安府，分明是南宋人的语调……是受西湖三怪影响而产生的洛阳地方性故事。文字结构，全仿《西湖三塔记》，而描写手法，较多曲折变化，似稍为晚出的作品。但叙述相当质朴，仍然具有宋人风格。"③

　　《错斩崔宁》，《也是园书目》列入"宋人词话"类，《醒世恒言》卷三三作《十五贯戏言成巧祸》，题下注："宋本作《错斩崔宁》。"④胡士莹《话本小说概论》指出："篇中有'却说高宗时建都临安，繁华富贵，不减那汴京故国'，这无疑是南宋人的口吻。"⑤

　　《三现身包龙图断冤》，《警世通言》收录。胡士莹《话本小说概论》指出："就他的文字风格看来，确与《错斩崔宁》话本相近。徐士年谓：'在这篇作品里，包拯已被神化，显然离包拯的年代不会太远。'根据上面这些情况，可断为南宋人作品。"⑥

　　《计押番金鳗产祸》，《警世通言》收录。胡士莹《话本小说概论》指出："篇中称临安为行在，又云'车驾杭州驻跸'云云，分明是南宋人口吻。从话本里叙述当时民间伎艺人献技的情形看来，也证实它是宋人之作。如说庆奴拿着锣儿在镇江酒店内赶趁一段，与《南宋市肆记》'冯金宝手拿厮锣，酒

---

①胡士莹《话本小说概论》，第232～233页。
②胡士莹《话本小说概论》，第210页。
③胡士莹《话本小说概论》，第212页。
④冯梦龙《醒世恒言》，天津：天津古籍出版社，2004年版，第509页。
⑤胡士莹《话本小说概论》，第206页。
⑥胡士莹《话本小说概论》，第225页。

楼赶趁'相符。"①

《苏长公章台柳传》,《熊龙峰刊小说四种》收录。胡士莹《话本小说概论》指出:"篇中有'大宋真宗朝有临安府太守'云云。称杭州为临安,显为南宋人口气。又有'花冠褙子'语……花冠褙子系宋代行首的服饰,更足证明它是宋人话本。"②

耐得翁《都城纪胜》成书于南宋端平二年(1235),该书"瓦舍众伎"条提及"小说"的类型有烟粉、灵怪、传奇和说公案。该书虽成书于南宋理宗朝,但该书提及的四种"小说"类型应该在此之前即南宋中期甚至前期就已存在。上述南宋前中期的话本小说中,《碾玉观音》和《闹樊楼多情周胜仙》应归入烟粉类,《西湖三塔记》和《洛阳三怪记》应归入灵怪类,《苏长公章台柳传》应归入传奇类,《错斩崔宁》《三现身包龙图断冤》和《计押番金鳗产祸》应归入公案类。

本期的话本小说已经脱却了北宋话本的粗朴简略,结构更趋巧妙,叙事更加丰赡,艺术上有较大提升,情趣上也更得市民欢心。本期话本小说的整体风貌,可以借用罗烨《醉翁谈录》"小说开辟"散场诗中的"藏蕴满怀风与月"来加以概括。

第四节　南宋后期:志怪传奇的衰落与话本小说的兴隆

南宋后期存世的志怪传奇寥寥无几,呈现颓势。无名氏《柳胜传》写入冥见闻,通过"冥报"劝诫世人,与鲁应龙《闲窗括异志》言神怪以明因果如出一辙,两者在小说艺术上均无足观。无名氏《李师师外传》艺术精湛,何光《异闻》之佚文《兜离国》文字华美,两篇传奇均有较浓的文人意趣,与此期文言小说通俗化的大潮稍显游离。真正能够体现本期志怪传奇特色和亮点的是沈氏《鬼董》和罗烨《醉翁谈录》。前者取材于里间委巷的三十余篇作品,可谓典型的市井传奇,后者辑录改编的二十余篇唐宋传奇,也有很浓的市民情趣,并且两书中的传奇作品大多与市井话本息息相通,从某种意义上可谓话本式传奇。

---

① 胡士莹《话本小说概论》,第226页。
② 胡士莹《话本小说概论》,第219页。

南宋后期的话本小说，艺术上渐趋成熟。罗烨《醉翁谈录》"小说开辟"言及"小说"技巧云："讲论处不僵搭、不絮烦；敷演处有规模、有收拾。冷淡处提掇得有家数，热闹处敷演得越久长。曰得词，念得诗，说得话，使得砌。言无诋舛，遣高士善口赞扬；事有源流，使才人怡神嗟讶。"①充分展示了"小说"艺人敷演故事的高超技艺。本期的话本就是这种高超技艺的文本呈现，起承转合的衔接自然而然，悬念伏笔的运用引人入胜，具有较高的艺术造诣。

南宋后期文言传奇的市井化和话本化，显示出小说叙事中文人性的衰减与市井性的递进；与此同时，《杨思温燕山逢故人》等话本在吸纳文人小说养分的基础上达到了很高的艺术造诣，又显示出市井叙事在借镜士人叙事的基础上正茁壮成长、蔚为大国。南宋后期的小说版图中，士人叙事与市井叙事的此消彼长，赫赫在目。

一、南宋后期志怪传奇：话本气息

南宋后期（即理宗、度宗、恭宗、端宗、赵昺五朝）的志怪传奇有19种，按类别分，其中单篇传奇4种，志怪传奇小说集15种。从存佚看，无名氏撰《儆告》、何光撰《异闻》、顾文荐撰《船窗夜话》、僧庭藻撰《续北齐还冤志》、江敦教撰《影响录》、吴操撰《蒋子文传》、李注撰《李冰治水记》、詹省远撰《梦应录》、曾寓撰《鬼神传》、曹大雅撰《灵异图》、无名氏撰《宝楼记》、王充编《小说集异》、无名氏撰《哀异记》、无名氏撰《随斋说异》共14种已佚，无名氏撰《柳胜传》、无名氏撰《李师师外传》、沈氏撰《鬼董》、罗烨编撰《醉翁谈录》、鲁应龙撰《闲窗括异志》共5种尚存。下面重点分析存世者，对已佚但有一定影响者如何光《异闻》亦作分析。

1. 无名氏《柳胜传》　该文收于南宋祝穆编《古今事文类聚》。文叙恶霸柳胜与征官殷述庆狼狈为奸暴病而亡，有入冥者见二人在地府备受楚毒之事。文末有寿樟先生赞曰："凶祸之报，其应如响……包藏祸心，害人利己，其必有冥报乎！"②点出了主旨。

2. 无名氏《李师师外传》　该文现存的较早版本为清道光十年黄廷

①罗烨《醉翁谈录》，上海：古典文学出版社，1957年版，第5页。
②祝穆编《古今事文类聚》别集卷三二"人事部"，《文渊阁四库全书》本，第927册，第1036页。

鉴抄本，咸丰中胡珽据黄氏抄本刊入《琳琅秘室丛书》。胡刊本后有黄廷鉴跋云："文殊雅洁，不类小说家言。师师不第色艺冠当时，观其后慷慨捐生一节，饶有烈丈夫慨。亦不幸陷身倡贱，不得与坠崖断臂之俦争辉彤史也。"[1]点出了该文的特点和主旨。该文可能为宋末遗民所作，蕴含着一种易代之际的民族情感。该文艺术精湛，被有的学者称为宋代传奇的压卷之作。[2]

　　3. 沈氏《鬼董》　　沈氏，名字、爵里皆不详，南宋中后期人。所撰《鬼董》五卷，今有清代鲍廷博《知不足斋丛书》本。该书分条记叙四十八事，其中十余事剿袭自《太平广记》并稍加编辑而成，其余三十余事则是作者自撰的宋代奇闻异事。该书的取材特点，元代钱孚和清代鲍廷博的跋语已有揭示。钱跋云"喜其叙事整比，虽涉怪而有据"，鲍跋云"所纪多涉鬼神幻惑之事，宜为儒者所讥，而劝惩之旨寓焉"，[3]都点出了该书的志怪特色。该书的亮点在于，自撰的三十余事，多取材于里间委巷，注重叙事的曲折生动，呈现出较浓的市井色彩和传奇韵味。同时，该书不少故事与话本关系密切，可谓宋代士人与市井叙事互动的又一标本。

　　4. 罗烨《醉翁谈录》　　罗烨，号醉翁，南宋中后期庐陵（今江西吉安）人。所编《醉翁谈录》二十卷，今有日人所谓"观澜阁藏孤本宋椠"的影印本，又有上海古典文学出版社 1957 年据影印本整理而成的排印本。关于本书的编纂，李剑国先生认为"当编于理宗朝。时间不会再晚，从'万载升平复版图'的颂语看，似乎还未见亡国之象"，[4]李先生还指出："《烟粉欢合》、《重圆故事》割为二处，颇疑今本已被后人窜乱；而《永乐大典》卷二四〇五引本书《烟花奇遇》的《苏小卿》不见于今本，也无《烟花奇遇》一类，足见今本已非原书。"[5]李先生考证缜密，其论可从。《醉翁谈录》分舌耕叙引、私情公案、烟粉欢合、妇人题咏、宝牒妙语、花衢实录、嘲戏绮语、烟花品藻、烟花诗集、遇仙奇会、闺房贤淑、花判公案、神仙嘉会、负约类、负心类、

---

①《李师师外传》卷末附黄廷鉴跋，台湾《丛书集成新编》本（影印《琳琅秘室丛书》本），第 83 册，第 197 页。

②李剑国主编《唐宋传奇品读辞典》，北京：新世界出版社，2007 年版，第 1558 页。

③沈氏《鬼董》卷末附钱孚跋、鲍廷博跋，《续修四库全书》本（影印《知不足斋丛书》本），第 1266 册，第 404～405 页。

④李剑国《宋代志怪传奇叙录》，第 379 页。

⑤李剑国《宋代志怪传奇叙录》，第 380 页。

衾缘奇遇类、题诗得耦类、重圆故事、不负心类、离妻复合共二十类，除"舌耕叙引"为论说"小说伎艺"的文字外，其余十九类则是分类辑录前人笔记、传奇小说以及诗词杂俎。该书辑录的二十余篇唐宋传奇弥足珍贵，这些作品大多进行了俚俗化和话本化的处理，可以视为话本化传奇。另外，该书辑录的其它文本，可能也都是为说话伎艺准备的参考资料。该书是宋代士人与市井叙事互动的经典文本。

5. 鲁应龙《闲窗括异志》　　鲁应龙，字子谦，南宋后期嘉兴府海盐（今浙江海盐）人，所撰《闲窗括异志》一卷，今有《稗海》本、《盐邑志林》本等，前者版本较早亦较佳。该书是典型的志怪小说集，被《四库全书》收入小说家类"异闻之属"存目，并提要云："书中称：'淳祐甲申，馆于沈氏。'则理宗时也。其书皆言神怪之事，而多借以明因果。前半帙皆所闻见，后半帙则杂采古事以足之。大半与唐、五代小说相出入。"①该书共八十八条，或述自己闻见，或采群书记载，多为嘉兴地区地理博物方面的奇闻异事。该书记事粗陈梗概者多，细述原委者寡，整体而言，小说意味较淡。

6. 何光《异闻》　　何光，字履谦，南宋后期庆元府（今浙江宁波）人，所撰《异闻》三卷已佚，张宗祥校明抄本《说郛》卷三八节录该书《兜离国》《碧澜堂》《淫狱》三事。《兜离国》立意模仿唐传奇《枕中记》和《南柯太守传》，叙周宗育游学梦入兜离国，经历发迹、见黜的梦幻人生，醒后悟道，遂前往衡岳寻访异人。该篇文字华美，叙述委曲，乃是宋传奇中的佳作。《碧澜堂》记水面女怪行吟，清新有韵，《少室山房笔丛》曾引其诗，称"语亦颇工"。②《淫狱》记四明妇人病入冥府见到"淫狱"，意在劝惩。后两篇从小说艺术层面而论，远逊于前一篇。

二、南宋后期话本小说：敷演有方

现存的宋话本中，可能成书于南宋后期或者宋末元初者，大致有《陈可常端阳仙化》《蓝桥记》《陈巡检梅岭失妻记》《史弘肇龙虎君臣会》《杨思温燕山逢故人》等小说话本，《五代史平话》《宣和遗事》《大唐三藏取经诗话》等讲史、说经话本。

---

① 《四库全书总目》卷一四四《闲窗括异志提要》，第1909页。
② 胡应麟《少室山房笔丛》卷三六《二酉缀遗》（中），上海：上海书店出版社，2001年版，第371页。

《陈可常端阳仙化》，《警世通言》收录。胡士莹《话本小说概论》指出：
"本篇有'绍兴十一年间(1141)，高宗皇帝母舅吴七郡王'云云，显然为南宋
人口气……话本开头，提到温州府，按温州置府在咸淳元年，知本篇之作，
已在宋代末年了。"①

《蓝桥记》，《宝文堂书目》著录，《清平山堂话本》收录。胡士莹《话本小
说概论》指出："本篇文字较简。与《醉翁谈录》辛集卷一《神仙嘉会类》《裴
航遇云英于蓝桥》几全同，仅加上了开场诗与下场白。可见这个话本是当
时说话人利用原有的传奇文来说唱的，当系南宋晚期的作品。"②

《陈巡检梅岭失妻记》，《宝文堂书目》著录，《清平山堂话本》收录。胡
士莹《话本小说概论》指出："所称'大宋'、'东京'等语，全属宋人口吻。煞
尾又有'虽为翰府名谈，编入今时佳话。话本说彻，权作散场'等语，这都是
宋人话本中所习见的。篇中又有'不问云游全真道人，都要斋他'云云，道
家全真派始于金人王重阳，所以本篇大概是南宋末年的作品。"③

《史弘肇龙虎君臣会》，《宝文堂书目》著录，《古今小说》收录。胡士莹
《话本小说概论》指出："篇末有'这话本是京师老郎流传'的话，可见他是从
北宋传流下来的口头故事。在这个话本的头回里，有许多南宋时人的口
气，如云：'……洪内翰曾编了《夷坚》三十二卷，有一代之史才。'洪内翰即
洪迈，他卒于嘉泰二年(1202)，可见此话本是嘉泰以后的作品。"④程毅中
《宋元小说家话本集》云："话中说到镇越堂，乃嘉定年间汪纲所建，可见此
篇头回应出南宋人纂撰。"⑤

《杨思温燕山逢故人》，《宝文堂书目》著录，《古今小说》收录。胡士莹
《话本小说概论》指出："篇中又有'按《夷坚志》载'云云，洪迈曾经出使过金
国，卒于嘉泰二年(1202)，那末，这个话本的写定，比故事的讲说要迟得多。
大概是在南宋后期了。"⑥

另外，《五代史平话》可能成书于南宋宁宗以后，讲史话本《宣和遗事》

---

① 胡士莹《话本小说概论》，第 201～202 页。
② 胡士莹《话本小说概论》，第 211～212 页。
③ 胡士莹《话本小说概论》，第 213 页。
④ 胡士莹《话本小说概论》，第 222 页。
⑤ 程毅中《宋元小说家话本集》，第 601 页。
⑥ 胡士莹《话本小说概论》，第 223 页。

可能"出自宋亡以后遗民之手"①，说经话本《大唐三藏取经诗话》可能写定于宋元之际，三者从广义上也都可以视为南宋后期的话本。

　　现存的宋代话本，除了上面提及的大致可以归入某一时期的之外，还有大量的作品难以断定其具体时期，主要有《西山一窟鬼》《风月瑞仙亭》《刎颈鸳鸯会》《杨温拦路虎传》《花灯轿莲女成佛记》《董永遇仙传》，《梅杏争春》残本，《张生彩鸾灯传》《赵伯昇茶肆遇仁宗》《张古老种瓜娶文女》《三现身包龙图断冤》《崔衙内白鹞招妖》《宿香亭张浩遇莺莺》《金明池吴清逢爱爱》《皂角林大王假形》《万秀娘仇报山亭儿》《福禄寿三星度世》《郑节使立功神臂弓》《王魁》《鸳鸯灯》《崔护觅水》等小说话本。另外，现存的《东坡问答录》《五戒禅师私红莲记》也可能是宋代的说参请话本、说诨经话本，也难以断定其具体时期。

———
①胡士莹《话本小说概论》，第718页。

第三章　共生单元:志怪传奇
与士人叙事机理(上)

第一节　两宋书目中"小说"观的嬗革与初熟

　　两宋是小说观念的嬗革与初熟时期,在小说学史上具有超越汉唐、迈向近世的转折意义。[①] 两宋小说观念在官私书目中有集中的体现,考察两宋书目中小说著述在史与子、杂与稗之间的进退留转,可以清晰发现宋人小说观的嬗革征迹和初熟纹理。

　　北宋的书目著述,官藏书目主要有《崇文总目》和《秘书总目》,其中后者是对前者的增补,小说观一脉相承。史志目录主要有《新唐书·艺文志》《太祖太宗真宗三朝国史艺文志》《仁宗英宗两朝国史艺文志》,其中后两种已经亡佚。另外,北宋初年编纂的大型类书《太平广记》对小说文本的选择和著录也直接折射出编者对小说涵义的理解,对于考察小说观念颇有助益。鉴于此,北宋书目等著述中,本文选取《太平广记》《崇文总目》和《新唐书·艺文志》三种进行考察。

　　南宋的书目著述,大致可以分为藏书目录(包括私人藏书目录和官藏书目)、史志目录(包括官修史志目录和私撰史志目录)和其它目录(如《文献通考·经籍考》《玉海·艺文》等)。私人藏书目录中,《郡斋读书志》《遂初堂书目》和《直斋书录解题》最为重要。官藏书目有《四库阙书目》《秘书

[①] 本文中的"小说"皆指古体小说,不包括白话小说。关于两宋小说观念演进的话题,宁宗一《中国小说学通论》(合肥:安徽教育出版社,1995 年版),康来新《发迹变泰——宋人小说学论稿》(台北:大安出版社,2010 年版),凌郁之《走向世俗——宋代文言小说的变迁》(北京:中华书局,2007 年版),《从宋代官私书目看小说观念的变迁》(《复旦学报》社科版,2007 年第 3 期),谭帆等《中国分体文学学史·小说学卷》(太原:山西教育出版社,2013 年版)、《中国古代小说文体文法术语考释》(上海:上海古籍出版社,2013 年版),王齐洲《论欧阳修的小说观念》(《齐鲁学刊》1998 年第 2 期),李军均等《宋代小说思想三题》(《文艺研究》2010 年第 7 期)等论文著皆有较为深入的探讨。本节在学界现有研究基础上,聚焦于两宋书目中小说著述的进退留转,以期呈现宋人小说观更为精细的纹理,及其守先待后的转折意义。

省续编到四库阙书目》(下简称《续编阙书目》)《中兴馆阁书目》《中兴馆阁续书目》等,除《续编阙书目》外,余皆亡佚。官修史志目录有《神宗哲宗徽宗钦宗四朝国史艺文志》和《宋中兴国史艺文志》,也已亡佚。私撰史志目录,最典型的是郑樵《通志·艺文略》。其它目录中,马端临《文献通考·经籍考》以辑录为主,小说类著录大致承袭《郡斋读书志》《直斋书录解题》,其小说观并未越出两书园囿。《玉海·艺文》没有对小说著述的集中著录,难以管窥其小说观。鉴于此,南宋书目著述中,本文拟选取《郡斋读书志》《遂初堂书目》《直斋书录解题》《续编阙书目》和《通志·艺文略》共五种进行考察。

一、先宋小说观:小道之说与野史传说

关于先宋小说观念两大义项(小道之说与野史传说)的形成脉络,学界的论述已非常精当,①此处不赘。笔者主要结合《汉志》《隋志》《旧唐志》的小说著录,阐发两大义项在史志目录中的演变征迹,以便为后文探讨宋代书目中的小说观确立路标。

(一)小道之说:"小道可观"与"致远恐泥"

"小说"一词,首见于《庄子·外物》"饰小说以干县令,其于大达亦远矣",成玄英疏云:"夫修饰小行,矜持言说,以求高名令(问)〔闻〕者,必不能大通于至道。"②此处"小说"与"大达"相对,陈鼓应将其分别译为"浅识小语"和"明达大智",③甚确。鲁迅也指出《庄子》此处所云"小说"乃谓"琐屑之言,非道术所在"。④可见,小说本义指未臻于大道的浅薄琐屑之论,亦即小道之说。

班固《汉书·艺文志》将小说家作为一个学派置于"诸子略"之末,并在类序中云:

> 小说家者流,盖出于稗官。街谈巷语,道听途说者之所造也。孔子曰:"虽小道,必有可观者焉,致远恐泥,是以君子弗为也。"然亦弗灭也。闾里小知者之所及,亦使缀而不忘。如或一言可采,此亦刍荛狂

---

①详参谭帆、王庆华《"小说"考》,载谭帆等《中国古代小说文体文法术语考释》,第3~24页。
②郭庆藩《庄子集释》,王孝鱼点校本,北京:中华书局,1961年版,第925~927页。
③陈鼓应《庄子今注今译》,北京:中华书局,1983年版,第708页。
④鲁迅《中国小说史略》,上海:上海古籍出版社,1998年版,第1页。

夫之议也。①

类序首先探讨小说(小说家)的起源,认为是"出于稗官,街谈巷语,道听途说者之所造",这里实际上包含着小说出身卑微、可信度低的价值判断。类序接着引用《论语》并加以发挥,肯定了小说虽然作为"小道"亦有"可观"之处,亦有"如或一言可采,此亦刍荛狂夫之议"的价值。类序明确将"小说"与"小道"相联结,继承了先贤对小说的性质判定(说"小道"的说理之作);同时,类序阐发小说的价值,也继承了先贤对小说大抑小扬的价值判断。正因为这样的性质判定,所以小说被置于诸子略(即后来的子部主干);也正因为这样的价值判断,所以小说被置于末尾。小说被归于诸子略,表明其与"入道见志"的诸子著作性质相似或相近,主要为论说性文字,但又因其浅薄、悠缪,故而只能殿后。《汉志》关于小说"小道可观"的价值判断,以及由此而来的将小说(小说家)附于诸子之末的目录安排,对后世产生了深远影响。

(二)野史传说:"不经之说"与"史部外乘"

南朝梁武帝时期,殷芸辑录正史所不取的不经之说而成《小说》,于是小说在原有"小道之说"的内涵之外,又衍生出"野史传说"的新义项。与殷芸同时代的目录学家阮孝绪效仿刘歆《七略》、王俭《七志》而撰成《七录》12卷,将天下图书分为七个大类,其中子兵录列有小说部,纪传录列有杂传部和鬼神部。不幸的是该书已经亡佚,但《七录序》尚存,且该书分类体系大致被《隋书·经籍志》继承下来而略加调整,故而根据《隋志》和《七录序》约略可以管窥《七录》的著录体例。《七录》小说部仅著录"十种十二帙六十三卷",应该是仅仅继承《汉志》旧法,著录那些阐发"小道之说"的论说性著述,大量志怪小说应该还未进入小说部,而是隶属于纪传录的杂传部和鬼神部。

《隋书·经籍志》分类体系大致承阮孝绪《七录》而来又有新的发展。其子部小说类著录小说25部,附著亡书5部,通计30部。这些著述包括以论述小道末技为主要内容的杂说性著述7部,以"记人间言动"为主要内容的杂事小说23部。《隋志》小说中杂说著述与杂事小说各占23%、77%,改变了《汉志》小说中论说性著述占主导的格局,表明编纂者对小说叙事特质的关注。

值得注意的是,《隋志》将殷芸《小说》等野史传说类著述正式纳入小说

①班固《汉书》,北京:中华书局,1962年版,第1745页。

麾下,在目录学上确认了小说的新义项,并奠定了该类著述入小说的史志传统,被后世普遍遵循。当然,《隋志》也继承《汉志》旧法著录了《古今艺术》《水饰》等七部杂说著述,表明编纂者在确认小说新义项("野史传说")之际同时也保留了老义项("小道之说")。可惜的是,就志怪小说而言,《隋志》仍未将其纳入小说畛域,而是将其杂厕于史部杂传类。《隋志》杂传类著述被姚振宗《考证》分为十五类,姚将《列仙传赞》至《道学传》共 27 部"皆神仙家传记之属,唐《经籍志》目之曰'仙灵'"归为第十四类,又将刘义庆《宣验记》至颜之推《冤魂志》共 36 部"皆祯祥变怪之属,唐《经籍志》目之曰'鬼神'"归为第十五类。① 其实,上述两类,即这些神仙家传记之属("仙灵")和祯祥变怪之属("鬼神")著述绝大部分是货真价实的志怪小说。《隋志》对"小说"的认知还有待发展。

《旧唐书·经籍志》(下简称《旧唐志》)小说类著录大体承袭《隋志》作法,基本上没有新的突破。我们可以通过下表将《隋志》和《旧唐志》著录小说情况进行比照。

《隋志》和《旧唐志》著录小说一览表

《隋志》和《旧唐志》所录小说	《隋志》著录情况	《旧唐志》著录情况
《燕丹子》一卷	子部·小说类	子部·小说类
《青史子》一卷	子部·小说类	未著录(已亡佚)
《宋玉子》一卷	子部·小说类	未著录(已亡佚)
《宋玉录》一卷	子部·小说类	未著录(已亡佚)
《群英论》一卷	子部·小说类	未著录(已亡佚)
《语林》十卷	子部·小说类	未著录(已亡佚)
《杂语》五卷	子部·小说类	未著录(疑已亡佚)
《郭子》三卷	子部·小说类	子部·小说类
《杂对语》三卷	子部·小说类	未著录(疑已亡佚)
《要用语对》四卷	子部·小说类	未著录(疑已亡佚)
《文对》三卷	子部·小说类	未著录(疑已亡佚)
《琐语》一卷	子部·小说类	未著录(疑已亡佚)

① 姚振宗《隋书经籍志考证》,《续修四库全书》本,第 915 册,第 333～347 页。

续表

《隋志》和《旧唐志》所录小说	《隋志》著录情况	《旧唐志》著录情况
《笑林》三卷	子部·小说类	子部·小说类
《笑苑》四卷	子部·小说类	未著录（疑已亡佚）
《解颐》二卷	子部·小说类	未著录（疑已亡佚）
《世说》八卷（刘义庆撰）	子部·小说类	子部·小说类
《世说》十卷（刘孝标注）	子部·小说类	未著录
《小说》十卷（殷芸撰）	子部·小说类	子部·小说类
《小说》五卷	子部·小说类	未著录
《迩说》一卷	子部·小说类	未著录
《辩林》二十卷	子部·小说类	子部·小说类
《辩林》二卷	子部·小说类	未著录
《琼林》七卷	子部·小说类	未著录
《古今艺术》二十卷	子部·小说类	子部·杂艺术类（作《今古术艺》十五卷）
《杂书钞》十三卷	子部·小说类	未著录
《座右方》八卷	子部·小说类	子部·小说类
《座右法》一卷	子部·小说类	未著录
《鲁史欹器图》一卷	子部·小说类	子部·儒家类
《器准图》三卷	子部·小说类	未著录
《水饰》一卷	子部·小说类	未著录
《鹖子》一卷（鹖熊撰）	子部·道家类	子部·小说类
《博物志》十卷（张华撰）	子部·杂家类	子部·小说类
《续世说》十卷（刘孝标撰）	未著录	子部·小说类
《小说》十卷（刘义庆撰）	未著录	子部·小说类
《释俗语》八卷（刘霁撰）	子部·杂家类	子部·小说类
《酒孝经》一卷	未著录	子部·小说类
《启颜录》十卷	未著录	子部·小说类
合计	《隋志》著录小说 30 部（包括亡书）	《旧唐志》著录小说 14 部

　　从上表可以发现，与《隋志》相比，《旧唐志》的小说著录可以分为五种情况：一是将《隋志》小说著述仍然著录于小说，共有《燕丹子》《笑林》《郭子》《世说》《小说》（刘义庆撰）、《辨林》《座右方》7 种，大都是记言叙事的杂事类小说。二是将《隋志》小说著述著录于别类，共有两种书目，一种是将《古今艺术》著录于子部·杂艺术类，另一种是将《鲁史欹器图》著录于子部·儒家类。三是将《隋志》著录于别类的书目改隶小说类，共有三种书目，即《鬻子》（《隋志》入子部·道家类）、《博物志》（《隋志》入子部·杂家类）、《释俗语》（《隋志》入子部·杂家类）。四是将《隋志》未著录的书目（不仅小说类未著录，其余各类亦未著录）著录于小说类，共有四种书目，即《续世说》（刘孝标撰）、《小说》（刘义庆撰）、《酒孝经》《启颜录》。五是《隋志》小说著述未著录于《旧唐志》，包括《青史子》《杂语》等 21 种，这些著述大多数在编纂《旧唐志》时已佚。

　　通过上面的分析可见，《旧唐志》14 种小说中有 7 种是沿袭《隋志》，有 3 种是将《隋志》著录于别类的改隶小说，有 4 种是《隋志》未著录的。另外，《旧唐志》还将《隋志》的 2 种小说著述著录于别类。从这些数字上看，似乎《旧唐志》小说著述在《隋志》基础上有不小的调整，实际上两书一脉相承。《隋志》中杂事小说与杂说著述分居主次，《旧唐志》亦是如此。《旧唐志》中《燕丹子》《笑林》《博物志》《郭子》《世说》《续世说》《小说》（刘义庆撰）、《小说》（殷芸撰）、《辨林》《启颜录》共十种可以归入杂事小说，《鬻子》《释俗语》《酒孝经》《座右方》共四种可以归入杂说著述，杂事、杂说的主次格局与《隋志》一样。

　　在小说的认知上，《旧唐志》承袭《隋志》还有一个明显的地方。《隋志》将后世一般视为志怪小说的神仙家传记之属（"仙灵"）和祯祥变怪之属（"鬼神"）著录于史部·杂传类，《旧唐志》因循之，没有变动。《隋志》是初唐年间修成的，《旧唐书·经籍志》是根据盛唐开元年间毋煛的《古今书录》修成的，从初唐到盛唐，小说观念实际上没有大的变化，反映在史志书目上所以会有萧规曹随之举。实际上，将志怪小说从史部杂传类改隶子部小说类，这个历史任务要等到宋人来完成。

二、《太平广记》：小说价值与载事特质的新认知

　　《太平广记》的编选，体现出宋人对小说价值与载事特质的认知，学界

对此已有阐发,但还有结合小说学史进一步论述其小说观新质的必要。①

(一)小说价值:"得圣人之道"与"非学者所急"

北宋初年,《太平广记》的编纂原委与刊刻风波颇可看出其时文人学士对小说价值的新认知。宋太宗登基之后,进行了大规模的典籍整理,诏令群臣先后编纂了《太平广记》《太平御览》《文苑英华》。《太平御览》和《文苑英华》分别以故事和文章为搜罗对象,《太平广记》则以小说为纂辑目标。《太平广记》是小说的大汇聚,宋人对《太平广记》的态度可以折射出他们的小说观念,这可从该书的命名得到启示。钱锺书先生推测《广记》之称"或兼'载事'与'贻谋'之'广'乎",②其中"贻谋"云云点出了该书搜罗小说的现实用意——致用性。

宋人对小说重要性的认知在李昉所上《太平广记表》中有极为显豁的表露,该表云:

> 臣先奉敕撰集《太平广记》五百卷者,伏以六籍既分,九流并起,皆得圣人之道,以尽万物之情,足以启迪聪明,鉴照今古。伏惟皇帝陛下,体周圣启,德迈文思。博综群言,不遗众善。以为编秩既广,观览难周,故使采撝菁英,裁成类例。③

联系上下文,文中所云"九流",并不仅指《汉书·艺文志》所称诸子九家(儒家、道家、阴阳家、法家、名家、墨家、纵横家、杂家、农家),而是包括小说家在内的诸子百家的泛称。文中所云"九流并起,皆得圣人之道,以尽万物之情",是对诸子百家渊源有自的肯定,而"足以启迪聪明,鉴照今古"则是对

---

① 参见台湾学者康来新《宋人小说学论稿》第一章"文献理念的图书工程——从类书到书目",谭帆等《中国分体文学学史·小说学卷》第三章第一节"'稗说之渊海''文心之统计':《太平广记》的成书与传播"等。学界对此论述较为详尽者,应是凌郁之《走向世俗——宋代文言小说的变迁》第一章第四节"从'传奇'向'传记'的回复——兼论宋人小说诸概念的名与实",该文专门论及《太平广记》所包含的小说观念内涵。凌文认为《太平广记》编纂者们"没有关于'小说'的共同理念,那是难以想象的","从书目分析,这个理念是以志怪传奇为小说之核心,而兼及史书及佛道之与志怪相通者,也就是说,他们并不只视《幽明录》、《宣室志》之类为小说,而认为在史书、地理、笔记、佛道之书甚至文集里都有可资采撷的具有与《幽明录》、《宣室志》等志怪小说同质的东西——'小说'性或'小说'味的东西——以奇,异为特征的东西——即小说"。本文在凌文基础上进一步指出,《太平广记》所收文本不仅凸显了小说的奇异性,更凸显了小说的叙事性,这些都体现出宋人小说观的新质。

② 钱锺书《管锥编》第二册《太平广记》"'广记'——宋以来征引此书"条,北京:中华书局,1986年版,第639页。

③ 李昉《太平广记表》,《太平广记》卷首,北京:中华书局,1961年版,第1页。

诸子百家资治功用的认可。这些肯定和认可是包括小说家在内的，是编纂者对《太平广记》为代表的小说价值的较高评价。

小说亦"得圣人之道"这个评价其实也是六朝以来小说迅猛发展和学界对小说价值愈益认可的必然结果。《汉书·艺文志·诸子略序》云"诸子十家，其可观者九家而已"，[①]将小说家排除在外，而初唐成书的《隋书·经籍志·子部总序》已将小说与儒、道相提并论。该序云："儒、道、小说，圣人之教也，而有所偏。兵及医方，圣人之政也，所施各异。世之治也，列在众职，下至衰乱，官失其守。或以其业游说诸侯，各崇所习，分镳并骛。若使总而不遗，折之中道，亦可以兴化致治者矣。"[②]其中"儒、道、小说"是对诸子百家的省称，《隋书·经籍志》子部诸子有儒家、道家、法家、名家、墨家、纵横家、杂家、农家、小说家等，其中儒、道领先，小说殿后，举"儒、道、小说"则包括诸家。序云"儒、道、小说，圣人之教也"，是对包括小说家在内的诸家渊源的认可，而后云"若使总而不遗，折之中道，亦可以兴化致治者"，则是对包括小说家在内的诸家价值的肯定。与《隋志》小说类序掇拾《汉志》小说类序的牙慧相比，《隋志》子部总序作出的小说亦"圣人之教"的判断无疑更有时代光彩，更能代表官方对六朝以来小说蓬勃发展做出的积极回应。[③]唐代小说继踵六朝小说又有更大发展，学界对小说价值的评价更加积极。北宋初年李昉《太平广记表》小说亦"得圣人之道"的评价就是在此历史语境下作出的，这与《隋志》子部总序的小说亦"圣人之教"的评价既一脉相承，又有新的发展，即将小说从"圣人之教"提到"得圣人之道"的高度。

可惜的是，虽然李昉等人将小说提至"得圣人之道"的高度，但当时仍有人对小说价值认识不足。王应麟《玉海》记载，《太平广记》于太平兴国三年八月编成后，直到六年方才诏令镂板，可就在镂板之际，"言者以为非学者所急，墨板藏太清楼"，[④]《太平广记》就此被束之高阁，直到南宋绍兴年间方由官方正式刊行。《太平广记》"非学者所急"的论断，可见当时部分学人对小说致用性的审慎态度。也许他们认为，即使小说与儒、道诸家"皆得

---

①《汉书》，第 1746 页。
②《隋书》，北京：中华书局，1973 年版，第 1051 页。
③ 参看谭帆等《中国分体文学学史·小说学卷》第二章第一节"小说为'圣人之教'：《隋志》的小说学意义"，第 53～57 页。
④ 王应麟《玉海》卷五四"太平兴国《太平御览》、《太平广记》"条，《文渊阁四库全书》本，台北：商务印书馆，1986 年版，第 944 册，第 453 页。

圣人之道"，但有得"道"大小之异，儒家得"圣人之道"大，"小说"得"圣人之道"小，不可等量齐观，所以《太平广记》"非学者所急"。

以《太平广记》为代表的小说，主事者认为"得圣人之道"，"言者"却认为"非学者所急"，这就构成了宋初学人对小说价值的多元评判，同时也折射出小说在宋初的尴尬处境。

(二)载事特质："专记异事"与"多谈神怪"

《太平广记》的编纂与刊刻折射出宋初文人学士对小说价值的认知，而该书搜罗的文本类型则可折射出宋初文人学士对小说涵义的理解。钱锺书推测《广记》之称"或兼'载事'与'赅谋'之'广'"，其中"载事"云云点出了《太平广记》所收条目的文类特质——叙事性。《太平广记》煌煌五百卷，从各种典籍中抄录、节录的文本条目近万条，这些条目基本上都是叙事性文字，或叙奇事、异事、怪事，或叙杂事、轶事、琐事，或粗陈梗概、实录传"闻"，或委曲宛转、作意传"奇"，几乎都以"载事"为旨归。

《太平广记》所载之事可按事之虚实程度与叙之技法水平粗略分为三大类：奇事、异事、怪事之属，杂事、轶事、琐事之属和杂传记之属。第一类多虚少实、以虚为主，约略等同于《四库全书总目》小说类中的"异闻之属"，可称之为志怪小说；第二类实中有虚、虚实相参，约略等同于《四库全书总目》小说类中的"杂事之属"，可称之为杂事小说；第三类篇幅曼长、作意传"奇"，即后来所谓的传奇小说。这三类在《太平广记》中所占比重，可见下表：

《太平广记》分类一览表

大类划分名称	奇事、异事、怪事之属 （志怪小说）		杂事、轶事、琐事之属 （杂事小说）		杂传记之属 （传奇小说）
小类名称 及卷数	神仙	55 卷	名贤	1 卷	杂传记 9 卷
	女仙	15 卷	廉俭	1 卷	
	道术	5 卷	气义	3 卷	
	方士	5 卷	知人	2 卷	
	异人	6 卷	精察	2 卷	
	异僧	12 卷	俊辩	2 卷	
	释证	3 卷	幼敏	1 卷	

续表

大类划分名称	奇事、异事、怪事之属（志怪小说）		杂事、轶事、琐事之属（杂事小说）		杂传记之属（传奇小说）
	报应	33卷	器量	2卷	
	征应	11卷	贡举	7卷	
	定数	15卷	铨选	2卷	
	感应	2卷	职官	1卷	
	谶应	1卷	权倖	1卷	
	梦	7卷	将帅	2卷	
	巫	1卷	骁勇	2卷	
	幻术	4卷	豪侠	4卷	
	妖妄	3卷	博物	1卷	
	神	25卷	文章	3卷	
	鬼	40卷	才名	1卷	
	夜叉	2卷	儒行	1卷	
	神魂	1卷	乐	3卷	
	妖怪	9卷	书	4卷	
	精怪	6卷	画	5卷	
	灵异	1卷	算术	1卷	
	再生	12卷	卜筮	2卷	
	悟前生	2卷	医	3卷	
	雷	3卷	相	4卷	
	雨	1卷	伎巧	3卷	
	山	1卷	博戏	1卷	
	石	1卷	器玩	4卷	
	水	1卷	酒	1卷	
	宝	6卷	食	1卷	
	草木	12卷	交友	1卷	
	龙	8卷	奢侈	2卷	
	虎	8卷	诡诈	1卷	

续表

大类划分名称	奇事、异事、怪事之属（志怪小说）		杂事、轶事、琐事之属（杂事小说）		杂传记之属（传奇小说）
	畜兽	13 卷	诡佞	3 卷	
	狐	9 卷	谬误	1 卷	
	蛇	4 卷	治生	1 卷	
	禽鸟	4 卷	褊急	1 卷	
	水族	9 卷	诙谐	8 卷	
	昆虫	7 卷	嘲诮	5 卷	
	蛮夷	4 卷	嗤鄙	5 卷	
			无赖	2 卷	
			轻薄	2 卷	
			酷暴	3 卷	
			妇人	4 卷	
			情感	1 卷	
			童仆（奴婢附）	1 卷	
			冢墓	2 卷	
			铭记	2 卷	
			杂录	8 卷	
大类所含小类种数及卷数	41 类 367 卷		50 类 124 卷		1 类共 9 卷
全书总计	92 类 500 卷				

　　《太平广记》将所收条目大致按题材内容分为 92 类,其中 41 类共 367 卷可归为志怪小说,50 类共 124 卷可归为杂事小说,另有 1 类杂传记(传奇小说)共 9 卷。《太平广记》中,志怪小说占到了总卷数的 73%,而且神仙类、女仙类等志怪故事被列于开篇,由此可见编纂者对志怪的青睐。杂事小说中不少条目也记载了大量的奇异之事,传奇小说本来就是传"奇"之作,这两大类小说中的奇异成分显而易见。如此一来,整个《太平广记》可谓奇异故事、神怪传说的渊薮。郑樵《通志》卷七一《校雠略》云:"《太平广

记》者乃《太平御览》别出，《广记》一书专记异事。"①其中"《太平广记》者乃《太平御览》别出"之论，乃郑樵"误合两书而一之"，②学界已论其非；而"《广记》一书专记异事"之论，则道出了《太平广记》所收条目的主要特征。《四库全书总目·太平广记提要》亦云该书"多谈神怪"。③郑樵的"专记异事"与《四库提要》的"多谈神怪"都点出了《太平广记》所收条目虚幻不实、荒诞不经的特点。而这正折射出宋初以《太平广记》编纂者为代表的文人学士对小说特质的新认知——小说是载事的，是记载奇异之事和神怪之事的一种文类。

特别值得注意的是，《太平广记》卷484至卷492共9卷，以"杂传记"为类别名称，收录了《李娃传》《东城老父传》《柳氏传》《长恨传》《无双传》《霍小玉传》《莺莺传》《周秦行记》《冥音录》《东阳夜怪录》《谢小娥传》《杨娼传》《非烟传》《灵应传》共14篇唐传奇，另外还在龙类、狐类、昆虫类分别收录了唐传奇《柳毅传》《任氏传》《南柯太守传》。这些唐传奇被《太平广记》密集地收录，可见编纂者已将其纳入小说的畛域。

另外还可一提的是，《太平广记》将所收条目分为92类，分类过于琐细且标准不一，受到学界的批评。钱锺书先生曾指出该书"分类乖当，标题卤莽而未顾事义"，④确实如此。《太平广记》的"分类乖当"，从一个侧面可以折射出宋初文人学士小说类型意识的混沌。

《太平广记》的编纂与刊刻折射出宋初学人对小说"得圣人之道"与"非学者所急"的多元价值评判，"专记异事""多谈神怪"的条目选择映现出对小说记载异事特质的认知，而将唐传奇以"杂传记"之名集中收录则昭示"传奇"已被纳入小说畛域，这些作法和认知在小说学史上都是承上启下的重要环节。有学者指出"《太平广记》的结集，可以作为小说史上的分水岭"，⑤实际上，承上所论，《太平广记》的结集，也可以作为小说学史上的里程碑。《四库全书总目·太平广记提要》云该书"盖小说家之渊海也"，其实该书不仅是小说文本的渊海，从选本批评的视角来看，它也是小说观念的

①郑樵《通志》，《文渊阁四库全书》本，第374册，第490页。
②《四库全书总目》卷一四二《太平广记提要》语，整理本，北京：中华书局，1997年版，第1882页。
③《四库全书总目》卷一四二，第1882页。
④钱锺书《管锥编》第二册《太平广记》"'广记'——宋以来征引此书"条，第639～640页。
⑤浦江清《浦江清文录·论小说》，北京：人民文学出版社，1958年版，第186页。

渊海。

三、《崇文总目》与《新唐志》：志怪小说"出史入稗"

《崇文总目》与《新唐志》将志怪小说"出史入稗"（由史部传记类移至子部小说类）并著录传奇之作，在小说观念史上具有里程碑意义，学界对此多有阐发。① 实际上，学界都注意到了两书著录志怪、传奇使得小说范畴的扩大，但较少有人通过仔细比对去寻觅两书所录小说中各类比例及位次的差异，去发现《新唐志》对《崇文总目》小说类书目进退留转中的叙事性关注，去勾勒两书之间所折射的小说观念演进征迹。另外，学界都注意到了两书著录志怪、传奇使得小说虚构特质的凸显，但较少有人注意到这种虚构特质既体现在志怪小说的"怪"、传奇小说的"奇"，还体现在杂事小说的"传闻"（非"传信"）上，而且这种虚构性是与叙事性相伴随的，这些质素（"怪""奇""传闻"等多维度、多层次的虚构性，还有叙事性等）的和合才是两书所呈现的小说特性。笔者在学界现有研究基础上，通过详尽的比对，来进行新的探讨。

（一）《崇文总目》：志怪传奇进入小说

《崇文总目》是北宋仁宗时期仿唐玄宗开元年间《群书四部录》编成的一部官方藏书目录，②与唐代的同类目录相比，其对小说的认知和著录已经有了翻天覆地的变化。

上文已述，《旧唐志》是根据开元年间毋煚《古今书录》修成的，而《古今书录》又是毋煚在《群书四部录》基础上修正而成。虽然《群书四部录》和《古今书录》已佚，但概貌保存在《旧唐志》里。《旧唐志》的底子是官方藏书目录《群书四部录》，而《崇文总目》又是仿《群书四部录》编成的，两种书目分别作为盛唐时期和北宋前期的官方藏书目录，具有较强可比性。

与《旧唐志》仅著录区区 14 种小说相比，《崇文总目》共著录小说 149

---

① 详参王齐洲《论欧阳修的小说观念》，凌郁之《从宋代官私书目看小说观念的变迁》，康来新《宋人小说学论稿》第二章第一节"目录学的部类移位——'志怪'由'史'归'子'"，谭帆等《中国分体文学学史·小说学卷》第三章第二节"由史至子的位移：宋元书目中'小说'的回归——以《新唐书·艺文志》为中心"。

② 《崇文总目》已佚，但后世有辑本。清代嘉庆年间，钱侗等人所成《崇文总目》辑释五卷，补遗一卷，可以略窥佚书之原貌，是目前较好的本子。该辑本有《丛书集成初编》本，本文所引《崇文总目》，皆据此本。

种,大致可以分为七类,见下表:

《崇文总目》著录小说一览表

题材内容分类 （数量及占比）	《崇文总目》著录小说
异闻之属 共 47 种 占比 32%	《搜神总记》十卷,《续齐谐记》三卷,《还冤志》三卷,《猗犴子》一卷,《集异记》三卷,《纂异记》一卷,《独异志》十卷,《博异志》三卷,《异物志》三卷,《纪闻》十卷,《玄怪录》十卷,《续玄怪录》十卷,《异闻集》十卷,《洽闻集》一卷,《前定录》一卷,《定命录》二卷,《续定命录》一卷,《乾䐲子》三卷,《通幽记》三卷,《会昌解颐》四卷,《宣室志》十卷,《潇湘录》十卷,《穷神秘苑》十卷,《传奇》三卷,《孝感义闻录》三卷,《耳目记》二卷,《报应录》三卷,《广前定录》七卷,《儆诫录》五卷,《奇应录》三卷,《续前定录》一卷,《科名定分录》七卷,《神异经》二卷,《岭表录异》三卷,《岭南异物志》一卷,《穷神记》十卷,《周子良冥通录》三卷,《贯怪图》二卷,《通籍录异》二十卷,《湖湘神仙显异》二卷,《闻奇录》
	三卷,《录异记》十卷,《异僧记》一卷,《妖怪录》五卷,《冥洪录》一卷,《稽神录》十卷,《洛中记异》十卷
杂说之属 共 38 种 占比 26%	《酒孝经》一卷,《诫子拾遗》四卷,《开元御集诫子书》一卷,《家范》一卷,《卢公家范》一卷,《中枢龟鉴》一卷,《六诫》一卷,《造化权舆》六卷,《通微子十物志》一卷,《两同书》一卷,《炙谷杂录》五卷,《家学要录》二卷,《武孝经》一卷,《五经评刊》六卷,《刍荛论》三卷,《续论衡》三十卷,《通论》五卷,《本书》三卷,《三教论》一卷,《颜氏家训》七卷,《先贤诫子书》二卷,《古今家诫》一卷,《诫文书》一卷,《正顺孝经》一卷,《家诫》一卷,《化书》六卷,《感应类从谱》一卷,《感应经》三卷,《灵图感应歌》一卷,《钱神论》一卷,《海潮记》一卷,《海潮论》一卷,《海潮会最》三卷,《正元饮略》三卷,《庭萱谱》一卷,《女孝经》一卷,《忠经》一卷,《忠烈图》一卷
杂事之属 共 28 种 占比 19%	《燕丹子》三卷,《世说》十卷,《小说》十卷,《初举子》一卷,《续卓异志》一卷,《辨疑志》三卷,《唐说纂》四卷,《戎幕闲谈》一卷,《因话录》二卷,《卢陵官下记》二卷,《剧谈录》二卷,《大唐奇事记》十卷,《云溪友议》三卷,《幽闲鼓吹》一卷,《卢言杂说》一卷,《醉乡日月》三卷,《杂记》六卷,《谈薮》八卷,《摭言》十五卷,《玉溪编事》三卷,《郑氏谈绮》一卷,《释常谈》一卷,《野人闲话》五卷,《洛阳搢绅旧闻记》五卷,《平泉山居草木记》一卷,《教坊记》一卷,《醉乡小略》五卷,《广唐卓异记》三卷
谱录之属 共 21 种 占比 14%	《采茶录》一卷,《茶记》二卷,《煎茶水记》一卷,《续钱谱》一卷,《古今刀剑录》一卷,《古今鼎录》一卷,《铜剑赞》一卷,《欹器图》一卷,《竹谱》一卷,《笋谱》一卷,《竹经》三卷,《茶谱》一卷,《北苑茶录》三卷,《花木录》七卷,《花品》一卷,《漆经》三卷,《钱谱》一卷,《铸钱故事》一卷,《令圃芝兰集》一卷,《八骏图》一卷,《异鱼图》五卷

续表

题材内容分类 （数量及占比）	《崇文总目》著录小说
琐语之属 共 6 种 占比 4%	《博物志》十卷，《西阳杂俎》三十卷，《笑林》三卷（何自然撰），《述异记》二卷，《笑林》三卷（路氏撰），《开颜集》三卷
杂考之属 共 5 种 占比 3%	《事始》三卷，《续事始》五卷，《刊误》二卷，《资暇录》三卷，《演义》十卷
单篇传奇 共 4 种 占比 2%	《补江总白猿传》一卷，《离魂记》一卷，《古鉴记》一卷（钱侗按："鉴"本作"镜"），《开元平》一卷（钱侗疑为陈鸿《开元升平源》一卷）
合计：149 种	

从上表可知，《崇文总目》小说类著述中，按占比大小，异闻之属（志怪小说）最多，约占总数的三分之一，其次是杂说之属，再次是杂事之属（杂事小说），然后是谱录之属，最后是琐语之属、杂考之属和单篇传奇。实际上，这七类又可以归并为四个大类：志怪小说、杂事小说（包括琐语之属）、杂说类著述（包括杂说之属、杂考之属、谱录之属）、传奇小说。与《隋志》《旧唐志》小说类著述的杂事小说、杂说著述两种类型相比，《崇文总目》又增添了志怪小说和传奇小说两种类型。这两种类型的增加，意义非同小可。

《崇文总目》著录的 47 种志怪小说，有 1 种（《周氏冥通记》）是将《旧唐志》录于史部杂传类仙灵之属的改隶过来的，有 3 种（《搜神总记》《续齐谐记》《还冤志》）是将《旧唐志》录于史部杂传类鬼神之属的改隶过来的。《崇文总目》将这 4 种志怪小说从史部杂传类改隶子部小说类，本意可能是为了保证史部著述的稽考有据而进行的清理门户之举，[①]但将清理出来的这 4 种置于小说类而不是别类，却隐含着对小说涵义的新理解。另外的 43 种志怪小说绝大部分是盛唐开元以后至北宋仁宗朝出现的新作品，故而《旧唐志》未见著录。

颇可注意的是，《崇文总目》原书小说类著录于卷二七和卷二八，而编纂者又将上述 40 余种志怪小说作为一个整体集中著录于卷二八，可见编

---

①《崇文总目》将《旧唐志》著录于史部杂传类仙灵之属的著述绝大部分逐出史部，改隶子部道家类，也是清理史部门户之举。

纂者对这部分著述共性的把握。如果《汉志》体现的小说涵义是"小道之说"，《隋志》和《旧唐志》在"小道之说"基础上增添了"野史传说"的新义项，那么《崇文总目》在"小道之说"和"野史传说"的基础上又增添了"志怪之说"的新义项。志怪之说与野史传说并不一样，前者谈神鬼仙灵，多虚少实，后者虽是不入于正史的不经之说，有虚诞成分，但毕竟以谈人间杂事为主，其"虚"是实中之虚。两者各自约略等同于《四库全书总目》小说类中的"异闻之属"和"杂事之属"。两种先后都曾杂厕于史部，但最后都被逐出史部，栖身于子部小说类，这是有时代原因的。唐宋以来，史学理论发展成熟，对史部著述的真实性、可信度要求越来越高，官私书目不断将荒诞不经的著述逐出史部，于是就出现了《隋志》《旧唐志》将《小说》《世说》等野史传说收编于子部小说类，《崇文总目》将《搜神记》等志怪之作逐出史部杂传类并收编于子部小说类。

《崇文总目》还著录了《补江总白猿传》《离魂记》《古鉴记》《开元升平源》四篇传奇，同时还著录了《传奇》《玄怪录》《续玄怪录》等多种传奇集。这是官方书目第一次正式著录传奇小说，表明编纂者已将篇幅曼长、作意传"奇"之作纳入了小说视域。

《崇文总目》作为官方书目第一次将志怪和传奇著录于小说，这是小说观念的重大发展，具有里程碑意义。当然，这种发展也是有脉络可寻的。其实，《崇文总目》之前的《太平广记》作为小说总集已将志怪和传奇大量收入，表明宋初文人学士已有志怪传奇入小说的认知。这种认知发展到仁宗朝更加明朗，于是在官方书目中正式得以确认，正所谓椎轮大辂，良有渐也。

当然，《崇文总目》在"志怪传奇入小说"方面只是开了一个头，做得还很不够，比如《二十二国祥异记》《湖湘灵怪录》《江淮异人录》等明显的志怪小说仍然著录于史部传记类。另外，《崇文总目》小说类中杂说类著述（包括杂说之属、杂考之属、谱录之属）占比高达 43%，这些著述以论说性为主，与志怪、杂事、传奇的叙事性为主颇为不同，表明编纂者虽将小说发展出了新义项（志怪、传奇），但仍然保留了先秦以来小说乃"小道杂说"的老传统。

《崇文总目》小说著录方面的新发展和发展中的缺陷将会在《新唐志》中得到继承和完善。

(二)《新唐志》:志怪杂事成为小说主体

《新唐书·艺文志》是《崇文总目》之后非常重要的书目著述,其对小说的认知在先贤基础上又有较大进步。

宋仁宗景祐元年(1034)至庆历元年(1041),朝廷编修《崇文总目》,欧阳修参与了编目工作。宋仁宗庆历年间至嘉祐年间修《新唐书》,欧阳修又成为主事者之一,负责本纪、志、表等部分的编纂,其中《艺文志》学界一般认为成于欧阳修之手。《崇文总目》和《新唐志》的编纂,欧阳修都亲历其事,应该说两书都灌注着欧公的目录思想,但两书在小说的著录上仍有差异。

《新唐志》共著录小说 123 种,大致可以分为七类,见下表:

《新唐志》著录小说一览表

题材内容分类 (数量及占比)	《新唐书·艺文志》著录小说
异闻之属 共 53 种 占比 43%	《列异传》三卷,《甄异传》三卷,《古异传》三卷,《述异记》十卷,《近异录》二卷,《搜神记》三十卷,《神录》五卷,《妍神记》十卷,《志怪》四卷,《孔氏志怪》四卷,《灵鬼志》三卷,《鬼神列传》二卷,《幽明录》三十卷,《齐谐记》七卷,《续齐谐记》一卷,《感应传》八卷,《系应验记》一卷,《冥祥记》十卷,《续冥祥记》十一卷,《因果记》十卷,《冤魂志》三卷,《集灵记》十卷,《征应集》二卷,《旌异记》十五卷,《冥报记》二卷,《王氏神通记》十卷,《猗犴子》一卷,《集异记》三卷,《纂异记》一卷,《独异志》十卷,《博异志》三卷,《异物志》三卷,《古异记》一卷,《纪闻》十卷,《灵怪集》二卷,《玄怪录》十卷,《续玄怪录》五卷,《异闻集》十卷,《洽闻记》一卷,《前定录》一卷,《定命论》十卷,《定录》二卷,《续定命录》一卷,《甘泽谣》一卷,《乾䐐子》三卷,《通幽记》一卷,《桂苑丛谭》一卷,《树萱录》一卷,《会昌解颐》四卷,《宣室志》十卷,《潇湘录》十卷,《穷神秘苑》十卷,《传奇》三卷
杂事之属 共 37 种 占比 30%	《燕丹子》三卷,《类林》三卷,《郭子》三卷,《世说》八卷,《续世说》十卷,《小说》十卷(刘义庆撰),《小说》十卷(殷芸撰),《辨林》二十卷,《杂语》五卷,《杜阳杂编》三卷,《初举子》一卷,《卓异记》一卷,《续卓异记》一卷,《传记》三卷,《辨疑志》三卷,《说纂》四卷,《谭宾录》十卷,《刘公嘉话录》一卷,《戎幕闲谈》一卷,《因话录》六卷,《庐陵官下记》二卷,《剧谈录》三卷,《阙史》三卷,《卢子史录》(卷亡),《逸史》三卷,《大唐奇事记》十卷,《云溪友议》三卷,《岚斋集》二十五卷,《南楚新闻》三卷,《幽闲鼓吹》一卷,《常侍言旨》一卷,《卢氏杂说》一卷,《松窗录》一卷,《芝田录》一卷,《玉泉子见闻真录》五卷,《醉乡日月》三卷,《牛羊日历》一卷

续表

题材内容分类（数量及占比）	《新唐书·艺文志》著录小说
杂说之属 共 15 种 占比 12%	《释俗语》八卷,《酒孝经》一卷,《座右方》三卷,《诫子拾遗》四卷,《开元御集诫子书》一卷,《家范》一卷,《卢公家范》一卷,《中枢龟鉴》一卷,《六诫》一卷,《造化权舆》六卷,《通微子十物志》一卷,《两同书》一卷,《炙毂子杂录注解》五卷,《柳氏家学要录》二卷,《武孝经》一卷
琐语之属 共 6 种 占比 5%	《笑林》三卷(邯郸淳撰),《笑林》三卷(何自然撰),《博物志》十卷,《启颜录》十卷,《俳谐集》十五卷,《酉阳杂俎》三十卷
杂考之属 共 5 种 占比 4%	《事始》三卷,《续事始》三卷,《刊误》二卷,《资暇》三卷,《演义》十卷
谱录之属 共 4 种 占比 3%	《采茶录》一卷,《茶经》三卷,《煎茶水记》一卷,《续钱谱》一卷
单篇传奇 共 3 种 占比 3%	《补江总白猿传》一卷,《开元升平源》一卷,《还魂记》一卷
合计:123 种	

我们再将《新唐志》和《崇文总目》所著录小说划分类别后进行对比,见下表:

《新唐志》和《崇文总目》著录小说分类对照表

小说分类	《崇文总目》			《新唐书·艺文志》		
	数量（单位:种）	占比	排名	数量（单位:种）	占比	排名
异闻之属	47	32%	1	53	43%	1
杂说之属	38	26%	2	15	12%	3
杂事之属	28	19%	3	37	30%	2
谱录之属	21	14%	4	4	3%	6
琐语之属	6	4%	5	6	5%	4
杂考之属	5	3%	6	5	4%	5
单篇传奇	4	2%	7	3	3%	7

续表

小说分类	《崇文总目》			《新唐书·艺文志》		
	数量 (单位:种)	占比	排名	数量 (单位:种)	占比	排名
合计	149	100%	/	123	100%	/

通过上表,我们可以发现《崇文总目》中占主体的依次是异闻之属32%、杂说之属26%、杂事之属19%,《新唐书·艺文志》中占主体的依次是异闻之属43%、杂事之属30%、杂说之属12%。异闻之属在两书当中都居于首位,表明志怪在宋人小说谱系中已居于领先地位。同时,两书当中处于前三位的都是异闻之属、杂说之属、杂事之属,说明这三者已经构成小说的核心部分。这是两书之同。两书之异在于,相较于《崇文总目》,《新唐志》中杂事之属占比已经超越杂说之属,仅次于异闻之属。同时,如果我们将七类归并为叙事类(异闻之属、杂事之属、琐语之属、单篇传奇)和论说类(杂说之属、杂考之属、谱录之属)两个大类,可以发现两者在《崇文总目》中的占比是57%、43%,而在《新唐志》中的占比是81%、19%。《新唐志》小说中叙事类著述的比重较《崇文总目》有大幅上升,在小说谱系已经占据绝对优势,可见《新唐志》对小说叙事性的关注大大超越了《崇文总目》。

这个认知还可从《新唐志》对《崇文总目》小说类书目的进退留转得到佐证。《新唐志》将《崇文总目》著录于小说类的部分杂说、谱录著述退出小说类,改隶它类,如将《刍荛论》改隶杂家类,《颜氏家训》改隶儒家类,《欹器图》改隶儒家类,《竹谱》改隶农家类。这些论说性质的著述逐渐退出小说类,为志怪、杂事、传奇等叙事性质的著述进入小说类提供了更大的空间,此消彼长,小说叙事性正在逐渐得到加强。

(三)小说特质:载事传"闻"与述异传"奇"

《新唐志》不仅注意到小说的叙事性,而且注意到小说叙事与史书叙事有驳杂与纯正、传"闻"传"奇"与传"信"征"实"之异。这可以从三个方面得到佐证。一是《新唐志》继踵《崇文总目》之法,将志怪从前志的史部杂传类改隶小说类。《新唐志》所著录53种志怪小说中的24种,《旧唐志》原来皆著录于史部杂传类鬼神之属,《新唐志》将其全部改隶小说类。《新唐志》此举应该是为了确保史部著述的纯正而进行的汰劣去芜,这可从该志同时将《旧唐志》原来著录于史部杂传类仙灵之属的著述几乎全部改隶子部道家类得到佐证。① 杂传类鬼神之属和仙灵之属,几乎都是荒诞不经之作,前志置于史部确实有损史书的纯正,《新唐志》将其逐出史部,前者退于小说类,后者退于道家类,其清理史部门户之用意甚明。二是《新唐志》将《崇文总目》著录于史部传记类的 10 部著述(《杜阳杂编》《传记》《谭宾录》《刘公嘉话录》《南楚新闻》《常侍言旨》《松窗录》《芝田录》《玉泉子见闻真录》《桂苑丛谭》)和史部杂史类的 2 部著述(《阙史》《逸史》)共 12 部著述改隶小说类。《新唐志》应该已经觉察到这 12 种著述叙事驳杂、多记传闻的弊端,故而逐出史部,退置小说。三是《新唐志》将《崇文总目》著录于小说的 2 部著述(《岭表录异》《岭南异物志》)升位,归于史部地理类。两书虽有"录异""异物"之名,实际并不涉怪异,只是忠实记录岭南异于中原的习俗和风物而已。两书并非传"闻"传"奇"之作而是征实的地理风物之作,于是《新唐志》将其请出"子部小说类",升到"史部地理类"。

比较《崇文总目》和《新唐志》的小说类相关著述,《新唐志》或留(如志怪小说)、或退(如将《崇文总目》12 种史部著述退于小说)、或进(如将《崇文总目》2 种小说著述进于史部),那么进退留转之际有何准绳呢?

中国古代图书经史子集的谱系中,小说长期徘徊于史、子之间,"妾身难分明",这与四部分类法中史、子的部类属性息息相关。自从西晋时期秘书监荀勖著《中经新簿》将天下图书明确分为四部以来,就逐渐形成了史部主收叙事著述、征实传信,子部主收论说著述、真伪兼采的传统。汉魏六朝时期,志怪小说大量涌现,有出于教徒者或为"释家之明因果",或为"方士之行劝诱",但大旨皆在"自神其教",其自身并不以为虚妄;有出于文人之作,"虽非如释道二家,意在自神其教,然亦非有意为小说,盖当时以为幽明虽殊途,而人鬼乃皆实有,故其叙述异事,与记载人间常事,自视固无诚妄之别矣",②其自身也不以为虚妄。鬼神志怪书之作者自己不以鬼神为虚,处于当时浓厚宗教氛围下的民众和读者亦不以之为虚,世风熏染之下,编纂书目的文人学士将这类书籍堂而皇之地录入了史部。如萧梁时期阮孝绪著《七录》,在史部特设"鬼神部"收录叙事性的志怪小说。《隋志》大致承袭《七录》,仍将志怪小说置于史部(杂传类鬼神附)。《旧唐志》因袭《隋

①《旧唐志》著录于史部杂传类仙灵之属的著述有 26 种,《新唐志》除了《老子传》《周氏冥通记》两书未著录外,其余 24 种全部都改隶子部道家类。
②鲁迅《中国小说史略》,第 24 页。

志》,亦将志怪小说置于史部(传记类)。魏晋南北朝到隋唐时期史部著述的泛滥,引起了学界的反思。学者们不断批评史部著述中杂史杂传、野史传说的穿凿、怪诞,不断阐明史部著述叙事应该传信征实,史学理论在这样的反思和批评中不断孕育成熟。在此时代背景下,殷芸这样的学者开始把以传闻为主的野史传说冠以"小说"之名而与正史区分开来。到了《隋志》《旧唐志》,部分野史传说如《小说》《世说》等已被排除出史部,置于子部小说类。

到了宋代,史学理论更加成熟,史家对史部著述传信征实的要求更高。曾参与《崇文总目》编目的欧阳修在为该书所撰类序中指出,正史应载"君臣善恶之迹",并且"要其治乱兴废之本,可以考焉";传记则为"风俗之旧,耆老所传,遗言逸行,史不及书。则传记之说,或有取焉","闻见各异,或详一时之所得,或发史官之所讳,参求考质,可以备多闻焉"。① 对"正史"言"可以考焉",对"传记"言"参求考质",都是强调史部著述的征实传信。在欧阳修这样的史传观念中,所有的史部著述必然都得经过"信""实"的检验,那么前志中居于史部传记类的志怪小说经得起这个检验吗? 答案是否定的。到了欧阳修的时代,随着时代的进步和理性思辨的发达,相信"人鬼乃皆实有"的文人学士是愈来愈少,而像欧阳修这样的史学大家,修史之际对鬼神之类虚妄之事更是分外排斥。其修《新五代史》本纪时"书人而不书天",②将天人明确分开,以避免"惑于灾异"的异端邪说,修《新唐书·五行志》时只"著其灾异,而削其事应",③都可见其理性精神,而其"佛言无生,老言不死,二者同出于贪"④的论断更是对佛老宣扬鬼神仙灵的当头棒喝。在欧阳修这样的理性精神烛照下,前志中隶于传记类的志怪小说之虚妄灼然可见,已极不适合再居征实传信的史部。

那么将志怪逐出史部后,又将其置于何处呢?《崇文总目》和《新唐志》一方面将前志中仙灵之属的志怪改隶子部道家类,另一方面又将鬼神之属的志怪改隶子部小说类。仙灵之属改隶道家算是物归其类,而鬼神之属改隶小说则可能是因其出史之后无类可归的无奈之举,也可能是受到前志

①欧阳修《崇文总目叙释》,《欧阳修全集》,北京:中华书局,2001年版,第1885、1890页。

②《新五代史》,北京:中华书局,1974年版,第705页。

③《新唐书》,北京:中华书局,1975年版,第873页。

④欧阳修《集古录跋尾·唐会昌投龙文》,《欧阳修全集》,第2295页。

（《隋志》《旧唐志》）将野史传说排除于史部而归入小说的启发。总之，《崇文总目》与《新唐志》将志怪"出史入稗"的作法，主观本意是清理史部门户，但客观上却扩展了小说的内涵，使志怪小说在官方书目中正式进入小说畛域并与杂事小说一起成为小说的主体。

《崇文总目》和《新唐志》将志怪与杂事共处小说名下并共同成为小说主体，欧阳修这样的编纂者应该是看到了两者共性，即都是传"闻"、传"奇"之事，用今天的术语讲，两者都有叙事性和虚构性，而这两点正是小说的主要特性。相较于《崇文总目》，后起的《新唐志》对史书叙事与小说叙事的正野、实虚区分得更为严格，也更为仔细，于是出现了上文提及的《新唐志》对《崇文总目》小说著述的进退留转。而从这种进退留转，也可管窥两书对小说虚构叙事特性的认知在不断加深。也许，编纂《崇文总目》时，欧阳修只是普通编目者，而编纂《新唐志》时，他已是主事者，故而后者能更充分地灌注他的目录思想。也许，欧阳修自己本身史学思想有一个发展过程，其对史书特性和小说特性认知也有一个深化过程，故而出现其参与编目的《崇文总目》和主编的《新唐志》在小说著录上的"大同"和"小异"。

需要指出的是，《新唐志》中虽然志怪、杂事等带有虚构性的叙事之作已占81％，但论说类著述（杂说之属、杂考之属、谱录之属）仍有19％，表明编纂者虽已认识到小说有虚构叙事之特性，但仍留存了《汉志》以来小说类著录"小家珍说"的老习惯。

四、《晁志》与《陈录》：迁退谱录诗话与肃清小说畛域

《郡斋读书志》《遂初堂书目》和《直斋书录解题》是南宋最重要的私人藏书目录，这些书目在《崇文总目》《新唐志》小说观的基础上，不断迁退杂说笔记、谱录之作等"小道之说"，不断肃清小说畛域，使得小说的载事特质和虚幻属性更为凸显。①

---

① 凌郁之《从宋代官私书目看小说观念的变迁》论及《郡斋读书志》《直斋书录解题》，认为与《崇文总目》《新唐志》相比，晁、陈二家书目将前代一些本属于宽泛意义上的小说书，分别归于杂史、杂家、文史、故事等类，从而在一定程度上使"小说类"轮廓变得更清晰了，这无疑是小说意识的重大进步，对笔者有启发。但该文论述较为笼统，且未涉及《遂初堂书目》，笔者在其基础上，结合书目间小说著述的进退留转，进行新的探讨。

(一)《郡斋读书志》:谱录之作退出小说

南宋藏书家晁公武(约 1105~1180)所撰《郡斋读书志》是我国现存最古的一部私人藏书目录,该书对小说的论述和著录颇能代表南宋前期正统文人的小说观。

《郡斋读书志》将所藏图书按照《隋志》以来之传统分成经史子集四部,又将四部再细分成四十五个小类。每部之前有一篇大序,四十五个小类中,二十五类有小序。该书将子部分成儒家、道家、法家、名家、墨家、纵横家、杂家、农家、小说、天文、星历、五行、兵家、类书、艺术、医书、神仙、释书共十八个小类,并在子部总序中评论道:

> 盖彼八家,皆有补于时,而此二教,皆无意于世也。八家本出于圣人,有补于时,特学者失之,而庄、老犹足以亡晋,申、商犹足以灭秦,况二教无意于世,不自附于圣人,若学而又失之,则其祸将如何? 故存之以为世戒云。[1]

其中"而此二教,皆无意于世"批评神仙和释书并非入世之教,于事无补,呈现出正统儒者观念。"盖彼八家,皆有补于时"之中"八家"显然指小说家之外的儒家、道家、法家、名家、墨家、纵横家、杂家、农家,晁氏认为这八家"皆有补于时",而将小说家排除在外,可见在晁氏眼中,小说还不能与"有补于时"的八家并列,这其实也是正统的儒者观念。小说并非"有补于时",那么究竟有何功用呢? 晁氏在小说类序中对此有清晰阐发:

> 《西京赋》曰:"小说九百,起自虞初。"周人也,其小说之来尚矣,然不过志梦卜、纪谲怪、记谈谐之类而已。其后史臣务采异闻,往往取之。故近时为小说者,始多及人之善恶,甚者肆喜怒之私,变是非之实,以误后世。至于誉桓温而毁陶侃,褒卢杞而贬陆贽者有之。今以志怪者为上,褒贬者为下云。[2]

晁氏明确指出古之小说功用在"志梦卜、纪谲怪、记谈谐之类",近时小说则衍生出"及人之善恶""肆喜怒之私,变是非之实"之新功用。还将前者统称为"志怪者"(即志怪小说)、后者统称为"褒贬者"(相当于杂事小说),并"以

---

①晁公武《郡斋读书志》,孙猛《郡斋读书志校证》本,上海:上海古籍出版社,1990 年版,第 409 页。
②晁公武《郡斋读书志》,孙猛《郡斋读书志校证》本,第 543 页。

志怪者为上，褒贬者为下"。可能在晁氏看来，志怪者虽"无补于时"，但也"无害于时"，而褒贬者则可能贻害于时、"以误后世"，故而著录小说时先"志怪"而后"褒贬"。这些地方都折射出晁氏对小说功用的新认知。

《郡斋读书志》小说类著述前面部分从《博物志》开始到《鹿革文类》共27种，基本上都是志怪小说，后面部分从《唐语林》以下共84种基本上都是杂事小说和杂说性著述。晁氏将小说分成两类（志怪者和褒贬者），并分类著录，在小说观念史上值得注意。

同时，值得关注的是《郡斋读书志》将"茶记""竹经""钱谱""花品"等谱录类著述清理出小说类，将其改隶农家类，这与北宋书目比较可以发现小说观念的演进之处。北宋《崇文总目》小说中谱录类著述有21种，占到总数的14%，《新唐志》小说中谱录类著述有4种，占比已下降到3%，两书小说中谱录之作已经逐渐减少。而到了《郡斋读书志》，谱录类著述被彻底清理出小说类，使得小说书目更加纯洁，小说概念更加清晰。当然，与《崇文总目》《新唐志》一样，《郡斋读书志》小说类仍然著录了不少议论性的杂说著述，如《家学要录》《冷斋夜话》《梦溪笔谈》《资暇》等，但这些著述与同时著录的志怪小说和杂事小说相比，占比较低，只能作为陪衬志怪、杂事这两位主角的配角了。

另外，还需注意的是《郡斋读书志》小说类著录了《后山诗话》《欧公诗话》《续诗话》《东坡诗话》《中山诗话》《诗眼》《归叟诗话》共7种诗话类著述，使得本来清理了谱录类著述的小说苑囿又变得有些庞杂。① 这说明小说观念是曲线式的演进，是在反反复复的书目进退之中才得以清晰起来、确立起来的。《郡斋读书志》小说类著录诗话的弊端会在《遂初堂书目》中得到克服。

（二）《遂初堂书目》：诗话之作退出小说

南宋大诗人尤袤（1127～1194）所撰《遂初堂书目》是一部有重要价值的私人藏书目录，该书对小说的著录较之《郡斋读书志》又有新的进展。

《遂初堂书目》按照经史子集次序分类，将所藏图书分为四十四类。其中子部小说类共著录小说197种，前面部分从《世说》到《轩渠录》共149

---

① 当然，《郡斋读书志》将诗话系于小说，也并非完全无据，因为诗话往往"体兼说部"，与杂事小说、杂说笔记很难区分。《四库全书总目》诗文评类序就曾指出"刘攽《中山诗话》、欧阳修《六一诗话》，又体兼说部"，确实如此。

种，基本上都是杂事小说和杂说性著述，后面部分从张华《博物志》到蔡绦《诉神文》共 48 种，基本上都是志怪小说。《遂初堂书目》著录小说时将其分成志怪和杂事杂说两个小类，这与《郡斋读书志》毫无二致，但其将杂事杂说置于前、志怪置于后，却与《郡斋读书志》先"志怪"而后"褒贬"的次序刚好相反。《遂初堂书目》的作法在后世得到了承续，如《四库全书》将小说分为杂事之属、异闻之属和琐语之属，也是先"杂事"而后"异闻"（"志怪"）。

《遂初堂书目》继承了《郡斋读书志》将谱录类著述清理出小说的作法，又特意新设"谱录"一类著录之。《四库全书总目》云："《隋志·谱系》本陈族姓，而末载《竹谱》、《钱谱》、《钱图》，《唐志·农家》本言种植，而杂列《钱谱》、《相鹤经》、《相马经》、《鸷击录》、《相贝经》，《文献通考》亦以《香谱》入农家。是皆明知其不安，而限于无类可归，又复穷而不变，故支离颠舛遂至于斯。惟尤袤《遂初堂书目》，创立'谱录'一门，于是别类殊名，咸归统摄。此亦变而能通矣。"[1]对尤袤新设"谱录"一门收录相关著述揄扬有加。而从小说学史的视角来看，尤袤的创举则使谱录类著述从此真正有家可归，不再栖身于小说门下，客观上促成了小说书目的相对纯洁性。

较之《郡斋读书志》，《遂初堂书目》对诗话的归类处理显得更有眼光。《郡斋读书志》将"体兼说部"的诗话隶于小说，虽也有一定道理，但终显不伦不类，《遂初堂书目》则沿袭《崇文总目》的作法，在集部增设"文史类"，著录《文心雕龙》《文章缘起》等诗文评类著述，并同时著录宋代开始出现的诗话类著述。从此，诗话有了自己的家园，不再栖身于小说。尤袤将诗话由小说类改隶文史类，从小说学史的视角来看，也是纯洁了小说的门户。

（三）《直斋书录解题》：杂说笔记逐渐迁退

南宋中后期藏书家陈振孙所撰《直斋书录解题》是与晁公武《郡斋读书志》齐名的私人藏书目录，该书对小说的著录继承了《郡斋读书志》《遂初堂书目》清理门户的作法，使小说畛域愈发清晰。

《直斋书录解题》"以历代典籍分为五十三类，各详其卷帙多少，撰人名氏，而品题其得失，故曰'解题'。虽不标经、史、子、集之目，而核其所列，经之类凡十，史之类凡十六，子之类凡二十，集之类凡七，实仍不外乎四部之

说也"。① 该书小说类共著录小说 165 种，其中杂事小说 99 种，志怪小说
33 种，杂说笔记 33 种。该书继承了《郡斋读书志》将谱录退出小说、《遂初
堂书目》将诗话退出小说的作法，将上述两类著述系于农家、文史等类，②
进一步厘清了小说的界域。

　　《直斋书录解题》厘清小说界域的努力还体现在对杂说类笔记归类的
处理上。该书大致将议论为主的笔记归于杂家类，将议论而兼叙述的笔记
归于小说类。如唐李匡义《资暇》，《郡斋读书志》著录于小说类，并解题云：
"唐李匡文济翁撰。序称世俗之谈，类多讹误，虽有见闻，嘿不敢证，故著此
书。上篇正误，中篇谭元，下篇本物，以资休暇云。"③从解题可知该书以议
论考证为主，《直斋书录解题》将其改隶杂家类。又如将苏鹗《苏氏演义》、
李涪《刊误》、赵自勔《造化权舆》、宋祁《宋景文笔记》等议论考证性笔记系
于杂家类，而这些著述在前代书目中往往杂厕于小说类。再如，将洪迈《容
斋随笔》著录于杂家类，应该也是看到了该书辩证考据之特色，而该书在
《遂初堂书目》中则是被著录于小说类。④ 当然，《直斋书录解题》也将一些
杂考性笔记归入了小说类，如《姚氏残语》（又名《西溪丛话》）、《鼠璞》《能改
斋漫录》等。可见陈氏对某些杂说类笔记的性质判定也有困惑，对其应归
入杂家还是小说，有时也游移不定。

　　《直斋书录解题》厘清小说界域的努力还体现在对杂事性笔记归类的
处理上。该书大致将真伪掺杂、虚实相伴的杂事性笔记归于小说，而将稽
考有据、传信为主的杂事性笔记归于史部。如将郑文宝《南唐近事》系于史
部伪史类，尽管解题云该书"泛记杂事，实小说传记之类耳"。⑤ 又如将王
皞《唐余录史》系于史部别史类，尽管解题云该书"有纪，有志，有传，又博采
诸家小说"。⑥ 陈氏认为两书或"实小说传记之类"或"博采诸家小说"，但
终究与真伪掺杂、虚实相伴的小说有别，故仍隶于史部。从中可以看到陈
氏对小说与史书的分野，还是了然于胸的。

---

① 《四库全书总目·直斋书录解题提要》语，第 1132 页。
② 《遂初堂书目》在子部新设有谱录类，《直斋书录解题》没有继承这一优良作法，在谱录退出小说
　后，将其分隶于农家等类。
③ 晁公武《郡斋读书志》，孙猛《郡斋读书志校证》本，第 562 页。
④ 《遂初堂书目》小说类中有《容斋杂志》，疑即《容斋随笔》。
⑤ 陈振孙《直斋书录解题》，上海：上海古籍出版社，1987 年版，第 136 页。
⑥ 陈振孙《直斋书录解题》，第 109 页。

五、《续编阙书目》与《通志·艺文略》:小说观的徘徊

《续编阙书目》和《通志·艺文略》是南宋重要的官藏书目和史志目录,两书的小说观不但不及《晁志》与《陈录》之清晰确切,就是与北宋的同类书目如《崇文总目》《新唐志》相比,也呈现出徘徊之势。[①]

(一)《续编阙书目》:官方小说观的徘徊

南宋官方书目有《四库阙书目》《续编阙书目》《中兴馆阁书目》《中兴馆阁续书目》《宋中兴国史艺文志》等,其中除《续编阙书目》存世外,余皆亡佚。这些书目前后承传,在图书的分类和著录上有较大的一致性,故而从存世的《续编阙书目》大致可以管窥到南宋官方书目的小说观。

《续编阙书目》小说类著录了大量的志怪小说和杂事小说,但这两类大概只能占到总数的一半左右。剩下的一半中,主要是杂说性笔记、史部书籍、谱录类著述,另外还有一些杂书。其中杂说性笔记非常多,如《小书》《博弈异志》《佛孝经》《孝道经》《贻子录》《家诫》《三字训》等,几乎可以占到《续编阙书目》小说总数的三分之一。而且这些杂说性笔记大多以议论为主,南宋私家书目如《郡斋读书志》《直斋书录解题》一般都是将其归入杂家类。可见《续编阙书目》编者对小说与杂家边界的认识还比较模糊,对小说叙事特性的把握还不到位。《续编阙书目》小说类中,史部书籍也不少,如《燕吴行记》二卷(《新唐志》入史部地理类)、《嘉号录》(《新唐志》《崇文目》入史部编年类)、《广政杂录》(《崇文目》入史部伪史类)、《吴湘事迹》(《新唐志》入史部故事类)、《唐末见闻录》(《崇文目》入史部传记类)、《圣功录》三卷(《崇文目》《新唐志》入史部杂史类)等,这些著述在《崇文目》《新唐志》中大多隶于史部,在后起的书目中也大多栖身史部,而《续编阙书目》却偏偏将上述纪实性较为明显的著述归于小说。可见《续编阙书目》编者对小说与史籍边界的认识也比较模糊,对小说虚诞特性的把握也不到位。《续编阙书目》小说类中,谱录类著述也不少,如《漆经》《香谱》《墨谱》《锦谱》《荔枝新谱》等。谱录类著述在《崇文总目》中隶于小说,但在《新唐志》中已大多改隶农家等类别,留在小说类的已经非常少了。南宋的私家书目如《郡

[①] 凌郁之《从宋代官私书目看小说观念的变迁》论及《续编阙书目》《通志·艺文略》的小说观,可以参看。

斋读书志》《遂初堂书目》和《直斋书录解题》已将谱录全部退出小说,而《续编阙书目》这样的官方书目居然还将谱录置于小说,可见其编者对小说特性的认知是落后于晁公武等人的。另外,《续编阙书目》小说类还著录了大量的杂书,如《射法》(《崇文目》入艺术类)、《神射诀》(《宋志》入艺术类)、《灵芝记》(《宋志》入医书类)、《保生月录》(《新唐志》入农家类)等,更可见编者某种程度上是将小说视为无类可归著述的收容所。

《续编阙书目》小说著录的庞杂在南宋官方书目中不是特例。《四库阙书目》《中兴馆阁书目》《中兴馆阁续书目》《宋中兴国史艺文志》虽已亡佚,但从辑本可见其小说类著述中羼杂不少杂说性笔记、谱录类著述和其它杂书。其实,南宋官方书目小说著录的庞杂是沿袭了北宋官方书目《崇文总目》的作法。《崇文总目》小说著录中杂说性笔记占比26％、谱录之属占比14％,也是较为庞杂的,但后来《新唐志》小说著录中两者占比已分别降至12％、3％,小说园囿已较为纯净了。可以说,南宋官方书目小说著录至多停留在《崇文总目》的地步,尚未达到《新唐志》的水准。

南宋官方书目小说著录的庞杂折射的是小说观的混沌,这种混沌在《宋史·艺文志》小说著录中得到了承袭。《宋史·艺文志》主要是依据宋太祖至宋宁宗的四部《国史艺文志》修成的,而那四部《国史艺文志》在小说著录上陈陈相因,步武《崇文总目》而鲜有发展,再加上"元以异族入主中华,其史官学识浅陋,故《宋史》疏略而《艺文志》尤纰缪,重复颠倒,不可枚数。四库讥其为诸史志中最丛脞者"①等原因,《宋史·艺文志》的小说著录庞杂、纰缪、丛脞,在诸史志中价值有限。从小说观的演进来看,《宋志》与南宋官方书目一样,最多徘徊在北宋《崇文总目》的层面,尚未达到《新唐志》的水平,更未达到私家书目《郡斋读书志》《遂初堂书目》和《直斋书录解题》的高度。

(二)《通志·艺文略》:史家小说观的进退

郑樵《通志·艺文略》是私人撰述的史志目录,既与官方藏书目录、私人藏书目录不同,也与官修史志目录不同,呈现出自己的独到之处。该目的小说著录颇具特色,其中折射出的小说观颇可注意。

《通志》煌煌200卷,是郑樵以一己之力撰成的纪传体通史,其中"二十

略"是精华所在,正如《四库提要》所云"其平生之精力,全帙之精华,惟在二十略而已"。① 该书之"略"相当于官修史书之"志",其中的艺文略,相当于官修史书的艺文志,但在图书收录范围和类别设置上却大不相同。宋代以及宋代以前的史志目录,基本上都是依据官修藏书目录编成,所纪都是一代之藏书。而《通志·艺文略》却不同于此,它既不是纪一代之藏书,也不是纪一代之著述,而是"纪百代之有无""广古今而无遗"。② 在类别设置上,《艺文略》也是独步百代。该略打破传统的四部分类法,将天下图书分为经类、礼类、乐类、小学、史类、诸子、天文、五行、艺术、医方、类书、文类共十二个大类,大类下分"家","家"下又分"种"。③

《通志·艺文略》诸子大类之下有儒术等十一家,小说是其中一家。小说类共著录 101 种著述,其中杂事小说 82 种,成为主体部分。同时还著录了《座右方》《座右法》《中枢龟鉴》《刊误》《资暇》《炙毂子杂录注解》《家学要录》《通微子十物志》《演义》《杂说》、沈存中《笔谈》《文房监古》《冷斋夜话》《事物纪原类集》共 14 种杂说性笔记,另外还著录了《桂苑丛谭》《会昌解颐》《潇湘录》《猗犴子》《乾膜子》共 5 种志怪小说。

值得注意的是,《通志·艺文略》在史类·传记·冥异著录了《神异经》《宣验记》《搜神记》《传奇》等 80 部记述异闻的著述,而这些著述中的绝大部分都是典型的志怪小说,自北宋《崇文总目》开始已从史部传记类退出,改隶子部小说类。《崇文总目》将志怪出史入稗的作法在后世得到了普遍认同和遵循,《新唐志》《郡斋读书志》《遂初堂书目》都继承了此作法。而郑樵依然步武《崇文总目》之前《隋志》《旧唐志》的老作法,仍将这些典型的志怪之作隶于史部传记类,折射出其在志怪之作归属方面不但不能与时偕进,反而有退步之嫌。

当然,较之《崇文总目》等书目,《通志·艺文略》小说观既有退步的一面,也有进步的一面。《崇文总目》小说著录中,仍有占比高达 14% 的谱录类著述,《新唐志》小说类中仍有少量谱录类著述,而到了《通志·艺文略》

---

① 《四库全书总目·通志提要》,第 691 页。
② 郑樵在《通志·校雠略》中宣称《艺文略》"今所纪者,欲以纪百代之有无",郑樵又在该略中指出"臣今所作《群书会纪》,不惟简别类例,亦所以广古今而无遗也"。《艺文略》就是在《群书会纪》基础上改编而成的。《文渊阁四库全书》本,第 374 册,第 482 页。
③ 郑樵《通志·校雠略》:"总十二类,百家,四百二十二种,朱紫分矣;散四百二十二种书,可以穷百家之学,敛百家之学,可以明十二类之所归。"《文渊阁四库全书》本,第 374 册,第 481 页。

小说类，已无谱录类著述。与大致同时代的晁公武《郡斋读书志》相比，郑樵《通志·艺文略》在谱录之作退出小说方面可与之比肩，而在诗话之作的归属方面，《通志·艺文略》更优于《郡斋读书志》。《郡斋读书志》将《后山诗话》等 7 种诗话著录于小说，而《通志·艺文略》则在文类（相当于集部）下新设诗评类，搜罗诗话隶于此，显得更为合理。

六、结语：宋人"小说"观的嬗革与初熟

小说本义为"小道之说"，《汉志》关于小说"小道可观"的价值判断，以及由此而来的将小说（小说家）附于诸子之末的目录安排，奠定了小说的"子末"地位。萧梁之时殷芸借用小说一词指称正史之外的野史传说，后世史家和学者承袭之，于是小说又衍生出"野史传说"的新义项，获得了"史余"的新身份。《隋志》将殷芸《小说》等野史传说类著述正式纳入小说麾下，在目录学上确认了小说的新义项；同时《隋志》小说中杂说著述与杂事小说各占 23%、77%，改变了《汉志》小说中论说性著述占主导的格局，表明编纂者对小说叙事特质的关注。《旧唐志》小说著录承袭《隋志》，杂事、杂说的主次格局一脉相承。先宋小说观的优长和缺陷在两宋书目中分别得到继承和克服，宋人发展出一种更加符合小说实际的观念形态。

《太平广记》的编纂，表明宋初君臣对小说价值的认可，李昉进表中小说与"六籍""九流""皆得圣人之道"的评价，将小说功用提至一个新高度。《太平广记》所收条目"专记异事"又"多谈神怪"，折射彼时文人学士对小说载事特质的新认知——记载奇异之事和神怪之事。另外，该书还以"杂传记"为类名收录部分唐传奇，说明编纂者已将"传奇"文体纳入小说畛域。

《崇文总目》将《搜神总记》等四种被《旧唐志》隶于史部杂传类的志怪小说改隶小说类，同时还在小说类集中著录了四十余种志怪小说，另外还著录了四篇传奇，这是官方书目第一次将志怪和传奇著录于小说，表明该目已在"小道之说""野史传说"的基础上，为小说内涵增添了"志怪之说""传奇之说"的新义项。

《新唐志》继承《崇文总目》将志怪"出史入稗"和著录传奇的作法，使志怪、传奇在官修史志目录中正式进入小说畛域并与杂事小说一起成为小说

的主体。同时,《新唐志》迁退《崇文总目》中著录于小说类的部分杂说、谱录著述,凸显了小说传"闻"、传"奇"的载事特质和虚幻属性。

南宋私家书目在承继北宋基础上又有新的发展。《郡斋读书志》将谱录类著述彻底清理出小说类,《遂初堂书目》又将诗话类著述全部清退出小说类,《直斋书录解题》再将部分杂说笔记类著述迁移出小说类,前后相继,不断肃清小说畛域,使得志怪、杂事和传奇成为小说真正的主体。

南宋官方书目如《续编阙书目》著录志怪小说和杂事小说的同时,又著录杂说笔记、谱录著述等杂书,占比将近一半,其小说观不仅落后于南宋的《晁志》《陈录》,甚至落后于北宋的《新唐志》,呈现出官方小说观的徘徊局面。郑樵《通志·艺文略》步武《隋志》、《旧唐志》的旧例,仍将志怪之作隶于史部传记类,折射出其在小说观念方面不但不能与时偕进,反而有退步之嫌。

宋人书目在《汉志》小说类著录"小道之说"、《隋志》著录"野史传说"的基础上,将志怪"出史入稗"并著录传奇之作,为小说内涵发展出"志怪之说""传奇之说"的新义项。同时,从《崇文总目》到《直斋书录解题》,不断迁退杂说笔记、谱录之作等"小道之说"(论说类著述),不断肃清小说畛域,此消彼长,使得志怪、杂事和传奇成为小说真正的主体,奠定了后世小说文类的骨架。另外,两宋书目对亦"史"亦"子"、可"杂"可"稗"著述的进退留转,凸显了小说著述传"闻"、传"奇"的载事特质和虚幻属性。三者分别从小说义项、小说文类、小说特质三个方面,显示出小说观念的初步成熟及其超越汉唐、迈向近世的转折意义。值得注意的是,《续编阙书目》《通志·艺文略》著录小说弃新从旧的作法,又显示出上述小说观念尚未风行草偃、形成坚定共识,故而这种成熟又是初步的,完全的成熟还要等到明清。

第二节　宋人"稗说"观的演进趋向与学术价值

关于古代小说的文体分类,当代研究者比较认同孙逊、潘建国先生的观点:"古代小说可以按照篇幅、结构、语言、表达方式、流传方式等文体基本特征,分成笔记体、传奇体、话本体、章回体等四种文体。而不同文体的小说,可再依题材分成若干类型,譬如将笔记本小说分为志怪类、志人类、博物类等。"①宋人小说有笔记体、传奇体和话本体,其中传奇体、话本体因其新变、承启的文体价值而颇受学界关注,而宋人笔记体小说则未受到文体研究者的足够重视。实际上,宋人笔记体小说发生了从"淑世"到"资暇"的重心转移,从"传信"到"不必信"的观念变迁,并与话本体、传奇体相呼应,呈现出娱乐化趋势。话本体的兴起、传奇体的俗化再加上笔记体的观念嬗变,共同构成宋代小说近世化转向的文学史风貌。梳理宋人笔记小说观,有助于更为全面地呈现这一文学图景,更为深刻地理解这一历史转向。本文在学界现有研究基础上,②聚焦于宋人对笔记小说功用、价值、体性的阐发,以期呈现宋人相关论述的内在理路和学术价值。

　　笔记体小说,宋人文献中多称为"小说",或称为"稗官小说""稗官说""稗说",而传奇体小说,宋人文献中多称为"传记",或者"传记小说",两者区隔甚明。宋人现存文献中"稗官小说"③的用例颇多,都用来指称笔记体小说,而且几乎不会用此术语去涵盖"传记小说",也不会用此概念去统摄"话本小说"。如晁公武《郡斋读书志》卷一三《二百家事类》提要云"右分门编古今稗官小说成一书",④再如陈振孙《直斋书录解题》卷一一《夷坚志》解题云"稗官小说,昔人固有为之者矣"。⑤其中的"稗官小说"都主要指传统的笔记体小说。宋代小说作者本人也使用"稗官小说"指称传统的笔记体小说,如洪迈《夷坚支丁序》云"稗官小说家言不必信,固也"。⑥宋人也使用"稗官说"指称传统的笔记体小说,如洪迈《夷坚支景序》引述其稚儿之语有云"大人自作稗官说,与他所论著及通官文书不侔",⑦明确指出洪迈

---

① 孙逊、潘建国《唐传奇文体考辨》注释文字,《文学遗产》1999年第6期。谭帆《"小说学"论纲——兼谈20世纪中国古代小说理论批评研究》引用了孙逊、潘建国先生上述文字,表示认同,并引申道:"这四种小说文体既是平面的小说文体类型,同时又大致体现了中国古代小说的文体发展线索。"《中国社会科学》2001年第4期。

② 参见谭帆等《中国分体文学学史·小说学卷》第三章"宋元小说学",太原:山西教育出版社,2013年版,第92~157页;刘良明《洪迈对志怪小说理论批评的历时性贡献》,《武汉大学学报》(哲社版)1996年第6期;张祝平《论洪迈的小说观》,《淮阴师范学院学报》(哲社版)2001年第5期;李军均、曾垂超《宋代小说思想三题》,《文艺研究》2010年第7期。

③ 宋代之前的现存文献中尚未发现"稗官小说"的用例。"稗官小说"之语,其源头应该是《汉书·艺文志》诸子略小说家类序:"小说家者流,盖出于稗官,街谈巷语,道听途说者之所造也。"班固《汉书》,北京:中华书局,1962年版,第1745页。

④ 晁公武《郡斋读书志》,孙猛《郡斋读书志校证》本,第594页。

⑤ 陈振孙《直斋书录解题》,第336页。

⑥ 洪迈《夷坚志》,何卓点校本,北京:中华书局,1981年版,第967页。

⑦ 洪迈《夷坚志》,第879页。

所作《夷坚志》为"稗官说"，是与"他所论著及通官文书"不同的著述类型。宋人还使用"稗说"指称传统的笔记体小说，如赵与时《宾退录》卷八摘录洪迈《夷坚三志甲序》云："榱子、偃孙，罗前人所著稗说来示，如徐鼎臣《稽神录》、张文定公《洛阳旧闻记》、钱希白《洞微志》、张君房《乘异》、吕灌园《测幽》、张师正《述异志》、毕仲荀《幕府燕闲录》七书，多历年二十，而所就卷帙皆不能多。"①其中所列七种"稗说"，皆为笔记体小说。

简言之，宋人话语中的"稗官小说""稗官说""稗说"基本等同于笔记体小说，宋人对笔记体小说价值、特性的阐发可用"稗说"观予以概括。

一、淑世之用："助名教"与"广见闻"

宋人眼中的小说内涵及外延，在两宋书目中有集中体现。宋人书目在《汉志》小说类著录"小道之说"、《隋志》著录"野史传说"的基础上，将志怪"出史入稗"，为小说内涵发展出"志怪之说"的新义项。同时，从《崇文总目》《新唐书·艺文志》（下简称《新唐志》）到《郡斋读书志》《遂初堂书目》《直斋书录解题》，不断迁退杂说笔记、谱录之作等"小道之说"（论说类著述），不断肃清小说畛域，此消彼长，使得杂事、志怪成为小说真正的主体。具体情况见下表：

宋人书目中小说著录情况一览表

小说分类		《崇文总目》		《新唐志》		《郡斋读书志》		《遂初堂书目》		《直斋书录解题》	
		数量	占比	数量	占比	数量	占比	数量	占比	数量	占比
杂事类		38	26%	46	38%	60	54%	109	55%	99	60%
志怪类		47	31%	53	43%	31	28%	37	19%	33	20%
杂说类	杂说之属（含部分杂考、杂纂类著述）	43	29%	20	16%	13	12%	51	26%	33	20%
	谱录之属	21	14%	4	3%	/	/	/	/	/	/
	诗话之属	/	/	/	/	7	6%	/	/	/	/
	小计	64	43%	24	19%	20	18%	51	26%	33	20%

---

① 赵与时《宾退录》，上海：上海古籍出版社，1983年版，第99页。

小说分类	《崇文总目》		《新唐志》		《郡斋读书志》		《遂初堂书目》		《直斋书录解题》	
	数量	占比	数量	占比	数量	占比	数量	占比	数量	占比
合计	149	100%	123	100%	111	100%	197	100%	165	100%

从上表可见，在宋人小说的三大类（杂事类、志怪类、杂说类）中，比例关系是有显著变化的。《崇文总目》中杂说类著述占小说总数的43%，而到了《新唐志》则大幅下降到19%，之后到《郡斋读书志》《遂初堂书目》《直斋书录解题》则分别为18%、26%、20%，大致保持在20%左右。简言之，《新唐志》之后，小说即以杂事类、志怪类为主体，但仍然有一定比例（约占五分之一）的杂说类著述。

按照宋人书目中小说包括杂事、志怪、杂说三大类的观念，检视宋人相关著述，《四库全书》"小说类"中著录和存目的宋人著述91种（包括"杂事之属"65种、"异闻之属"14种、"琐语之属"12种），杂家类"杂说之属"著录和存目的宋人著述66种，另外杂家类"杂纂之属"著录的一部分宋人著述如朱胜非《绀珠集》、曾慥《类说》、江少虞《事实类苑》3种，上述160种著述大致可以视为宋人观念中的小说（其中120余种已被宋人书目著录为小说，另外30余种性质相近可以类推）。这160种著述应该就是现存宋人稗说的主体，这些著述的序跋最直接地体现了宋人的稗说观。系统梳理上述著述的宋人序跋，并结合书目叙录等相关论述，基本上可以管窥到宋人稗说观的堂奥。

宋人对稗说的价值功用，论述很多，特别是对其"资治体""助名教"的劝惩功用和"补史阙""探物理"的广闻功用，阐发颇精。

（一）劝惩功用："助名教"与"资治体"

北宋初年，李昉所上《太平广记表》认为包括小说家在内的诸子百家"皆得圣人之道，以尽万物之情"，[1]将"小说"提到"得圣人之道"的高度。《崇文总目》小说类序云："《书》曰'狂夫之言，圣人择焉'，又曰'询于刍荛'，是小说之不可废也。古者惧下情之壅于上闻，故每岁孟春，以木铎徇于路，

---

①李昉《太平广记表》，《太平广记》卷首，北京：中华书局，1961年版，第1页。

采其风谣而观之。至于俚言巷语,亦足取也。今特列而存之。"①基本沿袭《汉书·艺文志》小说类序和《隋书·经籍志》小说类序的观点,认为小说乃"小道"然亦有可观可取之处。《新唐志》总序云:"传记、小说,外暨方言、地理、职官、氏族,皆出于史官之流也。"②承袭刘知几等视小说为史书之余的观点。宋人稗说观真正超轶前代的经典论述存在于宋人小说序跋中。

曾慥在绍兴初年编成大型说部选集《类说》,在自序中对小说功用作了精当阐发:

> 小道可观,圣人之训也。余乔寓银峰,居多暇日,因集百家之说,采摭事实,编纂成书,分五十卷,名曰《类说》。可以资治体,助名教,供谈笑,广见闻,如嗜常珍,不废异馔,下箸之处,水陆具陈矣。③

其中"资治体,助名教,供谈笑,广见闻"云云,对小说的社会功用作了全面而简明的阐发,点出了小说的资治功用("资治体")、劝惩功用("助名教")、娱乐功用("供谈笑")和认识功用("广见闻"),将《汉志》以来论小说为"小道可观"的"可观"之处具体呈现出来,将前贤视小说为"史之余""补史"的"余""补"之用细致剖析出来,成为中国小说学史上对小说功用的经典论述。曾慥的这种小说功用认知,体现在《类说》的编纂上。该书颇得学界好评,《四库提要》云曾慥"取自汉以来百家小说,采掇事实,编纂成书",又云"南宋之初,古籍多存,慥又精于裁鉴,故所甄录大都遗文僻典,可以裨助多闻"。④ 曾慥的这种认知,还体现在杂事小说《高斋漫录》的撰述上,《四库提要》云:"《类说·自序》以为小道可观,而归之于资治体、助名教、供谈笑、广见闻。其撰述是书,亦即本是意。上自朝廷典章,下及士大夫事迹,以至文评、诗话、诙谐、嘲笑之属,随所见闻,咸登记录。中如给、舍之当服赪带,不历转运使之不得为知制诰,皆可补史志所未备。其征引丛杂,不无琐屑,要其可取者多,固远胜于游谈无根者也。"⑤认为该书的撰述即本于"资治体,助名教,供谈笑,广见闻"之意旨,并充分肯定了该书的价值。由此可见,曾慥对小说功用的认知,是知行合一的,是在实践体认基础上提出的理

①欧阳修《欧阳修全集》卷一二四《崇文总目叙释》,北京:中华书局,2001年版,第1893页。
②《新唐书》,北京:中华书局,1975年版,第1421页。
③曾慥《类说》卷前自序,北京图书馆古籍珍本丛刊本,北京:书目文献出版社,1988年版,第6页。
④《四库全书总目》卷一二三《类说提要》,点校整理本,北京:中华书局,1997年版,第1641~1642页。
⑤《四库全书总目》卷一四一《高斋漫录提要》,第1859页。

论概括。

　　就"资治体"与"助名教"而言，宋人更为重视"助名教"的劝惩功用，当然有时也会提及"资治体"的资治功用，这应与学界"小道可观"的小说定位有关。张邦基《墨庄漫录》自跋云："稗官小说虽曰无关治乱，然所书者必劝善惩恶之事，亦不为无补于世也。"①张氏之意，"稗官小说"之为"小道"，故可"无关治乱"之大道，但"小道"亦要"可观"，则须书"劝善惩恶之事"，以"补于世"。

　　宋人杂事小说的编写往往有较为明确的鉴诫用意。张齐贤《洛阳搢绅旧闻记》自序论及该书义例和宗旨，明确提出"约前史之类例，动求劝诫"。② 钱易撰《南部新书》，其子钱明逸序云："其间所纪，则无远近耳目所不接熟者，事无纤巨善恶足为鉴诫者，忠鲠孝义可以劝臣子，因果报应可以警愚俗，典章仪式可以识国体，风谊廉让可以励节概。"③范镇撰《东斋记事》，自序云"至若鬼神梦卜率收录而不遗之者，盖取其有戒于人耳"。④ 吴处厚撰《青箱杂记》，自序云"遇事裁量，动成品藻，亦辄纪录，以为警劝"。⑤释文莹撰《玉壶清话》，自序云："君臣行事之迹，礼乐宪章之范，鸿勋盛美，列圣大业，关累世之隆替，截四海之见闻。惜其散在众帙，世不能尽见，因取其未闻而有劝者，聚为一家之书。"⑥周辉撰《清波杂志》，张贵谟序之，认为该书"纪前言往行及耳目所接，虽寻常细事，多有益风教，及可补野史所阙遗者"；⑦陈晦跋之，称扬该书"感时怀旧，奖善黜恶，断断然有补风教"。⑧上述宋人杂事小说的序跋，都点出了相应文本所具有的"求劝诫""益风教""补于世"之劝惩功用。当然，有的杂事小说还具资治用意，如江少虞编《事实类苑》，自序云"选义按部考词就班，如出一家语，不待旁搜远览，而太平遗逸之美丽具在，足以观见当时风政，庶几乎尚有典刑哉"，⑨其中"观见""风政""尚有典型"云云即点出了有裨政事之意。

①张邦基《墨庄漫录》，北京：中华书局，2002年版，第281页。
②张齐贤《洛阳搢绅旧闻记》，《丛书集成初编》本，上海：商务印书馆，1939年版，第2844册，第1页。
③钱易《南部新书》卷前钱明逸序，北京：中华书局，2002年版，第1页。
④范镇《东斋记事》，北京：中华书局，1980年版，第1页。
⑤吴处厚《青箱杂记》，北京：中华书局，1985年版，第7页。
⑥释文莹《玉壶清话》，北京：中华书局，1984年版，第1页。
⑦周辉《清波杂志》卷前张贵谟序，刘永翔《清波杂志校注》本，北京：中华书局，1994年版，第1页。
⑧周辉《清波杂志》卷后陈晦跋，第532页。
⑨江少虞编《事实类苑》，《文渊阁四库全书》本，台北：商务印书馆，1986年版，第874册，第3页。

　　宋人志怪小说的撰述往往也有较为明确的惩劝用意。黄休复撰《茅亭客话》,《郡斋读书志》云"虽异端而合道,旨属惩劝者,皆录之",①点出了该书的惩劝旨趣。委心子编《分门古今类事》,自序云该书特设"为善而增门"和"为恶而削门",正是希望"善人君子当正心修身,乐天知命,不以人废天,不以天废人",②其"警发世俗"③之意溢于言表。宋人对志怪小说"助名教"的阐发,洪迈《夷坚志》自序及其文本中的相关论述堪称典型。洪迈在《夷坚乙志序》中响亮提出稗说"不能无寓言于其间"的观点:"夫齐谐之志怪,庄周之谈天,虚无幻茫,不可致诘。逮干宝之《搜神》,奇章公之《玄怪》,谷神子之《博异》,《河东》之记,《宣室》之志,《稽神》之录,皆不能无寓言于其间。"④点明了稗说尤其是志怪小说述"怪"而有"意"、外"虚"而内"实"的特点。《夷坚志》涉及人事之篇章往往寓有鉴戒之意,而且常常用卒章显志的形式清晰地表达出来。如《夷坚志补》卷五《双流壮丁》篇末议曰:"吾将大警世之恶子,不嫌屡书云。"⑤又如《夷坚丙志》卷一三《蓝姐》篇末议曰:"婢妾忠于主人,正已不易得,至于遇难不慑怯,仓卒有奇智,虽编之《列女传》不愧也。"⑥洪迈《夷坚志》的劝善惩恶,追随者察之甚明。王质步武该书作《夷坚别志》,体例全袭洪书,其自序云:"丑而不欲著姓名者婉见之,如《夷坚》确梦之类是也;丑而姓名不可不著者显揭之,如《夷坚》人牛之类是也。"⑦指出《夷坚志》为了劝惩而采用了"婉见之"和"显揭之"的记事之法,于此可见《夷坚志》的劝惩已如盐溶于水,与记事融合无间。《夷坚志》故事中"寓言于其间"的劝善惩恶,其实正发挥了曾慥所谓"助名教"之功用。

　　宋人部分杂说类小说的写作也有较为明确的惩劝意识和资治用意。王得臣撰《麈史》,自序云"其间自朝廷至州里,有可训、可法、可鉴、可诫者,无不载",⑧俞文豹撰《吹剑录外集》,自序云"余作此编,盖即前言往事,辨

----

① 晁公武《郡斋读书志》卷一三,第 590 页。
② 委心子《分门古今类事》卷前自序,《丛书集成初编》本,第 2720 册,第 1 页。
③《四库全书总目》卷一四二《分门古今类事提要》语,第 1883 页。
④ 洪迈《夷坚志》,第 185 页。
⑤ 洪迈《夷坚志》,第 1593～1594 页。
⑥ 洪迈《夷坚志》,第 473～474 页。
⑦ 王质《夷坚别志序》,载马端临《文献通考》卷二一七《经籍考》,北京:中华书局,1986 年版,第
　　1770～1771 页。
⑧ 王得臣《麈史》,《丛书集成初编》本,第 208 册,第 1 页。

证发明以寓劝戒之意",^①都道出了作者撰述稗说的劝惩用意。

(二)广闻功用:"补史阙"与"探物理"

宋人对稗说功用有多样化的认知,他们一方面阐发稗说"助名教""资治体"之劝惩功用,另一方面揭示其"广见闻""探物理"之广闻功用。

宋人重视稗说穷搜博采、新人耳目的广闻之用。钱易撰《南部新书》,其子钱明逸序云该书记载"机辩敏悟,怪奇迥特"之事,"亦所以志难知而广多闻"。^②王明清撰《挥麈录》系列,赵不譄跋《挥麈余话》云:"仲信著《京都岁时记》……此皆平昔幸得以窥一斑者。不宁惟是,其发为稗官小说,尤不碌碌。仲言著《投辖录》、《清林诗话》、《玉照新志》、《挥麈录》。昆季之所作,类皆出人意表,且学士大夫之所欲知者。"^③称赞王氏兄弟撰"稗官小说""尤不碌碌",能写出"出人意表""学士大夫之所欲知者",充分肯定王氏兄弟所撰稗说的广闻价值。

宋人稗说观中的"广见闻",往往与"补史阙"相联系。宋敏求撰《春明退朝录》,自叙云:"每退食,观唐人泊本朝名辈撰著以补史遗者,因纂所闻见继之。"^④魏泰撰《东轩笔录》,虽然其书被学者讥为"多妄诞"^⑤,但其本人却有"补史氏之缺"之意,其自序云:"事固有善恶,然吾未尝敢致意于其间,姑录其实以示子孙而已,异时有补史氏之阙,或讥以见闻之殊者,吾皆无憾,惟览者之详否焉。"^⑥徐度撰《却扫编》,自序云该书"虽不足继前人之述作,补史氏之阙遗,聊以备遗忘、示儿童焉",^⑦也表达出追慕"补史氏之阙"的稗说之用。庞元英撰《文昌杂录》,卫传序云:"元丰官制行,入尚书为主客郎,醇懿有家法,多识旧章,援证同异,穿贯今古,当时大制作、大典礼,禔盛之容,进退揖逊,罔不与从事,故其书事信,其著论确……昔太史公父子绅金匮石室之书,而《世本》《战国策》《楚汉春秋》咸补旧闻之阙,后之学者,殆将有考于斯。"^⑧点出该书"其书事信,其著论确",可补"旧闻之阙",希望

---

① 俞文豹《吹剑录外集》,《文渊阁四库全书》本,第 865 册,第 470 页。
② 钱易《南部新书》卷前钱明逸序,第 1 页。
③ 王明清《挥麈录》,上海:上海书店出版社,2001 年版,第 255 页。
④ 宋敏求《春明退朝录》,北京:中华书局,1980 年版,第 1 页。
⑤ 晁公武《郡斋读书志》提要语,第 587 页。
⑥ 魏泰《东轩笔录》,北京:中华书局,1983 年版,第 1 页。
⑦ 徐度《却扫编》,《丛书集成初编》本,第 2791 册,第 221 页。
⑧ 庞元英《文昌杂录》,《丛书集成初编》本,第 2792 册,第 1 页。

后之学者、史家"有考于斯"，取材于此。

宋人稗说观中的"广见闻"，还往往与"探物理"有关联。朱胜非编《绀珠集》，王宗哲序云："试尝仰观乎天文，俯察乎地理，凡可以备致用者，杂出于诸子百家之说，支分派别，原始要终，粲然靡所不载，诚有益于后学……凡人之思虑，有为物所蔽而昏昧者，取其珠而玩之，则了然心悟，涣然冰释。固足以开聪明备记遗忘，岂小补哉。"①点出该书"粲然靡所不载"，有"广见闻"之用，同时可使"为物所蔽而昏昧者""了然心悟"，还有"探物理"之效。赵彦卫撰《云麓漫钞》，陈造序云："暇日出杂著一编，凡笔古今事若干说，析误钩隐，辨是与否，有益学者。"②点出该书有"析误钩隐"之功。宋人某些志怪小说亦有纪闻析理之意。张师正撰《括异志》，《郡斋读书志》叙录云："师正擢甲科，得太常博士。后游宦四十年，不得志，于是推变怪之理，参见闻之异，得二百五十篇。"③其中"推变怪之理，参见闻之异"云云即点出了该书在志怪背后的探理用意。

二、资暇之趣："本游戏"与"佐谈助"

宋人一方面认为稗说有"助名教""广见闻"的淑世之用，另一方面认为稗说还有"游戏笔端""以供谈笑"的资暇之趣，并揭示出相应趣味的心理动因。

(一)稗说尚趣："游戏笔端"与"资助谈柄"

钱惟演尝言"平生惟好读书，坐则读经史，卧则读小说，上厕则阅小辞，盖未尝顷刻释卷也"，①其中与"坐读"相对的"卧读"点出了"小说"迥异于"经史"的消遣性，代表了宋代不少士人的小说观。

杂事小说可分谐谑类与杂记类，其中谐谑类本无深意，旨在娱人。宋人推陈出新，踵事增华，纂辑了《开颜集》《谈谐》《谐史》《滑稽小传》《笑苑千金》《醉翁滑稽风月笑谈》等多种谐谑小说，将稗说娱人之习推向深入。除了谐谑类，宋人杂记类的杂事小说写作也常有"佐谈助"的消遣导向。郑文宝撰《南唐近事》，自序云"余匪鸿儒，颇常嗜学，耳目所及，志于缣缃，聊资

---

① 朱胜非《绀珠集》，《文渊阁四库全书》本，第 872 册，第 274 页。
② 赵彦卫《云麓漫钞》，北京：中华书局，1996 年版，第 1 页。
③ 晁公武《郡斋读书志》，第 556 页。
① 欧阳修《归田录》，北京：中华书局，1981 年版，第 24 页。

抵掌之谈,敢望获麟之誉";①陶毂撰《清异录》,虞允文序云"昔蔡中郎得王仲任《论衡》,秘之帐中,以为谈助……吾之得毂之书,当亦符斯语尔";②吴处厚撰《青箱杂记》,自序云"近代复有《闲花》、《闲录》、《归田录》,皆采摭一时之事,要以广记资讲话而已"。③ 上述序文,或云"聊资抵掌之谈",或云"以为谈助",或云"广记资讲话",都道出了稗说的消遣功能。方勺撰《泊宅编》,洪兴祖序云"此翁笔端游戏三昧耳",④周煇撰《清波杂志》,张岩跋云"此志特其笔端游戏语尔",⑤洪兴祖与张岩不谋而合地用了"笔端游戏"之语评价稗说,可见宋人对稗说的娱乐消遣性已经形成了某些共识。

　　宋人不少杂说类小说写作也有明显的资暇意识。叶梦得撰《石林燕语》,自序云"嵁岩之下,无与为娱,纵谈所及,多故实旧闻,或古今嘉言善行,皆少日所传于长老名流,及出入中朝身所践更者;下至田夫野老之言,与夫滑稽谐谑之辞,时以抵掌一笑。穷谷无事,偶遇笔札,随辄书之";⑥沈作喆撰《寓简》,自序云"予屏居山中,无与晤语,有所记忆,辄寓诸简牍。纷纶丛脞,虽诙谐俚语,无所不有,而至言妙道,间有存焉。已而诵言之,则欣然如见平生故人,抵掌剧谈,一笑相乐也。因名之曰'寓简',聊以自娱";⑦陈善撰《扪虱新话》,自跋云"时寓王庠请告于城西之俞家园,心远地偏,俗客不来,虽无益于讨论,尚有资于谈笑,贻我同志,不点俗眼"。⑧ 上述稗说之所作,或云"无与为娱"而作,或云"聊以自娱"而作,或云"资于谈笑"而作,都体现出撰述的消遣心态。

　　宋人大部分志怪小说都有非常明显的娱乐消遣用意。由南唐入宋的徐铉可谓宋人志怪的先行者,"喜言怪,宾客之不能自通与失意而见斥绝者,皆诡言以求合",⑨尝积二十年之力,成《稽神录》一书;其婿吴淑"耳濡目染,挹其流波,故亦喜语怪",⑩成《江淮异人录》一书。翁婿二人"喜言

---

①郑文宝《南唐近事》,《丛书集成初编》本,第3856册,第1页。

②陶毂《清异录》,台湾《丛书集成新编》本,台北:新文丰出版公司,1986年版,第86册,第322页。

③吴处厚《青箱杂记》,北京:中华书局,1985年版,第7页。

④方勺《泊宅编》,北京:中华书局,1983年版,第1页。

⑤周煇《清波杂志》,第533页。

⑥叶梦得《石林燕语》,北京:中华书局,1984年版,第1页。

⑦沈作喆《寓简》,《丛书集成初编》本,第296册,第1页。

⑧陈善《扪虱新话》,《丛书集成初编》本,第311册,第91页。

⑨陈振孙《直斋书录解题·夷坚志解题》语,第336页。

⑩《四库全书总目·江淮异人录提要》语,第1881~1882页。

怪"之风，开启宋人谈怪、志怪之先河。张端义《贵耳集》云："宪圣在南内，爱鬼怪幻诞等书，郭彖《睽车志》始出，洪景卢《夷坚志》继之。"①点出了高宗"爱鬼怪幻诞等书"，士人投其所好、争相志怪的风习。周密《癸辛杂识序》云："坡翁喜客谈，其不能者，强之说鬼。或辞无有，则曰：'姑妄言之。'闻者绝倒。"②张邦基《墨庄漫录》云："予闲居扬州里庐，因阅《太平广记》，每过予兄子章家夜集，谈《记》中异事，以供笑语。"③陆游有诗云："五客围一炉，夜语穷幻怪。或令雷可斫，或笑鬼可卖。"④都点出了宋代士人聚谈语怪以取乐的雅好。世风熏染之下，宋人志怪小说的娱乐意图非常显豁。洪迈撰《夷坚志》，其自序即云该书之作"颛以鸠异崇怪"，⑤供人茶余饭后消遣之用。洪氏此用意，后世察知甚明，胡应麟《读夷坚志》云："今阅此书纪载，不仅止语怪一端，凡機祥梦卜，璁褵之谭，随遇辄录。以逮诗词谑浪，稍供一笑，靡不成书。"⑥其中"稍供一笑，靡不成书"云云，准确点出了洪迈写作《夷坚志》的消遣娱乐心态。李石撰《续博物志》，黄公泰跋云："方舟先生胸中有老氏藏书，取张华《博物志》仿而续之，盖游戏引笔以占其胸中藏书何如耳。"⑦其中"游戏引笔"云云也点出了作者的消遣心态。

　　由上可见，包括谐谑类、杂记类、杂说类、志怪类在内，几乎所有类型的宋人稗说都存在程度不同的消遣娱乐倾向。叶梦得《避暑录话》云"士大夫作小说，杂记所闻见，本以为游戏"，⑧径直道出了稗说的游戏娱乐功能。晁公武《郡斋读书志》在小说类序中明确指出古之小说"不过录梦卜、纪谲怪、记谈谐之类而已"，近时小说则衍生出"及人之善恶""肆喜怒之私，变是非之实"之新功用。晁氏将前者名曰"志怪者"、后者名曰"褒贬者"，并在著录时"以志怪者为上，褒贬者为下"。⑨ 可见晁氏以"志梦卜、纪谲怪、记谈谐"的"志怪者"为小说之正体，认为小说之用不过在于搜奇述异、记谈录

①张端义《贵耳集》，《丛书集成初编》本，第 2783 册，第 6 页。
②周密《癸辛杂识》，北京：中华书局，1988 年版，第 1 页。
③张邦基《墨庄漫录》，北京：中华书局，2002 年版，第 56 页。
④陆游《剑南诗稿》卷二〇《致斋监中夜与同官纵谈鬼神效宛陵先生体》，钱仲联《剑南诗稿校注》本，上海：上海古籍出版社，1985 年版，第 1568 页。
⑤洪迈《夷坚丙志序》语，《夷坚志》第 363 页。
⑥胡应麟《少室山房集》卷一〇四《读夷坚志》，《文渊阁四库全书》本，1290 册，第 757 页。
⑦李石《续博物志》，成都：巴蜀书社，1991 年版，第 162 页。
⑧叶梦得《避暑录话》，台湾《丛书集成新编》本，第 84 册，第 626 页。
⑨晁公武《郡斋读书志》，第 543 页。

谐，以广见闻、供谈笑而已。陈振孙《直斋书录解题·夷坚志解题》云："稗官小说，昔人固有为之者矣。游戏笔端，资助谈柄，犹贤乎已可也，未有卷帙如此其多者，不亦谬用其心也哉！"[①]陈氏认为稗说不过是"游戏笔端，资助谈柄"，其实际效用不大，为之者"犹贤乎已，可也"，并批评洪迈写出"卷帙如此其多"的《夷坚志》，实在是"谬用其心"。于此可见陈氏视稗说为实际价值不大的消遣之作，偶尔为之、浅尝辄止即可，戮力为之则"谬用其心"。叶梦得云"本以为游戏"，晁公武云"志梦卜、纪谲怪、记谈谐"，陈振孙云"游戏笔端，资助谈柄"，都注重稗说的消遣娱乐价值。

　　宋人或注重稗说"助名教""广见闻"的现实功用，或注重其"本游戏""佐谈助"的消遣趣味，那么两者是什么关系呢？笔者认为不能一概而论，要分类剖析。谐谑类小说，意在娱人，现实功用较弱。杂记类小说和杂说类小说，大概接近一半在宋人序跋中显示有"佐谈助"的消遣用意，当然更多时候，"佐谈助"是与"助名教""广见闻"连在一起的，乐、教一体，寓教于乐，显示出稗说功用的多样性。另外，值得注意的是，部分杂记类小说和杂说类小说，作者主观本意可能在消遣，但文本却有"助名教"的客观效用。王辟之撰《渑水燕谈录》，自序云"闲接贤士大夫谈议，有可取者辄记之……蓄之中橐，以为南亩北窗、倚杖鼓腹之资，且用消阻志、遣余年耳"，明确是消遣之用，但同年进士满思复却于《题记》中称扬道："前人记宾朋燕语以补史氏者多矣，岂特屑屑纪录以为谭助而已哉。齐国王辟之……每于燕闲得一嘉话辄录之，凡数百事，大抵尽忠义，尊行节，不取怪诞无益之语。"[②]褒赞该书超越"谭助"的"尽忠义，尊行节"之用。宋人志怪小说，虽也有借助异闻"警发世俗"之用意，但"游戏笔端"以娱人的倾向更为明显。概而言之，宋人稗说观中，淑世之用与消遣之趣相携而行，但似乎更为重视消遣之趣。

（二）心理动因："齐谐志怪"与"好奇尚异"

　　宋人不仅注重稗说的资暇之趣，而且揭示出这种趣味产生的心理动因。稗说之趣中，最引人入胜者乃志怪小说的奇异故事引发读者强烈的审美感受，宋代稗说作者常以自己的亲身经历揭示其中堂奥。王明清撰《投

① 陈振孙《直斋书录解题》，第336页。
② 王辟之《渑水燕谈录》，《丛书集成初编》本，第209册，第1页。

辖录》，自序云：

> 　　迅雷、倏电、剧雨、飙风，波涛喷激，龙蛟蜕见，亦可谓之怪矣！以
> 其有目所觌，习而为常，故弗之异。鬼神之情状，若石言于晋，神降于
> 野，齐桓之疾，彭生之厉，存之书传，以为不然，可乎？《齐谐》志怪，由
> 古至今，无虑千帙……因念晤言一室，亲友话情，夜漏既深，互谈所觌，
> 皆侧耳耸听，使妇辈敛足，稚子不敢左顾，童仆颜变于外，则坐客忻忻，
> 怡怡忘倦，神跃色扬，不待投辖，自然肯留，故命以为名。后之仆同志
> 者，当知斯言之不诬。①

该序前面部分说明齐谐志怪由来已久（"存之书传"）、薪火相传（"由古至
今，无虑千帙"），后面部分则活画出人们从鬼神故事中体验惊悚之趣，并由
惊悚而产生审美愉悦的生动图景，实际上形象揭示了人们喜好语怪的心理
动因，也揭示了志怪传统长盛不衰的内在根源。

　　洪迈创作《夷坚志》的经历最能说明稗说之趣的形成机理。洪迈《夷坚
乙志序》云："人以予好奇尚异也，每得一说，或千里寄声。"②《夷坚支乙序》
云："老矣，不复著意观书，独爱奇气习犹与壮等……群从姻党，宦游岘、蜀、
湘、桂，得一异闻，辄相告语。"③于此可见，洪迈"好奇尚异"，矢志不移、老
而弥坚，并得到了群从姻党"千里寄声""辄相告语"的大力支持。正是在此
基础上，洪迈历时数十年撰成《夷坚》四百余卷，记载怪奇之事不可胜数。
洪迈乐此不疲，是否真的相信这些奇异之事为实有，从而如史官录实那样
笔耕不辍？情况并非如此。《夷坚三志壬序》云：

> 　　昌黎公《原鬼》一篇，备极幽明之故，首为三说，以证必然之理。谓
> 鬼无声与形，其啸于梁而烛之无睹，立于堂而视之无见，触吾躬而执之
> 无得者，皆非也。世固有怪而与民物接者，盖忤于天、违于民、爽于物、
> 逆于伦而感于气，是以或托于形凭于声而应之，其论通彻高深，无所底
> 碍。又引"祭如在"及"祭神如神在"之语，以申《墨子·明鬼》之机，然
> 则原始反终，灼见鬼神之情状，斯尽之矣。《夷坚》诸志，所载鬼事，何
> 啻五之一，千端万态，不能出公所证之三非。窃自附于子墨子，不能避

---

① 王明清《投辖录》，《宋元笔记小说大观》本，上海：上海古籍出版社，2001 年版，第 3857 页。
② 洪迈《夷坚志》，第 185 页。
③ 洪迈《夷坚志》，第 795 页。

　　孟氏邪说淫辞之辨，其可笑哉！[1]

洪迈明确指出《夷坚》诸志所载鬼事不能超出韩愈《原鬼》所证之"三非"，即所谓鬼怪不过是"忤于天、违于民、爽于物、逆于伦而感于气"之物，可能并非实有之物。洪迈进而自嘲"窃自附于子墨子，不能避孟氏邪说淫辞之辨，其可笑哉"，表露了自己知鬼为虚又爱说鬼的矛盾心情。洪迈《夷坚志》中记录了众多鬼怪神奇的故事，但也记载了不少不信鬼神不信邪的故事。如《夷坚支志戊》卷三《张子智毁庙》记张子智知常州时，"疫气大作"，民众不愿求药医治，反而多去瘟神殿中祭祷；张知晓后捣毁了瘟神殿，民众以为此举将招致"奇谴"（天降奇祸），然而结果是瘟疫逐渐消散、病者逐渐痊愈（"民病益瘳"），张也升迁为吏部郎中。[2] 从此记载可以管窥到，洪迈撰《夷坚志》并非如六朝志怪作者述异时"非有意为小说，盖当时以为幽明虽殊途，而人鬼乃皆实有"。[3]

　　洪迈并不认为"人鬼乃皆实有"、怪异之事为实有，但又"好奇尚异"，这只能说明他是抱着异常浓厚的兴趣"有意为小说"。实际上洪迈及其身边的异闻提供者和广大的小说阅读者，共同组成了一个"爱奇"的场域。众人"说"奇于洪迈，洪迈"录"奇于《夷坚》，《夷坚》"传"奇于读者，大家因为共同的兴趣爱好——"好奇尚异"而聚集，形成了一个促成志怪小说从口耳相传到书写成文再到广泛传播的兴趣共同体。洪迈撰写《夷坚志》的过程本身，以及洪迈《夷坚志序》的相应阐发，揭示出社会大众（说"奇"者、录"奇"者、读"奇"者）的爱奇心理和消遣需要，才是志怪小说繁衍的真正动因。

三、虚实之性："传信传疑"与"言不必信"

　　宋代杂记类、杂说类小说写作往往有"补史阙"的情结，故而多注重传信、传疑之"实"，而谐谑类和志怪类小说写作则往往重"佐谈助"的趣味，故而多倾向传闻、传奇之"虚"。

（一）传闻或虚："传信传疑"与"真诞难辨"

　　史书编纂强调实录传信，但编纂者面对纷繁复杂的史料时往往会遇到

---

[1]洪迈《夷坚志》，第1467页。
[2]洪迈《夷坚志》，第1074～1075页。
[3]鲁迅《中国小说史略》语，上海：上海古籍出版社，1998年版，第24页。

难判真伪、令人疑惑的歧说，编纂者往往也采录之，此所谓"信以传信，疑以
传疑"。"传信""传疑"体现的都是实录原则，这一原则不仅体现在史书编
纂上，也体现在有"慕史"倾向和"补史"情结的部分稗说写作上，如杂记类
和杂说类小说。钱易撰《南部新书》，其子钱明逸称该书"其间所纪，则无远
近耳目所不接熟者"，[1]称扬该书所记源于耳目见闻，非凿空之言。张齐贤
撰《洛阳搢绅旧闻记》强调"稽事实""可传信"，目的则在"别传外传比也"，
有明显的"补史"倾向和"实录"意识。[2]　王得臣撰《麈史》，自序云"盖取出
夫实录，以其无溢美、无隐恶而已"，[3]也是强调"实录"。再如张邦基撰《墨
庄漫录》，自跋云："唐人所著小说家流……有一种，皆神怪茫昧，肆为诡诞，
如《玄怪录》、《河东记》、《会昌解颐录》、《纂异》之类，盖才士寓言以逞辞，皆
亡是公、乌有先生之比，无足取焉……予抄此集，如寓言寄意者，皆不敢载，
闻之审，传之的，方录焉。"[4]张氏直言批评唐代"才士寓言以逞辞"的小说
家，其作"皆亡是公、乌有先生之比"，无从稽考，"无足取焉"；又指出自己所
录皆"闻之审，传之的"，强调见闻来源的可靠性。张氏一驳一立之间，可见
其实录传信之意识。

　　部分宋人对稗说有实录传信之要求，但当皆有据依的说法歧出而难以
判定真伪时，他们则认同"传疑"，即保留歧说而不是武断地取彼舍此。欧
阳修《归田录》卷下云："契丹阿保机……今世传李琪《金门集》有《赐契丹
诏》乃为阿布机，当时书诏不应有误，而自五代以来，见于他书者皆为阿保
机，虽今契丹之人，自谓之阿保机，亦不应有失。又有赵志忠者……云：'阿
保机房人实谓之阿保谨。'未知孰是。此圣人所以慎于传疑也。"[5]欧公指
出契丹首领或云"阿保机"，或云"阿布机"，或云"阿保谨"，皆有据依，"未知
孰是"，感觉还是应"慎于传疑"，不应作武断的取舍。张邦基《墨庄漫录》卷
九云："故东坡长短句云'故垒西边，人道是三国周郎赤壁'，则亦是传疑而
已。"[6]张淏《云谷杂纪》卷一云："（《新序》《说苑》）二书皆刘向所辑，二说相

---

①钱易《南部新书》卷前钱明逸序，第1页。
②张齐贤《洛阳搢绅旧闻记》，《丛书集成初编》本，第2844册，第1页。
③王得臣《麈史》，《丛书集成初编》本，第208册，第1页。
④张邦基《墨庄漫录》，第281～282页。
⑤欧阳修《归田录》，第21～22页。
⑥张邦基《墨庄漫录》，第253页。

类如此。疑本一事,所传不一,故有简子平公之异向,两存之岂示传疑耶。"①上述两例都对先贤的"传疑"表示出认可。

虽然宋人杂记类、杂说类小说中的多数作者倾向于传信传疑的实录,但也有部分作者意识到稗说源于传闻,其间之虚实难以究诘,不可以信史标准要求之。周密撰《癸辛杂识》,自序云:"因窃自叹曰:'是非真诞之辨,岂惟是哉?信史以来,去取不谬、好恶不私者几人,而舛伪欺世者总总也。虽然一时之闻见,本于无心;千载之予夺,狃于私意。以是而言,岂不犹贤于彼哉?'"②认为稗说不同于信史,其间是非真诞难辨,自己撰稗记闻,"本于无心"即可。沈括撰《梦溪笔谈》,自序坦承该书"亦有得于传闻者,其间不能无阙谬",③不能以信史要求稗说。罗大经撰《鹤林玉露》,乙编自序云:"或曰:'子记事述言,断以己意,惧贾僭妄之讥奈何?'余曰:'樵夫谈王,童子知国,余乌乎僭?若以为妄,则疑以传疑,《春秋》许之。'"④则用"疑以传疑,《春秋》许之"为稗说之妄辩护。

(二)稗说多虚:"言不必信"与"勿以辞害意"

宋人谐谑类和志怪类小说,其本意在"佐谈助"而非"补史阙",故作者往往能跳出传信传疑的藩篱,阐发出稗说"言不必信"的虚构特质。洪迈《夷坚志》在此方面的思考最为典型。《夷坚乙志序》云:"凡甲、乙二书,合为六百事,天下之怪怪奇奇尽萃于是矣……若予是书,远不过一甲子,耳目相接,皆表表有据依者。谓予不信,其往见乌有先生而问之。"⑤他开始时强调所记"怪怪奇奇"之事都是"耳目相接,皆表表有据依者",但毕竟这些怪奇之事只能得自传闻,没法实证勘验,故而他又以"乌有先生"为遁词。这里折射出洪迈的矛盾心理,记叙怪奇之事奉行"表表有据依",想传"信",实际上知道这些怪奇之事又无从证实,其"信"难立。记叙姿态的欲"信"与怪奇故事的难"信",成了洪迈写作《夷坚志》异常纠结的难题。《夷坚戊志序》云:"在闽泮时,叶晦叔颇搜索奇闻,来助纪录。尝言:'近有估客航海,不觉入巨鱼腹中,腹正宽,经日未死。适木工数辈在,取斧斫斫鱼胁。鱼觉

①张淏《云谷杂纪》,《文渊阁四库全书》本,第850册,第857页。
②周密《癸辛杂识》,第1页。
③沈括《梦溪笔谈》,《丛书集成初编》本,第281册,第1页。
④罗大经《鹤林玉露》,北京:中华书局,1983年版,第117页。
⑤洪迈《夷坚志》,第185页。

痛,跃入大洋,举船人及鱼皆死。'予戏难之曰:'一舟尽没,何人谈此事于世乎?'晦叔大笑,不知所答。予固惧未能免此也。"①洪迈戏难叶晦叔之语"一舟尽没,何人谈此事于世乎",道出了巨鱼故事的虚幻。洪迈进而发出"予固惧未能免此"之感叹,表达出对《夷坚志》故事欲"实"欲"信"而难"实"难"信"的担忧,即如果得来的传闻本来就是虚构的,那么执笔者对虚构传闻的忠实记录并不能使传闻由"虚"而"实"、由"妄"而"信",洪迈已认识到由传闻加工而成的稗说难"实"难"信"之内在特性。《夷坚支丁序》云:"稗官小说家言不必信,固也……《夷坚》诸志,皆得之传闻,苟以其说至,斯受之而已矣,聱牙畔奂,予盖自知之……读者曲而畅之,勿以辞害意可也。"②洪迈提出"稗官小说家言不必信",将"不必信"的稗说与"必信"的史书划清了界限,从本体特征层面接触到了小说的虚构特质。同时,该序提出的"曲而畅之,勿以辞害意"的阅读之法,将考信求实的读史之法与曲畅其意的读稗之法划清了界限,又从读者接受层面接触到了小说的虚构特质。此外,洪迈还有"大率唐人多工诗,虽小说戏剧,鬼物假托,莫不宛转有思致,不必颛门名家而后可称也"③的论断,揭示出唐人小说"鬼物假托"的虚幻性质与"宛转有思致"的虚构旨趣。这个论断揭示唐人志怪的心曲,其实也正是洪迈等宋人述异的隐衷。

　　洪迈"稗官小说家言不必信""鬼物假托"的阐发在宋代不是孤例,类似的论说还有不少。秦果《续世说序》云:"史书之传信矣,然浩博而难观。诸子百家之小说,诚可悦目,往往或失之诬。"④明确指出小说有"诚可悦目"之娱乐价值,但并不具备如"史书之传信"的史料价值,因为其"往往或失之诬",未可尽信。另外,杨潜《(绍熙)云间志》也曾提到"稗官小说,未可尽信"。⑤这些论说,或云"言不必信",或云"或失之诬",或云"未可尽信",都接触到了稗说的虚构特质,惜未深入阐发。对稗说虚构特质的深入阐发,宋人以郑樵为最。其《通志·乐略》"琴操五十七曲"在著录十二操后加案语云:

---

① 赵与时《宾退录》,上海:上海古籍出版社,1983年版,第97页。
② 洪迈《夷坚志》,第967页。
③ 洪迈《容斋随笔》,北京:中华书局,2005年版,第194页。
④ 秦果《续世说序》,见孔平仲《续世说》卷首,《丛书集成初编》本,第2788册,第1页。
⑤ 杨潜《(绍熙)云间志》卷中,清嘉庆十九年古倪园刊本。

> 《琴操》所言者何尝有是事……又如稗官之流，其理只在唇舌间，而其事亦有记载。虞舜之父，杞梁之妻，于经传所言者数十言耳，彼则演成万千言。东方朔三山之求，诸葛亮九曲之势，于史籍无其事，彼则肆为出入。《琴操》之所纪者，又此类也。顾彼亦岂欲为此诬罔之事乎？正为彼之意向如此，不得不如此，不说无以畅其胸中也。①

郑樵的论述有三点颇可注意：一是指出《琴操》和稗说，均以虚构为主。二是指出了两者虚构之法：或移花接木，"或有其人而无其事，或有其事又非其人"；或夸饰滋蔓，"或得古人之影响又从而滋蔓之"，"虞舜之父，杞梁之妻，于经传所言者数十言耳，彼则演成万千言"；或无中生有，"东方朔三山之求，诸葛亮九曲之势，于史籍无其事，彼则肆为出入"。三是点出了虚构的目的，在于"欲写其幽怀隐思而无所凭依，故取古之人悲忧不遇之事，而以命操"，"顾彼亦岂欲为此诬罔之事乎？正为彼之意向如此，不得不如此，不说无以畅其胸中也"，简言之，嫁接古人之事抒怀畅意，"写所寓焉"。郑樵之论，揭示了稗说的虚幻之性、虚构之法和虚言之旨，在中国小说学史上是较早也较精的小说虚构论断，具有重要价值。

宋末大学者黄震在评论《庄子》时也论及小说虚构，其《黄氏日钞》卷五五云：

> 《庄子》以不羁之材，肆跌宕之说，创为不必有之人，设为不必有之物，造为天下所必无之事，用以眇末宇宙，戏薄圣贤，走弄百出，茫无定踪，固千万世诙谐小说之祖也。时有出于正论者，所见反过《老子》。②

黄震认为庄子乃"诙谐小说之祖"，并提及该人该书的两大特点：一是虚构人、物、事，"创为不必有之人，设为不必有之物，造为天下所必无之事"；二是运用谐隐之法，"眇末宇宙，戏薄圣贤，走弄百出，茫无定踪"可谓谐，"时有出于正论者，所见反过老子"可谓谐中有隐。黄震揭示的庄子虚构和谐隐之法以及视庄子为"诙谐小说之祖"的论断，两者结合起来，可见黄震将虚构和谐隐作为诙谐小说的重要特色和判断标准。黄氏对诙谐小说虚构、谐隐特色的阐发，在中国小说学史上值得重视。

---

① 郑樵《通志·二十略》，北京：中华书局，1995 年版，第 910～911 页。
② 黄震《黄氏日钞》，《文渊阁四库全书》本，第 708 册，第 399 页。

四、学术价值:从功能性文体论到娱乐性文体论

宋人对小说文类外延的确定和内涵的认知,在中国小说学史上具有重要价值。《崇文总目》和《新唐志》在《汉志》小说类著录"小道之说"、《隋志》著录"野史传说"的基础上,将志怪"出史入稗",为小说内涵发展出"志怪之说"的新义项。同时,从《崇文总目》《新唐志》到《郡斋读书志》《遂初堂书目》《直斋书录解题》,不断迁退杂说笔记、谱录之作等"小道之说"(论说类著述),使得杂事、志怪成为小说真正的主体,表明宋人已大致认识到小说是以载事传"闻"与述异传"奇"为主的文类。这一方面从外延上基本奠定了后世小说文类的骨架,另一方面又从内涵上大致明确了小说文类的特质,标志着宋人小说观的初步成熟。当然,宋人书目中小说类仍有一定比例的以议论为主的杂说类著述,与占主体地位的叙事性的杂事、志怪小说并不相侔,使得小说文类之外延还是稍显驳杂,内涵也不尽精纯,表明宋人小说观的成熟还是初步的。实际上,传统小说观的完全成熟还要等到清代《四库全书总目》,彼时杂说类著述才完全退出小说类而改隶杂家类。然大辂椎轮,良有渐也,宋人小说观的承启价值,值得重视。

宋人对稗说价值、功用的论述,置于中国小说学史颇可注意。特别是曾慥《类说序》"资治体,助名教,供谈笑,广见闻"的论断,全面揭示了小说的资治、劝惩、娱乐和认识功用,在先贤相关论述基础上集成荟萃而加以精当概括。其中"资治体"云云,继承了《汉书·艺文志》《隋书·经籍志》《崇文总目》等书目小说类序之街谈巷语可采以观民情、佐治理的小说价值观;"助名教"云云,继承了唐代小说家如李公佐"儆天下逆道乱常之心""观天下贞夫孝妇之节"[1]等有益名教的小说功用观;"供谈笑"云云,继承了干宝"游心寓目"的小说娱乐观;"广见闻"云云,继承了殷芸《小说》以来视"小说"为史书之余、撰"小说"以广见闻以备采掇的小说功用观。曾慥对小说价值功用的四方面概括,每个方面都不是孤明先发的独创,但四个方面合在一起,却是前人未曾有过的,而且在此问题的认知上,后来元明清的文人都很少有超越曾慥的,于此可见宋人对小说价值功用的全面认知。

尤其值得注意的是,宋人一方面阐明稗说"助名教""资治体""补史阙"

---

①《太平广记》卷四九一载李公佐《谢小娥传》,第4032页。

"探物理"等淑世之用，另一方面又阐明稗说"本游戏""佐谈助"的资暇之趣，两者往往相携而行，在不同的类别中表现不一。杂记类和杂说类小说，虽重视淑世之用，但也常有"佐谈助"的消遣用意；谐谑类和志怪类小说则往往"游戏笔端"，意在娱人，消遣之趣远胜淑世之用。置于小说学史，宋人稗说作者的消遣之趣非常突出，远迈汉唐。这可能与宋代文化的近世化潮流导致宋人在小说领域从政教文艺观向审美文艺观嬗变有关，还可能与宋代说话勃兴和话本流布所衍生的小说娱乐观影响有关。刘斧《青琐高议》、李献民《云斋广录》对市人小说叙事技法的汲取、对故事娱乐性的凸显，还有教化色彩相对于宋代前期文言小说的淡泊，都显示出宋代中叶以降文言小说在市人小说娱乐至上观念影响下的改变。宋人对稗说消遣之趣的强调，一定程度上改变了汉唐稗说文体"小道可观""资治""补史"为主的功能格局，在中国小说文体史上具有转折意义。另外，宋人不仅注重稗说的消遣之趣，而且揭示出这种趣味产生的心理动因。如洪迈以自己亲身经历，揭示出社会大众（说"奇"者、录"奇"者、读"奇"者）的爱奇心理和消遣需要，是志怪小说繁衍的真正动因。这些论述，阐发了志怪小说的独特价值和传衍动因，代表了宋人对志怪小说怪奇特性探索的新认知，在中国小说学史上具有继往开来的重要价值。

　　宋人对稗说虚实之性的论述，也是超轶汉唐，具有重要价值。一方面，虽然不少宋代杂记类、杂说类稗说作者常有"补史阙"之情结而力求稗说之"实"，但也有部分作者意识到稗说本源于传闻，难以避免其间之"虚"。另一方面，宋代大多数谐谑类、志怪类稗说作者意在"佐谈助"而非"补史阙"，故能意识到并揭示出稗说的虚幻性。洪迈提出"稗官小说家言不必信"和"曲而畅之，勿以辞害意"的论断，从本体特征和读者接受两个层面论及了稗说的虚幻特质。另外，宋代不少学者对稗说的虚幻特质也有精当阐发。郑樵《通志·乐略》"琴操五十七曲"相关案语，准确揭示了稗说的虚幻之性、虚构之法和虚言之旨。黄震视《庄子》为"诙谐小说之祖"，并阐发其谐隐之旨，实际上揭示了部分稗说虚构的谐隐旨趣。这些论断在承继先贤基础上，又有新的阐发，达到了新的高度，反映了宋人对小说虚构特质认识的深化。与此同时，从《崇文总目》到《直斋书录解题》，宋人主要的官私书目在归类中也基本确认了小说传"闻"、传"奇"的虚幻属性。宋人对稗说虚幻特质能有超越前贤的深刻认知和自觉意识，可能与宋代市井伎艺、市人小说的昌盛以及对文人稗说的影响颇有干系。耐得翁《都城纪胜》"瓦舍众伎"条载："凡傀儡敷演烟粉灵怪故事、铁骑公案之类，其话本或如杂剧，或如崖词，大抵多虚少实……影戏……其话本与讲史书者颇同，大抵真假相半……"①傀儡、杂剧、崖词、影戏、讲史书等市井伎艺的故事文本"大抵多虚少实""真假相半"，因为其目的在于娱人，故其故事可在虚实真假之间自由游走。宋代稗说受到市井伎艺、市人小说之影响，在功用观上，消遣之趣已不逊于淑世之用，与之相伴，在虚实观上也逐渐突破了补史传信之窠臼而主张"言不必信"，以获得写作的虚实自由。

　　总之，宋人将志怪"出史入稗"并使志怪与杂事成为稗说主体，奠定了稗说以杂事异闻为主的文类范畴；突出资暇之趣甚于淑世之用并揭示好奇尚异的心理动因，彰显出稗说"游戏笔端"的审美功用；越出传统稗说传"信"征"实"之藩篱，肯定传"闻"传"奇"之价值，阐发稗说的虚幻之性、虚构之法和虚言之旨，揭示出稗说"言不必信"的虚幻特质。宋人从文类范畴、审美功用、虚幻特质三个方面，辨明了厕身于"史余""子末"之稗说的内在体性，超越汉唐先贤之见，使稗说观从"小道之说""补史之说"的功能性文体论，向"资暇之说""虚幻之说"的娱乐性文体论演进，在小说学史上具有转折意义。实际上，学界讨论宋代小说的转折意义，多聚焦于话本小说兴起、传奇小说俗化等方面，自然非常必要，其实考察小说性相对较弱的稗说（笔记体小说）从"淑世"到"资暇"的重心转移，从"传信"到"不必信"的观念变迁，亦可管窥到宋代小说的娱乐化、近世化转向。概言之，不管置于中国小说学史的纵轴，还是置于宋代各体小说的横轴，宋人"稗说"观的学术价值都非常显明。

第三节　宋人"传奇"观的指称变迁与类型意识

　　"传奇"在中国文学史上有多个义项，王国维《宋元戏曲史》指出"传奇之名""至明凡四变"：在唐为"小说家言"，在宋为诸宫调，在元为杂剧，在明则"以戏曲之长者为传奇"。② 这些义项中，"小说家言"为滥觞。目前所见

---

① 耐得翁《都城纪胜》"瓦舍众伎"条，《东京梦华录》（外四种），上海：古典文学出版社，1956年版，第97～98页。

② 王国维《宋元戏曲史》，上海：上海古籍出版社，1998年版，第129～130页。

文献中，"传奇"一词在唐前无用例，在唐代有三处用例。最早的用例可能是中唐贞元年间元稹所撰《莺莺传》。该篇亦名《传奇》，①命名之意可能是传示奇事。该篇末尾，作者交代："贞元岁九月，执事李公垂，宿于予静安里第，语及于是。公垂卓然称异，遂为《莺莺歌》以传之。崔氏小名莺莺，公垂以命篇。"②其中"卓然称异，遂为《莺莺歌》以传之"，已经点出公垂作《莺莺歌》是"异之"（"称异"）而后"传之"，即传示奇异之事。唐代的许多传奇作品都是"歌""传"并行，作歌者与作传者心有同感、声气相通。莺莺歌、传的创作中，传示奇异之事既是公垂作歌的缘由，也应是元稹作传并为传取名"传奇"的缘由。

"传奇"的第二处用例是晚唐裴铏将其所撰小说集取名"传奇"。该书取名"传奇"之由，可从该书的创作初衷找到线索。明人胡应麟《少室山房笔丛》云："唐所谓'传奇'自是小说书名，裴铏所撰，中如《蓝桥》等记，诗词家至今用之，然什九妖妄寓言也。裴晚唐人，高骈幕客，以骈好神仙，故撰此以惑之。"③徐渭《南词叙录》亦云："裴铏乃吕用之之客。用之以道术愚弄高骈，铏作传奇，多言仙鬼事诳之。"④胡应麟和徐渭都点出了裴铏作为幕客投幕主所好作《传奇》言仙鬼事的心曲。质诸作品，确实如此。裴铏所撰《传奇》，"所记皆神仙恢谲事"。⑤因为所记皆仙鬼奇异之事，故而裴铏为集子取名"传奇"，也算是名实相副了。明人周祈《名义考》云："裴铏著小说，号《传奇》……《释名》：传，传也，所以传示人……铏之说多奇异可传示。"⑥点出了《传奇》传示奇异的命名之由。

"传奇"的第三处用例是晚唐陆龟蒙的小品文《怪松图赞》。该篇云："赞曰：松生阴隘，岩狱穴械。病乎不快，卒以为怪。拥肿支离，神羞鬼疑。道人嗟咨，援笔传奇。或怪其形，或奇于辞。目为怪魁，是以赞之。"⑦其中

---

① 关于元稹《莺莺传》之篇名，周绍良先生《唐传奇笺证·〈传奇〉笔证》（北京：人民文学出版社，2000年版，第384～408页），认为其名应为《传奇》，而李剑国先生《唐五代志怪传奇叙录·莺莺传》（天津：南开大学出版社，1993年版，第310～322页），认为元稹不会以"传奇"这一泛称命名其文。笔者认为周先生之说有较大可能性。

② 元稹《莺莺传》，见《太平广记》卷四八八，第4017页。

③ 胡应麟《少室山房笔丛》卷四一《庄岳委谈》（下），上海：上海书店出版社，2001年版，第424页。

④ 徐渭《南词叙录》，《续修四库全书》本（影印民国六年董氏刻《读曲丛刊》本），第1758册，第414页。

⑤ 晁公武撰、孙猛校证《郡斋读书志校证》卷一三《传奇》叙录语，第555页。

⑥ 周祈《名义考》卷七"隽永传奇炙輠"条，《文渊阁四库全书》本，第856册，第375页。

⑦ 陆龟蒙《甫里集》卷一八《怪松图赞》，《文渊阁四库全书》本，第1083册，第396～397页。

"传奇"也应是传示奇异之意。唐代三处"传奇"用例，都是传示奇异之意，其中前两处即元稹名其篇、裴铏名其集都是将传示奇异的小说(集)径直取名"传奇"。

元稹单篇小说《传奇》(《莺莺传》)和裴铏小说集《传奇》中的作品在"传示奇异"之际，都脱却六朝志怪之简淡习气，而有唐人小说创作之新风，其实两部作品正是唐人用传记体叙写奇异之事从而发展出小说新文体的典型。鲁迅先生《中国小说史略》云："小说亦如诗，至唐代而一变，虽尚不离于搜奇记逸，然叙述宛转，文辞华艳，与六朝之粗陈梗概者较，演进之迹甚明，而尤显者乃在是时则始有意为小说……此类文字，当时或为丛集，或为单篇，大率篇幅曼长，记叙委曲，时亦近于俳谐，故论者每訾其卑下，贬之曰'传奇'，以别于韩柳辈之高文。"①点出了唐人发展出的小说新文体("传奇")的特点：有意为之、叙述宛转、文辞华艳、篇幅曼长、记叙委曲等等，确为真知灼见。从中唐元稹《传奇》(《莺莺传》)到晚唐裴铏《传奇》，文人们用传记体叙写奇异之事越发娴熟，并逐渐在故事题材的选择、表现形式的采用、叙事结构的安排等方面形成大致相同的规范性特征，为小说新写法凝结成小说新文体奠定了基础。特别是晚唐裴铏将运用新写法完成的小说结集并直接命名为"传奇"，具有标志性意义，为小说新写法和新文体在后世的命名提供了启示。

宋人在唐人基础上，一方面继续运用这种新文体进行创作，另一方面又对这种披着传记外衣的新文体的文类归属和文体属性进行了探讨。

一、洞察述异传记的小说本质

今人所谓的唐传奇、宋传奇，绝大多数情况下宋人当时并不名之为"传奇"，而是名之为"传记"。但宋人又觉察到这些传记大多"述异"，而与普通传记之"纪实"殊途异辙，从而洞察到这些述异传记的小说本质。

(一)传记名称上的区分

宋人继承了唐人以传记体叙写奇异之事并以"传""记"名篇的传统。唐传奇多以"传""记"名篇，如《霍小玉传》《柳毅传》《古镜记》《还魂记》等。宋传奇也大多以"传""记"名篇，如《青琐高议》收录了大量的宋传奇，多数

---

① 鲁迅《中国小说史略》，第 44 页。

作品都以"传""记"为名，如《书仙传》《赵飞燕别传》《骊山记》《温泉记》等等。

值得注意的是，宋人虽继踵唐人以"传""记"命名传奇篇什，但往往视之为另类传记，而与普通传记相区分。宋人常常称这些另类传记为"杂传记""传记小说""小说传记"，甚至直呼为"小说"。《太平广记》卷 484 至卷 492 收录以"传""记"为篇名的唐传奇时，冠以杂传记的类别名称，表明编者已经认识到这些作品与普通传记名同实异，故加一"杂"字以示区分。宋人有时又将"传记"与"小说"联结而成"传记小说""小说传记"。如陈振孙《直斋书录解题》之《南唐近事》解题云："工部郎江南郑文宝撰。序云：'三世四十年，起天福己酉，终开宝乙亥。'然泛记杂事，实小说传记之类耳。"《绀珠集》解题云："朱胜非钞诸家传记、小说，视曾慥《类说》为略。"《类说》解题云："曾慥端伯撰。所编传记小说，古今凡二百六十余种。"① 又如《齐东野语》云："余闻其说异之，且尝见传记小说所载食牛致疾事极众。"② 再如赵师侠《东京梦华录跋》云："不有传记小说，则一时风俗之华，人物之盛，讵可得而传焉。"③

宋人应该已经认识到部分以"传""记"为名的著述传示奇异，与小说无异，故而将两者勾连而成"传记小说""小说传记"。宋人有时将名为"传""记"实则述异的另类传记径直称为小说。赵令畤《侯鲭录》云："夫传奇者，唐元微之所述也，以不载于本集而出于小说，或疑其非是。"④ 吴曾《能改斋漫录》云："近世小说尤可笑者，莫如刘斧《摭遗集》所载《乌衣传》。"⑤ 张淏《云谷杂纪》云："小说中有《弥明》一传。"⑥ 赵令畤、吴曾、张淏分别将《莺莺传》《乌衣传》《弥明传》这些另类传记视为小说，应该是发现了这些作品虚笔述异的小说特质。

（二）书目著录上的甄别

宋人不仅觉察到述异性质的另类传记与普通传记之异，并以"杂传记"

---

① 陈振孙《直斋书录解题》卷五和卷一一，第 136、332、333 页。
② 周密《齐东野语》卷一四《食牛报》，北京：中华书局，1983 年版，第 264 页。
③ 孟元老《东京梦华录》卷末附赵师侠跋，孟元老等《东京梦华录》（外四种），上海：古典文学出版社，1957 年版，第 63 页。
④ 赵令畤《侯鲭录》卷五"元微之崔莺莺商调蝶恋花词"条，北京：中华书局，2002 年版，第 135 页。
⑤ 吴曾《能改斋漫录》卷四"王谢燕"条，上海：上海古籍出版社，1960 年版，第 81 页。
⑥ 张淏《云谷杂纪》卷二，《文渊阁四库全书》本，第 850 册，第 875 页。

"传记小说""小说传记"名之,还在书目著录时进行甄别,将这些另类传记隶于小说类。下面我们考察宋代最有影响的五种官私书目对单篇唐传奇的著录。

宋代五种主要书目著录单篇唐传奇一览表①

书目 ＼ 篇名	崇文总目	新唐书·艺文志	郡斋读书志	遂初堂书目	直斋书录解题
古镜记	小说类				
补江总白猿传	小说类	小说类	传记类	小说类	小说类
晋洪州西山十二真君内传	道书类	道家类·神仙		道家传	
梁四公记	传记类	杂传记类		杂传类	传记类
镜龙图记					
高力士外传	传记类	杂传记类		杂传类	传记类
离魂记	小说类				
梁大同古铭记		总集类			
楚宝传					典故类
还魂记		小说家类			
秀师言记				小说类	
开元升平源	小说类	小说家类	杂史类		杂史类
东城老父传					
谪仙崔少玄传	道书类	道家类·神仙			
上清传			小说类		
刘幽求传			小说类		
瞿童述	道书类	道家类·神仙			
昭义记室别录				杂传类	
周秦行纪			小说类		
梅妃传				杂传类	
大业拾遗记	杂史类		杂史类	杂史类	

①本表主要依据李剑国《唐五代志怪传奇叙录》附录《宋元十种书目著录对照表》、谭帆等《中国分体文学学史·小说学卷》(上)之《宋元十种主要目录著录单篇唐传奇统计表》制成。

续表

书目 篇名	崇文总目	新唐书· 艺文志	郡斋读书志	遂初堂书目	直斋书录解题
神告录					
虬髯客传	传记类				
炀帝开河记				杂史类	
高僧懒残传	道书类	道家类·释氏			
叶法善传	道书类	道家类·神仙			

《崇文总目》共著录单篇唐传奇13种,其中4种隶于小说类,5种隶于道书类,3种隶于传记类,1种隶于杂史类。《新唐志》共著录单篇唐传奇11种,其中3种隶于小说类,5种隶于道家类,2种隶于杂传记类,1种隶于总集类。《郡斋读书志》共著录单篇唐传奇6种,其中3种隶于小说类,2种隶于杂史类,1种隶于传记类。《遂初堂书目》共著录单篇唐传奇9种,其中2种隶于小说类,1种隶于道家类,4种隶于杂传类,2种隶于杂史类。《直斋书录解题》共著录单篇唐传奇5种,其中1种隶于小说类,2种隶于传记类,1种隶于典故类,1种隶于杂史类。

上述单篇唐传奇大多以"传""记"为名,但宋代书目已对其进行了分类处理。《崇文总目》和《新唐志》著录的单篇唐传奇中,除掉隶于道书类的,余者有一半左右著录在了小说类;《郡斋读书志》著录的单篇唐传奇,也有一半隶于小说类;相较而言,《遂初堂书目》和《直斋书录解题》著录单篇唐传奇,隶于小说类的较少,隶于杂史杂传类的较多。

通过考察宋代最有影响的五种官私书目对单篇唐传奇的著录,可以发现,总的来说,宋人已将名为"传""记"、实为述异之作的较大部分隶于小说类了。于此可见宋人对另类传记之小说特质的洞察。

(三)文集编纂中的取舍

宋人洞察到述异传记之小说特质,还体现在编纂文集时对述异传记与普通传记的甄别收录上。宋人文集中,普通传记大多收入,但述异传记一般不收。① 如苏辙《梦仙记》"假托游仙,表现自己在进出、儒老之间的矛盾

---

① 当然,唐人文集中,一般也不收入述异传记,如《莺莺传》就未收于元稹文集。

心情",①是一篇典型的述异之记。洪迈《夷坚支癸》卷七有《苏文定梦游仙》,末云:"或谓苏公借梦以成文章,未必有实。予窃爱其语而书之。"②可见洪迈之文即是据苏辙《梦仙记》改编而成,亦可见苏辙此文流传于世。宋人所编苏辙文集中,收入了多篇记体文,但《梦仙记》却未被收入,个中缘由,李剑国先生有精到阐发:"《栾城集》未载此文,今传《栾城集》五十卷《后集》二十四卷《三集》十卷,犹存宋本之旧,非有阙佚,盖因小说家言难称大雅,故未编入文集。"③又如黄庭坚《李氏女》和《尼法悟》亦是述异之作,南宋王明清将两篇收入自己所编小说集《投辖录》,并在《尼法悟》篇末云:"右二事,黄太史鲁直子书云尔,不改易也。真迹在周渤惟深家,绍兴初献于御府。"④可见这两篇确实是黄庭坚所作,但未收于宋人所编《山谷集》。又如黄裳《燕华仙传》名为"传",实为小说,也未收于其文集《燕山集》。再如赵鼎《林灵蘁传》也是披着传记外衣的小说,也未收于其文集《忠正德集》。

当然,因为述异传记与普通传记难以严格区分,宋人文集中,也有述异传记鱼龙混珠杂厕传体、记体文章之列的现象,如沈辽《云巢编》收入了《任社娘传》,崔公度《曲辕集》收入了《金华神记》,张耒《张右史文集》收入了《记异》等等。但这种情况并不普遍。另外,宋人文集在杂文杂著等类别中也偶有收录小说之举,⑤但也不普遍。

总之,宋人对述异传记或名为"杂传记""传记小说""小说传记",或直呼为"小说",在书目著录中,将述异传记的较大部分直接隶于小说类,在文集编纂中,对述异传记和普通传记进行甄别,并对前者一般不予收录。从这些地方可以发现宋人已经觉察到述异传记的小说本质。

二、揭橥述异传记的艺术特质

宋人对唐人小说特别是对最能代表唐人小说成就的唐传奇颇多论述,常常鞭辟入里,从这些论述可以管窥到宋人的"传奇"观。

桃源居士《唐人小说序》引宋人刘斧之语云:"小说至唐,鸟花猿子,纷

①李剑国《宋代志怪传奇叙录》,天津:南开大学出版社,1997年版,第145页。

②洪迈《夷坚志》,北京:中华书局,1981年版,第1271页。

③李剑国《宋代志怪传奇叙录》,第144页。

④王明清《投辖录》,《宋元笔记小说大观》本,上海:上海古籍出版社,2001年版,第3865页。

⑤如秦观《淮海后集》"杂文"类收入了有小说意味的《录龙井辩才事》,张耒《张右史文集》"题跋"类收录了有小说意味的《书司马樨事》。

纷荡漾。"①用诗情画意的语言形容唐人小说之美。那么,唐人小说,美在何处呢? 宋人对此有精辟的阐发。赵彦卫在《云麓漫钞》中说《幽怪录》《传奇》等唐人小说"文备众体,可以见史才、诗笔、议论"②,可谓对唐传奇的经典论断。"文备众体"点出了唐传奇融古文、骈文、诗歌等多种体裁于一炉的文体特征,"史才"点出了唐传奇的史传架子和叙事造诣,"诗笔"点出了唐传奇的诗化手法与抒情美感,"议论"点出了唐传奇的伦理意识和现实关切。赵氏的论断以简驭繁,浃髓沦肌,得到了历代学人的认同。

洪迈对唐人小说也有经典论断。一是"唐人小说不可不熟,小小情事,凄惋欲绝,洵有神遇而不自知者。与诗律可称一代之奇"③,指出唐人小说在叙事方面造诣精深,能将"小小情事"写得"凄惋欲绝"。二是"大率唐人多工诗,虽小说戏剧,鬼物假托,莫不宛转有思致,不必专门名家而后可称也"④,既点出了唐人小说"鬼物假托"的虚构特质,也点出了唐人小说"宛转有思致"的叙事造诣和审美意蕴。洪迈对唐人小说叙事特色和虚构特质的精辟阐发,成为治唐人小说者经常征引的名言。

赵令畤对元稹《莺莺传》有精到的论析,《侯鲭录》卷五载其所作《元微之崔莺莺商调蝶恋花词》,首尾论及作词缘由,其中有云:

> 夫《传奇》者,唐元微之所述也,以不载于本集而出于小说,或疑其非是。今观其词,自非大手笔,孰能与于此! 至今士大夫极谈幽玄,访奇述异,无不举此以为美话。至于倡优女子,皆能调说大略……逍遥子曰:乐天谓微之能道人意中语。仆于是益知乐天之言为当也。何者? 夫崔之才华婉美,词彩艳丽,则于所载缄书诗章尽之矣。如其都愉淫冶之态,则不可得而见。及观其文,飘飘然仿佛出于人目前,虽丹青摹写其形状,未知能如是工且否?⑤

---

① 《五朝小说大观》之《唐人小说》桃源居士序,上海:扫叶山房石印本,1926 年版。

② 赵彦卫《云麓漫抄》卷八,北京:中华书局,1996 年版,第 135 页。

③ 明代桃源居士编《唐人小说》卷首自序引洪迈云:"唐人小说不可不熟,小小情事,凄惋欲绝。"(上海扫叶山房石印本,第 1 页)清代莲塘居士编《唐人说荟》卷首例言引洪迈云:"唐人小说不可不熟,小小情事,凄惋欲绝,洵有神遇而不自知者。与诗律可称一代之奇。"(上海扫叶山房石印本,第 1 页)

④ 洪迈《容斋随笔》卷一五"唐诗人有名不显者"条,北京:中华书局,2005 年版,第 194 页。

⑤ 赵令畤《侯鲭录》卷五,北京:中华书局,2005 年版,第 135~142 页。

赵令時首先从语言表达层面判断《传奇》（即《莺莺传》）乃"大手笔"所为，并指出该篇流播广泛。接着认为白居易对于元稹"能道人意中语"的评价非常允当，并结合文本具体分析。赵氏指出，从文本"所载缄书诗章"，可以推断崔莺莺"才华婉美，词彩艳丽"，点出了《传奇》代言文字逼肖其人的魅力。而文本的叙述文字，更将崔莺莺"都愉淫冶之态"这种"不可得而见"之神韵绘出，使其"飘飘然仿佛出于人目前"。赵氏惊叹"虽丹青摹写其形状"，可能也不如元稹文字"工且至"，认为《传奇》形象塑造的生动性和鲜明性虽绘画也难以企及。该段文字，赵氏对元稹"能道人意中语"的"大手笔"进行了精细阐发，实际上揭示出了以《莺莺传》为代表的唐传奇在"诗笔"（形象塑造和语言运用等）方面的高超水准。

宋人对唐传奇的语言运用，有赞赏者，亦有批评者，尹洙就是其中的一位。宋陈师道《后山诗话》云："范文正公为《岳阳楼记》，用对语说时景，世以为奇。尹师鲁读之，曰：'《传奇》体尔！'"[1]尹洙是北宋著名的古文家，为文"词简而切旨"，[2]文风简古紧严。他指出范仲淹"用对语说时景"的《岳阳楼记》乃"《传奇》体尔"，批评该文的骈俪、藻饰染有晚唐裴铏《传奇》之风。[3]尹洙从古文家的角度批评骈俪，无可厚非，但从其批评之中恰恰可以反观"《传奇》体"所具有的如"用对语说时景"这样的华美文风。实际上，唐传奇"文备众体"，骈散结合，"用对语说时景"在在皆是，尹洙的批评正好点出了唐传奇在语言运用方面的特色。

总之，宋人对唐传奇为代表的唐人小说进行了精辟的阐发，其中赵彦卫"文备众体，可以见史才、诗笔、议论"之论断可谓总纲，洪迈"小小情事，凄惋欲绝"和"鬼物假托，莫不宛转有思致"可谓对"史才"（叙事特色和虚构特质）的允恰论析，赵令時"虽丹青摹写其形状，未知能如是工且至"和尹洙批评"用对语说时景"为"《传奇》体"可谓对"诗笔"（形象塑造和语言运用）的熨帖诠释。从这些阐发中，宋人"史才、诗笔、议论"兼备的传奇观，追求艺术美质的小说观得以崭露。

---

[1] 陈师道《后山诗话》，《丛书集成初编》本，第2547册，第7页。
[2] 崔铣《洹词》卷一〇《校正尹师鲁文集序》语，《文渊阁四库全书》本，第1267册，第585页。
[3] 关于裴铏《传奇》的文风，胡应麟《少室山房笔丛》卷四一《庄岳委谈》（下）有云"其书颇事藻绘而体气俳弱，盖晚唐文类尔"（上海：上海书店出版社，2001年版，第424页）。

三、"传奇"从说唱类型到小说文体

宋人文献中有不少"传奇"的用例,但此"传奇"概念除了作为元稹《莺莺传》和裴铏《传奇》的专指外,①一般并不用来泛指唐传奇、宋传奇文本,也不指称这些文本所形成的传奇文体,因为他们当时仍然习惯把小说意义上的传奇文本和文体叫做"传记"。宋人文献中的"传奇"一般是指民间说唱伎艺的一种题材类型。从小说学层面上讲,这就造成了宋人"传记"与"传奇"的名实纠结,此"传奇"(说唱类型)并非彼"传奇"(小说文体),彼"传奇"(小说文体)其名非"传奇",而是名为"传记"。

宋人文献中的"传奇"除了作为《莺莺传》和《传奇》的专指外,最早可能指诸宫调中的一种题材类型。南宋绍兴年间孟元老所撰《东京梦华录》"京瓦伎艺"条,记载崇宁、大观以来在京瓦肆伎艺,提及孔三传的诸宫调。②比该书稍晚数年,王灼《碧鸡漫志》有云:"熙丰、元祐间……泽州孔三传者,首创诸宫调古传,士大夫皆能诵之。"③南宋中后期耐得翁《都城纪胜》有云:"诸宫调本京师孔三传编撰,传奇、灵怪、八曲、说唱。"④宋元之际周密《武林旧事》卷六"诸色伎艺人"条直言"诸宫调传奇",并在该条目下记载了四位艺人。⑤ 宋元之际吴自牧《梦粱录》卷二〇"妓乐"条云:"说唱诸宫调,昨汴京有孔三传编成传奇灵怪,入曲说唱。"⑥综合这五条材料的信息,可知北宋中后期(从熙宁、元丰、元祐到崇宁、大观年间),泽州人孔三传⑦在京城首创诸宫调并演唱于勾栏瓦舍,闻名于当时。材料中还提到,这些诸

---

① 如王性之《传奇辨正》、赵令畤《商调蝶恋花词》、《类说》本《异闻集》中所称"传奇",皆指元稹小说《传奇》(即《莺莺传》);如陈师道《后山诗话》所载尹洙批评《岳阳楼记》语中所称"传奇",则指裴铏小说集《传奇》。

② 孟元老《东京梦华录》卷五"京瓦伎艺"条,孟元老等《东京梦华录》(外四种),上海:古典文学出版社,1957年版,第29~30页。

③ 王灼《碧鸡漫志》卷二,台湾《丛书集成新编》本,第81册,第220页。

④ 耐得翁《都城纪胜》"瓦舍众伎"条,孟元老等《东京梦华录》(外四种),第96页。笔者按:"传奇、灵怪、八曲、说唱",可能应为"传奇、灵怪,入曲说唱",参见吴自牧《梦粱录》卷二〇"妓乐"条。

⑤ 周密《武林旧事》卷六"诸色伎艺人",孟元老等《东京梦华录》(外四种),第459页。

⑥ 吴自牧《梦粱录》卷二〇"妓乐"条,孟元老等《东京梦华录》(外四种),第310页。

⑦ 钱仲联等《中国文学大辞典》"孔三传"条云:"宋诸宫调艺人。泽州(治今山西晋城)人。《刘知远诸宫调》中称'多知古事'者为'三传',则孔三传当为艺名,本名未详。活动于宋神宗熙宁、元丰和哲宗元祐年间,首创诸宫调,并说唱传奇、灵怪。"上海:上海辞书出版社,2000年版,第495页。

宫调其实就是"传奇、灵怪,入曲说唱",亦即小说的乐曲化。[①] "传奇"与"灵怪"一道,成为了诸宫调这种民间伎艺的题材类型。

宋人文献中的"传奇"除了指称诸宫调的一种题材类型,后又成为"说话四家数"之一"小说"家门中的一种题材类型。南宋中后期耐得翁《都城纪胜》"瓦舍众伎"条载:"说话有四家:一者小说,谓之银字儿,如烟粉、灵怪、传奇……"[②]后来宋元之际吴自牧《梦粱录》"小说讲经史"亦载:"说话者谓之'舌辩'。虽有四家数,各有门庭。且小说名'银字儿',如烟粉、灵怪、传奇、公案、朴刀、杆棒、发发踪泰(引者注:'发发踪泰'可能为'发迹变泰'之误)之事……"[③]同为宋末元初人的罗烨于《醉翁谈录·小说开辟》云:"夫小说者……有灵怪、烟粉、传奇、公案,兼朴刀、杆棒、妖术、神仙……论《莺莺传》、《爱爱词》、《张康题壁》、《钱榆骂海》、《鸳鸯灯》、《夜游湖》、《紫香囊》、《徐都尉》、《惠娘魄偶》、《王魁负心》、《桃叶渡》、《牡丹记》、《花萼楼》、《章台柳》、《卓文君》、《李亚仙》、《崔护觅水》、《唐辅采莲》,此乃为(疑应作'谓')之传奇。"[④]综合这三条材料,可知"传奇"是"说话有四家"中"小说"门下的一种题材类型,[⑤]与烟粉、灵怪等并列。罗烨还在"传奇"类中详细列举了18篇代表性的作品,这些作品大体上与《莺莺传》一样都是爱情故事,而《莺莺传》列为首篇,也许该篇原名《传奇》且最有典范性。由此可见"传奇"应该是说话人专门演述男女之间爱情故事的一种题材类型。

宋人文献中的"传奇"还可能用来指称南宋时期流行于南方的南曲戏文。南宋末年张炎《山中白云词》卷五《满江红》词小序云:"赠韫玉,传奇惟吴中子弟为第一。"[⑥]其中"传奇"即可能指南戏。任半塘先生《唐戏弄》有云:"宋人所谓'传奇体','传奇'二字,则已指讲唱本或剧本矣。"[⑦]后来明清时期,"传奇"一词中有戏曲之义项,实际宋人已开其端倪。

---

① 王国维《宋元戏曲史》第四章"宋之乐曲"云:"诸宫调者,小说之支流,而被之以乐曲者也。"上海:上海古籍出版社,1998年版,第40页。

② 耐得翁《都城纪胜》"瓦舍众伎"条,孟元老等《东京梦华录》(外四种),第98页。

③ 吴自牧《梦粱录》卷二〇"小说讲经史"条,孟元老等《东京梦华录》(外四种),第312页。

④ 罗烨《醉翁谈录·小说开辟》,上海:古典文学出版社,1957年版,第3~4页。

⑤《金史》卷一二九《佞幸传》载:"张仲轲幼名牛儿,市井无赖,说传奇小说,杂以俳优诙谐语为业。"(北京:中华书局,1975年版,第2780页)其中"说传奇小说"直接点出了"传奇"与"说话""小说"的隶属关系。

⑥ 张炎《山中白云词》,《文渊阁四库全书》本,第1488册,第506页。

⑦ 任半塘《唐戏弄》下册,上海:上海古籍出版社,1984年版,第1081页。

在宋代,"传奇"或指诸宫调的一种题材类型,或指"说话"伎艺中"小说"家门的一种题材类型,或为南戏的一个别名,总之,"传奇"成了民间说("小说")、唱("诸宫调")、演("南戏")等伎艺中的一种题材类型。其实,这正说明了"传奇"文本的故事性、观赏性较强,故而能被多种民间伎艺借用。而民间伎艺对"传奇"文本的反复演绎,也使"传奇"文本与"灵怪""公案"等其它文本的类型区分越发清晰,从而使得"传奇"的文类意义逐渐加强。

南宋末期,谢采伯吸取民间说唱中"传奇"的类型意识,提出了在小说学史上既有文类意义又初具文体意义的"传奇"概念。其《密斋笔记·自序》云:"经史、本朝文艺杂说几五万余言,固未足追媲古作,要之无抵牾于圣人,不犹愈于稗官小说、传奇、志怪之流乎?"[1]其中"传奇"与"稗官小说""志怪"相提并论,已初步具有与"稗官小说""志怪"鼎足而三的文言小说文体之意义。

宋代"传奇"一词从元稹《莺莺传》和裴铏《传奇》的专指,到民间说唱的一种题材类型,再到文人吸取民间说唱中"传奇"的类型意识提出具有初步文体意义的"传奇"概念,可谓椎轮大辂,良有渐也。后来元代的虞集、明代的胡应麟等又在宋人基础上对"传奇"作为文言小说文体的内涵作了精当的阐发,而民国年间鲁迅先生《中国小说史略》的相关论析更是使"传奇"作为小说文体概念得以真正确立。在这样一个"传奇"概念的演进谱系中,宋人作出了自己的贡献,值得学界关注。

---

①谢采伯《密斋笔记》卷首自序,《丛书集成初编》本,上海:商务印书馆,1936年版,第2872册,第1页。

第四章　共生单元:志怪传奇
与士人叙事机理(下)

第一节　叙事主题的伦理化与文本的道学气

宋代是道学(理学)逐渐孕育成熟并最终成为国家意识形态的时代,也是理性思潮深刻影响各种文化门类、各体文学样式的时代。宋代的志怪传奇受到时代风气的濡染,在主题方面呈现出强烈的伦理化取向。俞建卿《晋唐小说六十种序》云"说部之书汗牛充栋,而大抵别为两派:晋唐尚文,宋元尚理",[①]鲁迅论及传奇时云"宋好劝惩",[②]都点出了宋代志怪传奇"尚理""好劝惩"的特质。

一、"宋好劝惩"与"说部尚理"

(一)以"果报"行"劝惩"

宋代志怪传奇中,言因果报应以劝善惩恶之作比比皆是。据李剑国先生《宋代志怪传奇叙录》,曹希达撰《孝感义闻录》三卷,钱易撰《杀生显戒》三卷,张君房编《儆戒会最》一卷,文彦博编《至孝通神集》三十卷,岑象求撰《吉凶影响录》十卷,周明寂编《劝善录》六卷、《劝善录拾遗》十五卷,朱定国撰《幽明杂警》三卷,李象先编《禁杀录》一卷,王古撰《劝善录》六卷,无名氏撰《屠牛阴报录》,王蕃撰《褒善录》一卷,令狐皞如编《历代神异感应录》二卷,无名氏撰《心应录》七卷,无名氏撰《劝善录》一卷,无名氏撰《阴戒录》,无名氏撰《因果录》,无名氏撰《恶戒》,何恋撰《何恋入冥记》,刘望之撰《毛烈传》,王日休撰《劝戒录》,卜洪撰《劝戒录》,晁公遡撰《高俊入冥记》,秦绛撰《黄十翁入冥记》,李昌龄编《乐善录》十卷,蒋宝撰《冥司报应》,无名氏撰

[①] 俞建卿编《晋唐小说六十种》卷前自序,民国四年上海广益书局印本。
[②] 鲁迅《唐宋传奇集·序例》语,天津:天津古籍出版社,2002年版,第1页。

《闻善录》,欧阳邦基编《劝戒别录》三卷,郑超撰《郑超入冥记》,无名氏撰《儆告》一卷,僧庭藻撰《续北齐还冤志》一卷,江敦教撰《影响录》等 32 种皆可归入劝善报应之作,约占《宋代志怪传奇叙录》所录志怪传奇总数的六分之一。

　　另外,还有一些志怪小说集虽不专言果报,但这方面内容也是其重要组成部分,如尹国均编《古今前定录》二卷,《郡斋读书志》叙录该书云:"辑经史子集、古今之人兴衰穷达,贵贱贫富,死生寿夭,与夫一动静,一语默,一饮一啄,定于前而形于梦,兆于卜、见于相貌,应于谶记者,凡一门,以为不知命而躁竞者之戒。至若裴度以阴德而致贵,孙亮以阴谴而减龄之类,又别为二门,使君子不以天废人云。"①于此可知该书总共三门中竟有两门辑录"以阴德而致贵""以阴谴而减龄"之类阴骘冥报故事。又如宋氏(委心子)编《分门古今类事》二十卷,步武尹国均编《古今前定录》而扩展之,将"天定可以胜人"者分为十门,又将"人定亦能胜天"者分作"为善而增门"和"为恶而削门",②这两门就是明显的辑录果报故事。再如洪迈撰《夷坚志》四百八十卷,现存两百余卷、三千余个故事中,涉及果报的竟有六百多个,约占两成。通观宋代志怪传奇,如果加上《古今前定录》《分门古今类事》《夷坚志》等含有大量果报故事的志怪小说集,果报小说在志怪传奇中的比例会更高。

　　宋代的果报小说都有非常明确的劝惩意图。有通说吉凶祸福以劝善惩恶者,如岑象求撰《吉凶影响录》乃作者"见善恶报应事,辄删润而记之"③的结集,阐发善恶"吉凶之报,若影之随形,响之应声"④的宗旨。又如宋氏编《分门古今类事》"虽采撷丛琐,不无涉于诞幻,而警发世俗,意颇切至",⑤周明寂编《劝善录》乃"纂道释、神奇、祸福之效前人为传纪者,成一编,以诫世"⑥,朱定国撰《幽明杂警》乃"取近世祸福之应其理可推者百余

---

① 晁公武撰、孙猛校证《郡斋读书志校证》卷一三,上海:上海古籍出版社,1990 年版,第 581 页。

② 委心子《分门古今类事》自序,《丛书集成初编》本,上海:商务印书馆,1937 年版,第 2720 册,第 1 页。

③ 晁公武撰、孙猛校证《郡斋读书志校证》卷一三,第 593 页。

④ 《尚书·大禹谟》云:"惠迪吉,从逆凶,唯影响。"传云:"吉凶之报,若影之随形,响之应声。"《尚书正义》,北京:北京大学出版社,1999 年版,第 87~88 页。

⑤ 《四库全书总目》卷一四二《分门古今类事提要》,北京:中华书局,1997 年版,第 1883 页。

⑥ 晁公武撰、孙猛校证《郡斋读书志校证》卷一三,第 593 页。

事,次之以警俗"。① 再如李昌龄编《乐善录》"大旨皆谈罪福因果",②被何荣孙、汪统誉为"有补于名教","深有益于世教"。③ 这些集子大多辑录福善祸淫之类故事,劝惩意图非常明确。

有劝人怀仁行善勿杀生者,如钱易撰《杀生显戒》,李象先编《禁杀录》,无名氏撰《屠牛阴报录》,应该都是"集录古今冥报事,以为杀戒",④惜乎都已亡佚。现存宋代小说中,不仁而遭恶报与行仁而得善报者比比皆是。前者如《青琐高议》前集卷八《何仙姑续补》,叙商人李正臣之妻得疾,腹中有物若巨块,百术莫治。李请何仙姑解救,仙姑云李妻尝杀孕婢,此疾乃冤魂相报,不可救也。后李妻腹裂而死,腹中乃一死女子。⑤ 后者如王拱辰《张佛子传》,叙张庆司狱,常以矜慎自持,善待囚徒,"因有无辜者,辄私释之","其因狱有讹鞫者,庆以至诚疏画条令,美言以喻之,故不讯考而疑狱常决"。后来其妻染疾而毙,三日复生,自述入冥见白衣观音,告知"汝夫阴功甚多,子孙当有兴者",明年果得一子。⑥

有劝人笃于孝道者,如曹希达撰《孝感义闻录》,文彦博编《至孝通神集》,惜乎皆佚。现存宋代小说中,尽孝而得善报与不孝而得恶报者俯拾即是。前者如《夷坚志补》卷一《都昌吴孝妇》,叙都昌妇吴氏,无子寡居,而侍奉病目之姑尽孝。一次姑误将米饭置于垢污不洁的桶内,吴氏"还视之,不发一言,亟于邻家借饭馈姑,而取所污饭,洗涤蒸熟食之"。吴氏此举感动天帝,天帝赐钱一贯,用尽复生,绵绵不匮,姑双目寻亦再明。⑦ 后者如《友会谈丛》卷上"李忠条",叙贝州历亭县石氏兄弟,事母不孝,最推凶暴,竟然潜杀其母以嫁祸他人,"未几风雨暴作,掣电迅雷,击死二石。顷刻开霁,踣尸于户外,背上各有朱字,言杀母之由"。⑧

有劝人莫辜恩负心者,如《夷坚志补》卷一一《满少卿》,叙淮南书生满

①杨杰《故朝散郎致仕朱君墓志铭》,《全宋文》,上海、合肥:上海辞书出版社、安徽教育出版社,2006年版,第75册,第270页。

②《四库全书总目》卷一二四《乐善录提要》,第1650页。

③李昌龄《乐善录》卷首何荣孙序、卷末汪统跋,《续修四库全书》本,1266册,第281、371页。

④晁公武撰、孙猛校证《郡斋读书志校证》卷一四《禁杀录》提要语,第665页。

⑤刘斧《青琐高议》前集卷八《何仙姑续补》,北京:中华书局,1983年版,第84页。

⑥李剑国《宋代传奇集》,北京:中华书局,2001年版,第149~151页。

⑦洪迈《夷坚志》,北京:中华书局,1981年版,第1554~1555页。

⑧上官融《友会谈丛》卷上,《续修四库全书》本,第1260册,第61页。

少卿浪游四方而冻馁之际，幸得焦大郎相助，并娶焦女为妻。后来，满生得中进士，遂抛弃焦氏，另娶门第高贵、装奁甚富的朱氏，令焦氏父女抱恨而亡。二十年后，焦氏阴魂找到满生，追索其命，得以报冤。[①] 又如《青琐高议》后集卷四《陈叔文》。文叙已有妻室的京师人陈叔文，为骗取娼妓崔兰英的钱财作为赴任之资，谎称未娶，与兰英结为夫妻并携其赴任。三年后任满回京，陈生为避免前妻知道兰英之事而诉于官府，竟将兰英及其使女一起推入江中溺毙。后来兰英和使女的冤魂找上门来，陈生毙命，死状怪异，"仰面，两手自束于背上，形若今之伏法死者"。文末附以议论，"兹事都人共闻，冤施于人，不为法诛，则为鬼诛，其理彰彰然"，清晰地点出了负心为恶必遭恶报的彰彰之理。[②]

有劝人莫行不义者，如《夷坚支戊》卷五《刘元八郎》，叙明州夏主簿与林氏共买酒坊，林负夏钱二千缗，夏催索不得，诉于州府。府吏八人受林氏贿赂，反而诬陷夏主簿负林氏钱，将夏下狱。郡有刘元八郎者，为夏打抱不平。府吏惧怕，行贿于刘元八郎，惹得刘元八郎大骂："尔辈起不义之心，兴不义之狱，今又以不义之财污我。我宁饿死，不受汝一钱饵也。此段曲直虚实，定非阳间可了。使阴间无官司则已，若有之，渠须有理雪处。"后来夏冤死，府吏八人因兴不义之狱相继暴亡，刘元八郎因为仗义行事而增寿一纪。[③] 又如《青琐高议》后集卷四《龚球记》，叙京师人龚球用计骗得李太保家青衣所携之财物，害得该青衣受尽拷打而死。青衣的冤魂诉于阴府，龚球受到阴报，体生恶疮，苦痛异常而死。文末附以议论，"冤不可施于人，阴报如此，观者宜以为戒焉"，点出故事的鉴戒之意。[④]

宋代志怪传奇中的果报故事，糅合了佛教的因果报应学说和中国传统的善恶报应观念，以福善祸淫历历不爽的生动事例，倡导仁孝节义，鞭笞辜恩负心，呈现出叙事主题伦理化的取向。值得注意的是，宋代志怪传奇果报题材之夥，劝惩意旨之浓，远远超过唐代，也为后来的元明清所不及，彰显出宋代志怪传奇伦理化的程度之深。

---

① 洪迈《夷坚志》，第 1649～1651 页。
② 刘斧《青琐高议》，第 140～142 页。
③ 洪迈《夷坚志》，第 1086～1088 页。
④ 刘斧《青琐高议》，第 143～144 页。

（二）以“义理”节“情欲”

宋代文言小说中，情爱题材屡见不鲜。其中颇可注意的是，这些作品往往对情欲非常警惕，常常会在故事中呈现淫佚的骇人恶果，显示出戒“淫”节“欲”的倾向。这种倾向尤其在人间男子遇合女鬼、女妖的题材中表现得最为充分，如钱易《越娘记》。文叙杨舜俞自都往蔡，夜行遇女鬼越娘。越娘自言本越州人，随夫至北方，不料夫死于兵，随后又被武人所夺，武人又死于兵。孤苦无依的越娘欲窜回故乡，中途落入盗贼之手，不甘受辱，自缢而死，被盗贼胡乱葬下。越娘恳切杨能为她迁骨安葬，杨游蔡回，为越娘改葬。三日后，越娘来谢，杨不顾越娘“妾乃幽阴之极，君子至盛之阳，在妾无损，于君有伤”的告诫，强与之欢好，并让越娘每夕前来。数月后，杨身体受损而卧病，越娘侍疾，稍安即别，去不复至。杨由思而恨，欲毁其墓，刚好有道士经过，道士作法擒越娘出。越娘痛责杨曰：“古之义士葬骨迁神者多矣，不闻乱之使反受殃祸者焉。今子因其事反图淫欲，我惧罪藏匿不出，子则伐吾墓，今又困于道者，使我荷枷，痛被鞭挞，血流至足，子安忍乎？我如知子小人，我骨虽在污泥下，不愿至此地，自贻今日之困。”杨愧疚不已，求道士释放越娘，道士依之，并批评杨曰：“幽冥异道，人鬼殊途，相遇两不利，尤损于子。凡人之生，初岁则阳多而阴少，壮年则阴阳相半，及老也，阳少而阴多。阳尽而阴存则死。子自壮，气血方刚，自甘逐阴纯异物，耗其气，子之死可立而待。儒者不适于理，徒读其书，将安用也？”后杨梦见越娘来道珍重，自此不再来矣。该故事中，作者借越娘之口痛责杨生“图淫欲”，借道士之口批评杨生“自甘逐阴纯异物”“不适于理”，都点出了作者惩戒淫欲的用意。该文被刘斧收入《青琐高议》，并在文末附以议论曰：“愚哉舜俞也！始以迁骨为德，不及于乱，岂不美乎？既乱之，又从而累彼，舜俞虽死，亦甘惑之甚也。夫惑死者犹且若是，生者从可知也。后此为戒焉。”[1]更是将杨生惑于女鬼之色而乱之作为反面教训，以戒世人。

与《越娘记》相似，宋代文言小说中惩戒淫乱于女鬼、女妖的作品，俯拾即是。这些作品常常采用这样一种叙事套路：人间男子惑于妖鬼之美色而乱之，身体受损，被法师察觉而施法救之，脱离欲海。

这些作品的戒淫意味非常浓厚，首先是将惑于妖鬼美色的后果写得很

严重。《夷坚志·宁行者》中的宁行者与女鬼"缱绻欢洽"一夕，即"辞气困悷""卧疾累日"。①《投辖录·贾生》中的贾氏子惑于一位"姿态绝出""衣服饮食珍丽，颜色则世所未见"的女鬼，朝暮往来，于是"瘦瘠""服药不验"。②《夷坚志·南丰知县》中的赵生惑于女鬼，晓往夕来，于是"神情日昏悴，饮食顿削"。③《云斋广录·西蜀异遇》中的李生与狐女宋媛缱绻月余之后，便"容色枯悴，肌肉瘦削"。④《青琐高议·西池春游》中的侯诚叔与狐妖独孤氏交往数年，后偶遇道士，即被道士点出严重后果："今子之形，正为邪夺，阳为阴侵，体之微弱，唇根浮黑，面青而不荣，形衰而靡壮，君必为妖孽所惑。子若隐默不觉乎非，必至于死也。"⑤惑于妖鬼美色而丧命者不在少数。《玉照新志》卷四"张行简"条中的太学生张行简惑于草木之妖幻化而成的素衣妇人，"自此多疾疢，日觉羸瘠"，后信道士之言，避走浙东，方才暂时免祸，不料三年后返家，又逢该妇，"不数月，生疾复作而死"。⑥《夷坚志·顾端仁》中的顾端仁秀才，惑于猫精所化女子的"颜貌光丽""堕溺色爱""郁郁不乐，殆如痴人"，后来虽有法师出手相救，仍因"美人相引"而"赴水"，即便"拯之获免"，"然浸抱迷疾，少时而殂"。⑦

其次是剥开美色妖鬼的画皮，使其原形毕露，警醒欲海中人。《鬼董·樊生》中的樊生惑于一位"粲然丽人"——陶小娘子，而实际上丽人为"张氏之婪，以外淫为主所杀，中腰一剑而断"，如今乃是"腰腹中绝，以线缝缀而不甚相属"的女鬼。⑧《夷坚志·懒堂女子》中的懒堂女子惑人时"素衣淡装，举动妖媚"，而当法师作法后，"露背突兀如簑衣，浮游中央，闯首四顾，乃大白鳖也。若为物所钩致，跂曳至庭下，顿足呀口，犹若向人作乞命态。镬油正沸，自匍匐投其中，糜溃而死"，原形毕露，丑陋不堪。⑨《历阳丽人》

①洪迈《夷坚志》，《夷坚支甲》卷八，第 774 页。
②王明清《投辖录·贾生》，《宋元笔记小说大观》本，上海：上海古籍出版社 2007 年版，第 3865～3867 页。
③洪迈《夷坚志》，《夷坚丁志》卷一，第 543 页。
④李献民《云斋广录》卷五《西蜀异遇》，北京：中华书局，1997 年版，第 27 页。
⑤刘斧《青琐高议》别集卷一，第 209 页。
⑥王明清《玉照新志》卷四，《丛书集成初编》本，上海：商务印书馆，1936 年版，第 2769 册，第 59～60 页。
⑦洪迈《夷坚志》，《夷坚支乙》卷一，第 798～800 页。
⑧《鬼董》卷四，《续修四库全书》本，第 1266 册，第 394～395 页。
⑨洪迈《夷坚志》，《夷坚志补》卷二二，第 1751～1753 页。

中的丽人引诱芮生时"其容貌之美，服饰之盛，真神仙中人"，而被法师作法治死后不过是"尸横百丈，其符宛在鳞甲间"的巨蟒，如此情景，终使芮生"如醉方醒"。① 实际上，芮生们目睹妖鬼丽人本相后的"如醉方醒"，正是这类作品苦心孤诣之所在。

再次是常在故事之末附以议论，径直点出戒淫主旨，如上引钱易《越娘记》，文末有刘斧画龙点睛的议论。又如《鬼董》之《周浩》，叙周浩惑于鳖精和獭精幻化而成的美艳妻妾，幸得道士相救，方才免祸。作者于文末借主客问答点明主旨：

> 或曰："人灵于万物，人不能神，禽兽昆虫恶能神，又恶能魅人？凡言魅者其寓欤？"余曰："……夫物之魅人者必以淫，淫者其自魅也久矣，已魅而物之魅类至矣，何寓言之有？"②

其中"淫者其自魅也久矣，已魅而物之魅类至矣"云云，清晰地点出了色不迷人人自迷、物不魅人人自魅的戒淫之旨。

如上所述，宋代文言小说中人间男子惑于美色妖鬼的众多作品，大都有惩戒意图。实际上，这些美色妖鬼不过是作者们虚构出来的男子放纵情欲的目标物，那些惑于美色妖鬼以至伤身丧命的人间悲剧则是对纵欲的报应和警示，而这些作品最后往往会剥开美色妖鬼的伪装，使其现出丑陋的原形，则无疑隐喻着放纵情欲之污浊与龌龊。作者们在小说中对情欲目标物的去伪现形，对放纵情欲者的惩戒警示，使得这类作品呈现出较强的伦理化趋势。这种趋势其实是当时以"义理"节制"情欲"之思潮在小说中的自然投射。程颐《周易程氏传》云："阴阳之配合，男女之交媾，理之常也。然从欲而流放，不由义理，则淫邪无所不至，伤身败德，岂人理哉？"③明确指出"不由义理"之"欲"，会导致"伤身败德"，其实质是要用"义理"来引导、节制"情欲"。宋代文言小说中的人间男子野合美色妖鬼，无疑就是典型的"从欲而流放"，理所当然地要受到谴责和惩戒。另外值得注意的是，小说史上叙写人间男子遇合美色妖鬼的作品历代皆有，但未必都有惩戒意旨，有些甚至还有风流自赏的意味，而宋代此类作品惩戒意旨之鲜明，确实是

---

① 洪迈《夷坚志》，《夷坚三志辛》卷五，第 1422~1424 页。
② 《鬼董》卷二，《续修四库全书》本，第 1266 册，第 381~382 页。
③ 程颐《周易程氏传》卷四，《二程集》，北京：中华书局，1981 年版，第 979 页。

非常突出的，正好从一个侧面反映出宋代文言小说鲜明的伦理色彩和浓烈的道学气息。

（三）以"妇节"敦"士节"

宋代文言小说中，塑造了一大批光彩照人的义娼节妇形象。这些形象，在宋人心目中是道德的化身，也是美的化身。宋人按照自己的审美理想和道德精神，既塑造了她们幽姿逸韵般美的风范，也赋予了她们忠孝节义等德的精神。

清虚子《温琬》和蔡子醇《甘棠遗事后序》①所塑造的义妓温琬形象，颇有深意。文叙甘棠娼温琬本为良家子，其父殁，其母流为娼，被迫寄养于姨父家。姨父姨母训以诗书丝竹，钟爱如亲女。不料十四岁时被生母召回陕州，流为娼。司马光回陕，太守命琬侍，琬谦恭有礼，得到司马光的夸赞，太守待之益厚，使系官籍。琬交游者皆当世豪迈之士，惜琬母为一商所据，日夜沉寝，致使琬所接士恶之而疏至。琬深感为母所制，乃易服潜投凤翔，事泄为陕州太守访得追回。琬令母改过，母乃绝商者。琬欲从良适人，求太守脱籍，不果。后来适逢太守轮换，琬得遂愿，与母徙居京师。既至，又被右军访得而系名官籍。居数年后，求去籍，得遂所请。小说中的温琬，才学和德操都出类拔萃。温琬博览群书，深通《孟子》，"性不乐笙竽，终日沉坐，惟喜读书。杨、孟、《文选》、诸史典、名贤文章，率能诵之，尤长于孟轲书"，"遇士夫缙绅，则书《孟子》以寄其志，人人爱之"。又善诗，"初学绝句，已有文彩可观"，"间或席上有所赠答，多警句，关中以至淮甸人人争传诵，于是又以诗名愈盛"。又善书法，"其字学颇为人推许，有得之者，宝藏珍重，不啻金玉。就染指书，尤极其妙"。又有著述传世，"其间九经、十二史、诸子百家，自两汉以来文章议论、天文、兵法、阴阳、释道之要，莫不赅备，以至于往古当世成败，皆次列之，常日披阅，赅博远过宿学之士"。温琬不仅才学过人，而且德操出众，她不愿交接富商巨贾之伦，"所与合者皆当世豪迈之士"，"至于轻浮儇浪之狂子弟，皆望风披靡而不敢侧目以瞩视"。另外，值得一提的是，小说对温琬被迫流为娼妓的过程有细致的描写。特意强调温琬之所以不愿"感慨自杀"，也没有径直嫁人，"自谋之

---

① 清虚子所为文，原名为《甘棠遗事》，亦名《甘棠遗事新录》，刘斧收入《青琐高议》时改名《温琬》，蔡子醇《甘棠遗事后序》是针对《甘棠遗事》的补叙，两篇前后相续，可合而观之。

善"，都是考虑到要替母亲偿债，养活母亲，于是为了母亲而忍辱求生、流为娼妓。① 温婉为孝亲而为娼的心曲表白，入情入理，从中也可管窥到作者的恕谅和同情。

清虚子们塑造的温婉形象，才学过人，德操出众，而且为娼亦有孝亲之衷曲，其情可恕。那么清虚子们热衷于书写这样一个义妓形象，意欲何为呢？清虚子在序中言："都下名娼以色称者多矣，以德称者甚尟焉。"在文末又称赞道："韩退之尝有言曰：'欲观圣人之道，自《孟子》始。'温婉区区一娼妇人耳，少嗜读书，长而能解究其义，亦可爱也。且观其施设措置，是非明白，诚鲜俪于天下。"②陈希言在给清虚子的信中称扬温婉"其善翰墨，颇通孟轲书，尤长于诗笔，有节操廉耻，而不以娼自待"，"视其所得，察其所操，如仲圭者，实未之有"，③其重心都在表彰温婉的"德"和"节操廉耻"。张洞补述清虚子传所未备，称扬温婉"最善谈语，每与宾友对席，礼貌雍容，绰约姮娥之思，实天赋与而非强使。然非道义之言，非悠久之语，曾不出诸其口……闻己过不惮改，轻财好施，士有逆旅窘困者，辄召赠予。或辞不受，必宛转致，使有所济，则喜形于色。事母极纯孝，而临事能处，不牵拘于世俗。乐称道人之善"。④ 张洞补述之语还将温婉与天下之娼进行对比而点出其可贵之处：

> 尝谓：娼者固冗艺之妓也，有不得已而流为此辈，所以藉赖金钱，活其生养其亲而已矣。既有所藉，则不可以无取，取之有道，得之有义，是故君子之所贵焉。今天下之娼则不然，举性乎淫而志乎利者也。但求能少识夫义理者实鲜。且夫平居里巷相慕悦，酒食游戏相追逐，诩诩强笑语以相取乐，握手出肺肠相示，指天日泣涕，誓死生不相负背，真若可信。一旦计锥刀之利，稍不如意，则弃旧从新，曾不之顾。间有莅官君子，承学之士，深惜名节者，亦甘心焉，折身下首，割财损家，极其所欲而后已。此虽夷狄禽兽之所不忍为，其人乃自视以为得意……闻温婉之风者可无愧死焉。而清虚子传意存讽讥，殆非苟作，

---

① 刘斧《青琐高议》后集卷七《温婉》，第166～173页。
② 刘斧《青琐高议》后集卷七《温婉》，第166、173页。
③ 刘斧《青琐高议》后集卷七《温婉》，第171页。
④ 刘斧《青琐高议》后集卷八《甘棠遗事后序》，第175～180页。

欲人人致身于善地耳。①

张洞之论述，其实是将温婉作为一个道德高标来反观世风，而最后一句"清虚子传意存讽讥，殆非苟作，欲人人致身于善地耳"则是画龙点睛，异常清晰地点出了书写温婉形象的劝善苦心。总之，清虚子们塑造德才兼备的温婉形象，可谓"项庄舞剑意在沛公"，乃是以妇人之节、娼妓之德砥砺士节、敦劝世风。

《谭意歌》中的谭意歌是一位自尊自立的青楼女子形象，渗透着宋人强烈的道德意识。谭意歌由一个困苦的孤儿被卖为妓女而不甘堕落，凭借才学赢得太守称赞而成功脱籍。后遇茶官张正宇而托付终身，已有身孕后不料张"内逼慈亲之教，外为物议之非"而另行结亲高门。谭闻讯后并未悲观，而是私蓄置产，躬耕教子，自力更生。后三年，张妻谢世，张向谭再三请婚，谭坚持明媒正娶，方有可能。张乃如其请，两人终成眷属，夫妻偕老，子孙繁茂。② 谭意歌为娼并不自贱而是自尊，被弃并不自悲而是自立，散发出"出污泥而不染"的人格光辉。

钟将之《义娼传》中的长沙娼也是一位可圈可点的奇女子。该女喜秦少游乐府，一次有幸得见少游本人，惊喜不已，以隆礼侍之。少游走后，该女闭门谢客，誓不以此身负少游。一日昼寝梦少游来别，寤而惊泣，数日少游死讯至，该女行数百里前往吊唁，临丧拊棺，一恸而绝。作者在文末特为赞曰："倡慕少游之才，而卒践其言，以身事之，而归死焉，不以存亡间，可谓义倡矣！世之言倡者，徒曰下流不足道。呜呼！今夫士之洁其身以许人，能不负其死而不愧于倡者，几人哉！倡虽处贱而节义若此，然其处朝廷处乡里处亲识僚友之际，而士君子其称者，乃有愧焉！则倡之义，岂可薄邪！"③非常清晰地点出了以倡之节义讽喻士之操守的主旨。

《王幼玉记》中的王幼玉乃是一位有情有义的风尘女子，文末议曰："今之娼，去就狗利，其他不能动其心，求潇女、霍生事，未尝闻也。今幼玉之爱柳郎，一何厚耶？有情者观之，莫不怆然。"④点出了王幼玉为娼不狗利而重情的可贵。《长安李妹》中的李妹出身娼家，被纳为同州节度之妾，后被

---

① 刘斧《青琐高议》后集卷八《甘棠遗事后序》，第 180 页。
② 刘斧《青琐高议》别集卷二《谭意歌》，第 212～217 页。
③ 洪迈《夷坚志》节录，《夷坚志补》卷二，第 1561 页。
④ 刘斧《青琐高议》前集卷一〇《王幼玉记》，第 99 页。

夫暂寄于龙州刺史张侯别第，义正词严地拒绝张侯的调戏，并自缢以报同州。其斥责张侯之言，大义凛凛：

> 妇人以容德事人，职主中馈。妹不幸幼出贱污，鬻身宫邸，委质妾御，不获托久要于良家，罪实滋大。幸蒙同州怜爱，许侍巾履。同州性严忌，虽亲子弟犹不得见妹之面。偶因微谴，暂托于君侯，则所以相待愈于爱子矣。不图君侯乃欲持货利见盅，而又凭酒仗剑，威胁以死。欺天罔人，暴媟女子，此诚烈谊丈夫所不忍闻。妹宁以颈血污侯刀，愿速斩妹头送同州，虽死不憾。①

高言义行的李妹，堪称宋代义娼的楷模。另外，《李师师外传》中的李师师也是"饶有烈丈夫概"②的义娼。

宋代文言小说中不仅塑造了温婉、谭意歌、长沙娼、王幼玉、李妹、李师师等义娼形象，还塑造了孙氏、淮阴妇、绿珠等节妇形象，并以这些女性的节义来敦劝士节、砥砺世风。《孙氏记》中的孙氏是一位"端节自持"的节妇，先是有礼有节地拒绝周生的非分之想，夫亡后嫁给周生又以死劝谏其"自守清慎"。文末刘斧议曰："妇人女子有节义，皆可记也。如孙氏，近世亦稀有也。为妇则壁立不可乱，俾夫能改过立世，终为命妇也，宜矣。"③点出了孙氏节义的可贵。《鸡肋编》中的淮阴妇因有美色而致使"悦妇之美"的里人谋害其夫，时隔多年，已为里人之妻的淮阴妇知晓真相后，毅然举报里人使其伏法，并"恸哭曰：'以吾之色而杀二夫，亦何以生为？'遂赴淮而死"。④淮阴妇痛悔自己以"色而杀二夫"并"赴淮而死"，可见宋代尚节远色的道德观念已经渗透到妇人的骨髓里。乐史《绿珠传》塑造了坠楼以全贞节的绿珠形象，并在文末批评"享厚禄，盗高位，亡仁义之行，怀反覆之情"之徒，"节操反不若一妇人，岂不愧哉"，⑤清晰地点出了以妇节敦劝士节世风的意旨。

宋代文言小说中义娼节妇形象之夥，在小说史上是非常突出的。尤其

---

① 洪迈《夷坚志》，《夷坚三志己》卷一，第 1309～1310 页。
② 黄廷鉴《李师师外传》跋语，《李师师外传》卷后附录，《丛书集成新编》本，台北：新文丰出版公司，1986 年版，第 83 册，第 197 页。
③ 刘斧《青琐高议》前集卷七《孙氏记》，第 74 页。
④ 庄绰《鸡肋编》卷下载吕夏卿《淮阴节妇传》，北京：中华书局，1983 年版，第 99 页。
⑤ 乐史《绿珠传》，《丛书集成新编》本，第 83 册，第 199 页。

是义娼形象之"至美至义"，着实令人叹为观止。李师师、谭意歌、长沙娼等既身为娼妓，本无"名节"可言，可她们偏偏要以节操自励，羞煞无节无义之士人。这些形象的虚构性可能远超真实性，"她们"被刻意塑造出来，渗透着理学濡染下宋人强烈的道德精神，折射出宋代文言小说鲜明的伦理色彩。

（四）以"义士"励"世风"

宋人特别重视节义、节操，在文言小说中不仅塑造了大量的义娼节妇，也书写了众多的忠臣义士。《摭青杂说》中的《阴兵》叙南宋初年金兵南侵，宋小校何兼资夜遇唐代名将张巡、许远、雷万春、南霁云等化身的神将天兵。宋军在神将天兵的帮助下，获得了皂角林之捷，金兵主将亦被斩首。[1] 这个故事显系虚构，但真实地反映了金人铁骑踏碎河山之际，宋人期盼出现如张巡、许远等忠臣烈士奋勇"杀贼"的潜在心理。实际上，该篇乃是以幻想的形式，用历史上忠臣烈士的英魂和壮举，抚慰宋人受伤的心灵，表达对当下忠义之士的期盼。曾敏行《独醒杂志》卷二"刘韐死节"条刻画了刘韐坚持气节、以身殉国的光辉形象。文叙汴京失守之际刘韐落于金兵之手，不愿卖身求荣，拒绝金人"将欲大用""取富贵"的诱惑，发出"偷生以事二姓，有死不可""国破主迁，乃欲用我，我宁死耳"的忠义之声，最后自缢殉国，令敌方主帅都感叹"是忠臣也"。刘公薨十八日后，"其子始克具棺殓，颜色如生，人以为忠节之气所致"，[2] 更表达出对刘公忠节之气的感佩。《独醒杂志》卷八"杨邦义死节"条刻画了金兵南侵之际杨邦义"宁为赵氏鬼，不作他邦臣"、壮烈殉国的凛凛大节，讴歌其"明事君之义、抗死节之忠"的大忠大义。[3] 宋代文言小说中，不仅刻画了刘韐、杨邦义等死节忠臣，还刻画了一批豪侠义士。《夷坚丁志》卷九《陕西刘生》就刻画了一位忠义爱国的义士形象。文叙绍兴初年南宋朝廷派往河南的间谍李忠，被无赖知晓后敲诈。刘生知悉后行侠仗义，用计将"败伤我忠义之风"的无赖除掉，并将其财物尽付李忠。李欲奉半直以谢，刘笑曰："我岂杀人以规利乎？"[4] 表现出为国除奸的高义。

---

①《摭青杂说·阴兵》，《丛书集成初编》本，第2686册，第1～2页。
②曾敏行《独醒杂志》卷二，上海：上海古籍出版社，1986年版，第17页。
③曾敏行《独醒杂志》卷八，第70页。
④洪迈《夷坚志》，《夷坚丁志》卷九，第615页。

宋人文言小说中的节义思想,不仅体现为形塑忠臣义士,甚而也体现为书写动物之义,最典型者为岳珂《义骥传》。文叙宁宗开禧间九江戍校王成在与金兵作战时偶获一病骥,精心饲养后得以康复。骥性烈不愿他人乘骑,唯对王成帖耳驯服。后来王成在与峒寇李元砺的战斗中阵亡,骥"屹立不去,踯躅徘徊,悲鸣尸侧",为元砺之弟所获。不久峒寇与宋军交战,元砺之弟乘骥出战。骥识得宋军旗帜,遂向宋军阵地疾驰,元砺之弟"觉有异,大呼勒挽不止,则怒以铁槊击之,胯尽伤","骥不复顾,冒阵以入",活生生地将元砺之弟"送给"宋军。宋军乘机进军,打败峒寇。事后,"众耻其功之出于马也,没骥之事,骥之义遂不闻于时。居二日,骥归病伤,不秣而死"。① 文末有"稗官氏"议论,曰:

> 孔子曰:"骥不称其力,称其德也。"今视骥之事,信然! 夫不苟受以为正,报施以为仁,冀以用其权,而决以致其功,又卒不失其义以死,非德其孰能称之也。彼仰秣而恋豆,历跨下而不知耻,因人而成事者,虽有奔尘绝景之技,才不胜德,媿之驽骀,何足算乎! 余意君子之将有取也,而居是乡,详其事,故私剟取著于篇。②

小说将骥知恩图报、将杀害主人王成的峒寇"送入"宋军使其败绩的高义,以及落入敌手后佯装驯服等待时机终于报仇雪恨的机智刻画了出来。"稗官氏"议论更是在对比中点出了骥的大义大德,其中"余意君子之将有取也"云云,揭示出该文以马喻人、以马励人的旨意。

宋人文言小说中的节义思想,还体现在对不节不义之奸臣逆贼的鞭笞上。曾慥《信笔录》记载:

> 绍兴二十七八年间,广西宪台属官代巡按过此,向晚路迷,有人引至深谷,有官府拷讯罪囚一,衣紫、金带,窠头而立,旁有语者云:"此秦桧也。"属官进揖,则云:"西窗事发,君归为言作大功德。"属官忽得路而回。适满秩过金陵,至桧家言之。桧妻王氏惊曰:"西窗即太师破柑处,议杀岳飞也。"未几,王氏亦下世。③

小说将靦颜事敌、陷害忠良的秦桧打入地府接受冥官的拷讯,反映出作者

---

①岳珂《桯史》卷五,北京:中华书局,1981 年版,第59~61 页。
②岳珂《桯史》卷五,第59~61 页。
③《永乐大典》卷二三四〇引曾慥《信笔录》,北京:中华书局,1986 年版,第975 页。

对奸臣逆贼的痛恨。《夷坚志补》卷六《张本头》将充当金虏帮凶欺压同胞的张本头，安排为病死后堕落畜身、经受鞭策、溺水而毙、又被剥皮的轮回转世命运，[1]反映出人们对为虎作伥、不节不义者的切齿痛恨。

二、"篇有垂诫"与"增其严冷"

（一）篇末议论，多为垂诫

宋代文言小说与宋诗、宋词、宋文一样，都有较为浓厚的议论气息。宋代文言小说的议论，既体现于文中借助人物之口臧否相关人事，更体现在文末作者现身说法评骘是非曲直，进行总结性的议论，卒章显志。我们试以袁闾琨、薛洪勣主编《唐宋传奇总集》所收唐宋传奇为例综合比较分析之。该书乃是专门针对唐宋时期传奇小说的选择较精的总集。该书坚持严格入选标准，凡入选作品均为载入《太平广记》等重要古籍中的传奇佳作和少量介于传奇小说和笔记小说之间的准传奇小说作品。该书宋代部分选入传奇 190 篇，其中有 5 篇（《大业拾遗记》《隋炀帝海山记》《迷楼记》《开河记》《梅妃传》）是否为宋传奇，学界存有争议，另有 1 篇（王鼎《焚椒录》）为辽金传奇，其余 184 种基本可以确定为宋传奇。这 184 篇宋传奇中，有篇末议论者 39 篇，占比 21％。而这 39 篇中，有 31 篇的篇末议论基本上为扬善抑恶、惩前毖后的道德劝诫，[2]可以视为篇末垂诫，篇末垂诫在篇末议论中占比高达 79％，可见宋传奇对篇末垂诫的偏好。

与宋传奇形成鲜明对照的是，唐传奇中的篇末议论和篇末垂诫比例要低得多。《唐宋传奇总集》选入唐传奇 245 篇，有篇末议论者 25 篇，占比10％，远低于宋传奇的 21％，只有后者的一半，可见唐人与宋人撰写传奇时对篇末议论的偏好程度相差很大。另外，有篇末议论的 25 篇唐传奇中，

---

[1] 洪迈《夷坚志》，《夷坚志补》卷六，第 1606 页。

[2] 这 31 篇为：乐史《杨太真外传》，张齐贤《虞州记异》《张相夫人始否终泰》《白万州遇剑客》《水中照见王者服冕》《洛阳染工见冤鬼》《焦生见亡妻》，钱易《越娘记》《桑维翰》，柳师尹《王幼玉记》，张实《流红记》，清虚子《甘棠遗事》，丘浚《孙氏记》，无名氏《慈云记》，刘斧《高言》《程说》《陈叔文》《朱蛇记》《楚王门客》《女侠》，无名氏《李云娘》，无名氏《龚球记》，王山《盈盈传》，李献民《双桃记》，施德操《卖勃荷》，钟将之《义娼传》，岳珂《义骡传》《望江富翁》，沈氏《周浩》，沈偲《杨忠》，无名氏《李师师外传》。另有 8 篇的篇末议论主旨不在道德劝诫，这 8 篇分别是张齐贤《梁太祖优待文士》《泰和摸父鬼灵》，无名氏《西池春游记》，李献民《嘉林居士》《丁生佳梦》《四和香》《玉尺记》，岳珂《秦桧》。

17篇的篇末议论主旨并不在道德劝诫。① 这些议论或者点出文本所蕴涵的人生感悟,如李公佐《南柯太守传》末曰:"虽稽神语怪,事涉非经,而窃位著生,冀将为戒。后之君子,幸以南柯为偶然,无以名位骄于天壤间云。前华州参军李肇赞曰:'贵极禄位,权倾国都,达人视此,蚁聚何殊。'"②或者揭示故事所折射的生活哲理,如柳宗元《河间传》末曰:"天下之士为修洁者,有如河间之始为妻妇者乎? 天下之言朋友相慕望,有如河间与其夫之切密者乎? 河间一自败于强暴,诚服其利,归敌其夫犹盗贼仇雠,不忍一视其面,卒以计杀之,无须臾之戚。则凡以情爱相恋结者,得不有邪利之猾其中耶? 亦足知恩之难恃矣! 朋友固如此,况君臣之际,尤可畏哉! 余故私自列云。"③或者感叹小说主人公的命运沉浮,如薛调《无双传》末曰:"噫,人生之契阔会合多矣,罕有若斯之比。常谓古今所无。无双遭乱世籍没,而仙客之志,死而不夺。卒遇古生之奇法取之,冤死者十余人。艰难走窜,后得归故乡,为夫妇五十年,何其异哉!"④这些传奇文本和篇末议论的着眼点都不在道德劝诫。《唐宋传奇总集》中有篇末垂诫的唐传奇不过8篇而已,⑤篇末垂诫在篇末议论(25篇)中占比仅为32%,远远低于宋传奇的79%,可见唐人与宋人撰写传奇时对篇末垂诫的偏好程度有霄壤之别。通过唐宋传奇篇末议论和篇末垂诫的比较,可见宋人撰写传奇时对篇末议论的青睐,对篇末垂诫的喜好,前者透露出宋人的议论习气,后者则呈现出宋人的道德癖好。

　　宋传奇为代表的宋代文言小说对篇末议论的青睐,对篇末垂诫的癖好,在刘斧编撰的《青琐高议》《青琐撝遗》和张齐贤所撰《洛阳搢绅旧闻记》中表现最为典型。

　　刘斧编撰的杂俎型小说集《青琐高议》和《青琐撝遗》,前者现存重编增

---

①这17篇是郭湜《高力士外传》,白行简《三梦记》,李朝威《柳毅传》,李公佐《南柯太守传》,柳宗元《河间传》《李赤传》,沈亚之《秦梦记》,李复言《李岳州》《李卫公靖》,薛调《无双传》,无名氏《虬须客传》,高彦休《丁约剑解》《裴晋公大度》《赵江阴政事》《崔尚书雪冤狱》《李可及戏三教》,康骈《续坤》。

②李时人《全唐五代小说》卷二三《南柯太守传》,西安:陕西人民出版社,1998年版,第643页。

③李时人《全唐五代小说》卷二二《河间传》,第616页。

④李时人《全唐五代小说》卷五七《无双传》,第1581页。

⑤这8篇是沈既济《任氏传》,白行简《李娃传》,许尧佐《柳氏传》,李公佐《谢小娥传》,元稹《莺莺传》,房千里《杨娼传》,高彦休《韦进士见亡妓》,陈鸿《长恨歌传》。

补本收入小说142篇，后者已佚，程毅中、李剑国等学者从群书中共辑出50余则佚文，两者合计200篇左右。这200篇中，叙述宛转、文辞华艳、篇幅较长，有别于志怪杂事之短制的传奇作品约60篇①，除了《广谪仙怨词》《隋炀帝海山记》等少数篇目属于唐五代传奇外，其余的50余篇皆为宋人传奇。这些宋人传奇中，约有三分之一的篇章在篇末有议论，这些议论绝大多数都有较浓的劝诫色彩，②可谓篇末垂诫。这些议论、垂诫之语，有的是作者有感而发③，更多的是编者刘斧所为。

刘斧常在自撰和移录的小说篇末附以议论，点明主旨。《青琐高议》中基本可以确认为刘斧自撰的传奇有《高言》《王寂传》《异鱼记》《程说》《陈叔文》《群玉峰仙籍》《仁鹿记》《朱蛇记》《楚王门客》共9篇，其中6篇篇末有垂诫或议论，占比三分之二，可见刘斧强烈的道德评判倾向。《高言》叙京师人高言因使气杀人而亡命逃窜，受尽磨难，后于新皇登基之际改过自新，返归故里。刘斧于文末曰："余矜其人奔窜南北，身践数国，言所游地，人物诡异，因具直书之，且喜其人知过自新云耳。"又议曰：

> 马伏波云："为谨愿事，如刻鹄不成犹类鹜者也；学豪侠士，如画虎不成反类狗者也。"此伏波诲子弟，欲其为谨肃端雅之士，不愿其为豪侠也。尝佩服前言，恃其才，卒以凶酗而杀人害命，其窜服鬼方，苦寒无人境，求草水之一饮，捕鼠而食，安敢比于人哉？得生还以为大幸，偶脱伏尸东市，复齿人伦，亦万之一二也，士君子观之以为戒焉。④

以高言"知过自新"的生动例证告诫士君子，当为谨肃端雅之士，勿为豪侠任性之徒。《程说》叙程说入冥见到阴司判案和地狱诸相，刘斧在文末议曰："程说与余先子尝同官守，都下寓居，又与比邻，故得其详也。观阴司决遣，甚实甚明……阴报果如此，安可为不善耶？"⑤点出叙写阴报、劝人为善的主旨。《朱蛇记》叙李元偶然搭救实为龙子的朱蛇，后得到龙王的帮助而

---

①李剑国《宋代传奇集》选录两书中的传奇作品共59篇。

②笔者在这些宋人传奇的篇末议论中，仅发现《西池春游记》（"鬼与异类，相半于世，但人不知耳"）、《群玉峰仙籍》（"益，淳雅有信义者也。常与人言此事，故皆信之"）等少数篇章的篇末议论，劝惩色彩可能不彰，余则皆有非常显豁的劝惩意图。

③如清虚子撰《温琬》之篇末议论，褒奖温婉的德行，显然是作者所为。

④刘斧《青琐高议》前集卷三，第32～33页。

⑤刘斧《青琐高议》后集卷三，第138页。

金榜题名,刘斧在篇末议曰:"鱼蛇,灵物也,见不可杀,况救之乎? 宜其报人也。古之龟蛇报义之说,彰彰其明,此不复道。未若元之事,近而详,因笔为传。"[1]点出善有善报的用意。《楚王门客》叙士子刘大方"待罪窜身海上",梦为楚霸王项羽门客之事。该文重心在于叙写刘大方的才气有余而德行有亏,刘斧在文末议曰:"良贾深藏若虚,君子盛德,容貌若愚。大方之才,亦可爱赏,不克负荷,竟残其躯,破其美名,不得齿士君子列。非他人之所诖误,乃自取之也。悲夫!"[2]点出了刘大方才盛而德衰,"破其美名,不得齿士君子列"的镜鉴用意。

刘斧不仅在自撰的传奇篇末点出劝惩之旨,也在移录的他人传奇篇末附以垂诫之语。无名氏的《慈云记》记叙慈云长老的过人才学和高深德行,刘斧在文末议曰:"今之释子,皆以势力相尚,奔走富贵之门,岁时伏腊,朔望庆吊,惟恐居后。遇贫贱虽道途曾不回顾。见师之行,议论圣人之根本,得无愧于心乎?"[3]以慈云长老为对照,抨击今之释子的嫌贫爱富、德行非善。无名氏的《崔庆成》叙广州都押衙崔庆成在辖送香药纲诣内库进投的旅途中,面对一位神秘女子的数番诱惑,始终不为所动。刘斧在文末评曰:"见色不惑,亦方洁之士。庆成终不及乱,是可嘉美。"[4]点出小说主人公"见色不惑"的德行并"嘉美"之。其实,不只上述几例,刘斧《青琐高议》和《青琐摭遗》中的篇末垂诫,在在皆是,显示出刘斧编撰稗说而为世人敦品励行提供镜鉴的"高议"倾向和伦理意识。

与刘斧编撰小说好"高议"具有较强的伦理指向相仿佛,张齐贤撰小说亦喜"求劝戒",其《洛阳搢绅旧闻记》就是典型例证。该书共收录 21 篇小说,其中 13 篇的篇末有议论,占比接近三分之二,可见张氏对卒章显志的偏好。这些篇末议论,绝大多数都有劝惩之意。有的是径直点出故事的果报主题和劝惩用意。《虔州记异》叙康怀琪等官员虐杀已经归顺的法定等贼人而遭到报应之事,文末议曰:"法定等本以杀人攻剽为事,戕人且众,为罪亦已深矣。一为首罪而出,复遭非理而死,尚有灵若是,而况杀不辜者

①刘斧《青琐高议》后集卷九,第 190 页。

②刘斧《青琐高议》别集卷七,第 250 页。

③刘斧《青琐高议》前集卷二,第 26 页。

④李剑国《宋代传奇集·崔庆成》(据《太普通载》《类说》《天中记》引刘斧《青琐摭遗》整理而成),北
　京:中华书局,2001 年版,第 362 页。

乎？异而书之，垂诫于世。"①告诫官员勿滥杀无辜。《衡阳县令周妻报应》叙衡阳周县令之妻以鞭捶死身怀六甲的婢女而遭到报应之事，文末议曰："乌乎！《书》所谓'天网恢恢，疏而不漏'，佛经报应，何昭昭若是乎？书之，俾妒悍不令之妇，闻之增惧，亦劝诫之道，有益于世教云。"②径直点出"俾妒悍不令之妇，闻之增惧"的劝诫用意。《宋太师彦筠奉佛》叙五代时宋彦筠骗财杀人后遭厉鬼纠缠而奉佛忏悔之事，文末议曰："宅中多讽经礼念，专心奉佛，盖目睹所杀主妻，自此知因果报应之验尔。久历藩镇，既富且寿，启手足于正寝，岂不以收心改过之效欤？向非早睹冤鬼，常怀忧畏，不尔，即所莅之地，得无酷刑专杀之枉乎？主妻见形，足为商鉴。"③点出宋彦筠"收心改过之效"和"无酷刑专杀之枉"源于"因果报应之验"，垂诫之意甚显。《洛阳染工见冤鬼》叙洛阳染工李装花谋财害命而被冤魂索命之事，文末议曰："岂非鬼神报应之验昭昭乎？余在洛中目睹之，故书以示劝诫云。"④用"鬼神报应之验"劝诫世人勿行不义之事。

《洛阳搢绅旧闻记》有些篇末议论还关涉立身行事之道。《陶副车求荐见忌》叙陶晟于后汉高祖时求权臣奏举自己，虽得官，然见忌于执政者，仕途终不畅，"授一刺史，二年而罢，竟以散秩坎坷终身，亦命夫"。张氏于文末议曰："时俗谓之求关节、履捷径以致身者，得为深诫乎？仲尼曰：'富而可求，虽执鞭之士，吾亦为之。'圣人之旨，明富不可妄求，况贵位乎！"⑤用陶晟求荐见忌终不达之例证，以为"求关节、履捷径以致身者"之"深诫"，垂诫意味非常浓厚。《焦生见亡妻》叙焦生惑于亡妻而魂魄散佚之事，文末议曰："焦生虽常人，死妻虽常事，书之者，欲使世之君子，无惑溺其情于妇人女子。"⑥清晰点出了焦生覆辙的鉴戒之意。《张相夫人始否终泰》则以张从恩夫人"前有失身求匄之厄，终享富贵大国之封"的始否终泰之跌宕命运，隐喻贤人君子的穷通际遇，文末议曰："古之贤人君子，当未遇也，则困风尘，蒙集色，有呼天求死而不能；一旦建功业，会云龙，爵位通显，恩宠稠

---

①张齐贤《洛阳搢绅旧闻记》卷二，《丛书集成初编》本，上海：商务印书馆，1939 年版，第 2844 册，第 19 页。
②张齐贤《洛阳搢绅旧闻记》卷二，《丛书集成初编》本，第 2844 册，第 19 页。
③张齐贤《洛阳搢绅旧闻记》卷四，《丛书集成初编》本，第 2844 册，第 35 页。
④张齐贤《洛阳搢绅旧闻记》卷四，《丛书集成初编》本，第 2844 册，第 39 页。
⑤张齐贤《洛阳搢绅旧闻记》卷一，《丛书集成初编》本，第 2844 册，第 8 页。
⑥张齐贤《洛阳搢绅旧闻记》卷五，《丛书集成初编》本，第 2844 册，第 48 页。

叠,功业书之史策,令名播之不朽者,何可胜数哉! 因书之者,有以知妇人微贱者,岂可轻易之乎? 况有文武才干,困布衣及下位者欤?"[1]点出命运在"遇"的人生之理和勿轻"微贱"的处事之道。《水中照见王者服冕》和《白万州遇剑客》的篇末议论则点出了防骗防诈的鉴戒用意。

尤可注意的是,《洛阳搢绅旧闻记》中的文本故事和篇末议论,既有"惩",亦有"劝",既有"弹",亦有"赞"。《李少师贤妻》就是对巾帼贤者的赞歌,该篇记叙五代时太子少师李肃之妻贤明之事,文末有大段议论,曰:"妇人之吝财与妒忌,悉常态也。以不妒忌疏财者,皆难事,况非治世,叩马面数权贵,推陈古昔,倾陷良善,祸不旋踵,报应之验,虽大丈夫负胆气轻生者,亦惮为之,况妇人女子者欤? 不独雪夫罪,而能免全家之祸,则昔之举案如宾者,何人哉! 不其贤乎? 不其贤乎? 与夫饰粉黛,弄眉首,蛊惑其金夫窃鱼轩之贵者,岂同日而道哉! 夫人事迹,可为女训母仪者甚多,余眼昏足重,心力减耗,聊举其殊尤者,纪之于篇,俾其令名,千载之后不磨耳。"[2]极力称扬李妻的大贤大德。总之,《洛阳搢绅旧闻记》的篇末议论有劝有惩、亦弹亦赞,特意将所写故事"动求劝诫"[3]之旨揭橥出来,呈现出较为鲜明的道德指向,折射出宋人小说较强的伦理意识。

(二)垂诫严冷,积习如是

唐宋传奇中都有垂诫意味较浓的篇章,而宋传奇较之唐传奇在道德评判上更为严苛、冷峻。比如同为叙写杨玉环故事的传奇,唐人陈鸿《长恨歌传》一方面展现了李、杨之间生死不渝的爱情悲剧,另一方面也在反思李、杨爱情悲剧及其导致的国家悲剧的根源,并在篇末曰:"意者不但感其事,亦欲惩尤物,窒乱阶,垂于将来者也。"[4]认为悲剧之源在于杨妃献媚邀宠、惑乱圣心最终导致天下大乱,表达的是"尤物"祸国、红颜祸水的历史认知。无疑,这种历史认知是为君王讳的舍本(玄宗之错)逐末(杨妃之过)之论,基于此种认知而得出的劝诫——"惩尤物,窒乱阶,垂于将来者"云云,也是流于表面、难中肯綮的。与《长恨歌传》相比,乐史《杨太真外传》的历史认知更高一筹,篇末垂诫也更为严苛冷峻。该篇末曰:

①张齐贤《洛阳搢绅旧闻记》卷三,《丛书集成初编》本,第2844册,第26页。
②张齐贤《洛阳搢绅旧闻记》卷二,《丛书集成初编》本,第2844册,第16～17页。
③张齐贤《洛阳搢绅旧闻记》自序语,《丛书集成初编》本,第2844册,第1页。
④李时人《全唐五代小说》卷二四,西安:陕西人民出版社,1998年版,第673页。

　　　悲夫！玄宗在位久，倦于万机，常以大臣接对拘检，难徇私欲，自
　　得李林甫，一以委成。故绝逆耳之言，恣行燕乐，衽席无别，不以为耻，
　　由林甫之赞成矣。乘舆迁播，朝廷陷没，百僚系颈，妃王被戮，兵满天
　　下，毒流四海，皆国忠之召祸也。

　　　史臣曰：夫礼者，定尊卑，理家国。君不君，何以享国？父不父，何
　　以正家？有一于此，未或不亡。唐明皇之一误，贻天下之羞，所以禄山
　　叛乱，指罪三人。今为外传，非徒拾杨妃之故事，且惩祸阶而已。①

直接将悲剧的根源归咎于玄宗荒淫误国，可谓恰中肯綮。同时，该议论还
进一步认为悲剧之源在于"礼"之失，在于"君不君""父不父"，从而揭示出
故事所蕴涵的伦理教训。如果说《长恨歌传》"窒乱阶"的垂诫重心在于为
君王讳而"惩尤物"，那么《杨太真外传》"惩祸阶"的垂诫重心则在于直斥君
王而"正礼"，两者的历史认知有浅、深之别，垂诫高度亦有低、高之分。从
该个案可以管窥到，相较唐人，宋人垂诫更有高度，当然这种高度也意味着
道德评判更为严苛和冷峻，而这正是宋人文言小说伦理意识浓厚的生动
写照。

　　宋人文言小说较浓的垂诫意识，在改编唐人小说而成的宋传奇中有清
晰呈现。张实《流红记》叙唐僖宗时儒士于祐于御沟拾得一枚上有题诗的
红叶，藏于书笥，并找来另一红叶题上诗句，置御沟上流水中，期盼红叶能
被有情人拾得。后于祐寄居于贵人韩泳门馆，韩泳为其聘娶宫中遣出的宫
人韩氏。婚后韩氏于于祐书笥中见题诗红叶，惊而询之，祐以实告，韩氏亦
开笥取出自己珍藏的题诗红叶，正是祐之所题。夫妻相对感泣，叹为前定。
该传奇乃是张实捏合唐人所作相应故事而成，庞元英《谈薮》云："唐小说记
红叶事凡四：一《本事诗》……其二《云溪友议》……其三《北梦琐言》……其
四《玉溪编事》……余意前三则本只一事，而传记者各异耳。刘斧《青琐》中
有《流红记》，最为鄙妄，盖窃取前说而易其名为于祐云。"②据李剑国先生
的考证，唐小说记红叶题诗者还有陆龟蒙《小名录》载贾全虚事。③ 这些红
叶题诗故事，主要表现深宫宫女的幽怨以及她们对自由生活的向往和对美

①乐史《杨太真外传》，台湾《丛书集成新编》本，第81册，第495页。
②陶宗仪《说郛》卷三一引庞元英《谈薮》，北京：中国书店，1986年版，第21～22页。
③李剑国《宋代志怪传奇叙录》，天津：南开大学出版社，1997年版，第99页。

好爱情的憧憬。

张实揑合上述故事而成新篇时，在保持原有主题的基础上更加突出"事岂偶然哉！莫非前定也"的姻缘巧合与命定观念。刘斧在选录该篇入《青琐高议》时，又附以议论，曰："流水，无情也；红叶，无情也。以无情寓无情，而求有情，终为有情者得之，后与有情者合，信前世所未闻也。夫在天理可合，虽胡越之远，亦可合也。天理不可，则虽比屋邻居，不可得也。悦于得，好于求者，观此可以为诫也。"①将故事蕴涵的命定观念进一步提升到"天理"的高度，认为人间姻缘的成与不成，系于"天理"的合与不合。同时，又特地指出"悦于得，好于求者，观此可以为诫也"，借此故事告诫那些罔顾"天理"而"悦于得，好于求者"。张实改编唐人故事而强调"命定"，已有垂诫之意，而刘斧之议更将"命定"提至"天理"高度，并据此告诫越"理"而求者。于此可见宋人撰写文言小说对于垂诫的偏好、善于垂诫（着眼于"理"而提升议论高度）的能耐和垂诫话语的严冷。

宋人文言小说较浓的垂诫意识，通过相同题材的唐宋传奇对比，可以看得非常清晰。婚外恋题材在唐宋传奇中屡见不鲜，较著者如唐传奇中的《李章武传》《非烟传》，宋传奇中的《双桃记》。《李章武传》叙李章武于华州悦一美妇即王氏妇，遂赁舍于其家而私之。不久，章武归长安，互赠诗歌及信物而别。八九年间，未通音问。后来，章武再到华州，遇到该妇邻居杨六娘，得知该妇因思念自己而成疾，已故去两年，并托六娘见到章武后转达幽恨。章武夜宿王家，与王氏妇幽魂交欢若昔。天明后，章武返归，王氏妇甘冒阴司重责前来送行。王氏妇并非轻薄女子，章武亦非浮浪子弟，两人产生爱慕之情并"两心克谐"。但这场婚外恋无果而终，王氏妇思念成疾，为情而死，死后幽魂还要再会章武，一场并不见容于世俗社会的婚外恋情超越了生死，作者对此怀有深深的同情。该篇用诗意的语言叙述李章武与王氏妇悲怆凄楚的婚外恋情，主旨并不在讨论婚外恋的伦理是非，而是酿造出这种恋情动人心魄的审美力量。简而言之，该篇之旨不是伦理化的劝诫，而是诗意化的审美。

《非烟传》亦是如此。该篇叙步非烟为功曹参军武公业的爱妾，才貌俱佳。邻家子赵象窥其容貌，为之倾倒，特厚赂阍者传递相思诗函，非烟亦悦

---

①刘斧《青琐高议》前集卷五《流红记》，第54页。

其人，两人诗函往来、互通情愫。一日，趁武公业在外值夜，非烟约赵象逾墙相会，慰相思之苦，尽缱绻之意。自后两人常约会于后庭，终被武公业知晓，赵象跳墙逃逸，非烟被缚于柱上鞭笞而死。非烟"垂髫而孤，中间为媒妁所欺，遂匹合于琐类"，本来就很不幸，后来遇到"大好才貌"的赵生传情而点燃婚外恋情烈火，也是情有可原。非烟在恋情曝光被悍夫"缚之大柱，鞭楚血流"之际，还云"生得相亲，死亦何恨"，可见她对这段恋情的生死相依。该篇在叙事之际，并没有对这段婚外恋情的谴责，相反倒是满纸对非烟遭遇的深深同情。因此，也可以说，故事文本并未透露出明显的劝诫意味，而是充溢着婚外恋情悲剧所带来的审美意蕴。值得注意的是，该篇末附有作者的议论，曰："噫，艳冶之貌，则代有之矣；洁朗之操，则人鲜闻乎。故士矜才则德薄，女炫色则情私。若能如执盈，如临深，则皆为端士淑女矣。非烟之罪虽不可逭，察其心，亦可悲矣。"①对赵象和非烟的婚外恋情予以批评，有垂诫之意。但该篇末议论的主旨判断"非烟之罪虽不可逭，察其心亦可悲矣"，与故事文本透露出的同情非烟之不幸而并不责之罪之的真实心态，两者是存有张力、油水分离的。简言之，篇末垂诫只是强加上去的"蛇足"，故事本身并不是伦理化的劝诫，而是诗意化的审美。

唐传奇中婚外恋题材的非伦理化倾向，在宋传奇中被颠覆了，李献民《双桃记》就是典型例证。篇叙待字闺中的王萧娘，姿色冠众，已经娶妻的李生见之，爱慕不已，乃厚赂同里老妪为通其情。萧娘感其诚，约李生逾墙相会，尽缱绻之情。后李生得一并蒂双桃，因作诗以寄萧娘，诗中有云"愿同偕老亦如斯"。李欲出妻而娶萧娘，被萧娘劝阻。后萧娘被许嫁刘氏子，至刘氏子迎亲之日，萧娘自缢于室。篇中叙事已有较浓的道德批评色彩，刚开始介绍李生时即云"有里巷李生者，世系颇著，不欲书其名，讳之也"，又云"生赋性不羁"，这里为其讳名的作法和"赋性不羁"的评判已经暗示李生婚外恋的逸出常轨与不合伦理。当李欲出妻而娶萧娘时，萧娘的回答则是伦理气息极浓的说辞，其曰："不可。夫男子以无故而离其妻，则有缺士行；女子以有私而夺人之夫，则实忝妇德。显则人非之，幽则鬼责之，此非所宜言。愿君自持，无复及此。"后来，萧娘自缢之前的告白则反映出她的伦理困境和情理抉择，其曰："文君一寡妇也，慕相如之高义，卒往奔之，遂

---

① 李时人《全唐五代小说》卷七〇，第 1932 页。

见弃于父母,取讥于后世,为天下笑。此我之所不能也。绿珠一贱妾也,蒙石崇一顾,当赵王伦之乱,犹能效死于前,义不见辱,后世称之。我纵不为文君之奔,愿效绿珠之死,以报李生遇我之厚也。"文本的伦理气息已经很浓,文末的议论更是直白的道德劝诫,曰:"呜呼! 人之有情,至于是耶! 观其始与李生乱,而终为李生死,其志操有所不移也。使其不遇李生,以适刘氏之子,则为贞妇也明矣。可不尚欤!"① 既批评萧娘与李生之乱(婚外恋),也肯定其为李生殉情而体现的"志操",但落脚点还是维护伦理纲常而假设"其不遇李生,以适刘氏之子,则为贞妇也明矣",因为"贞妇"才是宋人真正称颂的榜样,而萧娘这样为婚外恋殉情的女子只能是惋惜的对象,这样的垂诫真可谓"严冷"。概言之,该篇从文本故事到篇末议论都充溢着浓烈的伦理气息,呈现出典型的宋人面目。

　　总之,以传奇为代表的宋人文言小说,具有较浓的伦理气息和较强的垂诫意识,喜好从故事中发现道德劝诫价值,并将其贯穿于文本叙述和篇末议论中,从而使得叙事主题往往偏于伦理化。鲁迅曾评价乐史《绿珠》《太真》二传,认为二传"篇末垂诫,亦如唐人,而增其严冷,则宋人积习如是也"。② 其实这个评语的适用范围可以扩展一下,用于评价整个的宋代志怪传奇。"篇末垂诫"可以扩展为"篇有垂诫",因为宋代志怪传奇的垂诫不仅体现于篇末议论中,也化身于篇内故事里。同时,值得注意的是,"篇有垂诫"并不是宋代志怪传奇的专利,前之汉魏六朝和隋唐五代小说,后之明清文言传奇,都有这种情况。那么宋代志怪传奇"篇有垂诫"的独特性在哪里呢?"增其严冷"可谓恰中肯綮。宋代志怪传奇中劝诫意识的浓烈、伦理要求的严苛、垂诫话语的冷峻,在中国文言小说史上是独树一帜的。

　　当然,"篇有垂诫""增其严冷"既是宋代志怪传奇的特色,可能也是其短板。鲁迅云:"唐人小说少教训;而宋则多教训……宋时理学极盛一时,因之把小说也多理学化了,以为小说非含有教训,便不足道。但文艺之所以为文艺,并不贵在教训,若把小说变成修身教科书,还说什么文艺。"③指出宋人小说(特指文言小说)"理学化""多教训"的特色和"修身教科书"的倾向,最终戕害了小说的文艺功能。鲁迅之言,洵为的论,宋代志怪传奇的

---

① 李献民《云斋广录》卷六,北京:中华书局,1997 年版,第 38~41 页。
② 鲁迅《中国小说史略》,上海:上海古籍出版社,1998 年版,第 67 页。
③ 鲁迅《中国小说的历史的变迁》,《鲁迅全集》第 9 卷,北京:人民出版社,2005 年版,第 329 页。

伦理化倾向，既是宋人的特色，也是宋人的不幸。

第二节　叙事观念的纪实化与文本的史传气

宋代学人往往从"补史阙"和"助名教"的视角观照稗官小说，对其有征实传信和淑世辅教之要求，两者颇有关联。"补史阙"要求稗官小说所述之事须真，"助名教"则是要求稗官小说所持之旨在善，唯真方能致善，故而宋人对稗官小说常有写真写实的要求。这种要求之于拾遗补阙的杂事小说和语怪述异的志怪小说，各有不同的体现。

一、观念的纪实化："宋人所记乃多有近实"

（一）杂事小说："切实近正"与"补史之阙"

《四库全书》著录（包括收录和存目）宋人杂事小说 62 种。细读这 62 种杂事小说的宋人序跋及后世评价，可见宋人撰杂事小说，常有征实传信、特论平允、补史之阙的自觉要求。

1. 信实："耳目所接"与"信而有征"

宋人对杂事小说，有较高的征实传信之要求。此种"信实"，不仅要求材料来源可靠，同时要求实质内容可靠。《四库全书》著录（包括收录和存目）宋人杂事小说 62 种，《四库总目提要》对其中的 7 种未作记载属实或失实的评判，[①]对其中的 6 种有颠倒是非或者记载失实的主导评价，[②]对其余的 49 种则有大醇小疵、征实传信的主导评价。这 49 种以征实传信为主的杂事小说，占到了宋人杂事小说总数的 79%，可见记载切实有据是宋人杂事小说的主流。

宋人大多以"记所闻见"的认知从事杂事小说写作，所写往往都是耳目所接，也大多信而有征。张洎撰《贾氏谈录》，多数记载"皆足以资考核，较

---

① 这 7 种包括：旧本题宋庞元英撰《谈薮》一卷，莫君陈撰《月河所闻集》一卷，无名氏《养疴漫笔》一卷，无名氏《清夜录》一卷，旧本题王应龙撰《翠屏笔谈》一卷，无名氏《朝野遗记》一卷，无名氏《三朝野史》一卷。这 7 种宋人小说均被《四库全书》存目于小说类杂事之属，基本上都是抄撮旧文、采摭冗碎之作。

② 这 6 种包括：朱彧撰《萍洲可谈》三卷，无名氏撰《丁晋公谈录》一卷，陈师道撰《后山谈丛》四卷，旧本题孔平仲撰《孔氏谈苑》四卷，魏泰撰《东轩笔录》十五卷，无名氏撰《道山清话》一卷。

他小说，固犹为切实近正"；①钱易撰《南部新书》，"其间所纪，则无远近耳目所不接熟者"，②"多录轶闻琐语，而朝章国典，因革损益，亦杂载其中，故虽小说家言，而不似他书之侈谈迂怪，于考证尚属有裨"；③王曾撰《王文正笔录》，"所言多确凿有据，故李焘作《通鉴长编》往往全采其文"；④江休复撰《嘉祐杂志》虽偶有误载，"然休复所与交游，率皆胜流。耳濡目染，具有端绪，究非委巷俗谈可比也"；⑤范镇撰《东斋记事》，追步"唐之士人著书以述当时之事，后数百年有可考正者甚多"⑥之风范，虽"不免稗官之习"，"然核其大纲，终非《碧云騢》、《东轩笔录》诸书所能并论也"；⑦钱愐撰《钱氏私志》，"记所闻见"，⑧"凡耳目所接，事出一时，语流千载者，皆广记而备言之"；⑨苏辙撰《龙川略志》和《别志》，"其说信而有征"；⑩张舜民撰《画墁录》，"一时典故，颇有藉以考见者"；⑪释文莹撰《玉壶野史》，"盖不无传闻失实者，然大致则多可考证"；⑫方勺撰《泊宅编》，少数记载"亦或失实"，"然其间遗闻轶事，摭拾甚多，亦考古者所不废"；⑬蔡絛撰《铁围山丛谈》，不少内容"记所目睹，皆较他书为详核"，许多条目"皆足以资考证广异闻"；⑭彭乘撰《墨客挥犀》，"于宋代遗闻轶事，以及诗话文评，征引详洽，存之亦颇资参考"；⑮无名氏撰《南窗纪谈》，"所记多名臣言行及订正典故，颇足以资考证"；⑯范公偁撰《过庭录》，"其书多述祖德，皆绍兴丁卯戊辰间闻之其父，故命曰《过庭》。语不溢美，犹有淳实之遗风"；⑰张知甫撰《张氏可

---

①《四库全书总目》卷一四〇《贾氏谈录提要》，北京：中华书局，1997 年版，第 1845 页。

②钱易《南部新书》卷前钱明逸序，北京：中华书局，2002 年版，第 1 页。

③《四库全书总目》卷一四〇《南部新书提要》，第 1846 页。

④《四库全书总目》卷一四〇《王文正笔录提要》，第 1846 页。

⑤《四库全书总目》卷一四〇《嘉祐杂志提要》，第 1849 页。

⑥范镇《东斋记事》自序语，北京：中华书局，1980 年版，第 1 页。

⑦《四库全书总目》卷一四〇《东斋记事提要》，第 1849 页。

⑧《四库全书总目》卷一四〇《钱氏私志提要》，第 1850 页。

⑨钱世昭编《钱氏私志》卷末附自序，台湾《丛书集成新编》本，第 117 册，第 22 页。

⑩《四库全书总目》卷一四〇《龙川略志提要》，第 1850 页。

⑪《四库全书总目》卷一四〇《画墁录提要》，第 1852 页。

⑫《四库全书总目》卷一四〇《玉壶野史提要》，第 1853 页。

⑬《四库全书总目》卷一四一《泊宅编提要》，第 1854 页。

⑭《四库全书总目》卷一四一《铁围山丛谈提要》，第 1855 页。

⑮《四库全书总目》卷一四一《墨客挥犀提要》，第 1857 页。

⑯《四库全书总目》卷一四一《南窗纪谈提要》，第 1858 页。

⑰《四库全书总目》卷一四一《过庭录提要》，第 1858 页。

书》，"耳闻目睹，细大俱载"，①"虽诙谐神怪之说，杂厕其间，不免失于冗杂，而按其本旨，实亦孟元老《东京梦华录》之流，未尝不可存备考核也"；②王铚撰《默记》，"熟于掌故，所言可据者居多"；③庄季裕撰《鸡肋编》，"学问颇有渊源，亦多识轶闻旧事"；④陈鹄撰《耆旧续闻》，"所据皆南渡以后故家遗老之旧闻，故所载多元祐诸人绪论。于诗文宗旨，具有渊源"，"虽丛谈琐语，间伤猥杂，其可采者要不少也"；⑤康与之撰《昨梦录》，"皆追述北宋轶闻，以生于滑台，目睹汴都之盛，故以'昨梦'为名。所记黄河卷扫事，竹牛角事，老君庙画壁事，亦可资考证"。⑥

曾敏行"积所闻见"而成《独醒杂志》，杨万里序云：

> 盖人物之淑慝，议论之予夺，事功之成败，其载之无谀笔也。下至谑浪之语，细琐之汇，可喜可笑，可骇可悲，咸在焉。是皆近世贤士大夫之言，或州里故老之所传也。盖有予之所见闻者矣，亦有予之所不知者矣。以予所见闻者无不信，知予之所不知者无不信也。后之览者，岂无取于此书乎！⑦

杨万里盛赞该书所述来源可靠，或为"近世贤士大夫之言"，或为"州里故老之所传"，而非浅陋之人所言，亦非鄙安之人所传。又肯定该书所载内容可靠，"载之无谀笔"，"以予所见闻者无不信，知予之所不知者无不信也"。杨万里对《独醒杂志》"无谀笔""无不信"的揄扬，代表了很大部分宋人对杂事小说拾遗补阙之际务求"信实"的要求。

由上可知，宋代大多数的杂事小说，征实求信占主导，但书中有些条目亦有失实之处，可谓小疵大醇，瑕不掩瑜。值得注意的是，宋代还有少量杂事小说，所记条目信者少、诬者多，又可谓大疵小醇了。如魏泰撰《东轩笔录》，被晁公武《郡斋读书志》讥为"其所是非多不可信"；⑧又如吴处厚撰

---

① 张知甫《张氏可书》卷末隐山房识语，《丛书集成初编》本，上海：商务印书馆，1939 年版，第 2863 册，第 17 页。
② 《四库全书总目》卷一四一《张氏可书提要》，第 1861 页。
③ 《四库全书总目》卷一四一《默记提要》，第 1859 页。
④ 《四库全书总目》卷一四一《鸡肋编提要》，第 1862 页。
⑤ 《四库全书总目》卷一四一《耆旧续闻提要》，第 1865 页。
⑥ 《四库全书总目》卷一四三《昨梦录提要》，第 1890 页。
⑦ 曾敏行《独醒杂志》卷首杨万里序，上海：上海古籍出版社，1986 年版，第 2 页。
⑧ 晁公武撰、孙猛校证《郡斋读书志校证》卷一三，上海：上海古籍出版社，1990 年版，第 587 页。

《青箱杂记》，被晁公武《郡斋读书志》讥为"所记多失实"；①又如旧本题宋孔平仲撰《孔氏谈苑》，被《四库提要》评为"是书多录当时琐事，而颇病丛杂"，"今考其所载，往往与他书相出入"；②再如，陈师道撰《后山谈丛》，《四库提要》对其颇有訾议，称："洪迈《容斋随笔》议其载吕许公恶韩、范、富一条，丁文简陷苏子美以撼杜祁公一条，丁晋公略中使沮张乖厓一条，张乖厓买田宅自污一条，皆爽其实，今考之良信"。③ 当然，这种瑕疵斑斑、多爽其实的杂事小说毕竟只是支流，不影响宋代杂事小说征实求信的主流。

2.公允："本于无心"与"持论平允"

宋人杂事小说的征实求信，既要求事实的确凿，也要求评议的公允，要求撰写者心态公正、无偏无私。宋人杂事小说大多能做到持论平允。田况撰《儒林公议》，《四库提要》云：

> 是编记建隆以迄庆历朝廷政事及士大夫行履得失甚详……其记入阁会议诸条，明悉掌故，皆足备读史之参稽，其持论亦皆平允……是编内范仲淹、欧阳修诸条，亦拳拳于党祸所自起，无标榜门户之私，公议之名，可云无忝矣。又况曾为夏竦幕僚，好水川之役，况上疏极论之。竦不出师，盖用况之策。书中虽于竦多恕词，而于富弼诸人，竦所深嫉者仍揄扬其美，绝无党同伐异之见，其心术醇正，亦不可及。盖北宋盛时，去古未远，儒者犹存直道，不以爱憎为是非也。④

盛赞田氏"心术醇正""犹存直道"，称扬该书"无标榜门户之私""无党同伐异之见"。陈长方撰《步里客谈》，《四库提要》云：

> 所记多嘉祐以来名臣言行，而于熙宁、元丰之间，邪正是非，尤三致意。其论元祐党人，不皆君子，足破假借标榜之习。其引陈瓘与杨时书，讥欲裂白麻之非礼，亦深明大体，所见迥在宋人之上。至于评论文章，颇多可采。⑤

称赞该书的记载和评议，"深明大体，所见迥在宋人之上"。"深明大体"之

---

① 晁公武撰、孙猛校证《郡斋读书志校证》卷一三，第588页。
② 《四库全书总目》卷一四〇《孔氏谈苑提要》，第1851页。
③ 《四库全书总目》卷一四〇《后山谈丛提要》，第1850页。
④ 《四库全书总目》卷一四〇《儒林公议提要》，第1847页。
⑤ 《四库全书总目》卷一四一《步里客谈提要》，第1863页。

赞誉,《四库提要》不轻许人,可见该书的公正和深刻。叶绍翁撰《四朝闻见录》,《四库提要》云:

> 绍翁与真德秀游,故其学一以朱子为宗。然卖武夷山一条,乃深惜朱在之颓其家声,无所隐讳,则非攀援门户者比,故所论颇属持平。南渡以后,诸野史足补史传之阙者,惟李心传之《建炎以来朝野杂记》号为精核,次则绍翁是书。①

肯定叶氏秉笔直书、无所隐讳、无偏无党、所论持平。周密撰《癸辛杂识》,自序云:

> 余卧病荒间,来者率野人畸士,放言善谑,醉谈笑语,靡所不有。可喜可愕,以警以惧,或献一时之笑,或起千古之悲,其见给者固不少,然求一二于千百,当亦有之。暇日萃之成编,其或独夜遐想,旧朋不来,展卷对之,何异平生之友相与抵掌剧谈哉!因窃自叹曰:"是非真诞之辨,岂惟是哉?信史以来,去取不谬、好恶不私者几人,而舛伪欺世者总总也。虽然一时之闻见,本于无心;千载之予夺,狃于私意。以是而言,岂不犹贤于彼哉?"②

周氏强调"一时之闻见,本于无心",其中"无心"正表明作者是平心而记、平心而论,虽不一定能达到"去取不谬、好恶不私"之境界,但与"舛伪欺世者"迥然不同。

当然,宋人杂事小说中也有一些夹杂私意、"殊乖是非之公"的著述和条目。释文莹撰《湘山野录》和《续录》,《四库提要》云:

> 朱弁《曲洧旧闻》曰:"宇文大资言:'文莹尝游丁晋公门,晋公遇之厚,《野录》中凡记晋公事,多佐佑之。'"人无董狐之公,未有不为爱憎所夺者,然后世岂可尽欺?是则诚其一瑕耳。③

认为该书所记丁晋公事,"无董狐之公","为爱憎所夺",有欺世之嫌。朱彧撰《萍洲可谈》,《四库提要》云:

> 彧是书多述其父之所见闻……盖欲回护其父,不得不回护其父

---

①《四库全书总目》卷一四一《四朝闻见录提要》,第1865页。
②周密《癸辛杂识》卷前自序,北京:中华书局,1988年版,第1页。
③《四库全书总目》卷一四○《湘山野录提要》,第1853页。

党，既回护其父党，遂不得不尊绍圣之政，而薄元祐之人，与蔡絛《铁围山丛谈》同一用意，殊乖是非之公！①

指出该书因"回护其父""回护其父党"而"尊绍圣之政""薄元祐之人"，导致"殊乖是非之公"。周煇撰《清波杂志》和《别志》，《四库提要》云：

> 所记皆宋人杂事。方回《桐江续集》力诋其尊王安石之非。考书中称煇之曾祖与安石为中表，盖亲串之间，不无回护，犹之王明清《挥麈》诸录曲为曾布解耳。知其私意所在则可，以此尽废其书，则又门户之见矣。②

指出周氏由于曾祖与王安石为中表，故而对王安石"不无回护"，所记有"私意所在"，未能尽公。无名氏撰《丁晋公谈录》，《四库提要》云：

> 不著撰人名氏。皆述丁谓所谈当代故事。晁公武《读书志》以其出于洪州潘延之家，疑即延之所作。延之，谓甥也，今观所记谓事皆溢美，而叙澶渊之事，归之天象，一字不及寇准；又载准挟嫌私改冯拯转官文字事，皆颠倒是非，有乖公论。即未必延之所作，其出于谓之余党，更无疑义也。③

指出该书出于丁谓之余党，故而"所记谓事皆溢美"，"颠倒是非，有乖公论"。钱愐撰《钱氏私志》，《四库提要》云：

> 其以《五代史·吴越世家》及《归田录》贬斥钱氏之嫌，诋欧阳修甚力，似非公论。然其末自称皆报东门之役，则亦不自讳其挟怨矣。④

指出该书力诋曾在正史和稗史中贬斥钱氏的欧阳修，显然是"挟怨"而为，"似非公论"。

不过，从总体上讲，宋人杂事小说中，"有乖公论"者还是少数，"持论平允"者才是主流。

3. 补史："可资考据"与"可裨史传"

宋人杂事小说写作的信实和公允追求，与宋人视小说为"史之余"的认

---

①《四库全书总目》卷一四一《萍洲可谈提要》，第 1859 页。
②《四库全书总目》卷一四一《清波杂志提要》，第 1861～1862 页。
③《四库全书总目》卷一四三《丁晋公谈录提要》，第 1889 页。
④《四库全书总目》卷一四〇《钱氏私志提要》，第 1850 页。

知、写小说为"补史阙"的志趣息息相关。这从宋人杂事小说的相关序跋和《四库提要》的相关评价，可以看得很清楚。

张齐贤撰《洛阳搢绅旧闻记》，自序云："摭旧老之所说，必稽事实……庶可传信，览之无惑焉。"①基本上是按照史书的笔法来记录闻见。张氏在具体的篇章中，往往径直点出补史旨趣：

> 向中令讳拱，国史有传。今记者，备其遗阙焉……俟他日取中令传校之，传之详者去之，传之略者存之，冀有补于太史氏而已。（卷三《向中令徙义》）
>
> 安中令讳彦威，山后人，《五代史》有传……虑史氏之阙，书之以示来者。（卷四《安中令大度》）
>
> 齐王讳全义，《五代史》有传，今之所书，盖史传之外见闻遗事尔。（卷二《齐王张令公外传》）
>
> 宋彦筠，正史有传……史传略之，故备书其事焉。（卷四《宋太师彦筠奉佛》）②

其中"冀有补于太史氏""虑史氏之阙，书之以示来者"的清晰表白，可见张氏此书鲜明的"稗史"特质。该书被《四库提要》誉为"固可与《五代史阙文》诸书同备读史之考证也"，③可见其重要的史料价值。

司马光所撰《涑水记闻》，本来就是为编撰《资治通鉴后纪》所作的资料汇编之一，④该书已不是为补史而作，而是为修史而作。欧阳修撰《归田录》，自序云："《归田录》者，朝廷之遗事，史官之所不记，与夫士大夫笑谈之余而可录者，录之以备闲居之览也。"⑤该书被《四库提要》誉为"偶然疏舛，亦所不免。然大致可资考据，亦《国史补》之亚也"。⑥王巩撰《甲申杂记》《闻见近录》《随手杂录》，被《四库提要》誉为"所记朝廷大事为多，一切贤奸

①张齐贤《洛阳搢绅旧闻记》卷前自序，《丛书集成初编》本，第2844册，第1页。
②张齐贤《洛阳搢绅旧闻记》，《丛书集成初编》本，第2844册，第21～25、31～34、11、34～35页。
③《四库全书总目》卷一〇《洛阳搢绅旧闻记提要》，第1846页。
④《四库全书总目》卷一〇《涑水记闻提要》："案《文献通考》温公日记条下引李焘之言，曰'文正公初与刘道原共议取《实录》、《国史》，旁采异闻，作《资治通鉴后纪》，今所传《记闻》及《日记》、《朔记》，皆《后纪》之具也'。"第1847页。
⑤欧阳修《归田录》卷前自序，北京：中华书局，1981年版，第3页。
⑥《四库全书总目》卷一〇《归田录提要》，第1848页。

进退，典故沿革，多为史传所未详，实非尽小说家言也"，[1]点出该书补史之用。高晦叟撰《珍席放谈》，被李调元誉为"足补史文之阙"，[2]被《四库提要》誉为"于史学固不无裨助"。[3] 王君玉撰《国老谈苑》，《四库提要》称其"大致犹据实可信"，"叙述详赡，足与史文相参考"。[4] 王谠撰《唐语林》，《四库提要》称其"虽仿《世说》，而所纪典章故实，嘉言懿行，多与正史相发明"。[5] 无名氏撰《枫窗小牍》，姚士麟序云"如张李醉醒志清论家人一卦，卢之翰不谢钱若水，皆足补《宋史》之阙"，[6]《四库提要》称其"所记多汴京故事，如艮岳、京城、河渠、宫阙、户口之类，多可与史传相参，其是非亦皆平允"。[7] 曾慥撰《高斋漫录》，《四库提要》称其某些条目"可补史志所未备"，整部书"可取者多，固远胜于游谈无根者也"。[8] 邵伯温撰《闻见前录》，《四库提要》称其"所记多朝廷大政，可裨史传"。[9] 曾敏行撰《独醒杂志》，被《四库提要》誉为"书中多纪两宋轶闻，可补史传之阙，间及杂事，亦足广见闻"。[10] 旧本题陈随隐撰《随隐漫录》，被《四库提要》誉为"颇有史传所未及者。他所记诗话、杂事，亦多可采"。[11]

岳珂撰《桯史》，自序云：

> 每窃自恕，以谓公是公非，古之人莫之废也，见睫者不若身历，媵口者不若目击，史之不可已也审矣。彼徇时者持诙以售其身，或张夸以为窿，或溢厌以为洿，言则书，书则疑，疑则久，久而乱真，天下谁将质之，兹非稗官氏之辱乎！[12]

反映出其记载"身历""目击"之闻见，以质证徇时者"乱真"之妄的责任感，

---

①《四库全书总目》卷一四〇《甲申杂记、闻见近录、随手杂录提要》，第 1852 页。

②高晦叟《珍席放谈》卷首李调元序，《丛书集成初编》本，上海：商务印书馆，1939 年版，第 2761 册，第 1 页。

③《四库全书总目》卷一四一《珍席放谈提要》，第 1855 页。

④《四库全书总目》卷一四一《国老谈苑提要》，第 1856 页。

⑤《四库全书总目》卷一四一《唐语林提要》，第 1857 页。

⑥《枫窗小牍》卷首姚士麟序，《丛书集成初编》本，上海：商务印书馆，1939 年版，第 2784 册，第 1 页。

⑦《四库全书总目》卷一四一《枫窗小牍提要》，第 1857～1858 页。

⑧《四库全书总目》卷一四一《高斋漫录提要》，第 1859 页。

⑨《四库全书总目》卷一四一《闻见后录提要》论及邵伯温《闻见前录》，第 1862 页。

⑩《四库全书总目》卷一四一《独醒杂志提要》，第 1864 页。

⑪《四库全书总目》卷一四一《随隐漫录提要》，第 1866 页。

⑫岳珂《桯史》，北京：中华书局，1981 年版，第 1 页。

这种责任感正是"稗官氏"撰稗存真的补史志趣使然。岳氏此书被《四库提要》誉为"大旨主于寓褒刺、明是非、借物论以明时事,非他书所载徒资嘲戏者比",许多条目所记"皆比正史为详备","在宋人说部之中,亦王明清之亚也"。①

4. 宋人史笔撰稗的普遍性

宋代杂事小说写作的信实、公允和补史追求,在王明清身上体现得非常典型。王氏的杂事小说,今存者有《挥麈前录》四卷、《后录》十一卷、《第三录》三卷、《余话》二卷,《玉照新志》六卷和《投辖录》一卷。王氏在《挥麈前录》卷末识云:

> 明清乾道丙戌冬奉亲会稽,居多暇日,有亲朋来过,相与晤言,可纪者归考其实而笔录之。随手盈帙,不忍弃去,遂名之曰《挥麈录》,非所以为书也。②

王氏复在《挥麈后录》卷末识云:

> 平昔以来,父祖谈训,亲交话言,中心藏之,尚余不少。始者乏思,虑笔之简编,传信之际,或招怨尤。今复惟之,侵寻晚景,倘弃而不录,恐一旦溘先朝露,则俱堕渺茫,诚为可惜。若夫于其中间,善有可劝,恶有可戒,出于无心可也,岂在于因噎而废食。朝谒之暇,濡毫纪之,总一百七十条,无一事一字无所从来,厘为六卷,名之曰《挥麈后录》。③

王氏又在《挥麈三录》卷末识云:

> 去岁请外从,欲赘丞海角,涉笔之暇,无所用心,省之胸次,随手濡毫,又数十事,不觉盈帙,漫名曰《挥麈第三录》。凡所闻见,若来历尚晦,本末未详,姑且置之,以待乞灵于博洽之君子,然后敢书。斯亦习气未能扫除,犹鸡肋之余味耳。④

王氏在《前录》卷末云"可纪者归考其实而笔录之",显示出王氏记录闻见,择"实"而"录"的审慎。王氏《后录》卷末的识语,显示其追求"无一事一字

---

① 《四库全书总目》卷一四一《桯史提要》,第 1864 页。
② 王明清《挥麈录》,上海:上海书店出版社,2001 年版,第 33 页。
③ 王明清《挥麈录》,第 175 页。
④ 王明清《挥麈录》,第 207 页。

无所从来"，不会因"或招怨尤"而"因噎废食"的"传信"志向和劝善戒恶的写作旨趣。《三录》卷末的识语显示其对待"来历尚晦，本末未详"之闻见异常谨慎的态度，而"姑且置之，以待乞灵于博洽之君子，然后敢书"的处理办法清晰地彰显出王氏多方求证、以求信实的史家苦心。从这些识语可以看出，王氏基本上是以撰史的"信实"高标来指引自己的杂事小说写作。

王氏"史笔撰稗"的苦心得到了后世的体察和认同，《挥麈录》系列得到了后世学者较高的评价。王禹锡《挥麈后录跋》云：

> 汝阴王仲言，家传史学三世矣，族党交游，无非一时名公巨人，平日谈论，皆后学之所未闻者。渡江以来，简册散亡，老成凋落，于是有考焉。曩尝笔其所闻为《挥麈录》，既又续之，所记益广。其间雅健之文，著述之体，诚有所自来也。傥使遂一家之言，当不愧实录云。[1]

毛晋《挥麈后录跋》云：

> 雪溪公尝著《国朝史述》。仲言，其仲子也。其祖授学于欧阳永叔之门，仲言又授学于李仁甫之门，不惟家传史学三世，其师友渊源，盖有自矣。前集中多载国朝巨典盛事，兹集十有一卷，法戒具见毫端，自称"无一事一字无所从来"。俾赵甡之窃妇翁张鉴书以为己有者闻之，不惭惶无地耶！[2]

《四库全书总目》之《挥麈录提要》云：

> 是编皆其札记之文。《前录》为乾道丙戌奉亲会稽时所纪，多国史中未见事，自跋谓"记忆残阙，以补《册府》之遗"是也……明清为中原旧族，多识旧闻，要其所载，较委巷流传之小说，终有依据也。[3]

王跋和毛跋都提及王氏"家传史学三世"，王跋称扬王氏之作"雅健之文，著述之体"，毛跋称扬王氏之作"法戒具见毫端"，都点出了王氏史学世家出身，用史笔撰述杂事小说的史家习气。《四库提要》称扬王氏之作"多国史中未见事"，"较委巷流传之小说，终有依据"，也点出了王氏撰稗的信实追求。

---

① 王明清《挥麈录》之《挥麈后录》卷末附王禹锡跋，第 175 页。
② 王明清《挥麈录》卷末附录毛晋《挥麈后录跋》，第 260 页。
③《四库全书总目》卷一四一《挥麈录提要》，第 1859～1860 页。

王明清"史笔撰稗"不仅体现在记录朝野旧闻为主的《挥麈录》，也体现在"多谈神怪及琐事"①的《玉照新志》。后者所记虽涉及"怪力乱神"，但也渗透着王氏的史家精神。王氏《玉照新志》自序云："思索旧闻凡数十则，缀缉之，名曰《玉照新志》。务在直书，初无私意，为善者固可以为韦弦，为恶者又足以为龟鉴。间有奇怪谐谑，亦存乎其中。若夫人祸天刑，则付之无心可也。"②其中"务在直书，初无私意"云云，透露的正是王氏秉笔直书的史家心态。《四库提要》对该书颇有赞誉，云"明清博物洽闻，兼娴掌故，故随笔记录，皆有裨见闻也"。③

王明清史笔撰稗不是孤例，张齐贤撰《洛阳搢绅旧闻记》、欧阳修撰《归田录》、司马光撰《涑水记闻》、岳珂撰《桯史》、曾敏行撰《独醒杂志》、叶绍翁撰《四朝闻见录》等等，也大都是用著史的谨严、信实和公允来撰述稗史。宋人的史笔撰稗，造成了杂事小说鲜明的纪实特质。

(二)志怪小说："记所闻见"与"不失荒诞"

部分宋人对志怪小说，也有独特的"纪实"要求。北宋初年徐铉《稽神记》被采入《太平广记》之事即可见此倾向，史料记载：

> 太宗命儒臣修《太平广记》时，徐铉实与编纂，《稽神录》铉所著也。每欲采撷，不敢自专，辄示宋白，使问李昉。昉曰："讵有徐率更言无稽者。"于是此录遂得见收。④

李昉答应将《稽神录》收入《太平广记》，是因为他相信徐铉（徐率更）之作不会是"无稽"之谈。而实际上《稽神录》"皆记神怪之事"，⑤"说鬼率诞漫不经"，⑥是典型的"语怪力乱神"的"无稽"之谈。那么李昉为何要说徐书并非"无稽"呢？其实，李昉所指"有稽""无稽"并不是指小说内容是否有据，而是着眼于故事来源是否有据，只要能说清故事来源出处（或亲身见闻或得于传闻等等）而不是作者自己虚构，哪怕内容荒诞，那也是"有稽"。简言之，将实录见闻、传闻甚至异闻都视为"有稽"，将作者虚构和有意幻设视为

---

①《四库全书总目》卷一四一《玉照新志提要》语，第 1860 页。

②王明清《玉照新志》自序，《丛书集成初编》本，上海：商务印书馆，1936 年版，第 2769 册，第 1 页。

③《四库全书总目》卷一四一《玉照新志提要》，第 1860 页。

④《四库全书总目》卷一四二《稽神录提要》引《枫窗小牍》，第 1881 页。

⑤《四库全书总目》卷一四二《稽神录提要》语，第 1881 页。

⑥《四库全书总目》卷一四二《江淮异人录提要》论及徐铉《稽神录》，第 1882 页。

"无稽"，于此可见宋人对志怪小说稽实有据的独特理解。这种理解，在宋人中很有代表性，反映了宋人对志怪小说要"纪录"勿"幻设"的文体认知。

王明清撰《投辖录》也可看出宋人对奇闻异事的记录而非幻设的心态。该书被《四库全书》归入小说类"杂事之属"，实际上应归入"异闻之属"。因为该书是比较典型的志怪小说，陈振孙《直斋书录解题》早就指出该书"所记奇闻异事，客所乐听，不待投辖而留也"。① 王明清的自序认为迅雷倏电等天象异事乃实有，而鬼神之事既"存之书传"也不可遽断其无。这实际上代表了宋人认为奇闻异事并非完全虚诞的普遍心理。在此心理指导下，记录（而不是编造）奇闻异事就是顺理成章的。王氏自序云该书所记，一是来源于目览的齐谐志怪之书，一是来源于"以新奇事相告语者"，简言之，所记来源于目览耳闻（"剽聆"），都有出处，不是自己的臆造幻设。该书虽为"语怪力乱神"之作，还是得到了《四库提要》的好评，《提要》云：

> 所列凡四十四事，大都掇拾丛碎，随笔登载，不能及《挥麈录》之援据赅洽，有资考证。然故家文献，所言多信而有征，在小说家中，犹为不失之荒诞者……书中于每条之下，多注所闻之人……明清之老寿，可以概见。宜其于轶闻旧事，多所谙悉也。②

《提要》指出该书"每条之下多注所闻之人"，又称扬该书"所言多信而有征""不失之荒诞"，可能主要还是认可该书撰述方式（"记录"而非"幻设"）的可靠可信。

郭彖撰《睽车志》述异志怪，但也不过是纪录闻见。《四库提要》云：

> 是书皆纪鬼怪神异之事，为当时耳目所闻者……各条之末，悉分注某人所说，盖用《杜阳杂编》之例。其大旨亦主于阐明因果，以资劝戒。特掇拾既广，亦往往缘饰附会，有乖事实……然小说家言，自古如是，不能尽绳以史传。取其勉人为善之大旨可矣。③

《提要》点出该书"各条之末，悉分注某人所说"，正是该书"皆纪鬼怪神异之事，为当时耳目所闻者"的最好注脚。

---

① 陈振孙《直斋书录解题》卷一一，上海：上海古籍出版社，1987年版，第343页。
② 《四库全书总目》卷一四一《投辖录提要》，第1860页。
③ 《四库全书总目》卷一四二《睽车志提要》，第1883～1884页。

王辅撰《峡山神异记》"涉于语怪"①，但王氏自认为还是在"传信"，其自序云：

> 予备员西征，始闻峡山非常可骇之事。始犹未敢以为然。及观前贤所记，由东坡以来，连篇累牍，悉出于名公巨卿之口，以其人之可信，则事必可信矣。访《峡山集》旧版散失，于是裒集传之。②

王氏自序非常清晰地呈现了宋人志怪之际往往也会求证、传信的心理。

由上可知，宋稗作者大多追求杂事小说的素材来源和记载本身皆要"实"，部分作者要求志怪小说的素材来源也要"实"，这就形成了宋稗中的"崇实"倾向。

宋稗的"崇实"倾向，与唐稗的"尚幻"特色形成鲜明对照。明编《五朝小说大观》中《宋人小说》桃源居士序云：

> （小说）尤莫盛于唐，盖当时长安逆旅，落魄失意之人，往往寓讽而为之。然子虚乌有，美而不信，唯宋则出士大夫手，非公余纂录，即林下闲谭，所述皆生平父兄师友相与谈说，或履历见闻、疑误考证，故一语一笑，想见先辈风流。其事可补正史之亡，裨掌故之阙。③

序云唐人小说"子虚乌有，美而不信"，道出了唐稗的"幻设"意识；又云宋人小说"可补正史之亡，裨掌故之阙"，又道出了宋稗的崇实、补史追求。唐宋小说的虚实差异于此灼然可见。胡应麟《少室山房笔丛》卷三六《二酉缀遗中》云：

> 凡变异之谈，盛于六朝，然多是传录舛讹，未必尽幻设语。至唐人乃作意好奇，假小说以寄笔端，如《毛颖》、《南柯》之类尚可，若《东阳夜怪录》称成自虚，《玄怪录》元无有，皆但可付之一笑，其文气亦卑下亡足论。宋人所记乃多有近实者，而文彩无足观。④

胡氏云"变异之谈，盛于六朝，然多是传录舛讹，未必尽幻设语"，道出了六

---

①《四库全书总目》卷一四四《峡山神异记提要》语，第1909页。
②《四库全书总目》卷一四四《峡山神异记提要》引王辅自序，第1909页。
③《五朝小说大观》之《宋人小说》桃源居士序，上海：扫叶山房石印本，1926年版。
④胡应麟《少室山房笔丛》，上海：上海书店出版社，2001年版，第371页。

朝志怪小说重在记录传闻("传录舛讹")而缺乏自觉虚构("未必尽幻设语")的特质。接着云"至唐人乃作意好奇,假小说以寄笔端",道出了唐人小说有意幻设("作意好奇")的新变。又云"宋人所记乃多有近实者",又道出了部分宋稗"近实""远幻"的特点。实际上,部分宋稗此种特点,正是部分宋人不近承唐人"幻设""好奇"而远绍六朝"传录""近实"的主动选择。小说观念演进的回旋式轨迹于此可见一斑。

二、文本的史传气:"补正史之亡,裨掌故之阙"

(一)记闻而注来源

宋人信实、公允、补史的小说观念体现于文本,就是作者常常会在篇中特意注明故事有根有据,并非自己向壁虚造,使得文本往往具有较强的史传气。宋人小说注明故事来源的方式则多种多样。

其一是表明故事乃自己亲身经历、耳闻目见或是改编自亲历者的记述,确乎其真。宋代志怪传奇中有少量篇章是以第一人称叙事的,且叙事者就是故事中的主人公,如王山《盈盈传》。该篇以"予"的口吻叙述与吴女盈盈的情爱故事,这样的叙事至少在形式上让读者感到亲切真实。宋代志怪传奇绝大部分是第三人称叙事,为了强调故事的真实性,作者往往会在篇末点出故事乃是自己耳闻目见。张齐贤《洛阳染工见冤鬼》叙鬼魂报冤,篇末云:"余在洛中目睹之,故书以示劝诫。"[1]廉布《清尊录·狄氏》叙京师贵妇狄氏被滕生骗色后不能自拔终至病殁之事,作者于篇末特地点出:"余在太学时亲见。"[2]

宋代志怪传奇中,还有部分作品改编自亲历者的记载,改编者往往会特意在篇末点出此种来源,以示可信。《夷坚志》中有不少故事就是此种类型,如《夷坚丙志》卷一《九圣奇鬼》叙薛季宣家有群鬼作祟,后被道士收服之事,篇末云:"宣恨其始以轻信召祸,自为文曰《志过》,记本末尤详。予采取其大概著诸此。"[3]点出此篇改编自亲历者薛季宣自述其事的《志过》。又如《夷坚丙志》卷一○《黄法师醮》叙魏良臣于夫人赵氏亡后,延请黄法师在家中设醮,家人"耳闻目见"的怪异之事,篇末云:"魏公自作记五千言,今

---

①张齐贤《洛阳搢绅旧闻记》卷四,《丛书集成初编》本,第2844册,第39页。
②廉布《清尊录》,台湾《丛书集成新编》本,第87册,第277页。
③洪迈《夷坚志》,第369页。

摭取其大要如此。"①再如《夷坚支戊》卷七《信州营卒郑超》叙信州威果营
节级郑超入冥见闻，篇末云："超详述所见，为文撒谒诸门及邸店，凡二千
言，摭其要于此。"②再如《夷坚支癸》卷七《苏文定梦游仙》叙苏辙梦游仙府
事，篇末云："（苏辙）乃作《梦仙记》。或谓苏公借梦以成文章，未必有实。
予窃爱其语而书之。"③沈氏志怪小说集《鬼董》中的一些篇首亦是源于亲
历者的记载，如卷五中的《绯绿衣人传》叙裴端夫遇群鬼之事，篇末特意点
出来源："端夫自作传示余，甚详。今独记其梗概如此。"④

其二是表明故事源于亲历者或者相关之人的讲述，确有其事。宋代志
怪传奇中有不少篇章，为表明录实有据，特意点出源于亲历者的讲述。如
秦观《录龙井辩才事》叙辩才法师元净为嘉兴县令之子驱妖去疾事，篇末
云："予闻其事久矣。元丰二年，见辩才于龙井山，问之信然。"⑤又如陈鹄
《西塘集耆旧续闻》卷七叙曾亨仲与崔府君之女无为子相识相知的故事，篇
末云："余淳熙甲辰，初识曾于临安郡庠，一日乘其醉扣之，曾悉以告，尝为
作传以纪其事矣。"⑥再如《夷坚甲志》卷一八《邵昱水厄》叙邵昱堕水入冥
府的见闻，洪迈特地于篇末注云："予亲扣其详如此。"⑦上述三篇故事皆源
于亲历者的讲述，而作者"问之信然""乘其醉扣之""亲扣其详"的审慎态
度，可见宋人撰文之际对信实的追求。

宋代志怪传奇中还有更多的篇章，故事辗转得自相关之人，作者一般
也都会在篇末或者篇首交待来源始末，以示信实。如沈辽《任社娘传》叙娼
女任社娘色诱敌国使臣陶谷、使其陷于窘境之事，篇末云："余初闻乐章事，
云在胡中，盖不信之。然其词意可考者，宜在他国。及得仁王院近事，有客
言其始终，颇异乎所闻，因为叙之。"⑧作者对最初听到的故事版本，心存疑
虑，后来又听到新的故事版本，感觉更合情理，方才记录下来，于此可见作
者的审慎。又如王拱辰《张佛子传》叙张佛子行德而积阴功，家人得获善报

①洪迈《夷坚志》，第451页。
②洪迈《夷坚志》，第1105页。
③洪迈《夷坚志》，第1271页。
④沈氏《鬼董》，《续修四库全书》本，第1266册，第399页。
⑤李剑国《宋代传奇集》，北京：中华书局，2001年版，第210页。
⑥陈鹄《西塘集耆旧续闻》，上海：上海古籍出版社，1993年版，第54页。
⑦洪迈《夷坚志》，第161页。
⑧沈辽《云巢编》卷八，《文渊阁四库全书》本，第1117册，第609页。

之事，作者特地于篇首云：“予少之时，闻都下有张佛子者，惜其未之见也，又虑好事者之偏辞也。逮予之职御史，得门下给事张亨者，始未之奇。明年，于直舍乃闻其徒相与语，始知亨乃张佛子之子。予因诘其详于亨，亨遂书其本末。闻而惊且叹曰：‘是其后必昌乎！’辄以亨之言纪其实，以垂鉴将来。”①作者最先听闻张佛子之事，并未相信，“虑好事者之偏辞”；后来遇其子张亨，“诘其详于亨”，并判定“亨之言纪其实”，这才下笔撰文。再如李献民《云斋广录》卷八《居士遇仙》叙南唐居士郭智遇异人事，篇末云：“余初闻此说，未甚然之。后因见居士□世孙述，复询其事，合若符节，方知其不诬云。”②作者从“初闻此说，未甚然之”到见其裔孙“复询其事，合若符节，方知其不诬”，最后才下笔撰述，可见作者的征实观念。上述三篇小说，皆涉及怪力乱神，作者在撰述之际皆有“初闻此说，未甚然之”“复询其事，合若符节，方知其不诬”的由疑转信的过程，作者将此过程特意于篇中注明，正是宋人撰述小说征实求信的生动写照。

颇可一提的是，宋人撰述小说之际为了保证故事来源的可靠性，往往会对故事的讲述时间、讲述地点、讲述者详细记载，并以三者是否齐备为标准而审慎选录故事，这典型地体现在以洪迈为代表的南宋志怪写作群体身上。王质《夷坚别志序》曾精准地道出了洪迈《夷坚志》采录故事的原则——“得岁月者纪岁月，得其所者纪其所，得其人者纪其人，三者并书之备矣。阙一二亦书，皆阙则弗书”，并说自己写作《夷坚别志》“皆循《夷坚》之规弗易”。③于此可见洪迈们为确保故事来源信实而秉持的审慎态度。

其三是表明故事至今流传不绝或者遗迹尚存，确实不虚。宋代志怪传奇中有不少篇章在讲完故事后，会特地注明故事至今仍口耳相传或者遗迹尚存，以证明故事并非凿空臆造，以增强故事的可信度。如刘斧《青琐高议》后集卷六《范敏》叙书生范敏夜行遇鬼之事，篇末云：“敏身犹在焉，至今为东人所笑。”④点出范敏实有其人、至今尚存（“身犹在焉”），其事人尽皆知（“至今为东人所笑”）。又如《青琐高议》后集卷一《大姆记》叙巢邑之人

---

①李剑国《宋代传奇集》，第149页。

②李献民《云斋广录》，北京：中华书局，1997年版，第65页。

③马端临《文献通考》卷二一七《经籍考》引《夷坚别志序》，北京：中华书局，1986年版，第1770～1771页。

④刘斧《青琐高议》，上海：上海古籍出版社，1983年版，第163页。

食龙肉后遭报复而致全城被淹之事,篇末云:"大姆庙今存于湖边,迄今渔者不敢钓于湖,箫鼓不敢作于船,天气晴明,尚闻水下歌呼人物之声。秋高水落,潦静湖清,则屋宇阶砌,尚隐见焉。居人则皆龙氏之族,他不可居,一何异哉!"①点出遗迹尚存,证明故事确实发生过。又如《青琐高议》前集卷二《书仙传》叙女书仙曹文姬携夫升仙事,篇末云:"女与生易衣拜命,举步腾空,但见云霞烁烁,鸾鹤缭绕,于是观者万计。以其所居地为书仙里。"②点出升仙场景,"观者万计",乃众目所见,又点出"以其所居地为书仙里",遗迹尚存,以证明故事并非臆造。再如《青琐高议》后集卷三《小莲记》记狐女小莲与李郎中深挚的情爱故事,篇末叙小莲现身为狐并死于鹰犬之下后,李郎中"亲为祭文,如法葬于都城坊店之南",并特地指出"迄今人呼为狐墓焉"。③ 说明故事主人公(狐女)遗迹尚存,故事并非虚语。

(二)幻设而加掩饰

值得注意的是,宋代志怪传奇中有些篇章属于典型的幻设之作,但为了取信于读者,作者往往会特地编出一段说辞,证明故事文本渊源有自,并非自己臆造。如秦醇《赵飞燕别传》是在伶玄《赵飞燕外传》基础上,广泛采撷稗官野史而进行的重新创作,但作者却在卷首云:"余里有李生,世业儒。一日,家事零替,余往见之,墙角破筐中有古文数册,其间有《赵后别传》,虽编次脱落,尚可观览。余就李生乞其文以归,补正编次,以成传,传诸好事者。"④明明主要是自己的重新创作,却要编造出所谓的《赵后别传》,将"重新创作"说成不过是对既有史传的"补正编次",于此可见宋人撰述小说之际注重交待故事来源以求信实的普遍心理。这种心理支配之下,不仅确有来源的要尽可能注明来源,而且那些并无明确来源、主要是重新创作的文本也最好编造出一个"令人信服"的来源。于此可见,宋人撰述小说征实求信的意识已经深入骨髓。

由上可知,宋人确实是在苦心孤诣地表明,他们写作的小说故事有根有据、有源有流,并非闭门造车。这点与唐人对比,可以看得更加清楚。唐人写作志怪传奇之际,往往并不点出故事来源以求征信,特别是"作意好

---

①刘斧《青琐高议》,第111～112页。
②刘斧《青琐高议》,第27页。
③刘斧《青琐高议》,第130页。
④刘斧《青琐高议》前集卷七,第74页。

奇""尽幻设语"之际,更不会如秦醇撰《赵飞燕别传》那样自欺欺人地炮制出一个文本来源。唐人、宋人写作小说之际对故事来源的重视程度,可以通过统计数据分析出来,详见下表:

《唐宋传奇总集》所选传奇	总篇数	文中明确点出故事来源的篇章及数目	交待故事来源的篇章占总篇数比例
唐传奇	245篇	27篇:张文成《游仙窟》,何延之《兰亭始末记》,陈玄祐《离魂记》,沈既济《任氏传》,白行简《李娃传》《三梦记》,李朝威《柳毅传》,李公佐《南柯太守传》《谢小娥传》《古〈岳读经〉》《庐江冯媪》,元稹《莺莺传》,李景亮《李章武传》,陈鸿《长恨歌传》,陈鸿祖《东城老父传》,韩愈《石鼎联句诗序》,沈亚之《异梦录》《秦梦记》,陈邵《通幽记·唐晅》,薛用弱《集异记》之《王积薪》《蔡少霞》,牛僧孺《玄怪录》之《李沇》《张佐》,韦瓘《周秦行记》,李复言《续玄怪录·辛公平上仙》,张读《宣室志·僧契虚》,皇甫枚《三水小牍·王玄冲》	11%
宋传奇	184篇	81篇:张齐贤《洛阳搢绅旧闻记》之《少师佯狂》《向中令徙义》《泰和苏揆父鬼灵》《虔州记异》《田太尉候神仙夜降》《洛阳染工见冤鬼》《张大监正直》,吴淑《江淮异人录·耿先生》,张君房《灵梦志》,钱易《越娘记》,陈道光《蔡筝娘记》,沈辽《任社娘传》,吕夏卿《淮阴节妇传》,秦醇《温泉记》《赵飞燕别传》,清虚子《甘棠遗事》,刘斧《青琐高议》之《慈云记》《高言》《琼奴记》《王寂传》《远烟记》《大姆记》《小莲记》《异鱼记》《程说》《陈叔文》《范敏》《朱蛇记》《施先生》《楚王门客》,吴可《张文规传》,王山《笔奁录》之《盈盈传》《长安李妹》,崔公度《金华神记》,李献民《云斋广录》之《无鬼论》《丰山庙》,施德操《北窗炙輠·卖勃荷》,廉布《清尊录》之《狄氏》《王生》,张邦基《墨庄漫录》之《潘原怪》《天宫记》《关子东三梦》《缙云英华》,薛季宣《志过》,钟将之《义娼传》,洪迈《夷坚志》之《吴小员外》《解三娘》《毛烈阴狱》《陕西刘生》《董汉州孙女》《蒿州江中镜》《花月新闻》	44%

续表

《唐宋传奇总集》所选传奇	总篇数	文中明确点出故事来源的篇章及数目	交待故事来源的篇章占总篇数比例
		《真珠族姬》《临安武将》《嵊县山庵》《猩猩八郎》《玉华侍郎》《王从事妻》，王明清《投辖录》之《章丞相》《贾生》《曾元宾》《尼法悟》，无名氏《摭青杂说》之《阴兵》《守节》《茶肆还金》《夫妇复旧约》，康誉之《昨梦录·杨氏三兄弟》，吴曾《能改斋漫录》之《富家翁》《曾鲁公》，费衮《梁溪漫志·东坡卜居》，岳珂《桯史》之《义骝记》《南陔脱帽》，陈鹄《西塘集耆旧续闻·李英华》，沈氏《鬼董》之《裴端夫》《樊生》，沈俶《谐史·我来也》，何光《异闻·兜离国》，洪巽《旸谷漫录·厨娘》，周密《齐东野语》之《洪端明入冥》《曹泳》《台妓严蕊》	

由上可知，《唐宋传奇总集》选入唐传奇 245 篇，篇中明确点出故事来源的只有 27 篇，占比仅为 11％；该书选入宋传奇 184 篇，篇中明确点出故事来源的有 81 篇，占比高达 44％。宋传奇中明确点出故事来源的篇目占比是唐传奇的四倍，从一个侧面可见宋人对征实求信的追求远迈唐人。

第三节　叙事手法的平直化与文本的简澹气

宋人文言小说在叙事手法上呈现出"平"和"直"的特点，我们可以概括为平直化。所谓"平"，就是叙事手法平实乃至平庸，很难越出唐人苑囿而推陈出新；所谓"直"，就是叙事上常常流于直叙和直露，往往缺乏唐人小说的纡徐透迤之美。宋稗叙事手法的平直化导致了文本的简澹气。

一、手法的平直化："飞动之致，渺不可期"

（一）表现：平实平淡与直叙直露

宋人文言小说叙事手法的平直化，通过相同题材并有沿袭印迹的唐宋传奇对比，可以管窥一二。

公案题材中，宋传奇沿袭唐传奇最为明显的应是《青琐高议》后集卷四的《卜起传》。文叙卜起得官，携带妻子白氏和七岁的儿子赴任，并邀从弟德成同行。途中德成害死卜起，夺其妻，并代其赴官。数年后，德成"入京，去甚久"，卜起之子"忽问其父"，白氏告知其真相。于是母子到官府告发，德成伏诛。[①] 该故事并非宋人新创，唐传奇中已有相应篇章，《原化记》中的《崔尉子》，《乾𫗦子》中的《陈义郎》，《闻奇录》中的《李文敏》皆述此类故事，[②] 此三篇应是《卜起传》的故事蓝本。这些篇章所述故事，人名、地名和具体细节有异，但都有主人携妻带子赴任，中途遇害妻子被夺，其子成年获知真相，诉之官府凶手伏诛等基本情节模式，属于同一故事类型。比较《卜起传》与同一故事类型的唐传奇，可以发现该文在叙事上的明显缺失。《崔尉子》《陈义郎》《李文敏》三篇中成年之子获知真相的过程中，都有一个"信物"的引导，《崔尉子》是下襟有火烧孔的衣衫，《陈义郎》是血迹衫子，《李文敏》是半袖的天净纱汗衫。这些信物是成年之子询问母亲获知并确认真相的有力证据，也是故事转折的重要凭借，在故事中不可或缺。但很可惜，宋人的《卜起传》就缺少这种"信物"和相应情节，只能以"德成入京，去甚久。一日，其子忽问其父"数句，来生硬地转折故事情节，于此可见唐宋传奇叙事艺术的高下之别。另外，《崔尉子》《陈义郎》两篇中主人遇害时其子或"方娠"（《崔尉子》），或"二岁"（《陈义郎》），其子或因"方娠"、或因年幼对真相初不知晓，认"凶"作父，情理上是说得通的。而到了《卜起传》，叙卜起遇害时其子已七岁，在故事中造成前后文情理上的明显矛盾。于此可见宋人因袭改编唐人小说时考虑欠周密之处，从一个侧面也反映出宋人部分文言小说叙事的平庸。

　　情爱题材中，宋传奇中沿袭改编自唐传奇的篇章为数不少，最显者当属《青琐高议》前集卷五《长桥怨》。文叙钱忠因家祸零替而流落于吴江，钟情于一位修眉丽目的妙龄女子，并向其表白。女子应允，但提出要钱忠写诗打动她那位隐于渔的父亲。钱忠先后写了三首诗，终于赢得了准岳父的青睐。不久，钱忠先后得到了女子的两首赠诗，并告别里巷邻友，"泛舟深入烟波，不知所往"。后来钱忠的表兄王师孟在吴江遇到已为仙人的钱氏夫妇，受到热情的招待，并获赠黄金十斤。[③] 实际上，该小说并非宋人的新创，其主要情节与唐人南卓的传奇《烟中怨解》大同小异。比较一下，可见

① 刘斧《青琐高议》，第 142～143 页。
② 详见李剑国《唐五代志怪传奇叙录》，天津：南开大学出版社，1993 年，第 653 页。
③ 刘斧《青琐高议》，第 54～56 页。

两文都写男子与水仙的恋情，都有写诗求婚、结为眷属等基本情节模式。不同的是，唐传奇《烟中怨解》以水仙逝去，男子于"江上烟波溶曳"之际"见女立于江中"话别，人仙永隔收束，情思幽怨、意蕴悠悠；而宋传奇《长桥怨》以夫妻二人双双仙去收束，团圆结局，反落俗套。前者是人仙相恋却不能长相厮守的诗意悲剧，后者是人仙相恋而双双仙去的俗套喜剧。两者叙事艺术的高下可以立判。

另外，宋传奇《谭意歌》也有明显承袭唐传奇的印迹，鲁迅先生曾指出该文"盖袭蒋防之《霍小玉传》，而结以'团圆'者也"。① 《霍小玉传》以悲剧收束，让人扼腕叹息，有一唱三叹之神韵，而《谭意歌》"结以'团圆'"，反倒落入窠臼。总之，通过有沿袭印迹的唐宋传奇对比可以发现，相较唐传奇叙事的精妙和诗意，宋传奇叙事的平庸和世俗展露无遗。

梦幻题材中，宋传奇沿袭唐传奇最为明显的应是何光《异闻》中的《兜离国》。文叙周宗睿游学时在天台报恩寺寄宿，梦中被使者迎至兜离国。周初被国王重用，授文籍监丞，"一国之事，皆参决焉"。后因上疏忤旨被放归。放归之际，"王曰：'卿虽为狂悖，亦无甚过恶。后十八年岁在班文，更当召卿。'顾宫媵取玉合三枚，署甲乙其上，赐之，且戒之曰：'卿归日，首开其一。余或遇难，次第启视。'"周被送回到报恩寺，旋即梦醒，见"孤灯犹照"，闻"东壁小竖，鼻息如雷鸣"，遂看破红尘，往衡岳访异人，迄今不知其存否。② 该篇与唐传奇《南柯太守传》③非常相似，有较为明显的沿袭印迹。两篇皆述士子之梦，都有梦入异国，初受赏识后被放归，梦醒之后看破红尘栖心道门等基本情节。

但两篇亦有明显差异，于此差异之处正可窥见唐宋传奇叙事艺术之高下。第一、《南柯太守传》之主人淳于棼梦醒之后，寻得槐下蚁穴，证以梦中所历，若合符契，酿造出一种幻中有真、亦幻亦真的意蕴，正如鲁迅先生所言"假实证幻，余韵悠然"。④ 而《兜离国》没有这样的妙笔，从而在意蕴上无法与《南柯太守传》比肩。第二、《南柯太守传》中梦里所历之事，梦醒之后皆有交待。如梦中国王谓淳于棼云"后三年，当令迎卿"，后来故事特地

---

① 鲁迅《中国小说史略》，上海：上海古籍出版社，1998年版，第68页。
② 李剑国《宋代传奇集》，第902～905页。
③ 李时人《全唐五代小说》卷二三《南柯太守传》，第636～643页。
④ 鲁迅《中国小说史略》，第54页。

交待道："后三年,岁在丁丑,亦终于家。时年四十七,将符宿契之限矣。"于此可见此篇传奇叙事的谨严。而反观《兜离国》,前有涉及而后却无着落的情节疏忽颇为不少,如周生放归之际国王"后十八年岁在班文,更当召卿"的预言,故事中没有下文。又如王赐给周"玉合三枚,署甲乙其上",还特别叮嘱他"卿归日,首开其一。余或遇难,次第启视",其中"余或遇难,次第启视"的预言,故事中也没有下文。如此缺乏前后照应的情节安排,可见《兜离国》叙事的粗疏。第三、《南柯太守传》中淳于棼梦里的"大槐安国",其实是大槐树下的蚁穴,"大槐安国"的命名非常贴切。而反观《兜离国》中周生梦入的"兜离国",命名的由来在文中并无交待,令人费解。于此可见两篇传奇在命名这些叙事细节方面的精到与颟顸之异。通过唐传奇《南柯太守传》与宋传奇《兜离国》的对比,我们可以发现,相较唐传奇叙事的韵味和谨严,宋传奇叙事的平淡和粗疏,真是相形见绌。

从叙事视角的多样性和丰富性维度将唐宋传奇对比,亦可见宋传奇叙事手法的平直化。先唐小说基本上都采用全知视角,极少运用限知视角。到了唐传奇开始出现自述式的限知视角,如王度《古镜记》、张鷟《游仙窟》、韦瓘《周秦行纪》等。限知视角的运用,缩短了读者与作品中人物事件的距离,增加了作品的真切感。唐传奇中还出现了叙事视角的流动,主要表现为他述与自述的穿插运用,其结构模式可以分为包容式(自述包容他述、他述包容自述)和并列式(引出式并列、转接式并列)等类型。[1] 叙事视角的流动,突破了平铺直叙的结构模式,使得故事的讲述更加丰富多彩、摇曳多姿。通检《唐宋传奇总集》可以发现,文中运用了限知视角或者视角流动叙事手法的唐传奇有 16 篇,[2]宋传奇有 13 篇。[3] 从叙事视角的多样性和丰富性来看,两相比较,宋传奇逊于唐传奇。唐传奇在叙事视角上多样的方

---

[1]详参李剑国、陈洪主编《中国小说通史》(唐宋元卷),北京:高等教育出版社,2007 年版,第 439～440 页。

[2]分别是王度《古镜记》,张鷟《游仙窟》,萧时和《杜鹏举传》,牛肃《纪闻》之《牛肃女》《屈突仲任》,李公佐《谢小娥传》《古〈岳渎经〉》,陈鸿祖《东城老父传》,沈亚之《异梦录》《秦梦记》,牛僧孺《玄怪录》之《张佐》,韦瓘《周秦行记》,李复言《续玄怪录》之《薛伟》,张读《宣室志》之《李征》,柳详《潇湘录》之《奴苍璧》,佚名《冥音录》。

[3]张齐贤《洛阳搢绅旧闻记》之《虔州记异》,张君房《灵梦志》,陈道光原撰、洪迈改编《蔡筝娘记》,秦醇《骊山记》,清虚子《甘棠遗事》,刘斧《青琐高议》之《高言》《程说》《范敏》,吴可原撰、洪迈改编《张文规传》,王山《笔奁录》之《盈盈传》,苏辙原撰、洪迈改编《梦仙记》,薛季宣原撰、洪迈改编《志过》,洪迈《夷坚志》之《蔡侍郎》。

法运用，如李公佐《谢小娥传》他述、自述多次转换，李复言《续玄怪录·薛伟》第三人称他述中包含着薛伟关于化鱼经历的自述，张读《宣室志·李征》第三人称他述中包含着李征化虎后的自述，这些非常奇妙的叙事手法在宋传奇中难觅踪影。

（二）原因：史笔撰稗与撼实而泥

宋人文言小说叙事手法的平直化，与宋人小说写作强烈的"慕史"倾向和鲜明的"史化"特征息息相关。

宋人文言小说写作大都有较强的"慕史"倾向，在内容上也大致以"信实"为楷模。这种偏于务"实"的小说观念，使得宋人笔下的文言小说很难有唐传奇那种亦真亦幻、翻空出奇之妙趣。胡应麟《少室山房笔丛》论及子书时提到："唐人能为伪而弗能为真，宋人能为真而弗能为伪。"①此论可以移来评骘唐宋文言小说，唐人文言小说的"为伪"（尚幻）与宋人文言小说的"为真"（尚实）可谓迥异其趣。宋人文言小说的尚实导致宋人撰稗，笔头过于老实，流于平淡，甚至趋于滞涩。鲁迅先生在《〈唐宋传奇集〉序例》云："宋好劝惩，撼实而泥，飞动之致，渺不可期，传奇命脉，至斯以绝。"②其中"撼实而泥"的判断非常精到，点出了宋传奇观念上的"实"导致了叙事上的"泥"（拘泥平直）。实际上，"撼实而泥"不仅可用于评骘宋传奇，也可推之用于评骘整个宋代文言小说，因为"传奇"是文言小说中最有可能传"奇"传"幻"的文体，此种文体都"撼实而泥"，那么杂事小说、志怪小说等笔记体小说就可想而知了。

宋人往往喜好务"实"地和简单地记录故事，而不太愿意幻设为文和铺陈敷衍，结果造成小说叙事的平直。如文莹《湘山野录·续录》"丁晋公谈江南李主刘驸马事"条：

> 丁晋公在中书日，因私第会宾客，忽顾众而言曰："某尝闻江南李国主钟爱一女，早有封邑，聪慧姿质，特无与比。年及鬓降，国主谓执政曰：'吾止一女，才色颇异，今将选尚，卿等为择佳婿，须得少年奇表，负殊才而有门地者。'执政遍询搢绅，须外府将相之家，莫得全美。或有诣执政言曰：'尝闻洪州刘生者，为本郡参谋，岁甲未冠，仪形秀美，

大门曾列二卿,兼富辞艺,可以塞选。'执政遽以上言。亟令召之,及至,皆如其说,国主大喜,于是成礼。授少列,拜驸马都尉,鸣珂锵玉,出入中禁。良田甲第,奇珍异宝,荟奕崇盛,雄视当时。未周岁,而公主告卒。国主伤悼悲泣曰:'吾不欲再睹刘生之面。'敕执政削其官籍,一簪不与,却送还洪州。生恍若梦觉,触类如旧。"丁语罢,因笑曰:"某他日亦不失作刘参谋也。"①

丁谓(丁晋公)讲述的刘参谋入赘王府、享尽荣华,后因公主去世而被削官放归的故事,情节颇似唐人沈亚之的《秦梦记》,"生恍若梦觉,触类如旧"所表达的人生如梦、富贵无常的主题,又与沈既济《枕中记》和李公佐《南柯太守传》相似,但《秦梦记》等三篇唐传奇幻设为文、铺陈敷衍,尽起伏跌宕之致,而宋人的这篇记载,粗陈梗概,叙事平直,相形见绌。值得注意的是,刘参谋的故事本来极具小说意趣,可以大做文章,但丁谓的讲述多骨少肉,文莹的记载也没有增饰,后来的宋人也没有利用此题材添枝加叶写成传奇佳作,于此可见宋人文言小说摭实而泥、多骨少肉的叙事风习。

宋人文言小说写作有较强的"慕史"倾向,在表达上以"史笔"为高标,要求文字精准,删汰浮词,叙事简劲,剪去枝蔓。但毕竟小说不同于史传,宋人用谨严的史笔来撰述本来可以疏宕的小说,结果是常使小说文本叙事平直,缺乏鱼龙曼妙之美。李献民编撰的《云斋广录》是宋代非常优秀的文言小说集,其自序可以管窥到编撰者的小说观念,序云:

> 夫小说之行世也多矣。国朝杨文公以《谈苑》行,欧阳文忠公亦以《归田录》行。其次则存中之《笔谈》、师聃之《杂纪》,类皆摭一时之事,书之简册,用传于世。此亦古人多爱不忍之义也。其论次有纪,辞事相称,品章不紊。非良史之才,曷以臻此哉!②

李氏称扬《谈苑》《归田录》《梦溪笔谈》《杂记》等小说的作者有"良史之才",能将这些小说写得"论次有纪,辞事相称,品章不紊"。其中"论次有纪"指叙事的条理,"辞事相称"指表达的精准,"品章不紊"指章法的谨严,李氏指出的这些其实就是他所体会到的"良史""史笔"所在。李氏编撰《云斋广录》,就是以这样的"史笔"为高标。该书收录传奇 13 篇,基本上代表了宋

---

① 文莹《湘山野录》,北京:中华书局,1984 年版,第 80 页。
② 李献民《云斋广录》卷前自序,第 1 页。

传奇的艺术水准。但这些在"史笔"影响下写出的宋传奇，与"著文章之美，传要妙之情"①的唐传奇相比，叙事手法上的平直化显露无遗。总之，宋人文言小说叙事手法的平直化，与宋人史笔撰稗导致"摭实而泥"大有关系。

二、文本的简澹气："奇丽不足而朴雅有余"

（一）表现："枯涩简淡"与"别有风味"

叙事手法的平直化，在一定程度上导致了宋人文言小说文本的简澹。这种简澹与唐人文言小说尤其是唐传奇的纤秾，迥异其趣。我们试以唐宋传奇中相同题材的佳作对比分析之。《谭意歌》是宋传奇中爱情题材的代表作之一，该篇与唐传奇中的爱情名篇《莺莺传》《霍小玉传》渊源有自，但文风大不相同。我们试以三篇中主人公初次会面和男女欢合两个场景描写对比分析一下。

关于主人公初次会面，《谭意歌》云：

> 意乃求良匹，久而未遇。会汝州民张正字为潭茶官，意一见，谓人曰："吾得婿矣。"人询之，意曰："彼风调才学，皆中吾意。"张闻之，亦有意。②

《莺莺传》云：

> 次命女："出拜尔兄，尔兄活尔。"久之，辞疾。郑怒曰："张兄保尔之命，不然，尔且掳矣。能复远嫌乎？"久之，乃至。常服睟容，不加新饰，垂鬟接黛，双脸销红而已，颜色艳异，光辉动人。张惊，为之礼。因坐郑旁。以郑之抑而见也，凝睇怨绝，若不胜其体者。问其年纪，郑曰："今天子甲子岁之七月，终于贞元庚辰，生年十七矣。"张生稍以词导之，不对。终席而罢。③

《霍小玉传》云：

> 遂命酒馔，即令小玉自堂东阁子中而出。生即拜迎。但觉一室之中，若琼林玉树，互相照耀，转盼精彩射人。既而遂坐母侧。母谓曰：

---

①李时人《全唐五代小说》卷一九《任氏传》语，第541页。
②刘斧《青琐高议》别集卷二《谭意歌》，第214页。
③李时人《全唐五代小说》卷二四《莺莺传》，第656页。

"汝尝爱念'开帘风动竹,疑是故人来',即此十郎诗也。尔终日吟想,何如一见。"玉乃低鬟微笑,细语曰:"见面不如闻名。才子岂能无貌?"生遂连起拜曰:"小娘子爱才,鄙夫重色。两好相映,才貌相兼。"母女相顾而笑,遂举酒。数巡,生起请玉唱歌。初不肯,母固强之。发声清亮,曲度精奇。①

《谭意歌》写张生与意歌的初次会面,是简单的叙事带过,而非精细的场景描写。《莺莺传》所写张生与莺莺的初次会面,则是典型的工笔细描,绘出了莺莺的矜持美艳和张生的无比惊喜。《霍小玉传》所写李生与小玉的初次会面,也是工笔精雕细琢,写出了小玉的惊人色艺和李生的重色之心。通过对比,唐宋传奇叙事的繁与简、韵味的浓与淡非常清晰地呈现出来了。

我们再来比较三篇传奇在男女欢合场景描写上的差异,《谭意歌》云:

> 一日,张约意会于江亭。于时亭高风怪,江空月明;陡帐垂丝,清风射牖,疏帘透月,银鸭喷香;玉枕相连,绣衾低覆;密语调簧,春心飞絮;如仙葩之并蒂,若双鱼之同泉;相得之欢,虽死未已。②

《莺莺传》云:

> 数夕,张生临轩独寝,忽有人觉之。惊骇而起,则红娘敛衾携枕而至,抚张曰:"至矣! 至矣! 睡何为哉?"并枕重衾而去。张生拭目危坐久之,犹疑梦寐,然而修谨以俟。俄而红娘捧崔氏而至,至则娇羞融冶,力不能运支体,曩时端庄,不复同矣。是夕,旬有八日也。斜月晶莹,幽辉半床。张生飘飘然,且疑神仙之徒,不谓从人间至矣。有顷,寺钟鸣,天将晓。红娘促去,崔氏娇啼宛转,红娘又捧之而去,终夕无一言。张生辨色而兴,自疑曰:"岂其梦邪?"及明,睹妆在臂,香在衣,泪光荧荧然,犹莹于茵席而已。③

《霍小玉传》云:

> 酒阑及暝,鲍引生就西院憩息。闲庭邃宇,帘幕甚华。鲍令侍儿桂子、浣沙与生脱靴解带。须臾,玉至,言叙温和,辞气宛媚。解罗衣

---

①李时人《全唐五代小说》卷二六《霍小玉传》,第728~729页。
②刘斧《青琐高议》别集卷二《谭意歌》,第214页。
③李时人《全唐五代小说》卷二四《莺莺传》,第658页。

之际,态有余妍,低帏昵枕,极其欢爱。生自以为巫山洛浦不过也。①

《谭意歌》所写,似为套语堆砌,比较笼统,虽也用繁笔,但欠真切。《莺莺传》所写,情景交融,写出了莺莺的娇羞妩媚和张生的乍惊乍喜,真切生动,意蕴悠悠。《霍小玉传》所写,写出了小玉的温和宛媚和李生的无比欢悦,也是非常真切,余韵悠然。通过对比可以发现,唐宋传奇在语言艺术上确有高下之别,在文风上也确有简澹与纤秾之异。

宋人文言小说的简澹,从先贤对唐宋文言小说文风之异的论述中,可以得到确认。胡应麟《少室山房笔丛·九流绪论下》云:"小说,唐人以前纪述多虚而藻绘可观,宋人以后论次多实而彩艳殊乏。盖唐以前出文人才士之手,而宋以后率俚儒野老之谈故也。"②指出唐人以前之小说"藻绘可观",宋人以后之小说"彩艳殊乏",点出了唐前、宋后小说文风之异,并认为这是由于小说作者差异造成的。胡氏之论甚确。明人编《五朝小说》中《宋人小说》桃源居士序,认为宋人小说"较之段成式、沈既济辈,虽奇丽不足,而朴雅有余",③实际上点出了唐、宋小说的奇丽、朴雅之异。关于该序提到的宋人小说的朴雅,李剑国先生有精彩的解读:

> 其实朴雅和平实所概括的对象往往是同一个,不过是从两个极端去着眼。实实在在的而趋于平庸浅薄,是谓平实;实实在在的而趋于平淡有味,是谓朴雅……所以伴随着宋人小说的平实化,确也有朴素化的特色,即用普普通通的平易语言去表现普普通通的朴实情感,不事藻饰,不求工丽,没有奇兀,没有腾挪,没有轰轰烈烈。④

李先生认为宋人小说的朴雅即平淡有味,洵为至论。民国初年俞建卿编《晋唐小说六十种》,序云:"说部之书汗牛充栋,而大抵别为两派:晋唐尚文,宋元尚理。故清词丽句,自推唐人为独步;宋以来枯涩简淡,虽别有风味,然苦茗终不能夺甘肥。"⑤认为宋以来说部之书"枯涩简淡",也承认其"别有风味",并将其比作淡而有味的"苦茗"。实际上,胡应麟所云"彩艳殊

---

①李时人《全唐五代小说》卷二六《霍小玉传》,第729页。
②胡应麟《少室山房笔丛》卷二九《九流绪论下》,第283页。
③《五朝小说》之《宋人小说》桃源居士序,上海:扫叶山房石印本,1926年版。
④李剑国《宋代志怪传奇叙录·前言》,天津:南开大学出版社,1997年版,第8页。
⑤俞建卿编《晋唐小说六十种》卷前自序,上海:广益书局,1915年版。

乏",桃源居士序所云"朴雅",《晋唐小说六十种序》所云"枯涩简淡",都道出了宋人文言小说不事藻饰、不求工丽的简澹风习。

(二)原因:文道关系认知与审美趣尚

宋人文言小说的简澹风习,与宋人的文道关系认知和审美趣尚颇有干系。

宋代是理学思潮兴起、发展、鼎盛并成为朝野主流话语体系的时代,理学家的文道关系论断对宋人文风有很大的影响。宋代理学宗主周敦颐秉持"文以载道"论,其《通书》云:"文所以载道也,轮辕饰而人弗庸,徒饰也;况虚车乎……文辞,艺也;道德,实也……不知务道德,而第以文辞为能者,艺焉而已。"①又云:"圣人之道,入乎耳,存乎心,蕴之为德行,行之为事业。彼以文辞而已者,陋矣!"②唐代的"文以明道"说和"文以贯道"说,在强调"文"为"道"服务的同时,也肯定了"文"的作用、地位及能动性,但到了周氏"文以载道"说,"文"变成单纯的工具了,"文"对"道"所承担的能动作用削弱了。周氏鄙视无"道"之"文",认为"第以文辞为能者",只能算作"艺",其人"陋矣"。周氏之后的理学大师程颐秉持重"道"轻"文"的立场,甚至发出了"作文害道"的"宏论"。程颐把"溺于文章"视为离"道"背"道"的三大弊端之一:"今之学者有三弊:一溺于文章,二牵于训诂,三惑于异端。苟无此三者,则将何归? 必趋于道矣。"③《二程遗书》载程颐与弟子问答之语:

> 问:"作文害道否?"曰:"害也。凡为文,不专意则不工,若专意则志局于此,又安能与天地同其大也?《书》曰'玩物丧志',为文亦玩物也。"①

程氏于此提出"作文害道"说,将"文"与"道"完全对立起来,"文"连为"道"服务的资格都丧失了。程颐之后的理学大师朱熹提出了"文者道之枝叶""文从道中流出"的论点。《朱子语类》载朱子语曰:

> 道者,文之根本;文者,道之枝叶。惟其根本乎道,所以发之于文,皆道也。三代圣贤文章,皆从此心写出,文便是道。今东坡之言曰:

①周敦颐《周敦颐集》卷二,北京:中华书局 1990 年版,第 34 页。

②周敦颐《周敦颐集》卷二,第 39 页。

③程颢、程颐《二程集》之《河南程氏遗书》卷一八,北京:中华书局,1981 年版,第 187 页。

④程颢、程颐《二程集》之《河南程氏遗书》卷一八,第 239 页。

　　"吾所谓文，必与道俱。"则是文自文而道自道，待作文时，旋去讨个道来入放里面，此是它大病处。只是他每常文字华妙，包笼将去，到此不觉漏逗。说出他本根病痛所以然处，缘他都是因作文，却渐渐说上道理来，不是先验理会得道理了，方作文，所以大本都差。

又曰：

　　这文皆是从道中流出，岂有文反能贯道之理？文是文，道是道，文只如吃饭时下饭耳。若以文贯道，却是把本为末。以末为本，可乎？①

朱子认为"文"乃是"道"这个"根本"生发出来的"枝叶"，又说"这文皆是从道中流出"，否定了文的独立性。

　　从周敦颐的"文以载道"，鄙视"第以文辞为能者"，到程颐的"作文害道"，斥责"溺于文章"者，再到朱熹的"文从道中流出"，批评"文与道俱"的苏轼"大本都差"，理学家的崇道抑文观一脉相承，并对宋人文风产生很大影响。

　　宋代文章大家对文道关系的认知不同于理学家的"崇道抑文"，但大致都反对刻意为文。欧阳修曾在《与张秀才棐第二书》中论及道与文的先后主次关系，该文云：

　　君子之学也务为道，为道必求知古，知古明道，而后履之以身，施之于事，而又见于文章而发之，以信后世。其道，周公、孔子、孟轲之徒常履而行之者是也；其文章，则六经所载至今而取信者是也。②

欧公明确提出了君子之学"知古明道""履之以身""施之于事""见于文章"的先后次序，实际上明确了道与文的先后主次关系。欧公还提出"大抵道胜者文不难而自至也"，③强调"为道"先于"为文"。欧公还有"我所谓文，必与道俱"④之言，也是强调"文"中有"道"，"文"中寓"道"。正是基于上述理念，欧公反对雕章琢句，刻意为文，并以自己平易畅达的文风引领宋文风潮。宋文大家王安石强调"文者务为有补于世"，其《上人书》云：

---

① 黎靖德编《朱子语类》卷一三九，北京：中华书局，1986年版，第3319、3305页。
② 欧阳修《欧阳修全集》卷六七《与张秀才棐第二书》，北京：中华书局，2001年版，第978页。
③ 欧阳修《欧阳修全集》卷四七《答吴充秀才书》，第664页。
④ 苏轼《苏轼文集》卷六三《祭欧阳文忠公夫人文（颖州）》引欧阳修语，北京：中华书局，1986年版，第1956页。

> 所谓文者,务为有补于世而已矣。所谓辞者,犹器之有刻镂绘画也。诚使巧且华,不必适用;诚使适用,亦不必巧且华。要之以适用为本,以刻镂绘画为之容而已。不适用,非所以为器也。不为之容,其亦若是乎? 否也。①

王氏反对离开"适用"的"刻镂绘画",其实也是对无"用"之"文",刻意为文倾向的批评。史学大家司马光也反对"华藻宏辩"以"为文":

> 古之所为(谓)文者,乃诗书礼乐之文,升降进退之容,弦歌雅颂之声,非今之所谓文也。今之所谓文者,古之辞也。孔子曰"辞达而已矣",明其足以通意斯止矣,无事于华藻宏辩也。②

总之,无论是周敦颐、程颐、朱熹等理学家的崇道抑文观,还是欧阳修、王安石、司马光等文章大家的文道观,都反对刻意为文,反对雕章镂句片面追求形式美。受此文学思想的影响,宋代散文洗尽唐文纤秾绮丽之风,形成了自然畅达、平易朴雅的总体风格。清代文学家袁枚曾说:"大抵唐文峭,宋文平;唐文曲,宋文直。"③指出唐文、宋文有峭曲与平直之异,确实如此。宋人为文的自然畅达、平易朴雅甚而平直,作为一种时代风习,自然也会对文言小说的写作产生深刻影响。概言之,宋人文言小说的朴雅简澹其实是宋代的文道关系认知和文风熏染下的结果。

宋人文言小说的简澹风习,也与宋人追求平淡的审美趣尚息息相关。宋人崇尚平淡之美,其内在机理和丰富内涵,汪涌豪先生的阐发颇为精到:

> "平淡"及其同序概念、范畴在宋元时成为人们的论说核心,是与整个时代社会环境及由此形成的创作风尚密切相关的……宋代正处在中国封建社会开始走向衰落的当口,比之人是由青春走向壮岁,由壮岁渐趋暮年;比之四时则是经春夏而秋,经秋而再趋于冬。"少攻歌诗,欲与造物者争柄"……及长"卒造平淡而已"。实在是势所不得不然而又自然而然的事。
>
> 这种"平淡"美……以深刻的思理为内核,以人格美的追求为基

---

① 王安石撰、李之亮笺注《王荆公文集笺注》卷四〇《上人书》,成都:巴蜀书社,2005 年版,第 1363 页。
② 司马光《司马温公文集》卷一〇《答孔司户文仲书》,《丛书集成初编》本,上海:商务印书馆,1936 年版,第 1920 册,第 240 页。
③ 袁枚《小仓山房文集》卷三五《与孙俌之秀才书》,《续修四库全书》本,第 1432 册,第 425 页。

础，在揭示创作主体精神自由的同时，更赋予文学以反映人深层的德性修养的重要功能。尽管其时，因各体文创作的成熟，各种技巧探讨方兴未艾，艺术形式正日渐拥有其本位意义，但因为有这种意识和追求作基础，他们反而将这一切的讲究给超越了。①

汪先生提到的宋人"平淡"美追求，是一种"无涉于刻意雕造"的艺术风格，是一种超越了创作方法、技巧与艺术形式的审美境界。这种审美追求渗透于宋人的诗、词、文、赋，也渗透于文言小说。

宋人撰写文言小说，从叙事方法上讲，没有唐人丰富，从语言运用上讲，也没有唐人绮丽，这可能确实与宋人素朴自然、平和淡远的"平淡"美追求大有关联。宋代佚名的杂事小说《枫窗小牍》，自序云：

> 余迫猝渡江，侨寓临安山中，父书手定，都为乌有，第日对窗西乌柏，省念旧闻，得数十事，录之以备遗忘。时晚秋萧瑟，喜有丹叶残霞，来射几案。会录成，辄呼酒落之，名曰"枫窗小牍"。②

作者交待写作此书之情景，"第日对窗西乌柏，省念旧闻，得数十事，录之以备遗忘"，颇有意味，特别是"时晚秋萧瑟，喜有丹叶残霞，来射几案"一句，更富诗意，烘托出一种回忆悠悠往事的淡远之美。该书所记条目，多是细碎见闻，简笔勾勒，平直叙述，文风简澹，与其序中所透露的淡远之美，若合符契。《枫窗小牍》的淡远之美与简澹文风，其实正是宋人审美趣尚与稗说文风桴鼓相应的生动例证。

宋人文言小说的简澹风习，应该还与宋人小说写作"慕史"而学习史笔之简要有一定关联。唐代史学家刘知几在《史通·叙事》中点出了史贵简要的写作原则：

> 夫国史之美者，以叙事为工，而叙事之工者，以简要为主。简之时义大矣哉！历观自古，作者权舆，《尚书》发踪，所载务于寡事；《春秋》变体，其言贵于省文。斯盖浇淳殊致，前后异迹。然则文约而事丰，此述作之尤美者也。③

---

① 汪涌豪《中国文学批评范畴及体系》，上海：复旦大学出版社，2007年版，第168~169页。
② 《枫窗小牍》卷首自序，《丛书集成初编》本，第2784册，第1页。
③ 刘知几撰、浦起龙释《史通通释》卷六《叙事》，上海：上海古籍出版社，1978年版，第168页。

宋人多视文言小说为稗史，他们撰稗常以"补史"为志趣，并效法史书"文约而事丰"的叙事旨趣，从而形成文言小说的简澹风习。

第四节　叙事趣味的世俗化与文本的市井气

宋人文言小说与唐人相较，呈现出非常明显的世俗化特征。明人冯梦龙《古今小说叙》云："大抵唐人选言，入于文心；宋人通俗，谐于里耳。"①点出了唐小说"入于文心"的雅致和宋小说"谐于里耳"的通俗。唐宋小说的雅俗之异，在文言小说领域有鲜明体现。李剑国先生《宋代志怪传奇叙录·前言》认为："（宋代文言小说）应当予以特别注意的倒是……通俗化，或曰市井化，具体说就是市井细民题材向文人小说大量涌入，并伴随着情感趣味上市井气息的弥漫和通俗语言的运用，或者题材虽非市井却经过了市井化的审美处理。这种现象在唐代少见，至少没有形成气候，到了宋代尤其是南宋却成为突出醒目的现象。"②李先生所言，精当地点出了宋代文言小说通俗化的演变大势和具体内涵。

宋代文言小说的通俗化，与下层文人的作品大幅增加颇有关系。具体到唐宋语境，我们大致可以入仕与否作为标准将文人分为两个阶层，入仕者大多为中上层文人，而未入仕者则大多为下层文人。胡应麟《少室山房笔丛·九流绪论》指出唐人以前小说"藻绘可观"、宋人以后小说"彩艳殊乏"，并认为这是由于"唐以前出文人才士之手，而宋以后率俚儒野老之谈故也"，③实际上点出了唐前小说作者多为"文人才士"（中上层文人），宋后小说作者多为"俚儒野老"（下层文人）。胡氏之论，有一定道理，唐宋文言小说作者确有文人才士（中上层文人）与俚儒野老（下层文人）比例结构的巨大差异。

我们试以《唐宋传奇总集》所收唐宋传奇为例进行考察。该书所收唐传奇245篇中，阙名的篇章有4篇④，有署名但作者生平仕履不详的篇章有

---

① 冯梦龙编著《古今小说》卷首自叙，上海：上海古籍出版社，1992年版，第1页。
② 李剑国《宋代志怪传奇叙录·前言》，第8页。
③ 胡应麟《少室山房笔丛》卷二九《九流绪论下》，第283页。
④ 具体篇章如下：佚名的《补江总白猿传》，佚名的《腾听异志录》，佚名的《冥音录》，佚名的《灵应传》。

38 篇①。这 42 篇，暂时还无法确认其作者为入仕者还是未入仕者。剩下的 203 篇中，王度《古镜记》等 200 篇可以基本确认其作者为入仕者，萧时和《杜鹏举传》和范摅《云溪友议》之《苗夫人》《廖有方》共 3 篇，可以确认其作者为未入仕者。唐传奇篇章中，入仕者篇章与未入仕者篇章、入仕情况不明者篇章三者之比为 200:3:42，可见唐传奇中未入仕的下层文人的作品是绝对的少数。

　　与唐传奇大不相同，宋传奇里下层文人的作品大幅增加。《唐宋传奇总集》所收宋传奇 184 篇中，阙名的篇章有 12 篇，②有署名但作者生平仕履不详的篇章有 15 篇。③ 这 27 篇，暂时也无法确认其作者为入仕者还是未入仕者。剩下的 157 篇中，乐史《杨太真外传》等 97 篇可以基本确认其作者为入仕者，柳师尹《王幼玉记》等 60 篇可以确认其作者为未入仕者。④ 宋传奇篇章中，入仕者篇章与未入仕者篇章、入仕情况不明者篇章三者之比为 97:60:27。唐宋传奇对照，唐传奇中入仕者篇章与未入仕者篇章之比为 200:3，而宋传奇中此种比例为 97:60，于此可见宋传奇中未入仕的下层文人之作已经成为极其重要的组成部分。

---

① 具体篇章如下：陈玄祐《离魂记》，李朝威《柳毅传》，陈邵《通幽记》之《赵旭》《妙女》《唐晅》《卢顼》《东岩寺僧》，薛渔思《河东记》之《独孤遐叔》《申屠澄》《板桥三娘子》《卢佩》《蕴都师》《胡媚儿》，林登《博物志》之《黄花寺壁》《崔书生》，皇甫氏《原化记》之《陆生》《车中女子》《嘉兴绳技》《吴堪》《京都儒士》《画琵琶》《义侠》《崔尉子》《魏生》，胡璩《谭宾录》之《裴延龄》《封常清》，韦澳《松窗杂录》之《夜明帘》，柳详《潇湘录》之《襄阳老叟》《奴苍璧》《焦封》《王常》《呼延冀》《郑绍》《孟氏》《张琱》《贾秘》，尉迟枢《南楚新闻》之《郭使君》，萧孚开《建安记》之《乌君山》。

② 具体篇章如下：佚名《魏大谏见异录》，佚名《滕王阁记》，佚名《玄宗遗录》，佚名《摭青杂说》之《阴兵》《守节》《盐商厚德》《茶肆还金》《夫妇复旧约》，佚名《玉虚洞记》，佚名《苏小卿传》，佚名《鸳鸯灯传》，佚名《李师师外传》。

③ 具体篇章如下：胡微之《芙蓉城传》，陈鹄《西塘集耆旧续闻》之《李英华》《东坡日课》，瘦竹翁《谈薮》之《楼叔韶》，何光《异闻》之《兜离国》，洪巽《厨娘》，沈氏《鬼董》之《紫袍人》《周浩》《陈淑》《周宝》《裴端夫》《樊生》《张师厚》。

④ 具体篇章如下：柳师尹《王幼玉记》，秦醇《骊山记》《温泉记》《谭意歌传》《赵飞燕别传》，刘斧《青琐高议》之《慈云记》《高言》《琼奴记》《王寂传》《王实传》《任愿》《远烟记》《长桥怨》《韩湘子》《大姆记》《狄方》《时邦美》《张彦贤》《小莲记》《异鱼记》《程说》《李云娘》《陈叔文》《卜起传》《龚球记》《范敏》《梦龙传》《仁鹿记》《张宿》《朱蛇记》《袁元》《施先生》《西池春游》《张浩》《楚王门客》《异梦记》，刘斧《续青琐高议》之《贤鸡君传》《茹魁传》《桃源三夫人》，刘斧《摭遗集》之《安禄山》《玉溪梦》《崔存》，刘斧《翰府名谈》之《侯复》《茜桃》《白龟年》《女侠》，王山《笔奁录》之《盈盈传》《长安李妹》，李献民《云斋广录》之《嘉林居士》《甘陵异事》《西蜀异遇》《丁生佳梦》《四和香》《双桃记》《钱塘异梦》《玉尺记》《无鬼论》《丰山庙》，施德操《北窗炙輠》之《卖勃荷》，释文莹《玉壶清话》之《江梦孙》。这些篇章的作者或编撰者为柳师尹、秦醇、刘斧、王山、李献民、施德操、释文莹，均为未入仕者。

宋人文言小说中,下层文人的作品大幅增加,这些作品带着强烈的市井气息和世俗趣味,逐渐改变着文言小说的雅俗版图。另外,宋代中上层文人之作,如洪迈《夷坚志》、廉布《清尊录》、郭彖《睽车志》等,受到话本小说和通俗文言小说的刺激和影响,也在逐渐沾染市井气息,徐徐褪去稗说雅致之习。前者是俗的挺进,后者是雅的萎缩,两者汇合,使得文言小说的整体风格逐渐由唐之雅致转为宋之世俗。

宋人文言小说的通俗化,主要表现在小说的焦点逐渐由文人学士、才子佳人转向市井细民、芸芸众生,小说的旨趣也逐渐由裨教化、补史阙为主的文人之趣转向供谈笑、广见闻为主的细民之好。

宋人文言小说的人物画廊与唐人相比,除了帝王将相、文人学士、才子佳人、僧尼道士、神仙鬼怪外,还增加了市井社会众多的小人物,如染工、渔人、村民、骗子、浪子、盗贼、仆人、厨娘、悍妇、造反者、落魄文人[①]等三教九流之人,显示出鲜明的市井色彩。在此缤纷的人物画廊里,有三类人物形象即商人、市井化的女性和市井化的文人,最有意味,最能彰显出宋人文言小说的市井气息。

一、市井商人的世俗形象

(一)农商皆本:商人社会地位的提高

宋人文言小说呈现了宋代商业繁荣的生动画卷。有兴盛的国内贸易,如兴仁府乘氏县豪家傅氏子"岁贩罗绮于棣州";[②]乐平向十郎"为商,往来湖广诸郡。尝贩茜杠数十箧之桂林";[③]唐州比阳富人王八郎"岁至江淮为大贾"。[④] 还有频繁的海外贸易,如建康巨商杨二郎"本以牙侩起家,数贩南海,往来十有余年,累赀千万";[⑤]临安人王彦太"家甚富,有华室,颐指如意。忽议航南海,营舶货";[⑥]金陵人王榭"家巨富,祖以航海为业。一日,

---

① 写染工如《洛阳染工见冤鬼》,写渔人如《嘉州江中镜》,写村民如《毛烈阴狱》,写骗子如《田太尉候神仙夜降》《白万州遇剑客》《水中照见王者服冕》《吴约知县》《王朝议》《临安武将》《杨二官人》,写浪子如《高言》,写盗贼如《我来也》《俚语盗智》,写仆人如《杨忠》,写厨娘如《厨娘》,写悍妇如《鬼董·陈淑》,写造反者如《王寂传》,写落魄文人如《裴端夫》。
② 洪迈《夷坚志》,《夷坚甲志》卷一八《乘氏疑狱》,第159页。
③ 洪迈《夷坚志》,《夷坚志补》卷二〇《桂林秀才》,第1733页。
④ 洪迈《夷坚志》,《夷坚丙志》卷一四《王八郎》,第484页
⑤ 洪迈《夷坚志》,《夷坚志补》卷二一《鬼国母》,第1741页
⑥ 洪迈《夷坚志》,《夷坚支乙》卷一《王彦太家》,第796页。

榭具大舶,欲之大食国"。①

　　还有活跃的资本流通,并产生了一大批如驵侩、行钱者、②高利贷者等从业人员,如宿预桃园人王耕"读书不成,流而为驵侩,谙练世故,且长于谋画。乡人或有所款,则就而取法,颇著信闾里间";③枣阳申师孟"以善商贩著幹声于江湖间。富室裴氏访求得之,相与欢甚,付以本钱十万缗,听其所为。居三年,获息一倍,往输之主家,又益三十万缗";④抚州民陈泰"以贩布起家。每岁辄出捐本钱,贷崇仁、乐安、金溪诸债户,达于吉之属邑,各有驵主其事。至六月,自往敛索,率暮秋乃归,如是久矣";⑤湖州城南市民许六"本以锅饼饵蓼糜为生,人呼曰许糖饼。获利日给,稍有宽余,因出子本钱于闾里之急缺者,取息比他处稍多,家业渐进"。⑥

　　宋人文言小说还反映出伴随着商业繁荣而来的商人社会地位的提高。宋代以前,中国社会一直存有农本商末、重农抑商的传统观念,以及视商业为"末业"、斥商人为"贱民"的褊狭认知。到了宋代,随着商品经济的繁荣特别是海内外贸易的兴盛,商人在经济活动和社会生活中扮演着越来越重要的角色。⑦宋代的有识之士,充分注意到这一趋势,大都突破了"农本商末"的传统藩篱,秉持"农商皆本"的先进思想。陈亮认为:"古者官民一家也,农商一事也。上下相恤,有无相通,民病则求之官,国病则资诸民。商藉农而立,农赖商而行,求以相补,而非求以相病。"⑧文中所谓"古者",其实是借古鉴今;陈亮将"商"提至与"农"并立之地位,主张"农商一事","商藉民而立,农赖商而行",可谓对传统重农抑商观念的反拨。叶适旗帜鲜明地指出:"四民(指士农工商,引者注)交致其用而后治化兴,抑末(指商,引者注)厚本(指农,引者注),非正论也。"⑨更直接地驳斥了传统认知。后来陈耆卿编《嘉定赤城志》,录入天台令郑至道谕俗

---

① 刘斧《青琐高议》别集卷四《王榭》,第 227 页。
② 廉布《清尊录》:"凡富人以钱委人,权其出入而取其半息,谓之行钱。"见李剑国《宋代传奇集·大桶张氏》,第 467 页。
③ 洪迈《夷坚志》,《夷坚支丁》卷九《清风桥妇人》,第 1038 页。
④ 洪迈《夷坚志》,《夷坚三志辛》卷八《申师孟银》,第 1446 页。
⑤ 洪迈《夷坚志》,《夷坚支癸》卷五《陈泰冤梦》,第 1254 页。
⑥ 洪迈《夷坚志》,《夷坚支景》卷五《许六郎》,第 916 页
⑦ 详参朱瑞熙《宋代商人的社会地位及其历史作用》,《历史研究》1986 年第 2 期。
⑧ 陈亮《陈亮集》卷一二《四弊》,石家庄:河北教育出版社,2003 年版,第 111 页。
⑨ 叶适《习学记言序目》卷一九,北京:中华书局,1977 年版,第 273 页。

七篇,其中《重本业》云:"古有四民:曰士、曰农、曰工、曰商。士勤于学业,则可以取爵禄。农勤于田亩,则可以聚稼穑。工勤于技艺,则可以易衣食。商勤于贸易,则可以积财货。此四者,皆百姓之本业,自生民以来,未有能易之者也。"①认为士农工商,皆百姓之本业,实际上也是否定了农本商末的成见。

宋代商业的繁荣和有识之士对其价值的充分认可,反映到小说中就是商人社会地位的提高。这与唐人小说对照,可以得到更加清晰的印象。唐代士人看不起商人,耻于与其为伍,更耻于与其通婚。李复言《续玄怪录·定婚店》叙杜陵士子韦固随月下老人去见未来的妻子,发现其为卖菜陈婆之陋女,大骂月下老人:"老鬼妖妄如此!吾士大夫之家,娶妇必敌。苟不能娶,即声妓之美者,或援立之,奈何婚眇妪之陋女。"②其中"娶妇必敌"道出了唐代士子娶妻必门当户对的传统观念,商人是入不了唐代士子法眼的,更何况是卖菜婆之陋女,怪不得韦固会勃然大怒。

到了宋代,不少士子动心于商贾丰厚的资财而甘愿入赘,而商贾也倾心与士大夫之家联姻而光耀门楣,于是出现了不少官宦士人之家与商贾之家通婚的情况。朱彧《萍洲可谈》记载:"近岁富商庸俗与厚藏者嫁女,亦于榜下捉婿,厚捉钱以饵士人,使之俯就,一婿至千余缗。"③富商敢于明目张胆地"榜下捉婿""以饵士人",可见宋代商人势力的煊赫。洪迈《夷坚志》记载,泉州人王元懋"少时祇役僧寺,其师教以南番诸国书,尽能晓习。尝随海舶诣占城,国王嘉其兼通番汉书,延为馆客,仍嫁以女,留十年而归。所蓄奁具百万缗,而贪利之心愈炽。遂主船舶贸易,其富不赀。留丞相诸葛侍郎皆与其为姻家"。④王元懋是典型的出身卑微而行商致富的土豪,但他居然能与当朝丞相和侍郎结为姻亲,可见宋代商人社会地位的擢升。

(二)亦弹亦赞:宋稗中的商人形象

宋代文言小说相较汉魏六朝和隋唐小说,描绘刻画了大量的商人形

---

① 陈耆卿《嘉定赤城志》卷三七《风土门·土俗》,北京:中国文史出版社,2004年版,第543页。
② 李复言《续玄怪录·定婚店》,见李时人《全唐五代小说》卷四一,第1146页。
③ 朱彧《萍洲可谈》卷一,北京:中华书局,2007年版,第127页。
④ 洪迈《夷坚志》,《夷坚三志己》卷六《王元懋巨恶》,第1345页。

象,呈现出浓厚的市井气息。这些商人形象,有邪有正,有奸有诚,林林总总,五光十色。

我们先来看负面的商人形象。上引洪迈《夷坚志》中的王元懋就是一位贪利忘义之奸猾巨商,后被冤死的鬼魂索命。《夷坚志·颖昌赵参政店》中的陈州人焦务本,"于间里间,放博取利,积之滋多,渔夺人子女,或遭苦胁至死,皆怨之刻骨",终于恶有恶报,在颖昌赵参政店被众鬼截住痛骂:"汝寻常在乡里赊贷,以米粟麻麦,重纽价钱。用势凌逼,使我辈挤陷死地,冤痛莫伸,投诉泉下,聚集于斯以伺汝。缘汝寿限尚有一年,直俟命终,追赴阴府,今日聊纾愤怀。"① 焦务本被众鬼痛打,后来第二年即逝去。该文刻画了一位奸诈刻薄、不得善终的放高利贷者。《夷坚志·丰乐楼》中的临安卖酒人沈一,夜遇五通神,求其赐予小富贵,后获神赐一布囊银酒器。沈生虑持入城或为人诘问,不暇解囊,悉槌击蹴踏,使不闻声。到家后方知这些银酒器乃是自家什物。沈唤匠再团打费工直数十千,且羞于徒辈,经旬不敢出,闻者传以为笑耳。② 刻画了一位贪图小利、蝇营狗苟而自作自受的小商贩形象。总之,不管巨商还是小贩,宋人文言小说中的负面商人形象委实不少。

当然,比之负面商人形象,宋人文言小说所绘大量的正面商人形象更能透露出时代的观念变化。有些小说描绘了诚信经营的正直商人形象,如侯官县市井小民杨文昌,"以造扇为业,为人朴直安分。每售扇皆有定价,虽村人及过往收市,未尝妄有增加。稍积余钱,则专用养母,自奉甚薄,闾井颇推重之";③ 又如平江人江仲谋开药铺为生,听从神灵"勿用伪品药杂于剂中,误人服食,因而可积阴功"之告诫,"收市良材,不惜价直,而所货日增"。④

有些小说歌颂了部分商人拾财不昧的善行。《摭青杂说·茶肆还金》叙邵武军人李氏不慎将有金数十两的布袋遗落于京师樊楼畔之小茶肆,数年后复过此肆与店主说起此事,没想到店主在核对情况相符后,将装有金子的布袋原物奉还。李氏提出要分一半给店主作为酬谢,店主曰:"官人想

---

① 洪迈《夷坚志》,《夷坚三志己》卷三《颖昌赵参政店》,第 1326～1327 页。
② 洪迈《夷坚志》,《夷坚志补》卷七《丰乐楼》,第 1612～1613 页。
③ 洪迈《夷坚志》,《夷坚支癸》卷四《画眉山土地》,第 1249 页。
④ 洪迈《夷坚志》,《夷坚支庚》卷四《伏虎司徒庙》,第 1168 页。

亦读书,何不知人如此! 义利之分,古人所重。小人若重利轻义,则匿而不告,官人待如何,又不可以官法相加;所以然者,常恐有愧于心故也。"店主拾财不昧的高义赢得了大家的交口赞誉,"时茶肆中五十余人,皆以手加额,咨嗟叹息,谓世所罕见焉。识者谓伊尹之一介不取,杨震之畏四知,亦不过是。惜乎名不附于国史,附之亦卓行之流也"。① 识者将茶肆店主与上古贤良伊尹和汉代廉吏杨震相提并论,称赞其"卓行",可见小说对有义之商的高度肯定。《夷坚志·荆山客邸》叙荆山客邸店主韩洙,将拾到的琼州黎秀才遗落的装有金银的布袋,原物奉还,并谢绝酬金,博得大家的好评,"明年,游士范万顷询知此事,题诗壁间曰:'囊金遗失正茫然,逆旅仁心尽付还。从此弋阳添故事,不教阴德擅燕山。'又跋云:'世间嗜利为小人之行者,比比皆是,闻韩子之风得无愧乎?'"②

　　有些小说赞扬了部分商人宅心仁厚、救人急难的高义。《摭青杂说·盐商厚德》叙泰州盐商项四郎,救起一名落水的贵人家女,意欲留之为子妇,其妻曰:"吾等商贾人家,止可娶农贾之家。彼骄贵家女,岂能攻苦食淡,缉麻织布,为村俗人事邪? 不如货得百十千,别与儿男娶。"由是富家、娼家竞来索买。项曰:"彼一家遭难,独彼留得余生。今我既不留为子妇,宁陪些少结束,嫁一本分人,岂可更教他作倡女婢妾,一生无出伦耶?"其妻屡以为言,至于喧争,项终不肯。一位姓金的澧州安乡尉前来求亲,项四郎还特地告诫此人"万一不如意,须嫁事一好人,不要教他失所"。后来该女与其兄重逢,告知其兄经过,其兄泣曰:"彼商贾乃高见如此,士大夫色重礼轻,有不如也。父母生汝,不克有终,能终汝者项君也。"该女"画项像为生祠,终身奉事"。③ 罗大经《鹤林玉露·冯三元》叙冯京之父乃一商人,壮岁无子,赴京师之际遵从其妻之言买得一妾。后来得知该妾乃官员之女,其父因纲运欠折故而鬻女赔偿。冯闻之恻然,遣还其父,不索其钱。后来冯得到好报,其妻生下一子,该子后中三元,光耀门楣。④ 施德操《北窗炙輠》叙史保人曾以酒赠给"渴甚"的卖勃荷者,后来遇难,得卖勃荷者帮助而

①陶宗仪《说郛》卷三七引《摭青杂说·茶肆还金》,北京:中国书店,1986年版,第22～23页。
②洪迈《夷坚志》,《夷坚丁志》卷七《荆山客邸》,第596页。
③陶宗仪《说郛》卷三七引《摭青杂说·盐商厚德》,第20～21页。
④罗大经《鹤林玉露》乙编卷四《冯三元》,北京:中华书局,1983年版,第192页。

脱险。①

宋人文言小说中出现众多的商人形象，尤其是出现大量的正面形象，反映出宋代商人的社会地位比之前代确有提升，商人群体正逐渐受到社会大众的认可。而宋人文言小说对商人群体的描绘，比之前代更为丰富，更为生动，更为集中，也彰显出其鲜明的市井色彩和世俗倾向。

二、仙凡女子的世俗油彩

宋人文言小说中的女性，无论是贵家姬妾、宦门千金，还是书香红粉，抑或青楼娼妓，甚而女仙妖鬼，对婚姻、爱情甚至对逸出常轨的情爱、性爱的追求都比唐人主动。这些女性的追爱之举，呈现出较强的市井色彩和世俗趣味。

（一）世俗女性开通的婚恋态度

1. 贵家姬妾

宋人文言小说中有不少贵家姬妾，或出于性的苦闷，或由于情的慰藉，或因为借种固宠，常常主动追求青年男子，甚至刻意设置圈套和陷阱引诱年轻后生。王明清《投辖录·章丞相》记载，章惇初到京师时被贵家姬妾引诱到密室淫乱，"体为之弊，甚彷徨"；后来从一位稍微年长的好心姬妾口中得知真相："我之主翁行迹多不循道理，宠婢多而无嗣，每钓致少年之徒与群妾合，久则毙之，此地凡数人矣。"最后在其帮助下逃出淫窟。②

《醉翁谈录·红绡密约张生负李氏娘》也堪称典型。篇中的李氏"花容艳质，赛过姮娥，万态千娇，不能名状"，为节度使李公之偏室，但青春寂寞，抱怨"虽处富贵，奈公年老，误妾芳年欢会，惟此为恨"。于是趁元夕观灯之际，以题诗其上并附密约信息的红绡掷于地，以求得有缘的意中人。之后，李氏化装成尼姑与拾得此密约红绡的张生在尼寺幽会，"如鱼得水，极尽欢情"。欢情之后，李氏不愿再回节度使的深宅，发出了愿与张生"生既不得同床，同死庶得同穴"的心声。后来在老尼的帮助下，顺利地与张生私奔，并经过不懈努力甚至对簿公堂，终于成功地捍卫了爱情成果，成为张生的

---

①施德操《北窗炙輠》卷下，《丛书集成初编》本，上海：商务印书馆，1939年版，第2881册，第29～30页。
②王明清《投辖录》，《宋元笔记小说大观》本，上海：上海古籍出版社，2001年版，第3860～3861页。

正室。①

《云斋广录·四和香》也很有代表性。太学生孙敏游圣禅刹邂逅一丽人，"与一侍妾同行，徐止于生旁，乃憩于坐末，数眄生微笑，与其侍妾窃窃有语"。之后，丽人又让侍女邀孙敏叙话，见面后曰："适邂逅相遇，倾慕风采，虽不待援琴之挑，而已有窃香之志，君何避焉。"在孙敏疑虑之际，又曰："妾之微诚，已闻左右。然缱绻之情，未暇款曲。君可来日于崇夏寺西厢以南□上，寻第二院老李师，则妾在彼矣，可与君相见，愿无愆期。"后来丽人终于实现心愿，与孙敏"云情雨意，不可具道"。整个过程之中，丽人都是主动作为，孙敏倒是如坠云雾之中，不明就里，被丽人一步一步地诱导。②

2.宦门千金

宋人文言小说中的不少宦门千金，常常放下矜持，主动与情郎眉目传情，甚而私定终身，甚而私奔。《醉翁谈录·静女私通陈彦臣》中的静女"乃延平连氏簪缨之后"，与邻居陈彦臣两情相悦，但遭到母亲的坚决反对，遂于七夕乞巧之夜，"以小红笺题诗一首，赂邻居之妇而通殷勤"。③《永乐大典》引《醉翁谈录·苏小卿》中的苏小卿为间江县知县之女，其追求情郎之主动令人咋舌。苏小卿游园之际，遇到小史双渐，"悦其颜貌"，又试之以诗，爱其才华，于是出言挑之："昔相如有援琴之挑，文君潜附毂相逐；韩寿孤吟于窗下，贾氏窃之以香囊……尔能学否？"双渐答曰"一介末吏，非匹偶，不敢当此"，苏小卿步步紧逼："妾一言已出，反不见从。迩来诗涉淫辞，汝得何罪？"双渐"不得已而诺之"，于是"乱红深处，花为屏障，尤云殢雨，一霎欢情"。④

《醉翁谈录·张氏夜奔吕星哥》中的张氏（张织女）为会稽张倅之孙女，本来与姑表哥吕星哥为指腹为婚的金童玉女，不料祖父张倅贪慕荣贵，将织女许配给陈枢密之子。织女主动约见星歌，表露私奔之心："自父母指腹与君为亲，期奉君之箕帚，儿女之情，永以自固，形销骨化，不渝此盟。令（疑应作"今"）以公公远在千里之外，欲夺其志，而它许人，故来见君。今宁

①罗烨《醉翁谈录》壬集卷一《红绡密约张生负李氏娘》，上海：古典文学出版社，1957年版，第96～103页。

②李献民《云斋广录》卷六《四和香》，第35～38页。

③罗烨《醉翁谈录》乙集卷一《静女私通陈彦臣》，第14页。

④《永乐大典》卷二四〇五引《醉翁谈录·苏小卿传》，北京：中华书局，1986年版，第1122页。

随君远奔，以结百年之好。"而后织女"尽挈妆区（疑应作"奁"）首饰、黄白珠珍，夤夜传出，并其妾与星哥夜奔"。①

3. 书香女子

宋人文言小说中不少出身书香门第的女子，也往往主动出击追求爱情。《醉翁谈录·梁意娘》中的梁意娘"乃儒家之女"，"与李生为两姨之亲，时节讲问不疏。一日，意娘因父母赴南邻吉席，辄与李生通焉。亦以平时属意之久，迨此亦天作之合也。自后情爱相牵，形于颜色，为家人所觉，遂至一年绝交"。意娘于是"密以诗柬传音"，父母得知后，深为感动，"卒与为姻，而成眷属焉"。② 意娘以自己的主动赢得了爱情。

4. 青楼娼女

宋人文言小说中的青楼女子，更善于把握机会，争取好的归宿。《青琐高议·陈叔文》中的青楼女子崔兰英，在得知陈叔文"专经登第，调选铨衡，授常州宜兴簿"，但"家至窘窭，无数日之用，不能之官"后，立即表示自己颇有资财并愿意嫁给他："我虽与子无故，我于囊中可余千缗，久欲适人，子若无妻，即我将嫁子也。"③《醉翁谈录·红绡密约张生负李氏娘》中的青楼女子越英在张生困顿之际，当即曰："大丈夫当存志节，留心向学，异时显达，谢过严君，必能容纳，何自苦如此？妾有装奁，不啻数万贯，愿充为下妾，异日功名成就，任选嘉姻，但愿以侍妾见待足矣。"④表示自己愿意从良"充为下妾"以资助张生。

（二）仙鬼女子大胆的追爱心曲

宋人文言小说中仙鬼世界的女子，对于意中人常常是主动投怀送抱，自荐枕席。《青琐高议·西池春游》中的狐女独孤姬对于侯诚叔，可谓步步引诱。开始时故意两次与侯诚叔邂逅于西池，惹得侯诚叔意乱情迷。然后让小青衣传诗挑之："人间春色多三月，池上风光直万金。幸有桃源归去路，如何才子不相寻？"又邀约再次相会。而后一步步地引导侯诚叔入其彀中，成就人狐恋情。⑤

---

①罗烨《醉翁谈录》甲集卷二《张氏夜奔吕星哥》，第6～11页。
②罗烨《醉翁谈录》己集卷一《梁意娘》，第55页。
③刘斧《青琐高议》后集卷四《陈叔文》，第140页。
④罗烨《醉翁谈录》壬集卷一《红绡密约张生负李氏娘》，第101页。
⑤刘斧《青琐高议》别集卷一《西池春游》，第203～211页。

《云斋广录·甘陵异事》中那位灯擎成精幻化而成的女子对于赵生，是典型的投怀送抱，女子的自白最堪玩味，其曰："妾，君之邻也。妾本东方人，不幸失身，流落至此，遂鬻身于彭城郎。妾在后房，独承宠顾。郎少年好书，每至中夜，览究经史，虽妻子不得在左右，唯妾侍焉。其或春宵命客，月夕邀宾，妾无不预席上。今郎观光上国，岁久未还，寂寞一身，孤眠暗室，其谁知我。近闻君子至斯，无缘展见，适乘月暗，不免逾垣，辄造斋簧，私荐枕席。此诚多幸，愿君密之，恐事露即不得来也。"①将自己因夫君远游而难耐寂寞，于是私荐他人枕席的心曲和盘托出。

《云斋广录·西蜀异遇》中的狐女宋媛对于李达道，初次见面即主动表白心迹。该篇叙及两人初见时云：

> 生谓之曰："娘子谁氏之家，而独游于此地？"曰："妾，君之近邻也，姓宋，名媛，叙行第六。适因兰堂睡起，选胜徐行，睹丽景和风，暖烟迟日，流莺并语，紫燕交飞。妾乃春思荡摇，幽情拂郁，攀花折柳，误逾短垣，入君之圃。不为从者在兹，岂胜羞愧。"生曰："汝必严亲在堂，久出而不返，宁无怪耶？"曰："妾幼失怙恃，继亡兄嫂，今姊妹数人，唯妾为长。"生复询之曰："汝还有所适否？"媛逡巡有报色，乃谓生曰："妾未尝嫁也。然则君尝娶乎？"生应之曰："方议姻连，而未谐佳匹。"媛乃微笑，顾谓生曰："如妾者，门阀卑微，容质鄙陋，还可以奉蘋蘩者乎？"生曰："某孱弱之躯，幸无见戏。"媛曰："第恐兔丝蔓短，不能上附长松，安敢厚说君子。"生窃自喜，遂与过亭之西。②

宋媛得知李生"未谐佳匹"，立即抓住机会，毛遂自荐，追问李生："如妾者……还可以奉蘋蘩乎？"

《云斋广录·玉尺记》中的鬼女对于王生，初见即自荐枕席。该篇叙及两人初见时云：

> 生还舍待之。不久，女子者果至，曰："儿良家子，居君舍之东，映竹朱门，即儿家也。每闻弦诵之声，复窥君风采，特相慕而来，固不异东邻之子登垣矣。君其许乎？幸无见鄙。"生曰："儿女之情，嗜欲之性，诚不可遏。然恐汝父母兄弟，幸而知之。则子爱我之情，反为祸我

---

① 李献民《云斋广录》卷四《甘陵异事》，第23页。
② 李献民《云斋广录》卷五《西蜀异遇》，第25～26页。

之实矣。悔其可追,愿无及乱。"女子曰:"妾不幸久违侍下,兄弟异处,
独居于此,已数年矣。今日幸接贤者,实慰萧索。"生喜其颜色殊绝,言
语敏慧,遂扃户与之寝。①

鬼女初见王生即挑明"特相慕而来,固不异东邻之子登垣矣。君其许乎,幸
无见鄙",在王生有顾虑之际,又及时表白自己"兄弟异处,独居于此……今
日幸接贤者,实慰萧索"。于此可见鬼女追爱的主动与迫切。

上述宋人文言小说中的女性形象,无论身份贵贱,其追爱之主动、大胆
乃至迫切,都如出一辙,都涂抹上了一层浓厚的世俗油彩,散发着一种盎然
的世俗趣味。

三、市井士人的世俗气息

宋人文言小说中的士人形象,五彩缤纷,最堪玩味者乃是那些浸染市
井气乃至无赖气的士人。这些市井化士人或者忘恩负义,演出负心婚变的
"好戏",或者骗财骗色,干出厚颜无耻的勾当,甚而谋财害命,做出伤天害
理的恶行。这些市井化士人形象散发着浓烈的世俗气息。

(一)钻穴逾墙与负心婚变

宋人文言小说中演出负心婚变好戏的士人,不在少数。《夷坚志·满
少卿》中的满生,本为淮南望族,后因跅弛不羁、浪游四方而陷入困顿,幸得
焦大郎相助。满生私通焦大郎之女,既而事露,受到焦大郎的斥责:"吾与
汝本不相知,过为拯拔,何期所为不义若此?岂士君子之行哉!业已尔,虽
悔无及,吾女亦不为无过,若能遂为婚,吾亦不复言。"满生于是娶焦女为
妻。后来满生进士及第还乡,被严毅的叔父安排迎娶官宦人家的女子为
妻,"生素敬畏,不敢违抗,但唯唯而已,心殊窘惧。数日,忽幡然改曰:'彼
焦氏非以礼合,况门户寒微,岂真吾偶哉!异时来通消息,以理遣之足矣。'
遂娶于朱。朱女美好,而装奁甚富,生大惬适。凡焦氏女所遗香囊巾帕,悉
焚弃之,常虑其来,而杳不闻问,如是几二十年"。满生的负心婚变导致焦
氏父女抱恨而亡,最后自己也被冤魂索命。② 应该说,满生的弃妻再娶不
仅是严毅的叔父一手安排造成的,他自己其实也是心甘情愿的,这从他"幡

---

①李献民《云斋广录》卷七《玉尺记》,第47页。
②洪迈《夷坚志》,《夷坚志补》卷一一《满少卿》,第1649~1651页。

然醒悟",意识到"彼焦氏非以礼合,况门户寒微,岂真吾偶哉",可以看得很清楚。简言之,满生的负心婚变不完全是其被动的选择,其实也是其内心真实的想法。满生私通焦女之际,即被斥为"何期所为不义若此?岂士君子之行哉",满生后来的弃妻再娶,致使焦氏父女抱恨而亡,更非士君子之行。通观满生行径,确非士君子之做派,倒有市侩钻穴逾墙、过河拆桥的风习。

《醉翁谈录·王魁负心桂英死报》中的王魁更是负心婚变的典型。文叙王魁下第失意,远游山东莱州,遇青楼女子桂英,得到鼎力资助。王魁感慨不已:"我客寓此逾岁,感君衣食之用,今又以金帛佐我西行之费,我不贵则已,若贵,誓不负汝。"并与桂英盟誓于海神庙。后来王魁状元登第,马上就将盟誓抛之脑后,私念"吾科名若此,即登显要,今被一娼玷辱,况家有严君,必不能容",遂背其盟,断绝与桂英的联系。而后王魁遵父命娶崔家女,又授徐州金判。桂英遣仆传书,被王魁怒叱拒绝,桂英愤而自刎,其冤魂找来神兵相助最终索去王魁性命。[1] 王魁抛弃桂英并非完全迫于外在压力,也可说是其主动所为,这与满少卿抛弃焦女如出一辙。王魁行径,亦非士君子所为。

《续青琐高议·茹魁传》中的茹魁也是困顿之际得到青楼女子胡文媛的资助,并与之同居还生下一女。但当茹魁高第中魁后,马上就"与其友谋绝媛之策"。后来胡文媛竭力抗争,方才不致被茹魁抛弃。[2]

上述三篇中的主人公满生、王魁、茹魁,中第前均与微贱女子相处,中第后都负心再娶并抛弃前任,而且都并非完全迫于外在压力,也可说是其主动所为。这些士人所为,与唐传奇《霍小玉传》中李生所为,表面上看都是始乱终弃,但原因有所不同。李生所为,更多的是迫于门第观念,而满生、王魁、茹魁所为,更多的则是自身利益驱使。两相比较,宋代文言小说中导演负心婚变好戏的士人,其市井气息更为浓厚。

(二)骗财骗色与卸磨杀驴

宋人文言小说中骗财骗色的士人,其行径与市井无赖毫无二致。《青琐高议·龚球记》中的龚球,本为官宦子弟,后来由于父亲病逝,流落漂泊,

①罗烨《醉翁谈录》辛集卷二《王魁负心桂英死报》,第91～95页。
②刘斧《续青琐高议·茹魁传》,见李剑国《宋代传奇集》,第351页。

无所依倚，竟沦落至"乞丐以度日"。元夜时，偶遇李太保家青衣携财逃走，龚球用计骗得财物，遂富。后该女子死于狱中，诉于阴府，追偿龚球之责，龚球得恶疾苦痛而死。① 龚球骗财之伎俩无异于市井无赖。

廉布《清尊录·狄氏》中的滕生，迷上了贵家姬妾狄氏，遂设法亲近之。滕生先是接触狄氏"所厚善"的尼慧澄，了解到狄氏喜好珠玑，于是投其所好，带着值二万缗的大珠通过尼慧澄转送给狄氏。接着通过尼慧澄的巧妙安排，与狄氏在寺庙相见，并一亲芳泽，赢得了狄氏的芳心。滕生猎艳成功后，马上就想到将大珠要回，于是导演了这样一出戏：

> 生，小人也，阴计已得狄氏，不能弃重贿，伺其夫与客坐，遣仆人白曰："某官尝以珠直二万缗卖第中，久未得直，且讼于官。"夫谔眙，入诘，狄氏语塞，曰："然。"夫督取还之。生得珠后，复遣尼谢狄氏："我安得此，贷于亲戚以动子耳。"狄氏虽恚甚，终不能忘生，夫出辄召与通。逾年，夫觉，闲之严，狄氏以念生病死。②

滕生猎艳的卑劣伎俩已非士人所为；猎艳成功后要回"重贿"并直白地告知狄氏"我安得此，贷于亲戚以动子耳"，充分暴露出阴谋得逞后志得意满的丑恶嘴脸，就更非士人所为；要回"重贿"后居然还继续与狄氏私通，亦非士人所为。概言之，滕生行径是典型的工于心计、厚颜无耻的市侩所为，滕生是标准的市侩化士人。

廉布《清尊录·王生》中的王生，乃贵家之子，用计猎得深夜欲与情人私奔的曹氏女，然后胁迫道："汝为女子，而夜与人期至此。我执汝诣官，丑声一出，辱汝门户。我邂逅遇汝，亦有前缘。不若从我去。"将此女占为己有，然后又坐吃曹氏女所带银两，可谓财色双收。③ 王生虽为士人，然其所为，实是奸诈、猎艳、渔利的市侩行径。

宋人文言小说中还有卸磨杀驴、先骗人财后害人命的士人。《青琐高议·李云娘》中的解普就是一位心狠手辣的士人，该篇叙：

> 庆历元年，李云娘，都下之娼姬也，家住隋河大隈曲，粗有金帛，与解普有故旧。是时普待阙中铨，寓京经岁，囊无寸金，多就云娘假贷以

供用。普绐云娘曰："吾赴官娶汝归。"由是云娘罄箧所有，以助普焉。普阴念：家自有妻，与云娘非久远计也。一日，召云娘并其母极饮市肆中，夜沿汴岸归，云娘大醉，普乃推云娘堕汴水中，诈惊呼，号泣不已。明以善言诱其母，适会普家书至，附五十缗，又以钱十缗遗云娘母。不日，普授秀州青龙尉，乃挈家之官。[①]

解普"待阙中铨，寓京经岁，囊无寸金"之际，以"吾赴官娶汝归"为饵，诱骗李云娘倾囊相助。后来又担心云娘成为自己的累赘，于是将其灌醉推入水中溺毙。解普所为，一般的市井无赖也难以望其项背。

《青琐高议·陈叔文》中的陈叔文也是一位困时甜言蜜语骗取娼妓之财，达时为甩包袱谋害娼妓之命的士人，[②]其行径已超越无赖、市侩而达元恶大憝的层级。

上述宋人文言小说中的士人形象，已是典型的市井化士人乃至市侩化士人，有浓烈的市井气息和鲜明的世俗色彩，从一个侧面也显示出宋人文言小说的世俗化和市井气。

---

① 刘斧《青琐高议》后集卷四《李云娘》，第139页。
② 刘斧《青琐高议》后集卷四《陈叔文》，第140～142页。

第五章　共生单元:话本小说
与市井叙事机理(上)

第一节　从俳优杂说到唐宋说话

"说话"是我国古代说唱艺术的一个重要门类,渊源于先民讲说故事以及后来的俳优杂说,初成于隋代,发展于唐代,鼎盛于宋代,并流衍于后世,可谓源远流长。

一、"说一个好话":从俳优杂说到说话艺术的初成

(一)先秦到六朝的俳优杂说

关于"说话"的渊源,学界现在一般认为可能起于先民的"讲故事"以及后来的俳优艺术。鲁迅先生论及小说的产生原因时曾说道:"至于小说,我以为倒是起于休息的。人在劳动时,既用歌吟以自娱,借它忘却劳苦了,则到休息时,亦必要寻一种事情以消遣闲暇。这种事情,就是彼此谈论故事,而这谈论故事,正就是小说的起源。"①鲁迅先生的推测合情合理,作为小说起源的讲故事,可能就是先民们"消遣闲暇"的一种群体性自娱方式。

后来随着生产的发展和社会的分工,讲故事取笑逗乐逐渐演变成为一种专门化行当,成为俳优用以娱人的一种伎艺。根据史料记载,春秋战国时期,多位国王的身边都有一批用以消遣娱乐的优人。《韩非子·难三》云:"俳优侏儒,固人主之所与燕也。"②《国语·齐语》记载齐襄公"筑台以为高位,田、狩、罼、弋,不听国政……优笑在前,贤材在后。是以国家不日引,不月长";③《国语·越语》记载吴王"淫于乐,而忘其百姓,乱民功,逆天

---

① 鲁迅《鲁迅全集》第 9 卷《中国小说的历史的变迁》,北京:人民文学出版社,2005 年版,第 312~313 页。
② 王先慎《韩非子集解》卷一六《难三》,北京:中华书局,1998 年版,第 372 页。
③ 徐元诰《国语集解·齐语第六》,北京:中华书局,2002 年版,第 217~218 页。

时,信谗喜优,憎辅远弼";①刘向《说苑》载秦始皇时"倡优累千"。② 这些记载点出了春秋以降人主蓄优、近优、喜优的普遍情形。

优人又分倡优、俳优等,其中倡优可能以歌舞表演为主,而俳优则以调笑娱乐为主。《史记·滑稽列传》所载楚庄王时的著名优人——优孟应该就是一位以调笑娱乐为主的俳优。该传云"优孟,故楚之乐人也。长八尺,多辩,常以谈笑讽谏",③并具体记叙了优孟哭马和优孟衣冠等讽谏君王之事。这位俳优"因戏语而箴讽时政",④可谓谐中有隐、乐中寓教。唐代孔颖达曾解释"俳优"云:"优者,戏名也。《晋语》有优施,《史记·滑稽传》有优孟、优旃,皆善为优戏,而以优著名。史游《急就篇》云:'倡、优、俳,笑。'是优、俳一物而二名也。今之散乐戏为可笑之语,而令人之笑是也。"⑤明确点出"俳优"之职在"戏为可笑之语,而令人之笑"。俳优的出现,使讲故事从先民自发的群体性自娱方式,演变为艺人自觉的表演性娱人行当。

汉代除了俳优,还有某些侍臣也在从事"说话"活动,这从出土文物中可以找到佐证。1957 年在四川成都天回镇汉墓出土了击鼓陶俑,有人称为说书俑,有人称为说唱俑,还有人称为俳优俑。随后在四川郫县又出土了类似的陶俑,也是左手持鼓,右手持槌。因为前者是坐姿,后者是站姿,故而学界将两个陶俑分称为"坐式说书俑"和"立式说书俑"。1979 年在扬州邗江胡场一号西汉木椁墓中,又出土了两件木质说书俑,但与四川出土的两件陶器说书俑有较大区别。有学者推测:"四川两件似乎是俳优……而从表演看似尚未从'百戏'中分离出去,成为一种专门口头表演艺术。而扬州出土的两件木俑却与此相反,不但着装,而且无俳优标志的鼓和槌,更似侍臣之类的人物……从以上种种出土实物推测,类似今日说书为特征的表演形式,在汉代已然存在,但当时只是在宫廷或王府中表演,似是'百戏'表演的一种发展,尚未出现专门的名称。"⑥

梳理史料记载也可以发现,至少从汉代开始,擅长"说话"的侍臣已经

---

① 徐元诰《国语集解·越语下第二十一》,第 580 页。
② 刘向撰、向宗鲁校证《说苑校证》卷一四《至公》,北京:中华书局,1987 年版,第 348 页。
③ 司马迁《史记》卷一二六《滑稽列传》,北京:中华书局,1959 年版,第 3200 页。
④ 洪迈《夷坚支乙》卷第四《优伶箴戏》云:"俳优侏儒,固伎之最下且贱者,然亦能因戏语而箴讽时政,有合于古矇诵工谏之义。"《夷坚志》,第 822 页。
⑤ 孔颖达《春秋左传正义》卷三八,北京:北京大学出版社,1999 年版,第 1080 页。
⑥ 姜昆、倪锺之主编《中国曲艺通史》,北京:人民文学出版社,2005 年版,第 99 页。

出现。《东汉会要》记东汉灵帝时，"侍中祭酒乐松、贾護，多引无行趣势之徒，并待制鸿都门下，喜陈方俗闾里小事，帝甚悦之，待以不次之位"。① 材料中的"无行趣势之徒"并非俳优，却因"喜陈方俗闾里小事"，让帝王"悦之"，并得"不次之位"，可见灵帝对"说话"的喜好和侍臣的高超伎艺。魏晋南北朝时期，擅长"说话"的侍臣也屡屡见诸史料。《魏书·术艺列传》云："高祖时，青州刺史侯文和亦以巧闻，为要舟，水中立射。滑稽多智，辞说无端，尤善浅俗委巷之语，至可玩笑。"②《北史·李崇传》所附《李若传》云："若（指李若，引者注）性滑稽，善讽诵，数奉旨咏诗，并使说外间世事可笑乐者。凡所话谈，每多会旨……帝每狎弄之。"③《南史·始兴王叔陵传》云："（始兴王）夜常不卧，执烛达晓，呼召宾客，说人间细事，戏谑无所不为。"④材料中提到的"尤善浅俗委巷之语"，"说外间世事可笑乐者"，"说人间细事"，道出了侍臣"说话"的题材其实是来自民间。两汉魏晋南北朝时期，不仅侍臣有擅长"说话"之徒，文人中也有深谙此伎者。《三国志·王粲传》注引《魏略》云曹植见到艺人邯郸淳，很是高兴，居然"胡舞五椎锻，跳丸击剑，诵俳优小说数千言"，⑤可见曹植对此伎的热衷和娴熟。

（二）隋代侯白与"说话"艺术的初成

从先秦到南北朝的俳优杂说，虽然类似唐宋的"说话"，但其实有别。俳优杂说可能是说、唱、演融为一体的，即使"说"也可能是"说"笑话，或者是无故事性的嘲弄、短语，并不以故事性为旨归，而唐宋说话则强调故事性。

从俳优杂说的弱故事性到唐宋说话的强故事性，这中间有一个较长的渐变过程。隋代的侯白应是这个渐变过程中的重要界碑。关于侯白，《隋书·陆爽传》附"侯白传"记载云：

> 侯白，字君素，好学有捷才，性滑稽，尤辩俊。举秀才，为儒林郎，

① 徐天麟《东汉会要》卷一一"鸿都门学"条，上海：上海古籍出版社，1978 年版，第 163 页。
② 魏收《魏书》卷九一，北京：中华书局，1974 年版，第 1971 页。
③ 李延寿《北史》卷四三，北京：中华书局，1974 年版，第 1606 页。
④ 李延寿《南史》卷六五，北京：中华书局，1975 年版，第 1583 页。
⑤ 陈寿撰、裴松之注《三国志》卷二一《王粲传》裴松之注引《魏略》（北京：中华书局，1959 年版，第 603 页）。此处将"诵俳优小说"与"胡舞五椎锻，跳丸击剑"等杂戏相连，说明"俳优小说"可能是当时杂戏的一种类型。

通侻不恃威仪，好为俳谐杂说，人多爱狎之，所在之处，观者如市。①

《太平广记》引《启颜录》记载云：

> 白在散官，隶属杨素。爱其能剧谈，每上番日，即令谈戏弄，或从旦至晚，始得归。才出省门，即逢素子玄感，乃云："侯秀才，可以玄感说一个好话。"白被留连，不获已，乃云："有一大虫，欲向野中觅肉，见一刺猬仰卧，谓是肉脔，欲衔之。忽被猬卷着鼻，惊走，不知休息，直至山中。困乏，不觉昏睡，刺猬乃放鼻而去。大虫忽起欢喜，走至橡树下，低头见橡斗，乃侧身语云：'旦来遭见贤尊，愿郎君且避道。'"②

从"举秀才，为儒林郎"可知，侯白并非俳优，而是一位秀才出身的小官。其"性滑稽，尤辩俊"，"能剧谈"，口才甚好。从"好为俳谐杂说，人多爱狎之，所在之处，观者如市"可知，侯白不仅"好为俳谐杂说"，而且非常擅长此伎，效果很好。因为侯白有此绝活儿，故其上司杨素"每上番日，即令谈戏弄，或从旦至晚，始得归"。其中"谈戏弄"即指包括说笑话在内的说滑稽。侯白不仅擅于"谈戏弄"，也擅于"说话"，这从杨素之子杨玄感缠住他，要其"为玄感说一个好话"可知。其中"说一个好话"即"说一个好听的故事"，而从侯白不得已讲说的大虫野中觅肉的"好话"来看，"话"是有情节的故事，更强调故事性，而非滑稽性。

从上述材料可以发现，至少到侯白的时代，俳谐杂说已经从"谈戏弄"之类单纯的调笑逗乐发展出"说一个好话"这种说故事以娱人的新方式。"谈戏弄"与"说好话"虽然都是用以娱人的说唱伎艺，而且后者还可能是从前者演化而来，但后者的故事性更强，与作为叙事性文体的小说的关系更近了一步。侯白的"说一个好话"，在中国曲艺史上意义重大，有学者认为："虽然它还不是后世意义的'说话'，但由于它的出现，却使此后分为以滑稽表演为主的'说笑话'与以说故事为主的'说话'两者分道扬镳，各按着自己的艺术特点发展。因此，侯白的'说话'出现，则是标志着说书艺术的初成。"③

---

① 魏征《隋书》卷五八，北京：中华书局，1973 年版，第 1421 页。
② 李昉等编《太平广记》卷二四八引《启颜录》，北京：中华书局，1961 年版，第 1920 页。
③ 姜昆、倪锺之主编《中国曲艺通史》，第 101 页。

二、"光阴听话移"：唐代说话艺术的发展

上文已述，说话艺术初成于隋代。进入唐代，说话在与俗讲、转变相互影响和渗透的过程中，不断发展，并开始出现职业化和商品化的倾向。

（一）"斋筵听说话"：说话初现职业化和商品化

唐代的说话，已经逐渐从杂戏中独立出来并以讲说故事为主。段成式《酉阳杂俎·贬误》载：

> 予太和末，因弟生日观杂戏。有市人小说呼扁鹊作褊鹊，字上声。予令座客任道升字正之。市人言二十年前尝于上都斋会设此，有一秀才甚赏某呼扁字与褊同声，云世人皆误。①

材料中"观杂戏，有市人小说"云云，说明当时"市人小说"还属于杂戏，但已是杂戏中的一种独立伎艺。而从后文可知市人当时讲说的应是神医扁鹊的故事，此处的"市人小说"可能以讲故事为主。《唐会要》卷四载：

> 元和十年……其年五月，韦绶罢侍读。绶好谐戏，兼通人间小说。太子因侍上，或以绶所能言之。上谓宰臣曰："侍读者当以经术傅导太子，使知君臣父子之教。今或闻韦绶谈论，有异于是。岂所以傅导太子者。"因此罢其职。②

材料中"绶好谐戏，兼通人间小说"云云，已将"谐戏"与"人间小说"分举，说明"人间小说"已经是与"谐戏"不同的一种伎艺。其中"谐戏"可能是指演滑稽的"戏弄"、说滑稽的"谈戏弄"（如"说笑话"）等滑稽性杂戏，这类伎艺以滑稽性取胜，并不强调故事性。而"人间小说"以讲说故事为主，异于"谐戏"，故此处两者分举。同时，"人间小说"又是从"谐戏"发展出来的，两者都是说唱艺术，都有表演性，两者是相异但相邻的伎艺，故而韦绶可以"兼通"。材料中提及韦绶因为"太子因侍上，或以绶所能言之"而罢职，反映了当时君臣对谐戏、人间小说等民间伎艺不以为然的正统观念。

唐代说话已经开始出现职业化的艺人和商品化的倾向。段成式《酉阳杂俎》"予太和末，因弟生日，观杂戏，有市人小说"的记载，已经明确指出讲

---

①段成式《酉阳杂俎》续集卷四《贬误》，北京：中华书局，1981年版，第240页。
②王溥《唐会要》卷四，北京：中华书局，1955年版，第47页。

说"小说"者乃是"市人"，既非俳优、也非侍臣。此类"市人"应该是自由的职业艺人，而非段成式的家奴，他们在段成式弟弟过生日时被雇来献艺，他们卖艺取酬，如此一来，则"说话"已有职业化和商品化的倾向。旧题李商隐《杂纂》"冷淡"条有念曲子、说杂剧、吃素冷淘、村伶打诨、斋筵听说话的记载。①其中"斋筵听说话"与念曲子、说杂剧等并列，应该也是一种娱乐方式。此处的"斋筵听说话"可能与段成式《酉阳杂俎》所载"市人言二十年前尝于上都斋会设此"中的"斋会设此"有相通之处。市人所言的"斋会设此"指斋会时设有说话的伎艺表演，而"斋筵听说话"也应指"斋筵"时观众欣赏说话艺人的伎艺表演。《太平广记》引《玉堂闲话》云："唐营丘有豪民姓陈，藏镪巨万，染大风疾，众目之为陈癞子……每年五月值生辰，颇有破费，召僧道启斋筵，伶伦百戏毕备，斋罢，伶伦赠钱数万。"②明确记载斋筵时"伶伦百戏毕备，斋罢，伶伦赠钱数万"，可见唐代斋筵时请百戏伶伦做场的盛况。从"二十年前尝于上都斋会设此"与"斋筵听说话"可知，说话艺人往往是斋筵时做场的艺人，卖艺取酬。这些都反映出唐代说话艺人的职业化和说话表演的商品化。《古今说海》本孙棨《北里志序》载："诸妓皆居平康里……其中诸妓多能谈吐，颇有知书言话者。"③"言话"应即"说话"，居然有妓女将"说话"作为自身伎艺的一部分，可见"说话"的职业化和商品化。

　　唐代说话在社会上的影响逐渐扩大，文人乃至君王都有喜好此伎者。郭湜《高力士外传》载："上元元年七月，太上皇移仗西内安置……每日上皇与高公亲看扫除庭院、芟莳草木。或讲经论议，转变说话。虽不近文律，终冀悦圣情。"④其中"不近文律"点出了"讲经论议，转变说话"等伎艺的俚俗性，而"终冀悦圣情"则点出了这些伎艺的娱乐性，怪不得幽居的唐明皇会借此消遣。元稹《酬翰林白学士代书一百韵》中有"翰墨题名尽，光阴听话移"句，自注云："乐天每与予游从，无不书名屋壁，又尝于新昌宅，说《一枝花》话，自寅至巳，犹未毕词也。"⑤此诗写于唐宪宗元和五年（810），其中

①陆楫编《古今说海》卷一三四引《杂纂》卷中"冷淡"条，《文渊阁四库全书》本，第886册，第111页。

②李昉等编《太平广记》卷二五七引《玉堂闲话》，第2006页。

③孙棨《北里志》卷首自序，《丛书集成初编》本，上海：商务印书馆，1939年版，第2733册，第1页。

④郭湜《高力士外传》，见李时人《全唐五代小说》外编卷四，西安：陕西人民出版社，1998年版，第2975～2976页。

⑤元稹《元稹集》卷一〇，北京：中华书局，1982年版，第116～117页。

"光阴听话移"乃是回忆几年前他与白居易在长安新昌里家中，听说话人演说"一枝花话"的情形。"自寅至巳，犹未毕词"，该"话"演说了三个时辰还未结束，可见其是长篇叙事，而元、白作为有很高造诣的文士，居然能屈尊三个时辰听此民间长"话"，可见听"话"已经成为文人的一种新的雅好。

唐代文人不但有喜欢听"话"者，还有借"话"言事者。《太平广记》引《嘉话录》云：

> 唐刘禹锡牧连州，替高寓。寓后入羽林将军，自京附书曰："以承眷，辄举目代矣。"刘答书云："昔有一话：曾有老妪山行，见大虫羸然跬步而不进，若伤其足。妪目之，而虎遂自举足以示妪，乃有芒刺在掌，因为拔之，俄奋迅阚吼而愧其恩。自后掷麋鹿狐兔于庭，日无阙焉。妪登垣视之，乃前伤虎也，因为亲族具言其事，而心异之。一旦，忽掷一死人，血肉狼藉，妪乃被村胥诃捕，妪具说其由，始得释缚。妪乃登垣，伺其虎至而语曰：'感矣，叩头大王，已后更莫抛死人来也。'"①

刘禹锡所提老妪救虎的"话"（故事）有可能源于"说话"，刘借用此"话"幽默地回答了高寓"以承眷，辄举目代"之语。《太平广记》引《王氏见闻录》记载晚唐名士冯涓，在诸位同僚为蜀主回信梁主但"皆不惬意"之际，"一笔而成，大称旨"，然后冯涓借"话"言事：

> 涓敛衽曰："偶记一话，欲对大王说，可乎？"主许之。曰："涓少年，多游谒诸侯，每行，即必广赍书策，驴亦驮之，马亦驮之。初戒途，驴咆哮跳掷，与马争路而先，莫之能制。行半日后，抵一坡，力疲足惫，遍体汗流，回顾马曰：'马兄马兄，吾去不得也，可为弟搭取书。'马兄诺之，遂并在马上。马却回顾驴曰：'驴弟，我为你有多少伎俩，毕竟还搭在老兄身上。'"蜀主大笑。同幕皆遭凌虐。②

冯涓借马嘲笑驴的"话"（故事）讥刺了同僚的无能。值得注意的是，此条材料中冯涓的"偶记一话"与上条材料中刘禹锡的"昔有一话"，实际上都是将故事称作"话"，这与唐代"说话"之"话"（故事）在语义上是相同的。

---

① 李昉等编《太平广记》卷二五一引《嘉话录》，第 1946 页。
② 李昉等编《太平广记》卷二五七引《王氏见闻录》，第 2003 页。

(二)相邻又相异:说话与俗讲、转变的交互渗透

唐代的俗讲和转变非常兴盛,以往曾有学者认为唐宋说话即导源于俗讲,还有学者将转变与说话混同。叶德均认为:"唐五代僧侣们所创制的俗讲是讲唱文学的开山祖。"[①]向达指出:"从敦煌所出诸俗讲文学作品观之,宋代说话人宜可溯源于此。"[②]何满子认为:"就文学语言(白话)、传播方式(讲唱)以及审美趣味的民间性格说来,宋元以后的通俗小说无疑是唐代俗讲的后嗣;特别是由讲史演变而成的中国长篇白话小说,更应导源于俗讲。"[③]孙楷第说:"大概转变、说话,细分别则各有名称,笼统的说则不加分别。唐朝转变风气盛,故以说话附属于转变,凡是讲故事不背经文的本子,一律称为变文。宋朝说话风气盛,故以转变附属于说话,凡伎艺讲故事的,一律称为说话。"[④]其实,俗讲转变与说话是并行的两个系统,两者互相影响、相互借鉴,但两者又明显有别,各有自己的源流。

俗讲与僧讲相对,是佛教徒宣传教义感化信众的一种通俗说唱形式,其直接源头是六朝以来佛教特有的"转读""唱导"等悟俗手段。唐宣宗大中七年至十二年间(853～858)入唐求法的日僧圆珍所撰《佛说观普贤菩萨行法经记》卷上记载:

> 言讲者,唐土两讲:一俗讲,即年三月就缘修之,只会男女,劝之输物,充造寺资,故言俗讲(僧不集也云云);二僧讲,安居月传法讲是(不集俗人类也,若集之,僧被官责)。[⑤]

由上可知,俗讲与僧讲颇为不同:一是俗讲的时间在三月,而僧讲则在安居月;[⑥]二是俗讲的对象是世俗男女,僧人不参与,而僧讲的对象是寺庙僧人,俗人不参与;三是俗讲的目的是化缘,"劝之输物,充造寺资",而僧讲的

---

① 叶德均《宋元明讲唱文学》,北京:中华书局,1959年版,第1页。
② 向达《唐代长安与西域文明》之《唐代俗讲考》,北京:商务印书馆,2015年版,第322页。
③ 何满子《何满子学术论文集》第1卷《古小说常谈》,福州:福建人民出版社,2002版,第103页。
④ 孙楷第《中国短篇白话小说的发展与艺术上的特点》,见《俗讲、说话与白话小说》,北京:作家出版社,1956年版,第4页。
⑤ 圆珍《佛说观普贤菩萨行法经记》,《大正新修大藏经》卷五六,第227页。
⑥ 吴汝钧编著《佛教大辞典》"安居"词条云:"在禅宗来说,由四月十六日(或五月十六日)至七月十五日(或八月十五日)是夏安居,由十月十六日至翌年一月十五日是冬安居;在这各各九十日间,禅僧都安住于寺院中,专心坐禅和修行……安居还有一更一般的意思。僧人在一定的期间不外出,在寺院里修行,便称为安居。""安居讲"词条云:"在安居时间内举行的讲说经论的法会。"台北:台湾商务印书馆,1992年版,第241页。

目的则是"传法"。俗讲的形式是说唱结合,这从作为俗讲底本的敦煌卷子《长兴四年中兴殿应圣节讲经文》可知。从该文可以发现,俗讲的套路大致是先由都讲引唱经文,然后由法师予以散说讲解,散说讲解时非常注重内容的通俗化、趣味化,甚至故事化。俗讲的说唱结合、俗说趣说,旨归就是要以通俗易懂的方式宣传教义、感化信众以化缘。为吸引世俗众生,俗讲僧会在原来以讲经为主的基础上,逐渐加入世俗内容,随着时间的推移,世俗内容会愈来愈多;而且俗讲僧有时也可能不直接解经,而将佛经中有较强故事性的内容摘出,用通俗的语言讲唱出来。如此一来,俗讲的宗教性就会越来越淡,而世俗性会越来越浓,并与市井说话相仿佛。

转变也是唐代说唱艺术中非常兴盛的一种伎艺。《汉语大词典》"转变"条云:"唐代说唱艺术的一种。一般认为'转'是说唱,'变'是奇异,'转变'为说唱奇异故事之意。一说'变'即变易文体之意。以说唱故事为主,其说唱之底本称为'变文'、'变'。内容多为历史传说、民间故事和宗教故事。多数散韵交织,有说有唱,说唱时辅以图画。同后世之词话、鼓词、弹词等关系密切。"①《中国大百科全书》"转变"条云:"中国唐代兴起的曲艺形式。'转'同'啭',即'说唱'。'变'即'变文',为具有传奇灵变色彩的故事。"②上述两种权威工具书的解释,代表了中国学者对"转变"的内涵、特征的普遍看法。

关于"转变""变文"的渊源,学界有"本土说"和"外来说"两种观点。前者认为变文为土生土长之物,乃我国所原有;后者认为"变"字与古印度佛教的传入有关。③ 有学者综合两家之说的合理因素,提出:"变文毕竟是以我国人民传统的心理素质和审美习好为基础,又以中华民族原已存在上千年的诗、文形式为载体的一种文学。它是在我国原有的叙事诗、讲故事传统形式基础上,又吸收佛教讲经形式而嬗变产生的有中华民族特色的一种

---

① 罗竹风主编《汉语大词典》,上海:汉语大词典出版社,1992年版,第9卷,1329页。
② 《中国大百科全书》第二版,北京:中国大百科全书出版社,2009年版,第30册,第7页。
③ 钱仲联等编著《中国文学大辞典》修订本"变"条云:"敦煌文学术语。转变、变文的略称……'变'原指描绘佛教变相的图画,又称'经变相'或'经变'。它同佛教造像的区别在于,'像'是对佛的造型,'变'是对佛经故事的造型。由于佛经故事相对佛像而言是变动时,其图画又转变了佛菩萨像的一般面貌,而展现其过去、未来的变现之相,故称'变'。转变艺术依据图画进行表演,它的伎艺名称和文本名称遂袭用'变'一名。"上海:上海辞书出版社,2000年版,第452页。

新型说唱文学形式。"①《中国大百科全书》"转变"条云:"一般认为,转变是由寺庙中通俗吟讲经文故事即'俗讲'活动发展演变而来。为了向普通群众宣传佛教教义,唐代的佛教寺院经常举行俗讲活动,形式为主讲和尚居中讲说,旁边有僧人吟诵帮唱或者奏乐烘托,更有悬挂绘有佛教故事的连环图画即'变相',随讲随翻动以进行辅助的情形。不过,也有寺院为了吸引信徒,借鉴唐代民间'说话'艺术的形式,进行'俗讲'活动的可能。亦即'转变'可能是佛教寺院将'说话'艺术引入宗教宣传的手段之后,又向民间辐射而形成的一种曲艺说唱形式。因为,'俗讲'不是佛教寺院的专利,中国本土的道教也有'俗讲'的活动。"②其实也是综合了"本土说""外来说"的合理内核。

　　俗讲与转变有同有异,又互相影响。相同处在于从形式上看两者都是说唱结合、韵散交织;相异处在于从说唱目的和内容上看两者颇有歧异。从说唱目的上看,俗讲主要为了传教化缘,而转变主要为了娱乐听众。从说唱内容上看,俗讲皆与佛教、佛经有关,故有许多并无故事情节的叙述,故事性不一定强;而转变除了宗教故事,还有历史故事、民间故事等,故事性一般都很强。俗讲与转变虽是两种不同的说唱伎艺,但互相影响。俗讲借鉴转变的广泛题材,所讲逐渐从宗教园囿步入世俗生活;转变借鉴俗讲的说唱技法,从形式上看与俗讲几无二致。到了中晚唐,俗讲与转变互相渗透,有时很难区分开来,以致有的学者认为两者异名同实,如伏俊琏认为:"就其原始意义而言,'转变''俗讲'异名而同实;就敦煌通俗文艺而言,'转变'是从'俗讲'发展而来的。"③又如李小荣认为:"实际上,所谓转变,主要是从伎艺之角度对变文俗讲的又一称呼。俗讲就是转变,转变即为俗讲,两者是同一之关系。若要强作区分,俗讲是从文体言,转变则从应用言,体用之间相即而不相离。当然之所以出现转变这一称名,实与唐代日益加深的俗讲歌场化有关。"④其实,俗讲与转变的难分难解,正是两者异名异实但又相邻相近的自然结果。

　　俗讲、转变与说话是相邻相近的说唱伎艺,相互之间关系密切。郭湜

①姜昆、倪锺之主编《中国曲艺通史》,第142页。
②《中国大百科全书》第二版,第30册,第7页。
③伏俊琏《论变文与讲经文的关系》,《敦煌研究》1999年第3期。
④李小荣《关于唐代的俗讲与转变》,《九江师专学报》(哲社版)2000年第4期。

《高力士外传》提到唐明皇移仗西内安置后,与高力士一起欣赏"讲经论议、转变说话"。其中讲经与论议相连,因为两者是相近的伎艺。"论议"又作"论义",是一种由双方围绕一个或多个命题,互相诘难,以问答形式进行的论说活动和表演伎艺。① 唐代的论议与讲经已多有交叉。此处"转变"与"说话"相连,两者也应是相近但又相异的伎艺。转变与说话的文本即变文与话本也有很强的关联性。王重民先生认为:"有说无唱的变文,实际上已经转化成为话本。但较早的作品仍然沿用变文,如《舜子至孝变文》是九四九年写本,若稍晚,也许改称《舜子至孝话》;《庐山远公话》是九七二年写本,若稍早,也许就题为《庐山远公变》了。为什么在名称上可以这样地转化,是因为在九七二的时候,有说有唱的变文已经衰微,而话本的含义已转化成为讲故事的书本,由于这种新兴的文体,重说不重唱,所以话本便取变文而代之了。②

　　俗讲、转变与说话,虽然关系密切,但毕竟是不同的说唱伎艺。从形式上看,俗讲、转变都是韵散相间,韵语、散文皆可用来叙述故事、推进情节。说话则以散体为主,虽然也有诗歌等韵语,但韵语往往用来证事,或者作为主人公的内心独白、才性体现,或者用来描写人物外貌、自然景物、重要场面,很少用来叙述故事、推进情节。从渊源上看,俗讲的源头是汉魏六朝的讲经、唱导,转变的源头是我国原有的叙事诗、讲故事再加上佛教讲经,说话的源头则是俳优杂说。从裔脉上看,唐代俗讲、转变的流向是宋代的说经、诸宫调、大曲、弹唱因缘和明清的弹词、宝卷,唐代说话的流向则是宋代的说话、元明清的说书以及相应的市人小说和通俗小说。

　　唐代说话的文本传承下来的不多,但从敦煌卷子可以管窥一二。目前为大家公认的《庐山远公话》《韩擒虎画(话)本》《叶净能诗(话)》《唐太宗入冥记》等应该是比较典型的话本,弥足珍贵。

三、"有说者纵横":宋代说话艺术的繁荣

　　说话艺术经过唐代的发展,进入宋代后由于城市的繁荣、市民的喜好、君王的青睐和推崇、瓦肆伎艺的交互渗透等因素的综合影响,呈现出鼎盛

---

① 详参钱仲联等编著《中国文学大辞典》修订本"论议"条,第450页。
② 王重民《敦煌变文研究》,《中华文史论丛》1981年第2辑(总第18辑),第215页。

局面。罗烨《醉翁谈录》"小说引子"描绘小说艺人的风采时云"由是有说者纵横四海,驰骋百家",[1]其实,不仅是小说艺人,整个的说话艺人群体在宋代曲艺史上都是叱咤风云的,宋代可谓"有说者纵横"的时代。

(一)昼夜骈阗:宋代民间伎艺的繁盛

宋代工商业的迅速发展和城市经济的繁荣,培育出一个不断壮大的包括手工业者、商人、城市居民等在内的市民阶层。市民阶层旺盛的文化娱乐需求极大地刺激了宋代民间伎艺的发展,而"坊市制"这种城市建置格局的崩毁,又为市民观艺和艺人卖艺消除了空间和时间上的限制。于是宋代的民间伎艺进入了有史以来的第一个黄金时代,这从宋代城市中遍布的瓦舍勾栏可以管窥一二。

瓦舍又叫瓦肆、瓦市、瓦子,或简称瓦。关于其名之由,《都城纪胜》说:"瓦者,野合易散之意。"[2]《梦粱录》说:"瓦舍者,谓其'来时瓦合,去时瓦解'之义,易聚易散也。"[3]瓦舍是综合的娱乐场所,里面有各种各样的伎艺表演,由此区隔出不同的表演区域和场所,谓之勾栏。勾栏的含义即是以栏杆或绳索围出一块地方来作为演出场所。一个瓦舍里往往有多座勾栏,如南宋临安北瓦(又名下瓦)就有十三座勾栏。[4] 有些瓦舍里还有"游棚",有时简称"棚",比较大的棚内可能又划分出若干个勾栏,"游棚"和"勾栏"有时合称"棚拦"。

两宋时期,瓦舍勾栏遍布大大小小的城市。《东京梦华录》记载北宋汴京的桑家瓦子,云:

> 街南桑家瓦子,近北则中瓦,次里瓦。其中大小勾栏五十余座。内中瓦子莲花棚、牡丹棚,里瓦子夜叉棚、象棚最大,可容数千人。自丁先现、王团子、张七圣辈,后来可有人于此作场。瓦中多有货药、卖卦、喝故衣、探搏、饮食、剃剪、纸画、令曲之类。终日居此,不觉抵暮。[5]

---

① 罗烨《醉翁谈录》,上海:古典文学出版社,1957年版,第2页。

② 灌圃耐得翁《都城纪胜》"瓦舍众伎"条,孟元老等著《东京梦华录》(外四种),上海:古典文学出版社,1956年版,第95页。

③ 吴自牧《梦粱录》卷一九"瓦舍"条,孟元老等著《东京梦华录》(外四种),第298页。

④《西湖老人繁胜录》"瓦市"条云:"惟北瓦大,有勾栏一十三座。"孟元老等著《东京梦华录》(外四种),第123页。

⑤ 孟元老《东京梦华录》卷二"东角楼街巷"条,孟元老等著《东京梦华录》(外四种),第14～15页。

桑家瓦子的中瓦和里瓦，两座瓦子里面皆有棚，最大者可容数千人，可见其规模之大；两座瓦子居然有大小勾栏五十余座，可以想见当时瓦中表演的伎艺之丰和艺人之多；瓦子中不仅有艺人作场，还有"货药、卖卦、喝故衣、探搏、饮食、剃剪、纸画、令曲之类"，可见瓦子中服务项目之全。南宋临安的瓦子有很多，周密《武林旧事》记载杭城有南瓦、中瓦、大瓦、北瓦、蒲桥瓦、便门瓦、候潮门瓦、小偃门瓦、新门瓦、荐桥门瓦、菜市门瓦、钱湖门瓦、赤山瓦、行春桥瓦、北郭瓦、米市桥瓦、旧瓦、嘉会门瓦、北关门瓦、艮山门瓦、羊坊桥瓦、王家桥瓦、龙山瓦共二十多座瓦子。① 两宋时期，瓦舍勾栏不仅遍布于京师大邑，也星罗棋布于一些繁华的小城镇。

宋代民间伎艺不仅栖身于瓦舍勾栏，也散布于茶楼酒肆、僧院寺庙，乃至路歧岔口、农村乡野。《武林旧事》"酒楼"条云："每楼各分小阁十余……每处各有私名妓数十辈，皆时妆炫服，巧笑争妍……又有小鬟，不呼自至，歌吟强聒，以求支分，谓之'擦坐'。又有吹箫、弹阮、息气、锣板、歌唱、散耍等人，谓之'赶趁'。"② 其中酒楼私妓的"擦坐""赶趁"也是颇有伎艺成分的。王栐《燕翼诒谋录》卷二载："东京相国寺，乃瓦市也，僧房散处，而中庭两庑可容万人。凡商旅交易，皆萃其中。"③ 从"瓦寺"云云看来，相国寺内可能亦有伎艺之类的表演。另外，城市中的瓦舍勾栏作为固定的演艺场所，能在里面作场的往往都是一些名角，而那些无名艺人常常进不了瓦舍勾栏，就只能在路歧广场卖艺，叫做"打野呵"，④ 如廓介酒李一郎，就称作"野呵小说"。⑤ 同时，宋代的某些伎艺表演，可能已经走出了瓦舍勾栏，渗透到了广大的农村。陆游《小舟游近村舍舟步归》诗云："斜阳古柳赵家庄，负鼓盲翁正作场。死后是非谁管得，满村听说蔡中郎。"⑥ 写出了一位负鼓盲翁在赵家庄说唱蔡中郎故事的情景，可见农村亦有说书艺人的表演活动。当然，宋代民间伎艺表演，类型最全、水准最高的场所还是在瓦舍勾栏。

---

① 周密《武林旧事》卷六"瓦子勾栏"条，孟元老等著《东京梦华录》（外四种），第440～441页。
② 周密《武林旧事》卷六"酒楼"条，孟元老等著《东京梦华录》（外四种），第442页。
③ 王栐《燕翼诒谋录》卷二，《丛书集成初编》本，上海：商务印书馆，1939年版，第3888册，第16页。
④ 周密《武林旧事》卷六"瓦子勾栏"条："或有路歧，不入勾栏，只在耍闹宽阔之处做场者，谓之'打野呵'，此又艺之次者。"孟元老等著《东京梦华录》（外四种），第441页。
⑤ 《西湖老人繁胜录》，孟元老等著《东京梦华录》（外四种），第120页。
⑥ 陆游著、钱仲联校注《剑南诗稿校注》卷三三，上海：上海古籍出版社，1985年版，第2193页。

两宋时期遍布大小城市的瓦舍勾栏里,吸引了众多的艺人作场,聚集着种类繁多的民间伎艺。《东京梦华录》记载云:

> 崇、观以来,在京瓦肆伎艺:张廷叟,《孟子书》。主张小唱:李师师、徐婆惜、封宜奴、孙三四等,诚其角者。嘌唱弟子:张七七、王京奴、左小四、安娘、毛团等。教坊减罢并温习:张翠盖、张成弟子、薛子大、薛子小、俏枝儿、杨总惜、周寿奴、称心等。般杂剧:杖头傀儡任小三,每日五更头回小杂剧,差晚看不及矣。悬丝傀儡,张金线。李外宁,药发傀儡。张臻妙、温奴哥、真个强、没勃脐、小掉刀,筋骨上索杂手伎。浑身眼、李宗正、张哥,毬杖踢弄。孙宽、孙十五、曾无党、高恕、李孝祥,讲史。李慥、杨中立、张十一、徐明、赵世亨、贾九,小说。王颜喜、盖中宝、刘名广,散乐。张真奴,舞旋。杨望京,小儿相扑、杂剧、掉刀、蛮牌。董十五、赵七、曹保义、朱婆儿、没困驼、风僧哥、俎六姐,影戏。丁仪、瘦吉等,弄乔影戏。刘百禽,弄虫蚁。孔三传、耍秀才,诸宫调。毛详、霍伯丑,商谜。吴八儿,合生。张山人,说诨话。刘乔、河北子、帛遂、吴牛儿、达眼五、重明乔、骆驼儿、李敦等,杂班。外人孙三,神鬼。霍四究,说三分。尹常卖,五代史。文八娘,叫果子。其余不可胜数。不以风雨寒暑,诸棚看人,日日如是。①

材料中记载了汴京瓦肆中小唱、嘌唱、杂剧、傀儡戏、杂手伎、毬杖踢弄、讲史、小说、散乐、舞旋、小儿相扑、掉刀、蛮牌、影戏、弄虫蚁、诸宫调、商谜、合生、说诨话、杂班、弄神鬼、叫果子等20余种民间伎艺,并点出了比较有名的70余位民间艺人。于此可见瓦肆中伎艺之丰与艺人之众。这些民间伎艺中,杂耍类有杂手伎、毬杖踢弄、小儿相扑、掉刀、蛮牌、弄神鬼等,戏剧类有杂剧、傀儡戏、影戏、杂班等,歌舞类有散乐、舞旋等,说唱类有小唱、嘌唱、讲史、小说、诸宫调、商谜、合生、说诨话、叫果子等9种,约占伎艺总数的五分之二,说唱艺人点出了近30位,也约占艺人总数的五分之二,由此可见说唱伎艺在瓦肆伎艺中的主体地位。《西湖老人繁胜录》"瓦市"条记载南宋临安北瓦十三座勾栏中,说史、杂剧、相扑、说经、小说、合生、覆射、踢瓶弄椀、傀儡戏、使棒作场、打硬、杂班、背商谜、教飞禽、装神鬼、舞番乐、

---

① 孟元老《东京梦华录》卷五"京瓦伎艺"条,孟元老等著《东京梦华录》(外四种),第29～30页。

影戏、嘌唱、唱赚、诸宫调、谈诨话、散耍、装秀才、学乡谈等20余种民间伎艺,其中的说唱伎艺数量也约占伎艺总数的五分之二。该书在记载北瓦的伎艺和艺人后,云"分数甚多,十三应构栏不闲,终日团圆",①于此可见瓦肆伎艺表演的繁盛。

宋代瓦舍勾栏的伎艺表演已经成为市民娱乐生活的重要组成部分,《梦粱录》"瓦舍"条云:

> 瓦舍者……不知起于何时。顷者京师甚为士庶放荡不羁之所,亦为子弟留连破坏之门。杭城绍兴间驻跸于此,殿岩杨和王因军士多西北人,是以城内外创立瓦舍,招集妓乐,以为军卒暇日娱戏之地。今贵家子弟郎君,因此荡游,破坏尤甚于汴都也。②

瓦舍居然成了"士庶放荡不羁之所"和"子弟留连破坏之门",可见其影响之大。

(二)舌耕之旺:宋代说话艺术的鼎盛

1."两座勾栏专说史书":说话在瓦肆伎艺中的红火

宋代瓦肆伎艺中,说唱伎艺居于主体地位,而说唱伎艺中,说话又是龙头。上引《东京梦华录》卷五"京瓦伎艺"条记载汴京瓦肆中比较有名的70余位民间艺人,其中说话艺人共17位(包括讲史7人:孙宽、孙十五、曾无党、高恕、李孝祥、霍四究、尹常卖;小说6人:李慥、杨中立、张十一、徐明、赵世亨、贾九;商谜2人:毛详、霍伯丑;合生1人:吴八儿;说诨话1人:张山人),占到了艺人总数的近四分之一,可见说话在汴京瓦肆中的繁盛。说话在南宋临安瓦肆中更加繁盛。上引《西湖老人繁胜录》记载了南宋临安北瓦比较有名的艺人60余位,其中说话艺人共14位(包括专说史书3人:乔万卷、许贵士、张解元;说经4人:长啸和尚、彭道安、陆妙慧、陆妙净;小说4人:蔡和、李公佐、女流史惠英、小张四郎;合生1人:双秀才;背商谜1人:胡六郎;谈诨话1人:蛮张四郎),约占艺人总数的四分之一。该书还记载北瓦有勾栏十三座,其中"常是两座勾栏,专说史书",同时还记载表演小说伎艺的小张四郎"一世只在北瓦,占一座勾栏说话,不曾去别瓦作场,人

---

①《西湖老人繁盛录》,孟元老等《东京梦华录》(外四种),第123~124页。
②吴自牧《梦粱录》卷一九,孟元老等《东京梦华录》(外四种),第298页。

叫做小张四郎勾栏"。^① 北瓦十三座勾栏中居然有两座专说史书，还有一座专供小张四郎说"小说"，于此可见说话伎艺在临安瓦肆中占尽风骚的鼎盛局面。周密《武林旧事》"诸色伎艺人"条记载了临安各种伎艺人 500 余名，其中说话艺人如下：

演史：乔万卷、许贡士、张解元、周八官人、檀溪子、陈进士、陈一飞、陈三官人、林宣教、徐宣教、李郎中、武书生、刘进士、巩八官人、徐继先、穆书生、戴书生、王贡士、陆进士、丘几山、张小娘子、宋小娘子、陈小娘子。

说经诨经：长啸和尚、彭道（名法和）、陆妙慧（女流）、余信庵、周太辩（和尚）、陆妙静（女流）、达理（和尚）、啸庵、隐秀、混俗、许安然、有缘（和尚）、借庵、保庵、戴悦庵、息庵、戴忻庵。

小说：蔡和、李公佐、张小四郎、朱修（德寿宫）、孙奇（德寿宫）、任辩（御前）、施珏（御前）、叶茂（御前）、方瑞（御前）、刘和（御前）、王辩（铁衣亲兵）、盛显、王琦、陈良辅、王班直（洪）、翟四郎（升）、粥张二、许济、张黑厮、俞住庵、色头陈彬、秦州张显、酒李一郎、乔宜、王四郎（明）、王十郎（国林）、王六郎（师古）、胡十五郎（彬）、故衣毛三、仓张三、枣儿徐荣、徐保义、汪保义、张拍、张训、沈佺、沈喝、湖水周、燠肝朱、掇条张茂、王三教、徐茂（象牙孩儿）、王主管、翁彦、嵇元、陈可庵、林茂、夏达、明东、王寿、白思义、史惠英（女流）。

……

说诨话：蛮张四郎。

商谜：胡六郎、魏大林、张振、周月岩（江西人）、蛮明和尚、东吴秀才、陈赟、张月斋、捷机和尚、魏智海、小胡六、马定斋、王心斋。

……

合笙：双秀才。^②

演史有 23 人，说经诨经有 17 人，小说有 52 人，说诨话、商谜、合笙共有 15 人，说话艺人合计有 107 人，约占伎艺人总数的五分之一。于此可见南宋都城里说话艺人的众多、说话伎艺的繁荣。

---

① 《西湖老人繁盛录》，孟元老等《东京梦华录》（外四种），第 123 页。
② 周密《武林旧事》卷六，孟元老等《东京梦华录》（外四种），第 453～466 页。

2.“喜阅话本”:宋代君王对说话的青睐

宋代说话深受广大市民的喜爱,也颇得仁宗、高宗等君王的喜爱,而君王的喜爱又反过来助推了说话的发展和繁荣。郎瑛《七修类稿》云:“小说起宋仁宗,盖时太平盛久,国家闲暇,日欲进一奇怪之事以娱之。”①“小说起宋仁宗”中的“起”理解为“起源”肯定不合事实,但如果解释为“兴起”则毫无窒碍。仁宗时“太平盛久,国家闲暇”,“日欲进一奇怪之事”以娱君王也是合情合理,而君王的喜好则有可能促成了小说的兴起。南宋高宗对说话的喜好在君王中可谓无人能出其右。史料记载,高宗退养之后喜听说话:

> 至有宋,孝皇以天下养太上,命侍从访民间奇事,日进一回,谓之说话人,而通俗演义一种,乃始盛行。②

> 南宋供奉局有说话人,如今说书之流。其文必通俗,其作者莫可考。泥马倦勤,以太上享天下之养。仁寿清暇,喜阅话本,命内珰日进一帙,当意,则以金钱厚酬。③

> 淳熙八年正月元日……上侍太上于樱木堂香阁内说话,宣押棋待诏并小说人孙奇等十四人下棋两局,各赐银绢。④

> 当思陵上太皇号,孝宗孝太皇寿,一时御前应制多女流也。若棋待诏为沈姑姑,演史为张氏、宋氏、陈氏,说经为陆妙慧、妙静,小说为史惠英,队戏为李瑞娘,影戏为王润卿,皆中一时慧黠之选也。⑤

第一条材料云宋孝宗为博太上皇(宋高宗)欢心,“命侍从访民间奇事,日进一回”;第二条材料云宋高宗“喜阅话本,命内珰日进一帙,当意,则以金钱厚酬”,并且提到在供奉局已设有专门的说话人,可见其时说话已成为皇家认可和青睐的伎艺。第三条和第四条材料则点出了数位被召唤到宫中去为宋高宗说话的艺人姓名。实际上为高宗“说过话”的艺人远不至此,《武林旧事》卷六“诸色伎艺人”条载小说说话人,在朱修和孙奇的姓名下都注上了“德寿宫”三字,说明两人都曾应诏到德寿宫为高宗说过话。徐梦莘

---

①郎瑛《七修类稿》卷二二“小说”条,《续修四库全书》本,第1123册,第155页。

②抱瓮老人编《今古奇观》卷前笑花主人序,上海:上海古籍出版社,1992年版,第1页。

③冯梦龙编著《古今小说》卷首自叙,上海:上海古籍出版社,1992年版,第1页。

④周密《武林旧事》卷七,孟元老等《东京梦华录》(外四种),第473~474页。

⑤杨维桢《东维子集》卷六《送朱女士桂英演史序》,《文渊阁四库全书》本,第1221册,第434~435页。

《三朝北盟会编》记载：

> 先是杜充守建康时，有秉义郎赵祥者，监水门。金人渡江，邵青聚
> 众，而祥为青所得。青受招安，祥始得脱身归，乃依于内侍纲。纲善小
> 说，上喜听之。纲思得新事编小说，乃令祥具说青自聚众已后踪迹，并
> 其徒党忠诈及强弱战斗之将，本末甚详，编缀次序，侍上则说之。故上
> 知青可用，而喜单德忠之忠义。[①]

高宗喜听"小说"，而内侍纲善讲"小说"，于是将邵青"聚众已后踪迹，并其
徒党忠诈及强弱战斗之将"编成新小说，说给高宗听。高宗听后，"知青可
用，而喜单德忠之忠义"，于此可见内侍纲编成的小说已深深地影响了高
宗。南宋君王中，不仅高宗喜听说话，其他的君王也有好此者。《武林旧
事》卷六"诸色伎艺人"条载小说说话人，在任辩、施珪、叶茂、方瑞、刘和的
姓名下都注上了"御前"二字，可见这五人是到宫中为君王"说过话"的。另
外，《梦粱录》"小说讲经史"条记载："又有王六大夫，元系御前供话，为幕士
请给讲，诸史俱通，于咸淳年间，教演《复华篇》及《中兴名将传》，听者纷纷，
盖讲得字真不俗，记问渊源甚广耳。"[②]可见此王六大夫也进宫为晚宋君王
"供过话"。

　　因为君王对说话的热衷，宋代曾有御前供话的艺人因此而得官的，李
日华《紫桃轩又缀》载：

> 宋王防御者，号委顺子。方万里挽之曰："温饱逍遥八十余，稗官
> 原是汉虞初。世间怪事皆能说，天下鸿儒有不如。耸动九重三寸舌，
> 贯穿千古五车书。《哀江南赋》笺成传，从此韦编锁蠹鱼。"盖防御以说
> 书供奉得官，兼有横赐。[③]

从方万里的挽诗可知，王防御的说话伎艺可谓超群。"防御以说书供奉得
官，兼有横赐"云云，道出了说话艺人以艺得官的恩宠。

　　上有所好下必甚焉，君王对说话的热衷为此伎的发展和繁荣起到了推
波助澜的作用。时风所及，上至君王下至黎庶，无论尊卑贵贱、老老少少，

---

① 徐梦莘《三朝北盟会编》卷一四九，上海：上海古籍出版社，1987年版，第1084页。
② 吴自牧《梦粱录》卷二〇，孟元老等《东京梦华录》（外四种），第313页。
③ 李日华《紫桃轩又缀》卷一，《丛书集成续编》本，上海，上海书店出版社，1994年版，第89册，第385页。

都有"说话"伎艺的拥趸。《东坡志林》载："王彭尝云：'途巷中小儿薄劣，其家所厌苦，辄与钱，令聚坐听说古话。'"①"令聚坐听说古话"居然成了家长"收拾"薄劣小儿之法，可见说话伎艺的深入人心。

3. 雄辩社、书会与宋代说话的繁荣

宋代说话艺术的繁荣，还体现在说话艺人已经组织了自己的行会——雄辩社。《梦粱录》"社会"条云："每逢神圣诞日，诸行市户，俱有社会，迎献不一。"②指出神圣诞日之际，各种伎艺行会都会组织艺人前去"迎献"。周密《武林旧事》"社会"条记载得更为具体：

> 二月八日为桐川张王生辰，霍山行宫朝拜极盛，百戏竞集，如绯绿社（杂剧）、齐云社（蹴毬）、遏云社（唱赚）、同文社（耍词）、角觝社（相扑）、清音社（清乐）、锦标社（射弩）、锦体社（花绣）、英略社（使棒）、雄辩社（小说）、翠锦社（行院）、绘革社（影戏）、净发社（梳剃）、律华社（吟叫）、云机社（撮弄）……若三月三日殿司真武会、三月二十八日东岳生辰，社会之盛，大率类此，不暇赘陈。③

材料记载桐川张王生辰之时百戏竞集，各种伎艺行会都组织艺人前去献艺，其中提到有小说艺人的行会——雄辩社。宋代伎艺行会的出现可以说是伎艺表演商业化、艺人职业化的产物。雄辩社的出现，应该是小说成为专门职业、小说艺人数量较多、小说商演较为频繁的自然结果。因此，雄辩社的出现可以反观小说伎艺的繁荣。同时，雄辩社的出现，也使得小说艺人有了切磋琢磨的交流平台，会促使小说伎艺的改进提高，从而促成小说伎艺的更加繁荣。

宋代说话艺术的繁荣，还体现在已经有专门的组织即书会为其编写脚本。艺术史意义上的书会在南宋即已出现，南宋史料中已有九山书会的相关记载。④ 书会是主要为说唱伎艺、戏剧表演等编写话本、唱本、剧本等脚本的民间组织。书会成员，或称书会先生，或称才人，大部分是有一定才学和社会知识的下层文人，也有一部分是医生、术士、商人、小官微吏等底层

---

① 苏轼《东坡志林》卷一"途巷小儿听说三国语"条，北京：中华书局，1981年版，第7页。
② 吴自牧《梦粱录》卷一九，孟元老等《东京梦华录》（外四种），第299～300页。
③ 周密《武林旧事》卷三，孟元老等《东京梦华录》（外四种），第377～378页。
④ 南宋戏文《张协状元》第二出"烛影摇红"有云："九山书会，近目翻腾，别是风味。"钟南扬《永乐大典戏文三种校注》，北京：中华书局，1979年版，第13页。

人士,还有一部分是较有才学和演唱经验的民间艺人,当然,偶尔也会有个别身份较高的"名公"来书会当票友。书会的出现,是南宋说唱伎艺繁荣和戏曲表演勃兴的产物。

宋代为服务于民间伎艺表演而出现的行会和书会,是宋代民间伎艺职业化、商品化的产物,是宋代民间伎艺繁荣的重要表征。宋代说话作为宋代说唱伎艺的龙头,作为宋代民间伎艺的重要代表,是宋代民间伎艺繁荣大潮中最为绚丽的浪花,同时也是中国说书艺术史上的一座高峰。

第二节　"各有门庭":宋代说话的家数体制

宋代说话的家数体制,在北宋主要是讲史与小说,在南宋则有"说话四家数"之说,而关于这四家的具体划分,学界聚讼纷纭。笔者在充分吸纳学界研究成果的基础上,择善而从之。

一、北宋说话家数:讲史与小说

(一)北宋的讲史与小说

北宋的说话家数,可从《东京梦华录》卷五"京瓦伎艺"条的记载管窥一二。该条记载北宋汴京瓦舍中的说唱伎艺有小唱、嘌唱、讲史、小说、诸宫调、商谜、合生、说诨话、叫果子等九种,其中小唱、嘌唱、诸宫调、叫果子四种为主唱伎艺,[①]讲史、小说、商谜、合生、说诨话五种则为主说伎艺。这五种主说伎艺中,讲史、小说属于说话范畴,商谜、合生、说诨话虽然也是以说为主的伎艺,但说的内容并非以故事为主,简言之,"说"的并不是"话"(故事),故而与"说话"还颇为不同。

北宋的说话家数,真正名实相副的只有讲史和小说。讲史在北宋非常发达,《东京梦华录》"京瓦伎艺"条载有孙宽、孙十五、曾无党、高恕、李孝祥共五位讲史艺人,另外还单独记载了"说三分"的霍四究和"说五代史"的尹

[①]《中国戏曲曲艺词典》"小唱"条云:"宋代伎艺。属于大曲一类。""嘌唱"条云:"宋代伎艺。属小曲一类。击鼓、盏掌握节拍。""诸宫调"条云:"宋金元说唱艺术。取同一宫调的若干曲牌联成短套,首尾一韵;再用不同宫调的许多短套联成数万言的长篇,杂以说白,以说唱长篇故事。""叫果子"条云:"宋代说唱艺术。模仿各种叫卖的市声。"上海:上海辞书出版社,1981年版,第660~662页。

常卖,说明"说三分"与"说五代史"乃是讲史中的热门。相关史料中还有不少关于北宋讲史的记载。高承《事物纪原》"影戏"条云：

> 仁宗时,市人有能谈三国事者,或采其说加缘饰作影人,始为魏、蜀、吴三分战争之像。[①]

苏轼《东坡志林》"途巷小儿听说三国语"条云：

> 王彭尝云："途巷中小儿薄劣,其家所厌苦,辄与钱,令聚坐听说古话。至说三国事,闻刘玄德败,颦蹙有出涕者;闻曹操败,即喜唱快。以是知君子小人之泽,百世不斩。"[②]

江少虞《宋朝事实类苑》"党太尉"条引《杨文公谈苑》云：

> 党进,北戎人,幼为杜重威家奴,后隶军籍,以魁岸壮勇,周祖擢为军校。国初至骑帅,领节镇……过市,见缚栏为戏者,驻马问："汝所诵何言?"优者曰："说韩信。"进大怒,曰："汝对我说韩信,见韩即当说我,此三面两头之人。"即命杖之。[③]

第一条云"市人有能谈三国事者",第二条云"说三国事",都反映了北宋讲史艺人"说三分"的情形。第三条云优者"说韩信",则有可能是北宋讲史艺人讲说前汉书之事。北宋的小说艺人,《东京梦华录》卷五"京瓦伎艺"条载有李慥、杨中立、张十一、徐明、赵世亨、贾九共六人。相关史料中关于北宋"小说"的记载还不多,可能此时小说伎艺还在发展之中。"小说"臻于极盛并在"说话"中占尽风骚,要等到南宋。

(二)说诨话的非叙事性

关于商谜、合生,下文有述,此处不赘。因为北宋"说诨话"出了一位知名艺人,故而于此梳理分析一下"说诨话"的源流正变及其与"说话"的异同。说诨话,亦称"谈诨话",是一种滑稽诙谐的说唱伎艺,可能有说有唱,但以说为主。《东京梦华录》卷五"京瓦伎艺"条记载了说诨话的知名艺人张山人。张山人"说诨话"的情形如何呢?王灼《碧鸡漫志》云：

> 长短句中作滑稽无赖语,起于至和、嘉祐之前,犹未盛也。熙丰、

①高承《事物纪原》卷九,《丛书集成初编》本,上海:商务印书馆,1937年版,第1212册,第352页。
②苏轼《东坡志林》卷一,第7页。
③江少虞编《宋朝事实类苑》卷六四,上海:上海古籍出版社,1981年版,第850~851页。

元祐间，兖州张山人以诙谐独步京师，时出一两解。①

洪迈《夷坚志·张山人诗》云：

> 张山人自山东入京师，以十七字作诗，著名于元祐、绍圣间，至今
> 人能道之。其词虽俚，然多颖脱，含讥讽，所至皆畏其口，争以酒食钱
> 帛遗之。年益老，颇厌倦，乃还乡里，未至而死于道。道旁人亦旧识，
> 怜其无子，为买苇席，束而葬诸原，揭木书其上。久之，一轻薄子弟至
> 店侧，闻有语及此者，奋然曰："张翁平生豪于诗，今死矣，不可无纪
> 述。"即命笔题于楬曰："此是山人坟，过者尽惆怅。两片芦席包，敕
> 葬。"人以为口业报云。②

王辟之《渑水燕谈录》"谈谑"云：

> 往岁，有丞相薨于位者，有无名子嘲之。时出厚赏，购捕造谤。或
> 疑张寿山人为之，捕送府。府尹诘之，寿云："某乃于都下三十余年，但
> 生而为十七字诗，鬻钱以糊口，安敢嘲大臣。纵使某为，安能如此著
> 题。"府尹大笑，遣去。③

何薳《春渚纪闻》"张山人谑"条云：

> 绍圣间，朝廷贬责元祐大臣及禁毁元祐学术文字。有言司马温公
> 《神道碑》乃苏轼撰述，合行除毁。于是州牒巡尉，毁拆碑楼及碎碑。
> 张山人闻之曰："不须如此行遣，只消令山人带一个玉册官，去碑额上
> 添镌两个'不合'字，便了也。"④

从上面的材料可知，"说诨话"的张山人曾自言"生而为十七字诗鬻钱以糊口"，原来"说诨话"是做滑稽诙谐的十七字诗以娱人。这种十七字诗乃是前面铺垫三个五言句，末尾结以诙谐幽默的二言句。王灼《碧鸡漫志》称其为"长短句中作滑稽无赖语"，当时的长短句几乎都是可以谱曲歌唱的，又

①王灼《碧鸡漫志》卷二，台湾《丛书集成新编》本，第81册，第220页。
②洪迈《夷坚志》，《夷坚乙志》卷一八《张山人诗》，北京：中华书局，1981年版，第342页。
③王辟之《渑水燕谈录》一〇，北京：中华书局，1981年版，第125页。
④何薳《春渚纪闻》卷五，北京：中华书局，1983年版，第78～79页。

元代陶宗仪《辍耕录》有云"宋有戏曲、唱诨、词说"，①明言"唱诨"，可见这种"诨话"（十七字诗）也是可唱的。宋代"说诨话"的艺人，文献记载很少。除了《东京梦华录》记载的张山人，另外就是《西湖老人繁胜录》和《武林旧事》记载的蛮张四郎，可见该伎在瓦肆中并不景气。该伎在后世若隐若现，在文献中偶尔也有记载。②

关于"说诨话"与"说话"的异同，《中国曲艺通史》有精当概括：

> 说话和说诨话虽然都属于语言表演艺术，可是说话重在故事，其中虽然杂有诗词，有的数量还很多，甚至还是表现故事的重要内容，但说话表演的中心是故事，而说诨话重在十七字诗，以十七字诗作为表演的中心，并以十七字诗作结。虽然说诨话也可能包括简短的故事，但故事只是为十七字诗做铺垫的，而其情趣则以滑稽、戏噱、嘲讽为鹄的。说话重故事，故可长可短；说诨话重十七字诗，故不可能太长。在表演上，综合表演的成分较之说话更浓。③

简言之，"说诨话"并不以故事为重，而是以滑稽取胜，与强调故事性的"说话"并非同类。

二、南宋说话四家：小说、说铁骑儿、说经、讲史

（一）南宋说话家数的来龙去脉

南宋的说话家数，至今仍是一个聚讼纷纭的话题。④ 我们首先对此话题做学术史的梳理。最先提出此话题的是成书于南宋端平二年（1235）的耐得翁《都城纪胜》，该书"瓦舍众伎"条云：

> 说话有四家：一者小说，谓之银字儿，如烟粉、灵怪、传奇。说公案，皆是搏刀赶棒，及发迹变泰之事。说铁骑儿，谓士马金鼓之事。说经，谓演说佛书。说参请，谓宾主参禅悟道等事。讲史书，讲说前代书史文传、兴废争战之事。最畏小说人，盖小说者能以一朝一代故事，顷

---

① 陶宗仪《辍耕录》卷二五"院本名目"条，《丛书集成初编》本，上海：商务印书馆，1936年版，第220册，第366页。
② 如郎瑛《七修类稿》卷四九"十七字诗"条，《续修四库全书》本，第1123册，第328～329页。
③ 姜昆、倪锺之主编《中国曲艺通史》，北京：人民文学出版社，2005年版，第215页。
④ 胡莲玉《南宋"说话四家"研究的回顾与思考》（《南京师大学报》社科版2010年第6期），对此问题论述较详，可以看看。

刻间提破。合生与起令、随令相似，各占一事。商谜，旧用鼓板吹《贺圣朝》，聚人猜诗谜、字谜、戾谜、社谜，本是隐语。①

耐得翁首倡"说话有四家"之论，但提及小说（银字儿）、说公案、说铁骑儿、说经、说参请、讲史书等伎艺，还提及合生、商谜，其四家究为何指，难以知晓。

晚于《都城纪胜》十余年，成书于南宋宝祐元年（1253）左右的《西湖老人繁胜录》，记载了说史、说经、小说、合生、商谜、谈诨话等主说伎艺，但未提说话四家之说。

又过了二十余年，成书于南宋德祐元年（1275）的吴自牧《梦粱录》卷二○"小说讲经史"条云：

> 说话者谓之"舌辩"，虽有四家数，各有门庭。且小说名"银字儿"，如烟粉、灵怪、传奇、公案朴刀杆棒发发踪参之事，有谭淡子、翁二郎、雍燕、王保义、陈良甫、陈郎妇枣儿、徐二郎等，谈论古今，如水之流。谈经者，谓演说佛书。说参请者，谓宾主参禅悟道等事，有宝庵、管庵、喜然和尚等。又有说诨经者，戴忻庵。讲史书者，谓讲说《通鉴》、汉唐历代书史文传，兴废争战之事，有戴书生、周进士、张小娘子、宋小娘子、邱机山、徐宣教；又有王六大夫，元系御前供话，为幕士请给讲，诸史俱通，于咸淳年间，敷演《复华篇》及中兴名将传，听者纷纷，盖讲得字真不俗，记问渊源甚广耳。但最畏小说人，盖小说者，能讲一朝一代故事，顷刻间捏合，与起令随令相似，各占一事也。商谜者，先用鼓儿贺之，然后聚人猜诗谜、字谜、戾谜、社谜，本是隐语。②

《梦粱录》大体承袭《都城纪胜》说话四家之说，但又略微有些不同：一是"说铁骑儿"没有了；二是在"说经""说参请"之后增加了"说诨经"；三是在"与起令随令相似"前脱漏了"合生"二字。

成书于宋末元初的周密《武林旧事》卷六"诸色伎艺人"条记载了演史、说经诨经、小说、说诨话、商谜、合笙等主说伎艺，但未提说话家数。

同样成书于宋末元初的罗烨《醉翁谈录》甲集卷一"舌耕叙引"，在"小说引子"四字后注释云"演史、讲经并可通用"，提醒该引子可用于"小说"，

---

① 耐得翁《都城纪胜》，孟元老等《东京梦华录》（外四种），第98页。
② 吴自牧《梦粱录》，孟元老等《东京梦华录》（外四种），第312～313页。

也可用于"演史"和"讲经"，这说明"小说""演史"和"讲经"在艺术体制上是大致相同的。该书也未提及说话家数问题。

可能成书于元代的《应用碎金》在"技乐"篇中明确地记载道"说话：小说、演史、说经"①，将说话分为三家。

清代乾隆间学者翟灏《通俗编》引《古杭梦游录》说：

> 说话有四家：一银字儿，谓烟粉灵怪之事；一铁骑儿，谓士马金鼓之事；一说经，谓演说佛书；一说史，谓说前代兴废。②

翟灏明确指出说话四家为银字儿、铁骑儿、说经和说史。清代光绪间学者张心泰《宦海浮沉录》也明确指出说话四家为：一、小说；二、说公案、说铁骑儿；三、说经、说参请；四、讲史书。③

自民国初年以降，学者们对南宋说话家数形成了多种意见，有代表性的列表如下④：

---

① 《应用碎金》卷下，《丛书集成续编》本，上海：上海书店出版社，1994 年版，第 94 册，第 422 页。
② 翟灏《通俗编》卷三一"说书"条，《续修四库全书》本，第 194 册，第 583 页。
③ 张心泰《宦海浮沉录》，光绪丙午梦梅仙馆刊本。
④ 该表依据胡士莹《话本小说概论》（北京：中华书局，1980 年版，第 106 页）整理而成，笔者在原表基础上又增加了胡士莹、萧相恺、程毅中、孟昭连、于天池等学者的内容。1. 王国维观点见《宋元戏曲史》第三章《宋之小说杂戏》（上海：上海古籍出版社，1998 年版，第 28 页）。2. 胡怀琛观点见《中国小说概论》第五章《宋人的平话》（北京：中国书店，1985 年版，第 30 页）；3. 鲁迅（甲）观点见《中国小说史略》第十二篇《宋之话本》（上海：上海古籍出版社，1998 年版，第 73 页）；4. 严敦易观点见《〈水浒传〉的演变》第三节《"说话"表现的形式》（北京：作家出版社，1957 年版，第 59 页）；5. 孙楷第观点见《俗讲、说话与白话小说》之《宋朝说话人的家数问题》（北京：作家出版社，1955 年版，第 20～21 页）；6. 鲁迅（乙）观点见《中国小说史略》第十二篇《宋之话本》（第 73 页）；7. 赵景深观点见《中国小说丛考》之《南宋说话人四家》（济南：齐鲁书社，1980 年版，第 79 页）；8. 谭正璧（甲）观点见《中国文学进化史》之《通俗文学的勃兴》（上海：上海古籍出版社，2012 年版，第 142 页）；9. 谭正璧（乙）观点见《中国小说发达史》之《宋元话本》（上海：上海古籍出版社，2012 年版，第 159 页）；10. 陈汝衡观点见《说书小史》之《宋代说书概况》（上海：中华书局，1936 年版，第 13 页）；11. 李啸仓观点见《宋元伎艺杂考》之《谈宋人说话的四家》（上海：上杂出版社，1953 年版，第 86 页）；12. 青木正儿观点见《中国文学概说》之《戏曲小说学》（重庆：重庆出版社，1982 年版，第 148 页）；13. 王古鲁观点见《二刻拍案惊奇》附录《南宋说话人四家的分法》（上海：古典文学出版社，1957 年版，第 812 页）；14. 胡士莹观点见《话本小说概论》之《说话的家数》（第 107 页）；15. 孟昭连观点见《中国小说通史·唐宋元卷》之《宋元话本小说》（北京：高等教育出版社，2007 年版，第 840 页）；16. 萧相恺观点见《宋元小说史》之《"小说"伎艺的发展与繁荣》（杭州：浙江古籍出版社，1997 年版，第 38 页）；17. 程毅中观点见《宋元小说研究》之《说话与话本》（南京：江苏古籍出版社，1999 年版，第 226 页）；18. 于天池观点见《中国曲艺通史》之《曲艺的发展与繁荣——两宋时期》（北京：人民文学出版社，2005 年版，第 198 页）。

论者 家数	烟粉	灵怪	传奇	公案	铁骑	说经	说参请	讲史	合生	商谜	说诨话
1. 王国维 2. 胡怀琛			1			2	3	4			
3. 鲁迅(甲) 4. 严敦易			1				2	3	4		
5. 孙楷第			1				2	3		4	
6. 鲁迅(乙)		3				2		1			4
7. 赵景深			1				2	3			4
8. 谭正璧(甲)			1				2	3		4	
9. 谭正璧(乙)	1			2	3	4					
10. 陈汝衡 11. 李啸仓 12. 青木正儿	1			2		3		4			
13. 王古鲁 14. 胡士莹 15. 孟昭连	1			2		3		4			
16. 萧相恺		2				3		1			
17. 程毅中			1			2		3	4		
18. 于天池			1			3		2			

　　笔者同意王古鲁、胡士莹、孟昭连的观点,他们认为南宋说话四家应为:一、小说(即银字儿),包括烟粉、灵怪、传奇、说公案;二、说铁骑儿,谓士马金鼓之事;三、说经,包括说参请;四、讲史书,讲说前代书史文传、兴废争战之事。他们的观点首先是有文本的支撑。王古鲁从耐得翁《都城纪胜》相应文字的读法入手,认为应这样断句:"一者小说:谓之银字儿,如……之事;说铁骑儿,谓……之事;说经,谓……,说参请,谓……等事;讲史书,讲说……之事。"王认为,耐得翁着重在阐明某一家数主要说何事,故而每一种家数最后都以"事"收束,从"事"这个显明的标志就可以知道耐得翁的四家分法。[①]　王古鲁和胡士莹的观点还有历史的渊源,他们的观点继承了清代学者翟灏和张心泰对南宋说话四家的划分,有学术史的依据。另外,王

————————
[①] 王古鲁《南宋说话人四家的分法》,见《二刻拍案惊奇》附录,上海:古典文学出版社,1957 年版,第811 页。

古鲁和胡士莹将说铁骑儿列为说话四家之一,并将合生、商谜、说诨话请出说话家数,有充分的学理依据。

(二)银字儿与铁骑儿的"说话"属性

关于南宋时小说为何"谓之银字儿",学界有两种意见。一种说法认为,"银字儿"是以"银字制笙,以银作字,饰其音节"[①]的笙或管之类的乐器,小说艺人在讲说烟粉、灵怪、传奇和公案之类故事时,常用这种乐器伴奏来歌唱故事中的歌词,后来即以乐器名来代指常用该乐器的伎艺名,所以"小说"谓之"银字儿"。叶德均、孙楷第等学者持此说。[②] 另一种说法认为银字管奏的声音,多低徊悱恻、迂缓哀怨,于是"银字儿"引申为哀艳之义。而小说艺人所讲的烟扮、灵怪、传奇、公案之类的小说,大抵都是很哀艳动人的。于是作为伎艺名的"小说"与作为乐器名的"银字儿"在哀艳之义上是相同的,所以"小说"谓之"银字儿"。李啸仓、胡士莹等学者持此说。[③] 笔者认为,两者推测均有其合理性,在目前尚未找到进一步证据的情况下,不妨并存。

关于说铁骑儿究竟何指,又为何昙花一现(即在《都城纪胜》中有,而在《梦粱录》中已无踪迹),严敦易《〈水浒传〉的演变》和胡士莹《话本小说概论》作了精当的分析。严敦易指出:

> 自北宋灭亡以来,民间艺人们所津津乐道,与夫广大听众所热切
> 欢迎的,包括了农民暴动和起义以及发展为抗金义兵的一些英雄传奇
> 故事,一些以近时的真人真事作对象的叙说描摹,当即系在这个"说铁
> 骑儿"的项目下,归纳、隶属,与传播着(这里面当也包括进了抗金以前
> 的农民起义,和南渡后的内部斗争等事件在内)。铁骑,似为异民族侵
> 入者的军队的象征。女真人原是拥有大量骑兵的剽悍的部伍,更有称
> 作"拐子马"的特种马军,践踏蹂躏中原土地的便是他们,所以,"说铁
> 骑儿"便用来代替了与金兵有关的传说故事的总名称,而叙说国内阶

[①]沈雄《古今词话》之《词品》卷下,《续修四库全书》本,第 1733 册,第 276 页。
[②]叶德均《宋元明讲唱文学》之《讲唱文学的一般情形》,北京:商务印书馆,2015 年版,第 9 页。孙楷第《俗讲、说话与白话小说》之《宋朝说话人的家数问题》,北京:作家出版社,1955 年版,第 22~23 页。
[③]李啸仓《宋元伎艺杂考》之《释银字儿》,上海:上杂出版社,1953 年版,第 95~107 页。胡士莹《话本小说概论》之《说话的家数》,第 109~112 页。

级矛盾冲突的农民起义传说故事,因为起义队伍的大多数参加了民族斗争,便又借着这个名称的掩蔽而传播着……当时的"盗寇"的活动,是应行在这士马金鼓的概括之内的,"盗寇"不论是受了"招安",或仍行啸聚,与抗金的战争多是分不开的……这却是实际上使得"说铁骑儿"受到统治阶级钳束和禁约的原因之一。统治阶级害怕内部的阶级斗争,原是更甚于民族斗争的。①

胡士莹认为：

> "说铁骑儿"是有它实际的内容的。它和"讲史"不同,与"小说"(银字儿)对称,专门讲说宋代的战争,具有现实性。从南宋及后世存在的有关宋代战争的作品来看,当时"铁骑儿"的具体内容,很可能是《狄青》、《杨家将》、《中兴名将传》(张、韩、刘、岳)以及参加抗辽抗金的各种义兵,直至农民起义的队伍。如果这论断不误,那末,"铁骑儿"显然是以民族战争中的英雄为主体而不是以一朝一代的兴废为主体的。正因为如此,在民族矛盾尖锐的南宋,这种说话当然会受到广大人民的欢迎,因而能自成一家数。也因为如此,在屈辱求和的政治逆流经常涌起的南宋,"铁骑儿"不可能经常兴盛,有时候还可能受到压制。②

从两位学者的论说可知,"说铁骑儿"主要是讲说抗金义军的一些英雄传奇故事,其间涉及到农民暴动和起义;而"说铁骑儿"受到压制,可能与当时屈辱求和的政治生态、统治者对农民起义内容的封杀态度息息相关。关于"说铁骑儿"为何年寿不永,胡士莹认为："到了元代,宋代'铁骑儿'的讲说的事迹,已成为历史,它的思想内容又极其与当时的统治者发生尖锐矛盾。'铁骑儿'便不能不和'讲史'合流,成为'讲史'的一部分。这可能是'铁骑儿'这一名称和艺术品种不复存在的原因。"③其说可信。

"说铁骑儿"能独立成家,因为其既不同于"讲史",也不同于"小说",被胡士莹先生称为"介乎'讲史'和'小说'之间的说话伎艺"。胡先生认为,从题材上讲,"说铁骑儿"多数是讲当代的民族战争,这与"讲史"以历史的政治斗争为主不同,与"小说"以一般的社会生活为题材更不同;从故事主角

---

① 严敦易《〈水浒传〉的演变》,北京:作家出版社,1957年版,69～70页。
② 胡士莹《话本小说概论》,第113页。
③ 胡士莹《话本小说概论》,第114页。

上讲,"说铁骑儿"的主要人物大都是当代抗击民族压迫的将领和人民心目中的民族英雄,这与"讲史"主讲封建统治阶级分子不同,也与"小说"主说普通市民不同;从思想倾向上讲,"说铁骑儿"主要是反对屈辱求和,这与"讲史"反对暴政和军阀混战、希望全国统一与和平不同,也与"小说"反映市民要求自由的愿望不同。① 胡先生之论其当。

(三)合生与商谜的非叙事性

关于合生、商谜为何不能归入"说话"范畴,胡士莹等学人已有妥帖的论述,现撮要述之。合生在唐代是一种歌舞戏,在宋代则是一种说唱伎艺。此伎艺的具体情形,洪迈《夷坚志·合生诗词》有明确记载:

> 江浙间路歧伶女,有慧黠知文墨,能于席上指物题咏应命辄成者,谓之合生;其滑稽含玩讽者,谓之乔合生。盖京都遗风也。

> 张安国守临川,王宣子解庐陵郡守印归次抚,安国置酒郡斋,招郡士陈汉卿参会。适散乐一妓言学作诗,汉卿语之曰:"太守呼为五马,今日两州使君对席,遂成十马。汝体此意作八句。"妓凝立良久,即高吟曰:"同是天边侍从臣,江头相遇转情亲。莹如临汝无瑕玉,暖作庐陵有脚春。五马今朝成十马,两人前日压千人。便看飞诏催归去,共坐中书秉化钧。"安国为之叹赏竟日,赏以万钱。

> 予守会稽,有歌宫调女子洪惠英正唱词次,忽停鼓白曰:"惠英有述怀小曲,愿容举似。"乃歌曰:"梅花似雪,刚被雪来相挫折。雪里梅花,无限精神总属他。梅花无语,只有东君来作主。传语东君,宜与梅花作主人。"歌毕,再拜云:"梅者惠英自喻,非敢僭拟名花,姑以借意。雪者指无赖恶少。"官奴因言其人到府一月,而遭恶子困扰者至四五,故情见乎词。在流辈中诚不易得。②

洪迈所举的合生两例,一为逢场吟诗,一为临机唱词,可见合生是一种"指物题咏,应命辄成"、临场创作诗词并吟唱出来的说唱伎艺,可说(吟诗)可唱(唱词),也可能以说(吟诗)为主。合生者吟唱的诗词往往短小而贴合情势,与筵席中文人临机创作的酒令颇为近似,故而《都城纪胜》云"合生与起令、随令相似,各占一事"。于此可见合生并非叙事伎艺,与强调故事性的

---

①胡士莹《话本小说概论》,第698~699 页。
②洪迈《夷坚志》,《夷坚支乙》卷六,第841 页。

"说话"殊途异辙。

商谜,本是一种猜谜游戏,其源远,其流长。先秦称"隐""隐语""廋辞",如《韩非子·喻老》:"楚庄王莅政三年,无令发,无政为也。右司马御座而与王隐曰:'有鸟止南方之阜,三年不翅,不飞不鸣,嘿然无声,此鸟何名?'"①又如《国语·晋语五》:"有秦客廋辞于朝。"②汉代称"射覆",东方朔为此技翘楚,渐开后世谐谑之端。唐五代时,谜语种类已极繁多,猜谜成为文人雅士乃至凡夫俗妇都喜爱的智力游戏。宋代猜谜曰商谜,风气非常盛行,文人学士常以此为乐,《东坡问答录》"佛印与东坡商谜"条载:

> 佛印持二百五十钱,示东坡云:"与你商此一个谜。"东坡思之,少顷,谓佛印曰:"一钱有四字,二百五十个钱,乃一千个字,莫非千字文谜乎?"佛印笑而不答。③

猜谜在宋代不仅是文人学士的智力游戏,也是普罗大众的娱乐项目,《西湖游览志余》云:"杭人元夕,多以此为猜灯,任人商略。"④道出了杭城元宵佳节猜灯谜的风俗。猜谜在宋代已经出现商业化的趋势和职业化的艺人,《东京梦华录》"京瓦伎艺"条载有商谜艺人毛详和霍伯丑,说明猜谜在北宋时已经进入瓦舍勾栏,已有职业化的艺人凭此谋生。《西湖老人繁胜录》记载有"背商谜"艺人胡六郎,《梦粱录》"小说讲经史"条记载商谜艺人归和尚及马定斋,称其"记问博洽,厥名传久"⑤,《武林旧事》记载商谜艺人胡六郎、魏大林、张振、周月岩、蛮明和尚、东吴秀才、陈赞、张月斋、捷机和尚、魏智海、小胡六、马定斋、王心斋共十三位,可见南宋商谜的盛行。宋代商谜艺人还有自己的行会组织,《都城纪胜》"社会"条记载:"隐语则有南北垕斋、西斋,皆依江右。谜法、习诗之流,萃而为斋。"⑥

宋代商谜的具体情形,可见《都城纪胜》"瓦舍众伎"条和《梦粱录》"小说讲经史"条:

> 商谜,旧用鼓板吹《贺圣朝》,聚人猜诗谜、字谜、戾谜、社谜,本是

①王先慎《韩非子集解》卷七《喻老》,北京:中华书局,1998年版,第168页。
②徐元诰《国语集解》,北京:中华书局,2002年版,第381页。
③旧题苏轼《问答录》,《丛书集成初编》本,上海:商务印书馆,1937年版,第2987册,第6页。
④田汝成《西湖游览志余》卷二五《委巷丛谈》,《文渊阁四库全书》本,第585册,第610页。
⑤吴自牧《梦粱录》,孟元老等《东京梦华录》(外四种),第313页。
⑥耐得翁《都城纪胜》"社会"条,孟元老等《东京梦华录》(外四种),第98页。

隐语。有道谜（来客念隐语说谜，又名打谜）、正猜（来客索猜）、下套（商者以物类相似者讥之，人名对智）、贴套（贴智思索）、走智（改物类以困猜者）、横下（许旁人猜）、问因（商者喝问句头）、调爽（假作难猜，以定其智）。[①]

　　商谜者，先用鼓儿贺之，然后聚人猜诗谜、字谜、戾谜、社谜，本是隐语。有道谜，来客念思司语讥谜，又名"打谜"。走智，改物类以困猜者。正猜，来客索猜。下套，商者以物类相似者讥之，又名"对智"。贴套，贴智思索。横下，许旁人猜。问因，商者喝问句头。调爽，假作难猜，以走其智。[②]

后者显然承袭前者，只是将"走智"在猜谜程式中的次序稍微变动了一下。从上述材料可知，商谜有招徕顾客、聚集人气的音乐曲调（"旧用鼓板吹《贺圣朝》"），有诗谜、字谜、戾谜、社谜等比较丰富的谜语形式，有道谜、正猜、下套、贴套、走智、问因、调爽等饶有情趣的猜谜程式，表演者有问有答，反复斗智，而且还允许"横下"，即让听众参与猜谜，可见这种伎艺具有很强的表演性，而且已经程式化。宋代商谜这种伎艺，以猜谜斗智、滑稽风趣吸引顾客，并不以故事性为主，与强调故事性的"说话"迥然不同。

---

①耐得翁《都城纪胜》"瓦舍众伎"条，孟元老等《东京梦华录》（外四种），第98页。
②吴自牧《梦粱录》"小说讲经史"条，孟元老等《东京梦华录》（外四种）第313页。

第六章　共生单元:话本小说与市井叙事机理(下)

第一节　从说话伎艺到话本小说

宋代话本是叙事性伎艺产生的故事文本,说话话本则是说话伎艺产生的故事文本。我们今天讨论话本,一般指说话话本。在说话伎艺产生故事文本,简言之即说话伎艺文本化过程中,存在着从口头文本到书面文本,从脚本式准话本、录本式话本到拟本式话本,从简本到繁本,从文言拟本到白话拟本的演进态势。

一、"话本"概念的多种阐释:底本、录本等

(一)学界对"话本"的多种阐释

说话是以说为主的叙事性伎艺,属于口传叙事,而所"说"之"话"的文本化即形成为话本,话本则属于书写叙事。敦煌文献中已经开始出现"画本"一词。敦煌遗书中有一篇成于唐代的讲唱韩擒虎故事的文本,原本没有题名,结尾处云:"画本既终,并无抄略。"[①]不少学者指出此处"画本"即为"话本"的同音借用,[②]该文的整理者将此文拟题为《韩擒虎话本》。该文结尾处的"画本"("话本")显然指故事的文本。宋代文献中已正式出现"话本"一词,耐得翁《都城纪胜》"瓦舍众伎"条云:

> 凡傀儡敷演烟粉灵怪故事、铁骑公案之类,其话本或如杂剧,或如崖词,大抵多虚少实,如巨灵神朱姬大仙之类是也。影戏,凡影戏乃京

---

① 黄征、张涌泉《敦煌变文校注》卷二《韩擒虎话本》,北京:中华书局,1997年版,第305页。
② 王庆菽《试谈变文的产生和影响》(《新建设》1957年第3期):"画本,可能是说话时挂起图画来说话,例如:《汉将王陵变》文末有'王陵变一铺'……可见当时是有图画来辅助讲说的。故当时说'话本'为'画本',或者是'画'与'话'字同音借用。"黄征、张涌泉《敦煌变文校注》(第318页)在"画本既终,并无抄略"下的注释云:"'画本'应即'话本','画'、'话'同音替代。"

师人初以素纸雕镞，后用彩色装皮为之，其话本与讲史书者颇同，大抵真假相半，公忠者雕以正貌，奸邪者与之丑貌，盖亦寓褒贬于市俗之眼戏也。①

吴自牧《梦粱录》"百戏伎艺"条云：

> 凡傀儡，敷演烟粉、灵怪、铁骑、公案、史书历代君臣将相故事，话本或讲史，或作杂剧，或如崖词……更有弄影戏者，元汴京初以素纸雕镞，自后人巧工精，以羊皮雕形，用以彩色妆饰，不致损坏。杭城有贾四郎、王升、王闰卿等，熟于摆布，立讲无差。其话本与讲史书者颇同，大抵真假相半，公忠者雕以正貌，奸邪者刻以丑形，盖亦寓褒贬于其间耳。②

后者承袭前者而有补充完善，比前者更加详尽明白，更便于作为讨论的依据。

滥觞于上述材料的"话本"一词应如何释义，还有与之相关联的另一问题——现存宋元话本小说是底本、录本还是编创本，学界众说纷纭。关于前一个问题，学界目前主要有"说话人底本说""故事说""故事书说"（"故事本子说"）、"故事的口传之本说"等说法。

"说话人底本说"源于鲁迅。鲁迅《中国小说史略》认为："说话之事，虽在说话人各运匠心，随时生发，而仍有底本以作凭依，是为'话本'。"③他又在《中国小说的历史变迁》中指出："那时操这种职业（笔者按：指'说话'）的人，叫做'说话人'；而且他们也有组织的团体，叫做'雄辩社'。他们也编有一种书，以作说话时之凭依、发挥，这书名叫'话本'。"④鲁迅明确将"话本"释为"说话人凭依的底本"。后来不断有学者对鲁迅的"底本说"进行修正、发展和完善。王古鲁《话本的性质和体裁》认为："'话本'是'说话人'依据来做说话的底本，原来只是师父传徒弟，而不是直接给人家看的。所以一

---

① 耐得翁《都城纪胜》，孟元老等《东京梦华录》（外四种），上海：古典文学出版社，1956年版，第97～98页。
② 吴自牧《梦粱录》卷二〇，孟元老等《东京梦华录》（外四种），第311页。原文标点时，将"话本"隶上句，笔者认为不妥，将其改隶下句。
③ 鲁迅《中国小说史略》，上海：上海古籍出版社，1998年版，第73页。
④ 鲁迅《中国小说的历史的变迁》，《鲁迅全集》本，北京：人民文学出版社，2005年版，第9卷，第330页。

般说来,师传徒的底本,是极幼稚的,词句也是很拙劣的……现在我们所看到的话本,事实上已经不完全是原来的底本,至少是经过文化水准并不很高的文人所润饰过的。"①将底本分为"原来的底本"和"文人润饰过的底本"。胡士莹《话本小说概论》认为:"话本原来只是说话人的底本,并非供一般人阅读的……经过加工整理,刻印出来,主要供阅读的本子,不应简单称为话本。由话本加工而成的,可称话本小说,模仿话本而创作的,可称拟话本小说。"②将"话本"释为底本,而将记录加工整理本称为"话本小说"。程毅中《宋元小说研究》认为:"话本指说话人的底本,这只是一个比较概括的解释。如果对具体作品作一些分析,至少可以分为两种类型。一种是提纲式的简本,是说话人自己准备的资料摘抄,有的非常简单,现代的说书艺人称之为'梁子'。另一种是语录式的繁本,比较接近于演出本的样式,基本上使用口语,大体上可以说是一种新型的白话小说。提纲式的简本,实际上只是一个提要……语录式的繁本,则是以说话人的口气写的,中间往往采用了说话人的插话和自问自答的叙事法,基本上用口语讲述,但还夹杂了许多文言语汇。"③一方面认同话本是说话人的底本,另一方面又指出话本有"提纲式的简本"和"语录式的繁本"之分,实际上是将"底本"的外延扩展成了"书面文本"。王庆华《"话本"考》认为:

> "话本"一辞在古典文献中的意义主要有如下三点:(1)作为专有名词,"话本"在宋元时期指"说话"、影戏、傀儡戏、戏文等伎艺的底本,明清时期引申出"伎艺的故事内容"、"通俗故事读本",主要用于介绍伎艺和说话人"做场"时对演出内容的说明。(2)作为社会普通用语,元明清三代一直沿用"话柄"(人们的谈论对象)或"旧事"等意义。(3)虽然"话本"一辞在古典文献中有说话人的底本之义,但古人却从未在"底本"的意义上指称现存的"宋元话本小说",现存的"宋元话本小说"并非当时"说话"伎艺的底本。④

指出"'话本'在宋元时期指'说话'、影戏、傀儡戏、戏文等伎艺的底本",将

---

① 王古鲁《话本的性质和体裁》,《二刻拍案惊奇》附录,上海:古典文学出版社,1957年版,第815页。
② 胡士莹《话本小说概论》,北京:中华书局,1980年版,第155~156页。
③ 程毅中《宋元小说研究》,南京:江苏古籍出版社,1999年版,第241~242页。
④ 王庆华《"话本"考》,见谭帆等著《中国文体文法术语考释》,上海:上海古籍出版社,2013年版,第120页。

"说话人的底本"延展为"伎艺的底本"。联系《都城纪胜》和《梦粱录》的记载,王先生的延展有合理性。另外,王先生对于"话本"明清时期引申义以及作为社会普通用语涵义的论断,对于现存宋元话本小说与当时说话伎艺底本关系的论断,都是真知灼见。

"故事说"源于日本学者增田涉。增田涉于1965年发表《论"话本"一词的定义》,认为汉语文献中的"话本"一词除偶尔可以解释为"故事的材料"外,多数时候只能解释为"故事"。① 中国学者施蛰存、萧欣桥、张兵等先后撰文对增田涉的观点进行质疑,认为"故事说"难以服人,"底本说"仍然成立。②

"故事书说"("故事本子说")是我国学者在扬弃鲁迅、增田涉观点的基础上提出的新见。周兆新《"话本"释义》从说书与话本的关系入手,认为:"说书艺人的底本至少具备两个基本特征:从体裁上看,它是一种简明扼要的提纲;从内容上看,它必须具备可演性,能够叫座儿。"严格界定了"底本"的涵义。周先生从此定义出发,考察了学术界所认定的全部宋元话本,认为其中真正像底本的仅占七分之一。这个推论实际上否定了鲁迅的"底本说"。周先生接下来提出了自己的观点:"不把话本解释成说书艺人底本,而是解释成故事书或故事。""宋元明清时代'话本'一词的'话'指故事,'本'指书本,话本即故事书,其转义或引申义乃是故事。"③认为"话本"本义应是故事书,转义或引申义乃是故事。刘兴汉《对"话本"理论的再审视——兼评增田涉〈论"话本"的定义〉》认为"话本"一词虽在宋元明白话短篇小说的例句中,往往既可解作"故事"又可解作"故事书"或"故事本子",而在有的例句中则只能解作"故事书"或"故事本子",因此鲁迅把"话本"解释为"说话人的底本"是不错的。刘先生进一步认为:"现存宋元话本,虽然有粗简与详细之别,有的或许是说话人自己编写的底本,有的是说话的记

①原文发表在《人文研究》1965年第16卷第5期,汉语译文刊载于台湾联经出版事业公司1981年出版的《中国古典小说研究专集》第三集,第49~61页。
②施蛰存《说"话本"》,《文史知识》1988年第10期;萧欣桥《关于"话本"定义的思考》,《明清小说研究》1990年第3、4期;萧欣桥《话本研究二题》,《浙江学刊》2000年第5期;张兵《话本的定义及其他》,《苏州大学学报》1990年第4期。
③周兆新《"话本"释义》,原载《国学研究》第2卷(北京:北京大学出版社,1994年版),今收于《周兆新元明清小说戏曲论集》(北京:光明日报出版社,2012年版,第300~311页)。

录,还有的或许经过书会才人的加工,但它们却都可以充当说话人的底
本。"①显然,刘先生是把"底本"外延扩展成了"本子",其"故事书说"("故
事本子说")其实也是鲁迅"底本说"的修正和完善。同是"故事书说"("故
事本子说")的提出者和支持者,周先生和刘先生对"底本说"的观点却迥然
不同,前者非之,后者是之,原因在于两者对底本的理解有严、宽之别。

　　"故事的口传之本说"是宋常立在《"话本"词义的口头属性》提出的新
观点。该文认为:"'话本'一词只用于艺人的口头表演语境之中,'话本'之
'话'专指'口传故事','话本'之'本'指师徒传承的'口传之本'。'话本'作
'口传故事'解,体现了'话本'一词的伎艺性,一旦脱离伎艺表演的语境,宋
人就不用'话本'一词而使用作为书面语的'故事'一词。将'话本'理解为
书面的文本,是明以后人的引申或误读。"②

(二)"话本"应释为"故事文本"

　　笔者认为,"故事说"用明清时期的引申义覆盖宋元时期的原始义,有
"以'后'概'前'"之嫌疑,难以采信;"说话人底本说"和"故事书说"("故事
本子说")仅仅将"话本"释为书面本子,"故事的口传之本说"又仅仅将"话
本"释为口传本子,这些观点可能都有以偏概全之缺失。笔者认为,可以充
分吸收上述观点的合理内核,将宋元时期的"话本"一词释为"故事文本",
即将故事按照一定次序组织起来的相对完整的口头和书面表达形态。其
中"话"为故事③,"本"为文本④,两者为表里关系,"话"为"本"的"里"(内

---

① 刘兴汉《对"话本"理论的再审视——兼评增田涉〈论"话本"的定义〉》,《社会科学战线》1996 年第
　4 期。
② 宋常立《"话本"词义的口头属性》,《明清小说研究》2015 年第 2 期。
③ "话"的本义为"善言",《诗经·大雅·抑》"慎尔出话,敬尔威仪",毛传云"话,善言也"(《毛诗正
　义》,北京:北京大学出版社,1999 年版,第 1167 页)。《说文解字》云:"话,会合善言也。"(段玉裁
　《说义解字注》,南京:凤凰出版社 2007 年版,第 167 页)。"话"在三国时可能已有"调戏""讹言"
　的义项,唐释玄应《一切经音义》引成书于三国时的《广雅》云:"话,调也,谓调戏也。"《一切经音
　义》又引成书于三国时的《声类》云:"话,讹言也。"(《续修四库全书》本,第 198 册,第 201 页)孙
　楷第解释此处的"讹言"与"调戏"云:"凡事之属于传说不尽可信,或寓言譬况以资戏谑者,谓之
　话。"(《沧州集》之《说话考》,北京:中华书局,1965 年版,第 92 页)"话"最晚在隋代时已有故事之
　义项,《太平广记》卷二四八引隋代文献《启颜录》有云:"侯秀才,可以玄感说一个好话。"(北京:
　中华书局,1961 年版,第 1920 页)。
④ 此处的"文本"基本对应中文语境中的"本子",也基本对应西方语境中的"text",J.M.布洛克曼
　《结构主义:莫斯科-布拉格-巴黎》云:"每一种文学活动的以及每一种言语行为的结果,都是
　一段文本。"(转引自王先霈等主编《文学理论批评术语汇释》,北京:高等教育出版社,2006 年版,
　第 213 页)这个"文本"既包括书面文本,也包括口头文本。

容），"本"为"话"的"表"（载体），"话"为叙事的对象，"本"为叙事所形成的形态。"话本"既包括故事的口头文本，也包括故事的书面文本；既包括故事的底本，也包括故事的录本、加工整理本乃至书会才人创作本。

按照这样的释义，宋元文献中的"话本"一词就可得到更为圆通的解释。比如《梦粱录》中的这段话"凡傀儡，敷演烟粉、灵怪、铁骑、公案、史书历代君臣将相故事，话本或讲史，或作杂剧，或如崖词"，此句中前半句讲傀儡戏的故事内容（"敷演烟粉、灵怪、铁骑、公案、史书历代君臣将相故事"），后半句用"话本"一词讲傀儡戏的故事形态（"或讲史，或作杂剧，或如崖词"）。根据前后语境，此处"话本"不应释为"故事"，而应释为故事的表达形态和文本形态。同时，此处"话本"如释为"底本"，虽比释为"故事"稍好一些，但指称范围过于狭窄和具体，关键是排除了口头文本的可能性，如此一来恐怕未必合于事实。总之，仔细推敲《梦粱录》中的这段话可以发现，将"话本"释为"故事"或"底本"，都不是很合适。此处"话本"如果释为"故事的文本"（既可能是口头文本，也可能是书面文本，其中口头文本的概率更大），则语意贯通。《梦粱录》还提到弄影戏，指出"其话本与讲史书者颇同，大抵真假相半"，其中的"话本"释为"故事的文本"（故事文本中的口头文本可能性更大）也更为合理。

值得注意的是，《梦粱录》这段话中的两处"话本"，一指傀儡戏的"话本"，一指弄影戏的"话本"，而从"（傀儡）话本或讲史，或作杂剧，或如崖词"和"（弄影戏）话本与讲史书者颇同"推断，讲史、杂剧、崖词等叙事性伎艺的故事文本大概也可称为"话本"。这样一来，傀儡戏、弄影戏、讲史、杂剧、崖词等叙事性伎艺的故事文本都可称为"话本"。因此，宋代"话本"可能是叙事性伎艺的故事文本的通称，既可用来指称说话伎艺产生的口演故事的文本，也可用来指称傀儡戏、弄影戏、杂剧、崖词等叙事性伎艺产生的表演故事的文本。元代钟嗣成《录鬼簿》"陆显之"条下注云："汴梁人，有《好儿赵正》话本。"[①]此处"话本"解释为"故事"肯定不通，解释为"说话人的底本"也不好，因为陆显之并不一定是"说话人"，其撰成的《好儿赵正》可能已不是粗糙的"底本"，而是比较成熟的故事文本。元刻本《新编红白蜘蛛小说》残页是现存最早的小说家话本的刻本，篇末有"话本说彻，权做散场"八个

---

① 钟嗣成《录鬼簿》卷上，《续修四库全书》本，第 1759 册，第 148 页。

字，《清平山堂话本》中的宋元旧篇也有不少此类套语，如《陈巡检梅岭失妻记》《简帖和尚》《合同文字记》等。其中的"话本"解释为"底本"肯定不通，解释为由"底本"之义引申出的"伎艺的故事内容"①虽然讲得通，但也不是非常贴切。而如果将此"话本"解释为"故事的文本"（此处应该是故事的口头文本），那么"话本说彻"就是指该故事的口头文本已经说完，这样一来，语意通贯，毫无滞碍。

二、文本化的肇始：脚本式准话本

说话艺人的脚本②开始时应该是口耳相传的口头文本，后来为了自己揣摩复习备忘或者为了师徒传授的便利，写下来就变成了书面文本。这种脚本式的文本往往并不具备话本的文体特征，与后来的话本小说大相径庭，正如石昌渝先生《中国小说源流论》所云："'说话'作为口头文学，它的一个特点便是口耳相传。说话人有一些是瞽者，他们只能靠耳闻心受，依赖不了底本，即使有底本，那底本也不会是今天看到的话本小说的样子，大概只是一个故事提纲和韵文套语以及表演程式的标记。'说话'行当里有专门编撰脚本的书会才人，他们为说话人提供题材，编写的脚本即如上所说，只是提纲性质的本子，与实际的表演有很大的距离，一切都要靠说话人三寸不烂之舌临场发挥。说话人的底本只是口头文学的附属物，性质仍然是口头文学，不应与书面文学的话本小说相混淆。"③

周兆新《"话本"释义》考察了近现代说书艺人的师徒传授，指出："说书艺人主要用口传心授的方法带徒弟……师傅也往往把自己的秘本传给徒弟。如果我们认为说书艺人有底本，那么这种秘本就是底本。秘本的内容大致包括两部分。一是某一书目的故事梗概，二是常用的诗词赋赞或其他参考资料。北方评书的秘本又叫梁子，就是提纲的意思。"④"说

---

① 王庆华《"话本"考》云："'话本说彻，权（且）作散场'应为'说话人'指示表演结束的场上用语。此处'话本'一辞虽然没有脱离其原意，仍可作'底本'解，但却不够确切。准确地说，这里的'话本'应指'伎艺的故事内容'。这里借'底本'指称'伎艺的故事内容'，是对'底本'之义的引申。"（谭帆等《中国文体文法术语考释》，第114页）将此处"话本"解释为"伎艺的故事内容"，并认为此义是"底本"之义的引申，笔者认为意犹未惬。
② 此处的脚本既指说唱艺人用于场上敷演的底本，也指书会才人等用于编创文本的底本。"脚本"意同"底本"，因考虑到"底本"一词在话本研究界含义分歧，故本文舍"底本"而用"脚本"。
③ 石昌渝《中国小说源流论》，北京：三联书店，2015年修订版，第235页。
④ 周兆新《"话本"释义》，见《周兆新元明清小说戏曲论集》，第301页。

书艺人主要用口传心授的方法带徒弟"，说明了师徒间主要是口头文本的传承。"师傅也往往把自己的秘本传给徒弟"，说明此时师傅也可将口头文本的底本书面化，形成为"秘本"。"秘本的内容大致包括两部分：一是某一书目的故事梗概，二是常用的诗词赋赞或其他参考资料"，说明书面化的脚本内容简单，主要是故事梗概和参考资料。近现代说书是唐宋说话的裔脉，其师徒传授之法大致应该古今相通。唐宋说话艺人的师徒传授也应大致如此，主要是口头文本的传授，同时辅以书面化脚本的传授。这种书面化脚本往往只有一个故事轮廓和一些相关资料，而且这个脚本还可能是用文言记载的，至于细节讲论处、敷演处，全靠说话人临场发挥、妙舌生花。

（一）唐五代说唱脚本形态的启示

唐五代的转变、说话等说唱伎艺，在敦煌卷子中有脚本留存，管窥这些说唱脚本的文体形态，有助于判定宋代说话脚本。

敦煌变文《前汉刘家太子传》（《刘家太子变》），今存四个写本，载于伯3645、斯5547、伯4692、伯4051。其中伯3645首尾完具，前题《前汉刘家太子传》，后题《刘家太子变》一卷；斯5547残存开端部分，有前题《前汉刘家太子传》；伯4692残存开端部分，前题亦残，但据残存笔画，可能亦为《前汉刘家太子传》；伯4051则首尾残缺，仅存文本中间部分，但保存了正文之后所附录东方朔故事的部分内容。该文被录入王重民《敦煌变文集》，黄征、张涌泉《敦煌变文校注》，皆题名为《前汉刘家太子传》。该文用文言散体形式，叙述西汉末年汉帝驾崩，王莽篡位，西汉刘家太子逃至南阳，在张老、耕夫的帮助下，幸免于难，后又经耕夫指点，前往昆仑山，访太白星，得其言教，遂兴兵恢复汉家帝业。

颇为奇特的是，该文在前汉刘家太子故事后，又附录了均用文言散体形式书写的汉武帝会见西王母而与东方朔相嘲之事，宋玉与求仕者互相诘难之事，燕昭王读郑简公误书之"举烛"二字而使燕国大治之事，汉哀帝纳谏屏除男色之事。关于正文的前汉刘家太子故事与附录的东方朔故事、宋玉故事、燕昭王故事、汉哀帝故事之间的关系，学界有不同意见。钱仲联先生等主编《中国文学大辞典》（下简称钱先生《文学大辞典》）"刘家太子变"条云："五段故事之间并无必然联系，当曾用于依据五幅故事画而表演的转变节目。这些故事的共同点是用富于智慧的对话，塑造了民间机智人物的群像。"①程毅中先生《唐代小说史》云:"《前汉刘家太子传》是原有的题目,而后面又题作《刘家太子变》。从体制看完全是散文,没有唱词或诗歌,可能是变文的别体,或者省略了唱词,只是一个节本……这个故事后面附录有西王母和宋玉、燕昭王、董贤四个故事,与刘家太子毫无关系,大概这个写卷是说话人的一个资料本。《前汉刘家太子传》的文字相当粗略,它并不是史书的摘抄,而是话本的提纲……后面四个故事也是话本的摘要。"②《中国文学大辞典》和《唐代小说史》皆认为刘家太子故事与后面的东方朔故事等并无必然联系,后者还指出文中五个故事均是话本的提纲或者摘要,该写本是"说话人的一个资料本"。

金文京先生《敦煌本〈前汉刘家太子传(变)〉考》认为:"前汉刘家太子故事的所谓'南阳白水张'乃指包括归义军节度使的敦煌南阳张氏而言。其目的则不外乎强调他们家族和中原本地的渊源关系,藉以光宗耀祖并提高其在敦煌的统治权威。南阳白水固为光武帝的出身地,张氏依附于此,且特地说明乃祖对汉朝的功勋,其用意是显而易见的……这五个故事之间绝非互不相关,而恰如其反,以南阳张氏为线索,相为衔结,丝丝入扣,乃成为连环式的故事群。而开头刘家太子的故事自是全篇的关键且重点所在……此一作品写定于张承奉西汉金山国时期,可视为金山国的王权神话。"③金先生的考证认为文中五个故事"相为衔结,丝丝入扣",并以刘家太子故事为关键和重点,共同构成金山国的王权神话。金先生的观点基本可以采信。

《前汉刘家太子传》的五个故事均用文言散体叙述,正文故事稍微详细一点,后面所附四个故事非常简略,五个故事都无散韵交替现象,并且也无与图画(变相)关联的辞句,这样的文本并不具备变文通常的文体特征,④那么为何该文结束处会有"《刘家太子变》一卷"的后题呢? 实际上,正如程

---

① 钱仲联等《中国文学大辞典》,上海:上海辞书出版社,2000 年版,第 463 页。

② 程毅中《唐代小说史》,北京:人民文学出版社,2003 年版,第 96~97 页。

③ 金文京《敦煌本〈前汉刘家太子传(变)〉考》,见曾宪通主编《饶宗颐学术研讨会论文集》,香港:翰墨轩出版有限公司,1997 年版,第 119~132 页。

④ 钱仲联等《中国文学大辞典》"变文"条云:"敦煌文学文体名。指转变伎艺所用的文学底本。亦称变、缘、因缘、缘起。转变是一种配合图画进行的讲唱艺术,源于佛教讲经活动,故其形式特点是:采用韵散相间的体裁形式,用散文展开情节,用韵文解说'变相',表达对话内容;韵文前面,常有关联于图画(变相)的辞句;首尾偶用押座文;部分变文(例如《降魔变文》)配有画卷。"第 450 页。

毅中先生所云，该文仅是"资料本"，是为艺人说唱（"转变"）准备的"提纲"
或者"摘要"，只不过程先生不认为五个故事有联系。其实，这五则故事按
金文京先生之论，是有内在联系的，这些文言散体的故事汇聚一文，应该是
为艺人"转变"提供的脚本。

　　敦煌变文《祇园因由记》应该也是转变的脚本。该文有两种写本：伯
2344，无标题；伯3784，文尾题《祇园因由记》（另有学者认为是"祇园图
记"）①。季羡林先生主编《敦煌学大辞典》（下称季先生《敦煌学大辞典》）
该词条云："唐代话本……或定名《祇园图记》，为配合图卷之说明文字。"②
"因由记"即"因缘记"，与"缘""缘起""因缘变"等文体异名同实，乃是唐代
讲述佛本生、本行故事，宣传因缘果报思想的文体，与变文大同小异，都是
韵散交替、说唱结合。敦煌卷子中的《悉达太子修道因缘》《难陀出家缘起》
《频婆娑罗王后宫采女功德意供养塔生天因缘变》《欢喜国王缘》《金刚丑女
因缘》《四兽因缘》等，都与变文体式殊途同归。但《祇园因由记》虽有"因由
记"之名，但仅有散体叙事，并无韵文唱词，与变文体式相去甚远，而与传统
的志怪小说颇为类似，故有学者将其归入志怪小说，③也有学者因其散说
体式而归入话本，如季先生《敦煌学大辞典》和王小盾先生《敦煌文学与唐
代讲唱艺术》。④ 实际上，考虑到该文与《祇园图》图文对应之关系，将其视
为因缘记脚本可能更为妥帖。

　　敦煌小说《黄仕强传》，应该也是说唱伎艺的脚本。张涌泉先生主编
《敦煌小说合集》（下简称《敦煌小说合集》）之《黄仕强传·题解》云："本篇
内容讲述黄仕强因与一屠夫同名，而被冥使误抓，遂自诉冤屈，得再行勘
案，又发愿敬写《普贤菩萨说此证明经》而终得复生之灵应故事。故事情节
生动，人物形象饱满。该故事与《普贤菩萨说证明经》共抄一卷，意在宣扬

---

① 黄征、张涌泉《敦煌变文校注·祇园因由记》，对标题的注释中，先引潘重规《敦煌变文集新书》的
相关校语："……余谛观之，实为'祇园图记'，王重民诸人以为'祇园由记'者盖误……由此观
之，《祇园图记》，盖画为《祇园图》，又为之记也……"然后下按语云："……后题'祇园'下是'因
由'还是'图'，因缩微胶卷毫无字迹，无法验证，兹仍存疑。"（第604页）笔者赞同《敦煌变文校
注》的观点，该文题为"祇园因由记"比较合理。
② 季羡林主编《敦煌学大辞典》，上海：上海辞书出版社，1998年版，第581页。
③ 如伏俊琏《石室齐谐——敦煌小说选析》卷首自序："敦煌的志怪小说包括：中国传统的史传故
事，佛传、僧传故事，如《前汉刘太子传》《孝子传》《祇园因由记》《佛图澄和尚因缘记》等。"兰
州：甘肃人民出版社，2000年版，第3页。
④ 王小盾《敦煌文学与唐代讲唱艺术》，《中国社会科学》1994年第3期。

抄诵经文之功德。"①点出了该文写作之初衷。钱先生《文学大辞典》则进一步指出:"作品在七个写本中均抄写于《普贤菩萨说证明经》之前,表明这是一个宗教宣传品,是俗讲法师为吸引听众而在讲经之前作为入话而讲的一个故事。"②

《黄仕强传》大体上用唐代的口语写成,也有少量的文言句式和文言词汇,同时运用散体形式叙述黄仕强入冥故事,全篇没有说话人口吻,没有入话、散场诗等话本特有标识,也没有"只见""但见""正是"等话本常用套语,在文体形式上与话本小说相去甚远,倒是与志怪小说若合符契。学界有将其归入志怪小说者,如张涌泉先生主编《敦煌小说合集》,也有将其归入话本者,如王小盾先生《敦煌文学与唐代讲唱艺术》③、钱先生《文学大辞典》。笔者认为,《黄仕强传》从其"体"上看,确实是志怪小说,但从其"用"上看,作为"宗教宣传品",作为"俗讲法师为吸引听众而在讲经之前作为入话而讲的一个故事",较大可能是"说话"的脚本。这样一来,基于不同的角度(文体形式、文本用途)可以将其归入不同的文体(志怪、话本),这正是说唱伎艺脚本在文体归类时的普遍情况。

上面考察了敦煌卷子中的《前汉刘家太子传》《祇园因由记》和《黄仕强传》三篇文章,它们分别是转变、说因缘、说话的脚本,却并不具备变文、因缘、话本的文体特征,它们或用文言、或用当时口语的散体来叙事,接近于传统小说;值得注意的是,它们都有关联的证据(《前汉刘家太子传》有尾题"刘家太子变"、《祇园因由记》与《祇园图》变相有图文对应关系、《黄仕强传》抄于佛经之前为宣教品)指向某种特定的说唱伎艺,并且都有一定形式的文本改编(《前汉刘家太子传》的故事主从汇聚、《祇园因由记》与《黄仕强传》的语言俗化)以契合相应说唱伎艺,故而可以确定为相应说唱伎艺的脚本。进而论之,上述三个文本因尚不具备变文、因缘、话本的文体特征,但又与之密切关联,故而可以视为脚本式的准变文、准因缘记、准话本。

① 张涌泉等《敦煌小说合集》,杭州:浙江文艺出版社,2010年版,第253页。
② 钱仲联等《中国文学大辞典》,第466页。
③ 王小盾《敦煌文学与唐代讲唱艺术》论及敦煌话本时云:"从隋代开始,话本就大量使用了佛教题材。唐代的《庐山远公话》、《唐太宗入冥记》、《黄仕强传》、《祇园因由记》亦是佛教题材的作品。《黄仕强传》在七个写本中皆抄写于《普贤菩萨说证明经》之前,文中且有访写《证明经》可获长生的细节,可见话本也曾用于俗讲,并因此而吸收讲经文、变文兼写兼唱的伎艺手法,并非像过去所说的那样是'纯散说'的'无韵''散句'。"显然是将《黄仕强传》归入敦煌话本。

实际上,在确定某个文本为某种说唱伎艺脚本时,应有关联证据和文本改编形态支撑,切不可乱点鸳鸯谱、随意扩大化,将一些传统的志怪小说、传奇小说确认为说唱伎艺文本。因为理论上所有的传统小说文本都可以成为说唱伎艺的资料来源,那么这些文本都可能是说唱伎艺的脚本,这样的"脚本"概念就失去了意义。因此,关联证据和文本改编形态支撑不可或缺,这是某个文本关联于某种伎艺的识别码。

按照这样的标准,我们来检视现存的广义的敦煌变文,可以发现有些篇章未必明确关联于说唱伎艺。比如敦煌卷子 S133 所录秋胡故事。该故事首尾俱残,又无篇题,仅存中间部分,《敦煌遗书总目索引》《敦煌遗书总目索引新编》《英藏敦煌文献》《敦煌小说合集》等拟题"秋胡小说",黄永武《敦煌遗书最新目录》拟题"秋胡戏妻",《敦煌变文集》《敦煌变文校注》等拟题"秋胡变文"。该篇除一首六句的五言古诗外,其余皆用散体叙事;除个别语句如"其妻不知夫在已不"等颇似俗文外,其余皆用比较雅致的文言。这样的文体形式,显然与韵散相间、语言俚俗的变文相隔甚远,并且该篇也没有与转变、变文相关联的其他信息,因此既不宜判其为变文,也不宜判其为变文的脚本。同时,该篇没有明显的说话口吻,没有话本标识,没有与说话相关联的其他信息,因此既不宜判其为话本,也不宜判其为话本的脚本。[①] 这样的篇章还是应按照其本身呈现的文体形式,判为古体小说比较合适。[②]

---

① 学界有不少论者将敦煌卷子中的秋胡故事归为话本,吴庚舜、董乃斌主编《唐代文学史》,张鸿勋《敦煌话本词文俗赋导论》,伏俊琏《石室齐谐——敦煌小说选析》,程毅中《唐代小说史》,姜昆、倪锺之主编《中国曲艺通史》,王昊《敦煌小说及其叙事艺术》,胡士莹《话本小说概论》,欧阳代发《话本小说史》,萧欣桥《话本小说史》,李剑国、陈洪主编《中国小说通史》等,都将秋胡故事归为话本。仔细阅读上述论著的相关内容,笔者认为这样归类还是证据不足。

② 学界也有不少论者将秋胡故事归为古体小说,如周绍良《敦煌文学刍议》将秋胡故事与各种灵验记、感应记都归入传统小说即古体小说。(《社会科学》1988 年第 1 期)又如颜廷亮主编《敦煌文学概论》认为《秋胡》"确有话本小说的某些特点","用散语叙述故事","大量使用口语、方言,叙说的口吻和话本作品也很接近。略作加工,完全可以用于'说话'";该书又指出:"然而,这些特点,并非话本作品所专有,我国传统所说的小说作品,包括敦煌遗书中保存下来的大量以灵验记、感应记等名目出现的小说作品,有许多也具有这些特点……它们所写的内容与我国传统所说的小说中的大量作品属于同一类型,形式上也并未出现话本作品所常有的'话'、'说'……一类字样语式,叙说口吻并非完全是话本作品的口吻。因而,将其视为某一文化水准并不很高的文人所写的通俗的非'说话'底本的小说作品,也并无不可……可以看作是话本与我国传统所说小说两者的一种中间形态。"(兰州:甘肃人民出版社,1993 年版,第 307~308 页)再如张涌泉《敦煌小说合集》拟题《秋胡小说》,将其归入古体小说中的传奇类。

(二)宋代脚本式准话本的判定

宋代说唱继承了唐代说唱,两者在伎艺的表演形式和文本化方面一脉相承。敦煌卷子中唐代说唱文本的判定原则,也同样适用于宋代包括话本在内的说唱文本的判定。

皇都风月主人所编《绿窗新话》,选录、改编群书中的风月故事并以类相从,运用浅俗文言叙事,有着鲜明的取悦市民、满足市民情色偏好乃至秽亵心理的倾向,应该是为说话艺人提供"梁子"(故事纲要)的资料类编。该书的154篇故事,基本没有说话人口吻和话本标识,从外在体式上考察就是传统的文言小说。但该书命名"绿窗新话"就已经显示了与说话的密切关联,而且文本改编有鲜明的浅俗化倾向、市民化情趣,并吸收采纳说书场对故事的演绎,这些都强烈地显示出该书作为说话梁子类编的文本性质。从关联证据("绿窗新话"之命名)和文本改编形态支撑(说话"梁子"类编)两方面考察,该书可谓说话的脚本,书中的154篇故事可谓脚本式的准话本。

罗烨所编《醉翁谈录》,分舌耕叙引、私情公案、烟粉欢合等二十类,除"舌耕叙引"为通论"小说伎艺"外,其余十九类则是分类辑录前人笔记、传奇小说以及诗词杂俎中有趣的诗文、笑话、判词等,有明显的市民化情趣和娱乐化趋向。特别值得注意的是,该书根据小说、说唱、戏曲文本改编而成的23篇传奇,充溢浓郁的市民情趣、鲜活的市人形象、大量的人物对话、普泛的心理描写和俚俗的市井言语,虽无非常明显的说话人口吻和话本标识,但与话本的精神气质已无二致。同时,该书开篇的"舌耕叙引"系统论述了"说话"的源流、功用、名目以及说话人的才学、技法、造诣等,乃是关于说话伎艺的纲领性文献。从关联证据(该书卷首"舌耕叙引"之论"说话")和文本改编形态支撑(说话资料类编)两方面考察,该书可谓说话的脚本。书中的23篇传奇可谓脚本式的准话本,而书中的笑话、判词、诗歌等虽然也是说话参考资料,可以用于故事讲述中的穿插和引用[1],但一般只能作

---

[1]《醉翁谈录·小说开辟》提及小说艺人的才能云"曰得词,念得诗,说得话,使得砌",其中"使得砌"据胡士莹先生研究,"'使砌'又称'打砌''点砌',是宋元时代'说话''做院本'的一般的习惯用语。'砌'就是插科打诨开玩笑一类的滑稽话……宋元人之所谓'砌',不仅仅是简单的'打诨'而已,除了滑稽之外,它还有自己的表演"(《话本小说概论》,第87~89页)。可见,宋元人说话中,常常"使砌"(插科打诨说笑话),《醉翁谈录》中的笑话可能即是为此准备。《醉翁谈录》中的诗歌、判词也应是以备艺人上场、下场、中间穿插和讲说故事之需。

为讲述的辅助材料,不能作为故事的主干材料,不宜称为准话本,毕竟准话本也要初具故事文本的雏形。

另外,《东坡居士佛印禅师语录问答》用文言记载苏轼、佛印斗嘴互嘲之故事二十余则,长者四五百字,短者百余字,据学者研究,可能属于宾主问答、"参堂请话"性质的"说参请"文本①。这些故事大都简明扼要,具有提纲性质,也可视为脚本式的准话本。

宋代说话的脚本,开始时应该是艺人自己编撰的。徐梦莘《三朝北盟会编》记载:

> 纲善小说,上喜听之。纲思得新事编小说,乃令祥具说青自聚众已后踪迹,并其徒党忠诈及强弱战斗之将,本末甚详,编缀次序,侍上则说之。②

宋高宗内侍纲"思得新事编小说",于是将从赵祥处听来的邵青故事,"编缀次序"。此处"编缀"应该不仅是编缀口头文本,更有可能是编缀书面文本,但不管是口头的、还是书面的文本,都是其准备向宋高宗进行"小说"表演的脚本。这条记载清晰地呈现了艺人自己编缀脚本的过程。宋代说话的脚本,后来随着该伎艺的繁荣和书会的出现,可能逐渐转向由才人代为编撰,③《绿窗新话》和《醉翁谈录》可能就是书会才人所编。

另外,宋人小说中,孙斧所编《青琐高议》和李献民所编《云斋广录》,书中不少传奇有明显的世俗化倾向,并且不少篇目与说话名目可能有对应关系,因此有些学者推测两书中的传奇可能也是说话的脚本④。笔者认为,

---

① 参见张政烺《问答录与说参请》,载《历史语言研究所集刊》第十七册,北京:中华书局,1987年版,第1~5页。

② 徐梦莘《三朝北盟会编》卷一四九,上海:上海古籍出版社,1987年版,第1084页。

③ 胡士莹《话本小说概论》:"随着城市经济的繁荣,市民群众在不断扩大着,工商各业不但人数增多,分工更细,而且和国内外交流也更频繁;同时勾栏瓦肆也不断增多。说话人原来口头娴习的成套的老故事,已不能适应广大市民的要求,于是出现了文学市场,一些文士们组织了书会,专门替说话人编撰话本(也有说话人自编的)。他们多方搜罗历史故事、民间传说和当代新闻,自出机杼编造一些故事,仿照说话的口气、方法,写成一个概略,提供给说话人,说话人凭着自己的生花妙舌,添枝添叶,在书场上献技。"(第130~131页)

④ 如程毅中《宋元小说研究》推测《青琐高议》可能就是刘斧用以说话的一种底本(第101页)。又如凌郁《走向世俗——宋代文言小说的变迁》指出:"我们不妨认为,被说话人用以敷衍说话的书面文本——不论文言、白话,都可以视作'话本'——就是说话人凭依的底本。我们也在这个意义上,认为《绿窗新话》是话本,《醉翁谈录》是话本,同理,《青琐》、《云斋》也宜视同话本……我们当然不能说《青琐》、《云斋》两书一定全部地曾被当作说话凭依的底本,或一定(转下页注)

两书并不具备如《绿窗新话》《醉翁谈录》那样与说话直接关联的明显证据,虽然两书中也有部分文本改编可能导向说话,但还是不宜视为说话的脚本。如果《青琐高议》《云斋广录》可以视为说话脚本,那么《夷坚志》是否也要视为说话脚本呢?《醉翁谈录》"舌耕叙引"中有"《夷坚志》无有不览"的清晰记载,而且《夷坚志》中也有不少篇目与说话名目相对应。如果这样认定的话,"说话脚本"的外延就会过于泛滥,该术语就失去了特定的意义。因此,笔者将《绿窗新话》和《醉翁谈录》判为说话脚本,将两书中尚无话本文体特征的文言小说视为脚本式准话本,正是为了凸显"脚本"之于"说话"的直接关联和特定涵义。实际上,学界已经有人认识到两书的说话脚本性质,王秋桂先生说:"宋元人说书如有底本,形式当较似《醉翁谈录》或其所引的《绿窗新话》,而不是我们目前所见的'三言'或'六十家小说'中的作品。"[①]此论可谓有见。

三、文本化的演进:录本式话本

说话伎艺文本化的演进,则是出现了录本式的话本。所谓"录本",未必是对说话内容的直接记录、完整记录和忠实记录,多数情况下是对说话内容的删略、增饰、加工、改写,是将说话伎艺案头化、口传叙事书面化的结果。我们今天所读到的话本,大多是录本——经过不同程度加工整理过的录本。录本的出现,可以将说话的口头文本转化为书面文本,便于案头阅读和广泛传播,应该是观众的需求和市场的推动。从事此项工作的,既可能是"说话"中人(说话艺人和书会才人等),也可能是书贾。

(一)唐五代说唱录本形态的启示

那么,录本式话本的形态特征是怎样的呢?我们可以从唐五代说唱伎艺的类似文本中得到启发。

(接上页注)就是说话的记录,因此,在这个意义上,我们又不能说两书一定就全是话本。但如果其中某一篇传奇被用作说话的底本,那么此篇就一定可以称得上是话本。如《西蜀异遇》之与说话《李达道》(《醉翁谈录·小说开辟》),如果说话《李达道》是参考《西蜀异遇》而敷衍,则可以称《西蜀异遇》为'话本'。如果《西蜀异遇》系据说话《李达道》而记录,也就基本可以认为是"话本"。本着这样的思路……与《醉翁谈录》说话名目相对应的《青琐》、《云斋》中的传奇,也就基本可以认为是'话本'。"(北京:中华书局,2007年版,第271页)

① 王秋桂《论"话本"一词的定义校后记》,载《中国古典小说研究专集》第三集,台北:台湾联经出版事业公司,1981年版,第66页。

　　学界已经研究证明,敦煌文献中的说唱文学作品大部分都不会是艺人说唱的脚本,而是口头文学演出的录本,这些录本应该是为了案头阅读而加工整理、辗转传抄的。陆永峰《敦煌变文研究》指出:"从变文文本的形态来看,它们作为变文演出的记录,即录本的可能性较大……口头叙述的文本由于其临场发挥的随机性,使得每一次的记录文本都会呈不同的文字形态……这种不同的抄本而为同一作品的事实,表明变文已经进入案头阅读阶段。"①梅维恒《变文的形式特征》则通过考察变文图像与文字的配合关系,指出变文文本主要是为阅读而非演出目的而制作,变文文本并非演出的底本。② 实际上,不仅现存唐五代变文以录本为主,现存唐五代话本、词文、讲经文,也以录本为主。

　　唐五代说唱伎艺的录本式文本,与脚本式文本相比,都有多少不一、深浅不等的说唱印记,与此相关,这些录本式文本在体式的完备性方面参差不齐。另外,这些录本式文本在语体方面五花八门,或通篇俚俗的口语,或全用典雅的文言,或文白夹杂、雅俗混溶。

　　我们先看语体方面的复杂情形。敦煌卷子中的唐五代说唱文本,有口语为主、非常俚俗者。典型者如《韩擒虎话本》③,该篇以散体形式,讲说隋朝名将韩擒虎率军灭陈、威服大夏单于、死为阴司之主的传奇故事。该篇的口语色彩非常鲜明,不仅人物对话全用口语,即使叙事语言也多为浅俗之语,如开篇所云"会昌既临朝之日,不有三宝,毁坏迦蓝,感得海内僧尼,尽总还俗回避",保留着较浓的说书场气息。该篇的说书人口吻在在皆是,如"说其中有一僧名号法华和尚","说此膏未到顶门,一事也无,才到脑盖

---

① 陆永峰《敦煌变文研究》,成都:巴蜀书社,2000年版,第156页。
② 梅维恒《变文的形式特征》,载《海上论丛》(三),上海:复旦大学出版社,2000年版,第229～242页。
③ 该故事载于S2144,原无标题,基于文内有非常鲜明的说话人口吻,篇末又有"画本既终,并无抄略"的识语,《敦煌变文集》认为"画"是"话"之音误,故拟题为《韩擒虎话本》,学者多从之。韩建瓴《敦煌写本〈韩擒虎画本〉初探(一)——"画本""足本"、创作与抄卷时间考辨》(《敦煌学辑刊》1986年第1期)认为:"'画本'并非'话本'之讹或同音借用……题为《话本》是可以的,因为它也是说话的底本,其本质与唐宋话本是相同的,而且在今天看来,对S2144这个有文无图的卷子来说,也是名符其实的。但是,题为《画本》似更能保持作品的本来面貌,使之作为文学史上曾经出现过的一种独特的文艺形式——挂图说话的文字遗存和历史见证。这并不损害它作为说话的底本的形象。所以本文依此,为之题为《画本》。"韩先生"画本"之论,可备一说。韩先生该文还指出:"《画本》的作者是敦煌地区的人,他大约生活于949年至1009年,所以他对五代、宋、辽之职官都有所知,而《画本》则创作于983年至1009年这二十六年中,当即作者的晚年之作。因此,《画本》不是唐话本,而是宋话本。"韩先生"宋话本"之论,也可备一说。

骨上,一似佛手捻却",又如"说者酒未饮之时一事无,才到口中,脑烈(裂)身死";该篇也基本具备入话、散场诗等话本首尾标识①。因此,该篇可谓以口语为主、体式基本完备的话本。与《韩擒虎话本》相似,转变文本《汉将王陵变》也是语体俚俗、体式完备。《汉将王陵变》以韵散相间的形式,叙述楚汉战争时汉将王陵夜斫楚营,楚王骗捉王陵之母以诱王陵,王陵之母为坚王陵从汉之心而自刎。该文的散体叙事保留了很浓的口语色彩,如叙王陵与灌婴夜入楚营准备斫营时两人的对话:

> 王陵谓灌婴曰:"如何下手斫营?"灌婴答曰:"婴且不解斫营。当本奏上汉高皇帝之时,大夫奏,婴且不奏,一切取大夫指执。婴解斫营?"王陵谓曰:"乍减者御史大夫官以(与)陵作衙官以否? 陵道捉便须捉,陵道斩便须斩。凡人斫营,捉得个知更官健,斩为三段,唤作厌兵之法;若捉他知更官健不得,火急出营,莫洛(落)他楚家奸便。"②

王陵的勇猛率直,跃然纸上。该篇的韵文唱词,也非常俚俗,如叙王陵之母自刎前对王陵的告诫和嘱托:"阿孃何必到如斯,盖是逆儿行事拙。倘若一朝汉家兴,举手先斩钟离末!"③直白的口语将王陵母的深明大义烘托出来。另外,该篇作为变文,在体式上比较完备,开篇不久,便有"[从此]一铺,便是变初"字样,后题又作"汉八年楚灭汉兴王陵变一铺",正文散韵转换处,一般都有"……处,谨为陈说"或"而为转说""若为陈说""遂为陈说"等标识,这些印记清晰表明转变时说唱是配合图画的。该篇如此清晰的说唱印记,说明其不可能是脚本,而只能是录本,而从其鲜明的口语色彩还可知其尚未经过文人深度加工,还带着酣畅的变场气息。另外,词文《捉季布传文》也是语体俚俗、体式完备。该篇前题"大汉三年楚将季布骂阵汉王羞耻群臣拔马收军词文",后题"大汉三年季布骂阵词文一卷",通篇用七言诗

---

①萧欣桥《话本小说史》认为:"《韩擒虎话本》描写隋朝开国大将韩擒虎灭陈御番的传奇故事。但开篇讲的却是隋文帝杨坚的故事……颇似后来宋元话本中的入话或头回……话本最后所谓'画本既终,并无抄略',应理解为是抄手的附言,其'并无抄略'一句是不可信的,因为这两句话的上面是'皇帝亦(一)见,满目泪流,遂执盖酹酒祭而言曰','曰'后不见下文,怎么能叫'并无抄略'呢? 至于祭文是像《叶净能诗》中的韵文呢,还是其他形式,则不得而知。但不管是哪种形式,祭文肯定是少不了的。所以研究者一般都认为《韩擒虎话本》最后的祭文跟《叶净能诗》最后的祭文一样,都相当于后来宋代话本篇末的结尾诗。"杭州:浙江古籍出版社,2003 年版,第 99~106 页。
②黄征、张涌泉《敦煌变文校注》,第 67 页。
③黄征、张涌泉《敦煌变文校注》,第 71 页。

体，一韵到底，语词浅白，声口毕现。

敦煌卷子中的唐五代说唱文本，也有全用文言，非常典雅者。典型者如《长兴四年中兴殿应圣节讲经文》（下简称《讲经文》），该篇是五代时后唐明宗李嗣源长兴四年（公元 933 年），僧人在宫内中兴殿为明宗诞日"应圣节"举办的"仁王会"上，讲经颂圣内容的深度加工。《讲经文》开篇即颂明宗，接着为皇帝、皇后、妃子祈福，然后发愿"君唱臣和，天成地平"，然后进入讲经环节，用散韵交错的形式，讲唱《仁王护国般若波罗蜜多经》序品第一，实际上只讲了"如是我闻，一时佛住王舍城鹫峰山中，与大比丘众千八百人俱"这一句。讲经之后，是颂扬"我皇帝"的十段讲唱，每段讲唱基本都是先用精练、华美的四六骈体，然后用谨严、工整的七言律诗。十段讲唱之后，还有十余首律诗、绝句歌唱亲王、颂美时政、表达寓意。《讲经文》结构相当精巧、语言极其华美，文学造诣非常人所及。李明伟《〈长兴四年中兴殿应圣节讲经文〉研究》云："'序分'之后的文字中充分显示一种'辞赋化'倾向，与那些'取譬故事，阐演佛理'的讲经文大不相同……象《长兴讲经文》这样精美绝伦大不同于质木之文的辞章，需要相当深堪（笔者注："堪"疑当为"湛"）的文化修养……是一篇'综绮成辞''玩赋修文'的文学作品。"[1]杨雄《〈长兴四年中兴殿应圣节讲经文〉研究》云："读《讲经文》，讲述中的征引多方，任意驱遣，无不显示出作者深厚的佛学修养及博通经史子集的功力。可以说，《讲经文》是一千年前俗文学与正统文学之间的一座漂亮的拱桥。"[2]程兴丽、许松《〈长兴四年中兴殿应圣节讲经文〉性质、作者与用韵研究》云："《长兴四年中兴殿应圣节讲经文》的性质是骈雅化的案头文学而非通俗的说唱文本。至于作者，当是在云辩所用《仁王护国般若波罗蜜多经》的讲经文原稿基础上，秦王李从荣与心腹文人一起进行了集体润色加工……从表面上鉴赏，盈漾着琳琅的文采，富于对称美的骈句。从深层挖掘，字里行间，骈文与唱词里又弹奏着超逸悦耳的韵律，高山流水的泉听。《长兴四年中兴殿应圣节讲经文》确乎是讲经文中艺术水平的极致之作。"[3]确如上述论者所言，《讲经文》如此的华美典雅，应是在讲经文原稿

①李明伟《〈长兴四年中兴殿应圣节讲经文〉研究》，《甘肃社会科学》1988 年第 3 期。

②杨雄《〈长兴四年中兴殿应圣节讲经文〉研究》，《敦煌研究》1990 年第 1 期。

③程兴丽、许松《〈长兴四年中兴殿应圣节讲经文〉性质、作者与用韵研究》，《敦煌研究》2015 年第 3 期。

基础上经过了文学大才的深度加工。①

　　与《讲经文》相似，《伍子胥变文》也应是经过文人深度加工的说唱文本。该篇讲唱兼备，韵散结合。散体叙事之语是典雅的文言，如开篇所云："昔周国欲末，六雄竞起，八□诤（争）侵。南有楚国平王，安仁治化者也。王乃朝庭万国，神威远振，统领诸邦。外典明台，内昇宫殿。南与（以）天门作镇，北以淮海为关；东至日月为边，西与（以）佛国为境。开山川而□（回）地轴，调律吕以辩（变）阴阳。驾紫极以定天阙，减（感）黄龙而来负翼。六龙降瑞，地像嘉和（禾）；风不鸣条，雨不破块。街衢道路，济济锵锵，荡荡坦坦，然留名万代。"②中有工整的骈句，文风典雅。另外，文中多处使用"……者……也"这种文言表达句式，也可看出其与口语的显著差别。该篇韵体唱词也比较文雅，遣词用字颇见功力，如叙逃难中的伍子胥遇见打纱女子的情形，云："子胥行至颍水傍，渴乏饥荒难进路。遥闻空里打沙（纱）声，屈节斜身便即住。虑恐此处人相掩，捻脚攒形而映树。量（良）久稳审不须惊，渐向树间偷眼觑。津傍更亦没男夫，唯见轻盈打沙（纱）女。水底将头百过窥，波上玉腕千回举。即欲向前从乞食，心意怀疑生游豫。进退不敢辄谘量，踟蹰即欲低头去。"③此段唱词雅致传神，应该经过文人的仔细打磨。从语体风格管窥，《伍子胥变文》不会是说唱的脚本，也不会是普通的录本，而是文人对民间性的说唱文本进行了深度加工而成的案头

----

①孟昭连《白话小说生成史》指出："'讲经文'确实有口语化的表述，但其语体基本上还是文白混杂的，有的作品甚至以文言为主，这是书面文学的基本特征……如《长兴四年中兴殿应圣节讲经文》的下半部分，有一段宋明帝与跋摩的对话……经查，这段对话是原封不动地抄自慧皎《高僧传》。一般而言，如果是口传作品，最多是在内容上或者在表达方式上与某些文字作品相似，但绝不可能完全相同。但讲经文中普遍存在与佛经原典或佛经义疏作品内容大面积雷同的现象，说明它的创作在很大程度上是改编，一开始就是以书面语进行的。如果'讲经文'是面对世俗大众的说唱作品，作者在抄录或引用他书内容时，理应作语体的改变，以适应没有文化素养的世俗听众，但事实上并非如此，而出自作者笔下的其他内容的文言化程度甚至更高……这样的语体，无论词汇、语法还是修辞，都只能在书面语中才会出现，口语中是不可能出现的。"（天津：南开大学出版社，2016年版，第205～207页）孟先生指出《讲经文》是用书面语写成的案头读物，笔者赞同；孟先生又指出"它的创作在很大程度上是改编，一开始就是以书面语进行的"，笔者不敢苟同，因为该文有明确的讲经时间、地点和颂扬对象，有相当明确的针对性，应该是在具体的讲经活动所形成的稿本基础上深度加工而成，并非"一开始就是以书面语进行"。
②黄征、张涌泉《敦煌变文校注》，第1页。
③黄征、张涌泉《敦煌变文校注》，第3页。

读物。①

　　敦煌卷子中的唐五代说唱文本，更多的是文白夹杂、雅俗交错，既留存说唱文学的口语烙印，又折射出案头文学的加工痕迹。典型者如《庐山远公话》，该篇讲说东晋高僧慧远庐山修道，被劫为奴，与道安和尚论议获胜，被请入大内供养，重返庐山，归依上界的传奇故事。篇中有大量的说书人口吻和口语烙印，如开篇云："有一和尚，号曰旃檀；有一弟子，名曰惠远。说这惠远，家住雁门，兄弟二人，更无外族。"又如叙一老人听远公讲经之情景："说此会中有一老人，听经一年，道这个老人，来也不曾通名，去也不曾道字，自从开讲即坐，讲罢方始归去。"篇中又有非常典雅的书面语表达，如叙慧远到庐山修道时所见美景："是时也，春光杨（阳）艳，熏色芳菲，渌（绿）柳随风而婀娜；望云山而迢递，睹寒雁之归忙。"又如叙慧远被白庄所劫后止宿西坡时的情景："是时也，秋风乍起，落叶飀飀，山静林疏，霜沾草木。风经林内，吹竹如丝；月照青天，丹霞似锦。长流水边，心怀惆怅。"②这些表述中含工整骈句，文字优美精炼，恐非说书艺人场上之语，应是文本录者加工之言。另外，该篇话本体式完备，题目即表明文乃"话"之体，入话、散场诗等话本首尾标识基本具备，③"且见""争得知"等话本常用套语也有，可见该篇是非常典型的话本。与《庐山远公话》相似，《王昭君变文》《李陵变文》等也是亦文亦白、亦雅亦俗。

　　唐五代说唱伎艺的录本式文本，在体式的完备性方面参差不齐，只有少数文本能够完全具备相应文体的主要特征，其余的多数文本都有缺项，与相应文体在似与不似之间。

　　比如变文，敦煌卷子中真正具备散韵相间、讲唱结合、关联变相并有提示语等特征的文本，除《汉将王陵变》《八相变》等篇章外，其余原题或拟题为"变""变文"的文本名实大多不尽相符。最典型者当属《舜子变》，该篇有

----

① 孟昭连《白话小说生成史》认为《伍子胥变文》"是为阅读而创作的书面语作品，既非某种说唱艺术的'底本'，亦非所谓'记录本'"，"一开始就是书面语作品，并未经过口传阶段"（第210～212页）。该论可能有些绝对，有失偏颇。

② 黄征、张涌泉《敦煌变文校注》，第252～269页。

③ 该文开篇"盖闻王法荡荡，佛教巍巍；王法无私，佛行平等；王留政教，佛演真宗。皆从十二部尊经，总是释迦梁津。如来灭度之后，众圣潜形于像法中"，颇似入话。另据徐俊《〈庐山远公话〉的篇尾结诗》（《文学遗产》1995年第6期）研究，该文末有以说话者口吻叙述的篇尾结诗。这种篇尾结诗，类似散场诗。

S4654、P2721两个卷子,前者存前一部分,并有前题"舜子变一卷",后者存后一部分,并有后题"舜子至孝变文一卷"。实际上,该篇虽题为"变""变文",却不具备明显的说唱相间以及"若为陈说""道何言语"等关联变相之提示语等体制特征,但该篇前面部分以六言韵语为主体,仍有变文的说唱痕迹,后面部分则可能经过文人的加工改写,变得不似变文了。①

又如话本,除《庐山远公话》《韩擒虎话本》外,《叶净能诗》《唐太宗入冥记》虽被不少学者归为唐代话本,②但这两个文本的话本特征并不明显。《叶净能诗》载于S6836,前阙无从见其标题,篇末在玄宗哭祭叶净能的韵语后有尾题"叶净能诗",《敦煌变文集》《敦煌变文校注》等据尾题拟为"叶净能诗",《敦煌遗书总目索引》《敦煌遗书总目索引新编》《敦煌遗书最新目录》等拟题"叶净能小说"。该篇除文末有三十余句韵语(主要为四言,间有五言、六言、七言)外,通篇以俗文散体叙事。同时,该篇因前文残缺无从窥见其有无"入话"类文字,末尾之韵语是否相当于散场诗亦难断定,同时该篇亦无"只见""但见""正是"等话本常用套语,因而该篇与典型的话本并不相侔。但该篇有些段落亦有说话人口吻,如叙叶净能整治野狐魅人之事,将其与记载此事的志怪小说相比,感觉确实有说书人视角在场景之间移动。与《叶净能诗》相仿,《唐太宗入冥记》的话本特征也不明显,但也有一些地方能显示出说书场气息。如文中多处用"心口思维"引起的心理描写,又如太宗来到阎罗殿被喝拜舞时,文云"皇帝未喝之时由(犹)校可,亦(一)见被喝,便即□(高)声而言"③,此处文字就透露出说书人声音。

综上所述,唐五代说唱伎艺的录本式文本,从语体而言,有文有白,还有文白夹杂者;从体式而言,少数文本齐备相应文体之主要特征,多数文本

---

① 富世平《敦煌变文的口头传统研究》："伯二七二一号的后面部分,从'舜闻涛井,心里知之'句起,非常明显是经过了文人的加工和改写。这种改写,不仅使它的文风前后不一,而且基本失去了它的说唱特征……《舜子变》前后的文本形态并不一致,前后应该属于不同的文本类型。前一部分比较接近于口述记录本,语言上接近现场说唱;后一部分则属于转述本。抄写者在抄写的过程中,进行了转写。虽然故事的基本情节得以保存,但从语言到结构都已经发生了很大的变化。说唱的风格特征,基本无存。"北京:中华书局,2009年版,第116～117页。

② 吴庚舜、董乃斌主编《唐代文学史》、张鸿勋《敦煌话本词文俗赋导论》、伏俊琏《石室齐谐》、程毅中《唐代小说史》、姜昆、倪锺之《中国曲艺通史》、欧阳代发《话本小说史》、萧欣桥《话本小说史》、胡士莹《话本小说概论》、王昊《敦煌小说及其叙事艺术》、钱仲联《中国文学大辞典》等,皆将两文归入话本;周绍良《敦煌文学刍议》、颜廷亮主编《敦煌文学概论》、张涌泉《敦煌小说合集》则将《叶净能诗》归为话本,而将《唐太宗入冥记》排除在话本之外。

③ 黄征、张涌泉《敦煌变文校注》,第319页。

都有缺项，与相应文体在似与不似之间，但或多或少还是会有一些说唱痕迹和文体特征，这是录本式文本区别于脚本式文本的界标。唐五代说唱伎艺的录本式文本，语体的文白程度和体式的完备程度，千差万别，正体现出记录加工的多样性和丰富性。

（二）宋代录本式话本的甄别判定

宋代说话作为唐五代说唱伎艺的裔脉，在文本化方面，两者异曲同工。唐五代说唱伎艺录本式文本在语体、体式上的多样性和丰富性，在宋代话本中有同样的体现。

参照唐五代说唱伎艺录本式文本的判定标准（语体上可文可白，体式上可齐备可缺项、但一定要有一些说唱痕迹和文体特征），现存宋话本中除《蓝桥记》《钱舍人题诗燕子楼》《宿香亭张浩遇莺莺》等属于拟本式文本外，其余都可归入录本式文本。

从语体上考察，宋代录本式话本中，绝大多数都是白话体，如《碾玉观音》《陈可常端阳仙化》《西山一窟鬼》《小夫人金钱赠年少》《错斩崔宁》《西湖三塔记》《合同文字记》《风月瑞仙亭》《洛阳三怪记》《陈巡检梅岭失妻记》《五戒禅师私红莲记》《杨温拦路虎传》《花灯轿莲女成佛记》《董永遇仙传》《梅杏争春》残本、《苏长公章台柳传》《赵伯昇茶肆遇仁宗》《史弘肇龙虎君臣会》《杨思温燕山逢故人》《张古老种瓜娶文女》《三现身包龙图断冤》《崔衙内白鹞招妖》《计押番金鳗产祸》《金明池吴清逢爱爱》《皂角林大王假形》《万秀娘仇报山亭儿》《福禄寿三星度世》《闹樊楼多情周胜仙》《郑节使立功神臂弓》等。

宋代录本式话本中也有文言体，如学界一般归入讲史话本的《梁公九谏》。该篇渊源于《梁公九谏词》，原来应该是一篇词文，通篇唱词或者讲唱结合，后来的文本整理者删"韵"存"散"，抑或转"韵"为"散"，于是就只剩下了散体。同时，原文的语言可能如《季布骂阵词文》一样为比较俚俗的白话，文本整理者应该进行了语言的转化，于是就变成了今本比较雅致的文言。

宋代录本式话本中还有文白夹杂者。《清平山堂话本》中的《刎颈鸳鸯会》，学界一般认定为宋话本。该篇正文用白话叙杭州女子蒋淑珍犯淫被戮之事，头回则采用唐代皇甫枚传奇《非烟传》故事。仔细对读该头回与《非烟传》，可以发现宋人虽有多处改动，力图使唐传奇的典雅文言浅俗化，但仍保持了文言体式。如此一来,头回的"文"与正文的"白"形成鲜明对照,在语体上显得很不统一。这样的文本不排除整理者在整理"正话"时另配"头回"的可能,所以会造成今本"正话"与"头回"的语体差异。与《刎颈鸳鸯会》情况相似,《熊龙峰刊小说四种》中的《张生彩鸾灯传》也被学界认定为宋话本,也是"正话"与"头回"语体歧异。该篇正文用白话叙张舜美与刘素香一对有情人破镜重圆故事,头回则基本采用文言叙述张生与悬挂鸳鸯灯的车中女子遇合故事,该文本也不排除整理者在整理"正话"时另配"头回"的可能。

宋代还有一些文白夹杂的话本,可能是资料脚本与白话录本的混编本,典型者如《新编五代史平话》和《宣和遗事》。《新编五代史平话》中,分别置于《梁史平话》《唐史平话》《晋史平话》《汉史平话》《周史平话》的开头,主要叙述黄巢、朱温、石敬瑭、刘知远、郭威等主要角色的出身、发迹的部分,大多用流畅的白话叙述故事,可能是艺人口演内容的记录加工。除此之外,书中还有很多来自《资治通鉴》和《续资治通鉴长编》等史书的资料摘抄,或者是经过简单的文白转换,或者是径直使用文言原文,这些应该都是脚本性质的内容。《宣和遗事》的混合体性质更为明显。按照鲁迅先生《中国小说史略》对于该书的十节分法,其第一、第四、第五、第六、第七节基本上是"语体"和"白话体",可能是艺人口演内容的记录整理,有录本的可能;而第二、第三、第八、第九、第十节基本上是文言体,杂抄群书而成,缺乏熔铸,颇似资料脚本。

1.宋人录本式小说话本

从体式上考察,现存 32 种宋人录本式小说话本,在拟名方式、入话程式、散场形式、说书套语运用、韵语运用等方面参差不齐。具体情况见下表:

相关篇目	入话情形			散场情形	说书套语	叙事韵语
	开篇诗词	引言	头回			
1.《碾玉观音》(《崔待诏生死冤家》)	有	有	无	用四句七言诗总结全篇作为散场诗。	1.用"且说""却说""再说"等引起情节转换;2.用"但见""只见"等引起场景描绘;3.用"正是""有词为证""却似"等引起韵语。	有诗词韵语多处

续表

相关篇目	入话情形			散场情形	说书套语	叙事韵语
	开篇诗词	引言	头回			
2.《陈可常端阳仙化》	有	无	无	用四句七言诗总结全篇作为散场诗。	1.用"话说"开启故事，用"且说""却说"等引起情节转换；2.用"正是"等引起韵语。	有诗词韵语多处
3.《西山一窟鬼》（《一窟鬼癞道人除怪》）	有	有	无	用四句七言诗总结全篇作为散场诗。	1.用"话说"开启故事，用"且说""却说"等引起情节转换；2.用"只见"等引起人物描绘；3.用"正是""真个是"等引起韵语。	有诗词韵语多处
4.《小夫人金钱赠年少》	有	有	无	用四句七言诗总结全篇作为散场诗。	1.用"话说"开启故事，用"且说""却说"等引起情节转换；2.用"但见"等引起场景描绘；3.用"正是""真个是""端的是""怎见得"等引起韵语。	有诗词韵语多处
5.《错斩崔宁》（《十五贯戏言成巧祸》）	有	有	有	用四句七言诗总结全篇作为散场诗。	1.用"且说""却说"等引起情节转换；2.用"正是""有诗为证"等引起韵语。	有诗词韵语多处
6.《西湖三塔记》	有	有	无	用四句七言诗总结全篇作为散场诗。	1.用"怎见得"等引起场景描绘，用"怎生打扮"等引起人物描绘；2.用"正是""怎见得"等引起诗词韵语。	有诗词韵语多处
7.《合同文字记》	有	无	无	用四句七言诗总结全篇作为散场诗，篇末又有"话本说彻，权作散场"。	1.用"话说"开启故事；2.用"正是"引起韵语。	有诗词韵语两处
8.《风月瑞仙亭》	有	无	无	话本后面部分残缺，无从知其收篇情形。	1.用"且说""却说"等引起情节转换；2.用"但见"等引起场景描绘；3.用"正是""正所谓""却似""怎见得"等引起韵语。	有诗词韵语多处

续表

相关篇目	入话情形			散场情形	说书套语	叙事韵语
	开篇诗词	引言	头回			
9.《洛阳三怪记》	有	有	无	无散场诗,篇末以"话名叫做《洛阳三怪记》"收束。	1.用"且说""却说"等引起情节转换;2.用"但见""只见"等引起场景描绘,用"生得"引起人物描绘;3.用"正是"等引起韵语。	有诗词韵语多处
10.《陈巡检梅岭失妻记》	有	无	无	无散场诗,用"正是:虽为翰府名谈,编作今时佳话"收束,篇末又有"话本说彻,权作散场"。	1.用"话说"开启故事,用"且说""却说"等引起情节转换;2.用"但见"等引起场景描绘;3.用"正是""真个是"等引起韵语。	有诗词韵语多处
11.《五戒禅师私红莲记》	有	无	无	无散场诗,用"虽为翰府名谈,编入《太平广记》"收束。	1.用"话说"开启故事,用"且说""却说"等引起情节转换;2.用"正所谓""却是""却便似""有诗为证"等引起韵语。	有诗词韵语多处
12.《刎颈鸳鸯会》	有	有	有	用两句七言诗总结全篇作为散场诗。	1.用"再说"等引起情节转换;2.用"好似""正是"等引起韵语。	有诗词韵语多处,另有《商调醋葫芦》小令十首穿插于正文中
13.《杨温拦路虎传》	有	无	无	用两句七言诗总结全篇作为散场诗。	1.用"话说"开启故事,用"且说""却说"等引起情节转换;2.用"但见""怎见得"等引起场景描绘,"怎见是"等引起人物描绘;3.用"可谓是""正是""真个是"等引起韵语。	有诗词韵语多处

续表

相关篇目	入话情形		散场情形	说书套语	叙事韵语
	开篇诗词	引言头回			
14.《花灯轿莲女成佛记》	有	有	无	无散场诗。	1.用"怎见得"等引起场景描绘和人物描绘；2.用"正是"等引起韵语。	有诗词韵语多处
15.《董永遇仙传》	有	无	无	无散场诗。	1.用"话说"开启故事，用"话分两头""却说"等引起情节转换；2.用"生得"等引起人物描绘；3.用"正是""端的是"等引起韵语。	有诗词韵语多处
16.《梅杏争春》残本	前面残缺，无从知其开篇情形			后面残缺，无从知其收篇情形。	1.用"怎见得""但见"等引起场景描绘。	有诗词韵语
17.《苏长公章台柳传》	有	无	无	用两句七言诗作为散场诗。	1.用"却说"等引起情节转换。	有诗词韵语多处
18.《张生彩鸾灯传》	有	有	有	用四句七言诗作为散场诗，篇末又有"话本说彻，权作散场"。	1.用"却说""再说""且说"等引起情节转换；2.用"生得如何"等引起人物描绘；3.用"正是""真个是"等引起韵语。	有诗词韵语多处
19.《赵伯昇茶肆遇仁宗》（《赵旭遇仁宗传》）	有	无	无	用四句七言诗作为散场诗。	1.用"话说"开启故事，用"话分两头""却说"等引起情节转换；2.用"有词为证"等引起场景描绘；3.用"此乃是"等引起韵语。	有诗词韵语多处
20.《史弘肇龙虎君臣会》	有	有	有	用四句七言诗总结全篇作为散场诗。	1.用"却说""话分两头"等引起情节转换；2.用"但见""只见"等引起场景描绘；3.用"正是"等引起韵语。	有诗词韵语多处
21.《杨思温燕山逢故人》	有	有	无	用四句七言诗总结全篇作为散场诗。	1.用"且说"等引起情节转换；2.用"但见"等引起场景描绘和人物描绘。	有诗词韵语多处

相关篇目	入话情形			散场情形	说书套语	叙事韵语
	开篇诗词	引言	头回			
22.《张古老种瓜娶文女》	有	有	无	用八句七言诗总结全篇作为散场诗。	1.用"却说"等引起情节转换;2.用"怎见得"等引起场景描绘;3.用"真个是"等引起韵语。	有诗词韵语多处
23.《三现身包龙图断冤》	有	无	有	用四句七言诗总结全篇作为散场诗。	1.用"且说""却说"等引起情节转换;2.用"但见"等引起人物描绘;3.用"正是""有诗为证"等引起韵语。	有诗词韵语
24.《崔衙内白鹞招妖》	有	有	有	用四句七言诗总结全篇作为散场诗。	1.用"却说"等引起情节转换;2.用"生得"等引起人物描绘;3.用"正是""有诗为证"等引起韵语。	有诗词韵语多处
25.《计押番金鳗产祸》(《金鳗记》)	有	无	无	用四句七言诗总结全篇作为散场诗。	1.用"话说"开启故事,用"且说""却说""话分两头"等引起情节转换;2.用"但见"等引起场景描绘;3.用"正是""有诗为证"等引起韵语。	有诗词韵语多处
26.《金明池吴清逢爱爱》	有	无	有	用四句七言诗总结全篇作为散场诗。	1.用"话说"开启故事;2.用"但见"等引起场景描绘,用"生得如何"引起人物描绘;3.用"正是""有诗为证"等引起韵语。	有诗词韵语多处
27.《皂角林大王假形》	有	无	有	用四句七言诗总结全篇作为散场诗。	1.用"话说"开启故事,"却说"等引起情节转换;2.用"只见"等引起场景描绘;3.用"正是""有诗道"等引起韵语。	有诗词韵语多处
28.《万秀娘仇报山亭儿》	有	无	无	用四句七言诗总结全篇作为散场诗。	1.用"话说"开启故事,"却说"等引起情节转换;2.用"但见"引起场景描绘,"却是"等引起人物描绘;3.用"正是""有诗道""果谓是"等引起韵语。	有诗词韵语多处

续表

相关篇目	入话情形			散场情形	说书套语	叙事韵语
	开篇诗词	引言	头回			
29.《福禄寿三星度世》	有	有	无	用四句七言诗总结全篇作为散场诗。	1.用"怎见得"引起场景描绘;2.用"正是""有诗为证"等引起韵语。	有诗词韵语多处
30.《闹樊楼多情周胜仙》	有	有	无	用四句七言诗总结全篇作为散场诗。	1.用"话分两头""且说"等引起情节转换;2.用"生得"等引起人物描绘;3.用"正是""有诗为证"等引起韵语。	有诗词韵语多处
31.《新编红白蜘蛛小说》残页	前面残缺,无从知其开篇情形			用两句七言诗作为散场诗,篇末又有"话本说彻,权作散场"。	1.用"但见"引起场景描绘;2.用"正是"引起韵语。	有诗词韵语
32.《范鳅儿双镜重圆》	有	有	有	用四句七言诗总结全篇作为散场诗。	1.用"话说"开启故事,"却说""再说"等引起情节转换;2.用"正是""有诗为证"等引起韵语。	有诗词韵语多处

　　就拟名方式而言,《清平山堂话本》收录的 10 种宋话本(《西湖三塔记》《合同文字记》《风月瑞仙亭》《洛阳三怪记》《陈巡检梅岭失妻记》《五戒禅师私红莲记》《刎颈鸳鸯会》《杨温拦路虎传》《花灯轿莲女成佛记》《董永遇仙传》),《熊龙峰刊小说四种》收录的 2 种宋话本(《苏长公章台柳传》《张生彩鸾灯传》),基本都以"传""记"拟名,名称多简短,清平山堂所刊残本《梅杏争春》题目亦简短,元刊残本《红白蜘蛛》题目亦简短,"三言"中所载宋话本的旧名(《碾玉观音》《西山一窟鬼》《错斩崔宁》《定州三怪》《金鳗记》)也简短,对照《醉翁谈录》所录宋代小说名目,上述话本名称可能更符合宋话本题目的原貌。与此相对,上述话本被收入"三言"时都重拟了较长、文雅、能概括主要情节的新题目,见下表:

宋话本老题目	"三言"中的新题目
1.《碾玉观音》(《警世通言》题下注:"宋人小说,题作《碾玉观音》。")	《警世通言》作《崔待诏生死冤家》

续表

宋话本老题目	"三言"中的新题目
2.《西山一窟鬼》（《警世通言》题下注："宋人小说,旧名《西山一窟鬼》。"）	《警世通言》作《一窟鬼癞道人除怪》
3.《错斩崔宁》（《醒世恒言》题下注："宋人作《错斩崔宁》。"）	《醒世恒言》作《十五贯戏言成巧祸》
4.《风月瑞仙亭》（《清平山堂话本》题名）	《警世通言》作《卓文君慧眼识相如》
5.《陈巡检梅岭失妻记》（《清平山堂话本》题名）	《古今小说》（《喻世明言》）作《陈从善梅岭失浑家》
6.《五戒禅师私红莲记》（《清平山堂话本》题名）	《古今小说》（《喻世明言》）作《明悟禅师赶五戒》
7.《张生彩鸾灯传》（《熊龙峰刊小说四种》题名）	《古今小说》（《喻世明言》）作《张舜美灯宵得丽女》
8.《定山三怪》（《新罗白鹞》《警世通言》题下注："古本作《定山三怪》,又云《新罗白鹞》。"）	《警世通言》作《崔衙内白鹞招妖》
9.《金鳗记》（《警世通言》题下注："旧名《金鳗记》。"）	《警世通言》作《计押番金鳗产祸》
10.《新编红白蜘蛛小说》（元刊残本题名）	《醒世恒言》作《郑节使立功神臂弓》
11.《赵旭遇仁宗传》（明晁氏《宝文堂书目》著录题名）	《古今小说》（《喻世明言》）作《赵伯昇茶肆遇仁宗》

　　从上述对照可知,宋话本原来的老题目多以"传""记"拟名,多简短,未必文雅,也未必能概括主要情节,这与唐五代话本(《庐山远公话》《韩擒虎话本》《叶净能诗》)的拟名方式相合。这种拟名方式,呈现出上述话本尚未经过文人深度加工时的粗朴面貌。

　　就话本开篇程式即"入话"①而言,《清平山堂话本》收录的宋话本比

————————

① 完整的话本开篇程式即"入话"包括开篇诗词、开篇诗词与头回或者正话之间过渡性的引言、头回三个部分,这里牵涉到"入话"和"头回"两个术语,在此略作阐发。"入话"一词首见于《清平山堂话本》,它位于篇首,独占一行,接下来才是开篇诗词。"三言""二拍"中的"入话"一词,则明确指正话前的所有引导性内容。现当代学者如郑振铎《明清二代的平话集》认为:"他们在开头叙述正文之前,往往先有一段'入话'以为引起正文之用。'入话'之种类甚多。有的先之以'闲文'或'诗词话'之类……有的即以一诗或一词为'入话'……有的以与正文相同的故事引起……有的更以与正文相反的故事作为'入话'。"(载《中国文学论集》,长沙:岳麓书社,2011年版,第356页)。石昌渝《中国小说源流论》认为:"入话在开头,是导入故事正传的闲话,是作品(转下页注)

"三言"收录的宋话本，更为简率，可能也更接近原貌。《清平山堂话本》收录的 10 种录本式宋话本中，开篇诗词 10 篇都有，开篇诗词与头回或者正话之间过渡性的引言则只有 4 篇（《西湖三塔记》《洛阳三怪记》《刎颈鸳鸯会》《花灯轿莲女成佛记》）具备，头回则只有《刎颈鸳鸯会》1 篇具备。"三言"收录的 18 种录本式宋话本（《崔待诏生死冤家》《陈可常端阳仙化》《一窟鬼癞道人除怪》《小夫人金钱赠年少》《十五贯戏言成巧祸》《赵伯昇茶肆遇仁宗》《史弘肇龙虎君臣会》《杨思温燕山逢故人》《张古老种瓜娶文女》《三现身包龙图断冤》《崔衙内白鹞招妖》《计押番金鳗产祸》《金明池吴清逢爱爱》《皂角林大王假形》《万秀娘仇报山亭儿》《福禄寿三星度世》《闹樊楼多情周胜仙》《范鳅儿双镜重圆》）中，开篇诗词 18 篇都有，引言则 11 篇具备，头回则 7 篇具备。两相比较，"三言"中的宋话本具备引言和头回的篇目比例更高。

由上可知，现存宋人录本式小说话本的入话情况千差万别，真正齐备开篇诗词、引言、头回三部分的只有 6 篇，不到总数的五分之一。32 篇里有 11 篇（占三分之一）的入话只有开篇诗词，不仅没有头回，而且没有引言。另外，现存宋人录本式小说话本虽然基本都有开篇诗词（除《梅杏争春》《红白蜘蛛》前面残缺，无从知晓其入话情况外，32 篇中其余 30 篇皆有开篇诗词），但这些诗词有少数与正话联系并不密切，如《碾玉观音》《西山一窟鬼》的开篇诗词。这些都反映出宋人录本式小说话本的入话并未形成严格的范式，这些文本尚未经过文人的深度加工。

值得注意的是，有学者对宋代小说中"入话"是否存在提出了质疑。于

（接上页注）的附加部分……入话可以是一首诗或数首诗，也可以是一个小故事，以小故事为入话的又称做'得胜头回'、'笑耍头回'。这就是说，得胜头回是入话，但入话却不完全是得胜头回。"（北京：三联书店，2015 年版，第 249～250 页）郑先生、石先生都主张"入话"应指正话前的整个引导性成分，但也有部分学者有不同看法，如胡士莹认为"入话"仅指开篇诗词与正话之间的引言，其《话本小说概论》指出："在篇首的诗（或词）或连用几首诗词之后，加以解释，然后引入正话的，叫做入话。"（第 136 页）笔者倾向于郑先生、石先生的观点。

"头回"首见于宋人孟元老《东京梦华录》卷五"京瓦伎艺"条"杖头傀儡任小三，每日五更头回小杂剧，差晚看不及矣"（第 29 页），指独立的首次演出；后再见于元至治年间刊刻的《秦并六国平话》"这头回且说个大略，详细根原，后回便见"（钟兆华《元刊全相平话五种校注》，成都：巴蜀书社，1990 年版，第 178 页），乃是讲史分回演出的用语；然后见于《清平山堂话本·刎颈鸳鸯会》"权做个笑耍头回"（南京：江苏古籍出版社，1990 年版，第 189 页），指正话前的小故事；然后屡见于"三言"，或作"德胜头回"，亦指正话前的小故事。因此，小说话本中的"头回"应专指正话前的小故事，不包括开篇诗词、引言。

天池先生《论宋代小说伎艺的文本形态》认为：

> 《醉翁谈录》的开篇甲集卷一是《舌耕叙引》，下设《小说引子》和
> 《小说开辟》。我们有理由认为它们是小说伎艺的致语……按照《醉翁
> 谈录》的记载，先讲"引子"、"开辟"，"引子"、"开辟"讲完后，"便随意据
> 事演说"。"引子"、"开辟"适用宽泛，不仅适用于小说伎艺，也适用于
> 演史讲经。那么宋代的小说伎艺有没有"入话"或"散场"等程式呢？
> 大概没有……当时的致语完全可以履行"入话"的功能，假如有了致
> 语，那么再诉求于"入话"就显得叠床架屋了。再者，这一功能，也可以
> 由简短而独立的掌故、笑话、琐闻、诗词名句等来充任，如同戏剧中的
> "冒头"、"折子戏"之与押轴戏的关系。①

概而言之，于先生认为《醉翁谈录》中的"小说引子"和"小说开辟"是小说伎
艺的通用致语，②完全可以履行入话功能，另外简短而独立的掌故等内容
也可充任入话，故而宋代小说伎艺和话本没有必要再配入话。接着，于先
生还指出宋代小说伎艺既没有入话、也没有头回：

> 入话的出现，大概是在瓦舍消亡之后，"瓦舍众伎"失去了因聚集
> 竞争，因汇演而竞喧的环境，各种伎艺开始独立演出，致语失去了伎艺
> 广告词地位，而其"开辟"、"引子"的功能，其首尾有诗词的形式，逐渐
> 被小说伎艺的单独故事"入话"所采用。宋人小说伎艺也没有"头
> 回"……小说话本出现"头回"的字样，当也是小说伎艺脱离瓦舍，演出
> 场所和观众较为固定后，由于小说伎艺篇幅加长，于是借鉴讲史的"头
> 回"而形成的。③

笔者认为，于先生关于致语可以充当入话的观点很有创见，但绝对化以后
就会走向偏颇。宋代小说伎艺可能会有通用致语，如《醉翁谈录》中的"小
说引子"之类，这种情况正如唐五代俗讲、转变到了一定阶段会形成通用押
座文一样。唐五代的通用押座文与讲经文、变文在内容上不一定紧密联

① 于天池《论宋代小说伎艺的文本形态》，《北京师范大学学报》（社科版）2005 年第 3 期。
② 本书第九章第四节《〈醉翁谈录〉中的话本化传奇》将会论及，《小说引子》实质上是一篇说话通用
　致语和一篇演史专用致语的杂糅，而《小说开辟》则可能是才人模拟说话程式所撰概述性文章，
　篇幅较长，未必为致语。
③ 于天池《论宋代小说伎艺的文本形态》，《北京师范大学学报》（社科版）2005 年第 3 期。

系，正如宋代的小说致语或其他形式的入话与小说正话不一定息息相关。我们从现存宋话本中可以发现端倪。《计押番金鳗产祸》叙计押番家因食金鳗而遭祸之事，开篇诗词云："终日昏昏醉梦间，忽闻春尽强登山。因过竹院逢僧话，又得浮生半日闲。"然后直接进入正话，连引言也没有，实在看不出该诗与正话有何联系。这种开篇诗词可能就是通用性质的入话。

我们承认宋话本中可能存在通用性质的入话，也要承认宋话本中更多的可能还是非通用性质的入话。现存唐五代话本《庐山远公话》的开篇部分"盖闻王法荡荡，佛教巍巍；王法无私，佛行平等；王留政教，佛演真宗。皆是十二部尊经，总是释迦梁津。如来灭度之后，众圣潜形于像法中"，[1]褒扬佛法、阐明"众圣潜形于像法中"中的情形，以引入高僧慧远弘法事迹，有"入话"功能。该"入话"与正话的联系还是颇为紧密的。又如《韩擒虎话本》正话叙韩擒虎灭陈、御番的传奇故事，开篇却用了大量篇幅叙隋文帝杨坚的故事，有学者认为"颇似后来宋元话本中的入话或头回"。[2]杨坚故事的敷演（入话）为韩擒虎故事的铺陈（正话）奠定了时代语境，该入话与正话的联系也是非常紧密的。《庐山远公话》与《韩擒虎话本》中的开篇与正话紧密联系，说明唐五代话本就已存在非通用性质的入话。现存宋话本中的入话除少数开篇诗词与正话联系松散外，大多还是与正话息息相关，特别是有头回者，其入话更是与正话形成意味深长的对照，这些入话都是非通用性质的开篇。宋代小说伎艺，高度繁荣，应该既发展出通用性质的致语，也发展出非通用性质的入话。宋代小说话本作为小说伎艺的文本化，虽然入话情况千差万别，尚未形成严格范式，但大致都具备入话这一体式特征。

就收篇形式而言，现存宋人录本式小说话本也是不尽相同。《清平山堂话本》收录的 10 篇宋人录本式小说话本中，具备散场诗者只有 4 篇（《西湖三塔记》《合同文字记》《刎颈鸳鸯会》《杨温拦路虎传》）；另有 5 篇并无散场诗，其中《洛阳三怪记》篇末以"话名叫做《洛阳三怪记》"收束，《陈巡检梅岭失妻记》用"正是：虽为翰府名谈，编作今时佳话""话本说彻，权作散场"收束，《五戒禅师私红莲记》用"虽为翰府名谈，编入《太平广记》"收束，《花灯轿莲女成佛记》和《董永遇仙传》则自然收尾，无其他散场标识；还有一篇

①黄征、张涌泉《敦煌变文校注》，第 252 页。
②萧欣桥、刘福元《话本小说史》，杭州：浙江古籍出版社，2003 年版，第 99 页。

《风月瑞仙亭》后面部分残缺,无从知其收篇情形。另外,元刊本残页《新编红白蜘蛛小说》用两句七言诗作为散场诗,篇末又有"话本说彻,权作散场"。这些篇章与"三言"中的宋话本相比,文人改动更少,更为接近原貌。从上述篇章的收篇形式来看,"话本说彻,权作散场"出现多次(《合同文字记》《陈巡检梅岭失妻记》《新编红白蜘蛛小说》),应该是当时说书场的散场套语。至于散场诗,则在有无之间,可能并未形成严格的散场程式。"三言"中的宋话本基本都有概括评论式的散场诗,应该经过了后来文人的加工,并不一定是宋话本的原貌。

就说书套语运用而言,宋人录本式小说话本在这方面大体一致。这些话本大多用"话说"开启故事,用"且说""却说""再说""话分两头"等引起情节转换;用"但见""只见""怎见得"等引起场景描绘,用"生得""怎生打扮""生得如何"等引起人物描绘;用"正是""有诗为证""有词为证""真个是""端的是""果谓是"等引起偶句韵语。就韵语运用而言,宋人录本式小说话本在这方面如出一辙,文中往往有大量的诗词、俗语、谚语、赋赞、偶句等,而且有些偶句韵语出现于多种文本中,变成了程式化的套语。如形容事态危急,常用"分开八片顶阳骨,倾下半桶冰雪水";叙男女酒后交欢,多用"春为花博士,酒是色媒人";叙女郎言语,多用"启一点朱唇,露两行碎玉,说出数句言语来"。这些套语的形成,体现出口头文学的程式化特色。

2.宋人录本式讲史、说经话本

上面考察了宋人录本式小说话本的体式,下面考察宋人录本式讲史话本和说经话本的体式。《梁公九谏》《新编五代史平话》《大宋宣和遗事》,学界一般归入宋人讲史话本,实际上这三种都是录本,都有鲜明的说书痕迹。《梁公九谏》虽以文言叙事,经过文人的深度加工,已无入话、散场诗等体式特征,但仍留存了民间文学和口传叙事的印记。九谏中前八谏的末尾都是"东宫之位,合立庐陵王为储君;若立武三思,终当不得"的类似语句,这显然是民间说唱强化主题、不厌其重的套路。另外,该篇中"不经旬日""鞍不离马背,甲不离将身"等语句也是民间说唱常用的套语。这些都说明该篇不是资料式脚本,而是记录加工本。

《新编五代史平话》和《宣和遗事》,上文已经论及,两者可能都是资料脚本与白话录本的混编本。就体式而言,两者作为讲史话本都是名副其实的。《五代史平话》包括《梁史平话》《唐史平话》《晋史平话》《汉史平话》《周史平话》五种，每种各两卷，总共十卷，今存八卷。这八卷基本上都是以开场诗开卷、散场诗终卷，文中有大量的说书套语、韵语和说书人评论。该书虽文白夹杂，语体混溶，但从体式而言无疑是标准的讲史话本。《宣和遗事》有两卷本和四卷本系统，前者应为原本。两卷本中，前卷开篇有入话诗隐含全篇旨趣，又有入话讲"历代君王荒淫之失"，然后进入正话叙徽宗失政，终篇以吕省元《宣和讲篇》评论宣和过失；后卷开篇亦有入话诗，终篇引用刘克庄咏史诗散场。文中亦有大量的说书套语、韵语和说书人评论，从体式而言无疑也是标准的讲史话本。

《大唐三藏取经诗话》，学界一般认为是宋代说经话本，从文本特征看亦是录本。该篇语言俚俗，叙事简率，似未经过文人深度加工。颇可注意的是，该篇共17节，现存15节标题中有11节标题（行程遇猴行者处、过长坑大蛇岭处、入九龙池处、入鬼子母国处、经过女人国处、入王母池之处、入沉香国处、入波罗国处、入优钵罗国处、入竺国度海之处、到陕西王长者妻杀儿处）以"处"字收煞，存有说唱伎艺散韵交替、图说配合的痕迹。另外，该篇文中有诗、以诗代话，也是典型的诗话体式。这样明显的体式特征，说明该篇已不是资料式脚本，而是记录加工本。

综上所述，现存绝大多数宋话本，从语体而言虽有白话、文言、文白夹杂的歧异，从体式而言虽有完备或缺项的差别，但都有一些说话伎艺（小说、讲史、说经）痕迹和文体特征，都可归入录本式话本。

四、文本化的嬗变：拟本式话本

宋代说话伎艺文本化的进一步发展，则是出现了模拟说话体式而编创出来的话本，可以称之为拟本式话本。这种话本，既非提纲式、资料汇编式的脚本，也非记录加工口演内容的录本，而是仿效说话场景而编创出来的文本。《古今小说序》云：

> 若通俗演义，不知何昉？按南宋供奉局有说话人，如今说书之流。其文必通俗，其作品莫可考。泥马倦勤，以太上享天下之养。仁寿清暇，喜阅话本，命内珰日进一帙，当意，则以金钱厚酬。于是内珰辈广求先代奇迹及间里新闻，倩人敷演进御，以怡天颜。然一览辄置，卒多

浮沉内庭,其传布民间者,什不一二耳。^①

其中"喜阅话本""一览辄置"云云,点出了宋高宗不是在欣赏现场的说话表演,而是在阅读说话的文本。这个文本应该已不是提纲式的脚本,而是有血有肉、适宜阅读的完整本。这种完整本的来源既可能是录本基础上的加工整理本,也可能是编创本。"内铛辈广求先代奇迹及闾里新闻,倩人敷演进御,以怡天颜",点出了内铛辈编创话本的经过,先是搜集素材("广求先代奇迹及闾里新闻"),然后请人根据素材编创("倩人敷演"),最后将话本呈送高宗阅览("进御""以怡天颜")。这则材料清晰地呈现了话本被编创出来的经过,说明宋代可能已有编创式的话本问世,可惜的是流传下来者不多("然一览辄置,卒多浮沉内庭,其传布民间者,什不一二耳")。

那么,现存宋话本中哪些可能是编创本呢?孟昭连《白话小说生成史》认为:

> 说话艺人讲故事,除了师徒间的口耳传授,若说有"底本"的话,这个"底本"就是当时现成的小说或历史作品……从《清平山堂话本》作品的内容及语体分析来看,也可以证明这些并非艺人创作的"底本"或"记录本"。因为这些作品除了记录故事,还包含着对说话人讲述故事情景的描述……这就远远超出了"底本"应有的功能。说话人的一切程式化表演,都只能发生在说书场上,是说话人的临时发挥,是"底本"创作完成之后的事,既没有理由也没有必要出现在"底本"中……
>
> 话本小说虽然不是说话艺人的"底本",但作品中随处可见的说书因素,清楚地显示它确实与说话艺术存在某种关系……话本小说与说话艺术并无"血缘"关系,而只是模拟与被模拟的关系。换言之,古代白话小说中诸多说书因素,都是作者模拟说话艺术造成的,早期的所谓"话本"小说是如此,后来的长篇小说也是如此。所以本书将之统称为"拟说书体"。^②

孟先生首先否认现存话本是说话"底本",言之有据,笔者完全赞同。接下来,孟先生认为现存话本中的诸多说书因素,"都是作者模拟说话艺术造成的",并因此将其称为"拟说书体"。孟先生的这个论断是用"都是"表述的

①冯梦龙编著《古今小说》卷首自叙,上海:上海古籍出版社,1992年版,第1页。
②孟昭连《白话小说生成史》,天津:南开大学出版社,2016年版,第5～6页。

全称判断,可能有失偏颇。现存话本中,无论是宋元话本,还是明清话本,确实有不少"模拟说话艺术造成"的文本,学界常常称为"拟话本",而且时代越后,这种"拟话本"所占比例越高。但宋元话本中有大量的文本,话本特征参差不齐,甚至可以说千差万别,这些参差不齐的特征不大可能都是"模拟"出来的。因为一般说来,模拟都是在一种文体基本定型之后,仿效者按照文体范型编创相应文本,这些文本在文体特征上大体一致。现存宋元话本参差不齐的文本特征恰恰说明,它们中的绝大部分不是"模拟"出来的编创本,而是程度不同的记录整理所形成的形式多样的记录加工本。

笔者认为,现存宋话本虽以录本为主,但也有少量编创本。这些编创本应为文人模拟说书口吻和话本体制,改编文言小说和相关史料,用文言体编创而成。这些编创本与录本的区别在于,从语体上看,编创本为文言,录本则白话、文言、文白夹杂者皆有,但以白话为主,纯用文言者极少(宋代录本式话本仅有《梁公九谏》纯用文言);从体式上看,编创本基本上入话、散场诗等体式完备,而录本则参差不齐。

现存宋话本中,可能属于编创本的有《清平山堂话本》中的《蓝桥记》,《警世通言》中的《钱舍人题诗燕子楼》和《宿香亭张浩遇莺莺》。《蓝桥记》全盘承袭《醉翁谈录·裴航遇云英于蓝桥》,通篇显现出文言传奇面目,只是篇首加了"入话",篇末加了"散场诗"。《钱舍人题诗燕子楼》也是文言传奇面目,但具备入话、散场诗等体式,并具备"话说""但见""只见""这事后话"等说话程式。程毅中《宋元小说家话本集》将该篇存目,并叙录曰:"此篇以文言叙事,多用赋体,嫁名于钱易梦中见鬼,疑出于钱易自撰小说,或尚传承自宋人旧本,可借以觇话本之梗概。"[①]《宿香亭张浩遇莺莺》,亦是文言传奇形貌,但具备入话、散场诗等话本标志,"话说""但见""诗曰"等说话程式。程毅中《宋元小说家话本集》将该篇存目,并叙录曰:"此篇似为宋人作品,惟以文言叙事,仍为传奇文体。"[②]明确指出该话本乃是以文言叙事的传奇文体。胡士莹《话本小说概论》曰:"本篇疑即据《绿窗新话》,略参《青琐高议》改写……虽用文言来写,近于传奇文,但篇末有'话名宿香亭张浩遇莺莺',可见说话人已把它当做话本用,故整篇结构,仍合乎说话规

①程毅中《宋元小说家话本集》,济南:齐鲁书社,2000年版,第810~811页。
②程毅中《宋元小说家话本集》,第812页。

范。"①一方面指出该篇"用文言来写，近于传奇文"，另一方面又从其篇末"话名宿香亭张浩遇莺莺"的显著标识，判定"说话人已把它当做话本用""仍合乎说话规范"。陈桂声《话本叙录》则径直指出："此文通篇为文言，然文末有'话名《宿香亭张浩遇莺莺》'字样，当为说话人据以敷演之底本无疑。"②不少学者都注意到《蓝桥记》等三篇小说，"以文言叙事""近于传奇文"，但又有话本特征，故而多将其归入话本，有些学者还明确将其视为说话底本。笔者认为，上述三篇小说，可以称为传奇式话本，但它们都不会是底本，而是文人模拟说书口吻和话本体制、辅以文言语体和传奇形貌的编创本。这种情形反映出文人运用自己擅长的文言语体，来模拟民间叙事文体的努力。

值得注意的是，编创式话本在宋代可能都是文言语体，到了元明随着白话语体的成熟，文人可能才开始用白话语体来模拟说书口吻和话本体制，于是编创出白话话本。

总之，笔者认为，就宋代而言，从说话伎艺到话本小说，应该会经历脚本式准话本、录本式话本和拟本式话本这样三个阶段，而拟本式话本到元明还会经历从文言拟本到白话拟本这样的发展脉络。这样的发展过程正体现了话本从雏形(脚本式准话本)到成型(录本式话本)、从成型(录本式话本)到被模拟(拟本式话本)的演进逻辑，符合事物从低级到高级、从粗糙到精致的辩证法，符合文体从民间发育到文人模拟的演进律。

实际上，学界对说话伎艺文本化的演进脉络已有相关阐发。胡士莹先生《话本小说概论》将话本分为"说话人的底本"，"供阅读"的"话本小说"和"模拟话本而创作的""拟话本"三种类型。③ 石昌渝先生《中国小说源流论》指出："('说话')底本也不会是今天看到的话本小说的样子，大概只是一个故事提纲和韵文套语以及表演程式的标记。"又指出："话本小说不是说话人的底本，而是摹拟'说话'的书面故事。它最初是记录'说话'加以编订，发展下去它同时也采集民间传闻进行编写，还选择一些传奇小说和笔记小说的某些作品加以改编。"④实际上将"说话"文本分为记载"故事提纲和韵文套语以及表演程式的标记"的"底本"，"记录'说话'加以编订"的"话

①胡士莹《话本小说概论》，第229页。
②陈桂声《话本叙录》，珠海：珠海出版社，2001年版，第86页。
③胡士莹《话本小说概论》，第155～156页。
④石昌渝《中国小说源流论》，第235页。

本小说"，"采集民间传闻进行编写，还选择一些传奇小说和笔记小说的某些作品加以改编"的"话本小说"三种类型，也勾勒出"说话"文本从底本到录本再到拟本这样的演进历程。美国学者韩南先生《中国白话小说史》指出："白话文学之产生，有时是为了确切地记载某些人说的话，有时是由于口头文学需要记录本，有时是为口头文学创作演出的脚本……在形式上和口头文学比较接近的白话文学，往往是口头文学的记录本和为口头文学创作的脚本；距离较大的，则往往是模仿的作品。"①韩南先生所谓的白话文学，主要指白话小说（话本小说），此处他指出白话文学（白话小说）有"为口头文学创作的脚本"，"口头文学的记录本"，"模仿的作品"三种形态，也道出了说话伎艺文本化从"脚本""录本"到"拟本"的演进脉络。另外，于天池先生《论宋代说话伎艺的文本化》、徐大军先生《宋元话本与说话伎艺的文本化》对此也有精当阐发。② 笔者在上述阐发的基础上，借鉴唐五代说唱文本的形态特征和属性判定，明确了宋代"说话"文本三种形态（脚本、录本、拟本）的判定标准，并对现存宋代准话本、话本进行了新的形态归类，期望能推进相关研究。

　　下面将上文所论宋代"说话"文本形态分类制成《现存宋代准话本、话本一览表》，以期一目了然：

现存宋代准话本、话本一览表

话本形态	具体篇目	文本特征
脚本式准话本	1.皇都风月主人《绿窗新话》可谓脚本式准话本集，书中154篇文言小说可谓脚本式准话本。 2.罗烨《醉翁谈录》可谓脚本式准话本集，书中23篇传奇可谓脚本式准话本，笑话、判词、诗歌等则是说话参考资料，不宜称为脚本式准话本。 3.《东坡居士佛印禅师语录问答》可谓脚本式准话本集（说参请），书中二十余则文言小说可谓脚本式准话本。	1.所谓脚本，指资料底本；所谓准话本，指供说话所用的故事文本雏形。 2.文言小说形貌，尚无话本小说体式特征。 3.有关联某种说话伎艺的明确证据。 4.有指向某种说话伎艺而进行的文本改编。 备注：《青琐高议》《云斋广录》并无如《绿窗新话》等直接关联说话伎艺的明确证据，不宜视为脚本式准话本集，而宜视为世俗化传奇集和准世俗化传奇集。

<hr>

① 〔美〕韩南《中国白话小说史》，尹慧珉译，杭州：浙江古籍出版社，1989年版，第5页。
② 于天池《论宋代说话伎艺的文本化》，《北京师范大学学报》社科版，2005年第3期。徐大军《宋元话本与说话伎艺的文本化》，《文学与文化》，2015年第3期。

续表

话本形态	具体篇目	文本特征
录本式话本	1.录本式小说话本32种：《碾玉观音》《陈可常端阳仙化》《西山一窟鬼》《小夫人金钱赠年少》《错斩崔宁》《西湖三塔记》《合同文字记》《风月瑞仙亭》《洛阳三怪记》《陈巡检梅岭失妻记》《五戒禅师私红莲记》《刎颈鸳鸯会》《杨温拦路虎传》《花灯轿莲女成佛记》《董永遇仙传》《梅杏争春》残本、《苏长公章台柳传》《张生彩鸾灯传》《赵伯昇茶肆遇仁宗》《史弘肇龙虎君臣会》《杨思温燕山逢故人》《张古老种瓜娶文女》《三现身包龙图断冤》《崔衙内白鹞招妖》《计押番金鳗产祸》《金明池吴清逢爱爱》《皂角林大王假形》《万秀娘仇报山亭儿》《福禄寿三星度世》《闹樊楼多情周胜仙》《新编红白蜘蛛小说》残页、《范鳅儿双镜重圆》。2.录本式讲史话本3种：《梁公九谏》《新编五代史平话》《大宋宣和遗事》。3.录本式说经话本1种：《大唐三藏取经诗话》。	1.所谓"录本"，未必是对说话内容的直接记录、完整记录和忠实记录，多数情况下是对说话内容的删略、增饰、加工、改写，是将说话伎艺案头化、口传叙事书面化的结果。2.从语体而言有白话、文言、文白夹杂的歧异，但以白话为主，纯用文言者极少（仅《梁公九谏》纯用文言）。3.从话本体式而言参差不齐，但都有一些说话伎艺（小说、讲史、说经）痕迹和文体特征。4.小说话本都有开篇诗词，但有头回者仅占四分之一。至于散场诗，则《清平山堂话本》所收宋话本中一半篇章并不具备，"三言"所收宋话本则皆有。至于说书套语，则现存宋代小说话本皆有。5.讲史话本中《梁公九谏》有民间说唱强化主题、不厌其重的文本痕迹，有民间说唱的常用套语；《新编五代史平话》和《宣和遗事》都是资料脚本与白话录本的混编本，两者都具备开场诗开卷、散场诗终卷之体式，并有大量的说书套语、韵语和说书人评论，都是名副其实的讲史话本。6.说经话本《大唐三藏取经诗话》有说唱伎艺散韵交替、图说配合的痕迹，有以诗代话的诗话体式。
拟本式话本	《蓝桥记》《钱舍人题诗燕子楼》《宿香亭张浩遇莺莺》	1.所谓拟本，在宋代，乃是文人模拟说书口吻和话本体制，改编文言小说和相关史料，用文言体编创而成的文本。2.虽似文言传奇，但具备入话、散场诗、说书套语等比较完备的话本体式。3.拟本式话本在宋代为文言语体，到了元明还会出现白话语体的拟本式话本。

第二节　现存宋代话本分类考述

　　宋代说话及其话本,按照题材可以分为"讲史""小说""说经""说铁骑儿"四家。另外,还可以按照说唱形式(有无唱词)分为只说不唱者和说唱兼备者,再按照唱词形式将说唱兼备者细分为诗赞系说唱和乐曲系说唱。[①] 其中,只说不唱者占绝大多数,可以视为正体,而诗赞系说唱(如《大唐三藏取经诗话》)和乐曲系说唱(如《刎颈鸳鸯会》)都是凤毛麟角,可以视为别体。这里需要特别指出的是,"说话"是以"说"故事为主的伎艺,可以"有说有唱",但毕竟以"说"为主、以"唱"为辅,缘此而区别于那些以"唱"为主、以"说"为辅的说唱伎艺如陶真、涯词、诸宫调、词话等[②]。

　　此节按照题材类型对现存宋代话本进行分类考述,因为"说铁骑儿"无话本传世,故而只涉及"讲史""小说"和"说经"三家。

一、现存宋代讲史话本考述

(一)讲史源流与平话涵义

　　宋代的"讲史"应该渊源于唐代"转变""说话"等说唱伎艺。这些说唱

---

①此处的"诗赞系"和"乐曲系"术语,借鉴自叶德均《宋元明讲唱文学》(上海:古典文学出版社,1957年版)。该书将宋元明的讲唱文学,就其性质体制,归纳为两大系:一乐曲系,一诗赞系。其中的"乐曲系"指按照乐曲填成唱词,"诗赞系"指用诗体(七言为主)作唱词。

②关于陶真,汤草元等主编《中国戏曲曲艺辞典》词条云:"古代说唱艺术……在南宋临安(今杭州)一带是受农民欢迎的一种说唱艺术。明代流行于江浙等地……一般认为陶真是弹词的前身,也有人认为是古代江南一带对一部分曲艺的统称。"(上海:上海辞书出版社,1981年版,第661页)关于涯词,《中国戏曲曲艺辞典》词条云:"也叫'崖词'。宋代说唱艺术……一般认为,涯词为有说有唱的形式,内容与说话相似,可能因文词典雅,故为城市中'子弟'所喜爱。"(第661页)关于诸宫调,《中国戏曲曲艺辞典》词条云:"宋金元说唱艺术。就同一宫调的若干曲牌联成短套,首尾一韵;再用不同宫调的许多短套联成数万言的长篇,杂以说白,以说唱长篇故事。"(第660页)关于词话,王庆华《"词话"考》(《中国文体文法术语考释》第135页)认为:"'词话'一辞作为伎艺名称起源于宋末元初,专指当时流行的一种独立的诗赞系讲唱伎艺,其命名主要是从演说方式的角度对当时两种最为盛行的说唱伎艺进行区分的结果;明清时期,'词话'一辞实际上存在着两种内涵和指称对象:一是沿袭元人的用法,指称诗赞系讲唱伎艺及其话本和模拟此伎艺形式的拟作;二是为白话通俗小说或宋元小说家话本的泛称。"李时人《"词话"新证》(《文学遗产》1986年第1期)认为:"元明词话从根本上说是一种有别于说话、鼓子词、诸宫调等的说唱艺术形式,在说唱艺术中实际是独立门庭的……词话的演出当以唱为主,以说为辅。"从上面的引文可知,宋代的陶真、涯词、诸宫调、词话,都是有说有唱的说唱伎艺,但可能都以唱为主,从而与以说为主的"说话"区分开来。

伎艺的题材有不少是历史故事，现存敦煌变文中《伍子胥》《王陵变》《李陵》《王昭君》《韩擒虎话本》等说唱历史故事的文本，有学者认为"可以看作唐代的讲史"，①有学者将其称为"宋代说话人中讲史书一科之先声"。②

宋代"讲史"主要是讲说国家兴废与历史变迁等大事要事，耐得翁《都城纪胜》"瓦舍众伎"条云："讲史书，讲说前代书史文传、兴废争战之事。"③吴自牧《梦粱录》"小说讲经史"条云："讲史书者，谓讲说《通鉴》、汉唐历代书史文传，兴废争战之事。"④都点出了"讲史"讲说的是见诸书史文传、关涉兴废争战的大事要事。

北宋的"讲史"伎艺非常发达。《东京梦华录》"京瓦伎艺"条载有孙宽等五位讲史艺人，另外还单独记载了"说三分"的霍四究和说五代史的尹常卖，合起来共记载了七位讲史艺人。该书同时记载李慥等六位小说艺人。从人数上看，该书记载的讲史艺人多于小说艺人。另外，讲史内部已有"说三分""说五代"的专门艺人，可见讲史已经步入专业化的兴盛之路。

南宋的"讲史"已被"小说"赶超，⑤但仍然呈现兴盛局面。《西湖老人繁胜录》记载了南宋临安北瓦比较有名的艺人六十余位，其中专说史书三人：乔万卷、许贵士、张解元。该书还记载北瓦有勾栏十三座，其中"常是两座勾栏，专说史书"。⑥周密《武林旧事》卷六"诸色伎艺人"条记载临安各种伎艺人五百余名，其中载有乔万卷等演史艺人二十三人。⑦

宋代的"讲史"传衍到元代被称为"平话"。胡士莹先生称："平话的名称，不见于宋代文献，从现有资料来看，'平话'大概是元人称讲史的一种习语。"⑧其言可信。元人不仅将讲史伎艺称为"平话"，同时也将这种伎艺形成的文本称为"平话"。宋人旧编元人增益刊行以及元人编刊的讲史话本，

---

①程毅中《略谈宋元讲史的渊源》，载 1958 年 6 月 1 日《光明日报》。

②向达《唐代俗讲考》，载《唐代长安与西域文明》，石家庄：河北教育出版社，2007 年版，第 307 页。

③耐得翁《都城纪胜》，孟元老等《东京梦华录》（外四种），第 98 页。

④吴自牧《梦粱录》，孟元老等《东京梦华录》（外四种）第 313 页。

⑤胡士莹《话本小说概论》："'讲史'说长篇历史，'小说'说短篇时事，各擅胜场。在南宋民族矛盾、阶级矛盾尖锐的条件下，以现实生活为主要内容，颇能反映一些民族矛盾、阶级矛盾。'小说'更受市民欢迎，故'讲史'最畏小说人。"（第 694 页）道出了南宋"小说"赶超"讲史"、更受市民欢迎的现实原因，可以采信。

⑥《西湖老人繁盛录》，孟元老等《东京梦华录》（外四种），第 123 页。

⑦周密《武林旧事》，孟元老等《东京梦华录》（外四种），第 453～466 页。

⑧胡士莹《话本小说概论》，第 164 页。

标题中几乎都标有"平话"二字,前者如《新编五代史平话》《新镌平话宣和遗事》(吴郡修绠山房刊本卷四尾题),后者如《武王伐纣平话》《乐毅图齐七国春秋平话后集》《秦并六国平话》《前汉书平话续集》《三国志平话》等。

关于"平话"的得名由来,学界主要有两种观点。一种认为"平"即"平说""散说",区别于"诗话""词话"的说唱、弹唱。如浦江清先生称:"平话者,平说之意,盖不夹吹弹,讲者只用醒木一块,舌辩滔滔,说历代兴亡故事,如今日之说大书然。"①吴小如先生称:"'平话'是对话本中'诗话'、'词话'等称谓而言的。盖讲史家说历史故事,只说而不唱,故称其说话底本为'平话'。"②王庆华先生称:"'平话'作为伎艺名称最早出现于元初,专指以散说形式敷演历史题材的口头伎艺及其话本,其命名是从演说方式的角度对当时最为盛行的说唱伎艺进行区分的结果。"③另一种认为"平"即"评论""评议"。如张政烺先生称:"平即评论之义……所谓评者果何所指? 如细读之,知即以诗为评也。此三种平话中之诗皆在开端结尾及文字紧要处,凡有两种用法:一作论断之根据,二状事物之形容。此两者皆品评之意,故可以'平'字赅之。"④孙楷第先生称:"以其评论古今言之,谓之'平(评)话'。"⑤胡士莹先生称:"'评话'就是讲说历史故事而加以评论。"⑥

笔者认为,这两种观点都有理据,不过是本义和引申义之别。《四库全书总目·平播始末提要》提到武弁造作平话,并附注云:"案《永乐大典》有平话一门所收至夥,皆优人以前代轶事衍为俗语,而口说之。"⑦其中"以前代轶事衍为俗语"点出了"平话"的题材来源,"口说之"则点出了"平话"的平说特质。这是对"平话"较早进行界说的论断,参以现存宋元平话文本,

---

① 浦江清《谈〈京本通俗小说〉》,载《浦江清文录》,北京:人民文学出版社,1989年版,第207页。
② 吴小如《释"平话"》,载《古典小说漫稿》,上海:上海古籍出版社,1982年版,第19页。
③ 见王庆华《"平话"考》,该文对"平话"在明清的涵义、在近现代之古代小说研究中的指称进行了考辨,文章认为:"明清时期,'平话'一辞实际存在着三种内涵和指称对象:一是基本沿袭元人的用法,指称只说不唱,以散说形式敷演故事的口头伎艺;二是由伎艺名称引申为白话通俗小说及其文体的泛称;三是由专有伎艺名称引申为包括弹词、南词在内的多种讲唱伎艺的泛称。而在近现代的古代小说研究中,'平话'一辞首先被界定为宋代白话通俗小说的泛称,其后又被界定为古代短篇白话小说的文体类型概念。"笔者完全赞同王先生之论。载《中国文体文法术语考释》,第136~144页。
④ 张政烺《讲史与咏史诗》,载《张政烺文史论集》,北京:中华书局,2004年版,第128页。
⑤ 孙楷第《词话考》,载《沧州集》,北京:中华书局,1965年版,第101页。
⑥ 胡士莹《话本小说概论》,第166页。
⑦《四库全书总目》卷五四,北京:中华书局,1997年版,第751页。

此论完全可以采信。可见"口说""平说"前代轶事可能才是"平话"之本义。至于"讲说历史故事而加以评论"可能已是"平话"的引申义了。

(二)《梁公九谏》:改编词文,删韵存散

宋人讲史话本现存者不多,其中《梁公九谏》《五代史平话》《大宋宣和遗事》,学界一般认为是宋人旧编。

《梁公九谏》,宋元明的公私藏家目录皆未见著录,清初钱曾《述古堂书目》《读书敏求记》始见著录。清代嘉庆年间大学者黄丕烈得赐书楼藏明代旧钞本《梁公九谏》一卷,刊入《士礼居丛书》。民国年间,商务印书馆《丛书集成初编》本即据《士礼居丛书》本排印。1990 年,丁锡根以《士礼居丛书》本为底本,参校《丛书集成初编》本等文献,将此文重新编排,收入《宋元平话集》。据《士礼居丛书》本,《梁公九谏》卷首录有范仲淹《唐相梁公庙碑》。范公之文作于北宋仁宗宝元元年(1038),楼钥《范文正公年谱》记之甚详:"宝元元年戊寅,年五十岁,春正月十三日,赴润州,道由彭泽,谒狄梁公庙,慨慕名节,为之作记立碑。"[1]于此可知,今本《梁公九谏》应成书于宝元元年以后。[2]

《梁公九谏》改编自民间词文《梁公九谏词》,《梁公九谏序》已明言之。该序首先简要叙述了梁公"舍死不顾,直言极谏",终使武则天传帝位于庐陵王的丰功,相关文字多袭用《旧唐书·则天皇后纪》。该序接着云:

> 世有《梁公九谏词》者,即赵岐所谓外堂也。传述既久,旧本多谬,与本传互有同异,观者不能无憾。今三复参考,订其讹而补其阙,不愆不忘,率由旧章,倘博古君子别求明本而正诸,不亦宜乎![3]

序文所言《梁公九谏词》,其中的"词"乃是一种特殊的说唱文体。陈汝衡先生云:"这里的'词',固然不是宋人的'诗余',也不是元明词话的'词',应当是五代、两宋的'词文'。现在敦煌写卷有《季布骂阵词文》,而五代即有《后土夫人变》,到了两宋,就易名为《后土夫人词》。《梁公九谏词》就是这样的词,今本九谏很显明是由原来的韵文改为散文的。"[4]序文所言"赵岐所谓

---

[1] 楼钥《范文正公年谱》,《续修四库全书》本,第 552 册,第 108 页。

[2] 鲁迅《中国小说史略》:"卷首有范仲淹《唐相梁公碑文》,乃贬守番阳时作,则书出当在明道二年(1033)以后矣。"(上海:上海古籍出版社,1998 年版,第 72 页)鲁迅此处的考证可能有误。

[3]《梁公九谏》卷首序,《丛书集成初编》本,上海:商务印书馆,1939 年版,第 899 册,第 4～5 页。

[4] 陈汝衡《说书史话》,北京:作家出版社,1958 年版,第 62 页。

外堂"，程毅中先生认为"后汉赵岐曾预建墓室，绘画图像而加以赞颂。《梁公九谏词》疑为狄仁杰九谏图之讲解词，类似唐五代之变文也"。[①] 两位先生的解释和推论颇为有理，《梁公九谏词》应该是北宋仁宗宝元年间之前就已流传于世的类似变文的说唱文本，这从改编本《梁公九谏》还残存的说唱遗迹可以得到证明。首先，该文总共九谏，其中前八谏的结句句式和语意都基本相同，这些结句依次为"东宫之位，合立庐陵王为储君；若立武三思，终当不得"，"东宫之位，合立庐陵王为储君，武三思终当不得"，"定东宫之位，非庐陵王不可；立武三思，的然不得"，"东宫之位，非庐陵王不可；立武三思，终当不得"，"东宫之位，非庐陵王不可；立武三思，决然不得"，"臣愿东宫之位，速立庐陵王为储君；若立武三思，终当不得"，"东宫之位，合立庐陵王为储君；若立武三思，的然不当"，"东宫之位，合庐陵王为储君；立武三思，终当不得"。这种类似诗歌复沓的结句方式，在唐五代说唱文学中屡见不鲜。其次，改编本《梁公九谏》中有不少语句都是唐五代变文中的常用语，例如第二谏中的"不经旬日"，第七谏中的"鞍不离马背，甲不离将身"等。再次，改编本《梁公九谏》中第六谏狄仁杰为武后解梦的一段，与《伍子胥变文》中伍子胥替吴王解梦的一段，叙事方式和言语表达都颇为相似。

　　《梁公九谏》渊源于《梁公九谏词》，但又有较大的改动。首先是删落了歌唱的韵体部分，只剩下了平说的散体部分；甚至《梁公九谏词》也有可能本来就像《季布骂阵词文》一样为通篇韵体唱词，而《梁公九谏》将其转成了通篇散体文字。其次是依据"旧章"（史实）对故事进行了订讹补阙的工作，《梁公九谏序》"传述既久，旧本多谬，与本传互有同异，观者不能无憾。今三复参考，订其讹而补其阙，不愆不忘，率由旧章"云云，道出了改编者对民间叙事文本准确性方面的补救。再次，参照敦煌变文、词文，可以推测《梁公九谏词》的语言原本可能也是比较口语化的，但《梁公九谏》的语言已经比较书面化、文言化了，于此可见改编者又在语言上作了转"白"（白话）为"文"（文言）的工作。改编者删"韵"存"散"（抑或转"韵"为"散"）、订讹补阙、转"白"为"文"的工作，正是士人对市井叙事文本的改善和提升。当然，尽管改编者做了很大的改善和提升，但与后来的讲史话本相比，《梁公九

_____

① 程毅中《宋元小说家话本集》存目叙录之《梁公九谏》，济南：齐鲁书社，2000年版，第814页。

谏》仍然显得很粗糙稚嫩。因为该文不过是唐五代说唱文本的改编本,如果将其视为讲史话本,那也不过是讲史伎艺文本化的早期形态。

(三)《五代史平话》:改编史书,兼采传说

《五代史平话》,宋元明清的公私藏书目录皆未见著录,民国时期孙楷第《中国通俗小说书目》始见著录。该书为世人所知,始于1901年曹元忠游杭州时得之于常熟人张敦伯家,1911年董康诵芬室借以影印,编入其《诵芬室丛刊》二编,称《景宋残本五代平话》。1925年商务印书馆排印出版,1954年古典文学出版社据诵芬室影印本排印出版,1958年中华书局也出版了排印本,1990年丁锡根以诵芬室影印本为底本,参校古典文学出版社的排印本,并参考相关文献重新整理此书,收入其《宋元平话集》,可谓当下较好的一个整理本。

根据今传本的体例和目录可知,《五代史平话》包括《梁史平话》《唐史平话》《晋史平话》《汉史平话》《周史平话》五种,每种应为二卷,总共应为十卷。但今传本缺《梁史平话》下卷、《汉史平话》下卷,实际只有八卷。另外,《梁史平话》目录缺失,《晋史平话》卷上目录唯存三条,可谓严重残缺,《晋史平话》卷上开始部分残缺数页,《周史平话》卷下后面部分残缺数页,因此今传本是典型的残缺本。

关于《五代史平话》的成书年代和刊刻年代,学界有不同认知。该书的最早发现者曹元忠与影印刊刻者董康皆视为宋椠。诵芬室影印本后,曹元忠跋云:"疑此平话或出南渡小说家所为,而书贾刻之,故目录及每卷首尾辄大书'新编五代某史平话'也。惟刊自坊肆,每于宋讳不能尽避。其称魏征及贞观处,则皆作'魏证''正观',要亦当时习惯使然。"[1]董康跋云:"虽似宋元间麻沙坊刻,而笔力朴茂,其为宋椠无疑。"[2]两人皆以此书为宋椠。

但后来的学者如胡士莹先生等多认为此书系宋人旧编、元人增益刊行者。胡先生认为该书为宋人旧编,指出书中有不少颂扬赵宋王朝之处,如《唐史平话》中明宗"于宫中每夜焚香,告天密祷曰:'臣本胡人,不能做中国主,致今甲兵未息,生灵愁苦。愿得上天早生圣人,为中国万民之主'"。又

①《五代史平话》卷末曹元忠跋,《古本小说集成》本,上海:上海古籍出版社,1994年版,第4辑第109册,第297页。

②董康《五代史平话跋》,转引自钟克豪《宋代小说考证》,台北:台湾新文丰出版公司,1987年版,第164页。

如《周史平话》中对赵匡胤陈桥兵变夺取后周政权之事的回护。胡先生还指出："再从话本的艺术风格来看，亦雅近宋人。"胡先生认为书中"写了许多发迹变泰的故事"，"写得相当生动，民间故事的色彩极其浓厚。语言亦极干净流利，纯用口语写成，当是宋代说话人的口头实录"。胡先生同时指出：

> 《五代史平话》虽为宋人所编写，但有几点证明它是元人增益刊印的。首先是书以"平话"标题，"平话"一词，实始自元人；其次是版式，宽边粗黑口（据董氏影刊本），字体刀法极类元椠；再次是书中往往直称赵匡胤、赵玄朗（匡胤之父）的名字。曹元忠跋谓此书"刊自坊肆，每于宋讳不能尽避"。以此断为宋刻，这不一定正确，其实，书中仍有避讳之处，这刚好说明未避讳的部分是经过后人窜改的。书中又夹杂着一些元朝人的语气，如《周史平话》卷上"郭威称帝改国号曰周"一段里说："汉之国祚遂为周太祖郭威取了也。复有人咏道：忆昔澶州推戴时，欺人寡妇与痴儿。周朝才得九年后，寡妇孤儿又被欺。"这些话显然是宋人不敢讲的。可以肯定，本书是经过元人修订才刊印出来的。[①]

胡先生之论，得到了学界的大致认同，笔者也认同此论。

《五代史平话》为宋人旧编，究竟编于何时，学界又进行了进一步的讨论。宁希元先生《〈五代史平话〉为金人所作考》，认为《五代史平话》为金人所作，成书于金亡前后。[②] 欧阳健《历史小说史》对此观点进行了辩驳。[③] 丁锡根先生曾将《五代史平话》与《资治通鉴》五代部分进行对勘，认为《平话》乃是大体依据《通鉴》改编而成，并进一步指出《平话》依据的乃是刊于绍兴二年（1132）浙东茶盐公使库的余姚本（即"十二行本"）或涵芬楼影宋本（即"乙十一行本"）《通鉴》。丁先生认为涵芬楼影宋本刊于南宋光宗绍熙（1190～1194）间，因此《五代史平话》"成书于光宗绍熙前后，但今本或由元人改题《新编五代史平话》刊刻，且少有增益"。[④] 罗筱玉《宋元讲史话本研究》在丁先生基础上进一步论证认为："'乙十一行本'为'甲十一行本'的

①胡士莹《话本小说概论》，第712～713页。
②宁希元《〈五代史平话〉为金人所作考》，《文献》1989年第1期。
③欧阳健《历史小说史》，杭州：浙江古籍出版社，2003年版，第39～41页。
④丁锡根《〈五代史平话〉成书考述》，《复旦学报》1991年第5期。

重校本,而'甲十一行本'对'扩'、'惇'皆缺笔避讳,当为宁宗以后刊本,'乙
十一行本'自当刊于宁宗以后……《五代史平话》成书于南宋宁宗以后,似
更可能。"①笔者认同此论。

关于《五代史平话》的文本性质,我们可从该书"文""白"并存的表述方
式和"正""野"史料兼采的题材来源找到答案。该书明显存在着文言内容
与白话内容两种体系。其中文言内容是以编年体的方式展开情节,依次叙
述王朝的政治、军事大事和兴衰历程,主要从《通鉴》等史书改编而来,大都
与正史相符。这种对正史的改编,被丁先生概括为四种方式:一字不易地
转录,个别词语略作改动,将史文内容压缩或扩大,取有关相同或相近内容
合并一处。② 该书的白话内容则多半来自稗官野史和民间传说,多用来讲
述五代时草莽英雄的发迹故事及其他传奇故事。文言部分,可能只是底本
性质的内容,白话部分,则有可能是录本性质的内容,整个文本,可能是书
会先生根据史料相关记载和说话艺人口演内容整理而成的底本录本混
编本。

(四)《宣和遗事》:掇拾故书,文体参差

《宣和遗事》,宋元书目未见著录。明代前期杨士奇《文渊阁书目》始见
著录,该书目卷六"史杂类"著录该书,云:"《宣和遗事》,一部一册,阙。"③
明代中后期晁瑮《宝文堂书目》卷中"子杂类"亦著录该书,但未著卷数;④
大约同时代的高儒《百川书志》卷五"史部传记类"著录曰:"《宣和遗事》二
卷,载徽钦二帝北狩,二百七十余事,虽宋人所记,辞近瞽史,颇伤不文。"⑤
清代前期钱曾《也是园藏书目》卷一〇"宋人词话类"著录《宣和遗事》
四卷。⑥

《宣和遗事》有两卷本和四卷本两个系统。两卷本系统,现知较早的刊
本为清代乾嘉间藏书家黄丕烈所得宋元刊本,黄氏将此本刊入其《士礼居
丛书》,并跋云:

---

① 罗筱玉《宋元讲史话本研究》,北京:中国社会科学出版社,2010 年版,第 91～92 页。
② 丁锡根《〈五代史平话〉成书考述》,《复旦学报》1991 年第 5 期。
③ 杨士奇《文渊阁书目》,《丛书集成初编》本,上海:商务印书馆,1935 年版,第 29 册,第 78 页。
④ 晁瑮《宝文堂书目》,《续修四库全书》本,第 919 册,第 53 页。
⑤ 高儒《百川书志》,《续修四库全书》本,第 919 册,第 354 页。
⑥ 钱曾《也是园藏书目》,《丛书集成续编》本,上海:上海书店出版社,1994 年版,第 68 册,第 706 页。

　　余于戊辰冬，得《宣和遗事》二册，识是述古旧藏……此书向来传
布，备藏书家插架久矣。己巳春游杭州，登城隍山，于坊间又获一本，
与前所得本正同，而前所缺失，一一完好，因动开雕之兴，用宋体字刊
之。原本多讹舛处，复赖旧抄校之，略可勘正。板刻甚旧，以卷中"惇"
字避讳作"悖"证之，当出宋刊。①

黄丕烈所得两卷（册）本宋元刊本以及据此刊刻的《士礼居丛书》本成为后
世《宣和遗事》通行本的祖本。1914 年上海扫叶山房本据《士礼居丛书》本
影印，1939 年商务印书馆《丛书集成初编》本据《士礼居丛书本》排印，1954
年中国古典文学出版社本亦据《士礼居丛书本》排印，1990 年上海古籍出
版社《古本小说集成》本之《宣和遗事》亦据《士礼居丛书》本影印，1990 年
丁锡根《宋元平话集》亦据《士礼居丛书》本为底本。

　　《宣和遗事》两卷本系统还有中国科学院图书馆藏明季刊本，孙楷第
《中国通俗小说书目》卷一"宋元部·讲史"著录该书，云："中国科学院图书
馆藏明本，二卷。九行，行二十字。卷首有图，题'旌德郭卓然刻'。乃璜川
吴氏旧藏本。日本长泽规矩也云：'叶敬池本《醒世恒言》记刊工有郭卓然
之名，则此明季刊本也。'"②

　　《宣和遗事》四卷本系统，现知较早者为明代金陵王氏洛川校正重刊
本，题为《新刊大宋宣和遗事》，分元、亨、利、贞四集。清代有吴郡修绠山房
刊本，亦是四卷本，卷四尾有"新镌平话宣和遗事终"一行。这两种四卷本
的分卷并不完全一致。③ 1915 年商务印书馆涵芬楼本据金陵王氏洛川校
正重刊本排印，1954 年古典文学出版社本亦据金陵王氏洛川校正重刊本
排印。

　　两卷本每卷开篇均有入话诗，四卷本的卷一、卷三有入话诗，而卷二、
卷四则无。另外，金陵王氏洛川重刊本将"宋江因杀阎婆惜往寻晁盖"的故
事拦腰斩断，故事的前半截在"元集"之末，后半截则在"亨集"之首，很不合
理。据此推断，两卷本可能为原刊本，而四卷本则是在两卷本基础上析分

---

①《宣和遗事》卷末附黄丕烈《重刊宋本宣和遗事跋》，《丛书集成初编》本，上海：商务印书馆，1939
　年版，第 3889 册，第 1 页。
②孙楷第《中国通俗小说书目》，北京：人民文学出版社，1982 年版，第 1 页。
③如金陵王氏洛川重刊本在"宋江因杀阎婆惜往寻晁盖"处将两卷本的前集分为元集和亨集，而吴
　郡修绠山房刊本则在"金国遣使誓为兄弟国"处分卷。

而成。

关于《宣和遗事》的成书和刊刻年代,学界主要有三种观点。第一种观点认为该书为宋人所编、所刊。明代高儒《百川书志》著录此书曰"宋人所记",清代钱曾《也是园藏书目》径直将此书著录为"宋人词话"。清代黄丕烈在《士礼居丛书》重刊本跋中认为该书"板刻甚旧,以卷中'惇'字避讳作'惇'证之,当出宋刊",清代吴郡修绠山房刊本称其"悉照宋本重刊"。

第二种观点认为该书为宋人旧编,元人增益刊行。较早提出此论者为鲁迅先生,其《中国小说史略》云:"《大宋宣和遗事》世多以为宋人作,而文中有吕省元《宣和讲篇》及南儒《咏史诗》,省元、南儒皆元代语,则其书或出于元人,抑宋人旧本,而元时又有增益,皆不可知,口吻有大类宋人者,则以钞撮旧籍而然,非著者之本语也。"①后来胡士莹先生《话本小说概论》从多方面加以论证,认为该书"可断为宋人旧编""刊于元代,复有增益"②。程毅中先生《宋元小说研究》亦认为:"书中叙及陈抟预言宋朝'卜都之地,一汴、二杭、三闽、四广',当在幼帝赵昺崖山灭亡之后所追写的。此书至少经过元人修订,不可能出于宋刊。"③

第三种观点认为该书编成于元代。较早提出此论者为明代胡应麟,其《少室山房笔丛·庄岳委谈下》云:"世所传《宣和遗事》极鄙俚,然亦是胜国时间阎俗说,中有'南儒'及'省元'等字面。"④此中所谓"胜国",乃是其作为明代人对前朝即元代的称谓。王氏明确指出该书为元代间阎俗说。现当代的严敦易先生,其《〈水浒传〉的演变》亦认为"《宣和遗事》应视为出于元人之手笔"。⑤后来石昌渝《中国小说源流论》也认为该书"成书在元代,它说到宋徽宗,口气便不是南宋人"。⑥萧相恺《宋元小说史》经过多方面的论证,也认为"《宣和遗事》中留有那么多元代的痕迹,再用元人增益去解释,硬断它为'宋人旧编',显然是讲不通的。该书编成于元该是无庸置疑"。⑦

---

① 鲁迅《中国小说史略》,第82页。
② 胡士莹《话本小说概论》,第714~719页。
③ 程毅中《宋元小说研究》,第298页。
④ 胡应麟《少室山房笔丛》卷四一,上海:上海书店出版社,2001年版,第437页。
⑤ 严敦易《〈水浒传〉的演变》,北京:作家出版社,1957年版,第93页。
⑥ 石昌渝《中国小说源流论》,北京:三联书店,2015年版,第332页。
⑦ 萧相恺《宋元小说史》,杭州:浙江古籍出版社,1997年版,第89~90页。

　　学者们还对《宣和遗事》的编写者进行了进一步的考证。胡士莹先生认为："《宣和遗事》，大概是出自宋亡以后遗民之手……是一部体现了民族气节的书。字里行间，充满着强烈的民族爱憎，作者对鲠直的丰稷、陈师锡，伏阙上书的陈东，抗疏请绝和议的胡寅，领导农民起义的方腊，力图恢复中原的宗泽等，寄以无限的同情。作者痛恨宋代君王的荒淫无耻，攻击那些权奸豪贵的投降媚敌和道士怪人的当权参政。"①张兵先生认为："《宣和遗事》一书的撰成约在宋亡或距宋亡不远的时期。其作者为南宋的下层文人，目睹南宋王朝的覆亡后痛心疾首而作。"②

　　综合比较上面的论述，笔者认同胡士莹"《宣和遗事》大概是出自宋亡以后遗民之手"的论断。实际上，胡先生此论与其"宋人旧编，元人增益刊行"之论并不矛盾，也与部分学者"该书编成于元代"之论并不龃龉，因为胡先生所谓的"宋人"指已经入元的南宋遗民。从编成的时代看，可谓元代，从编写的作者看，又可谓宋人（遗民）。

　　《宣和遗事》的内容，鲁迅先生《中国小说史略》有恰切的概括，该书云：

　　　　书分前后二集，始于称述尧舜而终以高宗之定都临安……前集先言历代帝王荒淫之失者其一，盖犹宋人讲史之开篇；次述王安石变法之祸者其二，亦北宋末士论之常套；次述安石引蔡京入朝至童贯蔡攸巡边者其三，首一为语体，次二为文言而并杂以诗者；其四，则梁山泺聚义本末……其五，为徽宗幸李师师家，曹辅进谏及张天觉隐去；其六，为道士林灵素进用及其死葬之异；其七，为腊月预赏元宵及元宵看灯之盛，皆平话体……后集则始自金人来运粮，以至京城陷为第八种；又自金兵入城，帝后北行受辱，以至高宗定都临安为第九第十种，即取《南烬纪闻》《窃愤录》及《续录》而小有删节……卷末复有结论，云"世之儒者谓高宗失恢复中原之机会者有二焉：建炎之初失其机者，潜善伯彦偷安于目前误之也；绍兴之后失其机者，秦桧为虏用间误之也。失此二机，而中原之境土未复，君父之大仇未报，国家之大耻不能雪，此忠臣义士之所以扼腕，恨不食贼臣之肉而寝其皮也欤！"则亦南宋时

①胡士莹《话本小说概论》，第 718～719 页。
②张兵《南宋的"说铁骑儿"话本和〈宣和遗事〉》，《华东师范大学学报》（哲社版）1999 年第 1 期。

桧党失势后士论之常套也。①

鲁迅先生将《宣和遗事》的内容分为十节,并指出其一为"语体",其四、其五、其六、其七为"平话体",其二、其三为"文言而并杂以诗者",其八、其九、其十"即取《南烬纪闻》《窃愤录》及《续录》而小有删节"。实际上,鲁迅先生已按语体、文体将该书十节内容分为了两大部分:其一、其四、其五、其六、其七为"语体"和"平话体",即以白话演说故事为主;其二、其三、其八、其九、其十则以剽取、节录文言著述相关内容为主。其中,以白话演说故事为主的五节内容,"很可能是掇拾编集原有话本而成",②基本上是话本体。而剽取、节录文言著述相关内容为主的五节内容,则基本上是文言体。鲁迅先生说《宣和遗事》剽取之书当有十种,并点出了《南烬纪闻》《窃愤录》及《续录》共三种,当代学者经过研究认为大约还有《续宋编年资治通鉴》《九朝编年备要》《钱塘遗事》《宾退录》《建炎中兴记》《皇朝大事记讲义》《林灵素传》等。③

　　《宣和遗事》的文本内容虽然有些庞杂,但还是有贯穿始终的统一架构和思想旨趣。该书前集的入话诗云:"暂时罢鼓膝间琴,闲把遗编阅古今。常叹贤君务勤俭,深悲庸主事荒淫。致平端自亲贤哲,稔乱无非近佞臣。说破兴亡多少事,高山流水有知音。"其中的颔联和颈联已将该书反思徽宗荒淫误国的思想旨趣呈现出来。然后入话讲"历代君王荒淫之失",接着进入正话讲赵宋王朝之国运变迁,而重点在徽宗荒淫失政。前集收官,编者特将吕中《宣和讲篇》附载,以评骘"宣和过失",强调"自古未有内无夷狄,而外蒙夷狄之祸者。小人与夷狄皆阴类,在内有小人之阴,足以召夷狄之阴……宣和之间使无女真之祸,必有小人篡弑、盗贼负乘之祸矣",将徽宗亲佞远贤、昏庸无道之弊揭橥出来。后集开篇的入话诗紧承前集对"宣和过失"的伤叹,云:"泰道亨时戒复隍,宣和往事可嗟伤!正邪分上有强弱,罔克念中分圣狂。天已徽君君不悟,外无敌国国常亡。道君骄佚奢淫极,讵料金人来运粮!"接着就以"金人来运粮"开启正话故事,叙述靖康罹难、二圣北狩、康王南渡、定都临安等屈辱之事。后集收官又引用吕中《皇朝大

①鲁迅《中国小说史略》,上海:上海古籍出版社,1998年版,第82～84页。

②胡士莹《话本小说概论》语,第716页。

③鲁迅《中国小说史略》"其剽取之书当有十种"的注释,《鲁迅全集》第9卷,北京:人民文学出版社,2005年版,第132页。

事纪讲义》之论痛惜高宗失却恢复中原之机。最后又引用刘克庄的咏史诗"炎绍诸贤虑未精,今追遗恨尚难平。区区王谢营南渡,草草江淮议北征。往日中丞甘结好,暮年都督始知兵。可怜白发宗留守,力请銮舆幸旧京",作为散场诗。整篇文本,有"话"有"评",有"史"有"论",同时又以"评"贯"话",以"论"带"史",有一种遗民伤悼和反思故国倾覆的思想旨趣在贯穿全文、架构文本。学界已有不少学者洞悉编者此种苦心,上文所引胡士莹、张兵先生"遗民之论"已言及于此,萧相恺先生亦云:"本书(指《宣和遗事》,引者注)虽杂录多种旧籍而成,但却有一个贯穿始终的统一思想。作者是想要通过对这段史事的回顾,来总结宋人失国的历史原因……全书也充满了强烈的民族感情,有关金军攻陷汴京以后掠抢奸淫的事情,有关帝后蒙尘北去途中所遭金人折磨污辱的故事,作者简直是用血和泪编写的,明里是对金军罪行的控诉,暗里也是对蒙古军罪恶的揭露,就中还透露出一种凛然的民族正气,也流露出对民族沦亡的深深悲怆。"[1]因此,《宣和遗事》是有统一架构和思想旨趣的,但可惜的是这种架构没有很好地落实于文本的细处,该书的各种材料缺乏熔铸,没有实现有机融合,在语言上也文白驳杂,没有实现体例贯通。

《宣和遗事》的文本内容既有话本体,又有文言体,露出了早期话本的杂凑胎记。鲁迅先生《中国小说史略》认为《宣和遗事》"首尾与诗相始终,中间以诗词为点缀,辞句多俚,顾与话本又不同,近讲史而非口谈,似小说而无捏合","虽亦有词有说,而非全出于说话人,乃由作者掇拾故书,益以小说,补缀联属,勉成一书,故形式仅存,而精采遂逊,文辞又多非己出,不足以云创作也";又指出该书"按年演述,体裁甚似讲史。惟节录成书,未加融会,故先后文体,致为参差,灼然可见";并将该书与《大唐三藏法师取经记》一齐称为"拟话本",[2]以将其与形式完备、体例贯通的真正"话本"相区分。后来严敦易先生也指出:

> 这书(指《宣和遗事》,引者注)并不能认为是一部说话的话本,他显然是钞撮旧籍而成,夹杂有语体和文言,参差不一。虽然其形式有点儿像是讲史的体裁,也有若干诗句,终觉与说话人所用的底本,有些

---

①萧相恺《宋元小说史》,第90~91页。
②鲁迅《中国小说史略》,第79~82页。

显著的歧异。每一个篇段的结构,纵能各自独立起讫,却又不是小说
的风格。所以,《宣和遗事》只是元人杂采宋事编纂成功的笔记式的一
部书,相当通俗。他的体制,试以元至治本《三国志平话》和所谓"宋人
词话"中存见的几篇"小说"来相对比,便可见将他当做纯粹的话本来
对待,恐怕是免不了错误的。①

其实,鲁迅先生将《宣和遗事》等"蒙话本之影响""全体被其变易者"称为
"拟话本",乃是认为该书体例近似话本("近讲史而非口谈,似小说而无捏
合""体裁甚似讲史")而又非话本("顾与话本又不同"),故而发明"拟话本"
一词以名之,实质上还是不认该书为"话本"。而严敦易则以《三国志平话》
等较为成熟的话本小说来比较衡量《宣和遗事》,指出该书"并不能认为是
一部说话的话本"。鲁迅和严敦易两位先生以后出的较为成熟之话本为准
绳,来反观《宣和遗事》,不认可该书的"话本"性质。实际上,椎轮大辂,良
有渐也。《宣和遗事》杂采说话艺人口演内容和书籍文献相关记载而汇成
一书,这正是早期话本的惯用作法,其"掇拾故书""未加融会"的弊端正是
话本草创时期的胎记。

二、现存宋代小说话本考述

(一)小说特质:"顷刻间提破"与"顷刻间捏合"

"小说"是宋代"说话"伎艺中极为兴盛的一家,在北宋与"讲史"相颉
颃,在南宋远超"说铁骑儿""说经""讲史"三家而臻于极盛。《东京梦华录》
"京瓦伎艺"条记载了孙宽等 7 位讲史艺人、李慥等 6 位小说艺人,大概北
宋时"小说"虽与"讲史"并驾,但风头还暂时不及"讲史"。"小说"到了南宋
异军突起,成为瓦肆中风头最健、最受欢迎的热门伎艺之一。《西湖老人繁
胜录》记载了南宋临安北瓦比较有名的艺人 60 余位,其中包括乔万卷等 3
位讲史艺人、长啸和尚等 4 位说经艺人、蔡和等 4 位小说艺人,同时还记载
"小说"艺人小张四郎"一世只在北瓦,占一座勾栏说话,不曾去别瓦作场,
人叫做小张四郎勾栏"。② 可见南宋时"小说"伎艺的繁盛。周密《武林旧
事》卷六"诸色伎艺人"条记载临安各种伎艺人 500 余名,其中"小说"艺人

---

①严敦易《〈水浒传〉的演变》,第 93～94 页。
②《西湖老人繁胜录》,孟元老等《东京梦华录》(外四种),第 123 页。

52人,数量上远超"演史"艺人(23人)和"说经"艺人(17人),反映出南宋"小说"从业者之夥。

宋代"小说"与"讲史"虽同为说话伎艺,但又有显著区别。第一,从题材上讲,"讲史"主要讲说国家兴废与历史变迁等大事要事,侧重历史题材,而"小说"则主要讲说市井细民现实生活中的奇事趣事,侧重现实题材。第二,从表演伎艺上讲,"讲史"几乎全为说白,而"小说"往往主之以"说",又辅之以"唱"。第三,从篇幅上讲,"讲史"篇幅曼长,节目繁多,叙述委曲,点睛较慢,而"小说"则往往篇幅较短,"能以一朝一代故事,顷刻间提破",①点睛迅速。第四,从虚实上讲,"讲史"往往是"得其兴废,谨按史书;夸此功名,总依故事",②即讲兴废之事讲究于史有据("谨按史书"),讲功名之事虽也讲究"总依故事",但可敷演生发乃至虚构("夸"),可见讲史是虚实结合的;吴自牧《梦粱录》则明确地说"讲史书者""大抵真假相半",将"讲史"的虚实格局说得更为透彻。"讲史"还是"真假相半","小说"则是"多虚少实"。耐得翁《都城纪胜》"瓦舍众伎"条云"敷演烟粉灵怪故事、铁骑公案之类""大抵多虚少实",又云"讲史书者""大抵真假相半",③很明显"烟粉灵怪""铁骑公案"之类故事乃"小说"所讲,"小说"所讲"多虚少实"与讲史所讲"真假相半"前后形成鲜明对照,可见两者在虚实格局上的明显差异。吴自牧《梦粱录》云"小说者,能讲一朝一代故事,顷刻间捏合",④所谓"捏合"是指"小说"可以不受书史文传的局限,自由组合正史、野史各种材料乃至虚构某些情节来集中描写一个故事,在虚实格局上比之讲史的"谨按史书""总依故事"有更大的自由度。罗烨《醉翁谈录》"小说引子"中记载了一首叙述历史变迁的诗歌,接着进行评述,然后说"试将便眼之流传,略为从头而敷演。得其兴废,谨按史书;夸此功名,总依故事",最后用小字附注曰"如有小说者,但随意据事演说云云"。⑤ 联系上下语境,"得其兴废,谨按史书;夸此功名,总依故事"云云是针对"讲史"而言,而"小说"则可"随意据事演说","随意"一语道出了"小说"在虚实格局上的自由驰骋。

---

① 耐得翁《都城纪胜》,孟元老等《东京梦华录》(外四种),第98页。
② 罗烨《醉翁谈录·小说引子》,第2~3页。
③ 耐得翁《都城纪胜》,孟元老等《东京梦华录》(外四种),第97~98页。
④ 吴自牧《梦粱录》卷二〇,孟元老等《东京梦华录》(外四种),第313页。
⑤ 罗烨《醉翁谈录》,第2~3页。

因为"小说"能"顷刻间提破"，迅速点睛，又能"顷刻间捏合"，虚实自由，故而比"讲史"更为舒卷自如，也更受市民欢迎。耐得翁《都城纪胜》"瓦舍众伎"条和吴自牧《梦粱录》"小说讲经史"条在论述说话家数的"讲史"之后，紧接着都有"最畏小说人"之语，可见"讲史者"对"小说人"的敬畏，这正折射出南宋之际"小说"驾乎"讲史"之上，在说话伎艺中占尽风情的优势地位。

（二）时代推勘：宋代小说话本与准话本

宋代"小说"艺人口演的名目，《醉翁谈录》著录有 8 类共 107 种，[①]但这些名目可能都是口头的"话"，未必都形成了书面的"本"。宋人著述中记载的"小说"名目有《四和香》《豪侠张义传》。[②] 据胡士莹先生研究，明代晁瑮嘉靖年间所著《宝文堂书目》在子杂类著录宋元话本 52 种，其中存世者 30 种，亡佚者 22 种，这些宋元话本几乎都是小说话本。清初钱曾所著《也是园书目》卷一〇"宋人词话类"著录宋人词话 16 种，其中存世者 9 种，亡佚者 7 种，这些宋人词话大部分也都是小说话本。

现存的宋人话本，除《梁公九谏》等极少数文本，其余的绝大多数都刊刻于元、明，都经过了元人或明人的增润删改，这些话本的时代归属应如何判定，不少学人都提出了自己的标准，[③]其中胡士莹、程毅中两位先生之论值得充分关注。胡先生提出了一套比较周详的推勘方法：

> 1. 依据话本的体裁、语言风格；2. 话本中叙述的社会风俗习惯；3. 话本中反映的社会思想意识；4. 以同一内容的话本互相比勘；5. 考察地理、官职及典章制度；6. 从官史、杂史、笔记及诗文集等互相参证；7. 依据宋戏文、杂剧、金院本，证明话本中的故事，在当时的表演情形和话本所反映的时代背景来探讨其成篇时代；8. 参考现代人研究所积

---

① 胡士莹《话本小说概论》认为在八类之外，还应加上"其他"一类，并从《醉翁谈录》"小说开辟"的相关文字中拎出《黄巢》《赵正》《刘项争雄》等十个说话名目。这些名目中如《晋宋齐梁》《三国志》等属于典型的讲史名目，并非小说名目。

② 胡士莹《话本小说概论》指出宋人著述中记载的话本名目有《邵青起义》《复华篇》《中兴名将传》《四和香》《豪侠张义传》《洛阳古今记事》共 6 种（第 267～269 页），其中《邵青起义》《复华篇》《中兴名将传》应属于"说铁骑儿"名目，《洛阳古今记事》内容不详难以归类，真正属于"小说"名目的是《四和香》和《豪侠张义传》。

③ 章培恒《关于现存的所谓"宋话本"》（《上海大学学报》社科版 1996 年第 1 期）认为："今天所见话本，实没有一种是货真价实的宋话本，至少已经过元人的增润。"笔者认为，相应话本如主体内容完成于宋代，虽后世有增删修润，但仍应判定为宋话本。

累的见解。以上方法，在推勘时宜于互相参照，综合考察，凡有若干条符合宋代情况的，就可以基本上肯定为宋人话本。符合越多，当然就越可肯定。凡一文之互见者，择其较早的一种来判断，然后推及后出者。①

胡先生运用上述推勘方法，判定现存话本中应为宋人小说话本者 40 种，其中见于《京本通俗小说》②者 7 种，见于《清平山堂话本》者 11 种，疑为《清平山堂话本》之佚篇者 1 种，见于明刊本《熊龙峰刊小说四种》者 2 种，见于《古今小说》者 4 种，见于《警世通言》者 11 种，见于《醒世恒言》者 2 种，见于《小说传奇》合刊本者 1 种，见于《新刊大字魁本全相参增奇妙注释西厢记》及《题评西厢记》附录者 1 种。胡先生的推勘，审慎周详，多数结论可以采信。

程毅中先生《宋元小说研究》首先以元刻本《新编红白蜘蛛小说》残页为宋元小说话本的标尺，根据书目著录（《醉翁谈录·小说开辟》所著录者，《也是园书目》《述古堂书目》称为宋人词话者，冯梦龙称为"宋人小说"或"古本"者）和作品内证（主要依据是语言风格和故事所涉及的名物制度），初定 16 种比较可靠的宋元小说话本。接着又以初定的 16 种作品作为标尺，再结合其他内证、外证，确定了 19 种宋元小说话本。③ 程先生辑注的《宋元小说家话本集》，则收录宋元小说话本（包括经过明人修订而主体尚存宋元旧观，语言成分仍以宋元为主者）40 种，再将疑问较多及残缺不全的 22 种，作为存目叙录附于书后。该书对收录的每种话

---

① 胡士莹《话本小说概论》，第 196 页。

② 《京本通俗小说》是缪荃孙 1915 年"发现"并重新刊刻的宋元明小说话本选集，缪氏跋语云："尚有《定州三怪》一回，破碎太甚；《金主亮荒淫》两卷，过于秽亵，未敢传摹。"据缪氏所言，他"发现"的这部《京本通俗小说》残本，共存九篇小说话本。缪氏将该书的其余七篇（《碾玉观音》《菩萨蛮》《西山一窟鬼》《志诚张主管》《拗相公》《错斩崔宁》《冯玉梅团圆》）刻入《烟画东堂小品》中。缪氏在跋语中说《京本通俗小说》"是影元人写本"，后来经学者研究并非如此。刘世德主编《中国古代小说百科全书》"京本通俗小说"条认为："以《警世通言》《醒世恒言》的传世各本与《京本通俗小说》相校，已确认其文字与'通言'的三桂堂本和'恒言'的衍庆堂本基本相同，足以证明其为抄袭。至于《碾玉观音》、《西山一窟鬼》、《错斩崔宁》、《定州（山）三怪》的题目，就是据'通言''恒言'的题注加以改变的。《菩萨蛮》大概是据作品内容虚拟的新题。从各方面的迹象看，作伪者最大可能即缪荃孙本人。"（北京：中国大百科全书出版社，2006 年第 3 版，第 234 页）《京本通俗小说》虽有伪造嫌疑，但其中所选《碾玉观音》《菩萨蛮》《西山一窟鬼》《志诚张主管》《错斩崔宁》这 5 篇的宋元话本性质，还是基本得到学界认可的。

③ 程毅中《宋元小说研究》，第 314~332 页。

本都有提纲挈领的解题和较为详尽的校注，有些篇目文末还附有选录的参考资料，用心细密，颇便学者。该书应该是目前宋元小说话本文献整理最好的成果之一。

另外，一些小说目录类著述也对宋代或者宋元话本进行了确认。孙楷第1933年出版的《中国通俗小说书目》是我国较早的小说目录，"标志着小说目录已有了初步系统和比较完备的著作，为小说研究奠定了目录学基础"。① 该书于1957年出版了修订本，又于1982年出版了补正重排。该书著录宋代至清末通俗小说800余种，分为宋元部、明清讲史部、明清小说部甲、明清小说部乙共四部。其中宋元部著录讲史话本8种，存世者7种；著录小说话本134种，存世者28种；②著录小说总集2种，残存1种即《京本通俗小说》，亡佚1种即《烟粉小说》。③ 陈桂声2001年出版的《话本叙录》著录唐代至清末的话本、拟话本，包括单篇、总集、专集和选集，对其书（篇）名、存佚、卷数、著者、版本、本事、故事梗概、流传、影响及评价等，一一详加考辨。该书分宋前编、宋元编和明清编三个部分，其中宋元编叙录宋代话本160余种，存世者47种，亡佚者110余种。④ 石昌渝主编并于2004年出版的《中国古代小说总目》，著录1912年以前的白话小说作品，按词头汉字音序排列，共1251种，其中宋代白话小说100余种，存世者30余种。⑤ 朱一玄、宁稼雨、陈桂声编著并于2005年出版的《中国古代小说总目提要》下编白话部分著录唐代至清末的白话小说1389种，其中宋代白话小说164种，存世者50种，亡佚者114种。⑥

综合参考各家说法和相关的小说目录著述，笔者认为现存话本中《碾玉观音》等35种可以基本确定为宋人小说话本，详见下表：⑦

---

①石昌渝《中国古代小说总目·前言》，《中国古代小说总目》，太原：山西教育出版社，2004年版，第1页。

②该书将《卓文君》《风月瑞仙亭》、《大唐三藏取经记》《大唐三藏取经诗话》分别著录，其实乃一书（篇）二名，实则一种，故而该书所著录小说话本的实际存世者实际为26种。

③孙楷第《中国通俗小说书目》，北京：人民文学出版社，1982年版。

④陈桂声《话本叙录》，珠海：珠海出版社，2001年版。

⑤石昌渝《中国古代小说总目》，太原：山西教育出版社，2004年版。

⑥朱一玄等《中国古代小说总目提要》，北京：人民文学出版社，2005年版。

⑦程毅中《宋元小说家话本集》中作为"宋元小说话本存目"者，乃是疑问较多及残缺不全者。

现存宋人小说话本一览表

相关篇目	存世情况	《宝文堂书目》《也是园书目》《述古堂书目》著录情况	《话本小说概论》著录情况	《宋元小说家话本集》著录情况	《中国古代小说总目提要》著录情况
1.《碾玉观音》（《崔待诏生死冤家》）	《警世通言》收录	《宝文堂书目》著录《玉观音》	宋话本	宋元话本	宋话本
2.《陈可常端阳仙化》	《警世通言》收录		宋话本	宋元话本	宋话本
3.《西山一窟鬼》（《一窟鬼癞道人除怪》）	《警世通言》收录		宋话本	宋元话本	宋话本
4.《小夫人金钱赠年少》（《张主管志诚脱奇祸》）	《警世通言》收录	《宝文堂书目》著录《小金钱记》,《也是园书目》著录《小金钱》	宋话本	宋元话本	宋话本
5.《错斩崔宁》（《十五贯戏言成巧祸》）	《醒世恒言》收录	《宝文堂书目》《也是园书目》著录	宋话本	宋元话本	宋话本
6.《西湖三塔记》	《清平山堂话本》收录	《宝文堂书目》著录,《也是园书目》著录《西湖三塔》	宋话本	宋元话本	宋话本
7.《合同文字记》（《合同记》）	《清平山堂话本》收录	《宝文堂书目》、《述古堂书目》著录	宋话本	宋元话本	宋话本
8.《风月瑞仙亭》（《卓文君慧眼识相如》）	《清平山堂话本》《警世通言》收录	《宝文堂书目》、《述古堂书目》著录	宋话本	宋元话本	宋话本
9.《蓝桥记》	《清平山堂话本》收录	《宝文堂书目》著录	宋话本	宋元话本存目	宋话本
10.《洛阳三怪记》	《清平山堂话本》收录	《宝文堂书目》著录《洛阳三怪》	宋话本	宋元话本	宋话本

续表

相关篇目	存世情况	《宝文堂书目》《也是园书目》《述古堂书目》著录情况	《话本小说概论》著录情况	《宋元小说家话本集》著录情况	《中国古代小说总目提要》著录情况
11.《陈巡检梅岭失妻记》(《陈从善梅岭失浑家》)	《清平山堂话本》《古今小说》收录	《宝文堂书目》著录《陈巡检梅岭失妻》	宋话本	宋元话本	宋话本
12.《五戒禅师私红莲记》(《明悟禅师赶五戒》)	《清平山堂话本》《古今小说》收录	《宝文堂书目》著录《五戒禅师私红莲》	宋话本	宋元话本	宋话本
13.《刎颈鸳鸯会》(《蒋淑真刎颈鸳鸯会》)	《清平山堂话本》《警世通言》收录	《宝文堂书目》著录	宋话本	宋元话本	宋话本
14.《杨温拦路虎传》(《拦路虎》)	《清平山堂话本》收录	《宝文堂书目》著录	宋话本	宋元话本	宋话本
15.《花灯轿莲女成佛记》	《清平山堂话本》收录		宋话本	宋元话本	宋话本
16.《董永遇仙传》	《清平山堂话本》收录		宋话本	宋元话本存目	宋话本
17.《梅杏争春》残本	阿英《小说闲谈·记嘉靖本翡翠轩及梅杏争春》有移录	《宝文堂书目》著录	宋话本	宋元话本存目	宋话本
18.《苏长公章台柳传》(《章台柳》)	《熊龙峰刊小说四种》收录	《宝文堂书目》著录《失记章台柳》	宋话本	宋元话本	宋话本
19.《张生彩鸾灯传》(《张舜美灯宵得丽女》)	《熊龙峰刊小说四种》《古今小说》收录	《宝文堂书目》著录《彩鸾灯记》	宋话本	宋元话本	宋话本

相关篇目	存世情况	《宝文堂书目》《也是园书目》《述古堂书目》著录情况	《话本小说概论》著录情况	《宋元小说家话本集》著录情况	《中国古代小说总目提要》著录情况
20.《赵伯昇茶肆遇仁宗》（《赵旭遇仁宗传》）	《古今小说》收录	《宝文堂书目》著录《赵旭遇仁宗传》	宋话本	宋元话本	宋话本
21.《史弘肇龙虎君臣会》（《史弘肇传》）	《古今小说》收录	《宝文堂书目》著录《史弘肇传》	宋话本	宋元话本	宋话本
22.《杨思温燕山逢故人》（《灰骨匣》）	《古今小说》收录	《宝文堂书目》著录《燕山逢故人郑意娘传》	宋话本	宋元话本	宋话本
23.《张古老种瓜娶文女》（《种瓜张老》）	《古今小说》收录	《宝文堂书目》《也是园书目》著录	宋话本	宋元话本	宋话本
24.《钱舍人题诗燕子楼》（《燕子楼》）	《警世通言》收录		宋话本	宋元话本存目	宋话本
25.《三现身包龙图断冤》（《三现身》）	《警世通言》收录		宋话本	宋元话本	宋话本
26.《崔衙内白鹞招妖》（《定山三怪》《新罗白鹞》）	《警世通言》收录		宋话本	宋元话本	宋话本
27.《计押番金鳗产祸》（《金鳗记》）	《警世通言》收录	《宝文堂书目》著录《金鳗记》	宋话本	宋元话本	宋话本
28.《宿香亭张浩遇莺莺》（《牡丹记》《宿香亭记》）	《警世通言》收录	《宝文堂书目》著录《宿香亭记》	宋话本	宋元话本存目	宋话本
29.《金明池吴清逢爱爱》	《警世通言》收录		宋话本	宋元话本存目	宋话本

续表

相关篇目	存世情况	《宝文堂书目》《也是园书目》《述古堂书目》著录情况	《话本小说概论》著录情况	《宋元小说家话本集》著录情况	《中国古代小说总目提要》著录情况
30.《皂角林大王假形》（《赵知县火烧皂角林》）	《警世通言》收录		宋话本	宋元话本	宋话本
31.《万秀娘仇报山亭儿》	《警世通言》收录	《宝文堂书目》《述古堂书目》《也是园书目》皆著录《山亭儿》	宋话本	宋元话本	宋话本
32.《福禄寿三星度世》	《警世通言》收录		宋话本	宋元话本	宋话本
33.《闹樊楼多情周胜仙》	《醒世恒言》收录		宋话本	宋元话本	宋话本
34.《红白蜘蛛》（《郑节使立功神臂弓》）	《古本小说集成》影印元刊本残页《红白蜘蛛》，《醒世恒言》收录《郑节使立功神臂弓》		宋话本	宋元话本	宋话本
35.《范鳅儿双镜重圆》	《警世通言》收入	《也是园书目》著录《冯玉梅团圆》，《宝文堂书目》著录《冯玉梅记》	宋话本	全篇文风不似宋元作品	宋话本

　　另外，本章第一节已述，皇都风月主人《绿窗新话》中的154篇文言小说，罗烨《醉翁谈录》中的23篇传奇，都可谓脚本式准话本。

（三）小说分类：题材主导与故事主角

　　关于"说话"中"小说"的分类，北宋文献尚无明确记载，南宋则有《都城纪胜》《梦粱录》《醉翁谈录》等典籍先后对此进行了论述。较早论述者为耐得翁《都城纪胜》，该书"瓦舍众伎"条将"小说"分成了烟粉、灵怪、传奇和说公案四大类，并指出"说公案""皆是搏刀赶棒，及发迹变泰之事"。① 但结合具体的小说话本可以发现，"说公案"并非皆是搏刀、赶棒及发迹变泰之事，耐得翁的说法不无偏颇之处。大约四十年后，吴自牧《梦粱录》"小说讲经史"条，继承《都城纪胜》之说，又进行了修正，将"朴刀""捍棒""发迹变泰"从原来作为"公案"的解释，独立出来成为"小说"的门类，如此一来，就将"小说"分成了七大类。② 与《都城纪胜》相比，《梦粱录》的分类更细也稍微合理一些，但仍有未惬之处，因为"烟粉""灵怪""传奇""公案""朴刀""杆棒"六类是从题材角度划分的，而"发迹变泰"则是就题材所表达的主旨而言的。宋末元初，罗烨《醉翁谈录·小说开辟》将"小说"基本上按题材分为八类："有灵怪、烟粉、传奇、公案，兼朴刀、捍棒、妖术、神仙。"③ 与《梦粱录》相较，《醉翁谈录》的小说分类去掉了"发迹变泰"，增加了"妖术""神仙"，分类标准基本统一，类目也更细，可谓宋人对"小说"分类最为合理者。

下面重点讨论《醉翁谈录·小说开辟》的小说分类。该书按照题材类别，分类著录宋代"小说"艺人口演的名目：

> 说杨元子、汀州记、崔智韬、李达道、红蜘蛛、铁瓮儿、水月仙、大槐王、妮子记、铁车记、葫芦儿、人虎传、太平钱、巴蕉扇、八怪国、无鬼论，此乃是灵怪之门庭。言推车鬼、灰骨匣、呼猿洞、闹宝录、燕子楼、贺小师、杨舜俞、青脚狼、错还魂、侧金盏、刁六十、斗车兵、钱塘佳梦、锦庄春游、柳参军、牛渚亭，此乃为烟粉之总龟。论莺莺传、爱爱词、张康题壁、钱榆骂海、鸳鸯灯、夜游湖、紫香囊、徐都尉、惠娘魄偶、王魁负心、桃叶渡、牡丹记、花萼楼、章台柳、卓文君、李亚仙、崔护觅水、唐辅采莲，此乃为之传奇。言石头孙立、姜女寻夫、忧小十、驴垛儿、大烧灯、商氏儿、三现身、火杴笼、八角井、药巴子、独行虎、铁秤槌、河沙院、戴嗣宗、大朝国寺、圣手二郎，此乃谓之公案。论这大虎头、李从吉、杨令公、十条龙、青面兽、季铁铃、陶铁僧、赖五郎、圣人虎、王沙马海、燕四马八，此乃为朴刀局段。言这花和尚、武行者、飞龙记、梅大郎、斗刀

---

①耐得翁《都城纪胜》，孟元老等《东京梦华录》（外四种），第97～98页。
②吴自牧《梦粱录》，孟元老等《东京梦华录》（外四种）第312～313页。
③罗烨《醉翁谈录·小说开辟》，第3页。

楼、拦路虎、高拔钉、徐京落章、五郎为僧、王温上边、狄昭认父,此为捍棒之序头。论种叟神记、月井文、金光洞、竹叶舟、黄粮梦、粉合儿、马谏议、许岩、四仙斗圣、谢溏落海,此是神仙之套数。言西山聂隐娘、村邻亲、严师道、千圣姑、皮箧袋、骊山老母、贝州王则、红线盗印、丑女报恩,此为妖术之事端。①

灵怪类小说名目,《醉翁谈录·小说开辟》著录《杨元子》等16种,大都是征奇话异的精怪故事。其中的《红蜘蛛》今有《红白蜘蛛》元刻本残本,《醒世恒言》中的《郑节使立功神臂弓》应该就是《红白蜘蛛》的增订本。除了《郑节使立功神臂弓》,现存的宋代小说话本中,《西山一窟鬼》《定山三怪》《西湖三塔记》《洛阳三怪记》《福禄寿三星度世》《陈巡检梅岭失妻记》《皂角林大王假形》等也应归入灵怪类。

烟粉类小说名目,《醉翁谈录·小说开辟》著录《推车鬼》等16种,大都是讲说烟花粉黛的女鬼与世间男子的人鬼情爱故事。② 其中的《燕子楼》可能即《警世通言》中的《钱舍人题诗燕子楼》,《灰骨匣》可能即《古今小说》中的《杨思温燕山逢故人》。除了上述两种,现存宋代小说话本中,《碾玉观音》《小夫人金钱赠年少》《金明池吴清逢爱爱》《闹樊楼多情周胜仙》等也应归入烟粉类。

传奇类小说名目,《醉翁谈录·小说开辟》著录《莺莺传》等18种,大都是讲说人间男女情爱故事,与"烟粉"讲说人鬼情爱故事明显不同。其中的《鸳鸯灯》可能即《熊龙峰刊小说四种》之《张生彩鸾灯传》入话,《王魁负心》可能即《小说传奇》合刊本收录的《王魁》,《崔护觅水》可能即《警世通言》之《金明池吴清逢爱爱》入话,《卓文君》可能即《清平山堂话本》收录的《风月瑞仙亭》,《牡丹记》可能即《警世通言》的《宿香亭张浩遇莺莺》。除了上述五种,现存的宋人小说话本中,《苏长公章台柳传》《张生彩鸾灯传》等也应归入传奇类。

公案类小说名目,《醉翁谈录·小说开辟》著录《石头孙立》等16种,大

---

① 罗烨《醉翁谈录·小说开辟》,第4页。
② 叶德均《戏曲小说丛考》卷中《小说琐谈》云:"罗烨《醉翁谈录》所记话本名目,烟粉类计十六种。其中本事确然可考的只有五种……所谓烟粉虽是指美女,但据这五种内容,却都是遇女鬼事,因此我疑心《醉翁谈录》的烟粉应专指人鬼的幽期事,和传奇类叙人世男女爱恋事成为对比。"北京:中华书局,1979年版,第596页。

都是讲说断狱勘案故事。其中的《三现身》可能即《警世通言》的《三现身包龙图断冤》。除了该篇,现存的宋人小说话本中,《错斩崔宁》《合同文字记》《计押番金鳗产祸》等也应归入公案类。

朴刀类小说名目,《醉翁谈录·小说开辟》著录《大虎头》等11种。杆棒类小说名目,《醉翁谈录·小说开辟》著录《花和尚》等11种。朴刀类和杆棒类性质大致相同,大都是讲说英雄豪侠的故事,略微相异者不过故事主人公使用的武器一为朴刀、一为杆棒。《醉翁谈录·小说开辟》著录的朴刀、杆棒类小说名目中,《十条龙》《陶铁僧》可能即《警世通言》的《万秀娘仇报山亭儿》,《拦路虎》可能即《清平山堂话本》中的《杨温拦路虎传》。

神仙类小说名目,《醉翁谈录·小说开辟》著录《种臾神记》等10种,大都是讲说神仙故事。其中的《种臾神记》可能即《古今小说》的《张古老种瓜娶文女》。除了该篇,现存宋人小说话本中,《董永遇仙传》《蓝桥记》等也应归入神仙类。

妖术类小说名目,《醉翁谈录·小说开辟》著录《西山聂隐娘》等9种,大都是讲说不同于佛道之正的旁门左道的法术故事。现存宋人小说话本中,暂未发现此类作品。

上述"小说"八类,实际上又可以归并为三个大类。烟粉与传奇都是男女情爱故事,所异者不过前为人鬼情爱,后为人间情爱。神仙、妖术、灵怪都是志怪述异,营构虚幻世界,只不过故事主人公有神、仙、妖、怪之别。公案、朴刀、杆棒都是讲说现实世界中的不凡之人,只不过故事主人公有断案官吏(公案)与豪侠英雄(朴刀、杆棒)之别。从这个维度来看,罗烨的"小说"分类首先是按题材内容,然后在相近或相似的题材内容下再按故事主角的属性(人、鬼、神、仙、妖、怪、官、侠)细分。从罗烨的"小说"分类可以发现,小说艺人对题材内容和故事主角颇为关注。

值得一提的是,上述"小说"八类并不能涵盖所有的小说话本。现存宋人小说话本中,《赵伯昇茶肆遇仁宗》《史弘肇龙虎君臣会》属于典型的讲说发迹变泰故事的话本,就无法归入上述八类中的任何一类。

三、现存宋代说经话本考述

(一)宋代说经:从寺庙到瓦肆

宋代的"说经"应该渊源于唐代僧人的俗讲,入宋后在市民文化的强大影响下,不断淡化宗教性、增强世俗性,逐渐演变为"说话"伎艺的重要支脉。孟元老《东京梦华录》"京瓦伎艺"条记载了汴京瓦肆中讲史、小说等二十余种民间伎艺,但没有提及"说经"。可能北宋时"说经"尚未走出寺庙,进入瓦肆。"说经"在南宋时已经进入瓦肆,并成为"说话"伎艺的一家。耐得翁《都城纪胜》"瓦舍众伎"条论及说话四家,其中就有"说经""说参请"。《西湖老人繁胜录》记载南宋临安北瓦比较有名的艺人60余位,其中说话艺人14位,而说话艺人中说经4位,即长啸和尚、彭道安、陆妙慧、陆妙净。吴自牧《梦粱录》"小说讲经史"条论及说话四家数,其中就有谈经、说参请和说诨经,并点出了说参请艺人宝庵、管庵、喜然和尚,以及说诨经艺人戴忻庵。周密《武林旧事》"诸色伎艺人"条记载临安各种伎艺人500余名,其中说话艺人92人,而说话艺人中说经诨经17人,即长啸和尚、彭道(名法和)、陆妙慧(女流)、余信庵、周太辩(和尚)、陆妙静(女流)、达理(和尚)、啸庵、隐秀、混俗、许安然、有缘(和尚)、借庵、保庵、戴悦庵、息庵、戴忻庵。这些说经艺人中,有长啸、周太辩、达理、有缘等和尚,有陆妙慧、陆妙静等尼姑,还有隐秀、混俗等世俗中人,可见"说经"在南宋已从僧人的专利变成了普泛的伎艺,从寺庙的悟俗手段变成了瓦舍的娱人方式。

从上述材料可以发现,宋人论及说经往往连带提及说参请和说诨经。实际上说参请和说诨经与说经有密切联系,可谓说经的衍生伎艺。下面逐一论之。

(二)说经话本:《大唐三藏取经诗话》

宋代"说经"究为何物,《都城纪胜》云"说经,谓演说佛书",[①]《梦粱录》亦云"谈经者,谓演说佛书",[②]实际上,从"说经"进入瓦肆并与"小说"、"讲史"等同场竞技来看,宋代"说经"可能已不仅仅是"演说佛书"即阐释佛教经典,也许更多地已转移到演说佛教故事上来了,这样才有更强的观赏性。《大唐三藏取经诗话》(下简称《取经诗话》)就是演说佛教故事的文本,程毅中、萧相恺等不少学者皆认为该文为宋代说经话本,笔者认同此论。

《取经诗话》今存巾箱本和大字本两个版本。巾箱本题为《大唐三藏取经诗话》,分上、中、下三卷,共十七节。上卷缺第一页即第一节,中卷缺第

---

①耐得翁《都城纪胜》,孟元老等《东京梦华录》(外四种),第98页。

②吴自牧《梦粱录》,孟元老等《东京梦华录》(外四种),第313页。

二、三页即第七节结尾和第八节前半部分。该本原为日本高山寺旧藏，后为三浦将军所藏，1916 年罗振玉借来影印，入《吉石庵丛书》，王国维跋云：

> 宋椠《大唐三藏取经诗话》三卷……卷末有"中瓦子张家印"款一行。中瓦子为宋临安府街名，倡优剧场之所在也。吴自牧《梦粱录》卷十九云："杭之瓦舍，内外合计有十七处：如清冷桥、熙春桥下，谓之南瓦子；市南坊北、三元楼前，谓之中瓦子。"又卷十五："铺席门、保佑坊前，张官人经史子集文籍铺，其次即为中瓦子前诸铺。"此云"中瓦子张家印"，盖即《梦粱录》之张官人经史子集文籍铺。南宋临安书肆，若太庙前陆家、鞔鼓桥陈家，所刊书籍，世多知之；中瓦子张家，惟此一见而已。①

王国维从该本卷末"中瓦子张家印"款一行，推断该书为南宋临安书肆刊本。但后来他在《两浙古刊本考》中又将该本列为元刊本。②

大字本题为《新雕大唐三藏法师取经记》，分一、二、三卷，第一卷缺前半部分即第一、二、三节，第三卷即第十四、十五、十六、十七节全缺。该本亦为日本高山寺旧藏，后归德富苏峰成篑堂文库，1917 年罗振玉借付影印，入《吉石庵丛书》。1925 年黎烈文据罗氏影印巾箱本标点整理，在商务印书馆出版了《大唐三藏取经诗话》的排印本。1954 年古典文学出版社据罗氏影印巾箱本并参考影印大字本，重新出版了《大唐三藏取经诗话》排印本。1955 年文学古籍刊行社影印出版了罗氏的巾箱本和大字本。1997 年中华书局出版了李时人、蔡镜浩的《大唐三藏取经诗话校注》，该书据以宋刊小字本，参以宋刊大字本，并参考商务印书馆、古典文学出版社的排印本，精细校注，成为《取经诗话》文献整理目前最重要的成果。

《取经诗话》的现存刊本或出于南宋，或出于元代，但该书的成书时代却可能更早，也更为复杂，学界主要有南宋说、宋元说、晚唐五代说、北宋说、宋代说等几种观点。

南宋说发轫于王国维，其在《大唐三藏取经诗话》影印本的跋语中云："今金人院本、元人杂剧皆佚；而南宋人所撰话本尚存，岂非人间希有之秘

---

① 李时人、蔡镜浩《大唐三藏取经诗话校注》卷末附录王国维跋，北京：中华书局，1997 年版，第 55 页。
② 王国维《两浙古刊本考》，《王国维遗书》本，上海：上海古籍书店，1983 年版，第 12 册。

笈乎！"①明确指出该书为"南宋人所撰话本"。"南宋说"影响很大，后来的
不少学者还从语言、宗教、历史地理等不同的角度进行了论证。②

宋元说是学者们参酌王国维和鲁迅等人的看法而得出的折中观点。
王国维既在《大唐三藏取经诗话》跋语中推断该书为南宋人所撰所刊，又在
《两浙古刊本考》中将其列为元刊本，观点前后相歧。鲁迅先生则疑《取经
诗话》为元人所撰所刊，其《中国小说史略》云："有一小本曰《大唐三藏取经
诗话》……卷尾一行云'中瓦子张家印'，张家为宋时临安书铺，世因以为宋
刊，然逮于元朝，张家或亦无恙，则此书或为元人撰，未可知矣。"③有些学
者折中王国维和鲁迅等人的观点，认为《取经诗话》可能成书于宋末元初，
或者宽泛地说宋元时期。④

晚唐五代说是由李时人、蔡镜浩、刘坚等学者提出的一种观点。李时
人、蔡镜浩《〈大唐三藏取经诗话〉成书时代考辨》在对该书的体制形式、思
想内容及语言现象等方面进行初步考察以后，认为该书和敦煌俗文学是属
于同一时期、同一方言的作品，可能早在晚唐、五代就已成书，实是唐、五代
寺院"俗讲"的底本，而且宋元刊刻者并没有对其进行大的改动，它基本上
还保存着晚唐五代俗文学作品的原貌。⑤　刘坚《〈大唐三藏取经诗话〉写作
时代蠡测》对该书进行了细致周详的语言学考察，最后认为："从语音、语

---

① 李时人、蔡镜浩《大唐三藏取经诗话校注》卷末附录王国维跋，第 55 页。
② 曹炳建《也谈〈大唐三藏取经诗话〉的成书时代》（《河南大学学报》社科版，1995 年第 2 期）："既然
　出现在《诗话》中的'陕西'、'京东路'这些区划名称，都是宋至道三年才确定的……宋代又确实
　有《诗话》产生的条件和基础，这就足以说明，现存《诗话》只能成书于宋至道三年之后，而不可能
　在此之前。当然，这并不排除唐、五代即有类似《诗话》的俗讲底本流传，并对《诗话》的最后成书
　产生了巨大影响，以至于现存《诗话》中保留了不少唐、五代时期的语言。至于《诗话》究竟成书
　于宋代何时，如果没有其它确凿证据，为慎重起见，还是根据《诗话》卷末'中瓦子张家印'的署
　款，定其为成书于南宋为宜。"另外，汪维辉《〈大唐三藏取经诗话〉〈新雕大唐三藏法师取经记〉刊
　刻于南宋的文献学证据及相关问题》（《语言研究》2010 年第 4 期）指出："日本建长二年的《高山
　寺圣教目录》可以确证两书至迟在 1250 年之前已经入藏高山寺，它们都是南宋刻本，与元代没
　有关系。"
③ 鲁迅《中国小说史略》，第 80 页。
④ 如袁宾《〈大唐三藏取经诗话〉的成书时代与方言基础》（《中国语文》2000 年第 6 期）"选取被字句
　作为考察对象，对不同时代、不同方言文献里的被字句进行调查统计，将其结构类型的历时演变
　和方言差异量化为可资比较的若干数值，然后用《取经诗话》内被字句的相应数值与之对照，以
　此推测该书写定于元代前后（约十三、十四世纪），其方言基础是北方话"。
⑤ 李时人、蔡镜浩《〈大唐三藏取经诗话〉成书时代考辨》，《徐州师范学院学报》（哲社版）1982 年第
　3 期。

法、语汇三个方面对《取经诗话》和变文所作比较的结果来看，两者之间相似之处是很多的。说《大唐三藏取经诗话》与敦煌所出《庐山远公话》《韩擒虎话本》《唐太宗入冥记》《叶净能诗》一样，其时代早于现今所见宋人话本，这样说大概不能算过于武断……它的语言确与南宋的话本有所不同。根据我们在前面所作的考察，这部话本的时代还有可能往上推到晚唐五代。"①

北宋说是由张锦池等学者提出的一种观点。张先生《〈大唐三藏取经诗话〉成书年代考论》通过对杭州将台山唐僧取经浮雕和甘肃安西榆林窟唐僧取经壁画等文物时代的考察，梳理出"取经烦猴行者"为特质的唐僧取经故事的发轫时代，并结合《取经诗话》与晚唐五代变文体制异同的考察，确定出该书成书时代的上限和下限，最后认为："《取经诗话》作为'取经烦猴行者'故事的标志，它的成书年代，其上限不会早于北宋仁宗年间，其下限不会晚于南宋高宗年间，极有可能是北宋晚期的作品。""极有可能最后写定于'俗讲'僧人可以离开寺院到'瓦子'宣讲的宋徽宗年间。"②

宋代说则是多数学者认同的一种主流观点。③ 陈引驰先生2014年发表《〈大唐三藏取经诗话〉时代性再议：以韵文体制的考察为中心》，"着重对该文本中的韵文体制进行梳理，并比照敦煌变文类讲唱文学及宋元说话伎艺的特征，结合其所透露的宗教倾向"进行细致考索，最后认定："从其中的韵文部分及章节结构体制观察，它应该是变文类讲唱文学和宋元说话伎艺的中间物，是早期形成的故事经过宋代说话方式乃至刊刻行为的调整之后的结果。"④该文可谓《取经诗话》成书于宋代说的最新论证。笔者认同陈先生的宏论，认同宋代说。《取经诗话》作为由唐至宋传衍下来的历史文本，积淀着多个时期的语言现象和说唱文本特征，具有历史层累性，将其成书时代确指为晚唐五代、北宋、南宋或者宋末元初，可能都缺乏一种包容

①刘坚《〈大唐三藏取经诗话〉写作时代蠡测》，《中国语文》1982年第5期。
②张锦池《〈大唐三藏取经诗话〉成书年代考论》，《学术交流》1990年第4期。
③程毅中《宋元小说研究》指出："关于《大唐三藏取经诗话》的撰作年代，近人研究的结果比较趋于一致，多数认为当在宋代，甚至更早一些。"（第369页）由程先生撰写的《中国古代小说百科全书》"《大唐三藏取经诗话》"条条，径直称该书为宋代话本，又指出该书"与唐代俗讲一脉相承，其中有些特殊的语言现象已见于唐五代的文献。它可能还产生于宋代之前"。（刘世德主编《中国古代小说百科全书》，北京：中国大百科全书出版社，2006年第3版，第51页）
④陈引驰《〈大唐三藏取经诗话〉时代性再议：以韵文体制的考察为中心》，《复旦学报》（社科版）2014年第5期。

性，还是陈先生宽泛地指其为"变文类讲唱文学和宋元说话伎艺的中间物"更为妥帖。

关于《取经诗话》的文本性质，学界主流观点认为这是一种由唐代变文流衍、变化而来的宋代话本的别体。关于"诗话"这一名称由来和文体特征，[①]王国维在《大唐三藏取经诗话》影印本的跋语中云："其称诗话，非唐、宋士大夫所谓诗话，以其中有诗有话，故得其名。"[②]胡士莹《话本小说概论》进一步阐释道：

> 王氏这种说法并无错误……它确实是诗和话夹杂组织而成的，插入的诗，与话文有密切的联系，而且每节之末都用诗句作结，所以叫做"诗话"。所用的诗又是通俗的诗赞……它在表演形式方面，和"小说"有一点重要的不同……《取经诗话》中有不少"乃留诗曰"、"遂成诗曰"云云，都是艺人唱的部分，说得明白一点，就是以诗代话，所以叫做"诗话"。

胡氏还探讨了诗话这种文体与唐代讲经文、变文的渊源关系：

> 它（指《取经诗话》，引者注）在形式上多少受到唐代"讲经文"和"变文"的一些影响……从标题看，还值得注意的是一个"处"字。分节固然受唐代讲经文的影响，使讲说更有条理，但从这个"处"字来看，还有变文的遗迹。因为唐、五代的变文，是有图有文的，讲唱者根据佛寺的壁画或自备的挂图演唱，听众边看边听……变文中的"处"，用以说明图相中的准确位置，两相对照，使听众分外清楚。"诗话"标题亦有"处"，显然是这种遗迹。[③]

胡先生还对《取经诗话》的文体归属进行了论证：

---

① 王庆华《"词话"考》认为："现存《大唐三藏取经诗话》是南宋后期或元代前期之书坊主以晚唐五代或北宋的旧钞本（或刊本）为底本重新刊刻的……'诗话'更可能属南宋后期或元初后刊者的新题，而且极有可能是刊刻者自创的新词。因为，(1)大字本题《新雕大唐三藏法师取经记》，并无'诗话'之称，可见'诗话'并非祖本原题；(2)'诗话'一辞并不符合宋代说唱伎艺的命名方式，而与元初流行的'词话'、'平话'相对；(3)'诗话'作为伎艺名称仅仅见于此书，其他文献并无记载……这部作品被称为'诗话'……显然属于宋末元初人们的一种妄称，而且很可能是根据当时流行的'词话'、'平话'名称而自造的。"王先生关于"诗话"名称由来的论断，可谓新见，聊备一说。载《中国文体文法术语考释》，上海：上海古籍出版社，2013年版，第126～127页。
② 李时人、蔡镜浩《大唐三藏取经诗话校注》卷末附录王国维跋，第55页。
③ 胡士莹《话本小说概论》，第169～171页。

　　《取经诗话》所用的文体是属于"小说"范畴的"诗话"体,有人说它是一个"说经"话本是不对的。"说经"的性质是"演说佛书",这在《都城纪胜》和《梦粱录》两书里记载得很清楚,取经不等于说经,"诗话",无论从《取经诗话》或伍子胥故事……其内容都是以人物命运遭遇为中心,叙述故事,而且近乎灵怪、神仙、发迹、变泰之类,显然是"小说"一类,不过篇幅有大小,所以在内容上是和说经毫无共同之处的……"诗话"基本上是"小说"的一种,"诗话"的底本,也正是"小说"话本的一种旁枝,是总的"话本"体系中的一个细目。①

胡先生对"诗话"名称由来、文体特征、文体渊源的论述,笔者都赞同。但其对《取经诗话》文体归属的论证,笔者略有异议。一是其否认《取经诗话》为"说经"话本而将其归为"小说"话本,可能对"说经"的理解有些偏狭,未注意到进入瓦舍的"说经"实际上已从演说佛经要义转到演说佛教故事上来了。二是其将"诗话"体仅仅归属于"小说"范畴,视"诗话"底本为"小说"话本的旁枝。实际上,《取经诗话》这种又说又唱、韵散交织的形式,正是宋代说话对唐代转变说唱兼备形式的承袭。这种说唱兼备的形式,既可用于"小说",也可用于"说经",理论上还可用于"讲史""说铁骑儿"等说话家数。同时这种说唱兼备的形式,其中的"唱"既可以是诗赞系的"唱",也可以是乐曲系的"唱"。无疑,《取经诗话》为代表的"诗话体",应该属于诗赞系说唱,属于"说话"的别体,这是按照说唱形式进行的分类,而"小说""讲史""说经""说铁骑儿",这是按照说话题材进行的分类,两者是不同分类体系下的不同称谓。胡先生认为"诗话体"是"小说"的旁枝,从逻辑上讲也许不够妥当,但拈出的"旁枝"一词已经表明了"诗话体"与宋代话本"正体"的差异。

　　学界还有不少学者对《取经诗话》以及"诗话体"的独特性作了精当的阐发。程毅中《宋元小说研究》认为:"《取经诗话》和后世的词话有相似的地方,但词话的韵文部分一般是叙事体,而诗话的韵文部分却是代言体……可能因为它话中有诗,以诗代言,所以称作'诗话'……在叙事文学中大量插入主人公的诗歌,却是古代小说中的一种别体,它和宋元的传奇

————————
① 胡士莹《话本小说概论》,第170～173页。

小说有相通的一面。"①程先生拈出的"别体"一词，也道出了《取经诗话》与普通宋代话本的区隔。

（三）说参请话本：《东坡问答录》

宋代"说参请"作为一种瓦舍伎艺，可能是"说经"的衍生品。耐得翁《都城纪胜》"瓦舍众伎"条在记载"说经"后紧接着云："说参请，谓宾主参禅悟道等事。"②吴自牧《梦粱录》"小说讲经史"条承袭《都城纪胜》之说。《西湖老人繁胜录》记载了南宋临安北瓦十三座勾栏中说史、说经等二十余种民间伎艺，没有提及"说参请"。周密《武林旧事》"诸色伎艺人"条记载了临安各种伎艺人五百余名，其中说经诨经艺人十七人，也没有提及"说参请"。可能该伎艺仅是"说经"附庸，故而《西湖老人繁胜录》《武林旧事》等没有提及。

"说参请"的涵义据《都城纪胜》和《梦粱录》记载，乃是"宾主参禅悟道等事"。张政烺在《问答录与说参请》中有进一步的阐发：

> 按"参请"，禅林之语，即参堂请话之谓。说参请者乃讲此类故事以娱听众之耳。参禅之道有类游戏，机锋四出，应变无穷，有舌辩犀利之词，有愚骏可笑之事，与宋代杂剧中之打诨颇相似。说话人故借用为题目，加以渲染，以作糊口之道。若其伎艺流行于瓦舍既久，益舍本而逐末，投流俗之所好，自不免杂入市井无赖之语。③

揭示了"参请"从"参堂请话"（"宾主参禅悟道"）到被说话人借用"以娱听众之耳"，于是演变成瓦舍伎艺的内在理路，令人信服。

关于"说参请"的具体表演情况，胡士莹《话本小说概论》有贴切的论述：

> 大概瓦舍说话人为了迎合听众的趣味，特借"参请"的形式来进行戏弄，故作为说话人话本的"问答录"多嘲谑之辞……内容既单调又没有唱词，只是一宾一主的问答。要在瓦舍中作长时间的表演是难以想象的。"说参请"原是"说经"的一支，内容多嘲谑而少禅机，它的表演，

---

①程毅中《宋元小说研究》，第371页。
②耐得翁《都城纪胜》，孟元老等《东京梦华录》（外四种），第98页。
③张政烺《问答录与说参请》，载《历史语言研究所集刊》第十七册，北京：中华书局，1987年影印本，第2页。

在当时可能采取两种方式：一是作为"说经"的引子（相当于"小说"话本中的"笑耍头回"），在开始说经之前，先来一个"参请"，让听众笑乐一番；一是作为说话的插曲，在"说话"时临时捏合一些简单的"参请"故事，以引起听众的兴趣。①

胡先生之推测，合情合理，应离事实不远。

宋代"说参请"的话本，学者多认为《东坡居士佛印禅师语录问答》可入此类。张政烺《问答录与说参请》云：

> 此书托东坡居士、佛印禅师为宾主，以参禅悟道之体述诙谐谑浪之言，其事皆荒谬无稽，其辞多鄙俚猥亵，虽以"语录问答"为名，纯属小说舌辩一流，故知是说参请者之话本也。说参请者以说话为主，触景生情可增可减，其话本仅提供记忆，不必背诵元（引者注："元"疑当为"原"）文，故可字句枯窘如此。②

张先生之论，学界多以为然。但也有部分学者对该书性质提出了不同看法，程毅中《宋元小说研究》云：

> 《问答录》则是专讲苏东坡和佛印互相嘲弄的笑话集。从它许多采用起令、随令格式的条目看，当与合生相差不远；但从它滑稽含玩讽的特点看，正如洪迈所说的"乔合生"。宋代合生的内容并非都是滑稽调笑的，以现存的《问答录》而言，其中一部分以嘲戏讥讽为能事的笑话，似应视之为乔合生的话本……《问答录》这部书非常特别，除了行令嘲戏的内容，还有商谜的实例……《问答录》的内容很丰富，惟独不讲"宾主参禅悟道"，以前我们把它看作"说参请"的话本，可能是受了它书名的影响……《问答录》也是一种小说家的话本，而且还吸收了合生和商谜的成分……文字很简略，基本上是文言文，但显然是通俗小说，它应属说话人的一种提纲式的底本。③

程先生认为该书"似应视之为乔合生的话本""也是一种小说家的话本"，并否认该书为"说参请"的话本。笔者认为，该书记载苏东坡、佛印斗嘴互嘲

---

①胡士莹《话本小说概论》，第116～117页。

②张政烺《问答录与说参请》，载《历史语言研究所集刊》第十七册，第2页。

③程毅中《宋元小说研究》，第252～257页。

之故事，虽然包含了一些乔合生、商谜乃至小说的因素，但整体上还是应属宾主问答、"参堂请话"性质的"说参请"。

《东坡居士佛印禅师语录问答》一卷，今有日本内阁文库藏旧抄本。孙楷第《日本东京所见中国小说书目》叙录曰：

> 半页十行，行十六字。记东坡与佛印赠答诗词及商谜行令，均俳调之词……书凡二十七则，与《宝颜堂秘笈》所收《东坡问答录》为一书，目亦全同，唯标目间异数字……此抄本第一则中"神庙"二字提行，"上"字上空一格，第二十六则之"朝廷"二字，上亦空一格。又似从旧本出者。今不能定其时代。或里巷相传，有此等语；后之俗人又造作诗词，从而增益之，因有此本，亦未可知耳。①

该抄本今有《明清善本小说丛刊初编》影印本。《东坡居士佛印禅师语录问答》还有明万历间绣水沈氏刻宝颜堂秘笈本，题为《东坡问答录》，卷首有万历辛丑赵开美《东坡问答录题辞》，云：

> 东坡以世法游戏佛法，佛印以佛法游戏世法。二公心本无法，故不为法缚。而诙谐谑浪，不以顺逆为利钝，直是滑稽之雄也。彼优髡视之，失所据矣。刻《东坡佛印问答录》。②

宝颜堂秘笈本今有《四库存目丛书》影印本，民国年间商务印书馆《丛书集成初编》即据此本排印。《东坡问答录》在清代被《四库全书》收为存目，并提要云：

> 旧本题宋苏轼撰。所记皆与僧了玄往复之语。诙谐谑浪，极为猥亵。又载佛印环叠字诗及东坡长亭诗，词意鄙陋。亦出委巷小人之所为，伪书中之至劣者也。③

《东坡问答录》应该是宋代作品。南宋王楙《野客丛书》卷一九"以鸟对僧"条云："又有'时闻啄木鸟，疑是扣门僧'，出《东坡佛印语录》。"④这两句诗见于《问答录》第一则。可见《东坡问答录》成书不会晚于南宋。从话本的

---

① 孙楷第《日本东京所见中国小说书目》，上海：上杂出版社，1953年版，第188页。
② 《东坡问答录》卷首附录《东坡问答录题辞》，《丛书集成初编》本，上海：商务印书馆，1937年版，第2987册，第1页。
③ 《四库全书总目》卷一四四《东坡问答录提要》，北京：中华书局，1997年版，第1917页。
④ 王楙《野客丛书》，《丛书集成初编》本，上海：商务印书馆，1939年版，第305册，第192页。

角度看，《东坡问答录》基本用文言写出，故事简单，可能是说参请提纲式的脚本。

（四）说诨经话本：《五戒禅师私红莲记》

宋代"说诨经"作为一种瓦舍伎艺，也可能是"说经"的衍生品。耐得翁《都城纪胜》"瓦舍众伎"条记载"说经"和"说参请"，未言"说诨经"。吴自牧《梦粱录》"小说讲经史"条承袭前书，记载"说经"和"说参请"之后，又加了一句"又有说诨经者，戴忻庵"。① 周密《武林旧事》"诸色伎艺人"条有"说经诨经"一目（陈刻本无"诨经"二字），目下亦列有戴忻庵。

"说诨经"究竟是怎样一种情形，史料无征，胡士莹先生推测说：

> 说经，作为瓦子中的一种伎艺，必然是以讲佛教故事为主的，未必一点也没有打诨。至于诨经，滑稽说笑的成分一定是不小的，这从说参请也可看出……把"诨"字的涵义只限于"滑稽说笑"，似乎狭窄了些，不严肃、甚至有些低级趣味的内容也属"诨"之范围。我疑心《五戒禅师私红莲记》《明悟禅师赶五戒》《花灯轿莲女成佛记》等篇，可能也属"说诨经"的话本。说诨经与说参请的区别，恐主要在于前者原非对话问答式，后者则是。②

胡先生疑心《五戒禅师私红莲记》《明悟禅师赶五戒》《花灯轿莲女成佛记》等篇可能属"说诨经"话本，其中《五戒禅师私红莲记》与《明悟禅师赶五戒》实为同篇异题，而《花灯轿莲女成佛记》可能不应算作"说诨经"话本。《花灯轿莲女成佛记》讲由念经婆婆转生的莲女佛性不泯，七岁便有灵性，十六岁便要皈依佛祖，长大后受能仁寺惠光长老点化，出嫁时在轿中坐化，其父母也得成正果。该文中有较长篇幅用来写莲女与惠光和尚的问难答辩，颇似宾主问答的"说参请"，故有学者认为应归入"说参请"。③ 还有学者认为该文形式上趋于"小说"化，但主旨在弘扬佛法，故而可谓"小说"化的"说经"。④ 笔者基本认同此论。但《花灯轿莲女成佛记》无"诨"可言，即使算作"小说"化的"说经"，也难以归入"说诨经"。

---

① 吴自牧《梦粱录》，孟元老等《东京梦华录》（外四种），第 313 页。

② 胡士莹《话本小说概论》，第 118 页。

③ 程毅中《宋元小说研究》："《花灯轿莲女成佛记》更是典型的参禅悟道故事，实质上就是说参请。"第 365 页。

④ 萧相恺《宋元小说史》，第 159 页。

　　《五戒禅师私红莲记》更像说诨经话本。该文前半篇讲五戒禅师因"一时差了念头"破了色戒的故事，后半篇又将其敷演成五戒禅师（托生为苏东坡）与明悟禅师（托生为佛印）两世相会故事。文中亦有宾主（苏东坡与佛印）参禅悟道的成分，故而胡士莹又疑其为"宋人讲经中的说参请话本"。[1]笔者认为，该文讲说禅师破色戒的故事，而且津津乐道相关细节，其"诨"显而易见，如果认为该文与"说经"相涉，那么也可将其归入"说诨经"。

　　从上面的分析可以发现，《花灯轿莲女成佛记》《五戒禅师私红莲记》等说经话本中，又有说参请、说诨经的因素，于此可见说经内部各细目的融会。同时，这些话本，又借鉴"小说"的手法，具有"小说"的形式，于此又可见"说经"向"小说"的转化，或者说"说话"家数之间的融会。这些融会，应该是瓦舍伎艺特别是相邻伎艺互鉴互通的必然结果。

---

[1] 胡士莹《话本小说概论》，第 213 页。

第七章　共生基础:士人与市井叙事的异质互补

第一节　叙事话语(用何叙事):浅俗文言与市井白话

宋代小说中的士人叙事与市井叙事在叙事话语上存在差异。一般而言,士人叙事多用书面化的文言,[①]简洁典雅,含蓄蕴藉,呈现出超语体文的书面加工色彩;市井叙事则多用口语化的白话,[②]直白俚俗,生动活泼,显现出语体文的活态口语色彩。值得注意的是,宋代士人小说所使用的文言与唐代相比,已是吸取较多白话质素的浅俗化文言,而且部分小说已在人物对话等环节直接使用白话以绘声绘色、毕现声口;而宋代市井小说也有大量使用文言的现象,如话本式传奇、文言体话本和白话话本中的文言

---

① 文言本义为华美之言、文饰之言,如《韩非子·说疑》"文言多,实行寡而不当法者,不敢诬情以谈说"中的"文言"(王先慎《韩非子集解》,北京:中华书局,1998年版,第409页)。又如《周易》乾坤两卦在象、彖之后另有传曰"文言",孔颖达《周易正义》引庄氏曰:"文谓文饰,以乾、坤德大,故特文饰,以为《文言》。"(北京:北京大学出版社,1999年版,第12页)"文言"后来用于指称有别于白话的古代汉语书面语,突出其有别于白话的华美、文饰之意。该义项的文言指在先秦口语基础上形成以先秦两汉文献语言为模仿对象的书面语,此种书面语在秦汉以后主要倾向于接受先秦两汉已使用过的趋于定型化的语言成分,或通过先秦两汉旧有的质素组合来表达新词新义;文言形成后基本上在原地踏步,不受时空的限制,词汇和句法系统不再有大的变化,但作为古代书面语的文言在各时代作者的笔下也或多或少地跟着时代变迁,既有从历时的角度看当时新出现的白话语体成分,又有从共时的角度看继承的历代的文言超语体成分;文言形成后不再完全随着口语的变化而变化,而是根据其自身的需要有所选择地吸收一些新的口语成分,文言总体上滞后于语言的发展。详参徐时仪《汉语白话史》前言和第一章,北京:北京大学出版社,2015年版,第1~19页。
② 白话中的"白"是从戏剧中"说白"的"白"而来,后用于指在秦汉以后口语基础上形成的有别于文言的古代汉语书面语。关于文言与白话的关系,徐时仪先生有精当的比喻:"文言与白话都是从口语发展而来。打个比方来说,口语就像野丫头的语言,生动直露,只是文言在上古口语的基础上形成后,不再随口语的发展而发展,而是不断精雕细刻,趋于典雅,渐凝固成为模式化的蜡美人;白话则随口语的发展而发展,始终保持野丫头的风格。在某种程度上,文白的演变就是蜡美人与野丫头语言的演变,也可以说是死文字与活语言的演变。"徐时仪《汉语白话史》前言,第2页。

运用。由此而形成士人与市井叙事在语言运用上的交叉现象,值得认真研究。

一、文与白:简辞婉语与繁文直言

在语言运用上,宋代小说中的士人叙事与市井叙事大致还是有文与白、雅与俗、简与繁、含与露、婉与直之歧异。我们可以通过考察宋人叙述相同故事的文言与白话文本,来管窥其中的歧异。

(一)"崔护觅水"中的文、白异趣

我们先来考察"崔护觅水"的个案。宋人话本《金明池吴清逢爱爱》入话故事"崔护觅水",来源于唐人孟棨《本事诗》,同时该故事在宋人《绿窗新话》中也有记载。我们可将三个文本进行对读,孟棨《本事诗》云:

> 博陵崔护,姿质甚美,而孤洁寡合。举进士下第。清明日,独游都城南,得居人庄,一亩之宫,而花木丛萃,寂若无人。扣门久之,有女子自门隙窥之,问曰:"谁耶?"以姓字对,曰:"寻春独行,酒渴求饮。"女入,以杯水至,开门,设床命坐,独倚小桃斜柯伫立,而意属殊厚,妖姿媚态,绰有余妍。崔以言挑之,不对,目注者久之。崔辞去,送至门,如不胜情而入。崔亦眷盼而归,嗣后绝不复至。
>
> 及来岁清明日,忽思之,情不可抑,径往寻之。门墙如故,而已锁扃之。因题诗于左扉曰:"去年今日此门中,人面桃花相映红。人面祇今何处去?桃花依旧笑春风。"
>
> 后数日,偶至都城南,复往寻之,闻其中有哭声,扣门问之,有老父出曰:"君非崔护邪?"曰:"是也。"又哭曰:"君杀吾女。"护惊起,莫知所答。老父曰:"吾女笄,知书,未适人,自去年以来,常恍惚若有所失。此日与之出,及归,见左扉有字,读之,入门而病,遂绝食数日而死。吾老矣,一女所以不嫁者,将求君子以托吾身,今不幸而殒,得非君杀之耶?"又特大哭。崔亦感恸,请入哭之。尚俨然在床。崔举其首,枕其股,哭而祝曰:"某在斯,某在斯。"须臾开目,半日复活矣。父大喜,遂以女归之。①

①孟棨《本事诗》,《丛书集成初编》本,上海:商务印书馆,1939年版,第2546册,第6~7页。

《绿窗新话》题为"崔护觅水逢女子",云:

> 博陵崔护,清明日,独游都城南,花木丛萃,寂若无人。叩门久之,有女子问曰:"谁耶?"答曰:"姓崔名护,寻春独行,酒渴求饮。"女入,以杯水至,开门命坐,独倚小桃,斜盼伫立,而意属殊厚。崔辞去。

> 及来岁清明日,忽思之,经寻旧会,但见门扃,因题诗于左扉曰:"去年今日此门中,人面桃花相映红。人面不知何处去,桃花依旧笑春风。"

> 后数日,复往,闻其中有哭声,问之,有老父出曰:"君非崔护耶?吾女自去年进水与君,常恍惚若有所失。及前日见左扉有字,遂病而死。"崔请入哭之,尚俨然在床。崔举其首枕股曰:"某在斯!某在斯!"须臾,开目;半日,复活矣。老父大喜,遂以女归之。①

《金明池吴清逢爱爱》入话,文字较长,此处不录。

《本事诗》与《绿窗新话》相较,两者皆是文言叙事,然颇有差异。后者显然来自前者,但又有改编,只保留了故事的枝干,删除了若干细节的花叶,情韵大减。如女子递水于崔护后之情景,《本事诗》云"独倚小桃斜柯伫立,而意属殊厚,妖姿媚态,绰有余妍。崔以言挑之,不对,目注者久之。崔辞去,送至门,如不胜情而入",《绿窗新话》仅云"独倚小桃,斜盼伫立,而意属殊厚",前者将一位羞涩矜持的青春少女初遇中意男子的情态描摹如画,情韵极浓,而后者则删去铺叙,意味较淡。又如崔护再访城南的情景,《本事诗》云"及来岁清明日,忽思之,情不可抑,径往寻之",《绿窗新话》云"及来岁清明日,忽思之,经寻旧会"。后者删落"情不可抑",将崔护思念人面桃花的强烈情致删落了,也将文本的情韵删落了。前者是正宗文人所撰故事性的诗话,属于士人叙事;后者则是民间文人所编话本式的传奇,属于市井叙事。两者情韵的浓与淡当然不同。

《本事诗》与《金明池吴清逢爱爱》入话相较,前者为文言叙事,后者为白话叙事,两者差异更大。如崔护进屋哭悼少女的情景,前者云:"崔亦感恸,请入哭之。尚俨然在床。崔举其首,枕其股,哭而祝曰:'某在斯,某在斯。'"后者云:"崔生此时,又惊又痛,便走到床前,坐在女儿头边,轻轻放起

---

① 皇都风月主人《绿窗新话》上卷,周楞伽笺注本,上海:上海古籍出版社,1991年版,第49页。

女儿的头，伸直了自家腿，将女儿的头放在腿上，亲着女儿的脸道：'小娘子，崔护在此！'"后者增加"亲着女儿的脸"这一细节，显系书场艺人为吸引观众而进行的大胆敷演，透露出较浓的民间情趣。另外，后者又在故事之末增加"后来崔生发迹为官，夫妻一世团圆"的情节，[①]更是显露出民间说书艺人尚"发迹"、重"团圆"的心理和情趣。

《本事诗》是唐代的文人叙事，《绿窗新话》是宋代文言形式的民间叙事，《金明池吴清逢爱爱》入话是宋代白话形式的民间叙事，前者与中者、后者相较，语言风格上确有雅与俗、含与露之异，语言韵味上也有浓与淡之异。

(二)"吴生遇鬼"中的简、繁异辙

我们接下来考察"吴生遇鬼"的个案。《金明池吴清逢爱爱》的正话源于洪迈《夷坚甲志》卷四《吴小员外》，两者在语言形式上有文、白之分，在语言风格上也大异其趣，有简与繁、含与露之差异。

如叙写吴生初见当垆女的情景，《吴小员外》云："当垆女年甚艾。三人驻留买酒，应之指女谓吴生曰：'呼此侑觞何如？'吴大喜，以言挑之，欣然而应，遂就坐。"[②]话本云："须臾之间，似有如无，觉得娇娇媚媚，妖妖娆娆，走一个十五六岁花朵般多情女儿出来……那多情的女儿见了三个子弟，一点春心动了，按捺不下，一双脚儿出来了，则是麻麻地进去不得。紧挨着三个子弟坐地，便教迎儿取酒来。"[③]前者含蓄简练，后者直白晓畅。

又如叙写吴生与当垆女欢合的场景，《吴小员外》仅有"吴生留宿"四个字的叙述，而话本则极尽铺陈渲染，云："吴小员外回身转手，搭定女儿香肩，搂定女儿细腰，捏定女儿纤手，醉眼乜斜，只道楼儿便是床上，火急做了一班半点儿事。端的是：春衫脱下，绣被铺开。酥胸露一朵雪梅，纤足启两弯新月。未开桃蕊，怎禁他浪蝶深偷；半折花心，忍不住狂蜂恣采。潜然粉汗，微喘相偎。"[④]前者点到为止，有意回避，后者津津乐道，洋洋洒洒。于此也可见文人叙事与民间叙事在叙事趣味上的差异。

再如叙写吴生远走避祸而女鬼紧随不舍的情景，《吴小员外》云："每当

① 冯梦龙《警世通言》卷三〇，上海：上海古籍出版社，1992 年版，第 300 页。

② 洪迈《夷坚志》,《夷坚甲志》卷四，北京：中华书局，1981 年版，第 29 页。

③ 冯梦龙《警世通言》卷三〇，第 301 页。

④ 冯梦龙《警世通言》卷三〇，第 302 页。

食处，女必在房内，夜则据榻。"①话本则铺叙云："小员外吃食，女儿在旁供菜；员外临睡，女儿在傍解衣；若员外登厕，女儿拿着衣服。处处莫避，在在难离。"②前者简洁，后者明快。

（三）"意娘索命"中的含、露异势

我们再来考察"意娘索命"的个案。宋人话本《杨思温燕山逢故人》的正话源于洪迈《夷坚丁志》卷九《太原意娘》，两者在语言形式上有文、白之分，在语言风格上也大为不同。《太原意娘》叙京师人杨从善，因靖康之难，流寓燕山。偶遇表兄韩思厚之妻王意娘，意娘言其为金酋撒八大尉所掠，义不受辱，引刀自刭，不果，为撒八大尉妻韩国夫人所救，并留其随侍。后杨从善见到韩思厚，得知意娘当日已自刎而亡。两人前往韩国夫人宅第探知究竟，从打线媪口中得知意娘当时已亡，韩国夫人悯其节义，将其火化，取其骨灰带走，后来韩国夫人殁，因将意娘骨灰随葬。韩思厚祭酹，恳求能将意娘骨灰带回南方，意娘担忧思厚再娶而冷落自己，思厚誓不再娶，并将亡妻骨匣取回建康安葬。后来韩思厚再娶，荒疏亡妻坟墓，意娘鬼魂怨其违背誓言，将其索命。③话本将杨从善更名为杨思温，将王意娘更名为郑意娘，前面部分敷演《太原意娘》的故事，后面部分又增添韩思厚再娶媚妇刘金坛，并将意娘骨匣抛入江中，意娘鬼魂将韩思厚与刘金坛两人拽入江中索命等情节。④

两种文本所叙故事大同小异，旨趣上也大致相近，都是讲述背叛誓言而被索命的果报故事以惩戒负义之人，但两种文本在语言风格上却迥然相异。如杨、韩二人前往韩国夫人宅第的情景，《太原意娘》云："杨固执前说，邀与俱至向一宅，则阒无人居，荒草如织。"⑤话本云："倏忽之间，走至天王寺后。一路上悄无人迹，只见一所空宅，门生蛛网，户积尘埃，荒草盈阶，绿苔满地，锁着大门。"⑥前者简练，后者明快。又如思厚提出为意娘迁骨的情景，《太原意娘》云：

①洪迈《夷坚志》，《夷坚甲志》卷四，第 30 页。
②冯梦龙《警世通言》卷三〇，第 304 页。
③洪迈《夷坚志》，《夷坚丁志》卷九，第 608～609 页。
④无名氏《鬼董》卷一叙张师厚与崔鶒娘之事，与《杨思温燕山逢故人》后面部分的情节有相似之处，然两个文本孰先孰后以及传承关系，难以确定，存疑待考。
⑤洪迈《夷坚志》，《夷坚丁志》卷九，第 609 页。
⑥冯梦龙《古今小说》卷二四，上海：上海古籍出版社，1992 年版，第 241 页。

韩悲痛还馆，具酒肴，作文祭酹，欲挈遗烬归，拜而祝曰："愿往不愿往，当以影响相告。"良久，出现曰："劳君爱念，孤魂寓此，岂不愿有归？然从君而南，得常常善视我，庶慰冥漠；君如更娶妻，不复我顾，则不若不南之愈也。"①

话本云：

三人进些饮馔，夫人略飨些气味……思厚道："贤妻为吾守节而亡，我当终身不娶，以报贤妻之德。今愿迁贤妻之香骨，共归金陵可乎？"夫人不从道："婆婆与叔叔在此，听奴说。今蒙贤夫念妾孤魂在此，岂不愿归从夫？然须得常常看我，庶几此情不隔冥漠。倘若再娶，必不我顾，则不如不去为强。"②

《太原意娘》中的"良久出现曰"，刻画出意娘对迁骨犹豫不决的微妙心态；话本中被替换为"夫人不从道"，非常直露但未必贴切，与《太原意娘》相较，话本的此处表达已经丢失了原文的精微。另外，《太原意娘》中意娘语"得常常善视我"，在话本中被替换为"得常常看我"，此种替换更是将文言"善视"的丰富蕴涵，粗鲁地简单化为白话的"看"，此处两种语言表达方式的效果真有霄壤之别。但白话表达也有明快酣畅的优点，如《太原意娘》云"韩感泣，誓不再娶"，话本将其铺陈为："思厚以酒沥地为誓：'若负前言，在路盗贼杀戮，在水巨浪覆舟。'"后者的明快酣畅更加契合市井细民的审美情趣。

二、士人小说语体的由雅趋俗

宋代士人叙事所用的文言语体，在由雅趋俗的时代风习熏染下，不断吸取白话的词汇、表达方式等质素，呈现出浅俗化的趋势。这种趋势既体现于小说的叙事语言逐渐淡化"之乎者也"等文言语气词、不断吸纳口语词汇，而与经典文言语体渐行渐远，更体现于小说的人物语言常常径直使用活态口语，而与经典文言语体大异其趣。③

①洪迈《夷坚志》，《夷坚丁志》卷九，第 609 页。
②冯梦龙《古今小说》卷二四，第 244 页。
③关于此话题，孟昭连《宋代文白消长与小说语体之变》（《中国社会科学》2011 年第 3 期）有精辟论述，可以参看。

(一)叙事语言的浅白化

宋代士人叙事多追求通俗晓畅，叙事语言虽用文言语体，但也力求平易明快。南宋绍兴初年，耿延禧作《林灵素传》，四、五年后赵鼎重作，名《林灵蘁传》，并在卷末附记曰：

> 本传始以翰林学士耿延禧作，华饰文章，引证故事，旨趣渊深，非博学士夫，莫能晓识。仆今将事实作常言，切欲奉道士俗咸知先生之仙迹。[①]

赵鼎明确指出耿延禧所作传记"华饰文章""旨趣渊深"，不利于"奉道士俗咸知先生之仙迹"，于是改用"常言"重新作传。仔细对读两传，可以发现赵传确实比耿传更为平易，更具口语质素。如开卷首句，耿传云"林灵素，初名灵蘁，字岁昌"，赵传云"先生姓林，本名灵蘁，字通叟，温州永嘉人也"，赵传中"先生姓林"这样的表述已经不是经典的文言句式，而与口语表达很接近，非常平易。又如叙宣和元年林灵素施策以退京师大水之事，耿传云：

> 宣和元年三月，京师大水临城，上令中贵同灵素登城治水。敕之，水势不退，回奏："臣非不能治水，一者事乃天道，二者水自太子而得，但令太子拜之，可信也。"遂遣太子登城，赐御香，设四拜，水退四丈。是夜水退尽，京城之民，皆仰太子圣德。[②]

赵传云：

> (宣和元年)五月，大水犯都城，帝命先生治之。先生奏曰："此水难治，乃天意以戒陛下，兼此水自太子而得，臣不敢漏泄天机，但试令太子拜之，可信也。"即令太子上城，降御香四拜，水退一丈，至夜水退尽，京城人皆言太子德也。[③]

两传时间记载不一，暂且不议孰是孰非，我们重点考察两传叙述相同事件的不同语言表达方式。耿传云"遂遣太子登城，赐御香，设四拜"，赵传云"即令太子上城，降御香四拜"，耿传云"京城之民，皆仰太子圣德"，赵传云"京城人皆言太子德也"，耿传的文言表达更规范、更典雅，赵传的文言表达

---

①赵鼎《林灵蘁传》，见李剑国辑校《宋代传奇集》，北京：中华书局，2001 年版，第 453 页。

②耿延禧《林灵素传》，见李剑国辑校《宋代传奇集》，第 440 页。

③赵鼎《林灵蘁传》，见李剑国辑校《宋代传奇集》，第 451 页。

则更平易、更口语化。再如叙宣和元年金台弹劾林灵素，耿传云："金台上言：'灵素妄议迁都，妖惑圣聪，改除释教，毁谤大臣。'"赵传云："金台上言：'林灵素妄议迁都，妖惑圣听，改除释教，毁谤大臣。'"赵传将耿传中的"圣聪"改为"圣听"，也是更为平易。赵传将耿传的华言、深言改为"常言"，体现出宋人叙事在语言运用上的平易追求。

赵鼎的"常言"追求，绝非个例。宋人文言小说中的文言运用追求平易已是常态，文言之中夹杂口语白话之例也是屡见不鲜。如秦醇《赵飞燕别传》自序云："余里有李生，世业儒。一日，家事零替，余往见之。墙角破筐中有古文数册，其间有《赵后别传》，虽编次脱落，尚可观览。余就李生乞其文以归，补正编次，以成传，传诸好事者。"①其中的"墙角破筐中"就是典型的口语词汇。又如无名氏《摭青杂说》之《盐商厚德》开篇云："项四郎，泰州盐商也。尝商贩自荆湖归，至太平州。中夜月明，睡不着，闻有一物触舡，项起视之，有似一人。"②其中的"睡不着"是典型的口语表达方式。再如该书之《守节》有云："汝为听命，遂领其徒出屯州城。名曰招安，但不杀人而已，其劫人财帛，掠人妻女，常自若也，州县不能制。"③其中的"但不杀人而已"也是地道的口语表达方式。

（二）人物语言的口语化

相较而言，宋代文言小说中的人物语言比叙事语言，浅俗化、口语化程度更高。当然，泛而论之，这也是记言语体与记事语体的本来差异。南朝刘宋史学家裴松之曾云："凡记言之体，当使若出其口。辞胜而违实，固君子所不取。"④清代章学诚曾云："文人固能文矣，文人所书之人，不必尽能文也。叙事之文，作者之言也。为文为质，惟其所欲，期如其事而已矣。记言之文，则非作者之言也；为文为质，期于适如其人之言，非作者所能自主也。"⑤刘氏所云"记言之体，当使若出其口"，章氏所云"记言之文，期于适如其人之言"，都道出了记言之体当各肖其声口的特质。宋代的书面语（文言）与口语（白话）已有较大差异，人们的日常对话当然是采用白话，小说记

①刘斧《青琐高议》前集卷七，上海：上海古籍出版社，1983年版，第74页。
②陶宗仪《说郛》卷三七引《摭青杂说·盐商厚德》，北京：中国书店，1986年版，第20页。
③陶宗仪《说郛》卷三七引《摭青杂说·守节》，第18页。
④陈寿撰、裴松之注《三国志》卷二二，北京：中华书局，1959年版，第642页。
⑤章学诚撰、叶瑛校注《文史通义校注》卷五"古文十弊"，北京：中华书局，1985年版，第508页。

言之时采用浅俗化文言或者径直采用口语白话,就是为了各肖其声口,以塑造身临其境的效果。值得注意的是,六朝小说和唐代文言小说,记言之际为肖其声口,偶尔也会使用一些口语词汇和口语表达方式,但只是星星之火,真正到了宋代文言小说才成燎原之势。

宋代文言小说中的人物语言,很多情况下会径直采用口语白话,以绘声绘色、声口毕现。这样的例子俯拾皆是。北宋初年张齐贤撰《洛阳搢绅旧闻记》,里面二十余篇文言小说,运用口语白话以活灵活现人物对话之例指不胜屈。如《安中令大度》叙辅臣刘某向安中令进谏,安中令曰:"尔忧主人如此,却出恁言,转教我不安。大都是这老汉死日到,罪过淫乱得你如此,干你甚事?我知罪过,今后不敢,你便休,你便休!"①生动的口语将安中令从善如流、体恤辅臣的情态描摹得栩栩如生。又如《齐王张令公外传》叙齐王张令公以礼接待士子桑维翰云:

> 桑魏公将应举,父乘间告王曰:"某男粗有文性,今被同人相率欲取解,俟王旨。"齐王曰:"有男应举,好事,将卷轴来,可教秀才来。"桑相之父趋下再拜。既归,令子侵早投书,启献文字数轴。王令:"请桑秀才。"父教之趋阶,王曰:"不可,既应举,便是贡士,可归客司。"谓魏公父曰:"他道路不同,莫管他。"终以客礼见之。②

鲜活的口语将张令公礼贤下士的情态刻画得异常逼真。再如《焦生见亡妻》叙焦生惑于亡妻、差点乘驴跌落深潭的情景云:

> 焦生乘驴,直诣洛河崖岸最深险处,急鞭驴使前……筏上人连声大叫云:"莫向前!向前岸下是潭水,湥杀你。"焦生闻之,自弃沿身衣服于地,望西北下急走,潜伏不见。筏人上岸,睹其衣服,曰:"果是风狂人,几合湥杀。若向前有疏失,况遗衣服在地,来日人寻踪至此,带累人。"③

筏人的呼喊劝阻和事后感叹,皆用白话,非常逼真地还原了故事现场。北宋中后期刘斧编撰《青琐高议》,里面五十篇左右的杂传记、传奇小说,人物

---

① 张齐贤《洛阳搢绅旧闻记》卷四,《丛书集成初编》本,上海:商务印书馆,1939 年版,第 2844 册,第 32 页。
② 张齐贤《洛阳搢绅旧闻记》卷二,《丛书集成初编》本,第 14 页。
③ 张齐贤《洛阳搢绅旧闻记》卷五,《丛书集成初编》本,第 46 页。

对话采用白话的例证屡见不鲜，如后集卷六《范敏》中范敏、将军、李氏三人的对话几乎全用白话，非常传神。

南宋文言小说运用白话来描摹人物对话更为普遍。洪迈《夷坚志》的叙事语言为浅白文言，人物语言也多为浅白文言甚至白话口语。如《夷坚支庚》卷一《鄂州南市女》叙吴氏女害上相思病后母女对话云："母怜而私扣之曰：'儿得非心中有所不惬乎？试言之。'对曰：'实然，怕为爷娘羞，不敢说。'"又叙该女亡后被盗墓贼意外"唤醒"，该女曰："我赖尔力，幸得活，切勿害我。候黄昏抱归尔家将息，若幸安好，便做你妻。"①上述非常口语化的对话，活生生地刻画出一位市井女子的可爱情态。又如《夷坚志补》卷七《丰乐楼》叙小贩沈生偶遇五通神，乞求富贵曰："小人平生经纪，逐锥刀之末，仅足糊口。不谓天与之幸，尊神赐临，真是夙生遭际，愿乞小富贵，以荣终身。"又云："市井下劣，不过欲冀钱帛之赐尔！"后来沈生获得五通神所赐一布囊的银酒器，赶到家中呼喊其妻："连声夸语之曰：'速寻等秤来，我获横财矣！'"②上述白话口语，非常生动地刻画出一位贪图小利的商贩形象。

《摭青杂说》现存五篇传奇中的人物对话也是多用白话。如《盐商厚德》叙盐商项四郎于江中救得一贵人家女，欲留为子妇，并以其意告妻，其妻曰："吾等商贾人家，止可娶农贾之家。彼骄贵家女，岂能攻苦食淡、缉麻织布，为村俗人事邪？不如货得百十千，别与儿男娶。"之后富家娼家竞来索买，项曰："彼一家遭难，独彼留得余生。今我既不留为子妇，宁陪些少结束，嫁一本分人，岂可更教他作倡女婢妾，一生无出伦耶？"③项与其妻的对话纯用白话，生动逼真，刻画出夫妻两人迥异的心态和情志。

（三）文言语体的浅俗化

宋代文言小说叙事语言的浅俗化与人物语言的口语化是一体两面，共同推动着文言小说语体的由雅而俗。张齐贤《洛阳搢绅旧闻记》（下简称《旧闻记》）卷一《梁太祖优待文士》就是一个很好的例证，该文有云：

> 梁祖既有移龟鼎之志，求宾席直言骨鲠之士。一日，忽出大梁门外数十里，憩于高柳树下，树可数围，柯干甚大，可庇五六十人。游客

---

① 洪迈《夷坚志》，《夷坚支庚》卷一，北京：中华书局，1981 年版，第 1136 页。
② 洪迈《夷坚志》，《夷坚志补》卷七《丰乐楼》，第 1613 页。
③ 陶宗仪《说郛》卷三七引《摭青杂说·盐商厚德》，第 20 页。

亦与坐，梁祖独语曰："好大柳树。"徐遍视宾客，注目久之，坐客各各避席对曰："好柳树。"梁祖又曰："此好柳树，好作车头。"末坐五六人起对："好作车头。"梁祖顾恭翔等，起对曰："虽好柳树，作车头须是夹榆树。"梁祖勃然厉声言曰："这一队措大，爱顺口弄人。柳树岂可作车头？车头须是夹榆木。便顺我，也道柳树好作车头。我见人说秦时指鹿为马，有甚难事！"顾左右曰："更待甚！"须臾，健儿五七十人，悉擒言柳树好作车头者，数以谀佞之罪，当面扑杀之。[①]

司马光《资治通鉴》（下简称《通鉴》）亦载此事，云：

全忠（即梁太祖朱全忠，引者注）尝与僚佐及游客坐于大柳之下，全忠独言曰："此木宜为车毂。"众莫应。有游客数人起应曰："宜为车毂。"全忠勃然厉声曰："书生辈好顺口玩人，皆此类也！车毂须用夹榆，柳木岂可为之！"顾左右曰："尚何待！"左右数十人，捽言"宜为车毂"者悉扑杀之。[②]

从叙事语言对照，《通鉴》文雅，《旧闻记》浅俗。如《通鉴》"坐于大柳之下"，《旧闻记》为"憩于高柳树下"，更为口语化。又如《通鉴》"左右数十人，捽言'宜为车毂'者"，《旧闻记》为"悉擒言柳树好作车头者"，也更为口语化。从人物语言对照，《通鉴》全为文言，《旧闻记》则全为口语。如《通鉴》录梁太祖言"此木宜为车毂"，《旧闻记》为"此好柳树，好作车头"；又如《通鉴》录梁太祖言"尚何待"，《旧闻记》为"更待甚"。

　　实际上，不唯《梁太祖优待文士》语体浅俗，《洛阳搢绅旧闻记》的其它篇章也大致如是。张齐贤曾居相位数年，是典型的上层文人，然其文言小说著述却能充分吸取口语白话的营养，运用浅俗化的叙事语言和口语化的人物语言，叙事状物，写人记言，推动着文言小说语体的由雅而俗。

三、市井小说语体的文白夹杂

（一）市井叙事中的文言语体

　　宋代小说中的市井叙事文本，虽以白话书面语为主，但也存在大量使用文言的现象。首先，《绿窗新话》《醉翁谈录》中的脚本式准话本，本身就

---

①张齐贤《洛阳搢绅旧闻记》卷一，《丛书集成初编》本，第3页。

②司马光撰、胡三省注《资治通鉴》卷二六五，北京：中华书局，1956年版，第8644页。

是文言叙事;其次,文言体话本如《蓝桥记》《钱舍人题诗燕子楼》《宿香亭张浩遇莺莺》等,乃是在文言传奇基础上套上话本外衣,语体仍是文言;复次,宋人话本中还有不少底本录本混编本,如《新编五代史平话》和《宣和遗事》等,既有白话故事等录本性质的内容,又有资料摘编等底本性质的内容,而后者往往使用文言语体;再次,就是宋人比较纯粹的白话话本,如《碾玉观音》《西山一窟鬼》等,文中也有不少的文言词汇和表达句式。

值得注意的是,这些文本或孕育于民间艺人之口,或创编于下层文人之手,其文言语体的使用水准与正宗的文人叙事文本相比,仍有不小的差距。我们可以通过三个个案的考察,来管窥市井叙事文本使用文言语体的功力与火候。

(二)文言运用中的捉襟见肘

我们先来考察宋人话本《刎颈鸳鸯会》入话(下简称"入话")对唐传奇《非烟传》的改动。《非烟传》叙功曹参军武公业的爱妾步非烟,在邻家子赵象苦心孤诣的追求下终与之私通,被其夫发觉,缚于柱上鞭笞而死,而赵象逃脱,远窜江湖。此篇重心在表达对非烟不幸遭遇的深切同情。[①] 宋人将其改编为入话故事时,重心已经偏移,重在突出"赵象知机识务,事脱虎口,免遭毒手,可谓善悔过者也"[②]。宋人的改编实际上将文人才士怜香惜玉的雅情,化作了市井细民知机识务的俗趣,两文的雅俗之分昭然可见。不唯如此,唐人《非烟传》与宋人入话在文言运用上的高下之别,也是相当突出,这从后者对前者的改动之处可见端倪。如《非烟传》"爱妾曰非烟,姓步氏,容止纤丽,若不胜绮罗"句,宋人入话将"若不胜绮罗"改为"弱不胜绮罗"。一字之改,情韵大变,唐人用"若"字,含蓄但精准,宋人用"弱"字,直白却未必准确。又如《非烟传》云非烟"善秦声,好文墨",入话改为"善秦声,好诗弄笔",前者是规范的文言表达,且语言整饬有美感,后者添一"弄"字不仅破坏了文字的整饬,而且也不符合文言的语法规范。又如叙非烟与赵象暗度陈仓之情景,《非烟传》云"兹不盈旬,常得一期后庭,展幽微之思,罄宿昔之心。以为神鬼不知,天人相助……如是者周岁",入话将其中的"神鬼不知,天人相助"改为"鬼鸟不知,人神相助"。两相对照,《非烟传》的

---

①文末有作者的议论,曰:"非烟之罪虽不可逭,察其心,亦可悲矣。"可以看出作者的同情。见李时人《全唐五代小说》卷七〇《非烟传》,西安,陕西人民出版社,1998年版,第1932页。

②《清平山堂话本》,南京:江苏古籍出版社,1990年版,第189页。

表述更典雅，入话的表述尤其是"鬼鸟不知"的说法，相当俚俗。再如叙武公业从女奴口中得知非烟与赵象私情的情景，《非烟传》云："无何，非烟数以细过挞其女奴，奴阴衔之，乘间尽以告公业。公业曰：'汝慎勿扬声！我当伺察之。'"入话将"我当伺察之"改为"我当自察之"，将"伺察"的丰富意蕴大幅删落，简化为"自察"，实在可惜。从上述例证可知，改编《非烟传》以为入话者，文言功底确实不如皇甫枚（《非烟传》作者）这样的正宗文人。

宋人话本中的诗词很多，有些是将现成的文人诗词整体移入话本，有些则是移花接木、张冠李戴，还有一些则是说书艺人或书会才人的代拟和新创。这些代拟和新创之作最能看出说书艺人、书会才人的文言功底。《清平山堂话本》中《五戒禅师私红莲记》，叙五戒禅师偷偷摸摸、"幸"了寺院收养的少女红莲，被师弟明悟禅师慧眼识破，然后明悟请五戒前来吟诗，话本云：

> 明悟道："师兄，我今日见莲花盛开，对此美景，折一朵在瓶中，特请吾兄吟诗清话。"五戒道："多蒙清爱。"行者捧茶至。茶罢，明悟禅师道："行者，取文房四宝来。"行者取至面前。五戒道："将何物为题？"明悟道："便将莲花为题。"长老捻起笔来，便写四句诗道："一枝苔菡瓣儿张，相伴蜀葵花正芳。红榴似火复如锦，不如翠盖芰荷香。"长老诗罢。明悟道："师兄有诗，小僧岂得无言语乎？"落笔便写四句。诗曰："春来桃杏柳舒张，千花万蕊斗分芳。夏赏芰荷真可爱，红莲争似白莲香？"明悟长老依韵诗罢，阿阿大笑。五戒听了此言，心中一时解语……①

我们来分析话本作者为五戒和明悟代拟的两首诗。五戒之诗，首联下句"相伴蜀葵花正芳"与尾联上句"红榴似火复如锦"平仄失粘，并且尾联上句"红榴似火复如锦"与下句"不如翠盖芰荷香"平仄失对。后来冯梦龙纂辑《古今小说》收入此篇，将"一枝苔菡瓣儿张"改为"一枝苔菡瓣初张"，改动一字，意蕴更丰。又将该诗尾联改为"似火石榴虽可爱，争如翠盖芰荷香？"不仅消除了原诗失粘失对的瑕疵，而且通过转折和反问酿造出文气起伏之势，更有诗味。明悟之诗，首联上句"春来桃杏柳舒张"与下句"千花万蕊斗芬芳"平仄失对，并且首联下句"千花万蕊斗芬芳"与尾联上句"夏赏芰荷真

---

① 《清平山堂话本》，第173～175页。

可爱"平仄失粘,后来冯梦龙将该诗首联改为"春来桃杏尽舒张,万蕊千花斗艳芳",不仅解决了原诗失粘失对的毛病,而且文气更顺。冯梦龙对两首诗的改动都不大,不过是调换个别文字的位置,并替换个别用词,但着手成春,于此可见说书艺人、书会才人(话本原作者)与冯梦龙这样的正宗文人(话本改编者)在文言表达上的水准高下。

宋人白话话本中,涉及书生才女、文臣学士等有文才者的对话,为毕肖其声口,往往将其对话用文言语体道出,但常常失误连连,画虎不成反类犬。如宋人话本《风月瑞仙亭》叙汉武帝元狩二年,司马相如下榻卓王孙家,用琴声引来卓文君,然后云:

> 相如月下见了文君,连忙起身迎接,道:"小生闻小姐之名久矣,自愧缘悭分浅,不能一见。恨无磨勒盗红绡之方,每起韩寿偷香窃玉之意。今晚既蒙光临,小生不及远接,恕罪,恕罪!"文君敛衽向前道:"先生在此,失于恭敬,抑且寂寞,因此特来相见。"①

话本中司马相如所云"磨勒盗红绡",乃是唐代裴铏《传奇》中《昆仑奴》的故事,"韩寿偷香窃玉"乃是《世说新语·惑溺》中的故事,西汉才子居然能引用六朝和唐朝的典故,其中的时空穿越真是令人诧异,于此可见话本作者运用文言语体但欠缺相应文化积淀所造成的悖谬。

第二节　叙事行为(如何叙事):精致叙事与质朴叙事

宋代小说中的士人叙事与市井叙事在叙事行为上差异甚大。一般而言,文人叙事重"事"亦重"叙",讲究结构的谨严周密、情节的跌宕有致和叙述的起承转合;民间叙事则"事"重于"叙",更加注重故事本身的生动曲折,而不把"叙"作为重点,在谋篇布局的运思、叙事技法的运用上均不及士人小说精致。值得注意的是,市井小说中大量运用程式、套语、嫁接、捏合、巧合、以物串事等叙事技法,呈现出鲜明的民间性、集体性和质朴性。

一、谋篇布局与叙事技法:精粗之异

宋代士人小说和市井小说在谋篇布局和叙事技法上,有精与粗、密与

疏、巧与朴之歧异。我们可以通过考察叙述相同故事的不同文本，来管窥士人叙事与市井叙事在叙事行为上的殊途异辙。

（一）"盗冢复生"个案：士人与市井叙事的巧与朴

我们先来考察"盗冢复生"个案。文人小说廉布《清尊录·大桶张氏》、王明清《投辖录·玉条脱》、洪迈《夷坚志·鄂州南市女》与市井话本《闹樊楼多情周胜仙》所叙故事大同小异，且文本间有承传关系，可以作为典型个案。

廉布《清尊录·大桶张氏》与王明清《投辖录·玉条脱》文句大同，小异则在后者描述略微精细一些，并在本篇故事之后附录了蔡襄之事。另外，前者在篇末云"时吴拭顾道尹京，有其事云"①，后者在篇末云"是时吴拭顾道尹京云。以上二事（引者注：一事指该篇所云之事，另一事指《贾生》篇所云之事）许彦周云"②。关于两篇文句的大同小异和所注来源的有同有异，李剑国先生给出了一个较为合理的解释：

> 许顗两宋间人……彼与吴拭同时，疑闻此事于吴而记其始末，复先后以示廉、王二人，而廉、王各载入己书，故二书文句大同也。唯廉布删削较多，故反不及王书文繁。或谓王取自廉书，非是；若谓廉删取于王书，然王晚廉三十五岁，绍兴二十九年作《投辖录》时，廉书当已久成。③

李先生之论，可为一说。因为两篇多同少异，且后篇（《玉条脱》）稍细，故以之为考察对象。

《玉条脱》叙以财雄长京师的富家子张生，路过帮其行钱（放债）的孙助教家，见孙氏之女容色绝世，酒后戏言要娶其为妻，并以臂上所戴玉条脱为聘。后来张生别娶他女，孙氏之女以被蒙头，气极而亡。孙家找来治丧者郑三，告知其"勿停丧，就今日穴壁出瘗之"。郑三见孙氏之女臂有可值数十万钱的玉条脱，起贪财之心，劝孙家将女葬于他家园子，以便发冢窃财，孙家依之。郑三发棺，欲取玉条脱，见孙氏之女忽然复活，就劫持为妻。孙氏之女一直恨怒张生负约，每每欲前往质问，无奈被郑家管住，不得机会。

---

①廉布《清尊录》，台湾《丛书集成新编》本，第 87 册，第 278 页。
②李剑国《宋代传奇集》，北京：中华书局，2001 年版，第 518 页。
③李剑国《宋代传奇集》，第 469 页。

数年后,孙氏之女终于乘便逃出郑家,找到张生府第哭骂,被张误以为鬼,并推地致死。郑三之母因儿媳死于张生之手,诉之有司,郑三因发冢等罪被判流放,后因逢赦被免罪,张生因过失杀人被判死罪,后虽获赦免死,但遭杖脊,忧畏死于狱中。①

《鄂州南市女》与《大桶张氏》《玉条脱》的故事类型一致,但具体细节差异较大。文叙鄂州南草市富家女吴女看上姿相白皙的茶店仆彭生,无由可通缱绻,积思成疾。其父吴翁初以门第不等拒绝为女议婚于彭生,后因女儿病笃,无奈招来彭生议婚,不料却遭到彭生断然拒绝。吴女气绝,即刻下葬,凶仪华盛,观者叹诧。樵夫发冢开棺窃财,遇吴女复活,据以为妻。吴女思彭生之念不暂忘,于是欺诳樵夫欲回南市探亲,樵与俱行。才入南市,吴女就直奔茶肆寻彭生,并支走樵夫,独向彭生诉衷肠,被彭生误以为鬼,追逐中坠楼而亡。吴女之母闻讯而来,诉之有司,樵夫以破棺见尸论死,彭生被从轻发落。篇末有云:"《清尊录》所书大桶张家女,微相类云。"②明确点出该篇与廉布《清尊录·大桶张氏》的异文同类。

《醒世恒言》中的《闹樊楼多情周胜仙》,学界多认为出自宋人旧本,如郑振铎云:"这篇写东京景色,男女调情,至为真切,至为古拙,绝类宋人之作。有许多话,乃是后来人所绝写不出的。"③话本的本事即出自《鄂州南市女》,说话人和编写者还可能参考过《大桶张氏》《玉条脱》。话本叙徽宗朝东京金明池边樊楼里有位开酒肆的范二郎,与曹门里周大郎之女周胜仙互相爱慕,两人俱相思成疾,后来由王婆穿针引线,议成婚事,下了定礼。不料外出归家的周大郎得知此事后,以范二郎地位低微,不允婚事,致使胜仙气绝身亡。周家将女即时入殓,来日便出丧。后有朱真盗墓窃财,见胜仙玉体,顿时起了歹心,遂奸其尸,胜仙得阳气而复活,并被朱真挟持为妻。胜仙乘便逃出朱家,上门寻访范二郎,被二郎误以为鬼,失手打死。二郎被拘入狱中,梦中与胜仙鬼魂做成三日夫妻。胜仙鬼魂拜求五道将军帮忙,使得二郎被改判无罪出脱。朱真则因劫坟当斩。二郎后来娶妻,不忘胜仙之情,岁时到五道将军庙中烧纸祭奠。④

---

① 李剑国《宋代传奇集》,第 517~518 页。
② 洪迈《夷坚志》,《夷坚支庚》卷一,北京:中华书局,1981 年版,第 1137 页。
③ 郑振铎《中国文学论集·明清二代的平话集》,长沙:岳麓书社,2011 年版,第 395 页。
④ 冯梦龙《醒世恒言》卷一四,天津:天津古籍出版社,2004 年版,第 181~190 页。

　　上述三个故事，主角姓名各异，然都是一对男女生死冤家外加一个盗墓贼，《玉条脱》为张生、孙女加郑三，《鄂州南市女》为彭生、吴女加樵夫，话本为二郎、胜仙加朱真；具体细节有异，然都是同一情节模式：女子钟情于某生，婚事不谐气绝身亡，第三者盗墓，复活被占，乘便逃出寻找意中人，被意中人误杀，官府判案。可见上述故事可归于"盗冢复生"同一母题。

　　同一母题的士人与市井文本，旨趣相异。同为婚事不谐致女死而复死之悲剧，起因不同。《玉条脱》乃是富家子张生负约别娶，致使孙女一腔期待化为泡影，进而气绝身亡，该篇隐寓对张生儿戏许婚、致人死命的谴责，这从篇末安排张生忧畏死于狱中的结局，并感叹"因果冤对，有如此哉"，可以清晰感知。《鄂州南市女》乃是彭生因吴女有违女德（"每于帘内窥觇""鄙其所为"）而拒婚，致使吴女气绝身亡，该篇对彭生似乎并无谴责之意，这从篇末安排彭生从轻发落的结局，可以知晓。该篇倒是对吴女所为不无微讽之意。上述两篇士人小说，或严惩负约之男，或微讽失德之女，志趣皆在士人念叨的世道人心。话本中的悲剧起因乃是胜仙之父欲为女儿攀高枝，不同意其女与地位低微的范二郎的婚事，致使胜仙气绝身亡，该篇当然隐寓对周父的谴责，但重心却在刻画市井女子生死以之的爱情追求，志趣在于呈现市井细民的心曲和情趣，道德劝惩已非其要旨。简言之，士人小说重心在教化，"教"重于"乐"；民间小说重心在情趣，"乐"先于"教"。

　　上述文本不仅在旨趣上有"教""乐"孰重孰先之异，在谋篇布局上也有密、疏之异。比如伏笔的运用，《玉条脱》就显得更为精熟。孙女能够在郑三开棺窃财时复活，其实前文早有多处伏笔。一是孙女得知张生负约别娶时"去房内以被蒙头，少刻遂死"；二是孙女父母叫来治丧者郑三后，告知"小口死，勿停丧，即日穴壁出瘗之"；三是郑三见孙氏之女臂有玉条脱，起贪财之心，劝孙家将女葬于他家园子，以便发冢窃财，孙家依之；四是孙女父母"号恸不忍视，急挥去之"；五是孙家"即与亲族往送其殡而归"；六是当夜郑三即发棺窃财。"以被蒙头，少刻遂死"说明孙女可能并非真死，只是窒息昏死。昏死后即刻"穴壁出瘗"，"即与亲族往送其殡而归"，应该是殡而未葬，且时间仓促可能棺材密封性能也未必好，故而孙女复活的可能性大大存在。郑三当夜就在自家园子发棺，说明孙氏昏死殓放在密封性能未必好的棺材中的时间并不长。这些伏笔都为郑三发棺致使昏死的孙女复活作了铺垫，使得孙女的复活初看出乎意料，细品却合乎情理。于此可见文人叙事的精细。两相对比，话本对胜仙死而复活的叙述就相形见绌。一是胜仙气倒身亡后，乃是"来日便出丧"，而不是当日；二是从朱真"把刀拨开雪地""下刀挑开石板下去"，可知胜仙已经下葬。来日出丧且已经下葬的情况下，胜仙还能复活，这样的细节处理显然不如《玉条脱》即日出丧、殡而未葬、当夜发棺而使孙女复活合乎情理。于此可见士人小说与市井小说在叙事细微处的差异。

（二）"西山群鬼"个案：士人与市井叙事的精与粗

我们再来考察"西山群鬼"个案。文人小说沈氏《鬼董·樊生》与话本《西山一窟鬼》主体情节大致相同，然而两文在结构技巧和形象刻画上却颇为不同。

《樊生》叙樊生游寺阁，得女子履，中有片纸，曰："妾择对者也，有姻议者，可访王老娘问之。"后樊生于茶肆遇王老娘，王云女（陶小娘子）乃张郡王之嬖，因郡王死，故求偶择对，并约以次日酒肆相亲。相亲之后，女遂与生乱，不肯复去。女不顾生之顾忌，堂皇入生家，出拜舅姑，真若新妇。此时，樊生家人已渐知此女乃鬼，乃求法师治之。女离去，然扬言不会善罢甘休。月余，樊生与友登慈云岭，绕入钱湖门中，途中遭遇陶小娘子、王老娘等群鬼，并被群鬼擒住。千钧一发之际，殿前司某统制趋衙，将其救归。异时访鬼所起，知陶小娘子确为张郡王之嬖，然以外淫为主所杀，王老娘亦以奸被戕，其余诸鬼皆岭边新瘗者也。[1]

话本《西山一窟鬼》，今存于《警世通言》卷一四，作《一窟鬼癞道人除怪》，并于题下注云："宋人小说，旧名《西山一窟鬼》。"学界多认为此篇本于宋人话本。胡士莹《话本小说概论》云："篇中称临安为行在，说西湖山道，杭州坊里，亲切如睹，自是南宋说话人口气。而铺席、一窟鬼等词，又都是当时民间熟语。《都城纪胜》有'铺席'一门，《梦粱录》记杭州茶肆有王妈妈茶坊名'一窟鬼茶坊'，从这些方面看，本篇无疑是宋人话本。"[2]欧阳健、萧相恺《宋元小说话本集》录入此篇，并于篇末附记云："篇中云：'自家今日也说一个士人，因来在临安府取选，变做十数回蹊跷作怪的小说。'此中所谓小说，正乃'说话'四家之一的'小说'。称年代为'绍兴十年间'，称地点为

①沈氏《鬼董》卷四，《续修四库全书》本，第 1266 册，第 394～395 页。
②胡士莹《话本小说概论》，北京：中华书局，1980 年版，第 203～204 页。

'今时州桥下'，都是宋时人说宋时事的口气。"①

　　关于《西山一窟鬼》与《鬼董·樊生》的关系，学界有两种意见。一种认为前者本于后者，如鲁迅谓："《西山一窟鬼》述吴秀才一为鬼诱，至所遇无一非鬼，盖本之《鬼董》(四)之樊生，而描写委曲琐细，则虽明清演义亦无以过之。"②另一种认为两者皆据同一民间传说敷衍而成，两者之间未必有直接的承传关系，如萧相恺《宋元小说史》云：

　　　　南宋后期的文言小说集《鬼董》中，有一篇"质库樊生"，所叙故事与《西山一窟鬼》十分相似，其末云："此度是绍兴末年事，余近闻之。""质库樊生"与《西山一窟鬼》之间，似并无直接的渊源关系，它们似乎都是根据早已流传的民间传说写成，否则，所说故事发生的时间不会不同(引者注："质库樊生"云"绍兴末年事"，《西山一窟鬼》云"绍兴十年"，时间差异较大)，或者说不必如此改动。③

实际上，无论是前后承传，或者是皆据同一传说敷衍，两篇小说的情节主干都是一致的。

　　话本叙福州秀才吴洪赴临安应试不第，在杭州开一小学堂度日。一日，半年前搬去的邻舍王婆前来说媒，撮合吴生与秦太师府中放出的李乐娘做成夫妻。不久，吴生早起时发现乐娘侍女锦儿颈项有血污，大惊倒地，醒后顿生疑惑。清明时节，吴洪与友人出城游春喝酒，傍晚躲雨至墓园，见鬼出入，大恐，逃至败落山神庙中借宿，又遇李乐娘和锦儿两鬼前来寻觅，拂晓时下岭又遇王婆等群鬼。吴生返城后即访王婆家，得知其死已有五月。吴生后遇癞道人，道人作法擒鬼，知李乐娘乃秦太师府三通判小娘子，因生产而死，锦儿则为通判夫人逼死。吴洪从此舍俗出家，云游天下。④

　　上述两篇小说，主角姓名有异有同，《樊生》为樊生、陶小娘子外加侍女无名氏和媒人王老娘，《西山一窟鬼》为吴生、李乐娘外加侍女锦儿和媒人王婆。两篇小说的具体细节似不雷同，但情节模式如出一辙，均为：某生因王婆牵线抱得丽人归，丽人及其侍女露出鬼物之迹，某生与友出城遭遇丽

①欧阳健、萧相恺《宋元小说话本集》，郑州：中州古籍出版社，1987年版，第32～33页。
②鲁迅《中国小说史略》，上海：上海古籍出版社，1998年版，第77页。
③萧相恺《宋元小说史》，杭州：浙江古籍出版社，1997年版，第124页。
④冯梦龙《警世通言》卷一四《一窟鬼癞道人除怪》，上海：上海古籍出版社，1992年版，第120～127页。

人、侍女、王婆等群鬼，某生被救，某生察知丽人、侍女、王婆皆鬼物。两篇小说的主旨皆为用鬼物之纠缠、狰狞喻女色之惑心、祸人，劝戒世人远色远祸，折射的都是古代中国人畏色如鬼的意识。

两篇小说的情节模式和主旨大致相同，但形象塑造却大不相同。《樊生》中的女主角陶小娘子个性突出，形象鲜明。其先用藏有片纸的女鞋布下诱饵，待鱼儿上钩后又主动投怀送抱（"女遂与樊乱"），"乱"后堂皇进入生家以新妇自居，都可见其水性和心计；当樊家请法师治之时，其"无畏色，出语曰：'我良家子，方有姻议，而彼遽奸污我于酒肆中，若谓此谁之罪？今不居此将安归'"，将自己的主动"献身"反诬为樊生的"奸污"，可见其狡黠和凶悍；后来法师为之劝解，其"久之乃曰：'去易耳，然吾终不置此人'"，又可见其不愿善罢甘休的悍妇心态；再后来，其又与群鬼将误入墓园的樊生擒住，更可见其泼辣的手段。篇末交待"陶小娘子信张氏之璧，以外淫为主所杀"，又透露出其生前的淫乱。总之，陶小娘子生前为淫妇，死后为有心计、有手段、又狡黠、又凶悍的邪淫女鬼。人物形象呼之欲出。

与之相较，话本中的女主角李乐娘的形象塑造就大为逊色，文中仅有一处即夜寻吴生时的言行显出其泼辣性格，其余地方均未涉及，缘此，李乐娘形象完全不及陶小娘子形象丰富和饱满。话本的重心在叙述故事，而不是刻画人物，故而相同题材的文言小说和话本小说，其形象塑造的丰富性和鲜明性有较大差异。

两篇小说在叙事技巧上也有差异。同为志怪、灵怪类小说，两篇都运用了悬念、暗示、伏线、照应等技法，相较而言，《樊生》的运用则更为精到。陶小娘子虽为鬼物，但开篇并不点破，而是随着故事的展开一点一点地显露原形，最后真相大白，如此行文，颇有影灯漏月之妙。小说开篇就是一个悬念，叙樊生拾得藏有姻议之约的女鞋，然后叙樊生于茶肆遇王老娘，得知陶小娘子夫死求偶和以"鞋"求"谐"的原委，破解了悬念。但接下来又是新的悬念，当陶小娘子与樊生"乱"后进入生家，小说叙云："相挽登楼，坐异夫于门。守舍佣见其人衣纸衣，惊呼失声，四夫皆没，樊生坐楼上，不知也。中夜樊归，佣途送之，道所见，犹不之信。旦日，佣燖汤登楼，视婢乃一枯骸，女在床，自腰以下中断而异处。亟走报樊父，父往验之，则荡然空室，无复存者。"通过佣人眼见的"衣纸衣""四夫皆没""婢乃一枯骸""女在床，自腰以下中断而异处"和樊生之父眼见的"荡然空室，无复存者"，告诉读者陶小娘子非同常人，形成新的悬念，同时也是一种暗示。后来樊家得知陶小娘子为鬼，求法师治之，女离去。再后来樊生误入墓园，见到"丽女，鬼卒守之"，"腰腹中绝，以线缝缀，而不甚相属，盖陶小娘子也"，又照应了前面所述佣人所见娘子的女鬼本相。小说最后叙樊生"访鬼所起，则陶小娘子信张氏之嬖，以外淫为主所杀，中腰一剑而断"，将谜底揭开，用"外淫为主所杀，中腰一剑而断"的谜底，对女鬼"腰腹中绝"的形象作了贴切的诠释和精到的照应。全篇悬念相继、照应精当、伏线妥帖，显示出士人小说对叙事技巧的娴熟运用。

相形之下，话本对上述叙事技巧的运用则逊色得多。话本收官处云李乐娘为怀身产亡之鬼，但前文并没有与之相关的形象描述以形成暗示和照应。倒是侍女锦儿的形象描述，形成了一种照应，前文云吴生早起时发现锦儿颈项有血污，大惊倒地，醒后顿生疑感，话本收官处云锦儿乃割杀之鬼，前之"颈项有血污"与后之"割杀之鬼"若合符契，形成照应。但与《樊生》中陶小娘子"腰腹中绝"形象的多处照应相较，话本的照应还是稍逊一筹。另外，话本中伏线、悬念的运用也不及《樊生》。

（三）"猴精劫妻"个案：士人与市井叙事的细与疏

我们再来考察"猴精劫妻"个案。《清平山堂话本》中的《陈巡检梅岭失妻记》（下简称《失妻记》），学界一般认为是宋话本。话本本事可能出自宋初徐铉《稽神录·老猿窃妇人》及唐佚名《补江总白猿传》。该话本后来被冯梦龙改动，并易名为《陈从善梅岭失浑家》（下简称《失浑家》），收入《古今小说》。从冯的改动，我们可以反观《失妻记》叙事的粗疏。

《失妻记》叙宋徽宗宣和年间，汴梁秀才陈辛（字从善）常好斋供僧道。后中进士，除授广东南雄沙角镇巡检司巡检，携妻张如春赴任。大罗仙界紫阳真人见陈辛奉真斋道，知其妻有千日之灾，遂遣一真人化作道童（名罗童），护送陈辛前往岭南赴任。陈氏夫妇见罗童一路装疯做痴，遂将其打发而去。陈氏一行经过梅岭北时，妻张如春被猢狲精申阳公劫走。张如春宁死不屈，被罚每日山头挑水，浇灌花木。陈辛寻觅不得，只得独自赴任。三年后，陈辛任满北归，投宿红莲寺，得长老指点，寻得其妻，但慑于申阳公妖法广大，不能救出。后来紫阳真人与罗童同往岭南，降伏申阳公，救出张如春。陈辛夫妇团圆，百年而终。①

　　冯梦龙将《失妻记》收录时，做了些许改动，让故事更为合情合情，同时也让叙事更为绵密周到。杨义先生《中国古典小说史论》对此有精到阐发：

　　　　陈从善携带妻子张如春到广东南雄赴任，被化为梅岭店家的猴精申公摄走妻室。在月夜荒郊中，陈从善不可能知道祸从何来，但原文写道："巡检知是申公妖法化作客店，摄了我妻去。自从古至今，不见闻此异事。"这就把作者所知，不顾情境地误认为人物所知。于是新文本改为："陈巡检寻思：'不知是何妖法化作客店，摄了我妻去？从古至今，不见闻此异事。'"陈述句变作疑问句，知变作不知，正是为了保留叙事盲点，更可以写出人物的惊惶迷惑。当文人切入话本叙事的肌理时，他精细地安排人物的知点和盲点，以及盲点转化为知点的顺序，这就使得叙事过程更加绵密周到，而且增强其真实感了。②

杨先生《中国叙事学》也提及此例，并进一步论述道：

　　　　其后的一些改动都是围绕着这个"内盲点"做文章的，形成了猜疑、悬念、追究和消释的"盲点历程"。比如陈从善请卖卦先生占断，原文是："陈巡检将昨夜遇申之事，从头至尾说了一遍。"修改本把"遇申"二字改作"失妻"了……"内盲点"的设置，使叙事更加合情合理，虚实得当，体察细微了。③

杨先生指出冯梦龙将《失妻记》的某些叙事加以改动，就是为了围绕"内盲点"（陈氏不知是何妖怪劫妻而去）做文章，使故事在"猜疑、悬念、追究和消释的'盲点历程'"中摇曳跌宕，使叙事细致化。冯梦龙基于士人叙事细致化的追求，将《失妻记》这种相对粗疏的市井叙事文本"点石成金"，功莫大焉。于此也可反观市井叙事在叙事技法的运用上确实不及士人叙事。

二、程式运用与故事捏合：疏密之别

（一）程式套语：民间与文人叙事的重要分野

宋代话本作为典型的市井叙事文本和口传文学文本，存在较为普遍的

---

① 《清平山堂话本》，第145～161页。
② 杨义《中国古典小说史论》，北京：人民出版社，1998年版，第255～256页。
③ 杨义《中国叙事学》，北京：人民出版社，2009年版，第258页。

程式化倾向。我们可以借鉴西方的口头程式理论，来对其进行诠释。口头程式理论(Oral Formulaic Theory)是 20 世纪美国民俗学重要的理论流派之一，又称"帕里—洛德学说"(The Parry-Lord Theory of Oral Composition)。该学说是 20 世纪初叶美国学者米尔曼·帕里(Milman Parry)和其助手艾伯特·洛德(Albert Lord)，在比较研究荷马史诗及其他口头史诗时创立的。该学说的精髓，可以概括为三个结构性单元的概念：程式(formula)、话题或典型场景(theme or typical scene)，以及故事型式或故事类型(story pattern or tale-type)，它们构成了口头程式理论体系的基本框架。所谓程式，指"一组在相同的韵律条件下被经常使用以表达一个特定的基本观念的词汇"；所谓话题或典型场景，指"'成组的观念群，往往被用来以传统诗歌的程式风格讲述一个故事'，凭靠着它提供给诗人以现成的和有一定规模的典型描绘，这种描绘略加润饰便会适用于某一特定史诗故事中的特定场合"；所谓故事型式或故事类型，指"依照既存的可预知的一系列动作的顺序，从始至终支撑着全部叙事的结构形式"。① 三个概念从小到大，"程式"相当于中文语境中的"套语"，即微观层面的程式化的语言表达；"典型场景"指中观层面的程式化的场景描绘；"故事型式"指宏观层面的程式化的情节设计。实际上，口头程式理论不仅适用于口头史诗，也同样适用于其它口传叙事文本。口传艺人在叙事时，通过程式化的语言表达、场景描绘和情节设计，可以不变应万变，运用有限的故事素材，通过叙事单元的嫁接与整合，"创造"出近乎无限的故事文本。

宋代话本作为说话人的底本、录本或整理本，有鲜明的口传文学特征，在语言表达、场景描绘和情节设计上均有鲜明的程式化倾向。我们可以叙述"三怪"故事的宋话本系列(《西湖三塔记》《洛阳三怪记》《定山三怪》)为个案，管窥宋代民间叙事文本的程式化。

1.宏观层面：情节设计的程式化

《西湖三塔记》叙宋孝宗淳熙年间，有临安人奚宣赞，其叔出家在龙虎山学道。时值清明，奚生往游西湖，遇迷路女子卯奴，领至家中。后有一婆婆寻还该女，并邀奚生到其家，备酒以谢。席间，奚生见卯奴之母身着白

---

① 详参[美]约翰·迈尔斯·弗里著，朝戈金译《口头诗学：帕里—洛德理论》(北京：社会科学文献出版社，2000 年版)，[美]约翰·迈尔斯·弗里著，朝戈金译《口头程式理论：口头传统研究概述》(《民族文学研究》1997 年第 1 期)。

衣,如花似玉,心神荡漾。酒过三杯,有力士二人,捉一后生,开腔取心肝以供妇人下酒。酒后,妇人留下奚生做了半月夫妻,奚生面黄肌瘦。时值新的后生捉来,妇人欲取奚生心肝,卯奴救之,送其归家。明年清明节,奚生射得一老鸦,落地后忽地变成去年的那个妖婆婆,又将奚生掳去。白衣妇人又欲取其心肝,结果又被卯奴救下。奚生之叔奚真人从龙虎山回来,发现城西有黑气,又闻知奚生为妖所缠,乃设坛捉妖。妖捉至,皆现原形,卯奴是乌鸡,婆婆是獭,白衣妇人是白蛇。奚真人化缘造成三个石塔,将三怪镇于西湖中。①

《洛阳三怪记》叙洛阳开金银铺之潘松,于清明节赴会节园赏花,遇一婆子,自称潘松之姨,将其引至一崩败花园。一青衣女童乃已故之邻女王春春,劝潘松逃走,潘急走逃脱。潘遇旧交道士徐守真,请其前往捉拿邪祟,不料潘反被婆子捉住,被罩入鸡笼,摄至一府第。娘娘出,与相见,设宴共饮。有红袍大汉见此,怒气盈面。是夜,娘娘强邀潘松做成夫妻。王春春引潘松窥婆子剖人取心,并云娘娘乃玉蕊娘娘,婆子乃白圣母,红袍大汉乃赤土大王,专门迷人至此,共娘娘为夫妻,数日间,又迷他人,前人即被剖心。潘松在王春春帮助下,再度逃脱。徐道士作法擒怪,有黄袍兜巾力士云:"潘松该命中有七七四十九日灾厄,招此等妖怪,未可剿除。"遂罢。潘松居家避灾,一日池边钓鱼,见婆子咬着钓鱼钩,几至吓死。徐道士请师父蒋真人下山,作法擒得三怪。原来白圣母是个白鸡精,赤土大王是条赤斑蛇,玉蕊娘娘是个白猫精。②

《定山三怪》(即《崔衙内白鹞招妖》)叙唐玄宗时崔丞相,得皇帝所赐新罗国进贡之白鹞,后因事贬至定州中山府。其子崔衙内,春日放新罗白鹞打猎,在野外酒店见一相貌凶恶的酒保,卖人血酒,大恐。离店入山,忽见一红兔,放白鹞追逐,途中遇一骷髅。入夜,崔衙内迷路,入一庄院借宿,乃日间所见酒保主人之宅。遇一红衫女,设宴与饮。女之父,即途中所遇骷髅。崔衙内慌不择路,连夜逃命。回府后,崔丞相禁其外出。三月后,崔衙内在后花园乘凉,又见酒保及红衫女至。崔衙内为色所迷,与红衫女缱绻数日,为看院之人窥见,回覆崔丞相。崔丞相仗剑砍女,剑折而女未伤。遂

①《清平山堂话本》,第25～36页。
②《清平山堂话本》,第80～92页。

请罗真人作法,擒住三怪,原来酒保乃一大虫,红衫女乃一红兔,骷髅乃成器之古尸。①

上述三个话本,主要角色都是五位,各位角色的功能也大致相同,见下图:

话本名称 / 角色功能	角色甲(三怪的猎物)	角色乙(三怪中的帮凶)	角色丙(三怪中的元凶)	角色丁(三怪中较为良善者)	角色戊(三怪的克星)
《西湖三塔记》	奚宣赞	婆婆(獭精)	白衣妇人(白蛇精)	卯奴(乌鸡精)	奚真人
《洛阳三怪记》	潘松	婆子(白鸡精)	白衣娘娘(白猫精)	红袍大汉(赤斑蛇精)	蒋真人
《定山三怪》	崔衙内	骷髅(成器古尸)	红衫女(红兔精)	酒保(大虫精)	罗真人

情节设计则如出一辙,见下图:

话本名称 / 情节单元	诱骗后生	娘娘求欢	一逃再逃	真人降妖
《西湖三塔记》	奚生被婆婆(獭精)骗进家中	白衣妇人(白蛇精)与奚生做成夫妻,得新人后又欲将其杀害	卯奴(乌鸡精)帮助下,奚生逃脱,又被擒住,再逃脱	奚真人作法,三怪显出原形,被收服
《洛阳三怪记》	潘生被婆子(白鸡精)骗进家中	白衣娘娘(白猫精)与潘生做成夫妻,得新人后又欲将其杀害	红袍大汉(赤斑蛇精)良心未泯,不满白衣娘娘和婆子的作为;潘生逃脱、又被缠住	蒋真人作法,三怪显出原形,被收服
《定山三怪》	崔生打猎途中遇酒保(大虫精)卖人血酒,恐惧逃走;又遇骷髅(成器之古尸),再逃走	崔生再遇红衫女(红兔精),红衫女欲与其做夫妻,再逃走	红衫女再来纠缠崔生,与其做成夫妻	罗真人作法,三怪显出原形,被收服

郑振铎说:"旧小说中的人物,常有一个固定的型式;常与旧舞台上所

---

① 冯梦龙《警世通言》卷一九,第166~174页。

表现的人物一样,那一个是生,那一个是旦,那一个是净,那一个是丑,都可明明白白的指出。小说的名称虽然不同,而这一部小说中的'生',与别一部小说中的'生',其性格常是一模一样的。"又说:"旧小说及传说中的人物及情节是常常的互相抄袭,互相受有影响;虽或情节有略略的变更,人物有合二为一,或分一为二者,我们如果追究其来源,却总可得到的。"①郑先生点出旧小说中的人物及情节互相抄袭、互受影响,又指出"人物常有一个固定的型式",道出了旧小说人物刻画、情节设计的模式化、程式化。从上述例子可以看到,宋话本作为中国早期的白话小说,作为真正的民间叙事文本,其角色安排的模式化和情节设计的程式化是相当突出的。

　　2.中观层面:场景描绘的程式化

　　宋话本的程式化不仅体现在宏观层面的情节设计、角色安排,也体现在中观层面的场景描绘。比如三篇话本在描绘"娘娘求欢"场景时,大同小异。《西湖三塔记》云:

　　　　娘娘道:"难得宣赞救小女一命,我今丈夫又无情,愿将身嫁与宣赞。"

　　　　正是:春为花博士,酒是色媒人。

　　　　当夜,二人携手,共入兰房。②

《洛阳三怪记》云:

　　　　娘娘道:"婆婆费心力请得潘松到此,今做与奴做夫妻。"諕得小员外不敢举头,也不由潘松,扯了手便走。

　　　　两个便见:共入兰房,同归鸳帐。宝香消,绣幕低垂;玉体共,香衾偎暖。揭起红绫被,一阵粉花香;掰起琵琶腿,慢慢结鸳鸯。三次亲唇情越盛,一阵酥麻体觉寒。

　　　　二人云雨,潘松终猜疑不乐。③

《定山三怪》云:

　　　　女孩儿道:"不要怕,我不是人,亦不是鬼,奴是上界神仙,与衙内

①郑振铎《中国文学论集·伍子胥与伍云召》,长沙:岳麓书社,2011年版,第250、256页。
②《清平山堂话本》,第31页。
③《清平山堂话本》,第86~87页。

是五百年姻眷，今时特来效于飞之乐。"教班犬自驾香车去。衙内一时被她这色迷了。

色，色，难离易惑，隐深闺，藏柳陌。长小人志，灭君子德。后主谩多才，纣王空有力。伤人不痛之刀，对面杀人之贼。方知双眼是横波，无限贤愚被沉溺。

两个同在书院里过了数日。①

三篇话本在叙述"娘娘求欢"时，均是娘娘主动示爱甚而强求，然后用一段韵语铺叙交欢。

宋话本的场景描绘常有雷同之处，更可见市井艺人、书会才人的模式化思维。先看《五代史平话·梁史平话》叙黄巢下第后的场景：

黄巢因下第了，点检行囊，没十日都使尽，又不会做甚经纪，所谓："床头黄金尽，壮士无颜色。"那时分又是秋来天气，黄巢愁闷中未免题了一首诗，道是："柄柄芰荷枯，叶叶梧桐坠。细雨洒霏微，催促寒天气。蛩吟败草根，雁落平沙地。不是路途人，怎知这滋味！"题了这诗后，则见一阵价起的是秋风，一阵价下的是秋雨，望家乡又在数千里之外，身下没些个盘缠。名既不成，利又不遂，也只是收拾起些个盘费，离了长安……②

再看《警世通言》卷三七《万秀娘仇报山亭儿》叙陶铁僧失业后的场景：

这陶铁僧小后生家，寻常和罗锤不曾收拾得一个，包裹里有得些个钱物，没十日都使尽了。又被万员外分付尽一襄阳府开茶坊底行院，这陶铁僧没经纪，无讨饭吃处。当时正是秋间天色，古人有一首诗道："柄柄芰荷枯，叶叶梧桐坠。细雨洒霏微，催促寒天气。蛩吟败草根，雁落平沙地。不是路途人，怎知这滋味。"一阵价起底是秋风，一阵价下的是秋雨……③

两种不同话本（讲史话本与小说话本）的引文，一叙下第后的场景，一叙失业后的场景，写景叙事居然如出一辙，不得不使人怀疑此乃说话人叙失意

---

①冯梦龙《警世通言》卷一九，第173页。
②《五代史平话》，见丁锡根《宋元平话集》，上海：上海古籍出版社，1990年版，第28～29页。
③冯梦龙《警世通言》卷三七，第367页。

场景的程式化模板。

3.微观层面:语言表达的程式化

宋话本的程式化还鲜明地体现在微观层面的语言表达,即套语的大量运用。这些套语可分两种情况,一种是保留着强烈的说书人口吻的特定用语,如"话说""却说""且说"等表明故事开始、转折意味的套语,"正是""只见""但见""怎见得""有诗为证""有诗云"等引出韵语的套语。另一种是话本在写人、叙事、绘景、抒情、议论等过程中反复使用的习惯用语,如叙女郎言语,多用"启一点朱唇,露两行碎玉,说出数句言语来",状人惊讶,多用"分开八块顶阳骨,倾下半桶冰雪来",叙男女酒后交欢,多用"春为花博士,酒是色媒人",说话人现身对故事人物涉危之举抒发感慨,多用"若是说话的同年生,并肩长,拦腰抱住,把臂拖回",等等。宋话本的入话部分存在大量套语,某些套语甚至"小说、演史、讲经并可通用",如罗烨《醉翁谈录》甲集卷一"舌耕叙引"所引"小说引子",可能就是说话人在入话时的通用套语。宋话本的正话部分也有大量套语,既有散语,也有韵语。

我们试以《西湖三塔记》和《洛阳三怪记》为例,看看宋话本中的套语。两个故事都发生在清明节,两篇描写清明节如出一辙,《西湖三塔记》云:

> 当日是清明。怎见得?乍雨乍晴天气,不寒不暖风光。盈盈嫩绿,有如剪就薄薄轻罗;袅袅轻红,不若裁成鲜鲜丽锦。弄舌黄莺啼别院,寻香粉蝶绕雕栏。[1]

《洛阳三怪记》云:

> 时遇清明节……正是:乍雨乍晴天气,不寒不暖风和。盈盈嫩绿,有如剪就薄薄香罗;袅袅轻红,不若裁成鲜鲜蜀锦。弄舌黄鹂穿透奔,寻香粉蝶绕雕栏。[2]

两篇描绘清明节的韵语仅有少量差异。

又如描写婆子,《西湖三塔记》云:

> 看那婆婆,生得:鸡肤满体,鹤发如银。眼昏如秋水微浑,发白侣

---

[1]《清平山堂话本》,第29页。
[2]《清平山堂话本》,第82页。

楚山云淡。形如三月尽头花,命似九秋霜后菊。①

《洛阳三怪记》云：

> 看这婆婆时,生得:鸡皮满体,鹤发盈头。眼昏似秋水微浑,体弱
> 如九秋霜后菊。浑如三月尽头花,好似五更风里烛。②

两篇的引入语和韵语均高度相似。

再如描写妇人出场,《西湖三塔记》云：

> 婆婆引着奚宣赞到里面,只见里面一个着白的妇人,出来迎着宣
> 赞。宣赞着眼看那妇人,真个生得:
>
> 绿云堆发,白雪凝肤。眼横秋水之波,眉插春山之黛。桃萼淡妆
> 红脸,樱珠轻点绛唇。步鞋衬小小金莲,玉指露纤纤春笋。③

《洛阳三怪记》云：

> 那婆婆引入去,只见一个着白的妇人,出来迎接。小员外着眼看,
> 那人生得:
>
> 绿云堆鬓,白雪凝肤,眼描秋月之□,眉拂青山之黛。桃萼淡妆红
> 脸,樱珠轻点绛唇。步鞋衬小小金莲,十指露尖尖春笋。若非洛浦神
> 仙女,必是蓬莱阆苑人。④

两篇叙述之散语和描写之韵语,均惊人地相似。宋话本的高度程式化于此
可见一斑。

上面考察了《西湖三塔记》《洛阳三怪记》《定山三怪》的模块化人物、模
式化情节和程式化叙事,实际上还有一篇《福禄寿三星度世》与上述三篇相
仿。郑振铎谓:"也许这一类以'三怪'为中心人物的'烟粉灵怪'小说,是很
受当时一般听者们所欢迎,故'说话人'也彼此竞仿着写罢。总之,这四篇
(引者注,指《西湖三塔记》《定山三怪》《洛阳三怪记》《福禄寿三星度世》)当
是从同一个来源出来的。"⑤胡士莹说:"《六十家小说》中的西湖三怪事,当

---

①《清平山堂话本》,第 30 页。
②《清平山堂话本》,第 82 页。
③《清平山堂话本》,第 30 页。
④《清平山堂话本》,第 85 页。
⑤郑振铎《插图本中国文学史》,广州:花城出版社,2015 年版,第 521 页。

指本篇(引者注:指《西湖三塔记》)。它是从唐代故事《定山三怪》和北宋故事《福禄寿三星度世》衍化而来的。《洛阳三怪记》的故事也与此相近。"①点出了宋话本中"三怪"系列的同源衍化和竞相仿写。实际上,这种同源衍化和竞相仿写导致的文本模式化,正是宋话本程式化的典型例证。

当然,宋代士人小说中也有程式化的迹象,但与宋话本相较,还是小巫见大巫。宋话本的程式化趋势,既体现在宏观层面的情节设计、角色安排,也体现在中观层面的场景描绘,还体现在微观层面的语言表达,可谓全方位、多层面的程式化。宋代士人小说,还是以追求个性化的描写为目标,尽量避免出现重复,程式运用密度较低,程式化程度远逊于宋话本。总之,宋代士人叙事与市井叙事在程式化程度上的差异还是非常明显的。

(二)嫁接捏合:民间质朴叙事的惯用手法

民间叙事擅长移花接木、捏合故事,常常越出历史的框架甚至有悖生活的逻辑,显示出叙事的简率与粗朴。而相形之下,此类情况在文人叙事中则较为少见。

宋话本《苏长公章台柳传》②叙苏轼为临安太守时,一日宴请灵隐寺住持佛印长老共赏牡丹花,召妓女章台柳祗应清唱,苏轼赏其文才,醉中允其从良,并答应娶之,还与佛印各赠一诗给她。章台柳在家专候一年,不见来娶,只得寻个媒人,嫁与一个丹青大夫。又过一年,忽一日,东坡饮酒时见风吹一柳叶入杯,方忆起章台柳。再寻其芳迹,知其已嫁人,于是写诗责其"终身难断风狂性"。章台柳回书一绝,以"而今已落丹青手,一任风吹不动摇"表明其志。苏轼读罢连声赞叹,遂请佛印、辨才、南轩、少游共观之。五人各有题咏,诗罢,众人大笑,尽欢而散。③

话本之本事,应出于《太平广记》卷二七三引《唐阙史》杜牧寻春故事,故事云:

---

①胡士莹《话本小说概论》,第 209 页。

②该话本见收于明刊本《熊龙峰四种小说》。胡士莹《话本小说概论》将其归入宋话本,郑振铎认为该篇"风格极为幼稚,当是宋元之物"(见《中国文学论集·明清二代的平话集》,长沙:岳麓书社,2011 年版,第 373 页),孙楷第《日本东京所见小说书目》则将之列入"明清部"。笔者按,文中有"时人说《苏东坡风雪贬黄州》"句,元人费唐臣有杂剧《苏东坡贬黄州》(亦作《苏子瞻风雪贬黄州》)。因此,《苏长公章台柳传》或为已经明人修订之宋话本。

③《熊龙峰四种小说》,王古鲁搜录校注本,上海:古典文学出版社,1958 年版,第 23~28 页。

太和末，牧复自侍御史出佐沈传师江西宜州幕……及闻湖州名郡，风物妍好，且多奇色，因甘心游之……将罢舟舣岸，于丛人中，有里姥引鸦头女，年十余岁，牧熟视曰："此真国色，向诚虚设耳。"因使语其母，将接致舟中，姥女皆惧。牧曰："且不即纳，当为后期。"姥曰："他年失信，复当何如？"牧曰："吾不十年，必守此郡；十年不来，乃从尔所适可也。"母许诺。因以重币结之，为盟而别。

故牧归朝，颇以湖州为念，然以官秩尚卑，殊未敢发。寻拜黄州、池州，又移睦州，皆非意也。牧素与周墀善，会墀为相，乃并以三笺干墀，乞守湖州。意以弟顗目疾，冀于江外疗之。大中三年，始授湖州刺史，比至郡，则已十四年矣。所约者，已从人三载，而生三子。牧既即政，函使召之，其母惧其见夺，携幼以同往。牧诘其母曰："曩既许我矣，何为反之？"母曰："向约十年，十年不来而后嫁，嫁已三年矣。"牧因取其载词视之，俯首移晷，曰："其词也直，强之不祥。"乃厚为礼而遣之，因赋诗以自伤曰："自是寻春去校迟，不须惆怅怨芳时。狂风落尽深红色，绿叶成阴子满枝。"①

杜牧到湖州时看中一位十余岁的鸦头女，"因以重币结之"，约定"且不即纳，当为后期"，并承诺"吾不十年，必守此郡；十年不来，乃从尔所适可也"；杜牧十四年后赴任湖州刺史，得知此女"已从人三载，而生三子"，惆怅不已，赋诗以自伤。

我们可将两个故事用图加以比较：

故事框架 故事文本	诗人誓约 佳人等待	诗人爽约 佳人另嫁	诗人遗恨 赋诗自伤
《唐阙史》 杜牧寻春故事	杜牧到湖州时看中一位十余岁的鸦头女，"因以重币结之"，约定"且不即纳，当为后期"，并承诺"吾不十年，必守此郡；十年不来，乃从尔所适可也"。	杜牧十四年后方赴任湖州，得知此女"已从人三载，而生三子"，乃厚为礼而遣之。	杜牧惆怅不已，赋诗以自伤。

① 李昉等编《太平广记》卷二七三引《唐阙史》，北京：中华书局，1961年版，第2151～2152页。

续表

故事框架 故事文本	诗人誓约 佳人等待	诗人爽约 佳人另嫁	诗人遗恨 赋诗自伤
《苏长公 章台柳传》	苏轼欣赏歌妓章台柳的文才,醉中允其从良,并答应娶之;章台柳脱离乐籍,在家专候苏轼来娶。	章台柳在家专候一年,不见来娶,只得寻个媒人,嫁与一个丹青大夫。	苏轼偶然忆起章台柳,探寻其芳踪,得知已嫁,作诗感叹"分明对面没姻缘"。

由上可知,两个文本的故事框架如出一辙,不同的是,话本将杜牧与鸦头女的未遂情缘,移植到苏轼与章台柳身上。另外,话本还将唐传奇《柳氏传》中韩翊问询章台柳的诗句"章台柳,章台柳,昔日青青今在否?纵使长条似旧垂,也应攀折他人手",略作改动,移植到苏轼问询章台柳的故事上。于此可见话本移花接木、随意捏合的高超本领。吴自牧《梦粱录》云"小说者,能讲一朝一代故事,顷刻间捏合"①,证以现存话本,所言确实不诬。值得注意的是,唐传奇《柳氏传》叙韩翊和章台柳的离合姻缘时,有乱世沧桑的深深感喟;《唐阙史》叙杜牧与鸦头女的未遂情缘时,也呈现出杜牧宽厚的文人品行。这些文本都呈现出士人叙事的高雅情趣。相形之下,话本中苏轼轻诺寡信、轻薄浮浪的风流,呈现出市井叙事的鄙俗之趣。于此可见,市井叙事捏合嫁接士人叙事的故事框架和经典桥段时,并非原汁原味,审美情趣往往会发生偏移,由雅而俗。

三、巧以成书与以物串事:文白之分

(一)巧以成书:人生感悟与惊奇心理

巧合是小说中经常使用的叙事技巧,正所谓"无巧不成书"。宋代文言小说和白话小说中都有不少运用巧合以连缀情节的文本,但比较而言,白话小说用得更为普遍,这可能与白话小说刻意以奇巧曲折之情节,满足受众的惊奇心理有关。

宋代文言小说中的巧合运用往往不只是情节需要。张实《流红记》叙宫女韩氏题诗于红叶,将其置于御沟流出。于祐拾得红叶,收藏之,并找来另一红叶题上诗句,置于御沟上流水中。后来两人竟无意中成为夫妻,并

---

① 吴自牧《梦粱录》,孟元老等《东京梦华录》(外四种),上海:古典文学出版社,1956年版,第313页。

在无意中发现彼此珍藏有对方题诗的红叶,小说叙云:

> 既而韩氏于祐书笥中见红叶,大惊曰:"此吾所作之句,君何故得之?"祐以实告。韩氏复曰:"吾于水中亦得红叶,不知何人作也?"乃开笥取之,乃祐所题之诗。相对惊叹,感泣久之,曰:"事岂偶然哉! 莫非前定也。"韩氏曰:"吾得叶之初,尝有诗,今尚藏箧中。"取以示祐,诗云:"独步天沟岸,临流得叶时。此情谁会得? 肠断一联诗。"闻者莫不叹异惊骇。①

小说以男女双方结为连理后,方知彼此在不知情的情况下互相珍藏着对方题诗红叶这种极度巧合之事,来揭示"事岂偶然哉! 莫非前定也"的姻缘命定观念。于此可见,文中运用的巧合不仅是为了酿造故事的离奇曲折,更重要的是为了揭示世事浮沉、莫非命定的人生感悟。

宋代白话小说中的巧合运用则更主要地是为了满足观众的心理需求。《张生彩鸾灯传》叙书生张舜美因乡荐来杭,未能中选,遂淹留邸中。上元节观灯,与丽人刘素香一见钟情,但却被人群挤散。明日,张又在原相遇之处得与刘相见。女掷以一花笺,上书词一首,并示以居处,约以次日相会。次日两人相会,缱绻欢娱,私订终身。为长相厮守,两人打算一同私奔镇江投靠亲友。但在出城时,他们又一次被挤散。张舜美见到刘素香一只绣鞋(实则是刘素香恐家人追赶,遗鞋以绝父母之念),且听闻有女溺水而亡,悲伤欲绝,病卧杭州。刘素香独自一人来到镇江,无处觅生,正欲投水自尽,恰遇一个尼姑相救,于是到大慈庵为尼。三年后,早已返乡的张舜美得中解元,再次上京应试,路过镇江,偶游大慈庵,恰巧遇到刘素香,两人终得重逢。后张舜美连科进士,得授官职,前程远大。② 话本的关键情节之一即张、刘两人三年后的重逢,完全是巧合。说话人运用这种巧合使得故事跌宕起伏又峰回路转,同时也彰显出有情人终成眷属的主题,满足观众大团圆的心理需求。如果说《流红记》的巧合运用主要是为了表达人生感悟,那么《张生彩鸾灯传》的巧合运用则主要是为了满足观众对曲折情节的追求,对情侣团圆的追求。两种文本在运用巧合的目的上还是有细微差别的。

宋代白话小说运用巧合以满足观众惊奇心理,最显著者当属《错斩崔

---

①刘斧《青琐高议》前集卷五,上海:上海古籍出版社,1983年版,第53页。
②《张生彩鸾灯传》,见《熊龙峰四种小说》,王古鲁搜录校注本,第1~13页。

宁》(《醒世恒言》题为《十五贯戏言成巧祸》)。文叙宋高宗时临安人刘贵,
因生计不顺,在丈人处借得十五贯钱拟作为开店本钱,途中喝酒微醉,回家
后戏对小妾陈二姐说这是将其典于他人的卖身钱。小妾信以为真,忐忑不
安,当夜借宿在外,次晨即私奔娘家讨主意。是夜一盗入室,杀死刘贵,将
十五贯钱偷走。邻人发现刘贵被杀,遣人追上陈二姐,见其与崔宁同行,于
是将其二人扭送至官府。恰好崔宁做生意卖丝得十五贯钱带在身边,于是
官府严刑拷打,判二人为杀人窃财的凶手,将二人一斩一剐。一年后,刘贵
妻王氏回娘家时为强人静山大王劫走,做了压寨夫人。静山大王一日闲谈
中说出自己曾盗刘贵十五贯钱并杀人之事,王氏次日即捉空前往临安府告
官,静山大王被正法。话本中关键情节的推动皆是出于巧合:首先,陈二姐
离家借宿只把门拽上,并未关好,恰切当夜就有贼人入室,劈死刘贵,窃走
钱财;其次,陈二姐次晨回娘家讨主意,半路上恰巧遇上卖丝得钱十五贯的
崔宁,与她结伴同行;复次,陈二姐和崔宁被告到官府,恰切遇上糊涂官,两
人被屈打成招,双双冤死。这一连串的巧合最终酿成了冤案。冤案之后,
也是由于巧合,才最终促使冤案的昭雪,那就是王氏被静山大王劫持,而静
山大王恰巧就是杀死刘贵劫走钱财的凶手并主动向王氏坦白,这才导致真
相大白、元凶落网。① 冤案的造成,是由于巧合,而冤案的昭雪,也是由于
巧合。巧合是该话本推动情节的主要手法,《醒世恒言》将该话本改题
"十五贯戏言成巧祸",其中的"巧"字正道出了故事的特点,也隐寓着叙
事的手法。值得注意的是,话本中巧合的运用,当然也有凸显因果报应
的人生体悟,但主要目的可能还是锻造奇巧的情节,以满足观众的惊奇
心理。

　　通过上面的对比可以发现,《流红记》等文言小说运用巧合着眼于表
达作者的人生感悟,《张生彩鸾灯传》《错斩崔宁》等白话小说运用巧合则
着眼于满足观众的心理需求。两种文本运用巧合的出发点还是颇有
差异。

　　(二)以物串事:叙事纽带的选择运用

　　通过某种纽带以"物"串"事"(以某种具象之物作为纽带来贯穿整个故
事)是叙事中常用的技法,宋传奇和话本中均有不少文本运用了此法。但

---

① 《醒世恒言》卷三三,天津:天津古籍出版社,2004年版,第509~520页。

比较而言,宋话本对此法的运用更为普遍,也更为自觉。我们可以从传奇小说《摭青杂说·守节》与改编而成的话本小说《范鳅儿双镜重圆》对比中,得到清晰印象。

佚名《摭青杂说·守节》叙南宋初年建州凶贼范汝为之族子范希周,本为士人,陷在贼中,不能自脱。范部劫掠赴任福州税监官的吕忠翊,其女为范希周所得,被娶为正妻。是年冬,朝廷命韩郡王率领大军征讨建州范部,吕氏与范希周相约如果两人离散且能活下来,彼此将终身不嫁不娶。吕忠翊随同韩郡王征讨建州,城破之时吕氏正欲自缢,恰巧被其父发现救下。吕忠翊令其女改嫁,吕氏信守誓言不愿负约。后来吕忠翊为封州将领,接待广州使臣贺承信,吕氏在旁窥见,疑其为范希周。再后来当贺承信再到封州参见吕忠翊时,吕氏确认其为范希周。吕忠翊询问其乡贯出身等相关情况,贺承信坦言自己就是范希周,城破之时恐被株连而改名,后招安到军中任职,并坦言与吕氏离散后信守誓约至今不曾娶妻。吕氏与范希周相见,夫妻终得破镜重圆。[①]

《警世通言》卷一二《范鳅儿双镜重圆》,不少学者认为其主体部分应是宋话本,到了元明又有增饰。[②] 话本之本事源于《摭青杂说·守节》,话本基本保持了原作的时空语境、故事框架和人物性格,但又有调整、增饰和发挥,如将吕氏的年龄从"十七八岁"改为"年方二八",将范希周的年龄从"二十五六岁"改为"二十三岁",又如为吕氏取名为"顺哥",为范希周取绰号"范鳅儿"。与这些细枝末节的改动相比,话本最大的变动在于"信物"的引入。话本中增加了范希周的一面祖传宝镜作为夫妻破镜重圆的信物,该信物同时也成为了串联故事的关锁。当范希周聘娶吕顺哥时,话本云:

> 希周送顺哥于公馆,择占纳聘。希周有祖传宝镜,乃是两镜合扇的。清光照彻,可开可合,内铸成"鸳鸯"二字,名为"鸳鸯宝镜",用为聘礼。

---

①陶宗仪《说郛》卷三七引《摭青杂说·守节》,北京:中国书店,1986年版,第18～20页。

②胡士莹《话本小说概论》:"话文开头引用吴中舟师之歌一首后,便紧接说道:'此歌出自我宋建炎年间'云云,确系南宋人口气……浦江清云:'大概韩公平建乱之功业,煊赫在人耳目,临安说话人说这一段鸳鸯宝镜之传奇故事,距离绍兴年间当还不远。'就篇中反映的时代背景看,浦说甚确……但话本开头的这首《南乡子》词('帘卷水西楼'),见《西湖游览志余》卷二十五,为元末明初人瞿宗吉(1341～1427)所作,显然是后人窜入的。"(第207～209页)

当朝廷征讨大军压境、夫妻可能离散之际，话本云：

> 顺哥道："若果有再生之日，妾誓不再嫁。便恐被军校所掳，妾宁死于刀下，决无失节之理。"希周道："承娘子志节自许，吾死亦瞑目。万一为漏网之鱼，苟延残喘，亦誓愿终身不娶，以答娘子今日之心。"顺哥道："'鸳鸯宝镜'，乃是君家行聘之物，妾与君共分一面，牢藏在身。他日此镜重圆，夫妻再合。"说罢相对而泣。

当夫妻劫后余生重逢之际，话本云：

> 吕公又问道："足下与先孺人相约时，有何为记？"承信道："有'鸳鸯宝镜'，合之为一，分之为二，夫妇各留一面。"吕公道："此镜尚在否？"承信道："此镜朝夕随身，不忍少离。"吕公道："可借一观。"承信揭开衣袂，在锦裹肚系带上，解下一个绣囊，囊中藏着宝镜。吕公取观，遂于袖中亦取一镜合之，俨如生成。承信见二镜符合，不觉悲泣失声。吕公感其情义，亦不觉泪下道："足下所娶，即吾女也。吾女见在衙中。"遂引承信至中堂，与女儿相见，各各大哭。①

宝镜的合、分、再合，伴随着范、吕两人的结合、离散和重合，连缀着故事情节的起承转合。可以说，宝镜既是见证两人忠贞不渝爱情的信物，也是缀合情节、联结人物的叙事纽带。② 文言小说中，就缺乏这样一种清晰可感的物件作为信物、作为纽带，话本在改编时，特意引入这样一个物件，可谓一箭双雕，既使故事因为信物的分合更具吸引力，也使叙事因为纽带的连缀更具粘合力，于此可见市井文本对叙事纽带的主动设计和着意运用。

现存宋话本中，不少篇章都有清晰可感的物事作为叙事纽带，如《碾玉观音》中的玉观音，《十五贯戏言成巧祸》中的十五贯钱，《合同文字记》中的合同文书，《杨思温燕山逢故人》中的骨灰匣，《崔衙内白鹞招妖》中的白鹞，《郑节使立功神臂弓》中的神臂弓等等。

---

① 冯梦龙《警世通言》卷一二，上海：上海古籍出版社，1992年版，第107～110页。
② 包括市井叙事在内的民间叙事中，以信物作为叙事纽带的故事文本比比皆是，有学者将其归为一种故事类型。丁乃通在《中国民间故事类型索引》一书中，订立了一条881A型"夫妻离散各执信物终得团圆"的故事类型，并说明："这一对夫妻在战时离散。然而各自持着一个信物以便识别对方（往往是将一件信物分为两半，各持一半）。战争结束后，丈夫长期寻找失去的妻子，终于由信物而问到她的下落……使得夫妻重新团圆。"北京：中国民间文艺出版社，1986年版，第271页。

现存宋传奇中,也有一些篇章会以某种具体物事为关目连缀情节,如王明清《投辖录·玉条脱》。该文以张生臂上所戴玉条脱这个物件为红线,通过张生赠送玉条脱,孙女亡后陪葬玉条脱,郑三盯上玉条脱,发冢盗取玉条脱等情节,将许婚定情、负约别娶、气绝身亡、盗墓复活、上门扣问、误伤再亡、畏死狱中等场景贯穿起来,使得整个故事浑然一体。又如张实《流红记》以红叶为媒贯穿文本,李献民《云斋广录·玉尺记》以玉尺为介联结人物,都显示出结撰故事的艺术匠心。

比较而言,在通过具象之物作为纽带来贯穿文本方面,还是宋话本用得更为普遍,也更为自觉。这可能与说话人为把故事讲得环环相扣、绳贯珠联,所以主动设计和着意运用叙事纽带息息相关。

第三节　叙事旨趣(为谁叙事):士人志趣与细民俗趣

士人叙事与市井叙事因为作者阶层的差异,因为受众身份的不同,在价值取向、伦理意识等方面都呈现出二水分流的局面。宋传奇折射出士人的人生愿景,宋话本则折射出细民的世俗追求,两者刚好可以异质互补。

一、价值取向:士人黄粱梦与细民发迹梦

(一)入世出世:士人的登第梦与黄粱梦

宋代文言小说作为宋代士人精神世界的艺术折光,鲜明地体现出他们的心之所向、情之所系。一方面,他们有登第入仕、经世济民的志趣,另一方面,他们也会有功名浮云、黄粱梦醒的体悟。两者交织在一起,呈现出入世与出世、梦想与梦醒互相融会的七彩光谱。

《青琐高议·朱蛇记》记叙了士子凭借龙王身边女奴之助而金榜题名的故事,堪称典型。文叙士子李元赴举泛舟道出吴江时,曾救助一小朱蛇,来年东归再经吴江时,受邀前往一仙山。龙王云李元所救之朱蛇乃其小儿,欲报答李生,小说云:

> 王曰:"知君方急利禄,以为亲荣。吾为君得少报厚恩,可乎?"元曰:"两就礼闱,未沾圣泽,如蒙荫庇,生死为荣。"王曰:"吾有女年未及笄,愿赠君子为箕帚,纳之当得其助。"

龙王遣女奴云姐侍奉李生,并助其登第,小说记载道:

> 后三年诏下当试。云姐曰:"吾为君偷入礼闱,窃所试题目。"元喜。云姐出门,不久复还,探知题目。元乃检阅宿构,来日入试,果所盗之题。元大得意,乃捷。荐名后,省御试,云姐皆然。元乃荣登科第,授润州丹徒簿。①

从龙王"知君方急利禄,以为亲荣"的话语,以及李元"两就礼闱,未沾圣泽,如蒙荫庇,生死为荣"的表白可知,士子李元最急迫之梦想乃是登第,而龙王也深谙其心理,于是派遣女奴云姐助其圆梦。云姐帮助的方式也颇为独特,居然是"偷入礼闱,窃所试题目",而李元的表现是"喜",于此可见士子对于登第的渴盼已经到了不择手段的地步。在云姐窃题的帮助下,李元终于圆梦,"荣登科第,授润州丹徒簿"。这个故事,通过李元奇遇的个案,折射出千千万万士子迫不及待的登第梦。

士子皆有登第梦,然造化弄人,未必人人梦圆。有梦想成真者如上文之李元,更多的则是黄粱一梦,如王铚《来岁状元赋》中的西蜀二子。文不长,兹全录:

> 祥符中,西蜀有二人学同砚席。既得举,贫甚,干索旁郡,乃能办行。已迫岁,始发乡里,惧引保后时,穷日夜以行。至剑门张恶子庙,号英显王,其灵响震三川,过者必祷焉。

> 二子过庙已昏晚,大风雪,苦寒,不可夜行。遂祷于神,各占其得失,且祈梦为信,草草就庙庑下席地而寝。入夜,风雪转甚。忽见庙中灯烛如昼,然后肴俎甚盛,人物纷然往来。俄传导自远而至,声振四山,皆岳渎贵神也。既就席,宾主劝酬如世人。二子大惧,已无可奈何,潜起,伏暗处观焉。酒行,忽一神曰:"帝命吾侪作来岁状元赋,当议题。"一神曰:"以'铸鼎象物'为题。"既而诸神皆赋一韵,且各删润,雕改商榷,又久之,遂毕,朗然诵之。曰:"当召作状元者魂魄授之。"二子默喜,私相谓曰:"此正为吾二人发。"迫将晓,见神各起致别,传呼出庙而去。视庙中,寂然如故。二子素聪警,各尽记其赋,亟写于书帙后,无一字忘。相与拜赐,鼓舞而去,倍道以行,笑语欣然,唯恐富贵之

---

① 刘斧《青琐高议》后集卷九,第188~190页。

逼身也。

　　至京，适及引保。就试过省，益志气洋溢，半验矣。至御试，二子坐东西廊，御题出，果是《铸鼎象物赋》，韵脚尽同。东廊者下笔，思庙中所书，懵然一字不能上口。间关过西廊问之。西廊者望见东廊来者，曰："御题验矣。我乃不能记，欲起问子，幸无隐也。"东廊者曰："我正欲问子也。"于是二子交相疑曰："临利害之际，乃见平生。且此神赐，而独私以自用，天其福尔耶？"各忿怒不得意，草草信笔而出。唱名，二子皆被黜。状元乃徐奭也。既见印卖赋，二子比庙中所记者，无一字异也。二子叹息，始悟凡得失皆有假手者。遂皆罢笔入山，不复事笔砚。恨不能记其姓名云。[1]

西蜀二子赴京赶考，来到"灵响震三川"的张恶子庙时，"遂祷于神，各占其得失，且祈梦为信"。入夜，五岳四渎的贵神齐集此地，以"铸鼎象物"为题，为来岁状元作赋，并将该赋"召作状元者魂魄授之"。二子得窥此事，"各尽记其赋，亟写于书帙后，无一字忘。相与拜赐，鼓舞而去，倍道以行，笑语欣然，唯恐富贵之逼身也"，可见两人喜出望外、志在必得的欢欣。但当两人走进考场时，"思庙中所书，懵然一字不能上口"，且交相疑忌，"临利害之际，乃见平生。且此神赐，而独私以自用，天其福尔耶"，结果两人"各忿怒不得意，草草信笔而出"，皆被黜落，"遂皆罢笔入山"。两人祷神占卜时的虔诚，获得试题答案时的欢欣，进入考场忘记答案时的交相疑忌和忿怒，见到新科状元赋时的叹息，以及"遂皆罢笔入山"的幻灭，鲜明刻画出士子为了科第而祈梦、得梦、追梦、梦碎的心路历程，折射出千千万万士子内心深处难以释怀的登第梦。

　　西蜀二子黄粱梦醒之际的"罢笔入山"，隐遁出世，在文人士子中有一定的代表性，何光《异闻·兜离国》也是这类题材。文叙周宗眘游学梦入兜离国，初受赏识后被放归，经历先泰后否的梦幻人生，梦醒时见"孤灯犹照"，闻"东壁小竖，鼻息如雷鸣"，遂看破红尘，往衡岳访异人。[2] 作品表现了"人生无百年，世事一如梦"的主旨，展现了一种由"汲汲于入世"到"悠悠乎出世"的深刻人生体验。

――――――――――

[1] 李剑国《宋代传奇集》，第470～471页。
[2] 何光《异闻·兜离国》，见李剑国《宋代传奇集》，第902～905页。

（二）发迹变泰：细民的发迹梦与富贵梦

相较于宋传奇折射出文人士子的登第梦和黄粱梦，宋话本则折射出市井细民的发迹梦和富贵梦，即发迹变泰。发迹变泰是宋代说话艺人津津乐道的一种题材。耐得翁《都城纪胜》"瓦舍众伎"条云："说话有四家：一者小说，谓之银字儿，如烟粉、灵怪、传奇。说公案，皆是搏刀赶棒，及发迹变泰之事。"①罗烨《醉翁谈录·舌耕叙引》之"小说开辟"论及小说感发听众之效时，有云"嗤发迹话，使寒门发愤"，②可见"说话者"敷演发迹故事对"听话者"的激励作用。从上述材料可以发现，作为说话四家之一的小说，会常常敷演发迹变泰之事。实际上，不仅小说艺人爱讲发迹变泰，讲史艺人也爱讲发迹变泰。今存宋元讲史话本中，敷演市井细民甚至无赖之徒平步青云，跻身帝王将相之列的故事不胜枚举。可见发迹变泰是宋代说书场颇受欢迎的故事题材。

现存宋代小说和讲史话本中，讲述帝王将相如何发迹的作品虽然不多，然描绘栩栩如生，其中人物由微而显、飞黄腾达的经历应让"听话者"艳羡不已。《史弘肇龙虎君臣会》中的主角之一史弘肇为五代时后汉名将和开国功臣，《旧五代史》本传载其"父潘，本田家。弘肇少游侠无行，拳勇健步，日行二百里，走及奔马"，并在卷末评曰："臣观汉之亡也，岂系于天命哉！盖委用不得其人，听断不符于理故也。且如弘肇之淫刑，杨邠之秕政，李业、晋卿之设计，文进、允明之狂且，虽使成王为君，周公作相，亦不能保宗社之安，延岁月之命，况隐帝、逢吉之徒，其能免乎！"③《新五代史》本传也载其"为人骁勇"。④ 史书中的史弘肇"少游侠无行"，"为人骁勇"，为将为官时滥施"淫刑"，是一位被史官给予差评的乱世枭雄。这样一位枭雄，在话本中被塑造为市井无赖发迹的典型。话本叙史弘肇到酒店请阎招亮喝酒，却无钱付账，于是夜盗人锅，话本云：

> 史弘肇看着量酒道："我不曾带钱来，你厮赶我去营里讨还你。"量酒只得随他去，到营门前，遂分付道："我今日没一文，你且去，我明日自送来还你主人。"量酒厮孱道："归去吃骂，主人定是不肯。"史大汉

---

①耐得翁《都城纪胜》，孟元老等《东京梦华录》（外四种），上海：古典文学出版社，1956年版，第98页。

②罗烨《醉翁谈录》，上海：古典文学出版社，1957年版，第5页。

③《旧五代史》卷一〇七，北京：中华书局，1976年版，第1403～1416页。

④《新五代史》卷三〇，北京：中华书局，1974年版，第330页。

道:"主人不肯,后要如何? 你会事时,便去;你若不去,敬你吃顿恶拳。"量酒没奈何,只得且回。

　　这史弘肇却走去营门前卖糕糜王公处,说道:"大伯,我欠了店上酒钱,没得还。你今夜留门,我来偷你锅子。"王公只当做耍话,归去和那大姆子说:"世界上不曾见这般好笑,史憨儿今夜要来偷我锅子,先来说教我留门。"大姆子见说,也笑。当夜二更三点前后,史弘肇真个来推大门,力气大,推折了门闩,走入来。两口老的听得,大姆子道:"且看他怎地。"史弘肇大惊小怪,走出灶前,掇那锅子在地上,道:"若还破后,难折还他酒钱。"拿条棒敲得当当响,掇将起来,翻转覆在头上。①

史弘肇喝酒后无钱付账于是诓骗量酒到军营讨还,到得军营又说明日送还,量酒分辩后又以恶拳威胁之,无赖行径跃然纸上。史弘肇又去偷盗锅子以还酒债,并在盗前"温馨提示"主人,更显其游荡无行的卑劣和恣肆。

　　《史弘肇龙虎君臣会》中另一位主角郭威乃是五代时后周开国皇帝,《旧五代史·周书·太祖本纪》载其"形神魁壮,趣向奇崛,爱兵好勇,不事田产……负气用刚,好斗多力,继韬奇之,或逾法犯禁,亦多假借焉",②并在卷末评曰:

　　周太祖昔在初潜,未闻多誉,洎西平蒲阪,北镇邺台,有统御之劳,显英伟之量。旋属汉道斯季,天命有归。纵虎旅以荡神京,不无惭德;揽龙图而登帝位,遂阐皇风。期月而弊政皆除,逾岁而群情大服,何迁善之如是,盖应变以无穷者也。所以鲁国凶徒,望风而散;并门遗孽,引日偷生。及鼎驾之将升,命瓦棺而薄葬,勤俭之美,终始可称,虽享国之非长,亦开基之有裕矣。然而二王之诛,议者讥其不能驾驭权豪,伤于猜忍,卜年斯促,抑有由焉。③

《新五代史》亦载其有勇力,"为人负气,好使酒"。④ 从上述史书的记载和评论观之,郭威乃是一位初则"负气用刚""未闻多誉",终则有所作为、口碑

---

①冯梦龙《古今小说》卷一五,上海:上海古籍出版社,1992 年版,第 142～143 页。
②《旧五代史》卷一一〇,第 1448 页。
③《旧五代史》卷一一三,第 1505～1506 页。
④《新五代史》卷一一,第 109 页。

不错的乱世君王。话本中的郭威与史弘肇一样，也是无赖之徒发迹的典型。话本记载其在东京时就是惹是生非之人："这郭大郎因在东京不如意，曾扑了潘八娘子钗子。潘八娘子看见他异相，认做兄弟，不教解去官司，倒养在家中。自好了，因去瓦里看，杀了构栏里的弟子，连夜逃走。走到郑州，来投奔他结拜兄弟史弘肇。"遇到史弘肇后，两人狼狈为奸，为害乡邻："兄弟两人在孝义店上，日逐趁赌，偷鸡盗狗，一味干颡不美，蒿恼得一村疃人过活不得。没一个人不嫌，没一个人不骂。"①

话本中史弘肇与郭威的无赖行径，遭到了乡邻的恶评，王婆称"这两个最不近道理"，道出了大家的心声。但就是这样的无赖，却时来运转，发迹变泰，为将为王。话本中多次使用"发迹""发迹变泰"等话语叙述二人。如正话之初关于史弘肇故事的引言，即云："这未发迹的好汉，却姓甚名谁？怎地发迹变泰？直教：纵横宇宙三千里，威镇华夷四百州。"又叙史弘肇遇刘知远，云："晋帝遂令刘知远出镇太原府。那里是刘知远出镇太原府？则是那史弘肇合当出来，发迹变泰！"再叙史弘肇后来飞黄腾达，云："刘知远见史弘肇生得英雄，遂留在手下为牙将……后因契丹灭了石晋，刘太尉起兵入汴，史、郭二人为先锋，驱除契丹，代晋家做了皇帝，国号后汉。史弘肇自此直发迹，做到单、滑、宋、汴四镇令公，富贵荣华，不可尽述。"话本也提及郭威有贵人相、发迹相，在其初次出场时即形容道："红光罩顶，紫雾遮身。尧眉舜目，禹背汤肩。除非天子可安排，以下诸侯压不得。"在其投奔刘知远时又云："刘太尉见郭威生得清秀，是个发迹的人，留在帐前作牙将使唤。"②

话本既极力渲染两人未贵时的痞子做派，又不断强调两人后来的"发迹变泰"，一方面当然是为了增加故事的趣味性，另一方面也是说话人为迎合听话人心理，特意将帝王将相平民化、世俗化，以拉近故事主人与听话市民的距离，以满足下层民众希望时来运转、富贵荣华的诉求，让他们在痞子无赖都能发迹变泰的美梦中获得审美愉悦。

与《史弘肇龙虎君臣会》相似，《五代史平话》中的主角大都也是出身寒微有些无赖习气、后来发迹之人。后梁开国皇帝朱温是泼皮出身，"小年不

①冯梦龙《古今小说》卷一五，第144页。
②冯梦龙《古今小说》卷一五，第138～152页。

肯学习经书，专事游手好闲，平常间吃粗酒，使大棒，交游的是豪侠强徒，说话的是反叛歹事"；投靠徐州录事押司刘崇家为佣工时，被刘家发现有贵人气相，于是让其与刘家之子刘文政同入学堂读书，"怎知朱三与刘文政却去学习赌博，无所不为；又会将身跳上高墙，行屋上瓦皆不响；又会拳手相打，使枪使棒，不学而能。乡里人呼他做'泼朱三'"。① 后晋开国皇帝石敬瑭起于寒微，十岁时曾与哥哥比箭射雁，"与那哥哥互争胜负。他哥哥不伏，被敬瑭挥起手内铁鞭一打，将当门两齿一齐打落了。唬得敬瑭不敢回家见着父亲，浪荡走出外州去。得个娄试没家收拾去做小厮，教敬瑭去牧羊"。② 后汉开国皇帝刘知远自小顽劣，七岁时父亲病逝、母亲再嫁，继父"请先生在书院教导义男刘知远读习经书。争奈知远顽劣不遵教诲，终日出外闲走，学习武艺，使枪使棒，吃酒赌钱，无所不作，无所不为"。③ 后周开国皇帝郭威自小凶顽，十一岁时便用弹弓误将邻家小孩射死，因年未成丁被判在面颊刺雀后释放，此后"郭威被刺污了脸儿，思量白净面皮今被刺得青了，只得索性做个粗汉，学取使枪使棒，弯弓走马"；一日受到卖剑之人的轻侮，二话不说就上前夺剑将其杀害。④ 话本中特意渲染这些开国皇帝的微贱出身和无赖行径，无疑是为了迎合市井细民希图发迹变泰的心理诉求。

　　现存宋话本，除了喜欢将乱世帝王将相的人生历程特意诠释为泼皮无赖的发迹史之外，也喜欢讲述普通士子、市井细民的发迹史。《赵伯昇茶肆遇仁宗》是典型的士子幸遇贵人而发迹升迁的故事。⑤ 话本叙宋仁宗朝，四川成都府秀士赵旭，赴京应试，本来可中状元，只因一字差错而落第，流落东京街头。忽一日，仁宗于夜半时分，梦一金甲神人，坐驾太平车一辆，上载九轮红日，直至内廷。仁宗惊觉，翌日问于苗太监，苗太监奏曰"此九日者，乃是个'旭'字，或是人名"，并建议仁宗私行街市，寻访此人。仁宗依

---

① 《五代史平话·梁史平话》，见丁锡根《宋元平话集》，上海：上海古籍出版社，1990 年版，第 30、37 页。

② 《五代史平话·晋史平话》，见丁锡根《宋元平话集》，第 121 页。

③ 《五代史平话·汉史平话》，见丁锡根《宋元平话集》，第 171 页。

④ 《五代史平话·周史平话》，见丁锡根《宋元平话集》，第 191 页。

⑤ 关于话本本事出处，胡士莹《话本小说概论》云："谭正璧谓：'本事出唐尉迟偓《中朝故事》，为赵某遇唐宣宗微服出行而得官，话本乃以属之赵旭与宋仁宗。《北梦琐言》卷八记卢沆遇宣宗私行事，亦此类。'"第 221 页。

言，与苗太监于樊楼果然遇见赵旭，问其落第之因，赵旭称"乃学生考究不精，自取其咎，非圣天子之过"，仁宗大悦。仁宗当即抬举赵旭，说："他（指西川王制置，引者注）是我外甥，我修封书，着人送你同去投他，讨了名分，教你发迹如何？"次日即有白衣秀士将银两和文书赠与赵旭，并安排一个虞候陪同赵旭赴成都府。赵旭行至成都地面，见接官亭上众多官员正在等候新制置到任。虞候拆开文书，宣读圣旨，授予赵旭西川五十四州都制置之官职。赵旭谢恩，自思前事："我状元到手，只为一字黜落。谁知命中该发迹，在茶肆遭遇赵大官人，原来正是仁宗皇帝。"[1]话本中，仁宗因梦而寻访赵旭，见面后即说"教你发迹"；赵旭得官后自思始困终亨之经历，归因于遇到贵人、"命中该发迹"。皇帝抬举士子，云"教你发迹"，士子幸遇君上抬举，自思"命中该发迹"，可以说，话本中的君臣遇合，其枢纽皆在"发迹"。于此可见说话人将出仕题材俗化为发迹故事的高超本领，背后折射的正是说书场听众、广大的市井细民对"发迹"的追求和向往。

《郑节使立功神臂弓》是典型的市井细民发迹故事。[2] 话本叙宋时东京开封府张员外，其宅中主管郑信，因失手打死前来敲诈的破落户而入狱。后奉命进入一口古井探怪，先后与红蜘蛛变化之日霞仙子、白蜘蛛变化之月华仙子结成夫妇。两位仙子为争夫而斗，日霞仙子将一神臂弓交给郑信，郑信用之射中月华仙子，使其败走。三年间，郑信与日霞仙子生下一男一女。郑信决意返回人间，以"得前途发迹"，遂出洞投军。郑信借助日霞仙子赠予之神臂弓，屡立战功，直做到两川节度使之职。日霞仙子将子女托于张员外，张员外又送归郑信。郑信寿至五十余，白日看见日霞仙子车驾来迎，无疾而逝。[3] 话本中，郑信因案入狱，奉命下井探怪，不料因祸得福，得遇日霞仙子，结为夫妻，儿女双全，并受赐神臂弓。郑信后来借助神臂弓建功立业，官至节度使，又白日飞仙，可谓家庭幸福、事业顺遂、死后成仙的人生典范，可谓始困终亨的发迹楷模。话本中提及"发迹"多达八处，如叙郑信入井，云"却说未发迹变泰国家节度使郑信到得井底"。叙郑信决

---

①冯梦龙《古今小说》卷一一，第107~113页。
②1979年，西安市文物管理委员会清理出一张元刻本《新编红白蜘蛛小说》残页，黄永年《记元刻〈新编红白蜘蛛小说〉残页》（载《中华文史论丛》1982年第1辑），认为该文即是《郑节使立功神臂弓》的前身。该论基本为学界所认同。
③冯梦龙《醒世恒言》卷三一，第484~496页。

意返回人间寻前程，云：

> 倏忽间过了三年，生下一男一女。郑信自思："在此虽是朝欢暮乐，作何道理发迹变态？"遂告道："感荷娘娘收留在此，一住三年，生男育女。若得前途发迹，报答我妻，是吾所愿。"日霞仙子见说，泪下如雨道："丈夫你去，不争教我如何！两个孩儿却是怎地！"郑信道："我若得一官半职，便来取你们。"仙子道："丈夫你要何处去？"郑信道："我往太原投军。"仙子见说，便道："丈夫，与你一件物事，教你去投军，有分发迹。"便叫青衣，取那张神臂克敌弓，便是今时踏蹬弩。吩咐道："你可带去军前立功，定然有五等诸侯之贵。这一男一女，与你扶养在此。直待一纪之后，奴自遣人送还。"郑信道："我此去若有发迹之日，早晚来迎你母子。"①

话本中，郑信虽有娇妻相伴、儿女饶膝，但想的是"发迹变态""得前途发迹"，妻子说的是"丈夫，与你一件物事，教你去投军，有分发迹"，郑信回答的是"若有发迹之日，早晚来迎你母子"，夫妻念兹在兹的皆是"发迹"。后来郑信做官后赠送礼物给老东家张员外，张说的是："郑家果然发迹变泰，又不忘故旧，远送礼物，真乃有德有行之人也！"其表彰郑信也是发迹变泰而不忘故旧，话里话外都是"发迹"。总之，该话本讲述了郑信遇贵人（日霞仙子）、得宝物（神臂弓）而发迹的故事，寄托了市井细民希图时来运转、发迹变泰的美好愿望。

宋代市井细民对"发迹"的热衷，还可从话本中妇女精心选择有发迹征兆之人为夫婿得到佐证，《史弘肇龙虎君臣会》中的阎越英和柴夫人堪称典型。阎越英本为行首，当其兄在梦中知晓史弘肇要发迹为四镇令公，并劝越英嫁给弘肇时，越英开始不信、不愿，后来越英巧遇误进自家屋子的弘肇，见其有发迹异相时，一下子就回心转意，主动请嫁，话本云：

> 阎行首道："哥哥，你前番说史大汉有分发迹，做四镇令公，道我合当嫁他。我当时不信你说，昨夜后门叫有贼，跳入萧墙来。我和奶子点蜡烛去照，只见一只白大虫，蹲在地上。我定睛再看时，却是史大汉。我看见他这异相，必竟是个发迹的人。我如今情愿嫁他。哥哥，

---

① 冯梦龙《醒世恒言》卷三一，第493页。

你怎地做个道理，与我说则个？"阎招亮道："不妨，我只就今日便要说成这头亲。"①

阎越英对史弘肇的前拒后迎，典型地反映出部分市井女子对选择具有发迹潜质夫婿的热衷。柴夫人是唐明宗的妃子，在明宗归天后遣出宫门待嫁，话本云：

> 却说后唐明宗归天，闵帝登位。应有内人，尽令出外嫁人。数中有掌印柴夫人，理会得些个风云气候，看见旺气在郑州界上，遂将带房奁，望旺气而来。来到孝义店王婆家安歇了，要寻个贵人……柴夫人看着王婆道："问婆婆，央你一件事。"王婆道："甚的事？"夫人道："先时卖狗肉的两个汉子，姓甚的？在那里住？"王婆道："这两个最不近道理。切肉的姓郭，顶盘子姓史，都在孝义坊铺屋下睡卧。不知夫人问他两个做甚么？"夫人说："奴要嫁这一个切肉姓郭的人，就央婆婆做媒，说这头亲则个。"王婆道："夫人偌大个贵人，怕没好亲得说，如何要嫁这般人？"夫人道："婆婆莫管，自看见他是个发迹变泰的贵人，婆婆便去说则个。"②

柴夫人一心要嫁"贵人"，发现郭威是个"发迹变泰的贵人"，便主动求王婆前去说亲。与郭威成亲后，又指引丈夫"发迹"，话本云：

> 夫人忽一日看着丈夫郭大郎道："我夫若只在此相守，何时会得发迹？不若写一书，教我夫往西京河南府去见我母舅符令公，可求立身进步之计，若何？"郭大郎道："深感吾妻之意。"③

柴夫人苦苦寻觅能够发迹的贵人，又千方百计扶掖"潜在贵人"快快发迹，于此可见宋代部分市井女子的择偶观，也折射出宋代市井细民对发迹的渴盼和梦想。

　　如果说宋话本所述之梦，大多是市井细民的发迹梦和富贵梦，那么宋传奇所述之梦，则多半是文人士子的登第梦和黄粱梦。前者追求富贵，后者追求功名，前者之追求非常直白，后者之追求则略为含蓄。另外，宋话本

---

①冯梦龙《古今小说》卷一五，第143页。
②冯梦龙《古今小说》卷一五，第145页。
③冯梦龙《古今小说》卷一五，第147页。

充溢着说书艺人为迎合受众心理而曲意逢迎的桥段，宋传奇则充溢着案头读物为刻画文人士子心曲而穷形极相的笔墨，前者往往浅俗而让市井细民沉浸和愉悦，后者则常常深刻而让文人士子领悟和警醒。总之，宋话本折射出市井的价值追求，而宋传奇则折射出士人的人生体悟，两者有俗与雅、浅与深、热闹与冷静、直白与含蓄之审美差异，刚好可以异质互补，呈现出宋人小说的丰富面相。

二、伦理意识：教重于乐与乐先于教

宋代士人与市井叙事文本的伦理意识颇有差异，我们可以通过考察因果报应故事管窥一二。宋话本和传奇中都有大量的因果报应故事，但两者又有差异，前者虽也演绎善恶有报，但较为笼统且伦理意识并不强，而后者则渗透着更为强烈的福善祸淫的伦理道德意识。

宋话本中的因果报应故事常常幼稚牵强而新奇，令人惊诧。《五代史平话》之《梁史平话》入话部分，简要讲述五代之前的历史，论及三国历史时有云：

> 刘季杀了项羽，立着国号曰汉。只因疑忌功臣，如韩王信、彭越、陈豨之徒，皆不免族灭诛夷。这三个功臣，抱屈衔冤，诉于天帝。天帝可怜见三功臣无辜被戮，令他每三个托生做三个豪杰出来：韩信去曹家托生，做着个曹操；彭越去孙家托生，做着个孙权；陈豨去那宗室家托生，做着个刘备。这三个分了他的天下：曹操篡夺献帝的，立国号曰"魏"；刘先主图兴复汉室，立国号曰"蜀"；孙权自兴兵荆州，立国号曰"吴"。①

话本将三国鼎立的局面解释为汉高祖杀害功臣韩信、彭越、陈豨的冤冤相报，即三人无辜被戮，"抱屈衔冤，诉于天帝"，于是分别托生为曹操、孙权、刘备，将汉朝天下三分，以报冤仇。这种解释诞妄、牵强却有很强的新奇性和娱乐性，同时也真实地反映了市井细民善恶有报的因果报应观念，并曲

---

① 《五代史平话·梁史平话》，见丁锡根《宋元平话集》，第24页。值得注意的是《三国志平话》中叙司马仲相梦游阴间所见所闻，与此情节大致相似，话本云刘邦诛杀功臣韩信、彭越和英布，三人在阴间鸣冤，玉皇下旨："汉高祖负其功臣，却交三人分其汉朝天下：交韩信分中原为曹操，交彭越为蜀川刘备，交英布分江东长沙吴王为孙权，交汉高祖生许昌为献帝，吕后为伏皇后。交曹操占得天时，囚其献帝，杀伏皇后报仇。"见丁锡根《宋元平话集》，第751页。

折反映出市井细民天道轮回的历史道德信念。

《计押番金鳗产祸》叙宋徽宗朝,北司官厅押番计安,一日于金明池钓得一条金鳗。金鳗叫道:"吾乃金明池掌。汝若放我,教汝富贵不可言尽;汝若害我,教你合家人口死于非命。"计安将金鳗带回家,闻太尉唤,急速入番。归来时,金鳗已被妻子烹食。当夜,计妻怀孕,十月后生一女儿名庆奴。遇靖康之难,计安携妻女逃到临安,仍为押番,又开一酒店,雇孤儿周三为杂作。庆奴长大,与周三私通。计安无奈,招周三入赘为婿。一年后,计安夫妇对周三极不满意,借故将其夺休,复将女儿嫁与虎翼营戚青。然戚青年老,不中庆奴之意,夫妻每日吵闹,计安夫妇无奈,只得又将戚青夺休。又经半载,庆奴再嫁与高邮军主簿李子由为妾,为李妻所虐待。后李子由托言将庆奴发付牙家转变身钱,暗地置屋将其安顿。庆奴与李子由心腹张彬私通,被李子由七岁小儿撞见。庆奴恐奸情败露,将小儿勒死,与张彬逃至镇江,以唱曲度日。而周三自夺休后,生计无着,到计安家盗窃,被察觉后将计安夫妇杀害,然后逃至镇江,在酒店遇到庆奴。此时张彬患病在床,庆奴全然不顾,只顾自己与周三重续旧情,将张彬晾在一边,使其病、愤交加而死。张彬死后,庆奴与周三重为夫妻。后二人皆为官府擒获,押赴市曹处斩。文末有云:

> 正是:"但存夫子三分礼,不犯萧何六尺条。"这两个正是明有刑法相系,暗有鬼神相随。道不得个:"善恶到头终有报,只争来早与来迟。"
>
> 后人评论此事,道计押番钓了金鳗,那时金鳗在竹篮中,开口原说道:"汝若害我,教你合家人口,死于非命。"只合计押番夫妻偿命,如何又连累周三、张彬、戚青等许多人?想来这一班人也是一缘一会,该是一宗案上的鬼,只借金鳗作个引头。连这金鳗说话,金明池执掌,未知虚实,总是个凶妖之先兆。计安既知其异,便不该带回家中,以致害他性命。大凡物之异常者,便不可加害,有诗为证:"李救朱蛇得美姝,孙医龙子获奇书。劝君莫害非常物,祸福冥中报不虚。"①

话本中,计安夫妇被曾经的酒店伙计周三杀害,李子由七岁小儿被庆奴杀

---

① 冯梦龙《警世通言》卷二○,第 183 页。

害，张彬被庆奴公然与周三重续旧情而气死，这是一个血淋淋的惨剧。同时，从婚姻的角度看也是一个凄惨惨的悲剧。主角儿庆奴先与周三私通，招赘成婚后又因周三不合父母之意而离婚；次嫁戚青，因老夫少妻婚后不谐，不久又离婚；再嫁李子由为妾，又与张彬私通，并闹出人命；与张彬逃亡后，又遇前夫周三，再与周三私通；最后双双被正法。庆奴没有贞操观念和自尊心理，其所作所为完全是随波逐流和任性而为，最后酿成悲剧，这里面既有其父母的原因（如让其与周三离婚），更有其个人的原因。但话本在归因时，却将这一串悲剧主要归咎于计安钓得金鳗而其妻烹食上，认为是他们夫妇没有善待金鳗这种非常之物，而后遭到报应。话本的这种因果报应观念，最集中地体现在文末散场诗"劝君莫害非常物，祸福冥中报不虚"。话本所阐扬的这种因果报应，显得幼稚而牵强，折射出市井叙事文本对于命运无常的特殊理解。另外值得注意的是，话本当中虽也有"善恶到头终有报，只争来早与来迟"，却并未将伦理道德观念作为因果报应的主要因素。

宋话本中因果报应故事所透露的伦理意识并不鲜明，可能与说话艺人重心在娱乐听众而非道德说教有关系。说话艺人有意将一些因果报应故事说得非常离奇但仍未逸出善恶有报的常轨，可能正是首先为了满足听众追新逐奇的好奇心理，同时也暗合他们扬善惩恶的伦理观念。

与宋话本不同，宋传奇中因果报应故事所折射的伦理意识相当清晰。宋传奇中，以"果报"行"劝惩"的文本比比皆是，[1]呈现出士人叙事浓烈的伦理意识。两相对照，可以说，就因果报应故事而论，话本的娱乐性先于伦理性，而传奇则是伦理性重于娱乐性。实际上，管中窥豹，可见一斑，通过因果报应这种故事类型，大致也可以反映出宋代市井叙事文本与士人叙事文本在娱乐性、伦理性上的选择策略。

上述因果报应故事所折射的士人与市井叙事文本伦理意识的差异，基本可以反映宋代文言小说与白话小说在乐、教关系上的面貌。大致可以说，宋代文言小说是教重于乐，而白话小说则是乐先于教。

三、旨味追求：士人雅韵与市井俗趣

宋代文人叙事与民间叙事在旨味追求上有较大差异，两者有雅俗之

---

[1] 相关论述见第四章第一节"叙事主题的伦理化与文本的道学气"相关内容。

别。一般而言，文人叙事更多追求雅致的韵味，民间叙事则更为喜好俚俗的趣味，前者含蓄蕴藉，后者浅近直露，前者偏重精神愉悦，后者偏重感官刺激。两者在故事的传奇性、戏剧性和谐谑性上差异最为明显。

（一）传奇性：士人与市井叙事的异同

传奇性是小说引人入胜的重要原因之一。梁启超《论小说与群治之关系》探究"人类之普通性，何以嗜他书不如其嗜小说"之由，论及两个原因，其中之一为：

> 凡人之性，常非能以现境界而自满足者也。而此蠢蠢躯壳，其所能触能受之境，又顽狭短局而至有限也。故常欲于其直接以触以受之外，而间接有所触有所受，所谓身外之身，世界外之世界也。此等识想，不独利根众生有之，即钝根众生亦有焉。而导其根器使日趋于钝、日趋于利者，其力量无大于小说。小说者，常导人游于他境界，而变换其常触常受之空气者也。①

梁启超认为小说"常导人游于他境界，而变换其常触常受之空气者"，满足了"凡人之性，常非能以现境界而自满足者也"，故而受到大家的喜爱。梁启超此处揭示的小说特质正是小说可以超越"现境界"、游于"他境界"的传奇性。古往今来的小说大都有传奇性的特质，而古代小说由于"供谈笑、广见闻"等的角色定位，对传奇性的追求尤甚。

宋代文言小说中的志怪"好奇尚异""鸠异崇怪"，传奇也大多"传奇述异""鬼物假托"，两者往往都具有一定的传奇性。与宋代志怪、传奇之传奇性相比，宋代话本因为更强的娱乐性而导致更强的传奇性。郑振铎曾分析说书家刻意好奇的原因，云："说书家是惟恐其故事之不离奇、不激昂的：若一落于平庸，便不会耸动顾客的听闻。所以他们最喜欢取用奇异不测的故事，惊骇可喜的传说，且更故以危辞峻语来增高描叙的趣味。"②说书人为了耸动顾客的听闻，会千方百计地追求奇异。

现存宋话本中，不少文本的正话开头之处即点出这是一桩奇怪之事。如《西山一窟鬼》入话转正话云："话说沈文述是一个士人，自家今日也说一

---

①梁启超《论小说与群治之关系》，见张品兴主编《梁启超全集》第四卷《新大陆游记》，北京：北京出版社，1999年版，第884页。
②郑振铎《中国文学史》，北京：中国文史出版社，2015年版，第614页。

个士人，因来行在临安府取选，变做十数回跷蹊作怪的小说。"①又如《张生彩鸾灯传》入话转正话云："今日为甚说这段话？却有个波俏的女娘子也因灯夜游玩，撞着个狂荡的小秀才，惹出一场奇奇怪怪的事来。"②又如《崔衙内白鹞招妖》正话开篇叙及崔衙内借白鹞出外游猎，说话人当即跳出来评论道："若是说话的当时同年生，并肩长，劝住崔衙内，只好休去。千不合，万不合，带这只新罗白鹞出来，惹出一场怪事。真个是亘古未闻，于今罕有。"③又如《皂角林大王假形》入话转正话云："说话的说这栾太守断妖则甚？今日一个官人，只因上任，平白地惹出一件跷蹊作怪底事来，险些坏了性命。"④上述话本在正话开启处，或云"变做十数回跷蹊作怪的小说"，或云"惹出一场奇奇怪怪的事来"，或云"惹出一场怪事"，或云"惹出一件跷蹊作怪底事来"，都点出了故事的传奇性，以勾起听众的好奇心。

　　现存宋话本中，小说话本的传奇性非常突出。罗烨《醉翁谈录·小说开辟》将小说基本上按题材分为八类，即灵怪、烟粉、传奇、公案、朴刀、捍棒、妖术、神仙。其中灵怪、妖术、神仙类小说，如《西山一窟鬼》《定山三怪》《西湖三塔记》《洛阳三怪记》《福禄寿三星度世》《陈巡检梅岭失妻记》《皂角林大王假形》等，本来就是征奇话异的故事，其传奇性自不待言。公案、朴刀、捍棒类小说，如《三现身包龙图断冤》《错斩崔宁》《计押番金鳗产祸》《万秀娘仇报山亭儿》《杨温拦路虎传》，也往往特意强调故事主人的巧合奇遇，酿造出很强的传奇性。烟粉、传奇类小说，如《碾玉观音》《小夫人金钱赠年少》《金明池吴清逢爱爱》《闹樊楼多情周胜仙》《苏长公章台柳传》《张生彩鸾灯传》等，或着力表现"事怪"，或着意强调"情奇"，将男女主人的爱情故事编得奇巧曲折、摇曳多姿，也有很强的传奇性。宋代的讲史话本如《五代史平话》《大宋宣和遗事》，在敷演历史人物的生活细节之际，往往夸张增饰，将"常"事变"奇"，将"奇"事说"玄"，也酿造出一定的传奇性。宋代的说经话本如《大唐三藏取经诗话》，素材本身就有较强的传奇色彩，说话人更是变本加厉、踵事增华，将故事编织得恍兮惚兮，新奇动人。总之，宋话本的传奇性是非常鲜明的。

---

①冯梦龙《警世通言》卷一四《一窟鬼癞道人除怪》，第122页。
②《熊龙峰四种小说》，王古鲁搜录校注本，上海：古典文学出版社，1958年版，第3页。
③冯梦龙《警世通言》卷一九，第167页。
④冯梦龙《警世通言》卷三六，第360页。

宋话本鲜明的传奇性,与同题材的宋传奇相较,会让人印象更加深刻。话本《范鳅儿双镜重圆》之入话改编自《夷坚志·徐信妻》,将文、白两种文本对读,可以发现两者在故事性、传奇性上的细微差异。《徐信妻》叙南宋初年,军校徐信与妻子夜出市,某人见徐妻,目不转睛。后来某人一直跟着徐信直到家门,并言徐信同行的妇人乃是某人在金戈之乱中失散的妻子。徐信为之感怆,言己也是遭乱失妻,并在淮南一村店中救助该妇并结为夫妻。某人言其已别娶,希望能见该妇一面,叙述悲苦,然后诀别。徐信约明日为期,令某人偕新妇同至。明日,四人相见,徐信发现某人所携之妇,乃其失散之妻。四人相对凄怆,各复其故,通家往来如婚姻。① 故事中徐信夫妇和某人夫妇之失散、重逢和复原的交互姻缘,如出一辙,极度巧合,可谓奇中之奇。该故事后来被说话人看中,并被敷演成《范鳅儿双镜重圆》的入话。

说话人选择这个传奇故事敷演成入话,已经包含着他们对故事传奇性的追求。同时,说话人还对文本进行了若干改编,使其故事性更强、传奇性更显。话本首先叙徐信失妻(话本中为崔氏)之事,接着叙徐信救助某人(话本中为刘俊卿)之妇(话本中为王氏)并与其结合之事,然后叙徐信夫妇夜出市遇刘俊卿之事,然后叙四人相见、徐信发现刘俊卿之妇乃其失散之妻之事,然后补叙崔氏与夫失散再嫁刘俊卿之事,最后叙四人各复其故之事。与传奇相较,话本有三处改编和增饰,这些改动可见匠心。第一是补充徐信失妻经历并将其置于故事之首,第二是在文末补叙崔氏与徐信失散再嫁刘俊卿之事,这两处增补将《徐信妻》中缺失的故事链条补足,并通过一首一尾的位置安排凸显出"徐信妻"的结构功能,使其故事更为圆合,传奇性更为明显。第三处改动是叙徐信与妻子夜出市之际,某人紧盯妇人的情景,《徐信妻》原文云:

> 军校徐信与妻子夜出市,少憩茶肆旁。一人窃睨其妻,目不暂释,若向有所嘱者。信怪之,乃舍去。②

话本云:

> 一日徐信同妻城外访亲回来,天色已晚,妇人口渴,徐信引到一个

---

① 洪迈《夷坚志》,《夷坚志补》卷一一,第 1651 页。
② 洪迈《夷坚志》,《夷坚志补》卷一一,第 1651 页。

> 茶肆中吃茶。那肆中先有一个汉子坐下，见妇人入来，便立在一边偷看那妇人，目不转睛。妇人低眉下眼，那个在意。徐信甚以为怪。[①]

两相对照，可见话本增添了"妇人低眉下眼，那个在意"一语。根据故事情节可知，该妇人乃是某人之妻，两人应该非常熟悉，当天色已晚之时，某人意外发现了该妇，于是目不转睛盯着她，按照常理，只要妇人抬头看一眼某人，即可确认两人失散夫妻的身份。但小说为卖关子、增加传奇性，特意将时间设计为天色已晚之时，同时也特意避开了某人夫妻初见即重认这一情节。文言小说的这一设计，当然巧妙，但让人感到意犹未足，关键是妇人抬头与否未作交待。而话本则特意补上"妇人低眉下眼，那个在意"一语，交待妇人未抬头，从而错过了与前夫相认，于是将故事的传奇性设计得更合情合理，更圆通妥帖。

话本《范鳅儿双镜重圆》之入话对文言传奇《徐信妻》的改编，可见话本对故事性、传奇性的追求甚于文言小说。这应该与说话的商品性、娱乐性息息相关，说话人为迎合市井细民的好奇心理，故而特意撷取间巷异闻，敷演蹊跷怪事，让观众获得新奇、陌生的审美感受。

（二）戏剧性：士人与市井叙事的差别

宋代文言小说和白话小说相较，在传奇性上有明显的差异，在戏剧性上则有更大的差异。说话人为聚拢人气，不仅会用传奇性的故事述异志怪、满足观众的好奇心理，还会用戏剧性的情节制造奇观，迎合观众的惊异心理。话本中常常会运用悖谬、反差等叙事方法，讲述异于常理、别于常情的戏剧性故事，让人叹为观止，在惊异中获得审美享受。宋话本《张古老种瓜娶文女》的本事源于唐人《续玄怪录·张老》，仔细对读两种文本，可以发现宋话本在改编唐传奇时对戏剧性的追求。

《张老》叙扬州六合县园叟张老，得知扬州曹掾韦恕正在为其女访婿，于是找来媒媪前去登门说亲。韦恕觉得受到欺辱，大怒，扬言张老当日能拿出五百缗作为聘礼，则可同意婚事。不料张老居然拿出此钱，车载纳于韦氏。韦氏无可奈何，询问其女之意，其女曰"此固命乎"，于是许婚。张老与韦女婚后数年即迁徙至天坛山南。韦氏令其子义方访妹，义方到达天坛山南，进入神仙之府，见到已成仙人的张老和妹子，并获赠二十镒金，还获

---

①冯梦龙《警世通言》卷一二，第105页。

赠一故席帽,张老云"兄若无钱,可于扬州北邸卖药王老家,取一千万贯,持此为信"。后义方居然凭借该帽从王老家取得一千万贯,于是韦家乃信张老真是神仙。再后来义方再寻其妹和张老,不知所终。①

《张古老种瓜娶文女》叙萧梁武帝普通年间,谏议大夫韦恕因劝谏梁武帝奉持释教得罪,贬在滋生驷马监做判院。一日大雪,丢失了武帝坐骑,养马人顺着蹄印于种瓜张老处寻得失马。张老以甜瓜招待大家,众人惊异。来年春天,韦恕带着妻女登门拜谢。闲话中张老自言年已八十,欲娶韦恕十八岁女儿文女为妻,韦恕大怒而回。几日后,张老竟请两个媒人登门求婚,韦恕一气之下说要十万贯钱的定礼才肯许婚。不料,张老当日就送来了十万贯钱,韦恕夫妇无可奈何,询问其女之意,其女曰"虽然张公年纪老,恐是天意却也不见得",于是允婚。韦恕之子韦义方在外从军回来,听说妹子嫁与八十岁的张老,认为张老乃是妖人,拔剑砍之,剑折作数段,张老毫发无损。次日,韦义方再寻张老欲夺回妹子,却不见其踪影,唯见树皮上有诗云"要识老夫居止处,桃花庄上乐天居"。韦义方追至桃花庄,方知张老乃是神仙。张老赠予韦义方一旧席帽,嘱其可以此为凭至扬州申公处取钱十万贯。韦义方回到昨日所寄行李店中,方知人世已过二十年。回到家乡,得知自己全家一十三口都已白日升仙。韦义方拿着旧席帽,到扬州申公处果然取得十万贯钱。后来韦义方复见张老、申公于酒楼,张老云:"我本上仙长兴张古老。文女乃上天玉女,只因思凡,上帝恐被凡人点污,故令吾托此态取归上天。"说罢,与申公乘白鹤而去。②

仔细比较两个文本,话本在传奇的基础上增添了多处非常具有戏剧性的情节。第一,开篇处增添韦恕被贬在滋生驷马监做判院,又在雪夜丢失武帝坐骑而与园叟张老结缘之事。韦恕本来被贬就很倒霉,再加上雪夜丢失皇帝宝马,可谓雪上加霜、祸不单行。但说话人在正话开篇即云:"且说一个官人,因雪中走了一匹白马,变成一件蹊跷神仙的事,举家白日上升,至今古迹尚存。"明确表明这是一桩因祸("雪中走了一匹白马")得福("举家白日上升")的故事。话本开篇即在这福祸相因的巨大反差之中,呈现出强烈的戏剧性。

①李复言《续玄怪录·张老》,见李时人《全唐五代小说》卷四二,西安:陕西人民出版社,1998年版,第1158～1162页。
②冯梦龙《古今小说》卷三三,第315～324页。

第二,将张老和文女的年龄分别设计为八十和十八,营造出八十老翁娶十八岁女孩儿的戏剧性。话本叙述韦恕带着妻女到张老家拜谢,张老闲话欲娶文女的情景,最能体现这种戏剧性:

> 恭人说:"公公也少不得个婆婆相伴。"大伯应道:"便是。没怎么巧头脑。"恭人道:"也是说个七十来岁的婆婆。"大伯道:"年纪须老,道不得个:百岁光阴如捻指,人生七十古来稀。"恭人道:"也是说一个六十来岁的。"大伯道:"老也:月过十五光明少,人到中年万事休。"恭人道:"也是说一个五十来岁的。"大伯又道:"老也:三十不荣,四十不富,五十看看寻死路。"恭人忍不得,自道看我取笑他:"公公说个三十来岁的。"大伯道:"老也。"恭人说:"公公,如今要说几岁的?"大伯抬起身来,指定十八岁小娘子道:"若得此女以为匹配,足矣。"韦谏议当时听得说,怒从心上起,恶向胆边生,却不听他说话,叫那当直的都来要打那大伯。恭人道:"使不得,特地来谢他,却如何打他? 这大伯年纪老,说话颠狂,只莫管他。"①

第三,当八十老翁请媒去说十八岁的文女时,韦恕觉得受到欺辱而大怒,传奇云:"韦怒曰:'为吾报之,今日内得五百缗则可。'"②话本则云:"谏议听得说,用指头指着媒人婆道:'做我传话那没见识的老子:要得成亲,来日办十万贯见钱为定礼,并要一色小钱,不要金钱准折。'"③话本在传奇的基础上,将定礼从"五百缗"升至"十万贯",并增加"并要一色小钱,不要金钱准折"的附加条件,显然更能凸显韦恕盛怒之下特意为难提亲人的神情,也更具戏剧性。

第四,话本增添韦恕之子韦义方举剑砍杀张老而剑断之事,使得故事更有波澜。

第五,话本增添张老带着文女徙居桃花庄,文女极不情愿之事。路人见到的情状是"那小娘子不肯去,哭告大伯道:'教我归去相辞爹妈'","那大伯把一条杖儿在手中,一路上打将这女孩儿去。好栖惶人! 令人不忍

---

①冯梦龙《古今小说》卷三三,第317~318页。
②李复言《续玄怪录·张老》,见李时人《全唐五代小说》卷四二,第1158~1159页。
③冯梦龙《古今小说》卷三三,第319页。

见"。① 去往仙境路上的"大福"，话本中却故意用文女的"大不情愿"来表达，表里形成巨大反差，酿造出强烈的戏剧性。

实际上，整个故事本身就有戏剧性，表面上是讲园叟张老向韦家求婚、娶亲之事（年龄不当、门户不对、韦家受辱），实际上是神仙下凡度化和帮助韦家之事（文女成仙、韦家受福），表面上的受辱与实际上的受福形成反差，让人忍俊不禁。话本在传奇的基础上，将此反差做到极致，将故事的戏剧性全面挖掘和充分释放，可见话本对戏剧性的追求远超传奇。

（三）谐谑性：士人与市井叙事的区隔

宋代话本小说为满足市井细民消闲、取乐的需求，不仅在传奇性和戏剧性上做足文章，也在谐谑性上用心用力，通过题材的谐谑演绎和语言的趣味运用等科诨手法，炮制出一串串笑料，酿造出一个个机趣，以博市井细民开怀。

所谓题材的谐谑演绎，指说话人往往将素材趣味化为含有笑料、让人开怀的故事，娱乐观众，《五戒禅师私红莲记》就是这样的典型。话本叙宋英宗治平年间，南山净慈孝光禅寺有得道高僧二人，师兄五戒禅师，师弟明悟禅师。一日，五戒禅师忽闻山门外小儿啼哭，即命道人清一出外察看，见一丢弃女婴，清一抱入寺内收养。女婴怀中有一纸条，知其小名为红莲。不觉红莲已至二八佳龄，面目清秀。一日，五戒禅师忽忆红莲事，令清一将红莲送至房内，将其奸淫。明悟禅师觉察此事，写诗暗讽。五戒禅师心中解悟，羞愧难当，即时坐化。明悟禅师见师兄坐化，亦圆寂而去。五戒禅师托生为苏轼，明悟禅师托生为谢端卿，后出家为僧，法名佛印。后来，苏轼一举成名，为翰林院学士，但不信佛法。佛印闻知，即往东京相国寺为住持，与苏轼吟诗作赋，时相交往。后苏轼被贬黄州，佛印又去黄州住持甘露寺。再后来苏轼为临安府太守，佛印又到临安府住持灵隐寺。佛印与苏轼形影相随，谈禅论道，终于使得苏轼"因此省悟前因，敬佛礼僧"，自称为东坡居士。后来苏轼致仕还乡，尽老而终，得为大罗天仙，佛印禅师亦圆寂于灵隐寺，得为至尊古佛，二人俱得善道。②

值得注意的是，该话本善于移花接木、捏合生发。关于苏轼是五戒禅

①冯梦龙《古今小说》卷三三，第321页。
②《清平山堂话本》，南京：江苏古籍出版社，1990年版，第162～185页。

师转世的传说，北宋已有。惠洪《冷斋夜话》卷七《梦迎五祖戒禅师》条云：

> 苏子由初谪高安时，云庵居洞山，时时相过。聪禅师者，蜀人，居圣寿寺。一夕，云庵梦同子由、聪出城迓五祖戒禅师，既觉，私怪之，以语子由，未卒，聪至。子由迎呼曰："方与洞山老师说梦，子来亦欲同说梦乎？"聪曰："夜来辄梦见吾三人者，同迎五戒和尚。"子由拊手大笑曰："世间果有同梦者，异哉！"良久，东坡书至，曰："已次奉新，旦夕可相见。"三人大喜，追笋舆而出城，至二十里建山寺，而东坡至。坐定无可言，则各追绎向所梦以语坡。坡曰："轼年八九岁时，尝梦其身是僧，往来陕右。又先妣方孕时，梦一僧来托宿，记其顶然而眇一目。"云庵惊曰："戒，陕右人，而失一目，暮年弃五祖来游高安，终于大愚。"逆数盖五十年，而东坡时年四十九矣。后东坡复以书抵云庵，其略曰："戒和尚不识人嫌，强颜复出，真可笑矣。既法契，可痛加磨砺，使还旧规，不胜幸甚。"自是常衣衲衣。①

此传说言及五戒禅师转世为东坡，但并未言及具体因由，而话本则说是因为五戒禅师私淫红莲、犯了色戒，被师弟暗讽于是羞愧坐化而转世的。实际上，话本所移植的私淫红莲故事的当事者，最初并非五戒禅师，而是至聪禅师。宋人张邦畿所编《侍儿小名录拾遗》引《古今诗话》云：

> 五代时有一僧，号至聪禅师，祝融峰修行十年，自以为戒行具足，无所诱掖也。夫何一日下山，于道傍见一姜女，号红莲，一瞬而动，遂与合欢。至明，僧起沐浴，与妇人俱化。有颂曰："有道山僧号至聪，十年不下祝融峰。腰间所积菩提水，泻向红莲一叶中。"②

话本将至聪禅师私淫红莲之事移植到五戒禅师身上，并将诗句"腰间所积菩提水，泻向红莲一叶中"，改为"可惜菩提甘露水，倾入红莲两瓣中"，化入描绘五戒私淫红莲的韵文之中。

该话本将至聪禅师私淫红莲之事与五戒禅师转世为苏轼之事进行捏合嫁接，拼接成五戒禅师私淫红莲转世为苏轼之故事，实际上是要用捏造出来的苏轼风流情事以娱乐观众，博得市井细民开怀一笑——原来苏轼竟

---

① 惠洪《冷斋夜话》，北京：中华书局，1988年版，第56页。
② 张邦畿《侍儿小名录拾遗》，《丛书集成初编》本，上海：商务印书馆，1937年版，第3313册，第5页。

然是好色破戒的和尚转世! 于此可见话本的谐谑性追求。话本拿苏轼开情色玩笑,本身就具有谐谑性,而话本在描述五戒禅师私淫红莲的情景时,还用韵文细致描摹,津津乐道,话本云:

> 且说长老关了房门,灭了琉璃灯,携住红莲手,一将将到床前,交红莲脱了衣服。长老向前一搂搂住,搂在怀中,抱上床去。却便似:

> 戏水鸳鸯,穿花鸾凤。喜孜孜,连理并生;美甘甘,同心带绾。恰恰莺声,不离耳畔;津津甜唾,笑吐舌尖。杨柳腰,脉脉春浓;樱桃口,微微气喘。星眼朦胧,细细汗流香玉体;酥胸荡漾,涓涓露滴牡丹心。一个初侵女色,由如饿虎吞羊;一个乍遇男儿,好似渴龙得水。可惜菩提甘露水,倾入红莲两瓣中。①

于此可以看出说话人"语不'诱'人死不休"的谐谑追求和低俗趣味。

所谓语言的趣味运用,指说话人善于汲取俚语俗谚等鲜活的市井话语,通过反讽、悖谬、反差、错位等修辞手法,插科打诨开玩笑,酿造机趣和笑点。罗烨《醉翁谈录·舌耕叙引》"小说开辟"夸赞说话人"曰得词,念得诗,说得话,使得砌",其中"使得砌"即指说话人能以滑稽的动作和诙谐的语言引人发笑,可见用科诨手法来取笑、逗趣是说话人的看家本领之一。

现存宋话本中,取笑逗趣、俚俗俏皮的语言比比皆是。如《小夫人金钱赠年少》叙年逾六旬的张员外请两位媒人说亲,话本用韵语描绘媒人道:"开言成匹配,举口合姻缘。医世上风只鸾孤,管宇宙单眠独宿。传言玉女,用机关把臂拖来;侍案金童,下说词拦腰抱住。调唆织女害相思,引得嫦娥离月殿。"②语言俚俗俏皮,令人捧腹。该话本叙述张员外娶了二十来岁的小夫人,享受艳福后的情景,云"腰便添疼,眼便添泪,耳便添聋,鼻便添涕",③也是俚趣盎然。

又如《张生彩鸾灯传》叙张生撩弄刘素香的情景,话本云:

> 这舜美一见了那女子,沉醉顿醒,竦然整冠,汤瓶样摇摆过来,为甚的做如此模样? 元来调光的人,只在初见之时,就便使个手段,便见分晓。有几般讨探之法,说与郎君听着。做子弟的牢记在心,勿忘了

---

①《清平山堂话本》,第 171~172 页。
②冯梦龙《警世通言》卷一六,第 143~144 页。
③冯梦龙《警世通言》卷一六,第 145 页。

《调光经》。怎见《调光经》法……说那女娘子被舜美撩弄，禁持不住。眼也花了，心也乱了，腿也苏了，脚也麻了，痴呆了半晌，四目相睃，面面有情。那女娘子走得紧，舜美也跟得紧；走得慢，也跟得慢，但不能交接一语。不觉斗到众安桥，桥上做卖做买，东来西去的，挨挤不过，过得众安桥，失却了女子所在，只得闷闷而回。开了房门，风儿又吹，灯儿又暗，枕儿又寒，被儿又冷，怎生睡得……舜美甫能勾捱到天明，起来梳裹了，三餐已毕。只见街市上人，又早收拾看灯。舜美身心按捺不下，急忙关闭房门，迳往夜来相遇之处。立了一会，转了一会，寻了一会，靠了一会，呆了一会，只是等不见那女娘子来。①

说话人讲到张生撩弄刘素香时，居然旁逸斜出，特意将男子撩弄女子之法宝典——《调光经》介绍给观众，可见说话人满足市井细民消闲、取乐需求的自觉意识。说话人叙刘素香被撩弄的情景时，云"眼也花了，心也乱了，腿也苏了，脚也麻了"；叙张生不得遂愿的情景时，云"开了房门，风儿又吹，灯儿又暗，枕儿又寒，被儿又冷，怎生睡得"，又云"立了一会，转了一会，寻了一会，靠了一会，呆了一会，只是等不见那女娘子来"。语言运用非常俚俗，又非常有趣味，将坠入情网的男女主人的情态刻画得栩栩如生，让人忍俊不禁。

说话人还善于运用一些浅俗的文字游戏，来增加语言的趣味，愉悦听众。如话本《崔衙内白鹞招妖》在故事中见缝插针，先后穿插了九首"宝塔"诗，分别歌咏春、酒、山、松、庄、夏、月、色、风，妙趣横生。如其咏酒云：

酒，酒，酒，邀朋会友。君莫待，时长久，名呼食前，礼于茶后。临风不可无，对月须教有。李白一饮一石，刘伶解醒五斗。公子沾唇脸似桃，佳人入腹腰如柳。②

又如其咏色云：

色，色，难离易惑，隐深闺，藏柳陌。长小人志，灭君子德。后主谩多才，纣王空有力。伤人不痛之刀，对面杀人之贼。方知双眼是横波，无限贤愚被沉溺。③

---

① 《熊龙峰四种小说》，王古鲁搜录校注本，第5～6页。
② 冯梦龙《警世通言》卷一九，第168页。
③ 冯梦龙《警世通言》卷一九，第173页。

这些文字富有机趣,令人开怀。

当然,宋代文言小说中也有谐谑性较强的文本,比如路氏《笑林》、张致和《笑苑千金》、乌有先生《滑稽小传》、朱晖《绝倒录》、窦苹《善谑集》、佚名《醉翁滑稽风月笑谈》等文言笑话集,但这些文本绝大多数都是小说性较弱的轶事小说。在小说性较强的志怪传奇中,谐谑性并非文本追求的目标。而宋代话本小说因为其商品性和娱乐性,往往会将谐谑性作为重要目标,于是造成文人叙事与民间叙事在谐谑性上的重要区隔。

第四节　人物形象(形塑何人):士人理想与市井印象

宋传奇与话本中的形象塑造千差万别,同一类型的形象塑造也往往面貌殊异,这背后折射出士人叙事与市井叙事在伦理诉求、雅俗追求等方面的显著差异。宋传奇与话本中女性形象的差异非常引人注目,我们不妨把两类小说中主要的女性形象分为贞女、浪女、仙女、娼女和情女五种,下面进行分类考察。

一、情女形象对比:生死以之与成人之美

《绿窗新话》卷上《金彦游春遇会娘》,《夷坚甲志》卷四《吴小员外》与话本《金明池吴清逢爱爱》都塑造了痴情女子形象,且文本之间还存在渊源关系,①故事主干有很高的相似度,可以放在一起对比讨论。

《金彦游春遇会娘》讲述了金彦与会娘生生死死的爱情故事,文不长,兹全录:

> 金彦与何俞出城西游春,见一庭院华丽,乃王太尉锦庄。贳酒坐阁子上,彦取二弦轧之,俞取箫管合奏。忽见亭上有一女子出曰:“妾亦好此乐。”令仆子取蜜煎劝酒。俞问姓氏,答曰:“姓李,名会娘。”二人次日复往,其女又出,二人请同坐饮酒,笑语谐谑。女属意于彦,情绪正浓,忽报太翁至,女惊忙而去。自此两情无缘会合。

---

① 李剑国《宋代志怪传奇叙录》:“金彦事(指《绿窗新话》卷上《金彦游春遇会娘》故事,引者注)与《夷坚甲志》卷四《吴小员外》极似,可能是一事之二传或由金彦演为吴小员外,《警世通言》卷三〇《金明池吴清逢爱爱》即据《吴小员外》改编。”天津:南开大学出版社,1997年版,第294页。

次年，清明又到，彦思锦庄之事，再寻旧约，信步出城，行入小路，忽听粉墙间有人呼声，熟视之，乃会娘也。引彦入花阴间，少叙衷情。云雨才罢，会娘请随彦归去，彦遂借一空宅居之，朝夕同欢。

月余，俞往访锦庄，忽遇老妪哭云："会娘因二人同饮，得疾而死久矣。"彦归，诘会娘，答曰："妾实非人也，为郎君当时一顾之厚，遂有今日，郎君不以生死为间，妾之愿也。"①

文中会娘对爱情的追求相当主动。当金彦与何俞管弦合奏之时，会娘主动出来凑热闹，提出"妾亦好此乐"，并"令仆子取蜜煎劝酒"。当二人次日复往之时，会娘又出来"同坐饮酒，笑语谐谑"，并"属意于彦，情绪正浓"。无奈太翁勿至，惊散鸳鸯，"自此两情无缘会合"。次年清明，当彦思再寻旧约之时，会娘又主动"呼"之，并"引入花阴间""少叙衷情"。"云雨"之后，会娘又主动提出"随彦归去"。后来当金彦得知会娘已殁、诘问之际，会娘"妾实非人也。为郎君当时一顾之厚，得有今日。郎君不以生死为间，妾之愿也"之回答，可谓痴情女子生死以之的告白，令人动容。会娘的痴情、主动和生死以之，令人印象深刻。

与李会娘一样，《吴小员外》中的当垆女也是一位痴情女。文叙京师富家子吴小员外，与两位好友于金明池畔游春时，进一酒肆与正值妙龄的当垆女交谈甚契，但因女子父母归来，只得败兴而归。明年春游，吴生与两位好友又至酒肆，方知女子因受父母薄责、悒怏而亡。三人伤惋，返程途中，忽遇该女子相邀共饮，称其父母所言乃欲绝君望的诈言。三人前往，后吴生留宿。吴生与该女往来逾三月，颜色益憔悴，后被法师诊断为深中鬼气，法师建议吴生急避诸西方三百里外。吴生如其言，命驾往西洛，但该女紧随不舍。后法师以剑授吴生，吴生以剑斩杀女鬼，遂得解脱。文中的当垆女对爱情的追求也是炽热的。当吴小员外与好友呼当垆女侑觞时，当垆女"欣然而应，遂就坐"，可见其落落大方之态；当其父责备"未嫁而为此态，何以适人"时，"遂悒怏不数日而死"，可见其羞惭悒怏之态；当次年吴小员外与好友"相率寻旧游"而不遇时，已成鬼的当垆女掩饰身份，主动邀请三人同往城中委巷，并让吴生留宿，共度缱绻，可见其炽热追爱之态；当吴小员外已知真相，并避居西洛之际，当垆女紧追不舍，"每当食处，女必在房内，

①皇都风月主人编《绿窗新话》卷上，周楞伽笺注本，上海：上海古籍出版社，1991年版，第47页。

夜则据榻"，可见其难分难舍之态。① 当垆女的穷追不舍和生死以之，同样令人印象深刻。

与会娘、当垆女相较，话本《金明池吴清逢爱爱》中的女主角卢爱爱同样痴情，且更胜一筹。话本故事源于《吴小员外》，前面部分敷演《吴小员外》的故事，并将吴小员外、当垆女分别取名吴子虚、卢爱爱，后面部分又有改动和增添。话本云吴生并未斩杀女鬼，倒是误杀了酒店小厮（实际上是砍断了一把笤帚），受了一夜牢狱之苦。吴生在狱中梦见卢爱爱赠送玉雪丹二粒，并被告知，一粒用于吴生消除百病、元神复旧，另一粒用于吴生他日拯救一位女子并借此成就佳姻。后果如其言，吴生凭借药丸救活褚爱爱，并与之成婚，百年偕老。话本中的卢爱爱对吴生之爱已经达到了成人之美的高度，这典型地体现在卢爱爱狱中送药的情景，话本云：

> （吴小员外）嗟怨了半夜，不觉睡去。梦见那花枝般多情的女儿，妖妖娆娆走近前来，深深道个万福道："小员外休得怅恨奴家。奴自身亡之后，感太元夫人空中经过，怜奴无罪早夭，授以太阴炼形之术，以此元形不损，且得游行世上。感员外隔年垂念，因而冒耻相从；亦是前缘宿分，合有一百二十日夫妻。今已完满，奴自当去……奴又与上元夫人求得玉雪丹二粒，员外试服一粒，管取百病消除，元神复旧。又一粒员外谨藏之，他日成就员外一段佳姻，以报一百二十日夫妻之恩。"说罢，出药二粒，如鸡荳般，其色正红，分明是两粒火珠。那女儿将一粒纳于小员外袖内，一粒纳于口中，叫声："奴去也！还乡之日，千万到奴家荒坟一顾，也表员外不忘故旧之情。"②

话本改变了《吴小员外》的原有旨趣，将文言小说中穷追不舍、生死以之的追爱女鬼，改造成了一位追求爱情但又知分寸、能进退且成人之美的多情女鬼，表现了市民阶层的爱情幻想和审美情趣。

宋传奇中的李会娘、当垆女与宋话本中的卢爱爱，虽同为痴情女子，但还是颇有差异。话本中的痴情女，更为多情、更为良善也更为厉害（薄惩情郎环节可见），更有市井女子的风味，更加符合市民的心理期待；而传奇中的痴情女如当垆女，有痴情的一面，流露出文人的情爱期待，还有损人健

---

①洪迈《夷坚志》，《夷坚甲志》卷四，北京：中华书局，1981年版，第29～30页。
②冯梦龙《警世通言》卷三〇，第305页。

康、纠缠不休的一面，又流露出文人畏色如鬼的潜意识。这种差异正体现了市井与士人叙事文本折射出的作者和受众心理期待的细微区别。

二、浪女形象对比：点到为止与津津乐道

《鬼董·陈淑》与话本《刎颈鸳鸯会》中的女主角都是水性杨花导致数位男人丧命的荡妇典型，可以进行对比分析。

《鬼董·陈淑》叙美而慧的陈淑，被富家子刘生看上，但因刘家父母反对而未能结合。后嫁给同巷民黄生，因丈夫困窭而屡受刘生馈赠，进而与刘生私通。丈夫黄生知情后，欲执之见官。陈淑恨怒，将夫灌醉，杀死并肢解。凶杀案发，刘生刺配，陈淑拟被凌迟处死。不料行刑前夕，狱卒谢德悦其貌，舍身冒险，将其救出牢狱。两人窜至兴国李生邸舍中，李生设计赶走谢德，占有陈淑。三四年后谢德返回兴国，陈淑念其救命之恩，与谢德设计杀死李生，两人裹财逃往襄阳。在襄阳，陈淑偶遇刺配后不敢归乡的刘生。刘生设计椎杀谢德，复纳淑而室之。不久，刘生夜宿袁八店，因店主窃其财而被杀。刘父到襄阳寻访其子，遇见陈淑，将其送官，陈淑被处死。故事中的陈淑是一位相当歹毒的妇人，与富家子刘生私通后，竟然"视夫如仇"，在丈夫要挟情况下居然将丈夫残忍杀害；后来又与谢德合谋，将第二任丈夫李生杀害。同时，陈淑也是一位灾星，刘生与其私通遭告发后，被刺配，后来又丧命；将其救出牢狱的谢德，后来也因其被椎杀。四位男人（黄生、李生、刘生、谢德），其中两位丧命于其手，另外两位因其而丧命，陈淑可谓十足的"祸水"。文末有云"刘父见淑……乃械以陈邑，淑竟论死。嘻，异哉"，清晰表达出作者善恶有报的评判。①

话本《刎颈鸳鸯会》叙乡村女子蒋淑珍待字闺中时即与邻居之子阿巧偷情，使得阿巧"惊气冲心而殒"。后嫁与某二郎为妻，又与家中教席偷情，使其夫"病发身故"。后又嫁与商人张二官，初时夫妻"如鱼藉水，似漆投胶"。不料张二官出外做生意，蒋淑珍耐不住寂寞，又与对门店中后生朱秉中偷情。张二官觉察此事，持刀杀死奸夫淫妇。话本极力渲染蒋淑珍的水性杨花，出场介绍时即云："脸衬桃花，比桃花不红不白；眉分柳叶，如柳叶犹细犹弯。自小聪明，从来机巧，善描龙于刺凤，能剪雪以裁云。心中只是

---

① 沈氏《鬼董》卷二，《续修四库全书》本，第 1266 册，第 384～385 页。

好些风月,又饮得几杯酒。年已及笄,父母议亲,东也不成,西也不就。每兴凿穴之私,常感伤春之病。"点出其标致的模样、机巧的心思和"好些风月""每兴凿穴之私"的性情。叙其与阿巧偷情,话本云:"隔邻有一儿子,名叫阿巧,未曾出幼,常来女家嬉戏。不料此女以动不正之心有日矣。况阿巧不甚长成,父母不以为怪,遂得通家,往来无间。一日,女父母他适,阿巧偶来。其女相诱入室,强合焉……且此女欲心如炽,久渴此事,自从情窦一开,不能自已。"叙其与家中教席偷情,话本云:"某二郎是个农庄之人,又四十多岁,只图美貌,不计其他也……瞬忽间十有余年,某二郎被他彻夜盘弄衰惫了,年将五十之上,此心已灰,奈何此妇正在妙龄,酷好不厌,仍与夫家西宾有事。某二郎一见,病发身故。"叙其与朱秉中偷情,话本云:"薄晚,秉中张个眼慢,钻进妇家,就便上楼。本妇灯也不看,解衣相抱,曲尽于飞。然本妇平生相接数人,或老或少,那能造其奥处? 自经此合,身酥骨软,飘飘然,其滋味不可胜言也。"话本将蒋淑珍主动诱引三位男人的经历叙述得活灵活现,充分展现了蒋淑珍的放浪成性。当然,蒋淑珍的放浪也付出了生命的代价,自己被丈夫张二官持刀杀死。话本最后议论道:"故知士矜才则德薄,女衒色则情放。若能如执盈,如临深,则为端士、淑女矣。岂不美哉? 惟愿率土之民,夫妇和柔,琴瑟谐协;有过则改之,未萌则戒之,敦崇风教,未为晚也。"清晰点出了文本借蒋淑珍放浪致死、作茧自缚的悲剧以"敦崇风教"的用意。[①]

《鬼董·陈淑》中的陈淑与话本《刎颈鸳鸯会》中的蒋淑珍,都是因偷情而致使数人丧命的淫妇典型,两个文本都通过女主角的毁灭表达了惩戒之意。但不同的是,陈淑与刘生的私通可能并非女方主动,文本云"(陈淑)过刘氏肆,刘子见之喜,呼入饮之,还其衣,予之千钱。他日复来,又益予之,寖挑谑及乱",点出是刘生的挑谑导致了两人私通。而话本中的蒋淑珍,先后主动与三位男性偷情,显得更为放浪。实际上,如蒋淑珍等更为放浪的女性形象,才更加符合市井细民的审美情趣。从上述对比,我们也可看到,在塑造荡妇形象之际,士人叙事往往是点到为止、曲终奏雅,而市井叙事则是竭力铺陈、津津乐道。

---

① 《清平山堂话本》,第186～201页。

三、贞女形象对比：节义追求与生存智慧

宋传奇和话本中都有不少的贞妇形象，既有忍辱负重最终复仇者，也有刚烈不屈守贞完节者。细致分析传奇和话本中贞妇形象的差异，可以发现士人和市井叙事所秉持的道德观点和审美情趣之不同。

先看传奇和话本中忍辱负重最终复仇者。《青琐高议·卜起传》叙卜起之妻在丈夫被从弟德成杀害、自己被迫改嫁凶徒的情况下选择隐忍，后来当儿子长大、德成不在家之际，母子到官府告发，使德成伏诛。① 卜起妻对于复仇时机的选择，透露出一种隐忍中的智慧。类似的这种智慧在话本中表现得更为鲜明。

话本《错斩崔宁》中的刘贵之妻（刘大娘子），在丈夫被贼人杀害，崔宁和刘小娘子冤死后，衣食无靠，同仆人收拾包裹回娘家，路遇强盗静山大王。刘大娘子见静山大王杀了仆人老王，急中生智，假言道："奴家不幸丧了丈夫，却被媒人哄诱，嫁了这个老儿，只会吃饭。今日却得大王杀了，也替奴家除了一害。"她还表示情愿服侍静山大王。刘大娘子成为压寨夫人后，得知静山大王乃是杀害前夫刘贵的真凶，心头暗暗叫苦，"原来我的丈夫也吃这厮杀了，又连累我家二姐与那个后生无辜被戮"，但表面上"权且欢天喜地，并无他话"。刘大娘子等次日捉个空，便径直到临安府告官，使得静山大王伏诛。刘大娘子"看决了静山大王，又取其头去祭献亡夫"。② 刘大娘子的坚韧、机智和忍辱复仇，充分展现出市井妇女的斗争智慧。

话本《万秀娘仇报山亭儿》中的万秀娘也是一位忍辱复仇的市井妇女。话本叙被东家赶出的茶博士陶铁僧，在十条龙苗忠、大字焦吉引诱下，劫持死了丈夫、带着房卧回娘家的东家女儿万秀娘，并杀了秀娘的哥哥和仆人。秀娘为了生存下来，对强盗说"告壮士，饶我性命则个"，并"离不得是把个甜言美语，啜持过来"，做了苗忠的压寨夫人。秀娘乘苗忠酒醉之时，诱他说出了真实姓名。后来当苗忠等杀了救秀娘逃出贼窝的尹宗，又要杀她时，又急中生计，诓骗苗忠道："你好没见识？你情知道我又不识这个大汉姓甚名谁，又不知道他是何等样人，不问事由，背着我去，恰好走到这里。

----

① 刘斧《青琐高议》后集卷四，第142~143页。
② 冯梦龙《醒世恒言》卷三三《十五贯戏言成巧祸》（《错斩崔宁》），第509~520页。

我便认得这里是焦吉庄上,故意叫他行这路,特地来寻你。"结果,骗得苗忠信以为真,秀娘又躲过一劫。秀娘在贼窝耐心等待时机,最终借助邻居少年合哥传递出自己被劫持的信息。官兵赶来剿灭了这伙杀人越货的强盗,秀娘终于得救,也为死去的哥哥和仆人复了仇。万秀娘的坚忍灵活、随机应变,也充分展现出市井妇女的生存智慧和斗争策略。[①]

　　传奇中的卜起妻,话本中的刘大娘子和万秀娘,都是经历人生惨祸又被迫委身于凶徒的妇人。她们的忍辱复仇是一致的,但相较而言,话本中的刘大娘子和万秀娘更能屈能伸,更富于生存智慧,更深谙斗争策略。究其原因,可能与卜起妻为官宦家眷、刘大娘子和万秀娘为市井妇人息息相关,也与士人叙事文本与市井叙事文本道德观念之强弱颇有干系。刘大娘子和万秀娘的委身从贼、伺机复仇,文本的赞许态度足以呈现出市井叙事的志趣。

　　再看传奇和话本中刚烈不屈、守贞完节者。庄绰《鸡肋编》记载了一位淮阴妇的节义故事。淮阴商人因其妻年少美色而被里人谋害,其妻亦被里人骗娶。淮阴妇得知真相后,诉于官,使里人伏法。之后,淮阴妇痛悔"以吾之色而杀二夫""遂赴淮而死"。[②]淮阴妇的凛凛节义,折射出宋代文人叙事文本中强烈的道德意识。话本中也有类似的贞妇,如《陈巡检梅岭失妻记》(下简称《失妻记》)中的汴梁秀才之妻张如春。张在丈夫赴任途中被猢狲精申阳公劫走,宁死不屈,不愿委身事贼。话本云:

> 申公说与如春:"娘子,小圣与娘子前生有缘,今日得到洞中,别有一个世界。你吃了我仙桃、仙酒、胡麻饭,便是长生不死之人。你看我这洞中仙女,尽是凡间摄将来的。娘子休闷,且共你兰房同室云雨。"如春见说,哀哀痛哭,告申公曰:"奴奴不愿洞中快乐,长生不死,只求早死。若说云雨,实然不愿!"

后来申公又让同样劫来已经归顺的金莲劝说张如春,张的回答义正词严:

> 姐姐,你岂知我今生夫妻分离,被这老妖半夜摄将到此,强要奴家云雨,决不依随,只求快死,以表我贞洁。古云:"列(烈)女不更二夫。"奴今宁死而不受辱!

---

①冯梦龙《警世通言》卷三七,第366～375页。
②庄绰《鸡肋编》卷下载吕夏卿《淮阴节妇传》,北京:中华书局,1983年版,第99页。

当金莲以自身经历再劝张屈从时,张怒骂曰:"我不似你这等淫贱,贪生受辱,枉为人在世,泼贱之女!"后来张被罚每日山头挑水,浇灌花木,也不屈从,最终在紫阳真人的帮助下逃出魔掌、夫妇团圆。张如春"宁死而不受辱",也是一位贞妇。①

仔细比较淮阴妇与张如春的贞烈之举可以发现,前者痛悔"以吾之色而杀二夫""遂赴淮而死"的举动可能更为刚烈,体现出士人叙事更为浓烈的道德意识。

综上所述,不管是忍辱负重最终复仇者,还是刚烈不屈守贞完节者,宋传奇与话本中的贞妇形象还是略有差异。比较而言,传奇中有更强的道德意识,话本中则有更强的生存意识。另外,话本中的女性更有斗争策略,更有市井女性的机警和坚忍。

四、仙女形象对比:审美理想与情爱期待

宋传奇《花月新闻》与话本《董永遇仙传》都刻画了下嫁人间男子的女仙形象,可以进行对比分析。

《花月新闻》叙姜寺丞肄业乡校时,偕同舍生出游神祠,睹捧印女子塑容端丽,戏解手帕,系其臂为定。后来该女主动到姜家为妇,家人呼为仙妇。不久,仙妇在道士的帮助下,击杀怀忿前来行凶的昔日相好。姜母及妻相继亡故,女抚育其子如己出。靖康之变,不知所终。文中仙妇可谓非凡之人。当其因为姜寺丞"戏解手帕,系其臂为定",就主动到姜家,并言"妾与郎君有嘉约,愿得一至卧内",可见其多情。而当姜妻引避之际,"女请曰:'吾久弃人间事,不可以我故,间汝夫妇之情。'妻亦相拊接,欢如姊妹",可见其贤明。"女事姑甚谨",又可见其孝顺。"值端午节,一夕制彩丝百副,尽饷族党。其人物花草,字画点缀,历历可数",还可见其友善和多才。当其击杀怀忿前来行凶的昔日相好时,还可见其剑侠本色。"罹姜母之丧,哀哭呕血。姜妻继亡,抚育其子如己出",更可见其尊礼有义和宽厚慈爱。总之,仙妇身上集中了端丽多情、贤明孝顺、友善多才、剑侠本色、尊礼有义、宽厚慈爱等诸多优点,反映了士人基于男性视角的审美理想和情

①《清平山堂话本》,第145～161页。

爱期待。①

　　话本《董永遇仙传》叙东汉丹阳人董永，幼年丧母家贫，务农为业。因遇旱灾，其父病死，董永卖身于傅财主为佣以葬父。玉帝感其至孝，遂差织女降下凡间，与董永为妻，助其织绢偿债，百日完足，依旧升天。不久织女怀孕，云"若生得女儿，留在天宫；若生得男儿，送来还你"，然后返回天庭。董永至孝事，被府尹表奏朝廷，皇帝诏董永入京，封为兵部尚书。董永娶傅财主之女为妻。后织女生下一子，取名董仲舒，送还董永。董永死后，董仲舒守孝三年，升天为鹤神。织女本是奉玉帝之命下嫁董永的天仙，但话本中的形象却颇似市井女子，话本叙述其自荐于董永，云：

　　　　当时织女奉敕，下降于槐树下……仙女道："今见官人如此大孝，情愿与官人结为夫妇，同到傅家还债。官人心下如何？"董永答道："多蒙娘子厚情，又无媒人，难以成事。"仙女道："既无媒人，就央槐树为媒，岂不是好？"董永再四推却。仙女怒道："非奴自贱，因见官人是个大孝之人，故此情愿为妻。你到反意推却。岂不闻古人云：'有缘千里来相会，无缘对面不相逢。'此亦是缘分，何必生疑！"董永无可奈何，只得结成夫妇，携手而行，乃云："我前日在傅长者面前，只说佣工三年准债。今日见我夫妻二人入门，只恐焦皂。"仙女道："不妨。我自幼会得织纱绫绵绢，他必喜欢。"②

织女的自荐言语，颇有市井女子的风习，当遇到董永再四推却时的发怒言行，更是典型的市井女子做派。话本中的织女，风流绝妙、自荐枕席又小有脾气，还能以非凡之技帮助夫君，反映了市井细民基于男性视角的审美理想和情爱期待。

　　《花月新闻》中的仙妇与《董永遇仙传》中的织女，都是由于某种因缘而下嫁人间男子的女仙，两者皆有美艳之貌，都有相夫之功，反映了男性作家们共同的心理期待。同时，两者又有细微差异，前者（仙妇）具有贤明孝顺、宽厚慈爱等宗法传统社会期待女性的美德，后者（织女）则具有市井女性较少道德约束的自在风习。两者的"大同"和"小异"正反映出宋代士人叙事与市井叙事在审美情趣上的"合"与"离"。

—————————

①洪迈《夷坚志》，《夷坚支庚》卷四《花月新闻》，第1162~1164页。
②《清平山堂话本》，第268~269页。

五、娼女形象对比:风雅义妓与世故俗娼

李师师是宋代最为知名的青楼女子,宋人小说文本中多有记载,既有属于士人叙事的笔记体和传奇体,也有属于市井叙事的话本体,其间的形象差异有霄壤之别。我们首先梳理相关史料记载,还原一个真实的李师师,再来考察宋人笔记体、传奇体、话本体等诸体小说中形塑的李师师,然后剖析其间的离合。

(一)幸与祸:历史上真实的李师师

1. 生于元祐与幸于徽宗

关于李师师的生平事迹,学界存在争议,核心问题在于出生年代以及与此相关的其与徽宗关系的判定。一种观点认为李师师出生于仁宗嘉祐年间,因比宋徽宗大二十岁,故而不大可能得到后者的宠幸,代表学者是罗忼烈先生,其《谈李师师》一文认为:

> 北宋只有一个李师师,她大约生于宋仁宗嘉祐七年(1062)。准此推算,她比周邦彦小六岁,比赵佶大二十岁。她在熙宁末及见张先,在元丰时曾与晏几道、秦观、周邦彦交游,在元祐时曾与晁冲之交游,崇宁、大观时雄据瓦肆歌坛,政和后赵佶曾听她歌唱,靖康时被抄家放逐,终年在南宋初,寿六十五岁以上。由于年龄悬殊,赵佶不可能"幸"她,周邦彦和赵佶不可能因她而打破醋坛。[①]

另一种观点认为李师师出生于哲宗元祐年间,比宋徽宗略小几岁,得到过宋徽宗的宠幸,代表学者是谢桃坊先生,其《李师师遗事考辨》一文认为:

> 李师师是我国北宋后期汴京民间著名的小唱艺人。她约生于北宋哲宗元祐元年(1086),徽宗崇宁、大观年间正值青春妙龄,遂以小唱在民间瓦市中显露艺术才华;政和年间她二十六七岁,以色艺绝伦而红极一时,词人晁冲之与周邦彦都曾与之交游,宋徽宗也前后多次微

---

① 罗忼烈《谈李师师》,见《两小山斋论文集》,北京:中华书局,1982 年版,第 117～132 页。另外,刘孔伏、潘良炽先生也基本持该观点,其《李师师遗事辨正》(《青海社会科学》1994 年第 2 期)认为:"李师师生于宋仁宗嘉祐年间,青年时期曾先后与张先、晏几道、秦观、周邦彦等人交游,元祐年间又曾与晁冲之交游,政和时赵佶也曾听过她歌唱。因为年龄相差悬殊,赵佶与李师师不大可能发生暧昧关系。靖康元年(1126)正月,金兵围困汴京,时局紧张,李师师又被籍没家财,无法在汴京立足,于垂老之年随难民南逃,流落湖湘,渡过了凄凉悲惨的晚年。"

服幸其家；因此，至宣和时她竟"声名溢于中国"；靖康元年她被籍没家
财之后逃难到了江南；南宋高宗建炎元年(1127)她约四十一岁，流落
南方，卖艺为生，中原士大夫还听到过她的歌声。①

比较而言，后一种观点更合情理，原因有二。第一、孟元老《东京梦华
录》"京瓦伎艺"条记："崇、观以来，在京瓦肆伎艺……小唱：李师师、徐婆
惜、封宜奴、孙三四等，诚其角者。"②该书乃作者于南渡之后追忆汴京繁盛
而作，很多记载都可以"订史氏之讹舛"，③被《四库全书》收入史部地理类，
有较高的可信度。据孟氏记载，李师师在崇、观年间(崇宁为 1102～1106，
大观为 1107～1110)成为汴京瓦肆中的"角者"(伎艺优胜的明星)，如果按
照罗忼烈先生的推算，此时她已四十余岁，作为古代社会的小唱女艺人，居
然能在人老珠黄的四十余岁成为"角者"，这简直令人难以想象。而按照谢
桃坊先生的推算，李师师崇宁、大观年间刚好十六到二十四岁，正值青春妙
龄，开始走红于汴京瓦肆，无疑这种推算更合情理。

第二、宋徽宗与李师师年龄相仿，"幸"过的可能性很大，相关的史料记
载可以交叉印证。《宋史》卷二二《徽宗纪》云："(宣和元年十二月)丙申，帝
数微行，正字曹辅上书极论之。"④该书卷三五二《曹辅传》云：

> 自政和后，帝多微行，乘小轿子，数内臣导从。置行幸局，局中以
> 帝出日谓之有排当，次日未还，则传旨称疮痍，不坐朝。始，民间犹未
> 知。及蔡京谢表有"轻车小辇，七赐临幸"，自是邸报闻四方，而臣僚阿
> 顺，莫敢言。辅上疏略曰："陛下厌居法宫，时乘小舆，出入廛陌之中、
> 郊埛之外，极游乐而后反。道途之言始犹有忌，今乃谈以为常，某日由
> 某路适某所，某时而归，又云舆饰可辨而避。臣不意陛下当宗庙社稷

---

① 谢桃坊《李师师遗事考辨》，《中华文史论丛》1985 年第 4 辑(总第 36 辑)。该文还指出："张先、晏
　几道、秦观生活于北宋中期，他们与李师师不是同时代人，李师师生活于北宋后期。因此，他们
　作品中虽曾提及'师师'，但指的并不是李师师。"另外，任崇岳先生与谢先生观点比较接近，其
　《李师师生年小考》(《河南大学学报》社科版 1996 年第 1 期)认为："徽宗生于元丰五年，李师师
　生于元丰三年，徽宗幸过李师师是肯定的。"
② 孟元老《东京梦华录》卷五，孟元老等《东京梦华录》(外四种)，上海：古典文学出版社，1956 年版，
　第 29 页。
③《四库全书总目》卷七〇《东京梦华录提要》语，北京：中华书局，1997 年版，第 966 页。
④《宋史》卷二二，北京：中华书局，1977 年版，第 405 页。

付托之重，玩安忽危，一至于此……又况有臣子不忍言者，可不
戒哉！"①

又黄以周等辑注《续资治通鉴长编拾补》卷四〇于"宋徽宗宣和元年九月癸
亥"条引《续宋编年资治通鉴》云：

> 始攸（指蔡攸，引者注）尝劝上曰："所谓人主，当以四海为家，太平
> 为娱，岁月能几何，岂徒自劳苦！"上纳其言，遂微行都市，妓馆、酒肆，
> 亦皆游幸。正字曹辅言上微行之失，编管郴州。政和以后，上轻于出
> 入，巾裹及衣服独喜同臣庶，实欲为期门之事。②

上述三条史料中，第一条乃是正史本纪提到徽宗宣和年间"帝数微行"；第
二条是正史列传提及徽宗政和后"多微行"，并点出当时为方便其"微行"甚
至设有"行幸局"，另外，曹辅的上疏中有"又况有臣子不忍言者，可不戒
哉"，可见徽宗"微行"不仅有私下驾临臣子宅邸之事，还有更失体面让臣子
都"不忍言"之事。那么这是什么事呢？第三条史料也是正史所载，提及徽
宗"微行都市，妓馆、酒肆，亦皆游幸"，明确无误地点出了徽宗游幸妓馆这
种让臣子难以启齿之事。从上述史料可见，徽宗确实微行都市、幸过妓馆，
那么是否为李师师家呢？正史当中没有明确记载，但徐梦莘《三朝北盟会
编》记载钦宗时曾经御笔将"赵元奴、李师师、王仲端曾经祗应倡优之家"的
家财籍没，③其中透露出李师师与赵元奴、王仲端等都曾是"祗应"（伺候侍
从）于朝廷和皇室的倡优之家。"祗应"的方式有多种，结合《李师师外传》
《宣和遗事》《贵耳集》《浩然斋雅谈》《耆旧续闻》《睽车志》等稗史记载，徽宗
"幸"过李师师的可能性很大甚至极大。

　2.靖康抄家与流落南方

　　李师师的生平事迹，除了"祗应"皇室、"幸"于徽宗这个核心事件，还有
两点颇可注意。一是靖康年间被抄家。除了徐梦莘《三朝北盟会编》提及
钦宗御笔下旨将李师师等曾经祗应倡优之家的家财籍没，张邦基《墨庄漫
录》卷八也提到"靖康中，李生与同辈赵元奴及筑毬吹笛袁陶、武震辈，例籍

①《宋史》卷三五二，第11128～11129页。
②黄以周等辑注《续资治通鉴长编拾补》，北京：中华书局，2004年版，第1253页。
③徐梦莘《三朝北盟会编》卷三〇，《文渊阁四库全书》本，第350册，第230页。

其家"①,张氏此书"多记杂事,亦颇及考证",乃"宋人说部之可观者"②,有一定的可信度。这些材料交叉印证,基本上可以坐实李师师靖康年间被抄家之事。二是靖康之难后流落南方。张邦基《墨庄漫录》卷八提到:"李生流落来浙中,士大夫犹邀之以听其歌,然憔悴无复向来之态矣。"③刘子翚《汴京纪事》诗中有云:"辇毂繁华事可伤,师师垂老过湖湘。缕衣檀板无颜色,一曲当时动帝王。"④朱敦儒《鹧鸪天》词中有云:"唱得梨园绝代声,前朝唯数李夫人。自从惊破霓裳后,楚奏吴歌扇里新。秦嶂雁,越溪砧,西风北客两飘零。尊前却听当时曲,侧帽停杯泪满巾。"⑤上述三条材料中的李生、师师、李夫人⑥皆指李师师,前两条材料都提及李师师在靖康国破后流落南方(有"浙中"和"湖湘"之异),重操小唱旧业,第三条材料中的"尊前却听当时曲,侧帽停杯泪满巾"也有较大可能指南渡后李师师为同是天涯沦落人的"北客"唱曲,让人唏嘘泪下。这些材料交叉印证,基本上可以证实李师师靖康之难后流落南方之事。

通过上述材料的梳理,我们可以勾勒出一个历史上真实的李师师形象:生于元祐、红于崇观、盛于政宣、幸于徽宗,靖康年间被抄家、晚年流落于南方的民间小唱艺人。

(二)雅与义:士人小说中的李师师

历史上真实的李师师进入宋人各体小说文本,形象差异极大。我们先来考察《睽车志》《贵耳集》《耆旧续闻》《浩然斋雅谈》等宋人笔记体小说中的李师师形象。⑦

1.《睽车志》中的妖魅狐精

南宋前期的郭彖撰有笔记体小说《睽车志》,"皆纪鬼怪神异之事""多

①张邦基《墨庄漫录》卷八,北京:中华书局,2002年版,第222页。

②《四库全书总目》卷一二一《墨庄漫录提要》语,第1615页。

③张邦基《墨庄漫录》卷八,第222～223页。

④刘子翚《屏山集》卷一八,《文渊阁四库全书》本,第1134册,第497页。

⑤朱敦儒《樵歌》卷上,《续修四库全书》本,第1722册,第608页。

⑥李剑国《宋代志怪传奇叙录·李师师外传》云:"朱希真(名敦儒)诗'解唱阳关别调声,前朝唯有李夫人',所谓李夫人实指汉武帝宠妃、李延年妹李夫人,即便是指李师师,那也是援用汉李夫人之典,并非谓师师真为夫人。"(第392页)李先生对朱敦儒诗中"李夫人"的解读,同样适合于朱敦儒的这首词。

⑦张邦基《墨庄漫录》卷八亦有相关记载,但偏于纪实,小说性不强,暂不作为小说文本。

涉荒诞"，①属于典型的"异闻之属"（志怪小说），该书卷一有李师师故事，云：

> 宣和间，林灵素希世宠幸，数召入禁中，赐坐便殿。一日，灵索倏起趋阶下曰："九华安妃且至，玉清上真也。"有顷，果中宫至，灵素再拜殿下。继又曰："神霄某夫人来。"已而，果有贵嫔继至者。灵素曰："在仙班中与臣等列，礼不当拜。"长揖而坐。俄忽腭视啮曰："是间何乃有妖魅气耶？"时露台妓李师师者，出入宫禁，言讫而师师至。灵素怒目攘袂，亟起，取御炉火箸，逐而击之，内侍救护得免。灵素曰："若杀此人，其尸无狐尾者，臣甘罔上之诛。"上笑而不从。②

其中提到"露台妓李师师者出入宫禁"，既点出了师师身份为"露台妓"（市井之妓而非官妓），也点出了师师曾经出入宫禁的事实。刘克庄《后村诗话》前集卷二曾云："师师著名宣和，入至掖廷。"③互相印证，可知此事有一定的可能性。林灵素未卜先知之灵异，应为民间传说。林视师师为妖魅狐精并"取御炉火箸，逐而击之"，应该也代表了北宋末年朝野对徽宗下幸露台妓的愤愤之情。应该说，该故事的细节可能源于传说不可尽信，但折射出的愤愤民情却有可能确实存在。

2.《贵耳集》中的有情有义

南宋中后期的张端义撰有笔记体著述《贵耳集》，被《四库全书》归入杂家类杂说之属，但书中许多条目实则为典型的叙事性小说，该书卷下有李师师故事，云：

> 道君幸李师师家，偶周邦彦先在焉，知道君至，遂匿于床下。道君自携新橙一颗，云："江南初进来。"遂与师师谑语。邦彦悉闻之，檃栝成《少年游》，云："并刀如水，吴盐胜雪，纤手破新橙。"后云："严城上已三更，马滑霜浓，不如休去，直是少人行。"李师师因歌此词，道君问谁作？李师师奏云："周邦彦词。"道君大怒，坐朝宣谕蔡京云："开封府有监税周邦彦者，闻课额不登，如何京尹不按发来？"蔡京罔知所以，奏云："容臣退朝，呼京尹叩问，续得复奏。"京尹至，蔡以御前圣旨谕之。

---

①《四库全书总目》卷一四二《睽车志提要》语，第 1883～1884 页。
②郭彖《睽车志》，《丛书集成初编》本，上海：商务印书馆，1939 年版，第 2716 册，第 1 页。
③刘克庄《后村诗话》前集卷二，《文渊阁四库全书》本，第 1481 册，第 320 页。

京尹云："惟周邦彦课额增羡。"蔡云："上意如此，只得迁就将上。"得旨："周邦彦职事废弛，可日下押出国门。"

隔一二日，道君复幸李师师家，不见李师师，问其家，知送周监税。道君方以邦彦出国门为喜，既至不遇，坐久，至更初，李始归，愁眉泪睫，憔悴可掬。道君大怒，云："尔去那里去？"李奏："臣妾万死，知周邦彦得罪，押出国门，略致一杯相别，不知官家来。"道君问："曾有词否？"李奏云："有《兰陵王》词。"今"柳阴直"者是也。道君云："唱一遍看。"李奏云："容臣妾奉一杯，歌此词为官家寿。"曲终，道君大喜，复召为大晟乐正，后官至大晟乐乐府待制。

邦彦以词行，当时皆称美成词，殊不知美成文笔大有可观，作《汴都赋》，如笺奏杂著，皆是杰作，可惜以词掩其他文也。当时李师师家有二邦彦，一周美成，一李士美，皆为道君狎客，士美因而为宰相。吁！君臣遇合于倡优下贱之家，国之安危治乱，可想而知矣。[①]

该文提到李师师与周邦彦、宋徽宗的三角暧昧关系，稗官野史中还有不少相似的记载，但正史中找不到相关的蛛丝马迹。另外，该文中的许多细节失实，王国维先生《清真先生遗事》针对此文有专门的辨正，云："徽宗微行，始于政和，而极于宣和。政和元年，先生已五十六岁，官至列卿，应无冶游之事。所云开封府监税，亦非卿监侍从所为。至大晟乐正，与大晟乐府待制，宋时亦无此官也。"[②]此外，《少年游》确实是周邦彦所作，但并非作于文中所述之时，而是神宗元丰二年(1079)至八年(1085)为太学生及太学正时所作，彼时李师师尚未出生。《兰陵王》也确实是周邦彦所作，但非如文中所述乃是为李师师而作，而是以咏柳为题抒发宦游生活的感慨。而且两首词实际创作时间相差大约四十年，但在文中却变成了前后一二日的事，可见其严重失实。因此，该文可谓典型的根据道听途说敷衍而成的小说家言，不可轻信。[③]值得注意的是，该文刻画了一位重情重义，不怕冒犯君王，能在相好被罢官押出京城之际杯酒送别的义妓形象，另外，该文结尾抒

---

①张端义《贵耳集》卷下，《丛书集成初编》本，上海：商务印书馆，1937年版，第2783册，第46页。

②王国维《清真先生遗事》，见《王国维文集》，北京：线装书局，2009年版，第189页。

③《四库全书总目》卷一二一《贵耳集提要》云："观其三集，大抵本江湖诗派中人，而负气好议论。故引据非其所长，往往颠舛如此。"(第1622页)点出了该书的"颠舛"。该文的"颠舛"正是该书"颠舛"的一个缩影。

发的感慨（"君臣遇合于倡优下贱之家，国之安危治乱，可想而知"）也是曲终奏雅，这些叙事处理，连同文中将词作附会进故事的"匠心"，都洋溢着士人叙事化俗（争风吃醋的狎妓丑闻）为雅（充溢士人情趣的雅谈）的审美特质。

3.《耆旧续闻》中的风雅动人

沈雄《古今词话》引南宋后期陈鹄所撰笔记体小说《耆旧续闻》，亦有李师师故事，云：

> 周美成至汴京主角妓李师师家，为作《洛阳春》，师师欲委身而未能也。与同起止，美成复作《凤来朝》……一夕，徽宗幸师师家，美成仓卒不能出，匿复壁间，遂制《少年游》以纪其事，徽宗知而遣发之。师师饯送，美成作《兰陵王》，云"应折柔条过千尺"，至"斜阳冉冉春无极"，人尽以为咏柳，淡宕有情，不知为别师师而作，便觉离愁在目。徽宗又至，师师归迟，更诵《兰陵王》别曲，含泪以告，乃留为大晟府待制。①

该文所叙周邦彦作《少年游》《兰陵王》故事，与张端义《贵耳集》所云大致相同。同时，该文又附会出周邦彦为李师师作《洛阳春》《凤来朝》的故事，亦是士人风雅之谈，不可轻信。值得注意的是，该文通过"欲委身而未能""饯送美成""更诵《兰陵王》别曲，含泪以告"等细节刻画出一位风雅义妓的动人形象，洋溢着士人叙事的审美情趣。

4.《浩然斋雅谈》中的风雅义妓

南宋末年的周密所撰笔记体著述《浩然斋雅谈》"体类说部"，②含有大量颇富小说意味的条目。该书卷下有李师师故事，云：

> 宣和中，李师师以能歌舞称，时周邦彦为太学生，每游其家。一夕，值祐陵临幸，仓卒隐去。既而赋小词，所谓"并刀如水，吴盐胜雪"者，盖纪此夕事也。未几，李被宣唤，遂歌于上前，问谁所为，则以邦彦对。于是遂与解褐，自此通显。
>
> 既而朝廷赐酺，师师又歌《大酺》、《六丑》二解，上顾教坊使袁绹问。绹曰："此起居舍人新知潞州周邦彦作也。"问《六丑》之义，莫能对，急召邦彦问之，对曰："此犯六调，皆声之美者，然绝难歌。昔高阳

---

① 沈雄《古今词话》之词话上卷引《耆旧续闻》，《续修四库全书》本，第1733册，第229页。
② 《四库全书总目》卷一九五《浩然斋雅谈提要》云："其书体类说部，所载实皆诗文评。"第2753页。

氏有子六人，才而丑，故以比之。"上喜，意将留行，且以近者祥瑞沓至，将使播之乐府，命蔡元长微叩之，邦彦云："某老矣，颇悔少作。"

　　会起居郎张果与之不咸，廉知邦彦尝于亲王席上，作小词赠舞鬟云："歌席上，无赖是横波……"为蔡道其事，上知之，由是得罪。

　　师师后入中，封瀛国夫人。朱希真有诗云："解唱《阳关》别调声，前朝惟有李夫人。"即其人也。①

该文的失实之处在在皆是，王国维先生《清真先生遗事》针对此文有专门的辨正，云："此条失实，与《贵耳集》同。云'宣和中'先生'尚为太学生'，则事已距四十余年。且苟以《少年（游）》致通显，不应复以《忆江南》词得罪。其所自记，亦相抵牾也。师师未尝入宫，见《三朝北盟会编》。"②该文的自相抵牾之处，可能也是周密根据道听途说而来，于此可见宋代士人小说中穿凿附会之事不在少数。

　　5.《李师师外传》中的烈烈侠士

　　我们接下来考察宋人传奇体小说中的李师师形象，文本典型为《李师师外传》。文叙李师师原为北宋汴京染局匠王寅之女，幼时舍身佛寺，得名师师。父母双亡后，为倡家李姥收养调教，色艺绝伦，名冠诸坊。徽宗赵佶扮为巨商，慕名求见，师师意似不屑。后知其为当今天子，师师仍淡妆素服迎之，深得徽宗欢心，赏赐不绝。后金兵入侵，师师乃集徽宗前后所赐金钱，捐给官府，作为抗金军饷，并弃家为女冠。未几，金人破汴，主帅指名索取师师，张邦昌等搜得之，以献金营，师师吞金簪自杀。该故事至少有两处明显为文人的虚构加工。一是《三朝北盟会编》等正史有明确记载，李师师家是被钦宗御笔下旨抄没的，但故事中却变成了李师师主动捐财助饷、毁家纾难。二是多种材料证明李师师躲过了靖康劫难、流落南方，但故事中却变成了李师师自杀保节、为国殉难。于此可见士人叙事为塑造形象而取舍甚至变更传主身世材料的典型化手法。

　　《李师师外传》中形塑的李师师可能是宋代文言小说中最靓丽的女性形象。该文重点刻画了师师的美、慧、义。师师的美在于素雅淡远，其与徽宗首次见面时，"淡妆不施脂粉，衣绢素，无艳服，新浴方罢，娇艳如出水芙

①周密《浩然斋雅谈》，《丛书集成初编》本，上海：商务印书馆，1936年版，第2541册，第46～47页。
②王国维《清真先生遗事》，见《王国维文集》，第190页。

蓉"，"帝于灯下凝睇物色之，幽姿逸韵，闪烁惊眸"，风姿幽逸。师师所居小轩，"棐几临窗，缥缃数帙，窗外新篁，参差弄影"，师师抚琴，"解玄绢褐袄，衣轻绨，卷右袂，援壁间琴，隐几端坐，而鼓《平沙落雁》之曲。轻拢慢撚，流韵淡远"，从环境到举止，都烘托出师师极淡远而极有味的美。徽宗曾在韦妃面前称赞师师说："但令尔等百人，改艳妆，服玄素，令此娃杂处其中，迥然自别。其一种幽姿逸韵，要在色容之外耳。"更是凸显了师师"色容之外""幽姿逸韵"的幽美形象。师师不仅美，而且智。当李姥得知前来狎游的巨商乃当朝天子时，"大恐，日夕惟涕泣"，师师劝慰曰："无恐。上肯顾我，岂忍杀我？且畴昔之夜，幸不见逼，上意必怜我……若夫天威震怒，横被诛戮，事起狎游，上所深讳，必不至此，可无虑也。"于此可见其洞察世事的智慧。后来金兵入侵，师师主动将天子所赐财物入官助饷，并弃家为女冠，这既是师师在国家危亡之际的义举，也是师师弃财远祸的智举。其实，相比美和慧，义才是该篇的重心，美、慧不过是义的烘托和陪衬。师师捐财助饷，这是对国家的忠义；师师在被张邦昌等搜得，准备献给金营时，痛骂卖国求荣的佞臣："吾以贱妓，蒙皇帝眷，宁一死，无他志。若辈高爵厚禄，朝庭何负于汝，乃事事为斩灭宗社计？今又北面事丑虏，冀得一当，为呈身之地。吾岂作若辈羔雁贽耶？"而后"乃脱金簪自刺其喉，不死，折而吞之，乃死"，这既是对幸蒙皇帝恩眷的节义，也是对宗社的节义，还是对人格尊严的誓死捍卫。师师的据义骂贼和自杀保节，灌注着凛凛的道德精神，散发着熠熠的伦理光辉。该文末有作者的议论："李师师以娼妓下流，猥蒙异数，所谓处非其据矣。然观其晚节，烈烈有侠士风，不可谓非庸中佼佼者也。"[1]更是将师师之节提到烈烈侠士之风的高度。《外传》中的李师师是宋代士人审美风范和道德理想的化身，典型地体现出宋代士人叙事的旨趣。

（三）俗与黠：民间小说中的李师师

1.《宣和遗事》中的三角纠缠

我们再来考察宋人话本体小说中的李师师形象，文本典型为《宣和遗事》。该书按照鲁迅先生的十节分法，第五节讲"徽宗幸李师师家，曹辅进谏及张天觉隐去"之事。该节是比较典型的话本体，有可能就是编者从当时的话本中摘取出来的。该节叙宣和年间徽宗不顾民变蜂起、天象示警之危局,在高俅、杨戬等奸臣的安排下,易服微行,游玩市鄽,在金环巷看中了李师师的秀色,出以重金,终得一"幸",并留下龙凤绞绡直系为信物。次日,师师结发之婿贾奕得知此事后气倒,苏醒后写下"留下绞绡当宿钱"的小词讥讽徽宗,该词被再次前来行"幸"的徽宗发现。贾奕将此事告知陈州通判宋邦杰,宋再转告谏议大夫曹辅,曹辅直言进谏,结果被罢官、编管外州居住。又有谏议大夫张天觉(即张商英,字天觉)接着进谏,徽宗稍稍收敛,暂时不再微行冶游,然思慕师师之情,不能弃舍,于是派杨戬前去抚慰。杨去师师家,发现贾奕写给师师欲重续旧情的简帖,并将此事报告给徽宗。徽宗以贾奕造词谤讪为罪,欲斩首示众,因张天觉进谏,改为贬贾奕为广南琼州司户参军。之后,徽宗遣殿官宣李师师入内,赐夫人冠帔,册为李明妃。张天觉见纲常扫地,乞骸骨归田里。该书后来又提到宣和七年底,徽宗内禅,追咎蔡京等迎逢谀佞之失,将李明妃废为庶人。李师师后来流落湖湘间,为商人所得,因自赋诗曰:"辇毂繁华事可伤,师师垂老过湖湘。缕衫檀板无颜色,一曲当年动帝王。"[①]

《宣和遗事》中关于李师师与徽宗、贾奕的三角纠缠故事,是典型的市井叙事,其间移花接木、随意捏合、舛讹颠倒之处俯拾皆是。下面略举数例。例一、《宣和遗事》称曹辅进谏时官居"谏议大夫",又称其为"正言",而核《宋史》本传,应为"秘书省正字"(可简称为"正字"),市井艺人可能不知曹辅此时的正式官职,又不知"谏议大夫"与"正言"完全是两个官阶,将其混同。例二、《宣和遗事》录曹辅进谏之表,末署"宣和七年九月日",而实际上根据《宋史·徽宗纪》记载,曹辅上书之时应为宣和元年十二月。[②] 另外,《宣和遗事》叙曹辅宣和七年进谏被罢官后,又叙此事之后发生的徽宗册封李师师为李明妃等事,并说这是"宣和六年事也"。后发之事的时间反而在前,于此可见市井艺人、文本整理者的粗疏和颠舛。例三、《宣和遗事》称张商英于宣和七年曹辅进谏被罢官后接着进谏,而实际上张商英在宣和三年就已去世。当然,张商英生前确实是徽宗的诤臣,《宋史》本传记载,其除中书侍郎、拜尚书右仆射,执掌国柄后,"劝徽宗节华侈,息土木,抑侥幸,

---

①《宣和遗事》,《丛书集成初编》本,上海:商务印书馆,1939年版,第3889册,第34~62页。

②《宋史》卷二二《徽宗纪》宣和元年十二月:"丙申,帝数微行,正字曹辅上书极论之,编管郴州。"北京:中华书局,1977年版,第405页。

帝颇严惮之"。① 市井艺人于是移花接木，"起用"已经去世的让帝"严惮"的张商英来谏阻徽宗。例四、《宣和遗事》称"辇毂繁华事可伤"之诗乃师师自赋之诗，而实际上该诗乃刘子翚《汴京纪事》二十首当中的一首，乃是感慨靖康国难和师师身世而作，市井艺人将著作权归之师师本人，于此可见市井艺人的张冠李戴。

值得注意的是，《宣和遗事》中有大量捏合之处，表面上看不合实情，但仔细品味，却真实地折射出市井叙事的淋漓元气。《宣和遗事》中录有曹辅进谏的表文，其中有云：

> 近闻有贼臣高俅、贼臣杨戬，乃市井无藉小人，一旦遭遇圣恩，巧进佞诛，簧蛊圣听，轻屑万乘之尊严，下游民间之坊市，宿于娼馆，事迹显然，然欲掩人之耳目，不可得也。且娼优下贱，缙绅之士，稍知礼义者，尚不过其门；陛下贵为天子，身居九重，居则左史右言，动则出警入跸，听信匹夫之谗邪，宠幸下贱之泼妓，使天下闻之，史官书之，皆曰：易服微行，宿于某娼之家，自陛下始。贻笑万代，陛下可不自谨乎？②

《宋史·曹辅传》录曹辅进谏的疏，其中有云："陛下厌居法宫，时乘小舆，出入廛陌之中、郊坰之外……又况有臣子不忍言者，可不戒哉！"③前者直言不讳地批评徽宗"宿于娼馆""宠幸下贱之泼妓"之大失，后者含蓄地告诫君王"又况有臣子不忍言者，可不戒哉"，后者更合乎臣子上疏的常理。从史实的可信度上看，《宋史》本传中的疏文才是曹辅自己的手笔，《宣和遗事》中的表文则可能是书会才人或市井艺人代曹辅而作。从艺术效果来看，《宣和遗事》中的表文有着市井叙事口无遮拦、快意恩仇的粗犷之气，反而显得更有味道。另外，《宣和遗事》中记载曹辅上疏后：

> 徽宗当初微行之时，自道外人不知；及览曹辅所奏，自觉惭愧，特降敕将曹正言赴都堂问状。余深问曹辅道："您小官何得僭言朝廷大事？"辅正色叱之曰："大臣不言，故小官言之！"④

《宋史》本传记载此事云：

---

①《宋史》卷三五一《张商英传》，第 11097 页。

②《宣和遗事》，《丛书集成初编》本，第 3889 册，第 42 页。

③《宋史》卷三五二《曹辅传》，第 11128～11129 页。

④《宣和遗事》，《丛书集成初编》本，第 3889 册，第 43 页。

> 上得疏，出示宰臣，令赴都堂审问。太宰余深曰："辅小官，何敢论
> 大事？"辅对曰："大官不言，故小官言之。官有大小，爱君之心，则
> 一也。"①

两相对照，曹辅面对太宰的责问，《宋史》用的是"辅对曰"，《宣和遗事》用的
是"辅正色叱之曰"。揆情度理，当时仅为秘书省正字的小官曹辅面对太
宰，不太可能刚开始就逾越尊卑上下之礼，"正色叱之"。"正色叱之"确实
有些不合常理，但恰恰呈现出市井叙事不谙官场生态、更为率性直露的言
语表达方式。

　　2.《宣和遗事》中的师师形象

　　《宣和遗事》中刻画的李师师形象体现出浓郁的市井叙事情趣。相较
于《外传》中李师师的美、慧、义，《遗事》中李师师则是俏、黠、鄙（鄙俗、鄙
陋）。师师的"俏"在徽宗第一眼瞧见时即有描述：

> 天子觑时，见翠帘高卷，绣幕低垂，帘儿下见个佳人，发鬈乌云，钗
> 簪金凤；眼横秋水之波，眉拂春山之黛；腰如弱柳，体似凝脂；十指露春
> 笋纤长，一搦衬金莲稳小。待道是郑观音，不抱着玉琵琶；待道是杨贵
> 妃，不擎着白鹦鹉。悄似嫦娥离月殿，恍然洛女下瑶阶……这个佳人，
> 是两京酒客烟花帐子头京师上亭行首，姓李名做师师。一片心，只待
> 求食巴谩；两只手，偏会擎云握雾。便有富贵郎君，也使得七零八落；
> 或撞着村沙子弟，也坏得弃生就死；忽遇俊俏勤儿，也敢交沿门教化。
> 徽宗一见之后，瞬星眸为两瞄。休道徽宗直恁荒狂，便是释迦尊佛，也
> 恼教他会下莲台。②

引文的前半段点了师师的俊俏风情，后半段则点出了其倚门卖笑、勾人
破财送命、非同凡妓的魅力和邪劲。

　　师师的"黠"也是非同一般。她与徽宗一夜春情后：

> 天子洗漱了，吃了些汤药，辞师师欲去，师师紧留。天子见师师意
> 坚，官家道："卿休要烦恼！寡人今夜再来与你同欢。"师师道："何以取
> 信？"天子道："恐卿不信。"遂解下龙凤绞绡直系，与了师师，道："朕语

---

①《宋史》卷三五二《曹辅传》，第 11129 页。
②《宣和遗事》，《丛书集成初编》本，第 3889 册，第 35 页。

下为敕，岂有浪舌天子脱空佛？"师师接了，收拾箱中，送天子出门。①

师师的"紧留"不过是为了索要"信物"和"宿钱"（即其夫婿讥讽徽宗"留下绞绡当宿钱"中的"宿钱"），可见其狡黠的机心。另外，当徽宗因群臣进谏，暂时不便冶游，于是派杨戬前去抚慰师师之际：

> 只见师师接见杨戬，佯羞诈醉。杨戬传了圣旨，师师道："是天子自有皇后贵妃，追欢取乐，贱妾平康泼妓，岂是天子行踏去处？"道罢，醉倒床席之间，四体不收；杨戬再三抚谕师师道："夫人休怪！ 歇几日了，天子须来也。"②

师师的佯羞诈醉、含酸责问，非常典型地呈现出一个资深娼妓精于钓客的矫揉造作和狡黠习气。

师师的"鄙"也是非常突出。一是鄙俗，当她与其母知晓上门买春者乃当朝天子时，"跪在地上，唬的魂飞天外，魄散九霄，口称'死罪'"。而《李师师外传》中的李师师得知天子买春后，劝慰惊恐万分的母亲时所流落的智慧和淡定，足以让《遗事》中的李师师相形见"鄙"、相形见"俗"。另外，《遗事》中当徽宗"幸"了离开后，其夫婿贾奕前来责问：

> 那汉舒猿臂，用手揪住师师之衣，问道："恰来去者那人是谁？ 你与我实说！"师师不忙不惧道："是个小大儿。"……那汉言道："……那人敢是个近上的官员？"师师道："你今番早子猜不着。官人，你坐么，我说与你，休心困者！"……师师道："恰去的那个人，也不是制置并安抚，也不是御史与平章。那人眉势教大！"贾奕道："止不过王公驸马。"师师道："也不是。"贾奕道："更大如王公，只除是当朝帝王也。他有三千粉黛，八百烟娇，肯慕一匪人？"师师道："怕你不信！"贾奕道："更大如王公驸马，止不是官中帝王。那官家与天为子，与万姓为王，行止处龙凤，出语后成敕，肯慕娼女？ 我不信！"师师道："我交你信。"不多时，取过那交绡直系来，交贾奕看。③

师师在贾奕面前矫情卖弄，不轻易点出"幸"者身份，而是一步步戏要引导

①《宣和遗事》，《丛书集成初编》本，第3889册，第38页。
②《宣和遗事》，《丛书集成初编》本，第3889册，第43～44页。
③《宣和遗事》，《丛书集成初编》本，第3889册，第38～39页。

其夫发现谜底，其被"幸"之后的得意之情溢于言表，鄙俗之态跃然纸上。二是鄙陋。徽宗初"幸"师师后的次日，又到师师家，恰逢贾奕在场，高俅"大怒，遂令左右将贾奕执了，使交送大理寺狱中去"，此时不见师师有任何反应，反倒是李妈妈代为求情才使贾奕躲过劫难。后来，徽宗以贾奕造词谤讪为罪，欲斩首示众，依然未见师师有求情之举，结果是张天觉进谏才保住了贾奕性命。师师与贾奕做过夫妻，贾奕对师师还情深意重，但当贾奕惹上麻烦、命悬一线之际，师师均未出手相救，于此可见资深娼妓重利轻义、远祸保身的鄙陋。

（四）雅与俗：士人与市井形塑的分野

上面我们分析了郭彖《睽车志》、张端义《贵耳集》、陈鹄《耆旧续闻》、周密《浩然斋雅谈》、无名氏《李师师外传》、无名氏《宣和遗事》共六种叙述李师师的宋人小说文本，下面可以用图表来集中展示上述文本的异同离合。

宋人小说文本	小说文体	主要内容及雅俗倾向	李师师形象	内容的可信度
郭彖《睽车志》卷一相关条目	笔记体	林灵素视师师为妖魅狐精并取御炉火箸，逐而击之；大体上还是雅致的士人叙事	妖魅狐精	源于传说，不可尽信
张端义《贵耳集》卷下相关条目	笔记体	李师师与周邦彦、宋徽宗的三角暧昧故事；充溢士人叙事的雅趣	重情重义，不怕冒犯君王，能在相好被罢官、押出京城之际杯酒送别的义妓	所述周邦彦作《少年游》《兰陵王》等具体细节失实
陈鹄《耆旧续闻》相关条目	笔记体	李师师与周邦彦、宋徽宗的三角暧昧故事；充溢士人叙事的雅趣	风雅义妓	所述周邦彦作《洛阳春》《风来朝》《少年游》《兰陵王》等具体细节失实
周密《浩然斋雅谈》卷下相关条目	笔记体	李师师与周邦彦、宋徽宗的三角暧昧故事；充溢士人叙事的雅趣	风雅之妓	所述周邦彦以《少年游》而达、以《忆江南》得罪等具体细节失实

续表

宋人小说文本	小说文体	主要内容及雅俗倾向	李师师形象	内容的可信度
无名氏《李师师外传》	传奇体	李师师"幸"于徽宗，获赐颇丰；金兵入侵之际，捐财助饷，毁家纾难；金人破汴之时，据义骂贼，自杀保节。充溢士人叙事的雅趣	美、慧、义：烈烈有侠士风的义妓	李师师主动捐财助饷和自杀保节等具体细节失实
无名氏《宣和遗事》第五节内容	话本体	李师师与宋徽宗、贾奕的三角纠缠故事；充溢市井叙事的俗趣	俏、黠、鄙：倚门卖笑的市井俗妓	移花接木、随意捏合、舛讹颠倒之处俯拾皆是

从上图可以看到，就故事情趣而言，《贵耳集》《耆旧续闻》《浩然斋雅谈》三种笔记体小说，均将争风吃醋的狎妓丑闻转化为诗词风骚的文人雅谈，而《李师师外传》则避开庸俗的三角情爱，叙述师师初"幸"于徽宗、后自杀保节之事，更显士人情趣和风节，这些文本都透露出士人雅趣，是典型的士人叙事；另外，《睽车志》大体上也是士人叙事；《宣和遗事》则津津乐道于李师师与宋徽宗、贾奕三角纠缠的低俗情节，充溢着市井俗趣，是典型的市井叙事。

就人物形象而言，《贵耳集》《耆旧续闻》《浩然斋雅谈》《李师师外传》四种文本所塑造的李师师形象，或为雅妓，或为义妓，或为风雅义妓，都是士人妙笔将市井娼妓美化、典型化的结晶。李师师这样的市井娼妓本来面貌可能并非如此完美，但经过士人审美理想的折光，就变得美轮美奂，因此上述文本中的师师形象只能说是士人的叙事创造。另外，《睽车志》中的李师师得到"妖魅狐精"的恶评，也反映出部分士人的伦理评判。相对于上述文本中的主导形象——雅妓、义妓，《宣和遗事》中的师师则是一位矫情卖俏的俗妓、精明狡狯的黠妓、重利轻义的陋妓，这是市井叙事中未经美化和典型化的人物原型，也许这才是市井娼妓的本来面貌。

就内容可信度而言，上述六种文本既然都是小说，那就难免都有道听途说、穿凿附会之弊，但程度不同。典型的士人叙事文本（《贵耳集》《耆旧续闻》《浩然斋雅谈》《李师师外传》），虽然细节失实之处颇为不少，但比市井叙事文本略显靠谱一些；典型的市井叙事文本如《宣和遗事》，故事情节大多源于市井传闻，具体细节则大多源于民间想象，舛讹颠倒之处在在皆是。

通过上述对比可以发现，就叙事内容而言，宋代小说中的士人叙事文本与市井叙事文本相差甚大，前者相对雅正和靠谱，后者则较为俚俗和感性。从内容的雅俗倾向上看，前者是站在士人立场，运用士人视角，折射出士人的思想情趣，叙事相对雅正；后者是站在市井立场，运用民间视角，折射出民间的喜怒爱憎，叙事较为俚俗。从内容的可信度上看，前者所记虽也不免穿凿附会、捕风捉影，但还大致讲究传信传疑，与相关史实的契合度还是明显高于后者，显得更为靠谱一些；后者所记则更多道听途说甚至捏合嫁接之处，并且常常出现人名地名职官舛讹等低级错误，显得更为感性和随意一些。两者在叙述同一题材时，其间的分野尤其昭彰。

实际上，正是上述的差异，使得士人叙事与市井叙事可以异质互补，各自呈现同一事件在社会不同阶层的现实涟漪和想象图景。统合两者，才可以发现文学世界更为斑斓的风景。

第八章　共生机制:士人与市井叙事的互动方式

第一节　士人叙事对市井叙事手法的借鉴

宋代士人叙事与市井叙事呈现出互动的态势,一方面是市井叙事汲取士人叙事的营养不断壮大,另一方面是士人叙事也吸纳市井叙事的质素出现新变。就宋代文言小说对白话小说的吸纳和借鉴而言,不仅体现在审美情趣的世俗化和文言语体的浅俗化,也体现在叙事手法的借鉴上。关于情趣的世俗化和语体的浅俗化,前文已述,此处重点讨论手法的借鉴。

一、"独白式"心理描写手法的借鉴

(一)先宋"呈现式叙事"语境下的心理描写

中国文言小说作为稗史,脱胎于史传,有较强的慕史倾向和鲜明的史化特征。而史传叙事则强调客观真实的记录,对此学界有精当的阐发:

> 中国史传叙事采用呈现式,作者不是把事件讲述出来,而是用文字安排事件重演一遍,使事件像实际发生的那样再现出来,作者则隐藏在背后。由于这种叙事方式对现实的精确复制,它可以缩短甚至消除读者与故事世界的距离,使读者有亲临其境的幻觉。又由于作者的隐蔽,同时容易使读者相信这是客观的真实的记录,而这种现实主义的幻觉正是史传所追求的效果。[1]

史传叙事的"呈现式"模式,虽然是一种全知叙事模式,但撰写者"全知"领域往往仅限于人物言行,并不包括人物心理。直接描写旁人无法得知的人物心理,显然有悖实录原则,因而此举被正统史家摈弃。《左传》宣公二年

---

[1] 石昌渝《中国小说源流论》,北京:三联书店,2015 年版,第 264 页。

叙鉏麑奉晋灵公之命去刺杀赵盾，云：

> 晨往，寝门辟矣，盛服将朝。尚早，坐而假寐。麑退，叹而言曰："不忘恭敬，民之主也。贼民之主，不忠；弃君之命，不信。有一于此，不如死也。"触槐而死。[1]

鉏麑触槐而死之前的自言自语，显然是借言语表达出来的人物隐秘心理，旁人本无从知晓，《左传》将其和盘托出，引来后世的批评。纪昀《阅微草堂笔记》卷一一曰："鉏麑槐下之词……谁闻之欤？"[2]林纾《左传撷华》云："初未计此二语，是谁闻之。宣子假寐，必不之闻。果为舍人所闻，则鉏麑之臂，久已反羁，何由有暇工夫说话，且从容以首触槐而死。"[3]钱锺书《管锥编》云："上古既无录音之具，又乏速记之方，驷不及舌，而何其口角亲切，如聆謦欬欤？或为密勿之谈，或乃心口相语，属垣烛隐，何所据依？如僖公二十四年介之推与母偕逃前之问答，宣公二年鉏麑自杀前之慨叹，皆生无旁证、死无对证者。注家虽曲意弥缝，而读者终不餍心息喙。"[4]这些批评，都指出《左传》的相关记载违背了实录原则。正统史籍中，都要尽量避免直接描写人物心理。

汉魏六朝的文言小说受到史传叙事的影响，也是采用"呈现式"的叙事模式，尽量秉承实录原则，客观再现人物言行，一般不会直接描写人物心理。这些小说即使描写人物心理，一般也是通过描写梦境、幻觉或者人物言行神态等，曲折地呈现人物的内心活动，绝大多数情况下不会采用人物内心独白的方式直抒胸臆。

唐代的志怪小说、轶事小说，也大都不会采用内心独白之法直接描写人物心理，传奇小说则出现了一些新变，晚唐传奇小说开始零星出现内心独白式心理描写。《太平广记》卷四八六载晚唐薛调所撰《无双传》，叙王仙客在父亡之后，与母亲一起投靠舅舅刘震，并与刘震之女无双青梅竹马。后来，王仙客之母在病重之际以仙客和无双婚事托于刘震，之后病逝，王仙客护丧归葬。接下来，小说有这样一段描写：

---

①孔颖达《春秋左传正义》卷二一，北京：北京大学出版社，1999年版，第595~596页。

②纪昀《阅微草堂笔记》，《续修四库全书》本，第1269册，第174~175页。

③林纾《左传撷华》卷上，上海：商务印书馆，1921年版，第32页。

④钱锺书《管锥编》，北京：中华书局，1986年版，第164~165页。

> 服阕,思念:"身世孤子如此,宜求婚娶,以广后嗣。无双长成矣,我舅氏岂以位尊官显而废旧约也?"①

小说将王仙客的心理活动用第一人称内心独白方式直接呈现,确实异乎寻常。这样的内心独白在晚唐传奇中不是孤例,李复言《续玄怪录》卷四《张逢》亦有这样的心理描写。文叙南阳张逢行次福州福唐县横山店一处旷野时,脱衣挂树,于细草上左右翻转,其身居然成虎,之后饥饿,竟将福州郑录事吃掉。接下来,小说描写道:

> 行于山林,单然无侣,乃忽思曰:"我本人也,何乐为虎,自囚于深山。盍求初化之地而复耶?"乃步步寻之,日暮方到其所,衣服犹挂,杖亦倚林,碧草依然,翻复转身于其上,意足而起,即复人形矣。②

将张逢不愿继续为虎的心思,用第一人称内心独白的方式表达出来。《续玄怪录》卷二《薛伟》叙蜀州青城县主簿薛伟患病昏迷二十日,醒后以第一人称追述化身为鱼后的喜怒哀乐,其中叙及饥甚求食吞钓饵的经历,两处运用了内心独白式心理描写,小说云:

> 俄而饥甚,求食不得,循舟而行,忽见赵幹垂钩,其饵芳香,心亦知戒,不觉近口,曰:"我人也,暂时为鱼,不能求食,乃吞其钩乎!"舍之而去。有顷,饥益甚,思曰:"我是官人,戏而鱼服,纵吞其钩,赵幹岂杀我,固当送我归县耳。"遂吞之。③

小说通过内心独白将化身为鱼后的薛伟,饥甚之际面对钓饵诱惑的自诫与自我安慰,表现得淋漓尽致。

(二)宋代"讲述式叙事"影响下的心理描写

1.宋传奇"独白式"心理描写的新变

传奇小说至晚唐出现的内心独白式心理描写,犹如星星之火,到了宋代,燃成燎原之势。这种势头,体现在相应篇章大量涌现、大段独白开始出现、手法运用渐趋成熟和功能渐趋丰富几个方面。

第一是具有内心独白式心理描写的篇章大量涌现。《唐宋传奇总集》

---

① 李昉等《太平广记》卷四八六,北京:中华书局,1961年版,第4002页。
② 李复言《续玄怪录》,北京:中华书局,1982年版,第177~178页。
③ 李复言《续玄怪录》,第161页。

宋代部分共收录传奇 184 篇,具有内心独白式心理描写的篇章共有 18 篇,包括上官融《友会谈丛》之《柳如京》,秦醇《谭意歌》,张实《流红记》,清虚子《甘棠遗事》,丘浚《孙氏记》,刘斧《青琐高议》之《慈云记》《高言》《异鱼记》《李云娘》《陈叔文》《卜起传》《龚球记》《西池春游》《异梦记》,王山《笔奁录》之《盈盈传》,李献民《云斋广录》之《西蜀异遇》,佚名《苏小卿传》,佚名《鸳鸯灯传》等,占比已达 10% 左右。值得注意的是,不仅传奇小说中有直接心理描写,轶事小说和志怪小说集如《友会谈丛》也开始出现内心独白式心理描写,于此可见内心独白式心理描写已在文言小说的多种文体中使用。

第二是大段大段的心理独白开始出现。宋代文言小说中不仅具有直接心理描写的篇章大量涌现,而且还出现了人物大段的心理独白。清虚子《温婉》叙述了甘棠温琬出身良家、流于娼家而有节操廉耻、脱籍从良的完整经历,小说叙及温婉被迫流于娼家的经历时,多处运用了直接心理描写之法,且采用了大段的心理独白,小说云:

> 十四岁乃与议婚,媒妁来求,足迹相蹑。遂择张氏之子某者。问名、纳彩,即在朝夕,而母氏来召。初不归之,复讼官,乃寝其婚。琬是时阴识母氏之谋,因默自言曰:"琬少学诗书,今日粗识道理,尽姨夫之赐也。将谓得托身于良家,以终此生也。薄命不偶,一至于此!"因泣下,悲不自胜。遂东还陕侍母,因寓府中。
>
> 琬见群妓丽服靓妆,以市廛内为荒秽之态,旦暮出则倚门,皆有所待。邂逅而入,则交臂促膝,淫言媟语以相夸尚。窃自为计曰:"吁!吾苟不能自持,入此流不顷刻耳。"嗟念恨不能自翼以避之。又常曰:"人之所以异于禽兽者,以其识礼义,知其所自先也。传曰:'万物本乎天,人本乎祖。'《诗》云:'哀哀父母,生我劬劳。欲报之德,昊天罔极。'则恩之重无过父母,章章明矣。琬之生,凡十有二月而诞,既诞逾年,不幸父以天年终。既无长兄,致母氏失所依倚,食不足饱腹,衣不足暖体。又所逋于人者几三十万,苟不图以养,转死沟壑有日矣。琬妇人直自谋之善耳,亲将谁托哉?岂独悖逆于人情,天地鬼神临之在上,质之在旁,琬又安自存乎?当图以偿之。"
>
> 又思曰:"琬一女子,上既不能成功业,下又不能奉箕帚于良家,以活其亲。而复眷顾名之荣辱,使老母竟至于饥饿无死所,则琬虽感慨自杀,亦非能勇者也。复何面目见祖宗于地下耶?"屡至洒涕,犹豫终

不能决。未几,会有赂贿母氏求于琬合者。琬知情必不可免也,自是
流为娼。①

小说中"因默自言曰""窃自为计曰""又常曰""又思曰"云云,其实都是用自
言自语、内心独白的方式呈现温婉的心理活动,刻画出温婉初则感叹"薄命
不偶"、继则警惕堕为娼妓、后则犹豫徘徊、终则为了母亲而忍辱求生的心
路历程。其中"又常曰""又思曰"云云,乃是大段的心理独白,这在之前的
文言小说中极为罕见。

第三是内心独白式心理描写手法的运用渐趋成熟,功能渐趋丰富。宋
代文言小说运用内心独白式心理描写,主要有以下功能:

首先是揭示人物内心,推动情节发展。如上官融《友会谈丛》卷中叙柳
开"尚气自任",扬言"吾文章可以惊鬼神,胆气可以詟夷夏,纵有凶怪,因而
屏之",自称不畏惧鬼神,其友潘阆不信。小说叙云:"阆潜思曰:'古人尚不
敢欺暗室,何给我之甚。岂有人不畏神乎?'"②用内心独白之法将潘阆的
心理活动刻画出来,为接下来潘阆装神弄鬼恐吓柳开做了故事情理上的铺
垫,推动了故事的发展。

又如丘浚《孙氏记》叙周默通医术,为比邻张复秀才之妻孙氏治病之
际,发现孙氏"幽艳雅淡,眉宇妍秀,回顾精彩射人",于是色胆动而贼心起,
小说叙云:"默日夜思所以得孙氏之计。默阴念:有功于孙,吾且年少,孙之
夫极老,吾固胜他远矣,吾必得之。"将周默的贼心描摹出来了,并自然地推
动故事从"心动"到"行动"。小说接下来叙周默暗遣学童两次以柬投孙,竟
不蒙答。周默在行动受挫的情况下,是偃旗息鼓,还是继续投书,此时面临
选择。小说叙云:"默私计:'我有功于孙,事虽不谐,亦无后虑。'"③用内心
独白的方式呈现周默有恃(为孙治病,有功于孙)无恐的心理,并预示周默
还会有进一步的行动,后来的情节果然如此。《孙氏记》这两处内心独白都
是推动故事发展的情理纽带。

再如《苏小卿传》叙苏寺丞之女苏小卿游赏花园之际,邂逅郡吏双渐,
小说叙云:"女子悦其颜貌,默念曰:'荆山之玉,自带纤瑕,世之常理。今生

---

① 刘斧《青琐高议》后集卷七《温婉》,上海:上海古籍出版社,1983 年版,第 167~168 页。
② 上官融《友会谈丛》卷中,《续修四库全书》本,第 1260 册,第 65 页。
③ 刘斧《青琐高议》前集卷七,第 71 页。

精神端丽，诚为佳士，但未知其才学。'遂指厅壁山水赋诗，渐乃借意挑之曰……"很显然，苏小卿悦其貌欲试其才的内心独白，正是后来苏小卿指厅壁山水命双渐赋诗的情理纽带。该文中还有一处内心独白，即叙双渐功业有成时再访苏小卿不果，却不料在与友人冶游青楼时重逢，小说叙云："渐独坐自念曰：'我当日共伊花间叙别，指山为誓，永不别嫁，今已为娼！'"①此处的内心独白主要功能不是推动故事发展，而是用抒情笔法呈现人物的内心感受。值得注意的是，通过内心独白式心理描写以揭示人物内心、推动故事发展的宋代文言小说还有不少，比如《谭意歌》《流红记》《鸳鸯灯传》等。

　　其次是设置悬念、埋下伏笔，增加故事波澜。宋代文言小说常常在故事的转捩点以人物内心独白的方式，表达疑惑，设置悬念，为故事平添出些许波澜。如《慈云记》叙慈云长老袁道出身贫寒，勤勉好学，"求试于秋官，高捷乡书"，但不幸"得去于上都，待试南宫"之际，因病误考，落拓不偶，郁郁中遇一僧人邀至其院，小说叙云：

　　　　道性本恬静，甚爱清洁，见此居惟屋三间，一无所有，似无烟爨气味。中室唯巨瓮一枚，破笠覆之。道私念："此瓮必积谷其中。"试举其笠，瓮中明朗若月光。道俯视，则楼台高下，人马往来，有若人世……②

袁道来到中室，仅见"巨瓮一枚，破笠覆之"，接着小说通过内心独白呈现袁道的心理活动——私念"此瓮必积谷其中"。此处的内心独白实际上为故事发展设置了悬念，僧房中室仅有的破笠覆盖的巨瓮引起了故事主人的好奇和猜想，同时也吊起了读者的胃口，大家都想知道此瓮究竟装的是什么。此处的内心独白很像说话人在关键时刻卖的关子，以勾起听众好奇心。接下来故事娓娓道出缘由，此瓮所盛并非谷物，乃是一个梦幻世界。此处内心独白的运用，恰好处于故事的转折处和关键处（袁道从落魄到入幻的转捩点），起到了设置悬念、增加波澜的作用。

　　又如《异鱼记》叙蒋庆闻知渔者捕获一条能语的异鱼后，求而得之，并将其放生，接着小说叙云：

　　　　后半年，庆游于市，有执美珠货者，庆爱之，问其价，货者曰："五百

①《永乐大典》卷二四〇五引《醉翁谈录·苏小卿传》，北京：中华书局，1986年版，第1122页。
②刘斧《青琐高议》前集卷二，第21页。

缗。"庆以为廉，乃酬之半。货者许诺曰："我识君，君且持珠归，吾明日
就君之第取其直。"乃去，后竟不来。庆归，私念："此珠可直数千金，吾
既得甚廉，又不来取直，何也？"异日复见货珠人，庆谓来取价，其人曰：
"龙之幼妻使我以珠报君不杀之恩也。"其人乃远去。①

蒋庆以五百缗的价格购得可直数千金的美珠，并且还只向货者支付了一半
的货款，而许诺将于次日到蒋庆宅第收取另一半货款的货者，竟迟迟不来，
这引起了蒋庆的疑惑，也勾起了读者的兴趣，于是小说以内心独白的方式
道出了蒋庆的"私念"。此处的"私念"增加了故事的波澜，也引起了读者的
好奇，起到了悬念的作用。

宋代文言小说中利用内心独白来设置悬念的篇章还有不少，如《云斋
广录》中的《西蜀异遇》，《青琐高议》中的《龚球记》《西池春游记》等，这些篇
章中内心独白的运用为故事增添了波澜，增加了叙事的魅力。

再次是描摹内心隐秘，凸显人物性格。如《陈叔文》叙京师人陈叔文登
第得官，但"家至窭窭，无数日之用，不能之官"，于是谎称未娶，骗取娼妓崔
兰英的信任和资助并携崔赴任。接着小说叙云：

后三年替回，舟溯汴而进，叔文私念："英囊箧不下千缗，而有德于
我，然不知我有妻，妻不知有彼，两不相知，归而相见，不惟不可，当起
狱讼。"叔文日夜思计，以图其便，思惟无方，若不杀之，乃为后患。遂
与英痛饮大醉，一更后，推英于水，便并女奴推堕焉。②

小说通过"私念"这种内心独白之法，将陈叔文骗财之后恐惹麻烦于是顿起
杀心的阴暗心理淋漓呈现，凸显了陈叔文恩将仇报、卸磨杀驴的卑劣。又
如《李云娘》中的解普在杀害资助自己的娼姬李云娘之前的"阴念"——"家
自有妻，与云娘非久远计也"③，也凸显出解普过河拆桥的辜恩负义。再如
《卜起传》中卜起的从弟德成，在"无所归"的窭境下被兄长卜起"邀以同
行"，一起赴任。接着小说叙云："德成慕起妻白氏既美艾，日夕思念，无计
得之。德成私意谓：'舟浮江中，可以害起。'一夕晚，德成与起共立舟上闲

①刘斧《青琐高议》后集卷三，第134页。
②刘斧《青琐高议》后集卷四，第141页。
③刘斧《青琐高议》后集卷四，第139页。

话，德成伺其不意，推起堕江。"①德成因贪恋嫂子白氏的美艾，竟然故意杀害兄长，可谓贪淫凶徒，其中的内心独白"私意谓：'舟浮江中，可以害起'"，凸显出德成的残忍和阴险。另外，上文提及的清虚子《温婉》中温婉的内心独白，也有凸显人物性格的功能，彰显出温婉为了母亲而忍辱求生的孝义。

值得注意的是，先宋文言小说偶尔运用内心独白式心理描写手法，主要是用以揭示人物内心、推动故事发展，宋代文言小说则在此基础上又发展出增加故事波澜、凸显人物性格等新的功能，于此可见宋代文言小说在心理描写特别是内心独白式心理描写方面的新变。

2. 宋话本"独白式"心理描写的盛况

宋代文言小说中内心独白式心理描写的大量涌现和功能渐趋丰富，可能与说话艺术的影响颇有干系。与文言小说"客观呈现式"的叙事模式不同，白话小说是一种"主观讲述式"的叙事模式，文本作者"毫不掩饰自己作为叙述者的身份，他时时中断叙述直接与读者说话，使读者感觉自己与故事之间始终存在一个叙述者的中介"。② 另外值得注意的是，虽然文言小说和"说话"基本上都以采用全知视角为主，但先宋文言小说叙事受到史传叙事的影响，"全知"领域往往局限于人物外在言行而不直接进入人物内心，因此这个"全知"是自设范围、并不彻底的"全知"；而"说话"则没有这些条条框框，"说话"者的"全知"是真正的全知，知言知行知心理。宋代说话艺人在讲故事之际，常常会直接进入人物内心世界，呈现人物言行的情理基础，这些直扣心扉之举在现存宋话本中有清晰的印迹。

现存宋代近四十篇话本中，内心独白式心理描写比比皆是，而且类型非常丰富。宋话本中的内心独白大多以"思量道""自思量道""自思道""想道"等词语领起，一般较为简短，但也有少数篇章运用大段心理独白刻画人物，推进故事。如辑存于《清平山堂话本》的《风月瑞仙亭》叙汉武帝时四川成都府秀士司马相如，因与临邛县令王吉为友，访问临邛当地巨富卓王孙家，受到热情款待，并留住后花园中瑞仙亭，接着话本叙云：

　　且说卓文君去绣房中，每每存想："我父亲营运家业，富之有余，岁月因循，寿年已过。奈何，奈何！况我才貌过人，性颇聪慧，选择良姻，

---

①刘斧《青琐高议》后集卷四，第 142 页。
②石昌渝《中国小说源流论》，第 22～23 页。

实难其人也。此等心事，非明月残灯，安能知之？虽有侍妾，姿性狂愚，语言妄出，因此上抑郁之怀，无所倾诉。昨听春儿说：'有秀士司马长卿来望父亲，留他在瑞仙亭安下。'乃于东墙琐窗内，窥视良久，见其人俊雅风流，日后必然大贵。但不知有妻无妻？我若得如此之丈夫，平生愿足！争奈此人箪瓢屡空，若待媒证求亲，俺父亲决然不肯。倘若挫过此人，再后难得。"

过了两日，女使春儿见小姐双眉愁魇，必有所思，乃对小姐曰："今夜三月十五日，月色光明，请小姐花园中散闷则个。"小姐口中不说，心下思量："自见了那秀才，日夜废寝忘飧，放心不下。我今主意已定，虽然有亏妇道，是我一世前程。"……

话中且说相如自思道："文君小姐貌美聪慧，甚知音律。今夜月明下，交琴童焚香一炷，小生弹曲瑶琴以挑之。"①

上述引文中，有"每每存想""心下思量""自思道"领起的三处内心独白。前两处为卓文君见司马相如俊雅风流而决意"虽然有亏妇道"也要与之相好的心理活动，其中第一处更是用大段文字铺叙卓文君的春思。第三处为司马相如的内心独白，表达出司马相如对卓文君的中意。这三处内心独白揭示出才子佳人的心心相印，为接下来才子琴挑佳人、两情相悦、颠鸾倒凤奠定了情理基础。同时，这些内心独白也刻画出卓文君冲破妇道闺范、大胆追求爱情的鲜明形象。

宋话本中还有一些篇章，铺叙某人针对某事的层层叠叠的内心独白，散发出心理分析的意味。如《闹樊楼多情周胜仙》叙周胜仙爱慕范二郎，不料遭到父亲的阻挠而气绝身亡。后被盗墓贼救活并挟持为妻，周胜仙乘便逃出，上门寻访范二郎，又被范二郎误以为鬼而失手打死，范二郎因此坐牢。接着话本叙云：

且说范二郎在狱司间想："此事好怪！若说是人，他已死过了，见有入殓的件作及坟墓在彼可证；若说是鬼，打时有血，死后有尸，棺材又是空的。"辗转寻思，委决不下，又想道："可惜好个花枝般的女儿！若是鬼，倒也罢了。若不是鬼，可不枉害了他性命！"夜里翻来覆去，想

①《清平山堂话本》，南京：江苏古籍出版社，1990年版，第45～46页。

一会，疑一会，转睡不着。直想到茶坊里初会时光景，便道："我那日好不着迷哩！四目相视，急切不能上手。不论是鬼不是鬼，我且慢慢里商量，直恁性急，坏了他性命，好不罪过！如今陷于缧绁，这事又不得明白，如何是了！悔之无及！"转悔转想，转想转悔。捱了两个更次，不觉睡去。①

引文中有"想""又想道""便道"领起的三处内心独白，层层推进，将范二郎始则疑惑、继则歉疚、终则悔恨的心理活动刻画得淋漓尽致。其中"转悔转想，转想转悔"云云，可谓这三处内心独白将人物心理层层揭示又层层推进的形象表达。话本中如此细腻地、有层次地刻画人物心理，已有后世所谓心理分析的意味。

与宋代文言小说相较，宋话本中内心独白的运用更为娴熟。宋代文言小说中内心独白的功能在宋话本中都具备，而且宋话本运用得更为自如。利用内心独白推动情节发展方面，宋话本中的例证不胜枚举。如《郑节使立功神臂弓》叙郑信进入古井探怪，遇日霞仙子并与之结为夫妻，接着话本叙云："倏忽间过了三年，生下一男一女。郑信自思：'在此虽是朝欢暮乐，作何道理发迹变态？'"②通过内心独白传达出郑信不安于现状、意图"发迹变态"之心，为之后郑信走出古井、投军发迹作了铺垫和预示。此处的内心独白正处于故事的转捩点，承前启后，推动了故事的发展。

利用内心独白埋下伏笔、设置悬念、增加故事波澜方面，宋话本中的例证俯拾即是。如《错斩崔宁》叙刘贵在丈人处借得十五贯钱，喝酒微醉后对小妾陈二姐戏言，此乃将其典于他人的卖身钱，接着话本叙云："那小娘子好生摆脱不下：'不知他卖我与甚色样人家？我须先去爹娘家里说知。就是他明日有人来要我，寻到我家，也须有个下落。'沉吟了一会，却把这十五贯钱，一垛儿堆在刘官人脚后边。趁他酒醉，轻轻地收拾了随身衣服，款款地开了门出去，拽上了门。"③陈二姐"摆脱不下"的内心独白，正是其连夜离家的情理铺垫，也为后来故事的发展埋下了伏笔、留下了悬念、增加了波澜。又如《小夫人金钱赠年少》叙少艾的小夫人被媒人诬骗，嫁给了年过六

①冯梦龙《醒世恒言》卷一四，天津：天津古籍出版社，2004年版，第189页。
②冯梦龙《醒世恒言》卷三一，第493页。
③冯梦龙《醒世恒言》卷三三《十五贯戏言成巧祸》（《错斩崔宁》），第512页。

句的张员外，接着话本叙云："小夫人自思量：'我怎地一个人，许多房奁，却嫁一个白须老儿！'"①小夫人的"自思量"正是其对老夫少妻婚姻不满的直接流露，同时也为她后来追求年轻的张主管打下了伏笔。

利用内心独白展现人物性格方面，宋话本中的例证也是指不胜屈，如上引《风月瑞仙亭》中卓文君的内心独白之于卓文君的性格呈现。又如《史弘肇龙虎君臣会》叙郭威与柴夫人成亲后，柴夫人修身一封，让郭威去找母舅符令公求"立身进步之计"，郭威依其言。接着小说叙云："郭大郎在安歇处过了一夜，明早却待来将这书去见符令公，猛自思量道：'大丈夫倚着一身本事，当自立功名；岂可用妇人女子之书，以图进身乎？'依旧收了书，空手径来衙门前招人牌下……"②其中郭威"猛自思量道"领起的内心独白表现了他的豪气和志气，刻画出一位豪侠形象。

另外值得一提的是，内心独白式心理描写，不仅宋代小说话本中大量存在，宋代讲史话本中也颇为不少。如《宣和遗事》叙宋徽宗"幸"李师师后，留下龙凤绞绡直系为信物，次日，师师结发之婿贾奕得知此事后气倒，接着话本叙云："这贾奕为看了那天子龙凤之衣，想是：'天子在此行踏，我怎敢再踏李氏之门？他动不动金瓜碎脑，是不是斧钺临身。我与师师两个胶漆之情正美，便似天淡淡云边鸾凤，水澄澄波里鸳鸯，平白涌出一条八爪金龙，把这一对鸳鸯儿拆散！'"③其中"想是"领起的内心独白，淋漓尽致地呈现了贾奕得知天子"幸"其妻后的忧惧和懊恼。又如《五代史平话·汉史平话》叙刘知远微贱时好赌钱，话本叙云："刘知远交领那钱后，辞了爷娘，离了家门奔前去。行到卧龙桥上，少歇片时，只听得骰盆内掷骰子响声，仔细去桥亭上觑时，有五个后生在桥上赌钱……心下欣然，将那纳粮的三十贯钱且把来赌：'我心下指望把这钱做本，赢得三五十贯钱将来使用。'才方出注，掷下便是个输采。眨眼间，三十贯钱一齐输了，无钱可以出注。"④其中的内心独白将刘知远微贱时的赌徒心态描摹出来了。

---

① 冯梦龙《警世通言》卷一六，上海：上海古籍出版社，1992年版，第145页。
② 冯梦龙《古今小说》卷一五，上海：上海古籍出版社，1992年版，第147页。
③《宣和遗事》，《丛书集成初编》本，上海：商务印书馆，1939年版，第3889册，第39页。
④《五代史平话·汉史平话》，见丁锡根《宋元平话集》，上海：上海古籍出版社，1990年版，第172页。

3."独白式"心理描写手法的文白融通

宋话本中大量的内心独白，不仅数量众多，而且类型丰富、功能完备，显示出说话艺人真正彻底的全知视角。宋代说话艺人这种直扣心扉的全知视角讲述，对宋代文言小说产生了很大的影响。我们以最能代表文言小说成就的传奇为例，宋传奇作者中有大量未入仕的下层文人，即胡应麟所谓"俚儒野老"。这些下层文人与中上层的正统文人相比，叙事时受到传统规范的束缚更小，更能够突破传统文人撰述稗史时效法史传、不敢直闯人物心扉的叙事惯例，这就为他们写作传奇时进行内心独白式心理描写提供了可能。同时，这些下层文人耳濡目染宋代日趋兴盛的说话艺术，不断汲取说话艺人知言知行知心理的讲述技法，成功地移植到传奇写作上，从而导致传奇中内心独白式心理描写的大量出现。

《唐宋传奇总集》中宋传奇，具有内心独白式心理描写的篇章共有 18 篇，除了《柳如京》《孙氏记》的作者上官融、丘浚为入仕文人外，其余 16 篇的作者可能都是未入仕的下层文人。而且这 16 篇，基本都出自刘斧《青琐高议》、李献民《云斋广录》、罗烨《醉翁谈录》这三种颇受说话影响的文言小说集，有些篇章比如《苏小卿传》《鸳鸯灯传》堪称灌注话本精神的文言传奇。这些文言传奇全方位地学习话本，既灌注话本的审美情趣，也借鉴话本包括内心独白式心理描写在内的叙事技法，于是突破了文言小说一般不直接描写人物心理的禁忌，为文言小说的发展拆除了藩篱，开拓出新的天地。

二、"葫芦格"故事结构方式的借鉴

（一）入话正话前后相承的"葫芦格"技法

宋代文言小说对说话艺术的借鉴不仅体现在内心独白式心理描写技法的运用上，也体现在对入话正话小大相继之葫芦格技法的运用上。

话本中一般都有入话，或曰得胜头回，或曰笑耍头回，或省称头回，目的在于开讲前的暖场，稳住已到者，等候后来者，也为正式开讲的故事预先做个铺垫。入话有时是诗词，有时是小故事，有时是诗词加小故事。入话之后，说话人一般会紧承诗词或故事的意旨，用承上启下的言语，或顺或逆，或正或侧，过渡到正话。相沿成习，于是形成入话与正话前后相继、短长相承的结构方式，这种结构方式因与古诗之所谓"葫芦格"（作诗用韵，前

两个韵脚用一韵，后四个韵脚用另一韵，形成"先二后四"、小大相继的葫芦状）相似，被有的学者称为话本的"葫芦格体制"。①

现存宋话本中，这种葫芦格体制运用得比较典型的是《刎颈鸳鸯会》。入话采自唐皇甫枚传奇《非烟传》，叙赵象爱慕邻人功曹参军武公业的爱妾步非烟，遂厚赂公业之阍人传递相思诗函。一日，赵象趁公业在外值夜，逾墙与非烟相会，自后两人常约会于后庭。两人私情后被武公业知晓，赵象跳墙逃逸，非烟被鞭笞而亡。话本在讲完这个故事后，紧接着有一段承上启下的话：

> 且如赵象知机识务，事脱虎口，免遭毒手，可谓善悔过者也。于今又有个不识窍的小二哥，也与个妇人私通，日日贪欢，朝朝迷恋，后惹出一场祸来，尸横刀下，命赴阴间，致母不得侍，妻不得顾，子号寒于严冬，女啼饥于永昼，静而思之，着何来由！况这妇人不害了你一条性命了？真个：峨眉本是婵娟刃，杀尽风流世上人。权做个笑耍头回。②

然后进入正话，叙杭州女子蒋淑珍，先与邻居之子阿巧私通，使得阿巧"惊气冲心而殒"。后嫁与某二郎为妻，又与家中教席偷情，使其夫"病发身故"。再嫁商人张二官，又与对门朱秉中有私。终为张二官所知，双双被杀。入话与正话都是男女私通导致惨剧的故事，前者短小，后者曼长，小大相继，以前启后，形成葫芦格体制。

（二）宋代文言小说对话本结构方式的借鉴

宋话本这种葫芦格体制，在宋代文言小说中也有类似情况，《夷坚志·三鸦镇》故事结构就颇有葫芦格的意味。小说云：

> 三鸦镇在河北孤迥处，镇官一员，俸入不能给妻孥，官况萧条。地多塘泺，舍蒲藕鱼鳖之外，市井绝无可买，前后监司未尝至。有运使行部，从吏导之过焉。入其治，则官吏已悉委去，无簿书可寻诘。徘徊堂上。顾纸屏间题字尚湿，试阅之，乃小诗，曰："二年憔悴在三鸦，无米无钱怎养家。每日两餐唯是藕，看看口里出莲花。"运使默笑而去，好事者传诵焉。
>
> 蒙城高公泗师鲁，绍兴末，监平江市征。吴中羊价绝高，肉一斤为

---

① 杨义《中国古典小说史论》，北京：人民出版社，1998年版，第247页。
②《清平山堂话本》，第189页。

钱九百。时郡守去官，浙漕林安宅居仁摄府事，其人介而啬，意郡僚买羊肉食者必贪，将索买物历验之。通判沈度公雅以告师鲁曰："君北人，必不免食此，盍取历审改，毋为府公所困。"师鲁笑谢，为沈话前说，且曰："亦尝仿其体作一绝句云：'平江九百一斤羊，俸薄如何敢买尝？只把鱼虾充两膳，肚皮今作小池塘。'"闻者皆大笑。林公微闻之，索历之事亦已。①

该篇小说前后讲了两个颇为类似的故事。前者叙三鸦镇官员俸入不能给妻孥，题诗于屏间自嘲，被路过的运使发现，运使默笑而去。后者叙"介而啬"的林安宅摄平江府事，鉴于其地羊价绝高，"意郡僚买羊肉食者必贪，将索买物历验之"；高公泗（字师鲁）监平江市征，俸禄微薄无钱买羊肉，于是仿照三鸦镇官员自嘲诗，亦作诗一首，被林安宅知晓，让林打消了对高公泗廉政的忧虑。

两个故事都是生计萧瑟的基层官员作诗自嘲，打消了主管官员对其廉政的担忧。两个故事前后相继，而且后一个故事中主人（高公泗）还讲述了前一个故事，并仿照前一个故事的主人（三鸦镇官员）作诗，于是前后两个故事勾连成为一个整体，恰似话本中入话与正话融为一体。《三鸦镇》两个故事以类相从，前后相继，颇有话本葫芦格结构的意味。考虑到南宋说话艺术的昌盛和洪迈对讲述故事的兴趣，不排除洪迈运用这种葫芦格结构是受到了说话艺术的影响。②

第二节　市井叙事对士人叙事营养的汲取

宋代士人叙事与市井叙事呈现出互动的态势，不仅体现在士人叙事吸纳市井叙事的质素出现新变，也体现在市井叙事汲取士人叙事的营养不断壮大。就宋代话本对文言小说营养的汲取而言，包括"传""记"名篇方式的借用、士人叙事文本的借鉴和改编、伦理化倾向影响下的"道学心肠"、文备众体之法的采借等方面。

---

① 洪迈《夷坚志》，《夷坚丁志》卷一七，北京：中华书局，1981年版，第682～683页。
② 详参杨义《中国古典小说史论》，第241页。

一、"传""记"名篇方式的借用

唐传奇之后，传奇小说大都以"传""记"名篇。唐传奇中，以"传"名篇者多为"某人＋传"的格式，如《高力士外传》《任氏传》《李娃传》《柳毅传》《柳氏传》《南柯太守传》《莺莺传》《霍小玉传》等；以"记"名篇者则多为"某事或某物＋记"的格式，如《古镜记》《离魂记》《枕中记》《三梦记》《秦梦记》《感异记》《周秦行记》等。可见唐传奇中的"传"以记人为主，"记"以叙事为主。但记人者亦必因人而及事，叙事者亦必因事而及人，故而"传""记"常有交叉。到了宋传奇，某些记叙人物完整经历或者主要经历的作品既有以"传"名篇者，亦有以"记"名篇者，但主要叙述某件事情的作品大多还是以"记"名篇，当然也不排除少数以叙事为主的作品以"传"名篇，显示出宋传奇中"传""记"的部分混用。总体而言，"记"已部分侵夺"传"的苑囿，"传"也偶尔侵夺"记"的领域，"记"比"传"用得更为广泛。

以《唐宋传奇总集》之宋代部分为例，宋传奇中以"传""记"名篇者共39篇，占到了总数184篇的20%。其中以"传"名篇者共17篇，分别为钱易《乌衣传》，乐史《杨太真外传》，沈辽《任社娘传》，吕夏卿《淮阴节妇传》，秦醇《赵飞燕别传》，刘斧《青琐高议》之《王寂传》《王实传》《卜起传》《梦龙传》，刘斧《续青琐高议》之《贤鸡君传》《茹魁传》，王山《盈盈传》，钟将之《义娼传》，王禹锡《海陵三仙传》，岳珂《桯史》之《义骊传》，佚名《鸳鸯灯传》，佚名《李师师外传》。其中的《乌衣传》《梦龙传》和《鸳鸯灯传》都是典型的叙事之作，以"记"名篇可能更为合适，但都被命名为"传"。

《唐宋传奇总集》中的宋传奇以"记"名篇者22篇，分别为钱易《越娘记》，柳师尹《王幼玉记》，秦醇《骊山记》《温泉记》《谭意歌记》，①张实《流红记》，丘浚《孙氏记》，刘斧《青琐高议》之《慈云记》《琼奴记》《远烟记》《大姆记》《小莲记》《异鱼记》《龚球记》《仁鹿记》《朱蛇记》《西池春游记》②《异梦记》，崔公度《金华神记》，苏辙《梦仙记》，李献民《云斋广录》之《双桃记》《玉尺记》。其中的《越娘记》《王幼玉记》《谭意歌记》《孙氏记》《慈云记》等篇都是记叙人物完整经历的作品，以"传"名篇亦无不可，但都被命名为"记"。

---

①《青琐高议》别集卷二为《谭意歌》，《类说》卷四六引该文，为《谭意歌记》。
②《青琐高议》别集卷一为《西池春游》，《类说》卷四六引该文，为《西池春游记》。

通过对上述宋传奇中以"传""记"为名之篇目的分析,可见宋传奇中"传""记"名称部分混用而更偏向于用"记"的倾向。

唐宋传奇好以"传""记"名篇的习惯,以及宋传奇中"传""记"名称部分混用而更偏向于用"记"的倾向,应该对宋代说话艺人、书会才人命名话本提供了借鉴。现存宋代小说话本 35 种,其中有 17 种以"传""记"名篇,占到总数的近一半。其中以"传"名篇者 7 种,分别为《杨温拦路虎传》《董永遇仙传》《苏长公章台柳传》《张生彩鸾灯传》(《宝文堂书目》作《彩鸾灯记》)、《赵伯昇茶肆遇仁宗》(《宝文堂书目》作《赵旭遇仁宗传》)、《史弘肇龙虎君臣会》(《宝文堂书目》作《史弘肇传》)、《杨思温燕山逢故人》(《宝文堂书目》作《燕山逢故人郑意娘传》);以"记"名篇者 10 种,分别为《西湖三塔记》《合同文字记》《蓝桥记》《洛阳三怪记》《陈巡检梅岭失妻记》《五戒禅师私红莲记》《花灯轿莲女成佛记》《计押番金鳗产祸》(《金鳗记》)、《宿香亭张浩遇莺莺》(《宝文堂书目》作《宿香亭记》)、《范鳅儿双镜重圆》(《宝文堂书目》作《冯玉梅记》)。以"记"名篇者明显多于以"传"名篇者,并且有些话本既有"传"名又有"记"名,如《张生彩鸾灯传》就被《宝文堂书目》著录为《彩鸾灯记》,可见"传""记"命名的部分混用。

二、士人叙事文本的借鉴和改编

宋代话本小说的素材,很大部分来自于唐宋文言小说。罗烨《醉翁谈录·小说开辟》云:

> 夫小说者,虽为末学,尤务多闻。非庸常浅识之流,有博览该通之理。幼习《太平广记》,长攻历代史书。烟粉奇传,素蕴胸次之间;风月须知,只在唇吻之上。《夷坚志》无有不览,《琇莹集》所载皆通。动哨、中哨,莫非《东山笑林》;引倬、底倬,须还《绿窗新话》。[①]

由此可知,小说艺人的腹笥有《太平广记》《夷坚志》《琇莹集》《东山笑林》《绿窗新话》等,这些书籍所收录的大量文言小说,成为说话艺人、书会才人敷演发挥的重要素材来源。值得注意的是,艺人们在敷演这些文言素材时,不仅有语言的文白转化,还有故事的彼此揉合,更有情趣的雅俗改变,

---

① 罗烨《醉翁谈录·小说开辟》,上海:古典文学出版社,1957 年版,第 3 页。

呈现出市井叙事对士人叙事文本的借鉴和改编。

现存 35 种宋代小说话本中，可以大致考出本事来源于文言小说者有 13 种，具体情况如下：1.《范鳅儿双镜重圆》正话可能改编自《摭青杂说·守节》，入话可能改编自《夷坚志·徐信》；2.《蓝桥记》节略自唐人裴铏《传奇·裴航》；3.《陈巡检梅岭失妻记》本事应出自宋初徐铉《稽神录·老猿窃妇人》及唐代佚名《补江总白猿传》；4.《五戒禅师私红莲记》将宋人张邦畿编《侍儿小名录拾遗》引《古今诗话》所云至聪禅师私淫红莲之事，与惠洪《冷斋夜话》卷七《梦迎五祖戒禅师》所云五戒禅师转世为苏轼之事，进行捏合嫁接，拼接成五戒禅师私淫红莲转世为苏轼之故事；5.《董永遇仙传》本事应出勾道兴《搜神记》之《董永》；6.《苏长公章台柳传》本事应出《太平广记》卷二七三引《唐阙史》所云杜牧寻春故事，并嫁接了唐传奇《柳氏传》中韩翊问询章台柳的诗句；7.《赵伯昇茶肆遇仁宗》本事应出唐尉迟偓《中朝故事》，并将赵某遇唐宣宗微服出行而得官之事，改编为赵伯昇茶肆遇宋仁宗而发迹之事；8.《杨思温燕山逢故人》本事应出洪迈《夷坚丁志》卷九《太原意娘》；9.《张古老种瓜娶文女》本事应出唐李复言《续玄怪录·张老》；10.《钱舍人题诗燕子楼》，乃是根据成熟的文言传奇略加改编而成的文言体话本；11.《宿香亭张浩遇莺莺》本事应出《青琐高议·张浩》和《绿窗新话·张浩私通李莺莺》；12.《金明池吴清逢爱爱》本事应出《夷坚志·吴小员外》；13.《闹樊楼多情周胜仙》本事应出洪迈《夷坚志·鄂州南市女》和廉布《清尊录·大桶张氏》。

现存宋代讲史话本中，《梁公九谏》改编自民间词文《梁公九谏词》，《五代史平话》乃是对《资治通鉴》所载五代史的敷演发挥，《大宋宣和遗事》则是掇拾故书、文白杂编的早期讲史话本，其剽取之书可能有《南烬纪闻》《窃愤录》及《续录》，《续宋编年资治通鉴》《九朝编年备要》《钱塘遗事》《宾退录》《建炎中兴记》《皇朝大事记讲义》《林灵素传》等。

从上面的分析可以看到，宋代讲史话本主要依赖相关史籍和稗史小说，小说话本则有三分之一篇目是对现成文言小说的捏合、改编与敷演。可以说，宋代的市井叙事（话本小说）是在充分汲取士人叙事（史籍和文言小说）营养基础上成长起来的，士人叙事从素材上滋养着市井叙事。

三、"图个好听"与"道学心肠"

宋代文言小说受到时代风气的影响，在主旨方面有强烈的伦理化倾向,这种倾向也传导至受到文言小说滋养的话本小说。本来,话本小说作为说话艺术的文本化产物,其根本属性是商品性语境下的娱乐性。但由于受到时代风气和士人叙事的影响,较大部分的话本小说在注重娱乐性的同时也在兼顾教化性,从而呈现出寓教于乐、乐中有教的局面。凌蒙初《二拍拍案惊奇》卷一二曾论及说书的旨趣:

> 看官听说:从来说的书,不过谈些风月,述些异闻,图个好听。最有益的,论些世情,说些因果,等听了的触着心里,把平日邪路念头化将转来。这个就是说书的一片道学心肠。①

凌氏明确指出说书的旨趣本在于"谈些风月,述些异闻,图个好听",即娱乐观众;凌氏又指出说书之中"最有益的",乃是"论些世情,说些因果""把平日邪路念头化将转来"的"道学心肠",即教化观众。很显然,说书的娱乐观众与教化观众,两者有主次之分,有根本属性与派生属性之分,说书能有"道学心肠"者,不过是"最有益的",实际上,除此之外,说书当中还有一些"道学心肠"不显而专务"图个好听"却未必有益的情况。凌氏所言,道出了说书功效中"乐""教"并存的格局,但具体而言,历朝历代的说书艺人甚至同一时代的不同艺人对"乐""教"的追求还是颇有差异。

宋代的说话艺人,整体而言是重"乐"之际兼及"教",罗烨《醉翁谈录·小说引子》云:

> 自古以来,分人数等:贤者清而秀,愚者浊而蒙。秀者通三纲而识五常,蒙者造五逆而犯十恶。好恶皆由情性,贤愚遂别尊卑。好人者如禾如稻,恶人者如蒿如草;使耕者之憎嫌,致六亲之烦恼……言其上世之贤者可为师,排其近世之愚者可为戒。言非无根,听之有益。②

罗烨指出人有贤、愚,有秀、蒙,有好、恶,而"说者"就是要言贤者以为师、排愚者以为戒,使"听之有益",明确地表达出说话艺人师贤戒愚、劝善惩恶的教化之心。

---

①凌蒙初《二拍拍案惊奇》卷一二,上海:上海古籍出版社,1992年版,第151页。
②罗烨《醉翁谈录·小说引子》,第1～2页。

现存35种小说话本中,有较为明确的教化旨趣者共17种,①约占总数的一半。这些话本的教化旨趣非常广泛,或敦崇风教,或褒赞孝义,或劝人归善,或引人立身,或宣扬佛道,或针砭时弊,不一而足。

敦崇风教者如《刎颈鸳鸯会》,叙杭州女子蒋淑珍放纵情欲招致杀身之祸。话本在入话诗词和相应诠释中即表达了情色的夺人心魄:"故色绚于目,情感于心;情色相生,心目相视。虽亘古迄今,仁人君子,弗能忘之。"接着又在笑耍头回结束处引诗"蛾眉本是婵娟刃,杀尽风流世上人",表达出情色杀人之意。最后又在正话结束处评论道:"故知士矜才则德薄,女衒色则情放。若能如执盈,如临深,则为端士、淑女矣。岂不美哉?惟愿率土之民,夫妇和柔,琴瑟谐协;有过则改之,未萌而则戒之,敦崇风教,未为晚也。"②画龙点睛,直接表达出敦崇风教之良苦用心。又如《范鳅儿双镜重圆》,入话叙徐信与刘俊卿不以妻子乱世易嫁为嫌,各还旧妻之事,正话叙冯玉梅与范希周贞义自持、破镜重圆之事。话本在入话与正话过渡处云:"此段话题做'交互姻缘',乃建炎三年建康城中故事。同时又有一事,叫做'双镜重圆'。说来虽没有十分奇巧,论起'夫义妇节',有关风化,到还胜似几倍。正是:话须通俗方传远,语必关风始动人。"明确指出正话"双镜重圆"故事涵有"夫义妇节""有关风化",远胜入话"交互姻缘"。同时,话本又在文末议论道:"后人评论范鳅儿在逆党中涅而不淄,好行方便,救了许多人性命,今日死里逃生,夫妻再合,乃阴德积善之报也。有诗为证:十年分散天边鸟,一旦团圆镜里鸳。莫道浮萍偶然事,总由阴德感皇天。"③又突出了阴德积善之意。另外,如《陈巡检梅岭失妻记》褒赞陈巡检之妻张如春

---

① 分别为:《碾玉观音》《陈可常端阳仙化》《西山一窟鬼》《小夫人金钱赠年少》《错斩崔宁》《合同文字记》《陈巡检梅岭失妻记》《刎颈鸳鸯会》《杨温拦路虎传》《花灯轿莲女成佛记》《董永遇仙传》《杨思温燕山逢故人》《三现身包龙图断冤》《计押番金鳗产祸》《皂角林大王假形》《万秀娘仇报山亭儿》《范鳅儿双镜重圆》。另有主要娱乐观众、无甚深意者10种,它们是《西湖三塔记》《蓝桥记》《洛阳三怪记》《五戒禅师私红莲记》《梅杏争春》《苏长公章台柳传》《张古老种瓜娶文女》《钱舍人题诗燕子楼》《崔衙内白鹇招妖》《福禄寿三星度世》;说发迹变泰、投市井细民之所好者3种,它们是《赵伯升茶肆遇仁宗》《史弘肇龙虎君臣会》《郑节使立功神臂弓》;表达市民婚恋观和情爱观者5种,它们是《风月瑞仙亭》《张生彩鸾灯传》《宿香亭张浩遇莺莺》《金明池吴清逢爱爱》《闹樊楼多情周胜仙》。这18种话本的教化旨趣并不明显。
② 清平山堂话本》,第186~201页。
③ 冯梦龙《警世通言》卷一二,第104~110页。

"宁可洞中挑水苦,不作贪淫下贱人"①;《杨思温燕山逢故人》叙韩思厚负心再娶被郑意娘鬼魂拽入江中,话本作者"叹古今负义人皆如此,乃传之于人"。② 这些话本或歌颂守贞之女,或谴责负心之男,都表达出敦崇风教之意。

褒赞孝义者如《董永遇仙传》叙董永典身葬父、孝感天庭玉帝和人间皇帝而得福得官之事,入话诗云"典身因葬父,不愧业为佣。孝感天仙至,滔滔福自洪",③即表达了孝义致福之意。又如《合同文字记》叙刘安住孝义双全被赠陈留县尹之事,也有宣扬孝义得好报的教化之意。

劝人归善者如《计押番金鳗产祸》叙计押番夫妻误食通灵的金鳗、导致家破人亡之事,文末云"善恶到头终有报,只争来早与来迟",又云"劝君莫害非常物,祸福冥中报不虚",④都是劝人为善。又如《陈可常端阳仙化》叙陈可常被栽赃终得洗雪而栽赃者获罪被罚之事,文末散场诗云"从来天道岂痴聋? 好丑难逃久照中。说好劝人归善道,算来修德积阴功",⑤表达出好丑久必显、善恶终有报之教化旨趣。再如《三现身包龙图断冤》散场诗云"寄声暗室亏心者,莫道天公鉴不清",⑥也是劝人为善,莫作亏心事。

引人立身者如《小夫人金钱赠年少》叙张胜为人谨慎,拒绝东家小夫人的私情而避祸之事,话本于文末评论道:"亏杀张胜立心至诚,到底不曾有染,所以不受其祸,超然无累。如今财色迷人者纷纷皆是,如张胜者万中无一。有诗赞云:谁不贪财不爱淫? 始终难染正人心。少年得似张主管,鬼祸人非两不侵。"⑦褒赞张胜立心至诚、不贪财不爱淫,所以能远祸避灾,有很明显的鉴戒之意。又如《万秀娘仇报山亭儿》叙茶坊老板万员外发现店中茶博士陶铁僧偷钱后将其逐出,并告知开茶坊底行院使陶铁僧断了生计,后来陶铁僧伙同强人劫杀万小员外和万秀娘,导致万家之祸。话本在散场诗云"万员外刻深招祸,陶铁僧穷极行凶",⑧清晰地表达出立身行事

---

① 《清平山堂话本》,第 153 页。
② 冯梦龙《古今小说》卷二四,第 247 页。
③ 《清平山堂话本》,第 266 页。
④ 冯梦龙《警世通言》卷二〇,第 183 页。
⑤ 冯梦龙《警世通言》卷七,第 58 页。
⑥ 冯梦龙《警世通言》卷一三,第 119 页。
⑦ 冯梦龙《警世通言》卷一六,第 149 页。
⑧ 冯梦龙《警世通言》卷三七,第 375 页。

勿"刻深"（苛刻、严酷）的人生教训。再如《碾玉观音》叙咸安郡王府养娘璩秀秀与碾玉工匠崔宁两情相悦，两人趁王府失火之际逃往外地结为夫妻，不想被王府军官郭排军发现、告密而导致秀秀被打死的惨剧，后来秀秀鬼魂报得冤仇，使"多嘴"的郭排军吃了郡王的五十背花棒。话本散场诗有云"郭排军禁不住闲磕牙"，①对"闲磕牙"拆散一对鸳鸯的郭排军进行了谴责。再如《皂角林大王假形》散场诗云"世情宜假不宜真，信假疑真害正人。若是世人能辨假，真人不用诉明神"，②也有非常明显的鉴戒意图和教化意义。

宣扬佛道者如《花灯轿莲女成佛记》叙潭州张元善夫妇看经念佛、斋僧布施而修成正果之事，话本在文末处云："张待诏夫妻二人亦然弃俗出家。不过三年，夫妻二人成双坐化而去。善有善报，莲女即是无眼婆婆后身，子母一门，俱得成其正果。作善的俱以成佛，奉劝世人：看经念佛不亏人。"③清晰地表达出崇佛劝善之意。又如《西山一窟鬼》叙南宋秀才吴洪本乃上界真人之徒，因意志不坚而降落人间、罚为贫儒、备尝鬼趣，后来看破红尘、舍俗出家之事，话本散场诗云"一心办道绝凡尘，众魅如何敢触人？邪正尽从心剖判，西山鬼窟早翻身"，④清晰地表达出崇道修心之意。

针砭时弊者如《错斩崔宁》叙及陈二姐和崔宁被屈打成招、双双冤死时，说话人按捺不住激愤之心评论道：

> 看官听说，这段公事，果然是小娘子与那崔宁谋财害命的时节，他两人须连夜逃走他方，怎的又去邻舍人家借宿一宵？明早又走到爹娘家去，却被人捉住了？这段冤枉，仔细可以推详出来。谁想问官糊涂，只图了事，不想捶楚之下，何求不得。冥冥之中，积了阴骘，远在儿孙近在身。他两个冤魂，也须放你不过。所以做官的，切不可率意断狱，任情用刑，也要求个公平明允。道不得个死者不可复生，断者不可复续，可胜叹哉！⑤

表达出对糊涂官"率意断狱，任情用刑"的无比愤慨。

①冯梦龙《警世通言》卷八，第 67 页。
②冯梦龙《警世通言》卷三六，第 365 页。
③《清平山堂话本》，第 234 页。
④冯梦龙《警世通言》卷一四，第 127 页。
⑤冯梦龙《醒世恒言》卷三三，第 517 页。

四、文备众体与采借精英文学

宋代话本小说学习传奇的文备众体之法,篇中有诗、词、鼓子词、骈文、辞赋和韵语等多种文体,显示出市井叙事对士人叙事的借鉴。著名学者夏济安曾云:"中国的白话文,一直不是一件优良的工具,负担不起重大的任务。中国旧小说作者,都不得不借用文言、诗、词、骈文、赋等,以充实内容。"[①]夏氏对白话文的判断未必完全准确,但他点出旧小说(白话小说)借用各种文言文体以充实内容的事实,基本符合白话小说的实情。另外,值得注意的是,宋代话本小说的诗词韵语中,既有民间流传的俗语、谚语,书会才人、下层文人创作的俚俗诗词,也有大量的非常典雅的文人诗词,显示出民间文艺对精英文学的采借。罗烨《醉翁谈录·小说开辟》云小说艺人"论才词有欧、苏、黄、陈佳句,说古诗是李、杜、韩、柳篇章",[②]可见民间艺人对精英文学的借鉴化用。我们可以通过《碾玉观音》的个案来管窥宋话本的文备众体和对精英文学的采借。

《碾玉观音》入话描绘春景,共引用无名氏《鹧鸪天·孟春词》,无名氏《鹧鸪天·仲春词》,黄夫人《鹧鸪天·季春词》,题名王安石歌咏东风的七言诗(首句"春日春风有时好"),题名苏轼歌咏春雨的七言诗(首句"雨前初见花间蕊"),题名秦观歌咏柳絮的七言诗(首句"三月柳花轻复散"),题名邵雍歌咏蝴蝶的七言诗(首句"花正开时当三月"),题名曾两府歌咏黄莺的七言诗(首句"花正开时艳正浓"),题名朱敦儒歌咏杜鹃的七言诗(首句"杜鹃叫得春归去"),题名苏小小歌咏燕子的《蝶恋花》词(首句"妾本钱塘江上住"),题名王岩叟歌咏春归的七言诗(首句"怨风怨雨两俱非")共 11 首。值得注意的是,这 11 首中,有不少诗词是张冠李戴,如"雨前初见花间蕊"之诗,本是唐代诗人王驾之作,话本作者却将之归于苏轼;"妾本钱塘江上住"之词,本是宋代词人司马槱之作,话本作者却将之归于苏小小。于此可见话本作者采借文人诗词装点门面、附弄风雅的心曲和隐衷,也可见其张冠李戴、随意捏合的任性与浅俗。

《碾玉观音》正话中的诗词韵语更是比比皆是,其功能则多种多样。有

①夏志清辑录《夏济安对中国俗文学的看法》,见《夏济安选集》,沈阳:辽宁教育出版社,2001 年版,第 225 页。
②罗烨《醉翁谈录·小说开辟》,第 3 页。

的是描摹人物，如叙璩秀秀模样，则云"云鬟轻笼蝉翼，蛾眉淡拂春山。朱唇缀一颗樱桃，皓齿排两行碎玉。莲步半折小弓弓，莺啭一声娇滴滴"；有的是铺叙场景，如叙王府失火之状，则云"初如萤火，次若灯火，千条蜡烛焰难当，万座糁盆敌不住。六丁神推倒宝天炉，八力士放起焚山火。骊山会上，料应褒姒逞娇容；赤壁矶头，想是周郎施妙策。五通神牵住火葫芦；宋无忌赶番赤骡子。又不曾泻烛浇油，直恁的烟飞火猛"；有的是形容事态，多运用含有比喻的韵语，将某个事件的发展状态形象呈现出来，如叙崔宁从湘潭返回潭州的路上被郭排军认出并跟踪，话本云"正是：谁家稚子鸣榔板，惊起鸳鸯两处飞"，暗示郭排军的出现将拆散崔宁夫妻；有的是评论事理，多运用俗语、谚语，如叙因郭排军告密而被打死已成鬼魂的璩秀秀，再次遇见郭排军时主动请崔宁叫住并责问他，话本云"正是：平生不作皱眉事，世上应无切齿人"，指出郭排军的作为使人痛恨，将招致报应。

《碾玉观音》的收官则是一首散场诗"咸安王捺不下烈火性，郭排军禁不住闲磕牙。璩秀娘舍不得生眷属，崔待诏撇不脱鬼冤家"，对故事的主要人物进行了点评，杂有说书人的价值评判，同时也对故事主要内容进行了总结。[①]

通观《碾玉观音》，运用了绝句、律诗、词、骈文、俗谚、韵语等多种文体，共有 23 处，其中既有民间通俗之作，也有文人典雅之作，可见话本对士人叙事和精英文学的借鉴。实际上，《碾玉观音》中诗词韵语的大量运用，乃是宋话本文备众体和采借精英文学的一个缩影。现存宋话本 39 种，情况也大致如此。这 39 种中，《梅杏争春》为残本，可存而不论，其余的 38 种，入话有诗词者共 36 种，[②]收官有散场诗者共 30 种，[③]正话有诗词者 37 种，[④]可见这些话本基本上都是诗词韵语贯穿入话、正话和收官各个环节。

诗词韵语的大量运用，以说唱结合的方式增强了说话的吸引力，同时也以采借精英文学的途径充实了话本的内容，另外还以文备众体的形式提

---

① 冯梦龙《警世通言》卷八《崔待诏生死冤家》（《碾玉观音》），第 59～67 页。
② 《大唐三藏取经诗话》前缺，无从知其入话情况，《梁公九谏》无入话。
③ 小说话本中，《风月瑞仙亭》最后部分残缺，无从知其收官情形，《董永遇仙传》《洛阳三怪记》《花灯轿莲女成佛记》无散场诗，《陈巡检梅岭失妻记》收官处云"虽为翰府名谈，编作今时佳话"，《五戒禅师私红莲记》收官处云"虽为翰府名谈，编入《太平广记》"，两者都不是标准的散场诗。另外，讲史话本《梁公九谏》无散场诗，《五代史平话》最后部分残缺，无从知其收官情况。
④ 现存宋话本中，仅《梁公九谏》文本中无诗词。

升了话本的文化品位，显示出市井叙事、民间文艺对士人叙事、精英文学的吸纳和借鉴。

第三节　市井叙事与士人叙事的回环转化
——以李娃故事为例

从市井说话《一枝花话》到文人传奇《李娃传》，再到话本《郑元和嫖遇李亚仙记》，再到拟话本《李亚仙记》，李娃故事的小说文本形态丰富，嬗变历程清晰，可以作为探讨市井叙事与士人叙事回环转化的典型例证。

一、市井叙事化为士人叙事：从《一枝花话》到《李娃传》

(一)《李娃传》的"近情耸听，缠绵可观"

白行简《李娃传》[①]是唐传奇的名篇，汤显祖评其"描画淋漓，有史迁之遗意"，[②]鲁迅《中国小说史略》赞其"近情而耸听，故缠绵可观"。[③]《李娃传》叙天宝中常州刺史荥阳公之子郑生赴长安应试，邂逅名妓李娃，遂流连忘返，不过一年即资财荡尽，后被鸨母与李娃合谋设计弃逐。郑生困窭，沦落为凶肆挽歌郎，以唱挽歌名噪京师。其父因事入京，认出郑生，获悉原委，恨其不肖、辱没家门，几将郑生鞭挞至死。郑生幸得凶肆同辈相救，死

---

① 卞孝萱《校订〈李娃传〉的标题和写作年代》(《社会科学战线》1979 年第 1 期)认为："《李娃传》三个字，不是白行简原来的标题，原标题是《汧国夫人传》。这样说，是根据以下两点理由：(一)'传'的结尾云：'予与陇西公佐话妇人操烈之品格，因遂述汧国之事。公佐拊掌竦听，命予为传。'作者在这里不称'李娃'，特点出'汧国'，正是为了与标题相呼应。这种手法，与李公佐《南柯太守传》结尾点出'南柯'正是一样。(二)《太平广记》多改易唐代小说篇名，如将《古镜记》改为《王度》……这些小说的原题，在《类说》卷二十八所摘引的《异闻集》中，还都保存着本来面目。该集载有《汧国夫人传》，内容虽经曾慥删节，但这个标题，仍是白行简原作之旧。"

李剑国《唐五代志怪传奇叙录·节行娼李娃传》云："唐李匡文《资暇集》卷上《方寸乱》云：'今见他人稍惑桡未决，则戏云方寸乱。此不独误也，何失言甚鈇？……若撰《节行倡娃传》，引用虽非正文，其为此事，则云善矣。'又作《节行倡娃传》……按匡文晚唐人，去中唐未远，其题《节行倡娃传》必有据，但题中似脱或省去李字，当作《节行倡李娃传》，'节行倡'三字乃照应赞论中'倡荡之姬，节行如是'。《广记》题《李娃传》乃省称，略去前三字。《类说》本《异闻集》所题疑为曾慥所改。"(天津：南开大学出版社，1993 年版，第 277～278 页)

笔者按，卞孝萱先生、李剑国先生分别认为《李娃传》原标题为《汧国夫人传》《节行倡李娃传》，均有一定道理。《李娃传》为《太平广记》所拟标题，后世通行。

② 《虞初志》卷五《李娃传》批语，《四库存目丛书》本，济南：齐鲁书社，1995 年版，子部第 246 册，第 474 页。

③ 鲁迅《中国小说史略》，上海：上海古籍出版社，1998 年版，第 50 页。

里逃生,旋因鞭伤溃烂发臭,又被同辈丢弃,沦为乞丐。郑生后于风雪饥冻之际行乞,幸遇李娃。李娃目睹其奄奄待毙之惨状,愧恨交加,向鸨母出钱赎身,并与郑生赁屋同居,精心调护。待郑生康复如初,李娃又督促郑生发愤苦读以获取功名。后郑生连中高第,授成都府参军。李娃见郑生现已转困为亨,恐门第悬殊,自己难以匹配,乃劝郑生结媛鼎族而自求归去。郑生不忍割舍,李娃将其送至剑门。恰巧郑生之父官拜成都尹,路过剑门。父子相遇,恢复父子关系。郑父感李娃之节行瑰奇,命媒氏通二姓之好,明媒正娶为儿媳。后来郑生官运亨通,"累迁清显之任",李娃则"妇道甚修,治家严整",被封为汧国夫人。①

　　《李娃传》应该写成于唐宪宗元和年间。《李娃传》开篇曰:"汧国夫人李娃,长安之倡女也。节行瑰奇,有足称者,故监察御史白行简为传述。"篇末曰:"贞元中,予与陇西公佐,话妇人操烈之品格,因遂述汧国之事。公佐拊掌竦听,命予为传。乃握管濡翰,疏而存之。时乙亥岁秋八月,太原白行简云。"②学者从白行简"监察御史"的授职时间、与陇西李公佐的交游经历以及白氏的生平履历等多方面进行考证,指出该文成于"贞元乙亥"的可能性较小,并提出了"贞元乙酉说"③、"元和己丑说"④、"元和十年至长庆初五六年间说"⑤、"长庆四年至宝历二年间说"⑥、"元和己亥说"⑦等观点,其中

①李昉等《太平广记》卷四八四《李娃传》,北京:中华书局,1961年版,第3985~3991页。
②李昉等《太平广记》卷四八四《李娃传》,第3985、3991页。
③戴望舒《读〈李娃传〉》认为贞元乙亥即贞元十一年,白行简正丁父忧,"居丧于襄阳,决无认识那鼓励他写小说的李公佐的可能,说这二十岁的白行简会独开风气之先,背了居丧之礼而会友纵谈而写起小说来,恐怕是不可能的事"。戴氏又指出:"'乙亥'二字,是一个缮写或刊刻的错误,或多半是《异闻集》编者的误改……原文上应该是'乙酉'。乙酉是顺宗永贞元年(八〇五)亦即贞元二十一年。"《中国现代散文经典文库·戴望舒卷》,北京:大众文艺出版社,2005年版,第231页。
④王梦鸥《唐人小说研究二集》之《〈李娃传〉之来历及其作者写作年代》:"疑'乙亥'为'己丑'之误。己丑为元和四年(八〇九),是年白行简为校书郎,与兄同居长安新昌里,与元稹共听《一枝花》话,元氏既有《李娃行》之作,而行简为公佐之怂恿又为之作《传》。"台北:艺文印书馆,1973年版,第94页。
⑤刘开荣《唐代小说研究》:"《李娃传》的出生,当以其兄贬江州(宪宗元和十年)至兄弟同升官回京(穆宗长庆初)这五六年中最为可能而合理。"上海:商务印书馆,1956年版,第109页。
⑥黄大宏《白行简行年事迹及其诗文年考》,《文学遗产》2003年第4期。谭朝炎《也谈唐传奇作家白行简的生平事迹》(《文学遗产》2005年第4期)对黄先生的观点提出了有力的辩驳。
⑦卞孝萱《校订〈李娃传〉的标题和写作年代》指出:"《汧国夫人传》既非贞元十一年,亦非贞元二十一年所撰,它的写作年代,是元和十四年……元和十四年的干支是己亥。'己'与'乙',极为相似,极易搞错……有人将'己亥'误写为'乙亥';后因元和中无乙亥年,又有人自作聪(转下页注)

"元和己亥说"（即撰于唐宪宗元和十四年）目前已经得到了学界的大致认同。①

（二）《李娃传》与《一枝花话》的密切关联

白行简于元和年间创作《李娃传》，与民间说话《一枝花话》有密切联系。元稹《酬翰林白学士代书一百韵》有句云："翰墨题名尽，光阴听话移。"自注："乐天每与予游从，无不书名屋壁，又尝于新昌宅说《一枝花话》，自寅至巳，犹未毕词也。"②因为《元氏长庆集》原帙散佚，今本乃宋人重新辑录，元稹自注当有阙文。宋人曾慥于高宗绍兴年间摘录说部群书编成《类说》，其中摘录晚唐陈翰所编《异闻集》中的25篇传奇，包括白行简《汧国夫人传》（即《李娃传》）。《类说》编成于绍兴六年（1136），初刊于绍兴十年（1140），重刊于宝庆二年（1226），现存版本有宝庆二年重刊本的明抄本，另外还有晚明天启年间刻本等。《类说》明抄本卷二六在摘录《汧国夫人传》后有注语云：

> 旧名《一枝花》。元稹酬白居易代一百韵云，□（翰）墨题名尽，光阴听话移。柱（注）云，乐天从游常题名于桂（壁），复本说《一枝花》，自寅及巳。（张政烺按语：此文缺一"翰"字，"注"误"柱"，"壁"误"桂"。又"复本"二字当亦有误，不敢肛定。）③

《类说》晚明刻本卷二八在摘录《汧国夫人传》后有注语云："旧名《一枝花》，本说一枝花自演。"④

《类说》明抄本所引元稹自注与通行本《元氏长庆集》中的元稹自注颇有差异。明代陈耀文撰《天中记》卷二〇引《异闻集》云：

> 元稹《酬白乐天代书一百韵》云："翰墨题名画，光阴听话移。"注

（接上页注）明地将'元和'改为'贞元'。幸而'传'的开端，保留着作者写作时的'监察御史'职衔，使我们有可能根据白行简的经历，校正'传'结尾处的年代写刻之误。"后来卞先生《〈李娃传〉新探》（《烟台师范学院学报》哲社版，1991年第4期）又重申了这个观点。

①李剑国《〈李娃传〉疑文考辨及其他——兼议〈太平广记〉的引文体例》（《文学遗产》2007年第3期）认为："卞孝萱的说法是对的，就是'乙亥'必是'己亥'之讹，'乙'、'己'形似，极易相混；而'贞元'原作必为'元和'——这有可能是《广记》编者之妄改。"

②元稹《元稹集》卷一〇，北京：中华书局，1982年版，第116～117页。

③张政烺《一枝花话》，见《张政烺文史论集》，北京：中华书局，2004年版，第244页。

④曾慥《类说》卷二八，《北京图书馆珍本古籍丛刊》影印明天启六年岳钟秀刻本，北京：书目文献出版社，1988年版，第470页。

云："乐天每与予从游，常题名于屋壁。顾复本说《一枝花》，自寅
至巳。"①

元稹诗中的"光阴听话移"，以及自注中提及的"说《一枝花话》"（通行本《元
氏长庆集》），"复本说《一枝花》"（《类说》明抄本），"顾复本说《一枝花》"
（《天中记》引《异闻集》），都明确指出元稹、白居易曾于新昌宅听艺人说《一
枝花》，当然此艺人是否名"顾复本"或者"复本"，尚难遽断。那么元稹诗及
注中提及的新昌宅"听话"是在何时呢？综合学界有关白居易年谱和元稹
年谱的研究资料，可以基本确定白居易居于长安新昌里应在贞元二十年至
元和五年间，而元和三年白行简授官秘书省校书郎，亦居于长安新昌里。
质言之，当元稹、白居易在新昌里欣赏"说话"《一枝花》时，白行简也可能参
与其中，耳闻目睹了说话艺人的表演。

白行简欣赏《一枝花》在元和初年，而创作《李娃传》在元和末年，简言
之，"听话"在前、创作在后。值得注意的是，这两者之间颇有渊源关系。上
引《类说》明抄本卷二六在摘录《汧国夫人传》后有注语"旧名《一枝花》"云
云，根据张政烺先生的考证，这些注语"当是陈翰《异闻集》原有之按语，曾
慥为《类说》既删节《汧国夫人传》正文，亦删节陈翰附注之按语，故文字艰
涩不甚明瞭"②。李剑国先生则认为"旧名《一枝花》"的注语并非陈翰所
为，而是曾慥所为，又指出"一枝花"并非李娃。③ 李先生的质疑有一定道
理，但即使按其"旧名《一枝花》"之注语乃宋代曾慥所为的说法，曾慥也应
该是意识到《李娃传》与《一枝花话》有传承关系，然后才会有此注语。而如
果按照张政烺先生"旧名《一枝花》"之注语乃晚唐陈翰所为的说法，则早在
晚唐即有人意识到《李娃传》与《一枝花话》的渊源关系。当然，李先生关于
"一枝花"非李娃的考辨也提醒我们，《一枝花》话的主角（一枝花）与《李娃
传》的主角（李娃）并非一人，但这并不妨碍白行简移花接木，改头换面，将
一枝花的奇特经历嫁接到李娃身上，将民间说话的故事框架移植到传奇

①陈耀文《天中记》卷二〇，《文渊阁四库全书》本，第965册，第914页。
②张政烺《一枝花话》，见《张政烺文史论集》，第244页。
③李剑国《唐五代志怪传奇叙录·节行娼李娃传》云："称娃旧名一枝花，原注无之，乃曾慥所注，然
则宋人称娃名一枝花始于曾慥。其所据则元诗自注，盖以为行简乃居易弟，遂将李娃、一枝花断
为一人。此说一出，千古莫替，实大谬不然。白传未言娃名一枝花，亦未言白家能说《一枝花
话》，强将元注、白传捏合，岂不谬哉！"（第280页）又李先生有论文《"一枝花"非李娃辨》（《文学
探索》1986年第2期），驳斥后人认为一枝花乃李娃别名之误。

中去。

另外颇可注意的是，《李娃传》长达三千五百余字，属于唐传奇中的长篇巨制，可能也与《一枝花话》本来就内容丰富、耗时较长颇有关系。通行本《白氏长庆集》中元稹自注云"自寅至巳，犹未毕词"，从寅时到巳时，有四个时辰，居然还未"毕词"，可见该"话"之长。正因为依托的民间文本（口头文本）本来就时间长、容量大、内容丰，白行简改编而成的传奇文本（书面文本）才会那么曼长丰盈。

实际上，学界现在一般都认为《李娃传》系据民间所传《一枝花话》写成，①更有学者进一步对白行简的创作动机进行了探究。卞孝萱《〈李娃传〉新探》云：

> 白行简针对德宗滥封三个节度使的妾媵为国夫人这件坏国法、伤名教的大事……借用当时流行的"《一枝花》话"，加工改写为传奇名篇《李娃传》，极言妓女封汧国夫人，以讽刺名教之虚伪。

又云：

> 《类说·异闻集·汧国夫人传》有注云："旧名《一枝花》……。"这条资料很重要，既说明《李娃传》的原标题，又说明传奇与话本的联系。白行简将"《一枝花》话"改名为《汧国夫人传》，反映出他与说话人的用意大不同。说话人形容妓女李娃貌美如"花"，无讽刺之意；而白行简渲染妓女李娃封汧国夫人，矛头指向朝廷。②

既指出《李娃传》乃是对《一枝花》话的加工改写，又指出改写目的在于讽刺名教之虚伪。

卞先生的分析，洞若观火，可以采信。据此，则白行简将市井叙事文本《一枝花话》改写成传奇《李娃传》时，已经改变了文本的主旨，将民间文本的"美"变成了文人文本的"刺"。

---

① 当然也有提出异议者，如李宗为《唐人传奇》认为："唐代的民间说话还处于与六朝志怪差别还不太大的比较幼稚的阶段，绝对不可能产生出诸如李娃故事那样结构复杂、人物形象鲜明生动的故事。"北京：中华书局，2003 年版，第 197 页。
② 卞孝萱《〈李娃传〉新探》，《烟台师范学院学报》哲社版，1991 年第 4 期。

二、士人叙事复化为市井叙事：从《李娃传》到《郑元和记》

（一）李郑名氏的出现与情节的微调

《李娃传》在宋代被多种类书、选集节录，郑生与李娃的故事也被多种典籍提及。宋初陶穀《清异录》"人事门"有"郑世尊"条，云：

> 或曰："不肖子倾产破业，所病不瘳，其终奈何？"司马安仁曰："为郑世尊而已。"又问："何谓？"曰："郑子以李娃故，行乞安邑，几为馁鬼；佛世尊欲与一切众生结胜因缘，遂于舍卫次第而乞。合二义以名之，非不肖子，尚谁当乎？"①

提及郑生"以李娃故，行乞安邑，几为馁鬼"之事，尚未提及郑生之名、字。北宋前期张君房"编古今情感事"②而成《丽情集》，采入《李娃传》，改名为《遗策郎》，惜乎该书已佚，今仅存片段。朱胜非《绀珠集》卷一一节存《丽情集》之《遗策郎》云：

> 郑生过李妓宅，见娃徘徊不能去。诈遗策以驻马，后访之，婢呼曰："前遗策郎来也。"③

也未出现郑生之名、字。成书于绍兴初年的庄绰《鸡肋编》卷下云：

> 乔大观，维扬人，绍兴中仕宦于朝。尝有人戏之曰："公可与郑元和对。"乔云："某岂有遗行若彼邪？"曰："非为此也，特以名同年号，世未见其比耳。"④

其中出现的"郑元和"应该指《李娃传》中的郑生，因为从乔大观的反驳"某岂有遗行若彼邪"可知，此"郑元和"之"遗行"（可遗弃之行、失检之行为）为宋代士人所不齿，而这"遗行"可能正是指《李娃传》中郑生"以李娃故，行乞安邑，几为馁鬼"之行。如果这个推断成立的话，那么至迟到南宋初年《李娃传》中的郑生已被冠名"郑元和"。故事中主角名字的出现，可以看做是

---

①陶穀《清异录》卷一，台湾《丛书集成新编》本，台北：新文丰出版公司，1986 年版，第 86 册，第 326 页。

②晁公武《郡斋读书志》语，《郡斋读书志校证》卷一三，上海：上海古籍出版社，1990 年版，第 597 页。

③朱胜非《绀珠集》卷一一，《文渊阁四库全书》本，第 872 册，第 507 页。

④庄绰《鸡肋编》卷下，北京：中华书局，1983 年版，第 126 页。

宋人对《李娃传》的初步加工。

同样成书于绍兴初年的曾慥《类说》节录《异闻集》中的《汧国夫人传》，文中没有出现郑生的名字。节录基本忠实于原文，但对故事的个别细节进行了修改和加工，最显者有两处。一是鸨母与李娃合谋设计弃逐资财荡尽的郑生，《李娃传》云：

> 娃谓生曰："与郎相知一年，尚无孕嗣。常闻竹林神者，报应如响，将致荐酹求之，可乎？"[1]

《汧国夫人传》云：

> 姥曰："女与郎相知一年矣，而无孕嗣，竹林神报应如响，荐酹求子，可乎？"[2]

《汧国夫人传》将《李娃传》中的"娃谓生曰"改为"姥曰"，实际上是将毒计的主要实施者由李娃变成了鸨母，李娃由主谋者退居合谋者，减轻了李娃的"狠毒性"。这个细节的改变很重要，涉及人物形象的整体评价。另一处是郑生沦为凶肆挽歌郎，《李娃传》云："每听其哀歌，自叹不及逝者，辄呜咽流涕，不能自止，归则效之。生，聪敏者也，无何，曲尽其妙，虽长安无有伦比。"[3]《汧国夫人传》云："哀挽曲尽其妙，歌薤露之章，闻者掩耳。"[4]《李娃传》中并未提及郑生所唱挽曲的具体名称，而《汧国夫人传》则特地点出"歌薤露之章"。《薤露》与《蒿里》，乃是著名的挽歌辞，《汧国夫人传》将《李娃传》中郑生所唱挽曲具体化，也是一种加工完善。较之《李娃传》，《汧国夫人传》中这两处细节调整，前者是改变，后者是完善。笔者推测，这些细节调整，不排除是曾慥受到了说话人的影响。

初编于南宋高宗朝的《绿窗新话》卷下有《李娃使郑子登科》，节录《李娃传》，存其梗概。节录也基本忠实于原著，但在叙鸨母与李娃合谋设计弃逐资财荡尽之郑生的情节上，与《类说》本《汧国夫人传》如出一辙，都是将《李娃传》中的"娃谓生曰"改为"姥曰"。[5]《绿窗新话》可能是书会才人节

---

① 李昉等《太平广记》卷四八四《李娃传》，第3986～3987页。
② 曾慥《类说》卷二八《汧国夫人传》，《北京图书馆珍本古籍丛刊》本，第469页。
③ 李昉等《太平广记》卷四八四《李娃传》，第3988页。
④ 曾慥《类说》卷二八《汧国夫人传》，《北京图书馆珍本古籍丛刊》本，第469页。
⑤《绿窗新话》卷下，周楞伽笺注本，上海：上海古籍出版社，1991年版，第136页。

录众书为说话艺人提供参考的简本式底本，《绿窗新话》的这个改动，更可看出相应细节的调整乃是说话的影响。

南宋后期，《李娃传》中的郑生名元和，已经成为小说、笔记、诗话中的既定事实。刘克庄《后村诗话》卷一云：

> 郑畋名相，父亚亦名卿。或为《李娃传》，诬亚为元和，畋为元和之子。小说因谓畋与卢携并相，不咸，携诟畋身出倡妓。按畋与携皆李翱甥，畋母携姨母也，安得如娃传及小说所云！①

刘氏驳斥某"小说"认为《李娃传》中郑生（郑元和）乃影射唐代名卿郑亚的谬妄，可见其时笔记小说中已名《李娃传》中郑生为郑元和。

南宋晚期，罗烨《醉翁谈录》癸集卷一有《李亚仙不负郑元和》，节录《李娃传》并有一些改编增饰，最显者有两处。一处是承袭南宋相应典籍呼郑生为郑元和的传统，指出郑生字元和，同时首次出现了李娃的名字。该文开篇云："李娃，长安娼女也，字亚仙，旧名一枝花。有荥阳郑生，字元和者，应举之长安。"②至此，《李娃传》中仅有姓氏而无名字的男女主角都有名字了。同时，该文直截了当地指出李亚仙"旧名一枝花"，也应该是注意到了《一枝花话》与《李娃传》的密切联系。另一处改编是承袭《类说》本《汧国夫人传》、《绿窗新话》之《李娃使郑子登科》的作法，将《李娃传》中的"娃谓生曰"改为"姥曰"。

综上所述，南宋以后典籍中始有郑生、李娃名字为元和、亚仙的记载，同时，《类说》《绿窗新话》《醉翁谈录》等类书和小说选集节录《李娃传》时虽基本忠实于原著，但在鸨母与李娃合谋设计弃逐郑生的情节上都将"娃谓生曰"改为"姥曰"，将李娃由主谋者退居合谋者。考虑到《绿窗新话》《醉翁谈录》都是为说话伎艺准备的参考资料，可以初步判定这些增饰和改动应与说话有关，显示出市井叙事对士人叙事文本的发展。

（二）《郑元和记》的改编与转雅成俗

《类说》《绿窗新话》《醉翁谈录》等对《李娃传》的节录和改编，还只是微创手术，真正对《李娃传》动大手术、大改编的民间文本应属话本《李亚仙记》。《醉翁谈录·小说开辟》将"小说"基本上按题材分为灵怪、烟粉、传

---

① 刘克庄《后村诗话》卷一，《文渊阁四库全书》本，第1481册，第313页。
② 罗烨《醉翁谈录》癸集卷一，上海：古典文学出版社，1957年版，第113页。

奇、公案、朴刀、捍棒、妖术、神仙共八类，其中传奇类著录了《莺莺传》等 18 种讲说人间男女情爱故事的名目，其中包括《李亚仙》。对照《醉翁谈录》后文中的《李亚仙不负郑元和》，可知此处的小说名目《李亚仙》就是敷演《李娃传》故事。由此可见，由《李娃传》故事发展而来的《李亚仙》已经成为宋人说话中的重要名目。

那么宋人敷演《李亚仙》，是否有书面文本传世呢？明代晁氏《宝文堂书目》卷中"子杂"类著录有《李亚仙记》一种，应该就是敷演小说名目《李亚仙》的书面文本。目前学界找到敷演李亚仙、郑元和故事的两种话本，一种是明余公仁刊《燕居笔记》卷七《郑元和嫖遇李亚仙记》(下简称《郑元和记》或者《郑记》)，另一种是明万历间《小说传奇》合刊本所收敷演李亚仙、郑元和故事的话本，标题和前面部分情节都残缺，胡士莹《话本小说概论》将其钩稽出来，题名《李亚仙记》①。

那么这两种叙述相同故事的话本各自成文于何时，两者之间又有何关系呢？我们先来考察《郑记》。张政烺《一枝花话》认为该文"纯属'说话'口吻，惟鄙俚不堪，本事既多违误，趣味亦极低劣，似流行于说话人之口者时间甚久，故渐失真"，②未明确论及该文时代。胡士莹《话本小说概论》认为该文"亦话本体，惟情节较简略，当别是一本"，③也未论及其成文时代。孙楷第《中国通俗小说书目》卷一"宋元部"著录《李亚仙》，叙录云：

> 存(?)《宝文堂书目》有《李亚仙记》。明余公仁刊《燕居笔记》七有《郑元和嫖遇李亚仙记》。文甚短拙，必非宋话本。或据旧本删节为小文也。④

范宁《〈话本选〉序言》云：

> 明代晁瑮(嘉靖间人)《宝文堂分类书目》子部杂类有《李亚仙记》，当即余公仁(崇祯间人)刊本《燕居笔记》第七卷《郑元和嫖遇李亚仙记》的简称。这本《李亚仙记》有许多地方和《李娃传》不同，显明地掺

---

① 另外，路工、谭天编《古本平话小说集》(北京：人民文学出版社，1984 年版)将万历间《小说传奇》合刊本中的四种话本全文录出，总题名《明刻话本四种》，并将敷演李亚仙、郑元和故事的话本题名《李亚仙》。
② 张政烺《一枝花话》，见《张政烺文史论集》，北京：中华书局，2004 年版，第 247 页。
③ 胡士莹《话本小说概论》，北京：中华书局，1980 年版，第 515 页。
④ 孙楷第《中国通俗小说书目》，北京：人民文学出版社，1982 年版，第 10 页。

入了一些说话人的语气。但是这不可能是宋人话本，因为它不仅只是语句有增加，而且情节上也有改动，不尽符合原来的故事，显系时代更迟的东西。①

孙楷第判定《郑记》"必非宋话本"，依据是"文甚短拙"，范宁判定该记"不可能是宋人话本"，依据是"它不仅只是语句有增加，而且情节上也有改动，不尽符合原来的故事，显系时代更迟的东西"。实际上，上述判断可能有些偏颇。

检视现存的宋话本，特别是保存于《清平山堂话本》中而被文人改动相对较少的宋话本，有《西湖三塔记》《合同文字记》《风月瑞仙亭》《蓝桥记》《洛阳三怪记》《陈巡检梅岭失妻记》《五戒禅师私红莲记》《刎颈鸳鸯会》《杨温拦路虎传》《花灯轿莲女成佛记》《董永遇仙传》共11种。这11种宋话本中，《蓝桥记》就很短拙，不过是节略裴铏《传奇·裴航》，再加上入话和散场诗而已。《合同文字记》所叙包公断案故事简略粗疏，文字风格朴陋幼稚，与后世成熟的话本相较也是短拙粗朴。另外，《董永遇仙传》叙事东拉西扯，颠倒谬误之处俯拾即是，可以说该文虽不"短"但很"拙"。由此可见，"短拙"可能恰恰是说话艺术文本化初期阶段（宋元时期）的重要特征。另外，"语句有增加""情节上也有改动""不尽符合原来的故事"，也是说话艺人和书会才人改编文言小说的惯用伎俩。如《陈巡检梅岭失妻记》改编自《稽神录·老猿窃妇人》及唐佚名《补江总白猿传》，语句上的增加相当多，情节上的改动相当大。又如《五戒禅师私红莲记》将《古今诗话》所云至聪禅师私淫红莲之事与惠洪《冷斋夜话》所云五戒禅师转世为苏轼之事，进行捏合嫁接。因此孙先生和范先生所云《郑元和嫖遇李亚仙记》的缺陷，可能恰恰是该文作为早期话本的胎记。

细读《郑记》，可以发现其作为早期话本的诸多印迹，也可以发现其对《李娃传》较大幅度的改编。

第一，题目中的"嫖遇"二字非常粗俗，非常不合士人情趣，具有强烈的市井色彩。试将"郑元和嫖遇李亚仙"与《醉翁谈录》中的"李亚仙不负郑元和"相较，两个题目结构相似，都是将男女主角名字点出，并用动词将男女主角关系和故事要旨点出，但前者用"嫖遇"，透露出十足的市井俗气，而后

①范宁《〈话本选〉序言》，载《范宁古典文学研究文集》，重庆：重庆出版社，2006年版，第564～565页。

者用"不负"，则有几分文人雅气。两个题目的雅俗之分，十分明显。值得注意的是，《醉翁谈录》虽然是为说话而节录的资料，但经过文人之手的增润，所以颇有几分文人气息。相形之下，"郑元和嫖遇李亚仙"的市井味更浓更足。

第二，关于故事发生时间和人物姓名，话本云：

> 话说唐明皇天宝五年间，有个官人姓郑名畋，字举才，官拜常州府刺史，祖贯河东太原人也。夫人贾氏生得一子，名平字元和……郑生问妓姓氏，答曰："妾乃长安名妓李娃，小字亚仙。"①

关于故事发生时间，《李娃传》《类说》本《汧国夫人传》、《绿窗新话·李娃使郑子登科》《醉翁谈录·李亚仙不负郑元和》都只云天宝年间，《郑记》具体化为天宝五年间。关于故事中的人物姓名：《李娃传》《类说》本《汧国夫人传》、《绿窗新话·李娃使郑子登科》《醉翁谈录·李亚仙不负郑元和》都不书郑生父亲的名氏，都未提及郑生母亲的姓氏，《郑记》云郑生之父"姓郑名畋，字举才"②，又云郑生之母为贾氏；《李娃传》《类说》本《汧国夫人传》《绿窗新话·李娃使郑子登科》都不书郑生的名氏，《醉翁谈录·李亚仙不负郑元和》云郑生字元和，《郑记》进一步云郑生名平字元和；《李娃传》《类说》本《汧国夫人传》、《绿窗新话·李娃使郑子登科》都不书李娃的名氏，《醉翁谈录·李亚仙不负郑元和》始云李娃字亚仙，《郑记》亦云李娃小字亚仙。由此可知，《郑记》在吸收"前人成果"基础上，又对故事时间和人物姓名等信息进行了增加。

第三，情节改动之处俯拾即是，最显者如下：

一是关于弃逐郑生之毒计，李娃是否合谋？《李娃传》中李娃是主谋，到了《类说》本《汧国夫人传》、《绿窗新话·李娃使郑子登科》《醉翁谈录·李亚仙不负郑元和》，李娃已由主谋者退居合谋者，到了《郑记》，李娃已由合谋者退居为事先并不知情者。《郑记》叙及鸨母弃逐郑生之情节，云：

---

① 冯梦龙增编《增补批点图像燕居笔记》卷七《郑元和嫖遇李亚仙记》，《古本小说集成》本，上海：上海古籍出版社，1994 年版，第 1150～1152 页。
② 《郑记》云郑生之父为郑畋，可能是受到《后村诗话》等典籍的影响。《后村诗话》称，其时有"小说"云《李娃传》中郑生和其父分别影射郑畋和郑亚。《郑记》张冠李戴，乱其世系，将"小说"中郑生之影射人名"郑畋"移为郑生父亲之名。

虔婆见生罄尽，欲设计去之。一日，对生与娃曰："吾女与郎相和一载，全无嗣息。此间有个竹林祠，其神报应如响，荐醮求子，可乎？"生不知其计，遂与娃同诣竹林祠祈祷。虔婆先定下金蝉脱壳之计，诈病，遣人报亚仙急回家。亚仙闻母病，乘骑先回。

叙及亚仙在鸨母弃逐郑生后之心理活动，云：

却说亚仙离了郑生，苦切□言，朝夕思念，不能一见，深恨其母毒计，分散我夫妻，不在话下。

叙及亚仙在冬夜救助郑生，云：

亚仙闻生声音，急趋而出，见生相抱而泣曰："汝是良家公子，昔日衣袍骏马，持金为我罄尽，母设毒计令子失志，今狼狈如此。"急令奶子烧汤与生沐浴更衣。[①]

从上面的引文可知，弃逐郑生之毒计乃鸨母所为，亚仙并未参与，事先也不知情，事后非常怨恨。有个细节值得注意，即亚仙在冬夜救助郑生时所云"母设毒计令子失志"，这句话在《李娃传》《类说》本《汧国夫人传》、《绿窗新话·李娃使郑子登科》《醉翁谈录·李亚仙不负郑元和》均为"母子互设诡计逐之，令其失志"，可见《郑记》已经彻底改变了先前文本中李娃参与弃逐郑生的情节，清除了李娃形象的这一污渍，将李娃塑造成了一个对郑生始终情深义重的义妓形象。值得注意的是，《郑记》对《李娃传》的这一根本改动，在金元杂剧中也同样存在。金元杂剧作家石君宝创作的《李亚仙花酒曲江池》源于《李娃传》，改编时也将原文中李娃与鸨母合谋弃逐郑生一节，调整为鸨母在李娃不知情的情况下设计弃逐郑生，将李娃塑造成单纯善良、忠贞不渝的义妓。[②]

二是叙及郑生沦为凶肆挽歌郎之情节，云：

生不得已，而投于悲田院甲头家过活。生少年时自傍歌二曲，名《薤露》《蒿里歌》。其《薤露歌》曰："薤上露，何易晞，露晞明朝更复落，人死一去何时归。"其《蒿里歌》曰："蒿里谁家地，聚敛精魄无贤愚。鬼

---

①冯梦龙增编《增补批点图像燕居笔记》卷七《郑元和嫖遇李亚仙记》，《古本小说集成》本，第1153～1156页。
②石君宝《李亚仙花酒曲江池》，见臧晋叔编《元曲选》，北京：中华书局，1958年版，第263～276页。

伯一何相催促,人命不必少蹄躅。"其音清澈,本地遂胜行焉。其甲头命郑生作莲花落词,以教院中盲聋残疾者,打莲花落以为活计。其词起自郑元和所作,流传于世,是以备录。①

较之《李娃传》等相关文本,这段文字完全是《郑记》增加的。《郑记》指出,流传于世的《薤露》《蒿里歌》之词乃郑元和所作,其实稍有常识的文人都知道该歌乃汉朝时已有的挽歌,早已收入汉乐府中,怎么会到了唐朝才由郑元和作出呢? 由此可见《郑记》错乱的文化认知,也透露出该文的市井属性和未经后世文人删润之早期话本的粗鄙。

三是叙及李娃督促郑生刻苦攻读之情节,云:

> 亚仙乃货首饰,收买书箱,令生温习旧史,以志于学,晨昏不辍。亚仙设意激生曰:"汝若不努登□,妾不与汝同食共枕相处耳。"言讫即与母食宿,令元和独处,小斋饮食,姝子奉送。生感其勉切,不出书斋,笃志经史。②

而《李娃传》原文为"因令生斥弃百虑以志学,俾夜作昼,孜孜矻矻。娃常偶坐,宵分乃寐。伺其疲倦,即谕之缀诗赋",③两相对照,可见《郑记》"亚仙设意激生"的情节乃是别出心裁的改编,透露出民间鞭策夫君用功的质朴之趣。

四是《郑记》叙及郑生登第入仕与李娃结为连理后之情节,既承袭原文"亚仙妇道甚修"称扬李娃之行,又增加"不半载娃母病亡,生乃礼葬甚备"褒赞郑生之义。这种增加,既凸显了郑生之义,同时也顺带交待了李娃之母的结局,体现出说话人的匠心。另外,《郑记》在承袭原文叙述郑生"迁清显之任"、李娃"封汧国夫人"、其子"俱登高第"外,还特地加上一句:"夫妻受享荣耀不尽,老百年而终。"④这增加之句也是体现出民间心理和旨趣。

五是《郑记》在故事结束处云:"虽是青楼新语,编入幽谷生春。"⑤这种

---

① 冯梦龙增编《增补批点图像燕居笔记》卷七《郑元和嫖遇李亚仙记》,《古本小说集成》本,第1154~1155页。
② 冯梦龙增编《增补批点图像燕居笔记》卷七《郑元和嫖遇李亚仙记》,《古本小说集成》本,第1156页。
③ 李昉等《太平广记》卷四八四《李娃传》,第3990页。
④ 冯梦龙增编《增补批点图像燕居笔记》卷七《郑元和嫖遇李亚仙记》,《古本小说集成》本,第1157~1158页。
⑤ 冯梦龙增编《增补批点图像燕居笔记》卷七《郑元和嫖遇李亚仙记》,《古本小说集成》本,第1158页。

表述也是早期话本的套路,现存宋话本《五戒禅师私红莲记》结束处云"虽为翰府名谈,编入《太平广记》"①,《陈巡检梅岭失妻记》结束处云"虽为翰府名谈,编作今时佳话",②都是相同的句式和意旨。

　　总之,从标题、文字风格、文化认知、情节改动所体现的市井趣味以及文末的套语,可以初步认定《郑记》是早期的宋元话本,其成文时代可能大致同于或略晚于《醉翁谈录》成书之时,即宋末元初,当然也不排除成文之后在流传过程中有修改,③即孙楷第所云"或据旧本(即宋元话本,引者注)删节为小文"。④ 张政烺先生批其"鄙俚不堪,本事既多违误,趣味亦极低劣",孙楷第批其"文甚短拙",范宁论其"语句有增加,而且情节上也有改动,不尽符合原来的故事",其实正透露出《郑记》作为未经后世文人删润过的早期话本的朴拙。

　　《郑记》作为宋末元初的市井话本,对《李娃传》进行了大刀阔斧的改编,特别是将先前文本中李娃与鸨母合谋弃逐郑生一节,调整为鸨母一手主导、李娃并不知情、事后痛恨鸨母,清除了李娃形象的瑕疵,将李娃形塑为情深义重、忠贞不渝的义妓,表达出市井艺人和普罗大众的审美期待。

　　就文本的主旨而言,如果说唐代白行简将说话《一枝花话》改写成传奇《李娃传》时,将民间文本的"美"变成了文人文本的"刺",那么话本《郑记》在改编传奇《李娃传》时,又将文人文本的"刺"变回了民间文本的"美"。

三、市井叙事再化为士人叙事:从《郑元和记》到《李亚仙记》

(一)《李亚仙记》的拟话本性质

　　关于明万历间《小说传奇》合刊本收录之《李亚仙记》(下简称《李记》)的成文时代,学界颇有争议。《中国古代小说总目提要》"李亚仙条"云:"《小说传奇》合刊本《李亚仙记》为宋话本,已有修改,亦未可知。"⑤路工、

---

① 《清平山堂话本》,第 183 页。
② 《清平山堂话本》,第 161 页。
③ 该文有两首散场诗,其一曰:"故人一别负佳期,受尽饥寒总不知。须记当年行乐处,梦魂三坠曲江湄。"明代曹学佺编《石仓历代诗选》卷三六二收入明初文士瞿佑的《李娃念旧》,云:"故人一别负佳期,饥火烧肠冻不知。须念往年行乐处,宝鞍三堕曲江池。"两诗有较高的相似度。不排除有明代文人将瞿佑之诗稍加改动、编入《郑记》之中的可能性。
④ 孙楷第《中国通俗小说书目》,第 10 页。
⑤ 朱一玄等编著《中国古代小说总目提要》,北京:人民文学出版社,2005 年版,第 471 页。

谭天编《古本平话小说集》收入《李记》（题名《李亚仙》），并指出："此篇疑即《宝文堂书目》所载《李亚仙记》，和《燕居笔记》中的《郑元和嫖遇李亚仙记》不同，可能是宋元之间的话本"。①胡士莹《话本小说概论》云《李记》"根据《李娃传》敷衍而成。有人以为是宋元之间的话本，然与其他宋代话本比较，语言风格殊不相类，且郑元和之名系晚出，它不可能是宋代话本。当为明人作品"。② 胡先生从语言风格和"郑元和之名系晚出"两个方面，判断《李记》为明人作品。其中"郑元和之名系晚出"之论不确，但从语言风格着眼进行的判断还是非常有力的。

笔者大致认同胡士莹先生关于《李记》为明人作品的结论，并进一步认为，《李记》并非宋元说话《李亚仙》的记录整理本，而可能是明人模仿话本体制改编《李娃传》而成的拟话本。理由如下：

第一，主要情节上《李记》完全依傍《李娃传》，只在个别细节上进行了微调、补充和发挥。我们先来考察弃逐郑生这一核心情节。这一情节可以分为提议求神、请入姨宅、李娃返归、母女徙居、姨氏徙居、郑生失据等环节，纵观这些环节，《李记》基本上就是将《李娃传》的文言转换成白话，并适当做一些发挥。稍异之处即在于"提议求神"环节，《李记》将《李娃传》中毒计的提出者由李娃改为鸨母，即将《李娃传》中"他日，娃谓生曰"改为"一日，鸨儿向生道"。这样的改动承袭了《类说》《绿窗新话》《醉翁谈录》节录《李娃传》时的作法，只能算是微调。这种微调与话本《郑记》、杂剧《李亚仙花酒曲江池》的大改相比，微不足道。实际上，宋代说话艺人即使依傍某种文言小说，也只是借鉴其故事框架和大致情节，不会在众多细节上刻板地恪守原文、亦步亦趋，我们可以从宋话本《张古老种瓜娶文女》《金明池吴清逢爱爱》《杨思温燕山逢故人》《闹樊楼多情周胜仙》分别对传奇《续玄怪录·张老》《吴小员外》《太原意娘》《鄂州南市女》大刀阔斧的改编中，得到深刻的印象，即说话艺人即使依傍文言传奇也是取大略小，甚至移花接木、张冠李戴。而反观《李记》，如此地谨遵原文，这不是说话艺人的做派，倒像是文人模拟话本体制在改写《李娃传》。

第二，《李记》的多数叙述都很像是直接将《李娃传》相应处的文言转换

---

① 路工、谭天编《古本平话小说集》，北京：人民文学出版社，1984年版，第64页。
② 胡士莹《话本小说概论》，第516页。

成白话，而且对应非常准确，可谓若合符契。如叙郑生与李娃欢会的场景，《李娃传》云：

> 俄徙坐西堂，帏幕帘榻，焕然夺目，妆奁衾枕，亦皆侈丽。乃张烛进馔，品味甚盛。彻馔，姥起。生、娃谈话方切，诙谐调笑，无所不至。生曰："前偶过卿门，遇卿适在屏间。厥后心常勤念，虽寝与食，未尝或舍。"娃答曰："我心亦如之。"生曰："今之来，非直求居而已。愿偿平生之志，但未知命也若何？"言未终，姥至，询其故，具以告。姥笑曰："男女之际，大欲存焉。情苟相得，虽父母之命，不能制也。女子固陋，曷足以荐君子之枕席？"生遂下阶，拜而谢之曰："愿以己为厮养。"姥遂目之为郎，饮酣而散。①

《李记》云：

> 少间，延至西堂，帷幕帘榻，光彩夺目，妆奁衾枕，件件精佳，张烛进馔，品味丰美，酒至半酣，鸨妈诈以更衣而去，元和方始得与亚仙各叙邂逅相慕之意。郑生笑对亚仙道："小生此来，非真寄寓，特欲偿宿世情缘耳。"说声未绝，鸨妈又至，问其故，女以实对。鸨妈大笑道："男女之际，大欲存焉，情苟相得，虽父母不能制也。"郑生闻言，遂下阶拜谢道："愿以身为厮养。"老鸨连忙离席扶起，当时就唤公子为郑郎，尽欢而散。②

叙西堂摆设，《李记》将《李娃传》"帏幕帘榻，焕然夺目"改为"帷幕帘榻，光彩夺目"，仅改一字；又将"妆奁衾枕，亦皆侈丽"改为"妆奁衾枕，件件精佳"，意思完全一样。叙鸨母劝导之言（"男女之际，大欲存焉。情苟相得，虽父母之命，不能制也"），《李记》仅比《李娃传》少"之命"二字。叙郑生拜谢鸨母之言，《郑记》将《李娃传》"愿以己为厮养"改为"愿以身为厮养"，仅一字之差。两种文本如此频繁地出现高度相似之处，不能不让人怀疑《李记》不过是在翻译《李娃传》。

第三，《李记》的散场诗"故人一别负佳期，饥火烧肠冻不知。须念往年行乐处，宝鞍三坠曲江池"，③来源于明初文士瞿佑的《李娃念旧》，两者仅

---

①李昉等《太平广记》卷四八四《李娃传》，第 3986 页。
②《李亚仙记》，见胡士莹《话本小说概论》"明人话本钩沈"，第 516 页。
③《李亚仙记》，见胡士莹《话本小说概论》"明人话本钩沈"，第 522 页。

一字之差,即"宝鞍三坠曲江池"中的"坠"在《李娃念旧》中作"堕"。

综合上面的分析,笔者认为《李记》不像是说书的场上之文,倒像是文人的案头之作,不像是宋元的老话本,倒像是明人的拟话本。

(二)《李亚仙记》的化俗为雅

公允地说,就艺术造诣而论,与原作《李娃传》相较,话本《郑记》显得非常朴拙,而拟话本《李记》则显得相当圆熟,甚至可以说《李记》是可与《李娃传》并峙的改编文本。我们可以从借鉴形制、完善情节、补充描写、凸显形象等四个方面进行考察。

首先,我们注意到《李记》在改编《李娃传》时,充分借鉴了话本形制和民间叙事手法。一是借鉴话本常用的"话休絮烦""话分两头""却说"等叙事套语,进行叙事的转折。二是学习话本运用诗词韵语描绘人物和场景之法。如叙郑生与李娃共度良宵之场景,《李记》云:

> 是夜,元和与女枕席之上,绸缪缱绻,自不必言。一个是惯经风雨之夭桃,一个是未谙霜露之嫩柳。恩恩爱爱,似水如鱼。[1]

又如描绘郑生雪夜重逢李娃之场景,《李记》云:

> 元和听得问他,况声音有些熟悉,方才抬头定睛一看,你道那女子是谁?却是:五百年前冤孽,生前七世仇家。资妆仆马为消花,脱壳金蝉计怕。撒得一身无奈,莲花乞丐生涯,今朝相遇莫嗟讶,公子风流豪霸。[2]

三是借鉴包括话本在内的民间叙事文本直接描写人物心理之法,如叙鸨母得知李娃决意赎身后的内心独白。四是借鉴话本"叙事者干预"之法,在故事发展的重要关口,对人物和事件做出色彩鲜明的评论,表明作者的态度和看法。如叙郑生见李娃,鸨母和李娃一唱一和的情节,《李记》评论道:"谁知这是娼家笼络子弟的套头,可怜郑生是初出来嫖的,那晓得他们做作。"[3]又如叙郑生病重被旧邸主人徙于凶肆之中,《李娃传》中"合肆之人共伤叹而互饲之"这样一句话,被《李记》敷衍成一大段带有评论性质的文字:

---

① 《李亚仙记》,见胡士莹《话本小说概论》"明人话本钩沈",第 516~517 页。
② 《李亚仙记》,见胡士莹《话本小说概论》"明人话本钩沈",第 521 页。
③ 《李亚仙记》,见胡士莹《话本小说概论》"明人话本钩沈",第 516 页。

　　且说众人见元和如此光景，也有可怜他的，也有叹息他的，也有笑他的，也有数说他不肖的。有几个慈心的哀怜他，扛他到屋檐下，把些稻草铺在地下，放他在上，又把些破衣棉絮盖暖了，将些稀粥热汤水时常喂他，过往轻薄人与这些孩子们见了，说着笑着道："好也！你看这风流公子大嫖客下场头结局好受用哩！好快活哩！这个所在好不贵着。郑元和费了数千银子才买得那屋檐下安身哩！"这些人时常说他嘲他，若是郑元和有志气的，耳根边听了这般言语，岂不要愧恨而死。怎当他禄命不该终，还有一场大富贵在后边。却全无惭愧之色。①

五是借鉴话本以散场诗收束全文之法，文末赘以散场诗。② 另外，《李记》不仅借鉴了话本形制和民间叙事手法，也吸收了话本、戏曲等民间叙事的部分内容，较显者如李娃"小氏亚仙"、郑生"名平，字元和"的说法就来自于话本和戏曲。

　　其次，《李记》对《李娃传》中某些细节进行了增补完善，使得整个情节前后贯通。比如《李娃传》叙郑父观看二肆竞技时被告知其中的乌巾少年酷似其子，郑父曰："吾子以多财为盗所害，奚至是耶？"③由于前文从未提及郑生入京后有消息反馈给郑父，此处忽然冒出郑父言其子"为盗所害"，就显得非常突兀。《李记》于此作了完善，在郑父遇子前特地补叙了郑生僮仆返家告诉郑生消息的细节，《李记》云：

　　　　话分两头。当初郑元和初到李亚仙家，原有十余个僮仆，因见他挥金如粪，不想家乡，初时也几次苦劝他回去，怎奈元和暖于酒色，反把良言做恶，恼着他公子性发，那顾好歹，拖翻便打，打得他们初一溜一个，十五溜一个。也有逃到别处去的，也有逃回去的，大着胆在郑太守面前扯个谎，诉说公子为因资装太多，在某处遇了强盗，抢劫一空，把我众人杀散，公子不知下落，后来访问，皆言被盗杀死了，小人只得求乞回家报知。④

---

① 《李亚仙记》，见胡士莹《话本小说概论》"明人话本钩沈"，第518页。
② 因为文本前面部分残缺，无法得知其入话情况。不过按照文本现存形制推断，原文可能会有入话。
③ 李昉等《太平广记》卷四八四《李娃传》，第3988页。
④ 《李亚仙记》，见胡士莹《话本小说概论》"明人话本钩沈"，第519页。

这样一来，就使得整个情节榫卯相接、前后呼应、完整自然。

复次，《李记》对《李娃传》中某些细节进行了补充描写，使得整个叙事更加丰盈。比如叙李娃告知鸨母决意赎身后鸨母的反应，《李娃传》仅云："姥度其志不可夺，因许之。"[1]显得非常简单，而《李记》则大幅增加了对鸨母的相关描写，云：

> 那鸨儿被亚仙一席话，说得顿口无言，心里暗道："这丫头说的话也不差，果是我当初用计也太狠，撇他太毒，况他又一向不接客，逼他也没用，他既肯把千金赎身，也只得随他便了。"这是鸨儿自己在肚子里筹蹰，心口相问的话，元不曾说出口。因度亚仙之志已坚，乃叹口气道："罢，丫头总不受人抬举的了，我也只得縱你，只是你自己口出的千金，若今夜与我，今夜就容你留这化子，若明日兑与我，且打发他去，明日再来罢。"[2]

《李记》对鸨母的心理描写，合情合理，叙述鸨母的相关话语，声口毕肖，显示出拟话本叙事的高超水准。

再次，《李记》调整并增补了部分细节，一定程度上洗刷了原文中李娃形象的污渍，形塑出一位善良多情的义妓。上文已经提及，弃逐郑生一节中，《郑记》已将《李娃传》中毒计的提出者由李娃改为了鸨母，一定程度上减轻了李娃的"狠毒性"。同时，《李记》在李娃雪夜救助郑生一节，通过鸨母的叙述，增补了李娃在弃逐郑生后对郑生的思念，《李记》云：

> 老鸨听得哭声，大惊失色，奔至西厢，问道："为甚这般大哭？"口里虽问，他这两只眼睛早已瞧觅元和，明知是他，却不好细问，只因当初用计撇了他，后因亚仙时常思想，啼啼哭哭，几次寻死觅活，不肯接客，鸨妈无可奈何，故此车马寂然，门庭冷落。[3]

此外，《李记》在叙鸨母得知李娃决意赎身的反应时，增补了鸨母的心理活动，其中鸨母"果是我当初用计也太狠，撇他太毒，况他又一向不接客，逼他也没用"的心理独白既说明了弃逐郑生的主谋是鸨母，又呼应了上文提及的李娃因思念郑生而"一向不接客"，烘托出李娃的心本善良和对郑生的一

---

①李昉等《太平广记》卷四八四《李娃传》，第 3990 页。
②《李亚仙记》，见胡士莹《话本小说概论》"明人话本钩沈"，第 521 页。
③《李亚仙记》，见胡士莹《话本小说概论》"明人话本钩沈"，第 521 页。

往情深。

总之，笔者认为《李记》可能是明人改编《李娃传》而成的拟话本，其对话本体制的模仿和对民间叙事（包括话本和戏曲）成果的吸纳，使其既有话本的形制和意味，又摆脱了早期话本的俗气而充溢着文人的雅气。可以说，《李记》是吮吸着市井叙事乳汁而成长起来的化俗为雅的士人叙事文本。

上面我们通过考察说话《一枝花话》—传奇《李娃传》—话本《郑元和记》—拟话本《李亚仙记》的文本演进历程，探讨了士人叙事与市井叙事的回环转化，可以得出如下结论：

一般而言，士人叙事的人物塑形，较之市井叙事的平面化和类型化，更具丰富性和复杂性。李娃故事流变中，弃逐郑生中李娃扮演的角色直接关系到李娃形象，士人文本与市井文本对此的处理颇具典型性。唐传奇《李娃传》中，李娃是弃逐郑生的主谋者和实施者，拟话本《李亚仙记》中，李娃是弃逐郑生的合谋者和参与者。两个文本的人物塑形，都未回避李娃弃逐郑生这一人生污点，从而写出了李娃性格的丰富性、复杂性和发展性。反观市井文本《郑元和记》，弃逐郑生之毒计乃鸨母所为，李娃并未参与，事先也不知情，事后非常怨恨，将李娃塑造成对郑生始终情深义重的单纯、忠贞、喜良的义妓形象，虽然形象鲜明，却失去了士人文本中性格的丰富性、复杂性和发展性，折射出市井叙事中人物塑形的平面化和类型化。

当士人叙事借鉴和改造市井叙事时，他们往往会学习市井叙事的独特手法（如独白式心理描写），模仿市井叙事的文体形制（如模仿话本体制而创作拟话本），也可能会改变市井叙事的文本主旨（如《李娃传》改编《一枝花话》，变"美"为"刺"），同时一般都能增加叙事的审美浓度，提升叙事的艺术品位，最终实现化俗为雅。

当市井叙事借鉴和改造士人叙事时，他们往往也会习得士人叙事的雅好（如诗词韵语的大量运用），仿效士人叙事文体的套路（如传奇的文备众体、叙事委曲、篇幅曼长），但改编者的民间眼光、文化认知、审美品位和鉴赏情趣，往往使得改编会转雅成俗（如《郑元和记》对《李娃传》的改编）。

士人叙事与市井叙事回环转化，精英文人与下层文人、民间艺人互相借鉴，雅者亦学俗者之文体形制、叙事技巧，俗者亦学雅者之文体套路、叙事手法，如此相互促进，推动中国叙事文学在化俗为雅而又转雅成俗的雅俗互动中，既能汲取民间的智慧而葆有活力，又能经由文人的熔冶而推陈出新，最终铸就雅俗共赏的经典。

第九章　共生形态:士人与市井叙事的互动征迹

第一节　《青琐高议》中的世俗化传奇

宋代的世俗化传奇,最集中地收录于刘斧《青琐高议》。该书中的传奇小说,受到说话等世俗文艺的深刻影响,以雅体写俗情,演变成有别于唐代辞章体传奇的世俗化传奇。

一、里巷俗书:《青琐》的成书与流传

刘斧编撰的杂俎型小说集《青琐高议》,是宋代世俗化传奇的渊薮。该书最初成书时分前、后集共18卷,[①]今通行本为重编增补本,分前、后、别集共27卷。现将该书的成书过程及版本源流情况梳理一下,以便为后文的探讨打下基础,主要涉及以下几个问题:

一是关于《青琐高议》原本的成书时间。今通行本《青琐高议》卷首有署名资政殿大学士孙副枢的序,序中有云"刘斧秀才自京来杭谒予。吐论明白,有足称道。复出异事数百篇,予爱其文,求予为序"。[②] 根据李剑国先生的考证,此孙副枢乃孙沔(996～1066),其知杭州,在宋仁宗至和元年至三年(1054～1056),而除资政殿大学士在至和三年(1056),因此刘斧索序应在至和三年。[③] 李先生的考证,可以采信。刘斧至和三年索序时已有"异事数百篇",可见该书内容之丰富。至和年间索序之后,刘斧应该还在

---

① 该书最早著录于《郡斋读书志》小说类,为十八卷,叙云"不题撰人"。后来,《通志·艺文略》《宋史·艺文志》小说类均著录为刘斧撰,亦十八卷。《遂初堂书目》小说类亦著录该书,但无卷数和撰人。曾慥《类说》兼收《青琐高议》和《续青琐高议》,阮阅《诗话总龟》兼引《青琐集》和《青琐后集》,并且今本后集卷一《议医》云"前集尝言之矣",可见原书应分为前后集。

② 孙副枢《青琐高议序》,刘斧《青琐高议》卷首,上海:上海古籍出版社,1983年版,第6页。

③ 李剑国《宋代志怪传奇叙录·青琐高议》,天津:南开大学出版社,1997年版,第182～183页。

不断地增补。宋人高承《事物纪原》卷一〇云"熙宁中刘斧撰《青琐集》",①高承为"元丰中人",②与刘斧大致同时代,所言当有根据。关于《青琐高议》的最后成书时间,李剑国认为该书"除开可疑的几篇,最晚的是后集卷二《司马温公》,司马光元祐元年(1086)卒,赠温国公。由此推断,最后定稿时间大约在哲宗元祐间,时去本书初成时已历三十余年";③薛洪勣认为该书"后集卷二《直笔》条谓范纯仁后为丞相,事在元祐三年(1088),成书当在其后";④李小龙博士根据国家图书馆所藏名为"新增京本青琐高议"的明抄残本,指出李剑国、薛洪勣两位先生判定《青琐高议》成书时间下限的《司马温公》《直笔》等篇目都是书坊重编时新增,不足为据,认为"成书还当以熙宁年间为妥"。⑤ 笔者基本认同李博士的推断。

二是关于《青琐高议》重编增补本的成书过程。李剑国经过缜密考证,指出：

今本二十七卷绝不是在原书十八卷基础上又有所增益,而是重编本,可能是南宋书坊所为……今本和原书差别很大,今本不唯缺佚颇多,而且今本前后集的篇目和原书很不一致……原书并无别集,乃是重编者另立名目,其内容则是杂凑前后集及《掇遗》而成……书贾之流在重编时甚至误采入他书内容。后集卷二《时邦美》记事到大观初,已去至和末《青琐高议》初成时五十多年,即当时刘斧犹未下世,亦已当八十岁左右,似不属本书文字。考《苕溪渔隐丛话》后集卷三六引《东皋杂录》时邦美事与此文字基本相同,可证《时邦美》实剽自《东皋杂录》。今本各篇大都在正题下七字标目,考前集卷六四《骊山记》标作"张俞游骊山记",而此篇作者实是秦醇,因此颇疑七字标目非刘斧原书所有,而系重编者所为。前集卷五《名公诗话》、卷九《诗渊清格》、《诗谳》的标目中均有"本朝"字样,看来重编者是南宋人。⑥

————————

①高承《事物纪原》、《丛书集成初编》本,上海:商务印书馆,1937年版,第1212册,第387页。

②陈振孙《直斋书录解题》,上海:上海古籍出版社,1987年版,第310页。

③李剑国《宋代志怪传奇叙录·青琐高议》,第183页

④刘世德主编《中国古代小说百科全书》"青琐高议"条(薛洪勣撰),北京:中国大百科全书出版社,2006年第3版,第401页。

⑤李小龙《〈青琐高议〉版本源流考》,《文献》2008年第1期。

⑥李剑国《宋代志怪传奇叙录·青琐高议》,第181~182页。

李先生认为重编增补本乃是南宋书坊杂凑《青琐高议》《青琐摭遗》,打乱原有篇目次序,并旁采他书内容,重编为前、后、别集而成。李先生同时指出正题下的七字标目也是重编者所为,此重编者是南宋人。李先生的推论可信,在此还可提供一条材料作为补证。国家图书馆藏明抄本《新增京本青琐高议》在正文第一页第二行有这样一段说明性文字:

> 本家昨刊此书已盛行于世,惟恐旧本文理讹舛,览者详焉。今得名公重加校正,并无一字差误,增广诗词□□□百余事,作前后别集,锓木以刊行传续□□□,伏幸详鉴。①

这个明抄本是今天所能见到的《青琐高议》最早传本。从"今得名公重加校正,并无一字差误,增广诗词□□□百余事,作前后别集"可知,该本是在"文理讹舛"的"旧本"基础上增补重编而成。李小龙博士依据这段话,认为"从现有资料来看,其重编应在明代,而且,当有一定增益",②但未给出令人信服的论证。笔者倾向于认同李剑国先生的观点,即重编增补本乃南宋书坊所为。

《青琐高议》今通行本源于明正德年间抄本。该抄本曾由清代学者惠栋收藏,后藏书家黄丕烈以此为底本,并旁参其它明清抄本,整理成一个比较完善的写本即士礼居写本。民国年间董氏诵芬室又以士礼居写本为底本,并根据其它明清抄本进行校补,刊行于世。1958 年,上海古典文学出版社点校本又以诵芬室刻本为底本,整理而成。1983 年,上海古籍出版社在 1958 年点校本基础上再版,"纠正了一些断句、标点的错误和明显的错字,改用了新式分段,并增补了程毅中同志所辑《青琐高议》佚文三十六则作为补遗",③成为今天的通行本。

二、七言标目:《青琐》与市井说话

今本《青琐高议》前集 50 篇,后集 70 篇,别集 22 篇,合计 142 篇。每篇都有正题和副题,其中正题多以"传""记"为名,或以故事主角为名,字数大多为三四字。副题则基本上为七字句,142 篇中仅有前集卷一《议医》副

---

① 国家图书馆藏明抄本《新增京本青琐高议》卷首。
② 李小龙《〈青琐高议〉版本源流考》,《文献》2008 年第 1 期。
③ 刘斧《青琐高议》出版说明,第 4～5 页。

题为"论医道之难精"，《议画》副题为"论画山石竹木花卉"，别集卷七《白龙翁》副题为"郑内翰化为龙"，或为六字句，或为八字句，其余139篇的副题均为七字句。

这些副题的大多数（约占八成）都能概括出故事的主要内容，如前集卷二《慈云记》叙慈云长老袁道因病误考而落拓之际，被僧人用巨瓮幻化之事点化，该篇副题云"梦入巨瓮因悟道"，点出了故事的关键情节。又如前集卷五《流红记》叙儒士于祐与宫人韩氏借红叶题诗而终成眷属之事，该篇副题云"红叶题诗娶韩氏"，点出了故事的核心内容。再如前集卷七《孙氏记》叙周默为邻人之妻孙氏治病、睹其艳丽而起"贼心"，后来终于结为伉俪之事，该篇副题云"周生切脉娶孙氏"，也点出了故事的梗概。再如前集卷一〇《王幼玉记》叙书生柳富与青楼女子王幼玉的爱情悲剧，该篇副题云"幼玉思柳富而死"，也是一语中的。

当然，这些副题中也有一部分（约占两成）未能准确概括故事内容，甚至为标题而标题，使得某些副题或者题不对文，或者形同蛇足。如前集卷六《骊山记》叙张俞与友人游骊山、访田翁，询知唐明皇、杨贵妃与安禄山之事，该篇副题云"张俞游骊山作记"就不确，因为该篇自始至终未提张俞作记之事，本篇实为秦醇所作。又如前集卷六《马嵬行》副题云"刘禹锡作马嵬行"，后集卷七《温琬》副题云"陈留清虚子作传"，只是交待作者情况，未能概括出篇章内容。再如前集卷五《名公诗话》副题云"本朝诸名公诗话"，该副题不仅形同累赘，而且颇似画蛇添足反而有误，因为该篇中不仅有宋代名公诗话，也论及唐僖宗时于化茂诗歌《燕离巢》故事，该篇所述诗话跨越唐宋两朝，副题中加"本朝"字样显然有误。另外值得注意的是，重编者甚至为个别篇章中的诗文拟七言标题，这就显得多余。如前集卷三《琼奴记》叙王郎中之女王琼奴的悲惨境遇，副题云"宦女王琼奴事迹"，也还大致概括了故事内容。文末附录琼奴题壁文字，居然有一正一副两个标题，分别为"琼奴题""记琼奴题淮山驿"，其中的副题完全是多余。《青琐高议》这些题不对文、形同蛇足的副题，虽然只占总数的两成左右，但基本可以说明副题并非原作者所有、亦非刘斧所为，而是重编者所为，才会导致这种驴唇不对马嘴的现象发生。

《青琐高议》的七言标目形式，被不少学者认为是"拟话本""仿话本"的典型标志。清俞樾《九九销夏录》卷一二云："宋刘斧所著《青琐高议》，每条各有七言标目。如《张乖崖明断分财》《回处士磨镜题诗》之类，颇与平话体例相近。"①鲁迅《中国小说史略》云："说话既盛行，则当时若干著作，自亦蒙话本之影响。北宋时，刘斧秀才杂辑古今稗说为《青琐高议》及《青琐摭遗》，文辞虽拙俗，然尚非话本，而文题之下，已各系以七言。"又说："甚类元人剧本结末之'题目'与'正名'，因疑汴京说话标题，体裁或亦如是，习俗浸润，乃及文章。"②赵景深《〈青琐高议〉的重要》云："单就各篇题目来说，如卷五的《流红记》——《红叶题诗娶韩氏》，上题还是传奇体，下题便是章回体了。类此者极多。大约此书可说是从传奇体到章回体小说的桥梁吧。"③胡士莹《话本小说概论》也认为《青琐》的标题形式，"全仿效话本，在正题之下，别用七字句作副标题，全似后来话本小说的形式"。④关于《青琐高议》的七言标目，俞樾认为"颇与平话体例相似"，鲁迅怀疑为"汴京说话标题"影响下的产物，赵景深认为是"章回体"形式，胡士莹指出"全仿效话本"，都认为该书七言标目是受说话标题的影响。

那么宋代说话名目是否为七言标目形式呢？《醉翁谈录》之"小说开辟"记载了《杨元子》等一百余个说话名目，基本都是三字句、四字句，没有一个七字句。现存宋人小说话本 35 种，旧名几乎都不是七字句。现存元刊本残页《红白蜘蛛》，经学界论证为现存刊刻时间最古的宋代小说话本，其名亦非七字句。保存在《清平山堂话本》中的宋话本有《西湖三塔记》《合同文字记》《风月瑞仙亭》《蓝桥记》《洛阳三怪记》《陈巡检梅岭失妻记》《五戒禅师私红莲记》《刎颈鸳鸯会》《杨温拦路虎传》《花灯轿莲女成佛记》《董永遇仙传》等，这些题目都是旧名，都不是七字句。保存在"三言"中的宋人小说话本，题目往往已被后世文人修饰为七字句或八字句，但往往也会注明旧名，如《崔待诏生死冤家》旧名《碾玉观音》，《一窟鬼癞道人除怪》旧名《西山一窟鬼》，《十五贯戏言成巧祸》旧名《错斩崔宁》，《崔衙内白鹞招妖》旧名《定山三怪》《新罗白鹞》，《计押番金鳗产祸》旧名《金鳗记》，《万秀娘仇报山亭儿》旧名《十条龙》《陶铁僧》等，旧名保存了宋人旧题，都不是七字句，而是以三字句、四字句为主。不仅现存宋人小说话本不是七言标目，现

①俞樾《九九销夏录》卷一二，北京：中华书局，1995 年版，第 141 页。
②鲁迅《中国小说史略》，上海：上海古籍出版社，1998 年版，第 79 页。
③赵景深《〈青琐高议〉的重要》，见《中国小说丛考》，济南：齐鲁书社，1980 年版，第 93 页。
④胡士莹《话本小说概论》，北京：中华书局，1980 年版，第 148 页。

存宋人讲史话本《梁公九谏》《五代史平话》《宣和遗事》和说经话本《大唐三藏取经诗话》也不是七言标目，可见宋代说话名目并不采用七言标目的形式。用七言形式为话本标目可能是元明时期才逐渐形成的。

　　通过上述分析可见，《青琐高议》七言标目并不是受当时说话标题的影响，那么重编者这样做的目的是什么呢？凌郁之认为："此七言标题也不是无端加上去的，它可能是一种时尚，但这种时尚可能本不属于口语之说话，而更可能出于追求书面语言之美感。"[①]王庆华、杜慧敏认为："宋代文言小说七言标目形式的发生并非源于'说话'伎艺或话本的影响，而是部分文言小说集通俗化的产物，是文言小说自身发展演变的结果。"又指出："从文体性质上说，《青琐高议》属于文言小说集中的通俗之作。而对文体通俗性的追求必然会渗透于内容和形式等不同的层面，提示作品内容的小字标题显然是为了读者的阅读便利，属于标题形式的通俗化。"[②]他们都否认七言标目形式的发生与说话有关联，前者认为真正原因是"追求书面语言之美感"，后者认为是"为了读者的阅读便利""属于标题形式的通俗化"。笔者认为他们的观点有一定道理，但都有修正的必要。

　　《青琐高议》七言标目与当时说话标题没有直接关联，但不等于七言标目与说话也没有关联。笔者推测，《青琐高议》七言标目的大部分都点出了故事的主要内容，当然是"为了读者的阅读便利"，但可能读者除了一般读者，还有书会才人和说话艺人，今本《青琐高议》可能是南宋书坊改造刘斧原书所为，其特意标以七字句提示主要内容，可能是为书会才人和说话艺人提供参考资料，当然同时也为普通读者提供阅读便利，而前者才是其主要动因。

三、祆诡嫚佚：审美趣味的世俗化

　　《青琐高议》是一部具有浓厚世俗色彩的杂俎型小说集。《郡斋读书志》叙录该书，云"载皇朝杂事及名士所撰记传，然其所书，辞意颇鄙浅"。[③]《四库全书总目》将该书作为小说家类"异闻之属"存目，提要云：

---

① 凌郁之《走向世俗——宋代文言小说的变迁》，第 269 页。
② 王庆华、杜慧敏《〈青琐高议〉〈绿窗新话〉等标题形式并非"仿话本"——略论宋代文言小说七言标目形式的发生》，《兰州学刊》2010 年第 7 期。
③ 晁公武撰、孙猛校证《郡斋读书志校证》卷一三，上海：上海古籍出版社，1990 年版，第 597 页。

前有孙副枢序,不称名而举其官,他书亦无此例,其为里巷俗书可
知也。所纪皆宋时怪异事迹及诸杂传记,多乖雅驯。每条下各为七字
标目,如"张乖崖明断分财"、"回处士磨镜题诗"之类,尤近于传奇。间
有称"议曰"者,寥寥数言,亦多陈腐。《读书志》称其"词意鄙浅",良非
轻诋。①

《四库提要》认为该书为"里巷俗书",指出其序言"不称名而举其官"不合常
例,所纪又"多乖雅驯",七字标目"尤近于传奇","间有称'议曰'者""亦多
陈腐"。从书前序言、所纪内容、七字标目、文末议论四个方面揭示该书的
浅俗。因为视该书为浅俗之书,所以《四库全书》只将该书存目。《四库全
书》的定调代表了正统文人学士的观点。《青琐高议》在文人雅士心目中,
只是一部俗书。

《青琐高议》的"俗",最重要的是体现在篇章内容上。《青琐高议》作为
杂俎型小说集,所收 142 篇小说中,杂事小说和志怪小说 89 篇,大致可以
算作传奇的有 53 篇,其中唐人传奇 2 篇,②宋人传奇 51 篇。③ 传奇作为文
备众体、篇幅曼长、叙事委曲、注重文采的小说文体,本来是小说中最"雅"
之体,但《青琐高议》中的传奇作品已出现"雅"体染"俗"情的世俗化倾向。
这种倾向与唐人所编的传奇集进行对照,可以看得更加清晰。唐人所编传
奇集中,晚唐文士陈翰《异闻集》最为典型。该书鉴识精到,搜罗唐人传奇
多为精品,被学界誉为"不仅是对唐传奇进行总结的著作,也成为唐代传奇
小说创作兴盛期结束的标志",④可谓唐人选唐稗的压卷之作。该书原为
10 卷,篇目总数不详,现存佚文 40 篇,均为传奇体。⑤ 我们可将《异闻集》
的 40 篇唐传奇与《青琐高议》的 51 篇宋传奇进行分类比较。传奇可按题
材内容分为奇事之篇(不同寻常但又不越常理之奇事)、异事之篇(表现神
异、超越现实之异事)、艳事之篇(人世间或者人仙人鬼之艳事)。两书所收

---

① 《四库全书总目》卷一四四,北京:中华书局整理本,1997 年版,第 1908 页。
② 《青琐高议》前集卷二《广谪仙怨词》,出自唐人康骈《剧谈录》,《青琐高议》后集卷五《隋炀帝海山
　记》,亦为唐人所作。两篇均为唐人传奇。
③ 以李剑国辑校《宋代传奇集》选入《青琐高议》今传本中的篇目为准。
④ 李剑国、陈洪《中国小说通史·唐宋元卷》,北京:高等教育出版社,2007 年版,第 610 页。
⑤ 详参李剑国《唐五代志怪传奇叙录·异闻集》和《中国小说通史·唐宋元卷》第四章第九节"唐传
　奇的总结:《异闻集》",两者对《异闻集》现存佚文的认定略有差异,本文依据后者。

传奇分类如下①:

分类＼传奇集	《异闻集》所收唐传奇40篇	《青琐高议》所收宋传奇51篇
奇事之篇（现实题材和历史题材）	2篇:陈鸿祖《东城老父传》、柳珵《上清传》	14篇:杜默《用城记》、刘斧《高言》、刘斧《王寂传》、佚名《慈云记》、佚名《琼奴记》、佚名《王实传》、佚名《任愿》、佚名《卜起传》、佚名《养素先生》、佚名《僧卜记》、佚名《异梦记》、秦醇《骊山记》、清虚子《温琬》、蔡子醇《甘棠遗事后序》
异事之篇（怪异题材）	18篇:陆藏用《神告录》、佚名《神异记》、张说《镜龙记》、王度《古镜记》、薛用弱《韦仙翁》、沈既济《枕中记》、戴孚《仆仆先生》、李公佐《南柯太守传》、李公佐《谢小娥传》、李公佐《古岳渎经》、佚名《冥音录》、温畬、李吉甫《梁大同古铭记》、佚名《白皎》、佚名《王生》、佚名《贾笼》、佚名《秀师言记》、佚名《樱桃青衣》、裴铏《虬须客传》	20篇:庞觉《希夷先生传》、钱易《桑维翰》、佚名《书仙传》、刘斧《异鱼记》、刘斧《程说》、刘斧《群玉峰仙籍》、刘斧《仁鹿记》、佚名《葬骨记》、佚名《彭郎中记》、佚名《紫府真人记》、佚名《吕先生续记》、佚名《韩湘子》、佚名《大姆记》、佚名《刘辉》、佚名《张宿》、佚名《梦龙传》、佚名《袁元》、佚名《蒋道传》、佚名《大眼师》、刘斧《楚王门客》
艳事之篇（情爱婚恋题材）	20篇:《稠桑老人》（亦名《李行修》）、李公佐《庐江冯媪传》、沈既济《任氏传》、许尧佐《柳氏传》、白行简《汧国夫人传》（亦名《李娃传》）、李朝威《洞庭灵姻传》（亦名《柳毅传》）、蒋防《霍小玉传》、佚名《华岳灵姻传》、沈亚之《感异记》、沈亚之《湘中怨解》、沈亚之《秦梦记》、沈亚之《异梦录》、陈玄祐《离魂记》、元稹《传奇》（亦名《莺莺传》）、佚名《司马相如传》、郑权《三女星精》、李景亮《李章武传》、韦瓘《周秦行记》、佚名《后土夫人传》、佚名《独孤穆》	17篇:张实《流红记》、秦醇《温泉记》、秦醇《赵飞燕别传》、秦醇《谭意歌》、丘濬《孙氏记》、柳师尹《王幼玉记》、钱易《越娘记》、钱易《王榭》、刘斧《陈叔文》、刘斧《朱蛇记》、佚名《远烟记》、佚名《长桥怨》、佚名《小莲记》、佚名《龚球记》、佚名《范敏》、佚名《西池春游记》、佚名《张浩》

　　仔细对读《异闻集》的唐传奇与《青琐高议》的宋传奇,可以发现两者的血脉联系,能够觉察到传奇文体的薪火相传。关于传奇的文体特征,赵彦

①篇目作者情况,依据李剑国《唐五代志怪传奇叙录》和《宋代志怪传奇叙录》。

卫《云麓漫钞》所云"文备众体,可以见史才、诗笔、议论"①堪称经典。另外,鲁迅先生《中国小说史略》亦有精彩论断:

> 传奇者流,源盖出于志怪,然施之藻绘,扩其波澜,故所成就乃特异,其间虽亦或托讽喻以纾牢愁,谈祸福以寓惩劝,而大归则究在文采与意想,与昔之传鬼神明因果而外无他意者,甚异其趣矣。②

鲁迅先生所云"文采"与"意想"点出了传奇文体的重要特征,其中"文采"约略相当于赵彦卫所云"诗笔",而"意想"则着重点出了传奇着意好奇、驰骋想象之特质。综合赵彦卫与鲁迅的论断,可见传奇的特征在于"文备众体""史才""诗笔"("文采")、"议论""意想"等方面。

实际上,这些特征在《异闻集》和《青琐高议》的传奇中是一脉相承的。"文备众体"方面,《异闻集》多数篇章都有诗歌,有些篇章还歌传结合,《青琐高议》中的传奇不少篇章亦有诗歌,个别篇章亦是歌传结合。"史才"方面,《异闻集》的唐传奇与《青琐高议》的宋传奇基本都是效法史传叙事,这从两者篇章中多以"传""记"命名可知。《异闻集》中以"传"命名者16篇,以"记"命名者10篇,共26篇,占总数的65%;《青琐高议》传奇中以"传"命名者8篇,以"记"命名者24篇,共32篇,占总数的63%。"诗笔"("文采")方面,《异闻集》与《青琐高议》中的传奇佳作同样都是诗意盎然、文采馥郁。"议论"方面,《异闻集》传奇篇章中,沈既济《任氏传》、许尧佐《柳氏传》、白行简《李娃传》、李朝威《柳毅传》、沈亚之《秦梦记》、李公佐《南柯太守传》和《谢小娥传》共7篇有篇末议论,约占总篇数的18%;《青琐高议》传奇篇章中,张实《流红记》、丘濬《孙氏记》、柳师尹《王幼玉记》、钱易《桑维翰》和《越娘记》、清虚子《温琬》、蔡子醇《甘棠遗事后序》、刘斧《高言》《程说》《陈叔文》《群玉峰仙籍》《朱蛇记》《楚王门客》、佚名《慈云记》、佚名《龚球记》、佚名《西池春游记》共16篇有篇末议论,约占总篇数的31%。后者的比例更高,透露出宋人更浓的议论风气。"意想"方面,《异闻集》与《青琐高议》中的传奇佳作都是幻设为文的典范。总之,《青琐高议》中的宋传奇与《异闻集》中的唐传奇一样,具有大致相同的文体特征。

《青琐高议》中的宋传奇与《异闻集》中的唐传奇相较,既具有大致相同

---

① 赵彦卫《云麓漫钞》卷八,北京:中华书局,1996年版,第135页。
② 鲁迅《中国小说史略》,第44～45页。

的文体特征,又具有世俗化的时代特色。这种世俗化既体现在故事人物和
题材的世俗化,也体现在语言表达的世俗化,更体现在审美趣味和价值观
的世俗化,还体现在艺术手法的世俗化。其中前两个方面,学界论述较多
较透,①此处不赘,笔者重点探讨后两个方面。

　　唐传奇大多是唐代中上层文人的创造,浸透着雅文化的风习,追求诗
意的浪漫和哲理的深邃;宋传奇则大多是宋代中下层文人的手笔,吮吸着
俗文化的乳汁,追逐俗世的趣味和平庸的热闹。整体而言,两者的审美
趣味确有雅俗之别。体现在情爱婚恋题材,唐传奇常以悲剧催人泪下,
给人深刻的痛苦。宋传奇一方面延续唐传奇仍有不少的悲剧,另一方面
喜剧的比例不断上升,同时还出现了谐谑的闹剧,呈现出较强的世俗化
倾向。

　　《异闻集》中的《莺莺传》与《青琐高议》中的《张浩》,情节相似,可以对
读。《莺莺传》叙贞元中张生游于蒲州,寓于普救寺,遇异派从母崔氏孀妇
郑氏一家。当时乱军惊扰,幸而张生与蒲将之党有善,崔家赖以得安。郑
氏感激张生拯救之恩,请女儿崔莺莺出来拜谢。张生见莺莺绝色,大为动
心,托其婢女红娘致《春词》二首寄情。是夕,红娘持莺莺诗笺《明月三五
夜》回赠,暗示月圆之夜西厢幽会之意。至期,张生逾墙至西厢,被莺莺数
落,失意而返。数夕,莺莺忽至张生处,自荐枕席,拂晓即去。是后又十余
日,杳不复知。张生赋《会真诗》三十韵赠莺莺,莺莺复来欢会。不久,张生
将之长安,莺莺宛无难词,而愁怨之容动人。张生数月而返,与莺莺欢会累
月,莺莺常有愁容。后张生以文调及期,又当西去,临别莺莺已知自己终被
抛弃之命,为张生鼓琴,申其绝决之意。明年,张生文战不胜,栖于京城,贻
书莺莺,以广其意。莺莺回书赠物,叙思念之情而申绝决之意。后岁余,莺
莺已适人,张生亦娶妻。张生适经莺莺所居,以外兄求见,莺莺终不为出,
赋诗二章以谢绝之。②

　　《张浩》叙西洛人张浩,家财巨万,弱冠未婚。春日见东邻少女李氏来
园中游玩,与之交谈,两情相悦,遂赋牡丹诗为信,私订终身。后李氏托尼
传递消息于张浩,告知自己父母不允此桩婚事,但自己会信守誓约。次年

---

①详参冯勤《宋人小说〈青琐高议〉研究》第二章,成都:四川大学出版社,2008 年版,第 33~84 页。
②李时人《全唐五代小说》卷二四,西安:陕西人民出版社,1998 年版,第 655~663 页。

春,李氏趁父母外出之际,托尼约会张浩于前苑轩中相会,并以身相许。不久,李氏随做官的父亲上任而离开西洛,临行前告知张浩,等父亲任满归家即与张成婚。李去二载,杳无音讯。张浩之叔为浩约婚大族孙氏,浩不敢拒。纳采问名之际,李氏随父亲返回西洛,得知张浩约婚孙氏后,李氏告知父母自己先已许归张浩,并以死要求父母同意此桩婚事。父母应允。李氏自己亲赴官府陈情,府尹召来张浩问明原委,遂判浩娶李氏。李氏与张浩终成眷属,夫妻偕老,二子皆登科。①

　　两篇传奇都是叙痴男情女私定终身、暗度陈仓之事,然前篇中劳燕分飞,酿为悲剧,后篇中喜结连理,成为喜剧。这种悲喜剧的结局,与故事中女主角的形象塑造息息相关。《莺莺传》中的莺莺虽为寒门孤女,但从其修养气度推测,亦应出身于官宦家庭或书香门第。关于莺莺性格的丰富内涵,李剑国先生有精到分析:

　　　　莺莺乃一矛盾性格,青春之觉醒使其突破礼法,然又时时以礼自持,"乱"而不纵,知"乱"而抑,被弃而隐忍,隐忍而怀情不忘。"乱"、礼交战之际,见其矜持、忍毅、凝重、忧郁、深沉之性,盖崔本宦家闺秀,宜乎如此,而惟此尤见礼法桎梏人性之本质。积叙莺莺,于其心理颇尽委曲。初见不语,直是一冷面美人;答诗约会,情窦开矣;至而又去,严词数张,临"乱"而怯矣;不请而至,情难禁矣,而终夕无言,犹以礼自持;一会而不来,其心悔矣;得诗遂朝出暮入,情终胜礼,至于极矣;张去知良缘难结,遂止于所止,情自抑矣;然犹鼓琴作书赠物,以情绝情矣。一副笔墨,写尽心曲,个性昭然,唐稗中绝无其偶。②

莺莺的矜持、忍毅、凝重、忧郁、深沉之性,典型地体现出宦家闺秀对于"始乱终弃"命运的无可奈何。莺莺的无可奈何,正是官宦女子无法主宰自己命运的典型体现。

　　与莺莺的无可奈何形成鲜明对照,《张浩》中的李氏虽然也是官宦女子,但主动抗争、积极有为、终获幸福。李氏在与张浩的爱情马拉松中,始终居于主动地位。李氏对邻人张浩颇为倾慕,于是主动觅得机会与张生邂逅,并大胆表白心迹,曰:"某之此来,诚欲见君,今日幸遇,愿无及乱即幸

_____

①刘斧《青琐高议》别集卷四,第224～226页。
②李剑国《唐五代志怪传奇叙录》,天津:南开大学出版社,1993年版,第320页。

也。异日倘执箕帚,预祭祀之末,乃某之志。"在得到张生的积极回应后,李氏立即提出"愿得一物为信,即某之志有所定,亦用以取信于父母",与张生定下终身。后来李氏又趁父母外出之际,主动约会张浩并以身相许。之后当张生叔父为张生约婚孙氏时,李氏又非常大胆地自赴官府陈诉,赢得了府尹的同情,成功挽回自己的爱情。李氏虽为官宦女子,但其大胆泼辣、无所顾忌的性格已与市井女子毫无二致,李氏可谓披着官宦女子外衣的市井女子。

《莺莺传》中莺莺与《张浩》中李氏虽同为宦家闺秀,但两人性格迥异,前者矜持贤淑,尽显闺秀本色,后者大胆泼辣,颇富市井油彩。同样的宦家闺秀,在唐传奇中本色完足,到了宋传奇却仿佛市井女子。可见宋传奇深受俗文化的影响,即使描绘宦家闺秀,也往往会画虎类犬,不经意间将市井人物的做派安放于闺秀身上。

莺莺的闺秀本色与李氏的市井油彩,各自呈现出雅文化与俗文化当中的女子形象,分别散发出雅与俗的审美趣味。实际上,两篇传奇中女主角的雅俗之分以及带来的性格差异,也导致了故事结局的大相径庭。《莺莺传》以悲剧终结,令人叹惋不已,留下深长的韵味,呈现出精英文学的典雅深邃;《张浩》以喜剧收官,将生死以之的爱情故事变成热热闹闹的婚姻官司,平添喜剧色彩,令人开怀解颐,呈现出市井文化熏染下宋传奇的世俗特色。

《莺莺传》与《张浩》在审美趣味上的分野,一定程度上折射出唐宋情爱婚恋传奇的不同审美取向。《异闻集》中情爱婚恋传奇有 20 篇,其中以感伤别离为主基调的有 14 篇,即《庐江冯媪传》《任氏传》《霍小玉传》《华岳灵姻传》《感异记》《湘中怨解》《秦梦记》《异梦录》《莺莺传》《三女星精》《李章武传》《周秦行记》《后土夫人传》《独孤穆》;以喜庆团圆为主基调的有 6 篇,即《柳氏传》《李娃传》《柳毅传》《离魂记》《司马相如传》《李行修》。两者的占比分别为 70%、30%。《青琐高议》中情爱婚恋传奇有 17 篇,其中以感伤别离为主基调的有 11 篇,即《温泉记》《赵飞燕别传》《王幼玉记》《越娘记》《王榭》《陈叔文》《朱蛇记》《远烟记》《小莲记》《龚球记》《西池春游记》;以喜庆团圆或者谐谑热闹为主基调的有 6 篇,即《流红记》《谭意歌》《孙氏记》《长桥怨》《范敏》《张浩》。两者的占比分别为 65%、35%。表面上看,唐宋情爱婚恋传奇中悲、喜剧的占比大致相似(其中宋代情爱婚恋传奇中喜剧比例略有上升），实质上悲、喜剧的版图已经发生了变化。一方面，宋代情爱婚恋传奇中悲剧的深刻性和感染力远逊于唐传奇，悲剧性在大幅减弱；另一方面，宋代情爱婚恋传奇中喜剧的热闹性和谐谑性大胜于唐传奇，喜剧性在快速提升。此消彼长，宋代情爱婚恋传奇的审美趣味正在朝着浅俗欢愉的世俗化方向滑行。

值得注意的是，《青琐高议》所收宋传奇中不少篇章充斥着赤裸裸的情色追求，更透露出浓郁的市井趣味。如《温泉记》叙张俞被冥吏召去，往见杨贵妃，并与贵妃对浴、对饮、对榻而寝之事。叙及对榻而寝之情节，云：

> 仙乃命撤去杯皿，与俞对榻寝。俞情思荡摇，不能禁。俞曰："召之来，不与之合，此系乎俞命之寡眇也。他物弗望，愿得共榻，以接佳话，虽死为幸。"仙笑曰："吾有爱子心，子有私吾意，宿契未合，终不可得。"俞乃欲升仙榻，足不可引，若有万觔系之……他日，俞题诗于温汤驿曰……又戏为诗曰："昨夜过温汤，梦与杨妃浴。敢将豫让炭，却对卞和玉。同欢一宵间，平生万事足。想得唐明皇，畅哉畅哉福！"①

张俞"愿得共榻""虽死为幸"的表白，"欲升仙榻，足不可引"的无奈，以及"同欢一宵间，平生万事足"的艳羡，都是市井味十足的情色欲念。又如《孙氏记》叙周默追求邻居张老翁之少妻孙氏，与其书曰："世之乐事，男女配合；人之常情，少年雅致。今慕子之美色妙年，甘心于一老翁，自以为得意，吾为子羞之。"②直白地表达出"世之乐事，男女配合"的情色追求。

又如《越娘记》叙杨舜俞惑乱于女鬼之色的故事，杨明知越娘为鬼与之欢合有损健康仍然不舍，遭到了"图淫欲"的讥讽，折射出故事男主角锲而不舍的情色追求。再如《西池春游》叙侯生与狐精幻化而成的丽人交往之事，当时有老叟提醒侯生，狐精"虽不能贼子之命，亦有后患耳"，生辩护曰："彼狐也，以情而爱人，安能为害？"同时，"生日夜思慕其颜色，欲再见之，有如饥渴"。后来侯生遇见前来为丽人送信的青衣，又诱迫强暴之。再后来当丽人自曝狐之身世，并愧谢侯生时，生曰："大丈夫生当眠烟卧月，占柳怜花，眼前长有奇花，手内且将醇酎，则吾无忧矣。"并"与姬昼燕夜寐，凡十

---

① 刘斧《青琐高议》前集卷六《温泉记》，第66页。
② 刘斧《青琐高议》前集卷七《孙氏记》，第71页。

日"。① 从侯生无所顾忌的表白和诱迫强暴青衣的举动，可见其"色令智昏"的情色欲望。张俞、周默、杨舜俞、侯生的情色追求，直白而急迫，与唐传奇同类作品的含蓄婉约迥然不同，体现出鲜明的世俗趣味。

同时，《青琐高议》所收宋传奇中有些篇章还充斥着赤裸裸的情色描写，也尽显市井情趣。如《骊山记》叙张俞与友人游历骊山，访问田翁，田翁为其讲述唐明皇、杨贵妃与安禄山之间的故事，其中叙及唐明皇与安禄山以贵妃之乳为题，君臣对句，真是俗情俗趣、跃然纸上。②

元代杨维祯《山居新语叙》云："若《幽冥》、《青琐》，袄诡媂佚，君子不道之已。"又批评"袄诡媂佚"之作"败世教"。③ 其中的"媂佚""败世教"之讥，可能正是指《青琐高议》部分篇章的情色倾向，而"君子不道之已"的态度，也表明《青琐高议》乃是精英文人不愿提及的"里巷俗书"。于此可见《青琐高议》在精英文人眼中的世俗色彩与俗书形象。

四、多乖雅驯：价值观念的世俗化

《青琐高议》中的宋传奇与《异闻集》中的唐传奇相较，不仅在审美趣味上呈现出世俗化的趋向，在价值观上也呈现出世俗化的苗头。这种苗头在情爱婚恋题材的作品中表现得最为典型。

《青琐高议》中的《西池春游》与《异闻集》中的《任氏传》，都写人狐之恋，可以对读。④《任氏传》叙天宝年间，郑生于长安陌中遇白衣丽人，两情相悦，夜宿其宅。郑生次日拂晓返归，询问邻宅之人，被告知其夜宿之宅乃隙墉弃地，中有一狐，多诱男子偶宿。十余日后，郑生于市中再遇丽人，向其表达勤想思慕之情，并表示不嫌其为狐，丽人感动，"愿终己以奉巾栉"。于是两人租房同居，并得到了郑生好友韦崟的器物资助。一日，韦崟去探望郑生，恰巧郑生外出，韦崟惑于任氏美色，欲非礼之，任氏力拒，责之以义，韦崟释而谢罪。后来，任氏以计先后致二女以报答韦崟的恩情。后岁余，郑生将赴京城之西的金城县，邀任氏同行，任氏以"有巫者言某是岁

①刘斧《青琐高议》别集卷一《西池春游》，第203～211页。
②刘斧《青琐高议》前集卷六《骊山记》，第57～63页。
③陆心源《皕宋楼藏书志》卷六四引杨维祯《山居新语叙》，《续修四库全书》本，第929册，第37页。
④《西池春游》中有一首独孤姬写给侯生的诗，云："暧违经月音书断，君问田翁尽得因。沽酒暗思前古事，郑生的是赋情人。"其中"郑生的是赋情人"即指《任氏传》中的男主角之事。可见两篇传奇本身就有联系，《西池春游》可能是宋人在参照《任氏传》基础上创作而成的。

不利西行"辞之，郑生再三恳请，任氏遂与之同行。途中遭遇猎犬，任氏敛然坠于地，复本形而南驰，然而难逃厄运，死于猎犬爪牙之下。郑生悲痛，赎以瘗之。文末有作者的议论，云："嗟乎，异物之情也有人道焉！遇暴不失节，徇人以至死，虽今妇人，有不如者矣。惜郑生非精人，徒悦其色而不征其情性。向使渊识之士，必能揉变化之理，察神人之际，著文章之美，传要妙之情，不止于赏玩风态而已。惜哉！"①

《西池春游》叙潭州人侯生寄寓汴京时游西池，两次邂逅丽人独孤姬，意乱神迷。后独孤姬让小青衣邀侯生至都城外一园中约会，两人共寝。次日，侯生返归。后逾月无音讯，生乃复至约会之地，遇一老叟，被告知此有隋将独孤将军之墓，下有群狐所聚，生之所遇应为狐精。生不为所动，思慕不已。独孤姬遣青衣再次约会侯生，并让侯生择一深院以供两人栖居。所有费用，全赖独孤姬。姬随生之官，治家严肃，不喜糅杂，遇奴婢亦有礼法，接亲族俱有恩爱。后来侯生至南阳舅家探亲，舅家做主为侯生娶大族郝氏。侯生默遣人持书谢姬，姬扬言要报复侯生。姬乃出计策让侯生与其妻郝氏来回奔波，家资荡尽。后一年，郝氏死，侯生亦失官。一日侯生偶遇独孤姬，姬告知自己已委身从人，并赠钱五缗于生。②

两篇传奇中的狐女都重情重义且有非凡能耐，但两人的情爱观还是颇有差异。任氏"遇暴不失节，徇人以至死"，颇有贞妇烈女之风，可谓唐代文人士大夫心目中的巾帼楷模，背后折射出的正是精英文人对女性的角色预设和价值观期待。独孤姬的形象则更有市井妇人快意恩仇、随遇而安的世俗气息。当侯生欲至南阳舅家探亲而离家之际，独孤姬告生曰："子慎无见新而忘故，重利而遗义。"后来独孤姬得知侯生弃旧娶新时，为书与生云："士之去就，不可忘义；人之反覆，无甚于君。恩虽可负，心安可欺？视盟誓若无有，顾神明如等闲。子本穷愁，我令温暖。子口厌甘肥，身披衣帛。我无负子，子何负我？吾将见子堕死沟中，亦不引手援子。我虽妇人，义须报子！"独孤姬说到做到，后来果然略施小计让侯生夫妇来回奔波、荡尽家资。当然，独孤姬也念及侯生当初不以其为狐而嫌弃的情意，在侯生失妻丢官、失魂落魄时予以资助。如此的快意恩仇，谅非宦门闺秀所为。另外，独孤

---

① 李时人《全唐五代小说》卷一九，第 535～542 页。
② 刘斧《青琐高议》别集卷一《西池春游》，第 203～211 页。

姬在侯生负心别娶之际，没有寻死觅活，没有痛苦绝望，而是在"暂施小智，以困二人"略作报复后，委身他适，开始自己的新生活。独孤姬身上所透露的婚恋观，反映出市民阶层在婚恋上随遇而安的价值取向。

独孤姬通达的婚恋观在《青琐高议》传奇中并不是孤例。我们还可将《青琐高议》中的《谭意歌》与《异闻集》中的《霍小玉传》进行对读。《霍小玉传》中的霍小玉被李生抛弃后不依不饶、生死以之，体现出唐代精英文人对女性婚恋观的预设和期待。《谭意歌》中的谭意歌在已有身孕后被张正宇抛弃，谭并不悲观，而是立门户、置产业、育孩子，最后终于被张明媒正娶。谭的独立自强体现出宋代市井女性新的爱情婚姻观。霍小玉和谭意歌，两人都是被情郎"始乱终弃"的不幸女子，但两人的态度截然不同，这不仅是两人的性格差异所致，也是两人的"雅""俗"差异所致，霍小玉是唐人的高雅传奇形塑出来的高贵女子，而谭意歌则是宋人的世俗传奇形塑出来的市井女子，这两人本来就生活在不同的艺术世界。

《青琐高议》中价值观的世俗化，不仅体现在婚恋观上，还体现在名利观上。《异闻集》中的《柳毅传》与《青琐高议》中的《朱蛇记》都是讲述龙女报恩故事，可以对读。柳毅救助龙女后，作为贵客被请进龙宫，得到了洞庭君、钱塘君及宫中之人的馈赠，小说云："洞庭君因出碧玉箱，贮以开水犀；钱塘君复出红珀盘，贮以照夜玑，皆起进毅。毅辞谢而受。然后宫中之人，咸以绡彩珠璧投于毅侧。重叠焕赫，须臾埋没前后。毅笑语四顾，愧揖不暇。"而且，钱塘君还"因酒作色"，提出下嫁龙女于柳毅，"使受恩者知其所归，怀爱者知其所付"，遭到柳毅义正辞严的拒绝。柳毅的仗义传书和辞绝婚事，展现出一位义士的刚直风范。而洞庭君、钱塘君的知恩图报以及报答方式也是人之常情、无可厚非。[①]

相较而言，《朱蛇记》则是另外一种风范。李元救助龙子后，作为贵客被请进龙宫，得到龙王的两样馈赠。小说云："王曰：'吾有女年未及笄，愿赠君子为箕帚，纳之当得其助。'又以白金百斤遗之。王曰：'珠玑之类，非敢惜也。但白金易售耳。'"后来，女奴提出为李元"偷入礼闱"，窃取当年所试题目之际，小说云："元喜。"后来李元凭借女奴的窃题，科场得意，步入仕途。李元闻知女奴要为自己窃题之际的"喜"和后来的舞弊登第，已非正派

---

① 李时人《全唐五代小说》卷二一《洞庭灵姻传》（《柳毅传》），第 577～586 页。

士人所为,乃是典型的市井做派。而龙王赠送白金而非珠玑给李元,也是考虑到"白金易售",同时又安排女奴窃题以助李元登第,也透露出不择手段、追名逐利的市井气息。①

《朱蛇记》中的馈赠方(龙王)和受赠方(李元),考虑的都是赤裸裸乃至不择手段的名利,这与《柳毅传》馈赠方(洞庭君、钱塘君)和受赠方(柳毅)的侠义形成鲜明对照,折射出唐人高雅传奇与宋人世俗传奇在价值观上的差异。

五、辞意鄙浅:艺术手法的世俗化

《青琐高议》中的宋传奇与《异闻集》中的唐传奇相较,在场面描写、心理描写等艺术手法上也呈现出世俗化的趋势。在场面描写方面,与《异闻集》中的唐传奇对比,《青琐高议》中的宋传奇往往能用更为个性化、浅俗化的对话描写和更加精细、生动的细节描写,再现出更为世俗也更为逼真的生活场景。

《异闻集》中的《独孤穆》和《青琐高议》中的《范敏》都是叙书生外出遇女鬼,女鬼自荐枕席,成就一段人鬼恋情,可以对读。《独孤穆》中的场景描写最佳处为独孤穆与县主(杨氏)、来氏的欢会,小说云:

> 逡巡,青衣数人皆持乐器,而有一人前白县主曰:"言及旧事,但恐使人悲感。且独郎新至,岂可终夜啼泪相对乎?某请充使,召来家娘子相伴。"县主许之。既而谓穆曰:"此大将军来护儿歌人,亦当时遇害,近在于此。"俄顷即至,甚有姿色,善言笑。因作乐纵饮甚欢……来曰:"夜已深矣,独孤郎宜且成礼,某当奉候于东阁,伺晓拜贺。"于是群婢戏谑,皆若人间之仪。既入卧内,但觉其气奄然,其身颇冷。顷之,泣谓穆曰:"俎谢之人,久为尘灰,幸将奉事巾栉,死且不朽。"于是复召来氏,饮谑如初。②

其中青衣、县主、来氏的话语都很文雅,个性化色彩不是特别鲜明,细节描写也是差强人意,整个场景流于平淡。

《范敏》中的场面描写最佳处则是范敏、将军与李氏的三角纠缠。小说

---

① 刘斧《青琐高议》后集卷九《朱蛇记》,第188～190页。
② 李时人《全唐五代小说》卷七一《独孤穆》,第1972～1973页。

叙落榜失意的书生范敏误入神秘的田舍之家,被女鬼李氏引诱而与之欢合,其夫知晓后,三人爆发冲突,小说描绘该场景云:

> 一日,有青衣走报曰:"将军至矣。"妇人忽趋入室。有介胄者貌峻神耸,执戈而来,言曰:"安得有世间人气乎?"猛见敏,以戈刺敏。敏执其戈,两相角力。妇人自内呼曰:"房国公如何不来救,万一不虞,亦累及邻舍也。"俄有一人衣冠甚伟,趋来夺介胄者戟折之,推其人仆地,骂曰:"魍魉幽囚于此千余年,犹不知过,尚敢辱人乎?你自家里人引诱他方人至此,不然,彼何缘而来也?此尔不教诲家人之罪也。"将军曰:"我今夜势不两立,须杀李氏。"妇人大呼曰:"好待共你入地狱对会,你杀叔案底尚在,今又胁我为妇。我乃帝王家宫人,得甚罪?"将军乃止……①

上述文字中,对话描写非常精彩,声口毕肖。范敏之语比较文雅,符合其书生身份;李氏之语全为白话,非常泼辣俚俗,符合其敢于引诱年轻后生并与丈夫公开叫板的市井泼妇、荡妇角色;巨翁为和事老,其劝诫将军(即李氏之夫)之语"你当荷铁枷,食铁丸,方肯止也",乃是典型的民间俗语,有着文言难以企及的俗趣;将军为粗鲁武夫,其语是生动传神的白话,如"今夜一处做血"的叫嚣,活灵活现地刻画出他面对出轨妻子与情敌时的羞辱、愤怒和欲同归于尽的血性;最后出现的五道将军之语,也是非常地道的白话,活现出对李氏之粗鲁丈夫的鄙视、斥责和痛骂。上述人物对话,基本上都用白话口语,俚俗明快,声如其人,个性鲜明,有着文言很难达到的表现力。上述文字不仅对话描写精彩,细节描写也很精到。如叙将军劝李氏饮酒、歌唱而被拒绝,而"敏举杯,李氏不求而自歌",于是将军感到颜面无存,大叫"今夜一处做血"。李氏的一再不给面子乃至存心羞辱,将军从隐忍到发怒到大叫,层层递进,将人物感情和举止刻画得活灵活现,呼之欲出。这样的细节描写令人叫绝。上述文字中的对话描写和细节描写,相辅相成,凝结成非常经典的场面描写。这样的场面描写,置于整个中国文学史的坐标中,都堪称经典。

《青琐高议》中逼真的场面描写还有不少,比如《王实传》中狗屠孙立为

报答王实之恩、手刃王实仇人张本的场面,传云:

> 他日,立登张本门,呼本出,语之曰:"子恃富而淫良人家妇,岂有为人而蹈禽兽之事乎?吾今便以刀刺汝腹中以杀子,此懦弱者所为,非壮士也。今吾与子角胜,力穷而不能心服者,乃杀之,不则便杀子矣。"立取刀插于地,袒衣攘臂。本知势不可却,亦袒衣。立大言谓观者曰:"敢助我,我必杀之;有敢助本者,吾亦杀之。"两人角力,手足交斗,运臂愈疾,面血淋漓,仆而复起,自寅至午。本卧而求救,立乃取刃谓之曰:"子服未?"本曰:"服矣!子救吾乎?吾以千金报子。"立曰:"不可!"本曰:"与子非冤也,子杀吾,子亦随手死矣。"立笑曰:"将为子壮勇之士,何多言惜命如此,乃妄人耳。"叱本伸颈受刃。①

通过个性化的对话描写和生动的细节描写,刻画出孙立豪气逼人的侠士形象,再现出高手过招的精彩打斗场面。其中孙立手刃张本的细节,血腥味十足,充满了民间好勇斗狠、血腥复仇的语言暴力,与文人之趣颇有差异。唐传奇中也有不少武功打斗方面的场面描写,如裴铏《传奇·聂隐娘》中聂隐娘胜妙手空空儿的场面,但作者的描写偏于虚笔,不够细致生动,当然也不会充满血腥味儿,呈现出与《青琐高议》中宋传奇不同的审美取向。

《青琐高议》中的宋传奇写实性、世俗化的场面描写,颇与说话艺人着意于场面的敷演息息相通。罗烨《醉翁谈录·小说开辟》论及小说艺人的能耐,有云"敷演处有规模、有收拾""热闹处敷演得越久长",②其中的"热闹处"即指故事中引人瞩目的场面,而"有规模、有收拾""越久长"的敷演即指对场面淋漓尽致的铺陈。宋代世俗化传奇对场面的精细描写,与说话艺人对场面的久长敷演,有异曲同工之妙,不排除前者受到了后者的影响。

心理描写方面,《异闻集》中的唐传奇往往还是通过梦境、幻觉或者人物言行神态,曲折地呈现人物的心灵世界,而《青琐高议》中的宋传奇已有不少篇章,径直采用内心独白之法,直接呈现人物的内心隐秘。

《青琐高议》所收 51 篇宋传奇中,有 13 篇采用了内心独白式心理描写,即《谭意歌》《流红记》《甘棠遗事》《孙氏记》《慈云记》《高言》《异鱼记》

---

① 刘斧《青琐高议》前集卷四《王实传》,第 43~44 页。
② 罗烨《醉翁谈录·小说开辟》,上海:古典文学出版社,1957 年版,第 5 页。

《李云娘》《陈叔文》《卜起传》《龚球记》《西池春游》《异梦记》。在此聊举数例。如《谭意歌》叙谭意歌幼时父母双亡,寄养于小工张文家,"一日,官妓丁婉卿过之,私念:苟得之,必丰吾屋。"①其中官妓丁婉卿的"私念"即典型的内心独白,呈现出她的精明盘算。又如《流红记》叙唐僖宗时儒士于祐于御沟拾得一枚上有题诗的红叶,小说云:"祐得之,蓄于书笥,终日咏味,喜其句意新美,然莫知何人作而书于叶也。因念:'御沟水出禁掖,此必宫中美人所作也。'"②其中于祐的"因念"也是内心独白,呈现出他带有美丽幻想的推测。又如《龚球记》叙龚球骗得李太保家青衣所携之财,然后发迹,接着小说叙云:"一夕,泊舟楚州北神堰下,月色又明,球与家人饮于舟上。俄有小舟,附球舟而泊焉。球谓是渔者,熟视舟中乃一女人,面似曾见而不忆。妇人曰:'我天之涯,地之角,下入九泉,皆不见子,子只在此也。'球思惟:'于吾何求,而求吾若是?'"③其中龚球的"思惟"亦为内心独白,表现出他的满腹狐疑。再如《西池春游》叙侯生邂逅丽人独孤姬,干柴烈火,共度缱绻,之后别离,接着小说叙云:"生归数日,心益惑乱。自疑:'岂其妖也?'所可验,臂粉仍存,香在怀抱。"④其中侯生的"自疑"亦为内心独白,表现出他的内心惑乱。

《青琐高议》中有内心独白的宋传奇篇章数,占到了该书所收宋传奇总数的近四分之一,可见《青琐高议》中内心独白的运用已较为普遍。前文已经论及,"独白式"心理描写是说话艺人惯用的艺术手法,是传统文人原来不屑于运用的世俗化手法,而宋传奇中"独白式"心理描写的大量出现应该与说话的影响、文人的借鉴颇有干系。比较而言,现存宋人编撰的传奇集、小说集中,《青琐高议》中相应篇章运用内心独白这种世俗化的艺术手法最为典型,于此折射出《青琐高议》鲜明的世俗化色彩。

六、雅体俗情:世俗化传奇的特质

《青琐高议》中的宋传奇与《异闻集》中的唐传奇相较,在人物、题材、语言表达、审美趣味、价值观、艺术手法等方面,都呈现出世俗化的特色。这

---

①刘斧《青琐高议》别集卷二《谭意歌》,第212页。
②刘斧《青琐高议》前集卷五《流红记》,第51页。
③刘斧《青琐高议》后集卷四《龚球记》,第144页。
④刘斧《青琐高议》别集卷一《西池春游》,第205页。

种世俗化特色,导致该书被精英文人视为不入流的俗书、不足传的浅书。明代文人李诩《戒庵老人漫笔》卷六认为《青琐高议》"庞杂不足传",①清代文人王士祯在《青琐高议跋》中感叹该书"如此俚鄙而能传后世,事固有不可解者。古人仰屋梁著书,冀一字之传于后而不可得者,岂少哉"。②

那么为什么被判定"不足传"的俗书能够世代传衍,以至于让精英文人困惑不解呢? 我们可以从《青琐高议》后集卷七《温婉》清虚子序中得到启示。该序云:

> 都下名娼以色称者多矣,以德称者甚尠焉。余闻琬为士君子称道久矣。又曰:"彼娼也,不过自矫饰以钓虚誉,诈于为善,何益?"思识其面,一见之,其举动则有礼度,其语言则合诗书,余颇叹息之。会有人持数君之文,托余传于世,其请甚坚。余佳其文意深密,士君子固能通晓,第恐不快世俗之耳目焉。予实京师人,少跌宕不检,不治生事,落魄寄傲于酒色间,未始有分毫顾惜,籍心于功名事业也。故天下不闻予名,而予亦忌名之闻于人。丁巳冬,返河内,休父惠然见访,属予为温琬传。温生,予亦尝识其面目,接其谈论久矣,义不可辞。然予窃尝以为:大凡为传记称道人之善者,苟文胜于事实,则不惟似近乡愿,后之读者亦不信,反所以为其人累也。乃今直取温生数事,次第列之,非敢加焉。且以予之性荒唐幻没如此,是传也,亦喜作,非勉强也,因目之曰《甘棠遗事》。熙宁乙巳仲冬澣日陈留清虚子序。③

从"未始有分毫顾惜,籍心于功名事业"可知,序文和正文的作者清虚子,并非科第文人;从"天下不闻予名,而予亦忌名之闻于人"可知,清虚子亦非知名文人;从"跌宕不检,不治生事,落魄寄傲于酒色间"可以推测,清虚子可能只是一位落魄的下层文人。这样一位落魄的下层文人,看到叙写都下名娼温婉的数君之文,一方面肯定其"文意深密,士君子固能通晓",另一方面又"第恐不快世俗之耳目焉"。清虚子于是在数君之文基础上,"直取温生数事,次第列之,非敢加焉",又力避"文胜于事实",完成《甘棠遗事》。于此可知清虚子的创作态度,一是次第事实,力避"文胜于质",二是将"士君子

①李诩《戒庵老人漫笔》卷六,《四库存目丛书》本,子部第111册,第112页。
②王士祯《青琐高议跋》,刘斧《青琐高议》卷末附录,第253页。
③刘斧《青琐高议》后集卷七《温婉》,第166页。

固能通晓"的"文意深密"之文,改编成"快世俗之耳目"之文。清虚子的改编创作,有明确的"快世俗之耳目"之用意,这就是典型的世俗化取向。作为下层文人的清虚子对温婉故事的改编,从改编者(下层文人)、改编意图(快人耳目)、受众(世俗读者)三个层面,点出了文本改编的世俗化特质。管中窥豹,可见一斑,清虚子的个案正是《青琐高议》中宋传奇文本世俗化的一个缩影。正是因为这些宋传奇作者、改编者的下层文人身份,以及随之而来的"快世俗之耳目"的书写态度,导致了该书鲜明的世俗化特色。

　　《青琐高议》作为下层文人为"快世俗之耳目"而写成、编撰的小说集,虽然被精英文人看轻,却被闾阎庶人看好。《夷坚志·程喜真非人》有云:"新淦人王生,虽为闾阎庶人,时稍知书。最喜观《灵怪集》、《青琐高议》、《神异志》等书。"[①]《青琐高议》乃是"稍知书"的"闾阎庶人"最喜观的书籍之一,可见该书在世俗社会中的受欢迎程度。实际上,王生这种粗通文墨的"闾阎庶人"正是《青琐高议》的目标客户。

　　《青琐高议》作为世俗小说集,其中多篇故事被说话、戏剧等世俗文艺吸纳,被改编成话本、院本、杂剧、戏文等多种文本形式。《青琐高议》现存142篇小说,据学者的研究,其中有15篇被说话和戏曲等世俗文艺吸纳、改编,[②]被改编的篇目比例超过10%,在宋人编撰的小说集中算是相当高了,于此可见该书与说话、戏曲等世俗文艺的息息相通。

　　《青琐高议》的世俗化特质及其与说话、戏曲等世俗文艺的密切关联,引起了学界对该书性质的高度关注。鲁迅先生《中国小说史略》将《青琐高议》与《大唐三藏法师取经记》《大宋宣和遗事》视为宋元拟话本。他觉察到《青琐高议》"文辞虽拙俗,然尚非话本",又怀疑该书篇章的七言标目可能是模仿汴京说话标题,故而将这种"尚非话本"又"颇似话本"的文本称为"拟话本"。同理,鲁迅先生认为《大唐三藏法师取经记》"与话本又不同,近讲史而非口谈,似小说而无捏合",于是判断该文"非话本"又"似话本",故而将其视为"拟话本"。同时,鲁迅先生认为《大宋宣和遗事》中有平话体,

①洪迈《夷坚志》,《夷坚三志己》卷二《程喜真非人》,北京:中华书局,1981年版,第1315页。
②凌郁之《走向世俗——宋代文言小说的转型》第八章第二节表二,复旦大学2005年博士论文,第　265~266页。

又有文言体，"先后文体，致为参差"，故而将其视为"拟话本"。① 从鲁迅先生的论述可知，他是将话本文体与其它文体杂糅，或者类似话本的文本视为"拟话本"。

鲁迅先生的论述对后世影响很大。赵景深先生认为《青琐高议》的双标题，"上题还传奇体，下题便是章回体"，"大约此书可说是从传奇体到章回体小说的桥梁吧"。② 胡士莹先生《话本小说概论》第五章第三节"宋代文人的拟话本和说话的参考书"，对《青琐高议》有这样的判断：

> 《青琐高议》的标题形式，全仿效话本，在正题之下，别用七字句作副标题，全似后来话本小说的形式……这部书的内容，还保持着唐代某些传奇，史才、诗笔、议论三者结合的样式。从风格和语言上看，它反映了传奇文学发展的另一阶段……值得注意的是这部书虽然是模拟话本的形式，但写成时期较早，其中所载故事，往往被后世采取为说话或小说的题材。③

可见胡士莹先生也是将《青琐高议》视为拟话本的。张兵先生认为用"拟话本"定位《青琐高议》不够准确，而将其称为"准话本"。④ 程毅中先生进一步认为，刘斧可能就是一位说话人，《青琐高议》可能就是刘斧用以说话的一种底本（即"话本"），其《宋元小说研究》云：

> 到底是刘斧模拟了说话，还是说话人学习了《青琐高议》，还难以确定。我们所见七言句的小说回目，当以《青琐高议》为始。这种标题大概是给文化修养较低的读者作提示的，而且也不能排除它可以提供给说话人写"招子"之用……也许他既能编撰小说，又能亲自登场演说，正和隋代的侯白秀才一样是一个近似优伶的人物。

该书进一步指出：

> 他既编辑了别人的旧文，也收录了自己的新作，和前人先说后记而成的传奇有所不同。但既经编印流传，当然就是一种小说文本了。

①鲁迅《中国小说史略》，第79～84页。
②赵景深《〈青琐高议〉的重要》，见《中国小说丛考》，第93页。
③胡士莹《话本小说概论》，第148～149页。
④张兵《"准话本"刍议》，《苏州大学学报》哲社版，1998年第1期。

> "青琐"一词,在唐宋时代,已经专用于官门……刘斧用"青琐"作书名,也不免令人怀疑他曾是供奉内廷的说话人。这只是一种推测,不过《青琐高议》在当时总是一种通俗读物,则是无疑的。①

程毅中先生的大胆推测,可备一说。近年,凌郁之博士《走向世俗——宋代文言小说的变迁》指出:"被说话人用以敷衍说话的书面文本——不论文言、白话,都可以视作'话本'——就是说话人凭依的底本。我们也在这个意义上,认为《绿窗新话》是话本,《醉翁谈录》是话本,同理,《青琐》、《云斋》也宜视同话本。"②

一方面,鲁迅、胡士莹、张兵、程毅中等学者视《青琐高议》为"拟话本""准话本""话本",另一方面,也有学者如袁行霈、侯忠义等认为该书还是应属文言小说集。袁、侯两位先生所编《中国文言小说书目》指出《青琐高议》"虽受民间说话影响,然系杂辑稗说旧文而成,'尚非话本',仍属传统文言小说书",因此"本书予以收录"。③ 另外,还有部分学者折中两派意见,将《青琐高议》中的传奇称为"通俗文言传奇"、④"话本体传奇"。⑤

笔者认为,学界视《青琐高议》为"拟话本""准话本""话本",或者将该书中的传奇视为"话本体传奇",虽有一定道理,但从"话本""体"的角度观察,都未必合适,较为稳妥的方式还是将该书视为通俗文言小说集,将该书中的传奇视为通俗文言传奇或世俗化传奇,这样可能才名实相副。

第二节　《云斋广录》中的准世俗化传奇

李献民《云斋广录》是北宋的一部杂俎型小说集,书中的 13 篇传奇小

---

① 程毅中《宋元小说研究》,南京:江苏古籍出版社,1999 年版,第 100～101 页。
② 凌郁之《走向世俗——宋代文言小说的变迁》,北京:中华书局,2007 年版,第 271 页。
③ 袁行霈、侯忠义编《中国文言小说书目》凡例,北京:北京大学出版社,1981 年版,第 1～2 页。
④ 如虞云国《唐宋变革视阈中文学艺术的新走向》:"文言小说语言走向通俗化与浅近化……同时还衍生出语言浅易的通俗文言传奇。"载其论文集《两宋历史文化丛稿》,上海:上海人民出版社,2011 年版,第 281 页。
⑤ 如程千帆、吴新雷《两宋文学史》云:"宋代传奇受到说话艺术的影响是显著的……从文言小说的专集来看,除了《青琐高议》和《醉翁谈录》中有一些话本体的传奇外,李献民的《云斋广录》中也有十多篇。"(石家庄:河北教育出版社,2000 年版,第 613 页)又如陈文新《论古代传奇小说的两种类型及其演变》(《青海社会科学》1994 年第 3 期)指出,"在宋代传奇已与俗文学合流",这种通俗化了的传奇小说就叫做"话本体传奇"。

说在人物塑形、审美趣味、价值观念乃至艺术手法方面，都呈现出一定的世俗化倾向。但这些作品与《青琐高议》中的世俗化传奇相较，又更为辞章化、典雅化。可以说，《云斋广录》中的宋传奇是介于唐代辞章化传奇与《青琐高议》世俗化传奇之间的一种中间形态，我们不妨将其视为准世俗化传奇。我们首先考察该书的版本流传情况，然后着重分析该书13篇传奇的文体形式及其折射的雅俗互动图景。

一、"以资谈谑"：《云斋》的成书与流传

《云斋广录》卷首有李献民政和辛卯（即宋徽宗政和元年，公元1111年）自序，云："尝接士大夫绪余之论，得清新奇异之事颇多。今编而成集，用广其传，以资谈谑。"[①]可知该书成于北宋末年，目的乃是"以资谈谑"，供人消遣。

南宋高宗绍兴年间，晁公武《郡斋读书志》卷一三小说类著录《云斋广录》十卷，叙云："右皇朝政和中李献民撰。分九门。"[②]晁公武与李献民所处时代大致相近而略晚一点，所见《云斋广录》应为原本，可见该书最初乃是分为九门总共十卷。该书在宋元时曾被邵伯《邵氏闻见后录》、阮阅《诗话总龟》、曾慥《类说》、江少虞《事实类苑》、吴曾《能改斋漫录》、胡仔《苕溪渔隐丛话》、无名氏《锦绣万花谷》、周密《志雅堂杂钞》、马端临《文献通考·经籍考》、《宋史·艺文志》等征引、著录，书名或作《云斋广录》，或作《云斋新说》，[③]或作《云斋小书》。[④]

《云斋广录》现存版本有两种，均为八卷，另附后集一卷，并且只有"士林清话""诗话录""灵怪新说""丽情新说""奇异新说""神仙新说"六门，与原书的十卷九门颇有差异。其中一种为所谓的金刻本。该本曾为清初季振宜藏书，季氏《季沧苇藏书目》著录《云斋广录》八卷；后归清末潘祖荫，潘氏《滂喜斋藏书记》卷二云：

①李献民《云斋广录》卷前自序，北京：中华书局，1997年版，第1页。

②晁公武撰、孙猛校证《郡斋读书志校证》卷一三，上海：上海古籍出版社，1990年版，第597页。

③江少虞《事实类苑》征引时作《云斋新说》，《宋史·艺文志》著录时亦作《云斋新说》。

④邵博《邵氏闻见后录》称《云斋广录》为《云斋小书》，该书卷三〇云："程致仲为予言：'近岁，《云斋小书》出丹稜李达道遇女妖事，不妄。致仲亲见泥金鸳鸯出入云气中，黄色衣，奇丽夺目，非人间之物，盖妖所服，留以遗达道者。又歌曲多仙语，尚《小书》失载云。'"北京：中华书局，1983年版，236～237页。

宋刻《云斋广录》八卷、后集一卷，宋廪延李献民彦文撰。卷一士
林清话，卷二卷三诗话录，卷四灵怪新说，卷五卷六丽情新说，卷七奇
异新说，卷八神仙新说，后集则《盈盈传》及歌诗一首也。前有政和辛
卯献民自序。每卷冠以"新雕"二字，盖犹政和间刊本。其书荒诞不
经，分门亦近琐碎，然四库未收，各家书目亦不著录。北宋孤本，传流
至今，亦说部中之秘帙也。每半叶十五行，行廿五字。万卷楼两印朱
文甚古，疑为丰人翁藏书，忠义下一字微蚀，右首从邑尚可辨，疑当为
鄞，丰之受姓所由始也。后归王履吉，国朝入泰兴季氏、汉阳叶氏。[1]

潘氏认为该本为政和间刊本，为"北宋孤本"。该本原本藏台湾"中央图书
馆"，今有《续修四库全书》影印本。昌彼得先生《说郛考·书目考》认为该
本为政和间刊本的金代翻刻本，其云："据今世仅存之金本观之，其书避宋
讳颇谨，而于南宋诸帝不讳，尚系出自政和原本，故《滂喜斋藏书记》率直称
为天水（引者注：此处'天水'指代宋朝，赵姓望出天水）旧椠。"[2]仔细阅读
《续修四库全书》所收该本，前八卷每卷卷首均题"新雕《云斋广录》卷第
X"，后集则于卷首题"新添《云斋广录》后集"。如果该本出自政和年间原
本，体例应该统一，前八卷与后集不应有"新雕"与"新添"之异，并且"后集"
亦未见最早著录该书的《郡斋读书志》提及。可见该本即使是金刻本，也不
是政和年间原本的翻刻本。

《云斋广录》现存的另一种版本为所谓的影宋抄本。1936 年上海中央
书店在所谓的影宋抄本基础上整理出版了排印本，卷首有周由廑撰《〈云斋
广录〉著者略历》，云：

> 《云斋广录》八卷、后集一卷，宋李献民撰，越弟所得，影宋钞本也。
> 乙亥秋取而读之，鲁鱼亥豕，其灼然可见者，随手是正，后之读者得少
> 省力，是其志也。按，献民字彦文，延津人，其书晁公武《读书志》、陈振
> 孙《书录解题》均有著录，均称十卷，分九门。今此册只存九卷，分六
> 门，首士林清话，次诗话录，次灵怪新说，次丽情新说，次奇异新说，次
> 神仙新说，末卷载《盈盈传》，与《四库书目提要》小说家类存目一一合。

①潘祖荫《滂喜斋藏书记》卷二，见李献民《云斋广录》卷末附录，第 77 页。
②昌彼得《说郛考·书目考》，台北：文史哲出版社，1979 年版，第 70 页。

　　书中所载，皆一时艳异杂事，燕居无俚，得此读之，非快人快事乎！①

该本与金刻本基本相同，但亦有小异，主要是卷二"诗话录"的篇目略有差异，金刻本卷二第二页上半页，《曹封州》后为《元厚之》，《元厚之》后为《李思中》，《李思中》残缺不全，然后第二页下半页整体残缺，第三页上半页为"元泽寿果不永"，然后为《郑毅夫》。与之对照，影宋抄本对应处的篇目为《曹封州》《苏内翰》《宋尚书》《王元泽》《郑毅夫》，并没有金刻本的《元厚之》和《李思中》，可见两者篇目并不完全一样。影宋抄本与金刻本的"大同""小异"，说明它们可能出自同一祖本，但各自又有微调，所以"大同"基础上会有"小异"。

　　金刻本、影宋抄本与《郡斋读书志》所著录的《云斋广录》原本，不仅卷数与分门之数均不合，而且篇目编次亦有不合处，另外还有一些被宋元书籍征引的《云斋广录》篇目不见于今本。② 李剑国《宋代志怪传奇叙录》云："元初周密《志雅堂杂抄》卷下云：'癸巳（1293）十月，借君玉买到杂书……《云斋广录》十卷，此本小记灵怪内有《四和香》及《豪侠张义传》，《洛阳古今记事》、王正伦《河南志》之类。'按《四和香》载今本卷六《丽情新说》下，《豪侠张义传》今本不载。二篇原都在《灵怪新说》内，今本不相合，愈知今传八卷本非原帙。"③据此，笔者推测，金刻本、影宋抄本的祖本不会是《云斋广录》原本，而有可能是南宋重编本，重编时不仅将王山《笔奁录》中的《盈盈传》收入作为后集，还调整了部分篇目所属门类，并遗漏了部分篇章。

　　《云斋广录》今通行本为根据影宋抄本整理而成的1936年上海中央书店排印本，排印时将后集与前八卷打通，改编为卷九。1997年，程毅中、程有庆在排印本基础上重新整理，并据《宋朝事实类苑》辑补了一篇佚文，还附录了《郡斋读书志》《四库全书总目》《滂喜斋藏书记》等相关资料，在中华书局推出了点校本，成为今天学界的通行本。④

----

① 李献民《云斋广录》卷首附录，上海：中央书店排印本，1936年版。
② 李剑国《宋代志怪传奇叙录》从征引该书的宋元书籍中检得四篇佚文，包括从《锦绣万花谷》检得《陵井盐》，从《宋朝事实类苑》检得《僧惠圆》和《风和尚》，从《志雅堂杂抄》检得《豪侠张义传》。天津：南开大学出版社，1997年版，第211页。
③ 李剑国《宋代志怪传奇叙录》，第211～212页。
④ 关于《云斋广录》版本源流，可参看冯一《〈云斋广录〉版本源流考》，《苏州大学学报》（哲社版）2006年第3期。

二、"纯乎诲淫"：《云斋》的艳异化趋向

《云斋广录》作为杂俎型小说集，其中最具艺术价值的是卷四至卷九收录的 13 篇传奇。这些文本既有叙事委曲、篇幅曼长、富有文采和意想等传奇文体的一般特征，还有迎合市井细民的艳异化倾向。

《云斋广录》中的 13 篇传奇，涉及男女情爱的就有 9 篇，即《甘陵异事》《西蜀异遇》《丁生佳梦》《四和香》《双桃记》《钱塘异梦》《玉尺记》《华阳仙姻》《盈盈传》。这些篇目中，除《丁生佳梦》叙丁渥与新婚妻子崔氏心心相印外，其余 8 篇均涉及男女遇合。值得注意的是，这 8 篇在叙述男女遇合时，大都是女方（或人、或鬼、或仙）积极主动乃至投怀送抱，塑造出大胆追求爱情和幸福的女性群像。

《钱塘异梦》叙述司马槱与美人（南朝名妓苏小小鬼魂）的遇合故事，故事中的美人主动投怀送抱。文叙元祐年间司马槱应贤良方正科中第，一日在私第赐书阁下昼寝，乃梦一美人。美人为其唱《蝶恋花》小词一阕，首句为"妾本钱塘江上住"，并提醒司马槱"异日受王命守官之所，乃妾之居也。当得会遇，幸无相忘"。后来司马槱赴阙调官，得余杭幕客。赴任，过钱塘，忽忆往日昼寝之梦，作《河传》一词以寄意。是夕君寝，复梦向之美人前来自荐枕席。及抵余杭，每夕无间，美人梦中必来。众谓公署后有苏小小墓，或即其人。一日昏后，舟卒见一少年衣绿袍，携一美人同升司马槱创制的画舫，并见画舫起火沉没。舟卒赶往公署汇报，见司马槱已经仙逝。整个遇合过程中，美人都居于主动。当司马槱尚未授官，在家昼寝时，梦中美人即云："妾幼以姿色名冠天下，而身无所依，常以为恨。久欲托附君子，未敢面问，余俟他日。今辄有小词一阕，寄《蝶恋花》，浼黩左右，为君讴焉。"为司马槱讴歌一阕后，美人又提醒司马槱"幸无相忘"。当司马槱赴任过钱塘时，美人又进入司马槱的梦中，云："自别之后，睽阔千里。春风秋月，徒积悲伤。然感君不以微贱见疏，每承思念，加以新词见忆，足认君之于妾，亦以厚矣。则妾之于君，奉箕帚，荐枕席，安可辞也。"并与司马槱"相将就寝"。当司马槱抵达余杭上任后，美人每夕都会进入司马槱的梦中。最后，美人又将司马槱从人世间带走以长相厮守。[1]

①李献民《云斋广录》卷七《钱塘异梦》，第 44～46 页。

　　《盈盈传》录自王山《笔奁录》，以第一人称"予"的口吻叙述王山与娟女盈盈的遇合故事。文叙皇祐中，王山拜谒龙图阁学士田公，值吴女盈盈来游，田公召其侍宴。王山与盈盈相处一月，并教其学词。后王山西归，盈盈泣啼离别，甚为伤感。明年，盈盈寄《伤春曲》给王山，抒发"蜂兮蝶兮何不来，空余栏槛对寒月"的思念。又一年，盈盈托人持书给王山，召其偕游东山。王山其时患病，不能赴约，秋中再入山东，盈盈已逝。嘉祐五年春，王山游奉符登泰山。是夕昏醉惘然，被女奴请至溪洞，与盈盈相会，共度缱绻。天明置酒而别，衣袖粉香，弥月乃已。王山与盈盈的遇合故事中，也是盈盈主动地投怀送抱。文末叙王山被女奴请至溪洞，云："夜既深，二女曰：'盈盈雅故，便可就寝。'须臾，酒辍，盈盈召予寝。顷闻鸡声……予辞归，命女奴送予。盈盈持予泣别，二女亦泫然。"从"盈盈召予寝"可见盈盈的自荐枕席。①

　　不唯上述两篇，其余六篇中的女主角对情爱的追求同样热烈。《甘陵异事》中那位灯檠成精幻化而成的女子，因夫君远游而难耐寂寞，于是向赵生"私荐枕席"。②《西蜀异遇》中的狐女宋媛对李达道情有独钟，初见即表白心迹，直截了当地说："如妾者，门阀卑微，容质鄙陋，还可以奉蘋蘩者乎？"③《四和香》中的神秘丽人引诱太学生孙敏，见面即曰："适邂逅相遇，倾慕风彩，虽不待援琴之挑，而已有窃香之志，君何避焉。"④《双桃记》中待字闺中的王萧娘不顾世俗伦理，与已经娶妻的李生暗度陈仓。《玉尺记》中的鬼女主动追求王生，见面即直陈爱慕之情："每闻弦诵之声，复窥君风采，特相慕而来，固不异东邻之子登垣矣。君其许乎？幸无见鄙。"⑤《华阳仙姻》中的女道士诸葛主动亲近萧防，离别时告诫萧防"无忘旧好"，又赠诗云"愿得君心坚旧好，年周四十复相亲"。⑥

　　《云斋广录》传奇中大胆追求爱情和幸福的诸女，有人间女子如《双桃记》中的王萧娘、《四和香》中的神秘丽人，有鬼女如《钱塘异梦》中的苏小小鬼魂、《玉尺记》中的女子，有狐女如《甘陵异事》中的宋媛，有仙女如《华阳

①李献民《云斋广录》卷九《盈盈传》，第66～70页。
②李献民《云斋广录》卷四《甘陵异事》，第23页。
③李献民《云斋广录》卷五《西蜀异遇》，第26页。
④李献民《云斋广录》卷六《四和香》，第36页。
⑤李献民《云斋广录》卷七《玉尺记》，第47页。
⑥李献民《云斋广录》卷八《华阳仙姻》，第56页。

仙姻》中的女道士诸葛，这些女子在追爱过程中的大胆主动，与唐传奇中名媛淑女的欲迎还拒、犹抱琵琶半遮面迥然不同，折射出宋传奇的市民气质和世俗气息。

《云斋广录》传奇中大胆追求爱情和幸福的诸女形象，与宋话本中的女性形象如《碾玉观音》中的璩秀秀、《小夫人金钱赠年少》中的小夫人、《风月瑞仙亭》中的卓文君、《张生彩鸾灯传》中的刘素香等，有异曲同工之妙。她们的共同点在于"春浓花艳佳人胆"，这些佳人都有"胆"，都"胆敢"冲破封建礼教，主动追求情爱幸福。这些女性形象的塑造，都具有鲜明的世俗化特质。

《云斋广录》中的传奇作品不仅塑造出"春浓花艳佳人胆"的女性群像，散发出鲜明的市井气息，而且还常常通过主人公之口直陈情色之欲乃人本性，呈现出浓烈的世俗气质。如《西蜀异遇》叙李达道在已知宋媛乃狐女、与其交往恐有不利的情况，毁弃李二秀才所赠之符，仍与宋媛交好，小说云：

> 生讽咏甚久，爱其才而复思其色。方踌躇之间，忽见媛映立于垂杨之下，鲜容美服，甚于曩昔。生乃仰天而叹曰："人之所悦者，不过色也。今睹媛之色，可谓悦人也深矣，安顾其他哉！然则吾生之前，死之后，安知其不为异类乎？媛不可舍也。"遂毁其符而再与之合。①

李达道"人之所悦者，不过色也"的表白和不顾一切拥抱才色狐女的举动，透露出宋人世俗化传奇对情欲的肯定和认可。又如《玉尺记》叙王生在鬼女向自己表达爱慕之情时，有云："儿女之情，嗜欲之性，诚不可遏。"②也肯定了"儿女之情，嗜欲之性"的正当性。

《云斋广录》传奇作品对"佳人胆"女性群像的塑造，以及通过男主人公之口说出的"人之所悦者，不过色也""嗜欲之性，诚不可遏"等言语，从女子和男子两个层面同时表达出情欲追求的正当性。《云斋广录》传奇作品对情欲的此种态度和言说，显然代表着市井细民的思想观念和审美情趣，而与正统文人的为文旨趣扞格难入。《四库全书总目·云斋广录提要》批评

---

① 李献民《云斋广录》卷五《西蜀异遇》，第27页。
② 李献民《云斋广录》卷七《玉尺记》，第47页。

该书"所载皆一时艳异杂事,文既冗沓,语尤猥亵""纯乎诲淫",①虽语带轻慢,然也道出了《云斋广录》书中篇章尤其是书中传奇的风月特质和艳异气息。

三、"无所稽考":《云斋》的世俗化叙事

《云斋广录》的世俗化不仅体现在审美趣味和价值观等方面,也体现在运用世俗化的艺术手法方面。李献民《云斋广录自序》称撰书目的乃是搜集清新奇异之事"以资谈谑",实际上,李氏为了让故事更加吸引人,更能佐"谈谑",对这些"清新奇异之事"做了大量的艺术加工,采用了伏笔、悬念、内心独白等将"事""叙"得更有情味的艺术手法。《云斋广录》被《郡斋读书志》讥为"记一时奇丽杂事,鄙陋无所稽考之言为多",②其中的"鄙陋无所稽考"云云,从侧面道出了该书的幻设特性。《云斋广录》的幻设,与该书为让叙事更为生动曲折,而特意采用伏笔、悬念、内心独白等世俗化艺术手法颇有关系。

(一)伏笔悬念之法

伏笔和悬念是叙事中制造波澜、承转情节的重要手法,这种手法在唐传奇中虽偶有运用,却并不普遍,但在宋传奇中却在在皆是。《云斋广录》传奇中运用伏笔、悬念之法的篇章不少,典型者如《华阳仙姻》。文叙萧防博学强志,好黄老书,慕摄生理,然未之有得。穷而投靠故人,于旅舍遇一女道士诸葛,以卜筮为业,年未逾笄,姿色极丽。诸葛主动拜访萧防,又以卜筮所得资助之。后来萧防北归,两人离别,萧防梦见诸葛执而言曰:"当日不得一别,迄今怏怏。愿君无忘旧好,岂敢以睽阻为恨。"又梦见诸葛赠诗一首,曰:"常嗟前会梦中身,今夕相逢岂是真。愿得君心坚旧好,年周四十复相亲。"萧防累举不捷,蹭蹬三十余年,后来又浪迹扬楚之间,因游市肆,忽逢诸葛。诸葛曰:"知君远来,故奉迎尔。"萧防极为惊异,始忆梦中之诗有四十年复相见之语。诸葛以修炼之方启发萧防,又以百花酝招待之。萧防重返青春,次年登第得官,赴任前夕忽得家信,报家中妻子俱亡。到官后于玉晨观游览,被东方朔派出的青童引至华阳洞,并与华阳

①《四库全书总目》卷一四四《云斋广录提要》,北京:中华书局,1997年版,第1909页。
②晁公武撰、孙猛校证《郡斋读书志校证》卷一三,第597页。

洞主董侍御之女双成结为夫妻，成婚后始知双成即诸葛氏。宴乐间女童请萧防暂起，萧防避席，恍如梦觉，方才所见皆失。萧防自此辞官入茅山为道士。该故事中，伏笔运用非常明显。萧防与诸葛离别后，梦见诸葛赠诗，诗中有"年周四十复相亲"句，后来两人果然于四十年后结为夫妻，前面的伏笔和悬念在后文得到了回应和揭示，这使得整个故事承转有法、非常紧凑。

《云斋广录》传奇中运用伏笔、悬念之处屡见不鲜。如《嘉林居士》叙张平先生诛茅构舍于庐山之下，一日有客自称嘉林居士卢甲来访，"视其人，乌巾玄服，目圆而腰大"。两人纵论考隐推显之理、全身远害之道，甚为相得。后来客人告辞，"翻然入水，化为一大龟，浮于溪面"。张平归舍，复省其论情叙事，无非龟也。[1] 实际上，从嘉林居士卢甲的称谓和肖像描写，已经暗示出客人的龟仙身份，[2]蕴藏着作者的"伏笔"用心。又如《钱塘异梦》中叙及司马槱与美人共度良宵之后的赠诗及问答，云：

> 及晓，乃留诗为别。诗曰："长天书阔雁来尽，深院落花莺更多。发策决科君自尔，求田问舍我如何。"君曰："吾方以少年中第，始食王禄，将致身于公辅而后已。子何遽为此诗，以劝吾之退也？"美人曰："人之得失进退，寿夭贫富，莫不有命。君虽欲进，而奈命何？ 此非君所知。 如妾与君遇，盖亦有缘，岂偶然哉！"美人告去，君乃觉焉。[3]

实际上，美人的赠诗以及"君虽欲进，而奈命何"的提醒，已经暗示了司马槱的人生命运，为后文叙述司马槱刚得一小官即暴亡之事打下了伏笔。又如《四和香》中太学生孙敏邂逅的神秘丽人本身就是一个悬念。该丽人究竟是谁，孙敏在不断追问，但又始终不得其解，就连作者也不得其解，只能在文末感叹"然则敏之所遇，人耶？ 鬼耶？ 仙耶？ 此不可得而知也。岂不异哉"。[4] 这样的悬念设置，使故事充满了趣味。再如《甘陵异

---

[1]李献民《云斋广录》卷四《嘉林居士》，第21～22页。
[2]司马迁《史记·龟策列传》引《传》曰："有神龟在江南嘉林中。嘉林者，兽无虎狼，鸟无鸱枭，草无毒螫，野火不及，斧斤不至，是为嘉林。龟在其中，常巢于芳莲之上。"（北京：中华书局，1959年版，第3227页）于此可见，嘉林居士的称谓，已暗含神龟之意。
[3]李献民《云斋广录》卷七《钱塘异梦》，第45～46页。
[4]李献民《云斋广录》卷六《四和香》，第38页。

事》《无鬼论》等篇，文中皆运用了伏笔、悬念之法，使得故事既波澜起伏又圆合自然。

（二）犯中求避之法

《云斋广录》中部分传奇，有意多次描写类似的情节和场景，但又写得富于变化、各有面貌，并通过这些"似中有变"的特写，延缓叙事节奏，增加叙事趣味。此种手法，颇似明清小说评点家所谓的"正犯法""用犯笔而不犯"，①我们可称之为"犯中求避之法"。

《四和香》叙太学生孙敏上元节前夕游京师启圣寺，邂逅一神秘丽人，并被丽人邀约明日于崇夏寺寻老李师处相会。孙敏至期赴约，与丽人共饮同寝，孙问其姓名，则笑而不答。自后两人频频约会。后孙敏因病返归，约丽人叙别，丽人谓"能于中秋日复至京华，则可得相见。如或过期，则不得与郎再会矣"。孙敏返归后，被父母强留至重阳方才返回京师。再访老李师，已不知去向，只于崇夏寺小阁壁上见丽人题诗："雨滴梧桐韵转凄，黄昏凝伫倚朱扉。相期已过中秋后，不见郎来泪湿衣。"孙敏遂无缘再会丽人。小说重点写了孙敏与丽人六次相见的情景，其中前三次的相遇有类似处，但都"似中有变"，前后承续，不断推动情节的发展。小说叙初次谋面云：

> （孙敏）因游启圣禅刹，过法堂之后，轩窗四敞，竹槛相对。生乃凭栏而坐。久之，见一丽人，衣不尚彩，但浅红淡碧而已，然而姿色殊绝，生目所未睹也。与一侍妾同行，徐止于生旁，乃憩于坐末，数眄生微笑，与其侍妾窃窃有语。生疑之，以为所谒贵戚之家耳。

---

① 所谓"正犯法"，如金圣叹《读第五才子书法》云："有正犯法。如武松打虎后，又写李逵杀虎，又写二解争虎；潘金莲偷汉后，又写潘巧云偷汉；江州城劫法场后，又写大名府劫法场；何涛捕盗后，又写黄安捕盗；林冲起解后，又写卢俊义起解；朱仝、雷横放晁盖后，又写朱仝、雷横放宋江等。正是要故意把题目犯了，却有本事出落得无一点一画相借，以为快乐是也。真是浑身都是方法。"见《贯华堂第五才子书水浒传》，《金圣叹全集》本，南京：江苏古籍出版社，1985年版，第23页。所谓"用犯笔而不犯"，如张竹坡《批评第一奇书〈金瓶梅〉读法》云："《金瓶梅》妙在善于用犯笔而不犯也。如写一伯爵，更写一希大，然毕竟伯爵是伯爵，希大是希大，各人的身份，各人的谈吐，一丝不紊。写一金莲，更写一瓶儿，可谓犯矣，然又始终聚散，其言语举动，又各各不乱一丝。写一王六儿，偏又写一贲四嫂。写一李桂姐，偏又写一吴银姐、郑月儿。写一王婆，偏又写一薛媒婆、一冯妈妈、一文嫂儿、一陶媒婆。写薛姑子，偏又写一王姑子、刘姑子。诸如此类，皆妙在特特犯手，却又各各一款，绝不相同也。"见《张竹坡批评第一奇书〈金瓶梅〉》，济南：齐鲁书社，1991年版，第38页。

小说叙再次谋面云：

> 乃起游别殿，徘徊周览，复憩于前竹轩之地。少顷，其丽人又至，似相亲密。适会一鬻茶者过其侧，姬乃呼茶以饮生。敏不敢措辞。

这两次谋面，有相似之处，都是孙敏"偶遇"丽人，但又有变化，即后一次在前一次的基础上推进了情节，丽人诱惑孙敏之举，已从"止于生旁，乃憩于坐末，数眄生微笑"，发展为"呼茶以饮生"。

小说紧接着叙第三次相逢云：

> 茶彻，遂遽起，因游伽蓝，入东塔院。方行于廊上，后有一女使呼生甚急。生回视，乃启圣丽人之侍妾也，言："娘子在前殿奉候，令妾邀君子叙话，幸无见疑。"生惊喜交集，随侍妾至前殿，丽人凝立于阶下，见生乃嫣然微笑曰："适邂逅近相遇，倾慕风采，虽不待援琴之挑，而已有窃香之志，君何避焉？"生对以"素非识面，实不谓有意于疏拙"。姬乃敛眉筹思，复谓生曰："妾之微诚，已闻左右。然缱绻之情，未暇款曲。君可来日于崇夏寺西厢，以南□上，寻第二院老李师，则妾在彼矣。可与君相见，愿无愆期。"①

这次相逢，丽人诱惑孙敏之举，已从"偶遇"发展为邀其见面并表达爱慕之情，还定下约会之期。丽人与孙敏的三次相逢，步步为营，将两人关系不断向前推进。小说对这三次相逢的描写，犯而不犯，层层递进，饶有趣味。

《无鬼论》叙儒生黄肃刚介悍勇，拟作《无鬼论》以解天下之惑。方欲下笔，忽有一村仆自户而入，谓主人王大夫有二子，请黄前去教学。黄随村仆至其庄，主人命二子出拜，约明日来邀黄就馆。黄恍然梦觉，大为疑惑。次日，村仆果然前来邀黄就馆，主人设宴款待，又以女许之，约三日后迎娶。黄再次恍然梦觉，始信鬼神之说未必为诬。三日后，门外车马喧嚣，王大夫遣人来迎黄肃成婚。婚后黄居妻家月余，值王大夫赴任江南，携女同行，并以车马送黄还家，约以明年清明迎黄。黄还家，第三次恍然梦觉，黄将所遇之事及妻所赠之诗具告友人何皋。及来岁清明，黄忽暴亡。皋乃悟黄妻之诗，皆隐含黄死之年并其月日，无少差焉。小说叙黄肃的三次入梦，层层递进，逐步深入。第一次恍然梦觉后，黄肃的反应是疑惑，小说云："生曰：'吾

---

① 李献民《云斋广录》卷六《四和香》，第35～36页。

方著《无鬼论》,而遽有此梦,何其怪也。吾以谓梦邪,则所由之径,所睹之人,明然在目;其间揖让之仪,论议之事,皎然在怀。'"第二次恍然梦觉后,黄肃对鬼神之事已由疑转信,小说云:"生乃叹而言曰:'吾常读《左传》,见晋狐突之遇申生,郑伯有之杀带、段,皆纪为鬼之说,吾甚不取。以谓左氏艳而富,其失也诬,正为此等事耳。今吾身自遇之,然后信其言为不谬矣。'"第三次恍然梦觉后,黄肃对鬼神之事已深信不疑,这从他"以所遇之事,并其妻所赠之诗,以示友人何皋"之举可知。① 小说叙述黄肃的三梦三醒,所梦之事不断推进,醒后之悟亦不断加深,后一次的梦、醒与前一次的梦、醒,"形"似而"神"异,犯而不犯,形成层递关系,于此可见小说谋篇布局的精巧。

(三)内心独白之法

与《青琐高议》一样,《云斋广录》中的部分传奇也采用了内心独白之法。《西蜀异遇》叙宣德郎李褒之子李达道一日独坐公舍之后的花圃时,忽然听到抚掌轻讴的歌声,循声而往,发现了一位"微弹香鬟,脸莹红莲,眉匀翠柳"的绝色女子,接着小说叙云:

> 生复避于亭上,沉思久之:以谓娼家也,则标韵潇洒,态有余妍,固非风尘之列;以谓良家也,则行无侍姬,入无来径,亦何由而至此。疑念之际,则女子者嶷然已至于亭下。②

那位少女初次进入李生的视野,即有些蹊跷,小说用"沉思久之"领起,以内心独白的方式呈现了李生关于其身份的疑惑,为后来的情节发展设置了悬念——究竟这位不似娼家也不似良家的女子是何身份。后来随着故事的不断发展,该女为狐女的面纱才陆续揭开。

《无鬼论》叙儒生黄肃于第一次梦醒后,非常疑惑:

> 翌日生起,至辰巳间,生乃正色危坐以待焉。良久,其仆果至,谓生曰:"大夫请先生就馆。"生熟其仆,而私自念曰:"吾方正色危坐,略不瞑目,此非梦也。"乃随仆而前,至其所,宛然昨日所诣之地也。生又疑为梦,徘徊不进。瞪目回顾,野色明朗,嘉禾葱倩,晓明非梦也。③

---

① 李献民《云斋广录》卷七《无鬼论》,第48~53页。
② 李献民《云斋广录》卷五《西蜀异遇》,第25页。
③ 李献民《云斋广录》卷七《无鬼论》,第49页。

其中"私自念曰"引起的文字即为黄肃的内心独白，将黄肃面对梦中之事一一应验所激起的心理波澜呈现出来，使得情节迷离恍惚，增加了叙事的趣味。

四、准世俗化传奇：雅俗融汇新形态

《云斋广录》的世俗化不仅体现在人物、题材、审美趣味、价值观念乃至艺术手法方面，也体现在其与市井说话的关系上。《云斋广录》卷四"灵怪新说"、卷五卷六"丽情新说"、卷七"奇异新说"、卷八"神仙新说"，这四种分类名称可能就与说话颇有关系。胡士莹《话本小说概论》认为《云斋广录》"采取话本分类的形式来分类。如其中的《丽情新话》、《丽情新说》、《奇异新说》、《神仙新说》等，颇近于话本中的烟粉、灵怪、传奇"。①程毅中《宋元小说研究》云："《云斋广录》里设立了'灵怪新说'、'神仙新说'等门类的名目，可能就是小说家话本和诸宫调、傀儡戏等分类的先驱。"又云："'灵怪'一词是宋代说话及唐宫调等常用的题材分类名称，在古体小说集中用以立目，尚属首见，也可说明其已不同于以往的志怪小说。"②两位先生都点出了《云斋广录》的门类名称与话本等世俗文艺分类的关系。

仔细阅读《云斋广录》卷四至卷八的相应篇章，可以发现其分类与宋人基于题材对"小说"伎艺的分类大致相符。罗烨《醉翁谈录·小说开辟》将小说伎艺基本上按题材分为八类："有灵怪、烟粉、传奇、公案，兼朴刀、捍棒、妖术、神仙。"《云斋广录》卷四"灵怪新说"（包含《嘉林居士》《甘陵异事》共两篇），大致相当于《醉翁谈录·小说开辟》所云"灵怪"，都是征奇话异的精怪故事。《云斋广录》卷五卷六"丽情新说"（包含《西蜀异遇》《丁生佳梦》《四和香》《双桃记》《王魁歌并引》），大致相当于《醉翁谈录·小说开辟》所云"传奇"，大都是讲说人间男女情爱故事。《云斋广录》卷七"奇异新说"（包含《钱塘异梦》《玉尺记》《无鬼论》《丰山庙》），大致相当于《醉翁谈录·小说开辟》所云"烟粉"，大都是讲说烟花粉黛的女鬼与世间男子的人鬼情爱故事。《云斋广录》卷八"神仙新说"（包含《华阳仙姻》《居士遇

①胡士莹《话本小说概论》，第150页。笔者按：《云斋广录》中并无"丽情新话"，胡先生所云可能偶误。

②程毅中《宋元小说研究》，第127、112页。

仙》），大致相当于《醉翁谈录·小说开辟》所云"神仙"，都是讲说神仙故事。

另外值得注意的是，《云斋广录》中的多篇传奇都曾有相应的宋代小说话本对应，如《西蜀异遇》与《醉翁谈录》所云《李达道》、《无鬼论》与《醉翁谈录》所云《无鬼论》、《钱塘异梦》与《醉翁谈录》所云《钱塘佳梦》、《王魁歌并引》与《醉翁谈录》所云《王魁负心》，都可能存在文本渊源关系。但究竟是文言传奇记录市井说话，还是市井说话敷演文言传奇，很难断定。

《云斋广录》对文言传奇之分类与宋人对"小说"伎艺之分类的重合性，以及《云斋广录》相应传奇与宋代小说话本的文本渊源关系，让人不得不怀疑该书与说话的密切关联。胡士莹《话本小说概论》认为："北宋时人李献民的《云斋广录》，也是一部话本的参考书……其书亦采取话本分类的形式来分类……又此书所载《无鬼论》、《盈盈传》、《钱塘异梦》等篇，也被南宋说话人编成话本。像这一类性质的作品，起初原为文人猎奇摹拟话本某种形式的作品。"① 凌郁之《走向世俗——宋代文言小说的变迁》则从"被说话人用以敷衍说话的书面文本"皆可视作"话本"的维度出发，认为《云斋》也宜视同话本。② 程毅中《宋元小说研究》则更为谨慎一些，云："从故事内容看，《醉翁谈录》所举小说篇目中的《李达道》、《无鬼论》、《钱塘佳梦》，都见于《云斋广录》，《志雅堂杂抄》所记的北本小说也有《四和香》。这些故事显然与市井瓦舍的说话有密切联系……书中《甘陵异事》、《丁渥佳梦》的情节，也为后来的近体小说所移植借用。我们从《云斋广录》可以看到古体小说和近体小说交流互补的迹象。"③胡先生将《云斋广录》视为拟话本（"文人猎奇摹拟话本某种形式的作品"），凌博士则将该书视同话本（"被说话人用以敷衍说话的书面文本"），程先生指出该书某些故事"显然与市井瓦舍的说话有密切联系"。

综合来看，笔者认为还是程先生之论更为审慎，因为《云斋广录》只是其中部分传奇与市井说话可能有文本渊源关系，并且这些传奇从文体角度考察与话本泾渭分明，所以还是不宜将这些传奇视为"拟话本"甚至"话本"。

---

① 胡士莹《话本小说概论》，第 150 页。
② 凌郁之《走向世俗——宋代文言小说的变迁》，第 271 页。
③ 程毅中《宋元小说研究》，第 127～128 页。

与辞章化、典雅化的唐传奇相较，《云斋广录》中的宋传奇在人物、题材、审美趣味、价值观念乃至艺术手法方面都呈现出世俗化的趋势，并且这些宋传奇中的部分篇章与市井说话可能还有文本渊源关系。但与《青琐高议》中的宋传奇相较，《云斋广录》中的宋传奇，则又更为辞章化、典雅化一些。因此可以说，《云斋广录》中的宋传奇是介于唐代辞章化传奇与《青琐高议》世俗化传奇之间的一种中间形态，我们不妨将其视为准世俗化传奇。这种准世俗化传奇，是雅俗融汇的传奇新形态。

我们将《云斋广录》与《青琐高议》所收宋传奇进行对读，可以深刻地体会到前者的辞章化、典雅性确实胜过后者。《云斋广录》卷四至卷九收录的13篇宋传奇中，有10篇穿插了诗词，①穿插诗词的篇章占总数的77%。而且有些篇章如《甘陵异事》《西蜀异遇》《盈盈传》穿插诗词非常多，有些篇章如《丁生佳梦》《钱塘异梦》乃是以主人公所写诗词为基本骨架，诗词成了这些篇章推进情节、塑造人物、酿造诗意的重要媒介。反观《青琐高议》，该书所收宋传奇的诗词韵味明显淡化。《青琐高议》所收51篇宋传奇中，有26篇穿插了诗词，②穿插诗词的篇章仅占总数的50%。另外，穿插诗词的篇章中，除了《长桥怨》《王幼玉记》等篇章有较多诗词外，其余篇章中的诗词大都是零零星星，点缀而已。

《云斋广录》中的宋传奇不仅诗词用得多，而且用得好。比如同为叙写人狐之恋的传奇，《云斋广录》中的《西蜀异遇》与《青琐高议》中的《小莲记》，在诗词运用方面，在辞章化、典雅性方面确实有高下之分。《小莲记》中没有一首诗词，也没有参用其它文体，而《西蜀异遇》则自觉效法唐传奇之"文备众体"，融叙事、诗词、祭文、书信、对联于一炉。文中有狐女宋媛先后所作《蝶恋花》词、《阮郎归》词各一首，孔昌宗写给李达道之父李褒的书信一封，李褒为孔昌宗所作楚辞体祭文一篇，还有宋媛所作绝句三首，还有李生与宋媛相对而成的对联两幅。这些诗文不仅得体，而且文辞典雅优美，如宋媛所作《蝶恋花》词：

---

① 分别为《甘陵异事》《西蜀异遇》《丁生佳梦》《四和香》《双桃记》《钱塘异梦》《玉尺记》《无鬼论》《华阳仙姻》《盈盈传》。

② 分别为《流红记》《温泉记》《谭意歌》《骊山记》《希夷先生传》《王幼玉记》《越娘记》《王榭》《温琬》《甘棠遗事后序》《书仙传》《高言》《王寂传》《异鱼记》《群玉峰仙籍》《朱蛇记》《楚王门客》《慈云记》《琼奴记》《远烟记》《长桥怨》《吕先生续记》《韩湘子》《范敏》《西池春游记》《张浩》。

云破蟾光穿晓户，欹枕凄凉，多少伤心处。唯有相思情最苦，檀郎咫尺千山阻。莫学飞花兼落絮。摇荡春风，迤逦抛人去。结尽寸肠千万缕，如今认得先辜负。①

借助月光、飞花、落絮、春风等意象，将相思之情抒发得丝丝入扣。《西蜀异遇》巧妙穿插这些雅诗丽词、佳文妙联，将故事叙述得诗意盎然，余香满口。将《西蜀异遇》与《小莲记》对读，两者同为人狐恋情传奇，但前者仿佛韵味十足的大家闺秀，后者则似枯槁憔悴的乡野村妇，两者的造诣和魅力不可同日而语。

再如同为叙写人鬼之恋的传奇，《云斋广录》中的《玉尺记》与《青琐高议》中的《范敏》也是趣味迥异。《玉尺记》中的女鬼有小家碧玉之风，而《范敏》中的女鬼则有市井泼妇之态。《玉尺记》有诗一首，即女鬼自荐枕席后留以赠生之诗，诗云："芳姿况晦几经秋，风响梧桐夜夜愁。惆怅平生浑如梦，满怀幽怨甚时休？"②写得既符合格律，又幽怨典雅。《范敏》也有诗一首，即巨翁《赠李氏吹笛诗》，诗云："一声吹起管欲裂，窍中迸出火不灭。半夜苍龙伸颈吟，五湖四海波涛竭。自从埋没尘土中，玉管无声宝箧空。今日重吹旧时曲，几多怨思悲秋风。此意无心伴寒骨，梦魂飞入李王宫。"③与《玉尺记》中诗篇相比，则更为通俗一些。

通过上面的比较可以发现，《云斋广录》中的宋传奇比《青琐高议》中的宋传奇，确实更为辞章化、更有典雅性。但两者又有共同点，即与唐传奇相较时，两者又都在人物、题材、审美趣味、价值观念乃至艺术手法方面呈现出世俗化的趋势，只是两者世俗化的程度又有差异，即《青琐》中的宋传奇有更强的世俗性，而《云斋》中的宋传奇则保留了较多的典雅性。两书世俗化程度的差异丰富了宋传奇世俗化的形态，为我们考察唐宋传奇转型提供了鲜活样本。

《云斋广录》《青琐高议》为代表的宋代传奇，受到说话等世俗文艺的深刻影响，在文体形式上虽然还部分或者不同程度地保留了辞章化的传奇特色，但在文本旨趣上已经朝着世俗化的方向迈进，形成有别于唐代

①李献民《云斋广录》卷五《西蜀异遇》，第27页。
②李献民《云斋广录》卷七《玉尺记》，第47页。
③刘斧《青琐高议》后集卷六《范敏》，第162页。

辞章化传奇、典雅化传奇的世俗化传奇、准世俗化传奇。宋代以《云斋》《青琐》为代表的世俗化传奇和准世俗化传奇，对元明《娇红记》《国色天香》《绣谷春容》《万锦情林》等渗透话本精神的文言传奇有深刻影响，清代王士禛跋《青琐高议》，谓"此《剪灯新话》之前茅也"，[1]正点出了此种影响。

第三节 《绿窗新话》中的种本式类编

《绿窗新话》是南宋非常重要的文言小说集，该书选录、改编群书中的风月故事并以类相从，注重市井趣味，呈现情色倾向，应该是为说话艺人提供参考的种本式风月类编，在小说形态发展史上具有特殊价值。但该书通行本即周楞伽先生整理本在文献上多有疏漏，而学界多依此本进行研究，导致部分论者对该书性质判断出现偏差。现在确有必要正本清源，笔者特赴南京图书馆查阅到了现在通行本的祖本即原嘉业堂藏明抄本，并通过深入的文本细读，力图还原该书的历史本相。

一、风月类编：《绿窗》的成书与性质

（一）版本源流：传抄本与整理本

《绿窗新话》在宋末罗烨《醉翁谈录》中曾被提及，[2]但未见宋元书目著录。现知较早著录者为明代嘉靖年间晁瑮《宝文堂书目》，该书子杂类著录《绿窗新话》，未言卷数。稍后赵用贤《赵定宇书目》载《稗统续编》目录，其中有"《绿窗新话》一本"。万历年间朱睦㮮撰《万卷堂书目》，卷三小说家类著录"《绿窗新语》四卷"。清初黄虞稷撰《千顷堂书目》，卷一五类书类载《广说郛》目录，其中有《绿窗新话》，未言卷数。清中叶范懋柱辑《天一阁书目》，卷一之一"挑取备用进呈书"中有"《绿窗新语》一卷"。另外，《永乐大典》卷七三二八"柳家婢不事牙郎"条引"《绿窗新语》评曰"，内容与今本吻合，可见《绿窗新语》应该是《绿窗新话》的别称。

《绿窗新话》在宋元明清都未见刻本，现知者皆为抄本。据《中国古籍

---

①王士禛跋《青琐高议》，刘斧《青琐高议》卷末附录，第253页。

②罗烨《醉翁谈录·小说开辟》云："动哨、中哨，莫非东山笑林；引倬、底倬，须还绿窗新话。"上海：古典文学出版社，1957年版，第3页。

总目》，现存两卷明抄本两种，一藏南京图书馆，一藏宁波天一阁（仅存卷上）；两卷清抄本一种，两册线装，藏国家图书馆。

南京图书馆藏明抄本分上下卷，两册线装，页长 26.6 厘米，宽 17 厘米，半页九行，行二十四字，用工整楷书抄写。卷上和卷下，在目录和正文第一页右下方各钤有"吴兴刘氏嘉业堂藏书记"朱文长方印，另外，卷上目录页右上方钤有"御赐抗心希古"朱文双龙长方印。从这两种藏书印可知，该书原为刘氏嘉业堂藏本。卷上正文第一页第一行顶格书"绿窗新话卷上"，第二行空六格书"皇都风月主人"，其中"皇都风月"与"主人"之间空两格，第三行空三格书"刘阮遇天台女仙"，第四行顶格抄写正文。上卷从"刘阮遇天台女仙"到"唐明皇咽助情花"，共 72 篇。卷下正文第一页第一行顶格书"绿窗新话卷下"，第二行空七格书"皇都风月主人"，其中"皇都风月"与"主人"之间空一格，第三行空三格书"韩妓与诸生淫杂"，第四行空一格抄写正文。下卷从"韩妓与诸生淫杂"到"蒋氏嘲和尚戒酒"，共 82 篇。两卷合计 154 篇。

宁波天一阁藏明抄本（下简称"阁本"），一册线装，半页十行，行二十字，白口，四周单边。无目录，正文第一页第一行顶格书"绿窗新话卷上"，第二行空七格书"皇都风月主人"，字间皆空一格，第三行空三格书"刘阮遇天台仙女"，第四行顶格抄写正文。正文第一页前三行居中处，钤有"四明卢氏抱经楼藏书印""潢川吴氏收藏图书"两方朱文方印。阁本的内容与南图本基本一致，个别细节略有差异。如第一篇题目，南图本作"刘阮遇天台女仙"，阁本作"刘阮遇天台仙女"，其中叙及刘阮被女仙邀至家中，南图本云"有数仙女将桃至，云来庆女婿，歌舞作乐"，阁本将其中的"乐"误为"矣"。再如第 20 篇题目，南图本作"韦卿娶华阴神女"，阁本将其中的"阴"误为"兵"。两相比照，南图本与阁本应该是源于同一祖本的不同版式的抄本，而南图本更为准确，阁本在抄写中有少量失误。颇可注意的是，阁本在天头处常有眉批，在文中也有少量夹批。

国家图书馆藏清抄本亦分上下卷，两册线装，半页九行，行二十四字，格式和内容皆与南京图书馆藏明抄本完全一致，应该是源于明抄本。稍感遗憾的是，清抄本无任何印章。

原刘氏嘉业堂藏、今南京图书馆藏明抄本，来自宁波天一阁。黄孝纾《〈绿窗新话〉校释引言》云：

　　《绿窗新话》二卷,旧题皇都风月主人撰,不著姓氏。传世无刻本,吴兴南浔刘氏嘉业堂藏有明抄本,系得自鄞县天一阁,较之武进董诵芬《书舶庸谭》记在日本书坊所见到同一内容改题《绿窗新语》者,篇目增多三十余篇。海内抄本当以此为最完善者。远在 1934 年,余与亡友夏映庵、卢冀野合编《艺文》杂志,曾向嘉业堂借抄,付《艺文》杂志分期刊载。①

由上可知,黄孝纾曾借抄嘉业堂所藏明抄本《绿窗新话》,排印发表在《艺文》杂志。黄先生《引言》说此事是在 1934 年,可能是时间久远,记忆偶误。翻检《艺文》,该杂志创刊于 1936 年,亦停刊于此年,总共刊行了六期,《绿窗新话》先后被刊载于《艺文》杂志第二至六期,分五期载完。

　　1957 年,周楞伽先生根据《艺文》杂志所载,进行校补,在上海古典文学出版社出版了《绿窗新话》整理本。1958 年,周先生此书被纳入杨家骆主编的《世界文库》,以相同内容在台湾世界书局出版。1991 年,周先生又在上海古籍出版社推出了《绿窗新话》笺注本,成为今天的通行本。史仲文主编《中国文言小说百部经典》收录《绿窗新话》,未注明版本出处,但经笔者仔细核对,即出自笺注本。

　　关于整理本对《艺文》本的校补、笺注本对整理本的完善,周先生在笺注本前言中有详细说明:

　　　　本书因从未付印,长期湮没不传,仅吴兴嘉业堂、宁波天一阁藏有抄本,一九三五年上海《艺文杂志》曾据抄本分两期刊载全文,我于一九五七年就根据《艺文杂志》所刊加以整理。原书分量既少,刊物在发表时又不注意校勘和补正抄本的缺字、错字,以致满纸鲁鱼亥豕,不堪卒读。好在每篇大多注有出处,未注的除已佚外也不难查考,于是便根据所引之书补正讹夺,有些被节录得前后情节语气不相衔接的,则录载全文,在文中用小字注明原书文字之有无和编者删节改写之处,另将和每篇有关的资料附载于按语或文后,交上海古籍出版社的前身古典文学出版社印行……

　　　　今天回顾初版本,觉得有很多缺点。最突出的几条,第一是当时

①黄孝纾《〈绿窗新话〉校释引言》(黄孝纾遗稿,齐心苑整理),《文史哲》2016 年第 1 期。

只注意便于阅读,没有保留抄本原貌;第二是所引参考资料过于烦琐,有些其实是与原文没有多大关系的旁枝末节,有些还有失考辨,以误传误;第三是没有对书中的人名地名文物典章制度加以必要的注释,增进读者的理解。①

值得注意的是,周先生此处所云"一九三五年上海《艺文杂志》曾据抄本分两期刊载全文",并不准确。笔者仔细查核《艺文》杂志,准确的说法应是:一九三六年上海《艺文》杂志曾据抄本分五期刊载全文。

周先生的整理本、笺注本有不少缺陷。李剑国中肯地指出:"1957年周夷据《艺文杂志》本加以整理校补,由上海古典文学出版社出版。周夷校本根据引书原文及他书补正缺字讹字,此固为校书必要,但于节录过甚者则补足段落,虽于文中以双行小字出校,但殊失原貌,未为善法;而且篇后附载有关资料,与原文附语或易混淆,又多不详注出处,体例亦难称善。1991年上海古籍出版社又出版周楞伽(即周夷)笺注本,体例有所改进,但仍有疏误处。"②日本学者大塚秀高亦发现了周先生整理本、笺注本存在擅改抄本之弊。③

近年,齐心苑博士《〈绿窗新话〉勘正》对周先生排印本(包括整理本和笺注本)的疏漏进行了系统清理,指出其存在"交代版本来源有误""记录分期错误和文本顺序颠倒""改底本不作说明"等问题。④

齐博士所指周先生排印本问题之中,文本顺序颠倒之弊尤其值得关注。《艺文》杂志第二期刊载《刘阮天台仙女》到《张俞骊山遇太真》共16篇,第三期刊载《韦生遇后王夫人》到《周簿切脉娶孙氏》共33篇,第四期刊载《薛媛图形寄楚材》到《唐明皇咽助情花》共23篇,此为上卷共72篇,第五期刊载《韩妓与诸生淫杂》到《虢夫人自有美艳》共41篇,第六期刊载《袁宝儿最多憨态》到《蒋氏嘲和尚戒酒》共41篇,此为下卷共82篇。上下卷合计154篇。周先生在抄录《艺文》杂志所载《绿窗新话》篇章时,错将第六

①皇都风月主人编《绿窗新话》,周楞伽笺注本,第4~5页。
②李剑国《宋代志怪传奇叙录》,第291页。
③大塚秀高著、柯凌旭译《从〈绿窗新话〉看宋代小说话本的特征——以"遇"为中心》,《保定师范专科学校学报》2002年第3期。
④齐心苑《〈绿窗新话〉勘正》,《图书馆研究》2016年第4期。另外,李艳华硕士论文《〈绿窗新话〉研究》(广州:暨南大学,2012年)也注意到周先生排印本与《艺文》杂志本在部分篇章顺序和文字上的较大差异。

期所载篇章置于第五期所载篇章之前,导致下卷顺序颠倒,导致本来前后相连、两两对仗的《袁宝儿最多憨态》与《虢夫人自有美艳》,分处于下卷的首篇与末篇,只能首尾遥望。① 同时,周先生排印本下卷的顺序颠倒,也破坏了《绿窗新话》以类相从的篇目顺序。

综上所述,尽管周先生整理本、笺注本对《绿窗新话》的校补和注释多有可采,但因其与原本面貌差异甚大,确实不适合作为研究的底本。下面所论《绿窗新话》的篇目分类,即以明抄本为主要依据。

(二)成书过程:初编本与重编本

1.初编于南宋前期

《绿窗新话》选录154篇文言小说,大多系节引汉魏六朝小说、唐宋传奇笔记、诗话词话、史传文集而成,从其引书情况则可大致推断其初编本的成书年代。李剑国认为:

> 本书产生时代,从其引书情况可以大略推知。所采作者可考的宋人书,大抵出自北宋,只有杨湜(一作偍)《古今词话》可能成于南宋绍兴间。作者不明的《可怪录》(卷上《楚娘矜姿色悔嫁》)、《刿玉小说》(卷上《金彦游春遇会娘》),事皆在北宋开封,当亦出北宋。南宋高、孝朝小说著名者如《夷坚志》、《清尊录》、《投辖录》、《睽车志》、《摭青杂说》等,都不乏有丽情故事,但都未加采录,特别是《夷坚志》卷帙浩繁,载事数千,其《甲志》二十卷隆兴中已行世,多处刊刻,广传天下,而竟亦不采一事。可见本书之编不会很晚,参酌《古今词话》的创作年代,大约编于绍兴十八年后至绍兴三十二年间。②

---

① 周先生之所以会将第五期与第六期顺序搞颠倒,可能与《艺文》杂志第六期将刊行时间错排为"中华民国二十五年四月十日"有关,实际上该期中间还刊有纪"丙子七月二十七日"之事的作品,刊行时间怎么可能早于作品时间呢。《艺文》杂志第五期刊行时间为"中华民国二十五年十月二十日",周先生可能未及细察,看到错排时间的第六期早于第五期,于是将顺序颠倒。另外,周先生的顺序颠倒之误,也可能与《艺文》编排页码,前后不一使人迷惑有关。《艺文》第二期载《绿窗新话》,页码编为第1至5页,第三期编为第6至14页,第四期编为第15至21页。这三期,先后刊载《绿窗新话》上卷的72篇文章,页码前后相续。《艺文》第五期载《绿窗新话》下卷,又自乱体例,将该期的所有刊载内容打通排页码,于是《绿窗新话》被排到了第48至58页。《艺文》第六期,又是各篇文章独立排页码,相互之间不连续,刊载《绿窗新话》下卷文章,页码编排为第1至11页。《艺文》各期页码编排的前后不一,的确让人迷惑,也许周先生将第六期文章(《艺文》标页为第1至11页)置于第五期(《艺文》标页为第48至58页)之前,也是惑于此吧。
② 李剑国《宋代志怪传奇叙录》,第293～294页。

李先生所论，得到了多数学者的认同。

《绿窗新话》初编于南宋前期（绍兴年间）的观点，应该是学界的主流看法，①但也有少数学者持不同意见。这里同时还牵涉到《绿窗新话》与《醉翁谈录》的关系以及两书孰先孰后的问题。周楞伽认为该书成书晚于罗烨《醉翁谈录》，而学界一般认为《醉翁谈录》成书于宋元之际。周先生《绿窗新话》笺注本，前言中云：

> 编者是南宋人，署名皇都风月主人……他所处的时代，大概稍后于《醉翁谈录》的编者罗烨，因为本书所节引的故事，往往与《醉翁谈录》同，但《华春娘通徐君亮》开头相遇一段，《醉翁谈录》却存阙，足证本书问世在后，为《醉翁谈录》编者所未及见，因而本书编者颇多转引《醉翁谈录》，而《醉翁谈录》却不能据本书补足全文……
>
> 书名《绿窗新话》，似是从《醉翁谈录》的"小说开辟"中援引来的……有人根据《醉翁谈录》"小说开辟"中《夷坚志》无有不览，《琇莹集》所载皆通。动哨、中哨，莫非东山笑林；引倬、底倬，须还绿窗新话"这一段，以为本书是与《夷坚志》同时盛行的传奇总集。我初时也承其误，后来细加研究，才明白这段话全是表扬说话人的才能技巧，所谓"须还绿窗新话"，乃是说要能讲说当代风月佳话，并不是罗烨编《醉翁谈录》时已有《绿窗新话》这本书。嗣后，本书编者从《醉翁谈录》"小说开辟"中获得启发，钩稽出"绿窗新话"四字作为书名。②

周先生判定《绿窗新话》晚于《醉翁谈录》，主要证据有两条：一是《绿窗新话》颇多转引《醉翁谈录》，二是《绿窗新话》的书名就是从《醉翁谈录》"小说开辟"中钩稽出来的。关于第一条，仔细比较两书的相应篇章可知，既有两书相应篇章文本大同而两书互有详略者，也有两书相应篇章差异较大者，前者可能是两书选录这些篇章时使用了相同的祖本，后者可能是依据了不同的祖本。两书可能不是简单的转引关系，而是依据相同或不同的祖本各自摘录而成的并行文本关系。我们很难依据某些篇章在两书中的存阙来判定两书孰先孰后。关于第二条，《醉翁谈录》"小说开辟"中的这段话，《夷

---

① 程毅中《宋元小说研究》亦云："《绿窗新话》大概编辑于南宋初年，因为它所收的绝大多数是北宋以前的作品，几乎没有南宋的作品。"第188页。

② 皇都风月主人编《绿窗新话》，周楞伽笺注本，上海：上海古籍出版社，1991年版，第1～3页。

坚志》与《琇莹集》相对，都是书名，《东山笑林》与《绿窗新话》相对，两者也可能都是书名。周先生将"绿窗新话"解读为泛指"当代风月佳话"，而不是书名，虽也说得通，但放在上下语境中综合来看还是不妥。综上所述，周先生关于《绿窗新话》晚于罗烨《醉翁谈录》的观点，虽可备一家之说，但可能并不准确，笔者还是认同李剑国先生的观点。

2.重编于宋元之际

《绿窗新话》154篇，每篇都有七言标题，且相邻两篇的七言标题大都两两相对，如卷首两篇"刘阮遇天台女仙"与"裴航遇蓝桥云英"，对仗工稳。另外，154篇中有36篇卷末附有评语。仔细阅读此书，发现文不对题（文章标题与内容不符）者、一篇文章被强分为二者、文末评语与文章编选不甚相合者都有不少。

先看文不对题者。如《蚩尤畏黄帝鼓角》杂采《车服仪制》《隋书·乐志》《周礼》等典籍有关鼓角的资料，与题目相关者即"蚩尤氏帅魑魅与黄帝战于涿鹿，帝亦命吹角为龙鸣以御之"一句，其余材料皆与题目无涉，而且即使这一句也很难看出"蚩尤畏黄帝鼓角"之意，可见"题"不对"文"。查阅该篇的上篇，题为"虏骑感刘琨胡笳"，可知"蚩尤畏黄帝鼓角"乃是拟标题者为求前后两篇标题对应，不顾篇章内容强加的。又如《秦青有遏云之音》抄录《梦溪笔谈》卷五《乐律》论"善歌"的相关文字，文字中并未提及秦青，只是抄录者在文末加有"若韩娥、秦青者，乃昔之善歌人乎"一句。该文题为"秦青有遏云之音"，完全是文不对题。查阅该篇的上篇，题为"韩娥有绕梁之声"，可知"秦青有遏云之音"也是拟标题者为求前后两篇标题对应而妄加的。周楞伽先生在该篇按语中云："以'秦青有遏云之音'立题，有点文不对题。盖本书体例为每两则题目对偶，编者为不破此体例，遂有捉襟见肘之困。"[①]言之甚确。

再看一篇文章被强分为二者。如《吴绛仙蛾绿画眉》与《寿阳主梅花妆额》可能本为一篇，后被强分为二。前篇云：

> 隋炀帝喜奢侈，堂殿楼观，穷极华丽，后宫美人，动以数千。凤舸殿脚女吴绛仙，善画长眉，帝怜之，由是争为长蛾，官吏日供螺子黛五斛，号蛾绿。帝每倚帘视绛仙，移时不去，云："古人言秀色若可餐，若

---

① 皇都风月主人编《绿窗新话》，周楞伽笺注本，第239页。

绛仙者，可以疗饥矣。"帝以合欢水果赐绛仙，绛仙以红笺进诗谢。帝曰："绛仙才调，女相如也。"帝建迷楼，楼上设四宝帐，一日歌春愁，二曰醉忘归，三曰夜含香，四曰延秋月。

后篇云：

> 宋武帝女寿阳公主，人日于含章宫檐下，梅花落公主额上，成五出之花，拂之不去。后人效之为梅花妆。
>
> 评曰：昔人常云："城中好广眉，四方且半额；城中好大袖，四方全匹帛。"言远之所视效，皆自贵近始也。昔杨贵妃与安禄山嬉游，安禄山醉，戏引手抓伤妃胸乳间，妃虑帝见痕，以金为诃子遮之，后宫中皆效之。蜀后主自裹小巾，官妓多道服簪莲花冠，每侍宴酣醉，则免冠鬏髻，别为一家之美，因施脂粉夹莲额，号曰醉妆，后国人皆效之。因是二者，而知长蛾之效绛仙，梅妆之学寿阳，始于贵近，远方视效，良可信云。①

后篇仅有数句，因与前篇故事相似而连类及之，单独成篇实在是过于单薄。更为重要的是，后篇文末评语"因是二者，而知长蛾之效绛仙，梅妆之学寿阳"，是将前后两篇放在一起评的。笔者推测，两篇可能本为一篇，前述绛仙长蛾之事，后述寿阳梅妆之事，末附评语综论二事，后来该篇被强分为二。又如上文提及的《韩娥有绕梁之声》与《秦青有遏云之音》本来可能也是一篇，这从后篇文末"若韩娥、秦青者，乃昔之善歌人乎"统论两篇可知，后来也被强分为二。

再看文末评语与文章编选不甚相合者。文末评语，从体例上讲很不统一，少数篇章（约四分之一强）有评语，个别地方又是一则评语统论两篇文章，有的评语很短仅一两句话，有的评语又很长，甚至长于正文数倍。体例如此参差，很难说编选者与评论者同为一人。另外，从文本编选与文末评语的旨趣上讲也不统一。文本编选侧重于风月艳情，有低俗之风，而文末评语则堂堂正正，有凛凛之风，两者旨趣显然有雅俗之分。如《汉成帝服谨恤胶》特意摘录《赵飞燕外传》中汉成帝偷窥昭仪入浴、服用性药谨恤胶而精尽人亡之事，透露出编选者的情色嗜好，而文末评语则曰："昔唐宪宗尝

---

① 皇都风月主人编《绿窗新话》，周楞伽笺注本，第247~248页。

服柳泌药,日加燥渴。起居舍人裴潾上言,以为泌伺候权贵之门,以大言自炫、奇技惊众者,皆不轨徇利之人,岂可信其说而饵其药耶? 日和剂以求延年,犹曰不可,况竭我真气以助强阳,焉有不弊者乎? 观成帝之事,可不戒哉!"①折射出评论者的色戒立场。又如《韩妓与诸生淫杂》特意摘录《江南野录》中韩熙载乐妓与诸生淫杂之事,透露出编选者的风月之好,而文末评语则曰:"人之所以异于禽兽者,人道立焉耳。为韩门之妓客,果与禽兽何异哉? 子贡曰:'纣之不善,不如是之甚也。'信哉斯言。"②折射出评论者的风教之意。编选者与评论者的旨趣如此相离甚至相悖,很难说编选与评论出自一人。

《绿窗新话》中上述问题的大量存在,说明该书的编选者与评论者、拟题者并非一人,该书可能经过前后数人的加工。笔者推测,该书可能由书会才人于南宋前期编选成书,随后又由较高文化修养的文人对部分篇章进行了点评,然后又被重编,部分篇章被强分为二,所有篇章都被重新配上七言标题,且前后相邻两篇的标题两两相对。

《绿窗新话》的重编应该晚于《青琐高议》的重编,我们可以从两书重编本相应篇目的对读中得到启发。《绿窗新话》大概有十篇故事采自《青琐高议》,但两书重编本针对相同文章,却拟有不同的标题,具体情况见下表:

《青琐高议》相应篇目	《绿窗新话》相应篇目
前集卷六《骊山记——张俞游骊山作记》	上卷《张俞骊山遇太真》
前集卷七《孙氏记——周生切脉娶孙氏》	上卷《周簿切脉娶孙氏》
前集卷七《赵飞燕别传——别传叙飞燕本末》	上卷《汉成帝服谨恤胶》
别集卷二《谭意歌——记英奴才华秀色》	下卷《谭意歌教张氏子》
前集卷三《郑路女——郑路女以计脱贼》	下卷《郑小娘遇贼赴江》
前集卷二《书仙传——曹文姬本系书仙》	上卷《任生娶天上书仙》
前集卷五《长桥怨——钱忠长桥遇水仙》	上卷《钱忠娶吴江仙女》
别集卷四《张浩——花下与李氏结婚》	上卷《张浩私通李莺莺》

①皇都风月主人编《绿窗新话》,周楞伽笺注本,第129页。
②皇都风月主人编《绿窗新话》,周楞伽笺注本,第196页。

续表

《青琐高议》相应篇目	《绿窗新话》相应篇目
前集卷一〇《王幼玉记——幼玉思柳富而死》	上卷《王幼玉慕恋柳富》
前集卷五《流红记——红叶题诗娶韩氏》	上卷《韩夫人题叶成亲》

《青琐高议》的重编本，每篇都有正题和副题，正题多以"传""记"为题，多为三言或四言，副题则几乎都为七言。《绿窗新话》文中篇题没有正题和副题之分，只有一个七言标题，而且前后相邻两篇的标题两两相对。对读《青琐》和《绿窗》的相应标题，发现《绿窗》不仅省略了《青琐》以"传""记"为题的正标题，而且在七言标题上既借鉴又超越了《青琐》。如《青琐》前集卷七《孙氏记——周生切脉娶孙氏》，在《绿窗》中为《周簿切脉娶孙氏》，省略了"孙氏记"的正标题，又将"周生"改为"周簿"，更为贴切，因为周生为孙氏切脉时，任常州宜兴簿。《绿窗》的重编拟题者，应该是看到过《青琐》重编本的标目，不然很难解释"周簿切脉娶孙氏"与"周生切脉娶孙氏"的高度重合与后出转精。

《绿窗》的七言标目对《青琐》的超越，体现在对文本内容的概括更为具体、准确和贴切。如《青琐》前集卷六《骊山记——张俞游骊山作记》，《绿窗》改题"张俞骊山遇太真"；《青琐》前集卷七《赵飞燕别传——别传叙飞燕本末》，《绿窗》改题"汉成帝服谨恤胶"；《青琐》别集卷二《谭意歌——记英奴才华秀色》，《绿窗》改题"谭意歌教张氏子"；《青琐》前集卷二《书仙传——曹文姬本系书仙》，《绿窗》改题"任生娶天上书仙"。上述四篇的标题中，《青琐》的七言标题非常浮泛，而《绿窗》的改题则更为具体。又如《青琐》前集卷三《郑路女——郑路女以计脱贼》，"郑路女以计脱贼"与文中情节明显不合，而《绿窗》改题"郑小娘遇贼赴江"则更为准确。再如《青琐》前集卷五《长桥怨——钱忠长桥遇水仙》，《绿窗》改题"钱忠娶吴江仙女"；《青琐》别集卷四《张浩——花下与李氏结婚》，《绿窗》改题"张浩私通李莺莺"；《青琐》前集卷一〇《王幼玉记——幼玉思柳富而死》，《绿窗》改题"王幼玉慕恋柳富"；《青琐》前集卷五《流红记——红叶题诗娶韩氏》，《绿窗》改题"韩夫人题叶成亲"。上述四篇的标题中，《绿窗》的改题与《青琐》的原有标题相较，还是更为贴切一些。

　　《绿窗》七言标目对《青琐》的借鉴和超越,①说明《绿窗》的重编标目可能晚于《青琐》的重编标目。再将《绿窗》的标目与《醉翁谈录》的标目进行对比,可以发现前者比后者也更为整饬。《醉翁谈录》各集所录小说的标题,从四言到十言都有,其中的七言标目数只占总数的三分之一。有些互见于《绿窗》与《醉翁》的小说,《绿窗》皆为七言标目,《醉翁》则不一定为七言,具体情况见下表:

《绿窗新话》相应篇目	《醉翁谈录》相应篇目
上卷《裴航遇蓝桥云英》	辛集卷一《裴航遇云英于蓝桥》
上卷《刘阮遇天台女仙》	辛集卷一《刘阮遇仙女于天台山》
上卷《柳毅娶洞庭龙女》	辛集卷一《柳毅传书遇洞庭水仙女》
上卷《王仙客得刘无双》	癸集卷一《无双王仙客终谐》
下卷《李娃使郑子登科》	癸集卷一《李亚仙不负郑元和》
上卷《华春娘通徐君亮》	壬集卷二《华春娘题诗遇君亮成亲》
上卷《沙吒利夺韩翃妻》	癸集卷二《韩翃柳氏远离再会》
上卷《楚娘矜姿色悔嫁》	庚集卷二《判楚娘悔嫁村夫》
上卷《伴喜私犯张禅娘》	丙集卷一《致妾不可不察》
上卷《封陟拒上元夫人》	己集卷一《封陟不从仙姝命》
上卷《杨生私通孙玉娘》	乙集卷一《静女私通陈彦臣》
上卷《曹县令朱氏夺权》	丁集卷二《妇人嫉妒》
上卷《苏守判和尚犯奸》	庚集卷二《子瞻判和尚游娼》

---

①很多学者都认为《绿窗》的七言标目是对《青琐》标目的沿袭,如董康《书舶庸谭》卷四云《绿窗新话》"每条仿《青琐高议》目录,用章回式"(沈阳:辽宁教育出版社,1998年版,第99页),谭正璧《〈绿窗新话〉与〈醉翁谈录〉》云《绿窗新话》"题目都仿《青琐高议》,全用七字标目,字句尽有不通,但必不超出七字之数,比明清话本和章回小说的题目或回目,更为严整"(《话本与古剧》,上海:上海古籍出版社,2012年版,第103页),程毅中《宋元小说研究》云:"《绿窗新话》可以看作《青琐高议》的续编,从书名看,二者就是一副很好的对子。它辑录的故事一律用七言句的标题,连原题也不要了,就比《青琐高议》更进一步地走向了通俗化。"(第184页)但也有少数学者认为《青琐》的七言标目可能是对《绿窗》的仿照。李剑国《宋元志怪传奇叙录·绿窗新话》云:"尤为引人注目的是各篇皆以七字标目,无一例外。七字标目,先此虽已见于今本《青琐高议》,但今本系南宋人重编,有可能是南宋重编者仿本书所加。"(第292页)李先生此论建立在《绿窗新话》是绍兴年间一次编成的基础上的,没有注意到《绿窗新话》绍兴年间摘录初编、宋元之际重编标目的演变过程,所以其判断可能有些偏颇。

　　仔细对读两书相应篇章的标目,可以发现《绿窗》的标目比《醉翁》除了更为整饬(皆为七言)外,还更为精炼,如《裴航遇蓝桥云英》之于《裴航遇云英于蓝桥》,《刘阮遇天台女仙》之于《刘阮遇仙女于天台山》,《柳毅娶洞庭龙女》之于《柳毅传书遇洞庭水仙女》,前者均比后者更简洁精当。《绿窗》的标目比《醉翁》还更准确、具体,如《李娃使郑子登科》之于《李亚仙不负郑元和》,《伴喜私犯张禅娘》之于《致妾不可不察》,《苏守判和尚犯奸》之于《子瞻判和尚游娼》,前者均比后者更为妥帖、恰切。从七言标目的成熟度来考察,《绿窗》的重编标目有可能还晚于《醉翁》,但最晚应不晚于元代。因为《永乐大典》卷七三二八引《绿窗新语·柳家婢不事牙郎》,即见于今本《绿窗新话》,可见明初以前《绿窗》的重编标目即已完成。

　　综合以上对《绿窗》成书过程的考察,可以得出以下结论:《绿窗》初编于绍兴年间,其后由较高文化修养的文人对部分篇章进行了点评,而后广为流传,被《醉翁谈录》列为说话人重要参考书目,宋元之际或者元代被重编、统一配上较为成熟的七言标目。其七言标目比《青琐》重编本和《醉翁》都成熟,因此其重编的时代可能晚于《青琐》重编本和《醉翁》。

(三)文本性质:种本式风月类编

　　关于《绿窗新话》的书籍性质,学界主要有"类书""文言小说集""说话所用资料汇编""话本集"等观点。

　　认定《绿窗新话》为类书者,凌郁之《走向世俗——宋代文言小说的变迁》相关论述颇为典型。凌博士认为:"我们判断,此书性质是类书,殆与《侍儿小名录》、《姬侍类偶》诸书性质差近……此书的节录形式未必为说话而设。此书如果为说话而编,大可不必一味删裁,比较长的唐传奇或因篇幅较长之故而须删削,但那些并不很长的小说文本也被阉割,又何以解释?我们从《醉翁谈录·小说开辟》知道,当时说话人不是只能看这种简本,他们也看《太平广记》、《夷坚志》、历代史书、烟粉奇传之类,说明说话不是必须要利用《绿窗新话》那样的节本的,由此也可反证《绿窗新话》本来未必是为说话而设;那么,作为话本,未必就是《绿窗新话》编者的本意,其对说话界之影响乃在客观上,而编者本意未必即欲使之成为说话用书。"[1]另外,

---

张兵《宋辽金元小说史》也视《绿窗新话》为"小说类书"。①

认定《绿窗新话》为文言小说集者，李剑国《宋代志怪传奇叙录》相关论述颇为典型。李先生将该书著录为"志怪传奇杂事小说集"，并叙录云："作者专注于女性艳情，故以风月主人自号，看来不是官中之人。但从其评语观点、文风来看，从其博采群书且喜撺文人典故、诗词艳事来看，也不是下层书会才人一流，是有着较高文化修养的文人。只是由于书中多有新艳可喜之事，故被说话人采为参考书，正犹《太平广记》《夷坚志》然。"②

认定《绿窗新话》为说话所用资料汇编者，有胡士莹、程毅中、周楞伽、黄孝纾等学者。胡士莹《话本小说概论》云："皇都风月主人的《绿窗新话》及罗烨的《醉翁谈录》等书，都是专门摘录前代或当代传奇的故事梗概，分门别类，以供说话人参考之用的……《绿窗新话》与《青琐高议》的性质相同，它也是抄撮古代小说如唐宋以来的传奇、笔记以及正史、杂史、诗集、词话而成。原书一般情节比较简略，全靠说话人加以敷衍。标题也完全模仿话本。"③

程毅中《宋元小说研究》云："这本书（指《绿窗新话》，引者注）的编辑体例很特别，近似《类说》那样摘录原文，又重加排比，七言句的回目似用对仗，又像是以类相从。它不像某些类书那样供文人查检典故之用，而是供说话人据以敷演故事的资料汇编。当然，它也是一种比较通俗简易的小说选本，可供初学者阅读，也许还可以给听说话的看官们当作一个说明书。"④

周楞伽《绿窗新话·前言》云："本书不是直接供说话人据以敷演讲述的底本，但编者既自署'风月主人'，书名又取义于谈风月的'绿窗新话'，则编者纵使不是书会才人，也必和说话人有关，这本书也一定曾被说话人参考利用。"⑤

黄孝纾《〈绿窗新话〉校释引言》在摘要中云："从《绿窗新话》特殊的编撰体例及《醉翁谈录》的相关记载可以断定，这一书为当时书会才人及说话人肄习材料和编写小说底本的重要书籍。"⑥在正文中还有"作为说话人底

---

①张兵《宋辽金元小说史》，上海：复旦大学出版社，2007年版，第178页。

②李剑国先生《宋代志怪传奇叙录》，第294页。

③胡士莹《话本小说概论》，第150页。

④程毅中《宋元小说研究》，第188页。

⑤皇都风月主人编《绿窗新话》，周楞伽笺注本，第3页。

⑥黄孝纾《〈绿窗新话〉校释引言》（黄孝纾遗稿，齐心苑整理），《文史哲》2016年第1期。

本的《绿窗新话》"的表述。

日本学者大塚秀高《从〈绿窗新话〉看宋代小说话本的特征——以"遇"为中心》，将"小说人将'话本'的梗概、与原话的差异简单地用文言记下的"本子称为"种本"，并说《绿窗新话》"上下二卷收有 154 则短文，其多数可看作是'小说'的'种本'"，并称《绿窗新话》为"汇集'种本'的书籍"。① 细味大塚秀高之意，其"种本"约略相当于说话人的"梁子"，即简本式底本。大塚秀高将《绿窗新话》视为"汇集'种本'的书籍"，实际上也是将该书视为说话所用资料汇编。

笔者认为，视《绿窗新话》为类书的观点甚为不妥。类书是从各类文献中采辑资料分门别类编次而成，在编辑过程中基本尊重原始文献面貌，以抄录原文或者做适当删略为主，极少会直接对原文进行增加、改换等文本变易工作。而《绿窗新话》中的文本，除了对原文的删略之外，对原文的增加、改换等变易之处比比皆是，其对原始文献的再加工痕迹非常明显，已与传统的类书南辕北辙。同时，视《绿窗新话》为主观上的文言小说集、客观上"被说话人采为参考书"的观点也值得斟酌。因为《绿窗新话》在编辑过程中，不仅对原文的摘录有明确的风月指向，而且对原文的大量改易，也有清晰的情趣偏好，即让故事好听有趣，投市井细民之所好。《绿窗新话》编者这样直露的倾向，很难说他们主观上不是为说话人提供参考书的。

笔者推测，《绿窗新话》并非主观上是要编成类书或者普通的文言小说集，而客观上"被说话人采为参考书"，可能从一开始，编者就是要编辑一种特殊的"说话人的参考书"。那么如何解释"说话人直接根据那未被删节之原文不是也一样可以敷衍出一篇说话吗"，"何必定要取资于此书"这些质疑呢？实际上，"说话人的参考书"多种多样，可以是《太平广记》《夷坚志》和历代史书等原始文献，也可以是各种类书等二次文献，还可以是故事梗概式的资料汇编。这些资料汇编中的一个个故事梗概，亦即说书人的一个个"梁子"，借用大塚秀高之语即一个个"种本"，最核心的是故事的大纲节目而非生动细节，说书人只要掌握了这些故事纲目，自会"凭三寸舌"，敷演生发出相应细节。故而这些"梁子"往往重在主干而较少枝叶，《绿窗新话》

---

① 大塚秀高著、柯凌旭译《从〈绿窗新话〉看宋代小说话本的特征——以"遇"为中心》，《保定师范专科学校学报》2002 年第 3 期。

摘录原文时去枝存干，应该就是为说话人打造一个个"梁子"。同时，《绿窗新话》编者统一用七言为每个"梁子"标目，应该也是为了提示"梁子"的主要内容。

《醉翁谈录》"小说开辟"论及小说艺人参考书目，云："动哨、中哨，莫非《东山笑林》；引倬、底倬，须还《绿窗新话》。论才词有欧、苏、黄、陈佳句，说古诗是李、杜、韩、柳篇章。"①关于这句话，学界有不同解释。黄孝纾《〈绿窗新话〉校释引言》云："罗烨所说'引倬'、'底倬'，当属宋元时的市语，现今虽不可通晓，但从字面推阐，'引倬'，可能是入话的引子，'底倬'，可能是收场唱词，按之《绿窗新话》，附录大量诗词，从而得到着落和答案。"②黄霖、韩同文选注《中国历代小说论著选》认为："'哨'疑为'俏'字之误，指俏皮话或噱头。动哨、中哨，指开始或当中的插科打诨⋯⋯'倬'疑为'掉'字之误，指'掉文'的意思。'引倬、底倬'，意谓开头用故事和正文用故事。"③

笔者认为黄孝纾先生将"倬"理解为唱词、诗词，虽也有可能，但考虑到此文紧接着"论才词有欧、苏、黄、陈佳句，说古诗是李、杜、韩、柳篇章"，就是专门讲小说艺人"论才词""说古诗"所取资，以理度之，小说艺人的诗词取资上，"欧、苏、黄、陈佳句"和"李、杜、韩、柳篇章"应该比《绿窗新话》更佳。简言之，小说艺人从《绿窗新话》取资的应该主要不是诗词，将"倬"理解为唱词、诗词可能不妥。比较而言，黄霖、韩同文先生将"倬"解为"故事"，可能更合情理。小说艺人为吸引观众，要有噱头，要有故事，而噱头可从《东山笑林》中找，故事可从《绿窗新话》中来。不管是"引倬"（入话故事），还是"底倬"（正话故事），都可取资于《绿窗新话》。这样理解就可上下贯通。实际上这样理解，正凸显了《绿窗新话》作为故事渊薮（故事梗概类编）的重要价值和书籍性质。

有鉴于此，笔者基本赞同胡士莹、程毅中、周楞伽、黄孝纾等学者视《绿窗新话》为"说话所用资料汇编"的观点。笔者进一步认为，"说话所用资料汇编"之说还过于笼统，我们还可将《绿窗新话》再明确为"说话'梁子'式资料类编"或者"说话'种本'式资料类编"。

---

① 罗烨《醉翁谈录·小说开辟》，第3页。
② 黄孝纾《〈绿窗新话〉校释引言》（黄孝纾遗稿，齐心苑整理），《文史哲》2016年第1期。
③ 黄霖、韩同文选注《中国历代小说论著选》（修订本），南昌：江西人民出版社，2000年版，第95～96页。

二、情色倾向：《绿窗》的选录与改编

（一）篇章选择的风月偏好

《绿窗新话》共汇集154篇故事梗概，其文本排列有序，都是以类相从。而周楞伽先生整理本和笺注本因为颠倒了下卷的82篇文本顺序，已很难看出《绿窗》编者的分类用意。现依据南京图书馆藏明抄本，编排文本顺序，发现可以按序分为8类，具体情况见下表：

《绿窗新话》所收故事分类表

卷次	类目名称	相应篇目（篇目编号按南图本先后顺序）	主要内容
卷上	仙凡情缘	1. 刘阮遇天台女仙　2. 裴航遇蓝桥云英 3. 王子乔遇芙蓉仙　4. 贤鸡君遇西真仙 5. 封陟拒上元夫人　6. 陈纯会玉源夫人 7. 任生娶天上书仙　8. 谢生娶江中水仙 9. 崔生遇玉卮娘子　10. 星女配姚御史儿 11. 邢凤遇西湖水仙　12. 永娘配翠云洞仙 13. 德璘娶洞庭韦女　14. 钱忠娶吴江仙女 15. 王轩苎罗逢西子　16. 张俞骊山遇太真 17. 韦生遇后土夫人　18. 刘卿遇康皇庙女 19. 柳毅娶洞庭龙女　20. 韦卿娶华阴神女	共20篇，叙述仙凡之间的男女情缘，除《永娘配翠云洞仙》为女子遇合男仙外，其余19篇皆述男子遇合女仙
	世间情爱	21. 金彦游春遇会娘　22. 张诜游春得佳偶 23. 崔护觅水逢女子　24. 郭华买脂慕粉郎 25. 杜牧之睹张好好　26. 张公子遇崔莺莺 27. 杨生私通孙玉娘　28. 张浩私通李莺莺 29. 华春娘通徐君亮　30. 何会娘通张彦卿 31. 楚娘矜姿色悔嫁　32. 越娘因诗句动心 33. 伴喜私犯张禅娘　34. 陈吉私犯熊小娘 35. 王尹判道士犯奸　36. 苏守判和尚犯奸 37. 赵飞燕私通赤凤　38. 杨贵妃私安禄山 39. 秦太后私通嫪毒　40. 李少妇私通封师 41. 崔徽私会裴敬中　42. 碧桃属意秦少游 43. 秦少游灭烛偷欢　44. 杨师纯跳舟结好 45. 杨端臣密会旧姬　46. 晏元子取回元宠 47. 江致和喜到蓬宫　48. 张子野潜登池阁 49. 周簿切脉娶孙氏　50. 薛媛图形寄楚材 51. 王幼玉慕恋柳富　52. 孟丽娘爱慕蒋蒂 53. 崔娘至死为柳妻　54. 玉箫再生为韦妾	共54篇，叙述人间男女婚恋、私情、奸通之事

续表

卷次	类目名称	相应篇目(篇目编号按南图本先后顺序)	主要内容
卷上	世间情爱	55.王仙客得刘无双　56.张子野逢谢媚卿 57.张倩娘魂离奔婿　58.韩夫人题叶成亲 59.谢真真识韩贞卿　60.沈真真归郑还古 61.灼灼染泪寄裴质　62.盼盼陈词媚涪翁 63.杨生共秀奴同游　64.章导与梁楚双恋 65.柳耆卿因词得妓　66.崔郊甫因诗得婢 67.沙吒利夺韩翊妻　68.陶奉使犯驿卒女 69.曹县令朱氏夺权　70.陆郎中媚娘争宠 71.汉成帝服谨恤胶 72.唐明皇咽助情花(卷上终) 73.韩妓与诸生淫杂　74.楚儿遭郭锻鞭打	
卷下	佳人器乐	75.明皇爱花奴羯鼓　76.刘浚喜杨娥杖鼓 77.薛嵩重红线拨阮　78.朝云为老妪吹箎 79.白公听商妇琵琶　80.李生悟卢妓箜篌 81.赵象慕非烟握秦　82.崔宝羡薛琼弹筝 83.文君窥长卿抚琴　84.钱起咏湘灵鼓瑟 85.杨妃窃宁王玉笛　86.萧史教弄玉凤箫 87.沈翘翘善敲方响　88.张红红善记拍板	共14篇,叙述佳人擅长各种乐器之事
	乐器故事	89.秦少游吊古铸钟　90.白乐天辨华原磬 91.虏骑感刘琨胡笳　92.蚩尤畏黄帝鼓角 93.王乔遇浮丘吹笙　94.麻奴服将军觱篥	共6篇,叙述各种乐器故事
	丽娃歌舞	95.盛小蕖最号善歌　96.永新娘最号善歌 97.韩娥有绕梁之声　98.秦青有遏云之音 99.杨贵妃舞霓裳曲　100.蜀宫妓舞摇头令 101.韦中丞女舞拓枝　102.康居国女舞胡旋	共8篇,叙述丽娃擅长歌舞之事
	美人妆扮	103.吴绛仙娥绿画眉　104.寿阳主梅花妆额 105.茂英儿年少风流　106.楚莲香国色无双 107.薛灵芸容貌绝世　108.越州女姿色冠代 109.越国美人如神仙　110.浙东舞女如芙蓉 111.薛琼英香肌妙绝　112.丽娟娘玉肤柔软 113.虢夫人自有美艳　114.袁宝儿最多憨态	共12篇,叙述红粉丽人容貌装饰之事

续表

卷次	类目名称	相应篇目（篇目编号按南图本先后顺序）	主要内容
卷下	各色女子	贞女、烈妇： 115.李娃使郑子登科　　116.蒨桃谏寇公节用 117.谭意哥教张氏子　　118.聂胜琼事李公妻 119.杨爱爱不嫁后夫　　120.张住住不负正婚 121.姚玉京持志割耳　　122.王凝妻守节断臂 123.郑小娘遇贼赴江　　124.歌者妇拒奸断颈 浪女、丽人： 125.冯燕杀主将之妻　　126.严武毙乃父之姜 才女、慧女： 127.曹大家高才著史　　128.蔡文姬博学知音 129.张建封家姬吟诗　　130.郑康成家婢引书 131.郑都知酝藉巧谈　　132.点酥娘精神善对 133.薛涛妓滑稽改令　　134.赵才卿點慧敏词 奴婢、妓妾： 135.党家妓不识雪景　　136.柳家婢不事牙郎 137.翠鬟以玉箄结主　　138.任昉以木刀诳妓 139.张才翁欲动邛守　　140.柳耆卿欲见孙相 141.宋玉辨己不好色　　142.谭铢讥人偏重色 143.徐令女干陈太师　　144.李令妻干归评事 145.崔女怨卢郎年幾　　146.张公嫌李氏丑容 147.陈处士暂寄师叔　　148.李太监传语县君 149.却要燃烛照四子　　151.苏东坡携妓参禅 妒妇、老尼： 150.李福虚咽溺一瓯　　152.史君实赠尼还俗	共38篇,叙述贞女、烈妇、浪女、丽人、才女、慧女、奴婢、妓妾、妒妇、老尼等各色女子逸事
	嘲谑故事	153.陈沆嘲道士啗肉　　154.蒋氏嘲和尚戒酒 （卷下终）	共2篇,叙述嘲谑故事

《绿窗新话》154篇故事中,除乐器故事中的6篇和嘲谑故事中的1篇（《陈沆嘲道士啗肉》）共7篇不涉女性外,其余147篇故事皆涉女性。而且这147篇中,涉及男女情事（包括仙凡男女情事与人间男女情事）的有100篇左右,包括仙凡情缘类20篇,世间情爱类54篇,另外佳人器乐类中如《赵象慕非烟握秦》《文君窥长卿抚琴》等,各色女子类中如《谭意哥教张氏子》《李娃使郑子登科》等皆涉男女情事。男女情事篇章占到总数的三分之二,可见该书的选录倾向。该书题名"绿窗新话",颇为贴切。因为"绿窗"指女子居室,如唐李绅《莺莺歌》"绿窗娇女字莺莺,金雀娅鬟年十七"中的

"绿窗"即指莺莺居室，"话"指故事，"绿窗新话"合起来即指有关女性的新故事，这与该书95％的篇章皆述女性之事，名实相副。同时，该书编者题名"皇都风月主人"，这与该书三分之二篇章皆述男女风月情事，也是非常符合。

　　值得注意的是，《绿窗新话》所选风月故事，大都有明显的市井趣味。故事中的女子，不管是仙是鬼，还是人，大都大胆追求情爱，甚至主动投怀送抱。先看仙女追求情爱的执着与直露，如《王子高遇芙蓉仙》：

　　　　王君迥，字子高，家延女客。既夕，酒罢，见一女子，华冠盛服，坐厅西。君怪问之，答曰："少顷至君寝。"君惧，不敢寝，困甚欲卧，忽有人自帐中挽其衣，乃适见之女，已脱衣欲卧。君惧，欲去。女曰："我以冥契，当侍巾栉。"因强欢事，君惧，不从。天明，女去。后三日，复至，君与之合……①

芙蓉仙"邂逅"王子高，见面即云"少顷至君寝"，后果然主动进入王的卧房"脱衣欲卧"。当王疑惧、"欲去"之际，芙蓉仙又直白"我以冥契，当侍巾栉"，并强邀王以成"欢事"，后因王疑惧不从而作罢。但芙蓉仙并不善罢甘休，"后三日，复至"，终于遂愿。又如《刘阮遇天台女仙》中的女仙让"刘、阮止宿，行夫妇之道"，②《贤鸡君遇西真仙》中的西真仙子邀请贤鸡君"双栖""同宿"，③《封陟拒上元夫人》中的上元夫人初见封陟，即言"愿侍箕帚"，④《陈纯会玉源夫人》中的玉源夫人与陈纯"言语亵狎，遂伸缱绻"⑤等等，篇中的女仙全无矜持之态、含蓄之情，名为女仙，其所言所为实与市井女子无异。

　　再看女鬼对意中人的念念不忘，生死相许，如《崔娘至死为柳妻》：

　　　　华州柳参军，见崔氏女容绝代，因赂其青衣轻红，欲结为亲姻，不受。他日，崔有疾，其舅王金吾请为子纳崔。女曰："但得如柳生足矣。"其母亦命轻红达意柳生，曰："小娘子不欲适王家，夫人欲偷成

①《绿窗新话》卷上《王子高遇芙蓉仙》，周楞伽笺注本，第7页。
②《绿窗新话》卷上《刘阮遇天台女仙》，周楞伽笺注本，第3页。
③《绿窗新话》卷上《贤鸡君遇西真仙》，周楞伽笺注本，第11页。
④《绿窗新话》卷上《封陟拒上元夫人》，周楞伽笺注本，第12页。
⑤《绿窗新话》卷上《陈纯会玉源夫人》，周楞伽笺注本，第14页。

亲。"柳生乃备财礼纳崔。便挈妻于金城里居。王氏告殂，柳生同妻赴丧，金吾即擒柳生诉于官，公断王氏先下财礼，合归王家。经数月，崔氏不乐事外兄，一日，与轻红同抵柳生。后王生迹寻崔女，复讼取之，柳生以罪流江陵。后崔氏与轻红俱殂，柳生追念，忽闻叩门，见崔氏入，曰："吾与王生诀矣。"自此二年，尽平生之爱。无何，王生苍头过门，瞥见轻红，说与王生，王生怪之，到柳生门下窥之，见柳生坦腹，轻红捧镜于其侧，崔氏匀妆。王生大叫，镜遽坠地，崔与轻红，俱失所在。王生入见柳生，因言其事，相与发瘗所视之，衣服肌肉俱无腐，柳与王共掩其坟，入终南山访道云。①

崔娘对柳生情有独钟，在舅表兄王生已下财礼的情况下，偷与柳生成亲；后因王生诉于官，被迫归于王家，一日又离开王家，与青衣复归柳生；后再被王生诉于官追回，之后去世。崔娘成鬼之后，仍不忘柳生，叩门而入柳生之宅，告知自己已与王生诀别，来与柳生重续旧缘，"自此二年，尽平生之爱"。于此可见崔娘对柳生的生死以之。与此篇相似，《金彦游春遇会娘》中的会娘对金彦也是生死相恋，生时不能遂愿，死后为鬼也要自荐枕席，与意中人"朝夕同欢"。②

再看人间女子在婚恋、私情甚至奸通中的主动作为。如《秦少游灭烛偷欢》云：

秦少游在扬州，刘太尉家出姬侑觞。中有一姝，善擘筝篌，此乐既古，近时罕有其传，以为绝艺。姝又倾慕少游之才名，颇属意。少游借筝篌观之，既而主人入宅更衣，适值狂风灭烛，姝来相亲，有仓卒之欢。且云："今日为学士瘦了一半。"少游因作《御街行》以道一时之景……③

篇中善擘筝篌的丽人"倾慕少游之才名，颇属意"，在主人入宅更衣、狂风灭烛之际，主动与秦少游"相亲"、成"仓卒之欢"，并云"今日为学士瘦了一半"，于此可见丽人遇见意中人时，不让光阴虚度的"急不可耐"。又如《翠鬟以玉筐结主》中沈可勋的家妓翠鬟，奉主人之命为陈子雍侑觞，迅即与子

---

① 《绿窗新话》卷上《崔娘至死为柳妻》，周楞伽笺注本，第95页。
② 《绿窗新话》卷上《金彦游春遇会娘》，周楞伽笺注本，第47页。
③ 《绿窗新话》卷上《秦少游灭烛偷欢》，周楞伽笺注本，第83页。

雍"目色相授,以玉筐密赠子雍","未几,辞沈而去,径往子雍之宅"。① 再如《杨生私通孙玉娘》中的孙玉娘在东邻杨曼卿求婚而母氏不许的情况下,"两情感动,眼约心期",主动约曼卿幽会,"时七夕,玉娘赂邻妇,以诗与曼卿曰:'牛郎织女本天仙,阻隔银河路杳然。此夕犹能相会合,人间何事不团圆?'"②

《绿窗新话》中连篇累牍的风月故事,塑造出一大批义无反顾追求情爱的女子形象。这些故事和形象,乃是编者特意选录、改编而成的,有着鲜明的取悦市民、满足市民情色偏好乃至秽亵心理的倾向。这些风月故事,为说话人吸引市民观众提供了非常感性的素材。

《绿窗新话》中除了100篇左右的风月故事,还有50余篇无涉风月的故事。这些故事或述佳人绝艺,或述丽人妆扮,或述贞女、烈妇、才女、妒妇、智奴等各色女子逸事等,虽然不如男女情事那样撩拨人心,但因大都是市民阶层喜闻乐见的女子奇事、异事、美事、逸事等,可以满足他们"消费女色"的心理,故而也能激起市民的兴趣。

总之,《绿窗新话》的篇章选择体现了鲜明的"风月"偏好和"女色"倾向,呈现出一定的情色化趋势。

(二)文本节录的情色趋势

《绿窗新话》的情色化趋势不仅在体现在篇章选择上,还体现在文本节录上。《绿窗新话》选录故事时,偏重风月,而在节录相关文本时,又偏重情色,喜好将风月故事中最撩拨人心的情色部分呈现出来,而删略其它情节。

如《秦太后私通嫪毐》:

> 秦安国君,有子二十余人。所甚爱姬曰华阳夫人,无子。夏姬生子楚,为质子于赵。吕不韦以千金西游,事安国君及华阳夫人,立子楚为嫡嗣。取邯郸善舞者与居,子楚从不韦饮,见而悦之,不韦遂献其姬。姬自匿有身,至大期,生始皇。始皇立,尊吕不韦为相国。始皇年少,太后时私通不韦。始皇益壮,太后淫不止,不韦恐觉,祸及己,乃私求大阴人嫪毐,以为舍人,时纵倡乐,使毐以其阴关桐轮而行,令太后闻之,以啗太后。太后闻,果欲私得之,不韦乃进嫪毐,诈令人拔其须

①《绿窗新话》卷下《翠鬟以玉筐结主》,周楞伽笺注本,第171页。
②《绿窗新话》卷上《杨生私通孙玉娘》,周楞伽笺注本,第57页。

眉，为宦者，遂以侍太后。太后私与通，绝爱之，有身。恐人知之，诈卜当避时，徙宫居雍。事皆决于嫪毐，家僮数千人，诸客求宦为嫪毐舍人千余人。始皇九年，有告嫪毐实非宦者，常与太后私乱，生子二人，皆匿之，与太后谋曰："王薨，以子为后。"于是始皇下吏治，具得情实，事连相国。夷嫪毐三族，杀太后所生二子，遂迁太后于雍。①

该篇注出《史记·吕不韦列传》，专门截取秦太后先后与吕不韦、嫪毐私通之事，而对传记所叙秦太后的其它事迹以及秦廷内部的政治风云变幻则不甚措意，于此可见编选者的"独到"眼光。周楞伽先生《绿窗新话》此篇按语云："事虽摘自《吕不韦列传》，却只注重秦太后之私嫪毐，盖宋时瓦肆勾栏风气如此，纯为投时好也。"②可谓一语中的。

又如《张公子遇崔莺莺》：

张君瑞寓蒲之普救寺，崔氏亦止兹寺，光艳动人，张惑之。崔婢红娘曰："何不求娶焉？"张曰："若待纳采问名，索我于枯鱼之肆矣。"婢曰："君试为情诗以乱之。"张遂缀春词以授婢达之。崔答其题篇曰《明月三五夜》，词曰："待月西厢下，迎风户半开。拂墙花影动，疑是玉人来。"二月既望，张逾墙攀树，达于西厢，户果半开。张谓得之矣，至则严请无及乱，张自失而退。数夕，忽红娘敛衾携枕，引崔氏至。斜月晶莹，疑若仙降。自是欢好几一月。崔小字莺。③

该篇未注出处，实出元稹《莺莺传》。该篇专门截取张生与崔氏以诗传情、幽会西厢、两情缱绻的情节，而删略张生别娶、莺莺被弃的悲惨结局，于此可见"皇都风月主人"好风月、重情色的编选倾向。

再如《杨贵妃私安禄山》：

杨贵妃与安禄山嬉游。一日，禄山醉戏，无礼尤甚，引手抓贵妃胸乳间。贵妃虑帝见胸乳痕，乃以金为诃子遮之。后宫中皆效之。一日，贵妃浴出，对镜匀面，裙腰褪，微露一乳。帝以指扪弄曰："软温新剥鸡头肉。"禄山从旁曰："润滑初来塞上酥。"妃大笑曰："信是胡奴只识酥。"禄山出守渔阳，白妃曰："此行深非所乐，别后复有相见之期

---

① 《绿窗新话》卷上《秦太后私通嫪毐》，周楞伽笺注本，第77页。
② 《绿窗新话》卷上《秦太后私通嫪毐》，周楞伽笺注本，第77页。
③ 《绿窗新话》卷上《张公子遇崔莺莺》，周楞伽笺注本，第56页。

乎？"贵妃但笑而不答。禄山复曰："人但患无心耳，苟有志，虽万死万生，须来见娘娘。"因涕泣交下，起抱贵妃。禄山数失礼于贵妃。贵妃晚年尤不喜，恨无计绝之。后兴兵反，私曰："吾之此行，非敢觊觎大宝，但欲杀国忠及大臣数人，并见贵妃，叙吾别后数年之离索，无三五日，便死亦快乐也。"①

此篇节引自《青琐高议》前集卷六《骊山记》，专门选录安禄山抓伤贵妃胸乳，以及贵妃出浴后玄宗与禄山咏乳等香艳甚而秽亵之事，而删略野鹿衔花、一捻红等无涉于风月、情色之事，于此可见编选者为市井细民准备精神食粮的苦心孤诣。

（三）文字改编的市井趣味

《绿窗新话》的情色化趋势不仅体现在篇章选择和文本节录上，更体现在文字改动上。《绿窗新话》节录文本时，不仅有删枝叶存主干、删常事存情色的大量删略，还有增饰、捏合、改窜等大量的文字改动，这些改动大都有凸显情色、迎合市井的鲜明指向。

先看增饰。《绿窗新话》节录讲述风月故事的文本时，常常会增饰一些男欢女合的情节，提升文本的情色浓度。如《贤鸡君遇西真仙》出自《续青琐高议·贤鸡君传》，叙贤鸡君鲁敢艳遇西真仙之事，两个文本在叙及贤鸡君与西真仙的关系时颇有差异。《类说》卷四六引《续青琐高议》云："'酒酣，复入一洞，碧桃艳杏，香凝如雾。西真曰：'他日与君人间还双栖于此。'君乃辞归。"②而《绿窗新话》本云："酒酣，复入一洞，碧桃艳杏，香凝如雾。女顾谓君曰：'他日与君双栖于此。'是夕，同宿于五云帐中。次早，君辞归，诸仙举乐而别。"③两相比较，可见《绿窗新话》本增饰了"是夕，同宿于五云帐中"，点出贤鸡君与西真仙当晚就有"同宿"之事。

又如《陈纯会玉源夫人》出自《续青琐高议·桃源三夫人》，叙陈纯艳遇玉源、灵源、桃源三夫人之事，两个文本在叙及陈纯与玉源夫人的关系时颇有差异。《类说》卷四六引《续青琐高议》云：

> 纯曰："秋静夜方静，月圆人更圆。"源笑曰："此书生好莫与仙葩食

---

① 《绿窗新话》卷上《杨贵妃私安禄山》，周楞伽笺注本，第 76 页。
② 曾慥《类说》卷四六，北京图书馆古籍珍本丛刊本，北京：书目文献出版社，1988 年版，第 791 页。
③ 《绿窗新话》卷上《贤鸡君遇西真仙》，周楞伽笺注本，第 11 页。

教，异日作枯骨如何敢乱生意思。"纯曰："和韵偶然耳。"将晓，同舟而下，有顷即至。琐窗朱阁，非人世所有。①

并未提及两人欢合之事。而《绿窗新话》本云：

> 纯和曰："秋静夜尤静，月圆人未圆。"玉源笑曰："此书生便敢乱生意思。"纯曰："和韵偶然耳。"玉源曰："天数会合，必非偶然耳。"因命酌，言语亵狎，遂伸缱绻。将晓，同舟而去，有顷即至玉源之宫。②

两相比较，可见《绿窗新话》本增加了玉源夫人所云"天数会合，必非偶然耳"，为两人"会合"奠定基础，还增加了"因命酌，言语亵狎，遂伸缱绻"，直接描写两人欢合场景。

又如《钱忠娶吴江仙女》出自《青琐高议》前集卷五《长桥怨》，叙钱忠艳遇吴江仙女之事。《青琐》原文一千余字，《绿窗》删节后仅存二百余字，且有删有增，在原文基础上，特地增加"忠一见女，情不自禁，乃抱入舟中，云雨之。事罢，忽闻船外人声，匆匆而别"的云雨描写。③

又如《周簿切脉娶孙氏》出自《青琐高议》前集卷七《孙氏记》，叙宜兴簿周默追求邻人之妻孙氏终于遂愿之事。《青琐》叙周默遂愿的场景云："遣媒通好。久之，孙乃许。既成，相得甚欢。"④《绿窗》叙该场景云："遣媒通好，遂娶之。合卺之夕，孙谓默曰：'期人之死，而欲夺其室，此何罪耶？'默曰：'老少非偶，理所必然，何期之有？'孙曰：'料子之意，已萌于切脉之时，今日不枉子之眷眷矣。'默笑而不答。"⑤两相比较，可见《绿窗》改编本的大幅增饰，此种增饰极大地增加了故事的情趣。

又如《汉成帝服谨恤胶》节录《赵飞燕外传》中成帝偷窥昭仪入浴、昭仪醉进春药过量使成帝驾崩之宫闱艳事，又进行了增饰，如对后者的描述：

> 帝病怯弱。尝得谨恤胶，遗昭仪，昭仪辄进帝。帝御一丸一幸。一夕，昭仪醉，进七丸，帝昏夜拥昭仪，居九成帐，笑吃吃不绝。抵明，

① 曾慥《类说》卷四六，北京图书馆古籍珍本丛刊本，第792页。
② 《绿窗新话》卷上《陈纯会玉源夫人》，周楞伽笺注本，第14页。
③ 《绿窗新话》卷上《钱忠娶吴江仙女》，周楞伽笺注本，第29页。
④ 刘斧《青琐高议》前集卷七《孙氏记》，第73页。
⑤ 《绿窗新话》卷上《周簿切脉娶孙氏》，周楞伽笺注本，第90页。

> 帝起御衣,精流不禁,阴长尺余。须臾,帝崩。①

将此段文字与原文相较,可知增饰"阴长尺余"等表述。周楞伽先生笺注本《绿窗新话》,该篇按语云:"节引伶玄《赵飞燕外传》,而简略更甚,但对成帝死时情况,却增饰原文所无之文字,纯属投合市井细民低级趣味,殊不足取。"②点出了《绿窗新话》增饰的动机。

再如《唐明皇咽助情花》节录《开元天宝遗事》之"助花香"条,原文云:

> 明皇正宠妃子,不视朝政,安禄山初承圣眷,因进助情花香百粒,大小如粳米,而色红。每当寝处之际,则含香一粒,助情发兴,筋力不倦。帝秘之曰:"此亦汉之慎恤胶也。"③

《绿窗新话》本云:

> 唐明皇与妃子昼寝水殿,宫嫔争看雌雄二鸂鶒戏于水中。帝曰:"尔等爱水中鸂鶒,争如我被底鸳鸯。"明泉正宠妃子,安禄山进助情花香,寝处之间,含香一粒,筋力不倦。帝曰:"此汉之谨恤胶也。"④

两相对照,可见《绿窗新话》删去了"助情花香"的形色描写,而增加了唐明皇与妃子昼寝水殿的场景描写,使叙事更有情色张力。

再看捏合,典型者当数《邢凤遇西湖水仙》,该篇云:

> 邢凤,字君瑞,居西湖。有堂,名曰此君,水竹清幽,常憩息其间。一日,独坐堂中,见一女子,穿竹阴而来,将欲避之。女遽呼曰:"邢君瑞,何必回避? 妾有诗奉献。"曰:"娉婷少女踏春阳,何处春阳不断肠? 舞袖弓弯浑忘了,罗帏虚度五年霜。"凤以诗挑之曰:"意态精神画亦难,不知何事别仙坛? 此君堂上云深处,应与萧郎驾彩鸾。"女曰:"吾心子意,彼此皆同,奈数未及期,事在五年之后,君当守官钱唐,西湖岸上,凤凰山傍,有妾所居。有情不弃,千万相寻。"言讫,不见。后五年,凤果随兄镇钱唐,遂具舟楫,出西湖,欲寻旧约。忽闻荷花中鸣榔而歌,见舟中一女子,呼曰:"邢君瑞,可谓有信君子! 妾乃西湖中水月仙

---

① 《绿窗新话》卷上《汉成帝服谨恤胶》,周楞伽笺注本,第129页。
② 《绿窗新话》卷上《汉成帝服谨恤胶》,周楞伽笺注本,第129页。
③ 王仁裕《开元天宝遗事》卷上,北京:中华书局,2006年版,第21页。
④ 《绿窗新话》卷上《唐明皇咽助情花》,周楞伽笺注本,第131页。

也。千里相寻，足见厚意。"凤挽其舟，忽沉水中。后人见凤往来湖上，
意为水仙也。①

关于该篇的来源，李剑国云："《新话》（指《绿窗新话》，引者注）注出商（殷）
芸《小说》，大误，实宋人捏合亚之（指沈亚之，引者注）《异梦录》及《湘中怨
解》而成。"②确如李先生所云，该篇将《异梦录》中邢凤昼寝梦美人吟诗，与
《湘中怨解》中郑生遇湘中水仙的故事进行捏合，创造出邢凤幸遇美人吟
诗、西湖再逢知为水仙、两人终成水仙眷侣的动人故事。该故事源于《异梦
录》和《湘中怨解》，但又超越原文而使故事更为完整、结局更为完美，更加
符合市井细民偏好团圆的审美习惯。

再看改窜。如《李娃使郑子登科》节录白行简《李娃传》，基本忠实于原
著，但在叙鸨母与李娃合谋设计弃逐资财荡尽之郑生的情节上，将原文的
"娃谓生曰"改窜为"姥曰"，将毒计的主要实施者由李娃变成了鸨母，一定
程度上重塑了李娃形象，迎合了市井细民对义娼的审美期待。

总之，《绿窗新话》的篇章选择、文本节录和文字改动，都有凸显风月、
迎合市井的情色化趋势。该书编者署名"皇都风月主人"，篇末评语中有
"嘲风咏月，吾侪常事"，③"人之好色，甚于蜂蝶之采花香者"④等话语，都折
射出该书的风月偏好和情色倾向。

三、"引倬底倬"之所须：《绿窗》与说话

《绿窗新话》与说话关系非常密切，书中的不少篇目与当时的说话名目
有对应关系。根据谭正璧《话本与古剧》、胡士莹《话本小说概论》相关论
述，基本可以确定《绿窗新话》中下列篇目与《醉翁谈录·小说开辟》所云说
话名目的对应关系。⑤

---

① 《绿窗新话》卷上《邢凤遇西湖水仙》，周楞伽笺注本，第 25 页。
② 李剑国《唐五代志怪传奇叙录》，天津：南开大学出版社，1993 年版，第 392～393 页。
③ 《绿窗新话》卷下《谭铢讥人偏重色》文末评语，周楞伽笺注本，第 178 页。
④ 《绿窗新话》卷下《楚连香国色无双》文末评语，周楞伽笺注本，第 251 页。
⑤ 谭正璧《话本与古剧》之《〈绿窗新话〉与〈醉翁谈录〉》，上海：上海古籍出版社，2012 年版，第 107
　　页。胡士莹《话本小说概论》第八章第一节"《醉翁谈录》著录的宋人'说话'名目"，第 235～266 页。

序号	《绿窗新话》篇目	《醉翁谈录·小说开辟》所云说话名目
1	《张建封家姬咏诗》	《燕子楼》(谭正璧《话本与古剧》、胡士莹《话本小说概论》)
2	《金彦游春遇会娘》	《锦庄春游》(谭正璧《话本与古剧》、胡士莹《话本小说概论》)
3	《崔娘至死为柳妻》	《柳参军》(谭正璧《话本与古剧》、胡士莹《话本小说概论》)
4	《张公子遇崔莺莺》	《莺莺传》(谭正璧《话本与古剧》、胡士莹《话本小说概论》)
5	《张倩娘离魂夺婿》	《惠娘魄偶》(谭正璧《话本与古剧》有此论,但胡士莹《话本小说概论》认为《惠娘魄偶》系敷衍贾似道的侍妾李慧娘死后救裴生的故事)
6	《张浩私通李莺莺》	《牡丹记》(谭正璧《话本与古剧》、胡士莹《话本小说概论》)
7	《沙吒利夺韩翃妻》	《章台柳》(谭正璧《话本与古剧》、胡士莹《话本小说概论》)
8	《文君窥相如抚琴》	《卓文君》(谭正璧《话本与古剧》、胡士莹《话本小说概论》)
9	《李娃使郑子登科》	《李亚仙》(谭正璧《话本与古剧》、胡士莹《话本小说概论》)
10	《崔护觅水逢女子》	《崔护觅水》(谭正璧《话本与古剧》、胡士莹《话本小说概论》)
11	《薛嵩重红线拨阮》	《红线盗印》(谭正璧《话本与古剧》、胡士莹《话本小说概论》)
12	《郭华买脂慕粉郎》	《粉合儿》(谭正璧《话本与古剧》、胡士莹《话本小说概论》)
13	《越娘因诗句动心》	《杨舜俞》(胡士莹《话本小说概论》)
14	《杨爱爱不嫁后夫》	《爱爱词》(胡士莹《话本小说概论》)
15	《邢凤遇西湖水仙》	《水月仙》(胡士莹《话本小说概论》)

实际上,不惟上述篇目,《绿窗新话》作为"种本"式资料汇编,其所有篇目都有可能被说话艺人借用,被敷衍成说话名目。

值得注意的是,《绿窗新话》在节录群书时增饰、捏合等有异于原文的文字改动,既有可能是编者为提升故事的吸引力而主动做出的调整,也有可能是编者采纳说话艺人对故事的改编而相应做出的调整,两者情况可能都存在,而后者尤其值得关注。我们可以通过个案考察管窥一二。

《绿窗新话·张浩私通李莺莺》改编自《青琐高议·张浩》,后来又被敷演成话本《警世通言·宿香亭张浩遇莺莺》。仔细考察三个文本中张浩故事的演变线索,可以发现《绿窗新话》承上启下的重要价值。张浩故事的演

变线索见下表：①

《绿窗新话·张浩私通李莺莺》（下简称《绿窗》）	《青琐高议·张浩》（下简称《青琐》）	《警世通言·宿香亭张浩遇莺莺》（下简称《通言》）	文本差异
1. 张浩既冠未娶，家财巨万。致一花园，奇花异卉，无不毕萃。	1. 张浩，字巨源，西洛人也……第北构圃，为宴私之所……奇花异草，靡所不有……	1. 话说西洛有一才子，姓张名浩字巨源……浩犹以为隘窄，又于所居之北，创置一园。	主体情节无异，《通言》更详
2. 一日，同友人共坐，宿香亭下，忽见一美女，对牡丹而立。	2. 一日，与廖山甫闲坐……有方束发小鬟，引一青衣倚立。	2. 一日，邀山甫闲步其中……过太湖石畔，芍药栏边，见一垂鬟女子，年方十五，携一小青衣，倚栏而立。	《绿窗》不言友人之名，《青琐》与《通言》俱言友人为廖山甫
3. 浩私念：得娶此女，其福非细。	3. 浩乃告廖曰："仆非好色者，今日深不自持，魂魄几丧，为之奈何？"	3. 浩曰："浩阅人多矣，未常见此殊丽。使浩得配之，足快平生。兄有何计，使我早遂佳期，则成我之恩，与生我等矣！"	《绿窗》为心理活动，《青琐》与《通言》为对话
4. 遂前揖问之。女曰："妾乃君家东邻也，偶父母不在，特启隙户，借观盛圃奇花。然更有衷情，倘不嫌丑陋，愿奉箕帚。"	4. 浩乃进揖之……女曰："某乃君之东邻也。家有严君，无故不得出，无缘见君也……异日倘执箕帚，预祭祀之末，乃某之志。"	4. 浩此时情不自禁，遂整巾正衣，向前而揖……女子笑曰："妾乃君家东邻也。今日长幼赴亲族家会，惟妾不行，闻君家牡丹盛开，故与青衣潜启隙户至此。"浩闻此语，乃知李氏之女莺莺也……女曰："妾自幼年慕君清德，缘家有严亲，礼法所拘，无因与君聚会。今君犹未娶，妾亦垂髫，若不以丑陋见疏，为通媒妁，使妾异日奉箕帚之末……"	《绿窗》中"偶父母不在"和"倘不嫌丑陋"之表述，不见于《青琐》，而为《通言》所继承
5. 浩喜出望外	5. 浩曰："若不与俪不偕老即平生之乐，不知命分如何耳？"	5. 浩闻此言，喜出望外，告女曰："若得与丽人偕老，平生之乐事足矣！但未知缘分何如耳？"	《绿窗》"浩喜出望外"之表述，不见于《青琐》，而为《通言》所继承

---

① 《绿窗新话》卷上《张浩私通李莺莺》，周楞伽笺注本，第60页；刘斧《青琐高议》别集卷四《张浩》，第224～226页；冯梦龙《警世通言》卷二九《宿香亭张浩遇莺莺》，第292～298页。

续表

《绿窗新话·张浩私通李莺莺》（下简称《绿窗》）	《青琐高议·张浩》（下简称《青琐》）	《警世通言·宿香亭张浩遇莺莺》（下简称《通言》）	文本差异
6. 女曰："君果见许，愿求一物为定。"浩遂解紫罗绣带，女以拥项香罗，令浩题诗。	6. 女曰："愿得一物为信，即某之志有所定，亦用以取信于父母。"浩乃解罗带与之，女曰："无用也，愿得一篇亲笔即可矣。"	6. 女曰："两心既坚，缘分自定。君果见许，愿求一物为定，使妾藏之异时，表今日相见之情。"浩仓卒中无物表意，遂取系腰紫罗绣带，谓女曰："取此以待定议。"女亦取拥项香罗，谓浩曰："请君作诗一篇，亲笔题于罗上，庶几他时可以取信。"	《绿窗》"女以拥项香罗，令浩题诗"之表述，不见于《青琐》，而为《通言》所继承
7. 携手花阴，略叙仓卒之欢，女遂归去。浩自兹忽忽如有所失。	7. 女阅之，益喜曰："君真有才者，生平在君，愿君留意。"乃去。浩自兹忽忽如有所失。	7. 女见诗大喜……浩时酒兴方浓，春心淫荡，不能自遏……遂奋步赶上，双手抱持。女子顾恋恩情，不忍移步绝裾而去……自此之后，浩但当歌不语，对酒无欢，月下长吁，花前偷泪。	《绿窗》"携手花阴，略叙仓卒之欢"之表述，不见于《青琐》，而为《通言》所继承
8. 一日，忽有老尼惠寂，谓浩曰："君之东邻李氏小娘子莺莺致意，令无忘宿香亭之约。"自此常令惠报传密意。	8. 月余，有尼至，盖常出入浩门者。曰："李氏致意：近以前事托乳母白父母，不幸坚不诺。业已许君，幸无疑焉。"	8. 浩一日独步闲斋……忽有老尼惠寂自外而来……寂移坐促席谓浩曰："君东邻李家女子莺莺，再三申意。"	《绿窗》中老尼名惠寂、李氏名莺莺，不见于《青琐》，而为《通言》所继承
9. 时当初夏，莺莺密附小柬，夜静，逾墙相会于亭中。	9. 李复遣尼曰："初夏二十日，亲族中有适人者，父母俱去，必掣同行，我托病不往，可于前苑轩中相会也。"……至期，浩入苑待至。不久，有红姻覆墙，乃李逾而来也。	9. 寂曰："……莺莺传语，他家所居房后，乃君家之东墙也，高无数尺。其家初夏二十日，亲族中有婚姻事，是夕举家皆往，莺托病不行。令君至期，于墙下相待，欲逾墙与君相见，君切记之。"……至所约之期……浩遂……倚梯近墙，屏立以待……粉面新妆，半出短墙之上。浩举目仰视，乃莺莺也。急升梯扶臂而下，携手偕行，至宿香亭上。	主体情节无异，《通言》更详

续表

《绿窗新话·张浩私通李莺莺》（下简称《绿窗》）	《青琐高议·张浩》（下简称《青琐》）	《警世通言·宿香亭张浩遇莺莺》（下简称《通言》）	文本差异
10.莺莺曰："奴之此身，为君所有，幸终始成之。"	10.天将晓，青衣复拥李去。	10.莺得诗，谓浩曰："妾之此身，今已为君所有，幸终始成之。"	《绿窗》莺莺所言，不见于《青琐》，而为《通言》所继承

　　通过上表可以发现，《绿窗新话·张浩私通李莺莺》中"偶父母不在""倘不嫌丑陋""浩喜出望外""女以拥项香罗，令浩题诗""携手花阴，略叙仓卒之欢""奴之此身，为君所有，幸终始成之"的文字表述，以及"老尼名惠寂""李氏名莺莺"的名字确定，共八处细节，都不见于《青琐高议·张浩》，而被《警世通言·宿香亭张浩遇莺莺》所继承。这八处细节增饰，不见于原本（《青琐高议·张浩》），而初现于种本（《绿窗新话·张浩私通李莺莺》），再现于话本（《警世通言·宿香亭张浩遇莺莺》），说明是说话人对其进行的调整。笔者推测，这八处细节增饰，极有可能是《绿窗新话》编者吸收说话艺人对张浩故事的改编而相应做出的调整，进而言之，《张浩私通李莺莺》甚至可能是编者对说话内容的简要记录和加工整理。

　　实际上，不惟《张浩私通李莺莺》，《绿窗新话》中还有数篇可能均吸纳过说话内容。如《郭华买脂慕粉郎》出自《幽明录·买粉儿》，但后半段又增加留鞋吞鞋的情节，且确定男主角姓名为郭华，这些增饰又为宋元戏文和杂剧所继承，《绿窗新话》的这些增饰可能源于说话或者相关伎艺对故事的改编。又如上文所述《李娃使郑子登科》对白行简《李娃传》的改编，可能也是来自说话人的影响。又如《张公子遇崔莺莺》节录元稹《莺莺传》，将原文中的"张生"确定为"张君瑞"，[①]应该也是来自说话人的影响。再如《邢凤

[①] 王楙《野客丛书》卷二九"用张家故事"条云："张子野晚年多爱姬，东坡有诗曰：'诗人老去莺莺在，公子归来燕燕忙。'正均用张家故事也。案唐有张君瑞，遇崔氏女于蒲，崔小名莺莺。"（《丛书集成初编》本，第306册，第285页）这是宋人文献中较早提及"张生"为"张君瑞"者。该书成于南宋中期，应晚于《绿窗新话》初编本，《绿窗新话》中的"张君瑞"应该不是来自此文献。另外，李剑国《唐五代志怪传奇叙录》指出，宋人将《莺莺传》中的张生确定为张君瑞，《绿窗新话·邢凤遇西湖水仙》在改编沈亚之《异梦录》时又将原文中的"邢凤"确认为"字君瑞"，宋人好以"君瑞"为小说中的男主角取名字，"正犹汉魏俗间谓美女皆曰罗敷也"（第392页）。笔者推测，《绿窗新话》之《张公子遇崔莺莺》和《邢凤遇西湖水仙》将张生、邢生之名或字确定为"君瑞"，应该来自于说话人的影响。

遇西湖水仙》，捏合沈亚之《异梦录》和《湘中怨解》，移花接木而成，也有可能是改编者对说话内容的记录和加工。

　　总之，《绿窗新话》作为"种本"式资料类编，既选择、节录、改编现成的书面文本，为说话艺人"各运匠心，随机生发"①提供"梁子"，又吮吸着说话艺术的乳汁，将说书场对故事的口头改编落实为书面文本，再反哺给说话艺人。《绿窗新话》实际上成了"文本"与"话本"、书写叙事与口传叙事相互转化的桥梁纽带。程毅中《宋元小说研究》云："这种小说节选本（指《绿窗新话》，引者注）为明代的通俗读物《国色天香》、《绣谷春容》等书开辟了一条新路，它对古体小说和近体小说的交流融合起了积极的推动作用。皇都风月主人作为一个小说编选者，沟通了作者、读者和二度创作者说话人之间的联系，也和刘斧、李献民一样，对中国小说的发展作出了一定的贡献。"②点出了《绿窗新话》编选者在原始文本作者、种本和话本读者以及说话人之间的纽带作用，也点出了该书在"古体小说和近体小说的交流融合"上的推动作用。

第四节　《醉翁谈录》中的话本化传奇

　　《醉翁谈录》是供说话艺人参考的杂俎式风月资料类编，书中的话本化传奇可谓士人叙事（传奇）与市井叙事（话本）融汇的特殊形态，在小说文体史上具有重要价值。

一、坊刻俗书：《醉翁谈录》的成书与性质

（一）成书于南宋后期

　　《醉翁谈录》今存两种，一种署名为从政郎新衡州录事参军金盈之撰，一种署名为庐陵罗烨编，两者可简称金本、罗本。③　金本《醉翁谈录》较早著录于黄虞稷《千顷堂书目》小说类，云："盈之《醉翁谈录》八卷。不知姓，官从政郎，衡州录事参军。凡七十事，杂记宋都城仕宦、风俗、寺院、平康、

---

①鲁迅《中国小说史略》第十二章《宋之话本》语，上海：上海古籍出版社，1998年版，第73页。
②程毅中《宋元小说研究》，第188页。
③本文称罗烨《醉翁谈录》为《醉翁谈录》，称金盈之《醉翁谈录》则为金本《醉翁谈录》，以示区别。

市陌琐事。"①又著录于毛扆《汲古阁珍藏秘本书目》，云："二本，影宋板精抄。"②金本《醉翁谈录》较早收录于阮元编《宛委别藏》，仅五卷，阮元提要云：

> 宋金盈之撰。案盈之家世汴京，南渡后官从政郎衡州录事参军。此书载黄虞稷《千顷堂书目》。第一卷"名公佳制"，载宋以来名卿大夫诗文各体；第二卷"荣贵要览略"，述唐宋中恩荣遗制；第三、四卷则为"京城风俗记"，备载宋室全盛时汴京风物繁华之盛，凡所见闻，案月搜记，如四时风俗好尚，无不毕载；第五卷"琐闼记闻"，载唐时遗事为多。书中所载诗文杂事，虽属琐碎，然博闻洽见，足资谈助，可与"梦华""梦梁"等录并传也。③

金本《醉翁谈录》后来又被收录于民国初年张钧衡辑刊《适园丛书》，题名《新编醉翁谈录》，共八卷，乃是以清代中叶藏书家吴骞的拜经楼抄本为底本刊入。八卷本《醉翁谈录》前五卷与《宛委别藏》本无异，卷六为"禅林丛录"，卷七和卷八为"平康巷陌记"。金本《醉翁谈录》的编撰成书，时间下限当在南宋宁宗嘉定年间。该书所收文章中时代最晚者即在嘉定，卷一"名公佳制"开篇即为《史丞相上梁文》，并注云"嘉定己巳敕赐府第"，卷二"荣贵要览"开篇《戊辰亲恩游御园录》，又提及嘉定改元之事。值得注意的是，该书乃金盈之博采群书、增删改窜、编辑而成的杂钞类著述。如卷七和卷八的"平康巷陌记"，共十五条，其中有十二条都是改写自孙棨《北里志》，并重拟条目名称。

　　罗本《醉翁谈录》应当晚于金本，因为罗本中有些内容应是抄自金本。罗本丁集卷一"花衢记录"共七条，都来自于金本卷七、八"平康巷陌记"。我们可将孙棨《北里志》、金本《醉翁谈录》、罗本《醉翁谈录》相关内容进行比较。④

①黄虞稷《千顷堂书目》卷一二，上海：上海古籍出版社，1990年版，第348页。
②毛扆《汲古阁珍藏秘本书目》，《丛书集成初编》本，上海：商务印书馆，1937年版，第34册，第16页。
③阮元《四库未收书提要》卷一，《续修四库全书》本，第921册，第19页。笔者按：阮元谓"盈之家世汴京，南渡后官从政郎衡州录事参军"，恐有误，学界考证金盈之应是南宋宁宗嘉定时人。
④孙棨《北里志》，《丛书集成初编》本，上海：商务印书馆，1939年版，第2733册；金盈之《醉翁谈录》，《丛书集成续编》本，上海：上海书店出版社，1994年版，第95册；罗烨《醉翁谈录》，上海：古典文学出版社，1957年版。

孙棨《北里志》	金本《醉翁谈录》卷七、八"平康巷陌记"（相关条目与孙棨《北里志》关系）	罗本《醉翁谈录》丁集卷一"花衢记录"（相关条目与金本"平康巷陌记"关系）
"海论三曲中事"条	"平康总序"条（改写自"海论三曲中事"条）	"序平康巷陌诸曲"条（抄自金本"平康总序"条）
	"序妓子母所自"条（改写自"海论三曲中事"条）	"序诸妓子母所目（自）"条（抄自金本"序妓子母所自"条）
	"妓期遇宝唐寺"条（改写自"海论三曲中事"条）	"诸妓期遇保唐寺"条（抄自金本"妓期遇宝唐寺"条）
"天水仙哥"条	"诗赠赵降真"条（改写自"天水仙哥"条）	"郑生诗赠赵降真"条（抄自金本"诗赠赵降真"条）
"楚儿"条	"岛仙少有诗名"条（改写自"楚儿"条）	"岛仙自小有诗名"条（抄自金本"岛仙少有诗名"条）
"郑举举"条	"举举善辩"条（改写自"郑举举"条）	
"牙娘"条	"因娘轻率"条（改写自"牙娘"条）	
"颜令宾"条	"令宾能诗笔"条（改写自"颜令宾"条）	
"杨妙儿"条	"常儿诗笔"条（改写自"杨妙儿"条）	
"王团儿"条	"诗赠团儿二女"条（改写自"王团儿"条）	
"俞洛真"条	（未见金本摘录）	
"王苏苏"条	"苏苏和诗讥进士"条（改写自"王苏苏"条）	
"王莲莲"条	（未见金本摘录）	
"刘泰娘"条	"妓因得诗增重"条（改写自"刘泰娘"条）	
"张住住"条	（未见金本摘录）	
	"德奴家烛有异香"条（未见今本《北里志》）	"德奴家烛有异香"条（抄自金本"德奴家烛有异香"条）
	"潘琼儿家繁盛"条（未见今本《北里志》）	"潘琼儿家最繁盛"条（抄自金本"潘琼儿家繁盛"条）
	"惜惜钟情花月"条（仅有条目名，未见今本《北里志》）	

仔细对读三书中的相关内容,可以发现罗本"花衢记录"中的条目内容基本上都是抄袭金本"平康巷陌记",而不是孙棨《北里志》。[①] 另外值得注意的是,金本所拟条目,参差不齐,而罗本抄录金本相关条目内容时,又对金本条目名称进行修饰,统一为七字标题。如将"平康总序"改为"序平康巷陌诸曲",将"诗赠赵降真"改为"郑生诗赠赵降真",将"岛仙少有诗名"该为"岛仙自小有诗名",于此可见罗本在金本基础上的后出转精。

金本《醉翁谈录》时间下限在宁宗嘉定年间,那么部分抄录金本的罗本《醉翁谈录》,成书时间的上限则应晚于嘉定。罗本成书时间的上限确定了,那么其下限呢? 有学者认为当为元代。如胡士莹《话本小说概论》云:"书中杂有元事,当是元代刊本。"[②]又如古典文学出版社 1957 年版《醉翁谈录》出版说明云:"从'小说引子'的'小说开辟'中所载'分州、军、县、镇之程途'上观察,虽系宋代地方行政区划,但我们却有理由疑它是元代刻本,因为本书乙集卷二中'吴氏寄夫歌'的作者吴伯固女,乃是元人;又,'王氏诗回吴上舍'中的吴仁叔妻,也是元人。如是'宋椠',决不会把元人诗载进去的。"[③]李剑国则力主该书成于宋代:

> 此书既出宋椠,自是宋人撰。《小说引子》中有一歌,历数各代兴废,由羲农黄帝说到宋代,末四句云:"唐世末年称五代,宋承周禅握乾符。子孙神圣膺天命,万载升平复版图。"显是宋人口气。《小说开辟》云"分州军县镇之程途",这也是宋代地方行政区划。许多研究者认为书中有元人元事,所以本书应作于宋末元初,或是出于元刊,经元人增益,证据是乙集卷二的吴伯固女和吴仁叔妻都是元人。此说大误……以二女为元人实是明人的误断,从所叙事实来看其为宋人无疑,绝非元人。记事中提到太学、斋、上舍,全是宋代国学制度,与元无涉……

---

① 李剑国指出,罗烨《醉翁谈录》丁集卷一《花衢记录》七节记事,实系截取金盈之《醉翁谈录》卷七、卷八《平康巷陌记》,并论证曰:"《平康巷陌记》共十五节,绝大部分取自唐孙棨《北里志》,但有改动。今本《北里志》当有阙佚,故而《平康巷陌记》记事有逸出《北里志》者。但《平康巷陌记》末二节《潘琼儿家繁盛》、《惜惜钟情花月》(正文阙)当是金盈之所增,因为潘琼儿事在北宋绍圣间。检对《花衢记录》与《平康巷陌记》,可以看出前者是后者的节录,而不是径采《北里志》,一是因为文句基本相同,二是《花衢记录》也有《潘琼儿家最繁盛》一节。"《宋代志怪传奇叙录》,第 379 页注释文字。
② 胡士莹《话本小说概论》,第 153 页。
③ 罗烨《醉翁谈录》,上海:古典文学出版社,1957 年版,第 1 页。

理宗在位凡四十一年(1224～1264)，估计本书当编于理宗朝。时间不
会再晚，从"万载升平复版图"的颂语看，似乎还未见亡国之象。①

李先生考证缜密，其论可从。

关于罗本《醉翁谈录》的成书，还有学者注意到其与陈元靓编《事林广
记》的关系。凌郁之认为：

> 《醉翁谈录》与《事林广记》也可能存在尚不为人知的非常重要的
> 联系……元郑氏积诚堂刻本《事林广记》以天干分为十集，集下分卷，
> 每集二卷，共二十卷；各卷下又有类目，目下又有标题。而《醉翁》也正
> 是十集二十卷，其它体例也与之几乎完全相同。更有甚者，《醉翁》与
> 《事林广记》的卷目也间有相同或相似者……至少在《花判公案》和《嘲
> 戏绮语》这两部分上，两书一定大有瓜葛。②

诚如凌博士所言，罗本《醉翁谈录》之"花判公案""嘲戏绮语"绝大多数篇
目，与《事林广记》的相关篇目若合符契。③ 但罗本《醉翁谈录》与《事林广
记》重出的篇目，仅见于这两类，仅有这 18 篇，在罗本《醉翁谈录》总共 82
篇中占比不到四分之一。另外，罗本《醉翁谈录》的编排体例与郑氏积诚堂
刻本《事林广记》虽然类似，但很难判定孰先孰后，而且也不能排除另有一
书如此编排，而罗本《醉翁谈录》与积诚堂刻本《事林广记》效法之的可能。
笔者认为，罗本《醉翁谈录》的这 18 篇，可能抄录自《事林广记》，也有可能
抄录自别书，我们很难据此断定两书有直接关系。

(二)重编于宋元之际

从今本的编排来看，《醉翁谈录》应该经历过重编，时间当在宋元之际。

---

①李剑国《宋代志怪传奇叙录》，第 376～379 页。

②凌郁之《走向世俗——宋代文言小说的变迁》，北京：中华书局，2007 年版，第 301～304 页。笔者
按：凌先生此书前身为其博士论文《走向世俗——宋代文言小说的转型》(复旦大学 2005 年)，该
论文在上述引文后还有这样的推断："《岁时广记》与《事林广记》的编者均是陈元靓，陈乃宁宗、
理宗之际福建人，与《醉翁》成书时间亦相吻合。因此，陈元靓可能与之有很大关联。陈元靓是
否就是《醉翁》的原编者呢？笔者相信有较大可能，而罗烨可能确实只是所谓'新编'；而所谓'新
编'，可能即是从《事林广记》中析出单行、有所增删而已。"(第 296 页)该推断在论文正式出版时
删略了。

③《醉翁谈录》庚集卷二"花判公案"共 15 条，日本元禄十二年(1699)翻刻元泰定二年刻本《事林广
记》癸集卷一三"花判公案"共 14 条，其中前 13 条与《醉翁谈录》"花判公案"的顺序和内容都完
全相同；《醉翁谈录》丁集卷二"嘲戏绮语"共 9 条，日本翻刻本《事林广记》癸集卷一三"嘲戏绮
语"共 6 条，其中有 5 条与《醉翁谈录》"嘲戏绮语"完全相同。

今本《醉翁谈录》以天干为序分为十集，每集分为两卷，共二十卷，各卷下又有类目，类目之下为具体篇目。全书有舌耕叙引、私情公案、烟粉欢合、妇人题咏、宝匳妙语、花衢实录、花衢记录、嘲戏绮语、烟花品藻、烟花诗集、遇仙奇会、闺房贤淑、花判公案、神仙嘉会类、负约类、负心类、夤缘奇遇类、题诗得耦类、重圆故事、不负心类、离妻复合共 21 类。这些类目划分有的并不合理，本来是同一类的被强分为二。如"花衢实录"录柳永与诸妓交往之事，"花衢记录"叙平康巷陌诸妓之事，两类皆叙花衢之事，本无不同之处，但编者用"实录"与"记录"强分为二，实在令人难以理喻。又如"烟花品藻"与"烟花诗集"，叙"丘郎中守建安日，招置翁元广于门馆，凡有宴会，翁必预焉；其诸妓佐樽，翁得熟谙其姿貌妍丑，技艺高下，因各指一花以寓品藻之意"，①乃是翁元广用红梅等 55 种花草，每种花草写成 1 首绝句，以比喻、歌咏建安吴玑等 55 位歌妓。这些诗歌本来前后连贯，却被编者强分为"烟花品藻"与"烟花诗集"两类，令人生疑。又如"负约类"录《王魁负心桂英死报》，"负心类"录《红绡密约张生负李氏娘》，前一篇题目中明明有"负心"字样却归在"负约类"，后一篇题目中有"密约""负"字样，显为"负约"故事，却归在"负心类"。笔者怀疑这两篇归类时可能刚好颠倒了。再如"重圆故事"与"离妻复合"，都是叙夫妻破镜重圆故事，却被强分为两类，也令人生疑。

《醉翁谈录》不仅有类目划分不当之失，还有类目重出之弊。乙集卷一有"烟粉欢合"，己集卷一又有"烟粉欢合"；癸集卷一有"重圆故事"和"不负心类"，癸集卷二又有"重圆故事"。笔者颇疑"烟粉欢合""重圆故事"在重编时被割为两处，导致今本类目重出之弊。

《醉翁谈录》的篇目分合也有问题。如乙集卷一"烟粉欢合"有《林叔茂私挈楚娘》《静女私通陈彦臣》《宪台王刚中花判》三篇，其中后两篇可能本为一篇，但被编者强分为二。又如丙集卷二"花衢实录"有《柳屯田耆卿》《耆卿讥张生恋妓》《三妓挟耆卿作词》《柳耆卿以词答妓名朱玉》，可能本为一篇，但被编者强分为四。再如己集卷一"烟粉欢合"有《梁意娘与李生诗曲引》《意娘与李生小帖》《意娘复与李生二首》《意娘复与李生批》《意娘与李生相思歌》《意娘与李生相思赋》，可能本为一篇，但被编者强分为六。

另外，《醉翁谈录》可能还有遗漏的类目和篇章，不见于今本。《永乐大

---

① 罗烨《醉翁谈录》，第 45 页。

典》卷二四〇五引《醉翁谈录》之《苏小卿》，题下注"烟花奇遇"，但今本《醉翁谈录》并无《苏小卿》，也无"烟花奇遇"类目。

综上所述，今本《醉翁谈录》存在类目划分不当、类目重出、类目与篇章张冠李戴、篇章被强分和某些类目、篇章被遗漏的现象，这些现象说明今本可能是重编本，而且可能是经过书坊之手增删类目、篇章，又强分篇章而成的重编本，其疏漏多多，可能正是出于坊刻本的胎记。

（三）杂俎式风月类编

《醉翁谈录》不见宋元明清书目著录，也罕有典籍征引，今所知征引者，仅明朝中后期李诩《戒庵老人漫笔》卷六征引云："《醉翁谈录·引子》言：'小说者，或名演史，或谓合生，或称舌耕，或作挑闪'。"[1]

该书国内流传情况罕闻，近世发现于日本，云自朝鲜传入，日人曾于1941年影印，称"观澜阁藏孤本宋椠"。日人判定其为"宋椠"，是注意到该本避宋讳，"构""观""钩"等皆为字不全。戴望舒则进一步判断其为南宋坊刻，云："书为日本长泽规矩也发现，云传自朝鲜者，由文求堂主人以珂罗版影印行世，湮没迄今，盖已七百余年矣。书中市语杂出，胥近浅陋，当为南宋坊刻"。[2]

1957年，上海古典文学出版社在日人影印本基础上，整理推出繁体竖排标点本，"除根据《太平广记》、《唐宋传奇集》、《北里志》、《本事诗》等书校正脱字、讹字外，并于卷末另加附录，将本书有阙文而他书全备的，或与本书所载略有出入的，加以摘录，以资参证。原书中并有不少重复字句，当是衍文，已为删去，并加标点句读，以供阅读研究。其中有一些看不清楚的字和句子，我们都已尽可能补缀完全"。[3]该本整理精细，已成为《醉翁谈录》的通行本。1998年，辽宁教育出版社将金盈之和罗烨《醉翁谈录》汇为一书，推出了简体横排标点本，其中罗本以日本影印本为底本，并参考了古典文学出版社的标点排印本。另外，2002年，上海古籍出版社出版《续修四库全书》，其中子部第1266册收录《醉翁谈录》，乃是影印日人所藏宋刻本。本文所论，依据古典文学出版社的标点排印本。

《醉翁谈录》内容庞杂，文体多样。"舌耕叙引"中有《小说引子》《小说

---

①李诩《戒庵老人漫笔》卷六，《续修四库全书》本，第1173册，第769页。
②戴望舒《跋〈醉翁谈录〉》，见其《小说戏曲论集》，北京：作家出版社，1958年版，第56页。
③罗烨《醉翁谈录》卷前出版说明，第2页。

开辟》两篇阐发小说伎艺的概论文章,"私情公案""烟粉欢合"等类目中有
《张氏夜奔吕星哥》《静女私通陈彦臣》之类叙述宛转的传奇小说,"妇人题
咏""闺房贤淑"等类目中有《唐宫人制短袍诗》《刁氏夫人贤德》之类粗陈梗
概的笔记小说,"嘲戏绮语"中有《嘲人好色》《嘲人不识羞》之类篇幅短小的
幽默笑话,"花判公案"中有《大丞相判李淳娘供状》《张魁以词判妓状》之类
文体参差的滑稽判词,"烟花品藻""烟花诗集"中有55首七言绝句,另外书
中还有《红绡密约张生负李氏娘》《王魁负心桂英死报》之类话本化的文言
小说。内容的庞杂和文体的多样,使学界对《醉翁谈录》书籍性质的判定颇
费踌躇。

关于《醉翁谈录》的书籍性质,学界主要有"小说集""说话资料汇编"
"通俗类书"等观点。认为《醉翁谈录》为"小说集"者,多从文体性质着眼,
往往将其定位为"传奇小说集""笔记小说集""话本小说集"等某种文体的
专集或者多种文体的杂俎。如《中国文学大辞典》认为该书所收主要是"笔
记小说",①《中国古代小说百科全书》认为该书是"笔记传奇话本小说
集",②李剑国《宋代志怪传奇叙录》认为是"传奇杂事小说集",③谭正璧《古
本稀见小说汇考》认为是"传奇集兼杂俎集"。④

认为《醉翁谈录》为"说话资料汇编"者,是从书籍功能着眼。如胡士莹
《话本小说概论》认为《醉翁谈录》是"一本记载宋代'说话'伎艺和'说话'资
料的专书",⑤又如程毅中《宋元小说研究》认为该书是"一本说话资料的汇
编",⑥又如陈文新《文言小说审美发展史》认为该书"大量摘录古代的传奇
故事,无疑是说话人的蓝本书",⑦再如董上德《论〈醉翁谈录〉的性质与旨
趣》认为该书"是一部专供'小说'与'合生'艺人参考使用的、以男女风情为
旨趣的故事与资料的类编"。⑧

认为《醉翁谈录》为"通俗类书"者,则是从编辑体例着眼。如薛洪勣

①钱仲联等《中国文学大辞典》,上海:上海辞书出版社,2000年版,第698页。
②刘世德《中国古代小说百科全书》,北京:中国大百科全书出版社,2006年第3版,第784页。
③李剑国《宋代志怪传奇叙录》,第376页。
④谭正璧《古本稀见小说汇考》,上海:上海古籍出版社,2012年版,第24页。
⑤胡士莹《话本小说概论》,第235页。
⑥程毅中《宋元小说研究》,第316页。
⑦陈文新《文言小说审美发展史》,武汉:武汉大学出版社,2007年版,第394页。
⑧董上德《论〈醉翁谈录〉的性质与旨趣》,《学术研究》2001年第3期。

《传奇小说史》认为该书是"收有通俗传奇小说的小型的'通俗类书'，是晚明《国色天香》《绣谷春荣》等较大型通俗类书的先导"，①凌郁之《走向世俗——宋代文言小说的变迁》赞同薛先生"通俗类书"之论，又进一步指出该书是"一本与传奇小说或宋元说话很有关系的类书"。②

笔者认为，可以将上述三种意见进行贯通，即从文体性质、书籍功能、编辑体例等多个维度综合考察。鉴于此，我们可将《醉翁谈录》定位为"供说话艺人参考的杂俎式风月资料类编"。"杂俎"从文体层面说明该书乃是多种文体的大杂烩，"类编"从编辑体例层面说明所收文章乃是以类相从，③"风月资料"从主体内容层面说明该书的编选旨趣，"供说话艺人参考"则从书籍功能层面说明该书的主要目的。

二、舌耕叙引：说话伎艺的纲领提挈

《醉翁谈录》甲集卷一《舌耕叙引》包含《小说引子》和《小说开辟》，这两篇文章可谓评述宋代说话伎艺的纲领性文献。

（一）"小说引子"的内在结构

《小说引子》下有小字注云"演史讲经并可通用"。开篇即为一首八句开场诗："静坐闲窗对短檠，曾将往事广搜寻，也题流水高山句，也赋阳春白雪吟；世上是非难入耳，人间名利不关心，编成风月三千卷，散与知音论古今。"李剑国认为："从《小说引子》八句开场诗看，作者罗烨'世上是非难入耳，人间名利不关心'，大概是位'书会先生'，或是与说话人关系密切的'才人'之流，他说'编成风月三千卷，散与知音论古今'，可见所编话本和参考资料极多，而本书即是编给说话人用作参考的资料书，专采'风月'故事。"④

接着叙"自古以来，分人数等"，再接着叙"世有九流者，略为题破"。其所叙九流，包括儒家者流、道家者流、阴阳者流、法家者流、名家者流、墨家者流、纵横者流、农家者流、小说者流。对照《汉书·艺文志》的九流十家（儒家、道家、阴阳、法家、名家、墨家、纵横、杂家、农家、小说家），可见《醉翁

---

①薛洪勣《传奇小说史》，杭州：浙江古籍出版社，1998年版，第191～192页。

②凌郁之《走向世俗——宋代文言小说的变迁》，第298页。

③笔者认为"类编"比"类书"能更准确地概括《醉翁谈录》的编辑体例，因为类书强调基本尊重原始文献面貌，而类编则更为自由。《醉翁谈录》在辑录文献时，有大量的增删、改换等变易之处，在此情况下再称该书为"类书"可能已名实不符。

④李剑国《宋代志怪传奇叙录》，第380页。

谈录》所叙"九流"去掉了杂家。同时，《汉志》云"诸子十家，其可观者九家而已"，①将小说家排除在"可观者"之列，认为小说家是进不了"九家"（"九流"）的，而《醉翁谈录》则去掉"杂家"，让"小说家"进入九流，于此可见罗烨等书会才人为小说家争地位的明显用意。另外，《醉翁谈录》对"九流"的"题破"（阐发），与《汉书·艺文志》《隋书·经籍志》等经典目录书籍对诸子流派的分疏，也有很大差异。② 分疏九流之后，紧接着就讲小说家的功用，即"有说者纵横四海，驰骋百家"云云。

然后以"歌云"引出一首十六句、七言形式的历代传授歌，歌自"传自鸿荒判古初"始，至"宋承周禅握乾符"，再至"子孙神圣膺天命，万载昇平复版图"终。从时间起讫来看，该歌乃是宋代之作。

紧接传授歌，乃是大段论述文字，从太极、阴阳论及天、地、人，再论及君臣将相"或争权而夺位，或诛暴以胜残"之事，末云："所业历历可书，其事班班可纪。乃见典坟道蕴，经籍旨深。试将便眼之流传，略为从头而敷演。得其兴废，谨按史书；夸此功名，总依故事。"尾有小字注云："如有小说者，但随意据事演说云云。"③

最后以"诗曰"引起两首七言诗："破尽诗书泣鬼神，发扬义士显忠臣，试开夏玉敲金口，说与东西南北人。""春浓花艳佳人胆，月黑风寒壮士心，讲论只凭三寸舌，秤评天下浅和深。"④

（二）通用致语与专用致语的融合

《小说引子》不仅在内容上敷演说话伎艺，而且在文本形式上模拟说话程式，其开篇有诗，中间有歌，收官有诗的独特结构，即与说话程式若合符契。有学者认为《小说引子》和《小说开辟》正是宋代小说伎艺的致语，于天池先生指出：

> 《舌耕叙引》正是宋代小说伎艺的致语。首先，"舌耕"已经点明了它的伎艺指向。其次，它论述的内容不是小说文本而是小说伎艺……

---

① 《汉书·艺文志·诸子略序》，北京：中华书局，1962 年版，第 1746 页。

② 详见张莉、郝敬《论罗烨〈醉翁谈录〉对宋代通俗小说观念的理论建构》，《南京师大学报》（社科版）2014 年第 4 期。

③ 笔者按："如有小说者，但随意据事演说云云"，接在"得其兴废，谨按史书；夸此功名，总依故事"之后，应该道出了"小说"与"演史"在虚实关系上的差异，"小说"可以"随意据事演说"，以虚为主，而"演史"则要"按史书""依故事"，从实出发。

④ 罗烨《醉翁谈录·小说引子》，第 1～3 页。

《舌耕叙引》并不是为某一个具体的小说题目而写，也不是为某一个演员而写，它具有广泛的适用性，可谓小说伎艺行当的广告词。从它有"演史讲经并可通用"的话来看，它甚至适用于整个说话伎艺。①

当然，也有学者指出"'舌耕叙引'所描写的是当时文人小说家的创作盛况，与说话艺术无关"，孟昭连先生认为：

> 《醉翁谈录·舌耕叙引》记载的是文人小说创作的盛况，并非描述的说话艺术；以下各卷所载文言作品，并非专为说话人写的"底本"，而是用于案头阅读的风月故事"类编"。《醉翁谈录》在当时能够刊刻出版，并一直流传到现在，也是为了满足文人阅读的需要，而不是为了促进说书艺术的发展；事实上，明清的说书艺术也完全没有受到《醉翁谈录》的影响。②

于先生认为《舌耕叙引》论述的"不是小说文本而是小说伎艺"，孟先生认为"并非描述的说话艺术"而是"文人小说创作的盛况"，两种意见针锋相对。笔者认为，两种意见可以折衷。《舌耕叙引》以论述小说伎艺为主，但也论及书会才人编辑文本供艺人、读者参阅之事，如"编成风月三千卷，散与知音论古今"云云。应该说，《舌耕叙引》综合论述了宋代说话（主要是小说）的表演伎艺、文本编辑、艺人修养、分类名目、主要内容、审美效用等相关话题，是评述宋代说话伎艺（以小说伎艺为主）的纲领性文献。笔者还部分赞同于先生关于《舌耕叙引》乃是宋代小说伎艺致语的论断，笔者认为《小说引子》为小说伎艺致语的可能性较大，《小说开辟》则可能是才人模拟说话程式（文末有散场诗）所撰概述性文章，篇幅较长，未必为致语。

　　笔者还认为《小说引子》可能本是两篇致语，被合并在一起。③ 其中一篇是说话通用致语。从"静坐闲窗对短檠"的开场诗到"言其上世之贤者可为师，排其近世之愚者可为戒。言非无根，听之有益"，可能是各种说话门类通用的致语（小说、演史、讲经并可通用）。同时该致语可能还有一首散场诗，或许是今本《小说引子》文末的"春浓花艳佳人胆，月黑风寒壮士心，

---

①于天池《论宋代小说伎艺的文本形态》，《北京师范大学学报》（社科版）2005年第3期。

②孟昭连《〈醉翁谈录〉新解》，《南京师大学报》（社科版）2016年第1期。

③凌郁之《〈醉翁谈录·舌耕叙引〉发覆》（《中国典籍与文化》2006年第4期）较早注意到《小说引子》"实际可能包含两篇'引子'"，认为"开首'静坐闲窗对短檠'一诗与其下一段，是一篇'引子'；而'传自鸿荒判古初'一歌与其下一段，又是另一篇'引子'。文末两诗可能本来各系于一篇'引子'之后"。

讲论只凭三寸舌，秤评天下浅和深"，因为从"言其上世之贤者可为师，排其近世之愚者可为戒"的文字看来，该诗与其语意衔接更为妥帖。这样一来，该致语的原来面貌可能是："静坐闲窗对短檠"领起的开场诗，"自古以来，分人数等"云云，"世有九流者，略为题破"云云，"由是有说者纵横四海，驰骋百家"云云，最后是"春浓花艳佳人胆"领起的散场诗。

另一篇是演史专用致语。即从"歌云"引出的历代传授歌到"太极既分，阴阳已定"云云，再到文末散场诗"破尽诗书泣鬼神，发扬义士显忠臣，试开夏玉敲金口，说与东西南北人"。该致语始以历述朝代更迭的开场诗，继以论述太极、阴阳、天地人、君臣将相的文字，终以"发扬义士显忠臣"云云的散场诗，整个结构都是围绕演史展开，应是演史专用致语。

因此，笔者认为今本《小说引子》是说话通用致语、演史专用致语两篇致语的融合。

三、转雅成俗：辞章化传奇的改编

《醉翁谈录》中根据先宋小说改编而成的话本化传奇有 11 篇，见下表：

《醉翁谈录》根据先宋小说改编而成的话本化传奇	来源
1.己集卷二"遇仙奇会"之《赵旭得青童君为妻》	唐传奇《赵旭》(《通幽记》)
2.己集卷二"遇仙奇会"之《薛昭娶云容为妻》	唐传奇《张云容》(《传奇》)
3.己集卷二"遇仙奇会"之《郭翰感织女为妻》	唐传奇《郭翰》(《灵怪集》)
4.己集卷二"遇仙奇会"之《封陟不从仙姝命》	唐传奇《封陟传》(《传奇》)
5.辛集卷一"神仙嘉会类"之《柳毅传书遇洞庭水仙女》	唐传奇《柳毅传》
6.辛集卷一"神仙嘉会类"之《刘阮遇仙女于天台山》	六朝小说《天台二女》(《神仙记》)
7.辛集卷一"神仙嘉会类"之《裴航遇云英于蓝桥》	唐传奇《裴航》(《传奇》)
8.癸集卷一"重圆故事"之《无双王仙客终谐》	唐传奇《无双传》
9.癸集卷一"不负心类"之《李亚仙不负郑元和》	唐传奇《李娃传》
10.癸集卷一"重圆故事"之《乐昌公主破镜重圆》	唐代诗话《本事诗·情感》
11.癸集卷二"重圆故事"之《韩翊柳氏远离再会》	唐传奇《柳氏传》

这 11 篇中，有 9 篇都是依据唐传奇改编而成。唐传奇可谓辞章化传奇，而改编后的可谓话本化传奇。仔细对读这两种性质的传奇，可以发现

后者对前者进行了删、改、增等改编工作，而这些改编的目的则可能在于适应说话艺人的实际需要，适应话本的文体需要。

（一）"删繁就简"与"删骈存散"

话本化传奇对辞章化传奇的"删"，包括对叙事的"删繁就简"和对描绘的"删骈存散"。先看对叙事的"删繁就简"。《无双王仙客终谐》改编自《无双传》，原文的主要情节基本都得以保留，但一些次要的情节和细致的叙事或者被删削，或者被压缩。比如开篇叙王仙客与舅表妹刘无双少有婚约，后来舅氏以位尊显欲废旧约之事，原文云：

> 唐王仙客者，建中中朝臣刘震之甥也。初，仙客父亡，与母同归外氏。震有女曰无双，小仙客数岁，皆幼稚，戏弄相狎，震之妻常戏呼仙客为王郎子。如是者凡数岁，而震奉孀姊及抚仙客尤至。一旦，王氏姊疾且重，召震约曰："我一子，念之可知也。恨不见其婚宦。无双端丽聪慧，我深念之。异日无令归他族。我以仙客为托。尔诚许我，暝目无所恨也。"震曰："姊宜安静自颐养，无以他事自挠。"其姊竟不瘥。仙客护丧，归葬襄邓。服阕，思念："身世孤子如此，宜求婚娶，以广后嗣。无双长成矣。我舅氏岂以位尊官显，而废旧约耶？"于是饰装抵京师。时震为尚书租庸使，门馆赫奕，冠盖填塞。仙客既觐，置于学舍，弟子为伍。舅甥之分，依然如故，但寂然不闻选取之议……又数夕，有青衣告仙客曰："娘子适以亲情事言于阿郎，阿郎云：'向前亦未许也。'模样云云，恐是参差也。"①

《醉翁》改编后云：

> 唐王仙客者，刘振之甥。振有女曰无双，幼稚戏弄相狎，振妻戏呼仙客为王郎子。后无双长成，舅氏以位尊显，欲废旧约……忽有青衣告云："亲情事恐参差。"②

两相对照，可见改编本已将仙客之母临终之际托付婚事，以及仙客护丧、服阕、再入舅家欲婚无双等次要情节删削，并将青衣告仙客之语压缩成六个字。

《郭翰感织女为妻》改编自《郭翰》，叙郭翰与织女始合终离、令人唏嘘

---

① 李时人《全唐五代小说》卷五七《无双传》，西安：陕西人民出版社，1998 年版，第 1576～1577 页。
② 罗烨《醉翁谈录》癸集卷一《无双王仙客终谐》，第 110 页。

的仙凡情缘，原文末尾处叙织女返回天庭后郭翰之结局云：

> 翰思不已，凡人间丽色，不复措意。复以继嗣，大义须婚，强娶程氏女，所不称意。复以无嗣，遂成反目。翰后官至侍御史而卒。①

《醉翁》改编后云：

> 翰自此人间女色，不复措意，以其无足与为者。官至侍御史。②

两相对照，可见改编本已将郭翰"强娶程氏女""所不称意"之情节删略，因为该情节只是郭翰"凡人间丽色，不复措意"的一个细节说明，删略之不影响主干情节。实际上，不唯上述两篇，其他篇章的改编也大都是基本保留主干情节，但删削次要情节和一些细节。

再看对描绘的"删骈存散"。唐传奇描绘景物和场景时常用骈句，文辞华美，而《醉翁谈录》中的改编本则往往会删除这些繁缛的骈句，或者改骈为散，将华美的骈句改为简洁的散语。如《柳毅传书遇洞庭水仙女》改编自《柳毅传》，原文场景描绘之处多用骈句，如叙柳毅被引至灵虚殿的场景，原文云：

> 谛视之，则人间珍宝，毕尽于此。柱以白璧，砌以青玉。床以珊瑚，帘以水精，雕琉璃于翠楣，饰琥珀于虹栋。奇秀深杳，不可殚言。③

《醉翁》改编后云："毅精视之，凡人世珍宝，皆备于此。"④可见已将"柱以白璧"之类描绘的骈句尽行删除。

又如《封陟不从仙姝命》改编自《封陟传》，原文描绘铺叙之语不少，且多用骈句，如叙仙姝下凡愿为封陟执箕帚之场景云：

> 时夜将午，忽飘异香酷烈，渐布于庭际。俄有辎軿自空而降，画轮轧轧，直凑檐楹。见一仙姝，侍从华丽，玉佩敲磬，罗裙曳云，体欺皓雪之容光，脸夺芙蕖之艳冶，正容敛衽而揖陟曰："某籍本上仙，谪居下界，或游人间五岳，或止海面三峰。月到瑶阶，愁莫听其风管；虫吟粉壁，恨不寐于鸳衾。燕浪语而徘徊，莺虚歌而缥缈。宝瑟休泛，虬觥懒斟。红杏艳枝，激含噸于绮殿；碧桃芳萼，引凝睇于琼楼。既厌晓妆，

---

① 李时人《全唐五代小说》卷二〇《郭翰》，第 550 页。
② 罗烨《醉翁谈录》己集卷二《郭翰感织女为妻》，第 67 页。
③ 李时人《全唐五代小说》卷二一《洞庭灵姻传》（《柳毅传》），第 579 页。
④ 罗烨《醉翁谈录》辛集卷一《柳毅传书遇洞庭水仙女》，第 84 页。

渐融春思。伏见郎君坤仪浚洁，襟量端明，学聚流萤，文含隐豹。所以慕其真朴，爱以孤标，特谒光容，愿持箕帚。又不知郎君雅旨如何？"①

《醉翁》改编后云："一夕，天气清亮，月明如昼，忽睹一仙姝，淡妆近前，顾揖曰：'久闻美，愿执箕帚。'"②两相对照，可见改编本已将描绘仙姝妆扮之语"玉佩敲磬，罗裙曳云，体欺皓雪之容光，脸夺芙蕖之艳冶"删除，又将仙姝骈俪华美的表白，尽行删除，浓缩为"久闻美，愿执箕帚"短短七字。

（二）"改雅为俗"与"化静为动"

话本化传奇对辞章化传奇的"改"，包括用词的"改雅为俗"和表述方式的"化静为动"。先看用词的"改雅为俗"。唐传奇在用词上往往比较典雅，《醉翁谈录》改编时一般会进行俚俗化处理，将过于典雅之言替换为较为通俗之语。如《赵旭得青童君为妻》改编自《赵旭》，原文叙青童君风姿时云"容范旷代"，③很典雅，《醉翁谈录》则改为"容貌绝世"，④更为通俗。又如《郭翰感织女为妻》改编自《郭翰》，原文叙织女返回天庭后遣侍女致书郭翰，翰得书后"以香笺答书，意甚慊切"。⑤其中"意甚慊切"过于文雅，《醉翁谈录》改成更为通俗的"意甚切至"。⑥

再看表述方式的"化静为动"，主要指将原文中部分"静态"叙述改为"动态"对话，增加文本的吸引力。如唐传奇《赵旭》叙赵旭向青童君求长生久视之道，云：

> 旭因求长生久视之道，密受隐诀，其大抵如《抱朴子·内篇》修行，旭亦精诚感通。⑦

《赵旭得青童君为妻》改为：

> 子明因求长生久远之道。女笑曰："仙郎，即此佳合，便是长生久视，更何求耶？"⑧

---

① 李时人《全唐五代小说》卷六三《封陟传》，第1765页。
② 罗烨《醉翁谈录》己集卷二《封陟不从仙姝命》，第68页。
③ 李时人《全唐五代小说》卷二七《赵旭》，第743页。
④ 罗烨《醉翁谈录》己集卷二《赵旭得青童君为妻》，第60页。
⑤ 李时人《全唐五代小说》卷二〇《郭翰》，第550页。
⑥ 罗烨《醉翁谈录》己集卷二《郭翰感织女为妻》，第67页。
⑦ 李时人《全唐五代小说》卷二七《赵旭》，第744页。
⑧ 罗烨《醉翁谈录》己集卷二《赵旭得青童君为妻》，第62页。

从形式而言,改编本将原文中的叙述改为对白,形式更为活泼,更有利于场上敷演。从内容而言,将原文中"大抵如《抱朴子·内篇》修行",改为青童君"仙郎,即此佳合,便是长生久视,更何求耶"这种非常俏皮又意味深长的告白,平添悠悠趣味。这样的改动可谓"化静为动"。

(三)"增饰语句"与"增添字号"

话本化传奇对辞章化传奇的"增",包括表述上的增饰语句和为故事人物增添字号。先看表述上的增饰语句。如唐传奇《赵旭》叙赵旭与青童君幽会时,嫦娥赶来凑热闹的场景,云:

> 见一神女在空中,去地丈余许,侍女六七人。建九明蟠龙之盖,戴金精舞凤之冠,长裙曳风,璀璨心目。旭载拜邀之,乃下曰:"吾嫦娥女也,闻君与青君集会,故捕逃耳。"便入室,青君笑曰:"卿何以知吾处也?"答曰:"佳期不相告,谁过耶?"相与笑乐。[①]

《赵旭得青童君为妻》改为:

> 乃走迎之。见一神女在空中,去地丈余,侍女六七人,建九明蟠龙之盖,金精舞凤之冠,长裙曳风,耀人心目。子明因而见之,乃下曰:"吾姮娥女也,闻君与青童君仙会,故来奉贺耳。"便入室。青童君笑曰:"卿何以知吾处也?"答曰:"好事天上知,然佳期不远告,谁过邪?"相与欢笑。[②]

后者将前者的"捕逃"改为"奉贺",更为贴切;[③]又在嫦娥的答语中增加"好事天上知",使叙事针线更为绵密,使嫦娥的出场更合情理,不显突兀。

又如唐传奇《郭翰》叙郭翰与织女相好后,略带醋意地询问织女与牛郎之事,原文云:

> 翰戏之曰:"牵郎何在?那敢独行。"对曰:"阴阳变化,关渠何事?且河汉隔绝,无可复知。纵复知之,不足为虑。"因抚翰心前曰:"世人不明瞻瞩耳。"翰又曰:"卿已托灵辰象,辰象之门,可得闻乎?"对曰:"人间观之,只见是星,其中自有宫室居处。群仙皆游观焉。万物之

---

① 李时人《全唐五代小说》卷二七《赵旭》,第 744 页。
② 罗烨《醉翁谈录》己集卷二《赵旭得青童君为妻》,第 61 页。
③ 唐传奇用"捕逃",带有嫦娥对青童君幽会人间男子之事的戏谑之意;改编者用"奉贺",虽然贴切,但少了戏谑的趣味,亦为可惜。

精，各有象在天，成形在地。下人之变，必形于上也。吾今观之，皆了
了自识。"……

后将至七夕，忽不复来。经数夕方至。翰问曰："相见乐乎？"笑而
对曰："天上那比人间。正以感运当尔，非有他故也。君无相忌。"①

《郭翰感织女为妻》改编云：

翰戏之曰："仙郎何在？那敢独行？"对曰："阴阳变化，关渠何事？且
河汉隔绝，无可复知，纵复知之，不足为虑。"因抚翰心前曰："世人不明瞻
瞩耳。"翰又曰："卿既托灵辰象，辰象之门，可得闻乎？"对曰："人间观之，
只此是星，其中自有宫室居处，诸仙皆游观焉。万物之精，各有交结，在
天成象，在地成形，天人之间，本由一理，情欲之好，无间圣凡。"……

后将至七夕，忽不见来，经数夜方至。翰问曰："牛郎相见乐乎？"
笑而对曰："天上那似人间，正以期运当尔，非有他故也。又况一年一
度相会，争如今日夜夜相逢，君无猜忌。"②

两相对照，可见改编本在织女解释辰象之门的话语中，特地增添了"天人之
间，本由一理，情欲之好，无间圣凡"，这实际上是织女在为自己邂逅人间男
子辩护。另外，改编本在织女就郭翰有关牛郎织女相见问题的答语中，特
地增加了"又况一年一度相会，争如今日夜夜相逢"，反映出织女对与牛郎
仅"一年一度相会"的埋怨，和与人间男子"夜夜相逢"的欢悦，这种增饰非
常明显地折射出"今日夜夜相逢"压倒"两情若是久长时，又岂在朝朝暮暮"
的市井旨趣。

再如唐传奇《裴航》叙裴航偶遇美艳的樊夫人同舟，"因自求美醴珍果
献之"以为亲近之计，小说云：

夫人乃使袅烟召航相识。及褰帷，而玉莹光寒，花明丽景，云低鬓
鬟，月淡修眉，举止烟霞外人，肯与尘俗为偶。航再拜揖，睟眙良久之。
夫人曰："妾有夫在汉南，将欲弃官而幽栖岩谷，召某一诀耳。深哀草
扰，虑不及期，岂更有情留盼他人的不然耶？但喜与郎君同舟共济，无
以谐谑为意耳。"③

————————

① 李时人《全唐五代小说》卷二〇《郭翰》，第 548～549 页。
② 罗烨《醉翁谈录》己集卷二《郭翰感织女为妻》，第 66 页。
③ 李时人《全唐五代小说》卷六三《裴航》，第 1759～1760 页。

《裴航遇云英于蓝桥》改编云:

> 夫人乃使袅烟召航相识。及褰帷,但见月眉云鬓,玉莹花明,举止即烟霞外人。航拜揖。夫人曰:"妾有夫在汉南,幸无以谐谑为意。然亦与郎君有小小因缘,他日必得为姻懿。"[1]

关于樊夫人的答语,改编本既有浓缩,又有增饰,其中增饰"然亦与郎君有小小因缘,他日必得为姻懿",可谓精妙,为下文叙述裴航与樊夫人之妹云英的仙凡姻缘之事,做了预叙和铺垫。这样的增饰对于情节链条而言可谓补苴罅漏、恰如其分,于此可见改编者乃是叙述故事的行家里手。

再看为故事人物增添字号。如唐传奇《赵旭》并未言及赵旭所字,而《赵旭得青童君为妻》则言"字子明",[2]显系增加;又如唐传奇《封陟》亦未言封陟之字,而《封陟不从仙姝命》则言"字少登",[3]也系增加;再如唐传奇《李娃传》中并未提及郑生和李娃所字,而《李亚仙不负郑元和》则指出郑生字元和、李娃字亚仙。这些人物之字的增加,很有可能是说书艺人的创造。

总之,《醉翁谈录》中根据唐传奇改编而成的话本化传奇,对原文做了删(对叙事的"删繁就简"和对描绘的"删骈存散")、改(用词的"改雅为俗"和部分情节的"改粗为精")、增(表述上的增饰语句和为故事人物增添字号)等工作。这些改编,从文风上看,是改雅为俗、删骈存散,将唐人的华美典雅变为宋人的平实俚俗;从叙事上看,则是主要情节的"删繁就简"和表述方式的"化静为动"以及适当增饰,这样既使得繁缛的故事简明扼要,便于说话艺人提纲挈领,又改编部分情节使故事更有趣味,便于说话艺人吸引观众。《醉翁谈录》中的这些改编本,有较为明显的将案头读物(唐传奇)转为口语文本的俚俗化趋势和话本化色彩。

四、话本雏形:话本化传奇的特质

《醉翁谈录》中根据宋人小说文本或者说唱、戏曲文本改编而成的话本化传奇有 12 篇,见下表:

---

[1] 罗烨《醉翁谈录》辛集卷一《裴航遇云英于蓝桥》,第 88~89 页。
[2] 罗烨《醉翁谈录》己集卷二《赵旭得青童君为妻》,第 60 页。
[3] 罗烨《醉翁谈录》己集卷二《封陟不从仙姝命》,第 68 页。

《醉翁谈录》根据宋人文本改编而成的话本化传奇	文本来源
1.甲集卷二"私情公案"之《张氏夜奔吕星哥》	出处待考（宋元戏文《吕星哥》演此事）
2.乙集卷一"烟粉欢合"之《林叔茂私挈楚娘》	出处待考
3.乙集卷一"烟粉欢合"之《静女私通陈彦臣》《宪台王刚中花判》（可能原系一篇被割为两节）	《绿窗新话》有《杨生私通孙玉娘》，注出《闻见录》，与之类似
4.丙集卷二"花衢实录"之《柳屯田耆卿》《耆卿讥张生恋妓》《三妓挟耆卿作词》《柳耆卿以词答妓名朱玉》（可能原系一篇被割为四节）	出处待考
5.己集卷一"烟粉欢合"之《梁意娘与李生诗曲引》《意娘与李生小帖》《意娘复与李生二首》《意娘复与李生批》《意娘与李生相思歌》《意娘与李生相思赋》（可能原系一篇被割为六节）	出处待考
6.辛集卷二"负约类"之《王魁负心桂英死报》	张师正《括异志》"王廷评"条、宋人传奇《王魁传》
7.壬集卷一"负心类"之《红绡密约张生负李氏娘》	宋人传奇《鸳鸯灯传》，《姬侍类偶》之"彩云守墓"条等
8.壬集卷二"黄缘奇遇类"之《崔木因妓得家室》	出处待考（宋元戏文《吴舜英》演此事，崔木配偶由黄舜英改为吴舜英）
9.壬集卷二"题诗得耦类"之《华春娘题诗遇君亮成亲》	《绿窗新话》有《华春娘通徐君亮》，与之情节相同
10.癸集卷二"重圆故事"之《张时与福娘再会》	出处待考
11.癸集卷二"离妻复合"之《钱穆离妻而后再合》	出处待考
12.佚文《苏小卿传》（《永乐大典》卷二四○五引《醉翁谈录》"烟花奇遇"类）	张耒《明道杂志》、周必大《二老堂杂志》有相关记载，张五牛、商政叔曾编过《双渐小卿》唱赚、诸宫调，宋人南戏有《苏小卿月夜贩茶船》

上述 12 篇中，《红绡密约张生负李氏娘》和《王魁负心桂英死报》的出处比较明确，我们可以将原始文本与改编本进行对读，以管窥改编的路径和话本化传奇的特质。此处我们即以《红绡密约张生负李氏娘》（下简称《红绡密约》）为中心，并旁及其他文本，考察宋人话本化传奇的特质。

《红绡密约》叙京师贵官子张生，元宵节于乾明寺佛殿前拾得红绡帕子，上有二诗表达觅偶之意，并约来年元宵相会。翌岁元宵，生如所约，邂逅遗绁之女,两人共宿乾明寺,如鱼得水,极尽欢情。生询其族氏,女言乃节度使李公偏室李氏,无奈李公年老,误其芳年欢会,惟此为恨。李氏不愿再被幽囚深院,发出愿意殉情于张生的心声,张生感动,约言共死。殉情之举,幸被老尼劝阻,两人采纳老尼之计,夜奔苏州。才经三载,坐吃山空,家道零替,难以为继。张生得知其父知秀州,前往求贷,居于行首梁越英之店。张生偶遇旧苍头,得知其父怒其所为,声言不许入门。张生进退两难之际,越英主动提出愿意"充为下妾"资助张生。张生贪恋财色,遂负李氏,别娶越英。李氏寻夫到秀州,得知张生负心别娶,遂告于包公待制之厅。包公判决,张生娶李氏为正室,越英为偏室。①

《红绡密约》的前面部分(从开篇到张生李氏欢会),与宋人传奇《鸳鸯灯传》大同小异。南宋陈元靓所编类书《岁时广记》卷一二《约宠姬》引《蕙亩拾英集》云:"近世有《鸳鸯灯传》,事意可取,第缀辑繁冗,出于闾阎,读之使人绝倒。今一切略去,掇其大概而载之云。"②接着,《岁时广记》将《鸳鸯灯传》的故事梗概载入,为我们保存了一篇珍贵的宋人传奇。李剑国先生考证:"《蕙亩拾英集》可能编成于南宋初。《鸳鸯灯传》事在仁宗天圣中,而《蕙亩拾英集》称'近世有《鸳鸯灯传》',大约是北宋后期的作品。"③《红绡密约》的前面部分,很可能改编自《鸳鸯灯传》。

《红绡密约》的后面部分(从私奔苏州到篇末),与《东坡类应》相关记载颇为相似。南宋周守忠所编类书《姬侍类偶》卷下"彩云守墓"条引《东坡类应》(下简称"彩云守墓"),相关记载与《红绡密约》可能有渊源关系。《东坡类应》不可考,《姬侍类偶》则可知,该书成于南宋宁宗嘉定庚辰(1220年),时间上早于《醉翁谈录》。《醉翁谈录》中《红绡密约》的后面部分,很可能改编自《彩云守墓》。综合来看,《红绡密约》很可能是捏合《鸳鸯灯传》和《彩云守墓》而成。

另外,明代《熊龙峰四种小说》中有《张生彩鸾灯传》(下简称《彩鸾灯传》),不少学者认为是宋话本。其中的入话部分与《红绡密约》的前面部分高度相似,极有可能袭自《红绡密约》。

我们可将《红绡密约》与《鸳鸯灯传》《东坡类应》相关记载、《彩鸾灯传》

①罗烨《醉翁谈录》壬集卷一《红绡密约张生负李氏娘》,第96～103页。
②陈元靓《岁时广记》,《丛书集成初编》本,上海:商务印书馆,1939年版,第179册,第124页。
③李剑国《宋代志怪传奇叙录》,第224页。

入话进行对读，①具体情况见下表：

情节单元	《醉翁谈录·红绡密约张生负李氏娘》相关文字	《岁时广记》引《蕙亩拾英集》中所载之《鸳鸯灯传》相关文字	《姬侍类偶》卷下"彩云守墓"条引《东坡类说》相关文字	《熊龙峰四种小说》中《张生彩鸾灯传》入话相关文字
1. 掷绡觅偶	京师贵官子张生，因元宵游乾明寺，忽于佛殿前拾得红绡帕子……又有小字，书于诗尾云："……请来年正月十五夜，于相蓝后门，车前有双鸳鸯灯者是也。可得相见矣。"生叹赏久之，乃和其诗二首……	天圣二年元夕，有贵家出游，停车慈孝寺侧。顷而有一美妇人……取红绡帕裹一香囊……掷之于地。时有张生者，美丈夫贵公子也，因游偶得之……又章后细书云："……请来年上元夜，于相篮后门相待，车前有鸳鸯灯者是也。"生叹咏之久，作诗继之……	节度使李公之偏室李氏，因遣红绡香囊求合，与张生奸通。	且说在京一个贵官公子……因元宵到乾明寺看灯，忽于殿上拾得一红绡帕子……诗尾后，有细字一行云："……请待来年正月十五夜于相篮后门一会，车前有鸳鸯灯是也。"生叹赏久之，乃和其诗曰……
2. 翌岁赴约	生思之，自十四日晚，伺候于相蓝之后……次晚，再候于故地……女子叫令买花，因使卖花者说与张生，唤来日可于此来相候。生会女意。	翌岁元宵，生如所约，认鸳鸯灯，果得之。因获遇乾明寺，妇人乃贵人李公偏室。		将近元宵，思赴去年之约。乃于十四日晚，候于相篮后门……遂令侍女金花者，通达情款，生亦会意。须臾，香车远去，已失所在。

①罗烨《醉翁谈录》壬集卷一《红绡密约张生负李氏娘》，第96～103页；陈元靓《岁时广记》卷一二，《丛书集成初编》本，第179册，第124～125页；周守忠《姬侍类偶》卷下，《四库存目丛书》子部第168册，第25页；《张生彩鸾灯传》，见《熊龙峰四种小说》，王古鲁搜录校注本，上海：古典文学出版社，1958年版，第1～13页。

续表

情节单元	《醉翁谈录·红绡密约张生负李氏娘》相关文字	《岁时广记》引《蕙亩拾英集》中所载之《鸳鸯灯传》相关文字	《姬侍类偶》卷下"彩云守墓"条引《东坡类说》相关文字	《熊龙峰四种小说》中《张生彩鸾灯传》入话相关文字
3. 元夕幽会	次日……随至乾明寺……于是拥生去就，如鱼得水，极尽欢情。			次夜……生潜随之，至乾明寺……于是推生就枕，极尽欢娱。
4. 起意殉情	生曰："不意昨夜浓欢，变成今日离索！伊赋情如是，我非土木，岂能独生？愿与伊共死，庶免两处离愁。"女曰："子有此心，我之愿也！生既不得同床，同死庶得同穴。"乃解衣带，作同心结，系于梁上，乞与郎共死。			女谓生曰："妾处深闺，祝天求合，得成夫妇。昨日浓欢，今朝离别，从此之后，无复再会。不若以死向君，无忘此情，妾亦感恩地下矣。"生曰："我非木石，岂肯独生。"女曰："君有此情，我之愿也。"遂解衣带共结，与生同悬于梁间。
5. 私奔苏州	尼曰："但不得以富贵为计，父母为心，远涉江湖，更名姓于千里之外，可得尽终世之欢矣。"……于是三人潜宿通津近邸，次早，沿流而下，自汴涉淮，至苏州居焉。		遂窃金珠与张生私走，至苏州税居。	尼曰："汝能远涉江湖，变更姓名于千里之外，可得尽终世之情也。"……次早，雇舟，自汴涉淮，直至苏州平江，创第而居。两情好合，偕老百年。
6. 寻父求贷	才经三载，家道零替……生谓李氏曰："我之父母，近闻知秀州，我欲一见，次第言之，迎尔归去，作成家之道。"		经三载，家道零替……生往秀郡见父求贷。	

续表

情节单元	《醉翁谈录·红绡密约张生负李氏娘》相关文字	《岁时广记》引《蕙亩拾英集》中所载之《鸳鸯灯传》相关文字	《姬侍类偶》卷下"彩云守墓"条引《东坡类说》相关文字	《熊龙峰四种小说》中《张生彩鸾灯传》入话相关文字
7. 负心别娶	既到秀州,即居行首梁越英之店……越英遂解真珠红抹肚,亲系郎腰为定……是日,诣府陈状,许从良,立媒,备六礼而成亲。日夕宴乐,情爱绸缪。		生诣秀郡,至邸中见郡妓行首梁越英,曰:"此郡使君,即我父也。"越英曰:"贤尊已去任矣。"因此与越英为夫妇,不归。	
8. 二女争夫	次日,税舟抵秀,遂问子细……因遣彩云更探消息……彩云气噎,奔告李氏。李氏与彩云俱至,视之果然。李氏突至阶下,越英惊问,李氏指生曰:"此我夫也。"遂骂张生:"辜恩负义,停妻娶妻,既为士人,岂不识法?"越英当时谓生曰:"君既有妻,复求奴姻,是君负心之过。"于是三人共争,以彩云为证,遂告于包公待制之厅,各各供状,果是张资之负心,遂将其系于厅监。张资责娶李氏为正室,其越英为偏室。		李氏遣妾彩云往秀郡寻张生音耗。彩云闻知张生与越英为亲,遂大骂奔报。李氏与彩云俱至越英家,见生与越英宴饮,李氏饮气呕血死。彩云大恸,葬于郡南。彩云丐食自给,守墓三年,不废祀礼。越英因张生命妓游南园,回见李氏墓。彩云备述其事。因此梁讼于公,遂与张生绝。张生乘怒,杀梁,弃市。	

通过文本对读,我们可以发现与《鸳鸯灯传》《彩云守墓》相较,《红绡密约》在故事情节、人物形象、表现手法、语言运用等方面皆有不少差异。

（一）浓郁的市民情趣

从上表可知，在掷绡觅偶、翌岁赴约、元夕幽会、起意殉情、私奔苏州、寻父求贷、负心别娶、二女争夫共八个情节单元中，《鸳鸯灯传》仅有前三个单元，有前无后。《彩云守墓》则贯穿八个单元，其中前五个单元非常简单，仅用数语简单交待，后三个单元则是其叙述的重点。三个文本中，《红绡密约》与《鸳鸯灯传》前三个单元的叙述，《红绡密约》与《彩云守墓》前七个单元的叙述，虽有细节详略之分，但主干情节无异。文本之间最大的不同，在于第八单元即故事结局的差异。《彩云守墓》云李氏得知张生负心别娶并目睹张生与越英宴饮后，饮气呕血而死；越英知悉张生与李氏之事后"讼于公""与张生绝"，被张生乘怒杀害；而张生也因杀人被"弃市"。李氏、越英、张生三人最后都死于非命，这是一个典型的悲剧。而《红绡密约》改编时，一举扭转了故事的悲剧结局，将二女争夫演绎成了一出热热闹闹的喜剧，让二女在包公的判决下分为正室、偏室，各有所归，皆大欢喜。《红绡密约》变悲剧为喜剧的改编，充溢着浓郁的市民趣味，这正是说话艺人和书会才人投市民之所好的典型例证。

此处附带一提的是，《红绡密约》的市民趣味不仅体现在喜剧的结局，还体现在文中彰显的摈弃一切、此生尽欢的旨趣。如李氏身为节度使李公偏室，明言"妾本贵家，稍亲诗笔，不逢佳偶，每阻欢情，特仗红绡，欲求雅合"，又言"奈公年老，误妾芳年欢会，惟此为恨！遂遗香囊，祝天求合"，其大胆追求"欢情""欢会"的心思，毫不遮掩。后来张生与李氏欲双双殉情，被老尼劝止，文云：

> 老尼在傍曰："是何言也！累劫修行，方得为人，岂可轻生就死？你门（们）若要百年偕老，但患无心耳！"女与郎问计于尼。尼曰："但不得以富贵为计，父母为心，远涉江湖，更名姓于千里之外，可得尽终世之欢矣。"生曰："但愿与伊共处平生，此外皆不介意。"女曰："诚如是，我当备其财。"[1]

老尼劝张生、李氏"不得以富贵为计，父母为心"，远走高飞，"尽终世之欢"。老尼建议被张生和李氏采纳，张生明言"但愿与伊共处平生，此外皆不介

---

[1] 罗烨《醉翁谈录》壬集卷一《红绡密约张生负李氏娘》，第99页。

意",李氏也同意此法。于此可见"尽终世之欢"已成为男女主人公的人生目标。这种旨趣带有鲜明的市井色彩。

实际上,不唯《红绡密约》,《醉翁谈录》中根据宋人文本改编的12种话本化传奇,都有浓郁的市民趣味。这12种话本化传奇,都是讲述男欢女合的风月故事,除了《王魁负心桂英死报》为悲剧外,其余11种皆为轻喜剧或喜剧。《柳屯田耆卿》系列文本中有故事性且首尾完整的,当属《耆卿讥张生恋妓》和《三妓挟耆卿作词》。前者乃是柳永借何仙姑、曹国舅、吕洞宾、钟离、蓝采和五人的戏谑调笑,讥刺张生爱恋某妓却不知该妓属意于某豪家子弟,很有轻喜剧的诙谐幽默;后者叙柳永与三位歌妓打情骂俏、填词取乐之事,颇有闹剧的热闹和喧嚣。《张氏夜奔吕星哥》叙织女与星哥为表兄妹,青梅竹马、两情相悦,却无缘婚配,于是私奔,被告发,两人各自呈上言辞恳切、文采斐然的状词,感动了主审官员,其爱情赢得了官方认可。该文可谓典型的喜剧。《林叔茂私挈楚娘》叙林叔茂进京赶考,与皇都名娼楚娘两情相眷,后林中第为官,将楚娘"窃"出青楼"负"回家中,林君之妇李氏稍不能容,楚娘作词陈情,李氏读之,冰释嫌隙,与楚娘并衾而卧。林叔茂妻妾融洽,也是喜剧结局。《静女私通陈彦臣》叙静女与邻居陈彦臣两情相悦,议婚不成,于是私通,后被捉,但被父母官花判为"永作夫妻谐汝愿",有情人终成眷属。《梁意娘》系列文本叙梁意娘与李生为两姨之亲,从小"时节讲问不疏",后意娘趁家人外出之际与李生私通,不幸为家人所觉,遂至绝交。意娘作诗词歌赋多篇,道尽相思之苦,父母为之感动,"卒与为姻,而成眷属焉"。《崔木因妓得家室》叙崔木与角妓张赛赛相悦,欲娶之,赛赛因为自己门阀卑微,另为崔木物色太守黄秘丞之女为妻,并极力撮合之。《华春娘题诗遇君亮成亲》叙华春娘与君亮私通,被春娘之父擒住,县宰见两人供状富有文采,于是自作媒人,判两人成婚。《张时与福娘再会》叙书生张时与官妓福娘"相得之欢,不啻鱼水",后福娘被张尚书带走,两人被迫分离。数年后,正丧妻的张时偶遇因张尚书"不禄"而"重获自由"的福娘,于是娶为妻子,"福娘后遂得为命妇,受享富贵三十余年也"。《钱穆离妻而后再合》叙钱穆寓居峡州时,娶妻王氏,后携妻乘船返乡时遇大风,与妻失散。妻以为钱穆已亡,回到峡州,准备再醮。钱穆忽夜半梦其妻告之事情原委,钱即跃马陆行至峡州,见其妻王氏,夫妻团圆。《苏小卿传》叙苏寺丞之女苏小卿游赏花园之际,邂逅郡史双渐,见其才貌双全,于是许身于他,合欢于花间。后小卿父母俱亡，落于娼门，再后为一老翁之妇。一日，双渐与小卿偶遇，两人私奔，双渐仕途得意，两人白头偕老。

上述话本化传奇，或言私通，或言夜奔，或言野合，大都有违礼教，但结局都是有情人成了眷属，白头偕老，幸福美满。这样的情节安排，无疑体现了市民开通的婚恋观念和喜好团圆结局的审美心理，充溢着浓郁的市民情趣。

（二）鲜活的市人形象

《红绡密约》在改变故事情节之际，也改变了人物形象。《鸳鸯灯传》中的男主人公只云"张生"，有姓无名，女主人公只云"妇人乃贵人李公偏室，故皆不详载其名也"，无姓无名。《彩云守墓》中的男主人公亦只云"张生"，有姓无名，女主人公则云"节度使李公之偏室李氏"，始有姓氏。而到了《红绡密约》，在承袭妇人乃李氏的基础上，更进一步指出张生乃张资。从男女主人公姓名逐渐齐备的演变过程，也可大致推测《红绡密约》是在《鸳鸯灯传》和《彩云守墓》等文本基础上改编而来的。

《红绡密约》在改编之际，将张生、李氏、越英三人的形象都进行了改塑。先看贵家公子张生。在《彩云守墓》中，张生始则与李氏奸通，继则挥霍李氏私奔时所窃金珠、"不修生计"，而后负心别娶越英，终则乘怒杀害讼于公堂、与己分绝的越英，可谓一位见利忘义又有纨绔习气的凶残之徒。而《红绡密约》中，张生也算是有情之人，特别是其与李氏"如鱼得水，极尽欢情"后，被李氏殉情之言感动，愿意与李氏共死。后来其负心别娶，也是求贷无门，进退两难之际的无奈之举，有可恕之处。《红绡密约》中的张生虽然仍是一位见利忘义又有纨绔习气之徒，但并不凶残、也还算有情，较之《彩云守墓》中的形象，已大有改观，也可能更符合市井细民的审美习惯。

再看贵家姬妾李氏。《彩云守墓》中的李氏，始则遗红绡香囊求合，继则窃金珠与情郎私奔，而后在张生寻父求贷却无衣出门之际"剪发鬻衣数件与生"，终则得知情郎负心后饮气呕血而死。李氏可谓一位大胆追求情爱幸福、生死以之的贵家姬妾。在《红绡密约》中，李氏得知张生负心后，并未饮气呕血而死，而是与侍女彩云"突至阶下"，当着越英之面指出张生乃其夫，并骂张生"辜恩负义，停妻娶妻，既为士人，岂不识法"，还以彩云为证，将张生告到官府，最后获得胜利，成为张生正室。《红绡密约》中的李氏，其泼辣、敢于经官动府的做派，绝非贵家姬妾所为，倒与市井俗妇无异。

《彩云守墓》中的李氏与《红绡密约》中的李氏，在大胆追求情爱幸福上，并无二致，但前者在得知情郎负心后只能"饮气呕血而死"，后者则能当面痛骂并经官动府挽回婚姻，两人的道行确有高低之分。而后者显然更符合市井细民审美习惯，由此可见改编者曲意迎合观众的苦心孤诣。

再看郡妓行首越英。《彩云守墓》中的越英，文中描述不多。当张生到秀郡寻父求贷时，文中云："越英曰：'贤尊已去任矣。'因此与越英为夫妇，不归。"于此简单叙述中很难看出越英的性格。后来当越英从彩云处获知张生负心致使李氏饮气呕血而死的原委后，"讼于公，遂与张生绝"，于此倒是可以看出越英乃是一位非常较真的人。《红绡密约》中的越英，描述较多。当张生到秀州居住在自家店里时，越英"见生口辨貌美，颇有爱恋之意"，已经开始动心思了。接着当张生进退两难而大哭之际，越英马上表示关切，"令召生至，问：'所哭何事'"，并勉励张生"大丈夫当存志节，留心向学，异时显达，谢过严君，必能容纳，何自苦如此"，又趁机提出"妾有装奁，不啻数万贯，愿充为下妾，异日功名成就，任选嘉姻，但愿以侍妾见待足矣"。当张生感激越英雪中送炭，提出"寒士荷不见弃，当愿结发偕老，何以婢妾自谦"时，越英当机立断，"遂解真珠红抹肚，亲系郎腰为定"，又趁热打铁，"是日，诣府陈状，许从良，立媒，备六礼而成亲"。从这些叙述，可见越英善抓机遇、处事精明的郡妓行首本色。后来当李氏和彩云找上门来索要张生之际，越英将重婚责任完全推动张生头上，指责张生"君既有妻，复求奴姻，是君负心之过"，完全不顾当初是其主动提出愿充张生下妾并速办婚礼的事实，于此可见越英的狡狯。再后来，越英知晓李氏乃张生原配的情况下仍不愿放弃张生，与李氏争夫，并闹上公堂，最后夺得"偏室"的身份，于此可见越英的泼辣。《彩云守墓》中的越英，较真，而《红绡密约》中的越英，精明、狡狯、泼辣，更符合郡妓行首的身份，也更符合市井细民的美学趣味，于此可见改编者的形象改塑。

实际上，《醉翁谈录》中根据宋人文本改编的话本化传奇，大都如《红绡密约》，故事的主人公无论是贵家姬妾、官宦小姐还是儒门淑女，其行事风格都与市井女子无异。如《苏小卿传》中的苏小卿本为寺丞之女，但一旦遇到才貌兼备的郎君，便迫不及待地自荐枕席，并于花间欢合，"乱红深处，花为屏障，尤云殢雨，一霎懂情"。① 小卿虽为官宦小姐，但已被说话艺人和书会才人塑造成了狂热追求情爱的市井女子。再如《梁意娘与李生诗曲引》中的梁意娘本为"能诗笔"的"儒家之女"，与姨表兄李生相熟，"一日，意娘因父母赴南邻吉席，辄与李生通焉"。② 意娘瞅准时机、主动出击、私通李生之举，已非儒门淑女的做派，倒有几分市井女子的习气。

（三）生动的人物对话

《红绡密约》在捏合改编《鸳鸯灯传》和《彩云守墓》时，大量将原文的叙述语句改为生动的人物对话。

《鸳鸯灯传》中没有对话，《彩云守墓》中仅有一处对话，即张生到秀郡后与越英关于张生之父去任的对话。《红绡密约》中共有十处对话：第一处为张生与李氏初会，两人感叹相会乃是夙契的对话；第二处为两人"极尽欢情"之后李氏吐露心声、两人约言共死的对话；第三处为老尼与张生、李氏、彩云谋划、实施私奔之事的对话；第四处为张生打算去秀州寻父，李氏依依不舍，两人的对话；第五处为张生与越英关于张生之父去任的对话；第六处为张生打探父亲消息与旧苍头的对话；第七处为越英给张生雪中送炭、做成亲事的对话；第八处为李氏与彩云前往秀州寻张生的对话；第九处为彩云与越英青衣关于张生身世的对话；第十处为李氏、越英与张生当面对质的对话。《红绡密约》中对话的文字总数约占文本总字数的三分之二，同时，故事的主要情节几乎都是由对话推动，于此可见文本中对话运用的频繁。另外，文本中对话不仅用得多、用得密，而且用得精，如张生打算去秀州寻父，李氏依依不舍，两人对话云：

> 一日，生谓李氏曰："我之父母，近闻知秀州，我欲一见，次第言之，迎尔归去，作成家之道。"李氏曰："子奔出已久，得罪父母，恐不见容。"生曰："父子之情，必不至绝我。"李氏曰："我恐子归而绝我。"生曰："你与我异体同心，况情义绵密，忍可相负？稍乖诚信，天地不容！但约半月，必得再回。"

> 李氏曰："子之身，衣不盖形，何面见尊亲？"生曰："事到此，无奈何！"李氏发长委地，保之苦气，密地剪一缕，货于市，得衣数件与生。

①《永乐大典》卷二四○五引《醉翁谈录·苏小卿传》，北京：中华书局，1986年版，第1122页。
②罗烨《醉翁谈录》己集卷一《梁意娘与李生诗曲引》，第55页。

乃泣曰："使子见父母，虽痛无恨。"生亦泣下曰："我痛入骨髓，将何以
报？"李氏曰："夫妻但愿偕老，何必言报。"

次日将行，李氏曰："不果饯行。事济与不济，早垂见报。稍失期
信，求我于枯鱼之肆！"①

李氏恐张生寻父后变心的深深忧虑，明知张生一去将有变数但仍然忍痛离
别的酸楚，以及张生对李氏的依恋和感激，通过对话淋漓尽致地呈现出来，
今天读来都令人动容。《红绡密约》中如此频繁、生动的对话运用，显示出
其与说话的密切关联。

与《红绡密约》一样，《醉翁谈录》中根据宋人文本改编的其他话本化传
奇，也都采用了大量的对话描写，有些文本还采用了内心独白式心理描写。
先看对话描写。典型者如《耆卿讥张生恋妓》中柳永所讲何仙姑等五人的
戏谑调笑故事，文云：

柳戏谓张曰："昔闻何仙姑独居于仙机岩。曹国舅一日来访，谈论
玄妙。方款间，吕洞宾自岩飞剑驾云而上。国舅遥见之，谓仙姑曰：
'洞宾将至矣，吾与仙姑同坐于此，恐见疑。今欲避之而不可得。'仙姑
笑谓曰：'吾变汝为丹吞之。'及洞宾至，坐话未几，而钟离与蓝采和跨
鹤冉冉从空中而来。仙姑笑谓洞宾曰：'当速化我为丹而吞之，无为师
长所见。'洞宾变仙姑而吞之。方毕，钟离皆已至。采和问吕洞宾曰：
'何为独坐于此？'洞宾曰：'吾适走尘寰，方就此憩息。'采和曰：'无戏
我也。你独憩于此，肚中自有仙姑，何不使出见我？'顷之，仙姑果出。
钟离笑谓采和曰：'你道洞宾肚中有仙姑，你不知仙姑肚里更有
一人。'"②

通过对话，将洞宾吞仙姑、仙姑肚里更有国舅的故事叙述得惟妙惟肖。

(四)普泛的心理描写

《红绡密约》中内心独白式心理描写有多处，而且几乎都在情节发展的
节骨眼上。第一、二处为元夕前夜李氏与张生相会时各自的心理活动，
文云：

①罗烨《醉翁谈录》壬集卷一《红绡密约张生负李氏娘》，第100页。
②罗烨《醉翁谈录》丙集卷二《耆卿讥张生恋妓》，第31页。

> 岁月如流,忽又换新年,将届元宵。生思之,自十四日晚,伺候于相蓝之后。至夜,果见雕轮绣毂,翠盖争飞,其中一车,呵卫甚众,分明灯挂双鸳。生惊喜,莫知所措,无计通君。须臾,车中人揭帘,持镜匀面;意者,恐去年相约之人,未见奴面,故托以匀面,使人观之。生凝顾,但见花容艳质,赛过姮娥,万态千娇,不能名状。生牵役轻情,无计通意女郎。思念所约十五日,今且归,明日复来。①

其中"意者"领起的语句点出了李氏揭帘匀面的心理隐衷,而"思念"领起的语句则点出了张生的心理活动。第三处为张生元夕围绕李氏之车吟诗,李氏的惊喜,文云:"诗毕,车中女子闻之惊喜,默念:'去年遗香囊之事谐矣。'"②第四处为张生面对财色双全的越英投怀送抱、拟负心于李氏时的心中盘算,文云:

> 生沉思:"李氏虽有厚恩,我往见,共受饥饿,死亡可待,不若辜负李氏为便。又况越英容貌聪慧,差胜李氏。"③

此处心理描写,将张生移情别恋的心理隐衷揭示得纤毫毕现,为小说主人公负心别娶之举提供了非常合理的解释,为故事情节的转换做了精当的铺垫,实际上已成为了整篇小说结构的枢纽。

《醉翁谈录》中根据宋人文本改编的其他话本化传奇,内心独白式心理描写也屡见不鲜。如《林叔茂私挈楚娘》叙林叔茂将楚娘"窃"出青楼带回家的情景,云:

> 林君佯言"过平江",越四日,遣人取楚娘,切负而逃。后经半月余日,林又言"自平江归",至其家,言"楚娘已失",相与懊恨者弥日。林曰:"陈状捕之。"厥姬曰:"何处捕也?"林君私自喜曰:"谅无后患。"遂与厥姬辞别以归。至衢城,与楚娘并车以载。④

林叔茂编导偷香窃玉一幕,极富画面感,其中"林君私自喜曰:'谅无后患'"一句,系林君得手后的心理独白,使故事富有情韵。又如《三妓挟耆卿作词》叙张师师、刘香香、钱安安三位歌妓请柳永作词,希望词中能提及自己,

---

① 罗烨《醉翁谈录》壬集卷一《红绡密约张生负李氏娘》,第97页。
② 罗烨《醉翁谈录》壬集卷一《红绡密约张生负李氏娘》,第97页。
③ 罗烨《醉翁谈录》壬集卷一《红绡密约张生负李氏娘》,第101页。
④ 罗烨《醉翁谈录》乙集卷一《林叔茂私挈楚娘》,第13页。

文云："柳乃举笔，一挥乃止。三妓私喜：'仰官人有我，先书我名矣。'"①其中"私喜"领起的言语，即为三妓的内心独白。再如《王魁负心桂英死报》叙王魁中第后抛弃桂英的情景，云：

> 魁既试南宫，复若上游，及宸廷唱第，为天下第一。魁乃私念曰："吾科名若此，即登显要，今被一娼玷辱，况家有严君，必不能容。'遂背其盟。②

其中"私念"引起的言语，即为王魁的内心独白。此处内心独白，可谓全文结构的枢纽。再如《苏小卿传》中小卿初见郡吏双渐时"默念"之语，以及双渐冶游青楼时重逢小卿"自念"之语，皆为内心独白。内心独白的使用，是世俗化传奇和话本化传奇的重要标志。

（五）俚俗的市井言语

与《鸳鸯灯传》《彩云守墓》相较，《红绡密约》的语言更为通俗。《红绡密约》在改编时，常将前两个文本中比较文雅的话语改为更为通俗的表述。如李氏遗红绡，诗尾有字，张生叹赏的情节，《鸳鸯灯传》云：

> 又章后细书云："有情者得此物，如不相忘，愿与妾面，请来年上元夜，于相篮后门相待，车前有鸳鸯灯者是也。"生叹咏之久，作诗继之。③

《红绡密约》则云：

> 又有小字，书于诗尾云："有情者若得此物，不相忘，而欲与妾一面者，请来年正月十五夜，于相蓝后门，车前有双鸳鸯灯者是也。可得相见矣。"生叹赏久之，乃和其诗二首。④

仔细对读可见，《红绡密约》将《鸳鸯灯传》"愿与妾面"改作"欲与妾一面者"，又将"生叹咏之久"改作"生叹赏久之"。很明显，《红绡密约》的改动与口语更为接近。又如张生与李氏私奔苏州三载后家道零替，于是让侍女彩云去为别家服务以获得钱米，《彩云守墓》云"唯彩云转佣他人"，⑤《红绡密

①罗烨《醉翁谈录》丙集卷二《三妓挟眷卿作词》，第32页。
②罗烨《醉翁谈录》辛集卷二《王魁负心桂英死报》，第93页。
③陈元靓《岁时广记》卷一二，《丛书集成初编》本，第179册，第125页
①罗烨《醉翁谈录》壬集卷一《红绡密约张生负李氏娘》，第96页。
⑤周守忠《姬侍类偶》卷下，《四库存目丛书》子部168册，第25页

约》云"将彩云转雇他人"，①后者的表述也更为口语化。

《红绡密约》语言的通俗化，还表现在市井用语的频频出现。如李氏遣彩云往秀郡打探张生音讯，文云：

> （彩云）因拭泪，于帘下觑见一女子，对坐一郎君，貌似张官人，言笑自若。更熟认之，果然是也。遂问青衣："此是谁家？"青衣曰："此张解元宅，乃前知郡张大夫之长子。大夫以生狂荡，不内于门，我娘子慕它才貌，遂成婚姻。常开芳宴，表夫妻相爱耳。"②

其中叙述语言称张生为"张官人"，越英之青衣称张生为"张解元"，又称张生之父为"张大夫"，这些称呼都是典型的市井用语，于此可见《红绡密约》的市井色彩。

《红绡密约》语言的通俗化，还表现在俚俗诗歌的大量登载。文中共有李氏和张生各写的三首诗，这六首诗都只能算是打油诗，言语俚俗，诗意浅显，不合格律。其中最俗之作乃是元夕张生见李氏之车而咏之诗，云："何人遗下一红绡？暗遣吟怀意气饶。勒马住时金镫脱，亚身亲用宝灯挑。轻轻滴滴深深染，慢慢寻寻紧紧□。料想佳人初失却，几回纤手摸裙腰。"③此诗之俗，正是市井细民之所好。

另外，《红绡密约》中的部分诗歌采用了以"诗曰"领起的特殊方式。如张生元夕诵诗于李氏车前，文云：

> 至夜，其车又来，生计获万端，不能通耗，因诵诗近车，或前或后。诗曰：何人遗下一红绡……④

又如李氏与张生"极尽欢情"后被问及姓氏，文云：

> 女曰："乞赐笺管。"落笔即成一诗。其诗曰："门前画戟寻常设，堂上犀簪取次看。最是恼人情乱处，凤凰楼上月华寒。"⑤

上述两例中，张生和李氏赋诗，文本都特地以"诗曰"领起，这种方式在传统

---

①罗烨《醉翁谈录》壬集卷一《红绡密约张生负李氏娘》，第100页。
②罗烨《醉翁谈录》壬集卷一《红绡密约张生负李氏娘》，第102页。
③罗烨《醉翁谈录》壬集卷一《红绡密约张生负李氏娘》，第97页。
④罗烨《醉翁谈录》壬集卷一《红绡密约张生负李氏娘》，第97页。
⑤罗烨《醉翁谈录》壬集卷一《红绡密约张生负李氏娘》，第98页。

的笔记小说和传奇小说中，非常少见。此种方式，应该是说话艺人讲说故事之中穿插诗歌时特意突出之法，书会才人将故事进行文本化时特意标示所形成的。

《红绡密约》中语言的通俗化，置于《醉翁谈录》的话本化传奇中，乃是普遍现象。这些话本化传奇中的俗语、俗诗、俗词，比比皆是。如《林叔茂私挈楚娘》叙林君之妇与林君从青楼"窃"出的楚娘"并衾而卧"、和睦相处，有好事者作诗以嘲之，云："三山城内有神仙，一个夫人一个偏。问口笑时真似品，直身眠处恰如川。并头难叙胸中事，欹枕须防背后拳。王恺石崇池里藕，分明两个大家莲。"①此诗非常俚俗，乃是典型的打油诗。又如《三妓挟耆卿作词》中托名柳永所作的《西江月》："师师生得艳冶，香香于我情多，安安那更久比和，四个打成一个。幸自苍皇未款，新词写处多磨，几回扯了又重按，奸字中心着我。"②俗不可耐，显系才人手笔。

《红绡密约》部分诗歌采用"诗曰"领起的特殊方式，置于《醉翁谈录》的话本化传奇中，也是普遍现象。如《林叔茂私挈楚娘》中那首好事者所作俗诗，即是用"诗曰"领起。又如《静女私通陈彦臣》中有六首诗、两首词，其中有五首诗都是用"诗曰"领起，有一首词是用"词云"领起。再如《崔木因妓得家室》有两首诗、三首词，其中一首诗即用"诗曰"领起，一首词即用"词云"领起。

（六）无话本标志之准话本

与《鸳鸯灯传》《彩云守墓》相较，《红绡密约》的话本色彩非常浓厚。同时，我们将《红绡密约》与标准的话本相较，其行文习惯和精神实质也若合符契。《张生彩鸾灯传》是标准的话本，其入话就是依据《红绡密约》前面部分（从"掷绡觅偶"到"私奔苏州"）稍加改编而成。仔细对读，入话的绝大多数文字袭自《红绡密约》，不过是在篇首加上入话诗"致和上国逢佳姝，思厚燕山遇故人。五夜华灯应自好，绮罗丛里竞怀春"，以及导入语"话说东京汴梁，宋天子徽宗放灯买市，十分富盛"，另外，就是在故事开始时用了说书套语"话说"，在故事结束处加上了一首类似散场的诗"正是：意似鸳鸯飞比翼，情同鸾凤舞和鸣"。除开这四点，就行文习惯和精神实质而论，该入话

---

① 罗烨《醉翁谈录》乙集卷一《林叔茂私挈楚娘》，第13页。
② 罗烨《醉翁谈录》丙集卷二《三妓挟耆卿作词》，第32～33页。

与《红绡密约》毫无二致。如果说《张生彩鸾灯传》是标准的话本，那么《红绡密约》则可谓没有明显话本标志（入话诗、散场诗、"话说""且说"等说书套语）的准话本。

　　综上所述，笔者认为《醉翁谈录》是供说话艺人参考的杂俎式风月资料类编。其中《舌耕叙引》相当于此书序言，《小说引子》包含说话通用致语和演史专用致语两篇致语，《小说开辟》则是综合论述宋代说话（主要是小说）艺人修养、分类名目、主要内容、审美效用等相关话题的纲领性文献。书中私情公案、烟粉欢合、花衢实录、遇仙奇会、神仙嘉会、负约类、负心类、夤缘奇遇类、题诗得耦类、重圆故事、不负心类、离妻复合等 12 个类目中收有 23 篇话本化传奇（早期话本），另外，妇人题咏、宝靥妙语、花衢记录等 3 个类目中收有 18 篇笔记小说，嘲戏绮语中收有 8 篇幽默笑话，花判公案中收有 15 篇滑稽判词，烟花品藻和烟花诗集中收有 55 首七言诗歌。内容虽然庞杂，但基本都是风月题材，目的则可能在于为说话艺人提供参考。

　　其中尤其要注意话本化传奇（准话本）的文体贡献。这些话本化传奇，大多用浅近文言写成，一般篇幅较长，叙事委曲，有传奇之貌。但其市民情趣的彰显、市人形象的刻画、世俗手法的采用、市井言语的充溢，特别是"诗曰""词云"等方式的存在，又使其与唐传奇等辞章化传奇、《青琐高议》中的世俗化传奇、《云斋广录》中的准世俗化传奇，颇有差异。可以说《醉翁谈录》中的话本化传奇是传奇为表、话本为里，是渗透着话本精神的传奇。但这些话本化传奇，还没有后来成熟话本的文体标志（入话、散场语、"话说""且说"等说书套语），因此还只能说是准话本。《醉翁谈录》保留的这些准话本，为我们考察话本演变提供了非常珍贵的标本。

第五节　《蓝桥记》《燕子楼》等传奇式话本

　　学界初步认定的宋人小说话本中，《清平山堂话本·蓝桥记》《警世通言·宿香亭张浩遇莺莺》《警世通言·钱舍人题诗燕子楼》三篇都是文言叙事，颇似传奇体小说。学界对这三篇的文体性质存在争议，或视为话本体小说，或视为传奇体小说，争议的背后涉及对"话本"文体的界定，值得仔细梳理。

一、传奇式文本与话本化体制

《蓝桥记》故事源出唐代裴铏《传奇·裴航》,叙裴航下第,买舟归襄汉,邂逅有国色之姿的樊夫人,樊夫人赠之以诗,之后便不知所踪。后来裴航路过蓝桥驿,偶遇一老妪及其孙女云英,因忆樊夫人所赠诗中有"玄霜捣尽见云英"之句,又见云英"华容艳质,芳丽无比",于是求婚。老妪令裴航觅得玉杵臼,并捣药百日,方可许婚。裴航如其言,老妪遂引裴航至神仙府,与云英成婚。亲宾中有樊夫人,裴航始知其为云英之姊,已是高真,为玉皇女史。裴航与云英同饵丹药,超为上仙。[①]

从《传奇·裴航》到《蓝桥记》,虽然故事框架未变,但少量细节已有差异,这些差异在《蓝桥记》之前即已存在于《类说》卷三二对《传奇·裴航》的节录改编,《绿窗新话·裴航遇蓝桥云英》《醉翁谈录·裴航遇云英于蓝桥》等宋人文本中。仔细对读这些文本,可以发现从唐传奇《裴航》到宋话本《蓝桥记》的改编进程和俗化痕迹。如叙樊夫人与图谋亲近的裴航相见,樊对裴的告诫,五个文本的叙述分别为:[②]

《传奇·裴航》	《类说》卷三二节录《传奇·裴航》	《绿窗新话·裴航遇蓝桥云英》	《醉翁谈录·裴航遇云英于蓝桥》	《清平山堂话本·蓝桥记》
夫人曰:"妾有夫在汉南,将欲弃官而幽栖岩谷,召某一诀耳。深哀草扰,虑不及期,岂更有情留盼他人的不然耶？但喜与郎君同舟共济,无以谐谑为意耳。"	夫人曰:"妾有夫在汉南,幸无以谐谑为意。缘郎君小有因缘,他日必为姻媾。"	夫人曰:"幸无谐谑,与郎君少有因缘,他日必为配偶。"	夫人曰:"妾有夫在汉南,幸无以谐谑为意。然亦与郎君有小小因缘,他日必得为姻媾。"	夫人曰:"妾有夫在汉南,幸无谐谑为意。然亦与郎君有小小姻缘,他日必得为姻媾。"

《传奇·裴航》中仅有樊夫人劝诫裴航"无以谐谑为意"这一层意思,但后四种文本都在此基础上,增饰出"与郎君小有因缘,他日必为姻媾(配

---

①洪楩《清平山堂话本》,南京:江苏古籍出版社,1990年版,第55~61页。

②李时人《全唐五代小说》卷六三《裴航》,第1760页;曾慥《类说》卷三二,北京图书馆古籍珍本丛刊本,北京:书目文献出版社,1988年版,第534页;《绿窗新话》卷上《裴航遇蓝桥云英》,第5页;罗烨《醉翁谈录》辛集卷一《裴航遇云英于蓝桥》,第89页;洪楩《清平山堂话本》,第56页。

偶)"这层新意。这种增饰乃是宋人为后文叙述裴航与樊夫人之妹云英的仙凡姻缘之事,事先做的预叙和铺垫。这种改编,使得故事链条更为完整,应该是说话人或者书会才人所为。

再如叙裴航向云英求婚时老妪的答复,五个文本的叙述分别为:①

《传奇·裴航》	《类说》卷三二节录《传奇·裴航》	《绿窗新话·裴航遇蓝桥云英》	《醉翁谈录·裴航遇云英于蓝桥》	《清平山堂话本·蓝桥记》
妪曰:"渠已许嫁一人,但时未就耳。我今老病;只有此女孙。昨有神仙遗灵丹一刀圭,但须玉杵臼捣之百日,方可就吞,当得后天而老。君约取此女者,得玉杵臼,吾当与之也,其余金帛,吾无用处耳。"	妪曰:"老病有此女孙。神仙遗药一刀圭,得玉杵臼捣百日方就。若取此女,但得玉杵臼。其余金帛吾无所用。"	妪曰:"我老病,神仙遗药,欲得玉杵臼捣之。君欲娶此女,但得玉杵臼,其余无所须。"	妪曰:"渠已许嫁一人,但未就耳。我今老而且病,只有此女孙。昨有神仙遗药一刀圭,但须得玉杵臼,捣之百日,方可就吞。君若的欲娶此女,但要得玉杵臼,吾即与之,亦不雇其前时许人也。其余金帛,吾无所用。"	妪曰:"渠已许嫁一人,但未就耳。我今老而且病,只有此女孙。昨日神仙遗药一刀圭,但须得玉杵臼捣之百日,方可就吞。君若的欲娶此女,但要得玉杵臼,吾即与之,亦不顾其前时许人也。其余金帛无用。"

仔细对读,可见《裴航遇云英于蓝桥》与《蓝桥记》,增饰了"亦不顾其前时许人也"的表述,这种增饰使得老妪的答复能够前后呼应(前言"渠已许嫁一人,但时未就耳",后言"但要得玉杵臼,吾即与之,亦不雇其前时许人也"),更为妥帖。另外,《传奇·裴航》中老妪"君约取此女者"之语,在《裴航遇云英于蓝桥》与《蓝桥记》中,改编成了"君若的欲要娶此女"。这种改编,显然更为口语化、通俗化。

从上面的对比中可见,《蓝桥记》与《裴航遇云英于蓝桥》对唐传奇都进行了细节的增饰、语言的俗化等改编工作,这些改编使得文本更有故事性,也更为通俗。实际上,《裴航遇云英于蓝桥》与《蓝桥记》文字几乎相同,可以确定后者乃是根据前者改编而成。

《蓝桥记》不仅承袭《裴航遇云英于蓝桥》对唐传奇细节、语言的改编,

---

① 李时人《全唐五代小说》卷六三《裴航》,第1761页;曾慥《类说》卷三二,第534页;《绿窗新话》卷上《裴航遇蓝桥云英》,第5页;罗烨《醉翁谈录》辛集卷一《裴航遇云英于蓝桥》,第89页;洪楩《清平山堂话本》,第58页。

而且还增加了入话、散场诗。其开篇即云："入话：洛阳三月里，回首渡襄川。忽遇神仙侣，翩翩入洞天。"收官时云："正是：玉室丹书著姓，长生不老人家。"这种篇章体制不仅唐传奇文本不具备，《裴航遇云英于蓝桥》也不具备。

《蓝桥记》与《裴航遇云英于蓝桥》的正文内容完全一样，相异者就在于前者多出了篇首的入话与篇末的散场诗。两个文本都是用文言叙事，颇似传奇。我们可将前者判定为传奇式话本（传奇式文本、话本化气息、话本化体制），将后者判定为话本化传奇（传奇式文本、话本化气息、无话本体制）。

《警世通言·宿香亭张浩遇莺莺》故事源出《青琐高议·张浩》，情节框架大体一致，少量细节有些差异。根据《青琐高议·张浩》改编而成的《绿窗新话·张浩私通李莺莺》，有"偶父母不在"等八处细节，不见于《青琐高议·张浩》，而被《警世通言·宿香亭张浩遇莺莺》所继承。[①] 可见《警世通言·宿香亭张浩遇莺莺》的改编，既依据《青琐高议·张浩》，也参考了《绿窗新话·张浩私通李莺莺》。《青琐高议·张浩》本身就是世俗化传奇，《绿窗新话》又是说话种本式类编，其选录故事都着眼于说话需要而进行了世俗化改编，参酌两书中的故事文本而成的《警世通言·宿香亭张浩遇莺莺》，其世俗化取向、话本化气息是不言而喻的。

《宿香亭张浩遇莺莺》中的话本体制也是显而易见的。开卷即是一首入话诗："闲向书斋阅古今，生非草木岂无情。佳人才子多奇遇，难比张生遇李莺。"紧接着就以"话说"引起故事，当用韵文描摹人物、景色、情态时，又以"但见"领起，如叙李莺莺之美貌，该篇云："但见：新月笼眉，春桃拂脸，意态幽花未艳，肌肤嫩玉生光。莲步一折，着弓弓扣绣鞋儿；螺髻双垂，插短短紫金钗子。似向东君夸艳态，倚栏笑对牡丹丛。"又如叙张浩与李莺莺共寝，该篇云："但见：宝炬摇红，麝裀吐翠。金缕绣屏深掩，绀纱斗帐低垂。并连鸳枕，如双双比目同波；共展香衾，似对对春蚕作茧。向人尤殢春情事，一搦纤腰怯未禁。"当插入诗歌时，又特地以"诗曰"领起，如叙张浩初见莺莺，赋诗一绝于香罗之上，该篇云："诗曰：沉香亭畔露凝枝，敛艳含娇未放时。自是名花待名手，风流学士独题诗。"特别值得注意的是，该篇收官

时云：“话名《宿香亭张浩遇莺莺》。”又有散场诗：“当年崔氏赖张生，今日张生仗李莺。同是风流千古话，西厢不及宿香亭。”通览全篇，入话、散场诗等话本标志的凸显，描摹之际韵文的插入，“话说”“但见”“诗曰”等话本常用语的运用，都呈现出鲜明的话本色彩。①

因此，尽管《宿香亭张浩遇莺莺》是文言叙事，颇似传奇体小说，但其故事情节的世俗化取向、话本化气息，以及篇章体制的话本化色彩，都昭示着该篇的话本性质。考虑到该篇文言化的语体和传奇式的形貌，为与后世的白话话本相区隔，我们可将其归入传奇式话本。

《警世通言·钱舍人题诗燕子楼》可分为前后两个部分：前面叙唐代张建封宠妓关盼盼，在主人去世后立志守节，但仍被白居易讥刺，于是绝粒而死之事；后面叙宋代钱希白游燕子楼，题诗为关盼盼鸣不平，关盼盼香魂与钱希白梦中相见，以申谢忱之事。该篇前面部分乃据白居易《燕子楼三首并序》《丽情集》《绿窗新话·张建封家姬吟诗》等文本敷演而成，敷演之际，继承了《丽情集》和《绿窗新话》对关盼盼故事所进行的张冠李戴、移花接木、无中生有的改编，②增强了故事的生动性和丰富性；该篇后面部分则完全是宋人的增饰。

《钱舍人题诗燕子楼》中的话本体制也非常鲜明。开篇即是一首诗作为入话，紧接着就以“话说”引起故事，当用韵文描摹人物、景色、情态时，又以“但见”“只见”领起。终篇时云：“后希白宫至尚书，惜军爱民，百姓赞仰，一夕无病而终。这是后话。”最后以散场诗收结：“正是：一首新词吊丽容，贞魂含笑梦相逢。虽为翰苑名贤事，编入稗官小史中。”③

相比《蓝桥记》和《宿香亭张浩遇莺莺》，《钱舍人题诗燕子楼》的故事更

①冯梦龙《警世通言》卷二九《宿香亭张浩遇莺莺》，上海：上海古籍出版社，1992年版，第292～298页。

②张冠李戴的改编，如“楼上残灯伴晓霜”“北邙松柏锁愁烟”“适看鸿雁岳阳回”这三首燕子楼诗，原系张仲素所作以咏盼盼，白居易《燕子楼三首并序》言之甚明，但《丽情集》《绿窗新话》和《警世通言》文本皆将三诗归为盼盼自作。移花接木的改编，如《丽情集》《绿窗新话》和《警世通言》文本，皆将白居易“黄金不惜买蛾眉”之诗，说成是白氏专为唱和关盼盼之诗而作，而实际上该诗并非白氏唱和之作，也非针对关盼盼一人而言。无中生有的改编，如《丽情集》《绿窗新话》和《警世通言》文本，皆言盼盼看到白居易的诗后，涕泣哀伤，和诗云“独宿空楼敛恨眉，身如春后败残枝。舍人不解人深意，讽道泉台不去随”，这些情节出处不详，来历不明，显然是好事者的增饰。

③冯梦龙《警世通言》卷一〇《钱舍人题诗燕子楼》，第78～83页。

为典雅，更有文人气息，也更有传奇体小说的意味，但考虑到该篇的话本体制，我们还是应将其归入传奇式话本。

二、话本化传奇到传奇式话本

《蓝桥记》《宿香亭张浩遇莺莺》《钱舍人题诗燕子楼》等篇章，兼具文言化的语体、传奇式的形貌和话本体的体制，学界对其文体性质的判定主要有两种意见。

一种认为还是应归入文言传奇体。鲁德才先生《话本的本与文言话本》指出"《蓝桥记》属于用传奇法写的话本，人称文言话本"，又指出"文言话本不是话本小说"，他认为：

> 用传奇法写小说，或用话本法写小说，其实都是小说文体变异，说明小说家们将两种或几种文体相互融合，寻找一种新的小说形态，但是当我们判断一种小说的形态和性质时，是必须"泥于成见"，"以文体为限"的，否则很难判断古代小说的性质。换言之，只是个别的少数的词语通俗化，或撷拾某些话本小说的语规，并未从本质上颠覆母体，那么其基本形态仍然是文言传奇小说，或是话本小说，不能说是新的文体。[①]

鲁先生之意，像《蓝桥记》这种"用传奇法写的话本"，"只是个别的少数的词语通俗化，或撷拾某些话本小说的语规，并未从本质上颠覆母体，那么其基本形态仍然是文言传奇小说"。同时，他也不认可"文言话本"是文言传奇小说和话本小说之外"新的文体"。王庆华博士《话本小说文体研究》是对话本体研究颇为精深的专著，其对话本体的界定颇为周详，他认为话本体最突出的文体特性表现为：

> 一，独具一格的篇章体制……入话、篇尾、叙事韵文的运用等体制特征成为话本体最鲜明的文体标志。二，口头文学色彩特别浓厚、主观性强烈的叙事方式。话本体以虚拟说书人为叙事者，并始终保持了口头文学色彩特别浓厚、主观性强烈的主观讲述叙事方式……三，富有特色的叙事结构和叙事视角……话本体容量较小，篇幅较短，基本

---

① 鲁德才《话本的本与文言话本》，《明清小说研究》2007 年第 1 期。

为单一的单体式线性结构。四,独特的题材取向和表现旨趣。话本体
以"耳目之内"之"世态人情"为主要取材范围,以其中"非常奇特"之事
为主要表现对象,以"新奇"为主要审美旨趣……五,文人性淡薄的文
体品性。显然,与笔记体、传奇体、章回体相比,话本体的文人化程度
和所达到的文人化深度无疑最为逊色,其读者定位具有突出的下层庶
民性。①

王博士以这样的文体标准来衡量,认为《蓝桥记》并不符合话本体的文体特
征,该篇应该是"早期话本小说集中夹杂"的"传奇小说"。② 实际上,王博
士概括的话本体文体特性是从成熟期的话本如"三言二拍"中提炼出来的,
未必完全适合于《蓝桥记》这样的早期话本。

　　另一种认为可以归入话本体。胡士莹《话本小说概论》和程毅中《宋元
小说家话本集》都将《蓝桥记》《宿香亭张浩遇莺莺》《钱舍人题诗燕子楼》视
为话本。胡先生认为《蓝桥记》"这个话本是当时说话人利用原有的传奇文
来说唱的",③《宿香亭张浩遇莺莺》"虽用文言来写,近于传奇文,但篇末有
'话名宿香亭张浩遇莺莺',可见说话人已把它当做话本用,故整篇结构,仍
合乎说话规范";④程先生认为《蓝桥记》"说话人提纲式之简本,可以此本
为例",《宿香亭张浩遇莺莺》"惟以文言叙事,仍为传奇文体",《钱舍人题诗
燕子楼》"以文言叙事,多用赋体"。⑤ 两位先生都是既注意到《蓝桥记》等
三篇小说用文言叙事、近于传奇的特质,又肯定其话本属性。

　　笔者认为,《蓝桥记》等三篇可以叫做传奇式话本,即具有传奇形貌的
话本。这些话本,虽然都用文言化的语体,都具传奇体的形貌,甚至可能还
有传奇体的意蕴(如《钱舍人题诗燕子楼》),但都具备入话、散场诗等话本

---

① 王庆华《话本小说文体研究》,上海:华东师范大学出版社,2006 年版,第 178 页。
② 王庆华《话本小说文体研究》导言之"一、研究对象之界定"(第 2～3 页)云:"早期话本小说集中
　　夹杂有传奇小说,明万历年间以收录中篇传奇小说为主的通俗类书夹杂有话本小说,如《六十家
　　小说》含有《风月相思》、《蓝桥记》,《熊龙峰刊行小说四种》含有《冯伯玉风月相思小说》、《国色天
　　香》、《绣谷春容》、《万锦情林》等通俗类书含有话本小说《柳耆卿玩江楼记》、《东坡佛印二世相
　　会》、《秀娘游湖》、《张于湖记》等。显然,以话本体的文体特征为标准,完全可以把这两类作品区
　　别开来。"细度文意,王博士是将《蓝桥记》视为早期话本小说集(《六十家小说》)中夹杂的传奇
　　小说。
③ 胡士莹《话本小说概论》,第 211～212 页。
④ 胡士莹《话本小说概论》,第 229 页。
⑤ 程毅中《宋元小说家话本集》,济南:齐鲁书社,2000 年版,第 804、812、810～811 页。

特有的篇章体制,从文体角度考察还是归入话本为宜。

传奇式话本不仅存在于宋元话本中,也存在于明代前中期话本中。洪楩所辑《六十家小说》中的《风月相思》《羊角哀死战荆轲》《死生交范张鸡黍》《老冯唐直谏汉文帝》《汉李广世号飞将军》《雪川萧琛贬霸王》《李元吴江救朱蛇》,《熊龙峰四种小说》中的《冯伯玉风月相思小说》等篇章基本上都兼具传奇形貌与话本体制。其中《风月相思》与《冯伯玉风月相思小说》文本基本相同,乃是用文言传奇的形式叙写的爱情故事,且文中插入大量诗词,文体与明初瞿佑《剪灯新话》中的传奇小说非常类似,稍微不同者,《风月相思》篇首有入话。明代通俗类书《国色天香》卷八上栏有《相思记》,文本与《风月相思》《冯伯玉风月相思小说》几乎全同,稍微不同者,就是《国色天香》本没有入话。于此可见入话已经成为明人心目中话本体的重要标志,实际上除去入话,《风月相思》(《冯伯玉风月相思小说》)乃是彻头彻尾的传奇体小说。那么如何判定《风月相思》(《冯伯玉风月相思小说》)这种传奇形貌加话本体制(有入话)的文体性质呢?[①] 笔者认为称作"传奇式话本"较为合适。

《六十家小说》中的《羊角哀死战荆轲》《死生交范张鸡黍》《老冯唐直谏汉文帝》《汉李广世号飞将军》《雪川萧琛贬霸王》《李元吴江救朱蛇》基本上都是文言叙事,或以文言叙事为主(如《雪川萧琛贬霸王》《李元吴江救朱蛇》),基本上都有入话(《羊角哀死战荆轲》《死生交范张鸡黍》《老冯唐直谏汉文帝》前面残阙,无缘探知入话情形,《汉李广世号飞将军》《雪川萧琛贬霸王》《李元吴江救朱蛇》皆有入话),个别篇章还有头回(《老冯唐直谏汉文帝》《李元吴江救朱蛇》),篇末基本上都以诗作结(《羊角哀死战荆轲》《李元吴江救朱蛇》后面残阙,无缘探知篇末诗情形,《死生交范张鸡黍》《老冯唐直谏汉文帝》《汉李广世号飞将军》《雪川萧琛贬霸王》篇末皆以诗作结),叙事中常运用"却说""先说""今日说"等话本套语。上述六篇都是文言传

---

① 程毅中《清平山堂话本校注》在《风月相思》的第一条注释中云:"本文显为明人'诗文小说',而收入《六十家小说》,与话本并列,可能是曾被书会才人取为说话素材,只在篇首加上'入话'一诗。《国色》本即无入话。也可能编者视为'话本'之一体,如《刘熙寰觅莲记》之称《天缘奇遇》、《荔枝奇遇》、《怀春雅集》为'话本',因而编入通俗小说集,如《绣谷春容》等书。有待研究。"北京:中华书局,2012年版,第173页。刘世德主编《中国古代小说百科全书》"《熊龙峰四种小说》"条,认为《冯伯玉风月相思小说》"虽前有入话,后有诗评,但通篇文言,且插入大量诗词,实为明人仿话本体的传奇文。"北京:中国大百科全书出版社,2006年第3版,第635页。

奇加话本体制，也应归入"传奇式话本"。

实际上，传奇式话本基本上只存在于宋元和明代前中期，到了明代后期，话本体小说完全成熟，白话语体成为话本体小说的标配，从此文言形态的传奇式话本便销声匿迹。[①] 于此可见，文言形态的传奇式话本乃是话本小说发展史上的一种早期形态，是说话艺人、书会才人和拟作文人等借用传奇文本套上话本体制而生成的一种早期话本，是说话伎艺文本化过程中的阶段性文体，呈现了来源于民间的叙事文体（话本体）草创时寄生、依附于文人叙事文体（传奇体）的历史图景。

值得注意的是，传奇式话本与话本化传奇有同有异，将两者进行对照可以更好呈现各自的文体特性。先看相同之处，从形貌而言，两者都是文言形态的传奇小说，从渊源而言，两者都与说话伎艺息息相关，都是说话伎艺文本化的产物。再看相异之处，话本化传奇是渗透着话本精神的传奇，如《醉翁谈录》中的传奇。话本化传奇中，市民情趣的彰显、市人形象的刻画、世俗手法的采用、市井言语的充溢非常鲜明，"诗曰""词云"等方式的运用也与一般传奇有异，但因为没有话本的文体标志（入话、散场语、"话说""且说"等说书套语），所以只能算是准话本。传奇式话本已经具有话本的文体标志，可谓虽未成熟但基本成型的话本。因此，从话本的演进阶段而言，传奇式话本是话本化传奇的进一步发展，正如《六十家小说》中的《蓝桥记》文本几乎全同于《醉翁谈录》中的《裴航遇云英于蓝桥》，但前者在后者的基础上又加上了入话、散场诗等话本文体标志，所以前者可谓成型的话本，而后者只算准话本，但两者的演进关系非常显豁。

从世俗化传奇（如《青琐高议》中的传奇）、准世俗化传奇（如《云斋广录》中的传奇）到话本化传奇（如《醉翁谈录》中的传奇），再到传奇式话本（如《清平山堂话本》中的文言体话本），最后再到明代成熟的白话体话本（如"三言二拍"中的明人拟话本），话本体的演进中，传奇体始终是其汲取的核心营养。

---

① 于天池《应当重视文言形态话本的研究》（《中国古代小说研究》第二辑，北京：人民文学出版社，2006 年版）对文言形态话本的存在现象和原因有较为深入的探讨，可以看看。另，于教授指导的王诒卿的硕士论文《文言话本研究》（北京师范大学 2006 年）对文言形态的话本，也有较详的探讨。

第十章　共生影响:士人、市民
叙事互动与文学雅俗嬗变

第一节　小说聚焦:"人物"到"故事"、"意蕴"到"趣味"

宋代话本与文言小说的共生,市民叙事与士人叙事的互动,使得宋人小说中杂记体逐渐超越杂传体而成为主导性体式,与之相应,小说的聚焦点也逐渐从唐代的人物价值转向宋代的故事价值,文本重心从"人物"移向"故事"、从"意蕴"滑向"趣味",显示出迈向近世的世俗化倾向,对后世有深远影响。

一、杂传体传奇与人物价值

关于传奇体小说的直接源头,现当代学界主要有"志怪说"和"杂传说"两种观点。"志怪说"较早由鲁迅先生提出,其《中国小说史略》云"传奇者流,源盖出于志怪"。① 该论影响很大,成为学界论述传奇渊源的基点,如李剑国先生云:"唐初传奇小说是在志怪小说基础上融合史传、辞赋、诗歌、民间说唱艺术及佛教叙事文学而形成的,是多种作用力综合作用下的结果。"又云:"传奇小说的源头主要有二:一是先唐志怪……另一个重要源头是先唐的杂传记和杂传小说……此外,在传奇的形成和发展过程中,它还不同程度地接受辞赋、诗歌、古文、佛教叙事文学、民间文学的影响。"②"杂

---

① 鲁迅《中国小说史略》,上海:上海古籍出版社,1998年版,第44页。
② 前一处引文载李剑国《唐五代志怪传奇叙录》"前言",天津:南开大学出版社,1993年版,第36页。后一处引文见刘世德主编《中国古代小说百科全书》"唐五代小说"词条(李剑国撰写),北京:中国大百科全书出版社,2006年第3版,第530~531页。其他如程毅中云:"传奇小说主要由传记文和志怪小说发展而来,但题材有所扩展,更为接近现实生活,特别是爱情故事较多。"(《中国古代小说百科全书》"传奇"条,第39页)李宗为《唐人传奇》云:"直到武则天、玄宗朝,唐人的小说创作才出现了一个异彩纷呈的新局面,作者们或师汉代大赋,或采杂赋、民间赋,或效史传笔法,上下求索、四方冲突,才终于在志怪小说的样式上创建出一种以史传体为主而辅以赋体某些特征的新的小说样式——传奇。"(北京:中华书局,2003年版,第33页)这些论断基本上都认为志怪小说为传奇的主要源头。

传说"由孙逊、潘建国先生系统提出和论证,其《唐传奇文体考辨》云:"我们有足够的证据断定:唐传奇的文体渊源乃是脱胎于史传的六朝人物杂传。说'传奇源于志怪',不仅得不到唐宋文献记载的支持,而且无法解释传奇作品多以单篇流传、专述一人之始末、篇幅长大等文体本质特征的来源问题。"①

笔者认为,上述观点都有合理性,可以集成整合并转换视角进行新的阐发。《太平广记》卷484至卷492共9卷,以"杂传记"为类别名称,收录了《李娃传》《东城老父传》《柳氏传》《长恨传》《无双传》《霍小玉传》《莺莺传》《周秦行记》《冥音录》《东阳夜怪录》《谢小娥传》《杨娟传》《非烟传》《灵应传》共14篇唐传奇,表明编者已认识到上述以"传""记"(包括"录")为篇名的小说作品与普通传文、记文名同实异,故加一"杂"字以示区分。实际上,《太平广记》用"杂传记"命名《李娃传》等11篇"传",《周秦行记》等3篇"记"(包括"录")共14篇唐传奇,已内在地包含唐传奇是由特殊的杂传和杂记组成之意。换言之,杂传记(唐传奇)即特殊的(主要指有一定虚构性的)杂传、杂记的统称。因此,唐传奇的组成部分即杂传和杂记,那么其渊源也在杂传和杂记,具体而言,即杂传类文章、著述和杂记类文章、著述。与此关联,由唐传奇发展而来的传奇小说也可大致分为杂传体传奇和杂记体传奇两类。

先看杂传类文章、著述之于传奇文体的哺育。首先考察"传"之源流。《说文解字》云:"传,遽也。从人,专声。"段玉裁注云:

> 辵部曰:"遽,传也。"与此为互训,此二篆之本义也。《周礼·行夫》:"掌邦国传遽。"注云:"传遽,若今时乘传骑驿而使者也。"《玉藻》:"士曰传遽之臣。"注云:"传遽,以车马给使者也。"《左传》、《国语》皆曰:"以传召伯宗"注皆云:"传,驿也。"汉有置传、驰传、乘传之不同。按,传者,如今之驿马,驿必有舍,故曰传舍。又文书亦谓之传,《司关》注云"传如今移过所文书"是也。引伸传遽之义,则凡展转引伸之称皆曰传,而传注、流传皆是也。"②

---

① 孙逊、潘建国《唐传奇文体考辨》,《文学遗产》1999年第6期。
② 许慎撰、段玉裁注《说文解字注》,许惟贤整理本,南京:凤凰出版社,2007年版,第660~661页。

可见"传"（zhuàn）之本义为驿马，如《左传·成公五年》"晋侯以传召伯宗"①之"传"即为驿马。后来"传"从驿马引申出驿站，再引申出传递、转移、流传之义，《释名·释书契》云"传，转也，转移所在，执以为信也"，《释名·释典艺》又云"传，传也，以传示后人也"。② 于是"传"又有了文字记载之义，如《孟子·梁惠王下》："齐宣王问曰：'汤放桀，武王伐纣，有诸？'孟子对曰：'于传有之。'"③其中"传"即指用文字记载的古代文献。

再后来"传"又从"文字记载"引申出"注释、阐发、引申经义的文字"即解经之作，如《春秋》谓之经，则诠释《春秋》的左氏、公羊、穀梁三家之作则为春秋左氏传、公羊传、穀梁传。刘勰《文心雕龙·史传》云："然睿旨存亡幽隐，经文婉约，丘明同时，实得微言，乃原始要终，创为传体。传者，转也。转受经旨，以授于后，实圣文之羽翮，记籍之冠冕也。"④刘知几《史通·六家》亦云："《左传》家者，其先出于左丘明。孔子既著《春秋》，而丘明受经作传。盖传者，转也，转受经旨，以授后人。或曰：传者，传也，所以传示来世。"⑤都点出了左丘明转受《春秋》经旨，"创为传体""以授后人"之功。其中"传体"之"传"即"经传"之"传"，为解经之作，而"传体"则为解经之文体。汉武帝时，司马迁撰《史记》，创立纪传体，其中的"列传"之"传"还尚存解经文体的训释之意，正如刘知几《史通·列传》云"夫纪传之兴，肇于《史》、《汉》。盖纪者，编年也；传者，列事也。编年者，历帝王之岁月，犹《春秋》之经；列事者，录人臣之行状，犹《春秋》之传。《春秋》则传以解经，《史》、《汉》则传以释纪"，⑥即"列传"是解释"本纪"之作，如同《春秋》传是诠释《春秋》经之作。但此时"列传"之"传"的主体已演化成一种新的文体，即史传体，即"传"已从经部解经文体衍生出史部传记文体之新义。值得注意的是，大约与司马迁发明"列传体"以载人始末同时，据任昉《文章缘起》记载，东方朔作《非有先生传》并被任昉视为"传"体之始。⑦ 应该说，司马迁在史书中

①孔颖达《春秋左传正义》卷二六，北京：北京大学出版社，1999 年版，第 720 页。

②刘熙《释名》卷六，《丛书集成初编》本，上海：商务印书馆，1939 年版，第 1151 册，第 96～97、99 页。

③孙奭《孟子注疏》卷二下，北京：北京大学出版社，1999 年版，第 53 页。

④刘勰撰、范文澜注《文心雕龙注》卷四，北京：人民文学出版社，1962 年版，第 284 页。

⑤刘知几撰、浦起龙释《史通通释》卷一，上海：上海古籍出版社，1978 年版，第 10～11 页。

⑥刘知几撰、浦起龙释《史通通释》卷二，上海：上海古籍出版社，1978 年版，第 46 页。

⑦任昉撰、陈懋仁注《文章缘起注》，《丛书集成初编》本，上海：上海古籍出版社，1937 年版，第 2625 册，第 13 页。

用"传"载人始末发明了传体中的史传体,而东方朔在文章中用"传"载人始末则发明了传体中的杂传体,两人都有开山之功。

魏晋南北朝时期,传体著述大盛,既有正统的史传著述,也有大量的诸如家传、托传、假传、类传、自传、别传等杂传著述。阮孝绪《七录》在"纪传录"(相当于后来的史部)特设"杂传部"收录史传之外的传类著述,《隋书·经籍志》承继《七录》的这一做法,在史部特设"杂传类"收录纷繁多样的杂传著述,其类序云:

> 古之史官,必广其所记,非独人君之举……是以穷居侧陋之士,言行必达,皆有史传……武帝从董仲舒之言,始举贤良文学。天下计书,先上太史,善恶之事,靡不毕集。司马迁、班固,撰而成之,股肱辅弼之臣,扶义俶傥之士,皆有记录……又汉时,阮仓作《列仙图》,刘向典校经籍,始作列仙、列士、列女之传,皆因其志尚,率尔而作,不在正史……魏文帝又作《列异》,以序鬼物奇怪之事,嵇康作《高士传》,以叙圣贤之风。因其事类,相继而作者甚众,名目转广,而又杂以虚诞怪妄之说。推其本源,盖亦史官之末事也。①

该序梳理了传体著述由史官之史传,到"因其志尚,率尔而作""不在正史"之杂传,再到"杂以虚诞怪妄之说"之杂传的流衍历程,实际上,该历程正是传体范围不断扩大、功能不断增加而写作更加自由、虚实更加灵活的发展脉络。当汉魏六朝传体发展出"杂以虚诞怪妄之说"之杂传文体时,其实已为唐传奇中杂传体传奇之形成准备了条件,两者在篇章结构、表达方式等文体要素方面一脉相承,后者正是在前者基础上变本加厉、踵事增华而成。

从史传到杂传再到杂传体传奇,虽有文体之正变、内容之实虚方面的差异,但文体功能大体一致,都以记载传主生平事迹为中心;文体结构也如出一辙,都是开头介绍传主姓名、籍贯、家世、身份等信息,接着围绕传主命运展开故事情节,最后交代传主结局,部分作品还在文末附有议论,或抒发感慨、或表明劝惩、或阐发启示等等。从杂传体传奇的角度上讲,孙逊、潘建国先生"唐传奇的文体渊源乃是脱胎于史传的六朝人物杂传"之论是可信的。

----

① 《隋书》卷三三《经籍志·史部杂传类序》,北京:中华书局,1973年版,第981~982页。

二、杂记体传奇与故事价值

上文考察了"传"之源流，下面考察"记"之源流。《说文解字》云："记，疋也。从言，己声。"段玉裁注云："疋，各本作'疏'，今正。疋部曰：'一曰，疋，记也。'此疋、记二字转注也。疋今字作疏，谓分疏而识之也。"①《玉篇·言部》云："记，所以录、识之也。"②《正字通·言部》云："记，志也，纪事之辞。"③上述字书释"记"，或云"疏"，或云"录"，或云"识"，或云"志"，点出了"记"之记录性、记事性。

关于记体文章的渊源，徐师曾《文体明辨序说》云："《禹贡》、《顾命》乃记之祖；而记之名，则昉于《戴记》、《学记》诸篇。"④最先将"记"作为一种独立文体标示出来的是任昉《文章缘起》，他认为汉代扬雄的《蜀记》是"记"体独立成篇的起始之作。⑤汉魏六朝时期，独立成篇的记体文章并不多。《昭明文选》所列39类文体中，没有"记"体，只有一类"奏记"，而其实质上是一种上行文书，带有书信性质，与真正的记体文章并不同；刘勰《文心雕龙》也没有单论"记"体，但有《书记篇》，其文云："记之言志，进己志也。"又云："夫书记广大，衣被事体，笔札杂名，古今多品。"⑥他将当时无法归类的一些文体，如谱、籍、刺、解、牒、辞、谚等，统统归入"书记"体。可见刘勰所谓的"书记"体与后来的"记"体内涵并不相同。值得注意的是，汉魏六朝时期的某些记体文章如《桃花源记》带有虚构色彩，对后来传奇体的形成亦有启发意义。鲁迅先生云："阮籍的《大人先生传》，陶潜的《桃花源记》，其实倒和后来的唐代传奇文相近……陈鸿《长恨传》置白居易的长歌之前，元稹的《莺莺传》既录《会真诗》，又举李公垂《莺莺歌》之名作结，也令人不能不

---

① 许慎撰、段玉裁注《说文解字注》，许惟贤整理本，第169页。
② 顾野王《玉篇》（《玉篇零卷》本），《丛书集成初编》本，上海：商务印书馆，1935年版，第1054册，第8页。另，陈彭年等《大广益会玉篇》卷九云："记，录也，识也。"《丛书集成初编》本，上海：商务印书馆，1936年版，第1059册，第201页。
③ 张自烈撰、廖文英续《正字通》卷一〇，《续修四库全书》本，第235册，第482页。
④ 徐师曾《文体明辨序说》，王水照编《历代文话》本，上海：复旦大学出版社，2007年版，第2册，第2116页。
⑤ 任昉撰、陈懋仁注《文章缘起注》，《丛书集成初编》本，第2625册，第10页。
⑥ 刘勰撰、范文澜注《文心雕龙注》卷五，第456～457页。

想到《桃花源记》。"①

　　汉魏六朝时期虽然独立成篇的记体文章不多，但以"记""录""志"等命名的记类著述却不少。这些记类著述的很大部分后来被归入小说家，如以"记"命名的《西京杂记》《玄中记》《搜神记》《拾遗记》《搜神后记》《续齐谐记》《述异记》，以"录"命名的《幽明录》《八朝穷怪录》，以"志"命名的《冤魂志》《博物志》等等。这些记类著述，皆以记事载物为主，既丛脞庞杂，又仅粗陈梗概，与独立成篇之记体文章的首尾圆足、记事周详，不可同日而语。但这些记类著述，特别是其中的志怪类著述，述异记怪，在题材和趣味上对后来的传奇尤其是杂记体传奇还是有启发意义的。

　　传类文章、著述与记类文章、著述虽然有不同的源流，但都以记叙为主，或记人、或叙事，记人必涉其事，叙事亦必涉其人，人与事不可截然二分，这就为"传""记"二字合成为"传记"一词奠定了内在逻辑。

　　"传记"一词最先指"依经起义""附经而行"而"传其说""记所闻"的著述，是一种阐释、敷演经书的经部文类。《史记·三代世表》言："张夫子问褚先生曰：'《诗》言契、后稷皆无父而生。今案诸传记咸言有父，父皆黄帝子也，得无与《诗》谬乎？'"②《汉书·元后传》云："五经传记，师所诵说。"③王充《论衡·对作篇》云："圣人作经，艺（贤）者传记。"④荀悦《前汉纪序》云："综练典籍，兼览传记。"⑤刘勰《文心雕龙·总术》云："经典则言而非笔，传记则笔而非言。"⑥上述例证中，"传记"与《诗》、"五经""经""典籍""经典"相对，指阐释经书而地位低于经书的一种著述。汉代时，已用"传记"泛指经书之外的各种著述，如《汉书·东方朔传》云："因留第中，教书计相马御射，颇读传记。"⑦

　　最迟至南北朝时期，"传记"又从泛指"经书之外的各种著述"收缩为专

①鲁迅在《六朝小说和唐代传奇文有怎样的区别？》，载《且介亭杂文二集》，《鲁迅全集》第6卷，北京：人民文学出版社，2005年版，第335页。

②《史记》卷一三，北京：中华书局，1959年版，第504页。

③《汉书》卷九八，北京：中华书局，1962年版，第4022页。

④王充撰、黄晖校释《论衡校释》卷二九，北京：中华书局，1990年版，第1177页。

⑤荀悦《前汉纪序》，见严可均辑《全上古三代秦汉三国六朝文》之全后汉文卷六七，《续修四库全书》本，第1604册，第142页。

⑥刘勰撰、范文澜注《文心雕龙注》卷九，第655页。

⑦《汉书》卷六五，第2853页。

指"记载人物事迹之著述"，沈约《宋书·裴松之传》云："上使注陈寿《三国志》，松之鸠集传记，增广异文，既成奏上。"①其中"传记"应该专指记载人物事迹之著述。再如释慧皎《高僧传》云："有记云，孙皓打试舍利，谓非其权时。余案：皓将坏寺，诸臣咸答：'康会感瑞，大皇创寺。'是知初感舍利，必也权时。故数家传记咸言孙权感舍利于吴宫，其后更试神验。"②联系上下语境，"数家传记"中的"传记"也应指记载人物事迹之著述。再后来，"传记"又从记载人物事迹之著述衍生出记载人物事迹之文体的义项。

概言之，"传记"从经部的一种文类逐步演变成史部和集部的一种文体。传记中有稽实可据者，亦有诞妄无稽者，后者被《太平广记》归为一类称为"杂传记"，于是"传记"又开始与传奇体小说结缘，如宋人就多用"杂传记""传记小说"指称传奇体小说。

传记可分以传为主者和以记为主者，《四库提要》史部传记类按语云："传记者，总名也。类而别之，则叙一人之始末者为传之属，叙一事之始末者为记之属。"③传奇体小说作为一种特殊的传记（杂传记），亦可如此分类，"叙一人之始末"即以传为主者为杂传体传奇，"叙一事之始末"即以记为主者为杂记体传奇。

三、从聚焦人物到聚焦故事

唐宋传奇中，杂传体与杂记体的比例是大不一样的。唐人所编传奇集中，晚唐文士陈翰《异闻集》堪称翘楚，宋人所编传奇集中，刘斧《青琐高议》可谓典型。我们可将两书所收唐传奇与宋传奇进行比较：

《异闻集》与《青琐高议》所收唐宋传奇类别情况一览表

唐宋传奇分类		《异闻集》所收唐传奇	《青琐高议》所收宋传奇
杂传体传奇	以传名篇者	16篇：陈鸿祖《东城老父传》、柳珵《上清传》、李公佐《南柯太守传》、李公佐《谢小娥传》、裴铏《虬须客传》、李公佐《庐江冯媪传》、沈既	8篇：刘斧《王寂传》、佚名《王实传》、佚名《卜起传》、庞觉《希夷先生传》、佚名《书仙传》、佚名《梦龙传》、佚名《蒋道传》、秦醇《赵飞燕别传》

①《宋书》卷六四，北京：中华书局，1974年版，第1701页。
②释慧皎《高僧传》卷一，北京：中华书局，1992年版，第19页。
③《四库全书总目》卷五八，北京：中华书局，1997年版，第821页。

续表

唐宋传奇分类		《异闻集》所收唐传奇	《青琐高议》所收宋传奇
杂传体传奇	以传名篇者	济《任氏传》、许尧佐《柳氏传》、白行简《汧国夫人传》（亦名《李娃传》）、李朝威《洞庭灵姻传》（亦名《柳毅传》）、蒋防《霍小玉传》、佚名《华岳灵姻传》、元稹《传奇》（亦名《莺莺传》）、佚名《司马相如传》、李景亮《李章武传》、佚名《后土夫人传》	
	类似于传者	9篇：薛用弱《韦仙翁》、戴孚《仆仆先生》、佚名《白皎》、佚名《王生》、佚名《贾笼》、佚名《樱桃青衣》、佚名《稠桑老人》（亦名《李行修》）、郑权《三女星精》、佚名《独孤穆》	18篇：刘斧《高言》、佚名《任愿》、佚名《养素先生》、清虚子《温琬》、蔡子醇《甘棠遗事后序》、钱易《桑维翰》、刘斧《程说》、佚名《韩湘子》、佚名《刘煇》、佚名《张宿》、佚名《袁元》、佚名《大眼师》、刘斧《楚王门客》、钱易《王榭》、刘斧《陈叔文》、佚名《范敏》、佚名《张浩》、秦醇《谭意歌》
	小计	25篇	26篇
杂记体传奇	以记名篇者	10篇：佚名《神异记》、张说《镜龙记》、王度《古镜记》、温畲、李吉甫《梁大同古铭记》、沈既济《枕中记》、佚名《秀师言记》、沈亚之《感异记》、沈亚之《秦梦记》、陈玄祐《离魂记》、韦瓘《周秦行记》	23篇：杜默《用城记》、佚名《慈云记》、佚名《琼奴记》、佚名《僧卜记》、佚名《异梦记》、秦醇《骊山记》、刘斧《异鱼记》、刘斧《仁鹿记》、佚名《葬骨记》、佚名《彭郎中记》、佚名《紫府真人记》、佚名《吕先生续记》、佚名《大姆记》、张实《流红记》、秦醇《温泉记》、丘濬《孙氏记》、柳师尹《王幼玉记》、钱易《越娘记》、刘斧《朱蛇记》、佚名《远烟记》、佚名《小莲记》、佚名《龚球记》、佚名《西池春游记》
	类似于记者	5篇：陆藏用《神告录》、李公佐《古岳渎经》、佚名《冥音录》、沈亚之《湘中怨解》、沈亚之《异梦录》	2篇：刘斧《群玉峰仙籍》、佚名《长桥怨》
	小计	15篇	25篇
	合计	40篇	51篇

从上表可见，《异闻集》所收唐传奇 40 篇中，杂传体有 25 篇，占比 62.5%，杂记体有 15 篇，占比 37.5%，杂传体占绝对优势。《青琐高议》所收宋传奇 51 篇中，杂传体有 26 篇，杂记体有 25 篇，两者数量已基本相当，平分秋色。通过比较可以发现，由唐入宋，传奇体中杂记体所占比例是有大幅提升的。如果说，《异闻集》与《青琐高议》所收传奇数量有限，难以完全说明问题，那我们再来考察《唐宋传奇总集》中杂传体与杂记体的比例变化：

《唐宋传奇总集》所收唐宋传奇类别情况一览表

唐宋传奇 分类		唐传奇（245 篇）	宋传奇（186 篇）
杂传体传奇	以传名篇者	23 篇：高力士外传、杜鹏举传、补江总白猿传、任氏传、李娃传、柳毅传、柳氏传、南柯太守传、谢小娥传、莺莺传、李章武传、长恨歌传、东城老父传、河间传、李赤传、霍小玉传、上清传、三女星精传、杨娼传、无双传、虬须客传、灵应传、非烟传	19 篇：杨太真外传、乌衣传、任社娘传、淮阴节妇传、赵飞燕别传、王寂传、王实传、卜起传、梦龙传、贤鸡君传、茹魁传、张文规传、盈盈传、芙蓉城传、王魁传、义娟传、苏小卿传、鸳鸯灯传、李师师外传
	类似于传者	187 篇：吴保安、郗鉴、牛肃女、周贤者、裴仙先、屈突仲任、马待封、苏无名、汝阴人、华岳神女、黎阳客、李陶、常夷、秦时妇人、赵州参军妻、王玄之、刘长史女、勤自励、李参军、李磨、郭翰、关司法、姚康成、庐江冯媪、赵旭、妙女、唐晅、卢顼、东岩寺僧、徐佐卿、王积薪、蔡少霞、王维、王之涣、刘元迥、李佐文、汪凤、贾人妻、李清、刘讽、元无有、来君绰、柳归舜、崔书生、崔环、曹惠、顾总、居延部落主、董慎、袁洪儿夸郎、刁俊朝、齐推女、萧至忠、南缵、巴邛人、李洧、张佐、岑顺、李辅国、独孤遐权、申屠澄、板桥三娘子、卢佩、蕴都师、胡媚儿、崔书生、李行修、陆生、车中女子、吴堪、京都儒士、义侠、崔尉子、魏生、张遵言、许汉阳、刘方玄、白幽求、崔玄微、吕乡筠、马燧、李黄、裴延龄、封常清、太阴夫人、马士良、治针道士、华阳李尉、李君、卢李二生、姚泓、	93 篇：潘扆、耿先生、张训妻、洪州书生、贾知微、薛琼琼、柳如京、淘沙子、黎海阳、桑维翰、甘棠遗事、高言、任愿、韩湘子、狄方、时邦美、张齐贤、程说、李云娘、陈叔文、范敏、张宿、袁元、施先生、张浩、楚王门客、桃源三夫人、安禄山、崔存、侯复、茜桃、白龟年、女侠、长安李妹、江梦孙、嘉林居士、李幼清、狄氏、王生、大桶张氏、潘原怪、靳瑶妻、李通判女、吴小员外、解三娘、杨抽马、太原意娘、陕西刘生、董汉州孙女、鄂州南市女、解七五姐、真珠族姬、吴约知县、王朝议、临安武将、杨三娘子、满少卿、猩猩八郎、贾廉访、玉华侍郎、蔡侍郎、王从事妻、章丞相、贾生、猪嘴道人、曾元宾、尼法悟、姜适、范希周、唐

续表

分类　　唐宋传奇		唐传奇（245篇）	宋传奇（186篇）
杂传体传奇	类似于传者	白乐天、宋申锡、辛公平上仙、李岳州、薛伟、李卫公靖、杜子春、浮梁张令、许生、蒋琛、张生、韦鲍生妓、刘景复、三史王生、齐君房、徐玄之、陈季卿、杨祯、僧侠、周皓、兰陵老人、僧智圆、刘积中、宁王、华州参军、陈义郎、窦义、薛弘机、何让之、魏先生、红线、陶岘、懒残、圆观、素娥、韦驺、许云封、僧契虚、淮南军卒、陈袁生、陆乔、梁璟、杨叟、侯道华、闾丘子、惠照、许贞、谢翱、独孤彦、卢郁、李征、昆仑奴、崔炜、聂隐娘、许栖岩、韦自东、张云容、元柳二公、陈鸾凤、裴航、张无颇、马拯、赵合、姚坤、孙恪、郑德璘、封陟、萧旷、曾季衡、颜濬、宁茵、日本王子、苗夫人、廖有方、崔护、襄阳老叟、奴苍璧、焦封、王常、呼延冀、郑绍、孟氏、张琰、贾秘、袁滋、续坤、潘将军、田膨郎、玉蕊院女仙、郭使君、却要、绿翘、张直方、王公直、侯元、王玄冲	先生、李伦、杨氏三兄弟、富家翁、曾鲁公、王安石、范信中、望江富翁、秦桧、李英华、紫袍人、周浩、陈淑、周宝、裴端夫、樊生、张师厚、杨忠、楼叔韶、厨娘、曹泳、台妓严蕊、罗椅、谭意歌
	小计	210篇	112篇
杂记体传奇	以记名篇者	8篇：古镜记、兰亭始末记、离魂记、枕中记、三梦记、秦梦记、感异记、周秦行记	25篇：越娘记、蔡筝娘记、王幼玉记、流红记、孙氏记、慈云记、琼奴记、远烟记、大姆记、小莲记、异鱼记、龚球记、仁鹿记、朱蛇记、西池春游记、异梦记、滕王阁记、金华神记、梦仙记、双桃记、玉尺记、天宫院记、玉虚洞记、骊山记、温泉记
	类似于记者	27篇：游仙窟、水珠、三卫、古《岳读经》、开元升平源、石鼎联句诗序、异梦录、湘中怨解、黄花寺壁、嘉兴绳技、画琵琶、定婚店、嵩岳嫁女、染牡丹花、长须国、夜明帘、丁约剑解、裴晋公大度、杜舍人牧湖州、赵江阴政事、崔尚书雪冤狱、李可及戏三教、韦进士见亡妓、薛氏子为左道所误、乌君山、腾听异志	49篇：梁太祖优待文士、少师佯狂、向中令徙义、泰和苏撰父鬼灵、虔州记异、张相夫人始否终泰、田太尉候神仙夜降、白万州遇剑客、水中照见王者服冕、洛阳染工见冤鬼、张大监正直、焦生见亡妻、灵梦志、长桥怨、玉溪梦、玄宗遗录、好诘难、魏

续表

唐宋传奇 分类		唐传奇（245篇）	宋传奇（186篇）
杂记体 传奇	类似于 记者	录、冥音录	大谏见异录、甘陵异事、西蜀异遇、丁生佳梦、四和香、钱塘异梦、无鬼论、丰山庙、卖勃荷、关子东三梦、缙云英华、志过、毛烈阴狱、嘉州江中镜、花月新闻、丰乐楼、嵊县山庵、林积阴德、阴兵、盐商厚德、茶肆还金、夫妇复旧约、俚语盗智、江东丛祠、东坡卜居、义鹘、南陔脱帽、东坡日课、我来也、兜离国、放翁钟情前妻、洪端明入冥
	小计	35篇	74篇
合计		245篇	186篇

从上表可见，《唐宋传奇总集》所收唐传奇245篇中，杂传体有210篇，占比86%，杂记体有35篇，占比14%，杂传体占据绝对优势。《唐宋传奇总集》所收宋传奇186篇，杂传体有112篇，占比60%，杂记体有74篇，占比40%，虽然杂传体仍占优势，但杂记体的比例较之唐传奇，已有大幅提升。

通过这样两组比较，我们可以基本确认，较之唐传奇，宋传奇中的杂记体大量增加，所占比例大幅提升。如果说唐传奇中，杂传体与杂记体有主从之别，那么宋传奇中，杂记体异军突起，已基本可与杂传体分庭抗礼。那么为何会出现这种情况？出现此种情况又意味着什么呢？

一般而言，杂传体传奇以叙述人物命运为中心，以刻画人物形象为重要内容。作者往往会将笔触深入到人物内心，通过情节的设置和细节的描绘来呈现人物心理活动，刻画人物性格；也往往会通过人物的性格逻辑和心理刻画，来作为内在线索推进故事情节。如此一来，情节设置和性格刻画水乳交融，故事推进和人物塑造密不可分，奇特的故事背后浮现出鲜活的人物形象，人物成了作品的中心环节。与之相对，杂记体传奇则以叙述事件为中心，重在铺叙事件本身的来龙去脉，凸显故事的奇异性、生动性、趣味性，而对事件中的人物则往往着墨不多。简言之，杂传体传奇以人物价值为焦点，让读者在感喟人物命运、感叹人物性格、咀嚼人物形象中获得丰富复杂的美感，杂记体传奇则以故事价值为焦点，让读者在曲折、离奇、悬念中领略故事趣味，获得未必丰富但却非常明快的美感。对受众而言，杂传体传奇意蕴较丰，需要受众较强的审美感悟能力方能品出味道，而杂记体传奇则晓畅明白，受众很容易就获得趣味。以唐传奇为例，杂传体传奇如《莺莺传》《李娃传》《霍小玉传》《南柯太守传》等往往形象鲜明、意蕴悠悠、令人着迷；当然杂记体传奇中也有精品如《枕中记》《离魂记》等，但与杂传体传奇相较，意蕴仍略逊一筹。概言之，在审美品位上，杂传体传奇可能略胜于也略雅于杂记体传奇。宋代传奇中杂记体传奇的异军突起，正是传奇体俗化的一个重要表现。

宋传奇中杂记体的大量增加，表明传奇文本的聚焦点正在从唐代的人物价值逐渐转向故事价值，表明宋人传奇文本对故事性的追求，正在逐步超越人物性格的刻画和形象的塑造。宋传奇的这个转向，可能受到说话的某些影响。说话艺人为了吸引听众，非常注意故事本身的奇异性、生动性、趣味性，《醉翁谈录》"小说开辟"云"有灵怪、烟粉、传奇、公案，兼朴刀、捍棒、妖术、神仙。自然使席上风生，不枉教坐间星拱"，[①]所列八种小说类型，几乎都涉及奇异之事，意在新人耳目，故事性都很强。艺人讲述这些本身就很离奇的故事，再添枝加叶、绘声绘色，"自然使席上风生，不枉教坐间星拱"。说话对故事性的刻意追求，在话本小说中有清晰呈现。现存35种宋人小说话本中，以传名篇者有4篇，分别为《杨温拦路虎传》《董永遇仙传》《苏长公章台柳传》《张生彩鸾灯传》；这些话本虽以"传"为名，但并不着墨于人物刻画，而是聚焦于故事的趣味性。以记名篇和类似于记者有31篇，[②]这些话本中有少数作品如《碾玉观音》《闹樊楼多情周胜仙》等在叙述曲折故事时附带刻画出鲜明的人物形象，而多数作品则仅以故事性取胜，

①罗烨《醉翁谈录·小说开辟》，上海：古典文学出版社，1957年版，第3页。
②以记名篇者7篇：《西湖三塔记》《合同文字记》《洛阳三怪记》《陈巡检梅岭失妻记》《花灯轿莲女成佛记》《五戒禅师私红莲记》《蓝桥记》；类似于记者24篇：《碾玉观音》《陈可常端阳仙化》《西山一窟鬼》《小夫人金钱赠年少》《错斩崔宁》《风月瑞仙亭》《刎颈鸳鸯会》《梅杏争春》残本、《赵伯昇茶肆遇仁宗》《史弘肇龙虎君臣会》《杨思温燕山逢故人》《张古老种瓜娶文女》《三现身包龙图断冤》《崔衙内白鹞招妖》《计押番金鳗产祸》《金明池吴清逢爱爱》《皂角林大王假形》《万秀娘仇报山亭儿》《福禄寿三星度世》《闹樊楼多情周胜仙》《郑节使立功神臂弓》(包括前身元刊残本《新编红白蜘蛛小说》)、《范鳅儿双镜重圆》《钱舍人题诗燕子楼》《宿香亭张浩遇莺莺》。

其中的人物仅仅是作为故事的角色，其形象往往是模糊的。统言之，这些宋人小说话本的聚焦点在故事价值而非人物价值。宋代说话和话本鲜明强烈的故事性取向，不能不影响到宋代士人的小说写作。与唐传奇相比，宋传奇的作者更为平民化，他们耳濡目染说话伎艺，受其娱乐性基调和故事性取向的影响，更为注重传奇文本的故事价值，于是出现杂记体传奇的异军突起。值得注意的是，宋传奇中以传名篇和类似于传者即杂传体传奇，除少数作品如《李师师外传》《义娼传》《盈盈传》等注重人物刻画外，其余作品大都着眼于讲述曲折故事而将人物淹没在故事之中。

宋传奇中杂记体的大量增加，故事性和娱乐性的不断增强，使得本来高雅的传奇体不断俗化，并与世俗的话本体不断接近。到了元明，传奇小说中杂记体已经占据绝对优势，我们来考察元明主要的传奇小说（集）。

元明主要传奇小说（集）类别情况一览表

分类	元明传奇	瞿佑《剪灯新话》	李昌祺《剪灯余话》	邵景詹《觅灯因话》	元明中篇传奇小说
杂传体传奇	以传名篇者	5篇：爱卿传、翠翠传、太虚司法传、修文舍人传、绿衣人传	4篇：鸾鸾传、琼奴传、胡媚娘传、泰山御史传	4篇：姚公子传、孙恭人传、唐义士传、丁丞相传	5篇：柔柔传、荔镜传、花神三妙传、双双传、五金鱼传
	类似于传者	无	无	无	无
	小计	5篇	4篇	4篇	5篇
杂记体传奇	以记名篇者	11篇：华亭逢故人记、金凤钗记、联芳楼记、滕穆醉游聚景园记、牡丹灯记、渭塘奇遇记、永州野庙记、申阳洞记、鉴湖夜泛记、秋香亭记、寄梅记	11篇：听经猿记、月夜弹琴记、连理树记、田洙遇薛涛联句记、秋夕访琵琶亭记、凤尾草记、洞天花烛记、江庙泥神记、芙蓉屏记、秋千会记、贾云华还魂记	1篇：贞烈墓记	4篇：娇红记、贾云华还魂记、双卿笔记、刘生觅莲记
	类似于记者	6篇：水宫庆会录、三山福地志、令狐生冥梦录、天台访隐录、富	7篇：长安夜行录、何思明游酆都录、两川都辖院志、青城舞剑	3篇：桂迁梦感录、翠娥语录、卧法师入定录	7篇：龙会兰池录、钟情丽集、丽史、怀春雅集、寻芳雅集、天缘奇

续表

分类 / 元明传奇		瞿佑《剪灯新话》	李昌祺《剪灯余话》	邵景詹《觅灯因话》	元明中篇传奇小说
杂记体传奇	类似于记者	贵发迹司志、龙堂灵会录	录、武平灵怪录、嵌亭遇仙录、至正妓人行		遇、李生六一天缘
	小计	17篇	18篇	4篇	11篇
合计		22篇	22篇	8篇	16篇

　　瞿佑《剪灯新话》所收22篇传奇中,杂记体有17篇,占比77%;李昌祺《剪灯余话》所收22篇传奇中,杂记体有18篇,占比82%;邵景詹《觅灯因话》所收8篇传奇中,杂记体有4篇,占比50%;学界公认的元明中篇传奇小说16篇中,[①]杂记体有11篇,占比69%。于此可见到元明时期,以故事价值为聚焦点的杂记体传奇已经处于主导地位。

　　从唐代杂传体传奇占主导到元明杂记体传奇占主导,宋代是真正的转捩点。置于传奇体的演变脉络中进行观照,宋传奇承上启下的转折意义非常明显。

第二节　叙事观念:"淑世"到"资暇"、"慕史"到"幻化"

　　宋代话本与文言小说的共生,市民叙事与士人叙事的互动,使得宋人在小说"乐""教"功用与"虚""实"关系的认知上,逐渐超轶前人,也使得叙事文类重心逐渐从纪实叙事向虚构叙事转移,从历史叙事向文学叙事迈进。

一、"游戏笔端"与娱乐功用的彰显

(一)话本小说的"快心"功能

　　宋代说话和话本小说是供市民娱乐消遣的文化商品,具有很强的市民娱乐性。当然,这些文化商品也有"广见闻""寓劝惩"等"教"之功用,但"教"之功用是附属于"乐"之功用的,两者有主次之别。罗烨《醉翁谈录·

---

① 详参陈益源《元明中篇传奇小说研究》,北京:华艺出版社,2002年版。

小说开辟》论及小说艺人之能，云：

> 只凭三寸舌，褒贬是非；略噼万余言，讲论古今……说重门不掩底相思，谈闺阁难藏底密恨。辨草木山川之物类，分州军县镇之程途。讲历代年载废兴，记岁月英雄文武……说国贼怀奸从佞，遣愚夫等辈生嗔；说忠臣负屈衔冤，铁心肠也须下泪。讲鬼怪令羽士心寒胆战；论闺怨遣佳人绿惨红愁。说人头厮挺，令羽士快心；言两阵对圆，使雄夫壮志。谈吕相青云得路，遣才人着意群书；演霜林白日昇天，教隐士如初学道。噇发迹话，使寒门发愤；讲负心底，令奸汉包羞。①

其中提及小说艺人有"褒贬是非""令奸汉包羞"之劝惩用意，亦有"讲论古今""辨草木山川之物类，分州军县镇之程途""讲历代年载废兴，记岁月英雄文武"之广闻用意，但这些"劝惩""广闻"用意是与"生嗔""下泪""心寒胆战""绿惨红愁""快心""壮志""发愤""包羞"等情感体验紧相伴随的，是这些情感体验之际和之后自然实现的。换言之，"劝惩""广闻"等"教"之实现有赖于"快心""下泪"等"乐"之体验。不惟小说如此，讲史亦如此。苏轼《东坡志林》载王彭之语，云"途巷中小儿薄劣，其家所厌苦，辄与钱，令聚坐听说古话。至说三国事，闻刘玄德败，颦蹙有出涕者；闻曹操败，即喜唱快"，②薄劣小儿花钱去"听说古话"，也是从"出涕""即喜唱快"的审美体验中感知忠奸。总之，让受众满足情感需要、获得审美娱乐是说话的首要目的。相应的，说话的文本化即话本的首要目的也是让受众娱乐。郎瑛《七修类稿》云："小说起宋仁宗，盖时太平盛久，国家闲暇，日欲进一奇怪之事以娱之。"③《古今小说序》云："泥马倦勤，以太上享天下之养。仁寿清暇，喜阅话本，命内珰日进一帙，当意，则以金钱厚酬。"④仁宗、高宗阅"小说""话本"，都是为了在"闲暇""清暇"之际获得"娱"和"喜"。

现存的宋代准话本和话本皆有鲜明的娱乐导向。现存宋代准话本《绿窗新话》《醉翁谈录》娱乐市民的导向非常突出。《绿窗新话》是一部种本式类编，可谓脚本式准话本集。该书选择的154篇文言小说中，涉及男女情

---

①罗烨《醉翁谈录·小说开辟》，第3～5页。

②苏轼《东坡志林》卷一"途巷小儿听说三国语"条，北京：中华书局，1981年版，第7页。

③郎瑛《七修类稿》卷二二"小说"条，《续修四库全书》本，第1123册，第155页。

④冯梦龙编著《古今小说》卷首自叙，上海：上海古籍出版社，1992年版，第1页。

事(包括仙凡男女情事与人间男女情事)的有 100 篇左右,风月故事占到总数的三分之二,可见该书选文的风月取向和背后的市井趣味。同时,该书选文时多节录风月故事中最撩拨人心的情色部分,而删略其它情节,并且常有增饰、捏合、改窜等大量的文字改动以凸显情色,更显该书的情色导向和背后的市民俗趣。《绿窗新话》迎合市民的娱乐性导向非常显豁。《醉翁谈录》是一部供说话艺人参考的杂俎式风月资料类编,收录 22 篇话本化传奇、18 篇笔记小说、8 篇幽默笑话、15 篇滑稽判词、55 首咏烟花女子的七言诗,内容庞杂,但以市民所好之风月题材为主。同时,该书所收话本化传奇,多据唐宋文言小说或说唱、戏曲文本改编而成,有浓郁的市民情趣,其迎合市民、娱乐市民的倾向亦非常明显。

现存宋代话本主动迎合市民审美需求的倾向一览便知,绝大多数文本都是以传奇但又模式化的故事情节、鲜明但又类型化的人物形象、生动但又程式化的叙述,批量满足市民好奇的心理、感官的刺激和审美的需要,呈现出传奇性、戏剧性和谐谑性的特点。胡士莹先生分析宋元话本小说的艺术性时,有这样的论断:

> 它在描绘景物和人物外貌时,常常用俗套,流于一般化,甚至庸俗化;它有时过于追求情节的曲折离奇,造成结构混乱,不合生活逻辑,缺乏真实感,有时简直不可置信;它常常插入有闲的封建文人的陈词烂调或靡丽诗词……其原因一方面是小市民的趣味观点和一部分"上层"听众的所谓"文雅"的要求往往支配着说话艺人的意志;另一方面则是说话艺人和话本加工者本身思想水平和艺术水平的限制。[①]

胡先生既指出宋元话本绘景写人的俗套化、过于追求情节的传奇性等瑕疵,又指出该瑕疵形成之因在于小市民的趣味观点、"上层"听众的"文雅"要求以及艺人、加工者的水平限制,分析非常精当。确如胡先生所论,市民趣味在很大程度上决定了话本面貌。进一步言之,正是市民强烈的消遣需求和浅俗的消遣趣味导致了话本内生性的娱乐倾向和模式化的故事结构。

宋代说话和话本小说的娱乐导向,不能不对同时期的文言小说产生深

---

① 胡士莹《话本小说概论》,第 332 页。

刻影响。

(二)文言小说的"赏心"倾向

士人认识到并阐发出文言小说"助谈笑""本以为游戏"的娱乐价值，有一个渐进的过程。先秦两汉之时，士人论"小说"，多注意到"小说"之"小道可观"、①"匪唯玩好"②的资治功用和认识价值。东汉末年，"建安七子"中的徐幹对"小说"功用开始有了新的阐发，其《中论》云：

> 人君之大患也，莫大于详于小事而略于大道，察其近物而暗于远图。故自古及今，未有如此而不乱也，未有如此而不亡也。夫详于小事而察于近物者，谓耳听乎丝竹歌谣之和，目视乎雕琢采色之章，口给乎辨慧切对之辞，心通乎短言小说之文，手习乎射御书数之巧，体骛乎俯仰折旋之容。凡此者，观之足以尽人之心，学之足以动人之志。③

徐幹将"短言小说之文"与"丝竹歌谣之和""雕琢采色之章""辨慧切对之辞""射御书数之巧""俯仰折旋之容"并列为"小事"和"近物"，并认为这些事物"观之足以尽人之心，学之足以动人之志"，实际上已认识到包括"短言小说之文"在内的上述事物的悦心功用。徐幹之论，可谓后世文人论述小说娱乐功用的滥觞。晋朝干宝《搜神记序》云：

> 虽考先志于载籍，收遗逸于当时，盖非一耳一目之所亲闻睹也，又安敢谓无失实者哉……若使采访近世之事，苟有虚错，愿与先贤前儒分其讥谤……群言百家，不可胜览；耳目所受，不可胜载。今粗取足以演八略之旨，成其微说而已。幸将来好事之士录其根体，有以游心寓目而无尤焉。④

干宝认为《搜神记》之类书籍，难免有"失实""虚错"之处，希望读者("好事之士")勿泥于细节，而要"录其根体"即采其大旨，达到"游心寓目而无尤"

---

① 如班固《汉书·艺文志》"小说家序"所论，又如桓谭《新论》"若其小说家，合丛残小语，近取譬论，以作短书，治身理家，有可观之辞"之言。

② 张衡《西京赋》有云："匪唯玩好，乃有秘书，小说九百，本自虞初，从容之求，实俟实储。"《西京赋》此处将"小说"等"秘书"视作"匪唯玩好"(并非赏玩之物)，乃是肯定"小说"等"秘书"的实用功能、"小道可观"的功能，而非娱乐("玩好")功能。部分论者将此段话视作张衡已认识到"小说"的"玩好"功能，可能并不准确。

③ 徐幹《中论·务本》，《文渊阁四库全书》本，第 696 册，第 493 页。

④ 干宝《搜神记》卷首自序，北京：中华书局，1979 年版，第 2 页。

之境。实际上,此处干宝提出了《搜神记》之类"小说"的阅读之法("录其根体")和精神需求之用("游心寓目"),也涉及到了小说的悦心功能。魏晋南北朝时期,不仅出现众多志怪小说,也出现了一些志人小说如裴启《裴子语林》、刘义庆《世说新语》等。这些志人小说在写作和编撰时,实际上已部分偏离传统小说观中"小道可观"的资治之用,而侧重于"赏心"之用。鲁迅先生对此论析颇精,其《中国小说史略》云:"记人间事者已甚古,列御寇韩非皆有录载,惟其所以录载者,列在用以喻道,韩在储以论政。若为赏心而作,则实萌芽于魏而盛大于晋,虽不免追随俗尚,或供揣摩,然要为远实用而近娱乐矣。"①其中"赏心而作""远实用而近娱乐"云云,道出了魏晋南北朝时期志人小说的悦人倾向。

唐代以降,小说的赏心倾向愈发明显,士人的相关阐发也愈发显豁。唐代出现的传奇体小说很大程度上就是士人逞才炫学、以文为戏的产物,元代虞集《写韵轩记》云:"盖唐之才人,于经艺道学有见者少,徒知好为文辞。闲暇无所用心,辄想像幽怪遇合、才情恍惚之事,作为诗章答问之意,傅会以为说。盍簪之次,各出行卷以相娱玩。非必真有是事,谓之'传奇'。"②其中"闲暇无可用心""各出行卷以相娱玩"云云,道出了"唐之才人"写作"传奇"的"娱玩"功用。唐代士人自己也阐发出传奇体小说的审美功用,如沈既济所云"著文章之美,传要妙之情"。③

唐代士人对笔记体小说审美娱乐功用的阐发可谓屡见不鲜。郑还古《博异记》自序云:"非徒但资笑语,抑亦粗显箴规,或冀逆耳之辞,稍获周身之诚。"④高彦休撰《唐阙史》自序云:"大中、咸通而下,或有可以为夸尚者、资谈笑者、垂训诫者,惜乎不书于方册,辄从而记之……讨寻经史之暇,时或一览,犹至味之有菹醢也。"⑤郑还古等小说家一方面阐发小说"显箴规""垂训诫"之教化功用,另一方面也认识到小说"资笑语""犹至味之有菹醢"之娱乐功用。段成式《酉阳杂俎》自序云:"夫《易》象一车之言,近于怪也;诗人南箕之兴,近乎戏也。固服缝掖者肆笔之余,及怪及戏,无侵于儒。无

①鲁迅《中国小说史略》,上海:上海古籍出版社,1998年版,第37页。
②虞集《道园学古录》卷三八,《文渊阁四库全书》本,第1207册,第544页。
③李时人《全唐五代小说》卷一九《任氏传》语,西安:陕西人民出版社,1998年版,第541页。
④郑还古《博异志》(《博异记》)卷首自序,《丛书集成初编》本,上海:商务印书馆,1939年版,第2698册,第1页。
⑤高彦休《唐阙史》卷首自序,《丛书集成初编》本,上海:商务印书馆,1936年版,第2839册,第1页。

若诗书之味大羹,史为折俎,子为醯醢也。炙鸮羞鳖,岂容下箸乎? 固役而不耻者,抑志怪小说之书也。"①韦绚《刘宾客嘉话录》自序云:"传之好事,以为谈柄也。"②无名氏《大唐传载》自序云:"虽小说,或有可观,览之而喟而笑焉。"③李冗《独异志》自序云:"愿传博达,所贵解颜耳。"④温庭筠《乾馔子》自序云:"语怪以悦宾,无异馔味之适口。"⑤由此可见,段成式等小说家专注于小说"炙鸮羞鳖""馔味之适口"的独特滋味,"以为谈柄""览之而喟而笑""所贵解颜"的消遣功用,这些小说家对小说功用的自白可谓"不主教化而宗娱心,与夫'治身理家'之传统小说观归趣全异"。⑥

宋代士人继承并发展了汉唐小说观,提出了"资治体,助名教,供谈笑,广见闻"的价值判断,全面揭示了小说的资治、劝惩、娱乐和认识功用。同时,宋人又认识到"供谈笑,广见闻"与"资治体,助名教"之间的主观本意与客观效用之别,故而往往更为重视"供谈笑,广见闻"特别是"供谈笑"的娱乐价值。郑文宝《南唐近事》自序云"余匪鸿儒,颇常嗜学,耳目所及,志于缠绅,聊资抵掌之谈,敢堪获麟之誉",⑦王辟之《渑水燕谈录》自序云"蓄之中囊,以为南亩北窗、倚杖鼓腹之资,且用消阻志、遣余年耳",⑧其中"聊资抵掌之谈""消阻志、遣余年"云云,都道出了小说的消遣功用;陈振孙《直斋书录解题》指出稗官小说之用多在"游戏笔端,资助谈柄",⑨叶梦得《避暑录话》云"士大夫作小说,杂记所闻见,本以为游戏",⑩其中"游戏"一词更是一针见血地指出了小说的娱乐功用。可以说,较之汉唐,宋代士人对文言小说的娱乐功用,认识更为自觉,阐发也更为直接。

---

① 段成式《西阳杂俎》卷首自序,北京:中华书局,1981年版,第1页。
② 韦绚《刘宾客嘉话录》卷首自序,《丛书集成初编》本,上海:商务印书馆,1936年版,第2830册,第1页。
③ 无名氏《大唐传载》卷首自序,台湾《丛书集成新编》本,第87册,第299页。
④ 李冗《独异志》卷首自序,北京:中华书局,1983年版,第1页。
⑤ 晁公武撰、孙猛校证《郡斋读书志校证》卷一三著录温庭筠《乾馔子》,云:"序谓语怪以悦宾,无异馔味之适口,故以'乾馔'命篇。"上海:上海古籍出版社,1990年版,第568页。
⑥ 此语乃李剑国先生对段成式小说观的评价,见李先生《唐五代志怪传奇叙录》,天津:南开大学出版社,1993年版,第749页。
⑦ 郑文宝《南唐近事》,《丛书集成初编》本,上海:商务印书馆,1936年版,第3856册,第1页。
⑧ 王辟之《渑水燕谈录》,《丛书集成初编》本,上海:商务印书馆,1935年版,第209册,第1页。
⑨ 陈振孙《直斋书录解题》卷一一,上海:上海古籍出版社,1987年版,第336页。
⑩ 叶梦得《避暑录话》,台湾《丛书集成新编》本,台北:新文丰出版公司,2008年版,第84册,第626页。

实际上，宋代士人对文言小说娱乐功用的重视和直白阐发，超轶前代，应与宋代文化的近世化潮流导致宋人在小说领域从政教文艺观向审美文艺观嬗变有关，还应与宋代说话勃兴和话本流布所衍生的小说娱乐观影响有关。刘斧《青琐高议》、李献民《云斋广录》对市人小说叙事技法的汲取、对故事娱乐性的凸显，还有教化色彩相对于宋代前期文言小说的淡泊，都显示出宋代中叶以降士人小说在市人小说娱乐至上观念影响下的改变。

宋代市人小说（白话小说）内生性的娱乐倾向，以及受此影响的士人小说（文言小说）对娱乐性超轶前代的重视，奠定了小说文体（包括文言和白话）娱心的主导倾向，改变了汉唐小说文体"小道可观""资治""补史"为主的功能格局，在中国小说文体史上具有转折意义，对后世有深远影响。明清士人公开为小说娱心功能张目者不在少数，如汤显祖《点校虞初志序》云："然则稗官小说，奚害于经传子史？游戏墨华，又奚害于涵养性情耶……《虞初志》一书，罗唐人传记百十家，中略引梁沈约十数则，皆奇僻荒诞，若灭若没，可喜可愕之事，读之使人心开神释，口张眉舞。虽雄高不如《史》《汉》，简澹不如《世说》，而婉缛流丽，洵小说家之珍珠船也。"①明确指出《虞初志》之类的稗官小说"读之使人心开神释，口张眉舞"，有娱心功用，且这种功用"奚害于经传子史""又奚害于涵养性情耶"，这些论断可谓宋人小说观的裔脉。

二、"言不必信"与虚实关系的新见

小说的虚实问题，聚讼纷纭。大致说来，宋代之前，大部分小说作者和相关论者为抬高小说地位，总是千方百计强调其纪实性，但也有部分先知先觉者觉察到小说的虚幻性。到了宋代，虽然仍有不少作者和论者强调小说"记事实""补史阙"之实录价值，但已有相当多的作者和论者意识到并阐发出小说的虚幻属性。

（一）先宋"质明有信"的稗说观

1.汉魏六朝崇实尚信的稗说观

《汉书·艺文志》云"小说家者流，盖出于稗官。街谈巷语，道听途说者

---

① 《虞初志》卷首附录，《四库全书存目丛书》本，子部第 246 册，第 396～397 页。

之所造也"，[1]已经指出了小说源于传闻的特点，而传闻本身就有真假混杂、虚实相伴的属性，故而《汉志》的论断实际已隐含小说乃是虚实混合体的意蕴。但汉魏六朝的小说作者和论者为突出小说的广闻功用和补史价值，总是想方设法论证小说所载内容的真实性。

我们先来探讨汉魏六朝对志怪小说真实性的关注。《山海经》堪称古代志怪小说之祖，鲁迅谓其"盖古之巫书也"，[2]但汉魏六朝时期不少学者费尽心思阐明该书之"信"、内容之"真"。刘昕《上山海经表》云：

> 禹别九州，任土作贡；而益等类物善恶，著《山海经》。皆圣贤之遗事，古文之著明者也。其事质明有信，孝武皇帝时，常有献异鸟者，食之百物所不肯食，东方朔见之，言其鸟名，又言其所当食，如朔言。问朔何以知之，即《山海经》所出也……《山海经》者，文学大儒皆读，学以为奇，可以考祯祥变怪之物，见远国异人之谣俗，故《易》曰，言天下之至赜而不可乱也。博物之君子，其可不惑焉。[3]

强调该书所载"皆圣贤之遗事，古文之著明者也"，并以东方朔阅《山海经》而知异鸟之事论证"其事质明有信"。晋代郭璞《注〈山海经〉序》云：

> 世之览《山海经》者，皆以其闳诞迂夸，多奇怪俶傥之言，莫不疑焉。尝试论之曰：庄生有云："人之所知，莫若其所不知。"吾于《山海经》见之矣。夫以宇宙之寥廓，群生之纷纭，阴阳之煦蒸，万殊之区分，精气浑淆，自相喷薄，游魂灵怪，触象而构，流形于山川，丽状于木石者，恶可胜言乎……及谈《山海经》而咸怪之，是不怪所可怪，而怪所不可怪也……非天下之至通，难与言《山海》之义矣。于戏，达观博物之客，其鉴之哉！[4]

郭氏援引庄子"人之所知，莫若其所不知"说明人类认识的局限性，并进一步论证《山海经》所载"闳诞迂夸"之物，乃是常人难以认知的实在之物，不

---

[1]《汉书》卷三〇《艺文志》，北京：中华书局，1962 年版，第 1745 页。

[2] 鲁迅《中国小说史略》，上海：上海古籍出版社，1998 年版，第 7～8 页。

[3] 刘昕《上山海经表》，严可均辑《全上古三代秦汉三国六朝文》之《全汉文》卷四〇，《续修四库全书》本，第 1603 册，第 338 页。

[4]《山海经》卷首附录郭璞《注〈山海经〉序》，《丛书集成初编》本，上海：商务印书馆，1939 年版，第 2994 册，第 1～2 页。

能因为常人难以理解就否定这些事物的真实性。

葛洪《神仙传》是一部记录众多神仙怪奇幽隐之事的志怪小说，但作者本人却不以为妄，其自序云：

> 弟子滕升问曰："先生云，仙化可得，不死可学，古之得仙者，岂有其人乎？"予答曰："秦大夫阮仓所记有数百人，刘向所撰，又七十余人，然神仙幽隐，与世异流，世之所闻者，犹千不得一者也……予今复抄集古之仙者，见于《仙经服食方》，及百家之书，先师所说，耆儒所论，以为十卷，以传知真识远之士。其系俗之徒，思不经微者，亦不强以示之。①

葛洪在针对弟子之问的答语中肯定神仙的真实存在，并指出"神仙幽隐，与世异流，世之所闻者，犹千不得一者也"，认为神仙在人所知所闻之外，世间难以闻见。其潜在之意谓，不能因为世间罕睹神仙，就否定神仙之存在。葛洪论证神仙之实有与郭璞论证《山海经》"闳诞迂夸"物之实有，有异曲同工之妙。

符秦方士王嘉所撰《拾遗记》也是一部志怪小说，该书"文起羲炎已来，事讫西晋之末……宪章稽古之文，绮综编杂之部，《山海经》所不载，夏鼎未之或存，乃集而记矣"。② 后来萧梁文士萧绮对其进行了改订整理，并序云：

> 辞趣过诞，音旨迂阔，推理陈迹，恨为繁冗。多涉祯祥之书，博采神仙之事，妙万物而为言，盖绝世而弘博矣。世德陵夷，文颇缺略，绮更删其繁紊，纪其实美，搜刊幽秘，捃采残落。言匪浮诡，事弗空诬。推详往迹，则影彻经史；考验真怪，则叶附图籍。若其道业远者，则辞省朴素；世德近者，则文存靡丽。编言贯物，使宛然成章。③

萧绮认为《拾遗记》"多涉祯祥之书，博采神仙之事"，"辞趣过诞"又有"繁冗"之弊，于是"删其繁紊，纪其实美，搜刊幽秘，捃采残落"，力求做到"言匪浮诡，事弗空诬"。萧绮是在用史书的信实标准改编《拾遗记》，于此可见其时视小说为史书、强调其真实性的思想观念。

我们再来探讨汉魏六朝对杂事小说真实性的强调。《世说新语·文学》云：

---

① 葛洪《神仙传》卷首自序，台湾《丛书集成新编》本，第 100 册，第 284 页。
② 王嘉《拾遗记》卷首附录萧绮《拾遗记序》语，台湾《丛书集成新编》本，第 26 册，第 123 页。
③ 王嘉《拾遗记》卷首附录萧绮《拾遗记序》语，台湾《丛书集成新编》本，第 26 册，第 123 页。

　　　　裴郎作《语林》，始出，大为远近所传。时流年少，无不传写，各有
　　　一通。①

《续晋阳秋》云：

　　　　晋隆和中，河东裴启撰汉、魏以来迄于今时，言语应对之可称者，
　　　谓之《语林》。时人多好其事，文遂流行。后说太傅事不实……自是众
　　　咸鄙其事矣。②

裴启撰《语林》，开始时"时人多好其事""大为远近所传"，但后来因为被发
现所纪太傅谢安之事失实，"自是众咸鄙其事矣"。《语林》被众人始扬终
弃，原因就在于被发现所记有失实之处，于此可见当时人们对《语林》类著
述真实性的看重。王嘉《拾遗记》云：

　　　　张华字茂先，挺生聪慧之德，好观秘异图纬之部，捃采天下遗逸，
　　　自书契之始，考验神怪及世间闾里所说，造《博物志》四百卷，奏于武
　　　帝。帝诏诘问："卿才综万代，博识无伦，远冠羲皇，近次夫子，然记事
　　　采言，亦多浮妄，宜更删翦，无以冗长成文。昔仲尼删《诗》《书》，不及
　　　鬼神幽昧之事以言怪力乱神，今卿《博物志》，惊所未闻，异所未见，将
　　　恐惑乱于后生，繁芜于耳目，可更芟截浮疑，分为十卷。"③

张华撰《博物志》献于晋武帝，被后者指出"多浮妄"，要求"芟截浮疑"，删去
"鬼神幽昧之事"。于此可见晋武帝对包括小说在内的著述真实性、纯正性
的强调。

　　虽然汉魏六朝小说作者和论者中的绝大多数都强调小说的纪实性，但
也有少数作者和论者注意到小说的虚幻在所难免。旧题后汉郭宪撰《汉武
洞冥记》是一部典型的志怪小说，被《四库提要》批为"皆怪诞不根之谈"。④
该书存郭宪自序，云：

　　　　宪家世述道书，推求先圣往贤之所撰集，不可穷尽，千室不能藏，
　　　万乘不能载，犹有漏逸。或言浮诞，非政教所同，经文、史官记事，故略

①刘义庆撰、余嘉锡笺疏《世说新语笺疏》上卷，北京：中华书局，1983 年版，第 269 页。
②刘义庆撰、余嘉锡笺疏《世说新语笺疏》下卷《轻诋》，刘孝标注引《续晋阳秋》，第 844 页。
③王嘉《拾遗记》卷九，台湾《丛书集成新编》本，第 26 册，第 144 页。
④《四库全书总目》卷一四二《汉武洞冥记提要》，北京：中华书局，1997 年版，第 1874 页。

而不取,盖偏国殊方,并不在录。愚谓古曩余事,不可得而弃,况汉武帝明俊特异之主。东方朔因滑稽浮诞以匡谏,洞心于道教,使冥迹之奥,昭然显著。今藉旧史之所不载者,聊以闻见,撰《洞冥记》四卷,成一家之书,庶明博君子该而异焉。[①]

郭宪指出该书搜录"旧史之所不载者",包括"或言浮诞,非政教所同"的"古曩余事",实际上承认了该书所载有"浮诞"之事。颇可注意的是,郭氏认为其书可载"或言浮诞,非政教所同"之事,实际上将该书与史书做了区隔,即史书所不能载者,《洞冥记》之类小说却可以载。干宝《搜神记》是一部"撰集古今灵异神祇,人物变化"[②]的志怪小说,其自序云:

> 虽考先志于载籍,收遗逸于当时,盖非一耳一目之所亲闻睹也,又安敢谓无失实者哉。卫朔失国,二传互其所闻;吕望事周,子长存其两说,若此比类,往往有焉。从此观之,闻见之难,由来尚矣。夫书赴告之定辞,据国史之方册,犹尚若此;况仰述千载之前,记殊俗之表,缀片言于残阙,访行事于故老,将使事不二迹,言无异途,然后为信者,固亦前史之所病。然而国家不废注记之官,学士不绝诵览之业,岂不以其所失者小,所存者大乎? 今之所集,设有承于前载者,则非余之罪也。若使采访近世之事,苟有虚错,愿与先贤前儒分其讥谤。及其著述,亦足以发明神道之不诬也。[③]

干宝认为史籍所纪"盖非一耳一目之所亲闻睹也,又安敢谓无失实者哉",又指出"今之所集,设有承于前载者,则非余之罪也。若使采访近世之事,苟有虚错,愿与先贤前儒分其讥谤",公开表示自己所撰难免有"虚错"乃至"失实"之处,这就将必信必实的史籍与可虚可错的小说进行了区隔,变相承认了小说有"虚错"的自由。

2.隋唐五代补史传信的稗说观

汉魏六朝整体"崇实"但又不讳言部分作品"或虚"的小说观,到了隋唐五代从整体而言变化不大。唐代史学家刘知几《史通·杂述》认为"偏记小说,自成一家。而能与正史参行,其所由来尚矣",又将偏记小说分为偏纪、

---

①郭宪《汉武帝别国洞冥记》卷首自序,台湾《丛书集成新编》本,第81册,第637页。
②房玄龄等《晋书》卷八二《干宝传》语,北京:中华书局,1974年版,第2150页。
③干宝《搜神记》卷首自序,北京:中华书局,1979年版,第2页。

小录、逸事、琐言、郡书、家史、别传、杂记、地理书、都邑簿共十类，并进行分类梳理。值得注意的是，刘知几虽认为偏记小说"能与正史参行"，但并不认为两者可等量齐观，其云："盖语曰：'众星之明，不如一月之光。'历观自古，作者著述多矣。虽复门千户万，波委云集。而言皆琐碎，事必丛残。固难以接光尘于五传，并辉烈于三史。古人以比玉屑满筐，良有旨哉！"①简言之，刘氏以史之杂体看待小说，又以史之信实要求小说，基本上将小说纳入了史学的范畴。

刘知几强调"与正史参行"之补史功能与信实特质的小说观，可谓史籍小说观，此种观念在隋唐五代的小说作者中有大量知音。李肇撰《唐国史补》，自序云：

> 《公羊传》曰："所见异辞，所闻异辞。"未有不因见闻而备故实者。昔刘𫗧集小说，涉南北朝至开元，著为《传记》。予自开元至长庆撰《国史补》，虑史氏或阙则补之意，续《传记》而有不为。言报应，叙鬼神，征梦卜，近帷箔，悉去之；纪事实，探物理，辨疑惑，示劝诫，采风俗，助谈笑，则书之。②

李肇明确提出"虑史氏或阙则补之意，续《传记》而有不为"，并将书命名为"唐国史补"，可见其补史的强烈意识。李肇又云"言报应，叙鬼神，征梦卜，近帷箔，悉去之"，可见其为保证所纪信实和醇正的苦心孤诣。刘肃撰《大唐新语》，自序云："备书微婉，恐贻床屋之尤；全采风谣，惧招流俗之说。今起自国初，迄于大历，事关政教，言涉文词，道可师模，志将存古，勒成十三卷。"③也道出了作者撰述的补史用意和舍邪取正、弃虚就实的写作姿态。李德裕撰《次柳氏旧闻》，自序云："德裕先臣与芳子吏部郎中冕，贞元初俱为尚书郎，后谪官，俱东出，道相与语，遂及高力士之说，且曰：'彼皆目睹，非出传闻，信而有征，可为实录。'……谨编录如左，以备史官之阙云。"④强调"信而有征，可为实录"的信实特质和"备史官之阙"的补史价值。

郑还古撰《博异记》，本为志怪小说，但也强调所记内容之实，其自序

---

①刘知几撰、浦起龙释《史通通释》卷一〇《杂述》，上海：上海古籍出版社，1978年版，第273～277页。
②李肇《唐国史补》卷首自序，上海：上海古籍出版社，1957年版，第3页。
③刘肃《大唐新语》卷首自序，北京：中华书局，1984年版，第1页。
④李德裕《次柳氏旧闻》卷首自序，台湾《丛书集成新编》本，第114册，第463页。

云："夫习谶谭妖，其来久矣，非博闻强识，何以知之。然须抄录见知，雌黄事类。语其虚则源流具在，定其实则姓氏罔差。"①其中"语其虚则源流具在"道出了作者力图虚中有实、虚中见实之意。李濬撰《松窗杂录》，自序云："濬忆童儿时即历闻公卿间叙国朝故事，次兼多语其有事特异者，取其必实之迹，暇日缀成一小轴，题曰《松窗杂录》。"②其中"取其必实之迹"云云，可见此书的求实意识。郑綮撰《开天传信记》，自序云："余何为者也？累忝台郎，思勤坟典，用自修励。窃以国朝故事，莫盛于开元、天宝之际。服膺简策，管窥王业，参于闻听，或有阙焉。承平之盛，不可殒坠。辄因步领之暇，搜求遗逸，传于必信，名曰《开天传信记》。"③其中"传于必信"云云，可见作者的求实传信意识。高彦休撰《唐阙史》，自序云："贞元、大历已前，捃拾无遗事，大中、咸通而下，或有可以为夸尚者、资谈笑者、垂训诫者，惜乎不书于方册，辄从而记之；其雅登于太史氏者，不复载录……其间近屏帏者，涉疑诞者，又删去之，十存三四焉。"④其中"其雅登于太史氏者，不复载录"，可见作者对史籍与小说的取材范围有明确区分，史籍记大事、雅事，小说则记琐屑之事、俚俗之事，但小说所纪亦要真实，这从作者删去"涉疑诞者"可见其求实意识。锺辂撰《前定录》，自序云："太和中雠书春阁，秩散多暇，时得从乎博闻君子，征其异说。每及前定之事，未尝不三复本末，提笔记录。"⑤其中"提笔记录"前"三复本末"的考索，亦可见其求实意识。

隋唐五代的小说作者和论者中，亦有个别人物为小说述异志怪张目，为小说记录虚妄之事辩护。李翱撰《卓异记》，自序云："神仙鬼怪，未得谛言非有，亦用俾好生杀，为人一途，无害于教化，故贴自广，不俟繁书以见意。"⑥明确指出不可轻易否定神仙鬼怪之事，只要这些事情"无害于教化"，是可以加以记载的。李冗撰《独异志》，自序云："《独异志》者，记世事之独异也。自开辟以来迄于今世之经籍，耳目可见闻，神仙鬼怪，并所摭录。"⑦明确指出该书摭录有"神仙鬼怪"之事。杜光庭撰《录异记》，自序云：

---

① 郑还古《博异志》(《博异记》)卷首自序，《丛书集成初编》本，第2698册，第1页。
② 李濬《松窗杂录》卷首自序，台湾《丛书集成新编》本，第83册，第373页。
③ 郑綮《开天传信记》卷首自序，台湾《丛书集成新编》本，第83册，第410页。
④ 高彦休《唐阙史》卷首自序，《丛书集成初编》本，第2839册，第1页。
⑤ 锺辂《前定录》卷首自序，北京：中华书局，1991年版，第1页。
⑥ 李翱《卓异记》卷首自序，《丛书集成初编》本，上海：商务印书馆，1936年版，第3832册，第1页。
⑦ 李冗《独异志》卷首自序，北京：中华书局，1983年版，第1页。

怪力乱神，虽圣人不语，经诰史册，往往有之。前达作者《述异记》《博物志》《异闻集》，皆其流也。至于六经图纬，河洛之书，别著阴阳神变之事，吉凶兆朕之符，随二气而生，应五行而出。虽景星甘露、合璧连珠、嘉麦嘉禾、珍禽珍兽、神芝灵液、卿云醴泉、异类为人、人为异类，皆数至而出，不得不生。数讫而化，不得不没。亦由田鼠为鴽，野鸡为蜃，雀化为蛤，鹰化为鸠，星精降而为贤臣，岳灵升而为良辅，今古所载，其徒实繁。又若晋石莘神，凭人约物，乌血鱼火，为灾为异，有之乍惊于闻听，验之乃关于数历。大区之内，无日无之。①

杜光庭首先指出"怪力乱神""经诰史册，往往有之"，从经典依据上肯定其存在；接着从"二气""五行"之衍化，论证"怪力乱神"之合理性；最后指出"怪力乱神"之事，"大区之内，无日无之"。杜氏如此明确地为"怪力乱神"张目，在隋唐五代的小说作者和论者中，确实不多见。

综观隋唐五代小说作者和论者的相关阐发，我们可以发现，较之汉魏六朝之先贤，他们补史的意识更为强烈，求实的精神更为执着，尽管他们之中也有个别人如李翱、杜光庭等为述异志怪张目，但小说学的主流是求实、考信、补史。可以说，就虚实关系的阐发而言，隋唐五代的小说学与汉魏六朝相较，有些新的面貌，但整体变化不大。

（二）宋代"言不必信"的虚实观

关于小说虚实关系的论述，到了宋代发生了重大变化。② 一方面，虽然不少宋代杂记类、杂说类稗说作者常有"补史阙"之情结而力求稗说之"实"，但也有部分作者意识到稗说本源于传闻，难以避免其间之"虚"。另一方面，宋代大多数谐谑类、志怪类稗说作者意在"佐谈助"而非"补史阙"，故能意识到并揭示出稗说的虚幻性。洪迈提出"稗官小说家言不必信"和"曲而畅之，勿以辞害意"的论断，从本体特征和读者接受两个层面论及了稗说的虚幻特质。同时，洪迈还有"大率唐人多工诗，虽小说戏剧，鬼物假托，莫不宛转有思致，不必颛门名家而后可称也"③的论断，揭示出唐人小说"鬼物假托"的虚幻性质与"宛转有思致"的虚构旨趣。这个论断揭示唐

---

① 杜光庭《录异记》卷首自序，《续修四库全书》本，第 1264 册，第 465 页。
② 本书第三章第二节之"三、虚实之性：'传信传疑'与'言不必信'"有详细论述。
③ 洪迈《容斋随笔》，北京：中华书局，2005 年版，第 194 页。

人志怪的心曲,其实也正是洪迈等宋人述异的隐衷。

洪迈之外,宋代还有不少学者对稗说的虚幻特质有精当阐发。郑樵《通志·乐略》"琴操五十七曲"相关案语,准确揭示了稗说的虚幻之性、虚构之法和虚言之旨。黄震视《庄子》为"诙谐小说之祖",并阐发其谐隐之旨,实际上揭示了部分稗说虚构的谐隐旨趣。这些论断在承继先贤基础上,又有新的阐发,达到了新的高度,反映了宋人对小说虚构特质认识的深化。与此同时,从《崇文总目》到《直斋书录解题》,宋人主要的官私书目在归类中也基本确认了小说传"闻"、传"奇"的虚幻属性。

宋人对稗说虚幻特质能有超越前贤的深刻认知和自觉意识,可能与宋代市井伎艺、市人小说的昌盛以及对文人稗说的影响颇有干系。耐得翁《都城纪胜》"瓦舍众伎"条载:

> 凡傀儡敷演烟粉灵怪故事、铁骑公案之类,其话本或如杂剧,或如崖词,大抵多虚少实,如巨灵神、朱姬大仙之类是也……凡影戏,乃京师人初以素纸雕镞,后用彩色装皮为之,其话本与讲史书者颇同,大抵真假相半,公忠者雕以正貌,奸邪者与之丑貌,盖亦寓褒贬于市俗之眼戏也。①

吴自牧《梦粱录》"百戏伎艺"条载:

> 凡傀儡,敷演烟粉、灵怪、铁骑、公案、史书、历代君臣将相故事。话本,或讲史,或作杂剧,或如崖词。如悬线傀儡者,起于陈平六奇解围故事也,今有金线卢大夫、陈中喜等,弄得如真无二,兼之走线者尤佳。更有杖头傀儡,最是刘小仆射家数果奇。大抵弄此多虚少实,如巨灵神姬大仙等也……更有弄影戏者……其话本与讲史书者颇同,大抵真假相半,公忠者雕以正貌,奸邪者刻以丑形,盖亦寓褒贬于其间耳。②

两处记载多有雷同,可能有前后承袭关系。从材料中可知,傀儡、杂剧、崖词、影戏、讲史书等市井伎艺的故事文本"大抵多虚少实""真假相半",因为

---

① 耐得翁《都城纪胜》"瓦舍众伎"条,《东京梦华录》(外四种),上海:古典文学出版社,1956年版,第97~98页。
② 吴自牧《梦粱录》卷二〇,孟元老等《东京梦华录》(外四种),第311页。原文标点时,将"话本"隶上句,笔者认为不妥,将其改隶下句。

其目的在于娱人，故其故事可在虚实真假之间自由游走。宋代稗说受到市井伎艺、市人小说之影响，在功用观上，消遣之趣已不逊于淑世之用，与之相伴，在虚实观上也逐渐突破了补史传信之窠臼而主张"言不必信"，以获得写作的虚实自由。

笔记体和话本体是宋代小说的主体，宋人对笔记体"言不必信"的阐发，对话本体"多虚少实""真假相半"的阐发，置于中国小说学史具有重要意义。可以说，在小说虚实关系的认知上，宋人远迈汉魏六朝之先贤，也超轶隋唐五代之前辈，真正开始明确地揭示出小说的虚幻特质。

概言之，宋代话本小说（市民叙事）的娱乐性、虚构性，冲击着文言小说（士人叙事）的"补史阙""裨教化"，此长彼消，推动了叙事文类重心从历史叙事、纪实叙事向文学叙事、虚构叙事的转移。在中国叙事文学史上，由于受到"史贵于文"以及史传"实录"理念的强大影响，小说创作的"慕史"倾向和"史化"特征非常明显，历史叙事风靡一时。唐传奇"始有意为小说""作意好奇"，开启了"亚叙事"到"叙事"、"史传叙事"到"虚构叙事"的转折，但受众仅限于士子文人，缺乏较为广泛的社会影响。宋代话本小说的商品性、娱乐性使其"文学叙事"意愿更为强烈、特征更为鲜明、影响更为广泛，并对文言小说产生强大影响，最终推动叙事文类重心从历史叙事向文学叙事的转移。

第三节　雅俗格局："雅化"到"俗化"、"中古"到"近世"

宋代话本与文言小说的互动，市民叙事与士人叙事的共生，置于中国小说史、文学史和文化史的坐标进行衡量，皆有非常重要的意义。

一、"小说史上的一大变迁"与迈向近世

从小说史的角度考量，宋代话本与文言小说的互动，真正开启了中国小说的近世化。学界很早就注意到话本兴起在小说史上的重大价值。鲁迅先生在《中国小说的历史的变迁》中指出："宋之士大夫，对于小说之功劳，乃在编《太平广记》一书……至于创作一方面，则宋之士大夫实在并没有什么贡献。但其时社会上却另有一种平民底小说，代之而兴了。这类作品，不但体裁不同，文章上也起了改革，用的是白话，所以实在是小说史上

的一大变迁。"又指出："宋人之'说话'的影响是非常之大，后来的小说，十分之九是本于话本的。如一、后之小说如《今古奇观》等片段的叙述，即仿宋之'小说'。二、后之章回小说如《三国志演义》等长篇的叙述，皆本于'讲史'。"[①]施蛰存先生曾云"近代型的小说早已出现于宋元时代"，[②]又云"宋元人所谓'小说'，倒是接近于现代观念的"。[③] 施先生所云"近代型的小说"主要就是指话本小说。

　　学者还注意到宋代话本兴起后与文言小说的关系及其对小说史的影响。李剑国先生《宋代志怪传奇叙录·前言》指出："宋人小说的通俗化开始造成这样一种趋势——文人文言小说和市民话本小说一定程度的合流趋势，这在小说史上是意义重大的……士大夫文人屈尊纡贵地接近了'下里巴人'，把说话中的某些有趣故事……拿过来，顺便也拿过说说话人捏合提破的手段，并照着说话人的情趣所在，把摄材角度扩展到市民社会。尽管尚嫌迟钝，不像说话人在向文人小说学习方面表现出极大的敏捷和热情，但这有意义的一步终于是迈出来了。有了这个靠拢，才会有元明盛行的以通俗性为一大特征的文人长篇文言小说。"[④]程毅中先生《宋元小说研究》指出："宋元时代是小说史上一个继往开来的阶段。这是以话本为基础的白话小说开始发达的时代，也是以史传为渊源的文言小说走向衰微的时代。然而，它不是新旧交替而是新旧交错融会的时代……大约由南宋到元代，随着说话艺术的飞跃发展，中国小说史上发生了一大变迁，走向以通俗小说为主体的新阶段。"[⑤]这些论述大多集中于话本体的勃兴引起传奇体的俗化，并导致中国小说整体的通俗化。

　　还有部分学者注意到话本与文言小说的关系是互动的，不仅文言小说受到话本体影响而趋于俗化，同时话本体也受到文言小说影响而有雅化趋势。王水照先生《宋辽金元小说史·序》指出，宋元文言、白话小说"两者之间存在着互摄互融、相反相成的关系。不仅话本作者吸取文言小说的滋

①鲁迅《中国小说的历史的变迁》，《鲁迅全集》第 9 卷，北京：人民文学出版社，2005 年版，第 329、332 页。

②施蛰存《西学东渐与外国文学的输入》，《中国文化》1991 年第 5 期。

③施蛰存《"小说"的历代概念》，载范泉主编《中国近代文学大系争鸣录》，上海：上海书店出版社，2012 年版，第 217 页。

④李剑国《宋代志怪传奇叙录·前言》，天津：南开大学出版社，1997 年版，第 9～10 页。

⑤程毅中《宋元小说研究·引言》，南京：江苏古籍出版社，1999 年版，第 1～3 页。

养……而洪迈的文言小说《夷坚志》，其人物、故事之兼取市井，语言之并采俚俗，也是显而易见的"。① 凌郁之博士《走向世俗——宋代文言小说的变迁》认为：一方面文言小说语言总体上趋向浅易，并分化出叙事题材和审美趣味世俗化的通俗文言传奇，文言小说之人物对话常使用白话或出于叙事的自觉，或受到说话艺术的影响；另一方面对文言小说的敷演是小说家说话的重要方式，而话本小说采录文人诗词，或者文人为其制作诗词，都显示了民间文艺向文人文学的靠拢；另外，文言、白话小说之间并非壁垒森严，存在着不文不白、半文半白文字形态的小说。② 值得注意的是，学界关于话本与文言小说互动关系之论述，多集中于话本体与文言小说中的传奇体，像王水照先生这样敏锐发现话本体与《夷坚志》之类笔记体文言小说亦有互动关系的并不多。

笔者在王水照先生论断的启发下，系统梳理宋人稗说（笔记体小说），发现宋人的稗说观较之汉唐已有重大变化，并通过仔细的文献爬梳，得出了这样的结论：宋人将志怪"出史入稗"并使志怪与杂事成为稗说主体，奠定了稗说以杂事异闻为主的文类范畴；突出资暇之趣甚于淑世之用并揭示好奇尚异的心理动因，彰显出稗说"游戏笔端"的审美功用；越出传统稗说传"信"征"实"之藩篱，肯定传"闻"传"奇"之价值，阐发稗说的虚幻之性、虚构之法和虚言之旨，揭示出稗说"言不必信"的虚幻特质。宋人从文类范畴、审美功用、虚幻特质三个方面，辨明了厕身于"史余""子末"之稗说的内在体性，超越汉唐先贤之见，使稗说观从"小道之说""补史之说"的功能性文体论，向"资暇之说""虚幻之说"的娱乐性文体论演进，在小说学史上具有转折意义。

宋人稗说观的重大变化，作为话本与文言小说互动关系的组成部分，学界论之不多，语焉不详，这应该是本文推陈出新的一个重要着力点。宋人稗说观的近世化转向以及与之相随的稗说的娱乐性增强，再加上传奇体借鉴市民叙事而呈现俗化趋势，话本体采借士人叙事而初显雅化倾向，共同构成话本与文言小说互动共生的完整图景。这样的互动共生，整体上是使小说娱乐性更强、幻设意识更浓、故事性更显、世俗性更切，概言之，使小

---

① 张兵《宋辽金元小说史》卷首王水照序，上海：复旦大学出版社，2001 年版，第 3～4 页。
② 凌郁之《走向世俗——宋代文言小说的变迁》，北京：中华书局，2007 年版，第 160～170 页。

说从中古迈向近世。

二、市民文学的壮大与叙事文学的勃兴

　　从文学史的角度考量,宋代话本与文言小说的互动共生,逐步改变了中国文学的内部格局,具体而言,包括抒情文学与叙事文学的比例格局,士人文学与市民文学的比例格局。宋代文言小说受到说话及话本的影响,传奇体中杂记体大量增加,故事性和娱乐性不断增强,笔记体也更为注重资暇之乐、更为认可幻设之趣,故事性和娱乐性也在增强,概要之,文言小说作为叙事文学文体的属性更为鲜明。同时,更多的士人如洪迈、王明清等,愿意将讲故事、重趣味的小说作为自己舞文弄墨的主要文体之一,倾心于从叙事性文体的写作中找到乐趣,这就使得叙事文学在士人中的重要性逐步提升。另外,书会才人和下层文人不断吸纳文言小说的营养,在整理、改编说话文本的过程中不断借鉴士人文学的方法、技巧,使得话本小说作为新兴的叙事文学文体逐步从粗率简陋走向精致成熟。通俗叙事性文体(话本体)的逐步成长及其在市井的大受欢迎,高雅叙事性文体(传奇体和笔记体)在士人中重要性的逐步提升及其在士林的影响扩大,使得叙事文学在雅(士人)、俗(市井)两个层面都在扩大地盘。此长彼消,叙事文学的勃兴使得文学格局逐步开始发生变化,即由中古以诗文为主的抒情文学一家独大格局,逐步转向近世抒情文学与叙事文学并驾齐驱格局。此格局到了明清再进一步发展,就演变成了叙事文学更能体现时代风貌从而更胜一筹的文学新图景。施蛰存先生曾说:"上古文学以散文为大宗,中古文学以诗为大宗,近代文学以小说为大宗。凡是文化史悠久的国家,其文学史的发展,无不如此。"①揆之世界文学史,施先生之论确实在理。观察中国文学史,从"中古文学以诗为大宗"转向"近代文学以小说为大宗",宋代就处于这样一个转捩点上,置于这样一个坐标,宋人在小说领域的贡献就灼灼可见。

　　宋代话本的兴起及其与文言小说的互动共生,也改变了士人文学与市民文学的比例格局。宋代之前,中国文学版图中士人文学一枝独秀,宫廷文学虽然精致却难以成为主流,乡民文学因为俚俗而难登大雅之堂,市民文学在中唐之后开始萌发也暂未形成气候。到了宋代,随着工商业的发

---

① 施蛰存《西学东渐与外国文学的输入》,载《中国文化》1991 年第 5 期。

达、城市经济的繁荣,以及随之而来的户籍制度变革(单列"坊郭户",以与"乡村户"区别),真正的市民阶层开始形成。与之相随,市民文化开始崛起,市民文学开始勃兴。话本小说作为典型的市民文学,深受广大市民的喜爱,同时也受到不少士人的关注。不少士人借用话本的手法甚至移用话本的情趣写作文言传奇,使得这些文言传奇表面上看具有士人文学的外衣,而其内核却充溢着市民文学的精神。比如宋代世俗化传奇《青琐高议》和准世俗化传奇《云斋广录》,就是士人文学与市民文学的融合物。再比如元明的中篇传奇小说如《娇红记》《贾云华还魂记》《钟情丽集》等,虽用传奇体形式,但已与话本体情趣相通、精神相似。这些小说,被薛洪勋先生称为"文言话本",被林辰先生称为"文言话本体小说"。林先生《中国古代小说概论》解释云:

> 自宋代,传奇体小说开始变味;文气渐淡了,俗气增多了。到了明代,通俗小说汹涌澎湃地发展起来,中国小说的由文言到通俗的发展总趋势已经明朗化了——虽然文言小说仍有着很大的市场,但已失去了往日的气势。这时,传奇体小说吸吮着话本体小说的贴近大众的滋养,产生了一批语言仍是传奇体的文言,而风骨却是话本体的作品。[①]

林先生对元明中篇传奇"语言仍是传奇体""风骨却是话本体"的判断颇为在理。于此可见市民文学(话本体)对士人文学(传奇体)地盘的蚕食。另一方面,在明清时期,也有部分士人在改编宋元话本时不断灌注士人精神,并不断改造、雅化话本体,使得话本体这种市民文学文体逐步变成士人文学文体,又显示出士人文学对市民文学的汲取。总之,就小说领域而言,士人文学与市民文学是双向互动的,但这种互动的大趋势是市民文学不断成长壮大,而士人文学则深受市民文学影响而渐趋平民化、世俗化。

三、雅俗际会与大、小传统的格局嬗变

从文化史的角度考量,宋代话本的兴起并与文言小说的互动共生,也在逐步改变中国文化内部的雅俗格局。前文已述,文言小说主要是士人所撰,大致属于士人文学和雅文学,话本小说主要是书会才人对说话内容的

记录整理,大致属于市民文学和俗文学。两类小说的互动其实正是士人文学与市民文学的互动、雅文学与俗文学的互动。这种互动的结果,学界从雅俗变迁的角度多有论述。石昌渝先生《中国小说源流论》认为:"文言小说与白话小说并行发展,形成中国小说史特有的双水分流的格局。然而它们又并非毫不相犯,它们在各自发展的历程中,不断地吸取对方的长处,移植对方的题材,学习对方的表现方法。"并指出文、白互动中的雅、俗嬗变趋势是"如果说文言小说是从雅到俗渐次下降,那么白话小说则是从俗到雅渐次提升"。[①] 王水照先生《宋辽金元小说史·序》指出:"从文体学的角度来观察中国文学的大致走向,宋元小说可以说是实现了文学重心的两个转移:一是从文言小说为主转变为以白话小说为主……二是从雅文学向俗文学的重心转移……这两个转变是密切相关的,后一转变是由前一转变自然推演而来,促成后一转变的主要关键仍是宋元话本的崛起。"[②]凌郁之博士《走向世俗——宋代文言小说的变迁》认为,宋代文言小说与白话小说相互渗透而从整体上呈现出通俗化趋势。[③] 李军均博士等《论宋代小说的雅俗之变及其文化精神》指出:"宋代俗小说的兴盛,本是雅俗交融的结果,其兴盛之后,又与雅小说相互影响,使宋代成为中国古代小说雅俗相融的关键时期。宋代小说的雅俗相融,主要有三种表征,即:宋代小说形成渐趋'言文合一'的独立语体、'体用一源'的小说思想、题材与读者意识的文化下移及由此带来的文体嬗变。"又云:"这三方面的新变,开启了中国古代小说成熟之路,也奠定了明清小说美学思想基础,使宋代小说成为近代小说的源头。"[④]上述论说,或言话本与文言小说的雅俗相向而动,或言"雅文学向俗文学的重心转移",或言"走向世俗",或言"雅俗相融",皆着眼于雅俗变迁点出了宋代话本与文言小说互动所造成的文学趋势。

尤其值得注意的是,王齐洲先生《雅俗观念的演进与文学形态的发展》从宏观视野鸟瞰中国文学雅俗变迁,精准地阐明了宋人的雅俗观:

> 宋元以降,由于商品经济的发达,市民阶层迅速扩大,大众文化迅

---

①石昌渝《中国小说源流论》,北京:三联书店,2015年版,第23、20页。
②张兵《宋辽金元小说史》卷首王水照先生序,第1~2页。
③凌郁之《走向世俗——宋代文言小说的变迁》,第160~170页。
①李军均、曾垂超《论宋代小说的雅俗之变及其文化精神》,《福建师范大学学报》(哲社版)2011年第4期。

猛发展,通俗文学为越来越多的消费者所喜爱,知识分子的文化消费
也呈现出多元化的格局,雅俗的界限越来越模糊,雅俗的概念越来越
含混,而雅俗的争论却越来越激烈。宋代学者在文化人格上都尚雅忌
俗,而在文学艺术上却多主张"以俗为雅"或雅俗融通……这种在文化
人格上的尚雅忌俗和文学艺术上的以俗为雅,体现了精英意识与审美
意识之间的冲突,是文化雅俗观与艺术雅俗观在作家头脑中碰撞的反
映。而作者在艺术审美上对俗的吸纳,表明通俗文学的审美趣味已经
深刻地影响到敏感的知识分子。中国文化和中国文学发展又走到了
一个新时代。①

王先生从宋人文化人格上尚雅忌俗与文学艺术上以俗为雅的冲突进行分
析,认为宋代之时"中国文化和中国文学发展又走到了一个新时代",可谓
恰中肯綮。这样的框架用来分析宋代文言小说在话本影响下的雅俗变迁,
也是可以丝丝入扣的。同时,王先生还指出:

　　从局部而言,中国文学史上确实存在着某些文体由俗而雅最后走
向衰落的现象;从整体而言,中国文学的发展并不呈现由俗到雅再到
衰落的趋向,而是不断地由雅趋俗,即从贵族走向精英,从精英走向大
众,文学主流文体越来越通俗化,文学消费主体越来越大众化,这是中
国文学发展的基本趋向。②

这样的判断用来分析中国小说的文体变迁,分析宋代话本体与传奇体、笔
记体的互动共生关系,也是同样适用的。

　　另外,还有一些学者注意到宋代话本与文言小说互动还导致了文言与
白话的此消彼长,孟昭连先生《宋代文白消长与小说语体之变》指出:"古代
白话自汉魏之际始现于书面语,经过长期发展,至宋代随着由雅趋俗的文
化进程,广泛渗入多种文体。在此语言背景下,古代小说语体发生巨大的
变革。一方面,文言小说语体变'华艳'为'平实',出现浅俗化倾向……另
一方面,白话小说语体的形成,与近代汉语的发展有着直接关系……白话
小说的繁荣,扩大了白话在书面语中的比例,反过来又推动了近代汉语的

---

① 王齐洲《雅俗观念的演进与文学形态的发展》,《中国社会科学》2005年第3期。
② 王齐洲《雅俗观念的演进与文学形态的发展》,《中国社会科学》2005年第3期。

进一步发展。"①

　　上述论述基本上都是从雅俗变迁、文白消长的维度，其实，我们还可从大传统与小传统、主文化与亚文化的视角解读宋话本与文言小说的共生。前文已述，文言小说属于士人文学，灌注着大传统的质素和主文化的精神，而话本小说属于市民文学，奔涌着小传统的血液和亚文化的因子。宋话本与文言小说的共生，为我们提供了一个绝佳的观察大、小传统互动，主、亚文化交流的范例。

　　余英时先生《士与中国文化》中《汉代循吏与文化传播》一文，对于中国文化大、小传统的关系，有非常经典的阐发：

　　　　中国人很早便已自觉到大、小传统之间是一种共同成长，互为影响的关系。

　　　　根据中国人的一贯观点，大传统是从许多小传统中逐渐提炼出来的，后者是前者的源头活水。不但大传统（如礼乐）源自民间，而且最后又必须回到民间，并在民间得到较长久的保存，至少这是孔子以来的共同见解。

　　　　由于古代中国的大、小传统是一种双行道的关系，因此大传统一方面固然超越了小传统，另一方面则又包括了小传统。周代《诗经》和两汉乐府中的诗歌都保存了大量的民间作品，但这些作品之所以成为经典，其一部分的原因则在于他们已经过上层文士的艺术加工或"雅化"。这是中国大传统由小传统中提炼而成的一种最具体的说明。②

联系到宋代文言小说与话本，前者所代表的士人文学（大传统）与后者所代表的市民文学（小传统），就是一种"共同成长，互为影响的关系"。值得一提的是，后来话本小说被士人不断改造和雅化，逐渐从市民文学文体蜕变为士人文学文体，③此时，小传统就被提炼成了大传统，亚文化就被升华成了主文化。

　　特别值得注意的是，宋代之前中国文化中的大传统和主文化，其演变

①孟昭连《宋代文白消长与小说语体之变》，《中国社会科学》2011年第3期。
②余英时《士与中国文化》，上海：上海人民出版社，1987年版，第133、134、137页。
③如清代前期的《无声戏》《十二楼》《豆棚闲话》《照世杯》《五色石》《八洞天》《警寤钟》《西湖佳话》
　等话本小说集，抒写士人志趣，将重在娱乐消遣的话本体改造成了抒情言志、载道论世的文体，
　此时的话本体可谓士人文学文体。

发展的主动力有三:一是士人的原始创造,二是吸收外来文化,三是汲取乡民文化(民间文化)。宋代之后,随着市民阶层的崛起和市民文化的昌盛,市民文化已经取代了乡民文化(民间文化)成为士人创造大传统和主文化的主动力之一。这样的历史演变在中国文学领域有清晰的呈现,宋代之前的文学文体如四言诗、五言诗等多起源于民间然后被士人收编,而宋代之后的文学文体如话本体小说、章回体小说、南戏、杂剧等多起源于市井然后被士人收编,简言之,就对主流文学(士人文学)的贡献和影响而言,宋代之后市民文学可能已经超越了乡民文学(民间文学)。置于这样的视域,再来考察宋代话本与文言小说的共生关系,会对探讨士人文学与市民文学、大传统与小传统、主文化与亚文化的关系,有更深入的体会和更有力的支撑。

结论　文白共生与雅俗际会

　　宋代是市民阶层形成与市民文化崛起的时代,是高雅文艺俗化与世俗文艺昌盛的时代,是抒情文学新变与叙事文学渐盛的时代,在中国文化发展史、文艺嬗变史、文学演进史上举足轻重。宋代小说是市民娱心消遣的经典门类,也是士人淑世资暇的重要文类,可谓观察文学内部雅俗关系的理想视角。进而言之,宋代话本与文言小说既二水分流又局部交汇,既互相倚傍又彼此消长,在中国叙事文学史上形成独特景观,并影响到文学的雅俗格局,具有文白互动的典型意义和重要的学术价值。

一、文白共生的叙事语境

　　宋代话本与文言小说的共生基础,源于两者属于相异又相邻的叙事类型——士人叙事与市民叙事,源于两者在叙事话语(用何叙事)、叙事行为(如何叙事)、叙事旨趣(为谁叙事)、人物塑形、叙事伦理等方面的异质互补。

　　宋代话本与文言小说在叙事话语上存在差异。文言小说(士人叙事)多用书面化的文言,简洁典雅,含蓄蕴藉,呈现出超语体文的书面加工色彩;话本(市民叙事)则多用口语化的白话,直白俚俗,生动活泼,显现出语体文的活态口语色彩。

　　宋代话本与文言小说在叙事行为上差异甚大。一般而言,士人叙事重"事"亦重"叙",讲究结构的谨严周密、情节的跌宕有致和叙述的起承转合;市民叙事则"事"重于"叙",更加注重故事本身的生动曲折,而不把"叙"作为重点,在谋篇布局的运思、叙事技法的运用上均不及士人小说精致。值得注意的是,市民叙事中大量运用嫁接、捏合、巧合、以物串事等叙事技法,呈现出鲜明的民间性、集体性和质朴性。尤可一提的是,宋代话本作为典型的市民叙事文本和口传文学文本,存在较为普遍的程式化倾向。

　　宋代话本与文言小说在叙事旨趣上各有侧重。从价值取向而言,宋代文言小说折射出文人士子的登第梦和黄粱梦,宋话本则折射出市井细民的发迹梦和富贵梦。两者有俗与雅、浅与深、热闹与冷静、直白与含蓄之审美差异,刚好可以异质互补。从旨味追求而言,文人叙事更多追求雅致的韵味,市民叙事则更为喜好俚俗的趣味,前者含蓄蕴藉,后者浅近直露,前者偏重精神愉悦,后者偏重感官刺激。两者在故事的传奇性、戏剧性和谐谑性上差异最为明显。

宋代话本与文言小说在人物塑形和叙事伦理上各有偏好。就士人形象塑造而言,宋传奇中的士人形象,功名事业上是多否少泰,情爱婚恋上是多离少合;而宋话本中的士人形象,功名事业上则多发迹变泰,情爱婚恋上则多如愿以偿。两相对照,可见文言小说中的士人形象更多悲情色彩,而话本中的士人形象则更多喜剧情调。宋话本与文言小说士人塑形的悲、喜格调之别,往往蕴含叙事主体的意图伦理考量。文言小说通过士人的悲剧故事和显明的伦理介入,有强烈的劝善惩恶意图;话本偏重叙述士人的喜剧故事、风流故事,虽也有一定的劝惩意识,但伦理介入并不显明,叙事的优先考虑是娱乐性。就女性形象塑造而言,士人叙事中的女性形象涂抹了更厚的道德油彩,寄寓了更多的伦理诉求,有更显明的意图伦理,折射出士人阶层的审美理想;而市民叙事中的女性形象则更少道德羁绊,更为接近人物原貌,折射出市民阶层的情爱期待。概言之,宋代文言小说是教重于乐,而宋话本则是乐先于教。

宋代话本与文言小说共生关系的形成,两者的异质互补是前提,而宋代整个文化领域的雅俗互渗则是其时代语境。唐宋变革导致文化转型,大量平民子弟入仕为官,跻身士绅阶层,逐渐改变士人文化的整体面貌和雅俗格局,使得宋代的士人文化较之唐代更具平民色彩和雅俗贯通之习。士人文化与市民文化虽然有大传统与小传统、雅文化与俗文化之差异,但由于唐宋之际社会变革、阶层变动、观念变迁导致雅俗边界变化,两者在宋代的双向互动非常明显,一方面市民文化既影响士人文化,又从士人文化汲取养分,另一方面士人文化既辐射市民文化,又从市民文化取精用弘。宋代士人文化与市民文化的雅俗际会,正是话本与文言小说互动共生的时代动因。

二、文白共生的双向机制

宋代说话及话本与文言小说互动共生,一方面文言小说借鉴说话伎艺出现新变，另一方面说话伎艺倚傍文言小说不断壮大。

(一)文言小说对说话伎艺的借鉴

宋代文言小说发生了从"淑世"到"资暇"的重心转移，从"慕史""传信"到"幻化""不必信"的观念变迁，这与市井伎艺、市人小说的影响颇有关系。伴随观念变迁，宋代文言小说的审美趣味，也在向市井伎艺、市人小说的世俗化方向滑动。宋人文言小说的世俗化，主要表现在小说的焦点逐渐由文人学士、才子佳人转向市井细民、芸芸众生，小说的旨趣也逐渐由裨教化、补史阙为主的文人之趣转向供谈笑、广见闻为主的细民之好。宋代文言小说不仅在小说观念、审美趣味上受到市人小说的影响，也在叙事手法上借鉴后者，这最典型地体现在"独白式"心理描写手法的运用上。宋代文言小说中内心独白式心理描写大量涌现，且功能渐趋丰富，应与说话艺术的影响颇有关联。与文言小说"客观呈现式"的叙事模式不同，白话小说是一种"主观讲述式"的叙事模式。现存宋代39篇话本中，内心独白式心理描写比比皆是，而且类型非常丰富。宋代说话艺人这种直扣心扉的全知视角讲述，对宋代文言小说产生了很大的影响。

(二)说话伎艺对文言小说的倚傍

就宋代说话及其文本对文言小说营养的汲取而言，包括"传""记"名篇方式的借用、士人叙事文本的借鉴和改编、伦理化倾向影响下的"道学心肠"、文备众体之法的采借等方面。

唐宋传奇好以"传""记"名篇的习惯，以及宋传奇中"传""记"名称部分混用而更偏向于用"记"的倾向，对宋代说话艺人、书会才人命名话本提供了借鉴。现存宋代小说话本35种，其中有17种以"传""记"名篇，占到总数的近一半。宋代话本小说的素材，很大部分来自于唐宋文言小说。宋代讲史话本主要依赖相关史籍和稗史小说，小说话本则有三分之一篇目是对现成文言小说的捏合、改编与敷演。可以说，宋代的市民叙事（话本小说）是在充分汲取士人叙事（史籍和文言小说）营养基础上成长起来的，士人叙事从素材上滋养着市民叙事。宋代文言小说受到时代风气的影响，在主旨方面有强烈的伦理化倾向，这种倾向也传导至受文言小说滋养的话本小说。由于受到时代风气和士人叙事的影响，较大部分的话本小说在注重娱乐性的同时也在兼顾教化性，从而呈现出寓教于乐、乐中有教的局面。宋代的说话艺人，整体而言是重"乐"之际兼及"教"。现存35种小说话本中，有较为明确的教化旨趣者共 17 种,约占总数的一半。宋代话本小说还学习传奇的文备众体之法,篇中有诗、词、鼓子词、骈文、辞赋和韵语等多种文体,显示出市民叙事对士人叙事的借鉴。

三、文白共生的典型形态

宋代士人叙事与市井叙事互动共生,催生出世俗化传奇、准世俗化传奇、种本式文言小说、话本化传奇、传奇式话本等雅俗际会的小说文体新样式。

宋代的世俗化传奇,最集中地收录于刘斧《青琐高议》(下简称《青琐》)。该书中的传奇小说,受到说话等世俗文艺的深刻影响,以雅体写俗情,演变成有别于唐代辞章体传奇的世俗化传奇。这种世俗化既体现在故事人物和题材的世俗化,也体现在语言表达的世俗化,更体现在审美趣味和价值观的世俗化,还体现在艺术手法的世俗化。

宋代的准世俗化传奇,最集中地收录于李献民《云斋广录》(下简称《云斋》)。概言之,与辞章化、典雅化的唐传奇相较,《云斋》中的宋传奇在人物、题材、审美趣味、价值观念乃至艺术手法方面都呈现出世俗化的趋势,并且这些宋传奇中的部分篇章与市井说话可能还有文本渊源关系。但与《青琐》中的宋传奇相较,《云斋》中的宋传奇,则又更为辞章化、典雅化一些。因此可以说,《云斋》中的宋传奇是介于唐代辞章化传奇与《青琐》世俗化传奇之间的一种中间形态,我们不妨将其视为准世俗化传奇。

宋代的种本式文言小说,即为说话而备的节录故事梗概的"梁子"式文言小说,集中收录于皇都风月主人所编《绿窗新话》(下简称《绿窗》)。该书既选录改编现成的书面文本为说话艺人提供"梁子",又将说书场对故事的口头改编落实为书面文本,再反哺给说话艺人,该书实际上成了"文本"与"话本"、书写叙事与口传叙事相互转化的桥梁纽带,在话本与文言小说互动关系史上有重要价值。

宋代的话本化传奇,最集中地收录于罗烨的《醉翁谈录》(下简称《谈录》)。书中最值得关注的是根据文言小说改编而成的 23 篇话本化传奇。这些话本化传奇,大多用浅近文言写成,一般篇幅较长,叙事委曲,有传奇之貌。但其市民情趣的彰显、市人形象的刻画、世俗手法的采用、市井言语的充溢,特别是"诗曰""词云"等方式的存在,又使其与唐传奇等辞章化传奇、《青琐》中的世俗化传奇、《云斋》中的准世俗化传奇，颇有差异。可以说《谈录》中的话本化传奇是传奇为表、话本为里，是渗透着话本精神的传奇。但这些话本化传奇，还没有后来成熟话本的文体标志，因此还只能说是准话本。

宋代的传奇式话本，今存者有 3 种，即《清平山堂话本·蓝桥记》《警世通言·宿香亭张浩遇莺莺》《警世通言·钱舍人题诗燕子楼》。这些话本，虽然都用文言化的语体，都具传奇体的形貌，甚至可能还有传奇体的意蕴（如《钱舍人题诗燕子楼》），但都具备入话、散场诗等话本特有的篇章体制，从文体角度考察还是归入话本为宜。传奇式话本与话本化传奇有同有异。从话本的演进阶段而言，传奇式话本是话本化传奇的进一步发展，正如《六十家小说》中的《蓝桥记》文本几乎全同于《醉翁谈录》中的《裴航遇云英于蓝桥》，但前者在后者的基础上又加上了入话、散场诗等话本文体标志，所以前者可谓成型的话本，而后者只算准话本，两者的演进关系非常显豁。

四、文白共生的演进脉络

宋代话本与文言小说的起伏消长与互动共生，大致可以分为四个时期，即独立期、接触期、交互期和消长期。独立期大致在北宋前期，即太祖、太宗、真宗三朝；接触期大致在北宋中后期，即仁宗、英宗、神宗、哲宗、徽宗、钦宗六朝；交互期大致在南宋前中期，即高宗、孝宗、光宗、宁宗四朝；消长期大致在南宋后期，即理宗、度宗、恭宗、端宗、赵昺五朝。

北宋前期的志怪传奇有 30 种，其中小说集 23 种，单篇传奇文 7 篇。北宋前期的"说话"未见史料记载，也未见此期的话本流传，应该还处于蛰伏期。因此，北宋前期的志怪传奇和话本小说都是低谷，还处于各自独立发展的时期。

北宋中后期的志怪传奇有百余种，存世者也有近 30 种，其中志怪小说集 2 种，单篇传奇 25 种，杂俎小说集 2 种，呈现出繁盛景象。北宋中期"说话"开始兴起并日臻昌盛，但北宋流传下来的话本却寥寥。存世者或如《合同文字记》粗朴简略，或如《钱舍人题诗燕子楼》乃是在文言传奇基础上略加改编而成，呈现出话本初兴时期文本的青涩样态和对文言小说的嫁接现象。北宋中后期传奇的世俗化和某些作品的初步话本化，显示出士人叙事向市井叙事的移动，而话本小说对文言小说的嫁接，又显示出市井叙事对士人叙事的借用,因此本期可谓士人与市井叙事的接触期。

南宋前中期的志怪传奇有50余种,存世者有14种,其中单篇传奇6篇,志怪小说集7种,杂俎小说集1种。南宋说话昌盛,流传下来的话本亦较多,可能成书于南宋前中期的大致有《碾玉观音》《错斩崔宁》等数种。较之北宋话本的粗朴简略,本期的话本小说丰赡有味,艺术水准有较大提高。本期传奇的世俗化与话本化非常明显,呈现出士人叙事向市井叙事的加速移动。士人叙事向市井叙事的加速移动和市井叙事对士人叙事的大规模借鉴,相辅相成,说明本期士人与市井叙事的互动已经达到了新的高度。

南宋后期存世的志怪传奇寥寥无几,呈现颓势。真正能够体现本期志怪传奇特色的是沈氏《鬼董》和罗烨《醉翁谈录》。前者取材于里闾委巷的30余篇作品,可谓典型的市井传奇,后者辑录改编的20余篇唐宋传奇,有很浓的市民情趣,并且两书中的传奇作品大多与市井话本息息相通,从某种意义上可谓话本化传奇。南宋后期的话本小说,艺术上渐趋成熟,起承转合的衔接自然而然,悬念伏笔的运用引人入胜,具有较高的艺术造诣。南宋后期文言传奇的市井化和话本化,显示出小说叙事中文人性的衰减与市井性的递进;与此同时,《杨思温燕山逢故人》等话本在吸纳文人小说养分的基础上达到了很高的艺术造诣,又显示出市井叙事在借镜士人叙事的基础上正茁壮成长、蔚为大国。南宋后期的小说版图中,士人叙事与市井叙事的雅俗消长,赫赫在目。

五、文白共生的文学史价值

宋代话本与文言小说的共生,推动小说聚焦、叙事观念、雅俗格局都发生变化,具有重要的文学史价值。

(一)小说聚焦:"人物"到"故事"、"意蕴"到"趣味"

宋代话本与文言小说的共生,市民叙事与士人叙事的互动,使得宋人小说中杂记体异军突起,与之相应,小说的聚焦点也逐渐从"人物"移向"故事",从"意蕴"滑向"趣味",显示出迈向近世的世俗化倾向,对后世有深远影响。

在审美品位上,杂传体传奇可能略胜于也略雅于杂记体传奇。宋代传奇中杂记体的异军突起,正是传奇体俗化的一个重要表现。宋传奇中杂记体的大量增加,表明传奇文本的聚焦点正在从唐代的人物价值逐渐转向故事价值,表明宋人传奇文本对故事性的追求,正在逐步超越人物性格的刻画和形象的塑造。宋传奇的这个转向,可能受到说话的某些影响。宋代说话和话本鲜明强烈的故事性取向,不能不影响到宋代士人的小说写作。与唐传奇相比,宋传奇的作者更为平民化,他们耳濡目染说话伎艺,受其娱乐性基调和故事性取向的影响,更为注重传奇文本的故事价值,于是出现杂记体传奇的异军突起。

宋传奇中杂记体的大量增加,故事性和娱乐性的不断增强,使得本来高雅的传奇体不断俗化,并与世俗的话本体不断接近。到了元明,传奇小说中杂记体已经占据绝对优势。从唐代杂传体传奇占主导到元明杂记体传奇占主导,宋代是真正的转捩点。置于这样一个传奇体的演变脉络,宋传奇承上启下的转折意义非常明显。

(二)叙事观念:"淑世"到"资暇"、"慕史"到"幻化"

宋代话本与文言小说的共生,市民叙事与士人叙事的互动,使得宋人在小说"乐""教"功用与"虚""实"关系的认知上,逐渐超轶前人。宋代话本小说(市民叙事)的娱乐性、虚构性,冲击着文言小说(士人叙事)的"补史阙""裨教化",此长彼消,推动了叙事观念逐渐从"淑世"向"资暇"转移,从"慕史"向"幻化"迈进。

在中国叙事文学史上,由于受到"史贵于文"以及史传"实录"理念的强大影响,小说创作的"慕史"倾向和"史化"特征非常明显,历史叙事风靡一时。唐传奇"始有意为小说""作意好奇",开启了"亚叙事"到"叙事"、"史传叙事"到"虚构叙事"的转折,但受众仅限于士子文人,缺乏较为广泛的社会影响。宋代话本小说的商品性、娱乐性使其"文学叙事"意愿更为强烈、特征更为鲜明、影响更为广泛,并对文言小说产生强大影响,最终推动叙事文类重心从纪实叙事、历史叙事向虚构叙事、文学叙事的转移。

(三)雅俗格局:"雅化"到"俗化"、"中古"到"近世"

宋人稗说观的近世化转向以及与之相随的稗说的娱乐性增强,再加上传奇体借鉴市民叙事而呈现俗化趋势,话本体采借士人叙事而初显雅化倾向,共同构成话本与文言小说互动共生的完整图景。这样的互动共生,整体上是使小说娱乐性更强、幻设意识更浓、故事性更显、世俗性更切,概言之,使小说从中古迈向近世。

从文学史的角度考量,宋代话本与文言小说的互动共生,逐步改变了中国文学的内部格局,首先是抒情文学与叙事文学比例格局的改变。通俗叙事性文体(话本体)的逐步成长及其在市井的大受欢迎,高雅叙事性文体(传奇体和笔记体)在士人中重要性的提升及其在士林的影响扩大,使得叙事文学在雅(士人)、俗(市井)两个层面都在扩大地盘。此长彼消,叙事文学的勃兴使得文学格局逐步开始发生变化,即由中古以诗文为主的抒情文学一家独大格局,逐步转向近世抒情文学与叙事文学并驾齐驱格局。此格局到了明清再进一步发展,就演变成了叙事文学更能体现时代风貌从而更胜一筹的文学新图景。

宋代话本的兴起及其与文言小说的互动共生,也改变了士人文学与市民文学的比例格局。就小说领域而言,士人文学与市民文学是双向互动的,但这种互动的大趋势是市民文学不断成长壮大,士人文学则深受市民文学影响而渐趋平民化、世俗化。文言小说属于士人文学,灌注着"大传统"的质素,而话本小说属于市民文学,奔涌着"小传统"的血液。宋话本与文言小说的共生,为我们提供了一个绝佳的观察大、小传统互动的范例。宋代之前中国文化中的"大传统",其演变发展的主动力有三:一是士人的原始创造,二是吸收外来文化,三是汲取乡村文化(民间文化)。宋代以降,随着市民阶层的崛起和市民文化的昌盛,市民文化已经取代了乡村文化(民间文化)成为士人创造大传统的主动力之一。简言之,就对主流文学(士人文学)的贡献和影响而言,宋代之后市民文学可能已经超越了乡村文学(民间文学)。

综上所述,宋代话本与文言小说既二水分流又局部交汇,既互相倚傍又彼此消长,是文学史上雅俗际会的共生典范。共生基础源于两者属于相异又相邻的叙事类型——士人叙事与市民叙事,源于两者在叙事话语、叙事行为、叙事旨趣、人物塑形、叙事伦理等方面的异质互补。共生语境则是唐宋之际社会变革、阶层变动、观念变迁、雅俗变化导致的市民文化与士人文化的双向互动。共生机制是两者之间叙事观念的双向渗透、叙事题材的双向改编、叙事技法的双向借鉴。共生形态是形成了世俗化传奇、准世俗化传奇、种式文言小说、话本化传奇、传奇式话本等小说文体新样式。共生脉络则大致经历了北宋前期的独立期、北宋中后期的接触期、南宋前中期的交互期和南宋后期的消长期四个阶段。宋代话本与文言小说的共生,推动小说聚焦从"人物"到"故事"、"意蕴"到"趣味"，推动叙事观念从"淑世"到"资暇"、"慕史"到"幻化"，推动了由雅而俗、由文而白的重大转折，为近世叙事文学的繁荣奠定了观念基石和文体基础。

附录一:宋代小说的人物塑形与叙事伦理

叙事伦理是当代叙事学研究"伦理转向"的重要产物,也是文学伦理学研究"叙事转向"的必然结果,[1]更是小说研究超越传统道德批评和叙事形式分析、绾合叙事与伦理的新颖视角。

关于叙事伦理,较早关注者是美国学者基于小说修辞角度的相关论著。首先是文学批评家韦恩·布思(Wayne C. Booth)于 1961 年出版《小说修辞学》(*The Rhetoric of Fiction*),有专章"非个人叙述的道德性"论及小说叙事中的伦理问题;[2]1979 年发表《批评的理解》(*Critical Understanding*),多涉及小说伦理问题;1988 年出版《我们所交的朋友——小说伦理学》(*The Company We Keep:An Ethics of Fiction*),[3]构建了小说伦理学的整体框架。接着是詹姆斯·费伦(James Phelan)1989 年出版《阅读叙事:形式、伦理、意识形态》(*Reading Narrative:Form,Ethics,Ideology*),1996 年出版《作为修辞的叙事:技巧、读者、伦理、意识形态》(*Narrative as Rhetoric:Technique,Audiences,Ethics,Ideology*),[4]都论及叙事中的伦理问题。美国学者还从多个角度探讨叙事伦理,如希利斯·米勒(J. Hillis Millen)1987 年出版的《阅读伦理》(*The Ethics of Reading*)。[5]

明确提出"叙事伦理"概念的是亚当·桑查瑞·纽顿(Adam Zachary

---

[1] 尚必武《从"两个转向"到"两种批评"——论叙事学和文学伦理学的兴起、发展与交叉愿景》(《学术论坛》2017 年第 2 期)。

[2] Wayne C. Booth,*The Rhetoric of Fiction*,Chicago:Universit of Chicago Press,1961.(中译本为《小说修辞学》,付礼军译,南宁:广西人民出版社,1987 年版。另有华明、胡苏晓、周宪译本,北京:北京大学出版社,1987 年版)

[3] Wayne C. Booth,*The Company We Keep:A Ethics of Fiction*,Oakland:University of California Press,1988.

[4] James Phelan,*Narrative as Rhetoric:Technique,Audiences,Ethics,Ideology*,Columbus:Ohio State University Press,1996.(中译本为《作为修辞的叙事:技巧、读者、伦理、意识形态》,陈永国译,北京:北京大学出版社,2002 版)

[5] J. Hillis Millen,*The Ethics of Reading*,New York:Columbus University Press,1987.

Newton)1997 年出版的《叙事伦理》(*Narrative Ethics*)。① 此外，法国学者保罗·利科在(Paul Ricoeur)《时间与叙事》(1983 年)、《从文本到行动》(1986 年)、《作为他者的自我》(1990 年)等著作中提出"叙述的同一性"问题，关注叙事活动的伦理历程。德国学者沃尔夫冈·穆勒(Wolfgang G. Muller)《伦理叙事学》(*An Ethical Narratology*，2008)、②劳拉·柏林(Nora Berning)《建构批判伦理叙事学：跨媒介文学非虚构作品的价值建构分析》(*Towards a Critical Ethical Narratology：Analyzing Value Construction in Literary Non-Fiction across Media*，2013)、③安斯加尔·纽宁(Ansgar Nunning)《叙事学与伦理批评：同床异梦，抑或携手联姻》(*Narratology and Ethical Criticism：Strange Bed-Fellows or Natural Allies?* 2015)，④从伦理叙事学的角度论及叙事伦理。

中国学者中，较早关注叙事伦理者是刘小枫《沉重的肉身——现代性伦理的叙事纬语》(1999)、⑤其后，李建军《小说修辞研究》(2003)、⑥伍茂国《现代小说叙事伦理》(2008)、⑦谢有顺《中国小说叙事伦理的现代转向》(2010)、⑧徐岱《叙事伦理若干问题》(2013)、⑨王鸿生《何谓叙事伦理批评》(2015)、⑩江守义《中国古典小说叙事伦理研究》(2016)⑪等著作和论文对叙事伦理都有精当阐发。

关于叙事伦理的内涵与分类，东西方学者有不同理解，代表性观点

---

①Adam Zachary Newton，*Narrative Ethics*. Cambridge：Harvard University Press，1997.

②Wolfgang G. Muller，*An Ethical Narratology*[A]. In Astrid Erll，Herbert Grabes，and Ansgar Nunning(eds.) Ethics in Culture：The Dissemination of Values through Literature and Other Media[C]. Berlin：De Gruyter，2008.

③Nora Berning，*Towards a Critical Ethical Narratology：Analyzing Value Construction in Literary Non-Fiction across Media*，Berlin：Verlag Trier，2013.

④Ansgar Nunning，*Narratology and Ethical Criticism：Strange Bed-Fellows or Natural Allies*，Forum for World Literature Studies，2015(1).（中译本为《叙事学与伦理批评：同床异梦，抑或携手联姻》，汤轶丽译，《上海交通大学学报》哲社版 2016 年第 4 期）

⑤刘小枫《沉重的肉身》，上海：上海人民出版社，1999 年版。

⑥李建军《小说修辞研究》，北京：中国人民大学出版社，2003 年版。

⑦伍茂国《现代小说叙事伦理》，北京：新华出版社，2008 年版。

⑧谢有顺《中国小说叙事伦理的现代转向》，复旦大学 2010 年博士论文。

⑨徐岱《叙事伦理若干问题》，《美育学刊》2013 年第 6 期。

⑩王鸿生《何谓叙事伦理批评?》，《文艺理论研究》2015 年第 6 期。

⑪江守义《中国古典小说叙事伦理研究》，合肥：安徽教育出版社，2016 年版。

如下：①

代表性学者及著述	叙事伦理的内涵	叙事伦理的分类
亚当·桑查瑞·纽顿《叙事伦理》	叙事伦理即叙事作为伦理：讲述故事、虚构人物所产生的伦理后果，以及在这一过程中将说者、听者、见证者、读者相连接的交互性主张。	1. 叙述伦理：关注叙述行为的伦理性，叙述的作用从作者延伸至叙述者，再至受叙者，最后终于读者，这一过程中产生了种种主体间的需求与责任。 2. 表征伦理：研究以真实的人为基础创作虚构人物的行为导致的伦理代价。 3. 阐释伦理：考量阅读时的读者反应。
詹姆斯·费伦《叙事伦理》	叙事伦理主要探讨"故事以及故事讲述领域与道德价值的交叉性"。	1. 书写/生产的伦理 2. 讲述行为的伦理 3. 被讲述对象的伦理 4. 阅读/接受的伦理
刘小枫《沉重的肉身》	叙事伦理与理性伦理相对，"不探究生命感觉的一般法则和人的生活应遵循的基本道德观念，也不制造关于生命感觉的理则，而是讲述个人经历的生命故事，通过个人经历的叙事提出关于生命感觉的问题，营构具体的道德意识和伦理诉求"。	现代的叙事伦理有两种： 1. 人民伦理的大叙事 2. 自由伦理的个体叙事
徐岱《叙事伦理若干问题》	叙事伦理是"在叙事活动中体现出来的，以'对生命的热爱与人格的尊重'为核心的人文关怀"。	1. 叙述伦理（包括叙事主体的伦理） 2. 文本伦理（与叙事题材有密切关系的伦理） 3. 阅读伦理 4. 批评伦理

①（1）纽顿《叙事伦理》相关内容见 Adam Zachary Newton. *Narrative Ethics*. Cambridge：Harvard University Press，1997：1—33.（2）费伦《叙事伦理》相关内容见 James Phelan. *Narrative Ethics* [A]. *In Peter Huhn et al.（eds.）Handbook of Narratology* [C].Berlin：De Gruyter，2014.（3）刘小枫《沉重的肉身》相关内容见该书《引子：叙事与伦理》（上海人民出版社 1999 年版，第 1～11 页）。（4）徐岱《叙事伦理若干问题》见《美育学刊》2013 年第 6 期。（5）王鸿生《何谓叙事伦理批评？》见《文艺理论研究》2015 年第 6 期。（6）伍茂国《现代小说叙事伦理》（新华出版社 2008 年版）、《叙事伦理：伦理批评新道路》见《浙江学刊》2004 年第 5 期。（7）江守义《中国古典小说叙事伦理》（安徽教育出版社 2016 年版）。

续表

代表性学者及著述	叙事伦理的内涵	叙事伦理的分类
王鸿生《何谓叙事伦理批评?》	叙事伦理可从三个不同方面加以理解:(1)指叙事活动与伦理价值问题存在着长期的内在纠缠与相互生成关系,因而两者不可分割;(2)指叙事活动有道德的与不道德的、秩序性的与非秩序性的区别,这也是承认,存在着非伦理的或反伦理的叙事;(3)指叙事活动本身即具有伦理性质,这一性质会因叙事活动具有建构多种价值序列的可能性而显得紧张。	无相关分类
伍茂国《现代小说叙事伦理》(《叙事伦理:伦理批评新道路》)	叙事伦理是与理性伦理相对的个体伦理;是一种"他者"伦理,是读者与文本、作者、人物对话的伦理形态;是一种形式伦理,探究叙事的各种要素如何构成文本的伦理框架,叙事策略在何种程度上并且如何成为伦理行为;是一种虚构伦理,是文本内部伦理,主要探究伦理的可能性。	现代小说叙事伦理以两种方式呈现: 　1.故事层面的,亦即在叙事内容上所体现的伦理思想、观念、主题 　2.叙述层面的,即通过各种叙事形式,有意或无意地在叙述过程中展现出的各种伦理面相
江守义《中国古典小说叙事伦理》	叙述中有伦理,不仅指叙事内容中直接包含伦理,更是指叙事的形式技巧中隐藏着伦理……叙事伦理研究旨在揭示文本中伦理的交流过程(叙事主体—叙事文本—叙事接受),即揭示叙事伦理本身的运作方式。	中国古典小说的叙事伦理区分为四个层面: 　1.就叙事主体层面而言的意图伦理 　2.就故事层面而言的故事伦理 　3.就叙述层面而言的叙述伦理 　4.就读者层面而言的阐释伦理

　　综合上述各家观点,笔者认为,叙事伦理是与理性伦理相对的个体伦理,是叙事活动中主体、文本、受众等因素在价值维度交互影响所呈现的伦理现象,叙事伦理主要探讨"故事以及故事讲述领域与道德价值的交叉性"。具体到中国古代小说,笔者基本赞同江守义教授对叙事伦理的四分法(意图伦理、故事伦理、叙述伦理、阐释伦理)。

　　实际上,叙事作品的核心是人物,叙事伦理的各个层面都与作品中人物设计和形象塑造即人物塑形息息相关,通过人物塑形切入叙事伦理可以纲举目张,这在中国古代小说研究中尤其如此。

(一)人物塑形与叙事伦理的内在联结

人物是小说的核心要素,东西方学者尽管对小说的构成要素意见不一,但大都认为人物不可或缺。韦勒克、沃伦《文学理论》指出:"小说的分析批评通常把小说区分出三个构成部分,即情节、人物塑造和背景。"[①]布鲁克斯、华伦《小说鉴赏》认为:"我们一般同意称之为小说的所有作品中的三个基本要素:情节、人物和主题。"[②]《不列颠百科全书》认为长篇小说是由情节、人物、场景或背景、叙述方法与观点、篇幅、神话/象征主义/意义等六个要素构成,并指出"第二次世界大战以来,那些法国新小说的创作者故意贬低人物这一因素,主张优先考虑对象和过程。但是真正的长篇小说家依旧是人物的塑造者"。[③] 西方无论三要素说还是六要素说,人物都是核心要素。中国学者一般同意这样的观点:"环境、人物、情节构成小说的三大要素,人物是小说的核心。"[④]可见东西方学者大都意识到人物在小说中的核心地位。黄霖先生认为:"中国古代文学理论的基点就是'原人',不但从'人'出发和最终服务于'人',而且其理论的构建也是与'人'的内在精神与外在的面貌密切相关的。"并进一步引申道:"研究中国古代的小说与小说理论时,是否能走自己的路,探索与总结一种立足在本土的而不是照搬或套用西方的、以论'人'为核心的而不是以论'事'为中心的理论呢?"[⑤]诚哉此言,研究中国古代小说的叙事,不能重"事"而轻"人",仍旧需要"原人"(以人为本原)。

人物在小说中的核心地位不是仅仅充当行动元、发挥叙事中的结构作用。西方结构主义、经典叙事学常将叙事作品中的人物抽象化、符号化为结构成分,罗兰·巴特指出:"在亚里士多德的诗学中,人物的概念是次要的,完全从属于行为的概念。亚里士多德说,可能有无'性格'的故事,却不可能有无故事的性格。这一观点曾经为古典文学理论家们所重新阐发。人物直至当时只是空具其名,只是一个行为施动者……结构分析从一开始

---

① [美]韦勒克、沃伦《文学理论》,刘向愚等译,北京:文化艺术出版社,2010年版,第245页。
② [美]布鲁克斯、华伦《小说鉴赏》,主万等译,北京:中国青年出版社,1986年版,第6页。
③ 《不列颠百科全书》(国际中文版),北京:中国大百科全书出版社,1999年版,第12卷,第259页。
④ 《中国大百科全书》,北京:中国大百科全书出版社,2009年版,第24册,第535页。
⑤ 李桂奎《中国小说写人学》卷首黄霖序,北京:新华出版社,2008年版,第2页。

就极其厌恶把人物当作本质来对待，即使是为了分类。"①菲尔拉拉指出："在虚构作品中，人物是用作结构成分的，即虚构作品的事物和事件在某种意义上是由于人物而存在的，而且事实上，正是通过与人物的关系它们才得以具备使自己产生意义并可以理解的连贯性和合理性的。"②但这样的观点只是一家之言，另有学者仍将人物视为人性、个性、心理本质、性格类型等因素的载体，如乔治·卢卡契说："人物只有在我们共同体验了他们的行动之后，才能获得一个真实的面貌，获得具有真正人性的轮廓。"③另外还有一些学者力图将上述两种观点融汇，如里蒙—凯南说："在本文中，人物是语词结构的交节点，在故事中他们—在理论上—是非（前）语言的抽象物或构造。"④詹姆斯·费伦将人物看成叙事的一个因素，但同时具有三个维度——模仿的（作为人的人物）、主题的（作为观念的人物）和综合的（作为艺术建构的人物）。⑤笔者赞同里蒙—凯南、詹姆斯·费伦的观点，叙事作品中的人物不仅是结构要素，也是"具有真正人性轮廓"的价值载体。

小说的人物塑造在展现"真正人性轮廓"之际，必然涉及人之为人的伦理属性。英国小说家福斯特援引署名阿伦的法国批评家观点，指出小说的主要功能之一在于表现"纯粹之热情，诸如：梦想、欢乐、悲哀以及一些难以或羞于出口的内省活动"，并认为"历史，由于只注重外在行动的缘故，必然要受命定论所左右。而小说则不同，一切都体现着人性，认为现存的一切情感都是有意识的，甚至连热情、犯罪和悲痛也没例外"。⑥强调小说"一切都体现着人性"，表现"一些难以或羞于出口的内省活动"，这就必然涉及人物的道德考量和伦理判断。中国学者的相关论述更为直接显豁。荀子云："人之所以为人者，非持以二足而无毛也，以其有辨也。"又云："人有气、

---

①［法］罗兰．巴特《叙事作品结构分析导论》，张寅德编选《叙述学研究》，北京：中国社会科学出版社，1989 年版，第 23～24 页。

②［法］菲尔拉拉《虚构作品结构分析理论和范例》，转引自［以色列］里蒙—凯南《叙事虚构作品》，姚锦清等译，北京：三联书店，1989 年版，第 63～64 页。

③［匈牙利］乔治·卢卡契《叙述与描写》，转引自王先霈等主编《文学理论批评术语汇释》，北京：高等教育出版社，2006 年版，第 251 页。

④［以色列］里蒙—凯南《叙事虚构作品》，第 59 页。

⑤James Phelan. *Reading Peaple*，*Reading Plot*. Chicago：University of Chicago Press，1989.

⑥［英］福斯特《小说面面观》，苏炳文译，广州：花城出版社，1984 年版，第 40 页。

有生、有知，亦且有义，故最为天下贵也。"①"有辨""有义"等人的伦理属性
一直是中国文艺作品表现的重点，宋代陈郁《藏一话腴》指出："盖写其形，
必传其神；传其神，必写其心；否则君子小人，貌同心异，贵贱忠恶，奚自而
别？"②从写形、传神、写心三个递进的层面，强调展现人物"君子小人"之
分、"贵贱忠恶"之别的伦理面相。

　　中国古代小说的人物塑形往往都有较为明确的伦理用意。先看文言
小说。洪迈撰《夷坚乙志序》明确提出"不能无寓言于其间"，③其写人"丑
而不欲著姓名者婉见之""丑而姓名不可不著者显揭之"，④寓意则在"惩凶
人而奖吉士，世教不无补焉"。⑤洪迈"寓言于其间"之论在文言小说作家
中具有代表性，古代文言小说功能在"资治体，助名教，供谈笑，广见闻"，⑥
其中"助名教"主要就是通过叙述人物的善恶与遭际的吉凶，托寓作者劝善
惩恶的伦理用意。再看白话小说。罗烨《醉翁谈录》作为宋人说话资料汇
编，开篇《小说引子》即云："自古以来，分人数等：贤者清而秀，愚者浊而蒙。
秀者通三纲而识五常，蒙者造五逆而犯十恶。好恶皆由情性，贤愚遂别尊
卑。"从伦理道德层面区分人之贤、愚、秀、蒙、好、恶。接下来《小说开辟》论
及小说功效，又云："说国贼怀奸从佞，遣愚夫等辈生嗔；说忠臣负屈衔冤，
铁心肠也须下泪。"⑦论及说话艺人通过塑造"国贼""忠臣"的人物形象，感
动观众的同时又寓教化于其中。说话是中国白话小说的重要源头，说话艺
人通过人物塑形而托寓劝惩的叙事技法对白话小说影响深远。

　　小说在人物塑形中的伦理考量、伦理呈现乃至伦理教诲，是贯穿多数
小说叙事伦理的一根红线。叙事主体（主要指隐含作者和叙述者）层面的
意图伦理，可以通过多种形式、技巧在文本中或隐或显地凸显出来，其中通
过命运展示、遭遇讲述、关系设计、人物对比、人物评论等关涉人物塑形的
方式呈现出来，无疑更为形象、效果更好。故事层面的故事伦理，虽然侧重

①王先谦《荀子集解》，北京：中华书局，1988 年版，第 78、164 页。
②陈郁《藏一话腴》外编卷下，《文渊阁四库全书》本，第 865 册，第 570 页。
③洪迈《夷坚志》，北京：中华书局，1981 年版，第 185 页。
④王质《夷坚别志序》，载马端临《文献通考》卷二一七《经籍考》，北京：中华书局，1986 年版，第
　　1770~1771 页。
⑤田汝成《夷坚志序》语，洪迈《夷坚志》卷后附录，第 1834 页。
⑥曾慥《类说》卷前自序，北京图书馆古籍珍本丛刊本，北京：书目文献出版社，1988 年版，第 1 页。
⑦罗烨《醉翁谈录》，上海：古典文学出版社，1957 年版，第 1~5 页。

于分析小说题材、内容本身所蕴含的伦理意蕴，但人物塑形往往是故事外壳包裹中的内核，故事的伦理意蕴多数时候关联于人物善恶贤愚之品性及其决定的沉浮穷通之命运。叙述层面的叙述伦理，关注叙述交流、叙事视角、叙事时空等叙事形式层面的伦理表达，也与人物塑形密不可分，因为文本中的人物形象塑造往往是多种叙事形式综合运用的结果，通过还原人物形象的伦理建构过程即可管窥到相应的叙述伦理。读者层面的阐释伦理，关注读者阅读、接受文本过程中的伦理体验、伦理判断和伦理认同，其中人物性格及遭遇、人物伦理面相及命运，往往是读者进行伦理衡量的核心要素。总之，从叙事主体、叙事文本到叙事受众整个链条，从意图伦理、故事伦理、叙述伦理到阐释伦理各个环节，人物塑形往往都是叙事的核心内容之一，同时也是叙事伦理的重要依托和载体。

人物塑形和叙事伦理密切相连，不同时代、不同文化主体塑造的同一阶层（如士农工商）人物形象可能面貌迥异，叙事伦理也随之判然不同。此处有必要说明一下，小说的叙事伦理具体到某个文本，也许"不探究生命感觉的一般法则和人的生活应遵循的基本道德观念"，[①]但某个时代的小说文本的整体，还是会在叙事伦理上呈现出带有共性的时代特质，并涉及"生命感觉的一般法则"和"基本道德观念"。从人物塑形的角度观察，某个时代、某类文化主体的小说文本在塑造某个阶层、某类形象时，会在叙事伦理上呈现某些共性。通过人物塑形寻绎出这些共性，可以勾勒出叙事伦理的时代演变轨迹，并从中管窥到"生命感觉的一般法则"的迁异曲线。

中国古代小说的叙事伦理在唐宋之际有一个转折，通过唐宋小说的人物塑形比对可以寻绎出这种转折。值得注意的是，宋代小说有文言与白话之分，两类小说的人物塑形、叙事伦理各具面貌但又有时代共性。立足宋代小说的人物塑形探讨叙事伦理，可以管窥中国从中古走向近世过程中的伦理迁异及其文学影响。宋代文言小说可以分为笔记体和传奇体，其中人物塑形比较鲜明、叙事伦理比较显明者还是传奇体，故而笔者选取宋传奇为考察对象。李剑国《宋代传奇集》辑录宋代 130 位作者创作的传奇 391篇，囊括宋传奇的精华，本文即以此为据。宋代白话小说即话本小说的判定，学界有较大争议，笔者综合胡士莹、程毅中、陈桂声等诸家观点，认为

---

① 刘小枫《沉重的肉身》语，第 4 页。

《碾玉观音》等35种小说话本、《新编五代史平话》等3种讲史话本、另有1种说经话本即《大唐三藏取经诗话》，共39种话本小说的主体内容完成于宋代，虽后世有增删修润，但仍应判定为宋话本。笔者下面即以这391种宋传奇、39种宋话本为基本素材，考察宋小说中的人物塑形与叙事伦理。

（二）宋代小说的士人形象与叙事伦理

宋传奇与话本的编创主体、接受主体有士人与市民之别，两类小说分别反映着不同主体的文化精神和伦理意识。有学者已经指出："文言小说基本属于由正统文人创作的士人文学，突出反映着士人意识和士人生活，与文人诗文具有相同的文学渊源以及相通的文化精神与艺术精神。"[①]宋传奇的创作和阅读基本上是在士人圈中，属于士人叙事。宋话本的口传环节是典型的市民叙事，编写环节虽然经过书会才人等文人的加工润饰，不可避免地带有一些文人叙事的情趣和印痕，但主导性的还是市民情趣，因此宋话本的主体还是应归入市民叙事。

1. 宋传奇与话本中士人形象之异

我们首先考察宋传奇与话本中的士人形象差异。[②] 从功名事业层面而言，宋传奇中的士人大多数命途多舛、沉沦落魄。或皈依佛道，如《青琐高议·慈云记》中的袁道因病误考而落拓之际，被僧人用巨瓮幻化之事点化而遁入空门；或愤世嫉俗，如《青琐高议·王寂传》中的王寂落魄不售，后走上杀官造反之路；或遇鬼而亡，如《云斋广录·无鬼论》中"蹉跎场屋十余年"的黄肃欲著《无鬼论》以解天下之惑，却屡屡遇鬼，最后暴卒。

与宋传奇中的士人命运逆多顺少相反，宋话本中的士人则多能逢凶化吉、发迹变泰，如《赵伯昇茶肆遇仁宗》中的秀士赵旭初因一字差错而落第，后于茶肆遇君而发迹；再如《范鳅儿双镜重圆》中的范希周原是读书君子，后陷于贼中并与吕氏成婚，王师进剿之际夫妻分离，再后范氏招安到军中任职，并与吕氏破镜重圆。当然，宋话本中的士人也有落魄不偶者，如《陈可常端阳仙化》中的不第秀才陈可常被诬陷与郡王府中侍女新荷私通，致招杖楚，后于沉冤得雪之际坐化；又如《西山一窟鬼》中的落第秀才吴洪娶

---

①李剑国《文言小说的理论研究与基础研究——关于文言小说研究的几点看法》，《文学遗产》1998年第2期。

②本节参考了李桂奎《传奇小说与话本小说叙事比较》第九章"两类小说角色扮演的悲喜格调"（上海：复旦大学出版社，2013年版，第201～207页）。

鬼妻、遇群鬼，后舍俗出家、云游天下。但这些话本中的士人落魄遭遇最后都有一个神奇的解释和光明的结局：陈可常是五百罗汉中名常欢喜尊者，"只因我前生欠宿债，今世转来还。吾今归仙境，再不往人间"；①吴洪是上界甘真人采药的弟子，"凡心不净，中道有退悔之意，因此堕落。今生罚为贫儒""备尝鬼趣"，"今既已看破，便可离尘办道"。② 概言之，都是"上界仙人有失误—谪下凡世为贫儒—受尽劫难重为仙"这样的叙事逻辑，故事中的落魄士人前途还是光明的。

从情爱婚恋层面而言，宋传奇中的士人只有少数能够得遂所愿，其余大多数则情缘夭折：或人鬼（妖）殊途而分离，如《越娘记》中书生杨舜俞与女鬼越娘的始合终离；或门第有别而劳燕分飞，如《王幼玉记》中豪俊之士柳富与青楼女子王幼玉，彼此中意却不能成为眷属；或家庭干涉而酿成悲剧，如《青琐高议·远烟记》中士人戴敷因家资耗尽，其妻被岳父夺归而亡，夫妻只能人鬼相逢，最后戴敷亦入水而亡。

与宋传奇中的士人婚恋多以悲剧告终不同，宋话本中的士人婚恋常以喜剧收官。如《风月瑞仙亭》中成都秀士司马相如与卓文君两情相悦，于瑞仙亭做成夫妇，恐文君之父卓王孙怪罪，两人连夜私奔成都，以开酒肆度日；后司马相如以辞赋为皇帝所激赏，征召于朝廷，卓王孙闻讯，即至成都，与文君父女相认；再后司马相如拜为中郎将，劝谕巴蜀，衣锦还乡。又如《张生彩鸾灯传》中越州书生张舜美与丽人刘素香始合、中离、终团圆的离合喜剧。再如《宿香亭张浩遇莺莺》中西洛才子张浩与东邻之女李莺莺私定终身、暗度陈仓，而后历经波折、终获幸福的爱情喜剧。

宋传奇中的士人形象，从功名事业层面而言是多否少泰，从情爱婚恋层面而言是多离少合；而宋话本中的士人形象，从功名事业层面而言则多发迹变泰，从情爱婚恋层面而言则多如愿以偿。两相对照，可见宋传奇中的士人形象更多悲情色彩，而宋话本中的士人形象则更多喜剧情调。这种人物塑形的差异可能与士人与市民的审美心理歧异有关。士人可能更多的以悲为美，创作者通过讲述本阶层人士的悲情故事、塑造士人的悲情形象，书写自己对于同类之命运的悲情感喟，并在感喟中获得美感，阅读者也

---

① 冯梦龙《警世通言》卷七《陈可常端阳仙化》，上海：上海古籍出版社，1992年版，第58页。
② 冯梦龙《警世通言》卷一四《一窟鬼癞道人除怪》，第127页。

从悲情故事的咀嚼、悲情形象的体认中获得美感；而市民可能更多的以喜为美，创编者和阅读者都乐于在浅俗的喜剧故事中获得虚幻的心理满足，而宋话本中的喜剧故事多以士人为主角，也隐隐透出当时市民阶层对士人的艳羡。

2.士人形象差异的叙事伦理分析

宋传奇与话本中士人形象塑造的悲情色彩与喜剧情调之别，从叙事主体的意图伦理层面分析，会有更深的认识。

宋传奇中负心婚变甚而存心骗财骗色的士人不在少数，叙事主体在塑造这类人物时大多会有比较显明的伦理判断，或者借助文本人物之口评价，或者通过篇末议论等方式进行公开的伦理介入。《夷坚志·满少卿》中的满生，本为淮南望族，后因跅弛不羁、浪游四方而陷入困顿，幸得焦大郎相助。满生私通焦大郎之女，既而事露，受到焦大郎的斥责，满生于是娶焦女为妻。后来满生进士及第还乡，被严毅的叔父安排迎娶官宦人家女子为妻。满生的负心婚变导致焦氏父女抱恨而亡，最后自己也被冤魂索命。对这样一出士人负心婚变招致冤报的悲剧，叙述者通过文本人物之口进行了明确的伦理评价。当满生私通焦女之际，即被焦父斥为"何期所为不义若此？岂士君子之行哉"；当满生被索命后，焦女托梦给满生之妻云"满生受我家厚恩，而负心若此，自其去后，吾抱恨而死，我父相继沦没，年移岁迁，方获报怨，此已幽府伸诉逮证矣"。① 叙述者借文本人物之口对满生"不义""负心"的道德谴责，已经清楚表达出叙事主体的意图伦理。另外，《青琐高议·龚球记》中的官宦子弟龚球骗财致人死命，后被冤魂索命，叙述者进行了公开的伦理介入，通过篇末议论"议曰：冤不可施于人，阴报如此，观者宜以为戒焉"②表达了清晰的意图伦理。《青琐高议·李云娘》中的士人解普先骗财、后害命，亦被冤魂索命，叙述者首先通过李云娘之口对其进行了道德鞭挞，"我罄囊助子，子不为恩，复以私计害我性命，子之不仁可知也"；文末又通过议论"议曰：逋人之财，犹曰不可，况阴贼其命乎？观云娘之报解普，明白如此，有情者所宜深戒焉"，③进行公开的伦理介入，表达叙事主体的意图伦理。

---

①洪迈《夷坚志》，第 1649～1651 页。
②刘斧《青琐高议》，上海：上海古籍出版社，1983 年版，第 144 页。
③刘斧《青琐高议》，第 139～140 页。

宋话本中有轻诺寡信、儿戏婚姻的士人,但叙事主体并不进行伦理介入,反倒将其视为文人风流。《苏长公章台柳传》叙苏轼为临安太守时,宴请佛印之际,召妓女章台柳祗应清唱,苏轼赏其文才,醉中允其从良,并答应娶之。章台柳在家专候一年,却不见来娶,只得另嫁他人。又过一年,苏轼方忆起章台柳,寻其芳迹,知其已嫁,于是写诗责其"终身难断风狂性"。章台柳回书一绝,以"一任风吹不动摇"表明其志。苏轼读罢连声赞叹,遂请佛印等共观之,每人各有题咏,诗罢,众人大笑,尽欢而散。故事中的苏轼居高临下、言而无信,但说话人并未切责之,而是将其作为文人吟弄风月的笑谈,这从散场诗"至今风月江湖上,千古渔樵作话传"可知。①

宋话本中还有讲述名士前世乃是触犯色戒之僧人的"诨话",叙事主体也不进行明显的伦理介入,而是着眼于此人此事的娱乐性。《五戒禅师私红莲记》叙五戒禅师奸淫禅寺收养的女子红莲,其至交明悟禅师知道后,作偈讽谕,五戒羞惭圆寂。明悟恐其来世"不得皈依佛道",于同日圆寂"赶"去。五戒禅师托生为苏轼,明悟禅师托生为佛印。佛印与苏轼形影相随,谈禅论道,终于使得苏轼"因此省悟前因,敬佛礼僧"。后来苏轼离世得为大罗天仙,佛印圆寂得为至尊古佛,二人俱得善道。② 说话人对五戒禅师奸淫红莲之事并无公开的伦理介入,相反还通过诗词骈语竭力铺陈细节,将此事作为娱乐观众的"猛料",于此可见叙事主体的伦理意识是让位于娱乐需要的。当然,说话人也有劝惩意图,那就是嘲笑起初"不信佛法"的苏轼不过是前世触犯色戒的禅师转世,而后来的苏轼"省悟前因,敬佛礼僧"就得"善道",离世得为大罗天仙,说话人通过这样的故事逻辑劝导受众"敬佛礼僧"。但这样的劝惩仍是建立在人物的谐谑故事基础上的,娱乐性仍是文本的首要因素。

由上可知,宋传奇与话本中士人塑形的悲、喜格调之别,往往蕴含叙事主体的意图伦理考量。宋传奇通过士人的悲剧故事和显明的伦理介入,有强烈的劝善惩恶意图;宋话本偏重叙述士人的喜剧故事、风流故事,虽也有一定的劝惩意识,但伦理介入并不显明,叙事的优先考虑是娱乐性。鲁迅《中国小说史略》曾评价《京本通俗小说》"取材多在近时,或采之他种说部,

①《熊龙峰四种小说·苏长公章台柳传》,上海:古典文学出版社,1958年版,第23~28页。
②《清平山堂话本·五戒禅师私红莲记》,南京:江苏古籍出版社,1990年版,第162~185页。

主在娱心，而杂以惩劝”，①其中"主在娱心，而杂以惩劝"云云点出了早期话本乐（"娱心"）重于教（"惩劝"）的文本特征。《苏长公章台柳传》《五戒禅师私红莲记》等宋话本用苏轼等士人的风流故事做猛料，并不是要从伦理上进行劝惩，而是借此娱乐观众，正是乐重于教的典型体现。

（三）宋代小说的女性形象与叙事伦理

宋传奇与话本中的女性形象千差万别，同一类型的女性形象也往往面貌殊异，从叙事伦理的角度切入，可以发现其中丰富的文化意蕴。我们不妨把宋小说中主要的女性形象分为贞女、浪女、仙女、娼女和情女五种，下面分类考察传奇与话本人物塑形的差异及其背后的叙事伦理。

1. 贞女形象与叙事伦理

宋传奇和话本中都有不少贞女（贞妇）形象，既有忍辱负重最终复仇者，也有刚烈不屈守贞完节者。先看前者。《青琐高议·卜起传》叙卜起之妻在丈夫被从弟德成杀害，自己被迫改嫁凶徒的情况下选择隐忍，后来当儿子长大、德成不在家之际，母子到官府告发，使德成伏诛。卜起妻对于复仇时机的选择，透露出一种隐忍中的智慧。类似的这种智慧在话本中表现得更为鲜明。话本《错斩崔宁》中的刘贵之妻（刘大娘子），在丈夫被贼人杀害，崔宁和刘小娘子冤死后，衣食无靠，同仆人收拾包裹回娘家。路遇强盗静山大王，仆人被杀，刘大娘子急中生智，假称被杀之人乃自己被媒人哄骗而嫁的丈夫，自己极不中意，如今被杀亦是为己除害，还表示情愿服侍静山大王。后成为压寨夫人，得知静山大王乃是杀害前夫刘贵的真凶，心头暗暗叫苦，但表面上欢天喜地。等次日捉个空，便径直到临安府告官，使得静山大王伏诛。刘大娘子"看决了静山大王，又取其头去祭献亡夫"。② 刘大娘子的坚韧、机智和忍辱复仇，充分展现出市井妇女的斗争智慧。话本《万秀娘仇报山亭儿》中的万秀娘也是一位忍辱复仇的市井妇女。传奇中的卜起妻，话本中的刘大娘子和万秀娘，都是经历人生惨祸又被迫委身于凶徒的妇人。她们的忍辱复仇是一致的，但相较而言，话本中的刘大娘子和万秀娘更能屈能伸，更富于生存智慧，更深谙斗争策略。究其原因，可能与卜起妻为官宦家眷、刘大娘子和万秀娘为市井妇人息息相关，也与士人叙事

①鲁迅《中国小说史略》，上海：上海古籍出版社，1998年版，第75页。
②冯梦龙《醒世恒言》卷三三《十五贯戏言成巧祸》，天津：天津古籍出版社，2004年版，第519页。

与市民叙事文本道德观念之强弱颇有干系。刘大娘子和万秀娘的委身从贼、伺机复仇，文本的赞许态度足以呈现市民叙事的志趣。

再看传奇和话本中刚烈不屈守贞完节者。吕夏卿《淮阴节妇传》叙淮阴妇因年少美色而被里人骗娶，其夫被害。淮阴妇得知真相后，诉于官，使里人伏法。之后，淮阴妇痛悔"以吾之色而杀二夫""遂赴淮而死"。[①]　话本中也有类似的贞妇，如《陈巡检梅岭失妻记》中的汴梁秀才之妻张如春。张在丈夫赴任途中被猢狲精申阳公劫走，宁死而不受辱，最终在紫阳真人帮助下逃出魔掌、夫妇团圆。仔细比较淮阴妇与张如春的贞烈之举可以发现，前者痛悔"以吾之色而杀二夫""遂赴淮而死"的举动可能更为刚烈，体现出士人叙事更为浓烈的道德意识。

概言之，不管是忍辱负重最终复仇者，还是刚烈不屈守贞完节者，宋传奇与话本中的贞妇形象都有差异。比较而言，传奇中的女性有更强的道德意识，话本中的女性则有更强的生存意识。另外，话本中的女性更有斗争策略，更有市井女性的机警和坚忍。

2.浪女形象与叙事伦理

传奇《鬼董·陈淑》与话本《刎颈鸳鸯会》中的女主角都是水性杨花导致数位男人丧命的浪女典型，可以对读。《鬼董·陈淑》叙美而慧的陈淑，不满丈夫困窭而私通富家子刘生，丈夫欲执之见官，陈淑恨怒，将夫灌醉，杀死并肢解，后来陈淑被处死。文末有云"刘父见淑……乃械以陈邑，淑竟论死。嘻，异哉"，[②]叙事主体用伦理介入的公开方式，清晰地表达出善恶有报的伦理评判。

《刎颈鸳鸯会》叙乡村女子蒋淑珍先与邻居阿巧偷情，后嫁与某二郎为妻，又与家中教席偷情，奸情败露后被逐归娘家。再嫁商人张二官，又与对门店中朱秉中偷情，终为张二官所知，被杀身亡。话本将蒋淑珍主动诱引三位男人的经历叙述得活灵活现，充分展现了蒋淑珍的放浪成性。当然，蒋淑珍的放浪也付出了生命的代价，自己被丈夫张二官持刀杀死。话本最后议论道："故知士矜才则德薄，女衒色则情放。若能如执盈，如临深，则为端士、淑女矣。岂不美哉？惟愿率土之民，夫妇和柔，琴瑟谐协；有过则改

---

①庄绰《鸡肋编》卷下，北京：中华书局，1983年版，第99页。

②沈氏《鬼董》卷二，《续修四库全书》本，第1266册，第385页。

之,未萌则戒之,敦崇风教,未为晚也。"①清晰地点出了文本借蒋淑珍放浪致死、作茧自缚的悲剧,以"敦崇风教"的伦理意图。

《鬼董·陈淑》中的陈淑与《刎颈鸳鸯会》中的蒋淑珍,都是因偷情而致使数人丧命的淫妇典型,两个文本都通过女主角的毁灭表达了惩戒之意。但不同的是,陈淑与刘生的私通可能并非女方主动,文本云"(陈淑)过刘氏肆,刘子见之喜,呼入饮之,还其衣,予之千钱。他日复来,又益予之,寖挑谑及乱",②点出是刘生的挑谑导致了两人私通。而话本中的蒋淑珍,先后主动与三位男性偷情,显得更为放浪。实际上,如蒋淑珍等更为放浪的女性形象,可能才更加符合市井细民的审美情趣。从上述对比可以看到,在塑造荡妇形象之际,士人叙事往往是穷原究委、重在惩劝,而市民叙事则是铺陈细节、劝百讽一。

3.仙女形象与叙事伦理

宋传奇《花月新闻》与话本《董永遇仙传》都刻画了下嫁人间男子的女仙形象,可以进行对比分析。《花月新闻》叙姜寺丞肄业乡校时,偕同舍生出游神祠,睹捧印女子塑容端丽,戏解手帕,系其臂为定。后来该女主动到姜家为妇,家人呼为仙妇。不久,仙妇在道士帮助下,击杀怀忿前来行凶的昔日相好。姜母及妻相继亡故,女抚育其子如己出。靖康之变,不知所终。文中仙妇可谓非凡之人,身上集中了端丽多情、贤明孝顺、友善多才、尊礼有义、宽厚慈爱等诸多优点,反映了士人基于男性视角的审美理想和情爱期待。

话本《董永遇仙传》叙东汉丹阳人董永,卖身于傅财主为佣以葬父。玉帝感其至孝,遂差织女降下凡间,与董永为妻,助其织绢偿债,百日完足,依旧升天。董永至孝事,被府尹表奏朝廷,董永被封兵部尚书。织女本是奉玉帝之命下嫁董永的天仙,但话本中的形象却浑似市井女子,风流绝妙、自荐枕席又颇有脾气,还能以非凡之技帮助夫君,反映了市井细民基于男性视角的审美理想和情爱期待。

《剑仙》中的仙妇与《董永遇仙传》中的织女,都是由于某种因缘而下嫁人间男子的女仙,两者皆有美艳之貌,都有相夫之功,反映了男性作家们共

---

① 《清平山堂话本·刎颈鸳鸯会》,第200页。
② 沈氏《鬼董》卷二,《续修四库全书》本,第1266册,第384页。

同的心理期待。当然,两者又有细微差异,前者(仙妇)具有贤明孝顺、宽厚慈爱等宗法传统社会赋予女性的道德油彩,后者(织女)则更具市井女性较少道德约束的自在风习。两者的"同"反映出士人叙事与市民叙事同为男性性别叙事对女性的情爱期待,两者的"异"则反映出宋代士人与市民在女性伦理上的不同诉求。

4.娼女形象与叙事伦理

宋代文言小说集《贵耳集》《浩然斋雅谈》和传奇小说《李师师外传》,以及话本《宣和遗事》,都涉及北宋末年名妓李师师,但形象差异极大,其中的伦理意蕴叵耐咀嚼。下面用表格呈现上述四种文本的主要内容①:

宋人小说文本	小说文体	主要情节	李师师形象	叙事主体的伦理介入
张端义《贵耳集》	笔记体	宋徽宗幸李师师,以周邦彦作词讥讽而将其贬出京师;师师为周邦彦送行,得周赠词一首;师师唱此词于宋徽宗前,徽宗赦免周邦彦,复召为大晟乐正。	重情重义,不怕冒犯君王,能在相好被罢官、押出京城之际杯酒送别的义妓。	篇末议论:"吁!君臣遇合于倡优下贱之家,国之安危治乱,可想而知矣。"
周密《浩然斋雅谈》	笔记体	太学生周邦彦常游李师师家,李在宋徽宗前唱周之小词,周"遂与解褐,自此通显";徽宗欲用周,使其将祥瑞沓至之事播之乐府,遭周婉拒,周后来得罪;师师后入中,封瀛国夫人。	风雅之妓	无
无名氏《李师师外传》	传奇体	李师师"幸"于徽宗,获赐颇丰;金兵入侵之际,捐财助饷,毁家纾难;金人破汴之时,据义骂贼,自杀保节。	烈烈有侠士风的义妓:美、慧、义	篇末议论:"李师师以娼妓下流,猥蒙异数,所谓处非其据矣。然观其晚节,烈烈有侠士风,不可谓非庸中佼佼者也。道

---

①张端义《贵耳集》,《丛书集成初编》本,第2783册,第46页。周密《浩然斋雅谈》,《丛书集成初编》本,第2541册,第46～47页。《李师师外传》,台湾《丛书集成新编》本,第83册,第195～196页。《宣和遗事》,《丛书集成初编》本,第3889册,第34～46页。

续表

宋人小说文本	小说文体	主要情节	李师师形象	叙事主体的伦理介入
				君奢侈无度，卒召北辕之祸，宜哉！"
《宣和遗事》	话本体	徽宗易服微行"幸"市井妓李师师，师师结发之婿贾奕得知后辗转通过谏官劝阻，徽宗稍稍收敛。后徽宗旧情萌发，宣李师师入内，册为李明妃。再后徽宗内禅，李师师被废为庶人，流落湖湘间，为商人所得。	倚门卖笑的市井俗妓：俏、黠、鄙	说话人评论："这个佳人……一片心只待求食巴谩，两只手偏会拏云握雾；便有富贵郎君，也使倒七零八落；或撞着村沙子弟，也坏得弃生就死；忽遇俊俏勤儿，也敢交沿门教化。"

从上表可知，就故事情趣而言，《贵耳集》《浩然斋雅谈》两种文本，均将争风吃醋的狎妓丑闻美化为诗词风骚的文人雅谈，而《李师师外传》更是避开庸俗的三角情爱，叙述师师初"幸"于徽宗、后自杀保节之事，更显文人情趣和风节，这些文本都透露出士人雅趣，是典型的士人叙事；《宣和遗事》则津津乐道于李师师与宋徽宗、贾奕三角纠缠的低俗情节，充溢着市井俗趣，是典型的市民叙事。

就人物形象而言，文言小说文本中，《贵耳集》《浩然斋雅谈》《李师师外传》三种文本所塑造的李师师形象，或为雅妓，或为义妓，或为风雅义妓，都是文人妙笔将市井娼妓美化、典型化的结晶。相对于文言小说文本中的雅妓、义妓，话本《宣和遗事》中的师师则是一位矫情卖俏的俗妓、精明狡狯的黠妓、重利轻义的陋妓，这是市民叙事中俗化而非美化的人物原型，也许这才是市井娼妓的本来面貌。

就叙事伦理而言，《贵耳集》《李师师外传》中叙事主体通过篇末议论进行的伦理介入，大义凛凛，鲜明表达出文本借师师其人其事、讽谏朝政、匡正伦常的政治用意和伦理用心。而《宣和遗事》相关内容中的叙述者介入，当然也有伦理用意，但主要还是市民阶层的世俗告诫，与《贵耳集》《李师师外传》伦理介入的高度不可同日而语。

5.情女形象与叙事伦理

宋传奇《清尊录·大桶张氏》《夷坚志·鄂州南市女》《投辖录·玉条

脱》与话本《闹樊楼多情周胜仙》(下简称《闹樊楼》)皆述"盗冢复生"故事,情节模式雷同,并都刻画了痴情女子形象,且文本间有承传关系,可以进行对比分析。三种传奇文本中,《玉条脱》刻画最细,故以之为考察对象。《玉条脱》与《闹樊楼》的故事情节和叙事时间安排见下表:①

情节链条	《玉条脱》情节及叙事时间设计	《闹樊楼》情节及叙事时间设计
1. 某女与某生初定婚约	1. 富家子张生,酒后戏言要娶孙助教之女为妻,并以玉条脱为聘。	1. 春末夏初,周胜仙与范二郎互相爱慕,由王婆穿针引线,议成婚事,三月间下了定礼。
2. 婚事不谐女子气绝身亡,即时入殓出葬	2. 逾年,张生就婚他族,孙氏气极而亡。孙家找来治丧者郑三,当日穴壁出瘗。	2. 十一月间,外出归家的周胜仙之父得知此事后,以范二郎地位低微,不允婚事,致使胜仙气绝身亡。周家将女即时入殓,来日便出丧。
3. 第三者盗墓,女子复活,被盗墓者占为妻	3. 当日夜半,郑三盗墓发棺窃玉条脱,孙氏复活,被劫持为妻。	3. 出丧当夜,朱真盗墓窃财,胜仙复活,并被朱真挟持为妻。
4. 女子乘便逃出寻找某生,被某生误杀	4. 积数年,孙氏一直恨怒张生负约,每每欲前往质问,无奈被郑家管住,不得机会。崇宁元年,孙氏终于乘便逃出郑家,找到张生府第哭骂,被张误以为鬼,推地致死。	4. 次年正月十五日,胜仙乘便逃出朱家,上门寻访范二郎,被二郎误以为鬼,失手打死。
5. 官府判案,盗墓者和某生被惩处	5. 郑三因发冢等罪被判流放,后因逢赦被免罪,张生因过失杀人被判死罪,后虽获赦免死,但遭杖脊,忧畏死于狱中。	5. 二郎被拘入狱中,梦中与胜仙鬼魂做成三日夫妻。胜仙鬼魂拜求五道将军帮忙,使得二郎一月之后被改判无罪出脱。朱真则因劫坟当斩。二郎后来娶妻,不忘胜仙之情,岁时到五道将军庙中烧纸祭奠。

　　由上可知,《玉条脱》乃是富家子张生负约别娶,致使孙氏一腔期待化为泡影,进而气绝身亡,该篇隐寓对张生儿戏许婚、致人死命的谴责,这从文本安排张生忧畏死于狱中的结局可知。另外,篇末议论"因果冤对,有如此哉",亦可见叙事主体公开的伦理介入。《闹樊楼》中,悲剧起因乃是胜仙

---

①王明清《投辖录·玉条脱》,《宋元笔记小说大观》本,上海:上海古籍出版社,2007年版,第3867～3869页。冯梦龙《醒世恒言》卷一四《闹樊楼多情周胜仙》,第181～190页。

之父不同意其女与地位低微的范二郎的婚事，致使胜仙气绝身亡，该篇当然隐寓对周父的谴责，但重心却在刻画市井男女生死以之的爱情追求，散场诗"情郎情女等情痴，只为情奇事亦奇"道出了该篇主"情"的叙事旨趣。从人物塑形的角度看，《玉条脱》中的孙氏与《闹樊楼》中的胜仙同为痴情女子，当然，后者对爱情的追求更为主动、执着，更显市井女子机智泼辣、热情大胆等性格特质。从叙事伦理的角度看，两个文本的叙事时间设计有伦理意蕴。《玉条脱》的故事时间跨越数年，这从"逾年""积数年"等较模糊的时间陈述可知，而文本仅千字左右，因而文本呈现出快速叙事的趋势，其实这两点（较模糊的时间设计、快速叙事）也是大多数文言小说的共性。《闹樊楼》在改编文言小说之际，将故事时间设计为有较清晰的起讫时刻，即从春末夏初到次年二月间，总时长缩短为不到一年，而文本共七千字左右，因而文本呈现出缓速叙事的趋势，当然这两点（较清晰的时间设计、缓速叙事）也是大多数话本小说的共性。《玉条脱》故事时间的长时段设计，最核心的是孙氏复活后"积数年""每言张氏，辄恨怒忿恚如欲往扣问者，郑每劝且防闲之甚"，可见孙氏对张生的怨怒"数年"犹存，这里反映出张生负约别娶带来了严重后果，折射出文本对张生儿戏许婚的道德鞭挞。《闹樊楼》故事时间的缩短，有利于提高文本密度，凸显市井青年男女追求爱情的急切和炽热，而将道德劝惩暂时隐退。

上面考察了宋传奇与话本中五类女性形象塑造及其叙事伦理，总起来说，士人叙事中的女性形象涂抹了更厚的道德油彩，寄寓了更多的伦理诉求，有更显明的意图伦理，折射出士人阶层的审美理想；而市民叙事中的女性形象则更少道德羁绊，更为接近人物原貌，折射出市民阶层的情爱期待。

（四）人物塑形与宋小说叙事伦理特色

宋代小说人物塑形的叙事伦理特色，通过唐宋对比可以看得更为清晰。小说题材中，婚外恋、青楼恋与世俗伦理冲突最为激烈，其中人物塑形的伦理考量最堪玩味。

1. 唐宋婚外恋小说的人物塑形与叙事伦理

唐传奇《非烟传》与宋传奇《双桃记》都是讲述婚外恋的名篇，然两者的伦理意蕴大相径庭。《非烟传》叙步非烟为功曹参军武公业的爱妾，才貌俱佳。邻家子赵象窥其容貌，为之倾倒，特厚赂阍者传递相思诗函，非烟亦悦其人，两人诗函往来、互通情愫。一日，趁武公业在外值夜，非烟约赵象逾墙相会,尽缱绻之情。自后两人常约会于后庭,终被武公业知晓,赵象跳墙逃逸,非烟被缚于柱上鞭笞而死。非烟"垂髫而孤,中间为媒妁所欺,遂匹合于琐类",本来就很不幸,后来遇到"大好才貌"的赵生传情而点燃婚外恋情烈火,也是情有可原。非烟在恋情曝光被悍夫"缚之大柱,鞭楚血流"之际,还云"生得相亲,死亦何恨",可见她对这段恋情的生死相依。该篇在叙事之际,并没有对这段婚外恋情进行谴责,相反倒是对非烟遭遇的深深同情。该篇文末叙洛阳李生有诗句"艳魄香魂如有在,还应羞见坠楼人"嘲讽非烟,结局是:"其夕,梦烟戟手而詈曰:'士有百行,君得全乎?何至务矜片言,苦相诋斥。当屈君于地下面证之。'数日,李生卒,时人异焉。"叙事主体用非烟的反驳和李生的暴卒,回应了对非烟的道德谴责。因此可以说文本自身并未透露出明显的劝诫意味,而是充溢着婚外恋悲剧所带来的审美震撼。值得注意的是,篇末附有作者议论,曰:"噫,艳冶之貌,则代有之矣;洁朗之操,则人鲜闻乎⋯⋯非烟之罪虽不可逭,察其心,亦可悲矣。"①对赵象和非烟的婚外恋情予以批评,有垂诫之意。但篇末议论的主旨判断"非烟之罪虽不可逭,察其心亦可悲矣",与文本透露出的同情非烟之不幸而并不责之罪之的真实心态,两者是存有张力、油水分离的。简言之,篇末垂诫只是强加上去的"蛇足",文本重心并不在伦理化的劝诫,而是诗意化的审美。

　　唐传奇中婚外恋题材的非伦理化倾向,在宋传奇中被颠覆了,李献民《双桃记》即为典型。文叙已有妻室的李生见到待字闺中的萧娘姿色冠众,乃厚赂同里老妪为通其情。萧娘感其诚,约李生逾墙相会,尽缱绻之情。李欲出妻而娶萧娘,被萧娘劝阻。后萧娘被许嫁刘氏子,至迎亲之日,萧娘自缢于室。篇中叙事有较浓的伦理批评色彩,开篇介绍李生时即云"有里巷李生者,世系颇著,不欲书其名,讳之也",又云"生赋性不羁",这里为其讳名的作法和"赋性不羁"的评判已经暗示李生婚外恋的逸出常轨与不合伦理。当李欲出妻而娶萧娘时,萧娘的回答则是伦理气息极浓的说辞,其曰:"不可。夫男子以无故而离其妻,则有缺士行;女子以有私而夺人之夫,则实惄妇德。显则人非之,幽则鬼责之,此非所宜言。愿君自持,无复及此。"后来,萧娘自缢之前的告白更反映出她的伦理困境和情理抉择,其曰:"文君一寡妇也,慕相如之高义,卒往奔之,遂见弃于父母,取讥于后世,为

---

①李时人《全唐五代小说》卷七〇《非烟传》,西安:陕西人民出版社,1998年版,第1927~1932页。

天下笑。此我之所不能也。绿珠一贱妾也，蒙石崇一顾，当赵王伦之乱，犹能效死于前，义不见辱，后世称之。我纵不为文君之奔，愿效绿珠之死，以报李生遇我之厚也。"文本的伦理气息已经很浓，文末的议论更是直白的道德劝诫，曰："呜呼！人之有情，至于是耶！观其始与李生乱，而终为李生死，其志操有所不移。使其不遇李生，以适刘氏之子，则为贞妇也明矣。可不尚欤！"①既批评萧娘与李生之乱（婚外恋），也肯定其为李生殉情而体现的"志操"，但落脚点还是维护伦理纲常而假设"其不遇李生，以适刘氏之子，则为贞妇也明矣"，因为"贞妇"才是宋人真正称颂的榜样，而萧娘这样为婚外恋殉情的女子只能是惋惜的对象，这样的垂诫真可谓"严冷"。概言之，该篇从文本故事到篇末议论都充溢着浓烈的伦理气息，呈现出典型的宋人面目。

同为婚外恋故事，唐传奇《非烟传》篇末议论（垂诫）与文本倾向（同情）的歧异，反映出叙事主体在伦理判断上的彷徨，叙述者和隐含作者在伦理评价上的矛盾，削弱了该篇的伦理力度；而宋传奇《双桃记》篇末议论与文本倾向的高度一致，使得该篇惩戒婚外恋的意图伦理非常显明。

2. 唐宋青楼恋小说的人物塑形与叙事伦理

唐传奇《霍小玉传》与宋传奇《谭意哥》都是讲述青楼恋的名篇，但两者的人物塑形和叙事伦理差异甚大。

《霍小玉传》中的青楼女子霍小玉多情、明智而又刚烈。当李生登科授官将别之际，小玉自知倡家非匹，乃陈短愿，冀以八岁为期尽其欢爱，然后听益另选，自当剪发为尼，可见其多情而又清醒；当李生负约使其抱恨成疾、撒手人寰之际，小玉痛斥李生，并发誓"必为厉鬼，使君妻妾，终日不安"，又可见其刚烈；当李生为之缟素、哭泣甚哀，小玉又托梦李生，感其相送之情，还可见其刚烈之中的柔情。② 从伦理角度着眼，该篇并未赋予小玉形象过多的伦理意蕴，而主要是通过悲剧结局，谴责李生背盟负约的伦理背叛。

《谭意歌》中的青楼女子谭意歌自尊自立，渗透着宋人强烈的伦理意识。谭意歌由一个困苦的孤儿被卖为妓女而不甘堕落，凭借才学赢得太守

①李献民《云斋广录》卷六《双桃记》，北京：中华书局，1997 年版，第 38～41 页。
②李时人《全唐五代小说》卷二六《霍小玉传》，第 727～734 页。

称赞而成功脱籍。后遇茶官张正宇而托付终身，已有身孕后不料张"内逼慈亲之教，外为物议之非"而另行结亲高门。谭闻讯后并未悲观，而是私蓄置产，躬耕教子，自力更生。后三年，张妻谢世，张向谭再三请婚，谭坚持明媒正娶，方有可能。张乃如其请，两人终成眷属。谭意歌为娼并不自贱而是自尊，被弃并不自悲而是自立，散发着一种"出污泥而不染"的道德光辉。该篇末尾云："意治闺门，深有礼法。处亲族皆有恩意。内外和睦，家道已成。意后又生一子，以进士登科，终身为命妇。夫妻偕老，子孙繁茂，呜呼！贤哉！"①通过叙述者评论方式进行公开的伦理介入，褒扬意歌之"贤"。

如果说唐传奇《霍小玉传》的意图伦理主要是惩男主角之"过"，那么宋传奇《谭意歌记》则主要是扬女主角之"善"。实际上，叙述青楼恋之宋传奇大多是扬女子之善，如钟将之《义娼传》中的长沙娼"慕少游之才，而卒践其言，以身事之，而归死焉，不以存亡间，可谓义倡矣"，②《王幼玉记》中的王幼玉"爱柳郎，一何厚耶？有情者观之，莫不怆然"，③再如前述《李师师外传》中的李师师"烈烈有侠士风"。

婚外恋、青楼恋题材的伦理差异基本可以折射出唐宋传奇的伦理选择，概言之，可谓唐人更宽松、宋人更严苛，唐人或不将劝惩作为文本重心，或进行伦理判断时彷徨游移，出现篇末议论与文本倾向的歧异，宋人则通过叙事主体精准的伦理介入，使文本的意图伦理非常显明。

鲁迅曾评价乐史《绿珠》《太真》二传"篇末垂诫，亦如唐人，而增其严冷，则宋人积习如是也"。④ 其实，该评语的适用范围可以扩展，用于评价整个宋传奇。"篇末垂诫"可以扩展为"篇有垂诫"，因为宋传奇的垂诫不仅体现于篇末议论中，也化身于文本故事里。另外值得注意的是，"篇有垂诫"并非宋传奇的专利，前之汉魏六朝和隋唐五代小说，后之明清文言传奇，都有这种情况。那么宋传奇"篇有垂诫"的独特性在哪里呢？"增其严冷"可谓恰中肯綮。宋代志怪传奇中劝诫意识的浓烈、伦理要求的严苛、垂诫话语的冷峻，在中国文言小说史上是独树一帜的。当然，"篇有垂诫""增其严冷"既是宋传奇的特色，可能也是其短板。鲁迅云："唐人小说少教训；

---

① 刘斧《青琐高议》别集卷二《谭意歌》，第212～217页。
② 洪迈《夷坚志》节录钟将之《义娼传》，第1561页。
③ 刘斧《青琐高议》前集卷一〇《王幼玉记》，第99页。
④ 鲁迅《中国小说史略》，第67页。

而宋则多教训……宋时理学极盛一时，因之把小说也多理学化了，以为小说非含有教训，便不足道。但文艺之所以为文艺，并不贵在教训，若把小说变成修身教科书，还说什么文艺。"①指出宋人小说（特指文言小说）"理学化""多教训"的特色和"修身教科书"的倾向，最终戕害了小说的文艺功能。鲁迅之言，洵为的论，宋传奇的伦理化倾向，既是宋人的特色，也是宋人的不幸。

相较唐传奇，宋传奇人物塑形中有更为显明的意图伦理，叙事主体有更为精准的伦理介入，反映出宋代士人叙事更为强烈的伦理诉求，当然这只是宋代小说叙事伦理的一个侧面。另一面是宋话本所反映的市民叙事"主在娱心，而杂以惩劝"，人物塑形的道德羁绊较少，伦理诉求逊于娱乐需要。宋代士人叙事的教重于乐与市民叙事的乐先于教，构成宋代小说叙事伦理的丰富面相。

值得注意的是，宋小说还存在士人叙事与市民叙事双向互动的情景，传奇借鉴市井文艺而呈俗化之势，话本吸纳士人文学而有雅化之风，但总体趋势则是叙事文学更为世俗化，士人伦理有向市井伦理滑动的趋势，世俗化传奇如《青琐高议》《云斋广录》等作品中士人气质的平民化、士人伦理的市井化堪称典型。宋代小说中士人叙事与市民叙事的互动，使叙事技巧更为丰富，士人伦理与市民伦理的互渗，使文本伦理更趋世俗，这就从叙事和伦理两个维度推动着叙事伦理的变迁，使得宋代小说在中国叙事文学史上具有重要价值。

综上所述，我们可以得出以下结论：叙事作品中的人物不仅是结构要素，也是"具有真正人性轮廓"的伦理载体，通过人物塑形切入叙事伦理可以纲举目张。从共时性层面看，中国古代小说的人物塑形、叙事伦理在文言与白话文本中有不同呈现，就宋代而言，传奇与话本中士人塑形的悲喜格调之别，折射出叙事主体关于"乐""教"孰先的伦理考量，女性形象塑造的情理意蕴之别，凸显士人叙事与市民叙事同为男性性别叙事对女性的伦理诉求之异。从历时性层面看，与唐代相较，宋代小说的叙事主体有更精准的伦理介入，使文本有更显明的意图伦理。综合来看，宋代传奇与话本

---

① 鲁迅《中国小说的历史的变迁》，《鲁迅全集》第 9 卷，北京：人民出版社，2005 年版，第 329 页。

互动而使叙事技巧更为丰富、士人伦理与市民伦理互渗而使文本伦理更趋世俗，从叙事和伦理两个维度推动着叙事伦理的变迁，在中国叙事文学史上具有重要价值。

附录二:宋代小说研究百年述评

上篇:宋代文言小说研究世纪回眸

1912 年以来的百余年,宋代文言小说研究可以 1980 年为界分为前后两期。1980 年代以前学界对其研究不多,评价也不高。鲁迅《中国小说史略》中的《宋之志怪及传奇文》是较早专论宋代文言小说的文章,该文简要梳理了宋代文言小说的发展历程,评述了《稽神录》《夷坚志》《绿珠传》《杨太真外传》等志怪、传奇小说,并从整体上评价了宋代文言小说。[①] 1980 年代以降,文言小说开始得到重视,宋代文言小说的价值也被学界重新认识,相关研究著述陆续问世。荦荦大者如李剑国《宋代志怪传奇叙录》、赵章超《宋代文言小说研究》、凌郁之《走向世俗——宋代文言小说的变迁》、余丹《宋代文言小说的文化阐释》、唐瑛《宋代文言小说异类姻缘研究》、赵维国《两宋古体小说历史轨迹》等著述。[②] 程毅中《宋元小说研究》、萧相恺《宋元小说史》、张兵《宋辽金元小说史》等断代小说史著述对宋代文言小说也有深入的研究。[③] 另外,一些小说通史类著述对宋代文言小说也有新的阐发,如侯忠义《中国文言小说史稿》、吴志达《中国文言小说史》、陈文新《文言小说审美发展史》、苗壮《笔记小说史》、薛洪勣《传奇小说史》、李剑国、陈

---

① 鲁迅《中国小说史略》,上海:上海古籍出版社,1998 年版,第 63～70 页。
② 李剑国《宋代志怪传奇叙录》,天津:南开大学出版社,1997 年版。赵章超《宋代文言小说研究》,重庆:重庆出版社 2004 年。凌郁之《走向世俗——宋代文言小说的变迁》,北京:中华书局,2007 年版。余丹《宋代文言小说的文化阐释》,北京:中国社会科学出版社,2010 年版。唐瑛《宋代文言小说异类姻缘研究》,成都:四川大学出版社,2009 年版。赵维国《两宋古体小说历史轨迹》,华东师范大学 1999 年博士论文。
③ 程毅中《宋元小说研究》,南京:江苏古籍出版社,1999 年版。萧相恺《宋元小说史》,杭州:浙江古籍出版社,1997 年版。张兵《宋辽金元小说史》,上海:复旦大学出版社,2001 年版。

洪主编《中国小说通史》等。①　下面从五个方面择要述之。②

一、文献整理与研究

（一）书目考证与叙录

宋代文言小说书目（篇目）的作者、著录情况、版本流传及相关内容，各种小说目录类著述大体都有涉及。1981年程毅中编《古小说简目》是文言小说专题目录，惜乎只著录先秦至五代的文言小说。③　同年，袁行霈、侯忠义编《中国文言小说书目》著录先秦至清代的文言小说2300余种，所列各书一律按时代先后排列，共分五编，其中第三编宋辽金元部分，著录宋代文言小说360余种。④　1996年宁稼雨编著《中国文言小说总目提要》著录先秦至1919年的文言小说单篇、集子、丛书和类书，共2600余种，依时代顺序分为五编，每编包括志怪、传奇、杂俎、志人、谐谑五类。其中第三编宋辽金元部分，著录宋代文言小说志怪类60种、传奇类64种、杂俎类126种、志人类73种、谐谑类16种，共339种。⑤　2004年石昌渝主编《中国古代小说总目·文言卷》著录1912年以前的文言小说作品，依据书名首字的音序排列，共2900余种，其中宋代文言小说300余种。⑥　2005年朱一玄、宁稼雨、陈桂声编著《中国古代小说总目提要》，上编文言部分著录先秦至清末的文言小说2192种，其中宋代文言小说330余种。⑦

与上述通代小说目录不同，李剑国《宋代志怪传奇叙录》乃是断代小说

---

①侯忠义《中国文言小说史稿》，北京：北京大学出版社，1990年版。吴志达《中国文言小说史》，济南：齐鲁书社，1994年版。陈文新《文言小说审美发展史》，武汉：武汉大学出版社，2007年版。苗壮《笔记小说史》，杭州：浙江古籍出版社，1998年版。薛洪勣《传奇小说史》，杭州：浙江古籍出版社，1998年版。李剑国、陈洪主编《中国小说通史》，北京：高等教育出版社，2007年版。

②学界关于宋代文言小说研究的综述文章，主要有李时人《20世纪宋元小说研究的回顾》（《零陵师范高等专科学校学报》2000年第1期）、赵章超《宋代志怪传奇小说研究百年综述》（《社会科学研究》2002年第5期）、余丹《20世纪以来宋代文言小说研究综述》（《广西社会科学》2007年第2期）、王瑾《〈夷坚志〉研究述评》（《学术交流》2010年第2期）、时娜《20世纪80年代以来宋代传奇小说研究综述》（《理论界》2012年第6期）等。另外，黄霖、许建平等著《20世纪中国古代文学研究史·小说卷》（上海：东方出版中心，2006年版）也有相关论述。上述诸文，笔者均有所参考，特此说明。

③程毅中《古小说简目》，北京：中华书局，1981年版。

④袁行霈、侯忠义《中国文言小说书目》，北京：北京大学出版社，1981年版。

⑤宁稼雨《中国文言小说总目提要》，济南：齐鲁书社，1996年版。

⑥石昌渝《中国古代小说总目》，太原：山西教育出版社，2004年版。

⑦朱一玄、宁稼雨、陈桂声编著《中国古代小说总目提要》，北京：人民文学出版社，2005年版。

目录,专门著录宋代传奇文与志怪传奇小说集,小说集以志怪传奇为主兼
有杂事者亦收录,而一般主记杂事的笔记则概不收录,可见该书是以志怪、
传奇这两种主要的古体小说类型为鹄的。该书将两宋作品分为北宋前期
(960~1022)、北宋中期(1023~1067)、北宋后期(1068~1126)、南宋前期
(1127~1162)、南宋中期(1163~1224)、南宋后期(1225~1279)共六期,依
作品年代先后编次。凡于每种作品之作者、著录、版本、篇目等项详事考
辨,对其主要内容、艺术水准、源流影响亦加以评论和介绍。该书共叙录宋
代志怪传奇 203 种,其中存世者 58 种,节存者 50 种,亡佚者 95 种。该书
钩稽资料,条析源流,辨正真伪,发明得失,于宋代志怪传奇研究,可谓功莫
大焉。① 另外,钟克豪《宋代小说考证》集成之属、杂事之属和神怪之属共
考证 62 种宋代文言小说的撰人、卷本、内容,值得关注。②

(二)文本整理与汇集

宋代文言小说的文本整理,已有很好的成果。民国时期鲁迅《唐宋传
奇集》收录宋代单篇文言小说 13 种,书末"稗边小缀"考证作者和故事源流
等内容,可谓此期宋代文言小说文本整理的典范。③ 1920 年代,上海进步
书局编辑出版《笔记小说大观》,收录魏晋至清代的笔记小说 220 种,其中
宋代笔记小说 69 种。④ 1949 年后大陆出版了数种笔记小说总集,基本上
将宋代笔记小说搜罗殆尽。1994 年,周光培编《历代笔记小说集成》收入
魏晋以迄明清笔记小说中文学性较强之作 751 种,其中宋代笔记小说 188
种。⑤ 世纪之交,上海古籍出版社编辑出版了《历代笔记小说大观》,收录
汉魏至清末的笔记小说 200 种左右,其中宋代笔记小说 63 种。⑥ 21 世纪
初,上海师范大学古籍所编纂整理《全宋笔记》,拟将约五百种宋人笔记全
部整理出版,2003 年至今已经出版六编,共 256 种。该书编纂者认为"笔
记乃随笔记事而非刻意著作之文",故限于收录"宋人著述的笔记专集",而
不包括"未成专集的、散见的单条笔记",也不包括"题材专一、体系结构坚

①李剑国《宋代志怪传奇叙录》,天津:南开大学出版社,1997 年版。
②钟克豪《宋代小说考证》,台北:台湾新文丰出版公司,1987 年版。
③鲁迅《唐宋传奇集》,天津:天津古籍出版社,2002 年版。
④1983 年江苏广陵古籍刻印社重新进行了校订整理,用排印与影印结合的办法将此书重印出版。
　周光培等《笔记小说大观》,扬州:江苏广陵古籍刻印社,1983 年版。
⑤周光培《历代笔记小说集成》,石家庄:河北教育出版社,1994 年版。
⑥上海古籍出版社编《历代笔记小说大观》,上海:上海古籍出版社,1999 年版。

密的专集".① 该书搜罗范围甚广,宋代的笔记小说大致入其彀中。

当然,宋代文言小说的主体还是应该在志怪、传奇,这方面的文献整理更加值得关注。程毅中编著《古体小说钞·宋元卷》"考虑到中国小说的发展进程,试图与现代的小说观念相沟通,注重小说的艺术成就,以略具故事情节的作品为主","选录的范围包括志怪、传奇及部分志人的作品",另外,"顾及中国小说的历史传统,适当收录一些《四库全书》所谓杂事小说中多少具有故事性的篇章,而且还选录了一部分杂家类和杂史类笔记中的异闻杂说".② 该书共抄录宋代古体小说 98 种 375 篇,对每部或每篇作品都作了一个简要的题解,必要时还在篇后附加了按语,说明其故事源流及影响,有时还附有考证校订等相关资料。该书选录审慎,校订细致,是研究宋代小说重要的参考文献。袁闾琨、薛洪勣主编《唐宋传奇总集》坚持严格入选标准,凡入选作品均为载入《太平广记》等一类重要古籍中的名篇佳作和少量介于传奇小说和笔记小说之间的准传奇小说作品。该书宋代部分共选录宋代传奇小说 71 种 192 篇,对每种作品都作了题解,对每篇作品都作了校注和翻译,间或还附录不同来源的异文和前人考辨文字等内容。③ 该书编选的传奇作品较有代表性,校注简明扼要,译文准确流畅,对于宋代小说研究有重要参考价值。

李剑国辑校《宋代传奇集》认为"传奇者,即鲁迅谓叙述宛转文辞华艳之体,有别于志怪杂事之短制也",故该书"所录作品其途有三:一为单篇传奇文,二为小说集中之传奇体作品,三为一般笔记中之格近传奇者","此中第二类实其大宗。然小说集中多为志怪杂事传奇俱存,而以传奇标准绳之,每有游移难定之窘。今之所择,大凡具传奇笔意,篇幅较长者即取之……至一般笔记杂录,虽非专意幻设,小说每厕迹其间,故亦有所甄采……唯择选稍严耳".④ 该书穷搜博采,那些原文失传而尚存节文、残文或佚文者,凡经辑校始末犹备文字稍详者亦予收录,共辑录宋代 130 位作者(其中无名氏 56 位)创作的传奇 391 篇,基本上囊括了宋代传奇小说的

---

①上海师范大学古籍整理研究所《编纂说明》,朱易安、傅璇琮等主编《全宋笔记》第一编第一册卷首,郑州:大象出版社,2003 年版。

②程毅中编著《古体小说钞·宋元卷》前言,北京:中华书局,1995 年版,第 5 页。

③袁闾琨、薛洪勣主编《唐宋传奇总集·南北宋》,郑州:河南人民出版社,2001 年版。

④李剑国《宋代传奇集·凡例》,北京:中华书局,2001 年版。

精华。该书对每位作者都撰有小传,对每篇作品都做了精当详备的校勘,并在文末注明辑录出处,同时又适宜地在作品篇末缀以按语,考证文本源流等有关事项。该书考证周密,校勘精细,是研究宋代小说不可多得的核心文献。程毅中赞曰"披沙拣金,刮垢磨光,风钞雪纂,取精用宏,割鸡不惜牛刀,搏兔亦用狮力,不仅嘉惠于今人,抑且有功于古籍矣",①绝非虚誉。

(三)小说选编与注析

宋代文言小说的文本选编,其实可以视作文献整理的成果,下面择要述之。1933 年龚学明编选《宋人小说选》,选入宋代文言小说 33 篇。② 1935 年储菊人校订《宋人创作小说选》,选入宋代文言小说 360 余篇。③ 1964 年,张友鹤选注《唐宋传奇选》选入 39 篇唐宋传奇作品,其中宋代传奇 4 篇。④ 1985 年薛洪等选注《宋人传奇选》,自乐史《绿珠传》至无名氏《李师师外传》,选入宋代传奇 23 家共 56 篇。⑤ 1991 年,谈凤梁主编《历代文言小说鉴赏辞典》,选入的每篇小说均由正文、注释、鉴赏组成,多数作品还附录了流变资料,颇有参考价值。该书选入宋代文言小说 51 篇。⑥ 2004 年,董乃斌、黄霖等编撰《古代小说鉴赏辞典》,选入的每篇小说均由原文、注释和赏析组成,注释精当,赏析深入,有重要的参考价值。该书选入宋代文言小说 56 篇。⑦ 2007 年,李剑国主编《唐宋传奇品读辞典》,精选唐宋传奇作品 216 篇,包括唐传奇 134 篇,五代十国传奇 7 篇,宋传奇 75 篇。每篇包括作品正文、校注、品读三部分,其中品读部分深入解读、阐释、品鉴作品所蕴含的思想、信仰、知识、艺术等内容,浃髓沦肌,透辟入里,同类作品中罕有其匹,是宋代小说研究非常重要的参考资料。⑧

二、分体分类研究

宋代的文言小说可分为传奇小说和笔记小说两大类,其中笔记小说又

①李剑国《宋代传奇集》卷首程毅中序,北京:中华书局,2001 年版。
②龚学明《宋人小说选》,上海:开华书局,1933 年版。
③储菊人《宋人创作小说选》,上海:中央书店,1935 年版。
④张友鹤《唐宋传奇选》,北京:人民文学出版社,1964 年版。
⑤薛洪等《宋人传奇选》,长沙:湖南人民出版社,1985 年版。
⑥谈凤梁《历代文言小说鉴赏辞典》,南京:江苏文艺出版社,1991 年版。
⑦董乃斌、黄霖《古代小说鉴赏辞典》,上海:上海辞书出版社,2004 年版。
⑧李剑国《唐宋传奇品读辞典》,北京:新世界出版社,2007 年版。

可分为志怪小说和杂事小说，这样就形成了传奇小说、志怪小说、杂事小说三种主要的文体类型。①

　　综合传奇、志怪等文体类型，对宋代文言小说进行整体研究的有赵维国《两宋古体小说历史轨迹》和许军《入世精神与纂述人事：宋代志怪传奇的发展与变化》。赵著认为"宋代小说正处于以文言叙事为主的古体小说向通俗小说的嬗变阶段"；该书对宋代古体小说的历史轨迹作了较全面的探讨，认为北宋前期以志怪为主、传奇处于衰微时期，北宋中期出现《丽情集》等优秀作品，标志着古体小说步入正常的发展轨迹，北宋后期出现《青琐高议》《云斋广录》等小说集，形成小说繁荣发展的局面，南宋前期出现《夷坚志》，把古体小说发展推向高潮，南宋后期古体小说处于衰微时期，并在说唱通俗文学影响下趋于通俗化。② 许著认为，"入世精神"和"纂述人事"是宋代志怪传奇区别于前代小说的重要特点，该书全面探讨了这一特征的原因、结果和表现，最后指出："在儒学、史学以及文体观念的影响之下，宋代志怪传奇与前代相比发生了明显的入世转向，这种转向使宋代志怪传奇进一步深入人世间，更多关注、描摹世情与人生，从而对社会底层矛盾和人物，对人物的性格、心理和活动等都有更真切的反映。从小说美学的角度看，这种转向使一系列故事模式和人物形象发生了较大变化，并为后来的小说发展奠定了基础。"③

　　（一）传奇小说研究

　　综合研究方面，王庆珍《宋代传奇研究》、时娜《宋代传奇小说研究》、赵修需《宋代传奇小说传奇手法研究》这三部博士论文值得关注。《宋代传奇研究》首先分析宋传奇作家文化心态，认为"有宋一代的版图从来没有能够像唐代一样幅员辽阔，外族入侵、中原沦陷，更加重了人们的危机感，让小说家们以同情和悲悯的态度传达乱世中颠沛流离的痛苦"；接着将宋传奇分为历史题材、婚恋题材、神怪题材三类，逐类探讨其文化语境、思想意蕴、精神旨归、形象系列等内容；然后探讨宋传奇的艺术特质，认为宋传奇有细致的环境描写和细腻的心理刻画，并出现了"以才学为小说"的现象；然后

---

① 参见李剑国《文言小说的理论研究与基础研究——关于文言小说研究的几点看法》，《文学遗产》1998 年第 2 期。
② 赵维国《两宋古体小说历史轨迹》，华东师范大学 1999 年博士论文。
③ 许军《入世精神与纂述人事：宋代志怪传奇的发展与变化》，北京大学 2004 年博士论文。

揭示宋传奇的审美价值，认为形象塑造上表现出德智才貌俱全的审美追求，审美情趣上表现出描写对象市井化、价值观念世俗化、人物性格市民化的世俗化倾向；最后梳理宋传奇对唐传奇的继承发展以及对后世的影响。① 该文论述比较全面，有一定的参考价值。《宋代传奇小说研究》认为"宋传奇所展示的回归史统、语言平实、诗意阑珊等特点，不仅折射着宋朝的时代风会，对研究宋代文学思想颇有价值，而且在中国小说发展史上处于文言小说与白话小说的过渡期，有着继往开来的意义"。该文指出，与唐传奇相较，"宋传奇的诗意抒情意味较弱，史笔叙事和议论劝诫则有所加强，另外还表现出明显的俗化倾向"，"这些特点都是宋代时代风会的折射，同时体现出文言小说与白话小说错综交会的痕迹，有着独特的价值"。② 《宋代传奇小说传奇手法研究》分析归纳出宋传奇五种辩证性的传奇手法，即时空的"幻实"、典故的"离合"、文体的"出入"、情理的"依违"、传写的"美丑"，认为这些手法正是造成宋人传"奇"的重要原因。该文对五种传奇手法的剖析，阐发入微，新人耳目。③ 另外，台湾学者游秀云《宋代传奇小说研究》也是研究宋代传奇的专门著述，资料翔实，论断审慎，值得关注。④

　　宋传奇文体研究方面，李军均《传奇小说文体研究》以历史发展为线索，梳理了传奇小说文体渊源、唐五代传奇小说文体、宋代传奇小说文体和元明清传奇小说文体的发展演变轨迹，并以唐宋传奇小说为中心，揭示了传奇小说文体的基本格局和发展态势。该书对宋代传奇小说有专章分析，并认为："宋代传奇小说的发展是唐五代传奇小说的继承和创新，其继承性体现在'敦重文学'的雅化文体，其创新则是传奇小说的俗化。传奇小说的俗化可以分为两种情况：一是'以俗为雅'，一是'化雅入俗'。这两种文体的发展演化趋向带来了元明清传奇小说文体的新发展，即中篇传奇小说的出现和雅俗共融的传奇小说文体叙事模式。"⑤ 颇为有见。时娜《试论宋传奇的"文备众体"》认为宋传奇延续了唐传奇"文备众体"的艺术体制，但又

---

① 王庆珍《宋代传奇研究》，哈尔滨师范大学 2013 年博士论文。后王氏在博士论文基础上修订成专著《宋代传奇管窥》，哈尔滨：黑龙江人民出版社，2016 年版。
② 时娜《宋代传奇小说研究》，中国人民大学 2013 年博士论文。
③ 赵修霈《宋代传奇小说传奇手法研究》，台湾政治大学 2011 年博士论文。
④ 游秀云《宋代传奇小说研究》，台北：台湾花木兰文化出版社，2007 年版。
⑤ 李军均《传奇小说文体研究》，武汉：华中科技大学出版社，2007 年版。

有所不同:"'史才'方面,宋传奇敛起绚烂的意想,重归平实与简洁,这体现在'征实'的创作观念和平淡的情节及语言两方面;'诗笔'方面,虽然宋传奇作品中夹用的诗歌并不少,但作者的根本意图并非抒情,而是通过故事来讲道理,因而作品整体的诗意色彩黯淡了许多;'议论'方面,宋传奇篇末议论的训诫意味更强,也更具现世意义。"①凌郁之《传奇体的衰落与唐宋文风的嬗变》探讨了传奇体在唐宋的嬗变轨辙和内在理路,认为唐宋社会文化土壤和文风的差异是唐传奇体在宋代衰落之因,同时指出宋传奇失去了唐传奇的意味,但在民间传奇体却有着潜在的传承。②

宋传奇文化研究方面,林温芳《宋传奇"人鬼恋"研究》对宋传奇"人鬼恋"题材的时代语境、类型、思想特色、写作艺术以及影响进行了专题探讨。③ 相关论文还有梁中魁《宋传奇中的鬼神世界研究》。④ 宋传奇人物形象研究方面,于俊《宋传奇人物形象塑造研究》认为与唐传奇相比,宋传奇在人物形象的塑造上"题材有所扩大,传奇主人公的身份相对平民化"。⑤陈霖、姚毅《宋代传奇中的妓女形象分析》"从妓女的自我意识的觉醒,对政治生活的参与和民族的气节、平民化倾向这三方面分析宋传奇中的妓女形象",并以唐传奇作为参照,认为宋传奇中的妓女形象有新的时代特点。⑥相关论文还有智宇晖《宋传奇中的女性形象研究》、⑦丁舒雅《唐宋传奇中妓女形象比较研究》、⑧许军《论宋代文言小说中女性形象演变的文学史意义》⑨等。

唐宋传奇比较及宋传奇特质探讨方面,傅正玲《女性爱情与妇德的辩证关系:从唐宋传奇的对比谈起》认为"唐宋文化的差异性放在情感与礼教的面向来看,格外突显","在唐宋传奇作品的跨代创作中,我们进而可以观

①时娜《试论宋传奇的"文备众体"》,《理论界》2013第3期。

②凌郁之《传奇体的衰落与唐宋文风的嬗变》,《苏州科技学院学报》(社科版)2006第4期。

③林温芳《宋传奇"人鬼恋"研究》,台北:台湾花木兰文化出版社,2011年版。

④梁中魁《宋传奇中的鬼神世界研究》,华中科技大学2011年硕士论文。

⑤于俊《宋传奇人物形象塑造研究》,辽宁师范大学2011年硕士论文。

⑥陈霖、姚毅《宋代传奇中的妓女形象分析》,《湖北广播电视大学学报》2008第6期。

⑦智宇晖《宋传奇中的女性形象研究》,漳州师范学院2008年硕士论文。

⑧丁舒雅《唐宋传奇中妓女形象比较研究》,信阳师范学院2012年硕士论文。

⑨许军《论宋代文言小说中女性形象演变的文学史意义》,《云南社会科学》2004年第1期。

察到妇德意识从模糊到清晰，从多重到单一化、形式化的历程"。① 段庸生
《劝惩与宋人传奇》认为："宋人传奇中的劝惩不是简单的说教议论，而是对
唐传奇过度追求感观娱乐享受的反正。它于劝惩之中对历史教训的重视
及对题材价值意义的追求，充分表明宋人对小说社会功能的格外重视，由
此带来传奇从主体到服务对象及审美情趣等一系列积极变化，这些变化规
定着中国古代小说发展的主流方向。"② 时娜《论宋代传奇小说叙事的实录
色彩》认为"宋代传奇小说对实录补史的追求，是文言小说自身发展规律与
宋代时代精神结合的产物"③。相关论文还有毛淑敏《宋传奇的市民化特
征》、④陈强《宋传奇的理性特质：兼与唐传奇小说比较》、⑤马志红《唐宋传
奇艺术特征比较研究》⑥等。

(二)笔记小说研究

综合研究方面，张智华博士后报告《宋代笔记小说研究》值得关注。该
书分形象篇、艺术篇、语言篇、影响篇、叙论篇、总论篇、研究综述篇，比较系
统地探讨了宋代笔记小说中的文士、商人、妇女和精灵等多种形象，以及结
构艺术、虚实艺术、语言特征和后世影响等多个论题。⑦ 此外，安芮睿《宋
人笔记研究》、⑧郑继猛《宋代都市笔记研究》⑨等研究宋代笔记的学位论文
中也大多涉及到笔记小说。

志怪小说研究方面，袁文春博士论文《宋代志怪小说研究》围绕价值问
题展开研究，先后探讨宋代理学家思想中的鬼神世界，宋代志怪小说的价
值意识及其在正统价值意识影响下的叙事形态(包括求真向善的志怪叙事
和法律语境下的志怪叙事)，休闲娱乐文化对宋代志怪小说价值意识的淡

① 傅正玲《女性爱情与妇德的辩证关系：从唐宋传奇的对比谈起》，《东吴中文线上学术论文》2008
　年第4期。
② 段庸生《劝惩与宋人传奇》，《重庆师院学报》(哲社版)2000年第4期。
③ 时娜《论宋代传奇小说叙事的实录色彩》，《重庆文理学院学报》(社科版)2014第3期。
④ 毛淑敏《宋传奇的市民化特征》，《河南师范大学学报》(哲社版)2004年第4期。
⑤ 陈强《宋传奇的理性特质：兼与唐传奇小说比较》，延边大学2008年硕士论文。
⑥ 马志红《唐宋传奇艺术特征比较研究》，黑龙江大学2013年硕士论文。
⑦ 张智华《宋代笔记小说研究》，北京师范大学2003年博士后报告。后来，张先生在此基础上增
　订，出版《宋代笔记小说与戏剧影视》(北京：中国电影出版社，2018年版)。
⑧ 安芮睿《宋人笔记研究》，复旦大学2005年博士论文。
⑨ 郑继猛《宋代都市笔记研究》，陕西师范大学2009年博士论文。

化，以及新兴商品经济对宋代志怪小说正统价值意识的冲击等论题。① 凌郁之《宋代志怪小说与民间宗教信仰的互动》认为："在宋代，志怪小说与民间宗教信仰息息相关，许多小说都因为承载着民间宗教信仰而被视作辅教之书，实是小说体的善书或善书性质的小说；而佛教或道教灵验记往往采取小说体，与小说一起在民间流传，并可能深刻地影响到唐宋文言小说的趣味走向。"②另外，赵章超《宋志怪小说生成因缘论略》《宋志怪小说地域特色论略》《宋志怪小说天命观论略》三篇论文值得参考。③

轶事小说研究方面，林卿卿博士论文《宋人轶事小说研究》从小说概况、时代背景、题材特征、人物形象、文坛现象和生活旨趣等几个层面，探讨和剖析了宋代轶事小说的文学特色。该文认为，"虽然轶事小说尚处于中国文言小说的起步阶段，但却开始有了明显的叙事和说故事的倾向"，"轶事小说既是小说，又是历史著作"，"与宋传奇或话本小说相比，轶事小说还不能说是很成熟形态的小说，但这并不影响它作为志'人'或以轶事为特色的故事性小说的性质，也不影响它在中国小说发展史上的奠基意义"。④王远征《宋代轶事小说研究》将宋代轶事小说分为北宋前期、中期、两宋之交和南宋中后期共四期，认为北宋前期轶事小说主要关注胡风影响下的唐末五代社会与当时"奢侈荒淫、道德沦丧"世风，并总结唐末五代社会动荡的原因；北宋中期轶事小说一方面关注本朝帝王建立王朝、开疆拓土与抵御外敌入侵的丰功伟绩，一方面关注皇帝官员治民理政的事迹与人们的日常生活；两宋之交轶事小说关注变法运动和理学思潮；南宋中后期轶事小说关注国家政局与对外战争，爱国思潮得到充分表现。该文认为宋代轶事小说始终保持与现实的紧密联系。该文还探讨了宋代轶事小说的撰述思想、写作体例、写作特色和多方面价值。⑤ 该文材料翔实，有参考价值。此外，林祯祥《北宋轶事小说之研究》、郑群辉《宋代禅林佚事小说的叙事特色

①袁文春《宋代志怪小说研究》，华南师范大学 2012 年博士论文。

②凌郁之《宋代志怪小说与民间宗教信仰的互动》，《中国俗文化研究》第 5 辑，成都：巴蜀书社，2009 年版。

③赵章超《宋志怪小说生成因缘论略》，《新疆大学学报》（社科版）2002 年第 4 期；《宋志怪小说地域特色论略》，《许昌学院学报》2007 第 6 期；《宋志怪小说天命观论略》，《广西社会科学》2002 第 2 期。

④林卿卿《宋人轶事小说研究》，复旦大学 2013 年博士论文。

⑤王远征《宋代轶事小说研究》，暨南大学 2008 年硕士论文。

及文化成因》，也颇具参考价值。①

三、作家作品研究

（一）《丽情集》《青琐高议》《云斋广录》等重要选集研究

张君房编《丽情集》汇集古今情感之事，刘斧编撰《青琐高议》保存众多完整的宋人小说，李献民编撰《云斋广录》收入许多脍炙人口的佳作，三部集子都是宋代文言小说集里的上佳之作，引起了学界的关注。程毅中《宋元小说研究》对三部集子有详尽的分析和精到的论断，认为《丽情集》是"唐宋小说的一个独具特色的选集"，"体现了传奇体小说在宋代的某些新发展"；指出《青琐高议》在小说发展史上有一些新的演进，体现在史才和诗笔的分别发展，写出一些前所未见的新型妇女形象，有非常明显的通俗化倾向等方面；指出《云斋广录》"进一步向通俗小说靠近"，"可以看到古体小说和近体小说交流互补的迹象"。② 这些看法都是通观中国小说史后得出的真知灼见。张兵《宋辽金元小说史》、萧相恺《宋元小说史》对宋代文言小说作家作品的分析也非常透辟，凌郁之《走向世俗——宋代文言小说的变迁》、秦川《中国古代文言小说总集研究》、③ 大塚秀高《宋代的通俗类书——就〈青琐高议〉的构成、内容而言》④对《丽情集》《青琐高议》《云斋广录》《绿窗新话》《醉翁谈录》等选集的个案研究也非常深入。另外，江南《〈丽情集〉小考》、王亦妮《〈青琐高议〉与宋代传奇小说》、赵丽君《宋传奇及其文化内涵研究：以〈青琐高议〉为例》、向倩《〈云斋广录〉传奇小说研究》是对《丽情集》《青琐高议》《云斋广录》进行专题研究的学位论文，可以参看。⑤

（二）洪迈《夷坚志》研究

洪迈用六十年时间完成的四百二十卷小说巨编《夷坚志》，是对后世影

---

① 林祯祥《北宋轶事小说之研究》，台湾东吴大学 2012 年博士论文。郑群辉《宋代禅林佚事小说的叙事特色及文化成因》，《社会科学》2008 年第 9 期。
② 程毅中《宋元小说研究》，南京：江苏古籍出版社，1999 年版。
③ 秦川《中国古代文言小说总集研究》，上海：上海古籍出版社，2006 年版。
④ 大塚秀高《宋代的通俗类书——就〈青琐高议〉的构成、内容而言》，《第一届东亚汉文文献整理研究国际学术研讨会论文集》，台北大学民俗艺术研究所，2011 年 7 月。
⑤ 江南《〈丽情集〉小考》，复旦大学 2006 年硕士论文；王亦妮《〈青琐高议〉与宋代传奇小说》，西北师范大学 2004 年硕士论文；赵丽君《宋传奇及其文化内涵研究：以〈青琐高议〉为例》，重庆工商大学 2012 年硕士论文；向倩《〈云斋广录〉传奇小说研究》，四川大学 2008 年硕士论文。

响极大的一部志怪小说集,也是宋代文言小说作家作品研究中的重头。
1980年代之后,学界对其书的整理、研究颇有成果,现择要述之。1981年
中华书局何卓点校本以涵芬楼编印的《新校辑补夷坚志》206卷为底本,并
增补《永乐大典》等书中辑出之佚文为1卷,共207卷,为目前较为完备之
本。李剑国专文《〈夷坚志〉成书考——附论洪迈现象》《〈夷坚志〉佚文
考》,①专著《宋代志怪传奇叙录》之"《夷坚志》叙录"以及主编的《中国小说
通史》第六编第四章"《夷坚志》及其支流",对《夷坚志》的作者生平、历代著
录、成书过程、版本流传、辑佚情况、素材来源、写作方法、后世影响作了非
常深入的考辨,成为《夷坚志》研究尤其是文献研究方面的权威成果之一。
另外,李先生辑校之《宋代传奇集》收入《夷坚志》中155篇传奇体小说并精
细校勘,该部分如单列出来可以视为上佳的《夷坚志》选本。

　　台湾学者王年双博士论文《洪迈生平与〈夷坚志〉研究》,对洪迈生平和
《夷坚志》版本流传、故事来源、主要内容、所反映的社会情形以及价值,进
行了深入探讨,是《夷坚志》研究的重要成果。② 张祝平专著《〈夷坚志〉论
稿》,对《夷坚志》编纂背景、作者小说观念、成书过程、版本流传、社会现实
内容、小说题材、当时和后世影响、后人研究和评点等多方面,都作了相当
广泛而又颇具深度的探讨,推进了相应研究,可谓《夷坚志》研究的重要收
获。③ 张文飞博士论文《洪迈〈夷坚志〉研究》认为《夷坚志》在内容上注重
趣味性,淡化了说教功能和故事的怪异色彩,呈现出对世俗生活的偏好,表
现了丰富的人性,在艺术上学习唐传奇叙事模式并进一步提高,作者长期
运用四六形成的作文习惯影响了该书写作风格,作者引用别人故事时又重
新进行润饰并体现出自己的艺术倾向,重视细节描写形成细腻的艺术风格
等,这些看法值得重视。④

　　王瑾博士论文《〈夷坚志〉新论》将《夷坚志》故事分为鬼灵精怪类、佛道
巫神类、婚恋丽情类、科举仕宦类、世风民情类、博物杂记类共六类,并结合
文本逐类进行探讨,比较细致;同时该文阐析《夷坚志》中体现的宋代文化

①李剑国《〈夷坚志〉成书考——附论洪迈现象》,《天津师范大学学报》(社科版)1991年第3期;
　《〈夷坚志〉佚文考》,《天津教育学院学报》(社科版)1992年第2期。
②王年双《洪迈生平与〈夷坚志〉研究》,台湾政治大学中文研究所1988年博士论文。
③张祝平《夷坚志论稿》,北京:中国文史出版社,2002年版。
④张文飞《洪迈〈夷坚志〉研究》,复旦大学2008年博士论文。

精神、民间信仰和地域文化特征,比较《夷坚志》的价值取向与理学的差异,颇有新意。[1] 叶静博士论文《洪迈与〈夷坚志〉的民间性问题研究》"以文艺民俗学的理论视域,通过对洪迈的民间立场、民间视角和《夷坚志》叙事方式的考察,试图准确地刻画出洪迈的文化性格,分析其文学观念中的民间倾向,描述南宋的精英文化与民间文化之间的相互吸引和相互碰撞,同时对《夷坚志》的民间叙事及其意义作出新的阐释",该文从民间的视角考察文人作者与中国古代小说的文化生态,视角新颖独特,值得关注。[2] 姚海英博士论文《洪迈笔记小说与宋代社会》"以洪迈笔记小说为视角,结合宋代社会转型演变的特点,对洪迈笔记小说所反映的宋代社会作一蠡窥,具体从商业经济、社会结构、宗教信仰、家庭伦理与教育、生活风俗五个层面作平行考察,并对洪迈笔记小说成书的社会背景作反向分析",[3]该文从文学与社会的互动关系入手对洪迈笔记小说进行多维度的研究,有独到之处。

四、文化和叙事研究

(一)文化研究

宋代文言小说是宋代思想文化影响下的文学样式,联系宋代思想文化的宏阔背景方能挖掘出宋代文言小说外在风貌的内在根源。凌郁之《走向世俗——宋代文言小说的变迁》把宋代文言小说作为文化现象加以解读,在社会文化、文学生态和小说文本三个层层递进而环环相扣的层面上加以开掘和阐释,探讨宋代文言小说在宋代文化、文学转型中的表现及其与转型的内在关联,揭示它走向世俗的必然趋势及其现象与本质。该文认为从文学转型层面而言,"宋代文学产生了走向世俗的动向,而宋代小说的走向世俗只是文学整体趋俗的一种体现而已";从文化转型层面而言,"宋代小说的走向世俗既是唐宋文化转型的结果,又是唐宋文化转型的深刻反映。宋代文言小说总体上表现出对俗文化的倾斜,这是小说写作精神或叙事价值取向的转变"。[4] 余丹《宋代文言小说的文化阐释》从宋代特定思想文化

---

①王瑾《〈夷坚志〉新论》,暨南大学 2010 年博士论文。
②叶静《洪迈与〈夷坚志〉的民间性问题研究》,华东师范大学 2010 年博士论文。
③姚海英《洪迈笔记小说与宋代社会》,上海师范大学 2009 年博士论文。
④凌郁之《走向世俗——宋代文言小说的变迁》,北京:中华书局,2007 年版。

背景的角度考察宋代文言小说整体风格面貌及其成因，发掘宋代文言小说中包蕴的丰富文化内涵。该文主要探讨宋代理学文化背景对文言小说创作动机、人物形象塑造以及整体美学风格形成的影响；史官文化精神和宋代浓厚史学氛围对文言小说创作观念、题材选择以及叙事手法的影响；宋代社会整体文化素质提高、市人阶层和通俗文艺兴起造成文言小说内容、体制以及审美情趣的通俗化倾向。该文认为："特定的时代思想文化氛围深刻影响了宋代文言小说的总体面貌，而宋代文人强烈的淑世情怀、理性精神、史官意识和世俗趣味在文言小说中也得到了反映。"①杨宗红《两宋小说家之地理分布与小说的地域性》指出："两宋小说家人数众多，北宋与南宋时期小说家的地域分布比例各有不同。总体上南多北少，主要分布在黄河文化区、长江文化区、闽南文化区……由于地域自然风貌及地域个性，北方小说多传奇及杂俎，南方小说多志怪。"②

　　宋代文言小说的时代风貌与宋代儒、释、道的影响息息相关。赵章超《宋代文言小说研究》设专章考察儒、释、道对宋代文言小说的影响。该文认为："就儒家与宋代文言小说的关系而言，宋代是儒学的迅速振兴时期，文言小说正是际会了这一时代的有利机遇，作者们用文学来演绎儒家的哲学伦理道德等观念，主要是塑造了一个个性格鲜明的人物形象，在他们身上融入了作者基于不拘一格的奇幻想象而表达出的对儒家的尊崇景仰之情……就佛教与宋代文言小说的关系来说，本章着重探讨了小说作品中对佛教经典的顶礼膜拜……就道教与宋代文言小说的关系来说，表现在作者们主要是从形象思维出发，选择了前代仙道类小说中最为活泼最富有生机的一些细节熔融到自己的创作中，对具有奇谲怪异色彩的神仙方术也从众多方面进行了表现。"③吕佳《宋代文言道教小说蠡探》从儒道结合、市民文化和新道派的发展三方面着手，分析宋代独特的时代背景和经济文化因素在文言道教小说中的体现，并分析了宋代文言道教小说的文体特色。④ 潘燕《〈道藏〉中的宋代小说研究》主要以《道藏》中的宋代小说为研究对象，从时代背景、道教小说创作概况、主题思想、创作特色等维度对宋代道教小说

---

①余丹《宋代文言小说的文化阐释》，北京：中国社会科学出版社，2010 年版。
②杨宗红《两宋小说家之地理分布与小说的地域性》，《中国文学研究》2018 年第 4 期。
③赵章超《宋代文言小说研究》，重庆：重庆出版社，2004 年。
④吕佳《宋代文言道教小说蠡探》，华东师范大学 2009 年硕士论文。

作了初步的整体研究。①

　　宋代文言小说中的民风民俗也引起了学界的关注。赵章超《宋代文言小说研究》设专章从风水信仰、卜术、禁忌等方面探讨了宋代文言小说的民俗特色。冯勤《〈青琐高议〉的民俗信仰倾向探析》认为《青琐高议》中的作品体现了三教合一的宋代民间信仰特色,并指出此特色之形成与当时的时代语境、市民文化繁荣及社会思潮等因素之间有着深刻的内在联系。② 周榆华《〈夷坚志〉反映的江西民俗》探讨了《夷坚志》中所反映的宋代诸多江西民俗。③

　　宋代文言小说文化研究的涉及面非常广泛。唐瑛《宋代文言小说异类姻缘研究》设专章"宋代异类姻缘故事的社会文化研究",阐述宋代异类姻缘故事繁盛的社会背景,探讨当时流行的冥婚风俗、浓厚的巫术观念及儒、释、道思想对宋代异类姻缘故事所产生的复杂影响。张会《宋代科举背景下文言小说研究》探讨了宋代科举背景下文言小说的变迁,文言小说中科举题材的史料价值以及科举史料的文学特性,文言小说中所反映的科场弊风、科举风貌和举子信仰世界、婚恋生活等话题。④ 王秀娟《宋代文言小说叙事演变研究》设有专章"科举制度与宋代文言小说",从宋代科举制度内部运作和外部效应两个维度探讨了其对宋代文言小说的影响。⑤ 张玉莲《宋代文言小说中相墓故事的文化阐释》致力于发掘宋代文言小说中相墓故事的文化蕴涵。⑥

　　(二)叙事研究

　　宋代文言小说的叙事分析,学界关注不多,王秀娟《宋代文言小说叙事演变研究》作为这方面的专门著述,颇为难得。该文探讨了宋代文言小说叙事的类型,并将其分为"继承唐意、仿唐之文""求真写实、可信为长""托古纪事、不敢及近""道德教化、劝谏惩化""民间社会、市井之气"五种类型逐类进行分析;该文还从历史叙事与小说叙事的叙事模式、以文为戏向以

---

① 潘燕《〈道藏〉中的宋代小说研究》,安徽大学2012年硕士论文。
② 冯勤《〈青琐高议〉的民俗信仰倾向探析》,《宗教学研究》2004年第4期。
③ 周榆华《〈夷坚志〉反映的江西民俗》,《江西社会科学》2003年第6期。
④ 张会《宋代科举背景下文言小说研究》,四川大学2013年博士论文。
⑤ 王秀娟《宋代文言小说叙事演变研究》,南开大学2013年博士论文。
⑥ 张玉莲《宋代文言小说中相墓故事的文化阐释》,《河南师范大学学报》(哲社版)2010年第5期。

文为理的叙事转变、叙事修辞三个维度探讨了宋代文言小说的叙事艺术。① 张玄《宋传奇的叙事模式研究》从叙事时空、叙事角度、叙事结构、叙事技巧四个方面探讨宋传奇的叙事模式,并以之比照唐传奇,力求寻觅二者大同中的小异,为宋传奇在叙事文学谱系中赢得合理的地位。②

康韵梅《〈分门古今类事〉的叙事策略》从叙事维度研究南宋委心子所编文言小说类书《分门古今类事》,认为该书重议论轻记事以及标示改易和期使情节合理化的叙事策略,致使全书撰作宗旨单一而清晰的指向命定观,因而带有强烈的警世色彩;并指出该书在叙述特色上,呈现人物形象的弱化、情节绾合的松散、意涵建构的贫乏和氛围塑造的不足等现象,充分地显示出全书在叙事美学上的退化,却着重以故事训诫世俗的作用。③ 另外,赵修霈《以'实'衬'虚'的幻设手法:论宋传奇〈希夷先生传〉、〈华阳仙姻〉、〈嘉林居士〉中的虚设时间》,结合具体文本探讨宋传奇中的"虚设时间"问题,值得关注。④

五、特质和价值研究

(一)特质研究

宋代文言小说的艺术特质和总体风格,学界一般将其概括为平实化、道学化及通俗化。关于平实化,明编《五朝小说》之《宋人百家小说》桃源居士序曰宋人小说"奇丽不足而朴雅有余",⑤学界多承此论。李剑国认为宋人小说平实化指"构思方面的想象窘促,趋向实在而缺乏玄虚空灵,语言表现方面的平直呆板而缺乏笔墨的鲜活伶俐、含蓄蕴藉",并指出其原因在于"求实心理和史家传信意识的活跃,不能不造成灵感的枯窒和想象力的钝化萎缩。而当把故事素材正式写成作品的时候,于是便又常常依循历史家的实录原则","宋人小说作者的小说观念和创作方法趋于保守落后,使得他们创作意识淡漠……想象力迟钝,笔头过分老实"。⑥ 张祝平《论宋代小

---

① 王秀娟《宋代文言小说叙事演变研究》,南开大学 2013 年博士论文。
② 张玄《宋传奇的叙事模式研究》,四川师范大学 2007 年硕士论文。
③ 康韵梅《〈分门古今类事〉的叙事策略》,台湾《汉学研究》2004 年第 1 期。
④ 赵修霈《以'实'衬'虚'的幻设手法:论宋传奇〈希夷先生传〉、〈华阳仙姻〉、〈嘉林居士〉中的虚设时间》,《辅仁国文学报》2010 年第 30 期。
⑤《五朝小说》之《宋人小说》桃源居士序,上海:扫叶山房石印本,1926 年版。
⑥ 李剑国《宋代志怪传奇叙录·前言》,第 4～6 页。

说的"由虚入实"之原因》认为宋人小说尚实之因在于："晚唐小说由虚构铺衍向征实补史演变给宋代小说发展定下基调；宋人小说观念有浓重的求实意识，唐代小说'假小说以施诬蔑之风'助长了宋对前代小说盛行的考据求实之风，在对唐小说虚构成就认识不足的情况下，以偏概全，误将虚构当做虚幻加以攻击；宋代统治者对小说既以之消遣，又斥其不实；宋代史学发达，取小说入史，宋人更强调了小说以补史为标准，以纪实为手段，以鉴诚为目的；宋代党争激烈，文网日张，给小说的虚构以沉重打击。"①

关于道学化，鲁迅曾说宋传奇"篇末垂诫，亦如唐人，而增其严冷，则宋人积习如是也"。② 李剑国认为宋人小说道学化指"在创作动机和主题表现上对于封建伦理道德的过分执着，常又表现为概念化和教条化"，"在大量爱情小说中价值天平由情向理倾斜，义娼贞妇之作比比皆是，人情人欲人性受到蔑视，稍一涉情涉欲便被'存天理去人欲'的教条打退"，并指出其原因在于"宋人的价值观和思维方式被规范在理学樊篱中了。影响所及，便是小说创作中追求惩劝目的的刻板偏重，主题的伦理化，作品的道学气"。③ 李军均认为宋传奇篇末垂诫是中国古代小说的"德性"自觉，并指出这种理学化色彩"并非理学的生硬传声筒，而是对文学社会功用的一种实践，它开启了中国古代小说'寓教于说'的传统"。④

关于通俗化，李剑国认为"通俗化，或曰市井化，具体说就是市井细民题材向文人小说大量涌入，并伴随着情感趣味上市井气息的弥漫和通俗语言的运用，或者题材虽非市井却经过了市井化的审美处理"，并指出"宋人小说的通俗化开始造成……文人文言小说和市民话本小说一定程度的合流趋势"。⑤ 李军均指出这种通俗化倾向可以分为"以俗为雅"和"化雅入俗"两个维度，其中以俗为雅体现在语体的通俗性、题材的世俗性与思想感情及愿望理想的大众性、接受者的广泛性三个方面，而化雅入俗即对以往的小说作品进行删改，以迎合大众审美需求。⑥ 宋代小说通俗化的原因，学界认为有宋代城市经济发达和市民阶层壮大、唐宋文化和文学转型、话

① 张祝平《论宋代小说的"由虚入实"之原因》，《河北师范大学学报》（哲社版）2003 年第 2 期。
② 鲁迅《中国小说史略》，第 67 页。
③ 李剑国《宋代志怪传奇叙录·前言》，第 4～6 页。
④ 李军均《传奇小说文体研究》，第 291 页。
⑤ 李剑国《宋代志怪传奇叙录·前言》，第 8～10 页。
⑥ 李军均《传奇小说文体研究》，第 292～312 页。

本小说影响等多种因素,凌郁之《走向世俗——宋代文言小说的变迁》、吴志达《中国文言小说史》、李军均《传奇小说文体研究》等著述有深入的分析。

(二)价值研究

宋代文言小说的学术价值和历史地位,1990 年代之前一直评价不高。明代胡应麟说:"小说,唐人以前纪述多虚而藻绘可观,宋人以后论次多实而彩艳殊乏。"[①]后来鲁迅也说:"宋一代文人之为志怪,既平实而乏文彩,其传奇,又多托往事而避近闻,拟古且远不逮,更无独创之可言矣。"[②]又说:"传奇小说,到唐亡时就绝了。至宋朝……把小说也多理学化了,以为小说非含有教训,便不足道。但文艺之所以为文艺,并不贵在教训,若把小说变成修身教科书,还说什么文艺。"[③]两位巨擘尊唐抑宋的论调,对学界产生了深远影响。1960 年代分别由中国社科院文学研究所撰写和游国恩等主编的两部《中国文学史》对宋代志怪传奇都避而不谈,1980 年代台湾巨流图书公司出版的《中国文学讲话》卷帙浩繁、内容详备,但《两宋文学》部分也不提志怪传奇小说。小说史类著述涉及宋代文言小说,但多承鲁迅之论,评价不高,如侯忠义、刘世林《中国文言小说史稿》认为宋代文言小说"多脱离现实生活,往往模拟前人之作,较少创新,无论思想和艺术都不如前代的作品"。[④]

1990 年代以降,随着研究的不断深入,学界对宋代文言小说作出了新的评价。李剑国认为"宋人小说(笔者按:此处指志怪和传奇)有所成就,成就不算太高……相对唐人小说尤其是唐传奇来说它有退步也有进展……它对宋代及后世的小说影响赶不上唐小说但也不能小觑"。[⑤] 薛洪勣并不认可鲁迅"传奇小说,到唐亡时就绝了"之论,认为宋代是传奇小说的继续发展期,认为"通俗传奇小说在宋前已经存在,但为数较少,至北宋才逐渐发展起来,到了南宋,大体上已形成了一个高雅传奇与通俗传奇平分秋色的局面……这是传奇小说史上一次不容忽视的重大发展"。[⑥] 陈文新认为

①胡应麟《少室山房笔丛》卷二九《九流绪论下》,上海:上海书店出版社,2001 年版,第 283 页。
②鲁迅《中国小说史略》,第 71 页。
③鲁迅《中国小说的历史的变迁》,《鲁迅全集》第 9 卷,北京:人民出版社,2005 年版,第 329 页。
④侯忠义、刘世林《中国文言小说史稿》,北京:北京大学出版社,1993 年版,第 36 页。
⑤李剑国《宋代志怪传奇叙录·前言》,第 20 页。
⑥薛洪勣《传奇小说史》,杭州:浙江古籍出版社,1998 年版,第 215 页。

相较于唐传奇,宋传奇有衰落,也有新变,衰落是就辞章化传奇而言,新变是就话本体传奇而言。[1] 程毅中为李剑国《宋代传奇集》作序,曰:"(宋人)传奇志怪,亦多人情世态,声色俱绘,叙事则如经目睹,记言则若从口出,此可于《摭青杂说》等书觇之。宋之传奇,于搜神志异而外,或摹壮士佳人之心胆,或述引车卖浆之言语,声气风貌,神情毕肖,千载而下,犹可仿佛。"[2]对宋代志怪传奇作了较高的评价。

百年来,宋代文言小说研究在文献整理与研究、传奇小说研究、作家作品研究、文化研究、特质研究和价值研究等方面都取得了突破,但对志怪小说、轶事小说的研究还稍显冷清、成果较少,同时对宋代文言小说的叙事研究也关注不够,成果不多。另外,正如李剑国先生所言,"文言小说在长期流传和积淀过程中,形成了一系列意蕴丰厚的母题和意象""因此借用原型批评方法进行原型意象和母题研究具有广阔天地",[3]宋代文言小说因为与民间信仰、宗教和传统文化的密切联系而在原型意象和母题方面意蕴非常丰厚,但这方面的话题可能还未引起学界的充分关注,也应该是宋代文言小说研究的一个拓展方向。

中篇:宋代话本小说研究百年述略

宋代话本小说是唐五代敦煌话本发轫之后,中国白话小说发展极其重要的阶段。学界对话本小说进行整体研究的著述都会涉及宋话本。1912年以来的百余年中,较早对话本问题进行全面论述的是鲁迅先生,其《中国小说史略》《中国小说的历史的变迁》《宋民间之所谓小说及其后来》等论文论著对话本的渊源、性质、说话的家数、拟话本等问题都有精辟的阐析,奠定了话本研究的基础。[4] 1964 年,程毅中《宋元话本》比较系统地阐发了宋元话本的产生渊源、思想蕴涵、艺术特色、小说史价值,是关于宋元话本的

---

①陈文新《文言小说审美发展史》,武汉:武汉大学出版社,2002 年版。

②李剑国《宋代传奇集》卷首程毅中序,北京:中华书局,2001 年版。

③李剑国《文言小说的理论研究与基础研究——关于文言小说研究的几点看法》,《文学遗产》1998 年第 2 期。

④鲁迅《中国小说史略》《中国小说的历史的变迁》,均见《鲁迅全集》第 9 卷,《宋民间之所谓小说及其后来》收于杂文集《坟》,见《鲁迅全集》第 1 卷,北京:人民文学出版社,2005 年版。

较早专门著述，值得关注。① 1969 年，台湾学者乐蘅军《宋代话本研究》探讨了话本的诞生、话本的特质，梳理了现存宋话本，分析了宋话本的描写技巧、结构处理、主题赋予和风格表现，并对其艺术成就进行了客观评判，认为："第一、由于敏锐练达的观察，它在描写上，有点和面的成功。其次，它不失为一种真实的语言，故而保有着自己的格调。复次，从前代散述故事变而为把握独立事件，从平叙转用了动作的描写，都是开真正短篇小说的先河，但是它未能进一步创造深刻化的涵义，终于限制了它的文学命运，不能登堂入奥了。"②1971 年，新加坡学者黄孟文《宋代白话小说研究》系统探讨了宋代白话小说兴盛的因素、"说话"渊源及宋代"说话"盛况、宋代"说话人"的家数、宋人"话本"中的"入话""插词"等论题，全面评述了《宣和遗事》《新编五代史平话》《大唐三藏取经诗话》以及《京本通俗小说》《清平山堂话本》中的宋话本，认为宋代白话小说对后世有重要影响，体现在：首先，它给中国的白话文文学建立了一个新的纪元，使中国的小说从此摆脱文言文的桎梏，走上了运用浅白的语体文写作的康庄大道；其次，宋人小说中最特别的"入话""插诗"与"插词"，也成为后世小说作者模拟的最主要目标；其三，宋以后的短篇小说集，无论在内容上或技巧上，都不脱宋人"话本"的窠臼；其四，宋人小说的故事，多被后世戏曲家采作题材；其五，题材现实，扩大了中国小说写作的范围；其六，宋代的几部长篇小说，为后世的长篇小说和章回小说打下了稳固的基础；其七，宋代"说话"，有着高度的艺术技巧……都值得为后代的说书人所效法。③

　　1980 年，胡士莹《话本小说概论》全面梳理了话本小说发生、发展、流变的过程及其动因，深刻阐扬了各个时代说唱、说话、说书与话本的内在关系，准确分析了话本的体裁、类别和文体特征，完整叙录了宋元明清话本和拟话本作品，材料之丰、分析之细、论述之全，同类著述罕有其匹，被赵景深誉为"研究话本的百科全书"。该书对宋代说话和话本的论析，向来为学界所重。④ 另外，1985 年谭正璧《话本与古剧》，1989 年美国学者韩南《中国白话小说史》，1992 年张兵《话本小说史话》，1994 年欧阳代发《话本小说

①程毅中《宋元话本》，北京：中华书局，1964 年版。

②乐蘅军《宋代话本研究》，台北：台湾大学文学院，1969 年版。

③黄孟文《宋代白话小说研究》，新加坡：友联书局，1971 年版。

④胡士莹《话本小说概论》，北京：中华书局，1980 年版。

史》,1998 年石麟《话本小说通论》,2002 年鲁德才《古代白话小说形态发展史论》,2003 年萧欣桥、刘福元《话本小说史》,2015 年刘勇强《话本小说叙论——文本诠释与历史构建》,2017 年宋常立《瓦舍文化与通俗叙事文体的生成》,2017 年施文斐《宋元明话本小说中的性别书写与价值观念变迁研究》,2020 年徐大军《宋元通俗叙事文体演成论稿》等著述,①在对话本小说、白话小说的整体考察中都有对宋话本的精彩论析。

　　百年来,学界对宋代话本小说的渊源、文体、叙事、文化蕴涵、价值等多方面都进行了深入探讨。下面从六个方面择要述之。②

一、文献整理与研究

(一)篇目考证与叙录

　　宋代话本小说篇目的著录情况、版本流传及相关内容,相应的小说目录类著述大体都有涉及。孙楷第 1933 年出版的《中国通俗小说书目》是我国较早的小说目录,"标志着小说目录已有了初步系统和比较完备的著作,为小说研究奠定了目录学基础"。③ 该书于 1957 年出版了修订本,又于 1982 年出版了补正重排本。该书著录宋代至清末通俗小说 800 余种,分为宋元部、明清讲史部、明清小说部甲、明清小说部乙共四部。其中宋元部著录讲史话本 8 种,存世者 7 种;著录小说话本 134 种,存世者 28 种;①著

---

① 谭正璧《话本与古剧》,上海:上海古籍出版社,1985 年版。[美]韩南《中国白话小说史》,尹慧珉译,杭州:浙江古籍出版社,1989 年版。张兵《话本小说史话》,沈阳:辽宁教育出版社,1992 年版。欧阳代发《话本小说史》,武汉:武汉出版社,1994 年版。石麟《话本小说通论》,武汉:华中理工大学出版社,1998 年版。鲁德才《古代白话小说形态发展史论》,天津:南开大学出版社,2002年版。萧欣桥、刘福元《话本小说史》,杭州:浙江古籍出版社,2003 年版。刘勇强《话本小说叙论——文本诠释与历史构建》,北京:北京大学出版社,2015 年版。宋常立《瓦舍文化与通俗叙事文体的生成》,北京:人民出版社,2017 年版。施文斐《宋元明话本小说中的性别书写与价值观念变迁研究》,陕西师范大学 2017 年博士论文。徐大军《宋元通俗叙事文体演成论稿》,上海:上海古籍出版社,2020 年版。
② 学界关于宋元话本研究的综述文章,主要有李时人《20 世纪宋元小说研究的回顾》(《零陵师范高等专科学校学报》2000 年第 1 期)、罗勇珍《20 世纪 80 年代以来宋元话本小说研究综述》(《广东农工商职业技术学院学报》,2007 年第 3 期)、余戈、段庸生《近十年宋话本研究综述》(《湖北社会科学》2010 年第 4 期)、王委艳《话本小说研究九十年回顾与展望》(《东方论坛》2011 年第 6 期)等。另外,黄霖、许建平等著《20 世纪中国古代文学研究史·小说卷》(上海:东方出版中心,2006 年版)也有相关论述。上述诸文,笔者均有所参考,特此说明。
③ 石昌渝《中国古代小说总目·前言》,太原:山西教育出版社,2004 年版,第 1 页。
① 该书将《卓文君》《风月瑞仙亭》、《大唐三藏取经记》《大唐三藏取经诗话》分别著录,其实乃一书(篇)二名,实则一种,故而该书所著录小说话本的实际存世者实际为 26 种。

录小说总集 2 种，残存 1 种即《京本通俗小说》，亡佚 1 种即《烟粉小说》。①
该书对于已佚或未见者，则注明所据书名，对于现存者，则注明书名、卷数、
作者、版本等内容，"尽管不无商榷之处，然草创之功实不可没"。②

　　胡士莹 1980 年出版的《话本小说概论》勾勒了话本小说的完整图景，
体大思精。该书对宋元明清几乎所有的话本、拟话本以及集子都作了较为
详细的叙录，叙述其历代著录情况、故事梗概、本事来源、版本流传等内容，
考证其成书时代，梳理其文本故事传衍、改编情况，资料宏富，考证精当，论
断审慎。该书依据现存话本的体裁和语言风格、叙述的社会风俗习惯、反
映的社会思想意识等方面的信息，再加上运用同一内容话本的互相比勘，
话本中地理、官职及典章制度的考察，官史、杂史、笔记及诗文集等文本的
互相参证，依据戏文、杂剧、院本等来证明话本故事在当时的表演情形和话
本所反映的时代背景，参考现代人研究所积累的见解等方法，推勘并叙录
存世的宋人诗话 1 种即《大唐三藏取经诗话》，词文 1 种即《梁公九谏》，讲
史话本 2 种即《新编五代史平话》《新刊大宋宣和遗事》，小说话本 40 种。

　　江苏省社科院明清小说研究中心编纂并于 1990 年出版的《中国通俗
小说总目提要》，③共收唐代至清末的通俗小说 1160 种。每种书目（篇目）
先著明其作者并简要叙述生平经历，接着梳理版本流变递嬗关系，然后以
精炼朴实的语言准确客观地概述全书的内容大要，必要的作简要的思想艺
术评价，酌情介绍本事源流与沿革，最后附全书回目。该书对《大唐三藏取
经诗话》《梁公九谏》《五代史平话》《大宋宣和遗事》等宋代话本小说，《京本
通俗小说》《清平山堂话本》等宋元话本小说集有较为详细的提要。陈桂声
2001 年出版的《话本叙录》④著录唐代至清末的话本、拟话本，包括单篇、总
集、专集和选集，对其书（篇）名、存佚、卷数、著者、版本、本事、故事梗概、流
传、影响及评价等，一一详加考辨。该书分宋前编、宋元编和明清编三个部
分，其中宋元编叙录宋代话本 160 余种，存世者 47 种，亡佚者 110 余种。

---

①孙楷第《中国通俗小说书目》，北京：人民文学出版社，1982 年版。

②石昌渝《中国古代小说总目·前言》语，第 2 页。此处附带提一下，学界针对孙书，屡有增补之
　作，较著者为日本学者大塚秀高著《中国通俗小说书目增订本》（日本汲古社），我国学者欧阳健、
　萧相恺《〈中国通俗小说书目〉补编》（《文献》1989 年第 1 期）。

③江苏省社科院明清小说研究中心编《中国通俗小说总目提要》，北京：中国文联出版公司，1990
　年版。

④陈桂声《话本叙录》，珠海：珠海出版社，2001 年版。

石昌渝主编并于 2004 年出版的《中国古代小说总目》，著录 1912 年以前的
白话小说作品，按词头汉字音序排列，共 1251 种，其中宋代白话小说 100
余种，存世者 30 余种。朱一玄等编著并于 2005 年出版的《中国古代小说
总目提要》下编白话部分著录唐代至清末的白话小说 1389 种，其中宋代白
话小说 164 种，存世者 50 种，亡佚者 114 种。

（二）文本整理与汇集

宋代白话小说的文本整理，百年来尤其是近三十多年来取得了显著的
成就。话本总集方面，刘世德主编的大型丛书《中国话本大系》，[①]收录了
包括《京本通俗小说》《清平山堂话本》《熊龙峰小说四种》、"三言二拍"、《大
唐三藏取经诗话》《大宋宣和遗事》等在内的存世话本，一一进行点校整理，
宋代话本存世者尽入其中。另外，明代洪楩编印的话本集《清平山堂话本》
现存完整者 27 篇，残缺者 2 篇，其中大多是宋元旧本，引起了学界的高度
关注。学界对该书的整理本较多，比较重要的有 1929 年古今小品书籍印
行会据日本内阁文库所藏残本影印的《清平山堂话本》（收录 15 篇），1933
年马廉据其在宁波所发现残本影印的《雨窗欹枕集》（收录 12 篇），1955 年
文学古籍刊行社把上述两书合并影印的《清平山堂话本》（收录 27 篇），
1957 年古典文学出版社谭正璧校注本，1990 年江苏古籍出版社石昌渝校
注本，2012 年中华书局程毅中校注本。

讲史话本方面，1954 年古典文学出版社出版了《新编五代史平话》和
《宣和遗事》的排印本，1993 年江苏古籍出版社出版了两书的点校整理本。
另外，1990 年上海古籍出版社出版了丁锡根点校本《宋元平话集》，收录包
括《梁公九谏》《五代史平话》和《宣和遗事》在内的宋元讲史话本 8 种。

小说话本方面，1987 年中州古籍出版社出版了欧阳健、萧相恺编订的
《宋元小说话本集》，按照《醉翁谈录》的小说分类（灵怪、烟粉、传奇、公案、
朴刀、杆棒、神仙、妖术）再加上其他类共九类，收录宋元小说话本 67 种。
每种话本都有简单的校注，并在正文之后有附记，叙录话本来源，考证成书
时代。2000 年齐鲁书社出版了程毅中辑注的《宋元小说家话本集》，收录
宋元小说话本（包括经过明人修订而主体尚存宋元旧观，语言成分仍以宋
元为主者）40 种，再将疑问较多及残缺不全的 22 种，作为存目叙录附于书

后。该书对收录的每种话本都有提纲挈领的解题和较为详尽的校注，有些篇目文末还附有选录的参考资料，用心细密，颇便学者。该书应该是目前宋元小说话本文献整理最好的成果之一。

说经话本方面，《大唐三藏取经诗话》今存宋椠巾箱本和宋椠大字本两个版本，1916 年和 1917 年罗振玉先后影印了巾箱本和大字本，收入《吉石庵丛书》。1925 年黎烈文据罗氏影印巾箱本标点整理，由商务印书馆出版了《大唐三藏取经诗话》排印本。1954 年古典文学出版社据罗氏影印巾箱本并参考影印大字本，重新出版了《大唐三藏取经诗话》排印本。1955 年文学古籍刊行社影印出版了罗氏的巾箱本和大字本。1997 年中华书局出版了李时人、蔡镜浩《大唐三藏取经诗话校注》，该书据以宋刊小字本，参以宋刊大字本，并参考商务印书馆、古典文学出版社的排印本，精细校注，成为《取经诗话》文献整理目前最重要的成果。

（三）话本选编与注析

宋代话本小说的文本编选、注释、赏析，多种著述都有涉及，下面择要述之。1933 年上海开华书局出版龚学明编选《宋人小说选》和 1935 年上海中央书店出版储菊人校订《宋人创作小说选》，都选入了《错斩崔宁》《碾玉观音》等宋代话本小说。1955 年上海四联出版社出版了傅惜华选注《宋元话本集》，收入《冯玉梅团圆》等 18 种宋元话本并进行了简单注释。1959 年人民文学出版社出版了吴晓铃、周妙中、范宁选注的《话本选》，共收入宋元明清话本 38 篇，其中包括《错斩崔宁》《碾玉观音》等 6 篇宋代小说话本。1980 年江西人民出版社出版了萧欣桥选注《宋元明话本小说选》，共收入宋元明话本小说 24 篇，其中包括《错斩崔宁》《碾玉观音》等 6 篇宋代话本小说。1993 年南京大学出版社出版了周钧韬、欧阳健、萧相恺主编《中国通俗小说鉴赏辞典》，精选了唐代至清末的 300 部白话通俗小说进行鉴赏评析，其中包括《大唐三藏取经诗话》《五代史平话》《宣和遗事》等数种宋代话本。2004 年上海辞书出版社出版的《古代小说鉴赏辞典》选入宋代话本小说 25 篇。

二、话本渊源研究

（一）话本与"说话""转变""变文"关系研究

宋代话本小说与"说话""转变""变文"的渊源关系，学界看法不一。一种看法是大致认为话本源自变文。1920 年，王国维发表《伦敦发见唐朝之通俗诗与通俗小说》，提出敦煌藏卷中一些"全用俗语"的叙事文学作品"为宋以后通俗小说之祖"。[①] 后来鲁迅也指出敦煌藏经中已有俗文体小说，至迟在唐代已有"说话者"的存在，其说话"实出于杂剧中"。[②] 王国维、鲁迅的观点得到了很多学者的认同，俞平伯《茸芷缭衡室随笔》、郑振铎《宋元话本是怎样发展起来的》、陈汝衡《说书小史》等，[③]大都认为话本源于变文。

　　另一种看法是认为"说话"并非源于佛教的俗讲转变，那么话本也就不一定来自变文。1928 年方欣庵《白话小说起源考》指出"宋代白话小说的产生是由于唐宋时代优伶娼妓的唱诗唱词中蚁变出来的"，[④]1958 年滕维雅《论宋代话本小说的起源》指出"宋代说话，盖出于唐代百戏和杂戏中的'说话'"，[⑤]1981 年程千帆、吴新雷《关于宋代的话本小说》认为宋代说话"源于我国古代的说书"，并强调"转变和说话是并行的讲唱伎艺，并不存在先后的因果关系"，但两者"不是完全隔绝的，而是彼此有交流的"。[⑥] 2007 年李剑国、陈洪主编《中国小说通史》有专节"说话溯源"认为："先秦至隋有很多活动尤其是俳优艺术，与后世说书很相似，或者说已经包含了说书的萌芽，这成为后来说话艺术产生的基础和土壤，也可以说是说话艺术的源头，当然也就是白话小说的源头……到唐代，'说话'和'俗讲'都已成为民间流行的艺术活动……虽然唐代'说话'的具体情况不很清楚，但两宋的民间'说话'肯定是由它发展而成。"[⑦]

（二）宋代"说话"研究

　　宋代说话作为宋话本的温床，学界对其进行了深入研究。关于南宋说话四家，王国维《宋元戏曲史》认为应是小说、说经、说参请和说史书，鲁迅《中国小说史略》、孙楷第《宋朝说话人的家数问题》认为应是小说（银字儿、说公案、说铁骑儿）、说经、说参请、说诨经，讲史书，合生、商谜。陈汝衡《说

①王国维《伦敦发见唐朝之通俗诗与通俗小说》，《东方杂志》第 17 卷第 8 期。
②鲁迅《中国小说史略》，《鲁迅全集》第 9 卷，北京：人民文学出版社，2005 年版。
③俞平伯《茸芷嫌衡室随笔》，《清华周刊》1931 年 12 月 19 日第 36 卷第 7 期。郑振铎《宋元话本是
　怎样发展起来的》，载《文学百题》，上海：生活书店，1935 年版。陈汝衡《说书小史》，上海：中华书
　局，1936 年版。
④方欣庵《白话小说起源考》，《中山大学语言历史学研究所周刊》1928 年 10 月 24 日第 5 集第 52 期。
⑤滕维雅《论宋代话本小说的起源》，《新建设》1958 年第 11 期。
⑥程千帆、吴新雷《关于宋代的话本小说》，《社会科学战线》1981 年第 3 期。
⑦李剑国、陈洪主编《中国小说通史》，北京：高等教育出版社，2007 年版，第 826 页。

书小史》认为应是小说，说公案、说铁骑儿，说经、说参请、说诨经，讲史。王古鲁《南宋说话四家的分法》、胡士莹《话本小说概论》认为应是小说，说铁骑儿，说经、说参请，讲史。① 上述四种主要意见的共同点在于都承认小说、说经、讲史是其中的三家，而在另外一家判定上则有说参请、说公案、说铁骑儿、合生与商谜等分歧。

　　关于宋代说话的兴起背景、演出概况、主要艺人、行会组织和话本编写等内容，胡士莹《话本小说概论》、程毅中《宋元小说研究》、萧相恺《宋元小说史》、姜昆、倪钟之主编《中国曲艺通史》、②李晓晖《宋元"说话"研究》③等都有周详的论述。

（三）话本性质研究

　　关于话本的性质，学界存在争议。鲁迅认为话本就是说话人的"底本"，"以作说话时之凭依、发挥"，学界多以为然。1965年日本学者增田涉发表《论"话本"的定义》质疑鲁迅之论断，认为"话本"一词除偶尔可解释为"故事的材料"外，一般作"故事"解，该词没有"说话人的底本"的意思。④中国学者施蛰存、萧欣桥等先后撰文对增田涉之观点进行质疑，认为"底本"说仍然成立。⑤ 程毅中《宋元小说研究》对"底本说"进行了发展，指出话本有提纲式的简本和语录式的繁本之分。⑥

　　有些学者基本否定"底本说"，提出了"录本说"。周兆新《"话本"释义》认为"话本"本义应是故事书，转义或引申义乃是故事，并指出现存话本"都不是底本，而是依据说书艺人口述整理而成、专供广大群众案头欣赏的通俗读物"。⑦ 石昌渝《中国小说源流论》认为："书面化的'说话'就是话本小

① 王国维《宋元戏曲史》，上海：上海古籍出版社，1998年版。鲁迅《中国小说史略》，《鲁迅全集》第9卷。孙楷第《宋朝说话人的家数问题》，《学文》1930年11月。陈汝衡《说书小史》，上海：中华书局，1936年版。王古鲁《南宋说话人四家的分法》，《王古鲁小说戏曲论集》，北京：中华书局，2013年版。胡士莹《话本小说概论》，北京：中华书局，1980年版。
② 姜昆、倪钟之主编《中国曲艺通史》第四章"曲艺的发展与繁荣——两宋时期"，北京：人民文学出版社，2005年版。
③ 李晓晖《宋元"说话"研究》，华中师范大学2008年博士论文。
④ 增田涉《论"话本"的定义》，《人文研究》第16卷5号（1965年6月），中文译文1981年载台北《中国古典小说研究专集》第三集。
⑤ 施蛰存《说"话本"》，《文史知识》1988年第10期。萧欣桥《关于"话本"定义的思考》，《明清小说研究》1990年第3、4期；萧欣桥《话本研究二题》，《浙江学刊》2000年第5期。
⑥ 程毅中《宋元小说研究》，南京：江苏古籍出版社，1999年版，第241～242页。
⑦ 周兆新《"话本"释义》，《国学研究》第2卷，北京：北京大学出版社，1994年版。

说。话本小说不是说话人的底本，而是摹拟'说话'的书面故事。它最初是记录'说话'加以编订。"①

孟昭连《白话小说生成史》完全否认"底本说"，提出了"拟说书体"的新见，认为："（话本小说）不是说话艺人的'底本'……话本小说与说话艺术并无'血缘'关系，而只是模拟与被模拟的关系……古代白话小说中诸多说书因素，都是作者模拟说话艺术造成的，早期的所谓'话本'小说是如此，后来的长篇小说也是如此。所以本书将之统称为'拟说书体'。"②

三、话本文体研究

（一）话本的文体特性研究

关于宋代话本小说的文体特性，王庆华《话本小说文体研究》认为"口头文学的表演程式和叙事方式基本上确立了这些作品的篇章体制和艺术构造方式，赋予其文体形态以鲜明的口头文学属性和民间性"，该书还将话本小说文体形态的个性特征概括为：独具一格的篇章体制，口头文学色彩特别浓厚、主观性强烈的叙事方式，富有特色的叙事结构和叙事视角。③《中国小说通史》概括为故事的通俗化、市民趣味、离奇曲折的情节、不注重细节描写与心理描写、道德说教五个方面。④ 另外，王凌《形式与细读：古代白话小说文体研究》从语言形式、修辞形式及人物话语表述形式、人称与视角、顺序与节奏、叙述结构五个方面探讨了包括宋代话本小说在内的古代白话小说文体特色，颇有新意。⑤ 罗筱玉《宋元讲史话本研究》、⑥李时灿《宋元小说家话本文献传承研究》⑦则分别对宋元讲史话本和小说话本的文体属性做了探讨。叶楚炎《论宋元话本小说中的分回》则专门探讨了宋元话本小说中的分回痕迹、形成脉胳及小说史意义。⑧ 朴英玉、禹尚烈《宋元话本与朝鲜盘索里之比较》通过中朝对比，阐发宋元话本与朝鲜盘索里

---

① 石昌渝《中国小说源流论》，北京：三联书店，1994 年版，第 230 页。
② 孟昭连《白话小说生成史》，天津：南开大学出版社，2016 年版，第 5～6 页。
③ 王庆华《话本小说文体研究》，上海：华东师范大学出版社，2006 年版。
④ 李剑国、陈洪主编《中国小说通史》（唐宋元卷），第 881～889 页。
⑤ 王凌《形式与细读：古代白话小说文体研究》，北京：人民出版社，2010 年版。
⑥ 罗筱玉《宋元讲史话本研究》，北京：中国社会科学出版社，2010 年版。
⑦ 李时灿《宋元小说家话本文献传承研究》，北京大学 2007 年博士论文。
⑧ 叶楚炎《论宋元话本小说中的分回》，《文学遗产》2018 年第 3 期。

同为口头技艺文本化产物的不同特性。①

　　关于宋元话本的入话，金明求有大作《宋元话本小说入话之叙事研究》专题研究。② 另外，杨林夕《宋元话本与明话本之入话比较》认为："话本小说的入话通常有入话诗、评介语、小故事等几种形式，随着宋元话本向明话本的过渡，文体更加完备规范，其中表现在入话部分的不同，主要在于加强了入话与正话的关联，减少了随意性，突出了话本作家的教化责任感。"③关于宋元话本的韵文，叶楚炎认为可分为体制性韵文和非体制性韵文，而非体制性韵文中也能找到一些体制性韵文。④

（二）话本的艺术特征研究

　　关于宋代话本的艺术特征，张兵《话本小说的美学特征》概括为体制全、故事奇、结构巧、人物新、语言俗。⑤ 黄进德《论宋代的话本小说》指出"宋话本小说开拓了崭新的形象思维领域，在体制建构、情节安排、刻画人物手法以至语言运用上，也都分明保存着迎合市民口味的特征"。⑥ 黄建国《短篇话本小说的结构艺术和审美价值》认为"短篇话本小说故事结构明显呈三阶段式，而每一阶段中又包括故事进展、阻止进展、终于进展三部分，使故事显得跌宕起伏，故能引人入胜"。⑦ 程毅中《宋元小说的写实手法与时代特征》指出"宋元小说的艺术成就突出表现在细节描写上的逼真与如画，用写实的手法再现了特定时代、特定环境中的社会风貌和生活气息……形成了有民族特色的现实主义文学风格"。⑧

　　另外，孙旭《话本小说的地域性研究》论及宋元话本小说家的地域意识，认为"宋元话本小说家的地域意识一方面热烈、专注，另一方面懵懂、肤浅，犹如盛开于原野高岗的一簇簇野花，朴素无华、生机勃发，但又简单至极、杂乱无章"，⑨颇有新意。

---

① 朴英玉、禹尚烈《宋元话本与朝鲜盘索里之比较》，《延边大学学报》（社科版）2018 年第 2 期。
② 金明求《宋元话本小说入话之叙事研究》，台北：台湾大安出版社，2009 年版。
③ 杨林夕《宋元话本与明话本之入话比较》，《江汉大学学报》（人文科学版）2011 年第 2 期。
④ 叶楚炎《论宋元话本小说中的"体制性"韵文和"非体制性"韵文》，《国学刊》2019 年第 4 期。
⑤ 张兵《话本小说的美学特征》，《人文杂志》1990 年第 6 期。
⑥ 黄进德《论宋代的话本小说》，《扬州大学学报》1990 年第 3 期。
⑦ 黄建国《短篇话本小说的结构艺术和审美价值》，《宝鸡文理学院学报》1994 年第 2 期。
⑧ 程毅中《宋元小说的写实手法与时代特征》，《社会科学战线》1996 年第 6 期。
⑨ 孙旭《话本小说的地域性研究》，北京师范大学 2003 年博士后报告。

四、话本叙事研究

(一)话本的叙事模式研究

关于宋代话本小说的叙事模式，学界多有涉及。王昕《话本小说的历史与叙事》认为宋元话本小说叙事具有如下特点：叙事者重在叙述事件过程而疏于对故事中人物内心活动的关注，叙事者虽然时有警示性的套语但却无意造成一个有道德意义的主题。① 罗小东《话本小说叙事研究》则从叙事时间、叙事视角和小说结构三个方面对话本小说进行了叙事分析。② 杨义《文人与话本叙事典范化》指出话本小说的叙事特征主要体现为散韵交错的叙事文体、颠倒悖谬和无巧不成书的叙事模式。③ 范道济《话本小说叙事模式述论》认为宋话本采用"拟书场"的特殊叙事模式：以模拟的说书人为特殊的叙述者，以假想的听众为程式化的叙述接受者，以固定的叙述者的声音与全知的叙述者眼光构成其基本的叙事视角方式。④ 马珏玶《宋元话本叙事视角的社会性别研究》指出宋元话本视角是男性的叙事视角，凝聚在文本状态的心理视角都是漠视女性的主体性而代之以他者期待性评判。⑤

(二)话本的叙事策略研究

宋元话本的叙事策略在与唐传奇的比较中会得到更清晰的彰显。刘凤芹《唐人传奇和宋元话本叙述视角的差异》认为与唐人传奇多样化的叙述视角相比，宋元话本的叙述视角基本都采用第三人称全知视角，但有时说书人又有意控制叙述视角和采用限知视角，以达到神秘效果。其另一篇文章《唐传奇和宋元话本的叙事结构之比较》以宋元话本中的愚行小说、公案小说、鬼怪小说、宗教小说为代表进行分析，认为宋元话本同类题材的小说往往具有相同的深层结构及一整套与之呼应的表层结构技巧。⑥

关于宋元讲史话本、小说话本各自的叙事策略，楼含松《拟史：宋元讲

① 王昕《话本小说的历史与叙事》，北京：中华书局，2002 年版。
② 罗小东《话本小说叙事研究》，北京：学苑出版社，2002 年版。
③ 杨义《文人与话本叙事典范化》，《天津社会科学》1993 年第 3 期。
④ 范道济《话本小说叙事模式述论》，《荆州师范学院学报》2002 年第 2 期。
⑤ 马珏玶《宋元话本叙事视角的社会性别研究》，《文学评论》2001 年第 2 期。
⑥ 刘凤芹《唐人传奇和宋元话本叙述视角的差异》，《聊城大学学报》2002 年第 3 期；《唐传奇和宋元话本的叙事结构之比较》，《淮南师范学院学报》2003 第 1 期。

史平话的叙事策略》认为"讲史平话的叙事特征不同于一般的小说话本，带
有明显的'拟史'倾向。讲史平话在叙事时间和叙事结构的处理上，存在对
传统史书的借鉴……较多运用了史书纪传体和编年体的结构形式"。① 纪
德君《宋元小说家话本的叙事艺术探绎》认为宋元小说家话本的叙事艺术
经验，主要有"确立特定的叙事时空，以强化故事的真实性；撷取间巷异闻，
喜谈'蹊跷怪事'，使故事富有传奇性；选择'结构核'，生发故事，粘连情节，
使故事充满戏剧性；运用科诨玩笑和俚语俗谚等，增加故事的趣味性"②等
四个方面。

（三）话本的时空叙事研究

关于宋元话本的时空叙事，夏明宇博士论文《宋元话本小说时空叙事
研究》值得关注。该文首先从思想和文艺两个维度探讨宋元话本小说时空
观念的形成渊源；接着分析宋元话本小说的时间形态，认为主要有日常时
间、历史时间和虚幻时间等类型；再接着阐发空间形态，认为主要有都市空
间、江湖空间、情色空间、虚幻空间等类型；然后聚焦时间叙事，着重分析叙
事的时间干预手段、时间叙事与人文关怀两个论题；最后聚焦空间叙事，探
讨"空间流动：场景旅行与情节建构"，"空间切换：转接模式与结构生成"，
"空间结构：'葫芦'外形与'双环'内核"，"空间意象：空间节点与诗性叙事"
等论题。③ 该文条分缕析，颇有新见。夏博士还发表了《行走的景观：宋元
话本小说的空间意象》《葫芦与双环：宋元话本小说的空间结构》《双城映
像：宋元话本小说的空间书写》等论文。第一篇认为宋元话本小说中的桥、
城门、旅店等空间意象，"在故事中分别发挥了空间连通与叙事衔接、空间
分隔与叙事离合、空间栖止与叙事转折等空间叙事功能"，同时"积淀着深
厚的民族审美经验，使得古典小说的诗性叙事成为可能"。第二篇认为：
"宋元话本小说的空间结构具有'葫芦格'的外部结构与'双环'式的圆形内
部结构，'葫芦格'结构包含构成隐喻关系的'头回'与'正话'，'双环'圆形
结构包含物理空间与心理空间及其'圆满'与'非圆满'两种形态，它们共同
缔造了话本小说的结构模式与美学特征。"第三篇认为："宋元话本小说的
叙事空间聚焦于两宋故都东京与杭州，透过神圣与凡俗两个维度的物象勾

---

① 楼含松《拟史：宋元讲史平话的叙事策略》，《浙江大学学报》2006 年第 5 期。
② 纪德君《宋元小说家话本的叙事艺术探绎》，《社会科学研究》2004 年第 1 期。
③ 夏明宇《宋元话本小说时空叙事研究》，上海大学 2012 年博士论文。

勒,再现了'双城'的世俗图景。"①

　　另外,纪德君《宋元话本小说的时空设置及其文化意蕴》指出"宋元话本小说时空设置的显著特点是突出叙事时空的当代性和地域性,注重对市井节日民俗的描写和渲染",其叙事功能和文化意义在于"加强叙事的真实性和可信性,强化话本小说的现场接受效果,同时又可以营造一种特殊的地域文化氛围,使话本小说富有市井生活气息和浓郁的时代特色"。②

五、文化蕴涵研究

(一)话本的市民色彩和世俗特质研究

　　宋代话本小说的市民色彩和世俗特质,学界多有阐发。许军《论宋元小说的道德劝惩观念》认为与宋元志怪传奇相比,市民阶层的生活和理想是话本叙述的主要内容,话本作品一般既不做拔高处理也不做道德评判,只是在广阔的社会生活场景里表现市民阶层的情趣爱好和喜怒哀乐。③范嘉晨《宋代话本小说的市民情爱型态》指出宋话本真实再现了当时市民阶层的心态和思想倾向,烟粉传奇故事表现的是新兴市民阶层的爱情观,朴刀和杆棒类的作品表达了市民阶层对于发迹变泰的渴望,公案故事则表达了市民阶层对与自己切身相关的官僚制度和法律制度的关切。④ 赵丹琦、孙晓玲《唐传奇、宋话本市井题材中的民族精神传统及其传承轨迹》指出宋话本宣扬的仁爱善良、忠孝仁义、侠义勇敢、勤劳智慧等精神正是市民阶层的伦理观念和道德规范。⑤ 周波《论市民的审美意识对话本小说的制约》认为:"市民阶层的审美意识不仅制约着话本小说作者在思想观念的表露上与市民思想意识的契合;同时,在艺术形式上也制约着创作者打破旧的传统的艺术表现形式,大胆地创新,寻求最佳的表现途径以适应市民群

---

① 夏明宇《行走的景观:宋元话本小说的空间意象》,《暨南学报》(哲社版)2013 年第 3 期;《葫芦与双环:宋元话本小说的空间结构》,《河南师范大学学报》(哲社版)2012 年第 1 期;《双城映像:宋元话本小说的空间书写》,《明清小说研究》2020 年第 1 期。
② 纪德君《宋元话本小说的时空设置及其文化意蕴》,《学术研究》2003 年第 4 期。
③ 许军《论宋元小说的道德劝惩观念》,《广西社会科学》2003 年第 11 期。
④ 范嘉晨《宋代话本小说的市民情爱型态》,《青海社会科学》2000 年第 1 期。
⑤ 赵丹琦、孙晓玲《唐传奇、宋话本市井题材中的民族精神传统及其传承轨迹》,《南京工业大学学报》社科版 2007 年第 2 期。

众的审美情趣。"①

纪德君、洪哲雄《试论宋元平话的审美文化追求》认为宋元平话"始终将市井细民置于其艺术构思的中心，这使它在处理题材上多半牵引正史以拍合于野语村谈，在品评历史人事时主要以市井细民的政治要求和平等意识作为判准，在塑造人物时有意将帝王将相平民化，以寄托其渴求发迹变泰之思想，在讲述历史事件时，尽量将历史事件传奇化和戏剧化"，同时指出"尽管它媚俗之意昭然，但却包含了丰富的审美文化意蕴，具有不容忽视的存在价值"。② 马晓坤《宋元小说话本中的民俗信仰论略》认为宋元小说话本中所体现的民俗信仰主要有灵魂信仰、善恶有报和因果报应观念、万物有灵观念等，指出"这些观念或者是普通甚至庸俗的，但真实自然地展现了当时民众的精神面貌，有助于我们全面立体地了解当时的民众与社会"。③ 梅东伟《话本小说中的婚俗叙事研究》认为宋元以来话本小说中的婚俗书写获得了前所未有的繁盛，主要表现在婚俗角色人物、婚俗叙事场景、婚俗叙事情节模式和婚俗题材小说的大量出现等方面，并呈现出以俗为教、以俗为趣、以俗为戏和礼顺人情等多种价值取向。④ 李懿《宋元话本节令书写的民俗价值与叙事策略》认为宋元话本中的节令书写，客观上具有志录民情风俗的功能，并对话本故事类型与情感氛围的确定、情节设置、人物形象塑造、环境渲染、主题升华等具有积极的建构作用。⑤

（二）话本中的人物形象研究

宋元话本中的人物形象最真实地折射出市井细民的精神世界，学界对此有深入的分析。谢桃坊《论宋人话本小说的市民女性群像》认为："宋人话本小说的市民女性群像是中国文学史上以世俗的日常生活描写真实地表现新兴市民阶层的意识和情绪，从中可见到在黑暗的封建社会中关于人的自我发现，闪耀着淡淡的人本思想的光芒。"⑥纪德君《"春浓花艳佳人胆"——论宋代话本小说的女性形象》指出宋话本中的女性"不论是人、是仙、是鬼、是妖，都具'佳人胆'，即大胆同封建婚姻伦理抗争，要求婚姻自

---

① 周波《论市民的审美意识对话本小说的制约》，《湖南科技学院学报》（社科版）2005 年第 6 期。
② 纪德君、洪哲雄《试论宋元平话的审美文化追求》，《中山大学学报》（社科版）1998 年第 5 期。
③ 马晓坤《宋元小说话本中的民俗信仰论略》，《浙江学刊》2006 年第 3 期。
④ 梅东伟《话本小说中的婚俗叙事研究》，华东师范大学 2013 年博士论文。
⑤ 李懿《宋元话本节令书写的民俗价值与叙事策略》，《中华文化论坛》2018 年第 3 期。
⑥ 谢桃坊《论宋人话本小说的市民女性群像》，《社会科学研究》1993 年第 2 期。

由；其次，她们对爱情有着热烈而真诚的追求，对负心人也敢于惩罚"。①

刘相雨《〈搜神记〉和宋代话本小说中女神、女鬼、女妖形象的文化解读》认为，《搜神记》与宋代话本小说中的女神、女鬼、女妖形象颇有差异："前者中的女神多神圣威严，后者则和蔼可亲；前者中的女鬼多居于野外，充满鬼气，后者中的女鬼多居于市井，富于人情味；前者中的女妖形象单薄，后者则形象鲜明，并大胆追求情欲。这一差异的产生有社会、心理、文化等各方面的原因，而宋代市民阶层的兴起，市民的审美情趣、价值观念对小说创作的影响是这一变化的重要因素。"②尹楚兵的《宋话本爱情婚恋题材小说中男性形象探析》认为"除传统的士子、官吏形象外，新兴的手工业者、商人子弟和店员之类的小市民形象已一跃成为宋话本爱情婚恋小说男性形象的主体"，该文还将这些男性形象分为赤诚不渝型、软弱自私型、无情负心型三大类型，并认为他们整体上缺乏女性形象的主动、积极意识。③

六、话本价值研究

（一）宋话本在中国小说史上的价值研究

关于宋代话本小说在中国小说史上的重要价值，学界已有精到的阐发。19 世纪末，日本学者笹川种郎《中国小说戏曲小史》就称"诨词小说开创了小说的新时期"，1918 年日本学者盐谷温《中国文学概论讲话》指出"所谓诨词小说，是以俗语体很有趣地写成的小说"，并认为"真正有国民文学意味的小说是创始于宋代，这就叫诨词小说"。④后来鲁迅《中国小说的历史的变迁》指出："其时社会上却另有一种平民底小说，代之而兴了。这类作品，不但体裁不同，文章上也起了改革，用的是白话，所以实在是小说史上的一大变迁。"⑤

胡士莹《话本小说概论》认为："宋元话本作为一种市民的文学，它的最

---

①纪德君《"春浓花艳佳人胆"——论宋代话本小说的女性形象》，《海南大学学报》（社科版）1996 年第 2 期。

②刘相雨《〈搜神记〉和宋代话本小说中女神、女鬼、女妖形象的文化解读》，《江西师范大学学报》（社科版）2001 年第 2 期。

③尹楚兵《宋话本爱情婚恋题材小说中男性形象探析》，《江南大学学报》（社科版）2004 年第 4 期。

④笹川种郎《中国小说戏曲小史》，东京：东华堂，明治三十年（1897）发行。盐谷温《中国文学概论讲话》，陈彬和译为《中国文学概论》，北京：朴社，1926 年版。

⑤鲁迅《中国小说的历史的变迁》，《鲁迅全集》第 9 卷，北京：人民文学出版社，2005 年版，第 329 页。

大的特点和优点,是市民阶层中的劳动人民在说话艺术中破天荒第一次占有重要的地位,社会新兴势力的一部分,下层市民中劳动的'小人物',在话本中作为被肯定的主人公出现。这在我国的说话艺术中以至小说史上是一个新事物,是一个意义重大的进步。"①程毅中《宋元小说研究》指出:"宋元时代是小说史上一个继往开来的阶段。这是以话本为基础的白话小说开始发达的时代,也是以史传为渊源的文言小说走向衰微的时代。"②萧相恺《宋元小说史》将宋元话本称为市人小说,并称"它的发展壮大,规定着此后中国小说主流的发展方向,标志着中国小说的发展又完成了一个新的飞跃"。③

(二)宋话本对后世叙事文学影响研究

关于宋代话本小说对后世叙事文学的影响,学界都注意到了宋话本之于白话短篇小说、章回小说和戏曲的沾溉。王立鹏《论话本在中国小说史上的地位》认为章回小说继承了宋话本题目、篇首、入话、头回、正话、篇尾的体制格式,并加以糅合、完善,形成了它特有的体制形式。④ 于峰山《宋代小说在中国小说史上历史地位的重新估价》认为宋话本在中国小说史上具有承前启后的重要作用,并指出话本与戏剧的关系十分密切,不仅表现在戏剧的取材多来源于讲史故事和民间传说,并且其语言的通俗浅显、生动活泼也是受了宋话本的影响。⑤

百年来,宋代话本小说研究在文献考辨、源流清理、文体探讨、叙事分析、文化阐释等多个方面都取得了丰硕的成果。抚今追昔,宋代话本小说研究要有新的开拓,可以考虑在叙事分析、文本接受等方面精耕细作。王委艳《话本小说研究九十年回顾与展望》指出了话本小说未来研究的三个维度:一是来源于说话的话本小说从结构、叙事方式、语言到意识形态无不具有"交流性",研究者应着眼于考察"说—听"交流模式转向"写—读"交流模式的嬗变过程,并揭示其内在逻辑。二是传统文化与话本小说叙事研

---

① 胡士莹《话本小说概论》,第 307 页。
② 程毅中《宋元小说研究》,第 1 页。
③ 萧相恺《宋元小说史》,第 9 页。
④ 王立鹏《论话本在中国小说史上的地位》,《井冈山学院学报》(社科版)2006 年第 1 期。
⑤ 于峰山《宋代小说在中国小说史上历史地位的重新估价》,《福建师范大学学报》(哲社版)2003 年第 6 期。

究，细致考察话本中遵从式文化叙事与背反式文化叙事的辩证呈现。三是话本小说的读者交流与西方小说有很大的不同，揭示这种不同有助于建立具有中国特色的文本接受理论；同时还可以借鉴西方修辞叙事学理论探讨话本小说接受的"可靠性"问题。① 上述问题的提出颇有见地，对这些问题的深入探讨必将推动宋代话本小说研究更上层楼。

下篇：宋代小说整体研究百年印迹

1912 年以来的百余年，在文学研究的百花园里，中国古代小说研究蔚为大观，而宋代小说处于文白变奏（文言小说嬗变和白话小说崛起）的重要节点，引起了学界的充分关注。贯通文言白话对宋代小说进行整体研究的著述不断涌现，这些著述或专门探讨宋代小说理论批评，或专题研究某种题材，或集中论述文白雅俗关系，推动了宋代小说研究的繁荣发展，重新确认了宋代小说在中国小说史上的重要位置。

一、宋代小说理论研究

宋代小说理论方面的建树，1990 年代之前学界罕有论及，1990 年代以降，学界出现了不少探讨宋代小说理论批评的论文论著，荦荦大者当数台湾学者康来新《发迹变泰——宋人小说学论稿》，②谭帆等《中国分体文学学史·小说学卷》第三章"宋元小说学"也有集中讨论。③ 前者由绪论"始有意治之——宋人在小说学的开展意义"，上编"乃有可观之——宋人对小说学的具体贡献"，下编"仍有可为之——宋人小说学的广角思考"组成，对宋人小说学作了全景式的考察，可谓拓荒之作。后者探讨了宋人小说文献整理、小说观念演进、小说类型划分、小说功用观、小说艺术观、小说评点文体独立等内容，也是用心之作。另外，宁宗一主编《中国小说学通论》、熊明《中国古代小说史论》均有论及宋代小说学。④ 除此之外，还有一些专题论

①王委艳《话本小说研究九十年回顾与展望》，《东方论坛》2011 年第 6 期。
②康来新《发迹变泰——宋人小说学论稿》，台北：台湾大安出版社，1996 年版。
③谭帆、王冉冉、李军钧《中国分体文学学史·小说学卷》，太原：山西教育出版社，2013 年版。
④宁宗一《中国小说学通论》，合肥：安徽教育出版社，1995 年版。熊明《中国古代小说史论》，北京：中国文联出版社，2018 年版。

文涉及宋代小说理论批评。下面从五个方面择要述之。

（一）宋人小说本体观研究

宋人小说本体观方面，欧阳修编撰《崇文总目》《新唐书·艺文志》时将前志著录于史部的志怪传奇移至子部小说类，体现出对小说本质的新认知，引起了学界的关注。王齐洲《论欧阳修的小说观念》认为："现代小说观念以故事性和虚构性为小说的基本特性。然而，中国古代的小说观念虽未排斥小说作品的故事性，但都不承认小说作品的虚构性。欧阳修在《新唐书·艺文志》中，不仅第一次将《搜神记》之类的志怪作品由史部杂传类移录入子部小说家类，而且第一次将大批唐传奇作品著录于正史艺文志小说家类，并将虚构与否作为区分史传与小说的基本标准，从而开启了具有近代意识的小说观念的先河，对中国小说的发展作出了积极的贡献。"①凌郁之《从宋代官私书目看小说观念的变迁》指出："《崇文总目》、《新唐书·艺文志》将志怪传奇之书归于小说类，确立了后世书目小说类的基本架构。《郡斋读书志》和《直斋书录解题》等书目，反映了南宋书目家进一步厘清小说类畛域的努力，它们所体现的小说观念，较之《崇文总目》、《新唐书·艺文志》又显示了一定程度的进步。从《崇文总目》到《直斋书录解题》，尽管还存在一些不一致的现象，但已经在主导倾向上形成了关于小说类的共识。"②郝敬、张莉《论中国古体小说的观念流变》认为："宋代欧阳修通过《崇文总目》与《新唐书·艺文志》小说类的编撰，将杂传、传奇等纳入小说范畴，使得叙事成为小说表现方式的主要特征，从而开启了传统小说观念向近代小说观念的转变。"③

此外，李军均、曾垂超《宋代小说思想三题》认为："唐传奇的产生，促进宋人有意从事小说的阐释，他们将小说地位抬高到'九流'的一种，视为'圣人之道'，在重视小说本体性时致力阐发小说的'德性'自觉。"④刘良明《洪迈对志怪小说理论批评的历史性贡献》指出洪迈"第一次将当时遭人轻视的志怪小说与历来已有崇高定评的史书相提并论，表现了一个杰出理论家

---

①王齐洲《论欧阳修的小说观念》，《齐鲁学刊》1998 年第 2 期。
②凌郁之《从宋代官私书目看小说观念的变迁》，《复旦学报》（社科版）2007 年第 3 期。
③郝敬、张莉《论中国古体小说的观念流变》，《明清小说研究》2013 年第 1 期。
④李军均、曾垂超《宋代小说思想三题》，《文艺研究》2010 年第 7 期。

的卓越识见与巨大勇气"。① 潘承玉《两宋时期新小说观念的觉醒》认为：
"两宋时期说书体小说开始具备了后世近代小说的诸种文体特征：运用大
众化的语言，以虚构的情节为结构中心，反映大众化的人物及其命运，等
等。在两宋时期的大众观念中已公认，只有具备了上述诸种文体特征的作
品才是小说。"②

(二)宋人小说功用观研究

宋人小说功用观方面，学界认为宋人有劝惩、补史、娱乐等意识。关于
劝惩意识，李剑国《宋代志怪传奇叙录·前言》认为宋人小说"在创作动机
和主题表现上对于封建伦理道德的过分执着"导致道学化；③巩聿信《文言
小说创作动机研究之一：劝诫教化型》指出："随着唐宋古文运动'文以载
道'思想的广泛影响和宋代理学的形成，小说的教化意味越来越浓，终于成
为一种普遍的现象。文人自觉不自觉地把劝诫教化当作自己的本分和天
职，以至于在小说作品及序、跋、题辞中，惩劝教化的字眼比比皆是。"④段
庸生《劝惩与宋人传奇》认为："宋人传奇中的劝惩不是简单的说教议论，而
是对唐传奇过度追求感观娱乐享受的反正。它于劝惩之中对历史教训的
重视及对题材价值意义的追求，充分表明宋人对小说社会功能的格外重
视。"⑤许军《论宋元小说的道德劝惩观念》认为注重道德教化使宋元小说
具有更为广泛的社会意义，对小说发展产生了积极的影响。⑥ 李军均、曾
垂超《宋代小说思想三题》认为宋人小说创作"融贯'德性'自觉，不仅体现
在'垂诫'性文字构成文本叙事的有机部分，且文本叙事往往围绕'德性'展
开"，"其阐释的'德性'往往是故事的宗旨，是叙事的指归"，"'德性'已内化
于叙事进程中"。⑦

关于补史意识，赵维国《论宋人小说的创作观念》指出，宋代史学兴盛，
小说作者希望自己作品能够被史家采录，因而自觉地按照史家标准来创作

---

① 刘良明《洪迈对志怪小说理论批评的历史性贡献》，《武汉大学学报》(哲社版)1996年第6期。
② 潘承玉《两宋时期新小说观念的觉醒》，《晋阳学刊》1997年第5期。
③ 李剑国《宋代志怪传奇叙录·前言》，第4页。
④ 巩聿信《文言小说创作动机研究之一：劝诫教化型》，《聊城大学学报》(社科版)2001年第6期。
⑤ 段庸生《劝惩与宋人传奇》，《重庆师院学报》(哲社版)2000年第4期。
⑥ 许军《论宋元小说的道德劝惩观念》，《广西社会科学》2003年第11期。
⑦ 李军均、曾垂超《宋代小说思想三题》，《文艺研究》2010年第7期。

小说,把实录的笔法引进了小说。① 苗壮《笔记小说史》指出宋人创作笔记小说乃出于"备史官之阙",这导致了笔记小说创作的繁荣,同时也束缚了小说作家艺术创造力的发挥。② 郭丽《元前小说观演变研究》也指出"到了宋代,小说文体已经脱离史部,但小说观仍然依附于史学"。③

关于娱乐意识,谭帆等《中国分体文学学史·小说学卷》指出:"宋元时期的小说功用观并不仅仅只有小说的'德性'自觉这一方面,它还重视小说的娱乐性……一方面表现在创作的自觉,另一方面表现在接受的自觉。"④

(三)宋人小说类型观研究

宋人小说类型观方面,赵维国《传奇体的确立与宋人古体小说的类型意识》认为相较于志怪、志人轶事小说已经得到传统小说观念的认同,传奇小说作为一个独立类型是由宋人确立的,并指出"古体小说类型的确立是小说发展到一定阶段的产物。唐人始有意创作小说,还不具备小说的研究意识,而宋人在这一基础之上,开始有意识地构建小说理论,其小说类型研究具有一定的开拓意义"。⑤

谭帆等《中国分体文学学史·小说学卷》认为:"'说话四家数'所反映的宋元白话小说自觉的类型意识,奠定了中国古代白话小说发展的源流,使中国古代小说自觉遵循其类别发生、发展与演变。"⑥

(四)宋人小说艺术观研究

宋人小说艺术观方面,谭帆等《中国分体文学学史·小说学卷》将其归纳为诗学论、语体论、虚实论、结构论四个层面。诗学论层面,该文指出宋元人认为小说可以"助缘情之绮靡,为摛翰之华苑者",对小说有文学性的认知和文体诗性的尊重;语体论层面,宋元人认识到小说语言的艺术诉求即"诗笔"的强调;虚实论层面,宋元人突破了前人的"实录"观,建立了"信以传信,疑以传疑"的虚实论;结构论层面,《醉翁谈录》"讲论处不滞搭、不絮烦;敷演处有规模、有收拾"云云,正是对"说话"叙述结构的要求。⑦ 郭

---

① 赵维国《论宋人小说的创作观念》,《中州学刊》2001 年第 6 期。
② 苗壮《笔记小说史》,杭州:浙江古籍出版社,1998 年版。
③ 郭丽《元前小说观演变研究》,山东大学 2010 年博士论文。
④ 谭帆等《中国分体文学学史·小说学卷》,第 139 页。
⑤ 赵维国《传奇体的确立与宋人古体小说的类型意识》,《宁夏大学学报》(社科版)1999 年第 3 期。
⑥ 谭帆等《中国分体文学学史·小说学卷》,第 126～127 页。
⑦ 谭帆等《中国分体文学学史·小说学卷》,第 141～150 页。

丽《元前小说观演变研究》认为："宋人进一步明确了子、史合流的小说观，并首次在理论上发掘出小说的诸多文体特征。他们对小说的虚构本质、结构艺术、人物形象塑造技巧、独特审美效果等文学特点的体味，在某种程度上已经接近艺术审美。"①

虚构意识是小说艺术观的重要内容，学界多有论及。李剑国《宋代志怪传奇叙录·前言》批评宋人"不懂得小说艺术，不明白小说创作的虚构规律，体会不出幻想想象的审美效能"。② 张祝平《论洪迈的小说观》指出，洪迈一方面声称自己坚持实录原则，强调所记"皆表表有据依者"，另一方面又承认《夷坚志》有失实之处，始终徘徊在虚、实之间。③ 该文通过洪迈的个案折射出宋人在虚实这一重要的小说观念上是革新与保守并存的。萧相恺《宋元小说理论的新贡献》认为在中国小说理论史上，郑樵《通志·乐略·琴操》最早清醒认识并明确指出虚构是小说的艺术特色，郑樵还总结了小说创作中虚构的三种主要方式（经传所载"数十言""彼则演成万千言"；"于史籍无其事，彼则肆为出入"；"或有其人而无其事，或有其事又非其人"），并从理论高度阐发了虚构之于小说创作的重要意义。④

（五）宋人小说学贡献研究

宋人小说学贡献方面，康来新认为宋人始有意研治小说，使小说由微而显，她指出："'始有意治之'的研治小说：小说文献学、小说类型学、小说评点学是宋人的显性成绩……另一重要的隐性影响，是若干小说经典的诠释，彼等之关键改变皆因宋人之故……理性治学与白话兴起，可视为宋人在小说史上的两大伟业；小说由微而显的关键转捩，宋人首居其功。"⑤

张莉《宋代小说观念分化研究》认为宋人构建起通俗小说的理论体系，她指出："（《醉翁谈录》）《小说引子》主要构建通俗小说的核心特征与社会功用，《小说开辟》主要构建通俗小说的表现技巧与艺术审美。通俗小说理论体系的形成，不仅影响了近古以来通俗小说的创作，也为传统小说观念的发展提供了新的方向。"⑥

---

① 郭丽《元前小说观演变研究》，山东大学 2010 年博士论文。
② 李剑国《宋代志怪传奇叙录·前言》，第 5 页。
③ 张祝平《论洪迈的小说观》，《淮阴师范学院学报》（哲社版）2001 年第 5 期。
④ 萧相恺《宋元小说理论的新贡献》，《明清小说研究》2000 年第 3 期。
⑤ 康来新《发迹变泰——宋人小说学论稿》，台北：台湾大安出版社，1996 年版。
⑥ 张莉《宋代小说观念分化研究》，南京大学 2015 年博士后报告。

　　李军钧认为宋人贡献在于开启了中国小说的近代性思维，他指出宋代小说思想既继承汉唐的传统思想，又有极大突破，宋人"在重视小说本体性时致力阐发小说的'德性'自觉。此外，宋人以艺术精神探寻小说的文学之美，并因小说的文学审美本质而形成'荟萃小说'的社会风尚，同时在认可娱乐性思想的同时，突破史学视野下的'实录'传统，开启了中国小说的近代性思维"。①

二、宋代小说专题研究

（一）商贸、婚恋、发迹等专门题材研究

　　宋代小说的题材非常广泛，学界针对某种专门题材如商贸题材、涉海题材、域外题材、婚恋题材、侠义题材、发迹变泰题材等展开的研究往往能做得比较深入。罗陈霞《宋代小说与宋代民间商贸活动》首先分析宋代民间商贸活动的典型场所——店铺、早市与夜市、庙市与墟市，民间商贸活动的主体——专业商贩、牙侩和自产自销者；接着阐述商贸小说的叙事特色和文化内涵；然后通过文本细读，分析两宋酒肆和茶肆的种类与地域分布、建筑装饰、经营策略，以及酒肆故事与茶肆故事的题材类型与文化特征；最后对宋代民间商贸习俗进行个案考察（关扑习俗与卦影轨革术）；结语还探讨了民间商贸活动对宋代小说的生成、传播及发展的影响。② 徐玉玲《宋元涉海小说研究》选取了两百余篇宋元涉海小说（包括白话和文言）作为文本，探讨其题材内容、艺术特色和后世影响。③ 王昊《中国域外题材小说研究》从小说文本出发，梳理了域外题材小说的发展脉络和风貌特征，并探求隐含在其中的主客观原因。该文有专章探讨宋元时期的域外题材小说，并认为："宋元时期的域外题材小说种类非常少，集中在海外奇遇和海外奇人奇物两方面，这与宋代繁盛的海上贸易、元代空前绝后的巨大版图极不协调，这一状况是宋元两代文人内敛、压抑的心态造成的。"④

　　付成雪《宋人婚恋小说研究：以传奇、话本为中心》分析了宋人婚恋小

---

①李军均、曾垂超《宋代小说思想三题》，《文艺研究》2010 年第 7 期。另外，李军钧《宋代小说开启中国小说的近代性》（《中国社会科学报》2014 年 1 月 3 日）也有类似观点。
②罗陈霞《宋代小说与宋代民间商贸活动》，南开大学 2009 年博士论文。
③徐玉玲《宋元涉海小说研究》，湖南师范大学 2014 年硕士论文。
④王昊《中国域外题材小说研究》，苏州大学 2009 年博士论文。

说呈现的婚恋形态、人物形象和婚恋观念,并探讨了宋人婚恋小说对于后世戏曲小说的影响。[①] 崔丹《唐宋小说女侠形象的比较研究》认为:"唐代女侠所体现出的是一种张扬、自信、独立的个性魅力,宋代女侠则性格较为内敛而缺少自我意识;相对于唐代女侠积极参与社会政治活动的行为且具有明显的侠之品格,宋代女侠则更像中国传统社会中的世俗女性,囿于家庭之中,以丈夫为中心,贤良淑慧;在婚恋上,不同于唐代女侠的大胆、独立与蔑视世俗,宋代女侠则更加符合社会道德伦理规范,更加隐忍与退让。"[②]

潘承玉《论宋元明小说、戏曲发迹变泰题材的流变及其文化意蕴》阐析了宋元明大众语体小说和戏曲领域发迹变泰题材两次大的嬗变,产生的三大题材类型和十二种题材模式,并认为这种题材作品展示了望富希贵、富贵无种、富贵在天、贱者为尊等几种重要的大众意识。[③]

(二)宋代小说与讲唱、戏曲关系研究

宋代小说与讲唱、戏曲的互动关系,学界有深入的研究。范丽敏《互通·因袭·衍化——宋元小说、讲唱与戏曲关系研究》探讨了宋元小说与戏曲的共同发展规律,即以小说、戏曲文本为中心,考察了人物、情节、固定套语等大量因袭的创作规律,及从有目无(文)本到简略地记载故事关目概要之本,再到文人的拟作之本直至个性化的文人独创之本的演进趋势;并从艺术形式(题材、上下场诗、题目正名等)、演述方式、韵散结合模式、脚色体制等维度较全面地探讨了宋元戏曲与小说密不可分的关系。该文将宋元小说、戏曲共通的生成和发展规律概括为"互通·因袭·衍化"理论,有一定的创新性。[④]

徐大军《中国古代小说与戏曲关系史》认为"古代小说与戏曲的关系,从发展看,同源异流,相互影响;从形态看,同源异质,相互渗透"。该书第二章"唐宋之际'说话'伎艺与杂剧关系的新变"认为唐宋之际"戏弄在'说话'伎艺向叙事方向发展的诱发下出现了叙事宗旨的表演",而宋金杂剧叙事宗旨的确立"始终伴随着叙事性'说话'伎艺的促进之力"。该书第三章

---

①付成雪《宋人婚恋小说研究:以传奇、话本为中心》,集美大学 2013 年硕士论文。

②崔丹《唐宋小说女侠形象的比较研究》,陕西师范大学 2014 年硕士论文。

③潘承玉《论宋元明小说、戏曲发迹变泰题材的流变及其文化意蕴》,《复旦学报》(社科版)1997 年第 6 期。

④范丽敏《互通·因袭·衍化——宋元小说、讲唱与戏曲关系研究》,济南:齐鲁书社,2009 年版。

"宋金时期小说对戏曲的影响形态"认为宋金时期小说与戏曲的关系已经逐渐由宋前的混融转变为前者对后者的影响，此影响体现在故事题材、叙事能力和演述方式三个方面。①

凌郁之《走向世俗——宋代文言小说的变迁》第五章"宋代文言小说向曲艺的拓殖"认为："宋代民间说唱文艺直接催生了'说话四家'之'小说家'及小说家说话所凭依的'话本'，而大曲、诸宫调、杂剧、戏文等敷衍小说者，在广义上也可以'小说'视之。说唱、戏曲是书面小说的表演形态；小说在书面文本形态之外，以说、唱、演的形式拓殖于民间，与民间文化互动……说、唱、演的过程又不断丰富着小说，促进小说书面文本的改进与完善，又不断滋生新的小说（包括口头的和书面的小说），并进而影响着敷演小说的说、唱、演节目，如此生生不息。"该书还指出："由于说唱戏曲的强大引力，甚至使人感到宋代小说的全貌已从文言文本形态向表演形态倾斜了。"②

（三）宋代小说的文化研究

宋代小说的文化研究，学界往往就文言小说或白话小说立论，如余丹《宋代文言小说的文化阐释》、马晓坤《宋元小说话本中的民俗信仰论略》等，将文言、白话整体打通对宋代小说进行文化研究的论著较少。倒是一些对中国古代小说用文化视角进行整体观照的论著往往涉及宋代小说，如万晴川《命相、占卜、谶应与中国古代小说研究》《巫文化视野中的中国古代小说》《房中文化与中国古代小说》《中国古代小说与方术文化》《中国古代小说与民间宗教及帮会之关系研究》《宗教信仰与中国古代小说叙事》等著述。③

（四）宋代小说的整体价值研究

宋代小说的整体价值，学界一般认为文言小说成绩平平，而白话小说异军突起"实在是小说史上的一大变迁"。④ 综合文言白话对宋代小说价值进行整体评判的论著较少，程毅中《宋代传奇集序》、丁峰山《宋代小说在

---

① 徐大军《中国古代小说与戏曲关系史》，北京：人民文学出版社，2010年版。

② 凌郁之《走向世俗——宋代文言小说的变迁》，北京：中华书局，2007年版，第172页。

③ 万晴川《命相、占卜、谶应与中国古代小说研究》，北京：中国文联出版社，2000年版；《房中文化与中国古代小说》，北京：作家出版社，2001年版；《巫文化视野中的中国古代小说》，北京：中国社会科学出版社，2003年版；《中国古代小说与方术文化》，北京：中国社会科学出版社，2005年版；《中国古代小说与民间宗教及帮会之关系研究》，北京：人民文学出版社，2010年版；《宗教信仰与中国古代小说叙事》，杭州：浙江大学出版社，2013年版。

④ 鲁迅《中国小说的历史的变迁》语，《鲁迅全集》第9卷，第329页。

中国小说史上历史地位的重新估价》是此类著述中较有影响者。程先生指出："宋人小说文备众体，本非一格……近体小说源出瓦舍说话，其为市井小民写心，固无论矣；而传奇志怪，亦多人情世态，声色俱绘……自兹而后，小说一家，蔚为大国，可以兴观群怨，或且优于诗赋。"①从整体上对宋代小说作了较高评价。

丁先生认为就笔记小说而言，"宋人笔记是魏晋笔记小说初次文本定型、规范后的又一次定型、规范过程，不仅强化了原有规定性，且自己的面貌特色成为后世的楷模和定式……其影响力超过唐代是难以否认的客观事实"；就传奇小说而言，"明、清以来的传奇体小说在选材、流派、主旨、风格上受宋传奇的滋润要多于唐传奇"；就话本小说而言，"宋代说话及话本对中国小说的最主要形式——通俗小说的各种体裁的开山之功，经先贤、时贤们的多方论证，已成定论"；就小说理论而言，"接近小说逻辑起点的小说理论发轫于宋代……明代小说理论的成熟与宋人的准小说理论有很大关联"，就小说文献整理而言，宋人编纂了《太平广记》《类说》等大型小说类书，"给明人开辟了一条收集、整理、编辑小说总集、类集、选集、丛书的大道"。丁先生最后指出，"从小说（文学）发展的综合历史维度着眼，宋代对中国古典小说的贡献和影响不低于甚至高于唐代，其历史地位在唐代之上。"②

三、文白雅俗关系研究

宋代文言小说与话本小说虽自成体系，但互相影响并呈现此消彼长之势，进而导致雅俗文学版图发生嬗变，学界对此深有体察。

（一）文白互动的征迹研究

1991 年，程千帆、吴新雷《两宋文学史》就指出宋代白话小说与文言小说"彼此渗透，互为影响，文言小说为民间艺人讲述故事提供了丰富的创作素材，如传奇和灵怪成了短篇白话小说八大门类中的重要项目；而话本的艺术方式则曾经被文人所效法和借鉴，产生了话本体的传奇"。③

①李剑国《宋代传奇集》卷首程毅中序，北京：中华书局，2001 年版，第 1 页。
②丁峰山《宋代小说在中国小说史上历史地位的重新估价》，《福建师范大学学报》（哲社版）2003 第 6 期。
③程千帆、吴新雷《两宋文学史》，上海：上海古籍出版社，1991 年版，第 604～605 页。

　　1994年，陈文新《论古代传奇小说的两种类型及其演变》指出，"在宋代传奇已与俗文学合流"，这种通俗化了的传奇小说就叫做"话本体传奇"。①

　　1996年，李剑国《宋代志怪传奇叙录·前言》指出："宋人小说的通俗化开始造成……文人文言小说和市民话本小说一定程度的合流趋势，这在小说史上是意义重大的……士大夫文人屈尊纡贵地接近了'下里巴人'，把说话中的某些有趣故事……拿过来，顺便也拿过说话人捏合提破的手段，并照着说话人的情趣所在，把摄材角度扩展到市民社会。尽管尚嫌迟钝，不像说话人在向文人小说学习方面表现出极大的敏捷和热情，但这有意义的一步终于是迈出来了。有了这个靠拢，才会有元明盛行的以通俗性为一大特征的文人长篇文言小说。"②同年，章培恒、骆玉明主编《中国文学史》指出："（宋代）文言小说受到了市井民众的影响，从而一方面出现了唐传奇所不具的若干思想成分，另一方面在形式上吸收了'说话'的一些特点，文字较唐传奇通俗，描写也较具体细致。"③

　　1999年，程毅中《宋元小说研究》指出："宋元时代是小说史上一个继往开来的阶段……然而它不是新旧交替而是新旧交错融会的时代……大约由南宋到元代，随着说话艺术的飞跃发展，中国小说史上发生了一大变迁，走向以通俗小说为主体的新阶段。"④该书还指出古体小说和近体小说虽是两个系统的作品，但在宋元时代二者有交流互补的趋势，并在具体作品论述中侧重分析了古体小说在人物形象、语言以及叙事体制等方面出现的通俗化倾向和话本体趋势。

　　2002年，鲁德才《古代白话小说形态发展史论》虽然主要是从文言、白话小说"各自独立、平行发展"的视角立论并系统梳理白话小说形态发展史，但也指出两者"在发展过程中，情节与表现形式上互相融合、渗透"。⑤

　　2009年，齐贞贞《论宋小说话本与传奇的关系》从"话本的'承雅'：话本从传奇（雅文化）中受到的影响；始新：话本相异于传奇的新特点；启俗：话本的内容思想和艺术形式对传奇的影响"三个方面探讨了宋话本与传奇

---

①陈文新《论古代传奇小说的两种类型及其演变》，《青海社会科学》1994年第3期。
②李剑国《宋代志怪传奇叙录·前言》，第9～10页。
③章培恒、骆玉明《中国文学史》下册，上海：复旦大学出版社，1996年版，第147～148页。
④程毅中《宋元小说研究·引言》，第1～3页。
⑤鲁德才《古代白话小说形态发展史论》，第1页。

的关系。①

（二）雅俗嬗变的趋势研究

1994 年，石昌渝《中国小说源流论》"文言与白话：双水分流与合流"认为："文言小说与白话小说并行发展，形成中国小说史特有的双水分流的格局。然而它们又并非毫不相犯，它们在各自发展的历程中，不断地吸取对方的长处，移植对方的题材，学习对方的表现方法。"并指出文、白互动中的雅、俗嬗变趋势是"如果说文言小说是从雅到俗渐次下降，那么白话小说则是从俗到雅渐次提升"。该书"传奇小说的俗化"还指出了宋传奇的嬗变趋势："所谓传奇小说的俗化，即意指传奇小说从士大夫圈子里走出来，成为下层士人写给一般人民欣赏的文学样式。宋代传奇小说观念意识明显下移，这就是俗化的开端。"②同年，吴志达《中国文言小说史》指出，北宋中期至南宋中期是形成宋传奇特色的时期，其显著特征是雅俗融合，审美心理由士大夫之雅趋向市民之俗；语言上受话本的影响；题材上描述市民日常生活的题材更多了；传奇小说的文体规范也发生了变化。③

1997 年，萧相恺《宋元小说史》指出："中国的小说发展到宋元时代，明显地开始了雅俗分流……雅、俗两类小说，乃是两种各具特点，有着不同发展线索、发展规律、发展原因，并有着不同的理论指导的小说。宋元小说的历史，正是由这样两种不同小说的发展历史共同构成的。"并指出雅、俗两类不同性质小说在宋元间是相互渗透融合、共同激扬前行。该书还分析了"市人小说"（引者注，即白话小说）与文言传奇的互动关系，认为"市人小说"继承发扬了文言传奇中故事、人物及场景交待描绘详尽细腻之艺术特色，而宋元传奇作家又反过来从新兴市人小说汲取营养使得传奇出现了市人小说化倾向。④

2001 年，王水照《宋辽金元小说史·序》指出："从文体学的角度来观察中国文学的大致走向，宋元小说可以说是实现了文学重心的两个转移：一是从文言小说为主转变为以白话小说为主……二是从雅文学向俗文学的重心转移……这两个转变是密切相关的，后一转变是由前一转变自然推

①齐贞贞《论宋小说话本与传奇的关系》，北京师范大学 2009 年硕士论文。
②石昌渝《中国小说源流论》，北京：三联书店，1994 年版，第 21、18、191 页。
③吴志达《中国文言小说史》，济南：齐鲁书社，1994 年版，第 595 页。
④萧相恺《宋元小说史·卷头语》，第 1～6 页。

演而来,促成后一转变的主要关键仍是宋元话本的崛起。"该文还指出宋元文言、白话小说"两者之间存在着互摄互融、相反相成关系。不仅话本作者吸取文言小说的滋养……而洪迈的文言小说《夷坚志》,其人物、故事之兼取市井,语言之并采俚俗,也是显而易见的"。①

2007 年,凌郁之《走向世俗——宋代文言小说的变迁》认为:宋代文言小说与白话小说相互渗透而从整体上呈现出通俗化趋势。一方面文言小说语言总体上趋向浅易,并分化出叙事题材和审美趣味世俗化的通俗文言传奇,文言小说之人物对话常使用白话或出于叙事的自觉,或受到说话艺术的影响;另一方面对文言小说的敷演是小说家说话的重要方式,而话本小说采录文人诗词,或者文人为其制作诗词,都显示了民间文艺向文人文学的靠拢;另外,文言、白话小说之间并非壁垒森严,存在着不文不白、半文半白文字形态的小说。② 同年,李军均《传奇小说文体研究》承石昌渝"宋代传奇小说俗化"之说并进一步展开,认为"宋代传奇小说观念意识的下移"可分为"以俗为雅"和"化雅入俗"两种表现形式,而宋代传奇小说"以俗为雅"的文体嬗变又呈现出语体的通俗性、题材的世俗性与思想感情及愿望理想的大众性、接受者的广泛性三方面特征,"化雅入俗"是删改文言传奇,以迎合大众审美需求的简约性和模式化。③

2012 年,凌郁之《宋代雅俗文学观》认为"宋代处于中古与近世正变升降之枢纽,是中国文化传统和文学传统变革最深刻的时期之一,而雅俗变迁又是其中重要一环",并指出,宋人"所讲的'雅',不离俗而又非俗,来自俗而又脱俗,而从未脱离人间世,而始终有着向上层次的超然的精神指向",实质是"对俗的'百炼成钢',锻俗成雅"。④ 该书还设专章探讨了宋代小说的雅俗问题。

(三)走向世俗的原因探究

宋代小说整体上呈现出通俗化趋势,学界认为有宋代城市经济发达和市民阶层壮大、唐宋文化和文学转型、话本小说影响等多种因素。凌郁之《走向世俗——宋代文言小说的变迁》认为从文化转型层面而言,"宋代小

---

①张兵《宋辽金元小说史》卷首王水照序,第 1～3 页。
②凌郁之《走向世俗——宋代文言小说的变迁》,第 160～170 页。
③李军均《传奇小说文体研究》,第 292～312 页。
④凌郁之《宋代雅俗文学观·绪论》,北京:中国社会科学出版社,2012 年版,第 1、16 页。

说的走向世俗既是唐宋文化转型的结果，又是唐宋文化转型的深刻反映。宋代文言小说总体上表现出对俗文化的倾斜，这是小说写作精神或叙事价值取向的转变"；从文学转型层面而言，"宋代文学产生了走向世俗的动向，而宋代小说的走向世俗只是文学整体趋俗的一种体现而已"。①

李军均、曾垂超《论宋代小说的雅俗之变及其文化精神》认为："宋代小说的雅俗之变，具有范式意义的是以俗为雅，而促成这一变化的因素主要是新型都城文化的形成、士大夫共同体的转型与话语体系的嬗革等。"②

（四）文白互动、雅俗嬗变的影响研究

宋代小说的文白互动、雅俗交融，在中国文学史、汉语发展史上有重要意义，学界对此已有探讨。孟昭连《宋代文白消长与小说语体之变》指出："古代白话自汉魏之际始现于书面语，经过长期发展，至宋代随着由雅趋俗的文化进程，广泛渗入多种文体。在此语言背景下，古代小说语体发生巨大的变革。一方面，文言小说语体变'华艳'为'平实'，出现浅俗化倾向……另一方面，白话小说语体的形成，与近代汉语的发展有着直接关系……白话小说的繁荣，扩大了白话在书面语中的比例，反过来又推动了近代汉语的进一步发展。"③孟先生《口传叙事、书写叙事及其相互转化——以中国古代小说为中心》认为："口传与书写是两种不同的传播方式，二者之间存在着相互转化的关系，而且可能不止一次。每一次转化，都会对小说的故事内容及语体造成影响。一般而言，口传是造成白话的主要原因，而与书写相随的则是文言。但随着白话书面语的发展，至宋元时期这一规律被打破，宣告了白话小说的诞生。"④

李军均、曾垂超《论宋代小说的雅俗之变及其文化精神》指出："宋代俗小说的兴盛，本是雅俗交融的结果，其兴盛之后，又与雅小说相互影响，使宋代成为中国古代小说雅俗相融的关键时期。宋代小说的雅俗相融，主要有三种表征，即：宋代小说形成渐趋'言文合一'的独立语体、'体用一源'的小说思想、题材与读者意识的文化下移及由此带来的文体嬗变……这三方

---

①凌郁之《走向世俗——宋代文言小说的变迁》，第60～73页。

②李军均、曾垂超《论宋代小说的雅俗之变及其文化精神》，《福建师范大学学报》（哲社版）2011年第4期。

③孟昭连《宋代文白消长与小说语体之变》，《中国社会科学》2011年第3期。

④孟昭连《口传叙事、书写叙事及其相互转化——以中国古代小说为中心》，《明清小说研究》2011年第3期。

面的新变,开启了中国古代小说成熟之路,也奠定了明清小说美学思想基础,使宋代小说成为近代小说的源头。"①

百年来,学界对宋代小说的研究取得了很大成绩,但也存在尚待推进之处:

一是文言小说研究与话本小说研究各自为阵,缺乏将宋代小说置于中国叙事文学演进大背景下的综合探讨。话本研究者多,文言研究者少;单独研究者多,统合研究者少;即使系统研究宋代小说也大都将文言、白话分成两个体系各自论述,缺乏对两者关系的整体观照。如此文、白分论,不利于充分探讨宋代小说文白互动、雅俗消长的演进态势,不利于完整呈现经纬交错、脉络贯通的历史面相。

二是对话本小说的认知有待深化,学界原来一般认为话本小说都是白话形态,实则不然,话本小说作为说话伎艺文本化的产物,存在着从口头文本到书面文本,从文言底本到白话底本,从简单粗糙的底本到相对完整的录本,从记录本到编创本的演进态势。

三是对文白互动内在理路的阐发有待深化,学界较少注意到文言小说与话本小说互动的实质是士人叙事与市民叙事的交渗,目前尚无专门著述从叙事机理的角度分析文言小说与话本小说的内在质性差异,以及两种小说类型背后两种叙事类型的互补互动。

四是对士人与市民叙事关系的诠释有待深化,目前尚无专门著述从异质共生的理论视角观照两者的联结机理和消长机制。

---

① 李军均《论宋代小说的雅俗之变及其文化精神》,《福建师范大学学报》(哲社版)2011年第4期。

参考文献

说　明：

一、现将本书所征引的参考文献，分为古代典籍、今人著述、学位论文、期刊文章、外文著述共五个大类，每个大类兼顾学术惯例和具体内容分为若干小类，部分小类再酌情按照内容分为若干细类。其中古代典籍指1912年以前的各种著述，今人著述指1912年以后成书的各种著述，学位论文胪列相关博士论文和博士后报告，期刊文章择要胪列征引的重要论文，外文著述先按国别胪列相关译著，再胪列相关原著。

二、古代典籍分为三级类目，各个小类之下的文献，按作者所处朝代先后和时间先后依次胪列。今人著述、学位论文、期刊文章、外文著述，各个小类、细类之下，按出版和发表时间依次胪列。

三、《文渊阁四库全书》等大型丛书的版本信息如下：《文渊阁四库全书》本，台北：台湾商务印书馆，1986年版；《续修四库全书》本，上海：上海古籍出版社，2002年版；《四库全书存目丛书》本，济南：齐鲁书社，1997年版；《丛书集成初编》本，上海：商务印书馆，1935～1940年版；《丛书集成续编》本，上海：上海书店，1994年版；台湾《丛书集成新编》本，台北：新文丰出版公司，1986年版；台湾《丛书集成续编》本，台北：新文丰出版公司，1989年版。胪列文献属于上述丛书者，则不再注明版本信息，只注明在丛书中的册数序号。

一、古代典籍

（一）经部文献

(汉)许慎撰、(清)段玉裁注《说文解字注》，许惟贤整理本，南京：凤凰出版社，2007年版。

(汉)刘熙《释名》，《丛书集成初编》本，第1151册。

(南朝梁)顾野王《玉篇》(《玉篇零卷》本)，《丛书集成初编》本，第1054册。

(唐)孔颖达《周易正义》，李学勤主编标点本，北京：北京大学出版社，1999

年版。

(唐)孔颖达《尚书正义》,李学勤主编标点本,北京:北京大学出版社,1999
　　年版。

(唐)孔颖达《毛诗正义》,李学勤主编标点本,北京:北京大学出版社,1999
　　年版。

(唐)孔颖达《礼记正义》,李学勤主编标点本,北京:北京大学出版社,1999
　　年版。

(唐)孔颖达《春秋左传正义》,李学勤主编标点本,北京:北京大学出版社,
　　1999 年版。

(唐)贾公彦《周礼注疏》,李学勤主编标点本,北京:北京大学出版社,1999
　　年版。

(唐)贾公彦《仪礼注疏》,李学勤主编标点本,北京:北京大学出版社,1999
　　年版。

(唐)杨士勋《春秋穀梁传注疏》,李学勤主编标点本,北京:北京大学出版
　　社,1999 年版。

(宋)邢昺《论语注疏》,李学勤主编标点本,北京:北京大学出版社,1999
　　年版。

(宋)孙奭《孟子注疏》,李学勤主编标点本,北京:北京大学出版社,1999
　　年版。

(宋)程颐《周易程氏传》,载《二程集》,北京:中华书局,1981 年版。

(二)史部文献

1. 先宋时期

(先秦)无名氏撰、徐元诰集解《国语集解》,北京:中华书局,2002 年版。

(汉)司马迁《史记》,北京:中华书局,1959 年版。

(汉)班固《汉书》,北京:中华书局,1962 年版。

(晋)陈寿《三国志》,北京:中华书局,1959 年版。

(南朝宋)范晔《后汉书》,北京:中华书局,1965 年版。

(南朝齐)沈约《宋书》,北京:中华书局,1974 年版。

(北朝)魏收《魏书》,北京:中华书局,1974 年版。

(唐)刘知几撰、(清)浦起龙注《史通通释》,上海:上海古籍出版社,1978
　　年版。

（唐）李延寿《北史》，北京：中华书局，1974 年版。

（唐）李延寿《南史》，北京：中华书局，1975 年版。

（唐）魏征等《隋书》，北京：中华书局，1973 年版。

（唐）房玄龄等《晋书》，北京：中华书局，1974 年版。

2. 两宋时期

（宋）薛居正等《旧五代史》，北京：中华书局，1976 年版。

（宋）王溥《唐会要》，北京：中华书局，1955 年版。

（宋）欧阳修《新五代史》，北京：中华书局，1974 年版。

（宋）欧阳修、宋祁《新唐书》，北京：中华书局，1975 年版。

（宋）司马光《资治通鉴》，北京：中华书局，1956 年版。

（宋）郑樵《通志》，《文渊阁四库全书》本，第 374 册。

（宋）郑樵《通志二十略》，北京：中华书局，1995 年版。

（宋）李焘《续资治通鉴长编》，北京：中华书局，1995 年版。

（宋）徐梦莘《三朝北盟会编》，上海：上海古籍出版社，1987 年版。

（宋）王栐《燕翼诒谋录》，《丛书集成初编》本，第 3888 册。

（宋）晁公武撰、孙猛校证《郡斋读书志校证》，上海：上海古籍出版社，1990
    年版。

（宋）陈振孙《直斋书录解题》，徐小蛮、顾美华点校本，上海：上海古籍出版
    社，1987 年版。

（宋）陈耆卿《嘉定赤城志》，北京：中国文史出版社，2004 年版。

（宋）徐天麟《东汉会要》，上海：上海古籍出版社，1978 年版。

（宋）孟元老《东京梦华录》，见孟元老等著《东京梦华录》（外四种），上海：古
    典文学出版社，1956 年版。

（宋）耐得翁《都城纪胜》，见孟元老等著《东京梦华录》（外四种），上海：古典
    文学出版社，1956 年版。

（宋）无名氏《西湖老人繁盛录》，见孟元老等著《东京梦华录》（外四种），上
    海：古典文学出版社，1956 年版。

（宋）吴自牧《梦粱录》，见孟元老等著《东京梦华录》（外四种），上海：古典文
    学出版社，1956 年版。

（宋）周密《武林旧事》，见孟元老等著《东京梦华录》（外四种），上海：古典文
    学出版社，1956 年版。

（宋）陈元靓《岁时广记》，《丛书集成初编》本，第 179 册。

3.元明清时期

（元）马端临《文献通考》，北京：中华书局，1986 年版。

（元）脱脱《金史》，北京：中华书局，1975 年版。

（元）脱脱《宋史》，北京：中华书局，1977 年版。

（明）杨士奇《文渊阁书目》，《丛书集成初编》本，第 29 册。

（明）陈邦瞻《宋史纪事本末》，《文渊阁四库全书》本，第 353 册。

（明）晁瑮《宝文堂书目》，《续修四库全书》本，第 919 册。

（明）高儒《百川书志》，《续修四库全书》本，第 919 册。

（清）黄虞稷《千顷堂书目》，上海：上海古籍出版社，1990 年版。

（清）钱曾《也是园藏书目》，《丛书集成续编》本，第 68 册。

（清）毛扆《汲古阁珍藏秘本书目》，《丛书集成初编》本，第 34 册。

（清）纪昀等《钦定四库全书总目》，《四库全书》研究所整理本，北京：中华书局，1997 年版。

（清）章学诚撰、叶瑛校注《文史通义校注》，北京：中华书局，1985 年版。

（清）阮元《四库未收书提要》，《续修四库全书》本，第 921 册。

（清）徐松《宋会要辑稿》，刘琳等点校本，上海：上海古籍出版社，2014 年版。

（清）黄以周等辑注《续资治通鉴长编拾补》，北京：中华书局，2004 年版。

（清）陆心源《皕宋楼藏书志》，《续修四库全书》本，第 929 册。

（清）姚振宗《隋书经籍志考证》，《续修四库全书》本，第 915 册。

(三)子部文献

1.先唐时期

（先秦）管子撰、梁翔凤校注《管子校注》，北京：中华书局，2004 年版。

（先秦）庄周撰、（清）郭庆藩集释《庄子集释》，北京：中华书局，1961 年版。

（先秦）庄周撰、陈鼓应注译《庄子今注今译》，北京：中华书局，1983 年版。

（先秦）荀况撰、（清）王先谦集解《荀子集解》，沈啸寰、王星贤点校本，北京：中华书局，1988 年版。

（先秦）荀况撰、王天海校释《荀子校释》，上海：上海古籍出版社，2005 年版。

（先秦）韩非子撰、（清）王先慎集解《韩非子集解》，北京：中华书局，1998 年版。

（先秦）吕不韦编撰、陈奇猷校释《吕氏春秋新校释》，上海：上海古籍出版社，2002年版。

（汉）刘向撰、向宗鲁校证《说苑校证》，北京：中华书局，1987年版。

（汉）王充撰、黄晖校释《论衡校释》，北京：中华书局，1990年版。

（汉）旧题郭宪《汉武帝别国洞冥记》，台湾《丛书集成新编》本，第81册。

（汉）荀悦《申鉴》，《文渊阁四库全书》本，第696册。

（汉）徐幹《中论》，《丛书集成初编》本，第530册。

（晋）干宝《搜神记》，北京：中华书局，1979年版。

（晋）葛洪《神仙传》，台湾《丛书集成新编》本，第100册。

（晋）王嘉《拾遗记》，台湾《丛书集成新编》本，第26册。

（南朝宋）刘义庆编撰、余嘉锡笺疏《世说新语笺疏》，北京：中华书局，2007年版。

（南朝梁）释慧皎《高僧传》，北京：中华书局，1992年版。

（北齐）颜之推撰、王利器集解《颜氏家训集解》（增补本），北京：中华书局，1993年版。

2. 唐五代时期

（唐）刘𫗦《隋唐嘉话》，北京：中华书局，1979年版。

（唐）段成式《西阳杂俎》，北京：中华书局，1981年版。

（唐）郑还古《博异志》（《博异记》），《丛书集成初编》本，第2698册。

（唐）李复言《续玄怪录》，北京：中华书局，1982年版。

（唐）韦绚《刘宾客嘉话录》，《丛书集成初编》本，第2830册。

（唐）无名氏《大唐传载》，台湾《丛书集成新编》本，第87册。

（唐）李肇《唐国史补》，上海：上海古籍出版社，1957年版。

（唐）刘肃《大唐新语》，北京：中华书局，1984年版。

（唐）钟辂《前定录》，北京：中华书局，1991年版。

（唐）李翱《卓异记》，《丛书集成初编》本，第3832册。

（唐）李德裕《次柳氏旧闻》，台湾《丛书集成新编》本，第114册。

（唐）郑綮《开天传信记》，台湾《丛书集成新编》本，第83册。

（唐）李冗《独异志》，北京：中华书局，1983年版。

（唐）李濬《松窗杂录》，台湾《丛书集成新编》本，第83册。

（唐）孙棨《北里志》，《丛书集成初编》本，第2733册。

（唐）王仁裕《开元天宝遗事》，北京：中华书局，2006 年版。

（唐）高彦休《唐阙史》，《丛书集成初编》本，第 2839 册。

（唐）杜光庭《录异记》，《续修四库全书》本，第 1264 册。

3. 北宋前期

（宋）李昉等《太平广记》，北京：中华书局，1961 年版。

（宋）乐史《绿珠传》，台湾《丛书集成新编》本，第 83 册。

（宋）乐史《杨太真外传》，台湾《丛书集成新编》本，第 81 册。

（宋）陈纂《葆光录》，《丛书集成初编》本，第 2718 册。

（宋）张齐贤《洛阳搢绅旧闻记》，《丛书集成初编》本，第 2844 册。

（宋）郑文宝《南唐近事》，《丛书集成初编》本，第 3856 册。

（宋）陶毂《清异录》，台湾《丛书集成新编》本，第 86 册。

（宋）钱易《南部新书》，北京：中华书局，2002 年版。

（宋）黄休复《茅亭客话》，《宋元笔记小说大观》本，上海：上海古籍出版社，
　2001 年版。

（宋）李昌龄《乐善录》，《续修四库全书》本，第 1266 册。

4. 北宋中期

（宋）上官融《友会谈丛》，《续修四库全书》本，第 1260 册。

（宋）欧阳修《归田录》，北京：中华书局，1981 年版。

（宋）范镇《东斋记事》，北京：中华书局，1980 年版。

（宋）宋敏求《春明退朝录》，北京：中华书局，1980 年版。

（宋）吴处厚《青箱杂记》，北京：中华书局，1985 年版。

（宋）沈括《梦溪笔谈》，《丛书集成初编》本，第 281 册。

（宋）苏轼《东坡志林》，北京：中华书局，1981 年版。

（宋）旧题苏轼《问答录》，《丛书集成初编》本，第 2987 册。

（宋）惠洪《冷斋夜话》，北京：中华书局，1988 年版。

（宋）释文莹《玉壶清话》，北京：中华书局，1984 年版。

（宋）释文莹《湘山野录》，北京：中华书局，1984 年版。

（宋）王辟之《渑水燕谈录》，《丛书集成初编》本，第 209 册。

（宋）高承《事物纪原》，《丛书集成初编》本，第 1212 册。

（宋）方勺《泊宅编》，北京：中华书局，1983 年版。

（宋）无名氏《梁公九谏》，《丛书集成初编》本，第 899 册。

5.北宋后期

(宋)王得臣《麈史》，《丛书集成初编》本，第 208 册。

(宋)孔平仲《续世说》，《丛书集成初编》本，第 2788 册。

(宋)邵博《邵氏闻见后录》，北京:中华书局,1983 年版。

(宋)刘斧《青琐高议》，上海:上海古籍出版社,1983 年版。

(宋)李献民《云斋广录》，北京:中华书局,1997 年版。

(宋)魏泰《东轩笔录》，北京:中华书局,1983 年版。

(宋)庞元英《文昌杂录》，《丛书集成初编》本，第 2792 册。

(宋)朱彧《萍洲可谈》，北京:中华书局,2007 年版。

(宋)张知甫《张氏可书》，《丛书集成初编》本，第 2863 册。

(宋)高晦叟《珍席放谈》，《丛书集成初编》本，第 2761 册。

(宋)赵令畤《侯鲭录》，北京:中华书局,2002 年版。

6.南宋前期

(宋)廉布《清尊录》，台湾《丛书集成新编》本，第 87 册。

(宋)钱世昭编《钱氏私志》，台湾《丛书集成新编》本，第 117 册。

(宋)叶梦得《石林燕语》，北京:中华书局,1984 年版。

(宋)叶梦得《避暑录话》，台湾《丛书集成新编》本，第 84 册。

(宋)何薳《春渚纪闻》，北京:中华书局,1983 年版。

(宋)朱胜非《绀珠集》，《文渊阁四库全书》本，第 872 册。

(宋)沈作喆《寓简》，《丛书集成初编》本，第 296 册。

(宋)施德操《北窗炙輠》，《丛书集成初编》本，第 2881 册。

(宋)江少虞《事实类苑》，日本元和七年活字印本《新雕皇朝类苑》。

(宋)吴曾《能改斋漫录》，上海:上海古籍出版社,1960 年版。

(宋)庄绰《鸡肋编》，北京:中华书局,1983 年版。

(宋)无名氏《枫窗小牍》，《丛书集成初编》本，第 2784 册。

(宋)张邦基《墨庄漫录》，北京:中华书局,2002 年版。

(宋)江少虞编《事实类苑》，《文渊阁四库全书》本，第 874 册。

(宋)陈善《扪虱新话》，《丛书集成初编》本，第 311 册。

(宋)李石《续博物志》，成都:巴蜀书社,1991 年版。

(宋)曾慥《类说》，北京图书馆古籍珍本丛刊本，北京:书目文献出版社，
    1988 年版。

（宋）皇都风月主人《绿窗新话》，周楞伽笺注本，上海：上海古籍出版社，
　　1991 年版。

（宋）马纯《陶朱新录》，台湾《丛书集成新编》本，第 86 册。

（宋）曾敏行《独醒杂志》，北京：中华书局，1986 年版。

（宋）徐度《却扫编》，《丛书集成初编》本，第 2791 册。

（宋）旧题张邦畿《侍儿小名录拾遗》，《丛书集成初编》本，第 3313 册。

　　7. 南宋中期

（宋）陆游《老学庵笔记》，北京：中华书局，1979 年版。

（宋）洪迈《夷坚志》，何卓点校本，北京：中华书局，1981 年版。

（宋）洪迈《容斋随笔》，北京：中华书局，2005 年版。

（宋）王明清《投辖录》，《宋元笔记小说大观》本，上海：上海古籍出版社，
　　2001 年版。

（宋）王明清《挥麈录》，上海：上海书店出版社，2001 年版。

（宋）王明清《玉照新志》，《丛书集成初编》本，第 2769 册。

（宋）周辉撰、刘永翔校注《清波杂志校注》，北京：中华书局，1994 年版。

（宋）赵彦卫《云麓漫钞》，北京：中华书局，1996 年版。

（宋）张淏《云谷杂纪》，《文渊阁四库全书》本，第 850 册。

（宋）无名氏《摭青杂说》，《丛书集成初编》本，第 2686 册。

（宋）郭彖《睽车志》，《丛书集成初编》本，第 2716 册。

（宋）金盈之《醉翁谈录》，《丛书集成续编》本，第 95 册。

（宋）委心子《分门古今类事》，《丛书集成初编》本，第 2720 册。

（宋）叶适《习学记言序目》，北京：中华书局，1977 年版。

（宋）王楙《野客丛书》，《丛书集成初编》本，第 305 册。

（宋）谢采伯《密斋笔记》，《丛书集成初编》本，第 2872 册。

（宋）陈鹄《西塘集耆旧续闻》，上海：上海古籍出版社，1993 年版。

（宋）赵与时《宾退录》，上海：上海古籍出版社，1983 年版。

（宋）岳珂《桯史》，北京：中华书局，1981 年版。

　　8. 南宋后期

（宋）祝穆《古今事文类聚》，《文渊阁四库全书》本，第 927 册。

（宋）沈氏《鬼董》，《续修四库全书》本，第 1266 册。

（宋）周守忠《姬侍类偶》，《四库存目丛书》本，子部第 168 册。

（宋）张端义《贵耳集》，《丛书集成初编》本，第 2783 册。

（宋）罗大经《鹤林玉露》，北京：中华书局，1983 年版。

（宋）俞文豹《吹剑录外集》，《文渊阁四库全书》本，第 865 册。

（宋）陈郁《藏一话腴》，《文渊阁四库全书》本，第 865 册。

（宋）黎靖德编《朱子语类》，北京：中华书局，1986 年版。

（宋）王应麟《玉海》，《文渊阁四库全书》本，第 944 册。

（宋）黄震《黄氏日钞》，《文渊阁四库全书》本，第 708 册。

（宋）周密《齐东野语》，北京：中华书局，1983 年版。

（宋）无名氏《李师师外传》，台湾《丛书集成新编》本，第 83 册。

（宋）罗烨《醉翁谈录》，上海：古典文学出版社，1957 年版。

（宋）无名氏《五代史平话》，《古本小说集成》本，上海：上海古籍出版社，
    1994 年版，第 4 辑第 109 册。

（宋）无名氏《宣和遗事》，《丛书集成初编》本，第 3889 册。

（宋）无名氏撰，李时人、蔡镜浩校注《大唐三藏取经诗话校注》，北京：中华
    书局，1997 年版。

9.元明清时期

（元）陶宗仪《辍耕录》，《丛书集成初编》本，第 220 册。

（元）陶宗仪《说郛》，北京：中国书店，1986 年版。

（明）《永乐大典》残卷，北京：中华书局，1986 年版。

（明）郎瑛《七修类稿》，《续修四库全书》本，第 1123 册。

（明）陆采《虞初志》，《四库存目丛书》本，子部第 246 册。

（明）李诩《戒庵老人漫笔》，《四库存目丛书》本，子部第 111 册。

（明）陆楫《古今说海》，《文渊阁四库全书》本，第 886 册。

（明）洪楩《清平山堂话本》，石昌渝点校本，南京：江苏古籍出版社，1990
    年版。

（明）洪楩编、程毅中校注《清平山堂话本校注》，北京：中华书局，2012 年版。

（明）胡应麟《少室山房笔丛》，上海：上海书店出版社，2001 年版。

（明）熊龙峰《熊龙峰四种小说》，王古鲁搜录校注本，上海：古典文学出版
    社，1958 年版。

（明）冯梦龙《古今小说》，上海：上海古籍出版社，1992 年版。

（明）冯梦龙《警世通言》，上海：上海古籍出版社，1992 年版。

(明)冯梦龙《醒世恒言》,天津:天津古籍出版社,2004年版。

(明)冯梦龙增编《增补批点图像燕居笔记》,《古本小说集成》本,上海:上海
　　古籍出版社,1994年版。

(明)《五朝小说大观》,上海:扫叶山房石印本,1926年版。

(明)凌蒙初《二刻拍案惊奇》,上海:上海古籍出版社,1992年版。

(明)抱瓮老人辑《今古奇观》,上海图书馆藏明刻本。

(清)纪昀《阅微草堂笔记》,《续修四库全书》本,第1269册。

(清)俞樾《九九销夏录》,北京:中华书局,1995年版。

(四)集部文献

1.先宋时期

(先秦)屈原等撰、(宋)洪兴祖补注《楚辞补注》,北京:中华书局,1983
　　年版。

(晋)谢灵运《谢灵运集》,李运富编注本,长沙:岳麓书社,1999年版。

(南朝梁)任昉撰、(明)陈懋仁注《文章缘起注》,《丛书集成初编》本,第
　　2625册。

(南朝梁)萧统编、(唐)李善注《文选》,上海:上海古籍出版社,1986年版。

(南朝梁)刘勰撰、范文澜注《文心雕龙注》,北京:人民文学出版社,1962
　　年版。

(唐)白居易《白居易集》,北京:中华书局,1979年版。

(唐)元稹《元稹集》,北京:中华书局,1982年版。

(唐)孟棨《本事诗》,《丛书集成初编》本,第2546册。

(唐)陆龟蒙《甫里集》,《文渊阁四库全书》本,第1083册。

2.两宋时期

(宋)梅尧臣《宛陵先生集》,《四部丛刊》本,上海:商务印书馆,1934年版。

(宋)欧阳修《欧阳修全集》,北京:中华书局,2001年版。

(宋)周敦颐《周敦颐集》,北京:中华书局1990年版。

(宋)司马光《司马温公文集》,《丛书集成初编》本,第1920册。

(宋)王安石《临川文集》,《文渊阁四库全书》本,第1105册。

(宋)王安石撰、李之亮笺注《王荆公文集笺注》,成都:巴蜀书社,2005年版。

(宋)沈辽《云巢编》,《文渊阁四库全书》本,第1117册。

(宋)程颢、程颐《二程集》,北京:中华书局,1981年版。

（宋）苏轼撰、（清）王文诰辑注《苏轼诗集》，北京：中华书局，1982 年版。

（宋）苏轼《苏轼文集》，北京：中华书局，1986 年版。

（宋）黄庭坚《豫章黄先生文集》，《四部丛刊》本，上海：商务印书馆，1919 年版。

（宋）黄庭坚撰、任渊集注《黄庭坚诗集注》，北京：中华书局，2003 年版。

（宋）陈师道《后山诗话》，《丛书集成初编》本，第 2547 册。

（宋）王灼《碧鸡漫志》，台湾《丛书集成新编》本，第 81 册。

（宋）朱敦儒《樵歌》，《续修四库全书》本，第 1722 册。

（宋）周紫芝《竹坡诗话》，《丛书集成初编》本，第 2558 册。

（宋）朱弁《风月堂诗话》，《文渊阁四库全书》本，第 1479 册。

（宋）曾几《茶山集》，《文渊阁四库全书》本，第 1136 册。

（宋）张表臣《珊瑚钩诗话》，《丛书集成初编》本，第 2550 册。

（宋）刘子翚《屏山集》，《文渊阁四库全书》本，第 1134 册。

（宋）王十朋《梅溪集》，《文渊阁四库全书》本，第 1151 册。

（宋）陆游撰、钱仲联校注《剑南诗稿校注》，上海：上海古籍出版社，1985 年版。

（宋）陈骙《文则》，《丛书集成初编》本，第 2632 册。

（宋）吴聿《观林诗话》，《丛书集成初编》本，第 2558 册。

（宋）朱熹《晦庵先生朱文公文集》，《朱子全书》本，上海、合肥：上海古籍出版社、安徽教育出版社，2002 年版。

（宋）陈亮《陈亮集》，石家庄：河北教育出版社，2003 年版。

（宋）真德秀《文章正宗》，《文渊阁四库全书》本，第 1355 册。

（宋）刘克庄《后村诗话》，《文渊阁四库全书》本，第 1481 册。

（宋）文天祥《文山集》，《文渊阁四库全书》本，第 1184 册。

（宋）周密《浩然斋雅谈》，《丛书集成初编》本，第 2541 册。

（宋）蔡正孙《诗林广记》，《文渊阁四库全书》本，第 1482 册。

3.元明清时期

（元）虞集《道园学古录》，《文渊阁四库全书》本，第 1207 册。

（元）钟嗣成《录鬼簿》，《续修四库全书》本，第 1759 册。

（元）杨维桢《东维子集》，《文渊阁四库全书》本，第 1221 册。

（明）杨慎《升庵诗话》，丁福保《历代诗话续编》本，北京：中华书局，1983

年版。

（明）李开先撰、周明鹃疏证《词谑疏证》，南昌：江西教育出版社，2008
　　年版。

（明）徐师曾《文体明辨序说》，王水照编《历代文话》本，上海：复旦大学出版
　　社，2007 年版，第 2 册。

（明）徐渭《南词叙录》，《续修四库全书》本，第 1758 册。

（明）臧晋叔编《元曲选》，北京：中华书局，1958 年版。

（明）胡应麟《少室山房集》，《文渊阁四库全书》本，第 1290 册。

（清）金圣叹《金圣叹全集》，南京：江苏古籍出版社，1985 年版。

（清）袁枚《小仓山房文集》，《续修四库全书》本，第 1432 册。

（清）严可均辑《全上古三代秦汉三国六朝文》，《续修四库全书》本，第
　　1604 册。

二、今人著述

（一）工具书类

汤草元等主编《中国戏曲曲艺词典》，上海：上海辞书出版社，1981 年版。

吴汝钧编著《佛教大辞典》，台北：台湾商务印书馆，1992 年版。

罗竹风主编《汉语大词典》，上海：汉语大词典出版社，1994 年版。

季羡林主编《敦煌学大辞典》，上海：上海辞书出版社，1998 年版。

《不列颠百科全书》（国际中文版），北京：中国大百科全书出版社，1999
　　年版。

钱仲联等《中国文学大辞典》，上海：上海辞书出版社，2000 年版。

冯天瑜主编《中国文化辞典》，武汉：武汉大学出版社，2001 年版。

周德庆、徐士菊编著《微生物学词典》，天津：天津科学技术出版社，2005
　　年版。

曾枣庄、刘琳主编《全宋文》，上海、合肥：上海辞书出版社、安徽教育出版
　　社，2006 年版。

刘世德主编《中国古代小说百科全书》，北京：中国大百科全书出版社，2006
　　年版。

《中国大百科全书》（第二版），北京：中国大百科全书出版社，2009 年版。

《汉语大字典》（第二版），武汉、成都：崇文书局、四川辞书出版社，2010 年版。

(二)小说研究类

1. 小说目录类

孙楷第《日本东京所见中国小说书目》,上海:上杂出版社,1953 年版。

程毅中《古小说简目》,北京:中华书局,1981 年版。

袁行霈、侯忠义编《中国文言小说书目》,北京:北京大学出版社,1981 年版。

孙楷第《中国通俗小说书目》,北京:人民文学出版社,1982 年版。

江苏省社科院明清小说研究中心编《中国通俗小说总目提要》,北京:中国
　　文联出版公司,1990 年版。

宁稼雨《中国文言小说总目提要》,济南:齐鲁书社,1996 年版。

陈桂声《话本叙录》,珠海:珠海出版社,2001 年版。

石昌渝《中国古代小说总目》,太原:山西教育出版社,2004 年版。

朱一玄等《中国古代小说总目提要》,北京:人民文学出版社,2005 年版。

2. 文献整理类

俞建卿编《晋唐小说六十种》,上海:广益书局,1915 年版。

龚学明《宋人小说选》,上海:开华书局,1933 年版。

储菊人《宋人创作小说选》,上海:中央书店,1935 年版。

王古鲁整理《二刻拍案惊奇》,上海:古典文学出版社,1957 年版。

张友鹤《唐宋传奇选》,北京:人民文学出版社,1964 年版。

叶德均《戏曲小说丛考》,北京:中华书局,1979 年版。

谭正璧《三言二拍资料》,上海:上海古籍出版社,1980 年版。

赵景深《中国小说丛考》,济南:齐鲁书社,1980 年版。

周光培等《笔记小说大观》,扬州:江苏广陵古籍刻印社,1983 年版。

路工、谭天编《古本平话小说集》,北京:人民文学出版社,1984 年版。

薛洪等《宋人传奇选》,长沙:湖南人民出版社,1985 年版。

钟克豪《宋代小说考证》,台北:台湾新文丰出版公司,1987 年版。

欧阳健、萧相恺《宋元小说话本集》,郑州:中州古籍出版社,1987 年版。

刘世德《中国话本大系》,南京:江苏古籍出版社,1990～1994 年陆续出版。

钟兆华《元刊全相平话五种校注》,成都:巴蜀书社,1990 年版。

丁锡根《宋元平话集》,上海:上海古籍出版社,1990 年版。

谈凤梁《历代文言小说鉴赏辞典》,南京:江苏文艺出版社,1991 年版。

周光培《历代笔记小说集成》,石家庄:河北教育出版社,1994 年版。

程毅中《古体小说钞:宋元卷》,北京:中华书局,1995年版。

李时人《全唐五代小说》,西安:陕西人民出版社,1998年版。

上海古籍出版社编《历代笔记小说大观》,上海:上海古籍出版社,1999年版。

孙楷第《小说旁证》,北京:人民文学出版社,2000年版。

程毅中《宋元小说家话本集》,济南:齐鲁书社,2000年版。

伏俊琏《石室齐谐——敦煌小说选析》,兰州:甘肃人民出版社,2000年版。

袁闾琨、薛洪勣主编《唐宋传奇总集:南北宋》,郑州:河南人民出版社,2001年版。

李剑国辑校《宋代传奇集》,北京:中华书局,2001年版。

鲁迅《唐宋传奇集》,天津:天津古籍出版社,2002年版。

朱易安、傅璇琮等主编《全宋笔记》,郑州:大象出版社,2003年版。

董乃斌、黄霖《古代小说鉴赏辞典》,上海:上海辞书出版社,2004年版。

李剑国主编《唐宋传奇品读辞典》,北京:新世界出版社,2007年版。

张涌泉等《敦煌小说合集》,杭州:浙江文艺出版社,2010年版。

　　3.文言小说研究类

刘开荣《唐代小说研究》,上海:商务印书馆,1956年版。

王梦鸥《唐人小说研究二集》,台北:台湾艺文印书馆,1973年版。

侯忠义《中国文言小说史稿》,北京:北京大学出版社,1990年版。

李剑国《唐五代志怪传奇叙录》,天津:南开大学出版社,1993年版。

吴志达《中国文言小说史》,济南:齐鲁书社,1994年版。

李剑国《宋代志怪传奇叙录》,天津:南开大学出版社,1997年版。

苗壮《笔记小说史》,杭州:浙江古籍出版社,1998年版。

薛洪勣《传奇小说史》,杭州:浙江古籍出版社,1998年版。

周绍良《唐传奇笺证》,北京:人民文学出版社,2000年版。

张祝平《〈夷坚志〉论稿》,北京:中国文史出版社,2002年版。

陈益源《元明中篇传奇小说研究》,北京:华艺出版社,2002年版。

李宗为《唐人传奇》,北京:中华书局,2003年版。

赵章超《宋代文言小说研究》,重庆:重庆出版社2004年。

秦川《中国古代文言小说总集研究》,上海:上海古籍出版社,2006年版。

游秀云《宋代传奇小说研究》,台北:台湾花木兰文化出版社,2007年版。

凌郁之《走向世俗——宋代文言小说的变迁》,北京:中华书局,2007 年版。

陈文新《文言小说审美发展史》,武汉:武汉大学出版社,2007 年版。

李军钧《传奇小说文体研究》,武汉:华中科技大学出版社,2007 年版。

冯勤《宋人小说〈青琐高议〉研究》,成都:四川大学出版社,2008 年版。

唐瑛《宋代文言小说异类姻缘研究》,成都:四川大学出版社,2009 年版。

余丹《宋代文言小说的文化阐释》,北京:中国社会科学出版社,2010 年版。

林温芳《宋传奇"人鬼恋"研究》,台北:台湾花木兰文化出版社,2011 年版。

王庆珍《宋代传奇管窥》,哈尔滨:黑龙江人民出版社,2016 年版。

张智华《宋代笔记小说与戏剧影视》,北京:中国电影出版社,2018 年版。

4. 话本小说研究类

陈汝衡《说书小史》,上海:中华书局,1936 年版。

李啸仓《宋元伎艺杂考》,上海:上杂出版社,1953 年版。

孙楷第《俗讲、说话与白话小说》,北京:作家出版社,1956 年版。

叶德均《宋元明讲唱文学》,上海:古典文学出版社,1957 年版。

陈汝衡《说书史话》,北京:作家出版社,1958 年版。

程毅中《宋元话本》,北京:中华书局,1964 年版。

乐蘅军《宋代话本研究》,台北:台湾大学文学院,1969 年版。

黄孟文《宋代白话小说研究》,新加坡:友联书局,1971 年版。

胡士莹《话本小说概论》,北京:中华书局,1980 年版。

张兵《话本小说史话》,沈阳:辽宁教育出版社,1992 年版。

欧阳代发《话本小说史》,武汉:武汉出版社,1994 年版。

石麟《话本小说通论》,武汉:华中理工大学出版社,1998 年版。

鲁德才《古代白话小说形态发展史论》,天津:南开大学出版社,2002 年版。

萧欣桥、刘福元《话本小说史》,杭州:浙江古籍出版社,2003 年版。

王庆华《话本小说文体研究》,上海:华东师范大学出版社,2006 年版。

王凌《形式与细读:古代白话小说文体研究》,北京:人民出版社,2010 年版。

罗筱玉《宋元讲史话本研究》,北京:中国社会科学出版社,2010 年版。

谭正璧《话本与古剧》,上海:上海古籍出版社,2012 年版。

王古鲁《王古鲁小说戏曲论集》,北京:中华书局,2013 年版。

郑振铎《明清二代的平话集》,北京:三联书店,2015 年版。

刘勇强《话本小说叙论》,北京:北京大学出版社,2015 年版。

孟昭连《白话小说生成史》，天津：南开大学出版社，2016年版。

宋常立《瓦舍文化与通俗叙事文体的生成》，北京：人民出版社，2017年版。

徐大军《宋元通俗叙事文体演成论稿》，上海：上海古籍出版社，2020年版。

　　5.小说叙事研究类

陈平原《中国小说叙事模式的转变》，上海：上海人民出版社，1988年版。

申丹《叙述学与小说文体学研究》，北京：北京大学出版社，1998年版。

刘小枫《沉重的肉身——现代性伦理的叙事维语》，上海：上海人民出版社，
　　1999年版。

王昕《话本小说的历史与叙事》，北京：中华书局，2002年版。

罗小东《话本小说叙事研究》，北京：学苑出版社，2002年版。

李建军《小说修辞研究》，北京：中国人民大学出版社，2003年版。

申丹等《英美小说叙事理论研究》，北京：北京大学出版社，2005年版。

伍茂国《现代小说叙事伦理》，北京：新华出版社，2008年版。

谭君强《叙事学导论——从经典叙事学到后经典叙事学》，北京：高等教育
　　出版社，2008年版。

黄霖等《中国古代小说叙事三维论》，上海：上海书店出版社，2009年版。

金明求《宋元话本小说入话之叙事研究》，台北：台湾大安出版社，2009
　　年版。

杨义《中国叙事学》，北京：人民出版社，2009年版。

徐岱《小说叙事学》，北京：商务印书馆，2010年版。

李桂奎《传奇小说与话本小说叙事比较》，上海：复旦大学出版社，2013
　　年版。

万晴川《宗教信仰与中国古代小说叙事》，杭州：浙江大学出版社，2013
　　年版。

赵毅衡《苦恼的叙述者》，成都：四川文艺出版社，2013年版。

江守义《中国古典小说叙事伦理研究》，合肥：安徽教育出版社，2016年版。

　　6.小说综合研究类

严敦易《〈水浒传〉的演变》，北京：作家出版社，1957年版。

戴望舒《小说戏曲论集》，北京：作家出版社，1958年版。

昌彼得《说郛考》，台北：台湾文史哲出版社，1979年版。

吴小如《古典小说漫稿》，上海：上海古籍出版社，1982年版。

胡怀琛《中国小说概论》,北京:中国书店,1985年版。

宁宗一《中国小说学通论》,合肥:安徽教育出版社,1995年版。

丁锡根《中国历代小说序跋集》,北京:人民文学出版社,1996年版。

萧相恺《宋元小说史》,杭州:浙江古籍出版社,1997年版。

鲁迅《中国小说史略》,上海:上海古籍出版社,1998年版。

杨义《中国古典小说史论》,北京:人民出版社,1998年版。

程毅中《宋元小说研究》,南京:江苏古籍出版社,1999年版。

黄霖、韩同文选注《中国历代小说论著选》(修订本),南昌:江西人民出版社,2000年版。

万晴川《命相、占卜、谶应与中国古代小说研究》,北京:中国文联出版社,2000年版。

张兵《宋辽金元小说史》,上海:复旦大学出版社,2001年版。

程毅中《唐代小说史》,北京:人民文学出版社,2003年版。

欧阳健《历史小说史》,杭州:浙江古籍出版社,2003年版。

王昊《敦煌小说及其叙事艺术》,合肥:安徽人民出版社,2005年版。

万晴川《中国古代小说与方术文化》,北京:中国社会科学出版社,2005年版。

林辰《古代小说概论》,沈阳:春风文艺出版社,2006年版。

黄霖、许建平等《20世纪中国古代文学研究史·小说卷》,上海:东方出版中心,2006年版。

李剑国、陈洪主编《中国小说通史》,北京:高等教育出版社,2007年版。

李桂奎《中国小说写人学》,北京:新华出版社,2008年版。

范丽敏《互通·因袭·衍化——宋元小说、讲唱与戏曲关系研究》,济南:齐鲁书社,2009年版。

徐大军《中国古代小说与戏曲关系史》,北京:人民文学出版社,2010年版。

康来新《发迹变泰——宋人小说学论稿》,台北:台湾大安出版社,2010年版。

谭正璧《中国小说发达史》,上海:上海古籍出版社,2012年版。

陈文新《中国小说的谱系与文体形态》,北京:中国社会科学出版社,2012年版。

谭帆等《中国分体文学学史·小说学卷》,太原:山西教育出版社,2013

年版。

谭帆等《中国古代小说文体文法术语考释》,上海:上海古籍出版社,2013
　　年版。

石昌渝《中国小说源流论》,北京:三联书店,2015 年版。

熊明《中国古代小说史论》,北京:中国文联出版社,2018 年版。

(三)其他文学研究类

浦江清《浦江清文录》,北京:人民文学出版社,1958 年版。

孙楷第《沧州集》,北京:中华书局,1965 年版。

钟南扬《永乐大典三种戏文校注》,北京:中华书局,1979 年版。

罗忼烈《两小山斋论文集》,北京:中华书局,1982 年版。

任半塘《唐戏弄》,上海:上海古籍出版社,1984 年版。

丁乃通《中国民间故事类型索引》,北京:中国民间文艺出版社,1986 年版。

程千帆、吴新雷《两宋文学史》,上海:上海古籍出版社,1991 年版。

章培恒、骆玉明《中国文学史》,上海:复旦大学出版社,1996 年版。

孙克强《雅俗之辨》,北京:华文出版社,1997 年版。

王水照主编《宋代文学通论》,开封:河南大学出版社,1997 年版。

黄征、张涌泉《敦煌变文校注》,北京:中华书局,1997 年版。

王国维《宋元戏曲史》,上海:上海古籍出版社,1998 年版。

陆永峰《敦煌变文研究》,成都:巴蜀书社,2000 年版。

张政烺《张政烺文史论集》,北京:中华书局,2004 年版。

姜昆、倪锺之主编《中国曲艺通史》,北京:人民文学出版社,2005 年版。

王先霈等主编《文学理论批评术语汇释》,北京:高等教育出版社,2006
　　年版。

谭帆《中国雅俗文学思想论集》,北京:中华书局,2006 年版。

范宁《范宁古典文学研究文集》,重庆:重庆出版社,2006 年版。

汪涌豪《中国文学批评范畴及体系》,上海:复旦大学出版社,2007 年版。

富世平《敦煌变文的口头传统研究》,北京:中华书局,2009 年版。

袁行霈《中国文学概论》,北京:北京大学出版社,2010 年版。

郑振铎《中国文学论集》,长沙:岳麓书社,2011 年版。

谭正璧《中国文学进化史》,上海:上海古籍出版社,2012 年版。

黄春燕《李渔戏曲叙事观念研究》,北京:人民文学出版社,2014 年版。

聂珍钊《文学伦理学批评导论》,北京:北京大学出版社,2014年版。

徐复观《中国文学论集续编》,北京:九州出版社,2014年版。

郑振铎《插图本中国文学史》,广州:花城出版社,2015年版。

谢桃坊《中国市民文学史》,成都:四川人民出版社,2015年版。

(四)思想文化研究类

傅乐成《汉唐史论集》,台北:台湾联经出版事业公司,1977年版。

胡如雷《中国封建社会形态研究》,上海:三联书店,1979年版。

李弘祺《宋代教育散论》,台北:台湾东升出版事业有限公司,1980年版。

王国维《王国维遗书》,上海:上海古籍书店,1983年影印版。

吴涛《北宋都城东京》,郑州:河南人民出版社,1984年版。

钱锺书《管锥编》,北京:中华书局,1986年版。

余英时《士与中国文化》,上海:上海人民出版社,1987年版。

漆侠《宋代经济史》,上海:上海人民出版社,1987年版。

赵雨乐《唐宋变革期之军政制度》,台北:台湾文史哲出版社,1994年版。

钱穆《中国文化史导论》(修订本),北京:商务印书馆,1994年版。

李弘祺《宋代官学教育与科举》,台北:台湾联经出版事业公司,1994年版。

王曾瑜《宋朝阶级结构》,石家庄:河北教育出版社,1996年版。

章太炎《国学概论》,上海:上海古籍出版社,1997年版。

葛兆光《中国思想史》,上海:复旦大学出版社,1997年版。

袁纯清《共生理论——兼论小型经济》,北京:经济科学出版社,1998年版。

钱穆《钱宾四先生全集》,台北:台湾联经出版事业公司,1998年版。

董康《书舶庸谭》,沈阳:辽宁教育出版社,1998年版。

梁启超《梁启超全集》,北京:北京出版社,1999年版。

孙国栋《唐宋史论丛》,香港:商务印书馆,2000年版。

柳诒徵《中国文化史》,上海:上海古籍出版社,2001年版。

李亦园《李亦园自选集》,上海:上海教育出版社,2002年版。

胡守钧《走向共生》,上海:上海文化出版社,2002年版。

陈振《宋史》,上海:上海人民出版社,2003年版。

李思强《共生构建说论纲》,北京:中国社会科学出版社,2004年版。

鲁迅《鲁迅全集》,北京:人民文学出版社,2005年版。

龚延明、祖慧《宋登科记考》,南京:江苏教育出版社,2005年版。

朱自清《论雅俗共赏》，北京：北京出版社，2005 年版。

胡守钧《社会共生论》，上海：复旦大学出版社，2006 年版。

钱婉约《从汉学到中国学——近代日本的中国研究》，北京：中华书局，2007
　年版。

李建军《宋代〈春秋〉学与宋型文化》，北京：中国社会科学出版社，2008
　年版。

李华瑞主编《"唐宋变革"论的由来与发展》，天津：天津古籍出版社，2010
　年版。

虞云国《两宋历史文化丛稿》，上海：上海人民出版社，2011 年版。

陶东风、胡疆锋主编《亚文化读本》，北京：北京大学出版社，2011 年版。

傅斯年《傅斯年史学论著》，上海：上海书店出版社，2014 年版。

徐时仪《汉语白话史》，北京：北京大学出版社，2015 年版。

向达《唐代长安与西域文明》，北京：商务印书馆，2015 年版。

三、学位论文（博士论文和博士后报告）

王年双《洪迈生平与〈夷坚志〉研究》，台湾政治大学中文研究所 1988 年博
　士论文。

赵维国《两宋古体小说历史轨迹》，华东师范大学 1999 年博士论文。

孙丹《通俗文学论稿》，中国人民大学 2001 年博士论文。

张智华《宋代笔记小说研究》，北京师范大学 2003 年博士后报告。

孙旭《话本小说的地域性研究》，北京师范大学 2003 年博士后报告。

许军《入世精神与纂述人事：宋代志怪传奇的发展与变化》，北京大学 2004
　年博士论文。

安芮睿《宋人笔记研究》，复旦大学 2005 年博士论文。

李时灿《宋元小说家话本文献传承研究》，北京大学 2007 年博士论文。

李晓晖《宋元"说话"研究》，华中师范大学 2008 年博士论文。

张文飞《洪迈〈夷坚志〉研究》，复旦大学 2008 年博士论文。

王昊《中国域外题材小说研究》，苏州大学 2009 年博士论文。

郑继猛《宋代都市笔记研究》，陕西师范大学 2009 年博士论文。

姚海英《洪迈笔记小说与宋代社会》，上海师范大学 2009 年博士论文。

罗陈霞《宋代小说与宋代民间商贸活动》，南开大学 2009 年博士论文。

郭丽《元前小说观演变研究》，山东大学 2010 年博士论文。

谢有顺《中国小说叙事伦理的现代转向》，复旦大学 2010 年博士论文。

王瑾《〈夷坚志〉新论》，暨南大学 2010 年博士论文。

叶静《洪迈与〈夷坚志〉的民间性问题研究》，华东师范大学 2010 年博士
　　论文。

赵修霈《宋代传奇小说传奇手法研究》，台湾政治大学 2011 年博士论文。

袁文春《宋代志怪小说研究》，华南师范大学 2012 年博士论文。

夏明宇《宋元话本小说时空叙事研究》，上海大学 2012 年博士论文。

林祯祥《北宋轶事小说之研究》，台湾东吴大学 2012 年博士论文。

时娜《宋代传奇小说研究》，中国人民大学 2013 年博士论文。

林卿卿《宋人轶事小说研究》，复旦大学 2013 年博士论文。

张会《宋代科举背景下文言小说研究》，四川大学 2013 年博士论文。

王秀娟《宋代文言小说叙事演变研究》，南开大学 2013 年博士论文。

梅东伟《话本小说中的婚俗叙事研究》，华东师范大学 2013 年博士论文。

张莉《宋代小说观念分化研究》，南京大学 2015 年博士后报告。

施文斐《宋元明话本小说中的性别书写与价值观念变迁研究》，陕西师范大
　　学 2017 年博士论文。

四、期刊文章

（一）小说研究类论文

1.1980 年代及以前论文

卞孝萱《校订〈李娃传〉的标题和写作年代》，《社会科学战线》1979 年第
　　1 期。

程毅中《〈丽情集〉考》，《文史》总第 11 辑，北京：中华书局，1981 年版。

王重民《敦煌变文研究》，《中华文史论丛》1981 年第 2 辑。

刘坚《〈大唐三藏取经诗话〉写作时代蠡测》，《中国语文》1982 年第 5 期。

黄永年《记元刻〈新编红白蜘蛛小说〉残页》，《中华文史论丛》1982 年第 1 辑。

谢桃坊《李师师遗事考辨》，《中华文史论丛》1985 年第 4 辑。

朱瑞熙《宋代商人的社会地位及其历史作用》，《历史研究》1986 年第 2 期。

李时人《"词话"新证》，《文学遗产》1986 年第 1 期。

张政烺《问答录与说参请》，载《历史语言研究所集刊》第 17 册，北京：中华

书局,1987年版。

李明伟《〈长兴四年中兴殿应圣节讲经文〉研究》,《甘肃社会科学》1988年
　第3期。

　　2.1990年代论文

杨雄《〈长兴四年中兴殿应圣节讲经文〉研究》,《敦煌研究》1990年第1期。

萧欣桥《关于"话本"定义的思考》,《明清小说研究》1990年第3、4期。

张兵《话本的定义及其他》,《苏州大学学报》1990年第4期。

丁锡根《〈五代史平话〉成书考述》,《复旦学报》1991年第5期。

施蛰存《西学东渐与外国文学的输入》,《中国文化》1991年第5期。

谢桃坊《论宋人话本小说的市民女性群像》,《社会科学研究》1993年第
　2期。

周兆新《"话本"释义》,《国学研究》总第2卷,北京:北京大学出版社,1994
　年版。

王小盾《敦煌文学与唐代讲唱艺术》,《中国社会科学》1994年第3期。

陈文新《论古代传奇小说的两种类型及其演变》,《青海社会科学》1994年
　第3期。

刘兴汉《对"话本"理论的再审视——兼评增田涉〈论"话本"的定义〉》,《社
　会科学战线》1996年第4期。

章培恒《关于现存的所谓"宋话本"》,《上海大学学报》(社科版)1996年第
　1期。

刘良明《洪迈对志怪小说理论批评的历史性贡献》,《武汉大学学报》(哲社
　版)1996年第6期。

潘承玉《论宋元明小说、戏曲发迹变泰题材的流变及其文化意蕴》,《复旦学
　报》(社科版)1997年第6期。

王齐洲《论欧阳修的小说观念》,《齐鲁学刊》1998年第2期。

张兵《"准话本"刍议》,《苏州大学学报》(哲社版),1998年第1期。

纪德君、洪哲雄《试论宋元平话的审美文化追求》,《中山大学学报》(社科
　版)1998年第5期。

张兵《南宋的"说铁骑儿"话本和〈宣和遗事〉》,《华东师范大学学报》(哲社
　版)1999年第1期。

赵维国《传奇体的确立与宋人古体小说的类型意识》,《宁夏大学学报》(社

科版)1999 年第 3 期。

孙逊、潘建国《唐传奇文体考辨》,《文学遗产》1999 年第 6 期。

伏俊琏《论变文与讲经文的关系》,《敦煌研究》1999 年第 3 期。

3. 2000 年代论文

萧欣桥《话本研究二题》,《浙江学刊》2000 年第 5 期。

袁宾《〈大唐三藏取经诗话〉的成书时代与方言基础》,《中国语文》2000 年
第 6 期。

董上德《论〈醉翁谈录〉的性质与旨趣》,《学术研究》2001 年第 3 期。

马珏玶《宋元话本叙事视角的社会性别研究》,《文学评论》2001 年第 2 期。

谭帆《"小说学"论纲——兼谈 20 世纪中国古代小说理论批评研究》,《中国
社会科学》2001 年第 4 期。

赵章超《宋代志怪传奇小说研究百年综述》,《社会科学研究》2002 年第
5 期。

于峰山《宋代小说在中国小说史上历史地位的重新估价》,《福建师范大学
学报》(哲社版)2003 年第 6 期。

黄大宏《白行简行年事迹及其诗文作年考》,《文学遗产》2003 年第 4 期。

张祝平《论宋代小说的"由虚入实"之原因》,《河北师范大学学报》(哲社版)
2003 年第 2 期。

康韵梅《〈分门古今类事〉的叙事策略》,台湾《汉学研究》2004 年第 1 期。

纪德君《宋元小说家话本的叙事艺术探绎》,《社会科学研究》2004 年第
1 期。

谭朝炎《也谈唐传奇作家白行简的生平事迹》,《文学遗产》2005 年第 4 期。

王齐洲《雅俗观念的演进与文学形态的发展》,《中国社会科学》2005 年第
3 期。

于天池《论宋代小说伎艺的文本形态》,《北京师范大学学报》(社科版)2005
年第 3 期。

楼含松《拟史:宋元讲史平话的叙事策略》,《浙江大学学报》(人文社科版)
2006 年第 5 期。

冯一《〈云斋广录〉版本源流考》,《苏州大学学报》(哲社版)2006 年第 3 期。

凌郁之《〈醉翁谈录·舌耕叙引〉发微》,《中国典籍与文化》2006 年第 4 期。

于天池《应当重视文言形态话本的研究》,《中国古代小说研究》第二辑,北

京：人民文学出版社，2006 年版。

鲁德才《话本的本与文言话本》，《明清小说研究》2007 年第 1 期。

余丹《20 世纪以来宋代文言小说研究综述》，《广西社会科学》2007 年第
　2 期。

凌郁之《从宋代官私书目看小说观念的变迁》，《复旦学报》（社科版）2007
　年第 3 期。

李剑国《〈李娃传〉疑文考辨及其他——兼议〈太平广记〉的引文体例》，《文
　学遗产》2007 年第 3 期。

李小龙《〈青琐高议〉版本源流考》，《文献》2008 年第 1 期。

赵维国《〈云斋广录〉作者李献民考略》，《文献》2009 年第 2 期。

　　4. 2010 年代以来论文

赵修霈《以‘实’衬‘虚’的幻设手法：论宋传奇〈希夷先生传〉、〈华阳仙姻〉、
　〈嘉林居士〉中的虚设时间》，《辅仁国文学报》2010 年第 30 期。

李军均等《宋代小说思想三题》，《文艺研究》2010 年第 7 期。

孟昭连《口传叙事、书写叙事及其相互转化——以中国古代小说为中心》，
　《明清小说研究》2011 年第 3 期。

孟昭连《宋代文白消长与小说语体之变》，《中国社会科学》2011 年第 3 期。

李军均、曾垂超《论宋代小说的雅俗之变及其文化精神》，《福建师范大学学
　报》（哲社版）2011 年第 4 期。

王委艳《话本小说研究九十年回顾与展望》（《东方论坛》2011 年第 6 期）。

杨林夕《宋元话本与明话本之入话比较》，《江汉大学学报》（人文科学版）
　2011 年第 2 期。

大塚秀高《宋代的通俗类书——就〈青琐高议〉的构成、内容而言》，《第一届
　东亚汉文文献整理研究国际学术研讨会论文集》，台北大学民俗艺术研
　究所，2011 年 7 月。

夏明宇《葫芦与双环：宋元话本小说的空间结构》，《河南师范大学学报》（哲
　社版）2012 年第 1 期。

夏明宇《行走的景观：宋元话本小说的空间意象》，《暨南学报》（哲社版）
　2013 年第 3 期。

郝敬、张莉《论中国古体小说的观念流变》，《明清小说研究》2013 年第
　1 期。

陈引驰《〈大唐三藏取经诗话〉时代性再议:以韵文体制的考察为中心》,《复旦学报》(社科版)2014 年第 5 期。

张莉、郝敬《论罗烨〈醉翁谈录〉对宋代通俗小说观念的理论建构》,《南京师大学报》(社科版)2014 年第 4 期。

宋常立《"话本"词义的口头属性》,《明清小说研究》2015 年第 2 期。

徐大军《宋元话本与说话伎艺的文本化》,《文学与文化》,2015 年第 3 期。

黄孝纾《〈绿窗新话〉校释引言》(黄孝纾遗稿,齐心苑整理),《文史哲》2016 年第 1 期。

齐心苑《〈绿窗新话〉勘正》,《图书馆研究》2016 年第 4 期。

孟昭连《〈醉翁谈录〉新解》,《南京师大学报》(社科版)2016 年第 1 期。

尚必武《从"两个转向"到"两种批评"——论叙事学和文学伦理学的兴起、发展与交叉愿景》,《学术论坛》2017 年第 2 期。

纪德君《宋元话本与文言小说的双向互动》,《文艺研究》2017 年第 6 期。

朴英玉、禹尚烈《宋元话本与朝鲜盘索里之比较》,《延边大学学报》(社科版)2018 年第 2 期。

李懿《宋元话本节令书写的民俗价值与叙事策略》,《中华文化论坛》2018 年第 3 期。

叶楚炎《论宋元话本小说中的分回》,《文学遗产》2018 年第 3 期。

杨宗红《两宋小说家之地理分布与小说的地域性》,《中国文学研究》2018 年第 4 期。

叶楚炎《论宋元话本小说中的"体制性"韵文和"非体制性"韵文》,《国学学刊》2019 年第 4 期。

夏明宇《双城映像:宋元话本小说的空间书写》,《明清小说研究》2020 年第 1 期。

(二)其他类论文

1. 1980 年代及以前论文

陈寅恪《论韩愈》,《历史研究》1954 年第 2 期。

胡如雷《唐宋时期中国封建社会的巨大变革》,《史学月刊》1960 年第 5 期。

崔新京《关于文化概念的词源学考察》,《日本研究》1988 年第 2 期。

吴戈《书会才人考辨》,《上海师范大学学报》1988 年第 4 期。

2. 1990 年代论文

郭振勤《宋元书会考辨》,《河南大学学报》1991 年第 5 期。

赵冈《从宏观角度看中国的城市史》,《历史研究》1993 年第 1 期。

洪黎民《共生概念发展的历史、现状及展望》,《中国微生态学杂志》1996 年
　　第 8 卷第 4 期。

李禹阶《中国文化的共生精神》,《重庆师院学报》(哲社版)1996 年第 1、
　　2 期。

樊美筠《中国古代文化的雅俗之争及其启示》,《学术月刊》1997 年第 5 期。

高丙中《主文化、亚文化、反文化与中国文化的变迁》,《社会学研究》1997
　　年第 1 期。

李剑国《文言小说的理论研究与基础研究——关于文言小说研究的几点看
　　法》,《文学遗产》1998 年第 2 期。

　　3. 2000 年代论文

漆侠《唐宋之际社会经济关系的变革及其对文化思想领域所产生的影响》,
　　《中国经济史研究》2000 年第 1 期。

程蔷《民间叙事模式与古代戏剧》,《文学遗产》2000 年第 5 期。

张其凡《关于"唐宋变革期"学说的介绍和思考》,《暨南学报》2001 年第
　　1 期。

宁欣《由唐入宋都市人口结构及外来、流动人口数量变化浅论——从〈北里
　　志〉和〈东京梦华录〉谈起》,《中国文化研究》2002 年夏之卷。

罗祎楠《模式及其变迁——史学史视野中的唐宋变革问题》,《中国文化研
　　究》2003 年夏之卷。

郭英德《光风霁月:宋型文学的审美风貌》,《求索》2003 年第 3 期。

董乃斌、程蔷《民间叙事论纲》,《湛江海洋大学学报》2003 年 2 期。

王丽娟《论文人叙事与民间叙事——以"连环计"故事为例》,《文学遗产》
　　2004 年第 4 期。

葛兆光《"唐宋"抑或"宋明"——文化史和思想史研究视域变化的意义》,
　　《历史研究》2004 年第 1 期。

伍茂国《叙事伦理:伦理批评新道路》,《浙江学刊》2004 年第 5 期。

张广达《内藤湖南的唐宋变革说及其影响》,载《唐研究》第 11 卷,北京:北
　　京大学出版社,2005 年版。

葛金芳《宋代经济:从传统向现代转变的首次启动》,《中国经济史研究》

2005 年第 1 期。

柳立言《何谓"唐宋变革"?》,《中华文史论丛》2006 年第 1 辑。

李庆《关于内藤湖南的"唐宋变革论"》,《学术月刊》2006 年第 10 期。

谭帆《"俗文学"辨——兼谈 20 世纪中国俗文学研究的逻辑进程》,《文学评论》2007 年第 1 期。

翁频《近二十年国内外大、小传统学说研究述论》,《漳州师范学院学报》(哲社版)2009 年第 4 期。

　　4.2010 年代论文

杨玲丽《共生理论在社会科学领域的应用》,《社会科学论坛》2010 年第 16 期。

包伟民《意象与现实:宋代城市等级刍议》,《史学月刊》2010 年第 1 期。

徐岱《叙事伦理若干问题》,《美育学刊》2013 年第 6 期。

王鸿生《何谓叙事伦理批评?》,《文艺理论研究》2015 年第 6 期。

吾淳《重新审视芮德菲尔德的"大传统"与"小传统"理论》,《上海师范大学学报》(哲社版)2017 年第 1 期。

五、外文著述

(一)外文译著

1.英国

〔英〕福斯特《小说面面观》,苏炳文译,广州:花城出版社,1984 年版。

〔英〕泰勒《原始文化》,连树声译,上海:上海文艺出版社,1992 年版。

2.美国

〔美〕柯睿格(E. A. Kracke)《帝国时代中国的家庭与功名》,《哈佛亚洲学报》第 10 卷,1947 年。

〔美〕布鲁克斯、华伦《小说鉴赏》,主万等译,北京:中国青年出版社,1986 年版。

〔美〕韦恩·布斯《小说修辞学》,付礼军译,南宁:广西人民出版社,1987 年版(另有华明、胡苏晓、周宪译本,北京:北京大学出版社,1987 年版)。

〔美〕韩南《中国白话小说史》,尹慧珉译,杭州:浙江古籍出版社,1989 年版。

〔美〕约翰·迈尔斯·弗里《口头程式理论:口头传统研究概述》,朝戈金译,

《民族文学研究》1997 年第 1 期。

〔美〕包弼德《唐宋转型的反思——以思想的变化为主》，刘宁译，《中国学术》2000 年第 3 期。

〔美〕约翰·迈尔斯·弗里《口头诗学：帕里——洛德理论》，朝戈金译，北京：社会科学文献出版社，2000 年版。

〔美〕包弼德《斯文：唐宋思想的转型》，刘宁译，南京：江苏人民出版社，2001 年版。

〔美〕刘子健《中国转向内在》，赵冬梅译，南京：江苏人民出版社，2002 年版。

〔美〕詹姆斯·费伦《作为修辞的叙事：技巧、读者、伦理、意识形态》，陈永国译，北京：北京大学出版社，2002 版。

〔美〕韦勒克、沃伦《文学理论》，刘象愚等译，北京：文化艺术出版社，2010 年版。

〔美〕罗伯特·芮德菲尔德《农民社会与文化——人类学对文明的一种诠释》，王莹译，北京：中国社会科学出版社，2013 年版。

　　3. 法国

〔法〕罗兰.巴特《叙事作品结构分析导论》，张寅德编选《叙述学研究》，北京：中国社会科学出版社，1989 年版。

〔法〕热拉尔·热奈特《叙事的界限》，见《美学文艺学方法论续集》，北京：文化艺术出版社，1987 版。

〔法〕热拉尔·热奈特《叙事话语·新叙事话语》，王文融译本，北京：中国社会科学出版社，1990 年版。

　　4. 以色列

〔以色列〕里蒙—凯南《叙事虚构作品》，姚锦清等译，北京：三联书店，1989 年版。

　　5. 荷兰

〔荷〕米克·巴尔《叙述学：叙事理论导论》，谭君强译，北京：中国社会科学出版社，2003 年版。

　　6. 德国

〔德〕马克思、恩格斯《德意志意识形态》，《马克思恩格斯全集》（第二版），北京：人民出版社，2002 年版。

〔德〕安思加儿·纽宁《叙事学与伦理批评：同床异梦，抑或携手联姻》，汤轶丽译，《上海交通大学学报》（哲社版）2016 年第 4 期。

7. 俄国

〔俄〕列宁《关于民族问题的批评意见》，《列宁全集》第 24 卷，北京：人民出版社，1990 年第 2 版。

〔俄〕李福清《三国演义与民间文学传统》，尹锡康、田大畏译，上海：上海古籍出版社，1997 年版。

8. 日本

〔日〕笹川种郎《中国小说戏曲小史》，东京：东华堂，明治三十年（1897）年发行。

〔日〕盐谷温《中国文学概论讲话》，陈彬和译为《中国文学概论》，北京：朴社，1926 年版。

〔日〕增田涉《论“话本”一词的定义》，《人文研究》1965 年第 16 卷第 5 期。中文译文刊载于《中国古典小说研究专集》第三集，台北：台湾联经出版事业公司，1981 年版。

〔日〕青木正儿《中国文学概说》，重庆：重庆出版社，1982 年版。

〔日〕内藤湖南《概括的唐宋时代观》，见刘俊文主编、黄约瑟译《日本学者研究中国史论著选译》第一卷《通论》，北京：中华书局，1992 年版。

〔日〕宫崎市定《东洋的近世》，《宫崎市定全集》第二卷，日本岩波书店 1992 年版。中译本见《日本学者研究中国史论著选译》第一卷《通论》，北京：中华书局，1992 年版。

〔日〕宫崎市定《从部曲到佃户》，《宫崎市定全集》第十一卷，日本岩波书店 1992 年版。中译本见《日本学者研究中国史论著选译》第五卷《五代宋元》，北京：中华书局，1993 年版。

〔日〕花崎皋平《主体性与共生的哲学》，日本筑摩书房，1993 年版。

〔日〕尾关周二《共生的理想：现代交往与共生、共同的理想》，北京：中央编译出版社，1996 年版。

〔日〕山田常雄等编《生物学词典》，鄂永昌等译，北京：科学出版社，1997 年版。

〔日〕川本隆史《共生》，《新哲学讲义》第 6 卷，日本岩波书店，1998 年版。

〔日〕斯波义信《宋代江南经济史研究》，方键、何忠礼译，南京：江苏人民出版社，2001 年版。

〔日〕大塚秀高《从〈绿窗新话〉看宋代小说话本的特征——以"遇"为中心》，柯凌旭译，《保定师范专科学校学报》2002 年第 3 期。

〔日〕内藤湖南《中国史通论》，夏应元选编并监译，北京：社会科学文献出版社，2004 年版。

〔日〕黑川纪章《新共生思想》，覃力等译，北京：中国建筑工业出版社，2009 年版。

(二)外文原著

Wayne C. Booth , *The Rhetoric of Fiction* , Chicago：University of Chicago Press，1961.

Wayne C. Booth，*The Company We Keep：A Ethics of Fiction*，Oakland：University of California Press，1988.

James Phelan，*Narrative as Rhetoric：Technique，Audiences，Ethics，Ideology*，Columbus：Ohio State University Press，1996.

J. Hillis Millen，*The Ethics of Reading*，New York：Columbus University Press，1987.

Adam Zachary Newton，*Narrative Ethics*. Cambridge：Harvard University Press，1997.

Wolfgang G. Muller，*An Ethical Narratology* [A]. *In Astrid Erll，Herbert Grabes，and Ansgar Nunning*（eds.）*Ethics in Culture：The Dissemination of Values through Literature and Other Media* [C]. Berlin：De Gruyter，2008.

Nora Berning，*Towards a Critical Ethical Narratology：Analyzing Value Construction in Literary Non-Fiction across Media*，Berlin：Verlag Trier，2013.

Ansgar Nunning，*Narratology and Ethical Criticism：Strange Bed-Fellows or Natural Allies*，Forum for World Literature Studies，2015(1).

James Phelan. *Narrative Ethics* [A]. *In Peter Huhn et al.*（eds.）*Handbook of Narratology* [C]. Berlin：De Gruyter，2014.

Mieke Bal，*Narratology：Introduction to the Theory of Narrative*（Second Edition），University of Toronto Press，1997.

A. E. Douglas, *Symbiotic Interactions*, Oxford University Press, 1994.

V. Abmadjian, *Symbiosis: an introduction to biological association*, University Press of New England, 1986.

James T. C. Liu and Peter J. Golas eds. , *Change in Sung China*, Lexington, Mass. : D. C. Heath and Co. , 1969

Robert M. Hartwell, *Demographic, Political, and Social Transformations of China*, 750 — 1550, Harvard Journal of Asiatic Studies, 42. 2, 1982.

后 记

书稿终于校完,走出浙江行政学院图书馆,来到楼宇间的绿地漫步。一排排的桂花树,枝头又长出了嫩绿的新叶;一丛丛的山茶花,绿叶簇拥着粉红的花朵;一树树的玉兰,光秃秃的树枝缀满了毛茸茸的花蕾,杭州的仲冬时节依然万物葱茏、生机勃勃。回想撰写书稿的八年苦旅,发现印象最深的场景大多是在图书馆,感受最深的韵味恰是这仲冬时节的"葱茏"与"生机"。

2012年深秋,远赴新加坡南洋理工大学中华语言文化中心访学半年,得到了李元瑾教授、游俊豪教授等老师的帮助和指点。仲冬时节,在初步完成访学课题之后,即开始谋划"宋代话本与文言小说共生关系研究",并着手搜集相关资料。南洋理工大学的华裔馆是世界知名的海外华人研究机构和资源中心,里面的图书量多质优,笔者得以饱览海外学者特别是海外华裔同行的相关研究著述。华裔馆所处的建筑曾是历史上第一所海外华人大学——南洋大学的行政办公楼,白墙、绿瓦、红门,纯正的中式建筑,四周是高低错落的棕榈树、椰子树、南洋楹。还记得在华裔馆阅览室看书时,正遇东北季候风驾临狮城,听着轰隆轰隆的惊雷一声一声地炸响,看到窗外高大的椰子树在狂风中摇摇摆摆,一阵一阵的暴雨狠命地扑打着窗户。笔者当时竟有一种奇妙的联想,南洋大学对欧风美雨侵袭的抵抗,对中华传统文化的坚守,肯定会给热爱民族文化的后继者以更为蓬勃的"生机"。

经过五年左右的艰苦跋涉,2017年初时已有三十万字左右的书稿雏形和数篇论文,并在此基础上成功申请到国家社科基金项目。为加速项目的研究进度,提升课题的成果质量,本人于该年初秋时节赴中国社科院文学所脱产进修一年,师从刘跃进老师做访问学者。访学期间,得到了刘跃进老师、张伯江老师、李超老师、石雷老师、陈君老师、陈才智老师、刘倩老师等诸位先进的指导,拓展了研究视域,提升了研究格局。访学期间,穿梭于中国社科院图书馆、国家图书馆、北京大学图书馆之间,还赴上海图书馆、南京图书馆、天一阁图书馆等地访书,基本上把大型图书馆所藏的宋代小说文献及相关研究资料查阅了一遍，为课题研究打下了坚实的文献基础。

北京访学期间的一些场景至今历历在目。国家图书馆的古籍馆在文津街，有文津楼和临琼楼两座大楼。文津楼建成于1931年，建筑造型仿清宫殿楼阁，庑殿式屋顶，覆盖绿色琉璃瓦，楼前矗立一对高约8米的汉白玉石雕华表，古朴典雅。走进文津楼三楼的古籍阅览室，静静地翻阅书皮发黄的线装书，静静地抄录数百年前的先贤文字，时间仿佛停止了。伏案既久，倚窗小憩，向东眺望，北海公园的亭台楼阁、山水花树、游船行人尽收眼帘，梅花幽香扑鼻而来。那一刹那，忽然有一种"山气日夕佳，飞鸟相与还。此中有真意，欲辨已忘言"的审美感悟。

北京大学图书馆也是常去之地。当时刚好女儿正在燕园上学，自己到图书馆访书之际，有时也会约上女儿一起用餐，餐后父女俩会绕着未名湖散步，欣赏微风轻拂之际湖边的垂柳婆娑，观赏博雅塔在湖中的倒影摇漾，品味跋涉途中驻足小憩的悠闲时光。颇有意思的是，有一次到北大图书馆保存本阅览室借阅图书，事前并未联系女儿。在等待管理员找书的间隙，四处寻找空座位，忽然发现一位长发女生右边位置刚好有空，疾步过去，正拟坐下，正在看书的女生转过头来，四目相对，惊得我差点叫出声来——竟然是女儿，父女俩相视一笑，居然会在图书馆不期而遇、居然会冥冥之中选择同桌。我曾在一篇文章中提到："润物细无声的环境熏陶对孩子的影响更加真切，父母前行的足迹会引导孩子攀登的步伐。反过来，孩子如能成为父母最亲近的朋友，他们的正能量也会洗去父母的倦怠，涤荡成人的瑕垢。如此，父母与孩子就会形成相互激励的良性循环。"家和万事兴，学术研究也需要和谐的家庭环境。值得一提的是，内人对自己的研究非常支持，积极协助文献查阅、英文翻译、文本录入等工作，可谓最为贴心的"学术秘书"。

北京访学期间，访书不倦，笔耕不辍，在已有三十万字的基础上，又写出了将近三十万字，合计六十万字。回到台州后，又不断修改完善，2019年底申请结题，2020年6月顺利结题，并获优秀等级。五位评审专家对书稿提出了许多中肯建议，同时又鼓励有加。专家一认为"本课题理论性强，文献丰富，文本分析细腻，思维开阔，逻辑周密，结论具有很强的说服力，是一项优秀的研究成果"；专家二认为"成果角度切入新颖，文化视野开阔，理论思辨性强，材料丰赡，论证细密。三级标题中有许多概括精当、措辞恰切、独出心裁的整饬题目，显示出作者具有思维缜密和文采斐然的优长。整体看，这是一部有独到见解、有学术价值的研究成果"；专家三认为书稿"有理有据，逻辑清楚，言之成理"，"用力甚勤，显现出作者扎实的功底和良好的学风"；专家四认为该研究"资料储备丰富，学识积淀和理论素养深厚，显示了一个学者极为严谨和认真的治学态度"，书稿"对于研究中国文学雅俗关系和变迁具有重要的学术建树"；专家五认为"成果富有较浓的理论色彩和强烈的理论建构意图，成功总结提炼了宋人'稗说'观的演进、文言小说五种类型等命题，提出了宋代话本与文言小说是文学史上雅俗际会的共生典范等新观点，是为重要创新。成果用语整饬，尤其是标题制作（落实到四级标题），特显功力"。评审专家的鼓励，坚定了自己倾心打造学术力作的信心。

书稿申请结题的同时，又提交给中华书局学术著作编辑室申请出版。罗华彤主任学识丰赡、非常敬业，2013 年曾作为责编出版了本人的《宋代浙东文派研究》，慎终如始、一丝不苟。这次又承蒙罗主任和中华书局诸位先进抬举，同意出版本书。罗主任特地委托经验丰富的陈乔女士担任责编，陈女士对书稿进行了极为精细的审读，发现并纠正了书稿中不少讹误，如衍字、错字、脱字、不规范的用词、不准确的表述、前后文不一致等问题，切实帮助拙著减少了失误、提高了质量。

回顾书稿成型的八年历程，从狮城访学时的酝酿到台州五年的跋涉，再到北京访学时的推进，再到今年项目的结题、书稿的出版，近三千个日夜已经逝去。书稿启动时，是在仲冬时节的图书馆，书稿校对完，又是在仲冬时节的图书馆，真是颇有意味的时空循环。随着在图书馆里校完最后一页书稿，笔者在浙江行政学院的四个月培训也即将结束，望着楼宇间绿地的玉兰花树，毛茸茸的花蕾已缀满树枝，那是含苞待放的蓄积，那是春天将临的讯息……

李建军

2020 年仲冬于杭州